中国散文史

上册

汪文顶
郭　丹
欧明俊
吕若涵——著

山西出版传媒集团　山西教育出版社

图书在版编目（CIP）数据

中国散文史 / 汪文顶等著 . -- 太原 : 山西教育出版社 , 2023.9

（中国分类文学史 / 张炯 , 郎樱 , 仲呈祥主编）

ISBN　978-7-5703-2815-4

Ⅰ . ①中… Ⅱ . ①汪… Ⅲ . ①散文 - 文学史 - 中国 Ⅳ . ① I207.6

中国版本图书馆 CIP 数据核字 (2022) 第 170618 号

中国散文史

ZHONGGUO SANWEN SHI

责任编辑　孙　宇

特约编辑　连　军

复　　审　彭琼梅

终　　审　康　健

装帧设计　王春声　薛　菲

印装监制　蔡　洁

出版发行　山西出版传媒集团・山西教育出版社

（地址：太原市水西门街馒头巷7号　电话：0351-4729801　邮编：030002）

印　　装　山西人民印刷有限责任公司

开　　本　720×1020　1/16

印　　张　42.75

字　　数　706千字

版　　次　2023年9月第1版　2023年9月山西第1次印刷

书　　号　ISBN　978-7-5703-2815-4

定　　价　170.00元（上、下册）

总　序

中国文学史的编撰已有百多年的历史，先后出版著作多种。那么现在为什么还要主持编撰一套十卷的“中国分类文学史”丛书呢？应该说，这与文学艺术理论中的类型学有关，也与我国文学史编撰的现状有关。

文学艺术类型实际指的是文艺的样态及其本质的区别。西方从古希腊即对文艺有类型的划分，如古希腊神话有关九位缪斯女神掌管九种艺术的传说，其缪斯体系即包含音乐、诗、舞蹈（以及悲剧、喜剧——它们当时是诗下面的两种体裁）等划分。后来雅典的智者派提出了一种艺术分类方法，即以有益或产生快感为标准，将艺术划分为有益的艺术与产生快感的艺术。柏拉图关于艺术的分类涉及多种不同的标准和视角，影响较大的一种，是他在《理想国》中的如下划分：“我说关于每件东西都有三种技艺：应用，制造，摹仿。”在《智者篇》对话里，柏拉图则把技艺（艺术）分为“厚生学”和“创造学”，前者指“利用自然中存在之物的技艺”，后者则指“创造自然中不存在之物的艺术”。这种分类，大体以艺术对事物的关系为原则。而在《智者篇》中，柏拉图又把艺术分成创造事物的和创造影像的两大类，并进一步把创造影像的艺术再分为二：一类是再现原物外貌，保持适当的色彩和比例；另一类是不管原物的外貌，依靠虚构、变形、幻觉改变它的比例和颜色。此外，柏拉图还提出过其他一些艺术分类的主张，如他把艺术分为基于计算的艺术（如音乐）和基于普通经验的艺术。他对诗（泛指文学）的次一级的体裁划分也进行了开创性的探讨，如他在《理想国》中就划分了诗的三种体裁：单纯叙述、模仿以及这二者的结合。这为后世文学的三分法（抒情诗、戏剧诗、叙事诗）打下了基础。

后来，亚里士多德总结了古希腊的艺术理论，认为艺术作为人类的一种活动，与自然相区别。人类的活动有三种，即认识、实践行动和创造。艺术乃创造。创造不同于认识和实践，在于它能生产产品。另外，亚里士多德也并不认为一切创造都是艺术，而只有“自觉的和以知识为基础的创造”才是艺术。这样就把那些基于本能、一般经验和技能的生产从艺术中区分出来。当然，亚里士多德所谓的艺术，仍是广义的技艺，不是近代所谓的艺术。不过，亚里士多德提出一个实质上已非常接近于近代“美的艺术”的概念，即所谓“模仿的艺术”：包括绘画、雕刻，也包括音乐、诗以及悲剧、喜剧等等。在艺术分类上，亚里士多德沿用了柏拉图的原则，即以艺术对自然的关系为原则，划分为补充自然的艺术和模仿自然的艺术。另外，亚里士多德在《诗学》第一章中，从“模仿所用的媒介不同、所取的对象不同、所采的方式不同”来给“诗的艺术”进行再划分。他的艺术分类学说实际包含三个不同的标准：第一，媒介或材料的标准；第二，对象或题材的标准；第三，叙述、模仿的方式标准（即把诗区分为叙事、抒情、戏剧三大类别）。西方文艺理论家后来还有时间的艺术（如诗歌、小说）和空间的艺术（如雕塑、绘画、戏剧、舞蹈）等不同视角为标准的划分。

我国古代的文艺理论家对当时的文学也有不同标准的分类，如《毛诗序》对古代诗歌的“风”“雅”“颂”的分类标准，做如下解释：“上以风化下，下以风刺上。主文而谲谏，言之者无罪，闻之者足以戒，故曰风。至于王道衰，礼义废，政教失，国异政，家殊俗，而变风、变雅作矣。国史明乎得失之迹，伤人伦之废，哀刑政之苛，吟咏情性，以风其上，达于事变而怀其旧俗者也。故变风发乎情，止乎礼义。发乎情，民之性也；止乎礼义，先王之泽也。是以一国之事，系一人之本，谓之风。言天下之事，形四方之风，谓之雅。雅者，正也，言王政之所由废兴也。政有小大，故有小雅焉、有大雅焉。颂者，美盛德之形容，以其成功告于神明者也。”它主要从作品的内容来划分诗类。陆机的《文赋》则这样论述其时的文体："诗缘情而绮靡，赋体物而浏亮，碑披文以相质，诔缠绵而凄怆，铭博约而温润，箴顿挫而清壮，颂优游以彬蔚，论精微而朗畅，奏平彻以闲雅，说炜晔而谲诳。"他的分类虽兼及作品内容，却主要基于作品风格。刘勰的《文心雕龙》把那时的文类分为诗、乐府、赋、颂赞、祝盟、铭箴、诔碑、哀吊、杂文、谐 、史传、诸子、论说、诏策、檄移、封禅、章表、奏启、议对、书记等二十类。他的分类标准显然不一，但已分得非常细致。现代新文学产生后，以审美的特质来划分文学与非文学，历史上的许多文体便不再被认为是文学了。可见文学艺术的分类由来已久，体现了不同时代人们对文学艺术的样态及其本质的认识。文学艺术由于构成要素的差异和结构方式的不同，产生的功能也不一样，不同类型艺术的产生和发展、消亡都与一定的历史时代的条件相联系，因而，文艺理论家基于自己时代的认识，根据不同的标准原则加以不同的分类，也是很自然的。

回顾我国文学发展的历史，不难发现，我国文类的划分也从简到繁。从最早的神话、传说和歌谣，后来分离出叙事体的历史记载和各种散文、各种诗歌和赋体，逐渐又产生了小说，后来出现戏剧。到了今天，文学的样态更加多样了。诗歌就分为旧体诗（涵盖唐诗、宋词、元曲）和新体诗（包括自由体和格律体）；既有叙事诗，还有抒情诗（包括政治抒情诗、生活抒情诗）以及哲理诗、寓言诗、儿歌等等。小说不但有长篇小说、中篇小说、短篇小说和微型小说（小小说）的划分，还有政治小说、推理小说、言情小说、科幻小说、武侠小说、历史小说与历史穿越小说等的区别。散文也分化为叙事、抒情，还分为政治散文、文化散文、杂文和随笔、小品、报告文学、文学传记、回忆录等等。戏剧不仅有传统戏曲，还有话剧、歌剧、哑剧、小品和舞剧，以及新出现的发展快速的电影和电视剧等综合艺术。分类文学史的学术意义，我以为在于文学样态的发展既体现为反映内容的差异，也表现为艺术形式的不同，根本上则是基于历史渊源和时代原因而导致的作品构成要素、结构方式与产生功能的差异。故而文学史研究的深入，对不同文学样态类型的历史发展进行更细致的考察，便成为学术发展的必然。

我国文学史研究界早已有中国小说史、诗歌史、散文史、戏剧史的分野和著作出版，如今更出现了辞赋史、杂文史、新诗史、笔记小说史、戏曲史、儿童文学史、民族文学史、地区文学史、海外华文文学史等新的著作，还出现了对网络文学等新的媒体特色的研究，因而编撰一套分类文学史，促使文学史研究更加全面和深入，乃属势所必然。山西教育出版社恰好提出这样的出版规划，委托我牵头敦请有关的专家、学者分工协作，编著一套“中国分类文学史”丛书。我便慨然应承，并得到各位分卷主编和执笔专家的热情支持。其间，葛志强同志协助做了诸多组织联络工作，不幸书稿尚未收齐，他便遽然去世。好在山西教育出版社各位领导的执着和负责这套丛书的杨文同志以及各卷责编的努力，终使这套丛书各卷先后完成。

现在出版的“中国分类文学史”丛书十卷，包括诗歌、小说、散文、戏剧、影视、网络文学、民间文学、少数民族文学、华文文学和文论等分卷，分类的视角与标准虽不尽一致，但各有自己研究的范围和学术价值。我希望这套分类文学史著作能够对广大读者了解我国文学各种样态和类型的历史发展有所帮助。当然，本丛书会有欠缺和不足之处，期望能够得到读者和专家的指正、批评。

是为序。

张　炯

目　录

（上册）

绪　言

中国散文源远流长，根深叶茂，与世推移，繁衍兴盛。它根源于中华民族悠久深厚的历史文化，积淀着中国人博大精深的生活经验、情感意愿、思想智慧、思维方式和话语艺术，经过三千多年的传承发展而愈加厚重，历久弥新，在中国文学史上与诗歌并驾齐驱，同享“文学正宗”的美誉，中国在世界上也堪称“散文大国”。

中国散文起源于记言记事、表情达意的实际需要。在文字产生之前，先民就以口耳相传的方式吟咏歌谣，传说故事，自然形成韵语和散语两种基本语体。自商周时代汉字产生以来，人们就用文字记录言语，交流情思，把口耳相传的歌咏和言辞转化为诗歌和散文两大文类。如果说诗歌起源于歌谣，起始就带有吟唱的音乐基因，那么，散文则起源于言说，本来就带着说话的自然天性。二者从起源就有区别和分工，或以声韵传情，或以言语表意，具有各自的话语方式和表达功能；又都具有语言艺术的共性，都是“言为心声、书为心画”[①]的精神产物，都运用语言文字的音形义及其组合方法来运思构想、表情达意、交流沟通和感化人心，都有刘勰所揭示的形文、声文、情文三者交织的“立文之道”[②]，都追求鲁迅所概括的文章三美：“意美以感心”“音美以感耳”“形美以感目”。[③]

现存先秦文献中最早的两部典籍《诗经》和《尚书》，分别代表着诗

① 扬雄《法言·问神》云：“言，心声也；书，心画也。”《法言》，中华书局2012年版，第126页。

② 刘勰：《文心雕龙·情采》，人民文学出版社1958年版，第537页。

③ 鲁迅：《汉文学史纲要》，《鲁迅全集》第九卷，人民文学出版社1981年版，第344页。

歌和散文的初始形态。二者都成书于周代，都具有从口头文学转化为书面文学的历史特点。《诗经》三百篇分为风、雅、颂三类，十五国风为各地的民歌，大小雅为王公贵族的雅乐，三颂为宗庙祭祀的颂歌，都是歌曲唱词的记录和创作，大多以四言两节拍的句式、押韵和复沓等手法强化节奏旋律和表情功能，开创了诗歌以韵文抒情言志的传统。《尚书》有虞、夏、商、周四书，是上古史迹传闻的追记和叙述，汇集典、谟、训、诰、誓、命六种应用文体，记言为主，兼及记事，所记言辞多为散语，语义明确连贯，句式长短不拘，音节语气犹如说话那样自然流利，主要用于历史记载和政治教化，开创了散文记言表意、叙事说理的体制。《诗经》《尚书》在周代就分别汇编成集，又在汉代并立于“五经”之列，不仅在思想教化上成为中华文化的源头经典，而且在文学类型上创立了诗文并举、韵散初分的基本体制和发展格局。

从《尚书》的记言记事开始，散文就与诗歌分道扬镳，并行发展，逐渐衍生出记叙、说理、抒情的各式文章和各种文体，如《昭明文选》《文心雕龙》所汇编论列的数十种文体，虽然未有“散文”这一专名统称它们，但与诗赋的区别越来越分明。“散文”的文类概念较为晚出，迟至南宋初期才有周必大、朱熹、吕祖谦等人提出并使用这一概念。[①]以“散文”概念囊括除了诗赋之外的各体文章，比“文章”“文辞”等通称更切合各体无韵散行文章的共性特征，从而发展成为各体散文的共名。中国散文的内涵与外延变动不居，众说纷纭，概括说来大致有非韵、非骈、非诗的三层含义。

首先，从语体层面上看，散文是与韵文相对而言的不讲韵律、单句散行的一种常用语体。这是古今散文的本义，也是中外各国散文的共性。它最贴近日常话语、思维语言、生活实感和心理意识，比韵文更便于自由自然地表达见闻感想，所以广泛应用于各种写作领域，形成各种各样的表现形式。众所周知，继《尚书》之后，我国先秦时代就有《春秋》《左传》《国语》《战国策》等历史散文和《老子》《论语》《孟子》《庄子》等论说文章，古希腊也是从希罗多德、修昔底德的历史著述和狄摩西尼的演说、柏拉图的对话等说理散文肇始的。中外散文都发生于文史哲浑然未分时

---

① 杨庆存：《散文发生与散文概念新论》，《中国社会科学》1997年第1期。

代，都发源于记言记事、对话交流的实用需要，同时也都开始讲究文辞的表达效果，带有形象、情感、联想、修辞、逻辑和结构等文学性元素，还带有文史哲不分、真善美综合的始源性特征，开创了实用与审美交织交融、相辅相成的发展道路。

其次，从修辞层面上说，散文又是与辞赋和骈文有所区别，不事藻饰排偶而用常规语言自由书写的散体文章。这是中国文学特有的界定。因为汉字音形义集于单字，便于构成对偶和匀称的句式，产生辞赋和骈文等独特文体，介于韵文与散文之间；与之不同的单句散行文章，则不讲究对偶、藻饰、用典、铺陈等修辞技巧，而注重语意的自由表达、语句的自然连缀、行文的流畅活泼和内容的具体表现，因而形成非赋非骈的散体文概念。这在六朝时代被称为无韵实用之“笔”，在唐宋时代被尊为“古文”，意指承传先秦西汉古风、反拨六朝骈风而复兴的散体古文。自唐宋古文运动以来，这类古文因切合自由表达思想感情的需要而发展成为中国散文的主体和正宗。不过，古文与辞赋和骈文也有交叉互动、相反相成的一面，古文在发展中吸收融合了辞赋和骈文的修辞艺术，辞赋和骈文也在演变中趋于散文化。六朝以降的骈散之争往往带来文质关系的调整和更新，促进汉语文体与文章的繁荣和成熟，推动中国散文走向奇偶相生、质文并茂的发展道路。

再次，从文学层面上看，散文是与诗歌对举的一种杂文学形式。诗文同属语言艺术，都有孔子所说的“言之无文，行而不远”的自觉意识和修辞要求。但对“文”的内涵，历来有文辞、文采、文章、文学等多义而宽泛的理解。在文学范畴中，包含纯文学与杂文学的各种形式，诗、赋、骈文相继成为纯文学的代表，散文因无韵实用而在六朝时代划归为与“文”有别的“笔”之列，属于杂文学、应用文体范畴。唐宋古文发展丰富了散文的文学性，使散文出“笔”入“文”，与诗词各擅胜场，并列为中国文学正宗，但也一直带着审美与应用兼容的杂文学印记。在长期发展过程中，大抵形成诗用韵律而善于吟咏情性、文用言语而便于叙事说理的文体观。例如，曹丕《论文》称：“文本同而末异，盖奏议宜雅，书论宜理，铭诔尚实，诗赋欲丽。”陆机《文赋》云：“诗缘情而绮靡，赋体物而浏亮，碑披文以相质，诔缠绵而凄怆，铭博约而温润，箴顿挫而清壮，颂优游以彬蔚，论精微而朗畅，奏平彻以闲雅，说炜晔而谲诳。”柳宗元《杨评事文集后序》说：“文有二道：辞令褒贬，本乎著述者也；导扬讽喻，本乎比兴者也。著述者流，盖出于《书》之《谟》《训》，《易》之《象》《系》，《春秋》之笔削。其要在于高壮广厚，词正而理备，谓宜藏于简策也。比兴者流，盖出于虞夏之咏歌，殷周之风雅，其要在于丽则清越，言畅而意美，谓宜流于谣诵也。”元好问《杨叔能小亨集引》称：“有所记述之谓文，吟咏情性之谓诗。”胡应麟《诗薮》说：“文尚典实，诗贵清空；诗主风神，文先理道。”吴乔《围炉诗话》说：“文之词达，诗之词婉。书以道政事，故宜词达；诗以道性情，故宜词婉。”由此可见诗文对举而分途发展，散文偏重于记述和应用而尚实、宜理，并不唯美是从。外国文论中也有纯文学与杂文学之分，各种散文也大多归属杂文学，具有与诗不同的功能和风格。亚里士多德《诗学》说“诗倾向于表现带普遍性的事，而历史却倾向于记载具体事件”[①]，《修辞学》说“散文的风格不同于诗的风格”，“风格的美可以确定为明晰，既不能流于平凡，也不能提得太高，而应求其适合（诗的风格也许不平凡，但不适用于散文）”，“散文应当有节奏，而不应当有格律，否则就成了韵文了”。[②]这在黑格尔《美学》中发展为诗和散文是两种不同的艺术“掌握方式”，“散文意识要有一种和诗不同的思想和语言”，带有“日常意识”“寻常表现”的特点。[③]他从思维方式上辨析诗文的根本差异，比韵散之分更深刻地揭示了散文思维的日常性、零散性、随意性特征。中外文论家这类诗文观念不胜枚举，异中有同，大多从形式、内容、风格和功用等方面辨析诗文的区别与联系，启发人们应以历史比较的眼光看待散文与诗相反相成、变化发展的文学特性和文体特点。

中国现代散文是在中外文化交汇的现代语境中发展起来的，必然带有传承创新、引进交融的时代特点和总体风貌。“五四”新文化运动不仅解放思想，放眼世界，还转换语言，解放文体，开启文学现代化进程。散文就在这时代大变革中蜕旧更新，形成文学散文、白话美文、自由文体和个性艺术的基本观念。现代意义的文学散文，比非韵、非骈、非诗的古典散

---

① [古希腊]亚里士多德著，陈中梅译：《诗学》，商务印书馆1996年版，第81页。

② [古希腊]亚里士多德著，罗念生译：《修辞学》，三联书店1991年版，第149、150、167页。

③ [德]黑格尔著，朱光潜译：《美学》第三卷下册，商务印书馆1982年版，第19—26页。

文观强化了文学的界定，如刘半农排除“文字的散文”而强调“文学的散文”[①]，朱自清说“那是与诗、小说、戏剧并举，而为新文学的一个独立部门的东西”[②]，叶圣陶说“除去小说、诗歌、戏剧之外，都是散文”[③]，从而在文学“四分法”中确立了散文的独立地位。现代散文以白话取代文言，破除“美文不能用白话”的迷信，回归言为心声、言文合一的大道，与欧洲各国散文从古拉丁文变为本国语文的路径一样，促进了散文的语体化、普及化和现代化。散文是散体文章，是自由文体，这是中外古今散文的文体共性；古人常说的文无定法、随物赋形，跟现代人所说的任心闲话、随意挥洒等，都一脉相通。“五四”时期思想自由、文体解放的浪潮，冲破了“古文义法”的樊篱，进一步激活了散文自由创造的精神，也强化了散文比其他文体更自由灵活、无所不达的特长。散文的自由创造出自于创作主体，来源于作者本身的个性人格、生活经验、思想艺术修养的综合作用，表现出因人而异的个性风采。现代散文家既发扬中国古代散文修辞立诚、师心使气的优秀传统，又吸收外国近现代散文表现自我、张扬个性的精神滋养，普遍认同散文是一种“自己告白的文学”，其中“比什么都紧要的要件，就是作者将自己的个人底人格的色采，浓厚地表现出来”。[④]“所以它的特质是个人的，一切都是从个人的主观发出来；……所以它的特质又是不规则的、非正式的”[⑤]。人们在散文体式的自由灵活、作者心灵的自由活泼和个性表现的率真自然的内在关联中把握散文的特性，把散文视为不假雕饰、自然流露作者真性情的个人文体。这既贯通了刘勰“各师成心，其异如面”和公安派“独抒性灵，不拘格套”的本土传统，又接通了蒙田随笔开创的欧美传统：“我要人们在这里看见我底平凡、纯朴和

---

① 刘半农：《我之文学改良观》，《新青年》1917年第3卷第3号。

② 朱自清：《什么是散文》，载傅东华《文学百题》，上海生活书店1935年版，第238页。

③ 叶圣陶：《关于散文写作——答〈文艺知识〉编者问八题》，《文艺知识》1947年第一集之三。

④ ［日］厨川白村著，鲁迅译：《出了象牙之塔·Essay》，北京未名社1925年版，第7—8页。

⑤ 胡梦华：《絮语散文》，《小说月报》1926年第17卷第3号。

天然的生活，无拘束亦无造作：因为我所描画的就是我自己。”[①]现代散文确立的文学散文、白话美文、自由文体和个性艺术这四个主要观念，从属性、媒介、体式和体性等层面辨识与界定现代散文的艺术特性及时代特征，这已成为现代散文观的基本范畴，迄今仍在沿用和阐发。

古今散文观念不尽相同，而有相近相通的内涵和外延。朱自清曾说现代“小品散文的体制，旧来的散文学里也尽有；只精神面目，颇不相同罢了”[②]。这启发我们要辩证把握古今、新旧、正变、韵散、骈散、诗文等方面的复杂关系，以历史通变的眼光考察历代散文的发展变化，梳理各体散文的沿革兴替，贯通古今文脉的传承创新，探寻中国散文的民族特色和发展规律。

古代散文含义宽泛，文体众多，举凡韵文诗赋之外的各式文章都囊括在内，不仅包括散体古文，大多也包含骈文。刘勰《文心雕龙》在“论文叙笔”时论及史传、诸子、论说、诏策、檄移、封禅、章表、奏启、议对、书记等十类“笔”体，“文”类之中的辞赋、颂赞、祝盟、铭箴、诔碑、哀吊、杂文、谐谑等也有散体、骈体之文。萧统《昭明文选》所录三十九类文体，除诗、骚、赋三类外，其他均为骈体、散体文章，主要有诏、册、令、表、上书、启、笺、书、檄、辞、序、颂、赞、对问、设论、符命、史论、论、箴、铭、诔、哀、碑文、墓志、行状、吊文、祭文等体式。徐师曾《文体明辨》所分一百二十七类中，散文文体竟有近百种之多，即：命、谕告、诏、敕、玺书、制、诰、册、批答、御札、赦文、铁券文、谕祭文、国书、誓、令、教、上书、章、表、笺、奏疏、盟、符、檄、露布、公移、判、书记、约、策问、策、论、说、原、议、辩、解、释、问对、序、小序、引、题跋、文、杂著、七、书、连珠、义、说书、箴、规、戒、铭、颂、赞、评、碑文、碑阴文、记、志、纪事、题名、字说、行状、述、墓志铭、墓碑文、墓碣文、墓表、谥议、传、哀辞、诔、祭文、吊文、祝文、嘏辞、玉牒文、符命、表本、口宣、宣答、致辞、祝辞、上梁文、乐语、右语、道场榜、道场疏、表、青词、募缘疏、法堂疏，可谓搜罗详尽，庞杂琐碎。姚鼐《古文辞类纂》删繁就简，将古代散

① [法]蒙田著，梁宗岱译：《蒙田散文选·给读者》，载郑振铎《世界文库》第七册，上海生活书店1935年版，第3001页。

② 朱自清：《论现代中国的小品散文》，《文学周报》1928年11月第345期。

文概括分为十三类：论辩、序跋、奏议、书说、赠序、诏令、传状、碑志、杂记、箴铭、颂赞、辞赋、哀祭。曾国藩《经史百家杂钞》进而归纳为三门十一类：著述门有论著、词赋、序跋三类，告语门有诏令、奏议、书牍、哀祭四类，记载门有传志、叙记、典志、杂记四类，除词赋外均为散文，分类系体，纲举目张。

古代散文如此繁富庞杂的体裁样式之中，有不少是因封建礼制上下沟通需要而产生的，如诏令、奏议、章表等；也有不少是由古代社会交际和传播方式形成的，如赠序、箴铭、碑志等。这些大多随着时代变迁和传媒更新而被历史淘汰了，或被改变了性质。除此之外，还有许多适应性强的文体样式流传下来，成为现代散文革新创造的艺术基础，如论辩、序跋、传状、杂记、书牍、颂赞、辞赋、哀祭诸体式及其丰富的表达技巧。现代散文对待传统文体，采取古为今用、革故鼎新的态度，根据现代人的表达需要而因革变通，突破成规而解放文体，以现代观念和现代语言改造旧文体，创造新文体，衍生出美文、纯散文、随笔、杂文、小品文、游记、传记、通讯、报告文学等众多体裁和文体概念。其中的美文、纯散文、小品文、随笔等，是文学散文一级概念中大同小异的常用名称，都含有叙事、抒情、说理的各式文章。随着散文品种的增多和自立，对散文的二级分类逐步形成了“三分法”，即分为议论说理、叙事纪实和记叙抒情三类，相应的代表文体分别被称为杂文、报告文学和传记文学、小品散文。现代杂文是古代论说类散文的变体和创新，承立言遣论、载道言志的传统而开思想启蒙和社会批评的新风，强化议论说理的形象化、抒情化和理趣化，而“侵入高尚的文学楼台”[①]，成为知性文学的代表文体，如众所熟知的鲁迅杂文。通讯报告是传统纪实散文与现代报章文体结合的产物，传记文学是从史传、传状、碑志之类古文演变而来的，都贯通着叙事写人的“实录”原则，而与小说的虚构泾渭分明。小品散文亦称记叙抒情散文，有的让杂文、报告文学和传记文学从散文母体中独立出去，只留下这类文体独享散文专名，相当于明清小品，这是最狭义的散文，是对文学散文加以严格界定的产物；它也含有多种体式，如抒情小品、散文诗、游记、杂记等，以抒情言志为主，又兼有叙事说理功能，与姐妹文体互有交叉，如随想录、

① 鲁迅：《徐懋庸作〈打杂集〉序》，《鲁迅全集》第六卷，人民文学出版社1981年版，第291页。

回忆录、序跋、速写等，应用范围也是相当宽广的。

本书编写从中国散文文体众多、应用广泛的历史实际出发，采用广义散文概念，以散体文为主，兼及骈文和辞赋，涵盖记叙、说理、抒情的各类各体散文，着重梳理散文从实用走向审美、从散体文章走向文学散文、从古典走向现代的发展脉络。中国散文已有三千多年的悠久历史，依据散文变迁大势可分为以下五个发展时期。

一、先秦两汉是中国散文的创立期。从《尚书》《春秋》开始，到战国时代的历史散文和诸子散文，再到汉代的论说文和《史记》《汉书》等，记言记事的各体散文陆续生成，从言辞、语录到单篇文章的转化已然完成，形成记叙散文和说理散文两大体制及其众多体式，出现史传散文和诸子散文两大高峰。这时期散文虽然不是独立的文学创作，而是文史哲交融的文化著述，却积淀着先哲圣贤的原创思想和言说方式，开创了立言传道、为文致用的精神传统，创立了汉语文章的基本体制、主要体裁、篇章结构、表达方法和修辞技巧，尤以百家争鸣、众体渐备、文质相称、异彩纷呈而奠定中国散文思想艺术的发展基础，成为后世推崇和师承的古文经典。

二、魏晋南北朝是散文分化的转型期。这时期变乱频仍，思想活跃，文史哲逐渐分家，文学开始走向独立，既被曹丕推崇为“经国之大业，不朽之盛事”，又被萧统界定为“事出于沉思，义归乎翰藻”。于是，文笔两分，骈散并行。散体自由多样，在论辩、说理、书札、杂记等文体中发挥所长，率意行文，各具风采，如曹氏父子的通脱清峻，阮籍、嵇康的师心使气，陶渊明的散淡自然，郦道元的模山范水。骈体受辞赋和声律影响而盛行起来，不仅在咏物抒情上取得长足进展，而且广泛应用于章表、诏策、尺牍、论著等应用文体，如鲍照、江淹、徐陵、庾信诸家的各类骈文。骈偶固然有文胜于质、唯美失真的流弊，但在体物言情、铸辞炼句等方面还是促进了散文艺术的发展。

三、唐宋是散文发展的鼎盛期。唐代前期蹈袭六朝遗风，骈俪依然盛行。到了中唐以后，韩愈、柳宗元发起古文运动，提倡“文以明道”“不平则鸣”“词必己出”和“气盛言宜”，承传先秦古风而廓清六朝余习，复古以开新，重道又能文，引领古文复归散文的正宗地位，开拓了中国散文发展的新局面。北宋欧阳修、苏轼以及曾巩、王安石、苏洵、苏辙等继续复兴古文，促进古文走上平易自然、无所不达的广阔道路，出色完成古文取代骈文而成为中国散文正宗文体的历史使命。唐宋古文大家都追求文道合一、文质俱美，既善于融旧铸新，易骈为散，又兼擅多种文体，独创个人文风，在论辩、赠序、游记、杂记、传状、碑志、哀祭和随笔诸类中开拓创新，化笔为文，创获丰硕，登峰造极，抵达古典散文艺术的巅峰。

四、元明清是古代散文的流变期。从明代“唐宋派”归有光到清代“桐城派”姚鼐和“湘乡派”曾国藩等古文家，都在延续唐宋古文流脉，产生不少义法考究、格调雅洁的散文精品，却无法超越韩柳欧苏的格局和标高。倒是被他们轻视的“性灵派”小品文另辟蹊径，别开生面，如“公安派”的独抒性灵，“竟陵派”的苦心孤诣，张岱的梦忆感怀，袁枚的率性抒情等，这股新变势头在清代中叶被古文正统派压制下去了。直至晚清，随着改良变革思潮的兴起，文坛又出现新变气象。前有龚自珍独抒己见、不同凡响的警世文章，后有梁启超议论风生、平易畅达的“新文体”，在一定程度上突破正统古文的樊篱，虽说并未完成文体革新的任务，却为“五四”散文革命起到了先导和过渡作用。

五、近百年是中国散文的新生期和现代散文的兴盛期。相对于古典散文而言，从1917年文学革命以来至今，用白话文创作的新型散文可统称为“现代散文”，以1949年为界分为民国与共和国两个发展阶段。现代散文乘“五四”文学革命和思想革命的东风，借外来新思潮、新文艺和新文体的冲力，既突破封建思想的禁锢和古文成规的桎梏，又弘扬修辞立诚、师心使气的精神传统，激活文无定法、随物赋形的散文特性，彻底实现语言更替、文体解放、思想创新和艺术转型的全面变革，创建了以现代语言表达现代人思想感情的各种散文文体，开辟了中国散文发展的新纪元、新生路和新境界。尤其是抒情散文、杂文随笔和报告文学的鼎足而立，分途发展，不仅更新拓展了中国散文的发展格局，而且增强和提升了散文艺术感应人生现实的表现力和创造力。鲁迅杂文把传统论辩文体和讽喻艺术改造为论战与启蒙的锐利武器，将议论、说理、批评、讽刺的形象化、抒情化、理趣化和文学化发挥到极致，创立了影响最大最深远的“鲁迅风”杂文主潮和精神传统，超越历代文豪而卓立于杂文史顶峰。周作人的随笔小品将博识、智慧、风趣、文辞熔于一炉，融合传统“名士风”和英美“绅士风”而自成“知堂风”，复兴了言志派独抒性灵的散文传统。众多散文家也自出机杼，各具风采，合力促成现代各体散文的发达兴盛，尽管在历时变迁中有过挫折和反复，但在总体趋势上还是朝着个性化、多样化、艺术化和现代化的大方向拓展前行。

中国散文从古代走向现代的漫长历程，既有文随世变、代有创新的时代性，又有历代积淀、古今贯通的民族性，更有各师成心、文如其人的个体性，交互促成中国散文的传承、转化、革新和发展，交融构成中国散文的文心、文脉、文体和文风。以辩证发展的眼光考察中国散文发展史，主要有以下几个问题贯穿于历代散文之中，应着重加以寻绎和探讨。

其一，文道关系。这是中国文学史尤其是散文史上聚讼纷纭的核心问题，不仅有“各道其道”的纷争，而且有“明道”“贯道”“传道”“载道”的争议，还有“载道”与“言志”的分歧，又与文质、文理、美善、体用等问题缠绕在一起，实质是文学上内容与形式、思想与艺术之普遍问题在散文领域的突出表现。自从先秦散文开创立言传道、为文致用的散文传统以来，散文就与“道”结下不解之缘，与诗的“言志”功能有所区分，比诗歌担负起更重大更崇高的思想文化使命。刘勰《文心雕龙》首设《原道》篇，率先提出“道沿圣以垂文，圣因文而明道”的观点，从自然之道论及圣人悟道和因文明道，揭示了文学的本原、主旨和功用。唐宋古文家提倡“文以明道”，与道学家的“文以载道”有所区别，重道而不轻文，能文而善于明道，追求文道合一、文质俱美。当然，他们对“道”有不同的理解和实践，有的坚守孔孟之道，有的领悟自然之道，有的注重辅时及物，有的博采百家之长，大都忠实于自己的思想见识、道义情怀和精神追求，提升了散文的道德理性价值和思想艺术品位。如果不把“道”看成是抽象的、僵化的教条，而是活生生的思想道理；不是赤裸裸的道德说教，而是融化为作品的思想灵魂，那么“文以明道”的古文传统，理应加以批判性地继承和发展。“五四”文学革命尖锐批判“文以载道”观念，但大力反对的是载封建旧思想旧道德之“道”，普遍提倡以“民主”“科学”“人道”“自由”等新思想新道德取代之，而且把传统的文道合一转化为思想艺术相统一的自觉追求。胡适《文学改良刍议》就强调“思想之在文学，犹脑筋之在人身”，“文学以有思想而益贵”。连周作人也坦承“我原来乃是道德家”，“我想破坏他们的伪道德不道德的道德，其实却同时非意识地想建设起自己所信的新的道德来”，“我很反对为道德的文学，但自己总做不出一篇为文章的文章”。[①]他曾把“言志”与“载道”对立起来，但最终还得折中说：“言他人之志即是载道，载自己的道亦是言志。”[②]历代作家大多把散文视为表达思想情志、具有教化功用的严肃文体，注重散文真善美的有机结合和道德文章的一体化，推崇立意高远、心怀高尚、格调高雅、文体高超的文境文风，突出体现了中国散文重道崇文、匡时济世、文质彬彬、美善兼备的民族特色。同时也带着以理节情、以善驭美、独尊儒道、排斥异端的历史局限，贬抑其他思潮流派的探索和创新，致使散文流脉不够恢宏壮阔。现代散文突破和超越了这种状况，开创了思想艺术多样发展的新气象，但在转化和更新文道关系上也出现过教条化或去“道”化的偏颇。历代散文对文道关系的探索，对思想性与艺术性完美结合的追求，对“铁肩担道义，辣手著文章”的推崇，不仅留下了许多传世名著和精神财富，而且留下了弥足珍贵的经验教训和精神传统，很值得借鉴和发扬光大。

其二，义法关系。这是桐城派总结历代古文写作经验而提出的一个重要问题，是质文关系、道艺关系在散文中的具体表现。方苞《又书货殖传后》提出：“《春秋》之制义法，自太史公发之，而后之深于文者亦具焉。义即《易》之所谓‘言有物’也，法即《易》之所谓‘言有序’也。义以为经而法纬之，然后为成体之文。”他引经据典，援古证今，把写什么、怎么写、写得怎样的复杂问题简化和提炼为“义法”问题，建立了古文义法的系统理论。其“有物”之“义”可包含义理、考据、经济等内容要素，“有序”之“法”可泛指辞章、笔法、技艺等表现形式，“义经法纬”则界定了二者的主从相依关系。姚鼐《古文辞类纂序》将之扩展为“神、理、气、味”与“格、律、声、色”两方面八要素的合成。古文义法是古文艺术的总结和规范，涉及内容与形式结合的一系列规则和方法，既成为桐城派的为文准则和师古门径，也成为考察历代古文家成败得失、探析古文艺术奥秘的入门途径和批评标准。有物有序的简明概括，确可贯通历代各体散文的写作要求和基本特点，揭示汉语散文的思维方式和行文艺术；而在义理上不敢逾越原道、征圣、宗经、正纬的经典范畴，在法度上又有

① 周作人：《雨天的书》，上海北新书局1925年版，卷首第4页。

② 周作人：《中国新文学大系·散文一集》，上海良友图书印刷公司1935年版，卷首第11页。

谋篇布局、遣词造句的种种讲究，还在风格上标举质而不芜、澄清无滓的雅洁格调。这在深化和细化人们认识和把握古文成规方面自有裨益之处，但也简化和固化了古文艺术，遮蔽了《庄子》《史记》、魏晋文章、明清小品等类作品的多样性和独创性，限制了散文艺术的自由创造和自主创新，从而遭受晚清改良派文人的非议和“五四”新文学家的批判与突破。在思想解放、文体解放的现代语境中，言之有物有序的义法，已被“任心闲话”“意到笔随”的自由独创精神所更替、扬弃、消化和转化了。以“周氏兄弟”为代表的现代作家破除古文义法的束缚，激活散文自由灵活的天性，创造了随物赋形、独抒性灵的各式各样的散文笔法，复兴了中国散文“以意役法”“文成法立”的创作传统。

其三，体性关系。这里参照刘勰《文心雕龙》“体性”“定势”的说法，探讨文体特性与作家个性的相互关系。《定势》提出“因情立体，即体成势”的创作原则和文体成因，据此概括几类文体的写作要求和风格特点：“章表奏议，则准的乎典雅；赋颂歌诗，则羽仪乎清丽；符檄书移，则楷式于明断；史论序注，则师范于核要；箴铭碑诔，则体制于弘深；连珠七辞，则从事于巧艳。此循体而成势，随变而立功者也。”《体性》进而探讨作品风格与作家个性的关系，把作家的才、气、学、习与作品的辞理、风趣、事义、体式有机联系起来，提出“各师成心，其异如面”“吐纳英华，莫非情性”的创作主张和风格成因，归纳出四组八体的基本风格，即典雅与新奇、远奥与显附、精约与繁缛、壮丽与轻靡，并列举贾谊、司马相如诸家的个性特点与风格特色的对应关系加以申述。刘勰对文体做了系统研究，“原始以表末，释名以章义，选文以定篇，敷理以举统”，总结历代各体文章的写作经验而集文体学之大成。他的文体研究，不仅辨体释义，揭示体裁的特点、功用、沿革和正变，还深入到体性和风格层面，把文体风格落实到因人而异、文如其人的独创风格上。如《诸子》既论述诸子散文都是“入道见志之书”，都带有立言说理的特性，又点评各家的风格特色，如“孟荀所述，理懿而辞雅；管晏属篇，事核而言练……慎到析密理之巧，韩非著博喻之富；吕氏鉴远而体周，淮南泛采而文丽：斯则得百氏之华采，而辞气之大略也”。这说明同类文体自有相通的共性而与其他文体区别开来，又有作家发挥个性、驰骋才华的创造空间，以各自的风格特色体现和发展该类文体的特性；散文的文体风格与作家的个体风格相生相成，丰富多样，既要“循体而成势”，又要“随变而立功”，在文体“定势”中充分发挥创作主体的创造性。同时也启发我们在梳理散文文体发展脉络之际，一要留心辨析文体的特性和差异，二要辩证看待文体的因革正变，三要具体分析作家在文体成规中的个性表现和主导作用，四要综合研究作家的文体创造和艺术创新对文体发展变化的建树和贡献。各体散文有各自的特点，各家散文有各自的风采，相互之间又有交叉、渗透、互动、相生之处，错综构成中国散文体式众多、风格繁富、互补共荣、变化无穷的发展动态。郁达夫认为：“现代的散文之最大特征，是每一个作家的每一篇散文里所表现的个性，比从前的任何散文都来得强。”[①]这话说得有些绝对化，但也承认古代散文家也有个性表现，只是因为受制于封建禁锢和古文规约而难以独立自主和自由发挥，总体上显得弱化。尽管如此，历代散文还是流贯着修辞立诚、师心使气的文脉，展示着因人而异、异彩纷呈的文风，顺应时代变迁而逐渐走向现代，融入个性解放思潮而大放光彩，促进了散文发展的个性化、多样化、现代化。

其四，通变关系。《易经》所云“穷则变，变则通，通则久”的通变观，被历代文论家用来探究文学发展变化的一系列问题。刘勰《文心雕龙》既从文学与时代的关系考察“时运交移，质文代变”“文变染乎世情，兴废系乎时序”的外部规律，又从文学自身的继承与创新的角度探讨“设文之体有常，变文之数无方”“参伍以相变，因革以为功”的内部规律。中国散文史上有两次重大变革，恰好可充分说明承传与革新的辩证关系：一次是唐宋古文运动，另一次是“五四”散文革命。前者是以师承古代传统的复古方式实现散文革新的，即借先秦西汉的古风来反对六朝形式主义文风，回归散文文质统一的优秀传统。但它对古代传统的推崇和承传，绝不是食古不化、简单重复，而是如韩愈所说的“师其意不师其辞”，“惟陈言之务去”，“词必己出”，“能自树立”，即学习和汲取古人为文的本意和精神，承传和发扬“文道合一”的古文传统，不只把散文当作立言传道的手段，而且作为一种文学正宗和艺术创造，把散文从骈文格套中解脱出来，恢复散体文章自由写作的弹性活力，促使散文走上独立发展的道路。这是融旧铸新、托古改制的一次成功实践，在承传秦汉传统和改变六朝积习的基础上创造了古今交融、文质并茂的古文，奠定了中国古典散文的艺

① 郁达夫：《中国新文学大系·散文二集导言》，上海良友图书印刷公司1935年版，卷首第5页。

术规范和发展格局，此后的散文就延续唐宋古文传统而通行数百年，终因缺乏新变而衰老僵化。直到“五四”时期，散文变革才以打破传统、借鉴西方的革新方式出现。“五四”散文革命引进西方的新思想新文体，确立现代意义的文学散文观念，以科学和民主的新思想批判旧文化旧道德，反对文言文，提倡白话文，反对“载道”“征圣”“宗经”的传统文学观，提倡个性表现和艺术独创，冲破了古文的思想桎梏和程式规范，从古文成规中再次解放了散文的创造活力，完成了晚明小品和晚清新文体尚未完成的创新使命，创建了各式各样有效表达现代人思想感情、适合现代审美需要的新体散文，开辟了中国散文发展的新生路和新纪元。这是破旧立新、洋为中用的一次成功的散文变革。不过，这次变革虽以反传统的姿态出现，却并非抛弃传统、割断历史，而是扬弃和转化古典传统，既发掘和发扬了古代散文中修辞立诚、师心使气、忧国忧民、匡时济世的精神传统，也借鉴和吸取了古典散文在语言艺术、体式格调、义理法度、审美追求等方面积累的艺术经验，使古老的各体散文焕发出新生的活力和魅力。当时白话散文变革的成功远在诗歌、小说和戏剧之上，就与较好地处理承传和革新的关系密切相关。由此可见，有继承的变革易于成功，有革新的承传才有发展。历史上的散文革新运动是这样，有成就的散文家也是博采众长、融会贯通而戛戛独造、别树一帜的。

诚如《文心雕龙·通变》篇末所赞：“文律运周，日新其业。”中国散文适应时代生活的发展变化而繁衍不息，兴盛发达。中国散文是中国思想文化和语言艺术的结晶与宝藏，积久愈富，历久弥新。其中珍藏的人文精神、思想智慧、汉语奥秘和美学魅力，有益于我们增进人文素养和文化自信，吸引着我们共同努力来追踪溯源，寻幽探胜，去芜存菁，发扬光大！

第一章 // 先秦两汉：散文的创制

第一节　先秦历史散文

中国散文的源头，起自先秦时期。先秦散文，主要包括两大部分，一是历史散文，一是诸子散文。先秦散文开创了中国散文的基本体制、主要类型和表达形式，成为历代散文传承和尊崇的经典范式，对后来散文乃至其他文类的发展产生重大而深远的影响。

历史散文可以追溯到距今三四千年前的殷商时期。殷商时代的甲骨卜辞，是至今所能看到的最早的散文片段。它本是当时人用来预测祸福吉凶的占卜辞，内容非常简短，少则几个字，多则百余字。它虽然简单，却具有开创性的重大意义，可以说是散文的胚芽。商周铭文则是刻在青铜器上的文字，记载贵族的功绩、讼断、征伐、赏赐等，篇幅已比较长，大都是散体文，少数有韵，风格庄重典正，缺少文采。现存较为完整的历史散文首推《尚书》和《春秋》。到了春秋战国之际，历史散文有了长足的进步，《国语》《左传》《战国策》是其代表。[①]《左传》《战国策》将有专节论述，这里先简述《尚书》《春秋》《国语》《晏子春秋》等史传散文。

今本《尚书》包括虞、夏、商、周之书。原有一百篇，据说经过孔子

①近年发现的清华简《系年》，与《左传》《竹书纪年》《国语》等史著一样，代表了先秦史学著述的成就。全篇既不是单纯的纪事本末体，更不是编年体，而是有整体布局，通过叙事与剪裁，表达著者的历史观。参看《光明日报》2015年12月10日16版李守奎《清华简〈系年〉与古史新探》。

编定，此说实不可信。《尚书》实际上是我国最早的政事史料汇编，作者可能是各个时代的史官，在流传的过程中经过后人的整理和增益删改而成。《尚书》是朝廷的命令、文告、誓词、训词等历史文件的汇编，以记言为主，其中也有一些记事篇章，如《金縢》《顾命》等，记载周成王在位期间的两件大事，即成王疑忌周公与康王即位之事。《尚书》年代久远，文字古奥，“佶屈聱牙”，颇不易懂。《尚书》中的思想，反映了从殷商到西周时代思想观念的演变，其核心是“敬天”“明德”“慎罚”“保民”。“敬天”，因为天是宇宙最高主宰，“德”即上天的意志，“明德”即是“敬天”。天又是怜悯四方之民的，上天辅助诚信的人，民情由此可见，所以要“保民”。保民则要“慎罚”，“克明德慎罚，不敢侮鳏寡”（《康诰》），要实行宽大政策，谨慎地依法行事。这些思想，对《左传》《国语》和孔子、孟子都有很大的影响。《尚书》已具有历史意识。如《无逸》篇，周公告诫成王不能贪图逸乐，并不用单调枯燥的说教，而是列举殷王中宗、高宗武丁、祖甲、周文王的事迹，以具体的人物与历史事实，教育成王必须“先知稼穑之艰难”，“知小人之依”，论述“无逸”的重要性。这样，成王所得到的历史经验，就不是抽象的理性认识，而是具体的形象榜样，是从先人的具体形象中汲取统治力量。

《尚书》中的典、谟、训、诰之文，有的已经具有一些文采。如《皋陶谟》用了一连串的连类、排比句式：“慎厥身，修思永”，“惇续九族，庶明励翼”，“在知人，在安民”，“宽而栗，柔而立，愿而恭，乱而敬，扰而毅，直而温，简而廉，刚而塞，强而义”。这些词句，使文章显出整饬和谐之美。《尚书》记言的另一特点是鲜明的口语化。文中采用了大量的语气词、感叹词，“嗟”“都”“俞”“吁”“呜呼”等语气词反复出现，如《甘誓》：“嗟！六事之人，予誓告汝。”《无逸》：“呜呼！嗣王其监于兹。”《金縢》：“噫！公命我勿敢言。”这些语气词的使用，在当时是很通俗的，增添了生活气息、感情色彩。《尚书》中已经有了简略的人物形象。如周公这一人物，其事迹主要在《金縢》《大诰》《多士》《康诰》《无逸》《君奭》等篇中。还有周武王，《牧誓》中有对周武王英勇形象的描写。此外，《尚书》中多次运用排比的手法，行文洋溢着充沛的感情。这些，说明在散文的创始阶段，就已经具有文学元素了。

《春秋》本为先秦时代各国史书的通称，这里所说的《春秋》，相传是孔子据鲁国史书重新整理、编定的。它以记事为主，以鲁国十二个国君在位的次序编年纪事，记载了春秋时期242年间的历史。纪事极为简短，语言精练严谨。其属辞比事而为后人所称道的是所谓“春秋笔法”“微言大义”。“春秋笔法”“微言大义”就是在看似平常的记事之中蕴含着深刻的褒贬劝惩含意。如隐公元年的《郑伯克段于鄢》，无一字不含深意。《左传·昭公三十一年》所称“书齐豹曰盗，三叛人名，以惩不义，数恶无礼，其善志也”，也是“春秋笔法”的典型例子。孔子作《春秋》，不但是作为一部史书来写，而且是作为遵周礼、明王道、善善恶恶、拨乱反正的劝惩鉴戒之书，深刻地体现了孔子的思想倾向。

《春秋》的叙事，一是简洁严谨，二是凝练含蓄。《春秋》记事极其简要，无论多么复杂的事件，作者仅用几个字加以记载。如《僖公十六年》所记：“春，王正月，戊申，朔，陨石于宋五，是月，六鹢退飞，过宋都。”如前所述，“春秋笔法”“微言大义”在文学上产生的效果就是凝练含蓄。《春秋》“以一字为褒贬”，就必须对语言进行锤炼，在简洁的字句中包含深刻的内容。《春秋》简洁严谨、凝练含蓄的风格，对后代史传作品产生了深远影响。

《国语》并非一部有系统的史著，而是一部古人言论的汇编。《国语》与《左传》有一定关系，但又是分而有别的不同著作。《国语》记史时间始于西周穆王，终于鲁悼公（约前967年—前453年），在时间上与《左传》大体相吻合，许多历史事件也与《左传》相同。一般认为《国语》的成书时间还稍早于《左传》，《左传》作者可能参考过《国语》。《国语》的思想倾向，也与《左传》有相同之处，主要是“重民”“崇礼”“尚德”，这是因为二书所记载的历史时代大体相同，共同反映了这一时代的思想特征。

《国语》首创分国记史的体例，分别记周、鲁、齐、晋、郑、楚、吴、越八国事迹。八国史事详略不同。《周语》历时最长，大部分是记言论政之文；《鲁语》多一事一议的小故事；《齐语》只记管仲与齐桓公论政的几次谈话；《晋语》最为详细，起自武王，止于智伯之亡；《郑语》则只是一篇谈话。可见各国史事，差别很大，也说明作者大抵依照各国史书（即《百国春秋》）底本编撰而成。不过它创立国别体的功绩和意义，却是不可抹杀的。

《国语》的文学成就虽不如《左传》，但也有自己的特色。《国语》全书有二百四十三个小节，可以说是由二百四十三个大小不同的故事组成。

它以记言为主，但在记言中展开故事情节，描绘人物形象，展现了春秋时代错综复杂的斗争风云和形形色色的人物风貌。有一些历史事件，《国语》记载得相当详细，甚至详于《左传》。如晋骊姬之乱，《国语·晋语》一、二用了八九节文字加以记载，而且结构更为合理和清晰。《国语·晋语一·史苏论骊姬必乱晋》先由史苏之口预言骊姬将乱晋国，于是情节逐步展开：晋献公不参与祭祀武宫，有意让骊姬儿子奚齐主持祭事；优施教骊姬疏远太子申生，并向献公进谗言；又设计使申生处曲沃，远离晋献公，并派他伐霍、伐狄，功成而谗言弥兴；这样，还不能致申生于死地，于是优施又教骊姬夜泣告枕头状以谗害申生，接着骊姬干脆亲手制造投毒的假案，陷害申生，逼申生自杀，以实现黜太子申生而立奚齐的目的。把这几节文字组合起来，完全可以组成一篇“骊姬害太子申生”的完整故事。这个事件，《国语》写得比《左传》详细。其中一些细节描写，也极为生动，如：

> 骊姬告优施曰：“君既许我杀太子而立奚齐矣，吾难里克，奈何!”优施曰：“吾来里克，一日而已。子为我具特羊之飨，吾以从之饮酒。我优也，言无邮。”骊姬许诺，乃具，使优施饮里克酒，中饮，优施起舞，谓里克妻曰：“主孟啖我，我教兹暇豫事君。”乃歌曰：“暇豫之吾吾，不如鸟乌。人皆集于苑，己独集于枯。”里克笑曰：“何谓苑，何谓枯?”优施曰：“其母为夫人，其子为君，可不谓苑乎？其母既死，其子又有谤，可不谓枯乎？枯且有伤。”（《国语·晋语二》）

这一节，写出优施的工于心计、善于蛊惑，既有对话，又有叙述，显然采用了文学的手法。而且像这样细腻的描绘，恐怕出于作者的悬想和艺术加工。

在刻画人物方面，《国语》也有自己的特色。晋文公重耳是《国语》中着墨较多的一个人物。《左传》中的重耳也是塑造得相当成功的一个人物，但相比之下，《国语》更加详细。可以说，《国语》对于重耳这一人物成长以至称霸的各个细节描写，比《左传》丰富得多，再加上详细记载了重耳身边众随从的言论，把重耳的形象衬托得更加丰满。再如吴王夫差，也是《国语》中描写得较成功的人物形象。作者在记述吴越之争的历史事件时，特别留意揭示夫差这一人物性格上的特点，所以人物刻画相当成功。

《国语》重在记言，其语言艺术也有特色。《国语》的记言继承了《尚书》的特点，但是又有很大的发展。首先，《国语》的人物语言大都长于说理，重于教训。如姜氏劝告重耳不可安于齐国，就不仅仅是如《左传》中的短短几句话，而是生出一大段文字来。姜氏不但多次征引《诗经》中的诗句来劝告重耳不可贪图安逸，而且举了武王、管仲的例子来晓以大义，希望重耳能效法他们建立功业，又精确地分析齐国霸业衰弱的形势，告喻重耳机不可失。姜氏的话，广征博引，从多方面来说明事理，予重耳以教训。作为一个妇女，似乎难以使人相信姜氏能说出如此绵密渊深的道理来，显然经过作者有意的加工。《国语》记言的另一个特点是平实畅达。它与《尚书》的“佶屈聱牙”不同，已显示出通俗自然、明白流畅的特点。它所用的词汇大都明白易懂，贴近口语，不显得古奥晦涩。有的则显得风趣而幽默，风姿摇曳，引人入胜。

《晏子春秋》是我国第一部个人历史传记，大约成书于战国中后期。蒋伯潜《诸子通考》说：“按此书非晏子自著，乃后人采其行事，记其言论，纂辑而成，其成书实在战国之世。”《四库全书总目提要》称“《晏子》一书，由后人摭其轶事为之。虽无传记之名，实传记之祖也”。全书八卷，分内外篇。《内篇》六卷，包括《谏》上、下，《问》上、下和《杂》上、下。《外篇》两卷，分《外篇上》与《外篇下》。各卷系以长短不一、姿彩多样的小故事，计有一百八十八个。它虽属于个人历史传记性质的著作，但其与后世的个人历史传记有所不同的是以逸闻轶事来塑造人物，这是《晏子春秋》的重要特征。

《晏子春秋》虽然没有确定的时空纪年，但不乏一部人物历史著述的基本要求。晏子，名婴，字平仲，一说字仲，谥平，是春秋末期齐国名相。晏子的事迹或传说，在《左传》《墨子》《吕氏春秋》《韩非子》《荀子》等书里都有记载，说明其事在先秦时期已经广为流传了。《晏子春秋》力图从各个方面，尽力展示晏子的历史作用及其一生的行迹。这些众多故事中所体现的晏子思想，具有综合、完美的特点。它既忠君崇礼，又为民着想；既节用非乐，又谏祠斥鬼；既体现了儒、墨的主体思想，又没有二者的不足。总而言之，作者借晏子这一理想人物，展示的是一幅兼顾君、民、国三者利益的政治图景。

《晏子春秋》在塑造晏子这一人物时，主要运用了小说化的手法。许多篇章显示出较强的故事性，其情节不但丰富，且夸张曲折，富于戏剧性。同时，包容在情节中的人物形象，也相当细腻可感。作者在一定程度上摆脱了叙述历史真实的平铺直叙，而带有了娱乐读者、寓教于乐的目的性。如《内篇·杂上》第二十七记载，齐人北郭骚贫穷不足以养其母，晏子曾经救济过他。后晏子见疑于景公，出逃时与北郭骚诀别。北郭骚感其仁义，决心以死为晏子昭雪，于是在宫廷之前自刎而死，他的朋友又为他自刎而死，景公受到震动，便亲自去追回晏子。这一则故事尚有“士为知己者死”的战国侠士余风，它从侧面表现晏子的品德感人至深。故事的情节已经相当丰富，但它故事性强的真正原因还在于情节的波折，以及在波折中对人物深层情感的展示。由于传闻性材料的大量参与，使得《晏子春秋》在仍然承袭着史传之名的同时，已经悄悄地向小说迈进了。

先秦史传文学对后代文学产生了深远的影响。史传散文中包含着各种文体，刘勰《文心雕龙》文体论二十篇，“原始以表末”，追溯各体文章之始，举《尚书》《左传》《国语》《战国策》之例者多达四十余处，涉及乐府、诠赋、颂赞、祝盟、铭箴、诔碑、哀吊、谐讔、史传、诸子、论说、檄移、章表、议对、书记各体。其中以举《左传》一书为最多。再如史论体即史书论赞这一文体，如司马迁的“太史公曰”，其体式在先秦史传文学作品中已见雏形。《战国策》中如黄歇上秦昭王书、范雎献秦昭王书、鲁仲连遗燕将书等，皆为书信体说辞的名篇。除此之外，如论辩体、诏令体、铭箴体、哀祭体等也都具备。可以看出，汉代以降，各家论文体之渊源，其所举的诸多文体，在先秦史传著作中均已见萌芽或雏形。史传散文的体例、叙事原则、写作艺术等对后代传记文学有直接的启发。《史记》的体例是在先秦编年史、国别史的基础上创新和发展起来的。在叙事方面，《春秋》《左传》的直书其事、褒贬鲜明的特点，注重写人的意识，文学化的著史手法，为后代史书写作和传记文学创作提供了典范；对于中国古代小说创作，不但提供了大量的题材，还提供了艺术手法的借鉴。

第二节 《左传》

《左传》是一部以《春秋》为纲编纂而成的历史著作[①]，作者相传为鲁国的左丘明。《左传》全书规模宏大，近二十万字，作者博采各国史书和民间流传的材料写成，其叙事状物、剪裁结构、人物刻画都达到很高的水平，是一部杰出的叙事散文著作。

一、《左传》的时代特征

《左传》是风雷激荡的春秋时代生动的历史记录。春秋时期，上承夏、商、西周的大一统王朝，下启列国并立、群雄争霸的局面。它既宣告了一个旧的社会制度的消逝，又预示着一个新的社会制度的诞生。这一时期，大批农奴摆脱了原有的井田制的束缚，获得了人身自由而成为自耕农。经济基础的激剧变化带来了上层建筑的剧烈动荡。随着各诸侯国经济实力的增强，原为天下共主的周天子的地位遭到了挑战，丧失了对诸侯列国的控制能力。孔子曾慨叹说："天下有道，则礼乐征伐自天子出；天下无道，则礼乐征伐自诸侯出。自诸侯出，盖十世希不失矣；自大夫出，五世希不失矣；陪臣执国命，三世希不失矣。"（《论语·季氏》）从"礼乐征伐自天子出"到"自诸侯出"，再到"陪臣执国命"，是旧政权结构改变的三个阶段。《左传》真实地记载了春秋时期这种激烈的变化。

与王权衰落同时而兴的，是各诸侯国之间为争夺霸主地位而展开的剧烈斗争。《左传》生动地展现了这一壮阔的历史画卷。自春秋初期郑庄公小霸叱咤于诸侯之间以后，争霸战争狼烟四起，烽火连天。齐桓公九合诸侯，晋文公策命为侯伯，秦霸西戎，楚霸诸蛮，争霸战争，旷日持久。《左传》对争霸战争的描写最为出色，诸侯虎争，霸权迭兴，纷纭复杂，波谲云诡，宛如一幅波澜壮阔的战争风云录。

春秋时期，又是一个思想大解放的时代。百家争鸣的出现宣告了一个

① 《左传》与《春秋》的关系，可参看杨伯峻《春秋左传注·前言》，中华书局1981年版，第25—30页；郭丹《左传国策研究》，人民文学出版社2004年版，第19页。

冲破传统思维定式的思想解放运动的兴起。由于生产力的发展，人们征服和控制自然的能力得到增强，人的创造精神和独立意识也获得进一步的发展。当时一些进步思想家从现实生活经验之中，已经意识到宗教迷信思想的虚幻，要求人们摆脱宗教迷信，否定“天命”观念对人的价值的抹杀，反对以“天命”观念来解释自然现象和社会秩序。《左传》详细地反映了这一时期人们对天、神、人关系的新认识，反映了在思想观念大变革的背景之中，反对天道，重视人道，要求提高人的地位和价值的新思潮的出现，表现出对传统思想的大胆的否定。

《左传》作者通过对历史的探索，来重新探索人的价值和人的本质力量，表现了作者对人在历史运动中的地位和作用的认识，形成了鲜明的时代特征。

二、《左传》的写人叙事

朱自清在《经典常谈》中称“《左传》不但是史学的权威，也是文学的权威”，这个评价非常恰当。

首先，作为一部历史叙事散文，《左传》塑造了一大批栩栩如生的人物形象。《左传》全书出现的人物，上至天子诸侯、王公卿相，下至行人商贾、皂隶仆役，共有三千多个。不少人物以鲜明的个性、独特的面貌，活现在读者面前。这里有在历史舞台上叱咤风云、建立功业的人物形象，也有一批在政治上暴虐无道、生活上荒淫奢侈，导致亡国灭族的人物形象，还有一批心怀二志的佞臣形象。

《左传》开篇的第一个人物郑庄公，就写得有声有色。郑庄公以沉着老辣的手段，欲擒故纵，终于消灭了其弟共叔段的势力，铲除了异己，安定了国内，于是开始了对外的扩张攻伐。春秋初期，郑庄公是第一个敢于与周王对抗的人。周平王要分郑庄公之权与虢公，郑庄公却来个“周郑交质”以钳制周室。周王夺郑庄公之政，郑庄公干脆以兵戎相压，在繻葛与周王打了一仗，甚至“射王中肩”。虽然如此咄咄逼人，但郑庄公又知适可而止，射王中肩之后即鸣金收兵，夜里又派人去慰劳周王。在《左传》作者的笔下，郑庄公完全是一个雄鸷阴险而又敢作敢为的枭雄。

五霸之中，以对晋文公的描写最为出色。晋文公重耳本非太子，在晋国骊姬之难后逃亡国外，在列国流亡了十九年。在《僖公二十三年》《僖公二十四年》里，作者集中笔墨叙述了重耳如何从一个胸无大志的贵族公子磨炼成为一代雄主。逃亡之初，重耳只是被动地逃难，并没有回国争位的念头，他身上奔流的依然是平庸的贵族公子哥的血。处狄十二年，安于齐国，都未能使他有所作为。后来经历了曹、宋、郑、楚等国的流亡生活，深刻了解了诸侯国之间的复杂关系；又在各国经历了不同的遭遇，世态的炎凉，人情的冷暖，使他备尝艰辛，身上的旧习气也一荡而尽。在楚国，面对楚王提出的回报要求时，重耳针锋相对不卑不亢地拒绝了楚王割地为报的要挟，显示出他的机智与成熟。晋惠公韩原战败之后，重耳对君位的野心也膨胀起来，于是极力争取秦国的欢心，倚借秦国的势力回国夺取了君位。等安定了国内，巩固了君位，又平定了周室的内乱，他已不安分于当一国之君，而是要出来做霸主了。艰难复杂的环境，把重耳磨炼成一个成熟老练的政治家。作者以相当细腻的笔法，写出社会的环境、时代的趋势如何造就出一个功业显赫的霸主。

春秋后期的一位雄主是吴王阖闾。阖闾（公子光）也是一个像郑庄公那样的枭雄，有勇有谋。昭公十七年夺回“馀皇舟”一战，可以看出他的善谋与机变，昭公二十三年指挥鸡父之战，又显示了他军事上的才干。然而他又是一个野心家。他用鱄设诸诛杀吴王僚夺取了君位，但他又能爱民恤民，用贤善谋，使国力很快强盛起来，并在定公四年攻入郢都，在诸侯中称霸一时。

贤臣的代表人物是子产。子产是《左传》全书写得最成功的人物之一。子产当政之时，郑国内外交困。外部，处于晋霸强楚之间，左右为难；内部，“国小而逼，族大宠多”，同时面临困境。子产执政之后，进行了大胆的改革。“作丘赋”“铸刑书”，尽管遭到反对，他仍然坚持到底，终于取得积极效果，得到国人支持。子产有较清醒的民本思想，知道“防民之口，甚于防川”的道理，所以他坚持“不毁乡校”。同时又知人善任，因人而用，冯简子、公孙挥、裨谌等人，都成为他治政上的股肱。子产的外交才能也非常出色。他虽然依附晋国，但又进行有理有节的斗争，并采取灵活的策略，表现出既归服又不屈从媚事的态度。子产执政期间，郑国得到了相对的安定。在《左传》中，同样以贤臣著称的叔向，与子产则有所不同。叔向处于范、赵等权门执政时期的晋国，不可能完全实际掌权。他在晋国很有影响，以才干卓绝受到重视，他对晋国的危机，尽管表现出很深的忧虑，且敏锐地预见到晋国的前途，却无法挽狂澜于既倒。所以相比之下，子产仍然是作者笔下最理想的人物。

在《左传》的人物群像中，还有一批昏君。作者称其“不君”。所谓

“不君”，首先是残民害民，无视“民为邦本”。如晋灵公，“厚敛以雕墙，从台上弹人”，“宰夫胹熊蹯不孰，杀之”，还要“使妇人载以过朝”。这是滥杀无辜，弃民残民。再如莒共公，“虐而好剑，苟铸剑，必试诸人”，更是暴虐无道、弃民残民的典型。卫懿公“使鹤乘轩”，其荒淫无道，不亚于晋灵公。“不君”的另一个表现就是淫乱，尤其是逾越君臣关系、等级制度与纲理伦常关系的乱伦。如卫宣公夺媳为妾，遭到国人的唾弃；陈灵公与孔宁、仪行父君臣三人一同私通夏姬，还要相戏于朝，寡廉鲜耻，为人所不齿。

在这些“昏君”人物中，楚灵王也是一个典型人物。楚灵王，时人谓之“汰侈”，即骄盈奢侈。他做令尹时，已有国君之仪，不久便杀了郏敖自立为王。为了满足“汰侈”的欲望，他会诸侯伐吴，还要诸侯拥护自己做霸主。其后，又一再伐吴，灭陈，俨然一个不可一世的叱咤诸侯的霸主。昭公十二年，楚灵王狩于州来，“汰侈”之气可谓达到顶峰。他到州来打猎，完全是一副不可一世的样子，并借此向吴国示威，还流露出求取周鼎和夺得郑田的野心与贪欲，简直近乎狂妄。子革对楚灵王的贪欲，给予深刻的讽刺，使楚灵王有所醒悟，但楚灵王始终无法抑制自己的野心，终于搞得众叛亲离，自缢而死。楚灵王成了春秋后期一个有名的昏君暴君。

奸臣佞幸的代表有齐国的崔杼与庆封。二人可谓齐国的乱臣贼子。崔杼迎立太子光（齐庄公），使他掌握了齐国的政权，但齐庄公只是崔杼手里的一个傀儡。庄公即位之后，崔杼即杀了齐大夫高厚且兼并其家财。专权嗜杀是崔杼的本性。崔杼夺取已死的棠公的妻子棠姜为妾，齐庄公又和棠姜淫乱，崔杼怨恨在心，竟公然杀了齐庄公，而且接连杀了三个敢于秉笔直书的太史，凶残嗜杀，令人发指。与崔杼的恃权专横、凶残暴戾相比，庆封则更多一点老辣狡猾。他与崔杼勾结专权，又时时准备消灭对方。襄公二十七年崔氏发生家乱，给庆封可乘之机。庆封伪言为崔杼平乱，却乘机荡尽崔氏，竟使崔氏无家可归，最后上吊自杀。庆封当权之后，专权、聚敛、嗜田、纵酒，却又愚蠢无知，以至族人庆嗣告诉他祸将作，他还“弗听，亦无悛志”。最后，膨胀了的权势欲反而造成了他的灭顶之灾。崔、庆二人作祟，酿成齐国一场内乱。崔庆之乱，从本质上说是大夫专权以弱公室的一场斗争，但作者的目的却在于揭露崔、庆二人恃权专横、凶暴奸猾的面目。

一批阴险狡诈、奸邪不轨的篡弑者，也是《左传》塑造得非常成功的形象。如楚国的商臣，鲁国的叔孙竖牛，齐国的商人，宋国的公子鲍。春秋时期，随着社会生产力的发展，意识形态里传统的宗教思想和君臣观念遭到了普遍的冲击，氏族等级制度也发生了动摇。小宗在财富、实力上的增强，必然要在政治上起而取代大宗。于是，少长之间、嫡庶之间的篡弑争夺频繁发生，愈演愈烈。这些人大都非少即庶，本无继嗣的可能，由于得到国君或宗主的宠爱而权势欲膨胀。这些人聚敛搜刮，积累了大量的财富。经济上的强大使他们产生了夺权的要求。这些人物本性残暴，阴险狡诈，心狠手辣，野心勃勃。父子之情、手足之爱均不足以束缚他们。他们弑父杀兄，在所不惜；淫靡乱伦，毫无顾忌。作者站在维护宗法制度的立场，旨在揭示这种道德堕落对等级礼制的破坏，对传统伦理关系的背叛，因此对他们的刻画，往往入木三分。

《左传》中的人物已非常丰富，有的人物描写已相当成功。可以看出，作为一部“言事相兼”的历史叙事散文，《左传》作者已经开始有意识地刻画和塑造人物形象了。这对于后世的传记文学作品有很深远的影响。

其次，《左传》的叙事有鲜明的特色。《左传》的文章，为历代古文家所称道，其叙事被奉为轨范。杜预在《春秋序》称誉左氏叙事之美，谓：“其文缓，其旨远，将令学者原始要终，寻其枝叶，究其所穷。”意思是《左传》的文章，徐迂舒缓，旨意深远，读者可以从中探究事情的起源和归宿，寻其源流，探知原委。刘知几的总结则更为全面精当：“左氏之叙事也，述行师，则簿领盈视，哤聒沸腾；论备火，则区分在目，修饰峻整；言胜捷，则收获都尽；记奔败，则披靡横前；申盟誓，则慷慨有余；称谲诈，则欺诬可见；谈恩惠，则煦如春日；纪严切，则凛若秋霜；叙兴邦，则滋味无量；陈亡国，则凄凉可悯。或腴辞润简牍，或美句入咏歌，跌宕而不群，纵横而自得。若斯才者，殆将工侔造化，思涉鬼神，著述罕闻，古今卓绝。”（《史通·杂说上》）章学诚论其叙事之法是“离合变化，奇正相生，如孙吴用兵，扁仓用药，神妙不测，几于化工，其法莫备于左传”（《论课蒙学文法》）。刘熙载则曰：“左氏叙事，纷者整之，孤者辅之，极者活之，直者婉之，俗者雅之，枯者腴之。翦裁运化之方，斯为大备。”（《艺概·文概》）这些论述，或微观或宏观，都对《左传》的叙事进行了总结。归结到一点，即说明《左传》已大量地运用文学手法来进行叙事，由此产生“离合变化，奇正相生”的叙事特点。

《左传》叙事的另一特点是小说化的属辞比事。《礼记·经解》云："属辞比事，《春秋》教也……属辞比事而不乱，则深于《春秋》者也。"《左传》之"深于《春秋》者"，就是用详尽、生动的情节与细节，用小说化的手法来叙事写人，奠定了将历史著作文学化、小说化的基础。如襄公二十五年崔杼弑君一事，《春秋》上仅有"夏五月乙亥，齐崔杼弑其君光"一句话，《左传》则增加了大量的情节，将事件叙述得极为生动，情节安排井然有序，扣人心弦。崔杼虽未露面，可是读者始终可以感觉到躲在幕后直接导演这一场弑君闹剧的崔杼其人。随着情节的展开，齐庄公的荒淫和可悲，也跃然纸上。整个故事情节曲折起伏，宛然一篇小说的雏形。

再如昭公元年"徐吾犯之妹择婿"一事，也写得极为精彩：

> 郑徐吾犯之妹美，公孙楚聘之矣，公孙黑又使强委禽焉。犯惧，告子产。子产曰："是国无政，非子之患也。唯所欲与。"犯请于二子，请使女择焉。皆许之。子皙（公孙黑）盛饰入，布币而出；子南（公孙楚）戎服入，左右射，超乘而出。女自房观之，曰："子皙信美矣，抑子南，夫也。夫夫妇妇，所谓顺也。"适子南氏。子皙怒，既而櫜甲以见子南，欲杀之而取其妻。子南知之，执戈逐之，及冲，击之以戈。子皙伤而归，告大夫曰："我好见之，不知其有异志也，故伤。"

子皙精心打扮，是奶油小生，子南却是一番戎服。徐吾犯之妹爱的是赳赳武夫，于是嫁给子南。子皙不甘心，想以武力抢夺人妻，失败之后还要自我掩饰一番。全篇的叙事妙趣横生，颇有戏剧性，有学者说它是古代的三角恋爱小说，不无道理。

以上的例子，可以看出《左传》叙事文学化、小说化的明显倾向。至于一些具体的手法，如细节描写、心理描写、白描手法、对比烘托等，《左传》中更是比比皆是。

《左传》的战争描写，展现了惊心动魄的战斗场面，具有凝重雄浑的史诗般的风格。作者写战争，并不是把它当作单纯的战争史记载，也不是站在某一国的立场来作简单的是非曲直的评论，而是以总揽全局的宏伟气魄与历史眼光，将战争放到整个社会与历史大背景中审视，当成春秋时期争霸政治的一个重要部分来表现。作者写某一个战役，总是先详细地写出当时的政治形势，各国的错综复杂的关系，以及交战国双方的思想动态、精神面貌，从一次战争可以反映出战争前后一段广阔复杂的社会历史面貌。

三、《左传》的语言艺术

《左传》的叙事富于故事性、戏剧性，和它的语言艺术有很大关系。《左传》的叙事语言，简洁传神，词约义丰，意蕴深厚，前面已有论及，这里着重谈谈颇具特色的外交辞令。作者记载了不少委婉动听的外交辞令，反映了当时的社会风貌，也写出了历史人物的风采。出色的外交辞令，可以消弭兵燹之灾，使敌国退师，使国家转危为安，最著名的要数僖公三十年的烛之武退秦师的例子。城濮之战后，晋国要惩罚一些离心离德之国，便联合秦国围郑。在秦晋两国强兵压境的危急关头，烛之武凭着三寸不烂之舌，说退了秦兵：

> （烛之武）夜缒而出。见秦伯曰："秦、晋围郑，郑既知亡矣！若亡郑而有益于君，敢以烦执事。越国以鄙远，君知其难也；焉用亡郑以陪邻？邻之厚，君之薄也。若舍郑以为东道主，行李之往来，共其乏困，君亦无所害。且君尝为晋君赐矣；许君焦、瑕，朝济而夕设版焉，君之所知也！夫晋何厌之有？既东封郑，又欲肆其西封，若不阙秦，将焉取之？阙秦以利晋，唯君图之！"
>
> 秦伯说，与郑人盟。

烛之武说秦伯，先从亡郑说起，指出亡郑无益于秦。无益的原因，一是"越国以鄙远"，难以实现。二是即使亡郑，得利的不是秦国而是晋国，"焉用亡郑以陪邻"。三是"邻之厚，君之薄也"，晋国强大，必然削弱秦国。这层层剥笋似的剖析，必然引起秦穆公对围郑后果的深思。接下来，烛之武再从不亡郑这一角度发挥：不亡郑，于秦不但无害，反可坐享其利。这样，两相比较，孰优孰劣，显而易见。弦外之音，还有讥秦受晋役使之意。为了瓦解秦晋联盟，加深两国矛盾，烛之武旧怨重提，指出晋国背信食言，历来如此。最后归结到晋之野心，不独在郑，还将侵秦。这样的层层深入，晓以利害，终使秦穆公深思再三，幡然醒悟，毅然退兵，使郑国转危为安，免除了一场兵燹之灾。类似的例子还有僖公四年的《屈完如齐师》、僖公二十六年的《展喜犒师》、宣公三年的《王孙满对楚王问》。

外交辞令的成功，常能起到武力和军队所无法替代的作用。

春秋时期的列国大夫，大多善于应对之辞，其中最为出色的，要推子产。子产与列国尤其是晋楚两国交往的时候，表现出极高的才辩。襄公二十二年，晋平公以郑国久不朝见为借口，“征朝于郑”，子产面对晋侯的责难，一方面表示郑不“忘职”，要服事晋国，另一方面又指责晋“政令无常”，使郑国“无日不惕”；如果晋仍不恤郑国，郑国只好与晋为敌。一番义正词严的辩驳，使晋霸只好收敛了它的淫威。襄公二十五年，郑伐陈后，子产献捷于晋。晋人三问，子产三答。针对晋国“何故侵小”的责难，子产答以大国“若无侵小，何以至焉”，可谓以其人之道，还治其人之身。昭公元年，楚公子围聘于郑，子产看出楚人心怀叵测，故拒之于城外。子产面对楚伯州犁的指责，大胆地揭露了楚人的阴谋。襄公三十一年，“子产相郑伯以如晋”，晋却以鲁有丧为借口，拒不见郑伯。这是晋国故意摆出的一副霸主的傲慢无礼之态。子产忍无可忍，只好强行拆除晋宾馆围墙而入。面对晋国的责备，子产以晋霸自己的所作所为来驳斥对方的无理。子产指出，晋文公做霸主，自己“宫室卑庳”，而“崇大诸侯之馆”；宾客未到，先做好一切准备工作，诸侯使节一来，有“宾至如归”之感。如今晋平公“铜鞮之宫数里”，极尽奢华，而诸侯却“舍于隶人”之馆，盗贼公行，宾客连安全都无保障。相形之下，晋平公何尝有一点“盟主”的仪态？小国又如何臣服？子产在言辞之中，对晋霸因鲁丧不接见，“高其闬闳，厚其墙垣”，“无忧客使”的谎言一一予以驳斥，最后使晋人不得不向郑伯赔礼道歉。子产的辞令，既有义正词严的反驳，也有委婉有力的陈述，有礼有节，显示出子产的智慧。

《左传》中的辞令妙品，有的善于利用矛盾，分析利害，诱之以利，晓之以害，以说服对方，如《烛之武退秦师》；有的善于揣摩对方心理，有意投合，因势利导，以达到自己的目的，如僖公十五年的《阴饴甥对秦伯》，宣公三年的《王孙满对楚王问》；有的曲折尽致，委婉有力，如僖公三十二年的《郑皇武子之辞杞子》；而《吕相绝秦》，则高谈雄辩，驰骋捭阖，夸张铺陈，酣畅淋漓。正如刘知几所说：“寻左氏载诸大夫辞令，行人应答，其文典而美，其语博而奥。述远古，则委曲如存；征近代，则循环可覆。必料其功用厚薄，指意深浅，谅非经营草创，出自一时，琢磨润色，独成一手。”（《史通·申左》）这些外交辞令，足以体现出《左传》高超的语言艺术。

第三节　《战国策》

《战国策》，又称《国策》。策，本义为竹简，意同“册”。刘向以为《战国策》的“策”乃“策谋”之意，其《战国策序录》说：“臣向以为，战国时游士辅所用之国，为之策谋，宜为《战国策》。其事继春秋以后，讫楚、汉之起，二百四十五年间之事，皆定以杀青，书可缮写。”《战国策》在未经校理之前，有《国策》《国事》《短长》《事语》《长书》《修书》等名称，说明其母本繁多。刘向就中秘所藏之书，以国分别，以时相次，去其重复，校成定本，分东周、西周、秦、楚、齐、赵、魏、韩、燕、宋、卫、中山十二国，合为三十三篇，定名为《战国策》。

就现存的《战国策》内容来说，与其说它是一部国别史，毋宁说它是一部战国时代纵横家游说各国的活动和说辞及其权谋智变斗争的故事的汇编。其史料的真实性虽不完全可靠，掺杂着不少夸大其词的虚构，但它真实地反映了战国纵横家之世的时代风貌和时代精神。《战国策》一改《左传》那雍容徐迂的贵族风度，抛弃那种恪守礼义的一本正经，把历史的视野，从天子公卿诸侯君臣转换到新兴的知识阶层——“士”身上来，把战国策士赤裸裸的反叛传统、追求功名富贵和朝气蓬勃却又谲诈机变的精神个性淋漓尽致地表现出来。它那敷张扬厉、气吞江海、挟霜裹电的说辞与文风，恰恰体现了战国时代万马奔腾、纵横捭阖的人文精神。它是先秦史传文学的另一座高峰。

一、策士的思想观念

历史视角的转换，显示出作者思想倾向的变化。在《战国策》里，民本思想虽然仍然存在，却非全书的主流，代之而起的是全新的纵横策士的思想，洋溢着鲜明的时代气息。

首先是重士贵士的思想。整个战国时代，是士人纵横驰骋于政治舞台的时代。刘向《战国策序录》说：战国之时，“孟子、孙卿儒术之士弃捐于世，而游说权谋之徒见贵于俗”。《孟子·滕文公下》记载：“景春曰：‘公孙衍、张仪岂不成大丈夫哉！一怒而诸侯惧，安居而天下熄。’”谋臣策士的作用如此之大，以至于他们的喜怒哀乐、用藏行止，直接牵涉到天下的安危。所以，士人焉能不被重视？

最能表现出《战国策》重士贵士思想的，莫过于《齐宣王见颜斶章》："齐宣王见颜斶，曰：'斶前！'斶亦曰：'王前！'" 宣王不悦。于是颜斶以历史的变迁为依据，论证"得士则兴，失士则败"的道理，申明"贵士"的重要。颜斶在这里公开亮出了"士贵王者不贵"的口号，对于传统的"王者贵而士人贱"的观念给予极大的冲击，表现出强烈的反传统精神。另一位士人王斗也同样表现了这样的精神。王斗见齐宣王，说："斗趋见王为好势；王趋见斗为好士。于王何如？"（《战国策·齐策四》）说明战国士人都有自视贵于君王而不愿随意屈附的高傲。在这样的思潮的影响下，一些思想敏锐的国君也改变了态度，如秦昭王对范雎的态度，又是"跪而请"，又是"屏左右"，又是"虚无人"，一副虚心纳士的样子（《战国策·秦策三》）。燕昭王，则更是筑宫求贤，广招士人了（《战国策·燕策一》）。

其次是重利轻义、鄙视传统的价值观与行为准则。《战国策》赤裸裸地宣扬对个人功利的追求，并以欣赏的笔调来描写名利场上的竞争，以致后人惊呼："《战国策》，畔（叛）经离道之书也。"（李梦阳《刻战国策序》）

即以最负盛名的纵横家苏秦、张仪来说，无论合纵也好，连横也好，都不是他们信守如一的政治主张。纵横之术，不过是他们猎取功名富贵的工具而已。苏秦说的两句话，颇能揭示当时士人的心态："安有说人主，不能出其金玉锦绣，取卿相之尊者乎？""人生世上，势位富贵，盖可忽乎哉？"这是毫无掩饰的内心自白。这些士人的最高理想，就是追求"势位富贵"而已。这使人想起孟子所写的"齐人乞播"的故事。苏秦与乞播的齐人，何其相似乃尔，然而在孟子笔下，齐人是作为批判的对象。这就见出《战国策》与儒家思想的不同。

战国时期赤裸裸地追求功利的思潮，渗透了非常浓厚的商人意识。《战国策·秦策五》记吕不韦时写道：

> 濮阳人吕不韦贾于邯郸，见秦质子异人，归而谓父曰："耕田之利几倍？"曰："十倍。""珠玉之赢几倍？"曰："百倍。""立国家之主赢几倍？"曰："无数。"曰："今力田疾作，不得暖衣余食；今建国立

君，泽可以遗世。愿往事之。”

吕不韦是个“往来贩贱卖贵，家累千金”的大商人，当其一介入政治投机活动时，自然带上了唯利是图的意识。王世贞说：“自古及今取富兼权势者，无如不韦之秽且卑，然亦未有如不韦之巧者。”（转引自张尚瑗《读〈战国策〉随笔》，世楷堂藏版）吕不韦的思想很有代表性。“争名者于朝，争利者于市”，已是士人们公开亮出的旗帜。

与追逐名利思想紧密相连的，是对礼义的否定和对传统的价值观与行为准则的鄙视。苏秦公开扬言：“且夫信行者，所以自为也，非所以为人也。皆自覆之术，非进取之道也。”（《战国策·燕策一》）苏代也宣称：“臣以为廉不与身俱达，义不与生俱立。仁、义者，自完之道也，非进取之术也。”（《战国策·燕策一》）这种对忠信、礼义的看法，与传统观念完全背道而驰。战国策士否定礼义，崇尚的是“权籍”和“时势”。刘向说得不错，他们是“捐礼让而贵战争，弃仁义而用诈谲”（《战国策序录》），表现出一种“全新的”思想倾向，反映了战国的时代精神。

二、《战国策》的散文成就

其一，展示高才秀士的风采。纵横策士，是战国舞台上最为活跃的一个阶层。《战国策》作为一部记录纵横家活动的故事汇编，全面展现了这些高才秀士的风采。

在这一大批纵横家中，最著名的莫过于煊赫一时、声震六国的苏秦。苏秦的出身并不高贵，“特穷巷掘门，桑户棬枢之士耳”，他也自称为“东周之鄙人”。苏秦的理想，不过是“功名富贵”四个字。苏秦始以连横之术说秦惠王，虽引古论今、滔滔不绝说了一大通，却没有说动秦惠王，结果是失败而归：“说秦王书十上而说不行，黑貂之裘弊，黄金百斤尽，资用乏绝，去秦而归。羸縢履蹻，负书担橐，形容枯槁……归至家，妻不下纴，嫂不为炊，父母不与言。”（《战国策·秦策一》）然而这失败的刺激，似乎更激发了他顽强进取的精神：“乃夜发书，陈箧数十，得《太公阴符》之谋，伏而诵之，简练以为揣摩。读书欲睡，引锥自刺其股，血流至足。曰：‘安有说人主，不能出其金玉锦绣，取卿相之尊者乎？’期年，揣摩成，曰：‘此真可以说当世之君矣。’”（《战国策·秦策一》）苏秦终于取得了成功。苏秦关于“合纵”的主张，集中体现在他游说赵王的说辞中（《战国策·赵策二·苏秦从燕之赵》）。从这篇说辞可以看出，苏秦并不是一个只知追逐利禄的庸俗之辈，而是一个通晓各国政治历史，具有战略眼光的政治家和军事家。作者写苏秦成功后说：“故苏秦相于赵而关不通。当此之时，天下之大，万民之众，王侯之威，谋臣之权，皆欲决苏秦之策。”（《战国策·秦策一》）虽未免有虚构和夸张之辞，但苏秦的作用确实不可低估。这是一个由失败走向成功的纵横家的英雄。

与苏秦相辉映的是张仪。张仪也经历过失败的痛苦。据《史记·张仪列传》，张仪游楚，被“掠笞数百”，其妻劝之，答以“舌在足矣”。说明张仪是个坚韧不拔顽强进取之人。这正是人物的时代特征。张仪连横的主张，主要见于《战国策·秦策一·张仪说秦王》。在这篇洋洋洒洒的长文中，张仪综论了六国合纵抗秦的形势，以及秦国成就霸业统一中国的条件，并提出了自己散约连横的方略，显示了张仪作为一个纵横家的政治才干。不过在《战国策》里，我们看到的更多的是张仪是个善使诡计的“诈伪反复”之人。他在秦王面前造谣谗害樗里疾，使樗里疾逃秦而去。他又在秦王面前攻击和诋毁陈轸。这些都暴露出张仪的奸邪小人嘴脸。张仪为秦入楚拆散齐楚联盟，利用楚怀王贪婪的弱点，投其所好，甜言蜜语，出尔反尔，要弄两面派手法，更是一副奸诈无赖的政客嘴脸。

除了苏秦、张仪，《战国策》中还描绘了陈轸、公孙衍、冯谖、荆轲、聂政等一大批人物。对于这些纵横策士，作者不但写出他们的聪明才智，而且写出他们的性格，写出他们的内心世界，成功地塑造了人物形象。

战国时期的高才秀士，常被称为“智士”“谋士”，所以《战国策》特别注重写出战国策士的智慧与谋略。如范雎向秦昭王献“远交近攻”之策，强调要“毋独攻其地，而攻其人”，可见智高一筹。冯谖为孟尝君市义，经营三窟，深谋远虑，巧用心计，表现出一位智者的谋略。邹忌要劝齐威王纳谏，则巧妙地借与城北徐公比美发端，现身说法，得出私我者、畏我者、有求于我者，皆有可能“蔽于己”的道理，由此隐喻联想，指出“王之蔽甚矣”的严重性，其方式实在巧妙，体现了邹忌的智慧。触龙说赵威后，却不从本意说起，先言老病饮食，从老人的日常生活聊起，以解除赵威后的戒备，接着从爱子切入，陈以利害，终于说服了赵威后让长安君赴齐做人质。这些策士运用智慧劝谏君王，堪称高手。

智谋策略是策士的资本，反映了知识阶层的智能与价值。《战国策》作者大力崇尚智慧与谋略，描绘了众多的奇策异智，高扬着高才秀士们的风采，体现了战国时期的时代特征。

其二，敷张扬厉的说辞。《战国策》一书，大多是纵横家的说辞。策士的成功，主要靠“说”。他们蛊动王侯，左右局势，以致一言可以兴邦，一语足以丧国。于是，说辞的内容、游说的技巧，都是必须十分讲究的。

纵横家的说辞，首先具有铺张扬厉、气势奔放的特点，所谓“其辞铺张而扬厉，变其本而加恢奇焉”（章学诚《文史通义·诗教上》），因此有极大的感染力和煽动力。我们看《苏秦为赵合从说齐宣王》中苏秦的一段说辞：

> 苏秦为赵合从，说齐宣王曰：“齐南有太山，东有琅邪，西有清河，北有渤海，此所谓四塞之国也。齐地方二千里，带甲数十万，粟如丘山。齐车之良，五家之兵，疾如锥矢，战如雷电，解如风雨。即有军役，未尝倍太山，绝清河，涉渤海也。临淄之中七万户，臣窃度之，下户三男子，三七二十一万，不待发于远县，而临淄之卒，固以二十一万矣。临淄甚富而实，其民无不吹竽、鼓瑟、击筑、弹琴、斗鸡、走犬、六博、蹹踘者；临淄之途，车毂击，人肩摩，连衽成帷，举袂成幕，挥汗成雨；家敦而富，志高而扬。夫以大王之贤与齐之强，天下不能当。今乃西面事秦，窃为大王羞之……”（《战国策·齐策一》）

苏秦的这段说辞，目的要说动齐宣王同意合纵之策，联合六国对付强秦。他首先极力描述齐国疆土广大，地势险要，人口众多，兵源充足，经济繁荣，国家殷富，还有文化发达、士气高昂、君主贤明，综论齐国各方面的强大与优势，提高齐宣王抗秦的信心。此外，还将齐与韩、魏作对比，说明韩、魏对于秦国，无论胜败都处境艰难，而齐国则有条件与秦抗衡。因此，归结到一点，齐国只有走合纵抗秦之路。这段说辞，极尽夸张、渲染之能事，具有很强的感染力。作者用了许多形象的比喻和生动的描写、夸张的成分；在句式上，则用了一系列的排比句，以造成强大的气势。这就是典型的铺张扬厉的特征。苏秦游说六国之辞，大都有这样的特征，其辞“沉而快，雄而隽”，夸张铺陈，气势充沛，如江河直下；文笔流利酣畅，美妙动人，具有很强的文学色彩。

与苏秦的说辞不同，张仪之辞，在夸陈之中更多的是危言耸听、以势吓人。如《张仪为秦连横说齐王》：

> 臣闻之，齐与鲁三战而鲁三胜，国以危，亡随其后，虽有胜名而有亡之实，是何故也？齐大而鲁小。今赵之与秦也，犹齐之于鲁也。秦、赵战于河、漳之上，再战而再胜秦；战于番吾之下，再战而再胜秦。四战之后，赵亡卒数十万，邯郸仅存。虽有胜秦之名，而国破矣！是何故也？秦强而赵弱也。今秦、楚嫁子娶妇，为昆弟之国；韩献宜阳，魏效河外，赵入朝渑池，割河间以事秦。大王不事秦，秦驱韩、魏攻齐之南地，悉赵，涉河关，指抟关，临淄、即墨非王之有也。国一日被攻，虽欲事秦，不可得也。是故愿大王熟计之。（《战国策·齐策一》）

张仪的说辞，没有侈陈齐国如何强大，而是极力夸说秦国之威势及其对六国造成的威胁，力斥合纵之徒为害之甚，并从六国破亡之后的惨状来威吓对方，实在是危言耸听。今本《战国策》的编者，有意识地将苏、张二人的说辞编排在一起，读者更容易进行比较。对照起来看，二人的说辞，有如两兵交战，一守一攻，都能依其本意，尽情发挥，诚如刘熙载所说："战国说士之言，其用意类能先立地步，故得如善攻者使人不能守，善守者使人不得攻也。不然，专于措辞求奇，虽复可惊可喜，不免脆而易败。"（《艺概·文概》）"先立地步"，高屋建瓴，侈陈利害，因此能气势恢宏，笔酣意尽。

还有一类说辞，虽不像苏、张那样词锋逼人，但也同样代表了战国说辞铺张扬厉的作风，如大家所熟悉的《战国策·楚策四·庄辛谓楚襄王》。庄辛的目的，是要告诫楚襄王："君王左州侯，右夏侯，辇从鄢陵君与寿陵君，专淫逸侈靡，不顾国政，郢都必危矣！"劝诫楚襄王应当居安思危，防患于未然。但是楚襄王并不以为然。到了楚国败于秦国，失地流亡，楚襄王才记起庄辛的劝告，急召庄辛。于是庄辛的说辞，由小事说起："王独不见夫蜻蛉乎？"然后层层设喻，以蜻蛉、黄雀、黄鹄等寓言说明逸乐丧生的道理，然后再由物及人，以蔡灵侯淫佚失国的历史教训，使楚襄王惊醒和戒惕。正如林云铭所说："是篇只追论楚襄王既往之失在'不以天下国家为事'一句。又嫌其涉于突，故缓缓从他物他人引见，见得世界中不论是物是人，无小无大，俱在危机中过日，好不惊悚。绎四个'因是'，及五个'不知'字面，分明是生于忧患、死于安乐注脚。其意直欲楚襄王自怨自艾，从今日始，以前车为鉴，庶几失之东隅，收之桑榆。所谓知有病，即为药也。”（《古文析义》卷五）《古文观止》的编者也评论道：“只起结点缀正意，中间纯用引喻，自小至大，从物及人，宽宽说来，渐渐逼入，及一点破题面，令人毛骨俱竦。《国策》多以比喻动君，而此篇辞旨更危，格韵尤隽。”像这样的说辞，辞采丰富，形象鲜明，语言恣肆，气势充沛，已如后来的赋体。清人姚鼐《古文辞类纂》将此篇编入“辞赋类”中，不无道理。

其三，别开生面的寓言文学。《战国策》与其他史传文学所不同的一点，就是创作了大量的寓言故事，成为其文学成就中别开生面的一个独特景观。据统计，《战国策》中的寓言故事有七十四则，去其重复，还有七十则。和先秦诸子著作相比，《战国策》中的寓言故事不算特别多，但却以其独树一帜的特色，丰富了先秦时期的寓言文学。

《战国策》中的寓言故事，是纵横策士们作为政治斗争的工具以及纵横捭阖的一种思想武器来运用的，所以与战国时代的风云际会紧密相连。刘知几说：“战国虎争，驰说云涌，人持弄丸之辩，家挟飞钳之术。剧谈者以谲诳为宗，利口者以寓言为主。”（《史通·言语》）运用寓言故事，使深刻的道理形象化。如陈轸用“一举而兼两虎”的故事奉劝秦王在齐楚相争中坐收渔利（《战国策·秦策二》）；郭隗以“五百金买马首”的寓言建议燕昭王纳士（《战国策·燕策三》）；汗明以“骥服盐车”的比喻希望春申君能当个发现人才的伯乐（《战国策·楚策四》），等等。

《战国策》寓言故事长久流传不衰，为后人所喜爱，在于它动人的艺术魅力。

首先，这些寓言故事大多取材于现实生活，充满着生活气息。像“楚人有两妻者”“江上处女”“群狗争骨”“邹忌窥镜”“画蛇添足”“麋与猎者”“惊弓之鸟”“虎怒决蹯”“树杨与拔杨”“南辕北辙”“叱犬”“缨牵长”“同舟共济”“鹬蚌相争”“卫人迎新妇”等，不论是人物故事，还是动植物故事，大都是策士们运用身边的事例，就地取材，现身说法，足见策士们的思维敏捷聪睿。

其次，《战国策》中的寓言，形象与寓意大都能做到和谐统一。战国策士靠口舌游说而取得成功，寓言是他们游说言辞的工具，因此，如何使寓言故事的形象与寓意更加贴切，更加和谐，这是他们不能不认真“简练揣摩”的，如前面所举的“楚人有两妻者”“江上处女”“骥服盐车”“画蛇添足”等，喻体与寓意互相呼应，二者在性质上有非常相似的契合点，当它阐明事理时，就显得非常贴切。正因为形象与寓意高度的和谐统一，所以《战国策》中的寓言故事，其寓言形象留给读者的印象更为深刻，使得读者常常疏离寓言的原始寓意，而赋予更深刻的哲理含义。如“一举而兼两虎”，可以转意为要善于利用对方的矛盾，抓住有利时机打击敌人，一举两得，事半功倍；“画蛇添足”，告诫人们不要别出心裁，节外生枝，弄巧成拙。这些寓言，能够从更高层次的哲理上使人们受到启发，因此更加为人们所珍爱。

再次，《战国策》中的寓言，形象鲜明，情节生动，描写细腻，多彩多姿。像“邹忌窥镜”“画蛇添足”“狐假虎威”“郑袖劓美人鼻”“卫人迎新妇”等，都有较为完整的故事情节，其中邹忌的敏锐，添足之舍人的得意，狐狸的狡猾，郑袖的阴毒，新妇的心直口快，都刻画得非常生动，整篇寓言宛如一篇小小说。有的场景和细节描写逼真传神，如范雎描述士人争利而讲的“群狗争骨”的寓言：“王见大王之狗，卧者卧，起者起，行者行，止者止，毋相与斗者，投之一骨，轻起相牙者，何则?有争意也。”仅几句话，就把群狗的形态，争骨的丑态，刻画得淋漓尽致。寓言故事一般篇幅短小，但《战国策》的寓言，在短小的篇幅中，安排了具有矛盾冲突的情节内容，如“狐假虎威”“鹬蚌相争”等。有的还有简洁传神的对话，如“南辕北辙”“土偶与桃梗”。在形式上，有夹叙夹议式、问答式、拟人式等；在风格上，有的典雅严肃，有的委婉含蓄，有的尖刻泼辣，有的风趣幽默，呈现出瑰丽多姿的风貌。

1973年在长沙马王堆汉墓中，出土了大批帛书，其中有一种类似《战国策》的帛书，共二十七章，一万一千多字，这就是后来人们所称的《战国纵横家书》。其中，有十章见于《战国策》，八章见于《史记》，有十六章不见于《战国策》和《史记》。据考证，这大概是秦汉之际编辑的一种纵横家言的选本，尤其是保存了大量已经散佚的苏秦游说资料，可以纠正有关苏秦历史的许多错误，也可以校正和补充战国时代的一些史料。拿它与《战国策》对照，使得《战国策》的一些章节恢复了它的史料价值。[1]当我们把《战国策》作为战国史料来读的时候，《战国纵横家书》是非常

①郑良树：《竹简帛书论文集》，中华书局1982年版，第149页。

重要的补充史料。

第四节　先秦诸子散文

春秋战国是一个社会大转型、社会剧烈变化的时代。此时王室衰微，礼崩乐坏，诸侯蜂起，列国兼并，国人暴动，奴隶起义，社会处于激烈动荡之中。社会变革促进了文化突飞猛进地发展。先秦诸子散文就是在这一社会背景下孕育出来的产物。

所谓“诸子”，就是指先秦诸多的思想家。因人非一人，书非一种，所以称“诸子”。“诸子散文”从性质上看属于论辩性的充满哲理的散文，所以也称哲理散文。先秦诸子散文是春秋战国时期各学派阐述自己主张的著作，是百家争鸣的产物。它本是政治、哲学、伦理等方面的论说文，但是同样具有很强的文学性。它们以论辩说理为主，语言生动活泼，表达自由酣畅。先秦诸子散文奠定了我国议论说理散文的基础，汉代的政论文和唐宋时期的论辩文，都受到诸子散文的深刻影响。

一、诸子散文繁荣的原因

一是西周以来理性精神张扬，特别是到了春秋时期，全盛于殷商、西周时代的天道观已经动摇，人们对“天”“人”关系作出新的解释，从重视天道转而重视人事，以更加理性的精神来思考天道与人生的关系，也用更加理性的精神来探究人与人之间、人与社会的关系。民本思潮的兴起，“敬天保民”向“敬德保民”的转变，促使儒家更加关注社会与人生。孔子提倡“仁”，他把道德理性化的同时，也把理性伦理化了。老庄的思辨精神，扩展到对宇宙的思考，他们玄想万物，洞察人生，追求个体人生的自由，虽表现出天马行空式的玄想，但其根本还是一种理性的思考。理性精神的张扬，推动了诸子对宇宙、自然、人生、社会的哲学思考，使得诸子的言论和文章显示出鲜明的思辨性。

二是奴隶制的衰落打破了“学在王宫”的文化垄断局面，从而使文化由贵族转移到“士”的手中。春秋以前，学在官府，没有私家著作，没有个人的文章。春秋战国之际，随着士人阶层的勃兴，私人聚徒讲学随之繁盛，各种主张可以随意阐发。春秋战国又是一个思想大解放的时代。这个时期百家驰说，诸子争鸣，在这样一个可以自由辩论的时代环境中，诸子各派为了宣传自己的主张，纷纷著书立说，于是产生了丰富多彩的诸子散文作品。

三是各诸侯国之间频繁交往，经济繁荣，交通便利，使各种思想文化能够广泛传播，促进了散文的繁荣。此外，文字的趋于简化，书写工具的发展，记载的便利，也都是诸子散文繁荣的原因。我们从20世纪以来出土的大量简帛文献可以发现当时著述风气的盛行。清代学者章学诚曾说："盖至战国而文章之变尽，至战国而著述之事专，至战国而后世之文体备。故论文于战国，而升降盛衰之故可知也。"（《文史通义·诗教上》）所言极是。

二、诸子争鸣的风采

先秦诸子都是思想家，也是社会思想文化的先驱者。他们著书驰说，高扬着强烈的批判精神和探索精神，闪烁着智慧的光芒，批判当时社会存在的问题，探索人类社会、精神世界以至宇宙存在的奥秘。从西周晚期到春秋中期，就有不少思想者提出了自己思考的问题，甚至付诸实践。如郑国史伯，提出"和实生物，同则不继"的哲学观点，齐国管仲有相当鲜明的经济改革思想，齐国晏婴则对"和""同"的哲学关系进行了更加深入的阐述，叔向、子产等对礼乐刑政加以解释，并付诸实践。老子、孔子以后，诸子继承和发扬了这些传统，并把这种探索精神推向新的高度。

先秦诸子包括不同的学术派别和政治观点。据《汉书·艺文志》载，诸子各家，包括儒、道、阴阳、名、墨、纵横、农、杂、小说九家。先秦诸子散文的发展，从时序上通常概括为三个阶段：第一阶段是《论语》和《墨子》，第二阶段是《孟子》和《庄子》，第三阶段是《荀子》和《韩非子》。这三个阶段的划分，只是就其出现的时间先后而言。如果就其思想内涵来看，其实也有互相吸收和交融的方面。如老庄道家的观念，与《易》经有密切的关系；而以儒家思想为主的《易传》，其中形而上的思想、"道""德"的思想，与道家可谓同源。到了荀子，其中心思想是儒家，但他在稷下学宫游学，吸收了道家、法家，甚至名家思想的成分。荀子文章的逻辑性，与墨子的逻辑性可谓一脉相承。传统文化中的"内圣外王"思想，既包含儒家的精髓，也交融着道家的追求。

三、论说文体的创建

诸子立论说理的文体形式，从语录体、韵散结合体，到对话体和寓言体，再到独立成篇的专题论文，经历了逐步生成、日趋丰富和完善的发展过程。早期与中期以语录体、对话体为主，如《论语》《老子》。《论语》篇章短小，简练质朴，但具有深刻的哲理内涵。《老子》有许多诗性化的格言体的句子。这种体制的发端，虽与授徒讲学有关，恐怕还与甲骨卜辞的影响有关。甲骨卜辞里面就有不少问答语录体的话。而《周易》的卦爻辞也有问答体，有的有韵。《墨子》文章质朴，最重逻辑，推理严密。如《兼爱》《非攻》，层层推演，由小及大，以此例彼，但较少文采，《荀子》说“墨子蔽于用而不知文”（《解蔽》），所以《墨子》的文章不求华美，不事雕琢，已有专事论说的倾向。墨子提出的“三表法”，反映了对文章写作和功用的认识，有积极的意义。到了《孟子》和《庄子》，则更可以看出向论说文过渡的痕迹。《孟子》锋芒毕露，气势宏盛，如长江大浪，磅礴逼人，而且嬉笑怒骂，具有强烈的感情色彩。《庄子》则想象奇特，千汇万状，汪洋恣肆，充满了诡奇多变的色彩，读之令人神思飞扬。到了战国后期的《荀子》与《韩非子》，则浪漫色彩减弱而理性思辨增强。《荀子》和《韩非子》都已不再满足于对话的辩说，而是围绕某一中心进行专题的探讨，标志着说理散文的基本定型。文章结构严密，讲究逻辑和修辞，表现出说理散文的高度成就。再到《吕氏春秋》，则是把历史和哲理、自然和社会结合起来，夹叙夹议，企图将各家熔于一炉。

从诸子著作内部，也可以看出其中孕育着的各种文体。《孟子》虽还是语录体的体式，但其中的论辩，已基本形成论辩体的形式，如《有为神农之言者许行》。《孟子》里的《齐人有一妻一妾》，是寓言体，也是小说体。《墨子》的《非攻》，是议论体，其对所论的论题进行的逻辑推理，形成了自成一格的推理散文。《庄子》自称有“寓言”“重言”“卮言”，这就是三种不同的文体。其实在《庄子》里还有对话体，如《秋水篇》《知北游》。《老子》的第二十章：“绝学无忧。唯之与阿，相去几何？善之与恶，相去何若？”其全章语言整饬且押韵。《管子·白心》篇的“孰能发无法乎？始无始乎？终无终乎？弱无弱乎”，从内容到句法都有如《老子》，亦犹如诗句。谭家健称它“简直就是诗”[①]。而接下来的“孰能弃名与功，孰能弃功与名”，叙述犹如庄子。《管子·内业》大量地使用四字句，句式

①谭家健：《先秦散文艺术新探》，齐鲁书社2007年版，第108页。

更加整饬，结构更加严密，诗化特征更为鲜明。如果从意境上说，《庄子·逍遥游》开头之鲲鹏展翅一段，亦不妨可以看作是诗体散文。《庄子》中的许多寓言，也是小说体。《齐物论》是论述体，《文心雕龙·论说》："庄周《齐物》，以论为名。"《荀子》中以"论"命名的篇章已不少，如《天论》《正论》《礼论》和《乐论》，已是成熟的专题论文；但像《宥坐》《子道》，还是对问体。另外还有以说唱形式所写的《成相》和以"赋"名篇的《赋》，其体波及于后来的"连珠体"[①]。《韩非子》里有长篇的专题论文。[②]此外，还有书表体，如《难言》《爱臣》《存韩》；政论体如《五蠹》《显学》《孤愤》《说难》；问对体如《问辨》《定法》；解释体如《解老》《喻老》；《说林》既是寓言体，也是"说"体。"说"体还包括《说林》《内储说上》《外储说左上》《外储说右上》等。[③]

特别要注意的是这些散文的押韵。先秦时期的诸子文章，讲究押韵，是一个很普遍的现象，如《老子》，既有形象又有押韵；荀子的《成相》和《赋》不用说，《天论》中也有大段的押韵；《管子》的文章在叙述时也常用韵语，如《四称》《心术》《白心》《内业》《弟子职》等几篇都几乎是全篇用韵。这种情况，是否可以证明在文体形成之初，诗、文是同源的。另一方面，与传授和流传有关系。战国之前的散文传播，是以口耳相传为主要方式的，诚如章学诚所说："不知古初无著述，而战国始以竹帛代口耳。"（《文史通义·诗教上》）在书写工具不发达的状况下，口耳相传的传播形式对语言有较高的要求，它要求语言要生动活泼，要绘形绘色，如讲故事。同时，要便于记诵，那就要求押韵。押韵是最便于记诵的，所以我们能看到这些有韵的文章。章学诚说："后世之文，其体皆备于战国。"了解先秦散文中的各种文体的孕育与萌芽，对于认识散文文体的源流发展很有帮助。后世的散文家，从文体到风格，都受到先秦散文的深刻影响。

---

①刘师培：《论文杂记》，人民文学出版社1984年版，第113页。

②一般来说，先秦的著作，书名及书中各篇的题目，往往是后人加的，但到了战国后期的著作如《荀子》《韩非子》，已经有作者自定的题目，就题目而写的文章了。

③在出土的先秦两汉简帛文献中，也可以看到已经有众多的文体样式，如郭店楚简，其对"言""事""志"三种体裁区分得很清楚。其他如语录体、应对体、诗体、赋体、记事体、议论体等，在出土简帛中都已出现。上博楚简中的《孔子诗论》，甚至已有评点式的评论。

第五节　《论语》与《孟子》

《论语》是记录孔子及其弟子言行的书，是孔子与弟子言论的结集。孔子名丘，字仲尼，生于公元前551年，卒于公元前479年。祖先是西周宋国贵族，后来流亡到鲁国。孔子青年时代做过小官，后来聚徒讲学，受业门人先后多达三千人，特出者七十二人。孔子五十岁以后做过鲁国中都宰，后升任司空、大司寇，并在短期内行摄相事。因为和当权的季氏发生矛盾，不得不去职。然后周游列国，到处奔波，直至六十八岁才回到故乡。晚年主要从事文化典籍整理工作，据说曾删《诗》《书》，定《礼》《乐》，编《春秋》，尤喜读《易》。孔子是新兴的“士”即知识分子阶层的最大代表，是中国历史上第一个文化伟人，在创立儒家学说、传播古代文化方面作出不可磨灭的巨大贡献。

关于《论语》的体例和名称，班固《汉书·艺文志》中说：“《论语》者，孔子应答弟子、时人及弟子相与言而接闻于夫子之语也。当时弟子各有所记，夫子既卒，门人相与辑而论纂，故谓之《论语》。”“论”字有“整理”“撰次”等含义，“语”字谓“二人相与而说”，有“论难”“答述”等义。[①]就字面直译，“论语”就是经过整理、撰次的对话，也就是“对话集”。原始记录杂出众手，最后的编定约在春秋末战国初。

孔子思想的核心是“仁”。他对“仁”有多次的解释，如在《论语·颜渊》里，有一次学生樊迟问：什么叫仁？孔子回答说：“爱人。”爱人，是指爱护人保护人，尊重人的价值与尊严。孔子爱惜人的生命，他反对奴隶殉葬制度，反对以活人殉葬，也反对战争。孟子说：“仲尼之徒，无道桓、文之事者。”（《孟子·梁惠王上》）齐桓、晋文之事是霸道，儒家不谈霸主，是反对以战争为手段的霸道。孔子也反对以俑殉葬，说：“始作俑者，其无后乎！”（《孟子·梁惠王上》）因为以俑殉葬，也是对人的不

①陆德明：《论语音义》，《经典释文》卷二四，中华书局1982年影印本《十三经注疏》，第2454页。

尊重。不过，儒家提倡“爱人”，是从家庭出发的尊卑长幼、贵贱亲疏的有差别的爱，讲究等级名分，所以要讲孝、悌、忠、信的道德礼教以及“君君臣臣、父父子子”的等级秩序。《礼记·中庸》记录孔子的解释，说：“仁者，人也。”就是说人要讲做人的道理，要同情人，要爱人。因此他主张在人与人之间的关系上，“己所不欲，勿施于人”，即我自己不愿意别人怎样来对待我，我也不以此待人。孔子主张“节用而爱人，使民以时”，即统治者应节约用度，爱惜民力，不要在农忙时去役使百姓。孔子同时反对横征暴敛，认为“苛政猛于虎”。所以，孔子“仁”的思想包含着一种把人当作人的思想，有一定的人道主义精神。

孔子还提倡“礼”。“礼”的基本作用就是要维护旧有的等级制度，要讲名分。所谓“克己复礼为仁”，即要把不合于礼制的言行纳入礼的规范。所以他的“仁者爱人”也不是讲人人平等，而是在维护等级制度的大前提下，要统治者行一点“仁政”。孔子的这种思想在当时却行不通，因其思想目的是想缓和当时的阶级矛盾，他周游列国，结果到处碰壁。孔子还首次提出“有教无类”的思想，要打破社会等级界限，使教育在一定程度上向群众开放。在教学中，他强调“诲人不倦”“循循善诱”，善于进行启发式教学，注意发挥学生的主观能动性，在学生有问题时加以指点。教育学生要触类旁通，由此及彼，“举一反三”，“告诸往而知来者”。孔子很注意因材施教，常常针对学生的不同情况，给予不同的解答。他教育弟子：“知之为知之，不知为不知，是知也。”（《论语·为政》）提倡勤学多问。孔子自己是“学而不厌”，“发愤忘食，乐以忘忧”，“多闻阙疑，慎言其余”，“敏而好学，不耻下问”。提倡只要善于学习，到处都有老师：“三人行，必有我师焉，择其善者而从之，其不善者而改之。”（《论语·述而》）学习要与思考相结合，思又以学为基础。孔子关于教育的许多见解，至今仍然十分有益。

孔子十分重视审美和艺术的作用，认为审美和艺术在人们为达到“仁”的精神境界而进行的主观修养中能起到一种特殊的作用，即审美和艺术对于人的精神的影响特别深刻有力。所以仅认识到什么是“仁”是不够的，还必须对“仁”能产生情感的愉悦，得到一种审美的享受。正因为如此，他强调“美”与“善”的统一，提倡“尽善尽美”，如《论语·八佾》所记，子谓《韶》“尽美矣，又尽善也”，谓《武》“尽美矣，未尽善也”，评价标准很严格。孔子强调艺术要包含道德内容，如《论语·阳货》，子曰：“礼云礼云，玉帛云乎哉！乐云乐云，钟鼓云乎哉！”“乐”作为一种审美的艺术，不只是悦耳的钟鼓之声，还要符合“仁”的要求。美与善的统一，在一定意义上也就是形式与内容的统一，即“文”与“质”的统一，艺术的形式应该是“美”的，而内容则应该是“善”的。所以孔子讲：“质胜文则野，文胜质则史。文质彬彬，然后君子。”（《论语·雍也》）根据美善统一的观点，孔子提出的审美标准是“乐而不淫，哀而不伤”。就是说，艺术包含的情感必须是一种有节制的、有限度的情感，这样的情感符合“礼”的规范，是审美的情感。郑国声乐的情感过分强烈，超过了一定的限度（“郑声淫”），不符合“礼”的规范，所以不是审美的情感。这个标准，概括为一字，就是“和”。

孔子还提出一系列的美学范畴和美学命题，如“兴、观、群、怨”说，谓“《诗》可以兴，可以观，可以群，可以怨；迩之事父，远之事君；多识于鸟兽草木之名。”（《论语·阳货》）兴，是“感发志意”，即诗可以使欣赏者的精神感动奋发；观，即“观风俗之盛衰”，“考见得失”，了解社会生活、政治风俗的情况；群，是“群居相切磋”，在人群中交流思想情感；怨，是“怨刺上政”，即对现实生活表示一种否定性的情感。对于自然美的欣赏，孔子提出“知者乐水，仁者乐山”的观点，意指审美主体在欣赏自然美时带有选择性，自然美能否成为现实的审美对象取决于它是否符合审美主体的道德观念。山水所以成为“君子”观照的对象，是因为“君子”以山水比德，也就是说，山水的自然形象的某些特征可以象征人的道德品质。这一命题，已涉及自然美的本质问题。这样，自然美就不是纯客观的东西，它包含有审美主体的思想、联想、想象的成分，也就是包含有意识形态的成分。这种理论，影响十分深远。人们习惯于用这种“比德”的审美观来欣赏自然物，塑造自然物的艺术形象。屈原的《橘颂》，几乎句句是比德。中国画中的松、柏、梅、兰、菊、竹等，也都是比德。

《论语》是孔门师徒的一部“对话集”，大多三言两语为章，言简意赅，用意深远，发人深省。论为政，说“足食，足兵，民信之矣”（《论语·颜渊》）；论教育，说“学而不厌，诲人不倦”，“三人行，必有我师焉”（《论语·述而》），“学而不思则罔，思而不学则殆”（《论语·为政》）；论为人，则说“当仁不让于师”（《论语·卫灵公》），“三军可夺帅也，匹夫不可夺志也”（《论语·子罕》），等等。《论语》词汇丰富、新鲜、生动活泼，大量使用虚词特别是语气词。句式灵活多变，舒展自如，长短不拘，有很强的表现力。尤其善于把深邃的哲理凝聚于具体的形象之中，使抽象的说理文字具有某种诗意。如“岁寒，然后知松柏之后凋也”（《论语·子罕》），通过赞扬松柏的耐寒，来歌颂坚贞不屈的人格，形象鲜明，意境高远，启迪了后世文人无尽的诗情画意。再如“子在川上曰：逝者如斯夫，不舍昼夜”（《论语·子罕》），感慨时光的流逝，勉励自强不息，蕴涵极深，然而毫无雕饰，经得起反复咀嚼。

《论语》虽重在记言，也表现了孔子及其弟子们的鲜明形象。写孔子，俨然一位“仁者”的代表，富有感情，富有同情心，富有正义感，博学而又谦虚，谨慎而又倔强，端庄而又迂谨。而孔子的弟子，各人的性情神态，也极为传神。如《论语·先进》一章中对于人物的音容、笑貌、情态、性格的表现，极为成功。对孔子的发问，子路不待师问已，便抢先“率尔而对”，俨然一副当仁不让的架势。寥寥数语，把他那种自信、好胜、粗鲁、刚直的性格暴露无遗。冉有则不同，谦虚、谨慎，略表示了他有一点经济才能。公西华同样是谦虚，却善于言词，语言委婉而有礼貌，言谈中表现了他擅长礼仪的外交才能。曾皙则显得倜傥、洒脱、狂放不羁。他在这里用诗一般的语言描述出自己的理想：“暮春者，春服既成，冠者五六人，童子六七人，浴乎沂，风乎舞雩，咏而归。”轻轻几笔，勾勒出一幅色泽明丽、自由欢快的春游图。这种境界，引起孔子由衷的赞赏。这位历尽艰辛、备尝世味的“救世之士”，本是想借门徒们在政治上得到任用时怎样施展自己抱负的回答，寄托自己的政治理想，而曾皙却答非所问，但在春游图背后也隐藏着他的政治理想：如有机会去治理一个地方，就要使它呈现一派升平景象。这正是孔子所赞赏的，所以他发出深深的感叹：“吾与点也。”这就写出孔子内心的感情波动与思想内涵。《论语·先进》这章中的《侍坐》被后人认为是《论语》中最富文学色彩的一节。

按照《汉书·艺文志》的说法，《论语》是孔子门生记述辑录而成的。孔门弟子对于传播孔子学说起了很重要的作用。在孔子以后，孟子以前，这中间，孔门后学七十子也有学术文章行世，著录于书目文献之中。《汉书·艺文志·六艺略》载，《礼》类有《记》一百三十篇，班固注云：“七十子后学者所记也。”《王史氏》二十一篇，注云：“七十子后学者。”《汉书·艺文志·诸子略》儒家类还著录有《曾子》《漆雕子》《宓子》《子思》等著作。20世纪出土简帛文献中的郭店楚简、上博竹简中的儒家文献，有的专家认为是七十子后学之作。[①]再如七十子之后的子思，作《子思子》，其中包括《中庸》《表记》《坊记》《缁衣》等[②]，在出土简帛文献中的上博竹简里有《缁衣》，郭店楚简里有《缁衣》，今本《礼记》也保留《缁衣》，此三种不同的《缁衣》，其行文格式基本一致，非常整齐，都是由“子曰”领起，之后再引《诗》引《书》为证。由此可以说明，七十子后学以及子思等人不但有著作留传，而且与孔子有密切的关系。因此，在研究儒家散文时，应该引起我们的重视。

《孟子》一书是记叙战国时代思想家孟子言行的。孟子名轲，字子舆，邹人，生于公元前372年前后，卒于公元前289年，祖先是鲁国贵族孟孙氏。孟子年轻时曾受业于孔子的孙子孔伋的门人，是继孔子之后儒家学派的一位大师。后世常把他与孔子并称，谓之孔孟。孟子曾带着学生周游列国，先后到过宋、薛、滕、鲁、魏、齐等国，一度做过齐宣王的客卿，齐宣王很尊礼他，但其学说却未被采用。因为时值战国激烈攻战之时，各国都在讲攻伐，孟子却一味坚持“王道”“仁政”。“王道”即指以仁义治天下，这样当然不合时宜了。《史记》载：“是以所如者不合，退而与万章之徒序《诗》《书》，述仲尼之意，作《孟子》七篇。”由此可知，《孟子》一书是孟轲晚年与其弟子一起编撰的。

孟子哲学思想的中心是“性善论”。他认为人性本来就是善的，“人性之善也，犹水之就下，人无有不善，水无有不下”，“仁、义、礼、智”是“我固有之也”（《孟子·告子上》）。有的人未能成为善人，不是人性本质有什么差别，而是由于不去培养扩充这些善的好开端，以至逐渐失去本性。孟子的政治思想核心是“施仁政”。“施仁政”的具体内容是“省刑罚，薄税敛”，使民有“恒产”。因此统治者应当有“恻隐之心”，要有同情心，要推恩爱民。孟子有突出的民本思想，敢于提出自己的独到见识：“民为贵，社稷次之，君为轻。”（《孟子·尽心下》）当时有人说汤放桀、武王伐纣是“以臣弑君”，孟子反驳说：“贼仁者谓之贼，贼义者谓之残，残贼之人，谓之一夫。闻诛一夫纣矣，未闻弑君也。”（《孟子·梁惠王

①陈桐生：《七十子后学散文研究》，中华书局2011年版，第48页。

②《隋书·音乐志》，中华书局1991年版，第288页。又孔鲋《孔丛子》，上海古籍出版社1990年版，第23页。《史记·孔子世家》也说“子思作《中庸》”。

下》）孟子的思想要比孔子激烈得多，特别是表现在对待君王的态度上，绝没有孔子那样恭顺。《孟子》记载，孟子是“说大人，则藐之，勿视其巍巍然”。所以他在国君面前总是傲然不逊，认为只有“富贵不能淫，贫贱不能移，威武不能屈，此之谓大丈夫”。有一次，他对齐宣王说：“君之视臣如手足，则臣视君如腹心；君之视臣如犬马，则臣视君如国人；君之视臣如土芥，则臣视君如寇仇。”（《孟子·离娄下》）十足表现了孟子刚正不阿的态度。据传明太祖朱元璋读《孟子》，见如此之多对君王的不敬之语，大动肝火，骂道：“使此老在今日，宁得免耶?”[①]

《孟子》的文章长于辩论。在论辩时，孟子特别善于因势利导，掌握对方心理，从容陈辞，引人入彀，先纵后擒，使人无法回避。如《齐桓晋文之事》：

> 齐宣王问曰：“齐桓、晋文之事，可得闻乎?”孟子对曰：“仲尼之徒无道桓文之事者，是以后世无传焉，臣未之闻也。无以，则王乎?”曰：“德何如则可以王矣?”曰：“保民而王，莫之能御也。”曰：“若寡人者，可以保民乎哉?”曰：“可。”

齐宣王问齐桓、晋文之事，其目的是要问以霸道和霸业，孟子明了齐宣王的心理，故答以“仲尼之徒无道桓文之事”，暗示齐宣王，儒家是反对霸道和称霸的。无奈，齐宣王只好改变话题，问怎样才可以王天下？由此，孟子就把齐宣王的思路引导到他的轨道上来，抛出了他的中心思想：“保民而王，莫之能御也。”这已经可以看出孟子论辩的技巧了。齐王又问：像我这样可以保民吗？孟子说：可以。于是孟子举齐王不忍以牛衅钟为例说明之。一席话说得齐宣王十分高兴。但是，紧接着孟子又责怪齐王为何“恩足以及禽兽而功不至于百姓”，并指出这是“不为也，非不能也”。接着，孟子反问齐王，为什么不行王道；不待齐王回答，又进一步诘问：“抑王兴甲兵，危士臣，构怨于诸侯，然后快于心与?”这样，逼使齐王不得不说出：“吾何快于是，将以求吾所大欲也。”孟子用这种层层逼紧的方法进行论战，常常使得齐王无言以对，无法招架。孟子在进行巧设机关以

---

①全祖望：《辨钱尚书争孟子事》，《鲒埼亭集》卷三十五，上海涵芬楼1922年影印本，第3页。

引人入彀的论辩时，常不直接说出自己的中心论点，而是把论点变为比喻，说出喻体让对方发表看法，而对方一旦同意了喻体包含的道理，就不能不同意他的论点。同是此章，孟子在摆出齐国以武力平天下绝对不能取胜的观点时，先说出“邹与楚战”这一喻体，让宣王判断谁能得胜，然后才说出齐国以武力争霸是“以一胜八”的论题，齐宣王既然承认了邹与楚战没有取胜的可能，也就不得不承认齐国与天下为敌必然失败的道理，毫无回旋的余地。又如《孟子·梁惠王上》的《寡人之于国也》也是这样，孟子对梁惠王“民不加多”的疑问并不直接加以辩答，而是打了个“五十步笑百步”的比喻，让梁惠王明白行霸道的君主即便有些惠民措施也无济于事，因为他们与暴君相比“直不百步耳”，从而说明国民不增多的根本原因就在于不行“王道”。

再如《孟子·梁惠王下》：

> 孟子谓齐宣王曰：“王之臣有托其妻子于其友而之楚游者，比其反也，则冻馁其妻子，则如之何？”王曰：“弃之。”曰：“士师不能治士，则如之何？”王曰：“已之。”曰：“四境之内不治，则如之何？”王顾左右而言他。

孟子先用两个设问，从身边朋友之事说起，使齐宣王顺着自己的思路走下去，得出两个不言而喻的结论，而后类推下去，涉及齐宣王自身，使齐宣王陷入自我否定的结论中而无言以对，只好“顾左右而言他”。这是用类比推理进行论辩。这样的论辩，大有诱敌深入、迫敌就范的意味。这种在论辩中善于设置机巧，引对方入彀，使对方陷入自我矛盾之中的例子，在《孟子》中常见。

《孟子》文章另一特点是感情充沛，气势极盛，有纵横家、雄辩家的气概。这大概与孟子自己说的“我善养吾浩然之气”有关，在行文中也要体现这种“至大至刚”之气，使之“塞于天地之间”。如《孟子·尽心下》所载：

> 孟子曰：“说大人，则藐之，勿视其巍巍然。堂高数仞，榱题数尺，我得志，弗为也。食前方丈，侍妾数百人，我得志，弗为也。般乐饮酒，驱骋田猎，后车千乘，我得志，弗为也。在彼者，皆我所不

为也，在我者，皆古之制也，我何畏彼哉？”

孟子敢于藐视王公大人，不被他高高在上的威势所吓倒，有一股无所畏惧的雄伟之气。《孟子·公孙丑下》中他说：“夫天未欲平治天下也，如欲平治天下，当今之世，舍我其谁也？吾何为不豫哉？”确实有一股浩然之气。再如《孟子·梁惠王下》中的：“贼仁者谓之贼，贼义者谓之残，残贼之人，谓之一夫。闻诛一夫纣矣，未闻弑君也。”也透露出一股凛然之气。像《孟子·滕文公上》中与许行、陈农的辩论，行文层次展开，完整严密而气势充沛。

《孟子》还善用比喻。东汉赵岐就说“孟子长于比喻”。据不完全统计，《孟子》全书二百六十章，共使用了一百六十个比喻。这些比喻，有的是根据不同的对象设喻，如梁惠王好战，孟子即“以战喻”，以五十步笑百步来讥讽梁惠王治国的不用心。有的比喻生动活泼、准确贴切，如“仁之胜不仁，犹水之胜火也”等；又如“挟泰山以超北海”“缘木求鱼”，超乎日常生活中的思维，想象实在奇特。《孟子》中还有一些寓言，非常精彩，如“揠苗助长”“齐人乞墦”等，都是大家耳熟能详的寓言故事。《孟子》中的寓言故事，多取材于社会生活，寄寓着深切的讽喻教诲意味。

第六节　《老子》与《庄子》

春秋战国时期的道家，是诸子中的重要一派。道家散文，首推《老子》。老子是春秋末期人，在先秦典籍中，老子是一位实实在在的人，是一位充满忧患意识的士人。

《老子》，又称《道德经》《老子五千文》。《老子》的文章是语录体。和《论语》的简洁、精炼一样，《老子》词约义丰，包含着极其丰富的对自然、社会、人生的深邃的思考，而且经过抽象思辨、提炼升华为形而上的以“道”为核心的本体论哲学，把抽象、深邃的道理浓缩在精炼、简洁的语言中。老子之言，充满着哲人的智慧。如论“道”：“道可道，非常道；名可名，非常名。无名，天地始；有名，万物母。常无，欲观其妙；常有，欲观其徼。此两者同出而异名，同谓之玄，玄之又玄，众妙之门。”

（第一章）“道之为物，惟恍惟惚。惚兮恍兮，恍兮惚兮，其中有物。窈兮冥兮，其中有精，其精甚真，其中有信。自古及今，其名不去，以阅众甫。”（第二十一章）这看似朦胧的诗性语言，恰恰精确地表达了老子对“道”的描述。

老子的文章，充满着思辨色彩。如第二章：

> 天下皆知美之为美，斯恶已；皆知善之为善，斯不善已。故有无相生，难易相成，长短相形，高下相倾，音声相和，前后相随。是以圣人处无为之事，行不言之教。万物作焉而不辞，生而不有，为而不恃，功成而弗居。夫惟弗居，是以不去。

老子认为，一切事物都有对立面，美与善、有与无、难与易、长与短、高与下、音与声、前与后，都是矛盾的双方，它们是相辅相成、辩证地存在的。即如美的东西，有更美的东西出现了，原来的美就不美了；难和易，难因为易而显出难，无易则无以知难。因此人们应以“无为”的态度去对待它。又如第三十六章说：“将欲歙之，必固张之；将欲弱之，必故强之；将欲废之，必固兴之；将欲夺之，必固与之。是谓微明。”指出事物的对立面可以互相转化，也可以互相利用。其他如老子对“祸福”“虚静”“无为”“不争”“柔弱”“刚强”的论述，也都充满着思辨的色彩。

老子善于运用形象思维。如“天之道，其犹张弓与！高者抑之，下者举之，有余者损之，不足者补之。天之道，损有余而补不足；人之道则不然，损不足以奉有余。孰能有余以奉天下？唯有道者。”（第七十七章）在老子的时代，弓箭的使用是日常生活中最为普遍的，老子用“张弓”的操作过程来比喻“天之道”与“人之道”的区别，一目了然。“无”这个概念，是很抽象的。但老子论“有”“无”，连用了三个比喻，就把抽象的“无”“有”的哲学关系说清楚了：“三十辐共一毂，当其无，有车之用。埏埴以为器，当其无，有器之用。凿户牖以为室，当其无，有室之用。故有之以为利，无之以为用。”（第十一章）车辐和轮毂的关系，陶土器皿中空的作用，房屋开凿门窗的作用，准确形象地表达了“无”和“有”的关系。老子化抽象为具体，把深奥的哲理，熔铸于生活具象之中。

《老子》中有许多整饬的诗性的语言，说它犹如诗或是散文诗，并不为过。如“视之不见，名曰夷；听之不闻，名曰希；搏之不得，名曰微”

（第十四章），这样的句子，不但整饬，而且押韵。再如“大成若缺，其用不弊。大盈若冲，其用不穷。大直若屈，大巧若拙，大辩若讷”（第四十五章）；“合抱之木，生于毫末；九层之台，起于累土；千里之行，始于足下”（第六十四章）；“信言不美，美言不信。善者不辩，辩者不善。知者不博，博者不知”（第八十一章），都可以说是诗一样的语言了。

庄子，名周，战国时宋国蒙（今河南商丘）人，与梁惠王、齐宣王同时，约于公元前369年至前286年在世，比孟子稍晚而略早于屈原。庄子曾做过漆园吏，后来一直隐居，一生贫困，“穷闾厄巷，困窘织屦，槁项黄馘”（《庄子·列御寇》）。楚威王听说他是贤才，曾派人以重金请他去做国相，但他不愿被官场所玷污和束缚，不愿做官，表示“宁游戏污渎之中自快，无为有国者所羁，终生不仕，以快吾志焉”（《史记·老子韩非列传》）。

《庄子》一书，据《汉书·艺文志》记载，有五十三篇，今传本仅三十三篇，是西晋郭象的整理注释本，其中分为内篇七篇，外篇十五篇，杂篇十一篇。一般认为内篇思想相贯，风格一致，构成比较完整的思想体系，为庄子所作；外篇、杂篇思想存在一定差异，为庄子门人之作。

庄子哲学思想源于老子而又发展了老子的思想。其核心是“道”。他与老子一样，也认为“道”是宇宙万物的本体，又是宇宙万物发展变化的根源。《大宗师》中说：“夫道，有情有信，无为无形，可传而不可受，可得而不可见。自本自根，未有天地，自古以固存，神鬼神帝，生天生地。”这段话的意思是，“道”是真实存在的，它没有作为也没有痕迹，可以心传而不能口授，可以体会得到而无法看见，它有自己的本原和根基，没有天地之前，它已经有了，是它产生了鬼神上帝，产生了天地。庄子的“道”是类似于宇宙精神的东西，是唯心主义的“道”，有点像柏拉图所说的“理式”。庄子认为这种类似宇宙精神的“道”，可以和人的主观精神融而为一。人要获得“道”，在精神上达到与“道”合一的境界，只能通过“心斋”和“坐忘”的方法来实现。“心斋”就是一种虚静养心、绝思绝虑的精神状态。“坐忘”，要做到忘记形骸的存在、抛弃一切知识的混沌的状态，要“形同槁木，心如死灰”，这样，也就是要顺应自然，自然无为。

庄子及其门人认为当时的社会太黑暗了，而且是网罗密布，简直使人“无可逃于天地之间”，躲也躲不了。于是他们带着极大的憎恶感情，对社会进行揭露。在《德充符》中，庄子将当时的社会形容成人们都“游于羿之彀中。中央者，中地也；然而不中者，命也。”意为生活在当时社会的人，如在后羿的射程之内，都在必死之列，而不被残杀者，只不过命好而已。统治者之间、诸侯国之间的争夺战争，不过是在蜗角上进行的拼杀争夺。而且他认为“有国者”都是无耻的“大盗”，“圣人不死，大盗不止”，“窃钩者诛，窃国者为诸侯，诸侯之门，而仁义存焉”（《胠箧》），这是非常深刻的揭露。庄子揭露儒家的仁义道德犹如加在马上的横轭，是束缚人性的（《马蹄》）；并且嘲笑儒者口中念着诗书，却干着掘墓盗宝的勾当（《外物》）。但是，庄子既不满现实，又无法反抗它，只好走隐居遗世的道路。他崇尚的是远古的“民结绳而用之，甘其食、美其服、乐其俗、安其居，邻国相望，鸡狗之音相闻，民至老死而不相往来”（《胠箧》），人民“含哺而熙，鼓腹而游”（《马蹄》）的社会。另一方面，庄子又采取超脱的态度，否定一切，齐万物，一死生，泯灭是非得失，以求内心的调和、精神的胜利而自我麻醉。如庄子妻死，惠施往吊之，“庄子则方箕踞鼓盆而歌”，认为生与死是齐一的，死了“是相与为春秋冬夏四时行也”，甚至设想髑髅也不愿复活（《至乐》）。所以有人认为在人生观上，他是悲观厌世、消极颓废的虚无主义者。在政治上，庄子主张顺其自然，效法“道”，达到与“道”合一的境界。

庄子对现实尽管是悲观的，但是他还试图引导人们在生存之中找到“自适”之道。但在黑暗痛苦的现实当中，如果不是面对现实从积极的反抗中求得出路，求得生存，求得快乐，那就只能向内心发展了，而且向内心发展的结果，只能是生存在主观的幻想当中。因此，庄子的思想、世界观，决定了庄子的作品必然是一种超现实的、以想象为基调的艺术。

在先秦哲学家中，庄子的性格最富于美学的意味。闻一多在《周易与庄子研究》中说，庄子是“最真实的诗人”，“他的思想本身就是一首绝妙的诗”[①]。庄子厌倦人世的生活态度，使他亲近自然，“钓于濮水”，“与惠子游于濠梁之上”，“行于山中”，从山水自然中领悟人生哲理。庄子不仅善于抒情，而且善于写生。《庄子》书中充满着瑰丽的想象，隽永的谐趣，也充满对于世界万物的细致入微的描绘。

庄子的美学首先认为天地的“大美”就是“道”。能实现对于“道”

①闻一多：《周易与庄子研究》，巴蜀书社2003年版，第78页。

的观照，就能得到“至乐至美”。为了实现对“道”的观照，观照者胸中必须排除一切生死得失祸福荣辱的考虑。简单说，即要“无己”。但只有“至人、神人、圣人”才能游心于“道”，因为“至人无己，神人无功，圣人无名”。“道”的化身，就是“真人”，就是“藐姑射之山上的神人”，他们是“大美”的人。庄子认为，作为宇宙本体的“道”是最高的、绝对的美，而现实世界的“美”和“丑”则不仅是相对的，而且在本质上是没有差别的。庄子在《人间世》和《德充符》中写了一大批残缺、畸形、外貌丑陋的人，如支离疏、兀者王骀、兀者申徒嘉、兀者叔山无趾、哀骀它、歧支离无唇、瓮盎大瘿等等，他们有的是驼背，有的是双腿弯曲，有的被砍了脚，有的脖子上长着盆瓮状大瘤，有的缺嘴唇，有的相貌奇丑，反正都是一些奇形怪状的、极其丑陋的人。可是这些人却都受到时人的喜爱和尊重。庄子甚至认为外貌的奇丑可以更有力地表现人的内在精神的崇高和力量。这与孔子的“文质彬彬”的主张很不相同。庄子以自然无为为美，所以肯定美与真的一致性，凡美的东西都是真实无伪的东西，不能是虚假做作的。如果说以孔子为代表的儒家美学着重强调美与善的一致性，那么庄子美学强调的是美与真的一致性。

《庄子》散文的风格历来被认为具有“汪洋恣肆”和“恢诡谲怪”的特点。司马迁《史记·老子韩非列传》说：“（庄子）其学无所不窥……故其著书十余万言，大抵率寓言也……然善属书离辞，指事类情……其言洸洋自恣以适己。”刘熙载《艺概·文概》评论庄子之文是“意出尘外，怪生笔端”，“缥缈奇变”。鲁迅《汉文学史纲要》说庄子“其文汪洋辟阖，仪态万方，晚周诸子之作，莫能先也”。这些特点，可以概括为以下几个方面：

第一，作为论说文章来说，《庄子》也和《老子》一样，具有很强的思辨性，我们看《大宗师》中的一段话：

> 夫道，有情有信，无为无形，可传而不可受，可得而不可见。自本自根，未有天地，自古以固存，神鬼神帝，生天生地。在太极之先而不为高，在六极之下而不为深，先天地生而不为久，长于上古而不为老。狶韦氏得之，以挈天地；伏戏氏得之，以袭气母；维斗得之，终古不忒；日月得之，终古不息；堪坏得之，以袭昆仑；冯夷得之，以游大川；肩吾得之，以处大山；黄帝得之，以登云天；颛顼得之，

> 以处玄宫；禺强得之，立乎北极；西王母得之，坐乎少广，莫知其始，莫知其终；彭祖得之，上及有虞，下及五伯；傅说得之，以相武丁，奄有天下，乘东维，骑箕尾，而比于列星。

这是庄子对“道”的最为完整也是最为重要的描述，尽管他仍然是用诗化的语言来描述的，但是他把“道”的特性描绘出来了。“道”既是可以感知和视见的，又是不可捉摸的。“道”虽不可捉摸，但又是实际存在并产生作用的。所以“道”又是无所不在的，甚至“在蝼蚁”“在稊稗”“在瓦甓”“在屎尿”（《知北游》）。其实，庄子对“道”的描述，即包含着“有”和“无”的关系，“道”既是“有”，也是“无”；以“无”为本，“无”中生“有”。这样的思辨色彩，容易引发读者的艺术想象。

第二是奇幻的想象，极富浪漫主义色彩。庄子散文想象丰富，构思奇特，善于以神奇之笔，创造出雄奇开阔的境界。如《逍遥游》：

> 北冥有鱼，其名为鲲。鲲之大，不知其几千里也。化而为鸟，其名为鹏。鹏之背，不知其几千里也。怒而飞，其翼若垂天之云。是鸟也，海运则将徙于南冥。南冥者，天池也。《齐谐》者，志怪者也，《谐》之言曰：“鹏之徙于南冥也，水击三千里，抟扶摇而上者九万里，去以六月息者也。”
>
> ……
>
> 藐姑射之山，有神人居焉。肌肤若冰雪，绰约若处子。不食五谷，吸风饮露。乘云气，御飞龙，而游乎四海之外。其神凝，使物不疵疠而年谷熟。

这篇文章写得非常雄放奇幻，尤其是对于大鹏的形象、藐姑射山上的神人，作者极尽夸张描绘之能事，把自己的哲学思想和心灵追求寄寓于极生动的文学形象中。其想象，往往是气势恢宏，意境开阔，云烟吞吐，幻化无端的。不仅鲲鹏、藐姑射山上的神人如此，就是文中“天之苍苍，其正色耶？其远而无所至极邪？其视下也，亦若是则已矣”这几句对苍天的描绘，同样显示出庄子极其丰富的想象力。再如《秋水》描写秋水浩荡奔腾、气象万千的景象，也有很雄阔的意境：

秋水时至，百川灌河。泾流之大，两涘渚崖之间，不辨牛马。于是焉河伯欣然自喜，以天下之美为尽在己。顺流而东行，至于北海，东面而视，不见水端。于是焉河伯始旋其面目，望洋向若而叹。

淡淡几笔就把秋天河水浩荡无涯、汹涌澎湃、苍茫磅礴的气势和水天相接的开阔境界写得酣畅淋漓。此外，在《养生主》中把庖丁解牛描绘成如一首音乐、一场舞蹈，也是非常大胆而奇特的。再如《徐无鬼》写匠石运斤成风，《至乐》写与空髑髅对话，《秋水》写与惠子观鱼于濠梁之上，《外物》写任公子钓鱼，都是想落天外、奇幻无比。

第三是描写精工，形神毕肖。庄子刻画物态的技术是非常高明的。摹物叙事，意到笔随，异趣横生。如《齐物论》中对“地籁”的描写：

夫大块噫气，其名为风。是唯无作，作则万窍怒呺，而独不闻之翏翏乎？山林之畏佳，大木百围之窍穴，似鼻、似口、似耳、似枅、似圈、似臼，似洼者，似污者。

这是形容古树上大小斑驳的树孔。下面就形容风吹这些树孔发出的各种声音：

激者，谪者，叱者，吸者，叫者，譹者，宎者，咬者，前者唱于而随者唱喁，泠风则小和，飘风则大和，厉风济则众窍为虚，而独不见之调调之刁刁乎？

激者是激水声，谪者是箭飞行时之声，叱者是大声叱人之声，吸者为吸气声，叫者为叫喊声，譹者为哭泣哀号声，宎者为深沉之声，咬者是清亮之声。这种对众窍和风声的千差万别的描绘，可以说是声形毕肖，给人以极其鲜明的印象。《秋水》写秋天大水的情景，把秋雨到来、沟满河平、百川奔流、浩荡无垠的空阔景象，写得气势磅礴，十分形象。

第四是寓言丛集，喻中设喻。庄子自己也说“寓言十九”。以寓言和比喻来说明道理，是《庄子》的显著特色。寓言的运用，说明其思维方式仍不脱离具体的感性形象，作者在思维及其表达过程中，不是运用概念、判断、推理等逻辑方法，而是通过具有直观特征的具体形象、类化表象和集体表象以及它们的组合来表达。这虽然具有原始思维的特征，但却使作品具有鲜明的形象性，而且能起到“寓真于诞，寓实于玄”的作用，“于此见寓言之妙”（刘熙载《艺概・文概》），更富于浪漫主义色彩。在《庄子》一书中，庄子哲学与中国古代寓言艺术达到水乳交融的地步。例如，庄子主张纯任自然、返璞归真，主张绝圣弃智，甚至把知识看成罪孽，于是用了一则“浑沌”的寓言进行巧妙的比喻和暗示：

> 南海之帝为倏，北海之帝为忽，中央之帝为浑沌。倏与忽时相与遇于浑沌之地，浑沌待之甚善。倏与忽谋报浑沌之德，曰：“人皆有七窍，以视、听、食、息，此独无有。尝试凿之。”日凿一窍，七日而浑沌死。

倏与忽似乎出于好心，为报答浑沌的恩德，为他每天凿出一窍，七天过去，七窍是凿开了，浑沌却死去了。浑沌之死，就是“有为”的恶果。这一则寓言，把庄子“无为”的哲学思想演绎得再明白不过了。《庄子》中的寓言很多，如“庄周梦蝶”（《齐物论》）、“庖丁解牛”（《养生主》）、“轮扁斫轮”（《天道》）、“蜗角触蛮”（《则阳》）等。庄子寓言意境开阔，雄浑奔放，常给人以“壮美”的感觉，如“鲲鹏展翅”“任公子钓鱼”“运斤成风”等；再者是奇异诡谲，神妙莫测，如“舐痔得车”“大冶铸金”“儒以诗礼发冢”等，在谲怪之中，含有更多的辛辣讽刺和严峻的剖析。庄子运用比喻，层见叠出，给人应接不暇之妙。如《逍遥游》，本来文中的所谓鲲鹏、蜩、学鸠都已经是比喻，在这之中，又插入了一系列的精妙比喻，即水与舟、朝菌和蟪蛄、冥灵和大椿等比喻，用这些比喻来说明蜩、学鸠不知小大之辨，这是比中之比。其他如《胠箧》《马蹄》等篇中的比喻，也都是绝妙而深刻的。

《庄子・寓言》中说：“寓言十九，重言十七，卮言日出，和以天倪。”寓言，即编造一些故事，以虚拟的寄寓于他人他物的语言，来宣传自己的主张。重言，即假借受尊重的人、有影响的人说的话（为使别人容易接受）。卮言，出于无心、随便说出的话。和以天倪，即抹掉天地间一切差别之意。总之，不管现实情况如何，随意编造，信口说出，一切随随便便。寓言、重言、卮言，是《庄子》文章主要的表现形式。而更能体现《庄子》文章精髓的是《庄子・天下》中的概括：

以谬悠之说，荒唐之言，无端崖之辞，时恣纵而不傥，不以觭见之也。以天下为沈浊，不可与庄语，以卮言为曼衍，以重言为真，以寓言为广。独与天地精神往来而不敖倪于万物，不谴是非，以与世俗处，其书虽瑰玮而连犿无伤也，其辞虽参差而諔诡可观。

这一段话具体地阐述了庄子的创作个性和艺术特征。庄子的个性是“独与天地精神往来”，“不敖倪于万物”，“不谴是非”，要求彻底的精神解放而遨游于绝对自由的逍遥境界。但是，“天下为沈浊，不可与庄语”的现实，以及作为统治阶级精神支柱的儒家礼制严重地束缚了个性的发展，使庄子陷入个性表现与现实压抑的尖锐矛盾之中。庄子根本不屑于像儒家学者那样，屈心抑志强作“庄语”以为说教，抑制自我感情，窒息精神上的自由和人格上的独立，禁锢自己思想的阐发。因此，庄子“恣纵而不傥”的性格与反抗矛盾束缚的顽强性，使他不得不采用“谬悠之说，荒唐之言，无端崖之辞”，“以卮言为曼衍，以重言为真，以寓言为广”的创作方法。从哲学思想的表达来说，这是一种变异的表述；从文学上说，却是一个石破天惊的创举。“其书虽瑰玮而连犿无伤”，“其辞虽参差而諔诡可观”，就在于它把抽象的哲学道理寄寓于生动的艺术形象中，人们在感受其意象特征的同时，也具体形象地领会了它所包容的哲理。李白赞之为“吐峥嵘之高论，开浩荡之奇言”（《大鹏赋》）。《庄子》确实为中国散文开创了奇思妙想、汪洋恣肆的新境界和新作风，与《孟子》的理直气壮、恢宏雄辩相匹敌，并立为诸子散文的两座高峰。

第七节 《荀子》与《韩非子》

荀况，字卿，又称孙卿，战国末期赵国人。荀卿早年游学于齐国，在稷下学宫曾“三为祭酒”。齐人或谗荀卿，去而适楚，春申君以为兰陵令，后又离楚居赵。荀卿一生主要从事讲学和著述。荀子的文章，后人集结为《荀子》一书。汉代刘向《叙录》说：“所校雠中孙卿书凡三百二十二篇，以相校，除重复二百九十篇，定著三十二篇。”但是直到唐代杨倞时，《荀子》依然是“编简烂脱，传写谬误”，经杨倞整理，《荀子》一书才成定本。

《荀子》一书的内容非常广博，从讨论自然观、认识论，论述政治、经济、军事、人性、道德修养、学习、音乐艺术，以至学术史，真可谓熔铸百科，博大精深。内容如此丰富，一方面与荀子一生主要是授徒讲学和著述有关；另一方面，恐怕与其在稷下学宫的时间长，有机会接触各学派的观点并进行独立思考有密切关系。荀子文章涉及面如此之广，当然已经不是语录体或对话体的形式所能容纳得了的。所以诸子散文到了《荀子》，已经超越了语录体或对话体的形式，形成专题性的论文，其中《大略》《宥坐》《子道》《法行》《哀公》《尧问》六篇仍是语录体，《成相》《赋篇》属于韵文。所谓专题性的论文，在于《荀子》的文章大都有一个明确的中心论题，如《天论》讨论天人关系，全文围绕着这一主题展开。《劝学》讨论学习，从学习的态度到学习的内容，一一加以论述。《君道》论君主如何治理国家，主张君主要“修身”，还要“隆礼至法”，“尚贤使能”，“慎取相”。而与《君道》相呼应的《臣道》，则论述各类臣子的特点、君王针对不同的臣子给予不同的任用。《解蔽》论人对客观事物的认识能力，讨论的是认识论。《性恶》讨论人性，针对孟子的性善论以阐明自己的人性邪恶的社会观。其他各篇也都是先确立中心，然后逐层展开论述。

荀子的文章特点，首先是论证缜密，严谨浑厚。如《天论》，从“天行有常，不为尧存，不为桀亡”开讲，论述天有自己的规律，人们必须尊重它而不能违背它。“强本而节用”，“养备而动时”，“循道而不贰”，才是应遵循的原则。接着指出，治乱祸福，决定于人事，不在于天。日月星辰瑞历，春种秋藏，禹、桀之所同，而禹以治、桀以乱，说明治乱非天，亦非地也。星坠木鸣等怪异现象，是“天地之变、阴阳之化、物之罕至者”，可怪之却不必畏之。天之怪异不可怕，人事之反常才是可怕的。由此推出自己的重要思想：

> 大天而思之，孰与物畜而制之？从天而颂之，孰与制天命而用之？望时而待之，孰与应时而使之？因物而多之，孰与骋能而化之？思物而物之，孰与理物而勿失之也？愿于物之所以生，孰与有物之所以成？故错人而思天，则失万物之情。

即人们应该利用自然、改造自然、掌握规律、因时制宜，归结为一句话："制天命而用之。"文章洋洋洒洒，有正面的阐发，有反面的批驳，有严密的逻辑推理。这样的议论文章，就是把它放在汉人以及后世的议论文中，一点也不显得孱弱。荀子的文章篇幅都比较长，这就是因其层层深入、反复论述、绵密论证而形成的特征。

荀子的文章中还有一种是驳论，如《正论》针对当时社会上流行的一些谬论进行批驳。作者将"世俗之为说者曰"的谬论列了七条，然后逐条加以驳斥。其中驳"世俗之为说者曰：'桀、纣有天下，汤、武篡而夺之"一段，荀子先从桀、纣是否真正拥有天下说起，指出天子若"不才不中"，"虽未亡"也是"无天下矣"。意为桀、纣非圣君，虽处天子之位，却并非拥有天下。而商汤、周武不是夺取天下，并非"弑君"，是因为他们"修其道，行其义，兴天下之同利，除天下之同害"，那么"天下归之也"。桀、纣不是失去天下，而是违背了德行，天下人抛弃了他们。再接着，荀子提出天子应该由什么样的人来担任，只有"备道全美者也，是县天下之权称也"之圣人，才能够担此重任。荀子还数举了夏桀、商纣的恶行，批驳那些认为"以桀、纣为有天下而臣汤、武"，"岂不过甚矣哉"的言论，最后归结到"国者，小人可以有之，然而未必不亡也；天下者，至大也，非圣人莫之能有也"的道理。仅把这一条批驳"汤、武篡位"的段落独立出来，也是一篇逻辑严密的论文。

荀子的文章虽论述严密但并不板滞，时有变化，如《儒效》篇，论大儒的作用，又论述圣人、君子、劲士、雅儒等几类人等的德行，文章中虽还保留了一问一答式，但主要还是严密的论述。可是，就在其绵密地论述圣人应该"修百王之法""应当时之变""行礼要节而安之""要时立功之巧"时，突然变换手法，以如下文字来描述圣人的形象：

> 井井兮其有理也，严严兮其能敬己也，分分兮其有终始也，猒猒兮其能长久也，乐乐兮其执道不殆也，炤炤兮其用知之明也，修修兮其用统类之行也，绥绥兮其有文章也，熙熙兮其乐人之臧也，隐隐兮其恐人之不当也。如是，则可谓圣人矣。

这样的句式，犹如楚辞，然而在句末，却附以十个"也"字，又与楚辞不同。不禁使人想起宋代欧阳修的《醉翁亭记》，或许正是受荀子笔法的影响扩而广之吧。总之，这样的整齐排比又有变化，使得行文摇曳生姿。

荀子的文章，喜欢用博喻和排比等手法，具有相当鲜明的文学性。如大家熟悉的《劝学》篇，一开头就用一连串的比喻论述学习的重要。再如下面这一段：

> 积土成山，风雨兴焉；积水成渊，蛟龙生焉；积善成德，而神明自得，圣心备焉。故不积跬步，无以至千里；不积小流，无以成江海。骐骥一跃，不能十步；驽马十驾，功在不舍。锲而舍之，朽木不折；锲而不舍，金石可镂。

引物连类，比喻广博，形象鲜明，而且句式整齐。荀子多用博喻，少用寓言，在《劝学》篇中，博喻之词占了很大比重。使用排比的，还有如《天论》：

> 强本而节用，则天不能贫；养备而动时，则天不能病；修道而不贰，则天不能祸。故水旱不能使之饥渴，寒暑不能使之疾，袄怪不能使之凶。
>
> 本荒而用侈，则天不能使之富；养略而动罕，则天不能使之全；倍道而妄行，则天不能使之吉。故水旱未至而饥，寒暑未薄而疾，袄怪未至而凶。

这里前面一段正面论述强本节用的效果，特别是前面的三句，说明做到“强本而节用”“养备而动时”“修道而不贰”，才可能天“不能贫”“不能病”“不能祸”。作者分开来以排比句式言之，则起了突出强调作用。后面一段则从反面论述“本荒而用侈”，则有一系列的恶果。正面反面两相对照，层次深入，文章富于气势。这些，已经是文人学者行文的特征。

韩非出身于韩国的贵族，约生于公元前280年，卒于公元前233年。韩非是战国末年先秦法家的集大成者。韩非曾上书韩王，主张修明法度、富国强兵，而韩王不信他。其书后来传到秦国，秦始皇读后非常赏识。据《史记·韩非列传》记载：“人或传其书至秦，秦王见《孤愤》《五蠹》之书，曰：‘嗟乎！寡人得见此人与之游，死不恨矣！’李斯曰：‘此韩非之所著书也。’秦因急攻韩。韩王始不用非，及急，乃遣非使秦。秦王悦之，未信用。”李斯嫉妒韩非的才能，诽谤他，在秦王面前说：“韩非，韩之诸公子也。今王欲并诸侯，非终为韩不为秦，此人之情也。今王不用，久留而归之，此自遗患也，不如以过法诛之。”“秦王以为然，下吏治罪。李斯使人遗非药，使自杀。韩非欲自陈，不得见。秦王后悔之，使人赦之，非已死矣。”可见韩非本人结局是相当悲惨的。

在政治上，韩非主张严刑峻法。他把新兴地主阶级统治工具的法宣布为全社会必须遵守的标准，谁违反了就当诛而勿赦。他认为儒家一套“仁义”学说，在当时是行不通的，现在需要的是“力”。要统一天下，只有用武力，要使国家有实力，必须实行“法治”。要行法治，还必须有一套控制官吏的手段，就是“术”。术，即驾驭群臣的手段，暗自运用的一种权势。同时还须有权威，即“势”（威势）。所谓“重势”，即牢牢地把政权掌握在自己的手中。韩非的学说，为君主专制提供了思想依据。他虽不见用于秦，实际上秦始皇是他的路线的忠实执行者。可以说秦的统一，是韩非思想的最大成功；秦朝的灭亡，是韩非思想的最大悲剧。

《韩非子》一共五十五篇，包括两类作品，一类是专题政论文，一类是寓言故事集。专题政论文的特点是锋芒毕露、语气专断，有一种严峻峭拔的风格。此类文章篇幅都较长，如《五蠹》《说难》《显学》《孤愤》等。在《五蠹》中，韩非认为一个国家有五种蛀虫，一是所谓儒者，即儒家学者，韩非是反对儒家的；二是带剑者，即游侠剑客；三是言谈者，当时的游说之徒，到各地去游说；四是患御者，法家是主张农战的，主张把老百姓束缚在土地上耕种，但又必须去当兵，保卫国家，凡是逃避农战的人，是“患御者”；五是工商之民。这五种人是社会的蠹虫。这篇文章是韩非的代表作，文章有立论，有驳论，破立结合，同时又善于分析事物，剖析事理，揭露矛盾。如“儒以文乱法”一段：

> 儒以文乱法，侠以武犯禁；而人主兼礼之，此所以乱也。夫离法者罪，而诸先生以文学取；犯禁者诛，而群侠以私剑养。故法之所非，君之所取；吏之所诛，上之所养也。法、趣、上、下，四相反也，而无所定，虽有十黄帝，不能治也。故行仁义者非所誉，誉之则害功；工文学者非所用，用之则乱法。楚之有直躬，其父窃羊，而谒之吏；令尹曰：“杀之。”以为直于君而曲于父，报而罪之。以是观

> 之，夫君之直臣，父之暴子也。鲁人从君战，三战三北。仲尼问其故，对曰："吾有老父，身死莫之养也。"仲尼以为孝，举而上之。以是观之，夫父之孝子，君之背臣也。故令尹诛而楚奸不上闻，仲尼赏而鲁民易降北，上下之利若是其异也。而人主兼举匹夫之行，而求致社稷之福，必不几矣。

《五蠹》全文洋洋洒洒近七千言，不愧是一篇"波澜壮阔的文章"。

另一篇引起秦始皇感叹的《孤愤》，是韩非为抒发自己感到势孤无援，心中充满愤懑感情的名篇。《韩非子集解》王先慎引旧注说："言法术之士，既无党与，孤独而已，故其材用，终不见明。卞生既以报玉而长号，韩公由之寝谋而内愤。"文章揭示了"智术之士"与"重人"的矛盾和斗争，揭露了"重人"的种种卑劣行径，同时还批评了国君的昏庸无能。所以韩非并非只为个人着想，其大声疾呼，也是在为国家考虑。文章一开头，就显得斩截峭拔："智术之士，必远见而明察，不明察，不能烛私；能法之士，必强毅而劲直，不劲直，不能矫奸。"提出见解不留余地。文中还采用对比的手法，分析时弊。作者感情激愤，言辞锐利，文章具有很强的感染力。

《说难》指陈游说人主权贵的难处。文章从"说之难"入手，论述人主对游说的心理反应。紧接着列举因游说人主而"如此者身危"七条，可谓一针见血之论。"七危"之外，又有"八难"，涉及的人事不妥、方法语言不当，都是造成"难"的原因。最后，韩非提出解决的关键，即切不可撄人主的"逆鳞"，并举四个寓言为喻。作者论"七危八难"，都用排比句段，条分缕析，切中肌理，显露出韩非文章的锋芒。《史记·韩非列传》将《说难》全文照录，司马贞《索隐》认为"其书词甚高，故特载之"。清人林云铭《古文析义》卷六说此篇"题目是个'说难'，通篇拿定'难'字，层层洗发……看来游说之术，从未有如此描写曲尽者"，其评价颇为中肯。

《难言》一篇，与《说难》可谓姊妹篇，是韩非上书君王陈说臣子进言之难的表章。对方是哪位君王并未明言，一说是韩王，一说是秦王。文中以铺叙排比的句式列举臣子进言动辄得咎的种种窘境："言顺比滑泽，洋洋纚纚然，则见以为华而不实。敦厚恭祗，鲠固慎完，则见以为拙而不伦。多言繁称，连类比物，则见以为虚而无用。总微说约，径省而不饰，则见以为刿而不辩。激急亲近，探知人情，则见以为僭而不让。闳大广博，妙远不测，则见以为夸而无用。家计小谈，以具数言，则见以为陋。言而近世，辞不悖逆，则见以为贪生而谀上。言而远俗，诡躁人间，则见以为诞。捷敏辩给，繁于文采，则见以为史。殊释文学，以质性言，则见以为鄙。时称《诗》《书》，道法往古，则见以为诵。”然后列举大量相关史实，从三代到春秋时期的代表人物，加以印证，以劝说君王倾听逆耳忠言。全文文字简短，结构简单，气盛而理细，颇能服人。

《韩非子》一书创作了大量的寓言故事，共有三百八十多则，主要保存在内外《储说》和《说林》等篇之中。这也成为《韩非子》散文的一大特色。

韩非子创作寓言故事，直接为其宣传政治思想服务。著名的《五蠹》篇中用了三个寓言：“守株待兔”“楚有直躬”“鲁人败北”。“守株待兔”对那些死抱住“先王之政”不放的守旧者进行了无情鞭挞。作者认为“世异则事异”，“事异则备变”，社会在发展，历史在前进，“今欲以先王之政，治当世之民”的腐儒，复古守旧，“皆守株之类也”。“楚有直躬”与“鲁人败北”则对儒家的忠孝仁义给予嘲弄。直躬之父窃羊，直躬报之狱吏，自己却被杀，罪在于“直于君而曲于父”。鲁人三战三败，却受到孔子的赞扬。其结果是“令尹诛（直躬）而楚奸不上闻，仲尼赏而鲁人易降北”，儒家的忠孝仁义为害国家如此，韩非站在法家的立场，当然要借此以对儒家的仁义道德观进行批判了。

韩非利用寓言故事，对当时社会的种种丑恶愚昧现象进行了揭露和批判，常使人觉得入木三分，淋漓痛快。战国时期，社会关系、传统观念随着生产方式的变革和宗法制度的崩溃而发生了激烈变化，重利、求利的思想急剧膨胀。《韩非子》中的一些寓言便揭露了这种社会关系的变化和赤裸裸的金钱关系。如《内储说下》的“夫妻祷者”：“卫人有夫妻祷者，而祝曰：‘使我无故得百束布。’其夫曰：‘何少也?’对曰：‘益是，子将以买妾。’”夫妻同祷，以求发财，然而却各有异心，夫妻之间的关系在金钱的驱使下被扭曲了。韩非以夫妻关系比喻君臣关系，说明“君臣之利异，故人臣莫忠，故臣利立而王利灭”，私利的膨胀使人钩心斗角。夫妻如此，君臣之间更是如此。对于当时世人的丑态和种种“愚诬”“欺妄”行为，韩非也给予辛辣的嘲讽。著名的“滥竽充数”的故事，嘲讽钻了齐宣王不“责下”的空子、混在乐队里的南郭处士之流。这些寓言，不但嘲弄得深刻，而且颇有幽默感和戏剧性。

《韩非子》的文章，犀利恣肆，峭拔峻削，论述问题，常常是锋芒毕露，咄咄逼人；揭露社会弊病，也是一针见血，峻刻无情。韩非的寓言，如同他的文章风格一样，面对生活，面对人生，冷峻地剖析人情世态，尖刻地暴露曲衷隐私，大胆泼辣，坦率露骨，是其峭拔峻削风格的体现。如《说林上》的“务光投河”：“汤以伐桀，而恐天下言己为贪也，因乃让天下于务光。而恐务光之受之也，乃使人说务光曰：‘汤杀君而欲传恶声于子，故让天下于子。’务光因自投于河。”一个历来被颂为贤君的汤，在这里竟然是如此阴险狡诈，完全是个要弄权术的小人。韩非的笔锋就是如此的犀利斩截。在这一点上，韩非的寓言与庄子的寓言有很大不同。庄子运用想象的翅膀带领人们翱翔于幻想的境界，宏深玄妙，恢诡谲怪，汪洋恣肆，仪态万方。韩非的寓言根植于现实的土壤，抉剔世态，深入隐微，真切通俗，奇而不怪，巧而不虚，是一幅幅现实世态人情的风俗画。后人称之“上下数千年，古今事变，奸臣世主，隐微伏慝，下至委巷穷闾，妇女婴儿，人情曲折，不啻隔垣墙而洞五脏”（明代陈深《韩子迂评序》），的确如此。

韩非寓言形象生动，性格鲜明，细节丰富，显示出高超的文学技巧。如“和氏献璧”，描绘出的和氏是一个坚持真理、百折不回的壮士形象。和氏第一次以玉璞献厉王，被认为是欺君罔上砍了左脚；第二次献武王，又被认为是假玉砍了右脚。文王即位，他抱着玉璞，哭于楚山之下三天三夜，泪尽继之以血，的确是个不屈不挠的壮士。这样的形象感人至深。而《内储说下》中的郑袖和《奸劫弑臣》中的余，却给人阴险毒辣的印象。像“不死之药”“棘刺母猴”“郑袖劓美人鼻”等寓言，已经有相当丰富的情节和细节，有矛盾冲突，又具有一定的戏剧性，宛如一篇短篇小说。

韩非寓言还创立了“寓言群”的形式，用群体集结的寓言来说明事理。刘勰《文心雕龙·诸子》说“韩非著博喻之富”，也包括这些“寓言群”的运用。《内外储说》和《说林》是韩非创作的寓言故事集。《内储说上》的论述中心是“七术”，即国君用严刑峻法和各种权术来驾驭群臣的七种手段：“众端参观”“必罚明威”“信赏尽能”“一听责下”“疑诏诡使”“挟知而问”“倒言反事”，为此韩非用了四十九个寓言故事来晓喻“七术”的内容。《内储说下》中心是“六微”，即国君统治必须了解洞察的六种隐微难见的事端：“权借在下”“利异外借”“托于似类”“利害有反”“参疑内争”“敌国废置”，也用了五十个寓言故事。《外储说》宣扬专制和权术，用了一百一十多个寓言。《储说》有题目（《内储说》有，《外储说》无），有“经”“说”，与寓言故事相结合，喻义明了。《说林》有些不同，没有题目，也无“经”“说”，纯粹是寓言故事的集合，《说林上》有三十四个寓言，《说林下》有三十二个寓言。这两册寓言故事集的出现，说明寓言作为一种艺术形式，已开始脱离散文母体，取得了独立存在的形式。这种形式的出现，为后代寓言集的创作和编著，提供了范型。

战国后期，到了荀子、韩非的文章，其显著的特点，一是不再以语录体的形式来论述事理，而是发展成为专题性的论文，二人都是针对某一问题进行深入论述，形成了独立成篇的论说文章。二是内容非常丰富。郭沫若说荀子可称为“杂家的祖宗”[①]，可以说，荀子是汲取百家之精华，集百家之大成。韩非的文章面对六国与秦国的政治，有鲜明的现实针对性。三是逻辑论证的缜密，荀子对某一个专题的论述，都有充分的事实依据和严密的逻辑推理，加强了文章的说理力量。他对先秦认识论和逻辑学都进行了总结。韩非则是冷峻地观察世界，言辞犀利。这些特点，对汉代的政论散文及后世的议论文，都产生了深远的影响。

第八节　两汉论说文

公元前202年，项羽乌江自刎，结束了楚汉之争。此年正月，刘邦即皇帝位，是为汉高祖，开始了有汉一代的封建统治。汉王朝建立之后，陆贾、贾谊等人探讨了秦王朝失败的原因，统治者吸取了秦王朝覆灭的教训，转而采取了新的方针。这个方针，从思想上说，即“持以道德，辅以仁义”。“持以道德”，即实行“无为”政治。“无为”政治，是指顺应自然规律去行动，这是一种积极意义上的“无为”，在现实社会政治生活中，是要对人民的生产和生活的发展尽可能采取不加干扰的方针，废除秦王朝苛刻的刑法，减免赋税，保护和鼓励生产的发展。“辅以仁义”，即抛弃法家那种否定仁义，一切诉诸功利、刑法的思想，恢复和提倡在自然经济基

①郭沫若：《荀子的批判》，《十批判书》，人民出版社1954年版，第218页。

础上的亲族血缘的道德观念，以维系协调人与人之间的社会关系。可以说，汉初的政论散文，是围绕着这样的现实需要而产生的。

一、贾谊、晁错、刘安之文

贾谊（前200年—前168年）是西汉初著名的政治家、文学家，洛阳人，少以博学能文闻名于郡中。文帝时贾谊被荐为博士，掌文献典籍，年仅二十余岁。不到一年，又擢为太中大夫。因才高遭忌，被贬为长沙王太傅，文帝七年（前173年）被召回长安，任梁怀王太傅。后因怀王坠马而死，悲悼自责，不久去世。贾谊的散文主要是议论文，包括两个方面的内容，一是对秦王朝兴覆的历史总结，二是具体的施政主张。前者的代表作是《过秦论》，后者以《论积贮疏》和《治安策》为代表。

《过秦论》是适应着汉初统治者"试为我著秦所以失天下，吾所以得之者"（《史记·陆贾列传》刘邦语）而产生的史论文章。其作文目的明确，是要从秦王朝的兴亡中总结出历史的经验教训。《过秦论》上篇写秦王朝之兴，极写秦自孝公以来的兴盛，大有天下无敌之概，然而百余年的兴盛，却于几个月之内败亡，王朝土崩瓦解，其原因，即"仁义不施而攻守之势异也"。中篇批判胡亥之失，秦王"先诈力而后仁义"，所以亡国。针对"马上得天下"是否仍可以"马上治天下"的质问，作者再次提醒统治者"取与守不同术也"。下篇分析子婴之亡，"二十余君，常为诸侯雄"的秦帝国，终亡于陈涉的九百戍卒。这个教训多么深刻！于是贾谊总结道："是以君子为国，观之上古，验之当世，参以人事，察盛衰之理，审权势之宜，去就有序，变化有时，故旷日长久而社稷安矣。"为了要达到振聋发聩的效果，贾谊在三篇中都采用了落差巨大的前后对比手法来突出其兴也暴、其亡也忽的历史教训，都给人大起大落的感觉。贾谊颇有战国纵横策士的风格和气质。《过秦论》在艺术上突出的特点是有强烈的气势，用排比对偶的手法，夸饰铺陈，形成雄健闳肆的气势。

《论积贮疏》是贾谊写给汉文帝的奏疏，论述农业生产对国家的重要。发展农业，储存粮食，对治国安民具有重大的政治意义。为了说明这个道理，作者进行反复的论证。先借用管子的话："仓廪实而知礼节。"这是他立论的基本点。贾谊从正面论述"积贮"的重要性和紧迫性，可是当今"背本而趋末"的现状，令人触目惊心。于是贾谊又从反面说明不"积贮"的危害。"世之有饥穰"，不可避免。若不"积贮"，后果不堪设想。最后直陈他的恳切之言："夫积贮者，天下之大命也。苟粟多而财有余，何为而不成？以攻则取，以守则固，以战则胜。怀敌附远，何招而不至？”作者慷慨陈词，剀切分析利害得失，言语激切，有的话虽说得犀利而警策，但仍然洋溢着雄健的气势。《治安策》又名《陈政事疏》。内容乃是为统治者提出长治久安的治国大计。文章一开始，作者“窃惟事势，可为痛哭者一，可为流涕者二，可为长太息者六”，说明是面对现实，有感而发。贾谊面对汉王朝内有同姓诸侯僭越谋逆，外有匈奴强敌压境，深感危机深重。贾谊以史为鉴，列举高祖“七年之间，反者九起”的往事，以及文帝亲历过的兄弟叛离的事实，强调“强者必反”“亲者必反”的道理，由此提出“众建诸侯而少其力”的策略。此文篇幅甚长，洋洋洒洒六千言，贾谊痛陈其忧，出言大胆，直陈不讳，甚至词锋凌厉、气势逼人。这种“慷慨论天下事”的风气，还是具有纵横家的特征。

稍后于贾谊的晁错，其政论文也有很大影响。晁错（前200年—前154年），颍川人，少学申、商刑名之学，文帝时为太常掌故，曾从济南伏生受《尚书》，迁博士，拜太子家令。晁错博古通今，有辩才，景帝即位，以内史迁御史大夫。曾上书言重农贵粟，削诸侯封地。吴楚七国反，请“清君侧”，晁错被斩于东市。

晁错的文章，多是上书言事，与现实政治密切相关。其为大家所熟悉的首推《论贵粟疏》，论述使民务农和实行贵粟政策的重要。文章一开始，先从正面说明贵粟和积蓄多的重要性，又从反面指出如今“积蓄未及”产生的严重后果。由是进一步论述在上者贵粟之重要。最后，作者以农夫五口之家的苦难和商贾无农夫之苦却有仟伯之得的对比，大声疾呼抑商重农的迫切。文章层层推理，组织严密，分析问题极为透辟。且看其中精彩的一段：

> 今农夫五口之家，其服役者不下二人，其能耕者不过百亩，百亩之收不过百石。春耕、夏耘，秋获、冬藏，伐薪樵，治官府，给徭役。春不得避风尘，夏不得避暑热，秋不得避阴雨，冬不得避寒冻，四时之间亡日休息。又私自送往迎来，吊死问疾，养孤长幼在其中。勤苦如此，尚复被水旱之灾，急政暴赋，赋敛不时，朝令而暮改。当具，有者半贾而卖，亡者取倍称之息，于是有卖田宅、鬻子孙以偿责者矣。而商贾大者积贮倍息，小者坐列贩卖，操其奇赢，日游都市，乘上之急，所卖必倍。故其男不耕耘，女不蚕织，衣必文采，食必粱

肉，亡农夫之苦，有仟伯之得。因其富厚，交通王侯，力过吏势，以利相倾；千里游敖，冠盖相望，乘坚策肥，履丝曳缟。此商人所以兼并农人，农人所以流亡者也。

这一段的描述，体现晁错对于农夫、商贾不同阶层生活状况的熟悉。整段文字用对比、排比、推论手法来写，文笔矫健流畅，明快通达，同样富有气势。

晁错的政论名篇还有《贤良对策》《言兵事疏》《论守边备塞疏》等。《贤良对策》列举古代圣王成功的事迹和秦王朝失败的教训以对答策问。其中说到“五帝神圣”时写道：“阴阳调，四时节，日月光，风雨时，膏露降，五谷熟，妖孽灭，贼气息，民不疾疫。河出图，洛出书，神龙至，凤鸟翔，德泽满天下，灵光施四海。此谓配天地，治国大体之功也。”说到秦之富强在于“地形便，山川利，财用足，民利战”。说到秦“末涂之衰”时是“宫室过度，耆欲亡极，民力罢尽，赋敛不节。矜奋自贤，群臣恐谀，骄溢纵恣，不顾患祸。妄赏以随喜意，妄诛以快怒心，法令烦憯，刑罚暴酷，轻绝人命，身自射杀。天下寒心，莫安其处。奸邪之吏，乘其乱法，以成其威，狱官主断，生杀自恣。上下瓦解，各自为制”。这样的文字，与《论贵粟书》的风格一样，斩截沉雄，细密恢宏。

鲁迅认为，贾谊晁错之文，“为文皆疏直激切，尽所欲言”；“惟谊尤有文采，而沉实则稍逊，如其《治安策》《过秦论》，与晁错之《贤良对策》《言兵事疏》《守边劝农疏》，皆为西汉鸿文，沾溉后人，其泽甚远；然以二人之论匈奴者相较，则可见贾生之言，乃颇疏阔，不能与晁错之深识为伦比矣”[①]。贾谊纵横恣肆，晁错则更显平实之风，鲁迅之论，可谓的评。

刘安（前179年？—前122年），汉朝宗室，汉高帝子淮南王刘长之子，汉文帝十六年（前164年）封淮南王。为人好书鼓琴，召集宾客作《淮南子》。《淮南子》是一部杂家著作[②]，但是，作为秦以后一部特色鲜明

---

①鲁迅：《汉文学史纲要》，人民文学出版社1973年版，第38页。

②《汉书·艺文志》著录《淮南子》，列为杂家。对于《淮南子》的杂家性质，孙纪文《淮南子研究》有详细的论述（学苑出版社2005年版），可参看。本节论述《淮南子》的文章，亦参照此书。

的“子书”，具有丰富的文学特征。有学者认为，《淮南子》“上承先秦诸子的宏辩遗风，下开汉魏辞赋的华章先声，具有其独特的文章风格与可取的艺术成就”[①]。

刘安善辞赋，曾作《离骚传》。其身边的文士有不少人是辞赋作家，《淮南子》又出自众手，因此《淮南子》的文章具有辞赋化的倾向。如《原道训》论“道”的一节：

> 夫太上之道，生万物而不有，成化像而弗宰，跂行喙息，蠉飞蝡动，待而后生，莫之知德；待之后死，莫之能怨。得以利者不能誉，用而败者不能非，收聚畜积而不加富，布施禀授而不益贫，旋县而不可究，纤微而不可勤，累之而不高，堕之而不下，益之而不众，损之而不寡，斫之而不薄，杀之而不残，凿之而不深，填之而不浅。忽兮恍兮，不可为象兮；恍兮忽兮，用不屈兮；幽兮冥兮，应无形兮；遂兮洞兮，不虚动兮；与刚柔卷舒兮，与阴阳俯仰兮。

此节从所论来看，确有庄子的风格，但行文对仗整齐，文字绮丽华美，后面还夹进“兮”字，读起来有韵律之美。就此段文字，似可发现其既有庄子的风神，又有楚辞的华丽，又开汉代辞人铺叙之风。

而《览名训》中的一节，又是另一番风味：

> 凤皇之翔至德也，雷霆不作，风雨不兴，川谷不澹，草木不摇，而燕雀佼之，以为不能与之争于宇宙之间。还至其曾逝万仞之上，翱翔四海之外，过昆仑之疏圃，饮砥柱之湍濑，邅回蒙汜之渚，尚佯冀州之际，径蹑都广，入日抑节，羽翼弱水，暮宿风穴，当此之时，鸿鹄鶬鸖，莫不惮惊伏窜，注喙江裔，又况直燕雀之类乎！

这些句子整饬，语言讲究修饰，语气一气呵成，颇有纵横捭阖、铺张扬厉之美。此外，《淮南子》中还有大量的神话、传说、寓言、故事，行文极尽夸张、渲染之能事，为文章增加色彩斑斓的浪漫成分。

---

①张啸虎：《论〈淮南子〉的文采》，《北方论丛》1983年第6期。

二、邹阳、枚乘之文

邹阳（生卒年不详），汉初齐人，初仕吴王，吴王欲造反，上书谏吴王，不纳，去而为梁王客，又被谗入狱，上书得免。代表作有《谏吴王书》和《狱中上梁王书》。

梁王求立为汉嗣，遭权臣爰盎反对，乃与羊胜等密谋刺杀爰盎。邹阳极力劝阻，羊胜等人乘机进谗，梁王怒而下邹阳狱。邹阳“恐死而负累”，于是在狱中作《狱中上梁王书》，慷慨陈词，极力为自己辩解。文章主要讲了四层意思，一是论述君臣关系的忠和信；二是论述君王能否做到“知”，决定了士的态度，即士能否献出忠信和尽心为君王服务；三是君王应该有自己的主见，不应被谗言所惑；最后表明自己决不屈节隐忍的态度。但是，邹阳在此信的开头，并不是直截了当为自己的蒙冤辩曲，而是大量地征引历史人物的事迹来讨论君臣关系的问题，他举了荆轲、卫先生、玉人、李斯、比干、伍子胥等人的故事，在于从反面以历史事实来暗示自己“尽忠竭诚”反遭谗害，由此呼应文章一开始的“忠无不报，信不见疑”的立论。他举了秦将樊於期、齐臣王奢、苏秦、司马喜、范雎甚至殷周时的申徒狄、徐衍等人的典故，说明君臣遇合不在于交往时间的长短，而在于相知与否。谚语所谓“白头如新，倾盖如故”，正是如此。于是，邹阳进一步论述君王治理国家，应该有自己的主见，“不牵乎卑辞之语，不夺乎众多之口”，要有自己权衡利害的标准，秦王受蒙嘉之词而受荆轲之害，周文王信任吕尚而统一天下，这正反两方面的例子希望梁王警醒。最后说“士有伏死崛穴岩薮之中耳，安有尽忠信而趋阙下哉”，表明自己的态度。《狱中上梁王书》本是一篇含冤申辩的书信，但是文章的中心却是围绕“忠信”二字做文章，作者并没有直接表白自己的忠信态度以此为自己辩冤，而是列举了大量的历史典故来论述君臣关系。即使最后表明自己的态度，也还是使用典故。所以，此文最大的特点在于用典，有正面用的，有反面用的，但都围绕中心而用。作者还喜欢引用熟语谚语来引出他的论点，然后层层推进，透辟有力。从文章的整体风格来看，仍然有纵横遗风。

《上吴王书》篇幅没有《狱中上梁王书》长，是劝吴王不要有异谋，因其时叛乱尚未发动，所以话说得隐晦曲折。文章开始也是以秦为喻，暗示吴王不可轻举妄动。话不好说穿，所以文章也大量用典故。文多隐语，意在言外。此外，如下文一段，仍有战国纵横遗风：

臣闻蛟龙襄首奋翼，则浮云出流，雾雨咸集。圣王底节修德，则游谈之士归义思名。今臣尽智毕议，易精极虑，则无国不可奸；饰固陋之心，则何王之门不可曳长裾乎？然臣所以历数王之朝，背淮千里而自致者，非恶臣国而乐吴民也，窃高下风之行，尤说大王之义。故愿大王之无忽，察听其志。①

可惜吴王刘濞刚愎自用，利令智昏，一意孤行，不听邹阳之劝，终于发动“七王之乱”。

枚乘（？—前140年），字叔，淮阴人，一生经历了文帝景帝两朝，曾在吴王刘濞和梁孝王刘武两处做过侍从之臣。枚乘除了辞赋之外，散文代表作有《上书谏吴王》和《上书重谏吴王》（后一篇或认为可能是后人伪托）。二文是为劝阻吴王作乱而写的。文章殷殷劝阻，语重心长：“忠臣不避重诛以直谏，则事无遗策，功流万世。臣乘愿披腹心而效愚忠，唯大王少加意念恻怛之心于臣乘言。”②除与邹阳的文章一样有许多用典之外，枚乘的文章还用了一些比喻来阐述吴王决策之危险，如说“以一缕之任系千钧之重，上县无极之高，下垂不测之渊，虽甚愚之人犹知哀其将绝也。马方骇鼓而惊之，系方绝又重镇之；系绝于天不可复结，坠入深渊难以复出”；“人性有畏其景而恶其迹者，却背而走，迹愈多，景愈疾，不如就阴而止，景灭迹绝；欲人勿闻，莫若勿言；欲人勿知，莫若勿为。欲汤之沧，一人炊之，百人扬之，无益也，不如绝薪止火而已。不绝之于彼，而救之于此，譬犹抱薪而救火也”。这些比喻很是确当。枚乘的文章，还是可以看出战国遗风。可惜，枚乘的劝谏吴王也拒不接纳。说明时代变了，单靠滔滔不绝的说辞，虽洋洋洒洒，已不能说动人主了。

三、向歆父子、扬雄之文

西汉后期的散文，以刘向、刘歆父子和扬雄为代表。

刘向（约前77年—前6年），初名更生，字子政，是汉高祖刘邦同父异母弟刘交的四世孙。刘向是西汉著名文献学家、目录学家，曾在中秘即朝廷图书馆整理图书文献，并为所整理的古代典籍写下叙录，成《别录》

①班固：《贾邹枚路传》，《汉书》卷五一，中华书局1983年版，第2340页。

②班固：《贾邹枚路传》，《汉书》卷五一，中华书局1983年版，第2359页。

一书，可惜大多散佚，今存的《战国策叙录》是其中的一篇，也是一篇出色的学理性论说文。

《战国策叙录》首先叙述校理《战国策》一书的经过，交代整理时所用底本、时间断限以及书名的确定等。文章的精华在于其中的两个部分：一是交代《战国策》的背景，一是介绍《战国策》的内容。这两部分的内容通常极容易写成平板叙述而呆滞无味，但是，在刘向的笔下，却显得从容浑厚。其中写西周文武始兴：

周室自文、武始兴，崇道德，隆礼义，设辟雍、泮宫、庠序之教，陈礼乐弦歌移风之化，叙人伦，正夫妇。天下莫不晓然。论孝悌之义，惇笃之行，故仁义之道满乎天下，卒致之刑错四十余年。远方慕义，莫不宾服，雅颂歌咏，以思其德。下及康、昭之后，虽有衰德，其纲纪尚明。[①]

春秋时期，是“其余业遗烈，流而未灭。五伯之起，尊事周室。五伯之后，时君虽无德，人臣辅其君”。而至战国时期，则完全是另一景象：

仲尼既没之后，田氏取齐，六卿分晋，道德大废，上下失序。至秦孝公，捐礼让而贵战争，弃仁义而用诈谲，苟以取强而已矣。夫篡盗之人，列为侯王；诈谲之国，兴立为强。是以传相仿效，后生师之，遂相吞灭，并大兼小，暴师经岁，流血满野；父子不相亲，兄弟不相亲，夫妇离散，莫保其命，湣然道德绝矣。晚世益甚，万乘之国七，千乘之国五，敌侔争权，盖为战国。贪饕无耻，竟进无厌；国异政教，各自制断；上无天子，下无方伯；力功争强，胜者为右；兵革不休，诈伪并起。当此之时，虽有道德，不得施谋；有设之强，负阻而恃固；连与交质，重约结誓，以守其国。故孟子、孙卿儒术之士，弃捐于世，而游说权谋之徒，见贵于俗。是以苏秦、张仪、公孙衍、陈轸、代、厉之属，生从横短长之说，左右倾侧。苏秦为从，张仪为横；横则秦帝，从则楚王；所在国重，所去国轻。[②]

---

①刘向：《战国策》，上海古籍出版社1985年点校本，第1195页。

②刘向：《战国策》，上海古籍出版社1985年点校本，第1196页。

周文之治与春秋战国之乱，前后产生强烈的对比。这样的叙述，简略有序，条理井然，腾挪变化而有气势。最后说为何定名为《战国策》，也就是概括全书的内容：

> 战国之时，君德浅薄，为之谋策者，不得不因势而为资，据时而为。故其谋，扶急持倾，为一切之权，虽不可以临国教化，兵革救急之势也。皆高才秀士，度时君之所能行，出奇策异智，转危为安，运亡为存，亦可喜，皆可观。①

仅仅数语，就把《战国策》的内容要言不烦地说清楚了。姚鼐《古文辞类纂》卷六评论说："此文固不若《过秦论》之雄骏，然冲溶浑厚，无意为文，而自能尽意，若庄子所谓木鸡者。此境亦贾生所无也。"

刘歆（前53年？—23年），继父业，校秘书，领五经，治经则与乃父不同，专推古文经学的《左传》。刘歆提倡古文经学，"欲建立《左氏春秋》及《毛诗》《逸礼》《古文尚书》，皆列于学官"，遭到了今文经学家强烈的反对和攻击，于是刘歆写下了著名的《移让太常博士书》进行反驳。文章首先历数孔子之后儒学道术之兴废，再论汉兴之后古文经学的复兴，特别是逸《礼》、古文《尚书》、《春秋》左氏传等古文经典发于秘府，今立于学官之重要。刘歆此文也是学理性的论文，因要批驳今文经学家的意见，文章写得很有针对性，尖锐地指出今文经学家的弊病：

> 往者缀学之士不思废绝之阙，苟因陋就寡，分文析字，烦言碎辞，学者罢老且不能究其一艺。信口说而背传记，是末师而非往古。至于国家将有大事，若立辟雍封禅巡狩之仪，则幽冥而莫知其原。犹欲保残守缺，挟恐见破之私意，而无从善服义之公心，或怀妒嫉，不考情实，雷同相从，随声是非，抑此三学，以《尚书》为备，谓左氏为不传《春秋》，岂不哀哉！
>
> 今则不然，深闭固距，而不肯试，猥以不诵绝之，欲以杜塞余

---

①刘向：《战国策》，上海古籍出版社1985年点校本，第1198页。

道，绝灭微学。夫可与乐成，难与虑始，此乃众庶之所为耳，非所望士君子也。

传曰："文武之道未坠于地，在人。贤者志其大者，不贤者志其小者。"今此数家之言，所以兼包大小之义，岂可偏绝哉！若必专己守残，党同门，妒道真，违明诏，失圣意，以陷于文吏之议，甚为二三君子不取也。[①]

《汉书》本传说"其言甚切"，《文心雕龙·檄移》评曰"刘歆之移太常，辞刚而义辨"，都准确地揭示了此文的特点。从刘向的《战国策叙录》和刘歆的《移让太常博士书》，可以看到即使是与学理、学术有关的论证文章，也一样可以写得感情充沛，起伏变化，甚至奇矫凌厉。这种风格，对于后代如唐代的李翱、宋代的曾巩，都有影响。

扬雄（前53年—18年），字子云，成都人。成帝时为郎，王莽时任太中大夫，校书天禄阁。历来批评扬雄的文章好模拟，其《太玄》模拟《周易》，《法言》模拟《论语》。《汉书》本传"论赞"说扬雄"实好古而乐道，其意欲求文章成名于后世，以为经莫大于《易》，故作《太玄》；传莫大于《论语》，作《法言》；史篇莫善于《仓颉》，作《训纂》；箴莫善于《虞箴》，作《州箴》；赋莫深于《离骚》，反而广之；辞莫丽于相如，作四赋；皆斟酌其本，相与放依而驰骋云"（《汉书》卷八十七下）。这说明扬雄是希望超越前人，于是以这种旧的形式表达扬雄自己的观点，也可以说以模仿为革新。

其次，苏轼批评扬雄是"好为艰深之辞，以文浅易之说"（《答谢民师书》）[②]。扬雄艰深之辞是有的，文章中有不少奇字怪字，古奥难懂；但说他全是"浅易之说"则过于绝对。如在《法言》中，强调治国需要教化，要用仁义礼乐，揭露和攻击当时社会的许多弊病，对古今人物品评，大家所熟知的对汉赋的评价，甚至对隐士的激赏，都不能说是"浅易之说"。至于"艰深之辞"，也并非全部，如他的《自叙传》，其中写自己："雄少而好学，不为章句，训诂通而已，博览无所不见。为人简易佚荡，

---

①班固：《汉书》卷三十六《楚元王传》，中华书局1983年版，第1970页。

②对于扬雄的评价，从汉代开始就有很大的不同，如刘歆批评扬雄书"可覆酱瓿"，桓谭则以为雄超越诸子；宋司马光称许扬雄，而朱熹则骂"莽大夫扬雄死"。

口吃不能剧谈，默而好深湛之思。清静亡为，少耆欲，不汲汲于富贵，不戚戚于贫贱，不修廉隅，以徼名当世。家产不过十金，乏无儋石之储，晏如也。”又写自己作《反离骚》的缘由：“自有大度，非圣哲之书，不好也；非其意，虽富贵，不事也；顾尝好辞赋。先是时，蜀有司马相如，作赋甚弘丽温雅，雄心壮之，每作赋，常拟之以为式。又怪屈原文过相如，至不容，自投江而死。悲其文，读之未尝不流涕也。以为君子得时则大行，不得时则龙蛇，过不遇，命也，何必湛身哉！迺作书，往往摭《离骚》文而反之，自岷山投诸江流以吊屈原，名曰《反离骚》。”这样明白易懂的文字，在《自叙传》中还有许多，所以也并非都是“艰深之辞”。

四、王充、王符、仲长统之文

王充（27年—约97年），字仲壬，会稽上虞人。出身“细族孤门”，曾师从著名学者班彪。王充传世的著作是《论衡》。《论衡》全书八十五篇，其中《招致》一篇有目无文，现存八十四篇。王充作《论衡》的目的，主要是针对当时的学风而发，特别是当时盛行的谶纬之学，“疾虚妄”是其旨归[①]。王充的思想表现出与主流经学观念明显不一致的倾向。到了东汉，经学已经夹杂着谶纬、阴阳学说，有关天命、神道的观念，越来越在经学阐发中占据主导地位，特别是王莽篡权，许多人以符命称颂，光武称帝犹信谶。这种习气自然影响到学风的转变。王充作《论衡》，批驳“天人感应”“五德终始”，尤见出其学术与人格的独立性。所以，王充的文章特别追求“实”，并显示出强烈的理性批判精神。

且看他在《自纪》里的一段文字：

> 鸟无世凤皇，兽无种麒麟，人无祖圣贤，物无常嘉珍。才高见屈，遭时而然。士贵故孤兴，物贵故独产。文孰常在有以放贤，是则醴泉有故源，而嘉禾有旧根也。屈奇之士见，倜傥之辞生，度不与俗协，庸角不能程。是故罕发之迹，记于牒籍；希出之物，勒于鼎铭。五帝不一世而起，伊、望不同家而出。千里殊迹，百载异发。士贵雅材而慎兴，不因高据以显达。母骊犊骍，无害牺牲；祖浊裔清，不榜奇人。鲧恶禹圣，叟顽舜神。伯牛寝疾，仲弓洁全；颜路庸固，回杰

①《论衡·佚文篇》：“《论衡》篇以十数，亦一言也，曰：‘疾虚妄。’”中华书局《诸子集成》七《论衡·佚文》，第202页。

超伦；孔、墨祖愚，丘、翟圣贤；扬家不通，卓有子云；桓氏稽可，適出君山。更禀于元，故能著文。①

《自纪》是王充晚年写成的自传，可以说是文学史上第一篇自传。王充出身“细族孤门”，因此有人嘲笑他祖辈没有根基，文章没有师承，著作乃是“无类而妄生”的“妖变”。作者进行了辩驳。他认为才高受到压抑，这是时运造成的。杰出的人才和不凡的文章一样，并非一般标准所能衡量。文中以牛马和历史上的圣贤为例，进行了有力的反驳，归结到“更禀于元，故能著文”的结论上。这样的辩驳不但有力，也充分体现了他的战斗精神。

大家熟悉的《订鬼》篇，是一篇语言通俗、说理透彻的议论文。文章观点鲜明，一开始便提出“鬼”产生于人的畏惧心理，非人死后精神变成鬼，并以实例分析。这种思想是很超前的。接着，具体例述了常人因病见鬼的情况，人在发病时不同程度的疼痛而引发的思虑、表情、状态的差异特点，证明“鬼现”的原因乃是心理思虑的结果。最后从人的“精念存想”的种种幻觉中概括出鬼不是客观存在的，而是病态的精神现象。文章既有理论分析，又有事实依据，正面论述，从旁譬喻，其中把人因病见鬼的幻景描摹得非常生动。

《论衡》中还包含着不少的文学批评思想，如《艺增》《超奇》《佚文》《书解》《对作》等篇，主张文章必须真实，反对写虚妄的内容；主张著书要有为而发，有补于世；主张要有独创性，反对模拟抄袭；力主通俗易懂，反对浮华；提倡文章语言的口语化，反对古奥艰涩的文风，等等，这些思想，贯穿于他文章写作的实践中，对于汉代以及其后的散文创作，都是有指导意义的 。

王符，生卒年不详，字节信，安定临泾（今甘肃镇原）人，为东汉后期思想家。王符“耿介不同于俗，以此遂不得升进；志意蓄愤，乃隐居著书三十余篇，以讥当时得失”（《后汉书·王充王符仲长统列传》），成为世俗的批判者。今存作品《潜夫论》。《潜夫论》主要是讨论治国安民之术，涉及政治、经济、哲学、社会风俗各个方面。他与王充一样，对当时

①黄晖：《论衡校释》，中华书局1995年版，第1206页。

的社会政治持较为激烈的批判态度。其文章喜欢引经据典，又常以对比的手法表达批判之意。总体来看，仍然是保持比较平实的风格。

仲长统（180年—220年），字公理，山阳高平（今山东邹县）人，曾为尚书郎。仲“每论说古今及时俗行事，恒发愤叹息。因著论名曰《昌言》，凡三十四篇，十余万言”（《后汉书·王充王符仲长统列传》）。《后汉书》把他和王充、王符并列一传，说明他们在思想上有相同之处。《昌言》中的《理乱篇》猛烈抨击东汉末世风气：“夫乱世长而化世短，乱世则小人贵宠，君子困贱。当君子困贱之时，跼高天，蹐厚地，犹恐有镇压之祸也。逮至清世，则复入于矫枉过正之检。”世风日下，已不可救药了。这样的揭露，是相当深刻的。

从贾谊、晁错、刘安到王充、王符、仲长统，大体上可以看出两汉政论散文变化的轨迹。

第九节　司马迁的《史记》

汉代的史传散文，首推司马迁的《史记》，它是中国史传文学的峰巅。《史记》不但在史传文学发展史上，就是在中国文学史上，都堪称“是一部波澜壮阔、包罗万象、雄伟无比的史诗”[①]。

司马迁（前145年或前135年—前87年?），字子长，西汉夏阳（今陕西韩城）人，出身于一个“世典周史”的史官家庭。司马迁在《太史公自序》中将自己的家世一直追溯到颛顼的重、黎时代，充满着自豪感。对司马迁影响最大的是其父司马谈。司马谈曾学天官于方士唐都，受《易》于杨何，习道论于黄子，对先秦诸子有精深的研究，写过著名的《论六家要旨》，是个学问渊博、颇有建树的史官。有这样的家世，司马迁所受的影响是不言而喻的。司马迁十岁能诵读《左传》《国语》《世本》等古代史籍，又向今文学大师董仲舒学习《公羊春秋》，向古文学大师孔安国学习古文《尚书》，无疑的都是在司马谈的培养下进行的。家庭的影响和早年

①刘大杰：《中国文学发展史》第一册，上海人民出版社1973年版，第168页。

的教育造就了司马迁丰厚的文化底蕴，使司马迁自觉地继承古代史官的优良传统，终于成为中国史上最伟大的史学家。

司马谈认为，周公和孔子都是文学伟人，承担着王道文化建设的伟任。尤其是孔子，起于东周衰世，面对礼崩乐坏的局面，以编订《春秋》来复兴王道文化传统。但是，“自获麟以来四百余岁，而诸侯相兼，史记放绝”，孔子的事业面临中断的危险。自己身为太史令，本该承担起这样的文化重任，却未能如愿，就将遗愿交付给司马迁：“余先周室之太史也。自上世尝显功名于虞夏，典天官事。后世中衰，绝于予乎？汝复为太史，则续吾祖矣。……余死，汝必为太史；为太史，无忘吾所欲论著矣。”（《太史公自序》）司马迁从其父身上接受了继承孔子事业的文化精神与人格力量，这成为司马迁的一个崇高的精神支柱。

肩膺着这样伟大的文化使命，司马迁对于《史记》的创作，一开始就不是把它当作一般的史书来写的，而是作为一项上承周公孔子、总结历代兴亡、复兴文化的宏伟事业来对待。他的胸襟和视野变得无比的广阔，他要“厥协《六经》异传，整齐百家杂语”（《太史公自序》），要“网罗天下放失旧闻，考之行事，稽其成败兴坏之理”，要“究天人之际，通古今之变，成一家之言”（《报任安书》）。他所作的《史记》，已不是一般的史书，而是对汉以前历史、文化的全方位的总结。

优良的家世传统，丰厚的文化营养，风发的时代精神，铸就了司马迁的伟大人格。这种人格力量，支持着他战胜一切困难，去完成伟大的文化事业——《史记》的写作。这困难包括司马迁所遭受的李陵之祸。李陵之祸对司马迁无疑是个极大的打击，尤其是遭受宫刑，使他陷入极度痛苦之中，甚至想到过“引决自裁”，了此残生。但是，对于伟大理想的坚定信念使他改变了态度。尤其是想到父亲的临终托命，司马迁更坚定了忍辱负重、发愤著书的意志。另一方面，谙熟古代历史的司马迁认识到，历来伟大的文化事业，都是产生于危难之中。历史上的榜样历历在目，李陵之祸的惨遇，无疑也是对自己命运和意志的一种挑战：

> 古者富贵而名摩灭，不可胜记，唯倜傥非常之人称焉。盖文王拘，而演《周易》；仲尼厄，而作《春秋》；屈原放逐，乃赋《离骚》；左丘失明，厥有《国语》；孙子膑脚，《兵法》修列；不韦迁蜀，世传《吕览》；韩非囚秦，《说难》《孤愤》；《诗》三百篇，大抵圣贤发愤之

> 所为作也。此人皆意有郁结，不得通其道，故述往事，思来者。乃如左丘无目，孙子断足，终不可用，退论书策，以舒其愤，思垂空文以自见。(《报任安书》)

在这样坚强的意志的支持下，在强烈的历史使命感的驱使下，司马迁以巨大的毅力战胜了切肤刻髓的人生痛苦，“是以就极刑而无愠色”。并且以一种不达目的决不罢休的力量宣称：“仆诚已著此书，藏之名山，传之其人，通邑大都。则仆偿前辱之责，虽万被戮，岂有悔哉!”（《报任安书》）李陵之祸对于司马迁是一个残忍的摧残，但又为司马迁的人生际遇谱写了一段壮烈的慷慨悲歌。可以说，李陵之祸对于司马迁伟大人格的形成，又是一次升华，使我们看到司马迁人格光辉的一面。正是这种伟大的人格，终于造就了伟大不朽的著作《史记》。

在《史记》之前，无论是《春秋》《左传》，还是《国语》《国策》，都带有一定的资料汇编的性质。这些史传作品虽然都具有各自的思想倾向，但未免有驳杂的现象。《史记》是第一部由史家个体独立撰著的史书，所以带着史家自己的独立思考，表现出史家鲜明的思想艺术个性。

一、《史记》的人物画廊

《史记》无疑是有史以来最宏伟的历史画卷。它展示了中华民族三千年的社会历史，无论是时间之绵长，还是空间之广阔，场景之壮观，还没有哪一部史传作品能超过它。《史记》的人物更是林林总总，令人叹为观止。有中华民族的始祖轩辕黄帝，有一代雄主秦皇汉武，有列土封国的诸侯君王，有形形色色的贤臣佞幸，有久经沙场的将军，有揭竿而起的农民，有市井屠夫，有行侠刺客。就人物之众多，代表性之广阔，《史记》堪称绝唱。

在《史记》众多的人物形象之中，有四类人物写得最为出色，一是建功立业或在历史上产生过巨大作用的人物，二是特立独行的奇人，三是出身低微的下层人士，四是为司马迁所憎恶的丑恶人物。

（一）建立功业或是在历史上起过重大作用的人物

秦汉之际，有三个人物产生过巨大的历史作用，这就是刘邦、项羽、陈涉。司马迁在《秦楚之际月表》中说：“初作难，发于陈涉；虐戾灭秦，自项氏；拨乱诛暴，平定海内，卒践帝祚，成于汉家。五年之间，号令三嬗，自生民以来，未始有受命若斯之亟也。”陈涉首难反秦，彻底动摇了暴秦的统治。项羽入咸阳，楚人一炬，终灭秦族。刘邦击败项羽，平定海内，建立汉朝。十来年间，历史进程风云变幻，政治舞台三易其帜，与这三位人物有极密切的关系。而这三人，也是《史记》塑造得最出色的几个人物。

司马迁写刘邦，首先是把他当作一位具有雄才大略的英雄来写。刘邦与项羽争天下，项羽何以败？刘邦何以胜？我们仅从司马迁所记二人入咸阳之后的不同表现，便可一目了然。刘邦入咸阳：

> 欲止宫休舍，樊哙、张良谏，乃封秦重宝财物府库，还军灞上。召诸县父老豪杰曰："父老苦秦苛法久矣，诽谤者族，偶语者弃市。吾与诸侯约，先入关者王之，吾当王关中。与父老约，法三章耳：杀人者死，伤人及盗抵罪。余悉除去秦法。诸吏人皆案堵如故。凡吾所以来，为父老除害，非有所侵暴，无恐！且吾所以还军灞上，待诸侯至而定约束耳。"乃使人与秦吏行县乡邑，告谕之。秦人大喜，争持牛羊酒食献飨军士。沛公又让不受，曰："仓粟多，非乏，不欲费人。"人又益喜，唯恐沛公不为秦王。（《高祖本纪》）

项羽入咸阳：

> 居数日，项羽引兵西屠咸阳，杀秦降王子婴，烧秦宫室，火三月不灭，收其货宝妇女而东。（《项羽本纪》）

司马迁说："子羽暴虐，汉行功德。"（《太史公自序》），仅此一点，可见一斑，也见出刘邦的智谋和远见。

刘邦的另一个特点是能用人、善用人。韩信、陈平、黥布等人都是项羽的部下，归附刘邦之后，都被重用。所以韩信说他"善将将"。善于用人且善于驾驭所用之人，这也是刘邦能够取胜的重要原因之一。当然，司马迁也写出了刘邦的狡黠多诈、贪财好色以及种种痞子流氓习气，写出了他的卑怯自私和贪羡尊荣，这些剔去了所谓赤帝子的光环，还给刘邦一个真实的活生生的人物形象。

项羽是一个失败的英雄，但是却不能低估了他的历史作用。"然羽非有尺寸，乘势起陇亩之中，三年，遂将五诸侯灭秦，分裂天下，而封王侯，政由羽出，号为‘霸王’，位虽不终，近古以来，未尝有也”（《项羽本纪》）。如果说司马迁在《项羽本纪》中把项羽塑造成一位力可拔山气盖世的英雄，多少含有个人喜好的因素的话，那么司马迁对项羽功过的评价，基本上是恰如其分的。司马迁热情歌颂了项羽在反秦斗争中的丰功伟绩，肯定了他的历史作用，同时批评了他的战略与个人性格等方面的错误。用司马迁的话说，是“杀庆救赵，诸侯立之；诛婴背怀，天下非之”（《太史公自序》）。“杀庆救赵”，指的是项羽杀掉卿子冠军宋义，率军赴钜鹿与秦军决战。项羽当机立断杀掉宋义，才有可能在钜鹿与秦军决一死战。钜鹿一战，打败秦军主力，扭转了反秦义军的被动劣势，加速了秦王朝的灭亡，其意义是非常巨大的。明人茅坤说，巨鹿之战是“项羽最得意之战，太史公最得意之文”（《史记钞》）。茅坤可谓既深知项羽又深知司马迁之人。然而项羽的弱点及错误也是显见的。“诛婴背怀”，即杀了义帝，背关怀楚，这是战略上的错误。残暴嗜杀、不善用人，以至优柔寡断，这些性格上的缺点，也加速了他的败亡。一个在历史上发挥了巨大作用的人，又遭到了历史的汰弃，司马迁揭示的问题多么令人深思！

陈涉是反秦的首发难者，司马迁将他列入《世家》，本身就是对他的历史作用的肯定。不唯如此，司马迁还多次肯定陈涉的历史作用，除上举《秦楚之际月表》外，《项羽本纪》云：“夫秦失其政，陈涉首难，豪杰蜂起，相与并争，不可胜数。”《陈涉世家》云：“陈胜虽已死，其所置遣侯王将相竟亡秦，由涉首事也。”《太史公自序》云：“桀纣失其道而汤武作，周失其道而《春秋》作，秦失其道而陈胜发迹。诸侯作难，风起云蒸，卒亡秦族。”这是将陈胜与汤武、孔子相提并论了。司马迁不但热情肯定陈涉的历史作用，而且把陈涉当作一位了不起的英雄来看待。司马迁写他“辍耕之垄上，怅恨久之，曰：‘苟富贵，勿相忘’”。写他与吴广谋曰：“今亡亦死，举大计亦死，等死，死国可乎？”写他号召徒属曰：“且壮士不死即已，死即举大名耳，王侯将相宁有种乎！”都揭示了陈涉作为一个时代英雄的超出常人的思想和气概。司马迁还详细描述了陈涉起义的经过，从与吴广合谋、动员发动戍卒，到置鱼腹中书、假狐鸣而呼，一直到举事成功，都可以看出陈涉绝非一般的草莽英雄，而是一个善于抓住时机、有远见有抱负而且机智勇敢的起义领袖。陈涉虽然仅六月而亡，然而他的首难之功，因此造成的摧枯拉朽之力量，足可永垂千古，彪炳史册。

自轩辕黄帝到汉武帝，历史长河绵延几千年，建立功业或是在历史上产生作用的人物当然不止这三个，但已经透露出司马迁探寻历史发展动因的最基本信息。

（二）扶义倜傥、特立独行的“奇人”

在《史记》里，司马迁表现出鲜明的“爱奇”的美学原则。所以，在《史记》这幅宏伟的历史画卷中，众多的扶义倜傥、特立独行的“奇人”，成为司马迁所刻意塑造的人物。如李广、张良、韩信、廉颇、蔺相如、吴起、伍子胥、商鞅、田横、苏秦、张仪，以及刺客、游侠、滑稽列传中的众多人物，一大批“奇人”为《史记》人物画卷增添了绚丽光彩。

一个李广，就是司马迁深深感喟的人物。李广是汉初名将，威震遐迩，匈奴人敬畏而称之为“飞将军”。李广居右北平，匈奴人避畏数岁，不敢南下而牧马。李广的赫赫战功，几乎全部是抵御匈奴入侵而建立的。他善射、机智，勇于当敌，仁爱士卒，深得部下拥护。他身经七十余战，到头来却得不到封侯，甚至还受到诬陷，终于被迫自刎。李广的遭遇，深刻揭露了汉代统治集团内部排挤人才、摧残人才、迫害人才和用人唯私的黑暗。茅坤说：“李将军于汉，为最名将，而卒无功，故太史公极意摹写淋漓，悲咽可涕。”（《史记钞》）

《伍子胥列传》，则塑造了伍子胥“隐忍而就功名”的“烈丈夫”的形象。楚平王听信谗言，逮捕了伍子胥父亲伍奢，又诳骗其兄弟归楚。伍尚归死于楚，以成孝道；伍员出奔于吴，伺机报仇。伍子胥逃到吴国，先是荐专诸于公子光，帮助公子光夺得君位，又帮助阖庐伐楚，攻入郢都。报仇的时候到了，伍子胥“乃掘楚平王墓，出其尸，鞭之三百，然后已”，实现了他“借力以雪父之耻”的目的。伍子胥的性格特征是“刚戾忍垢”。当他受太宰嚭谗害被迫自杀时，还要人“抉吾眼县吴东门之上，以观越寇之入灭吴也”。完全是一个烈丈夫的形象。司马迁极其推崇伍子胥这种顽强卓绝、忍辱复仇的精神，称赞说：“向令伍子胥从奢俱死，何异蝼蚁？弃小义，雪大耻，名垂于后世，悲夫！方子胥窘于江上，道乞食，志岂须臾忘郢邪？故隐忍就功名，非烈丈夫孰能致此哉？”《史记》里的伍子胥形象，比《左传》要详细、生动、深刻得多。在司马迁笔下，像这样的“烈丈夫”何止伍子胥一人，季布、勾践都是这一类人。

司马迁自己就是一位“奇人”，所以容易从这些有特异性的历史人物身上找到共鸣。有的论者指出：在《史记》当中，凡是作者写来感情激越、笔墨酣畅、气势雄健，读者读来心动神摇、回肠荡气、一唱三叹的优秀篇章，所传述的都是那些在功业品节、精神气质方面有着为常人所不备、或为一般正统史家所不取的突出特异表现的人物。[①]这大概是读《史记》的人的共同感受。

（三）中下层社会人物

与之前的史传作品相比，《史记》中所记载的下层社会人物，在人数和社会层面上都要广阔得多，而且许多人都是独立成传，并显示出鲜明的个性。如《刺客列传》《游侠列传》《滑稽列传》《日者列传》中的众多人物，他们有的坚定沉着、机智勇敢，富于自我牺牲精神，有的急公好义、舍己为人，有的不流于世俗，不争势利，仗义执言，幽默机智，总之都具有崇高的品格和闪光的智慧。

有一些下层人物，虽然依附于贵族阶层，但是其聪明才智，却是贵族阶层之人所不可比拟的，如《平原君虞卿列传》中的毛遂。毛遂是平原君门下的食客，平时没有表现才能的机会。赵国危在旦夕之时，他挺身而出，愿为赵国解救危难。在楚王朝廷上，他“按剑历阶而上”，机智大胆进逼楚王，以大无畏的勇气慑服了楚王，迫使楚国与赵国合纵抗秦。与毛遂相似的还有一个李同，在“秦急围邯郸”的情况下，挺身说服平原君破家纾难，并大胆批评平原君的淫侈误国。随后，又自己组织了三千敢死队与秦军作战，使得秦军退却三十里。终于在楚、魏两国的救援下，打退了秦军，保住了邯郸。李同自己却战死沙场。这些人物，与他们的主人往往形成鲜明的对照。

有一些看似不起眼的小人物，却能放射出异彩。如《田单列传》中的王蠋：

> 燕之初入齐，闻画邑人王蠋贤，令军中曰：“环画邑三十里无入！”以王蠋之故。已而使人谓蠋曰：“齐人多高子之义，吾以子为将，封子万家。”蠋固谢。燕人曰：“子不听，吾引三军而屠画邑！”王蠋曰：“忠臣不事二君，贞女不更二夫，齐王不听吾谏，故退而耕于野。国既破亡，吾不能存，今又劫之以兵为君将，是助桀为暴也。与其生而无义，固不如烹！”遂经其颈于树枝，自奋绝脰而死。齐亡

---

①刘振东：《论司马迁之“爱奇”》，《文学评论》1984年第4期。

> 大夫闻之，曰："王蠋，布衣也，义不北面于燕，况在位食禄者乎！"乃相聚如莒，求诸子，立为襄王。

一介布衣，面对敌人的入侵，不受利诱，不屈而死，而且死得如此壮烈。下层人物的作用不可小视，历史的长河在他们面前，也可能打个转折，改变方向。

（四）丑恶卑鄙、阴险暴戾的人物

这一类人物，有许多是统治者的走狗、帮凶，或是骄横跋扈的宠臣。对这一类人物，司马迁深恶痛绝。这不仅是因为司马迁自身蒙受酷刑而产生的憎恶心理，更是司马迁用冷峻的眼光发现了这些人物对国家的危害和对人民的酷虐。

《酷吏列传》里面写了十个酷吏。这些酷吏严刑峻法，甚至草菅人命、嗜杀成性。如周阳由"居二千石中，最为暴酷骄恣。所爱者，挠法活之；所憎者，曲法诛灭之。所居郡，必夷其豪。为守，视都尉如令。为都尉，必陵太守，夺之治"。王温舒为河内太守时，"捕郡中豪猾，郡中豪猾相连坐千余家。上书请，大者至族，小者乃死，家尽没入偿臧……论报，至流血十余里"。杜周为人"善候伺，上所欲挤者，因而陷之；上所欲释者，久系待问而微见其冤状"，完全看皇帝的脸色行事。有人责问他说："君为天子决平，不循三尺法，专以人主意指为狱，狱者固如是乎？"杜周竟然说："三尺安出哉？前主所是著为律，后主所是疏为令，当时为是，何古之法乎？"主上的意志就是法律，这就是杜周执法的准则。像王温舒、杜周那样的舞权弄法、狂捕滥杀，不仅仅在武帝一朝有，文、景以来已经如此。司马迁说："自温舒等以恶为治，而郡守、都尉、诸侯二千石欲为治者，其治大抵放温舒，而吏民益轻犯法，盗贼滋起……大群至数千人，擅自号，攻城邑，取库兵，释死罪，缚辱郡太守、都尉，杀二千石，为檄告县趣具食；小群以百数，掠卤乡里者，不可胜数也。"看来这已经成为汉代政治的一个痼疾。这样的残酷政治，并非不可能再酿成陈涉起义那样的揭竿而起！

二、写人艺术的杰出成就

史传文学从记言记事，到注重写人，以人为中心，从写一群人到写单个人，已逐渐走向成熟。《史记》的出现，标志着史传文学的写人艺术迈向新的高峰。

（一）塑造了一批典型人物形象

司马迁创立了以人为中心的纪传体史书，这同文学以写人为对象是相通的。体例的创立，标志着司马迁写人的自觉意识的形成。《史记》写人，虽有专传、合传、类传之分，但大抵上是以一个人物为中心来写的，要写出这个人物的主要经历，要对人物进行细致的刻画，要对人物进行全面的评价。所以，司马迁以人为中心来记载历史，已不是简单地罗列人在历史运动过程中的事件和活动，而是通过人物的生平事迹、人物的历史活动，反映人物的思想、道德，同时表现人物的习惯爱好、喜怒哀乐、心理气质，甚至眉目神态、一颦一笑，换句话说就是写出人物的性格特征。从这点上，可以说司马迁已经是有意识地在塑造人物形象了。

和先秦史传文学相比，《史记》的写人范围扩大了，人物画廊更加五彩缤纷。在这众多的人物形象中，有不少人物已经具有典型意义。正如韩兆琦所论述的，一部《史记》，记录了四千多个人物，其中给人以深刻印象的有一百多人。这些个性鲜明的人物，往往代表了社会上的某一类人，反映了一种社会现象，有的则达到了一定的典型化的程度。如杜周、张汤是酷吏的典型，郭解、朱家是游侠的典型，聂政、荆轲是刺客的典型，邓通、李延平是佞幸的典型，淳于髡、优孟是滑稽家的典型，叔孙通、公孙弘是阿谀逢迎的典型，张释之、汲黯是刚直官僚的典型，廉颇、韩信是良将的典型，樊哙是勇猛的典型，张良是权谋的典型，苏秦、张仪是纵横家的典型。就人物性格来说，项羽的直率、豪爽，刘邦的狡诈、无赖，吕后的嫉妒、残忍，屈原的耿介孤高，勾践的卧薪尝胆，伍子胥的忍辱报仇，范蠡的功成身退，魏公子的礼贤下士，鲁仲连的见义勇为，李斯的自私自利，等等，也都是很典型的。①正因为这些人物具有典型性，所以给人留下了不可磨灭的印象。

（二）取材与互见法

为了塑造好人物形象，司马迁很注意材料的取舍，重在突出人物性格。许多论者都注意到司马迁在《留侯世家》里说的一段话："留侯从上击代，出奇计马邑下，及立萧何相国，所与上从容言天下事甚众，非天下所以存亡，故不著。"这说明司马迁著史取材的严肃态度，即与天下兴亡

①韩兆琦：《史记通论》，广西师范大学出版社1996年版，第164页。

有关、意义重大者，则取；否则舍而不录。这段话也可以说明他在塑造人物形象时的取材原则，即能反映人物性格的材料则取，否则舍而去之。这样我们就不难理解为什么司马迁常常用几个故事来构成人物的传记，如《廉蔺列传》仅用完璧归赵、渑池会、将相和三个典型事例来写蔺相如，《李将军列传》以三次战斗为主要材料构成李广的一生，《孙子吴起列传》以吴宫教战塑造孙武其人，《张释之冯唐列传》也只用几个生活片段就写活了两人。这些材料的选择，用文学的原理来说，实在接近于典型化的手法，即用典型事件典型细节来表现人物性格，塑造典型形象。

司马迁在塑造人物形象时，创造了“互见法”。“互见法”，本指司马迁所创造的一种述史方法，靳德俊总结为：“一事所系数人，一人有关数事，若为详载，则繁复不堪；详此略彼，详彼略此，则互文相足尚焉。”（《史记释例》）对于塑造人物形象来说，互见法其实起到了典型化的作用。张大可认为，互见法“最基本的形式是本传着意刻画人物形象，集中描写和叙述矛盾最尖锐、斗争最激烈的事件，突出人物的主要精神面貌，而将人物的侧面载于他传”[①]。这样，司马迁必须更加讲究选材，筛选出传主最有典型意义的事迹写成本传，而将其他枝蔓和有损人物形象的材料放于他传之中，既突出了人物的典型形象，又不失历史的真实。

司马迁运用互见法塑造人物最成功的例子是《高祖本纪》和《项羽本纪》。《高祖本纪》刻画了刘邦适应时势、知人善任、宽厚为怀、机智有谋略的一面，突出了刘邦政治家、战略家的形象，对于刘邦的缺点，只是轻轻提点而已。然而在《项羽本纪》中，则毫不留情地记载了刘邦的许多流氓无赖本性。同样的，在《项羽本纪》中，司马迁塑造了一个才略过人的盖世英雄的完美形象，对于项羽的缺点，也仅是轻描淡写，一笔带过。而在《高祖本纪》中，则补叙项羽的“所过无不残灭”等暴行；刘邦列数项羽十罪，代表了司马迁对项羽缺点的集中批评。所以，《高祖本纪》与《项羽本纪》，二传合起来读，才能见出刘邦与项羽之完人。这也是互见法的作用。当然，了解刘邦，还要参见《留侯世家》《张丞相列传》《佞幸列传》等传记；认识项羽，还应参照《陈丞相世家》《淮阴侯列传》《黥布列传》等篇，多传互见，相得益彰。总之，有了互见法的运用，司马迁可以

①张大可：《史记研究》，华文出版社2002年版，第278页。

在人物传记中集中笔墨把人物塑造得更丰满，性格更鲜明，这为叙事文学塑造人物形象提供了新的艺术法则。

（三）情节更加完整、更加故事化

以形象和情节解绎历史，在司马迁的《史记》中更加突出。司马迁写人，总是用一些具体的故事情节来表现人物形象。与先秦史传文学作品相比，《史记》的情节更加完整，往往可以独立成篇，成为一个完整的故事，如《项羽本纪》《吕后本纪》《孙子吴起列传》《田单列传》等。就是一些轶闻轶事，司马迁也写得首尾完整，自成一章。请看《司马相如列传》中“琴挑文君”一节：

> 是时，卓王孙有女文君新寡，好音，故相如缪与令相重，而以琴心挑之。相如之临邛，从车骑，雍容闲雅甚都。及饮卓氏，弄琴，文君窃从户窥之，心悦而好之，恐不得当也。既罢，相如乃使人重赐文君侍者通殷勤。文君夜亡奔相如，相如乃与驰归成都。家居徒四壁立。卓王孙大怒曰：“女至不材，我不忍杀，不分一钱也。”人或谓王孙，王孙终不听。文君久之不乐，曰：“长卿第俱如临邛，从昆第假贷犹足为生，何至自苦如此！”相如与俱之临邛，尽卖其车骑，买一酒舍酤酒，而令文君当垆。相如身自著犊鼻裈，与保庸杂作，涤器于市中。卓王孙闻而耻之，为杜门不出。昆弟诸公更谓王孙曰：“有一男两女，所不足者非财也。今文君已失身于司马长卿，长卿故倦游，虽贫，其人材足依也，且又令客，独奈何相辱如此！”卓王孙不得已，分予文君僮百人，钱百万，及其嫁时衣被财物。文君乃与相如归成都。买田宅，为富人。

这一个故事，从相如琴挑写起，经文君夜奔，王孙发怒，文君当垆，相如酤酒，翁婿和好几个情节，最后是大团圆的结局。这个故事情节完整，简直就是一篇小说。

从先秦到两汉，史传文学从对人物的粗略勾勒变为对形象的细致刻画，从按时间顺序“随举一事”叙述发展到“包举一生”之行事，司马迁已经把人物一生的言行故事化了，历史的运动也就融合在这些故事情节之中。一部《史记》，就是几千年历史人物的故事集。可以说，司马迁的《史记》强化了中国古代史学上以形象和情节解绎历史的这一特征。

（四）细节描写更加性格化

史传文学中用细节来塑造人物形象，在先秦作品中已大量运用。司马迁运用细节塑造人物的一个新成就，就是使细节更加符合人物性格，更能体现人物性格。由此可见，司马迁已基本上做到以性格描绘为基调来塑造人物形象。

应该注意到《史记》中的一个现象，即司马迁喜欢在人物传记的一开头，就用一两个细节来刻画人物。如《陈涉世家》开头写陈涉太息曰："嗟乎，燕雀安知鸿鹄之志哉！"《留侯世家》写张良为圯上老人进履，《李斯列传》开头写李斯观厕鼠之别而叹，《张汤传》写张汤劾鼠掠治如老狱吏，《陈丞相世家》写陈平为里中社分社肉甚均，《淮阴侯列传》写韩信得食于漂母及甘受胯下之辱，等等。这些细节实无关史事之大体，然而却富于代表性，具有典型意义，它们常准确地表现出人物的性格、好尚、志趣、抱负，由此勾勒出人物性格的基调，或由此透露出人物性格的逻辑走向。章学诚说："陈平佐汉，志见社肉；李斯亡秦，兆端厕鼠。推微知著，固相士之玄机；搜间传神，亦文家之妙用也。"（《文史通义》卷五《古文十弊》）这一点，的确见出司马迁巧运之匠心。

在《高祖本纪》和《项羽本纪》里，司马迁用了许多细节来刻画刘邦的性格。其实刘邦的性格细节，在其他人物传记里也常可见到。《张丞相列传》中写周昌尝有事求刘邦，刘邦"方拥戚姬，昌还走，高帝逐得，骑周昌项，问曰：'我何如主也？'昌仰曰：'陛下即桀纣之主也。'于是上笑之，然尤惮周昌"。这样的行事风格，的确只有在刘邦身上才会出现；这样的细节，活画出刘邦哪怕当了皇帝，也无法改变其流氓习气的个性。生动、真实而又能表现人物性格的细节描写，在《史记》中的确俯拾即是，再举一例，如《韩长孺列传》：

> 其后（韩）安国坐法抵罪，蒙狱吏田甲辱安国。安国曰："死灰独不复然乎？"田甲曰："然即溺之。"居无何，梁内史缺，汉使使者拜安国为梁内史，起徒中为二千石。田甲亡走。安国曰："甲不就官，我灭而宗。"甲因肉袒谢。安国笑曰："可溺矣！公等足与治乎？"卒善遇之。

事件本身颇具戏剧性，而其中的细节就很合乎人物性格。田吏之言，显示出下层吏卒的粗野和小人得势一时的张狂；韩安国之行事，又表现出忠厚长者的个性。

《史记》中的众多细节描写，都是真实的，它体现了司马迁的实录精神。《史记》的细节描写又是性格化的，真正做到了为表现人物性格服务，所以《史记》中的人物形象个性鲜明、栩栩如生。这两点，标志着《史记》的写人艺术达到了前所未有的高峰。

三、“无韵之《离骚》”

一部《史记》，贯注着司马迁强烈的感情，这是《史记》以前的史传作品所没有的，也是《史记》以后的史著所无法比拟的。鲁迅称《史记》为“无韵之《离骚》”，是非常精辟的。

“无韵之《离骚》”，就是指《史记》具有深厚的怨愤之情，具有浓郁的抒情性。司马迁在《太史公自序》中说：“《诗》三百篇，大抵贤圣发愤之所为作也。此人皆意有所郁结，不得通其道也，故述往事，思来者。”司马迁充分认识到情感的因素在创作中所起的重大作用，而且认为这种情感，不是无病呻吟，而是“意有所郁结，不得通其道”的怨愤。历代圣贤之作，皆发愤抒情所得。这就为《史记》成为一部像《离骚》那样的伟大史诗找到了创作主体的思想理论依据。

司马迁曾在《报任安书》中袒露自己的情感历程：

> 乃如左丘无目，孙子断足，终不可用，退而论书策，以舒其愤，思垂空文以自见。
>
> 仆窃不逊，近自托于无能之辞，网罗天下放失旧闻，考之行事，稽其成败兴坏之理……凡百三十篇。亦欲以究天人之际，通古今之变，成一家之言。草创未就，适会此祸，惜其不成，是以就极刑而无愠色。仆诚已著此书，藏之名山，传之其人，通邑大都，则仆偿前辱之责，虽万被戮，岂有悔哉？

效法左丘、孔子以著书，这样的伟业本来就使司马迁处于一种澎湃的激情之中。李陵之祸的打击，不但没有熄灭他的激情之火，反而使他在屈辱中得到激励，在悲痛中奋起，把胸中的一腔郁结，倾泻于笔端。“恨为弄臣，寄心楮墨，感身世之戮辱，传畸人于千秋”[①]，司马迁发愤以著史，著史以寄情。

司马迁的这种感情，首先从屈原身上找到共鸣。司马迁的人品、遭际，与屈原极其相似。《屈原传》写道：“屈平正道直行，竭忠尽智。以事其君，谗人间之，可谓穷矣。信而见疑，忠而被谤，能无怨乎？”屈原对于君王和楚国是一片忠心，结果是见疑被谤，行吟泽畔，自沉汨罗。司马迁是“绝宾客之知，忘室家之业，日夜思竭其不肖之才力，务一心营职，以求亲媚于主上”。然而“拳拳之忠，终不能自列”，终至于招致宫刑，蒙受羞辱。屈原是“嫉王听之不聪也，谗谄之蔽明也，邪曲之害公也，方正之不容也，故忧愁幽思而作《离骚》”，“屈平之作《离骚》，盖自怨生也”。这与司马迁“惜其不成，是以就极刑而无愠色”“则仆偿前辱之责，虽万被戮，岂有悔哉”的心情又是何其相似。

这种心灵上的共振，决定了司马迁写《屈原传》并不注重于屈原一生的详细事迹，而重在于为屈原，也为自己一抒满腔的怨愤与不平。请看《屈原传》中的这些文字：

> 《国风》好色而不淫，《小雅》怨诽而不乱，若《离骚》者，可谓兼之矣。上称帝喾，下道齐桓，中述汤武，以刺世事。明道德之广崇，治乱之条贯，靡不毕见。其文约，其辞微，其志洁，其行廉，其称文小，而其指极大，举类迩而见义远。其志洁，故其称物芳；其行廉，故死而不容自疏。濯淖污泥之中，蝉蜕于浊秽，以浮游尘埃之外，不获世之滋垢，皭然泥而不滓者也。推此志也，虽与日月争光可也。

这样的文字，既是对屈原人格的赞颂，也是司马迁自己内心的写照；既是对《离骚》的赞美，也是自己的创作理想与追求。司马迁与屈原，《史记》与《离骚》，的确是完全达到了神合韵谐。难怪后人陶必铨曰：“《屈贾传》顿挫悲壮，读之如见其人，《史记》合传之最佳者也。虽然，史公亦借以自写牢骚耳。”（《萸江古文存》卷三）李景星曰：“以抑郁难遏之气，

①鲁迅：《汉文学史纲要》，人民文学出版社1973年版，第59页。

写怀才不遇之感，岂独屈贾二人合传，直作屈、贾、司马三人合传读可也。”（《史记评议·屈原贾生列传》）这样的文字，也的确不只是史书，而是抒情文字，而且是饱含激情的“诗”。

“无韵之《离骚》”的代表作还可列举《伯夷列传》。伯夷、叔齐是孤竹君之二子，兄弟让位而出逃，又反对武王以暴力伐纣，隐居首阳山，不食周粟而饿死。和《屈原传》一样，司马迁一反史书的常规，而以议论为主，借为伯夷立传提出了一系列的质问。尧让于舜，舜让于禹这样的禅让为人交口称赞，而许由气节至高，则不见记载，这是为什么？孔子说：“求仁得仁，又何怨乎？”以为伯夷“无怨”。但是读他的《采薇歌》，是无怨吗？夷、齐积仁洁行而饿死，颜回好学而早夭；盗跖杀不辜，肝人肉，竟以寿终，这就是天道吗？至于近世，操行不轨的人终身逸乐富厚，小心谨慎之人却屡遇祸殃之事，更是不可胜数，这又是天道吗？这是对天道不公、社会不平的愤怒的质问。司马迁从伯夷、叔齐的高风亮节联想到自古以来仁人志士的遭遇，联想到自己遭受的屈辱与痛苦，对天道赏善罚恶的传统观念产生了强烈的怀疑，于是也像屈原《天问》一样，发出愤怒的呼喊。这是一篇怨情勃发的抒情文字。钱锺书曰：“此篇记夷齐行事甚少，感慨议论居其太半，反论赞之宾，为传记之主。马迁牢骚孤愤，如喉鲠之快于一吐，有欲罢而不能者。”①都深得司马迁之旨。

当然，所谓“无韵之《离骚》”，并非仅指《史记》中的某几篇作品，而是指整部《史记》的意旨与神韵。我们在许多篇章中都可以看到司马迁个人感情的流露。如《孔子世家》：“余读孔氏书，想见其为人。适鲁，观仲尼庙堂车服礼器，诸生以时习礼其家，余祗回留之不能去云。”《孟子荀卿列传》：“余读孟子书，至梁惠王问‘何以利吾国’，未尝不废书而叹也。”表示对孔、孟的敬仰之情。《管晏列传》：“假令晏子而在，余虽为之执鞭，所忻慕焉。”流露出对晏子的向往之情。《刺客列传》：“自曹沫到荆轲五人，此其义或成或不成，然其立意较然，不欺其志，名垂后世，岂妄也哉！”可以看出司马迁被侠义精神感染所产生的激情。《游侠列传》序：“今游侠，其行虽不轨于正义，然其言必信，其行必果，已诺必诚，不爱其躯，赴士之厄困，既已存亡死生矣，而不矜其能，羞伐其德，盖亦有足

①钱锺书：《管锥编》第一册，中华书局1979年版，第306页。

多者焉。”基于这样的认识，司马迁贯注于《游侠列传》中的感情就可想而知了。至于司马迁在叙事过程中流露出来的或褒美、或贬恶、或赞颂、或悲慨的感情，更是比比皆是，不胜枚举了。

《史记》是史传文学的典范，也是古代散文的楷模。宋代苏辙说：“太史公行天下，周览四海名山大川，与燕赵间豪杰交游，故其文疏荡，颇有奇气。”（苏辙《上枢密韩太尉书》）这是推崇《史记》文章的文气。前人论文，有“太史公之文，韩愈得其雄奇，欧公得其情韵”的评说。这虽是评韩愈、欧阳修，却也说明司马迁之文兼有“雄奇”和富有情韵的特点。《史记》的文章风格、写作技巧，尤其是平易简洁又富于表现力的语言，无不令后代散文家倾倒。从唐宋八大家，到明代前后七子、清代桐城派、近代的林纾等人，都对《史记》推崇备至，文风深受司马迁的影响。历史上的古文家在纠正形式主义倾向、批评骈俪文风的时候，常常标举《史记》，把它视为古文的典范，足见其影响之深远。

第十节　班固《汉书》等史传散文

《史记》之后，把历史与文学交融在一起的又一部杰作，是班固的《汉书》。

班固（32年—92年），字孟坚，扶风安陵（今陕西咸阳市东）人。父班彪，是当时著名学者，“才高而好述作”，尤“专心史籍之间”。因看到司马迁《史记》只写到武帝太初年间，而后之继作又“多鄙俗，不足以踵继其书”，于是“继采前史遗事，傍贯异闻，作后传数十篇”（《后汉书·班彪列传》）。这为后来班固写《汉书》奠定了基础。班固在乃父的熏陶下，自幼聪敏好学，“年九岁，能属文诵诗赋”。十六岁入太学，博览群书，“所学无常师，不为章句，举大义而已。性宽和容众，不以才能高人，诸儒以此慕之”（《后汉书·班固传》）。二十岁时，班固继承父业，在家撰修《汉书》，被控告私改国史而入狱。出狱后为兰台令史，奉诏继撰《汉书》。后随窦宪出征匈奴，窦宪得罪被杀，班固亦被诬下狱而死。《汉书》基本完成，余下一部分表、志，由其妹班昭等人续写完成。

《汉书》体例，大致沿用《史记》，但也有所发展，它改“书”为“志”，取消“世家”，合入“列传”。不仅如此，《汉书》在内容上与《史记》也多有重复。《史记》记事上起黄帝轩辕之时，下至汉武帝太初年间；《汉书》记事上起汉高祖元年，下至王莽地皇四年。其中，从高祖元年至武帝太初年间的史实与《史记》相重合。刘知几比较二书说：“逮《史》《汉》继作，踵武相承。王充著书，既甲班而乙马；张辅持论，又劣固而优迁。然此二书，虽互有修短，递闻得失，而大抵同风，可为连类。”（《史通·鉴识》）所谓“同风”“连类”，就是在史学上与文学上肯定了《汉书》是一部直追《史记》的史著。但是，二书毕竟产生于不同历史时期，它们在思想倾向、史料剪裁、艺术特征上又显示出明显的差异。因此，以《史记》为参照系，或许更有利于考察《汉书》的特点与价值。

《汉书》与《史记》相比，大汉王朝正统思想更为鲜明。同样是《高帝本纪》，《史记》太史公曰：“三王之道若循环，终而复始。周秦之间，可谓文敝矣。秦政不改，反酷刑法，岂不缪乎？故汉兴，承敝易变，使人不倦，得天统矣。”（《高祖本纪》）体现了司马迁“通古今之变”的思想。而《汉书》论赞则说：“汉承尧运，德祚已盛，断蛇著符，旗帜上赤，协于火德，自然之应，得天统矣。”展示了班固依附谶纬神学迷信的汉王朝大一统思想。

《汉书》的此种思想，与班固的写作动机是紧密联系的。班固极不满意司马迁把汉高祖以后几位帝王“编于百王之末，厕于秦项之列”（《汉书·司马迁传》）的做法，立志要“探纂前记，缀辑所闻，以述《汉书》”（《汉书·叙传》），明确地表达了尊显汉室的写作动机，虽然他也强调通变古今，但尊显汉室之意却比《史记》强烈得多。他在明帝指责司马迁“微文刺讥，贬损当世，非谊士”，称赞司马相如“颂述功德”时，回答说：“臣固被学最旧，受恩浸深，诚思毕力竭情，昊天罔极。”（班固《典引》）表达了效忠汉室、尊皇颂德的意愿。因此，《汉书》体现出来的汉王朝大一统思想，就不足为怪了。

更进一步考察，班固的写作动机，是由他所处的时代现实与文化思潮所决定的。《汉书》的写作，开始于汉显宗孝明皇帝刘庄永平元年（58年），到汉肃宗孝章皇帝刘炟建初七年（82年）基本完成。这一时期，是东汉王朝的鼎盛期，封建统治相对稳定。但是，西汉末年的大乱记忆犹新，统治阶级面临的矛盾并未减少，统治集团内部也存在激烈的矛盾斗争，所以，稳定秩序，巩固封建统治，仍然是首要任务。班固之家，世受汉室之恩，其曾祖之妹是成帝宠姬，班家素有外戚之称，是当时的名门显贵，因此，班固自觉担负起维护汉朝的时代使命。《汉书》展示的汉王朝大一统思想，正是这种时代的需要。

可以认为，《汉书》是以尊显汉室、维护汉王朝大一统格局为旨归的，是以巩固汉代的统治需要为基本价值标准来观照和表现历史事件与历史人物的，这必然影响了它对历史人物的评价与对历史题材的选择与剪裁，从而决定了它的文学价值与史学价值。

作为一部堪与《史记》媲美的史书，《汉书》在文学上也取得了巨大的成就。司马迁首创了以人物形象演绎历史的纪传体，班固完全继承了这种以人写史的传统，在《史记》的基础上，进一步发展了史传文学的艺术技巧和叙事手法，努力塑造有汉一代的众生相，塑造出一批栩栩如生、生动传神的艺术形象。

矛盾尖锐紧张的环境，有助于展示人物的性格。班固非常注重写矛盾冲突，在矛盾激烈、紧张的场景中刻画人物形象。《霍光传》就有这样的特征。

《霍光传》一文重在展现霍光忠于汉室而又独持权柄，小心谨慎而又专横恣肆的性格。作者一方面赞颂他忠心谨慎，另一方面又批评他的专横恣肆、不善自处。文章挨次写来，摹绘如画，不作断语而又栩栩如生。特别是废昌邑王一段，更为生动：

> 贺者，武帝孙，昌邑哀王子也。既至，即位，行淫乱。光忧懑，独以问所亲故吏大司农田延年。延年曰："将军为国柱石，审此人不可，何不建白太后，更选贤而立之？"光曰："今欲如是，于古尝有此不？"延年曰："伊尹相殷，废太甲以安宗庙，后世称其忠。将军若能行此，亦汉之伊尹也。"

这里写霍光欲废昌邑王贺，乃问田延年此事于古是否有征。班固在赞语中说："然光不学无术，暗于大理。"颜师古注："光不涉学，故有此问也。"其实不然。此乃霍光明知故问，以为废昌邑王寻找更多的依据，且又可以为废昌邑王而让田延年分谤罢了。再看下面的描写：

光乃引延年给事中，阴与车骑将军张安世图计，遂召丞相、御史、将军、列侯、中二千石、大夫、博士会议未央宫。光曰："昌邑王行昏乱，恐危社稷，如何？"群臣皆惊愕失色，莫敢发言，但唯唯而已。田延年前，离席按剑，曰："先帝属将军以幼孤，寄将军以天下，以将军忠贤能安刘氏也。今群下鼎沸，社稷将倾，且汉之传谥常为孝者，以长有天下，令宗庙血食也。如令汉家绝祀，将军虽死，何面目见先帝于地下乎？今日之议，不得旋踵。群臣后应者，臣请剑斩之。"光谢曰："九卿责光是也。天下匈匈不安，光当受难。"于是议者皆叩头，曰："万姓之命在于将军，唯大将军令。"

此段即可见霍光实乃玩弄权术，使皇帝的废立完全掌握在自己手中。再看下面的叙写：

光即与群臣俱见白太后，具陈昌邑王不可以承宗庙状。皇太后乃车驾幸未央承明殿，诏诸禁门毋内昌邑群臣。王入朝太后还，乘辇欲归温室，中黄门宦者各持门扇，王入，门闭，昌邑群臣不得入。王曰："何为？"大将军跪曰："有皇太后诏，毋内昌邑群臣。"王曰："徐之，何乃惊人如是！"光使尽驱出昌邑群臣，置金马门外。车骑将军安世将羽林骑收缚二百余人，皆送廷尉诏狱。令故昭帝侍中中臣侍守王。光敕左右："谨宿卫，卒有物故自裁，令我负天下，有杀主名。"王尚未自知当废，谓左右："我故群臣从官安得罪，而大将军尽系之乎？"顷之，有太后诏召王，王闻召，意恐，乃曰："我安得罪而召我哉！"

这段写昌邑王糊涂至极。就要被废了，还懵懵懂懂，不知就里，还说"慢慢来，何必弄得如此紧张吓人"，甚至还嗔怪为何把他的群臣从官收捕。殊不知等着他的是尚书令宣读他的罪状。于是终废昌邑王：

皇太后诏曰："可。"光令王起拜受诏，王曰："闻天子有争臣七人，虽亡道不失天下。"光曰："皇太后诏废，安得天子！"乃即持其手，解脱其玺组，奉上太后，扶王下殿，出金马门，群臣随送。王西面拜，曰："愚戆不任汉事。"起就乘舆副车。大将军光送至昌邑邸，

> 光谢曰："王行自绝于天，臣等驽怯，不能杀身报德。臣宁负王，不敢负社稷。愿王自爱，臣长不复见左右。"光涕泣而去。群臣奏言："古者废放之人屏于远方，不及以政，请徙王贺汉中房陵县。"太后诏归贺昌邑，赐汤沐邑二千户。昌邑群臣坐亡辅导之谊，陷王于恶，光悉诛杀二百余人。出死，号呼市中曰："当断不断，反受其乱。"

废昌邑王，可以看出霍光的权谋。作者在历史事实的基础上加以剪裁与取舍，创造了矛盾紧张、斗争激烈的活动环境，用霍光在这一特定场合的具体行动与语言，来展示人物的思想性格。正如陈梓权分析的："霍光先找老部下田延年、心腹将领张安世等预谋，见其周密谨慎；未报太后擅召群臣在未央宫聚议的情景，见其专断威慑；采用明礼暗兵、突然袭击的办法监护了昌邑王，拘捕了昌邑群臣，见其部署缜密得当，政治上谋略过人；皇太后威仪抑抑，实为霍光外孙女，受他导演和支配；尚书令读奏书，则是霍光为首的实权派对皇帝的控告和宣判，霍光迫不及待、亲自解脱昌邑王的玺绶，这个细节十分逼真地表现他效忠汉室、秉先帝遗旨，态度坚决而骄横，恰恰与送走昌邑王时的卑躬、委婉陈词、'涕泣而去'的举止构成鲜明对照，含蓄地刻画了他施弄权术、立而复废昌邑王的复杂心情。"①这样的描写，对于《史记》来说，似也不遑多让。

除了在矛盾尖锐、斗争激烈的场景中刻画人物，《汉书》还大量采用对比与映衬来塑造人物，善于通过人物不同的、矛盾的性格特征，写出人物性格的深度。《东方朔传》写东方朔给侏儒对上语、射覆自解语、割肉自责语，都把东方朔塑造成一个与侏儒、郭舍人等戏子一样的博武帝一笑的滑稽人物。但东方朔又有犯颜直谏的一面，他谏起上林苑事、谏上寿事、斥董偃事、对"化民有道"事、答"朕何如主"事，都大有吞吐天地、驱策古今之势，绝非一般臣子所能达到。班固正是通过这两个方面的对比，写出在封建政治高压下，既奋发有为而又明哲保身的一代知识分子内心的苦闷。因此，该传中载东方朔《答客难》与《非有先生》两篇，是直接服从于揭示主人公内心苦闷的需要。《汉书》刻画人物性格的深刻，直接来源于对比手法的运用。

---

①陈梓权：《〈汉书〉的文学价值》，《中山大学学报》1982年第3期。

白描，是史传文学中常用的手法。《汉书》较之《史记》，白描手法运用得更为普遍与娴熟，几乎俯拾即是，其中又以《王莽传》最为典型。《王莽传》篇幅特别长，分上、中、下三卷，因其中大量记载了王莽的书奏及群臣颂扬王莽的文章，所以多达五万言左右，大概是正史人物传记中最长的了。王莽原是孝元皇后之侄，年轻时为人恭俭有法、宽仁慈爱、事亲至孝，传中记他：

> 莽独孤贫，因折节为恭俭。受《礼经》，师事沛郡陈参，勤身博学，被服如儒生。事母及寡嫂，养孤兄子，行甚敕备。又外交英俊，内事诸父，曲有礼意。阳朔中，世父大将军凤病，莽侍疾，亲尝药，乱首垢面，不解衣带连月。

即使位至光禄大夫，他也没有改变其乐善好施、宽仁慈爱的一面：

> 莽兄永为诸曹，蚤死，有子光，莽使学博士门下。莽休沐出，振车骑，奉羊酒，劳遗其师，恩施下竟同学。诸生纵观，长老叹息。光年小于莽子宇，莽使同日内妇，宾客满堂。

不仅在家中，在朝廷上，王莽也是一个谦恭有法、正直敢谏的儒雅君子：

> 后日，未央宫置酒，内者令为傅太后张幄，坐于太皇太后坐旁。莽案行，责内者令曰："定陶太后藩妾，何以得与至尊并！"撤去，更设坐。傅太后闻之，大怒，不肯会，重怨恚莽。

"王莽谦恭未篡时"（白居易诗《无题》句），还果真如此。王莽的谦恭行为终于为他赢了一片赞誉之声："公卿大夫多称之""讼莽冤者以百数""护等深颂莽功德""光等举莽"。名誉给他带来了权势与爵位，在大司徒孔光、大司空彭宣的举荐下，他终于位至三公，权倾人臣。爵位益尊，王莽愈为谦恭：

> 莽上书言："臣与孔光、王舜、甄丰、甄邯共定策，今愿独条光等功赏，寝置臣莽，勿随辈列。"甄邯白太后下诏曰："'无偏无党，

> 王道荡荡。’属有亲者，义不得阿。君有安宗庙之功，不可以骨肉故蔽隐不扬。君其勿辞。”莽复上书让。太后诏谒者引莽待殿东箱，莽称疾不肯入。

足见其心计之深。就像上面所引的例子，作者没有用华丽的辞藻，没有夸张，没有议论，只是准确、平实、凝练地记叙人物最为典型的行为与语言，使读者在与其后王莽篡位的对比中，看到一个以诈立心、匿情求名的大奸雄形象。

从结构来看，《汉书》的文章章法严谨，结构错落有致，顺叙、倒叙、插叙、补叙、夹叙夹议等多种叙事手法灵活运用，主线突出，脉络分明。如《苏武传》先以苏武在祸患临身时自刺行为刻画其坚贞不屈的民族气节；接着以卫律迫降时苏武严词以对、据理力争进一步表现苏武的这种精神；再以李陵重私情、私怨的行为反衬了苏武先国家后个人的正气；最后，文章以苏武的画像进入麒麟阁，与霍光等大功臣并列来完成了对苏武民族精神化身的形象的刻画。文中事件众多，从各个侧面一层高过一层，逐步地完成了对苏武这一人物的塑造。

就语言来说，《汉书》典雅凝重，简练整饬，又多使用偶句骈语，这是汉赋兴旺发达的时代风气与班固本身又是赋家使然。其《西域传》赞说：“孝武之世，图制匈奴，患其兼从西国，结党南羌，乃表河西，列四郡，开玉门，通西域，以断匈奴右臂，隔绝南羌月氏。”这一大段，与辞赋的行文几乎无大区别，《汉书》行文的排偶倾向可见一斑。《史记》多用散句，《汉书》注重排偶，钱基博说：“班氏之文，衍《尚书》《左氏》，寄偶于奇。”（《中国文学史》）正指出《汉书》的这种特点。

自从《汉书》诞生以后，《汉书》与《史记》的比较就已开始。或尊《史》抑《汉》，或扬班抑迁，论争不断。西晋的张辅，曾著《名士优劣论》，首倡尊《史》抑《汉》。此后，范晔、刘知几、郑樵、章学诚等人对于马、班之优劣都有细致的分析，晚清以至现当代，也有众多学者议论马、班之得失。其实，因为司马迁与班固二人所处的时代背景差异，个人经历遭际不同，著述之目的不同，私撰与官撰的区别，诸多因素决定了《史记》与《汉书》各自的优缺点。从史传文学发展的角度看，《汉书》也取得了巨大的文学成就，但比之《史记》，其史学的特性已大大加强。就文学性来说，它们的差异在于：

首先，尽管《汉书》的许多传记也都具有明显的文学成就，但从总体上来说，《汉书》的文学性大大不如《史记》。一般来说，《汉书》比《史记》写得拘谨，因力求简要而缺乏纵横驰骋的气势。《史记》行文宏放不羁、气魄恢宏，《汉书》则详整密塞而不为激词，规矩绳墨而不失客观，平稳静止而又绵密纤巧。《史记》注重通过选择与剪裁材料来刻画个性鲜明的人物形象，《汉书》则注重实际的历史进程。《汉书》文学性上的削弱，正是史学功能上的加强。

其次，《汉书》比《史记》更加重视学术，重视历史文献的保留与承传。班固在《汉书》里特意设了《艺文志》一篇，来辨明文章学术源流。从学术的角度出发，《汉书》在给各位学者立传时，大量录进了他们的经世之作。这样一来，扩大了传主的史料容量，既让读者明白了各位学者的经世之术，又增加了《汉书》行文的学术气息，这正是《汉书》重视学术的一个特点。然而，这恰恰损伤了文学的特性。

东汉时期，史传作品中仍然带着“史”的体式，而趋于小说化的有《吴越春秋》和《越绝书》。

《吴越春秋》，东汉赵晔所著。《吴越春秋》演述春秋末期吴国和越国的兴亡历史，材料主要来源于《左传》《国语》《史记》，又加进了许多有关的民间传说、虚构故事。从结构看仍是编年体史书。但它并不经意于以实录原则撰史，而是借助史实，踵事增华，进行大胆的创造。明代钱福在《重刊吴越春秋序》中说：“《吴越春秋》作于东汉赵晔，后世补亡之书耳。大体本《国语》《史记》，而附以所传闻者为之。元徐天佑谓其‘去古未远，又越人，宜知越之故，视他书所记二国为详’，得知矣。天佑之所考注亦精当，第谓其不类汉文者，其字句间或小说家。”鲁迅《中国小说史略》也认为“赵晔之《吴越春秋》，袁康、吴平之《越绝书》等，虽本史实，并含异闻”，属于“小说之志怪类中又杂入本非依托之史”[①]。说明它小说化的程度更为浓重了。

和先秦两汉的史传文学作品相比，《吴越春秋》具有更多虚构的成分。伍子胥其人，史实见于《左传》与《史记》，然而在《吴越春秋》中，作者以众多虚构的情节增加了他的传奇性。《王僚使公子光传》写伍子胥过

---

①鲁迅：《中国小说史略》，人民文学出版社1973年版，第12页。

江，渡江渔父不受子胥之别，自沉于江中；击绵女子馈食子胥，也投水而死。伍子胥至吴，披发佯狂，行乞于市。《阖闾内传》中写伍子胥为吴王阖闾筑城、立阊门、铸剑，又为阖闾找来要离去行刺王僚的儿子庆忌；柏举之战，伍子胥与吴起率吴军破楚入郢，掘平王之墓，鞭尸三百；伍子胥过濑水河，投水百金以报赠食之女；最后又为夫差力争，立为太子。《夫差内传》写伍子胥构怨夫差，夫差赐之属镂之剑；伍子胥伏剑而死，夫差盛之以鸱夷之器，子胥随流扬波，荡激崩岸，等等。这些虚构的情节，与史实相结合，突出了伍子胥坚忍不拔壮烈复仇的形象，不但内容更为丰富，形象也更为丰满完整。

《吴越春秋》虚构情节，不惜采用志怪手法。如《阖闾内传》有吴作钩者“杀其二子，以血衅金，遂成二钩”，又呼二子之名，钩便飞于胸前的情节，又写壮士椒丘䜣“持剑入水，求神决战，连日乃出，眇其一目”，要离让吴王焚其妻子，弃于市，又自断右手。更有甚者，《阖闾内传》写湛卢剑恶阖闾无道，竟入水而行至楚，楚昭王一觉醒来，得剑于床前。《勾践阴谋外传》写越国剑女与袁公比武，袁公“飞上树，变为白猿”。《勾践伐吴外传》写越军将入吴国胥门，伍子胥显灵，“头巨若车轮，目若耀电，须发四张，射于十里”。这些离奇情节，显然有悖于史实，如志怪小说之怪诞了。

《吴越春秋》中也有许多夸张渲染的描写，可以看成是纯文学手法的运用。如“要离之刺庆忌”一节：

> 将渡江，于中流，要离力微，坐于上风，因风势以矛钩其冠，顺风而刺庆忌。庆忌顾而挥之，三捽其头于水中，乃加于膝上：“嘻嘻哉，天下之勇士也，乃敢加兵刃于我！”左右欲杀之，庆忌止之，曰：“此是天下勇士，岂可一日而杀天下勇士二人哉！”乃诫左右曰：“可令还吴，以旌其忠。”于是庆忌死。要离渡至江陵，愍然不行。从者曰：“君何不行？”要离曰：“杀吾妻子以事吾君，非仁也；为新君而杀故君之子，非义也。重其死，不贵无义，今吾贪生弃行，非义也。夫人有三恶以立于世，吾何面目以视天下之士？”言讫，遂投身于江。未绝，从者出之。要离曰：“吾宁能不死乎？”从者曰：“君且勿死，以俟爵禄。”要离乃自断手足，伏剑而死。

这是著名的一则故事。要离用苦肉计接近吴王僚的儿子庆忌，并在庆忌要渡江征吴报仇时（阖闾杀了王僚登上君位后，庆忌逃往卫国）刺杀庆忌。庆忌本有万夫不当之勇，但却惜才不杀要离。要离由此检讨自己之所为，羞愧自杀，甚至一死再死。作者不乏旌扬庆忌、要离都是义士，弘扬义士精神这一思想。其故事，不但场面写得慷慨壮烈，情节也一波三折，再加上气氛的渲染，描绘的精妙，已经是小说的形态了。

《越绝书》，旧题子贡作，明人杨慎根据书后的隐语，认为作者当是东汉人袁康、吴平。《四库全书总目提要》亦从杨说。此书所记，也是春秋时期吴国与越国史实。全书十五卷，分为“内传”“外传”两类。其中卷二《吴地传》和卷八《记地传》两篇，还对吴越两国都及山川形势、城池道路、宫殿陵墓以及太湖流域和会稽山的地理特征记之甚详。

《越绝书》反映了春秋战国乃至秦汉时期吴越等国的政治、经济、军事、文化状况以及吴越争霸的历史，特别是吴越争霸之时越国一些关键人物的言行权谋和策略。如卷四《计倪内经》讲述计倪“积蓄之理”的治国之策，卷五《请籴内传》讲述文种谋吴的策略，《外传枕中》记述范蠡的贮谷富民之策。其思想内涵，包括戒奢行俭，居安思危，富邦安民，施行仁义，允执中和，戒慎用人等。其编撰体例，主要都是以事件为中心来写的，所以更像是纪事本末体。

《越绝书》的人物塑造，与《左传》有相似的地方，一是重点塑造几个人物。如伍子胥，在《外传记吴地传》《外传记地传》《荆平王内传》《吴内传》《请籴内传》《外传记策考》《外传记军气》中都记载了伍子胥的事迹。把这些篇章内的伍子胥材料集中起来，便可见伍子胥其人较为完整的形象。再如越王勾践，也是在诸多篇章中写他如何臣事吴王、兴国复仇以及灭吴之后的事迹，比较鲜明地塑造了勾践忍辱负重、自强不息、任贤举能、虚心纳谏但贵而忘义的人物性格。其他如荆平王、濑水击絮女、伍尚等则写得简略。此外，《越绝书》中也每每出现如史书“论赞”式的作者的议论，或表明作者的立场，或对人物进行评价。与《吴越春秋》一样，作为“史部”的著作，它也融入了大量的小说成分。清人姚范曾《援鹑堂笔记》说：“此书多属耳食，又加以委巷流俗之谈，虚言虚事润饰，无当于故实者也。其中叙事猥鄙，与后世稗官所述不殊。”张舜徽在《中国史学名著题解》中也说：“《越绝书》十五卷，是介于历史和小说之间的书。”

《越绝书》的记载，可与《吴越春秋》相参照，如《荆平王内传》写楚杀伍奢伍尚父子，伍子胥出奔渡江、遇渔父、见击絮女子等情节，与《吴越春秋》几乎相同。有关伍子胥的一段记载，情节起伏跌宕，对话也相当生动，这里历史事件已经淡化，给读者印象更深刻的是伍子胥的复仇心理与渔夫的侠义性格。

从《吴越春秋》《越绝书》这两部著作中可以看出，它们虽然仍穿着“历史载记”的外衣，但文学意识已不断强化，史学功能逐步减退。它们虽然仍依托史实来叙事，但又从这些史实中生发、演义出众多的虚构的情节，成为具备小说性质的作品。这个现象，说明史传文学出现了小说化的新趋向。

第十一节　两汉辞赋与散文的关系

赋是汉代最有代表性的文学样式，它介于诗歌和散文之间，韵散结合，可以说是诗的散文化、散文的诗化。汉赋是在对诸种文体兼收并蓄的基础上，形成新的体制。

一、赋体的形成、兴盛及变化

赋是汉代最流行的文体，在两汉四百年间，盛极一时。后世常把赋看成是汉代文学的代表，专称为“汉赋”。

作为一种文体，赋早在战国后期就产生了。从现存资料看，最早写赋并以赋名篇的是荀子。《汉书・艺文志》记有荀子赋十篇，现流传下来的有五篇，即在今本《荀子》中《赋篇》里的《礼》《知》《云》《蚕》《箴》。此五篇赋以通俗的“隐语”铺写五种事物，以咏物为说理，成为汉赋的直接渊源。1975年在湖北省云梦县睡虎地秦墓出土的竹简《为吏之道》，乃楚地歌谣，其文以“五善”勉吏，以“五失”诫吏，有韵，与《荀子・成相》颇相似。说明赋作在战国时已成型。宋玉也有赋作，今传其作品《风赋》《高唐赋》《神女赋》《登徒子好色赋》等，虽疑是后人伪托，却是以赋名篇之嚆矢，对汉人作赋是有影响的。

赋体的主要特点是铺陈写物。刘勰《文心雕龙・诠赋》中说：“赋者，铺也，铺采摛文，体物写志也。”这是对“诗六义”中赋的表现手法的解释。赋、敷、铺可通假。《诗经》中的“赋”，指不假比兴、直接表现事物的时空状态的艺术手法。《文心雕龙·诠赋》中又说：“然赋也者，受命于诗人，拓宇于楚辞也。”班固《两都赋序》说：“赋者，古诗之流也。”这两段话说明：一、赋，溯其渊源，是诗歌的衍变。“受命于诗人”，因“诗六义”中有赋，一般认为，赋在《诗经》中并不是文体，而是一种表现手法，但赋体与“六义”之“赋”有关，由“赋”转化而来。二、赋又与楚辞有关，受楚辞的影响很大。从楚辞开始，以较长的篇幅和优美的辞藻来发挥想象倾诉感情，成为战国后期人们所欢迎的形式。赋作者正是利用这种文体来表达自己对当时现实的态度。我们看西汉初年的“骚体赋”，确与楚辞相当接近。赋在后来的发展中，也吸收了楚辞的某些特点，如华丽的辞藻、夸张的手法等，丰富了自己的体制。刘勰正是看到了赋与楚辞的这种关系。《汉书·艺文志》说：“不歌而诵谓之赋。”这是说明它与乐诗的区别，它不像先秦的《诗经》那样可以入乐。它不入乐，可以朗诵，所以它又接近于散文。可以说，赋是一种介于诗歌与散文之间的独立的文学体裁。

汉赋的形成和发展，大体可分为三个时期。第一个时期是高祖初年到武帝初年，这时流行的是“骚体赋”，形式上模拟楚辞，追随楚辞传统，内容多是抒发作者的政治见解和身世之感慨。代表作有贾谊《吊屈原赋》《鵩鸟赋》、淮南小山《招隐士》等。

第二个时期是武帝初年到东汉中叶，约二百多年，是所谓散体大赋时期，汉代散体大赋达于鼎盛。《汉书·艺文志》著录汉赋一共有九百多篇，作者六十余人，大多是这一时期的。随着西汉进入鼎盛时期，统治阶级好大喜功，奢侈腐化，为了适应统治者的需要，在“兴废继绝，润色鸿业”的借口下，以铺张扬厉、歌功颂德为主的大赋作品大量产生。枚乘《七发》是标志散体大赋正式形成的第一篇作品。其后有司马相如、枚皋、东方朔、刘安、扬雄，东汉有班固、张衡等。散体大赋的特点是：离开了社会现实生活，以铺写宫廷建筑、宫殿苑囿、田猎巡狩、声色犬马为主，粉饰太平，点缀贵族生活；内容上在辞赋末尾常加上一些所谓讽喻劝诫的话，其作用往往是“劝百而讽一”。在形式上进一步散体化，改变了楚辞中多用虚词、句末多用语气词的句式，成为一种专事铺叙的用韵散文。

第三个时期是东汉中叶以后，由于政治腐败，内外矛盾，部分文人从歌颂升平转为讥时讽世。同时，散体大赋的僵化形式也逐渐为人所厌倦，因此，以反映社会黑暗、讥讽时事、抒情咏物的短篇小赋开始兴起，其特点是篇章短小，语言较精练，思想感情较充实。代表作家有张衡、蔡邕、赵壹、祢衡等人。

二、贾谊的骚体赋

贾谊作品现存仅《吊屈原赋》与《鵩鸟赋》两篇，是骚体赋的代表作品。作者赴长沙王太傅任途中，路过屈原投江所在，自伤一生遭遇与屈原相似，遂作《吊屈原赋》。司马迁作《屈原贾生列传》，把屈原和贾谊合为一传，正是有感于二人的生平遭际有共同之处。《吊屈原赋》中对屈原的处境和遭遇表示愤慨和悼惜，用许多比喻来比拟被谗害者的命运，譬喻说完，文章就戛然而止，具有很深的感染力。

《吊屈原赋》名为哀吊屈原，实为吊自己，为抒发自己的情怀，倾吐内心的郁闷。赋的开头说："恭承嘉惠兮，俟罪长沙。侧闻屈原兮，自沈汨罗。造托湘流兮，敬吊先生。遭世罔极兮，乃殒厥身。"接下来，作者对社会黑白颠倒、是非不分，贤者居下位、小人得志猖狂的现状作了尽情地描述：

> 鸾凤伏窜兮，鸱枭翱翔。阘茸尊显兮，谗谀得志；贤圣逆曳兮，方正倒植。世谓随夷为溷兮，谓跖跻为廉；莫邪为钝兮，铅刀为铦。吁嗟默默，生之无故兮。斡弃周鼎，宝康瓠兮。腾驾罢牛，骖蹇驴兮；骥垂两耳，服盐车兮。章甫荐履，渐不可久兮。嗟苦先生，独离此咎兮。

这是一个善恶颠倒、是非混淆的黑暗世界，作者在对屈原表示深深的同情时，字里行间也流露出对自己无辜遭遇的愤慨。他认为，节操高洁，才能超凡，不为社会所容，是造成屈原悲剧的根本原因。但他不赞成屈原以身殉国，认为屈原未能"自引远去"，才终遭不幸。贾谊主张"远浊世而自藏"，以此保全自己，这才符合"圣人之神德"。在这篇赋中，贾谊的情绪是哀怨、激切和愤慨的。《吊屈原赋》堪称汉初骚体赋的代表作。

《鵩鸟赋》写于他寄居长沙的三年之后。文中假托与鸟的问答，抒发自己怀才不遇的抑郁不平情绪，并以老庄齐死生、等祸福的思想来自我排遣。如"祸兮福所倚，福兮祸所伏，忧喜聚门，吉凶同域"，"且夫天地为炉，造化为工，阴阳为炭，万物为铜”，“忽然为人，何足控抟？化为异物，又何足患”。所以，《鵩鸟赋》是一篇愤郁不平的咏怀之作。《鵩鸟赋》在构思上颇为别致。它采用了人禽问答体，借鸟回答方式，抒写了作者心中的积愫，表述了一种所谓人生祸福无常，应该“知命不忧”的思想。从他的自命“达观”的思想来看，显然是受老庄思想的影响，但也不难看出其中也包蕴着对当时黑暗现实的不满和对自己不幸遭遇的不平。

《吊屈原赋》是典型的骚体赋，由此可以了解汉初骚体赋的体制。《鵩鸟赋》不同，采用问答体。从两方面来一问一答，其语句比较散体化，更接近汉代辞赋体的形式。这个变化要注意。艺术上也有值得注意的地方。作品的内容不是铺陈写物而主要是发议论、述哲理，但却用一些巧妙的比喻使他所发的议论、哲理形象化，又用反问、感叹的语气来增加作品的感情色彩，可以说是语凝字炼，音节鲜明。

三、枚乘的《七发》

《汉书·艺文志》载枚乘赋九篇，现只存《七发》《忘忧馆柳赋》《梁王菟园赋》三篇，后两篇疑为伪作，只《七发》较可靠。

《七发》假托吴客与太子的问答，通过对楚太子病症的叙述和分析，吴客认为太子的病是由于贪欲过度、享乐无时、荒淫糜烂的生活所造成的，不是一般的“药石”所能医治，要靠“博见强识”的人，经常给太子以有益的启发和提醒，使太子改变原来的生活和欲望，才有治好的希望。文中借吴客之口，叙说了启发太子的七件事：音乐、饮食、车马、游乐、狩猎、观涛和听有学识的人讲论天下是非之理。讲到最后一件事，太子“据几而起”，出了一身透汗，豁然病除。赋表面上是为楚太子治病，实际上要指出太子患的是精神病。赋不直说，而采取步步深入、层层说开的笔法，因此很含蓄。这篇赋，据《文选》李善注，此赋一说是为谏梁孝王而作，一说是为谏吴王濞而作。其实作品的用意，是在劝说封建上层统治阶级摆脱腐朽糜烂的生活，振作精神，关心一些与维护封建统治利益有意义的事情。

《七发》在艺术上的特色是铺张，但又不像后来的大赋那样堆叠奇僻词汇，读起来比较平易，有不少片段有较高的技巧，如写音乐、狩猎和观涛等，都很生动。且看写观涛的一段：

似神而非者三：疾雷闻百里，江水逆流，海水上潮；山出内云，

> 日夜不止。衍溢漂疾，波涌而涛起。其始起也，洪淋淋焉，若白鹭之下翔；其少进也，浩浩溰溰，如素车白马帷盖之张；其波涌而云乱，扰扰焉如三军之腾装；其旁作而奔起也，飘飘焉如轻车之勒兵。六驾蛟龙，附从太白；纯驰浩蜺，前后骆绎。颙颙卬卬，椐椐强强，莘莘将将；壁垒重坚，沓杂似军行。

这一段，用各种比况描写浪涛之状，的确是奇观满目，音声盈耳，使人精神震荡，如临其境。

《七发》在辞赋的发展史上有重要地位，是两汉大赋形成的标志。《七发》全篇韵散结合，还有虚构夸张、细致的叙事和精细的描绘。它在内容上已呈现出叙事写物、铺张扬厉的特征，在形式上改变楚辞句式中多用虚词的样式，在美学上体现了对崇高壮美的追求。此外，还应注意的是，一是“述客主以首引”，即主客答问形式，成为汉大赋一种定型。二是以“七”立题，成为一个专体，称为“七”“七体”“七林”，后世仿作者层出不穷，如傅毅的《七激》、张衡的《七辩》、曹植的《七启》等。

四、司马相如的大赋

司马相如（约前179年—前118年），字长卿，成都人。青少年时，好读书，又学击剑。他初入仕途时，在景帝时任武骑常侍，随从天子狩猎，但这并不符合他的志向。后客游梁，成为梁孝王梁园文学群体中的一员。在梁孝王时，司马相如与邹阳、枚乘同游，写了《子虚赋》。武帝读了《子虚赋》后，叹赏曰：“朕独不得与此人同时哉!”其同乡杨得意任狗监，将司马相如推荐给武帝。相如又上《上林赋》，武帝读后大为赏识，拜为郎，又除中郎将。曾奉武帝命略定西夷，安抚蜀郡百姓。后迁为孝文园令，不久病卒。《西京杂记》称司马相如“为人风流放诞”。司马相如与卓文君的爱情故事流传很广，成为文坛佳话。有《司马文集》传世。时人亦将司马迁与司马相如并称为“二马”。

《汉书·艺文志》著录司马相如赋二十九篇，现存有《子虚》《上林》《大人》《长门》《美人》《哀二世》六篇。

《子虚赋》《上林赋》虽不是同一时间写成，但内容前后是衔接的，《史记》把它们当作一篇，《文选》分为二。作者假托子虚、乌有、亡是公三人评论国王打猎之事。作者先让子虚夸耀楚的云梦泽广大丰饶，楚王畋猎的声势场面，然后让乌有先生给以否定，夸耀齐国的广大，接下去让亡是公对齐楚二国的行为都加以否定，明确提出“明君臣之义，正诸侯之礼”的问题。作品的主旨，意在讽谏封建统治者不可过于奢侈和淫靡，但由于作品以大量篇幅来描写和渲染贵族的宫苑之华丽和设置之繁奢，反而迎合了最高统治者夸耀尊贵和好大喜功的心理。所以，扬雄说大赋“劝百讽一”，是有道理的。文章字句铺张雕琢，罗列事物，堆砌辞藻，极尽夸张铺排之能事。如《子虚赋》中写云梦七泽的一段：

> 臣闻楚有七泽，尝见其一，未睹其余也。臣之所见，盖特其小小者耳，名曰云梦。云梦者，方九百里，其中有山焉。其山则盘纡茀郁，隆崇嵂崒；岑崟参差，日月蔽亏；交错纠纷，上干青云；罢池陂陀，下属江河。其土则丹青赭垩，雌黄白坿，锡碧金银，众色炫耀，照烂龙鳞。其石则赤玉玫瑰，琳瑉昆吾，瑊玏玄厉，碝石碔砆。其东则有蕙圃，衡兰芷若，芎䓖菖蒲，江蓠蘪芜，诸柘巴苴。其南则有平原广泽，登降陁靡，案衍坛曼，缘以大江，限以巫山。其高燥则生葴菥苞荔，薛莎青蘋。其埤湿则生藏莨蒹葭，东蔷雕胡，莲藕觚卢，菴闾轩于。众物居之，不可胜图。其西则有涌泉清池，激水推移；外发芙蓉菱华，内隐巨石白沙。其中则有神龟蛟鼍，玳瑁鳖鼋。其北则有阴林巨树，楩柟豫章，桂椒木兰，檗离朱杨，樝梨梬栗，橘柚芬芳。其上则有鹓雏孔鸾，腾远射干。其下则有白虎玄豹，蟃蜒貙犴。

司马相如罗列了众多的自然事物，包括山水和动植物，都被安排在巨大的背景上，给人丰富而又神奇、广阔而又博大的感觉。同时，这篇赋词汇非常丰富，文采华茂，表现出作者很高的驾驭文字的能力。汉赋一个很大特点，就是叙事写物。这一点，与散文又是非常接近的。在作赋时，作者已开始注意大量地观察描写周围的事物，可看出作者的创作态度是非常严肃认真的，这也是文学艺术的一个发展，一个进步。再如写上林苑的河流：

> 左苍梧，右西极，丹水更其南，紫渊径其北；终始霸浐，出入泾渭；酆镐潦潏，纡馀委蛇，经营乎其内。荡荡乎八川分流，相背而异态，东西南北，驰骛往来，出乎椒丘之阙，行乎洲淤之浦，径乎桂林之中，过乎泱莽之野。汩乎混流，顺阿而下，赴隘陕之口，触穹石，激堆埼，沸乎暴怒，汹涌澎湃。

其文句华丽，辞藻堆砌，但又有波澜壮阔、气势磅礴的文势，有如急云之翻滚、波涛汹涌的辩论，又有如潜龙出水、天马行空般的描述，体现了汉人对壮美的审美追求。

司马相如是汉赋的奠基者。他的赋作标志着汉赋的基本定型与成熟，影响了两汉整个赋坛，成为人们仿效的对象。据《西京杂记》卷二记载，司马相如在答盛揽问作赋时说："合綦组以成文，列锦绣而为质，一经一纬，一宫一商，此作赋之迹也。赋家之心，苞括宇宙，宗览人物，斯乃得之于内，不可得而传。"说明他主张赋应该讲究文采，讲究音调，要华丽，如彩带铺陈，锦绣罗列。赋家之心，要心神远运，广阔自由，上可以包容宇宙，下可以总览人物和世间万物。这当然是非常宏阔且具有美学意义的主张。从《子虚》《上林》二赋看，司马相如正是以其所说的赋家之心，追求"綦组""锦绣"的美学效果。司马迁说："《子虚》之事、《大人》赋说，靡丽多夸。"（《史记·太史公自序》）扬雄谓司马相如的赋"极丽靡之辞，闳侈钜衍，竞于使人不能加也。"（《汉书·扬雄传》）鲁迅《汉文学史纲要》说："明王世贞评《子虚》《上林》，以为材极富，辞极丽，运笔极古雅，精神极流动，长沙有其意而无其材，班张潘有其材而无其笔，子云有其笔而不得其精神流动之处云云，其为历代评骘家所倾倒，可谓至矣。"所以后人的拟作，很难超过他。《西京杂记》说盛揽作《列锦赋》后，"终身不复敢言作赋之心矣"。

五、扬雄的大赋

西汉末年，最著名的赋家有扬雄（前53年—18年），作品有《甘泉赋》《羽猎赋》《长杨赋》《河东赋》等，又模仿东方朔《答客难》作《解嘲》。汉成帝为了显示自己的阔气威风，竟不顾农民的死活，驱民入南山为其捕捉野兽，扬雄对此深为不满，于是写了《长杨赋》，借墨客卿的口，直截了当地批评汉成帝。再如《羽猎赋》，扬雄在序里就明白地说出自己的意图，就是要反对汉成帝那种不留遗类地"刮野扫地""囊括雌雄"的"羽猎"。赋里那些极度夸张的描绘不言而喻是对汉成帝的批评，作者的批判态度就隐晦而又明白地隐藏在那些夸张之中。扬雄的赋比较广泛而深刻地写出了生活的真实、时代的弊端。在扬雄的赋作里，像司马相如那种对大汉帝国所唱的激昂慷慨的壮歌，已经不多见了，他的赋抒发的大都是怨调，一方面是鼓励统治者弃恶从善，另一方面是对黑暗的现实进行曲折的揭露。扬雄的赋是比较注意讽谏的，比之司马相如，讽谏的成分大大加强。这从赋的内容和序言里都可以看出。在艺术上，扬雄的赋和汉赋作家一样，着力于对客观事物做细致、夸张传神的描绘；另一方面，扬雄的赋不但有司马相如的宏伟气魄，而且更注重锤炼语言，有短促强劲的句子，又杂以气势遒劲的长句，显示出瑰丽奇谲的风格。①

六、班固的《两都赋》

东汉前期辞赋家有班固。班固大赋的作品有《两都赋》《答宾戏》等。

《两都赋》传本分《西都赋》《东都赋》两篇。据自序，自东汉建都洛阳，“西土耆老”仍希望复都长安，作者因作此赋以为驳议。《西都赋》假设西都宾客向东都主人夸耀长安形势险要，物产丰富，宫廷华丽。在作者的笔下，西京的城市、宫殿特别壮美，尤其是写昭阳殿的一段：

> 昭阳特盛，隆乎孝成，屋不呈材，墙不露形，裛以藻绣，络以纶连，随侯明月，错落其间，金釭衔璧，是为列钱，翡翠火齐，流耀含英，悬黎垂棘，夜光在焉。于是玄墀釦砌，玉阶彤庭，碝磩彩致，琳珉青荧，珊瑚碧树，周阿而生。红罗飒纚，绮组缤纷，精曜华烛，俯仰如神。

这些描写，达到了空前绝后的程度，集中展现了西都的豪华、丰腴，表现出华阙崇殿的壮丽之美。《东都赋》则借东都主人之口称说洛阳之盛况，否定了“西都宾”所代表的旧的京都理想和京都意识。在《东都赋》中，作者极力描绘了洛阳的法度，赞扬了后汉的制度之美。同时盛赞汉光武帝重造纲纪的赫赫功勋，颂扬汉光武帝迁都改邑的重要决策。

在这两篇赋中，《西都赋》的体制、描绘、词采、夸饰，多效法《子虚》《上林》；《东都赋》则温润典雅而少有铺陈，可以看出明显受到扬雄《长杨赋》的影响。《两都赋》是鸿篇巨制，但作者能围绕着主题来作文章，又能做到繁简得当，层次分明，结构严谨，脉络清晰。《两都赋》的

---

①龚克昌：《扬雄赋论》，《汉赋研究》，山东文艺出版社1990年版，第182—207页。

笔力相当高强，有很强的概括力，使作品收到强烈的艺术效果。[①]总的来说，《两都赋》以征实与夸张相结合的手法，描绘都市布局、建筑风貌、各色人物，在赋史上尤其是在都邑赋方面有开创的意义。

七、张衡的《归田赋》与赵壹的《刺世疾邪赋》

张衡（78年—139年），字平子，南阳西鄂人。少时善文章，十七岁游学三辅，至洛阳，“通五经，贯六艺”，但淡于名利，不愿出仕。三十三岁时应召为郎中，安帝时迁为太史令，后出为河间献王相，是东汉中期著名的科学家和文学家。张衡拟班固《两都赋》作《二京赋》。《二京赋》在结构谋篇方面完全模仿《两都赋》，以《西京赋》《东京赋》构成上下篇，但在描写世俗生活方面比班固更加广阔和细密，赋中所写都市的街道、市场，商人、富民、游侠、辩士，杂技、歌舞、马戏、魔术，林林总总，无不笼挫笔端。可以看出，作者把兴趣转向了现实生活，这是自司马相如、扬雄以来赋体文风的一个转变。此外，《二京赋》长达7696字，以规模宏大被称为京都赋之极轨，推动了以京都、都会为题材的文学创作的发展。

张衡的赋作还应该注意的是他后期所作的仅有211个字的抒情小赋《归田赋》。作者以平浅清新的语言，抒写自己不满黑暗现实、情愿归返田园从事著述的心情，反映出抱负无法施展但又不愿同流合污的思想矛盾。《归田赋》在体制上和艺术上，都有独创性的变革。它篇幅短小，开门见山，直接建言，不用繁词铺叙，只以精练的语言，借典型的物象，发挥深隐的情志。其中写仲春令月的一段，尤为令人称赞：

> 于是仲春令月，时和气清，原隰郁茂，百草滋荣。王雎鼓翼，鸧鹒哀鸣。交颈颉颃，关关嘤嘤。于焉逍遥，聊以娱情。

这一段田园景象的描写，的确清丽可喜，在赋中兼具有诗艺、诗境，令人耳目一新。可以说，张衡的《归田赋》，标志着辞赋抒情化和小品化的到来。

赵壹（122年—196年），字元叔，汉阳郡西县（今甘肃天水）人。赵壹是东汉末年重要的赋家。龚克昌评述赵壹的赋“揭露社会问题之深入，

---

①龚克昌：《班固赋论》，《汉赋研究》，山东文艺出版社1990年版，第208—230页。

感情之激烈，笔势之凌厉，措辞之尖刻，在赋作家中是绝无仅有的”①。东汉后期，随着社会政治的黑暗愈来愈深，以歌功颂德为主要内容的大赋已为赋家所不为，揭露社会的黑暗、抒发内心的愤懑也就必然反映到赋作中。而这样的以抒情写怀为主的赋，是不可能像大赋那样写得洋洋洒洒、篇幅绵长的，这就是到东汉后期抒情小赋产生的原因。《刺世疾邪赋》是赵壹的代表作，也是抒情小赋的代表作。赋中以激愤的感情揭露了东汉末年的政治黑暗，也揭露了官场上的黑暗。在赋中可看到他已洞察到当时的社会危机，感觉到汉代实际上已沦为末世。且看其中的一段：

> 于兹迄今，情伪万方。佞谄日炽，刚克消亡。舐痔结驷，正色徒行。妪㛂名势，抚拍豪强。偃蹇反俗，立致咎殃。捷慑逐物，日富月昌。浑然同惑，孰温孰凉。邪夫显进，直士幽藏。

“舐痔结驷，正色徒行”，“邪夫显进，直士幽藏”，这就是黑白颠倒的现实，作者只几句话就把当时污浊的社会勾勒出来。更可贵的是他不但揭露现实，而且一针见血地挖出病根：“宁计生民之命，唯利己而自足”，即统治者只知道满足自己的欲望，哪里会想到百姓的利益？对于这样的社会，作者强烈地表示了自己愤世嫉俗的反抗精神和坚持操守的坚定信念，表明了彻底的否定和决裂的态度，他宣称：“宁饥寒于尧舜之荒岁兮，不饱暖于当今之丰年。乖理虽死而非亡，违义虽生而匪存。”这篇赋语言犀利，感情激烈，颇有深度。从风格上说，它变汉赋的板滞为疏荡，变华丽为通俗，对汉赋的变化和发展，是有贡献的。

八、汉赋的评价及其与散文的关系

在汉末文人五言诗出现以前，汉赋是两汉四百年间文人创作的主要文学样式，是“一代文学”的代表。但对汉赋历来有“劝百讽一”的批评。西汉扬雄曾认为：“往时武帝好神仙，相如上《大人赋》欲以风，帝反缥缥有凌云之志。由是言之，赋劝而不止，明矣。又颇似俳优淳于髡、优孟之徒，非法度所存，贤人君子诗赋之正也，于是辍不复为。”（《汉书·扬雄传》）扬雄还认为赋是“童子雕虫篆刻”，“壮夫不为”（《法言·吾

①龚克昌：《抒情小赋作家赵壹》，《汉赋研究》，山东文艺出版社1990年版，第261—278页。

子》）。实际上对汉赋不能简单否定。尽管汉赋（大赋）有其缺点，但是它有值得肯定的地方。

首先，它有着鲜明的时代色彩。汉代自文景之后到汉武帝前后，一个空前繁荣的汉大帝国屹立在东方。作为一个时代这一时期的精神面貌可以说是心胸开阔、气派沉雄、虎虎有生气。而汉大赋的特征也正体现了这样一个时代精神。大赋状物写景，铺陈百事，尽管是那样堆砌、重复，但是，江山的宏伟，城市的繁盛，商业的发达，物产的丰饶，宫殿的巍峨，服饰的奢侈，鸟兽的奇异，人物的气派，狩猎的惊险，歌舞的欢乐，等等，表现了汉代那种伟大的创造气魄，赋中所展现的是一个繁荣富强、充满活力、对现实充满自信的大帝国的声威。所以，汉赋实际上是对汉帝国的繁荣的再现和歌颂，洋溢着宏阔明朗的信心和力量。赋的末尾对统治者的讽谏，表现了作者对统治阶级过分奢侈的行为的不满，也有其积极意义。

其次，汉代大赋自有其独特的美学价值，已为众多赋学研究者所公认。从美学角度来说，它表现出一种符合时代精神的“雄浑之美”“巨丽之美”，是一种壮美。这与汉代整个时代的美学特征所表现出来的蓬勃旺盛的生命、整体的力量和气势是一致的。另一方面，先秦的“诗”“乐”，受汉代经学的影响，在很长一段时期内不被当作纯粹的文学作品来看待，而是强调它作为政教伦理宣传工具的价值。汉赋与“诗”“乐”不同，它不被看作是一种极具严肃意义的政治文献。它虽源于楚辞，又和原始的巫术祭神的歌舞分离了。从汉武帝将枚皋与东方朔等辞赋家当作俳优来看，以及有意叫枚皋作赋的情况来看，汉大赋一开始就以供人以艺术美的欣赏为其重要特色，所以它能极大地发展了在楚辞中已表现出来的那种对于辞藻描写的追求。它自觉地讲求文辞的华丽富美，以穷极文辞之美为其重要特征，能给人充分的艺术美的享受。

再者，大赋堆砌辞藻，好用生词僻字，这也因为其散体化才可能如此，它在丰富文学词汇、锻炼语言词句、增进文学表现技巧上，取得了一定成就。而且，大赋对文学观念的形成也起到过促进作用。我国韵文从《诗》《骚》以来，经过西汉的辞赋发展，东汉开始初步把文学与一般学术区分开来。《汉书·艺文志》除《诸子略》外，还有《诗赋略》。除了儒术经学以外，汉代出现了“文章”的概念。汉代的“文章”，多指文学作品；“文学”仍指儒学或其他学术著作。《汉书·公孙弘传赞》说：“文章则司马迁、相如。”又说：“刘向、王褒以文章显。”清人刘天惠在其《文笔考》中说：“则西京以经与子为艺，诗赋为文矣。”这些都是大赋的积极作用。

清代学者章学诚说：“古之赋家者流，原本《诗》《骚》，出入战国诸子。假设问对，《庄》《列》寓言之遗也；恢廓声势，苏张纵横之体也；排比谐谑，韩非《储说》之属也；征材聚事，《吕览》类辑之义也。”（《校雠通义·汉志诗赋第十五》）章学诚认为赋体虽出自《诗经》《楚辞》，但与诸子散文关系密切。章氏追溯源流，主要将赋与先秦诸子相比照。先秦诸子有一个共同特点，即善于通过对物象与事象的描摹来借物言意，这点可以说被汉赋所吸取。章氏所论，说明先秦散文对汉赋的巨大影响。

从创作取材来说，汉大赋与散文一样，都可以取自日常生活中的各种事物，它虽仍有押韵，但并不以抒情为主，而是以铺叙事物为主。《子虚》《上林》《长杨》《羽猎》《甘泉》《洞箫》，莫不如此。再者，刘勰《文心雕龙·铨赋》说到赋的特点时说：“述客主以首引，极声貌以穷文。”“述客主以首引”，主要是设为问答的方式，从宋玉的《风赋》设为楚王临风之问，宋玉作答，荀子《赋篇》采用臣和王的对话，以后汉代大赋，大都用了这样的模式。设为问答，其形式就如散文。“极声貌以穷文”，则是韵语和散体句子相互配合，各司其职。散体的句子，主要用于铺陈描写、渲染形容，汉代赋家经常在骋辞铺张时插入散文句式，前面所举的司马相如《子虚赋》中写云梦七泽的一段，句式虽然整饬，但已经可以看出明显的散体化。到了唐宋的文赋，用散文的体式来写赋，则更加散文化，其实与散文无异了。

第二章 // 魏晋南北朝：散文的分立

第一节　建安散文

魏晋南北朝文学，通常指的是汉献帝建安元年（196年）到隋文帝开皇九年（589年）一段时期的文学，历经建安、魏（三国）、西晋、东晋、南北朝等历史时期。这时期近四百年间，中国社会总体上处于王朝更迭、战乱频仍的大动荡状态，思想文化也因王纲解纽、社会动乱而出现诸说蜂起、多元共生的纷繁景象，中国散文就在时代激变中从文史哲浑然未分状态逐步分化独立出来，与诗赋一样走向文学自觉时代，并走向文笔渐分、骈散并立的多样发展时代。

建安（196年—220年）是东汉献帝的年号。这个时期，政权实际上掌握在曹操手中，汉朝已名存实亡。因此，无论是从历史政治状况还是作家创作状况来说，都可以看作是魏晋南北朝时期的开端，所以一般的文学史论著都把它列入魏晋南北朝文学阶段。

建安时期是中国中古文学史上一个光辉灿烂的时期。东汉末年，随着黄巾大起义之后而来的是董卓之乱和以后的军阀大混战。经过长期战乱，中原社会残破不堪，人民的死亡和生产的破坏，到了非常严重的地步：正如曹操诗中所说的，是“千里无鸡鸣，生民百遗一”（《蒿里行》）。这种现实生活的惨景和生活于其中的惨痛经历，却为当时的文学家提供了极为真实丰富的创作题材，激起他们不能自已的创作情绪，开创了一个创作的繁盛时期。《文心雕龙·时序篇》说：“观其时文，雅好慷慨，良由世积乱离，风衰俗怨，并志深而笔长，故梗概而多气也。”建安文学总体上反映了当时动荡不安、战乱流离的社会现实和乱世求治、多难兴邦的时代心理，表现了广大作者忧生悯乱、建功立业的胸怀气度，形成了悲凉慷慨、刚健有力的“建安风骨”。

一、曹氏父子之文

曹操（155年—220年），字孟德。沛国谯（安徽亳县）人。生前官至汉丞相，封魏王。曹丕称帝后，追尊为魏武帝。曹操是一个具有宏才大略的政治家和军事家，在汉献帝迁都许昌之后，他“挟天子以令诸侯”，成为北方的实际统治者。

鲁迅指出，汉末魏初的文章特色是“清峻”“通脱”。曹操的散文就具有这样的特色。所谓“清峻”，就是文章简约严明的意思；“通脱”，即随便之意，亦即想说什么便说什么，文章不受传统思想和形式体制的制约，下笔无所顾忌。曹操一生行事，重实际，讲效用，尚通脱，慕豁达，不追求浮华，不讲究形式。写文章也是如此，所以鲁迅说他“是一个改造文章的祖师”[①]。

先看他的《让县自明本志令》：

> 今孤言此，若为自大，欲人言尽，故无讳耳。设使国家无有孤，不知当几人称帝，几人称王。或者人见孤强盛，又性不信天命之事，恐私心相评，言有不逊之志，妄相忖度，每用耿耿。齐桓、晋文所以垂称至今日者，以其兵势广大，犹能奉事周室也。《论语》云：“三分天下有其二，以服事殷，周之德可谓至德矣。”夫能以大事小也。

他在历数自己奋斗兴起的历史后，直接阐述自己的识见与抱负，可谓是“简约严明”。特别是说到用自己不做皇帝来反对其他竞争者做皇帝，这也是形势使然，其目的是为了维护国家的安定和统一。对那些“妄相忖度”他“有不逊之志”的人，坦述自己的心迹。这样的话，的确说得非常坦率。本篇是曹操为退还三县封邑所写的“令”，所以后面又说：

---

①鲁迅：《魏晋风度及文章与药及酒之关系》，《鲁迅全集》第三卷，人民文学出版社1981年版，第502—503页。

孤祖父以至孤身，皆当亲重之任，可谓见信者矣，以及子桓兄弟，过于三世矣。孤非徒对诸君说此也，常以语妻妾，皆令深知此意。孤谓之言："顾我万年之后，汝曹皆当出嫁，欲令传道我心，使他人皆知之。"孤此言皆肝鬲之要也。所以勤勤恳恳叙心腹者，见周公有《金縢》之书以自明，恐人不信之故。然欲孤便尔委捐所典兵众以还执事，归就武平侯国，实不可也。何者？诚恐己离兵为人所祸也。既为子孙计，又己败则国家倾危，是以不得慕虚名而处实祸，此所不得为也。

他要告诉曹丕兄弟自己"让县"的本意，连妻妾也要明白他的意志，并以周公自况。这也的确是他出自肺腑的话。应该说，在当时，这些都是曹操的真实想法，的确是"想说什么便说什么"，气度和见识，坦诚和直率，尽在文章之中。

再看他的《求贤令》：

自古受命及中兴之君，曷尝不得贤人君子与之共治天下者乎！及其得贤也，曾不出闾巷，岂幸相遇哉？上之人不求之耳。今天下尚未定，此特求贤之急时也。"孟公绰为赵、魏老则优，不可以为滕、薛大夫。"若必廉士而后可用，则齐桓其何以霸世？今天下得无有被褐怀玉而钓于渭滨者乎？又得无盗嫂受金而未遇无知者乎？二三子其佐我明扬仄陋，唯才是举，吾得而用之。（《魏书·武帝纪》）

曹操要取得政权，建功立业，急需的是人才，就像他在《短歌行》中所吟唱的那样，求贤不得，未免"忧从中来"，希望"周公吐哺，天下归心"。曹操的标准是唯才是举，不拘一格，只要有真正的才干，"盗嫂受金"者也可用之。他在《举贤勿拘品行令》中也说到"韩信、陈平负污辱之名，有见笑之耻"，"吴起贪将，杀妻自信，散金求官，母死不归"，然他们终成就大业。"盗嫂受金""杀妻自信"之徒，与儒家传统的道德标准大相径庭。但是曹操就是这样直白地道出，毫无掩饰。

曹操死时，留下遗嘱，是为《遗令》，文中说：

吾夜半觉小不佳，至明日，饮粥汗出，服当归汤。吾在军中，持法是也。至于小忿怒，大过失，不当效也。天下尚未安定，未得遵古也。吾有头病，自先著帻，吾死之后，持大服如存时，勿遗。百官当临殿中者，十五举音，葬毕便除服；其将兵屯戍者，皆不得离屯部；有司各率乃职。敛以时服，葬于邺之西冈上，与西门豹祠相近，无藏金玉珍宝。吾婢妾与伎人皆勤苦，使著铜雀台，善待之。于台堂上安六尺床，施繐帐，朝晡上脯糒之属，月旦十五日，自朝至午，辄向帐中作伎乐。汝等时时登铜雀台，望吾西陵墓田。余香可分与诸夫人，不命祭。诸舍中无所为，可学作组履卖也。吾历官所得绶，皆著藏中。吾余衣裘，可别为一藏。不能者兄弟可共分之。（《魏志·武帝纪》）

“挟天子以令诸侯”的一代枭雄，遗嘱竟然没有什么政治上的嘱咐和王位安排之类的遗令，而是说到他的身体状况、服药、死后仪式从简、葬地何处，甚至有遗下的衣服和伎人怎样处置等[①]，的确与众不同。陆机《吊魏武帝文》认为英雄一世的曹操，临终不该对妻妾儿女泣涕伤怀，唐人罗隐的诗“英雄亦到分香处，能共常人较几多”（《铜雀台》），也有讥讽之意。“无情未必真豪杰，怜子如何不丈夫”，应该说，曹操此《遗令》并非如司马光认为的奸诈，而是其真情的流露。

曹丕（187年—226年），字子桓，曹操次子。长子曹昂早死，曹操立曹丕为太子。汉献帝延康元年（220年）正月曹操病逝，十月曹丕代汉自立，是为魏文帝，做了七年皇帝。曹丕有颇深广的文学修养，他爱好文学，结交了一大批文人。实际上曹操父子都是如此。曹操攻占邺城（今河北临漳县西南）之后，邺城成为曹氏“霸府”，许多文人都集中到此。同时曹操父子对这些文人不是倡优蓄之，而是在政治上相信他们，发挥其特长加以重用，所以“建安七子”中的一些人，都乐为曹氏所用，因此在邺城形成一个文人集团。

曹丕的《典论》本是一部综合性著作，原有二十二篇，原书已佚，只存《自叙》《论文》《论方术》三篇。

《自叙》是自叙身世的文章，颇有点像王充《论衡》的《自纪》篇，

①当然不排除此文是残篇，有的内容散佚了，但留下的内容也足以证明曹操文章的与众不同。

然不如王充文章之冗长。曹丕却是自叙生平琐事，写到六岁知射，八岁知骑射，又写暮春时节出猎，学击剑等等，甚至写到猎获獐鹿多少、雉兔多少。其中写与刘勋、邓展交游之乐，甚为有趣：

> 常与平虏将军刘勋、奋威将军邓展等共饮。宿闻展善有手臂，晓五兵，又称其能空手入白刃，余与论剑良久，谓言将军法非也。余顾尝好之，又得善术，固求与余对。时酒酣耳热，方食芋蔗，便以为杖，下殿数交，三中其臂，左右大笑。展意不平，求更为之。余言吾法急属，难相中面，故齐臂耳。展言愿复一交。余知其欲突以取交中也，因伪深进，展果寻前，余却脚鄛，正截其颡。坐中惊视。余还坐，笑曰："昔阳庆使淳于意去其故方，更授以秘术，今余亦愿邓将军捐弃故伎，更受要道也。"一坐尽欢。（《三国志·魏文纪》裴注）

后面写到乃父"雅好诗书文籍"，也没有特别毕恭毕敬，亦平平道来。这样写，如叙家常，笔触轻松活泼，有乃父之风。

在《与吴质书》[①]中，曹丕则写得富有感情。建安二十二年（217年），魏大疫，诸人多死，包括徐幹、陈琳、应玚、刘桢。文中首先痛惜七子中此四人的病逝："徐、陈、应、刘，一时俱逝，痛可言邪！"又回忆当年与陈、应诸人乐处相游："昔日游处，行则连舆，止则接席，何曾须臾相失！每至觞酌流行，丝竹并奏，酒酣耳热，仰而赋诗。当此之时，忽然不自知乐也。"本来"谓百年己分，可长共相保"，"何图数年之间，零落略尽，言之伤心"。恻怛悲哀，难以言表。文中还评论建安诸子的文章，称颂他们乃"一时之隽"。因此痛惜诸子之逝，知音难觅，表现出今日无人的悲哀。其感情是很真实的。但是在文章的最后，曹丕还是自我激励，表示要奋发努力："少壮真当努力，年一过往，何可攀援？古人思炳烛夜游，良有以也。"这与"建安风骨"的"悲凉慷慨"之音是相符的。

曹丕的《典论·论文》是我国古代文学批评史上最早的一篇文学理论文章。《论文》的全文只有六百字，但涉及的范围颇为广泛。《论文》首先提出文学批评的方法问题，批评了"文人相轻，自古而然"的风气，挖出

①此篇严可均《全三国文》卷七作《又与吴质书》。

其原因："夫人善于自见，而文非一体，鲜能备善。是以各以所长，相轻所短。"并主张公正客观地批评作品："盖君子审己以度人，故能免于斯累。而作论文。"曹丕把品人与评文结合起来，对当时文坛上存在的各种不良倾向进行了批评，如"贵故贱今"的现象："常人贵远贱近，向声背实，又患暗于自见，谓己为贤。"他在《论文》中准确品评了"建安七子"的风格特点。《论文》还提出了"文以气为主"的理论："文以气为主，气之清浊有体，不可力强而致。"曹丕的所谓"气"，指作家的气质、个性，认为由于作家的气质、个性不同而形成了创作上的不同风格。《论文》还对文体进行了分类，把它分为"奏议""书论""铭诔""诗赋"四科："夫文本同而末异，盖奏议宜雅，书论宜理，铭诔尚实，诗赋欲丽"，简明扼要地概括了各文类的写作要求和艺术特点。曹丕还把文学视为"经国之大业，不朽之盛事"，认为"年寿有时而尽，荣乐止乎其身，二者必至之常期，未若文章之无穷"。这样，他就把文学提到比事功还重要和崇高的地位，激励作家去努力从事文学大业。这与汉代那种把作家当作"倡优"，把辞赋比为"博弈"的观点是迥然相异的，对于文学的发展，包括散文的发展，起了很大的促进作用。所以鲁迅论断："曹丕的一个时代可说是'文学的自觉时代'，或如近代所说，是为艺术而艺术的一派。"[①]

曹植（192年—232年），字子建，曹操与卞夫人所生第三子，生前曾封陈王，死后谥"思"，后人称为陈思王。曹植是建安时代最杰出、最有代表性、对后代影响最大的一位作家。

曹植的生活和创作可分为前后两个时期，以公元220年曹操去世、曹丕称帝为界。曹植说自己是"生乎乱、长乎军"，幼年是在汉末军阀混战中度过的，长大后多次跟随曹操出征。曹植前期主要生活在邺城，在时代的熏陶和曹操的影响下，自幼受到很好的文学教养。"年十岁余，诵读诗论及辞赋数十万言"，十九岁便能做《铜雀台赋》，才思敏捷。年轻时抱有建功立业的雄心，用他自己的话说是"戮力上国，流惠下民，建永世之业，流金石之功"（《与杨德祖书》）。曹操曾打算立他为太子，但终因曹植自己"任性而引，不自雕励，饮酒不节"，失去曹操的宠爱和信任。又因曹丕居长，且善弄权术，善走内廷路线，终于使曹植争嗣失败。

---

①鲁迅：《魏晋风度及文章与药及酒之关系》，《鲁迅全集》第三卷，人民文学出版社1981年版，第504页。

曹植的诗歌创作因其生活的前后期而分界比较明显，《文心雕龙·明诗》篇谓其早期诗歌多是“怜风月，狎池苑，述恩荣，叙酣宴”之作，后期则“忧生之嗟渐浓”。这可以论其诗歌，但散文似没有这么明显的分界。看他作于建安时期的《闲居赋》：“何吾人之介特，去朋匹而无俦。出靡时以娱志，入无乐以销忧。何岁月之若骛，复民生之无常！”[①]哀叹孤独无偶，岁月不居，已经显露出落落寡合、忧心忡忡的情感了。

曹植自称“愿得展功勤，输力于明君。怀此王佐才，慷慨独不群”（《薤露行》），他要建功立业，要奔赴国难，在《求自试表》里表示了强烈的愿望：

> 臣闻士之生世，入则事父，出则事君；事父尚于荣亲，事君贵于兴国。故慈父不能爱无益之子，仁君不能畜无用之臣。夫论德而授官者，成功之君也；量能而受爵者，毕命之臣也。故君无虚授，臣无虚受。虚授谓之谬举，虚受谓之尸禄，《诗》之“素餐”，所由作也。
>
> ……
>
> 昔汉武为霍去病治第，辞曰：“匈奴未灭，臣无以家为！”固夫忧国忘家，捐躯济难，忠臣之志也。今臣居外，非不厚也，而寝不安席，食不遑味者，伏以二方未克为念。
>
> ……
>
> 如微才弗试，没世无闻，徒荣其躯而丰其体，生无益于事，死无损于数，虚荷上位而忝重禄，禽息鸟视，终于白首，此徒圈牢之养物，非臣之所志也。
>
> ……
>
> 每览史籍，观古忠臣义士，出一朝之命，以殉国家之难，身虽屠裂，而功铭著于景钟，名称垂于竹帛，未尝不拊心而叹息也。（《魏志·陈思王植传》）

文中还举了古代的许多典故来作为比照，表明自己定将以古人为榜样，为国效力。因为要吐露自己心中的愿望与诉求，文章写得真实而有感情，同

①曹植：《曹植集校注》，人民文学出版社1984年版，第130页。赵幼文注，似作于建安二十年（215）春。

时也很有气势，的确有“慷慨以任气，磊落以使才”的特点。读此篇，有非一气读完不能停顿的感觉。

曹植后期的生活发生，很大变化。曹丕即位之后，以及后来的魏明帝曹叡，对曹植倍加猜疑和迫害。曹丕一上台，便杀了支持曹植的丁仪、丁廙兄弟，让曹植及诸王回封地。此后曹植的封地又多次迁徙，“号则六易，居实三迁”（《迁都赋序》），所以曹植过着名为王侯、实为囚徒的生活。我们再看他写于太和五年（231年）的《求通亲亲表》[①]：

> 至于臣者，入道绝绪，禁锢明时，臣窃自伤也。不敢乃望交气类，修人事，叙人伦。近且婚媾不通，兄弟永绝，吉凶之问塞，庆吊之礼废，恩纪之违，甚于路人，隔阂之异，殊于胡越。今臣以一切之制，永无朝觐之望，至于注心皇极，结情紫闼，神明知之矣。然天实为之，谓之何哉！
>
> ……
>
> 臣伏自惟省，岂无锥刀之用。及观陛下之所拔授，若以臣为异姓，窃自料度，不后于朝士矣。若得辞远游，戴武弁，解朱组，佩青绂，驸马、奉车，趣得一号，安宅京室，执鞭珥笔，出从华盖，入侍辇毂，承答圣问，拾遗左右，乃臣丹诚之至愿，不离于梦想者也。
>
> ……
>
> 每四节之会，块然独处，左右惟仆隶，所对惟妻子，高谈无所与陈，发义无所与展，未尝不闻乐而拊心，临觞而叹息也。

如果说曹植在《求自试表》中还有一些豪气的话，在这里是更多“忧生之嗟”。其中既有不能施展抱负的悲哀，更有囚徒般的哀求和绝望。“神明知之”“天实为之”，实在是在哀哀无告的心情下所作的激愤语。作者以充满激愤的情调，不加掩饰地倾吐了内心郁积的曲折复杂的情感。曹植因后期生活一直“抑郁不得志”，终于在写这篇文章后的第二年，就在愤懑与苦闷中死去，死时才四十一岁。

在前面所举的曹植的文章中，我们可以看到其文已经出现整饬的对偶

---

①此篇在严可均《全三国文》卷十六中篇名作《求存问亲戚疏》。

和骈化的情况。当然，曹植的文章也有写得华丽浩荡的，如大家熟悉的《洛神赋》：

其形也，翩若惊鸿，婉若游龙。荣曜秋菊，华茂春松。仿佛兮若轻云之蔽月，飘飖兮若流风之回雪。远而望之，皎若太阳升朝霞；迫而察之，灼若芙蕖出渌波。秾纤得衷，修短合度。肩若削成，腰如约素。延颈秀项，皓质呈露。芳泽无加，铅华弗御。云髻峨峨，修眉联娟。丹唇外朗，皓齿内鲜。明眸善睐，靥辅承权。瑰姿艳逸，仪静体闲。柔情绰态，媚于语言。奇服旷世，骨像应图。披罗衣之璀粲兮，珥瑶碧之华琚。戴金翠之首饰，缀明珠以耀躯。践远游之文履，曳雾绡之轻裾。微幽兰之芳蔼兮，步踟蹰于山隅。于是忽焉纵体，以遨以嬉。左倚采旄，右荫桂旗。攘皓腕于神浒兮，采湍濑之玄芝。余情悦其淑美兮，心振荡而不怡。（《文选》卷十九）

这是非常华丽的文字，用一连串奇逸的比喻，对洛神作了精彩纷呈的描绘，其形象之艳美，色彩之艳丽，风姿之绰约，令人目不暇接。洛神的形象，简直有勾魂摄魄的力量。且不管他是否“感甄”而作①，也不管他是否为了“托词宓妃，以寄心文帝”②，曹植把《湘君》《湘夫人》的浓厚抒情元素与宋玉对美女的外形描绘结合起来，产生了更加强烈的艺术魅力。

这样辞采华丽的文章，除了赋作外，在其他的文章也可以见到。如《与吴季重书》：

若夫觞酌凌波于前，箫笳发音于后，足下鹰扬其体，凤叹虎视，谓萧曹不足俦，卫霍不足侔也。左顾右盼，谓若无人，岂非吾子壮志哉？过屠门而大嚼，虽不得肉，贵且快意。当斯之时，愿举泰山以为肉，倾东海以为酒，伐云梦之竹以为笛，斩泗滨之梓以为筝，食若填巨壑，饮若灌漏卮，其乐固难量，岂非大丈夫之乐哉？然日不我与，曜灵急节，面有逸景之速，别有参商之阔。思欲抑六龙之首，顿羲和之辔，折若木之华，闭蒙汜之谷。天路高邈，良久无缘，怀恋反侧，

①《文选》李善注。

②胡克家《文选考异》、何焯《义门读书记》。

如何如何！得所来讯，文采委曲，晔若春荣，浏若清风，申咏反覆，旷若复面。其诸贤所著文章，想还所治，复申咏之也。（《文选》卷四二）

此类给朋友的书信，也写得恣肆放荡，文采焕发，气势极盛。

这些文章可以看出，到了曹植，文章已经注意言辞的优美，散文虽然以散为主，但有鲜明的骈化现象，可以说是以散为主，骈散结合，宜散则散，可骈则骈，参差错落，行云流水，自然生动，显示出“志深而笔长”的风格。

二、建安七子之文

“七子”之称，始见于曹丕《典论·论文》：“今之文人，鲁国孔融文举、广陵陈琳孔璋、山阳王粲仲宣、北海徐幹伟长、陈留阮瑀元瑜、汝南应玚德琏、东平刘桢公幹，斯七子者，于学无所遗，于辞无所假，咸以自骋骥騄于千里，仰齐足而并驰。”这七人就是：孔融、王粲、陈琳、徐幹、刘桢、应玚、阮瑀。“七子”之中孔融年辈居长，文学成就最高的是王粲。孔融是曹操的反对派，被曹操所杀，其余六人都是依附于曹氏集团的文人。

孔融（153年—208年），字文举，曾做过北海相，人称孔北海，孔子二十世孙，是东汉末年三大名士之一。他为人刚直，不阿附权贵，也不畏避权势，政治上还是比较正直的士族的代表人物。他对曹操的政治主张多所讥讽。曹操要杀太尉杨彪，他为杨彪辩护。曹操北征乌桓，他又写信加以嘲弄。曹操为了节约粮食，下令禁酒，说酒可以亡国，非禁不可。孔融反对，作《难曹公表制酒禁书》，书中列论酒之功用：“酒之为德久矣。古先哲王，类帝禋宗，和神定人，以济万国。非酒莫以也。”又举了樊哙等人借酒建功的例子：“樊哙解厄鸿门，非豕肩钟酒，无以奋其怒。赵之厮养，东迎其王，非引卮酒，无以激其气。高祖非醉斩白蛇，无以畅其灵。景帝非醉幸唐姬，无以开中兴。”[①]所以酒不可禁。“由是观之，酒何负于治者哉！”要禁，那么也有以女人亡国的，何不禁止婚姻？[②]他自己性嗜酒，常说“坐上客常满，樽中酒不空，吾无忧矣”。话虽有调侃的成分，

①严可均《全后汉文》卷八三。

②严可均《全后汉文》卷八三《又书》：“夏商亦以妇人失天下，今令不断婚姻。”

但孔融是洞察到曹操的用意的，所以后来他再答曹操时说："而将酒独急者，疑但惜谷耳，非以亡王为戒也。"[①]曹丕《典论·论文》说他"不能持论，理不胜词，以至于杂以嘲戏"，是有这样的味道。以致终于被曹操所杀。

但孔融也不是一味地嘲戏成文，著名的有《论盛孝章书》和《荐祢衡表》，则更能看出其散文的真面目。《论盛孝章书》写道：

> 今孝章实丈夫之雄也，天下谭士依以扬声，而身不免于幽执，命不期于旦夕，吾祖不当复论损益之友，而朱穆所以绝交也。公诚能驰一介之使，加咫尺之书，则孝章可致，友道可弘矣。今之少年，喜谤前辈，或能讥评孝章；孝章要为有天下大名，九牧之人所共称叹。燕君市骏马之骨，非欲以骋道里，乃当以招绝足也。惟公匡复汉室，宗社将绝，又能正之，正之术，实须得贤。珠玉无胫而自至者，以人好之也，况贤者之有足乎？昭王筑台，以尊郭隗，隗虽小才，而逢大遇，竟能发明主之至心，故乐毅自魏往，剧辛自赵往，邹衍自齐往。向使郭隗倒悬而王不解，临溺而王不拯，则士亦将高翔远引，莫有北首燕路者矣。（《文选》卷四一）

盛孝章为孔融好友，时为孙策所囚，融作此书给曹操，请曹操致书孙策，搭救盛孝章。此书从情和理两方面去说服曹操，并举历史典故加重分量。文章中充满着对危难中的朋友的关切和崇敬，感情真挚，说理透彻，可谓恳切流畅有豪迈之气。苏东坡有诗称赞说："遥知鲁国真男子，犹忆平生盛孝章。"据说曹操果然被孔融打动了，要征盛孝章"为骑都尉"，只惜"制命未至"，盛孝章已被孙权杀死。由此也可见孔融文章确是能打动人的。

在《荐祢衡表》中，孔融介绍祢衡"淑质贞亮，英才卓砾。初涉艺文，升堂睹奥，目所一见，辄诵于口，耳所暂闻，不忘于心。性与道合，思若有神"，"忠果正直，志怀霜雪，见善若惊，疾恶如仇"，"使衡立朝，必有可观"。他认为祢衡的才干，要超过桑弘羊、张安世，可与贾谊、终军等比肩。如能用祢衡，"如得龙跃天衢，振翼云汉，扬声紫微，垂光虹

①严可均《全后汉文》卷八三《又书》。

霓，足以昭近署之多士，增四门之穆穆。钧天广乐，必有奇丽之观；帝室皇居，必蓄非常之宝。若衡等辈，不可多得”。只是祢衡终是一介狂士，为曹操所不容。不过孔融此篇，则写得雍容典雅，不如《论盛孝章书》平实而款曲情深。

王粲（177年—217年），字仲宣。王粲天资聪颖，博闻强记，才华出众，自视甚高。原先依荆州刘表，因身材短小、其貌不扬不被重用，后来依附曹操得到重用。魏建国后，拜为侍中。建安二十二年（217），病死于征吴途中。

刘勰称王粲是“七子之冠冕”（《文心雕龙·才略》），其文学成就在七子中是最突出的。王粲今存赋二十多篇，多为抒情小赋。其中在荆州时作的《登楼赋》最为传诵，是建安时期最优秀的抒情小赋之一。此赋抒写自己流落异乡、怀才不遇的抑郁心情，也抒发了自己的政治理想：

> 登兹楼以四望兮，聊暇日以销忧。览斯宇之所处兮，实显敞而寡仇。挟清漳之通浦兮，倚曲沮之长洲。背坟衍之广陆兮，临皋隰之沃流。北弥陶牧，西接昭丘。华实蔽野，黍稷盈畴。虽信美而非吾土兮，曾何足以少留。遭纷浊而迁逝兮，漫逾纪以迄今。情眷眷而怀归兮，孰忧思之可任。凭轩槛以遥望兮，向北风而开襟。平原远而极目兮，蔽荆山之高岑。路逶迤而修回兮，川既漾而济深。悲旧乡之壅隔兮，涕横坠而弗禁。昔尼父之在陈兮，有归欤之叹音。钟仪幽而楚奏兮，庄舄显而越吟。人情同于怀土兮，岂穷达而异心？惟日月之逾迈兮，俟河清其未极。冀王道之一平兮，假高衢而骋力。惧匏瓜之徒悬兮，畏井渫之莫食。步栖迟以徙倚兮，白日忽其将匿。风萧瑟而并兴兮，天惨惨而无色。兽狂顾以求群兮，鸟相鸣而举翼。原野阒其无人兮，征夫行而未息。心凄怆以感发兮，意忉怛而憯恻。循阶除而下降兮，气交愤于胸臆。夜参半而不寐兮，怅盘桓以反侧。（《文选》卷一一）

此赋意在表达作者的思乡情怀，由此而抒发出功名不遂和怀才不遇的感愤，在艺术上短小清新，写景精要富有变化，又不像汉大赋那样铺张扬厉、铺采摛文；抒情方面作者设景抒情，“风萧瑟”“天惨惨”的景色衬托着“心凄怆”“意忉怛”的心情，写景与抒情相结合，情调哀婉深沉，透露出悲壮苍凉之气。

陈琳（？—217年），字孔璋，广陵（今江苏淮安）人。他与阮瑀皆以擅写檄文著称。当初曾为袁绍写《为袁绍檄豫州文》，一开头便说："司空曹操，祖父中常侍腾，与左悺、徐璜并作妖孽，饕餮放横，伤化虐民。父嵩，乞丐携养，因赃假位，舆金辇璧，输货权门，窃盗鼎司，倾覆重器。操赘阉遗丑，本无懿德，僄狡锋协，好乱乐祸。"陈琳骂曹操是阉党后代，祖上是妖孽，自己品行本就不好，又好兴风作乱，的确是够犀利而不留情面了。《文心雕龙·檄移》篇称曰："陈琳之《檄豫州》，壮有骨鲠，虽奸阉携养，章实太甚，发丘摸金，诬过其虐，然抗辞书衅，皦然露骨，敢矣撄曹公之锋，幸哉免袁党之戮也。"文章后面还历数曹操罪状：

> 又梁孝王，先帝母昆，坟陵尊显，桑梓松柏，犹宜肃恭，而操帅将吏士，亲临发掘，破棺裸尸，掠取金宝，至令圣朝流涕，士民伤怀。操又特置发丘中郎将、摸金校尉，所遇隳突，无骸不露。身处三公之官，而行桀虏之态，殄国虐民，毒施人鬼。加其细政苛惨，科防互设，罾缴充蹊，坑阱塞路，举手挂网罗，动足蹈机陷，是以兖、豫有无聊之民，帝都有吁嗟之怨。历观古今书籍，所载贪残虐烈，无道之臣，于操为甚……而操豺狼野心，潜包祸谋，乃欲挠折栋梁，孤弱汉室，除灭忠正，专为枭雄。（《魏志·袁绍传》注引《魏氏春秋》）

掘坟裸尸，掠取金宝财物，乃是十恶不赦了。这其中当然不免有夸大之词，大概这是"讨贼檄文"，所以要骂得淋漓痛快。明代张溥说他"奋其怒气，词若江河"，并说"后世即有善骂者，俱不及也"[①]。陈琳归附曹操后，曹操说："卿昔为本初移书，但可罪状孤而已。恶恶止其身，何乃上及父祖邪？"琳谢罪。[②]据说琳答曰："矢在弦上，不得不发也。"曹操不加罪，让其掌管书记。[③]《为袁绍檄豫州文》等文，锋芒毕露、声势浩大，可看出陈琳的文风。

阮瑀（约165年—212年），字元瑜，陈留魏氏（今河南）人。当时曹操的军国檄文都出自陈、阮两人之手。史载，他曾在马上为曹操草拟致关

---

①张溥：《汉魏六朝百三家集》，上海古籍出版社1994年版，第720页。

②陈寿：《王粲传》，《三国志卷二一·魏志》，中华书局1982版，第600页。

③《文选》卷四四李善注引《魏志》。

西军阏韩遂书，书成呈曹操，操竟不能增减一字[①]，说明阮瑀成文之神速。徐幹（171年—218年）以辞赋见称，可惜存者甚少。另有《中论》二十二篇，是一部关于伦理、政治的论集。刘祯（？—217年）有《谏平原侯植书》《答魏太子书》等文章，曹丕称其“壮而不密”。应玚（？—217年）有《报宠惠恭书》《文质论》等，曹丕称其“和而不壮”（曹丕所论，均见《典论·论文》），皆不细论了。

鲁迅说：七子的文章，“大概都不外是‘慷慨’，‘华丽’罢。华丽即曹丕所主张，慷慨就因当天下大乱之际，亲戚朋友死于乱者特多，于是为文就不免带着悲凉，激昂和慷慨了。”[②]概括地说，七子的文章，无论是章、表、书、令，还是碑、论、铭、诔，都能真实地反映建安时期的社会生活和士人的心理状态，抒发出悲凉慷慨之音，体现出“建安风骨”的特征。另一方面，建安时期作家，赋作还是相当丰富，曹植、王粲、陈琳、徐幹、应玚，都有大量的赋作，而且多是抒情小赋，这也是赋体发展到东汉时期的自然产物，建安作家已经不再延续汉大赋的写作，而是用抒情小赋来言情达志，有的小赋已如后世的散文诗了。

三、诸葛亮

诸葛亮（181年—234年），字孔明，琅琊阳都（今山东沂水南）人，汉末隐居邓县隆中，被称为“卧龙”，刘备三顾茅庐，请其出山，成就大业。诸葛亮的《出师表》和《后出师表》，是人们熟知的名篇。

蜀汉建兴五年（227年），诸葛亮驻军汉中，准备北伐曹魏，临行前上表蜀后主刘禅：

> 先帝创业未半，而中道崩殂。今天下三分，益州疲弊，此诚危急存亡之秋也。然侍卫之臣不懈于内，忠志之士忘身于外者，盖追先帝之殊遇，欲报之于陛下也。诚宜开张圣听，以光先帝遗德，恢弘志士之气，不宜妄自菲薄，引喻失义，以塞忠谏之路也。
>
> 宫中府中俱为一体，陟罚臧否不宜异同。若有作奸犯科及为忠善者，宜付有司论其刑赏，以昭陛下平明之理，不宜偏私，使内外异法

---

①《文选》卷四四李善注引《魏志》。

②鲁迅：《魏晋风度及文章与药及酒之关系》，《鲁迅全集》第三卷，人民文学出版社1981年版，第505页。

也。侍中、侍郎郭攸之、费祎、董允等，此皆良实，志虑忠纯，是以先帝简拔以遗陛下。愚以为宫中之事，事无大小，悉以咨之，然后施行，必能裨补阙漏，有所广益。将军向宠，性行淑均，晓畅军事，试用于昔日，先帝称之曰能，是以众议举宠为督。愚以为营中之事，悉以咨之，必能使行阵和睦，优劣得所。亲贤臣，远小人，此先汉所以兴隆也；亲小人，远贤臣，此后汉所以倾颓也。先帝在时，每与臣论此事，未尝不叹息痛恨于桓、灵也。侍中、尚书、长史、参军，此悉贞良死节之臣，愿陛下亲之信之，则汉室之隆，可计日而待也。

臣本布衣，躬耕于南阳，苟全性命于乱世，不求闻达于诸侯。先帝不以臣卑鄙，猥自枉屈，三顾臣于草庐之中，谘臣以当世之事，由是感激，遂许先帝以驱驰。后值倾覆，受任于败军之际，奉命于危难之间，尔来二十有一年矣。先帝知臣谨慎，故临崩寄臣以大事也。受命以来，夙夜忧叹，恐托付不效，以伤先帝之明，故五月渡泸，深入不毛。今南方已定，兵甲已足，当奖率三军，北定中原，庶竭驽钝，攘除奸凶，兴复汉室，还于旧都。此臣所以报先帝而忠陛下之职分也。（《三国志·蜀志·诸葛亮传》）

诸葛亮是为实现刘备死前的嘱托，要完成“兴复汉室”的大业，出师北伐曹魏之前，实在是千言万语，“不知所云”。诸葛亮最担心的是后方的稳固。而后方的稳固，又在于刘禅的作为、政治的清明。诸葛亮担心的恰恰是这一点。刘禅的“亲小人，远贤臣”为诸葛亮所目睹，所以“亲贤臣，远小人”，正是诸葛亮谆谆嘱咐的核心所在。此文本来是在出战前给皇帝的奏章，但文中并不言战，而是告诫刘禅要修德为政。所以文中十三次提到“先帝”，就是要刘禅牢记刘备的遗德、遗诏，继承刘备的遗志，清明为政，解除自己北伐的后顾之忧。本文的最大特点就是感情真挚，坦诚直言，披肝沥胆，真情从笔端流出。归有光说它是“皆沛然从肺腑中流出，不期文而自文”（《文章指南》仁集），话说得痛切，又语重心长。林纾评论说：“并不着意为文，而语语咸自血性中流出。精忠之言看似轻描淡写，而一种勤恳之意，溢诸言外。”（林纾选评《古文辞类纂选本》）正因为如此，它成为千古名文。

第二节　阮籍、嵇康诸家散文

曹魏王朝末期，统治阶级内部出现了激烈的争夺权力的斗争。魏明帝曹叡死时，继承者曹芳年仅八岁，不得不把政权委托给大将军曹爽和太尉司马懿两人。正始十年（249年），司马懿乘曹爽跟魏帝曹芳在洛阳城外祭扫高平陵（明帝陵墓）时发动政变，结果曹爽及其党羽全部束手就擒，这就是“高平陵之变”。此后，曹魏政权实际上掌握在司马氏手中。

正始时期，司马氏当权，而且正准备篡夺帝位，所以不断屠杀异己分子，政治上非常黑暗，致使儒学式微，玄学风行。玄学是道家思想的一种衍变，其特征即崇尚虚无。他们以道家玄虚观点来解释儒家经典，把老庄思想同《周易》结合，作为其学说之核心。正始年间，出了两位玄学大家何晏、王弼。何晏作《道德论》等，王弼有《周易注》《老子注》等。这些著作集中体现了他们的玄学思想。当时王、何学说风靡一时，士流中莫不以谈玄为风尚，“尤好老庄”者甚多。王、何两人，开创了玄学清谈的风气。道家一向批判和否定“仁义”“礼教”等儒学伦理观念的传统，玄学以道家思想为主干，就使它有可能成为一种批判的武器。司马氏集团为擅政的需要，大倡“名教”“礼法”，标榜“以孝治天下”，因此玄学就有揭露司马氏集团“礼法”的虚伪本质的特别意义。

从当时的社会背景来看，社会上层争夺砍杀，政治斗争异常残酷。作为门阀士族的头面人物总要被卷进上层政治漩涡。门阀士族的名士们一批又一批地被送上刑场，如何晏、嵇康，以及后来的二陆、张华、潘岳、刘琨、谢灵运等。因此当时的门阀贵族也是经常生活在一种既富贵安乐又满怀忧患的境地之中，处于身不由己的政治争夺之中。残酷的政治清洗和身家毁灭，使他们的人生慨叹中夹杂着无边的忧惧和深重的哀伤，并经常流露于他们的作品中。他们的“忧生之嗟”由于上述所说的现实政治内容而更为严肃。无论是顺应环境、保全性命，还是寻求山水、安息精神，由于其中总藏存人生的忧恐、惊惧，情感实际是处在一种异常矛盾复杂的状态中。这一时期，无论是诗歌，还是散文，都体现了这种时代特征。

一、阮籍

阮籍（210年—263年），字嗣宗，阮瑀之子，据说曾羡慕步兵营厨中有美酒而一度做过步兵校尉，后人称之阮步兵。他曾登上广武山观楚汉相争战场，叹息说："时无英雄，遂使竖子成名！"把刘邦、项羽及当时众多谋臣猛将都说成是侥幸得名的"竖子"，可以窥见其襟怀的宏放阔大，"英雄"之志非同小可。但是在当时的政治高压下，他的政治热情逐渐冷却衰退，而以一种狂放、奇特的表现来对待现实。或闭门读书，整月不出门一步；或登山临水，终日忘归。据说他曾独自驾牛车，让牛随便往哪里拉，直拉到荒野无路径之处，才大哭一顿回来（《晋书·阮籍传》），可见其内心不平、感慨而又无由发泄的矛盾。这些表现，实质上就是以放浪形骸的方式，来表示他超脱俗情、藐视功名的心志以及对当时礼法之士推崇名教的讥刺。当时司马氏已想篡位，阮籍名气很大，所以他的酣饮，便是为了避祸，逃离当时的政治危险。他还从不在口头上评判人物的是非，使政敌无法从中找到陷害他的借口。但是阮籍常以青白眼分别来对待人，以表明其爱憎态度。对礼俗之士（投靠司马氏者），以白眼待之。青眼（正视，黑眼）则表示赞赏，尊重。阮籍的这种好恶及政治态度，常以曲折、含蓄的手法，表现在自己的诗文中。

阮籍的诗有《咏怀》八十二首，是其整个人生思想感情的总汇。刘宋诗人颜延之说："嗣宗身仕乱朝，常恐罹谤遇祸，因兹发咏，故每有忧生之嗟。虽志在讥刺，而文多隐避，百代之下，难以情测。"（《文选》李善注引）所以"忧生之嗟"和"志在讥刺"在《咏怀》诗中占有很大分量。以此来看他的散文，也有这样的特点。

阮籍的《大人先生传》是历来被称道的名篇。这是一篇赋体传记，全文比较长，可划分为三部分。第一部分写大人先生驳斥"君子"的非难；第二部分写大人先生遇见愤世嫉俗的隐士；第三部分写遇见通达自得的薪者。所谓"大人先生"，是作者虚构的人物，也是作者理想的化身。文章开头说："大人先生，盖老人也，不知姓字，陈天地之始，言神农、黄帝之事，昭然也。莫知其生年之数。尝居苏门之山，故世咸谓之闲。"他把"大人先生"设计成远古时代的人，远古之人说远古之事，当然是为了避免被司马氏抓住把柄。他以虚构的人物，表达自己的志向，并对司马懿集团的统治，尤其是虚伪的礼法制度，给予激烈的斥责和无情的讽刺。我们看第一部分中的两小节：

或遗大人先生书曰："天下之贵，莫贵于君子。服有常色，貌有常则，言有常度，行有常式。立则磬折，拱若抱鼓，动静有节，趋步商羽。进退周旋，咸有规矩。心若怀冰，战战慄慄。束身修行，日慎一日。择地而行，唯恐遗失。诵周孔之遗训，叹唐虞之道德。唯法是修，唯礼是克，手执圭璧，足履绳墨。行欲为目前检，言欲为无穷则。少称乡间，长闻邦国，上欲图三公，下不失九州牧。故挟金玉，垂文组，享尊位，取茅土。扬声名于后世，齐功德于往古。奉事君上，牧养百姓。退营私家，育长妻子。卜吉宅，虑乃亿祉，远祸近福，永坚固己。此诚士君子之高致，古今不易之美行也。今先生乃被发而居巨海之中，与若君子者远，吾恐世之叹先生而非之也。行为世所笑，身无由自达，则可谓耻辱矣。身处困苦之地，而行为世俗之所笑，吾为先生不取也。”

这一段是世俗之士给大人先生的信，写“君子”的循规蹈矩，似要建功立德，建立“君子之高致”，“不易之美行”。而与“君子”形成鲜明对比的是，“大人先生”是如此的不合时宜，“不与世同之”，不但装饰不合时流，行为也狂放，更重要的是“行为世所笑，身无由自达”，不会为当权者所喜欢。这里好似赞美“君子”，实则揭露“君子”的迂腐虚伪和向上爬的丑态。说儒家的“君子”，实际上是在攻击司马懿集团的崇礼，讽刺那些趋附司马氏的俗士。

对于“君子”的责难，“大人先生”答曰：

于是大人先生乃逌然而叹，假云霓而应之曰：“若之云尚何通哉！夫大人者，乃与造物同体，天地并生，逍遥浮世，与道俱成，变化散聚，不常其形。天地制域于内，而浮明开达于外，天地之永固，非世俗之所及也。吾将为汝言之。往者天尝在下，地尝在上，反覆颠倒，未之安固，焉得不失度式而常之？天因地动，山陷川起，云散震坏，六合失理，汝又焉得择地而行，趋步商羽？往者群气争存，万物死虑，支体不从，身为泥土，根拔枝殊，咸失其所，汝又焉得束身修行，磬折抱鼓？李牧功而身死，伯宗忠而世绝，进求利以丧身，营爵赏而家灭，汝又焉得挟金玉万亿，祗奉君上而全妻子乎？且汝独不见夫虱之处于裈之中乎？逃乎深缝，匿乎坏絮，自以为吉宅也。行不敢离缝际，动不敢出裈裆，自以为得绳墨也。饥则啮人，自以为无穷食也。然炎邱火流，焦邑灭都，群虱死于裈中而不能出。汝君子之处区之内，亦何异夫虱之处裈中乎？悲夫！而乃自以为远祸近福，坚无穷已；亦观夫阳乌游于尘外，而鹪鹩戏于蓬芰，小大固不相及，汝又何以为若君子闻于余乎？……”

“大人先生”以庄子“天地与我并生，万物与我为一”的思想驳斥“君子”，言大人先生与造物者同体，与天地并生，自由自在，死生对他毫无影响。再说天地也曾翻覆颠倒，没有固定，那么，礼法制度就能永恒不变吗？“汝君子之礼法，诚天下残贼、乱危、死亡之术耳”，既然如此，还要这个礼法何用？不但如此，文章中还说到“盖无君而庶物定，无臣而万事理”，“君立而虐兴，臣设而贼生”，那么这是将封建社会的君臣关系也否定了。礼法是“束缚下民，欺愚诳拙”；“君子”是“假廉而成贪，内险而外仁”的阴险小人。这就把整个封建制度都要否定了。阮籍本来是“口不臧否人物”“喜怒不形于色”的，其实不管他外表上装得如何轻视世事，洒脱不凡，内心实则对人生过于执着，非常痛苦。在这篇文章中，如此肆无忌惮地纵笔怒骂，冷嘲热讽，实在是忍无可忍了。其中“虱之处于裈之中”的比喻是绝妙的，它使人想起《庄子》里的“鸱鸮与腐鼠”的寓言，而阮籍的比喻似更加犀利尖刻。

此外，阮籍还有几篇长文，如《通易论》《达庄论》《乐论》，虽是长文，但多用韵语，风格与《大人先生传》有共通之处。《达庄论》以庄子“齐物论”的观点，批判世俗拘守名教、曲守成说以至造成社会麻木不仁的病态人格，其中一段曰：

彼六经之言，分处之教也；庄周之云，致意之辞也。大而临之，则至极无外；小而理之，则物有其制。夫守什五之数，审左右之名，一曲之说也；循自然、性天地者，寥廓之谈也。凡耳目之嗜，名分之施，处官不易司，举奉其身，非以绝手足、裂肢体也。然后世之好异者不顾其本，各言我而已矣，何待于彼？残生害性，还为雠敌，断割肢体，不以为痛。目视色而不顾耳之所闻，耳所听而不待心之所思，心奔欲而不适性之所安，故疾疢萌则生不尽，祸乱作则万物残矣。

六经名教的是非异同，称名定分的原则，本是政治上的需要，但是若拘守名教，则必然造成弊端，伤害身性，以至形成病态人格和病态社会。这是严肃的理论文字，不过其中也有像“于是先生乃抚琴容与，慨然而叹，俯而微笑，仰而流眄，嘘噏精神”这样的句子，文字颇为优美。《乐论》论古乐之特点与流变，说“昔者圣人之作乐也。将以顺天地之性，体万物之生也。故定天地八方之音，以迎阴阳八风之声，均黄钟中和之律，开群生万物之情气。故律吕协则阴阳和，音声适而万物类，男女不易其所，君臣不犯其位，四海同其观，九州一其节，奏之圜丘而天神下降，奏之方岳而地祇上应”。颇有壮丽之词，都可见阮籍散文的风格。

二、嵇康

嵇康（223年—263年），字叔夜，是曹操儿子沛王曹林的女婿，与曹魏宗室有姻亲关系，曾为魏中散大夫，故后人称之为“嵇中散”。嵇康有渊博的学问，好老庄之业，居家时常在树下锻铁，钟会过访嵇康，嵇康“扬锤不辍，旁若无人，移时不交一言”（《世说新语·简傲》），由是得罪钟会。

嵇康诗歌成就不如阮籍，但就散文成就而论，又在阮籍之上。嵇康有卓越的音乐天才，所著《声无哀乐论》，论述了心声关系的问题。嵇康认为，音乐是客观存在的音响，哀乐是人们的精神被触动后产生的感情，两者并无因果关系，“声音自当以善恶为主，则无关于哀乐；哀乐自当以情感，则无系于声音”，“音声有自然之和，而无系于人情。克谐之音，成于金石；至和之声，得于管弦也”，“心之与声，明为二物”。这些虽是从哲学上加以探讨，但可见嵇康对音乐的精通。这篇长文也是用问答的体式来写的。嵇康自己善弹琴，能弹名曲《广陵散》。据传嵇康“临当就命，顾视日影，索琴而弹之”（向秀《思旧赋序》），即临刑前弹奏一曲《广陵散》，并哀叹“《广陵散》于今绝矣”。结合《声无哀乐论》来看，嵇康是会有无限感慨的。

嵇康思想新颖，锋芒毕露，好作忤时之论，如《管蔡论》说：“夫管、蔡皆服教殉义，忠诚自然。是以文王列而显之，发旦二圣，举而任之，非以情亲而相私也。乃所以崇德礼贤，济殷弊民，绥辅武庚，以兴顽俗，功业有绩，故旷世不废，名冠当时，列为藩臣。”这是说管叔和蔡叔都是服膺礼教、殉身道义的人，忠信真诚发乎自然。他们是要辅佐武庚振兴商国的人，所以声望为当时之冠。又说他们是“忠于乃心，思在王室。遂乃抗言率众，欲除国患；翼存天子，甘心毁旦。斯乃愚诚愤发所以徼祸也”。

他们是出于自己的忠诚与信念，为王室的安危担忧，为了保护天子激于义愤才酿成祸患。这样的言论，把历来的平定“三监”之乱的定论翻了个案。这种为管、蔡翻案的言论，联系当时毌丘俭、诸葛诞起兵讨伐司马氏，嵇康是有所指的。再如《太师箴》一文中所写：

> 下逮德衰，大道沈沦。智惠日用，渐私其亲。惧物乖离，攘臂立仁。利巧愈竞，繁礼屡陈。刑教争施，天性丧真。季世陵替，继体承资。凭尊恃势，不友不师。宰割天下，以奉其私。故君位益侈，臣路生心。竭智谋国，不吝灰沈。赏罚虽存，莫劝莫禁。若乃骄盈肆志，阻兵擅权。矜威纵虐，祸崇丘山。刑本惩暴，今以胁贤。昔为天下，今为一身。下疾其上，君猜其臣。丧乱弘多，国乃陨颠。

侯外庐认为：“这全是骂司马氏的话。所谓‘凭尊恃势，不友不师’，‘下疾其上，君猜其臣’，是指司马氏父子兄弟的不臣；所谓‘骄盈肆志，阻兵擅权。矜威纵虐，祸崇丘山’，是指司马氏的把持军政大权，诛戮异己；所谓‘刑本惩暴，今以胁贤’，是指司马氏的屡兴大狱，诛除名士。”①此篇用的是“箴”体，刘勰说：“箴者，所以攻疾防患，喻针石也。”（《文心雕龙·铭箴》）虽然有人不大同意侯氏的说法，但应该说，嵇康这些话，“攻疾防患”，引起当时人们对司马氏的警觉，暗指或影射司马氏的意思还是存在的。

阮籍对司马氏集团的态度，虽采取不合作态度，但终是妥协求全。与阮籍不同，嵇康则采取针锋相对的态度。当时司马氏对嵇康想采取拉拢的手法，于是让嵇康之友尚书吏部郎山涛出面，推荐嵇康替代自己担任此职。但嵇康对司马氏的残暴和虚伪了解得太透彻了，他蔑视司马氏集团，更蔑视司马氏的官职，于是写了著名的《与山巨源绝交书》，作为答复。

文章开头便说明自己与山涛的不同性格：“足下傍通，多可而少怪。吾直性狭中，多所不堪。”实际上是指自己不会像山涛那样去依附司马氏的。嵇康接下来说：

①侯外庐等：《中国思想通史》第三卷，人民出版社1957年版，第187页。

吾每读尚子平、台孝威传，慨然慕之，想其为人。少加孤露，母兄见骄，不涉经学，性复疏懒，筋驽肉缓，头面常一月十五日不洗，不大闷痒，不能沐也。每常小便而忍不起，令胞中略转，乃起耳。又纵逸来久，情意傲散，简与礼相背，懒与慢相成，而为侪类见宽，不攻其过。又读《庄》《老》，重增其放，故使荣进之心日颓，任实之情转笃。此犹禽鹿，少见驯育，则服从教制；长而见羁，则狂顾顿缨，赴蹈汤火，虽饰以金镳，飨以嘉肴，逾思长林而志在丰草也。

这是说自己不堪为官的理由，从小就本性疏懒，缺少教训，其关键，一是“纵逸来久，情意傲散，简与礼相背，懒与慢相成”；二是“又读庄、老，重增其放”。疏懒放荡的根源，在于好习老庄，所以不合时流，“思长林而志在丰草”，宁可在草野为乐。仅此还不够，作者又接着说：

阮嗣宗口不论人过，吾每师之而未能及。至性过人，与物无伤，唯饮酒过差耳。至为礼法之士所绳，疾之如雠，幸赖大将军保持之耳。吾不如嗣宗之资，而有慢弛之阙。又不识人情，暗于机宜；无万石之慎，而有好尽之累。久与事接，疵衅日兴，虽欲无患，其可得乎？

又人伦有礼，朝廷有法。自惟至熟，有必不堪者七，甚不可者二：卧喜晚起，而当关呼之不置，一不堪也。抱琴行吟，弋钓草野，而吏卒守之，不得妄动，二不堪也。危坐一时，痹不得摇，性复多虱，把搔无已，而当裹以章服，揖拜上官，三不堪也。素不便书，又不喜作书，而人间多事，堆案盈机，不相酬答，则犯教伤义，欲自勉强，则不能久，四不堪也。不喜吊丧，而人道以此为重，已为未见恕者所怨，至欲见中伤者；虽瞿然自责，然性不可化，欲降心顺俗，则诡故不情，亦终不能获无咎无誉如此，五不堪也。不喜俗人，而当与之共事，或宾客盈坐，鸣声聒耳，嚣尘臭处，千变百伎，在人目前，六不堪也。心不耐烦，而官事鞅掌，机务缠其心，世故繁其虑，七不堪也。又每非汤、武而薄周、孔，在人间不止此事，会显，世教所不容，此甚不可一也。刚肠疾恶，轻肆直言，遇事便发，此甚不可二也。以促中小心之性，统此九患，不有外难，当有内病，宁可久处人间邪？又闻道士遗言，饵术、黄精，令人久寿，意甚信之。游山泽，

观鱼鸟，心甚乐之。一行作吏，此事便废。安能舍其所乐，而从其所惧哉？（《文选》卷四三）

这就是著名的“必不堪者七，甚不可者二”，看起来都是不合时宜的慵懒的表现，却正是前面“有慢弛之阙。又不识人情，暗于机宜；无万石之慎，而有好尽之累”的具体阐述。这可谓是嬉笑怒骂、热嘲冷讽，尖刻锐利，极其狂放之言。特别是其中的“非汤、武而薄周、孔”的话，已经不仅仅是离经叛道、讪谤圣王的问题，而是对司马昭的影射攻击，等于是和以名教为统治工具的司马氏集团的决裂的宣言。此文锋芒毕露、词气雄放，把信手拈来的典故，化为锐利的匕首刺向司马氏集团，又采用夸张的手法，貌似调侃自己，实是以此反讽对方，以达到揭露对方的目的。刘勰说“嵇志清峻，阮旨遥深”（《文心雕龙·明诗》），像嵇康这篇文章，立意超俗，手法新颖，引古喻今，行文简练，辞意透彻，这就是“清峻”的风格。

后人认为“非汤、武而薄周、孔”刺中了司马氏的要害，所以嵇康非杀不可，其实我们看，在《管蔡论》《太师箴》等文中，语多讥刺，恐怕使得司马氏集团早已认为嵇康是他们实现野心的一大障碍。加上嵇康又是曹魏宗亲，正好又发生吕氏兄弟事件，嵇康朋友吕安之妻为其兄吕巽所奸污，吕安本拟告发，吕巽反先下手，以不孝之名告了吕安。而吕巽是当时司马昭手下的红人，于是吕安被判刑。这事引起了嵇康的愤怒，挺身为吕安辩护，因此也被下狱。此时，嵇康的政敌钟会等乘机加以陷害诽谤，于是嵇康、吕安两人被杀。当得知嵇康被判处死刑后，太学生三千人联名上书要求赦免嵇康，并请他去太学当老师，这样嵇康更是必死了。

刘勰说“嵇康师心以遣论，阮籍使气以命诗”（《文心雕龙·才略》）。所谓“师心”“遣论”，即以心为师，写文章独立创作，敢于创新，甚至放言无惮。刘师培认为，嵇康之文“其文体均变汉人之旧”，“析理绵密，亦为汉人所未有”[①]。鲁迅也说：“嵇康的论文，比阮籍的好，思想新颖，往往与古时旧说反对。”[②]这都是指嵇康文章“师心”“遣论”的特点。

①刘师培：《中国中古文学史》，人民文学出版社1984年版，第46页。

②鲁迅：《魏晋风度及文章与药及酒之关系》，《鲁迅全集》第三卷，人民文学出版社1981年版，第509页。

“使气”“命诗”，是指凭着志气创作诗歌。其实不但诗歌，阮籍之文，也有“使气”的特点。即以前引的《大人先生传》来说，语言辛辣，比喻生动，讽刺尖锐，对“君子”的揭露淋漓尽致，十分深刻，洋溢着作者愤世嫉俗的感情，充分体现了“使气”的特点。这点，阮籍并不亚于嵇康。是否可以说，“师心”“使气”，是嵇康、阮籍的共同特点。也即如鲁迅所说：“‘师心’和‘使气’，便是魏末晋初文章的特色。”[1]

三、向秀、刘伶

正始时期的“竹林七贤”（阮籍、嵇康、山涛、向秀、阮咸、王戎、刘伶），以阮籍、嵇康为代表。嵇康寓居河南山阳时，与他们相友善，游于竹林，号为“七贤”。这些人都饮酒，放纵，蔑视礼法。他们的作品以隐蔽的手法表达苦闷的心情，表露对现实的不满情绪，但虚无成分仍很重，这种诗风文风，后人称为正始体。其中如向秀的《思旧赋》、刘伶的《酒德颂》，历来为人传诵。

向秀（约227年—272年）的《思旧赋》是思念故友嵇康、吕安的名作。向秀曾与嵇锻铁，又曾与吕安灌园。嵇、吕被杀，向秀慑于司马氏威势，被迫赴洛阳应郡举，应举归来，过山阳嵇康旧居，有感而作此赋。赋前的序言已经描绘出一种惨凄哀伤的氛围：“余逝将西迈，经其旧庐，于时日薄虞渊，寒冰凄然。邻人有吹笛者，发声寥亮。追思曩昔游宴之好，感音而叹，故作赋云。”其赋云：

> 将命适于远京兮，遂旋反而北徂。济黄河以泛舟兮，经山阳之旧居。瞻旷野之萧条兮，息余驾乎城隅。践二子之遗迹兮，历穷巷之空庐。叹《黍离》之愍周兮，悲《麦秀》于殷墟。惟古昔以怀人兮，心徘徊以踌躇。栋宇存而弗毁兮，形神逝其焉如。昔李斯之受罪兮，叹黄犬而长吟。悼嵇生之永辞兮，顾日影而弹琴。托运遇于领会兮，寄余命于寸阴。听鸣笛之慷慨兮，妙声绝而复寻。停驾言其将迈兮，遂援翰而写心。（《文选》卷十六）

赋中所描写的，依然是恐怖苍凉的气氛和无语凝噎的悲愤，只好用典故来

---

①鲁迅：《魏晋风度及文章与药及酒之关系》，《鲁迅全集》第三卷，人民文学出版社1981年版，第509页。

抒发心中的哀痛。鲁迅说，此赋几乎是刚开始便结束了，原因是当时政治的极端黑暗和恐怖（《为了忘却的纪念》）。向秀满怀愤懑，又要担心司马氏集团中人的打击，当然不能像嵇康那样嬉笑怒骂，淋漓痛快，所以不能尽情倾吐自己的郁闷。文章继承了东汉抒情小赋的特点，寓情于景，触物兴叹，令人心恻。

刘伶（生卒年不详）也是一个蔑视礼法的名士。刘伶病酒的故事为大家所熟悉（刘义庆《世说新语·任诞》），其意也是以纵酒放诞之情趣，对传统“礼法”表示蔑视。其《酒德颂》曰：

> 有大人先生，以天地为一朝，万期为须臾，日月为扃牖，八荒为庭衢。行无辙迹，居无室庐，幕天席地，纵意所如。止则操卮执觚，动则挈榼提壶，唯酒是务，焉知其余。有贵介公子，缙绅处士，闻吾风声，议其所以。乃奋袂攘襟，怒目切齿，陈说礼法，是非锋起。先生于是方捧罂承槽，衔杯漱醪，奋髯踑踞，枕曲藉糟。无思无虑，其乐陶陶，兀然而醉，豁尔而醒。静听不闻雷霆之声，熟视不睹太山之形，不觉寒暑之切肌，利欲之感情。俯观万物扰扰，焉如江汉之载浮萍。二豪侍侧，焉如蜾蠃之与螟蛉。（《文选》卷四七）

文章描绘了一个超逸悠游的“大人先生”的形象。“大人先生”饮酒佯狂，寄情老庄，俯仰自得，豪迈放达，其实是孤高出尘、蔑视礼教、傲浊世而挺立的名士形象，也就是刘伶的自我写照。此篇“颂”酒，其实醉翁之意不在酒。和向秀欲言又止不同，刘伶是变换一种手法，看似放诞却深含讥刺。颂酒之“德”，其“德”就在于以醉眼看世事，更加清醒，更加犀利。

刘勰说：“文变染乎世情，兴废系乎时序。”（《文心雕龙·时序》）在正始时期，阮籍、嵇康、向秀、刘伶等人的散文，因为时代和政治的原因，表现出独特的风貌。

第三节　西晋散文

公元265年12月，司马炎逼魏主禅让，代魏自立，是为晋武帝。西晋自公元265年至316年司马睿在建康即位，共四帝五十二年。

从晋武帝司马炎的太康年间起，约有二十多年时间，是紧承建安至魏末的又一个文学创作繁荣的时期。这一时间出现的作家较多。钟嵘《诗品序》说："太康中三张（张载、张协、张亢兄弟）、二陆（陆机、陆云）、两潘（潘岳、潘尼叔侄）、一左（左思），勃尔复兴，踵武前王，风流未沫，亦文章之中兴也。"这句话概说了当时文坛的盛况。就这一时期的散文创作来说，成就比较突出的有潘岳和陆机，另有因一篇《陈情表》而为后人熟知的李密。

一、李密

李密（224年—287年），字令伯，三国时犍为武阳（今四川彭山）人。幼年丧父，母何氏改嫁，由祖母刘氏抚养成人。初仕蜀国任尚书郎，几次出使吴国，极有才辩。蜀亡，晋武帝司马炎征为太子洗马，诏书累下，密以祖母无人奉养，上《陈情表》固辞。[①]

《陈情表》全文不满五百字，却是千古传诵的名篇。且看其文：

> 臣密言：臣以险衅，夙遭闵凶：生孩六月，慈父见背；行年四岁，舅夺母志。祖母刘，愍臣孤弱，躬亲抚养。臣少多疾病，九岁不行，零丁孤苦，至于成立。既无伯叔，终鲜兄弟，门衰祚薄，晚有儿息；外无期功强近之亲，内无应门五尺之僮。茕茕孑立，形影相吊。而刘夙婴疾病，常在床蓐，臣侍汤药，未曾废离。
>
> 逮奉圣朝，沐浴清化。前太守臣逵，察臣孝廉，后刺史臣荣，举臣秀才。臣以供养无主，辞不赴命，诏书特下，拜臣郎中；寻蒙国恩，除臣洗马。猥以微贱，当侍东宫，非臣陨首所能上报。臣具以表闻，辞不就职。诏书切峻，责臣逋慢；郡县逼迫，催臣上道；州司临门，急于星火。臣欲奉诏奔驰，则刘病日笃；欲苟顺私情，则告诉不

---

①李密《陈情表》，在萧统《文选》、严可均《全晋文》中均题为《陈情事表》。

许。臣之进退，实为狼狈。

伏惟圣朝以孝治天下，凡在故老，犹蒙矜育，况臣孤苦，特为尤甚。且臣少仕伪朝，历职郎署，本图宦达，不矜名节，今臣亡国贱俘，至微至陋，过蒙拔擢，宠命优渥，岂敢盘桓？有所希冀！但以刘日薄西山，气息奄奄，人命危浅，朝不虑夕。臣无祖母，无以至今日；祖母无臣，无以终余年。母孙二人，更相为命。是以区区，不能废远。臣密今年四十有四，祖母刘今年九十有六：是臣尽节于陛下之日长，而报养刘之日短也。乌鸟私情，愿乞终养。臣之辛苦，非独蜀之人士及二州牧伯，所见明知；皇天后土，实所共鉴。愿陛下矜愍愚诚，听臣微志，庶刘侥幸，卒保余年。臣生当陨首，死当结草。臣不胜犬马怖惧之情，谨拜表以闻。（《文选》卷三七）

李密此文有三个显著特点。一是以孝为由婉拒司马炎的征召，理由很是充分。司马氏标榜以孝治天下，李密以此为由，司马炎也不好说什么了。二是全文都围绕着一个“情”字做文章。“陈情”之情，既是实情，更是感情。这是最主要的特点。一切从情生发开去，祖孙之情，抱养之情，溢于言表。“臣无祖母，无以至今日；祖母无臣，无以终余年。”既是理义之句，更是诉情之语。作者是真情吐露，清人浦起龙称赞此文说：“情真则文真，真则至。何处著一字粉饰。”（《古文眉诠》卷四一）文中情理相兼，情理交融，情以动人，理以服人。三是文字很有感染力，如“茕茕孑立，形影相吊”，“日薄西山，气息奄奄，人命危浅，朝不虑夕”，“是臣尽节于陛下之日长，而报养刘之日短也”；“乌鸟私情，愿乞终养”。而且全文骈散相间，行文流畅，其为历代读者所激赏，也就在情理之中了。

二、潘岳

潘岳（247年—300年），字安仁，荥阳中牟（今属河南）人。潘岳以才颖貌美见称，“少时常挟弹出洛阳道，妇人遇之者，皆连手萦绕，投之以果，遂满载以归”（《晋书·潘岳传》）。后人常有“貌似潘安”之语，即典出于此。他结交权贵，为外戚贾谧二十四友之一。后卷入宫廷内争，在“八王之乱”中被夷三族。潘岳当时与陆机齐名，并称为“潘陆”。

潘岳的文章，著名的有《马汧督诔》。臧荣绪《晋书》曰：“汧督马敦，立功孤城，为州司所枉，死于囹圄，岳诔之。”马汧督即汧县（今陕西陇南县）督守马敦。晋惠帝元康七年（297年），氐、羌反叛，侵犯汧县，马敦率众奋力抵抗，以少御众，固守孤城，终立大功。但为州司所妒忌，诬枉下狱，蒙冤而死。潘岳的诔文前面有一长篇序言，叙述羌、氐反叛事之起因，马敦奋力防守御敌之事：

> 惟元康七年，秋九月十五日，晋故督守关中侯扶风马君卒。呜呼哀哉！初雍部之内，属羌反，未弭，而编户之氐又肆逆焉……子以眇尔之身，介乎重围之里，率寡弱之众，据十雉之城，群氐如猬毛而起，四面两射城中。城中凿穴而处，负户而汲。木石将尽，樵苏乏竭，刍荛罄绝，于是乎发梁栋而用之……久之，安西之救至，竟免虎口之厄。全数百万石之积，文契书于幕府。圣朝畴咨，进以显秩，殊以幢盖之制。而州之有司，乃以私隶数口，谷十斛，考讯吏兵，以榎楚之辞连之。大将军屡抗其疏，曰：敦固守孤城，独当群寇，以少御众，载离寒暑，临危奋节，保谷全城，而雍州从事，忌敦勋效，极推小疵，非所以褒将元功，宜解敦禁劾假授。诏书遽许。而子固已下狱，发愤而卒也……（《文选》卷五七）

马敦虽是个小官，但在危急关头，却能率众御敌，英勇奋战。然而最终却受妒蒙冤下狱，含愤而死。这是个悲剧。潘岳的序言也是一篇很好的散文，作者详细地叙写了马敦艰苦卓绝拼力奋战的情况，对其不幸结局深表同情。诔文以叙事为诔，写得颇为悲愤，应该说也饱含着作者的感情。陆机说“诔缠绵而凄怆”（《文赋》），潘岳此文也有这样的特点。明代张溥说：“予读安仁《马汧督诔》，恻然思古义士，犹班孟坚之传苏子卿也。”（《汉魏六朝百三家集·潘黄门集》题词）潘岳“尤善哀诔之文”，传世哀诔文特多，《文选》收诔文八篇，潘岳之作有四篇。可见《文选》编者对其的推崇。

潘岳的哀诔之文，伤悼亲戚，颇见真情。其哀悼发妻杨氏的《哀永逝文》，历来为人们称道。其文曰：

> 逝日长兮生年浅，忧患众兮欢乐尠。彼遥思兮离居，叹河广兮宋远。今奈何兮一举，邈终天兮不反。……风泠泠兮入帷，云霏霏兮承盖。鸟俯翼兮忘林，鱼仰沫兮失濑。怅怅兮迟迟，遵吉路兮凶归。思

> 其人兮已灭，览余迹兮未夷。昔同途兮今异世，忆旧欢兮增新悲。谓原隰兮无畔，谓川流兮无岸。望山兮寥廓，临水兮浩汗。视天日兮苍茫，面邑里兮萧散。匪外物兮或改，固欢哀兮情换。……（《文选》卷五七）

文中写夫妻死别之痛，天人永隔。作者用了许多山水景物的意象来寄托他的哀情，把哀思移情于景物，正如文中所说是“匪外物兮或改，固欢哀兮情换”，并非景物有所改换，而是哀伤之情笼罩着他，实有切肤之痛。潘岳为哀悼亡妻杨氏而作有《悼亡》诗三首，是诗歌中的名篇。作者对亡妻的哀念，主要从时节变易的感觉及日常生活事物的接触中抒发出来。深刻地表现出物是人非、物在人亡的悲痛，历来被认为是语淡情浓的佳作。此外还作《悼亡赋》，说明潘岳对亡妻的感情是真挚的。从文体上看，《哀永逝文》有楚辞的特点，同时又有许多骈偶句子，说明西晋文人的文章，在一步步地骈体化。

潘岳还有一篇被人们诟病的文章是《闲居赋》。赋前有很长的序，自称“拙者可以绝意乎宠荣之事矣”，赋文也写自己闲居在野之乐：“爰定我居，筑室穿池。长杨映沼，芳枳树篱。游鳞瀺灂，菡萏敷披；竹木蓊蔼，灵果参差。张公大谷之梨，梁侯乌椑之柿，周文弱枝之枣，房陵朱仲之李，靡不毕殖。”最后还表白说：“退求已而自省，信用薄而才劣。奉周任之格言，敢陈力而就列。几陋身之不保，尚奚拟于明哲？仰众妙而绝思，终优游以养拙。”然而，《晋书》“本传”说他因“仕宦不达，乃作《闲居赋》”，又说他“性轻躁，趋世利，与石崇等谄事贾谧，每候其出，与崇辄望尘而拜”。所以后人多认为此文心口不一。金人元好问《论诗绝句三十首》中曾有一首对此加以议论：“心画心声总非真，文章宁复见为人。高情千古《闲居赋》，争信安仁拜路尘。”扬雄《法言·问神》曾说：“故言，心声也；书，心画也。”元好问在此则认为“心声”“心画”之说并不可靠，不光看其文，还要看其为人，而应“知人论世”，全面了解作家，才能正确理解和评价作品。

三、陆机

陆机（261年—303年），字士衡，吴郡（今江苏吴县一带）人。祖父是东吴名相陆逊，父亲是名将陆抗。据说晋灭东吴后，二十岁的陆机曾闭门读书十年，后与弟陆云入洛阳，因得到当时名臣张华的赏识和提携而为官。后依附成都王颖，又引参大将军事，为平原内史。颖讨长沙王乂，陆机为后将军。兵败，为宦人所谐谮，遂遇害。在太康作家中，陆机的创作，数量上最为丰富，无论是诗、赋、论或其他杂体文，都达到较完善的艺术境地，所以钟嵘称他为“太康之英”（《诗品序》）。

陆机的散文，首推《吊魏武帝文》。此文是陆机目睹曹操的遗令深有感慨而为此作的哀词。文前有长序，568字，而正文不过649字。这种体式，似是西晋以后文人作赋或骈文的习惯，如前所论潘岳的《马汧督诔》《闲居赋》，即是如此。陆机此文的序，谈及看到魏武帝遗令的时间、地点和感受，而重点在于感慨人世盛衰之变，给人带来无尽的难言的悲哀。作者认为，面对沧海桑田、高岸深谷之变，任何人都不会无动于衷，所以吊古伤怀乃人之常情。但更令作者感慨的是，即使枭雄如曹操，遗令中交代的竟然有家庭琐事，足见天下英雄也难免“系情累于外物，留曲念于闺房”，“雄心摧于弱情，壮志终于哀志”。人事盛衰之变，将给人带来多少难言的悲戚心酸！此序写得凄婉动人，愤懑感慨，多次用“呜呼”“伤哉”“悲夫”来直抒自己的感情。陆机经历过吴国灭亡的亡国之痛，面对曹操的遗令，其感慨应该是渊源有自的。在正文中，陆机先是以浓墨重彩歌颂曹操的丰功伟业，其辞曰：

> 接皇汉之末绪，值王途之多违。伫重渊以育鳞，抚庆云而遐飞。运神道以载德，乘灵风而扇威。摧群雄而电击，举勍敌其如遗。指八极以远略，必翦焉而后绥。釐三才之缺典，启天地之禁闱。举修网之绝纪，纽大音之解徽。扫云物以贞观，要万途而来归。丕大德以宏覆，援日月而齐晖。济元功于九有，固举世之所推。（《文选》卷六十）

这里有对曹操赫赫功业的赞颂。曹操虽然“烈士暮年，壮心不已”，但在大病之后（“逾镐京而不豫”），形势直转急下，作者写道：

> 委躯命以待难，痛没世而永言。抚四子以深念，循肤体而颓叹。迨营魄之未离，假馀息乎音翰。执姬女以嚬瘁，指季豹而漼焉。气冲襟以呜咽，涕垂睫而汍澜。违率土以靖寐，戢弥天乎一棺。（《文选》卷六十）

一代枭雄，壮志未酬，在他生命终结之时，也是如此的冷清凄凉。这就与前面的辉煌形成了鲜明的对比，由此抒发作者“嗟大恋之所存，故虽哲而不忘”的人生哲理。作者是“览见遗藉以慷慨，献兹文而凄伤”，感情上沉郁悲惋，很有感染力。读《吊魏武帝文》，要把序文和正文结合起来读。序文写得曲折有致，正文是骈文，写得气势磅礴。不管是序文还是正文，都能够把叙事、议论、抒情融为一体，不愧为一篇佳作。

陆机的《辩亡论》是一篇长文，分上、下两篇。此文效贾谊《过秦论》而论孙权之所以昌，孙皓之所以亡，以此总结探索兴亡之历史经验。陆机本世家出身，可惜吴国败亡，改变了他的人生轨迹。所以此文之作与陆机的故国家族情怀有关。文中称赞孙权之得天下，辨析孙皓之败亡，还列数陆逊、陆抗之勋绩，在总结历史经验中充满着家族的自豪感。这是一篇长篇史论，说理透辟、文辞壮丽，但过于繁复，刘勰认为“陆机《辩亡》效《过秦》而不及”（《文心雕龙·论说》），是有道理的。

陆机的《文赋》，是一篇用赋的形式写就的理论著作。《文赋》的序不长，但是把作赋的用心说清楚了：“余每观才士之所作，窃有以得其用心。夫放言遣辞，良多变矣。妍蚩好恶，可得而言；每自属文，尤见其情。恒患意不称物，文不逮意。盖非知之难，能之难也。故作《文赋》，以述先士之盛藻，因论作文之利害所由。”《文赋》对文学创作过程进行了详细的论述，包括文学创作的构思、结构、剪裁、文体、风格、语言等问题。其中对于创作的构思，有非常精巧的论述：

伫中区以玄览，颐情志于典坟。遵四时以叹逝，瞻万物而思纷。悲落叶于劲秋，喜柔条于芳春。心懔懔以怀霜，志眇眇而临云。咏世德之骏烈，诵先人之清芬。游文章之林府，嘉丽藻之彬彬。慨投篇而援笔，聊宣之乎斯文。

其始也，皆收视反听，耽思傍讯。精骛八极，心游万仞。其致也，情曈昽而弥鲜，物昭晰而互进。倾群言之沥液，漱六艺之芳润。浮天渊以安流，濯下泉而潜浸。于是沈辞怫悦，若游鱼衔钩，而出重渊之深；浮藻联翩，若翰鸟缨缴，而坠曾云之峻。收百世之阙文，采千载之遗韵，谢朝华于已披，启夕秀于未振。观古今于须臾，抚四海于一瞬。（《文选》卷十七）

特别是对灵感的描绘，可以说是在文论史上第一次认识到：

> 若夫应感之会，通塞之纪，来不可遏，去不可止。藏若景灭，行犹响起。方天机之骏利，夫何纷而不理？思风发于胸臆，言泉流于唇齿。纷威蕤以馺遝，唯毫素之所拟。文徽徽以溢目，音泠泠而盈耳。及其六情底滞，志往神留，兀若枯木，豁若涸流。揽营魂以探赜，顿精爽而自求。理翳翳而愈伏，思乙乙其若抽。是以或竭情而多悔，或率意而寡尤。虽兹物之在我，非余力之所戮。故时抚空怀而自惋，吾未识夫开塞之所由。（《文选》卷十七）

这里所说的“应感之会”，即今人所说的“灵感”。陆机虽还是说“吾未识夫开塞之所由”，有神秘化的倾向，但他对灵感出现时的描述，是非常准确和精到的。它对于刘勰的创作论有很大的影响。用赋的形式（其实也是骈文）来进行理论阐述，在陆机手里是一个创造。鉴于这样的体式，其文字的描绘也非常精美、整饬、押韵，本身是一篇美文。李善《文选》注引臧荣绪《晋书》说：陆机“天才绮练，当时独绝，新声妙句，系踪张、蔡。机妙解情理，心识文体，故作《文赋》”。这样的评价是很恰当的。

陆机所撰小赋有二十余篇，包括几个方面的内容。抒发客居游宦之情的有《感时赋》《述思赋》《行思赋》；抒发故土之思的如《怀土赋》《思归赋》；咏物之作如《白云赋》《瓜赋》《桑赋》《漏刻赋》。再如《愍思赋》哀悼亡姐，《叹逝赋》悲悼亡故亲友。这些小赋，敷词结句，辞藻绮丽，但是感情真挚，且常能在一己之悲欢感叹中蕴含对宇宙人生的深刻思考，上升到哲学的高度。总体来说，陆机之文，诸体皆备，表现了作者的才气，被誉为“太康之英”亦不为过。

四、左思

左思（约250年—约305年），字太冲，齐国临淄人，出身寒微，《晋书·左思传》说他“貌寝口讷，而辞藻壮丽。不好交游，惟以闲居为事”。曾用一年时间，写成《齐都赋》（已佚）。在晋武帝泰始八年（272年），因其妹左棻被选入宫，才移家洛阳，求得一个秘书郎的小官。他用十年时间，写成《三都赋》，但因地位低微，其赋未被重视，后来因“贾谧称善，为其赋序，张载为注魏都，刘逵注吴、蜀”，经诸名士作序和注解，“于是豪贵之家，竞相传写，洛阳为之纸贵”（《晋书·左思传》）。

《三都赋》是左思的代表作，也是继汉代大赋之后影响最深远的体物大赋。赋前有序，左思在其中自述作赋之由：“余既思摹《二京》而赋《三都》。其山川城邑，则稽之地图；其鸟兽草木，则验之方志。风谣歌舞，各附其俗，魁梧长者，莫非其旧。何则？发言为诗者，咏其所志也；升高能赋者，颂其所见也。美物者贵依其本，赞事者宜本其实。匪本匪实，览者奚信？”（《文选》卷四）所以他要像张衡《二京赋》那样，把蜀都、吴都、魏都的城邑、宫室、山川、禽兽、乐舞、风俗描述出来，让读者领略其美。

清人姚范曾概况《三都赋》的内容说：“《蜀都》以前后东西及封域城市为经，而以物产地毛纬其中，末乃及宴游禽渔之乐。《吴都》首言山川之所函育，次及草木竹实，禽兽瑰异之属，而后侈其都邑，宫馆人物，后亦夸饰禽鱼乐游之盛，末略及往古风气为收场。《魏都》先言地理宫阙，以及螗洫寺署商贾，而后言其武以戡乱，以至太平觐享之仪，禅受之事，以建国法度考室举厝括之，后略及山川物产前修以终之，大义归于典训，事垂于模则，以张拓宇中夏之规。”（《援鹑堂笔记》卷三七）针对汉大赋过于夸饰的现象，左思提出了“依其本”“本其实”的“征实”的创作主张。所以他在《三都赋》中切实精确地写出三地的形胜物产，开创了“博物者赋”的类型。要博物，则须广泛搜集三都的物产形胜，“稽之地图”，“验之方志”，要写尽三个都市的山川风貌、风土人情，花费十年功夫也是不足为奇的。

且看《蜀都赋》中的一段：

> 于前则跨蹑犍牂，枕輢交趾，经途所亘，五千余里。山阜相属，含谿怀谷，岗峦纠纷，触石吐云。郁葐蒀以翠微，崛巍巍以峨峨。干青霄而秀出，舒丹气而为霞。龙池瀥瀑溃其隈，漏江伏流溃其阿。汩若汤谷之扬涛，沛若濛汜之涌波。于是乎邛竹缘岭，菌桂临崖。旁挺龙目，侧生荔枝。布绿叶之萋萋，结朱实之离离，迎隆冬而不凋，常晔晔以猗猗。孔翠群翔，犀象竞驰。白雉朝雊，猩猩夜啼。金马骋光而绝景，碧鸡倏忽而曜仪。火井沈荧于幽泉，高焰飞煽于天垂。（《文选》卷四）

此段还是可以看出《蜀都赋》模拟汉赋铺张扬厉的特点。而且其中也不乏虚构、想象、夸张的成分，如写水流迅疾："汩若汤谷之扬涛，沛若濛汜之涌波。"写树木高耸："羲和假道于峻歧，阳乌回翼乎高标。"写宴饮之乐："乐饮今夕，一醉累月。"写车马奔驰："车马雷骇，轰轰阗阗，若风流雨散，漫乎数百里间。"这都可以看出汉代大赋的特征。此外，在形式上，《三都赋》也是模拟司马相如的《子虚赋》，以虚拟的对话展开，并且从前后东南西北各方位进行铺叙。左思自己在《咏史》（其一）中说要"著论准《过秦》，作赋拟《子虚》"，追效长卿，他还是无法完全跳出汉大赋的窠臼。

从西晋作家的散文创作来看，和诗歌一样，"华丽壮大"，追求形式的完美，包括更加骈体化，这是一个共同的趋向。从文体上看，形式多样，赋、表、诔、文，各体兼善，长文、长赋不少，散文创作进入一个新的繁荣时代。

第四节　陶渊明等人散文

东晋时期，玄风炽盛，刘勰曾批评说："自中朝贵玄，江左称盛，因谈余气，流成文体。是以世极迍邅，而辞意夷泰，诗必柱下之旨归，赋乃漆园之义疏。"（《文心雕龙・时序》）因此，从总体上看，东晋文学，远不如西晋繁荣。就散文来说，一些作者更加注重自身的人生感悟和个人抒怀，在玄风盛行之际别开生面，独标高格。这方面，王羲之、陶渊明、颜延之等人的作品是值得注意的。

一、王羲之

王羲之（303年—361年），字逸少，出身琅琊临沂（今属山东）王氏世族。少讷于言，人未之奇。及长，有风操才辩，深为从伯王敦、王导所器重，后官至右军将军、会稽内史。因与扬州刺史王述不睦，遂称病去官，终于家。人称"王右军"。

王羲之以书法闻名，其名作《兰亭集序》也脍炙人口。公元353年阴历三月初三，王羲之和名士孙统、孙绰、谢安、之遁等四十一人，为过修禊日，宴集于会稽郡山阴县的兰亭。与会之士兴致浓浓，诗兴大发，当场作了许多诗。王羲之为此诗集作了这篇序：

> 永和九年，岁在癸丑，暮春之初，会于会稽山阴之兰亭，修禊事也。群贤毕至，少长咸集。此地有崇山峻岭，茂林修竹。又有清流激湍，映带左右。引以为流觞曲水，列坐其次。虽无丝竹管弦之盛，一觞一咏，亦足以畅叙幽情。是日也，天朗气清，惠风和畅。仰观宇宙之大，俯察品类之盛，所以游目骋怀，足以极视听之娱，信可乐也。
>
> 夫人之相与，俯仰一世，或取诸怀抱，悟言一室之内；或因寄所托，放浪形骸之外。虽趣舍万殊，静躁不同，当其欣于所遇，暂得于己，快然自足，曾不知老之将至。及其所之既倦，情随事迁，感慨系之矣。向之所欣，俯仰之间，已为陈迹，犹不能不以之兴怀。况修短随化，终期于尽。古人云："死生亦大矣。"岂不痛哉！每览昔人兴感之由，若合一契，未尝不临文嗟悼，不能喻之于怀。固知一死生为虚诞，齐彭殇为妄作，后之视今，亦犹今之视昔。悲夫！故列叙时人，录其所述，虽世殊事异，所以兴怀，其致一也。后之览者，亦将有感于斯文。（《晋书·王羲之传》）

此文为历代读者所激赏，首先在于叙事写景有致，辞采清丽。作者在简洁地叙述宴集的时间、地点、缘由之后，以极其优雅潇洒精致的笔墨，描绘出颇有韵致的景色。可以想象，宴集者，皆文人雅士，风流旷达，这些人，气度不凡，吟咏儒雅，所处环境又是如此优雅，身处其间，将与物同化。这样的描写，为后世以散文描写景致者所效法。其次，是作者所表现出来的人生情趣和生命哲思。处身大自然之中，无论是"悟言一室之内"，还是"放浪形骸之外"，感受到宇宙的博大，个体的渺小，人世的是非彼我、荣辱毁誉，皆不在话下了。人道倏忽，天道绵绵，这种痛苦虽然难以摆脱，然生命在我，把握今天才是最重要的。最后的抒写，表现了超然玄远的情趣和风流旷达的名士情怀。王羲之的这种情怀和哲思，可以说是东晋名士的代表，它对后人有深远的影响。北宋范仲淹写岳阳楼和洞庭湖的胜景而生发出"不以物喜，不以己悲"的感悟（《岳阳楼记》）；苏东坡的《前赤壁赋》，在描写月色之景后，发思古之幽情，并进一步引发出对宇宙永恒、万物变异、人生哲理的议论，特别是后者，那种对宇宙人生的思考，那种旷达玄远的意蕴，都可以看到《兰亭集序》的影响。

《兰亭集序》的文名太大了，以至于许多人仅记得王羲之此文。其实王羲之其他的一些文章也是值得注意的。如《与会稽王笺》《遗谢安书》《又遗殷浩书》等，言辞恳切，朴素无华。还有一些短简杂帖，也写得真实诚挚。如《法书要录》，是为一书笺，但其中标榜“君子之道”，斥责“利动之徒”，可见王羲之的“骨气”。郭豫衡曾总结说：“羲之的文章，在东晋，自有特色。其文风已经不像魏晋之际的嵇康、阮籍那样‘师心’‘使气’，也不像西晋潘岳那样‘清绮’、陆机那样‘繁缛’，其慷慨之言，比较接近刘琨，而真挚自然，则又近于陶潜。”[①]这样的评价是很中肯的。

二、陶渊明

陶渊明（365年—427年），字元亮，一说名潜，字渊明。浔阳柴桑（今江西九江市）人。陶渊明为西晋名将陶侃的后代，但到他八岁丧父之后，家境没落了。他在青少年时期也曾有一番抱负，想干一番事业。但到二十九岁才出仕，做过几次官，都不过是州祭酒、参军等小吏，而且任职时间都不长。四十一岁时做了八十多天的彭泽县令。据萧统《陶渊明传》记载：“会郡遣督邮至县，吏请曰：‘应束带见之。’渊明叹曰：‘我岂能为五斗米，折腰向乡里小儿！’即日解绶去职，赋《归去来》。”从此，他终生不再出仕，一直隐居乡野，过着贫穷而自足的农耕和笔耕生活，直到六十三岁逝世。

陶渊明所处的时代，在东晋和刘宋之交，是改朝换代的乱世。这时期，阶级矛盾、民族矛盾和统治阶级内部矛盾极端尖锐复杂。东晋政权是依靠大世族地主建立起来的，政治极为腐败。在陶渊明开始出仕到辞彭泽令这十几年间，就发生过司马道子、司马元显的专权及孙恩、卢循领导的农民起义，后来又发生王恭和桓玄的内乱。最后刘裕夺取东晋政权建立刘宋王朝。这种黑暗现实和统治阶级争权夺利的丑恶面目，使他深恶痛绝。而且当时实行严格的门阀制度，陶渊明出身没落的官僚家庭，不是豪门士族，在政治上不会受到重用。他既不满当时的社会污浊，又不愿同流合污，也无力加以变革，于是走上了退隐的道路。

---

①郭豫衡：《中国散文史》（上册），上海古籍出版社1986年版，第445页。

陶渊明散文流传下来的，包括《桃花源记》共有十二篇[①]。明代张溥点评其散文："《感士》类子长之倜傥，《闲情》等宋玉之《好色》，《告子》似康成之《诫书》，《自祭》若右军之《誓墓》，《孝赞》补经，传记近史。陶文雅兼众体，岂独以诗绝哉？"（《汉魏六朝百三家集·陶彭泽集题辞》）的确，陶渊明不但以诗名世，散文也是众体兼备、特色鲜明的。

先看其《五柳先生传》：

> 先生不知何许人也。亦不详其姓氏。宅边有五柳树，因以为号焉。闲静少言，不慕荣利。好读书，不求甚解。每有会意，便欣然忘食。性嗜酒，家贫不能常得，亲旧知其如此，或置酒而招之。造饮辄尽，期在必醉；既醉而退，曾不吝情去留。环堵萧然，不蔽风日。短褐穿结，箪瓢屡空，晏如也。常著文章自娱，颇示己志。忘怀得失，以此自终。赞曰：黔娄之妻有言："不戚戚于贫贱，不汲汲于富贵。"味其言兹若人之俦乎？衔觞赋诗，以乐其志，无怀氏之民欤？葛天氏之民欤？（《宋书·陶潜传》）

此文是以正史纪传体的形式为自己立传，作者在一百多字的篇幅中，用极其简洁传神的笔墨塑造五柳先生的形象，展现的是一个清高洒脱、怡然自得、安贫乐道的隐士的情操和高风亮节，清楚地划出与世俗的界限。此后，五柳先生成为寄托中国古代士大夫理想的人物形象。读《五柳先生传》，可以和他的《自祭文》相参看。《自祭文》写"自余为人，逢运之贫。箪瓢屡罄，絺绤冬陈。含欢谷汲，行歌负薪。翳翳柴门，事我宵晨。春秋代谢，有务中园。载耘载耔，乃育乃繁。欣以素牍，和以七弦。冬曝其日，夏濯其泉。勤靡余荣，心有常间。乐天委分，以至百年"，过着躬耕隐居清贫但是自由闲适的生活。当然，陶渊明的忧虑和不满还是有的，尽管鲁迅说："再至晋末，乱也看惯了，篡也看惯了，文章便更和平。代表平和的文章的人有陶潜。"[②]但《自祭文》最后写道："匪贵前誉，孰重

①所计十二篇，不包括一些短小的诗序。可参阅王瑶编注《陶渊明集》，人民文学出版社1983年版。

②鲁迅：《魏晋风度及文章与药及酒之关系》，《鲁迅全集》第三卷，人民文学出版社1981年版，第515页。

后歌。人生实难，死如之何。”毁誉虽可以释怀，但“人生实难”，又饱含着多少感慨！

《桃花源记》是作者虚构的以寄托其社会理想的作品，它描绘了一幅没有压迫、没有剥削、平等自由的美好的世外仙境。桃花源的理想虽然只是空想，但在一定程度上反映了人民的美好愿望，还是十分可贵的。

陶渊明的文章和他的诗一样，平淡中见真情。《与子俨等书》写道：

> 吾年过五十，少而穷苦荼毒，每以家弊，东西游走，性刚才拙，与物多忤，自量为己，必贻俗患；僶俛辞世，使汝等幼而饥寒耳。余尝感孺仲贤妻之言，败絮自拥，何惭儿子，此既一事矣。但恨邻靡二仲，室无莱妇，抱兹苦心，良独罔罔。少年来好书，偶爱闲静，开卷有得，更欣然忘食；见树木交荫，时鸟变声，亦复欢然有喜。常言五六月中，北窗下卧，遇凉风暂至，自谓是羲皇上人。意浅识陋，谓斯言可保。日月遂往，机巧好疏，缅求在昔，眇然如何？疾患以来，渐就衰损，亲旧不遗，每以药石见救，自恐大分将有限也。恨汝辈稚小，家贫无役，柴水之劳，何时可免！念之在心，若何可言！然汝等虽不同生，当思四海皆兄弟之义。（严可均《全晋文》卷一百十一）

这是陶渊明晚年写给五个儿子的遗书。文中先叙自己的个性爱好，以及为何归隐；甘受清贫之苦，却在恬静读书和大自然中获取了人生真正的乐趣。文中对儿子们与他共受贫苦深怀不安，拳拳之心可鉴。作者还列举了古代贤人友好相处的例子，告诫儿子们要团结友爱。家常之语，看似平淡，却饱含着深情。

这样的深情在《祭程氏妹文》和《祭从弟敬远文》也可以看到。《祭程氏妹文》中称赞程氏妹的德行：“咨尔令妹，有德有操。靖恭鲜言，闻善则乐。能正能和，惟友惟孝。行止中闺，可象可效。”对于程氏妹的去世，作者表达了深深的哀悼：“黯黯高云，萧萧冬月。白云掩晨，长风悲节。感惟崩号，兴言泣血！”其言可哀，其情可感。《祭从弟敬远文》回忆与从弟敬远一起隐居躬耕，共同过安贫守贱的生活，一样的“心遗得失，情不依世”，在对待世俗的态度上完全是同道，但如今天人永隔。作者的感情缠绵悱恻，十分沉痛。

《归去来兮辞》是千古流传的名篇，这是作者辞去彭泽令后初归家时所作，其序文云：

> 余家贫，耕植不足以自给。幼稚盈室，瓶无储粟，生生所资，未见其术。亲故多劝余为长吏，脱然有怀，求之靡途。会有四方之事，诸侯以惠爱为德，家叔以余贫苦，遂见用于小邑。于时风波未静，心惮远役，彭泽去家百里，公田之利，足以为酒，故便求之。及少日，眷然有归欤之情，何则？质性自然，非矫厉所得。饥冻虽切，违己交病，尝从人事，皆口腹自役。于是怅然慷慨，深愧平生之志。犹望一稔，当敛裳宵逝。寻程氏妹丧于武昌，情在骏奔，自免去职。仲秋至冬，在官八十余日。因事顺心，命篇曰《归去来兮》，乙巳岁十一月也。（严可均《全晋文》卷一百十一）

如前所举，从《五柳先生传》到本篇序文，陶渊明都表达了一个共同的心声，即质性自然，躬耕为乐，厌恶官场。本篇更是明确说“尝从人事，皆口腹自役。于是怅然慷慨，深愧平生之志”。虽多了一句“公田之利，足以为酒”，本是实情，但对于当时的官场，多少有点讽刺意味，对于自己的为官，也带有点反讽之意。正文写道：

> 舟遥遥以轻飏，风飘飘而吹衣。问征夫以前路，恨晨光之熹微。乃瞻衡宇，载欣载奔。僮仆欢迎，稚子候门。三径就荒，松菊犹存。携幼入室，有酒盈樽。引壶觞以自酌，眄庭柯以怡颜。倚南窗以寄傲，审容膝之易安。园日涉以成趣，门虽设而常关。策扶老以流憩，时矫首而遐观。云无心以出岫，鸟倦飞而知还。景翳翳以将入，抚孤松而盘桓。
>
> 归去来兮，请息交以绝游。世与我而相违，复驾言兮焉求？悦亲戚之情话，乐琴书以消忧。农人告余以春及，将有事于西畴。或命巾车，或棹孤舟。既窈窕以寻壑，亦崎岖而经丘。木欣欣以向荣，泉涓涓而始流。善万物之得时，感吾生之行休。（《文选》卷四五）

这里写到归途的情景，回家后与家人团聚以及来年春天耕种的情景，抒发归家时的愉快和隐居的乐趣。文章感情真挚自然，语言朴素，不假涂饰，而且音节谐美，有跌宕的节奏，舒畅的声响，将作者欣喜欲狂的情状呈现于读者面前。对于此文，宋代欧阳修甚至说：“晋无文章，惟陶渊明《归去来兮辞》一篇而已。”

陶渊明的赋有《感士不遇赋》《闲情赋》。

正如鲁迅分析陶渊明的诗时所说的，陶渊明“并非整天整夜地飘飘然”，“也还有‘精卫填微木，将以填沧海，刑天舞干戚，猛志固常在’之类的‘金刚怒目’式”。[①]《感士不遇赋》就是这样的文章。赋前有序云：

> 昔董仲舒作《士不遇赋》，司马子长又为之。余尝以三余之日，讲习之暇，读其文，慨然惆怅。夫履信思顺，生人之善行；抱朴守静，君子之笃素。自真风告逝，大伪斯兴，闾阎懈廉退之节，市朝驱易进之心。怀正志道之士，或潜玉于当年；洁己清操之人，或没世以徒勤。故夷皓有“安归”之叹，三闾发“已矣”之哀。悲夫！寓形百年，而瞬息已尽；立行之难，而一城莫赏。此古人所以染翰慷慨，屡伸而不能已者也。夫导达意气，其惟文乎？抚卷踌躇，遂感而赋之。（严可均《全晋文》）

此赋大概作于他辞彭泽令后的第二年。序文交代了作赋的缘由。作者屡经坎坷、怀才不遇，更加之官场险恶，所以他要与董仲舒、司马迁一样，借此赋来抒发内心的苦闷和怨愤。其赋云：

> 世流浪而遂徂，物群分以相形。密网裁而鱼骇，宏罗制而鸟惊，彼达人之善觉，乃逃禄而归耕。山嶷嶷而怀影，川汪汪而藏声。望轩唐而永叹，甘贫贱以辞荣。……嗟乎！雷同毁异，物恶其上。妙算者谓迷，直道者云妄。坦至公而无猜，卒蒙耻以受谤。虽怀琼而握兰，徒芳洁而谁亮。哀哉！士之不遇，已不在炎帝帝魁之世。……何旷世之无才，罕无路之不涩。伊古人之慷慨，病奇名之不立。……苍旻遐缅，人事无已。有感有昧，畴测其理。宁固穷以济意，不委曲而累己。既轩冕之非荣，岂缊袍之为耻。诚谬会以取拙，且欣然而归止。拥孤襟以毕岁，谢良价于朝市。（严可均《全晋文》）

---

①鲁迅：《题未定草（六）》，《鲁迅全集》第六卷，人民文学出版社1981年版，第422页。

作者愤怒地揭露和抨击当时的政治黑暗，指出当时社会上道德败坏，虚伪之风盛行，正直善良的人遭受污蔑，廉洁的节操消失了。士不遇时，因为没有逢上炎帝、帝魁那样的好时代。作者还列举了历史上许多才华出众、道德高尚的人遭受谗害和被埋没的例子，来发泄心中的怨恨。最后表示自己无力改变现实，只好“逃禄而归耕”。此赋感情激愤，的确是“金刚怒目”式的文章。

陶渊明的另一篇妙文，即是《闲情赋》。鲁迅对此文有一段评论，也是妙文，其在《题未定草（六）》中说：“被选家录取了《归去来辞》和《桃花源记》，被论客赞赏着‘采菊东篱下，悠然见南山’的陶潜先生，在后人的心目中，实在飘逸得太久了。但在全集里，他却有时很摩登，‘愿在丝而为履，附素足以周旋；悲行止之有节，空委弃于床前’，竟想摇身一变，化为‘阿呀呀，我的爱人呀’的鞋子，虽然后来自说因为‘止于礼义’，未能进行到底，但那些胡思乱想的自白，究竟是大胆的。”[①]《闲情赋》也有序，序中说他要继承张衡、蔡邕的传统，张、蔡他们是“检逸辞而宗淡泊，始则荡以思虑，而终归闲正”。闲，正也。闲情，即要规范感情。所以陶渊明作此赋也是要“将以抑流宕之邪心，谅有助于讽谏”。可惜此翁的感情一放开，似也止不住了，且看他的精彩之笔：

愿在衣而为领，承华首之余芳；悲罗襟之宵离，怨秋夜之未央。愿在裳而为带，束窈窕之纤身；嗟温凉之异气，或脱故而服新。愿在发而为泽，刷玄鬓于颓肩；悲佳人之屡沐，从白水以枯煎。愿在眉而为黛，随瞻视以闲扬；悲脂粉之尚鲜，或取毁于华妆。愿在莞而为席，安弱体于三秋；悲文茵之代御，方经年而见求。愿在丝而为履，附素足以周旋；悲行止之有节，空委弃于床前。愿在昼而为影，常依形而西东；悲高树之多荫，慨有时而不同。愿在夜而为烛，照玉容于两楹；悲扶桑之舒光，奄灭景而藏明。愿在竹而为扇，含凄飚于柔握；悲白露之晨零，顾襟袖以绵邈。愿在木而为桐，作膝上之鸣琴；悲乐极以哀来，终推我而辍音。（严可均《全晋文》）

①鲁迅：《题未定草（六）》，《鲁迅全集》第六卷，人民文学出版社1981年版，第421页。

这就是著名的“十愿”。为了心爱的女子，他愿意化为女子的衣领、衣带、发膏、眉黛、莞席、丝履、身影、蜡烛、竹扇、鸣琴，即使如此，又担心有去体之时。这就把他强烈的感情表现出来了。宋姚宽《西溪丛话》指出：“乃出张衡《同声歌》，云：‘邂逅承际会，偶得充后房。情好新交接，飔栗若探汤。愿思为莞席，在下蔽匡床。愿为罗衾帱，在上卫风霜。’”虽然如此，陶作的想象更为丰富，在前人的基础上有更大的创造。其实本篇赋的开头对绝色女子的描写，也可以看到楚辞和曹植《洛神赋》的影子，但是又与前者不同，显得更加简洁清新。《闲情赋》让我们看到陶渊明华丽与激情的另一面。

综合来看，陶渊明的性格特征，就是“任真自得”，即任其自然，只求适己，适合自己的本性。他的“真率”，达到了超出一般人所能想象的程度，“真”是他做人的准则，也是他做诗作文的准则，更是他美学风格的特征，陶渊明的各体散文都是符合这样的美学特征的。

三、颜延之

颜延之（384年—456年），字延年，琅琊临沂（今属山东）人，少孤贫，好读书，嗜酒，不护细行，不能取容当世，然诗文之美，冠绝当时，与谢灵运、鲍照被称为“元嘉三大家”。颜延之与陶渊明是好友，据萧统《陶渊明传》记载：“先是，颜延之为刘柳后军功曹，在浔阳与渊明情款，后为始安郡，经过浔阳，日造渊明饮焉。每往必酣饮至醉……延之临去，留二万钱与渊明，渊明悉遣送酒家，稍就取酒。”可见二人之关系。

陶渊明名位低微，他的诗文在当时并未产生大的影响。陶渊明去世后，颜延之作《陶征士诔》，寄托他的哀思。此诔文前面有一篇较长的散文的序。序文首先称赞陶渊明的峻节与抗志高行：“夫璿玉致美，不为池隍之宝。桂椒信芳，而非园林之实。岂其深而好远哉！盖云殊性而已。”认为甚至可与巢父、伯夷等隐士媲美。其后，又记叙了陶渊明的平生和性格：“弱不好弄，长实素心。学非称师，文取指达。在众不失其寡，处言愈见其默。少而贫病，居无仆妾。井臼弗任，藜菽不给。母老子幼，就养勤匮。”远离官场，躬耕自乐：“道不偶物，弃官从好。遂乃解体世纷，结志区外。”最后说，陶渊明性格有“宽乐令终之美，好廉克己之操”，“有合谥典，无愆前志。故询诸友好，宜谥曰靖节征士”（引文均见《文选》卷五七）。序文写得朴实且具真情，同时也为后人保存了难得的陶渊明的生平及性格资料。

诔文的正文，因为要“累其德行，旌之不朽”（《文心雕龙·诔碑》），更是文情并茂。且引其中的部分：

> 物尚孤生，人固介立。岂伊时遘，曷云世及？嗟乎若士！望古遥集。韬此洪族，蔑彼名级。睦亲之行，至自非敦。然诺之信，重于布言。廉深简絜，贞夷粹温，和而能峻，博而不繁。依世尚同，诡时则异，有一于此，两非默置。岂若夫子，因心违事？畏荣好古，薄身厚志。世霸虚礼，州壤推风。孝惟义养，道必怀邦。人之秉彝，不隘不恭。爵同下士，禄等上农。

这是诔文的开头部分，作者称赞陶渊明的人格，指出他虽出身显赫的家族，却不炫耀，具有方正、深沉、纯正、不慕虚荣的个性，展现出士人的风范。颜延之与陶渊明有很深的感情，对于他的去世，有沉痛的悼念：

> 深心追往，远情逐化。自尔介居，及我多暇。伊好之洽，接阎邻舍。宵盘昼憩，非舟非驾。念昔宴私，举觞相诲：“独正者危，至方则碍。哲人卷舒，布在前载。取鉴不远，吾规子佩。”尔实愀然，中言而发。违众速尤，迕风先蹶。身才非实，荣声有歇。睿音永矣，谁箴余阙？呜呼哀哉！

作者追忆往日与陶渊明的交往，陶渊明对自己的真诚劝诲。可是，昔日的好友，今已永逝，“睿音永（远）矣，谁箴余阙”，再也听不到好朋友的规劝了。思念至此，不觉悲从中来。

颜延之在诔文中还写到陶渊明辞官归隐后情况的乡居生活，写得很是灵动优美：

> 赋诗归来，高蹈独善。亦既超旷，无适非心。汲流旧巘，葺宇家林。晨烟暮霭，春煦秋阴，陈书辍卷，置酒弦琴。居备勤俭，躬兼贫病。人否其忧，子然其命。隐约就闲，迁延辞聘。非直也明，是惟道性。

在颜延之的笔下，陶渊明的隐居生活充满了乐趣，春阳秋阴，躬耕劳作，读书饮酒，其乐融融。这与陶渊明自己的感受是一致的，说明颜延之的确是最理解陶渊明的人。

历来论者认为，颜延之的诔文，只赞其人品，对作品却以“学非称师，文取指达”八字轻轻带过，说明颜延之对陶渊明的文学作品价值评价不高。应该说，魏晋以来，诗文都趋向华美藻饰，而陶渊明的平淡自然，与时尚并不合拍。颜延之对陶渊明的文学风格的看法，不可能不受时流的影响。而“文取指达”，又恰恰概括了陶渊明“平淡自然”的特点。

第五节　人物传记与志人小品

魏晋南北朝时期，史传散文仍在发展，代表作有陈寿《三国志》和范晔《后汉书》中的人物传记和刘义庆《世说新语》中的志人小品。

一、陈寿的《三国志》

陈寿（233年—297年），字承祚，巴西郡安汉（今四川南充市）人，西晋史学家，累官至治书侍御史。曾师事同郡史学家谯周。

陈寿著《三国志》，主观上有意提高蜀汉的地位，推崇刘备父子及其集团中人，但是鉴于其所处的西晋时代，又不得不维护曹魏和西晋统治者的正统立场，故于魏晋多有回护。正如赵翼所指出的：“寿修书在晋时，故于魏晋革易之处，不得不多所回护。而魏之承汉，与晋之承魏一也，既欲为晋回护，不得不先为魏回护。”（《廿二史札记》卷六）关于陈寿的回护，赵翼列举了大量事实说明之。其实，自班固《汉书》，由私人修史变为奉旨撰修之后，以及以后的史传撰写，都受到官方严格控制，为尊者讳，为贤者讳，为亲者讳，更是无法避免的了。正如俞樟华所说：“《汉书》以后的史传在创作宗旨上一直受封建正统观念的束缚，传记成了宣传某种封建伦理道德的载体，削弱了写人的作用，而未能独立地作为写人的文学而健康发展。”[①]于是，作者更多的是记载历史事件和历史史实，而忽

①俞樟华：《中国传记文学理论研究》，湖南文艺出版社2000年版，第83页。

略了人物性格。史传作品文学性的特点，却是要写出活生生的人，写出时代的具体可感的特征。有鉴于此，这也是自此以后史传作品文学性越来越淡化，史学特征进一步增强的客观原因。

《三国志》全书仅有纪、传两大体例，所以全书都是以写人为中心的纪传体文章。《三国志》比较真实地记录了风云变幻的魏、蜀、吴三国时代的历史事件，记录了三国舞台上众多的叱咤风云的英雄人物的事迹，并给予公允的评价。《三国志》所记载的史实，为后来的小说《三国演义》提供了很好的蓝本，说明它有丰富的故事素材。刘宋时期的裴松之为《三国志》作注，其注采书一百四十余种，保存大量史料，注文较正文多出三倍，极大地丰富了《三国志》内容。

就写人艺术来说，《三国志》也有一些传记写得相当成功，如《诸葛亮传》《周瑜传》《郭嘉传》《华佗传》《秦宓传》等。《诸葛亮传》描述了一位多智善谋、运筹帷幄、决胜千里而又风流儒雅的英雄人物，特别是"隆中对"一节，写诸葛亮的言谈风采，栩栩如生，极有生气。此篇和诸葛亮的《前出师表》，成为散文的名篇。《三国演义》正是以此基础，敷张演义，塑造出诸葛亮这样一个家喻户晓的典型形象。

《三国志》中有一些细节描写颇可称道。如《蜀书·先主传》："是时曹公从容谓先主曰：'今天下英雄，唯使君与操耳。本初之徒，不足数也。'先主方食，失匕箸。"《三国演义》据此细节，结合《华阳国志》的补充，写成了煮酒论英雄的故事。无独有偶，曹操也有闻言而惊的细节，《吴书·鲁肃传》："曹公闻权以土地业备，方作书，落笔于地。"刘备向孙权借荆州，鲁肃力劝孙权答应。曹操闻知刘备借得荆州，心中大惊，手中的笔也落于地上。以上例子，说明陈寿仍然非常注意刻画人物。只是这样的例子，在《三国志》中并不是太多。总体来看，《三国志》有大情节的叙述而缺少小细节的刻画。

陈寿的文章，以简洁有力见长，对于人物的描写，则远不如《史记》《汉书》生动传神。清人李慈铭说："承祚固称良史，然其意务简洁，故裁制有余，文采不足。当时人物，不减秦汉之际，乃子长作《史记》，声色百倍，承祚此书，黯然无华，范蔚宗《后汉书》较为胜矣。"（《越缦堂日记》）这个评价是恰当的。

二、范晔的《后汉书》

范晔（398年—445年），字蔚宗，顺阳（今河南淅川）人。宋元嘉初年曾为宣城太守，元嘉二十二年（445年），坐与孔熙先等谋立彭城王义康为帝，被弃市。

关于东汉的历史，在范晔之前已有多种著作出现，如吴谢承《后汉书》，晋薛莹《后汉书》，晋司马彪《续汉书》，晋华峤《后汉书》，晋谢沈《后汉书》，晋袁山松《后汉书》，晋张璠《汉纪》等[①]，范晔删削各家《后汉书》之书，写成《后汉书》九十卷。范晔《后汉书》在体例上有所创新，其中党锢、宦者、逸民、独行、方术、文苑、列女等七种类传，便是新的分目。且第一次立《文苑列传》，表现出当时重视文学的新风气。范晔《后汉书》成，其他诸种后汉史书都废，说明范书的成就。

范晔有一篇《狱中与诸甥侄书》，是在他因参与谋立刘义康被捕下狱，临死前写给众甥侄的一封信，此篇“自序”，主要是范晔对自己文学生涯的总结，也包括自己作《后汉书》的深旨。特别是文中这样的话：

> 常耻作文士。文患其事尽于形，情急于藻，义牵其旨，韵移其意。虽时有能者，大较多不免此累，政可类工巧图缋，竟无得也。常谓情志所托，故当以意为主，以文传意。以意为主，则其旨必见；以文传意，则其词不流。然后抽其芬芳，振其金石耳。此中情性旨趣，千条百品，屈曲有成理。自谓颇识其数，尝为人言，多不能赏，意或异故也。
>
> ……
>
> 既造《后汉》，转得统绪，详观古今著述及评论，殆少可意者，班氏最有高名，既任情无例，不可甲乙辨。后赞于理近无所得，唯志可推耳。博赡不可及之，整理未必愧也。吾杂传论，皆有精意深旨，既有裁味，故约其词句。至于《循吏》以下，及《六夷》诸序论，笔势纵放，实天下之奇作。其中合者，往往不减《过秦》篇。尝共比方班氏所作，非但不愧之而已，欲遍作诸志，前汉所有者悉令备。虽事不必多，且使见文得尽。又欲因事就卷内发论，以正一代得失，意复未果。赞自是吾文之杰思，殆无一字空设，奇变不穷，同含异体，乃自不知所以称之。此书行，故应有赏音者。纪传例为举其大略耳，诸

①清人汪文台辑有《七家后汉书》，多为残篇，可参看。

细意甚多。自古体大而思精，未有此也。恐世人不能尽之，多贵古贱今，所以称情狂言耳。（《宋书·范晔传》）

文中谈到对文章利病和作文关键的看法，对自己所作《后汉书》的称许，特别是其中的“传论”，皆有“精意深旨”，“无一字空设”。后人认为范晔的话多少有些自夸，但其著的确是有特色的，不可否认。唐代刘知几在《史通》中就认为：“范晔博采众书，裁成汉典，观其所取，颇有奇工。”范晔这篇文章，本身也是一篇出色的散文。

《后汉书》的人物传记也有不少成功之处。如《马援列传》，塑造了一位“奇男子”马援的形象。作者先写他“少有大志，诸兄奇之”，此后，写他力谏隗嚣，屡立战功，即使年纪六十开外，威勇仍不减当年：

二十四年，武威将军刘尚击武陵五溪蛮夷，深入，军没，援因复请行。时年六十二，帝愍其老，未许之。援自请曰：“臣尚能披甲上马。”帝令试之。援据鞍顾眄，以示可用。帝笑曰：“矍铄哉是翁也！”遂遣援率中郎将马武、耿舒、刘匡、孙永等，将十二郡募士及弛刑四万余人征五溪。援夜与送者诀，谓友人谒者杜愔曰：“吾受厚恩，年迫余日索，常恐不得死国事。今获所愿，甘心瞑目，但畏长者家儿或在左右，或与从事，殊难得调，介介独恶是耳。”明年春，军至临乡，遇贼攻县，援迎击，破之，斩获二千余人，皆散走入竹林中。

六十二岁据鞍上马，仍“矍铄”如此，且一生“常恐不得死国事”，的确是一位与众不同的奇人。范晔颇能以马援一生中的奇志、奇事、奇谋组织传记，塑造马援富于进取的奇特个性。李景星《四史评议·后汉书评议》认为：“以奇笔写奇人，于汪洋恣肆之中仍不失朴厚忠实气象，此真所谓奇文。”就这一篇来说，范晔颇得《史记》精髓。

再如《班超传》，也是较成功的一篇。关于班超早年的事迹，范晔记载其投笔兴叹之事：

永平五年，兄固被召诣校书郎，超与母随至洛阳。家贫，常为官佣书以供养。久劳苦，尝辍业投笔叹曰：“大丈夫无它志略，犹当效傅介子、张骞立功异域，以取封侯，安能久事笔研间乎？”左右皆笑之。超曰："小子安知壮士志哉！"

班超之叹，表现其志之不凡。对于班超在西域三十一年的事迹，则重点描绘渲染了他收服鄯善的故事：他以超人的智慧识破鄯善王和北虏的阴谋，先发制人，乘夜火攻，一举消灭在鄯善的匈奴势力，使鄯善王纳子为质，重归汉朝。西域诸国，降叛不定，班超总是以大智大勇予以平定。作者着重写了班超"威震西域"的功绩，塑造了一个有胆有识、功勋卓著的东汉功臣的形象。

《后汉书》中的一些情节与细节，也不乏成功之处。如《党锢列传》中的《范滂传》，写范滂临刑前与母亲诀别的情景：

其母就与之诀，滂白母曰："仲博孝敬，足以供养，滂从龙舒君归黄泉，存亡各得其所。惟大人割不可忍之恩，勿增感戚。"母曰："汝今得与李、杜齐名，死亦何恨！既有令名，复求寿考，可兼得乎？"滂跪受教，再拜而辞。顾谓其子曰："吾欲使汝为恶，则恶不可为；使汝为善，则我不为恶。"行路闻之，莫不流涕。

母亲深明大义，儿子从容赴死，这个场面，悲凉慷慨，十分感人，竟然使年轻的苏东坡感动不已。再如前面所录班超投笔兴叹的细节，使我们想起《史记·陈涉世家》写陈涉"辍耕之垄上"的慨叹，二者风神相通。

读《三国志》《后汉书》的人物传记，虽也不乏一定的文采，但与《左传》《史记》等相较，确实感到它们不如前作之生动飞扬。《三国志》《后汉书》中的传记，重在叙述事件的经过，即使偶尔有一些细节的描写，但已经没有《左传》《史记》那样的风神了。《三国志》《后汉书》之后，历史著作层出不穷，普遍加强史学功能而淡化文学色彩，史传的文学色泽也渐趋黯淡，倒是野史杂著开拓出纪事写人的一片新天地。

三、刘义庆的《世说新语》

刘义庆（403年—444年），彭城（今江苏徐州）人，南朝宋武帝刘裕之侄，长沙王刘道怜次子，出继临川王刘道规，曾任荆州、江州、南徐州刺史等职。

《世说新语》原称《世说》，大约宋代开始称今名。此书虽题刘义庆撰，其实是他门下的文人学士杂采众书而成。全书按内容分类系事，分为

《德行》《言语》《政事》《文学》等三十六门。作品每节短小，每门多者数十条，少者数条，主要记载汉末到东晋人物的轶事和言谈，有相当部分是描写“魏晋风度”“名士风度”的。通过这些片段记载，反映出这段历史动荡时期中的社会现实。如《汰侈》“石崇要客燕集”章写石崇使黄门交斩美人的残忍：

石崇每要客燕集，常令美人行酒。客饮酒不尽者，使黄门交斩美人。王丞相与大将军尝共诣崇。丞相素不能饮，辄自勉强，至于沉醉。每至大将军，固不饮，以观其变。已斩三人，颜色如故，尚不肯饮。丞相让之，大将军曰：“自杀伊家人，何预卿事？”①

《言语》“过江诸人”，写王导的忧国忧民：

过江诸人，每至美日，辄相邀新亭，藉卉饮宴。周侯中坐而叹曰：“风景不殊，正自有山河之异！”皆相视流泪。唯王丞相愀然变色曰：“当共勠力王室，克复神州，何至作楚囚相对！”

作为叙事写人的散文著作，《世说新语》有以下特点。

一是在写人艺术方面，善于抓住典型事件进行概括描写，三言两语，寥寥几笔，就可使人物性格、神态，跃然纸上。如《任诞》写“刘伶纵酒”的二则：

刘伶病酒，渴甚，从妇求酒。妇捐酒毁器，涕泣谏曰：“君饮太过，非摄生之道，必宜断之！”伶曰：“甚善。我不能自禁，唯当祝鬼神自誓断之耳！便可具酒肉。”妇曰：“敬闻命。”供酒肉于神前，请伶祝誓。伶跪而祝曰：“天生刘伶，以酒为名，一饮一斛，五斗解酲。妇人之言，慎不可听！”便引酒进肉，隗然已醉矣。

刘伶恒纵酒放达，或脱衣裸形在屋中。人见讥之，伶曰：“我以

---

①《世说新语》引文，均见上海古籍出版社影印本《世说新语》，1982年版。

天地为栋宇，屋室为裈衣，诸君何为入我裈中！”

第一则完全是短篇小说的结构，叙事有情节，有起伏，有悬念，有结局，人物形象具现于字里行间。后一则写其放达，也极为生动，鲜明地展示了刘伶的性格。还常用模拟或比喻自然物象来品藻人物，如《赏誉》中所写：

世目李元礼“谡谡如劲松下风”。

庾子嵩目和峤：“森森如千丈松，虽磊砢有节目，施之大厦，有栋梁之用。”

王戎云：“太尉神姿高彻，如瑶林琼树，自然是风尘外物。”

王公目太尉：“岩岩清峙，壁立千仞。”

以松风、老松、琼树、石壁等来比拟人物的风采神韵、高风亮节，让人印象深刻，过目不忘。

二是记言记行紧密结合，它所记载人物语言，大多是活的口语，使人如闻其声，如前面的“石崇要客燕集”中的“自杀伊家人，何预卿事？”还有如《规箴》：

王夷甫雅尚玄远，常疾其妇贪浊，口未尝言“钱”字。妇欲试之，令婢以钱绕床，不得行。夷甫晨起，见钱阂行，令婢：“举却阿堵物！”

“阿堵”即“这个”，魏晋时口语。王衍口不言钱，“阿堵物”成为钱的代称。《文学》：

殷中军尝至刘尹所清言。良久，殷理小屈，游辞不已，刘亦不复答。殷去后，乃云：“田舍儿，强学人作尔馨语！”

“田舍儿”即“庄稼汉”，当时的俗语，刘尹（刘惔）以此骂殷中军（殷浩）。“尔馨”，也是当时俗语，犹如说“这样”。用当时的口语、俗语，既传神，又有时代气息。

三是人物语言能表达出人物的说话语气和心理活动。《世说新语》的语言精练含蓄，“言约旨远”，隽永传神，常有一些隽语妙句，为人所传诵。如《言语》记：“桓公北征，经金城，见前为琅琊时种柳，皆已十围，慨然叹曰：‘木犹如此，人何以堪。’攀枝执条，泫然流泪。”有的则成为经典的评语，如《文学》：“孙兴公云：‘潘文烂若披锦，无处不善；陆文若排沙简金，往往见宝。’”“孙兴公云：‘潘文浅而净，陆文深而芜。’”后人常以此品评潘岳和陆机的特点与区别。还有：“褚季野语孙安国云：‘北人学问，渊综广博。’孙答曰：‘南人学问，清通简要。’”此以区分南北学风之不同。

四是《世说新语》中的景物描写虽然较少，却颇富诗情画意，如《言语》：

> 桓公入峡，绝壁天悬，腾波迅急。乃叹曰：“既为忠臣，不得为孝子，如何？”
>
> 顾长康从会稽还，人问山川之美。顾云：“千岩竞秀，万壑争流，草木蒙笼其上，若云兴霞蔚。”
>
> 王子敬云：“从山阴道上行，山川自相映发，使人应接不暇。若秋冬之际，尤难为怀。”

同样反映了他们对自然山水的审美意识。

到梁代，《世说新语》有刘孝标（峻）为之注，引用古书四百余种，使其书内容更加丰富。《世说新语》对后代的笔记小说的发展有很大影响，唐代以后有许多续作与仿作，而《世说新语》的许多故事，成为后代小说戏剧的素材。

志人散文方面，还有晋葛洪托名汉刘歆所作的《西京杂记》，记述西汉的人物轶事，如写王嫱的故事，把王嫱的遭遇和性格写得十分动人。《西京杂记》还涉及宫室制度、风俗习惯等，有的也带有怪异色彩。此外，杨衒之的《洛阳伽蓝记》中也有一些写人的传记作品，如《景明寺》的“邢子才为寺碑文”，写北齐作家邢劭的事迹，是一篇相当完整的传记。这些都可以帮助我们了解这一时期的志人散文的面貌。

第六节　山水游记的兴起

魏晋南北朝是山水游记散文的重要形成阶段。刘勰《文心雕龙·明诗》说："宋初文咏，体有因革，庄老告退，而山水方滋。"与魏晋初期文人不同，到了东晋、南北朝，文人更崇尚声色，追求艺术形式的完善与华美。这一时期的显著特异之点，就是自然界的山水景物大量进入文人视野，诗坛上出现从玄言诗向山水诗过渡的局面，清人沈德潜《说诗晬语》卷上说："诗至于宋，性情渐隐，声色大开，诗运一转关也。"在散文创作方面，也同样具有这样的特点，山水游记在这一时期，出现了兴盛的局面。

山水文学的出现有其社会思潮和社会风尚的背景。东晋时期的玄言诗里已开始出现一些描写山水的诗句，如孙绰的《秋日诗》。玄学家把对自然山水的观赏看作是实现自由、超脱生活理想的一个重要方面。就是热心于玄言诗创作的孙绰，也写了山水游记。《世说新语·赏誉》记载："孙兴公为庾公参军，共游白石山，卫君长在坐。孙曰：'此子神情都不关山水，而能作文。'"在当时，纵情山水成为名士们的一种风尚，是名士必须有的教养。正如谢灵运所说："夫衣食，人生之所资；山水，性分之所适。"（《游名山志序》）他们多以自然物的美来比拟人的才情风貌。所以，注重山水自然之美，成为士大夫普遍的习尚。此时不但出现了山水诗文，山水画也开始受到重视，在过去只作为人物背景的山水，也被突出出来，如顾恺之、宗炳等人的画。山水画与山水游记，或许可以说是同质异构，以不同的艺术形式，表达和寄托着共同的情怀。

东晋至南朝，山水游记的作品非常繁盛，文体有赋、骈文和散体文。

一、赋体的山水游记

郭璞（276年—324年），字景纯，河东闻喜（今属山西）人。《文选》李善注引《晋中兴书》说，郭璞"著《江赋》，述川渎之美"。《江赋》歌颂长江的源远广阔、气势浩瀚、物产丰饶、风光瑰丽，展现了长江的博大、壮美和神奇。且看他写巴东之峡即三峡的一段：

> 骇浪暴洒，惊波飞薄。迅澓增浇，涌湍叠跃。砅岩鼓作，漰湱澩漷，㵗濞瀺灂，溃濩㳽漷。潏湟淴泱，㶖㶓潪漪。漩澴荥潪，渨㵳濆瀑。溭淢浕涢，龙鳞结络。碧沙瀢沲而往来，巨石硉矹以前却。潜演之所汩淈，奔溜之所碨错。厓隒为之泐嵃，碕岭为之岩崿。幽涧积岨，礐硞硗碻。（《文选》卷十二）

文中虽用了许多古文奇字难字，但写出了三峡汹涌澎湃、惊心动魄的奇观。而当长江上“宇宙澄寂，八风不翔”的时候，又是另一番景色：

> 䨴如晨霞孤征，眇若云翼绝岭。倏忽数百，千里俄顷。飞廉无以睎其踪，渠黄不能企其景。于是芦人渔子，摈落江山。衣则羽褐，食惟蔬鲜。栫淀为涔，夹潨罗筌。筩洒连锋，罾罶比船。或挥轮于悬踦，或中濑而横旋。忽忘夕而宵归，咏采菱以叩舷。傲自足于一呕，寻风波以穷年。（《文选》卷十二）

这是江面上舟子涉人（船夫）和芦人渔子（采芦捕鱼之人）的生活，又颇有诗情画意。《江赋》篇幅甚长，但处处可以看到作者对长江和山水的赞美。所以它是山水之赋，也是抒情之赋。

与郭璞《江赋》构成了写江海的巨制的是木华的《海赋》。木华（生卒年不详），字玄虚。广川（今河北景县）人。在木华之前，也有作者以赋写海的，如班固《览海赋》、曹丕《沧海赋》、王粲《游海赋》、潘岳《沧海赋》等。木华的《海赋》，继承了前人的特点而又有很大的发展，他不但写出海的“为广”“为怪”“为大”的形态，写出海的广阔无垠、波浪如山的雄阔，也写出海的“群仙缥缈，餐玉清涯”的神奇。且看其中写大海鼓怒的一段：

> 于是鼓怒，溢浪扬浮，更相触搏，飞沫起涛。状如天轮，胶戾而激转；又似地轴，挺拔而争回。岑岭飞腾而反覆，五岳鼓舞而相磓。㵃濆沦而滀漯，郁沏迭而隆颓。盘盓激而成窟，𣿖𣶐滐而为魁。泅泊柏而迤飏，磊匒匌而相豗。惊浪雷奔，骇水迸集。（《文选》卷十二）

大海鼓怒，巨浪排空，激触飞腾，聚合如山岳，横奔似雷电。这样的描写，比枚乘写观涛更加壮伟和惊悚。不但如此，《海赋》还写出了大海“含形内虚”“卑以自居”的品格，这就把自然山水和社会人生联系起来了。这也是木华超越前人的地方。钱锺书认为“木华《海赋》。按，远在郭璞《江赋》之上，即张融《海赋》，亦无其伟丽”[①]。

宋齐之时的张融（449年—497年），其《海赋》也是写海的大赋。他写大海之状，极写其壮阔雄奇之势。如写海浪：

> 顿浪低波，硋硥折岭挫峰，奔浪砐硞，崩山相磱，万里霭霭，极路天外。电战雷奔，倒地相礚。兽斗象逸，鱼路鲸奔。水遽龙魄，陆振虎魂。却瞻无后，向望何前。长寻高眺，唯水与天。若乃山横蹴浪，风倒摧波。磊若惊山竭岭以竦石，郁若飞烟奔云以振霞。连瑶光而交彩，接玉绳以通华。（严可均《全齐文》）

再如写海上春景：

> 若乃春代秋绪，岁去冬归。柔风丽景，晴云积晖。起龙途于灵步，翔螭道之神飞。浮微云之如瞢，落轻雨之依依。触巧途而撼远，抵栾木以激扬。浪相礴而起千状，波独涌乎惊万容。（严可均《全齐文》）

其写洲岛山岳、大海春景，甚至海中动物，都颇具特色。应该说，郭璞的《江赋》、木华的《海赋》和张融的《海赋》，各有特色，它们共同构成了写江海的巨制佳作。不过，从《江赋》和《海赋》来看，文中仍然存在着不少难字奇字，说明他们还是未能摆脱汉大赋的习气。

孙绰（314年—371年），字兴公，太原中都（今山西平遥）人。名作有《游天台山赋》，其序称：“天台山者，盖山岳之神秀者也。涉海则有方丈、蓬莱，登陆则有四明、天台。皆玄圣之所游化，灵仙之所窟宅。夫其峻极之状，嘉祥之美，穷山海之环富，尽人神之壮丽矣。”此序是一篇散体美文，赞叹天台山的神奇壮丽，吸引读者来读全文。赋文“迄于仙都”

①钱锺书：《管锥编》第四册，中华书局1979年版，第1217页。

一段中写道：

> 陟降信宿，迄于仙都。双阙云竦以夹路，琼台中天而悬居。朱阙玲珑于林间，玉堂阴映于高隅。彤云斐亹以翼棂，皦日炯晃于绮疏。八桂森挺以凌霜，五芝含秀而晨敷。惠风伫芳于阳林，醴泉涌溜于阴渠。建木灭景于千寻，琪树璀璨而垂珠。王乔控鹤以冲天，应真飞锡以蹑虚。骋神变之挥霍，忽出有而入无。（《文选》卷十一）

在仙都住了两夜，见到的是草木萋萋，松柏高耸，鸾凤飞翔，众鸟和鸣，琼台高悬，朱阁玲珑；阳光照耀，绮窗辉映，桂树凌霜，灵芝含秀，惠风和畅，醴泉喷涌，琪树璀璨，仙人出没，变幻莫测。完全是一副奇异的天台仙境。

孙绰用了许多奇丽精工的词句和想象夸饰天台山，如上所举之外，还有如“邈彼绝域，幽邃窈窕”“赤城霞起而建标，瀑布飞流以界道”等佳句。和郭璞、木华相比，《游天台山赋》少见到那些冷僻的难字奇字，但是作为一个玄学家，孙绰的赋中融入了玄学和佛理，如最后一段：

> 凝思幽岩，朗咏长川。尔乃羲和亭午，游气高褰。法鼓琅以振响，众香馥以扬烟。肆觐天宗，爰集通仙。挹以玄玉之膏，嗽以华池之泉，散以象外之说，畅以无生之篇。悟遣有之不尽，觉涉无之有间。泯色空以合迹，忽即有而得玄。释二名之同出，消一无于三幡。恣语乐以终日，等寂默于不言。浑万象以冥观，兀同体于自然。（《文选》卷十一）

作者在游览天台山仙境中更加感受到老庄佛理的幽深，而产生齐万物、同死生的顿悟。

《游天台山赋》实为写山景的佳构。《世说新语·文学》记载：“孙兴公作《天台赋》成，以示范荣期，云：‘卿试掷地，要作金石声。’范曰：‘恐子之金石，非宫商中声。’然每至佳句，辄云：‘应是我辈语。’”作者自信如此，而今读其作品，这样的自信并非夸张。瞿蜕园说，孙绰的“这篇赋可说是替谢氏（灵运）的山水诗开了门径”，“篇中杂有道、释两教的话头，仙佛思想与山水的题材合二为一，这种诗风也对谢灵运及后来的山水诗人有所影响”[①]。六朝时期，山水游记散文和山水诗相得益彰，互为映衬，把他们的诗文结合起来读，当会有更多的收获。

孙绰还有《三月三日兰亭诗序》，其中写道：

> 情因所习而迁移，物触所遇而兴感，故振辔于朝市，则充屈之心生；闲步于林野，则辽落之志兴。仰瞻羲唐，邈已远矣，近咏台尚，顾深增怀。为复于暧昧之中，思萦拂之道，屡借山水，以化其郁结，永一日之足，当百年之溢。以暮春之始，禊于南涧之滨，高岭千寻，长湖万顷，隆屈澄汪之势，可为壮矣。乃席芳草，镜清流，览卉木，观鱼鸟，具物同荣，资生咸畅。于是和以醇醪，齐以达观，决然兀矣，焉复觉鹏鷃之二物哉！耀灵纵辔，急景西迈，乐与时去，悲亦系之。往复推移，新故相换，今日之迹，明复陈矣。（《艺文类聚》卷四）

相比于王羲之之作，似未出其右，其中也融入了玄理，却没有王羲之那样的旷达。

谢灵运（385年—433年），陈郡阳夏（今河南太康）人，生于会稽始宁（今浙江嵊州），东晋名将谢玄之孙，晋末袭封康乐公，世称谢康乐。后为有司所诬，被杀于广州。

谢灵运是第一个致力于山水诗创作的诗人，其《山居赋》也如其山水诗一样，自具特色。据考证，此赋作于谢灵运第一次隐居故乡始宁时[②]，赋前有序，说明自己作此赋是要“叙山野草木水石谷稼之事”。赋中按居处视野所及，分述近处东南西北和远处东南西北的景色，详细描写了山间的山岭溪涧、亭台楼阁、花草竹木、鸟兽虫鱼等景致，如其写山涧激流、绝壁腾天：

> 洪涛满则曾石没，清澜减则沈沙显。及风兴涛作，水势奔壮。于岁春秋，在月朔望。汤汤惊波，滔滔骇浪。电激雷崩，飞流洒漾。凌绝壁而起岑，横中流而连薄。始迅转而腾天，终倒底而见壑。此楚贰

①瞿蜕园：《汉魏六朝赋选》，上海古籍出版社1979年版，第162页。

②谢灵运：《谢灵运集校注》，中州古籍出版社1987年版，第334页。

心醉于吴客，河灵怀惭于海若。（严可均《全宋文》）

写水边之竹：

其竹则二箭殊叶，四苦齐味。水石别谷，巨细各汇。既修竦而便娟，亦萧森而蓊蔚。露夕沾而凄阴，风朝振而清气。捎玄云以拂杪，临碧潭而挺翠。蔑上林与淇澳，验东南之所遗。企山阳之游践，迟鸾鹥之栖托。忆昆园之悲调，慨伶伦之哀籥。（严可均《全宋文》卷三十一）

这些描写，山形水石，细腻形象，如山水画轴；写景状物，情蕴其中，意趣盎然。《山居赋》全文甚长，颇有汉大赋铺陈扬厉的特点，逐层展开，境界开阔，展现出山水多姿多彩的风貌。不过此赋中也展现出作者受佛道玄理的影响，序中即说："览者废张、左之艳辞，寻台、皓之深意，去饰取素，傥值其心耳。意实言表，而书不尽，遗迹索意，托之有赏。"

东晋至南朝，士大夫多有畅谈玄理和崇尚佛老的思想和行为，在他们的散文作品中夹杂着这样的内容是常见的，如上举的孙绰。谢灵运的山水诗仍有玄言遗风，如《登池上楼》。谢灵运本有隐逸和佞佛之志，在此赋中流露出消极避世的佛老思想，既是他内心的自然流露，也是时代风气使然。

二、骈体文的山水游记

因为后面还有专节谈骈文，以骈文写山水的，且举鲍照的《登大雷岸与妹书》、陶弘景的《答谢中书书》和吴均的《与宋元思书》为例论述。

鲍照（415年—466年），字明远，东海郡（今山东兰陵）人。刘宋孝武帝时迁太学博士，兼中书舍人，后来随临海王刘子顼任前军参军，因参与刘宋王朝内争而被乱军所杀。世称鲍参军。

鲍照有一篇山水美文，即《登大雷岸与妹书》。这是一封用骈文形式写的书信，是宋元嘉十六年（439年）秋天鲍照从建康（今南京）去江州（今江西九江）路上写给其妹鲍令晖的。信中云：

向因涉顿，凭观川陆；遨神清渚，流睇方曛；东顾五洲之隔，西眺九派之分；窥地门之绝景，望天际之孤云。长图大念，隐心者久矣。

南则积山万状，负气争高，含霞饮景，参差代雄，凌跨长陇，前后相属，带天有匝，横地无穷。东则砥原远隰，亡端靡际。寒蓬夕卷，古树云平。旋风四起，思鸟群归。静听无闻，极视不见。北则陂池潜演，湖脉通连，苎蒿攸积，菰芦所繁。栖波之鸟，水化之虫，智吞愚，强捕小，号噪惊聒，纷牣其中。西则回江永指，长波天合。滔滔何穷，漫漫安竭！创古迄今，舳舻相接。思尽波涛，悲满潭壑。烟归八表，终为野尘。而是注集，长写不测，修灵浩荡，知其何故哉！

西南望庐山，又特惊异。基压江潮，峰与辰汉连接。上常积云霞，雕锦缛。若华夕曜，岩泽气通，传明散彩，赫似绛天。左右青霭，表里紫霄。从岭而上，气尽金光，半山以下，纯为黛色。信可以神居帝郊，镇控湘汉者也。

若潨洞所积，溪壑所射，鼓怒之所豗击，涌澓之所宕涤，则上穷荻浦，下至狶洲，南薄燕派，北极雷淀，削长埤短，可数百里。其中腾波触天，高浪灌日，吞吐百川，写泄万壑。轻烟不流，华鼎振沓。弱草朱靡，洪涟陇蹙。散涣长惊，电透箭疾。穹溘崩聚，坻飞岭覆。回沫冠山，奔涛空谷，砧石为之摧碎，碕岸为之齑落。仰视大火，俯听波声，愁魄胁息，心惊慓矣。

这是鲍照千里之行、十日所见的沿途风光。从南京到九江，是逆流而上，路经安徽的大雷岸。鲍照从南、东、北、西四个方位描写了长江两岸的风光，山峦重叠，峥嵘负势，霞光璀璨，远照天陲。江面的风光，或是云水相接，水天一色；或是腾浪拍天，吞吐山川。山间的景色，是奇峰突起，积云如锦，山涧溪流，空谷传音。还有那千奇百怪的鱼儿水鸟，悠游在沙丘和草渚之间。这些，构成了一幅雄奇秀美、气势宏伟的长江风光图画。不但如此，文章还不时地流露出对仕途艰辛、人生孤寂的感慨和对亲人的怀念。鲍令晖有文才，能诗，当然也能欣赏鲍照所写的山水景色之美。给妹妹的家信，却写成一篇山水美文，说明当时文人的山水审美已成自觉了。

陶弘景（456年—536年），字通明，自号华阳隐居，丹阳秣陵（今南京）人，曾隐居于句容茅山。梁武帝即位，国有大事，无不加以咨询，人称“山中宰相”。《答谢中书书》，篇幅甚短，却是历来为人传诵的写景名作：

山川之美，古来共谈。高峰入云，清流见底。两岸石壁，五色交晖。青林翠竹，四时俱备。晓雾将歇，猿鸟乱鸣；夕日欲颓，沉鳞竞跃。实是欲界之仙都。自康乐以来，未复有能与其奇者。

全文清新自然，毫无堆砌雕琢的弊病，在绚烂而层次分明的色彩中，为我们展示了一种大自然的静谧的永恒的美；在静谧的永恒的美中，又平添了无限的生意。人在自然中得到了净化，自然通过人的审美活动，被赋予了灵性。

吴均（469年—520年），字叔庠，吴兴故鄣（今浙江安吉）人。《与宋元思书》是作者的一封书信，已非全篇。但此文辞笔工丽，清新明快，江南山水的清秀之美得到传神写照：

风烟俱尽，天山共色，从流飘荡，任意东西。自富阳至桐庐，一百许里，奇山异水，天下独绝。水皆缥碧，千丈见底；游鱼细石，直视无碍。急湍甚箭，猛浪若奔。夹岸高山，皆生寒树，负势竞上，互相轩邈，争高直指，千百成峰。泉水激石，泠泠作响；好鸟相鸣，嘤嘤成韵。蝉则千转不穷，猿则百叫无绝。鸢飞唳天者望峰息心，经纶世务者窥谷忘反。横柯上蔽，在昼犹昏；疏条交映，有时见日。

与上篇陶弘景之作相比，此篇更加秀丽奇美。作者用了山水画的技法——仰视、俯视、平视的手法，也就是山水画的所谓平远法、深远法、高远法，描写富春江的秀丽的自然风光。[①]作者从行船游江的实景出发，着力刻画富春江的山山水水。尤其是开头四句，勾勒出这幅山水画的整个气势。在作者笔下，这些奇山异水仿佛有了生命，并转化为作者的人格。全

①有论者认为："风烟俱尽，天山共色，从流飘荡，任意东西。自富阳至桐庐，一百许里，奇山异水，天下独绝"，是采用平远法，即平视，点出作者的方位以及描绘的地点。"水皆缥碧，千丈见底；游鱼细石，直视无碍。急湍甚箭，猛浪若奔"，即采用深远法，专注于俯视的景物描写。"夹岸高山，皆生寒树，负势竞上，互相轩邈，争高直指，千百成峰"，即用高远法，描写仰视之景。见郭昊《中国山水画起源与魏晋南北朝山水游记散文》，《飞天》2010年第18期。

文角度多变，手法灵活，构思精妙，结语绮丽，清新流畅。陶弘景和吴均这两篇山水美文，虽是骈体文，却因其明白晓畅，也可以看作整饬的散体文或散文诗。

上举三篇都是书信，说明在书信中描述山水之美，已成为一个习惯，其目的在于要把山水之美传达给亲朋友人，与之共赏，也说明山水审美自觉的普遍性。

三、散体文的山水游记

散体文的山水游记之作，最主要的有郦道元的《水经注》和杨衒之的《洛阳伽蓝记》。

郦道元（约470年—527年），字善长，北魏范阳涿（今河北涿州）人，地理学家，曾任尚书主客郎，累迁治书侍御史，后为雍州刺史萧宝夤所害。《水经》是一部记载水道河流的地理著作，传为汉代桑钦作，但其中有三国时地名，所以清代学者多疑非桑钦所著，而是三国时佚名氏所作。《水经》内容简略，文字枯燥，郦道元为之作注，实际上已成为一部专著。他的注文往往是一篇绝妙的山水游记，如《江水》中的“巫峡”一段，最为脍炙人口：

> 江水又东，径广溪峡，斯乃三峡之首也。峡中有瞿塘、黄龛二滩，其峡盖自昔禹凿以通江，郭景纯所谓“巴东之峡，夏后疏凿”者也。
>
> 江水又东，径巫峡，杜宇所凿以通江水也。江水历峡，东径新崩滩，其间首尾一百六十里，谓之巫峡，盖因山为名也。
>
> 自三峡七百里中，两岸连山，略无阙处。重岩叠嶂，隐天蔽日，自非亭午夜分，不见曦月。至于夏水襄陵，沿泝阻绝。或王命急宣，有时朝发白帝，暮到江陵，其间千二百里，虽乘奔御风不以疾也。春冬之时，则素湍绿潭，回清倒影。绝巘多生怪柏，悬泉瀑布，飞漱其间，清荣峻茂，良多趣味。每至晴初霜旦，林寒涧肃，常有高猿长啸，属引凄异，空谷传响，哀转久绝。故渔者歌曰：“巴东三峡巫峡长，猿鸣三声泪沾裳。”①

①本节所引《水经注》原文，皆据杨守敬、熊会贞疏，段熙仲点校，陈桥驿复校《水经注疏》，江苏古籍出版社1999年版。

所引文字近三百字，却写出了三峡七百里的万千气象。山势连绵陡峭，水流汹涌湍急，是读者对三峡最为深刻的印象。“两岸连山，略无阙处”，写其连绵不断；“自非亭午夜分，不见曦月”，说明高耸入云。“朝发白帝，暮到江陵”，写出水流之急；“乘奔御风不以疾也”，直叙其快。全文山川草木，峡谷深涧，悬泉瀑布，急流绿潭，高猿怪石，古柏寒林，渔歌民谣，应有尽有，各具风姿。

再看《河水》“孟门山”一段：

> 河水南径北屈县故城西。西四十里有风山，上有穴如轮，风气萧瑟，习常不止。当其冲飘也，略无生草，盖常不定，众风之门故也。风山西四十里，河南孟门山。《山海经》曰：“孟门之山，其上多金玉，其下多黄垩、涅石。”《淮南子》曰：“龙门未辟，吕梁未凿，河出孟门之上，大溢逆流，无有邱陵，高阜灭之，名曰洪水。大禹疏通，谓之孟门。”故《穆天子传》曰：“北登孟门，九河之隥。”孟门即龙门之上口也。实为河之巨厄，兼孟门津之名矣。
>
> 此石经始禹凿，河中漱广，夹岸崇深，倾崖返捍，巨石临危，若坠复倚。古之人有言：“水非石凿，而能入石。”信哉！其中水流交冲，素气云浮，往来遥观者，常若雾露沾人，窥深悸魄。其水尚崩浪万寻，悬流千丈，浑洪赑怒，鼓若山腾，浚波颓叠，迄于下口。方知《慎子》，下龙门，流浮竹，非驷马之追也。①

此段写孟门山，先引古籍说明孟门山的地质状况与名称来历，特别是引《淮南子》几句，暗示了孟门山的高峻。“巨石”两句，写出孟门山的形势，巨石依山靠壁、凌空欲坠，给人危峻的感觉。“水流交冲”和“崩浪万寻”几句，则写出河水腾起冲击，如猛兽怒吼、势不可当、惊心动魄的气势。这里有危石，有水声，有漩涡，场面壮阔，气势雄伟。

郦道元对《水经》的注文，有的篇幅短，有的则相当长。不管长短，像这样的山水景物描写，在全书中比比皆是。有的则写出山水景色的情趣

---

①此段文字有的名为“龙门”，据内容，应名之为“孟门山”更准确。

和意境，如《济水》中的“大明湖”：

> 其水北为大明湖，西即大明寺，寺东北两面侧湖，此水便成净池也。池上有客亭，左右楸桐，负日俯仰，目对鱼鸟，水木明瑟，可谓濠梁之性，物我无违矣。湖水引渎东入西郭东，至历城西，而侧城北注陂水，上承东城历祠下泉，泉源竞发。

这里写大明湖的胜景，有清澈的湖水，玲珑的客亭，楸桐小鸟，泉水喷涌，游客置身此景，有庄子濠梁之乐。郦道元在抒写山水之美时，还常常写出游观者的真实感受，如前举《江水》中引渔者之歌，此处的“濠梁之性，物我无违”，或从当地的传说，或是先贤的哲理，真实地传达出自己的感受。

郦道元在为《水经》作注时，常引经据典。据统计，《水经注》征引群书达437种之多，前人典籍如《山海经》《春秋》《左传》《淮南子》《三都赋》等，还采录了汉魏时的不少碑刻，以及前人的注释文献资料。作者又亲自跋涉郊野，寻访古迹，追其源而溯其流，而且记录了许多民间的歌谣、谚语、方言、传说等。我们看《江水》中写西陵峡的一段：

> 江水又东径西陵峡，《宜都记》曰：自黄牛滩东入西陵界，至峡口一百许里，山水纡曲，而两岸高山重嶂，非日中夜半，不见日月，绝壁或千许丈，其石彩色形容，多所象类，林木高茂，略尽冬春。猿鸣至清，山谷传响，泠泠不绝。所谓三峡，此其一也。
>
> 山松言：常闻峡中水疾，书记及口传，悉以临惧相戒，曾无称有山水之美也。及余来践跻此境，既至欣然，始信耳闻之不如亲见矣。其叠崿秀峰，奇构异形，固难以辞叙。林木萧森，离离蔚蔚，乃在霞气之表。仰瞩俯映，弥习弥佳。流连信宿，不觉忘返，目所履历，未尝有也。既自欣得此奇观，山水有灵，亦当惊知己于千古矣！

在引了《宜都记》后又引袁山松的话，《宜都记》的作者和袁山松都发现了三峡山水之美，描写也很有特色，郦道元继承其精华，后者的描写更加细腻形象。

《水经注》的语言清新明丽，没有了辞赋那样的堆垛和奇字僻词，其文骈散相间，以散为主。散文句式，自然流畅；骈文句式，如诗如歌。更重要的是他模山范水，规模宏大，包举万状，其观察细腻，想象丰富，形象逼真，传神隽永，自然山水在郦道元笔下，犹如一幅幅绚丽的山水画，有的则是一篇以山水为背景的抒情散文。《水经注》是山水游记散文的先导，其清朗疏朴的文风，对于唐以后古文家的游记散文影响极大，如柳宗元的《永州八记》等。苏轼说："嗟我乐何深，《水经》也屡读。"表达了他对《水经注》的激赏。

杨衒之，生卒年不详，北平（今河北遵化）人，北魏散文家。北魏统治者尊崇佛教，在定都洛阳以后，便大造僧舍。当时洛阳佛寺之多，称为天下第一。杨衒之于武定五年（547年），因事过洛阳，见被尔朱荣（北魏将领，528年曾进军洛阳，专断朝政）、高欢（北齐神武帝，曾叛降尔朱荣，后期执北魏之政）两次骚扰而破坏的佛寺，抚今追昔，采拾旧闻，写成《洛阳伽蓝记》五卷。伽蓝是梵语，指佛寺。

《洛阳伽蓝记》并非专写山水的著作，全书以记载佛寺为题，实际重在写当时政治、人物、风俗、地理和神话传闻故事等，书中所记人物轶事、神话异闻、民间谣谚以及百戏音乐等，具体生动，形象鲜明，其叙事主要用散文，描写则夹有骈俪，文笔清绮秀逸，具有很高的艺术性。因此，虽为历史文献，又是散文佳作。其中写风景的篇章也有值得称许的，如卷一的《瑶光寺》[①]：

> 千秋门内道北有西游园，园中有凌云台，即是魏文帝所筑者。台上有八角井，高祖于井北造凉风观，登之远望，目极洛川；台下有碧海曲池；台东有宣慈观，去地十丈。观东有灵芝钓台，累木为之，出于海中，去地二十丈。风生户牖，云起梁栋，丹楹刻桷，图写列仙。刻石为鲸鱼，背负钓台，既如从地踊出，又似空中飞下。

写瑶光寺，作者带着读者从千秋门进入，逐一游览，有园，有台，有井，有观，层次分明。凉风观在高处，可以极目远眺。低处则有池有海（即湖），海中钓台，修缮华丽，还有精巧的鲸鱼刻石。这些描写，使人颇

① 《洛阳伽蓝记》的引文，均见范祥雍《洛阳伽蓝记校注》，上海古籍出版社1999年版。

有置身仙境的感觉。再如卷三的《景明寺》：

> 其寺东西南北，方五百步。前望嵩山、少室，却负帝城，青林垂影，绿水为文。形胜之地，爽垲独美。山悬堂观，光盛一千余间。复殿重房，交疏对霤，青台紫阁，浮道相通，虽外有四时，而内无寒暑。房檐之外，皆是山池，竹松兰芷，垂列阶墀，含风团露，流香吐馥。至正光年中，太后始造七层浮图一所，去地百仞，是以邢子才碑文云“俯闻激电，旁属奔星”是也。庄饰华丽，侔于永宁。金盘宝铎，焕烂霞表。
>
> 寺有三池，萑蒲菱藕，水物生焉。或黄甲紫鳞，出没于繁藻；或青凫白雁，浮沈于绿水。碾硙舂簸，皆用水功。伽蓝之妙，最得称首。

景明寺在洛阳城外，可远眺嵩山、少室山，周围青林绿水；寺内寺外，风景旖旎：竹松兰芷随风摇曳，吐露清香；寺中水池里菱藕水鸟，相映成趣。形胜之美，宛如一幅水墨画。

如上所举，杨衒之叙写山水园林之美，文辞华美，但又不堆砌辞藻；偶用骈句，但不显得做作；语言清新秀逸，节奏和畅。《四库全书总目提要》称赞它“其文秾丽秀逸，烦而不厌，可与郦道元《水经注》肩随”①，此评价并不过誉。

自东晋始，山水游记的作者，已经不满足于一般的游山玩水，而是把游山玩水提升到审美的层次。即如前举《水经注·江水》写西陵峡中引袁山松的话所说的，前人游览山水者甚夥，却“曾无称有山水之美也”。而袁山松却能“既自欣得此奇观，山水有灵，亦当惊知己于千古矣”。东晋的山水游记作者，不但欣赏山水美景，还能发现美，并用隽秀之笔，记载下这些美景，正如刘勰所说：“神思方运，万涂竞萌，规矩虚位，刻镂无形。登山则情满于山，观海则意溢于海，我才之多少，将与风云而并驱矣。”（《文心雕龙·神思》）“若乃山林皋壤，实文思之奥府。”“山沓水匝，树杂云合。目既往还，心亦吐纳。”（《文心雕龙·物色》）作者不但

---

①永瑢等撰：《四库全书总目提要》卷七十，中华书局1983年版，第619页。

给人以美的享受，甚至把山水之美融入自己的生命律动之中，在山水景物之中灌注着自己的情感。这些，正是东晋以后山水美文兴盛的原因。山水游记和山水诗一起，构成了六朝辉煌的山水文学。

第七节　骈文与散文的分途发展

骈文是中国文学史上特有的一种文体。骈文，亦称骈体文、骈俪文或四六文，是与古文相对的一种文体。二马相驾曰骈，成双成对曰俪。所以骈文全篇以偶句为主。由于我国文字为独音体，可以形成骈文的一些重要因素。如可构成字数相等的并列偶句，并在偶句中讲求词义的对称等。《文心雕龙·丽辞》说："造化赋形，支体必双，神理为用，事不孤立。夫心生文辞，运裁百虑，高下相须，自然成对。"刘勰所说的这种现象，由来已久。在先秦散文中就已有骈偶的句子，如《尚书·大禹谟》的"满招损，谦受益"；《尚书·尧典》的"直而温，宽而栗；刚而无虐，简而无傲"；《周易·乾卦·文言》则有"同声相应，同气相求，水流湿，火就燥，云从龙，虎从风"之句。此外，《老子》《左传》《荀子》《战国策》等先秦典籍中都有这样的句式。在单数的文句中，突然插入个别的整齐偶句，更富有警策动人的效果。到汉代时，有的史书上已出现了较整齐的句子，如《史记·酷吏列传赞》。而《汉书》的传赞，可以表明东汉中叶的作家写作时已把西汉的散文从句法上的参差不齐趋向于句法更加严整，并已大体上从事词义的偶对。其他作家，比较典型的如蔡邕，他的《郭有道碑》文，其中一节几乎都用骈句：

> 若乃砥节厉行，直道正辞，贞固足以干事，隐括足以矫时。遂考览六经，采综图纬，周流华夏，随集帝学，收文武之将坠，拯微言之未绝。于时缨緌之徒，绅佩之士，望形表而影附，聆嘉声而响和者，犹百川之归巨海，鳞介之宗龟龙也。（《文选》卷五十八）

实际上，从汉代的大赋里，已可以看到众多的排偶句，辞藻也非常华美。到了魏晋南北朝，文人创作的散文中，句子几乎整个是排偶的，词句属对的成分也增加，而且使用的词语力求从典籍中提取，多用典故。于是骈文的特征逐渐形成。范晔《后汉书》的传论，则标志着到了刘宋时期，文章的骈化达到了成熟的阶段。在南北朝时期，由于声律说的兴起，作家有意识地调节声音，使文章有抑扬错综之美。另一方面，由于作家刻意追求这种形式上的完美，在句法上因力求匀称之美而大体趋于四六体。由于这两方面因素的具备，骈文的形式，乃达到了无以复加的完美境地。此时连理论文章也用骈文创作，刘勰就用骈文写成文学理论巨著《文心雕龙》。徐陵的《玉台新咏序》，散句几乎绝迹，全是四六句式，而且不谈理论，却侈谈后宫丽人居室，体貌才情之美，由此体现他所编《玉台新咏》的审美情趣。

骈文的特点主要有三：第一，语句方面，讲究对偶，要有工稳的对仗，整齐的节奏；以至于发展到“四六体”，如“渔舟唱晚，响穷彭蠡之滨；雁阵惊寒，声断衡阳之浦”。第二，音律方面，讲平仄，有时押韵，增加文章的音韵美；行文方面，讲究用典和藻饰，使文章委婉、典雅、精练和华美。第三，在创作上，古文讲“气势”，骈文讲“气韵”；古文讲通畅，骈文讲含蓄；古文讲古朴，骈文讲典丽，在风格上也有所不同。

骈文到南北朝达到鼎盛时期，许多诗人都是骈文作家，出现了一大批佳作，如鲍照、陶弘景、吴均、孔稚圭、丘迟、江淹、庾信等作家及其作品。上一节，已经谈到了山水散文中的骈文作品，这里再举几篇作品，以见骈文的特色。

一、孔稚圭

孔稚圭（447年—501年），字德璋，会稽山阴（今浙江绍兴）人。刘宋时为州主簿，入齐为尚书左丞。其《北山移文》是一篇著名的骈体文，从开头到结束，基本上都是骈句，或四言，或六言。大都对偶，三字句如“排巢父，拉许由，傲百氏，蔑王侯”，四字句如“驰烟驿路，勒移山庭”，五字句如“务光何足比，涓子不能俦”，六字句如“芥千金而不眄，屣万乘其如脱”。有不少句子押韵，如“及其鸣驺入谷”一段，“陇”与“动”，“状”“怆”“丧”，“狱”“箓”“牧”，都是押韵的。用典就更多了，如“凤吹”用《列仙传》太子晋的典，“薪歌”用苏门先生游延濑的典（《文选》吕向注）；“泪翟子之悲，恸朱公之哭”，用墨翟见丝而泣，杨朱见歧路而哭（均见《淮南子·说林训》）的典。还有如“务光”“涓子”，更是大家熟悉的典故。文中的用典有十余处。这些特点，使得文章显得典雅、华美、含蓄。就内容来说，这是一篇绝妙的讽刺杂文，对那些假隐士给予辛辣讽刺。文中的周子，看似洁身自好，隐遁北山，圣洁清高，实则是个假隐士，一旦朝廷征召，即眉飞色舞，迫不及待地去上任。对于这样的假隐士，“南岳献嘲，北垄腾笑，列壑争讥，攒峰竦诮。慨游子之我欺，悲无人以赴吊。故其林惭无尽，硐愧不歇，秋桂遣风，春萝罢月。骋西山之逸议，驰东皋之素谒。今又促装下邑，浪栧上京，虽情殷于魏阙，或假步于山扃。岂可使芳杜厚颜，薜荔蒙耻，碧岭再辱，丹崖重滓，尘游躅于蕙路，汙渌池以洗耳。宜扃岫幌，掩云关，敛轻雾，藏鸣湍，截来辕于谷口，杜妄辔于郊端。于是丛条瞋胆，叠颖怒魄，或飞柯以折轮，乍低枝而扫迹。请回俗士驾，为君谢逋客!”（《文选》卷四三）连北山上的景物，包括群峰、明月、白云、涧壑、石径、草木，甚至树枝，都愤怒地嘲笑驱赶这样的假隐士了。

二、丘迟

丘迟（464年—508年），字希范，吴兴乌程（今浙江吴兴）人。入梁，曾官中书郎、永嘉太守等职。丘迟的《与陈伯之书》，堪称六朝骈文的代表。

陈伯之原为南齐大将，降梁后又降北魏。其出身草莽，并不识字，但为人颇为机智。梁武帝天监四年（505年），太尉临川王萧宏北伐，陈伯之驻守寿阳，与梁军对抗。萧宏命丘迟作书与陈伯之。

文章一开头，先肯定陈伯之昔日之大功，使其在感情上拉近距离，不致开卷即生反感：“将军勇冠三军，才为世出，弃燕雀之小志，慕鸿鹄以高翔。昔因机变化，遭遇明主，立功立事，开国称孤，朱轮华毂，拥旄万里，何其壮也!”继而又直斥其忘恩负义、背国降敌：“如何一旦为奔亡之虏，闻鸣镝而股战，对穹庐以屈膝，又何劣邪!”辞色虽凌厉，却有利于导向说理，使对方有心虚理亏之感。第一段双锋并露，气势盛壮。第二段有意将文势抑减，娓娓劝来：

寻君去就之际，非有他故，直以不能内审诸己，外受流言，沈迷猖獗，以至于此。圣朝赦罪责功，弃瑕录用，推赤心于天下，安反侧于万物，将军之所知，不假仆一二谈也。朱鲔涉血于友于，张绣剚刃于爱子，汉主不以为疑，魏君待之若旧。况将军无昔人之罪，而勋重于当世。夫迷涂知反，往哲是与，不远而复，先典攸高。主上屈法申恩，吞舟是漏。将军松柏不翦，亲戚安居，高台未倾，爱妾尚在。悠悠尔心，亦何可言！

先为其开脱罪责，谓其一时糊涂，认识不清，又外受流言蛊惑，乃有背梁之举。且以典故为喻，说明梁朝决不怀恨报复。又以其家属、祖坟均受到保护，表明梁朝素有诚意，以示对方若返降梁，必可赦免并可受信用。下笔委屈尽致，诚恳可信。

第三段言降与不降之利弊：

今功臣名将，雁行有序。佩紫怀黄，赞帷幄之谋。乘轺建节，奉疆埸之任，并刑马作誓，传之子孙。将军独靦颜借命，驱驰毡裘之长，宁不哀哉！夫以慕容超之强，身送东市；姚泓之盛，面缚西都。故知霜露所均，不育异类；姬汉旧邦，无取杂种。北虏僭盗中原，多历年所，恶积祸盈，理至燋烂。况伪孽昏狡，自相夷戮；部落携离，酋豪猜贰。方当系颈蛮邸，悬首藁街。而将军鱼游于沸鼎之中，燕巢于飞幕之上，不亦惑乎！

此段文势又起波涛，其中一申之以民族大义，不应委身夷狄；二晓之以北魏危乱之事实，指出陈应认清形势；如此，断绝对方退路，促其狠下决心。

第四段，尤见骈文之特点：

暮春三月，江南草长，杂花生树，群莺乱飞。见故国之旗鼓，感平生于畴日；抚弦登陴，岂不怆悢！所以廉公之思赵将，吴子之泣西河，人之情也。将军独无情哉！

此段似宕开一笔，转入写景，其目的是欲以南方故乡之节令与风景，唤起对方思乡之情。此段写景，清丽奇特，在写景之中又饱含着深深的感情。

再看最后一段：

想早励良规，自求多福。当今皇帝盛明，天下安乐，白环西献，楛矢东来；夜郎滇池，解辫请职；朝鲜昌海，蹶角受化。唯北狄野心，掘强沙塞之间，欲延岁月之命耳。中军临川殿下，明德茂亲，总兹戎重，吊民洛汭，伐罪秦中。若遂不改，方思仆言。聊布往怀，君其详之。（所引均见《文选》卷四三）

这些话，看似平平，暗中却蓄势强大，暗示破魏只在旦夕，若不悔改，再无时机。这些话，必然给陈伯之造成心理上的威压，使其深思。不过，丘迟也只是轻轻点到，不说得过于直白，重在以情、以理打动对方。

丘迟作此书，目的是劝陈再度来归。书中责之以义，晓之以理，动之以情，诱之以利，威之以力，气势充沛而委婉曲折。史载陈得此书后率八千众归降，盖非虚妄，足见此书感召之力。在艺术上，此文之气韵、说理、音律、用典和对偶，皆具典型的骈俪之风。

三、江淹

江淹（444年—505年），字文通，济阳考城（今河南兰考）人。历仕宋、齐、梁三朝，官至金紫光禄大夫，封醴陵侯。历来传诵的名篇《恨赋》《别赋》，是江淹的代表作。

《恨赋》《别赋》都是骈体赋，集中体现了江淹的哀怨情绪。《恨赋》一开头就说："试望平原，蔓草萦骨，拱木敛魂，人生到此，天道宁论！于是仆本恨人，心惊不已。直念古者，伏恨而死。"认为人都是饮恨含怨离开这个世界的。接着描述六位历史人物含恨而死的情状，以及孤臣、孽子、迁客、流戍四种人等，也无不"销落湮沈""闭骨泉里"，饮恨而死。最后说："已矣哉！春草暮兮秋风惊，秋风罢兮春草生。绮罗毕兮池馆尽，琴瑟灭兮丘垄平。自古皆有死，莫不饮恨而吞声。"（《文选》卷十六）在这里，既有对"古人不称其情，皆饮恨而死"（《文选·恨赋》李善注）的感慨，也有对古人含恨而死的悲哀。大概他历仕三朝，看惯了兴亡交替，才有如此深的体会吧。

《别赋》写别离，叙述人生种种的别离，开头写道：

黯然销魂者，唯别而已矣。

况秦吴兮绝国，复燕宋兮千里。或春苔兮始生，乍秋风兮蹔起。是以行子肠断，百感凄恻。风萧萧而异响，云漫漫而奇色。舟凝滞于

> 水滨，车逶迟于山侧。棹容与而讵前，马寒鸣而不息。掩金觞而谁御，横玉柱而霑轼。居人愁卧，怳若有亡。日下壁而沈彩，月上轩而飞光。见红兰之受露，望青楸之离霜。巡曾楹而空掩，抚锦幕而虚凉。知离梦之踯躅，意别魂之飞扬。

一开头就总叙“行子”与“居人”的离别之苦。“行子”行旅，或远隔千里，或季节交替，或风云变幻，或舟车迟缓，都使得“行子”不忍离别。而“居人”留居，或空房愁卧，或日落月升，或秋凉凄冷，或虚掩楼门，或空对锦帐，都使得“居人”孤独难耐。这个开头，就从“行”与“居”把双方的离别之情写得逼真细腻而淋漓尽致。以下作者又从七个不同身份的人物及惜别情景，抒叙离别之状况虽异，而“黯然销魂”之伤痛则同。作者最后写道：

> 是以别方不定，别理千名。有别必怨，有怨必盈。使人意夺神骇，心折骨惊。虽渊、云之墨妙，严、乐之笔精，金闺之诸彦，兰台之群英，赋有凌云之称，辩有雕龙之声。谁能摹暂离之状，写永诀之情者乎？

离别之愁怨，即使千差万别，却是存在于所有的离人之中，哪怕是历代的文人高手，也难以抒写其尽。

江淹的这篇《别赋》，的确写得非常华美，其辞藻华丽，声律和谐，对偶工整，用典恰当，特别是善于把状物写景与抒情结合在一起，达到了完美的程度。其中一些秀句，历来被人们喜爱而传诵不衰，如“闺中风暖，陌上草薰”；“春草碧色，春水渌波。送君南浦，伤如之何！至乃秋露如珠，秋月如珪。明月白露，光阴往来。与子之别，思心徘徊”。

江淹此二篇都名曰“赋”，其实乃是骈体之赋，已经具备骈文的特点，这在晋代和南朝时期是常见的现象。就江淹的《别赋》，瞿蜕园曾说：“江淹的赋大约作于齐、梁之间，这一段时期的赋已经脱离了以前的板重形式，但却还没有像徐、庾宫体那样轻靡。样式已和一般骈文相近，仅在于用韵不用韵之分，以及其中偶然还用辞赋中常用的‘兮’字来加强句式的变化而已。从辞藻来说，像‘闺中风暖，陌上草薰’；‘春草碧色，春水渌波’这些秾艳整齐的排偶，未尝不是徐、庾的先声；而像‘春宫闷此青苔色，秋帐含兹明月光'，简直与七言诗接近，也是后来庾信的宫体赋中的特色。我们由此可以看出赋体发展的迹象来。"[①]这对于我们认识赋体和骈体文的变化发展是很有帮助的。

四、庾信

庾信（513年—581年），字子山，南阳新野（今属河南）人，庾肩吾之子。在南朝梁时，与徐陵并为东宫抄撰学士，庾信父子和徐陵父子皆为宫体诗人，为文绮艳，世号"徐庾体"。即使是赋作，庾信也写得辞藻华美、绮丽轻靡，如在梁朝时作的《春赋》：

宜春苑中春已归，披香殿里作春衣，新年鸟声千种啭，二月杨花满路飞。河阳一县并是花，金谷从来满园树。一丛香草足碍人，数尺游丝即横路。开上林而竞入，拥河桥而争渡。

出丽华之金屋，下飞燕之兰宫。钗朵多而讶重，髻鬟高而畏风，眉将柳而争绿，面共桃而竞红。影来池里，花落衫中。

苔始绿而藏鱼，麦才青而覆雉。吹箫弄玉之台，鸣佩凌波之水。移戚里而家富，入新丰而酒美。石榴聊泛，蒲桃酦醅，芙蓉玉碗，莲子金杯。新芽竹笋，细核杨梅。绿珠捧琴至，文君送酒来。

玉管初调，鸣弦暂抚，阳春渌水之曲，对凤回鸾之舞。更炙笙簧，还移筝柱，月入歌扇，花承节鼓。协律都尉，射雉中郎，停车小苑，连骑长杨，金鞍始被，柘弓新张。拂尘看马埒，分朋入射堂。马是天池之龙种，带乃荆山之玉梁。艳锦安天鹿，新绫织凤皇。

三日曲水向河津，日晚河边多解神。树下流杯客，沙头度水人。镂薄窄衫袖，穿珠帖领巾。百丈山头日欲斜，三晡未醉莫还家。池中水影悬胜镜，屋里衣香不如花。（严可均《全后周文》）

此篇写春景，构思巧妙，色彩艳丽，炼字琢句，音律和谐。第一段犹如七言诗，写出春天的生机和活力。其写春景，是从游人的视角逐一观察，景物细细地进入眼帘，一一写出。其中的一些秀句，如"新年鸟声千种啭，二月杨花满路飞"，"眉将柳而争绿，面共桃而竞红"，"影来池里，

①瞿蜕园：《汉魏六朝赋选》，上海古籍出版社1979年版，第190页。

花落衫中”，“苔始绿而藏鱼，麦才青而覆雉”，“更炙笙簧，还移筝柱，月入歌扇，花承节鼓”，犹如一幅幅写实画面，穷形尽相，极尽华美。这些辞藻，并不晦涩，乃是日常口语浅语。不但如此，还使人联想到唐宋人的名句如“一日看尽长安花”“人面桃花相映红”“舞低杨柳楼心月，歌尽桃花扇底风”等等，在庾信的《春赋》里均已见端倪。这篇骈赋，还吸收了诗歌的特点，的确可以看出庾信的美学追求。

庾信后聘西魏，被留于长安，风格发生很大变化。杜甫诗说庾信“暮年诗赋动江关”，《北史·庾信传》说：“信虽位望通显，常作乡关之思，乃作《哀江南赋》以致其意。”《哀江南赋》前的序，是一篇有名的骈体文。其序云：

> 粤以戊辰之年，建亥之月，大盗移国，金陵瓦解。余乃窜身荒谷，公私涂炭；华阳奔命，有去无归。中兴道销，穷于甲戌，三日哭于都亭，三年囚于别馆。天道周星，物极不反。傅燮之但悲身世，无处求生；袁安之每念王室，自然流涕。昔桓君山之志事，杜元凯之平生，并有著书，咸能自序。潘岳之文彩，始述家风；陆机之辞赋，先陈世德。信年始二毛，即逢丧乱，藐是流离，至于暮齿。燕歌远别，悲不自胜；楚老相逢，泣将何及！畏南山之雨，忽践秦庭；让东海之滨，遂餐周粟。下亭漂泊，高桥羁旅。楚歌非取乐之方，鲁酒无忘忧之用。追为此赋，聊以记言，不无危苦之辞，惟以悲哀为主。
>
> 日暮途远，人间何世？将军一去，大树飘零；壮士不还，寒风萧瑟。荆璧睨柱，受连城而见欺；载书横阶，捧珠盘而不定。钟仪君子，入就南冠之囚；季孙行人，留守西河之馆。申包胥之顿地，碎之以首；蔡威公之泪尽，加之以血。钓台移柳，非玉关之可望；华亭鹤唳，岂河桥之可闻。
>
> 孙策以天下为三分，众才一旅；项籍用江东之子弟，人唯八千。遂乃分裂山河，宰割天下，岂有百万义师，一朝卷甲，芟夷斩伐，如草木焉！江淮无涯岸之阻，亭壁无藩篱之固。头会箕敛者，合从缔交；锄耰棘矜者，因利乘便。将非江表王气，应终三百年乎！是知并吞六合，不免轵道之灾；混一车书，无救平阳之祸。呜呼！山岳崩颓，既履危亡之运；春秋迭代，必有去故之悲。天意人事，可以凄怆伤心者矣！况复舟楫路穷，星汉非乘槎可上；风飙道阻，蓬莱无可到

之期。穷者欲达其言，劳者须歌其事。陆士衡闻而抚掌，是所甘心；张平子见而陋之，固其宜矣。（《周书·庾信传》）

清人倪璠说："《哀江南赋》者，哀梁亡也。"（《庾子山集注释》）其实作者既哀梁亡，亦悲身世，所以序中说"惟以悲哀为主"。悲哀者，身世也。作者写侯景之乱，金陵陷落，亡命江陵，又奉使西魏，梁朝灭亡，自己居留长安，这一系列身世流离、国破家亡的痛楚，在序文中都叙述出来。哀叹身世之悲外，作者还悲慨于自己既不能像申包胥、蔺相如、毛遂那样完成使命，也不能像伯夷、叔齐那样耻仕二朝。还有冷静的思考，即作者认为梁亡，乃自亡也（赋文说："若江陵之中否，乃金陵之祸始；虽借人之外力，实萧墙之内起"），因为萧梁统治者不能像项羽、孙策那样，励精图治，所以"江表王气"，崩颓于一旦。全文充溢着悲凉苍劲哀婉之气。就形式来说，庾信此篇序文，是骈文的典范。文中基本是四言、六言或四六句式。藻饰华美，精于提炼。而且用典非常绵密，全文用典达四十几个。用典绵密，庾信的诗文都有这个特点。过于含蓄，当然也影响了对文章的理解。不过，故国之思、身世之慨、冷静的思考，在绵密的典故中极其凝练而又深沉地蕴涵在这篇骈文中，表现了作者"惊才盖代"的艺术才华。序言是《哀江南赋》的纲，基本表达了赋文的思想。赋文也是骈文体，反映了作者"身堕殊方，恨恨如亡，忽忽自失"的感情，与序是一致的。

此外，庾信的《枯树赋》《小园赋》等，也是骈赋的名篇。《枯树赋》借枯树的意象，抒发羁臣哀痛、故国乡关的悲伤凄怨之情。《小园赋》则抒写小园的景物环境，抒发故国沦亡、身世苍凉之悲。杜甫诗称"庾信文章老更成，凌云健笔意纵横"（《戏为六绝句》其一），以此评价《哀江南赋》以及《枯树赋》《小园赋》等，是很恰当的。

五、刘勰

刘勰（约465年—约532年），字彦和，祖籍山东莒县，生于京口（今江苏镇江）。刘勰的《文心雕龙》以卓越的识见，详细的论述，完整的系统，精美的笔调，构成一部宏伟的文学理论著作。全书共十卷五十篇，大约成书于南齐末年。作者把五十篇分为上下"篇"。按各篇内容，上篇可分为两类：《原道》至《辨骚》五篇，在于探求为文之道，阐明文学的本源，指出文学创作应取法的准则，作者称之为"文之枢纽"，是文学的总论。其余二十篇，论辩文体，为文体论。下篇则包括创作论和批评论。全书构成一个庞大而周密的系统。

《文心雕龙》文体论部分，“论文叙笔”，“囿别区分”，就是要论述各类文体之特点，区别其异同。当时人把文体分为“文”和“笔”两大类，《总述》篇说：“今之常言，有文有笔，以为无韵者笔也，有韵者文也。”刘勰所论三十四种文体（含“骚”体）中，无韵之笔，大部分是散文文体。如论“诸子”：

> 研夫孟荀所述，理懿而辞雅；管晏属篇，事核而言练；列御寇之书，气伟而采奇；邹子之说，心奢而辞壮；墨翟随巢，意显而语质；尸佼尉缭，术通而文钝；鹖冠绵绵，亟发深言；鬼谷眇眇，每环奥义。情辨以泽，文子擅其能；辞约而精，尹文得其要。慎到析密理之巧，韩非著博喻之富。吕氏鉴远而体周，淮南泛采而文丽。斯则得百氏之华采，而辞气之大略也。

这一段论述，把先秦诸子各类文章的特点，从内容到风格，给予精辟的概括。由此可以看出诸子散文的丰富多彩。又如论“论说”：

> 原夫论之为体，所以辨正然否。穷于有数，追于无形，钻坚求通，钩深取极。乃百虑之筌蹄，万事之权衡也。故其义贵圆通，辞忌枝碎，必使心与理合，弥缝莫见其隙；辞共心密，敌人不知所乘：斯其要也。是以论如析薪，贵能破理。斤利者，越理而横断；辞辨者，反义而取通；览文虽巧，而检迹如妄。唯君子能通天下之志，安可以曲论哉？

“论说”类散文的特点，在刘勰看来，应该明辨是非，探究事理。“论”着重在发挥理论，道理要讲得圆满通达；“说”着重在打动人，要说得动听，又要使言说的文辞和思想一致。这样的论述，对于“论说”类散文的写作有指导意义。

在创作论部分，刘勰所论也涉及散文，甚至涉及骈文。如《情采》《丽辞》《物色》等。《情采》篇讲“情”（即内容）和“采”（即形式）的关系，提出“文附质”“质待文”的主张。《物色》篇论情景关系，提出

“情以物迁，辞以情发”，认为应该做到情和景紧密结合，达到“情貌无遗”的境地。《丽辞》篇讲对偶，与当时骈文的兴盛有关。刘勰论述对偶时说：

> 故丽辞之体，凡有四对：言对为易，事对为难；反对为优，正对为劣。言对者，双比空辞者也；事对者，并举人验者也。反对者，理殊趣合者也；正对者，事异义同者也。
>
> ……
>
> 是以言对为美，贵在精巧；事对所先，务在允当。若两事相配，而优劣不均，是骥在左骖，驽为右服也。若夫事或孤立，莫与相偶，是夔之一足，趻踔而行也。若气无奇类，文乏异采，碌碌丽辞，则昏睡耳目。必使理圆事密，联璧其章。迭用奇偶，节以杂佩，乃其贵耳。类此而思，理斯见也。

刘勰总结对偶有四种：言对、事对、正对、反对，并指出四种对偶的特点。对偶要理论圆转，用事贴切，意气独创，文采丰饶。这样的探索总结，对于骈文的创作，一样有指导意义。

魏晋至南北朝，是骈文兴盛的时代，以至一些理论著作也用骈文撰写。陆机的《文赋》是用骈文写成的，刘勰的《文心雕龙》也是用骈文写成。《物色》篇就是一篇优美的骈文：

> 春秋代序，阴阳惨舒，物色之动，心亦摇焉。盖阳气萌而玄驹步，阴律凝而丹鸟羞，微虫犹或入感，四时之动物深矣。若夫珪璋挺其惠心，英华秀其清气，物色相召，人谁获安？是以献岁发春，悦豫之情畅；滔滔孟夏，郁陶之心凝。天高气清，阴沉之志远；霰雪无垠，矜肃之虑深。岁有其物，物有其容；情以物迁，辞以情发。一叶且或迎意，虫声有足引心。况清风与明月同夜，白日与春林共朝哉！

其最后的赞语，则简直就是四言诗：

> 山沓水匝，树杂云合。目既往还，心亦吐纳。春日迟迟，秋风飒飒，情往似赠，兴来如答。

《文心雕龙》以精美的骈文和形象的描述来谈文论艺，不仅集古代文论之大成，也建树骈体论文之高格，具有双重的美学价值和文学史意义。

总的说来，骈文兴起于魏晋，盛行于六朝。如前所述，因汉语文字本身具有骈偶元素，骈体句式在先秦散文中已然孕育成形，经过两汉辞赋和魏晋文章的逐步骈化，到了六朝时期终于脱颖而出，独立成体，风行南北，蔚为壮观。正如永明体诗人发现诗歌的声律规律而促成格律诗兴盛那样，六朝文人将汉语文字的音形之美发挥到极致，创立了骈文这一独特文体，使之跃居文苑主流。骈体文从此与散体文在文坛并立竞争，分途发展，此起彼伏，争奇斗艳，为散文史增添了文学自觉、艺术竞争的丰富内容和发展动力。至于后人所批评的骈文“竞一韵之奇，争一字之巧。连篇累牍，不出月露之形；积案盈箱，惟是风云之状”（隋李谔《上隋高祖革文华书》），确是客观存在的流弊，也就成为后来古文家和骈文家着力革除、反拨和超越的对象。

第三章 // 唐宋：散文的鼎盛

第一节　古文的复古与革新

唐宋时代是中国散文发展的鼎盛期和成熟期。既有像唐诗、宋词那样辉煌灿烂的古文，又有承续前代而繁衍变化的骈文和辞赋，还有方兴未艾的随笔小品，交错发展，互动竞荣。尤其是贯通于中唐和北宋的“古文运动”，涌现出以韩愈、柳宗元、欧阳修、苏轼为杰出代表的古文“八大家”和一大批名家，把古文创作和散文艺术推向新的高峰。

公元618年，唐朝建立，历经太宗、武则天、玄宗诸朝文治武功而开创大唐盛世，又在天宝十四载（755年）“安史之乱”冲击下由盛转衰，至公元907年灭亡。《新唐书·文艺传》纵论唐代文章演变大势曰：

> 唐有天下三百年，文章无虑三变：高祖、太宗，大难始夷，沿江左余风，绨句绘章，揣合低卬，故王、杨为之伯。玄宗好经术，群臣稍厌雕琢，索理致，崇雅黜浮，气益雄浑，则燕、许擅其宗……大历、贞元间，美才辈出，擩哜道真，涵泳圣涯，于是韩愈倡之，柳宗元、李翱、皇甫湜等和之，排逐百家，法度森严，抵轹晋、魏，上轧汉、周，唐之文完然为一王法，此其极也。①

这里所述唐代文章“三变”，包括骈文和散文的发展变化。第一阶段

①欧阳修、宋祁编：《新唐书》，中华书局1975年版，第5725—5726页。

以初唐王勃、杨炯为代表，仍沿袭六朝骈俪之风；第二阶段以玄宗时张说（燕国公）、苏颋（许国公）为代表，骈体文风趋向雅正雄浑；第三阶段以中唐韩愈、柳宗元为代表，提倡儒道，法度森严，唐文成就抵达巅峰。如果补上敬宗以后的晚唐文章，即如明代高棅《唐诗品汇》将唐诗划分为初、盛、中、晚四个时期一样。但是，唐代诗文发展并不完全同步。初唐时期诗文皆沿袭六朝遗风，盛唐时期诗坛由李白、杜甫等伟大诗人创造了“盛唐气象”，文坛却仍为骈文统治，所谓“燕、许大手笔”与李、杜诗篇不可同日而语。只有到了中唐时期，韩愈、柳宗元等倡导“古文运动”，复古以开新，才引领散体古文复归散文正宗和主导地位，开创中国散文发展的新局面，“韩笔”与“杜诗”也才能相提并论。到了晚唐时期，古文逐渐衰落，骈文又复兴。直至北宋欧阳修、苏轼等再次掀起“古文运动”，才完成古文取代骈文而成为中国散文主流文体的历史使命。

唐代“古文运动”酝酿已久，大多针对六朝骈俪文风而发。早在隋代，就有文帝为“屏黜轻浮，遏止华伪”而诏令“公私文翰，并宜实录”。李锷上书“革文华”，王通提倡文章要“贯乎道”“济乎义”①。唐初，高祖也发布《诫表疏不实诏》，魏征《隋书·文学传》严厉指责南朝骈文弊病，《〈群书治要〉序》提出文章要“昭德塞违，劝善惩恶”②。陈子昂（659年？— 700年？）以“复古”为号召，《与东方左史虬修竹篇序》感叹“文章道弊五百年矣！汉魏风骨，晋宋莫传”③。《新唐书》曰：“唐兴，文章承徐、庾余风，天下祖尚，子昂始变雅正。”④陈子昂论事书疏之类，疏朴近古。刘知几（661年— 721年）《史通》中的《言语》《浮词》《叙事》《模拟》《杂说》等篇，从不同角度批评骈文华而不实，主张文章语言求近、求真，但轻视文采，所作也仍用骈体。

玄宗天宝至代宗大历年间（742年—779年），政治日趋腐败，“安史之乱”后走向衰败，出现藩镇割据、宦官专权、朋党内争等危机。萧颖士、李华、元结、独孤及、梁肃、柳冕等相继出现，为维护唐王朝统治，谋求革新，崇儒复古，尊经重道，提倡古文明道，强调文章的教化作用，复古

①王通：《文中子中说》，凤凰出版社2017年版，第11页。

②魏征等编撰：《群书治要》，天津人民出版社2015年版，第1页。

③彭定求等编：《全唐诗》，中华书局1979年版，第895页。

④欧阳修、宋祁编：《新唐书》，中华书局1975年版，第4078页。

思潮逐渐高涨，此为韩、柳“古文”运动的先驱。

萧颖士（717年—768年）宗经、尚简，反对骈文，《赠韦司业书》曰：“仆平生属文，格不近俗，凡所拟议，必希古人，魏晋以来，未尝留意。”[①]元结（719年？—772年？）《〈刘侍御月夜宴会〉序》提出文章应“导达情性”，为感时伤事而作。《〈文编〉序》强调文章“救世劝俗”，感应于现实，又作用于现实，主张学古文、用古语，以古之简约对抗流俗之溺惑。《丐论》《化虎论》《恶圆》《恶曲》等，或直抒胸臆，或托物刺讥，愤世嫉俗，短小精悍，笔锋犀利，高古简约，不事华藻。《大唐中兴颂》体制如秦石刻，雄健刚峻。《右溪记》描写右溪自然风光，寄托怀才不遇、壮志难酬的忧愤。观察深刻，写景细致，层次分明，简洁流畅，融情于景，一改过去有景无情传统，开创了山水游记的新样式。清吴汝纶云：“次山放恣山水，实开子厚先声，文字幽渺芳洁，亦能自成境趣。”[②]欧阳修《唐元次山铭》赞道：“次山当开元、天宝时，独作古文，其笔力雄健，意气超拔，不减韩之徒也，可谓特立之士哉！”[③]清赵翼曰：“是愈之先，早有以古文名家者。今独孤及文集尚行于世，已变骈体为散文，其胜处有先秦、两汉遗风，但未自开生面耳。”[④]梁肃（753年—793年）受独孤及（725年—777年）影响，重道，重文气，批评华而不实文风。柳冕（730年？—804年？）进一步发展萧颖士等人的理论，宗经、尊圣更加明确，《与徐给事论文书》说：“文章本于教化，形于治乱，系于国风。故在君子之心为志，形君子之言为文，论君子之道为教。”[⑤]《答衢州郑使君论文书》曰：“言而不能文，非君子之儒也；文而不知道，亦非君子之儒也。”[⑥]强调文学与儒道合一以及教化作用，《谢杜相公论房杜二相书》说：“文章之道，不根教化，别是一技耳。”[⑦]他初步建立了“道统”本位的文章学体系，以尧、周、孔为文章正统，其说为韩愈所本。柳冕不善为文，

①董诰等编：《全唐文》，中华书局1983年版，第3276页。

②高步瀛选注：《唐宋文举要》，上海古籍出版社1982年版，第87页。

③欧阳修：《欧阳修全集》，中华书局2001年版，第2261页。

④赵翼：《廿二史札记》，中国书店1987年版，第275页。

⑤董诰等编：《全唐文》，中华书局1983年版，第5356页。

⑥董诰等编：《全唐文》，中华书局1983年版，第5360页。

⑦董诰等编：《全唐文》，中华书局1983年版，第5354页。

自谓“言虽近道，辞则不文”。天宝中期以后，文章由骈而散已成趋势，随着德宗建中元年（780年）科举策问开始使用散体，文体改革的声势益发高涨。他们以古人和经典相号召，批评骈文浮靡空洞。古文的兴起是为“载道”，本质上是为推动儒学复兴，为伦理政教服务，其次才是以复古求文体革新，形式、语言、风格上着意学习先秦、两汉古文。文章“宗经”“载道”，取法三代、两汉，为韩、柳“古文运动”作了充分的理论准备。

德宗贞元至宪宗元和年间（785年—820年），韩愈起而倡导“古文运动”，“文以明道”，拟构了“文统”与“道统”统一的谱系。《原道》曰：“斯吾所谓道也，非向所谓老与佛之道也。尧以是传之舜，舜以是传之禹，禹以是传之汤，汤以是传之文、武、周公，文、武、周公传之孔子，孔子传之孟轲，轲之死，不得其传焉。”[①]韩愈以孟子继承者自居，以继承“道统”为己任，重建“道统”，通经致用，以解救时弊。他决心如孟子排杨朱、墨子那样，担当起排佛、老的使命。韩愈“古文运动”的核心就是强调“文以明道”，即文章最重要在于明道，将“文统”和“道统”统一起来。《答李秀才书》曰：“愈之所志于古者，不唯其辞之好，好其道焉尔。”[②]其“道”就是儒家正统政治伦理观，凌驾于“文”之上。韩愈的“文统”庞杂，《答李翊书》称自己“非三代、两汉之书不敢观，非圣人之志不敢存”[③]，以先秦、两汉文体为楷模，兼采屈原、司马迁、司马相如、扬雄诸家之长，旁推交通百氏之书。《进学解》曰：“周《诰》殷《盘》，佶屈聱牙；《春秋》谨严，《左氏》浮夸；《易》奇而法，《诗》正而葩；下逮《庄》《骚》，太史所录；子云、相如，同工异曲。”[④]阐发学习和写作文章的路数。《题〈欧阳生哀辞〉后》曰：“愈之为古文，岂独取其句读不类于今者耶？思古人而不得见，学古道则欲兼通其辞。”[⑤]他崇尚先秦、两汉文章，认为要学习其中的“道”，首先要以“文”为基础，只有写好了“文”，才有能力理解“道”，才可以有效传播“道”，将“文”的重要性大大提升。他反对单纯模仿，主张在继承基础上创新，《答李翊书》强调

①韩愈：《韩昌黎文集校注》，上海古籍出版社2014年版，第20页。
②韩愈：《韩昌黎文集校注》，上海古籍出版社2014年版，第196页。
③韩愈：《韩昌黎文集校注》，上海古籍出版社2014年版，第190页。
④韩愈：《韩昌黎文集校注》，上海古籍出版社2014年版，第51页。
⑤韩愈：《韩昌黎文集校注》，上海古籍出版社2014年版，第340页。

“唯陈言之务去”[①]，《答刘正夫书》也强调“自树立，不因循”[②]，《南阳樊绍述墓志铭》说“惟古于词必己出，降而不能乃剽贼”[③]，即使对古人经典，也只能“师其意，不师其辞”[④]。认为运用语言，必须“文从字顺”。《上襄阳于相公书》主张从实际出发，“因事陈词”，使“文章言语，与事相侔”，做到“丰而不余一言，约而不失一辞，其事信，其理切”[⑤]。韩愈重视作家的道德修养与文章的情感力量，认为思想是文章的灵魂，思想品德修养必然反映到作者所写文章之中，文如其人。《答李翊书》说：“道德之归也有日矣，况其外之文乎……养其根而俟其实，加其膏而希其光。根之茂者其实遂，膏之沃者其光晔；仁义之人，其言蔼如也。”[⑥]韩愈崇古，不是泥古，而是法古，他发展了孟子的“养气说”和梁肃的“文气说”，《送孟东野序》提出“大凡物不得其平则鸣”[⑦]，《答李翊书》说“气盛则言之短长与声之高下者皆宜”[⑧]。韩愈变革文体、文风，轻骈重散，批评六朝以来华靡无用文风，主张复归素以为绚的质朴散体。他批评骈文“其声轻以浮，其节数以急，其辞淫以哀，其志弛以肆，其为言也，杂乱而无章”[⑨]，但并不一味排斥骈文，而是融合骈文中的有益成分。韩愈系统阐述文、道关系，传授为文之法，品评后辈之文，批判时文之弊。清刘开《与阮芸台宫保论文书》说：“夫退之起八代之衰，非尽扫八代而去之也，但取其精而汰其粗，化其腐而出其奇。其实八代之美，退之未尝不备有也。”[⑩]韩愈百折不回，最终使古文运动取得丰硕成果，其创作对中唐文体、文风革新起到示范和引领作用。

同时，柳宗元也提倡古文明道。《报崔黯秀才论为文书》指出“圣人

---

①韩愈：《韩昌黎文集校注》，上海古籍出版社2014年版，第190页。
②韩愈：《韩昌黎文集校注》，上海古籍出版社2014年版，第232页。
③韩愈：《韩昌黎文集校注》，上海古籍出版社2014年版，第604页。
④韩愈：《韩昌黎文集校注》，上海古籍出版社2014年版，第231页。
⑤韩愈：《韩昌黎文集校注》，上海古籍出版社2014年版，第166页。
⑥韩愈：《韩昌黎文集校注》，上海古籍出版社2014年版，第189页。
⑦韩愈：《韩昌黎文集校注》，上海古籍出版社2014年版，第260页。
⑧韩愈：《韩昌黎文集校注》，上海古籍出版社2014年版，第191页。
⑨韩愈：《韩昌黎文集校注》，上海古籍出版社2014年版，第251页。
⑩严云绶等主编：《桐城派名家文集·刘开集》，安徽教育出版社2014年版，第53页。

之言，期以明道，学者务求诸道而遗其辞。辞之传于世者，必由于书。道假辞而明，辞假书而传，要之，之道而已耳”；批评骈文“贵辞而矜书，粉泽以为工，遒密以为能”[①]。《答吴武陵论〈非国语〉书》要求文章“辅时及物”，针对现实，经世致用，同时认为“言而不文则泥，然则文者固不可少耶”[②]。提出文之用，即是辞令褒贬，导扬讽喻。《〈杨评事文集〉后序》认为，对社会生活作“褒贬”或“讽谕”，是文章应有的功能。他在《答韦中立论师道书》中明确提出“文者以明道”的主张，强调文章的明道教化功能；推崇先秦、两汉之文，主张写文章要“本之《书》以求其质，本之《诗》以求其恒，本之《礼》以求其宜，本之《春秋》以求其断，本之《易》以求其动”，还要旁参各种典籍，“参之谷梁氏以厉其气，参之孟、荀以畅其支，参之庄、老以肆其端，参之《国语》以博其趣，参之《离骚》以致其幽，参之太史以著其洁，此吾所以旁推交通而以之为文也”[③]。他博采众长而自铸伟词，以严肃态度从事古文创作，自称“吾每为文章，未尝敢以轻心掉之，惧其剽而不留也；未尝敢以怠心易之，惧其弛而不严也；未尝敢以昏气出之，惧其昧没而杂也；未尝敢以矜气作之，惧其偃蹇而骄也。抑之欲其奥，扬之欲其明，疏之欲其通，廉之欲其节，激而发之欲其清，固而存之欲其重，此吾所以羽翼夫道也。”[④]其古文整炼隽洁，自有精光，韩愈称柳文“雄深雅健”。

唐以前，在文学上无“古文”之称。韩愈《师说》《与冯宿论文书》《题欧阳生哀辞后》等，始提出“古文”概念。他把自己奇句单行，上继先秦、两汉文体的散文称为“古文”，并和“俗下文字”，即六朝以来流行已久的骈文相对立。韩愈、柳宗元在理论上奠定了古文创作的基础，更在创作上作出典范，摆脱陈言俗套，随语言自然音节而自由抒写，恢复了古文的历史地位，推广其应用范围，不仅以文“明道”，还以文鸣不平，反映现实社会，以文叙事、抒情、写景、议论，范围更广阔。

古文不始于韩、柳，而成于韩、柳，他们是古文的集大成者。与韩、柳年辈相近或略早的有权德舆、刘禹锡、欧阳詹、李观、张籍、吕温、裴

①柳宗元：《柳宗元集》，中华书局1979年版，第886页。
②柳宗元：《柳宗元集》，中华书局1979年版，第824页。
③柳宗元：《柳宗元集》，中华书局1979年版，第873页。
④柳宗元：《柳宗元集》，中华书局1979年版，第873页。

度、白居易、元稹等人，都知名当世，共同造就了中唐古文的繁荣局面。权德舆论文尚气、尚理、尚简，抒写情志，中和通达。刘禹锡也是古文高手，白居易文章明白、平易，与韩、柳相互呼应，殊途同归。韩愈古文在当时就产生广泛影响，韩门弟子李翱、李汉、皇甫湜、沈亚之、樊宗师等人，相从为古文。李翱（774年—836年）主张文、理、义三者并重，《答朱载言书》提出“义深则意远，意远则理辩，理辩则气直，气直则辞盛，辞盛则文工”[①]，强调文章要以孔孟之道为根本，阐发圣人之道，发挥韩愈反因袭、贵独创的主张，发展其“文从字顺”的一面，文风平易畅达，给宋代古文以较大影响，故在清初被列为唐宋古文“十大家”之一。皇甫湜（777年？—835年？）同样主张从意到言的新创，与樊宗师、沈亚之等人学奇于韩愈，特别追求“意新”与“词高”，《答李生第一书》提出“夫意新则异于常，异于常则怪矣；词高则出于众，出于众则奇矣”[②]。刻意求奇，忽视文从字顺，流于艰涩险怪。刘熙载的《艺概·文概》以为：“文得昌黎之传者，李习之精于理，皇甫持正练于辞。习之一宗，直为北宋名家发源之始。”[③]樊宗师为文奇奥生僻，片面发展韩愈创新主张。孙樵为韩愈三传弟子，也主怪主奇，提出“辞必高然后为奇，意必深然后为工”。他们过分追求奇异怪僻，使得古文之路越走越窄，走向衰落。

宣宗、懿宗年间（847年—873年），有杜牧、刘蜕等少数作家敢于藐视末俗，继续创作散体文，并取得一定成就。杜牧（803年—852年）对韩、柳古文推崇备至，受其影响很深，是“古文运动”在晚唐的回响。《答庄充书》说：“凡为文，以意为主，以气为辅，以辞采章句为之兵卫……苟意不先立，止以文采辞句绕前捧后，是言愈多而理愈乱。”[④]杜牧散文感情充沛，真挚动人；旁征博引，出入古今；意锐酣畅，纵横辩博，气豪势壮。

晚唐还有杂文小品异军突起，代表作家有皮日休、陆龟蒙、罗隐等人。这是韩柳杂说、寓言等类文体在新形势下的继续和发展，也是晚唐日趋尖锐的各种社会矛盾的产物。杂文小品篇幅短小精悍，随文立名，而无

①董诰等编：《全唐文》，中华书局1983年版，第6411页。

②董诰等编：《全唐文》，中华书局1983年版，第7020页。

③刘熙载：《艺概》，上海古籍出版社1978年版，第26页。

④杜牧：《樊川文集》，上海古籍出版社1978年版，第194页。

一定之体，多为刺时之作，有的放矢，批判性强；情感炽烈，生气贯注。鲁迅《小品文的危机》一文说："唐末诗风衰落，而小品放了光辉。但罗隐的《谗书》，几乎全部是抗争和愤激之谈；皮日休和陆龟蒙自以为隐士，别人也称之为隐士，而看他们在《皮子文薮》和《笠泽丛书》中的小品文，并没有忘记天下。正是一塌糊涂的泥塘里的光彩和锋芒。"[①]可作为晚唐杂文小品的定评。

晚唐、五代，古文不振，骈文仍然盛行。直至北宋初，经过柳开、穆修等搜求、刊刻韩、柳文集，韩、柳古文才得到许多士人的重视。清姜宸英《〈唐贤三昧集〉序》曰："古文自韩、柳始变而未尽，其徒从之者亦寡。历五代之乱，几没不传。宋初柳（开）、穆（修）阐明之于前，尹（洙）、欧（阳修）诸人继之于后，然后其学大行。"[②]

公元960年，宋朝建立，以1127年为界分为北宋和南宋。宋初结束了五代十国长达百年的分裂割据、战乱频仍的局面，努力发展经济，但文化创新滞后。宋初文人多数从五代十国入宋，尚延续五代文风，如李昉、陶谷、徐铉等所作文章多为骈体，内容单薄，辞藻华丽，风格浮艳。真宗、仁宗时，文坛上出现以杨亿、钱惟演、刘筠为代表的"西昆体"，宗法李商隐，以骈文相倡，雕章琢句，盛极一时。

与此同时，宋初也出现古文复兴势头。一派以柳开、穆修为代表，抨击"西昆体"，反对骈俪，大力提倡散体古文，把复兴古文作为复兴儒道的手段；另一派以王禹偁为代表，文道并重。柳开（948年—1001年）以继承韩、柳古文传统为己任，《应责》说："吾之道，孔子、孟轲、扬雄、韩愈之道；吾之文，孔子、孟轲、扬雄、韩愈之文也。"[③]道统和文统合一，特别强调"道"对"文"的决定意义。柳开倡导平易自然、朴实流畅的文风，但未能取得创作实绩。穆修（979年—1032年）继承柳开，不顾流俗诋毁，刻印韩、柳文集数百部在京师出售，并培养了一些弟子，如祖无择、尹洙、苏舜钦等，他们都成为古文革新的中坚人物。柳开、穆修崇道尊韩，但缺乏韩、柳才气，议论文多枯燥说教，古朴生僻。姚铉（968年—1020年）根据《文苑英华》选编《唐文粹》，特别立"古文"一

①鲁迅：《鲁迅全集》第四卷，人民文学出版社1981年版，第575页。

②王士祯：《唐贤三昧集》卷首，清光绪九年翰墨园刻本。

③柳开：《河东先生集》卷一，《四部丛刊》本。

门，不录四六文，以示接受韩、柳古文传统。

王禹偁（954年—1001年)《答张扶书》强调："夫文，传道而明心也。"[①]"道"与个人性情联系在一起，"文"的应用范围比柳开他们所主张的更广泛。他主张师法"六经"，宗法韩、柳，革弊复古，如古圣人那样明心、传道，以平易简淡的散体文来取代浮靡纤丽的骈文，与柳开同执当时文坛之牛耳。其古文多有现实内容，词简理正，学辅气助，气势充沛，简雅古淡，虚实互衬，化骈入散，通俗流畅，平易近人，继承了韩愈古文的"文从字顺"。《黄州新建小竹楼记》亦骈亦散，音节和谐而有变化，疏朗流畅，也不废骈体文字对称、音调铿锵的优点。《待漏院记》散句单行，摆脱了骈文雕琢习气，文气贯通，平易而不枯涩，流畅而又工丽，为欧、苏散文先导。

经过宋初作家多方面的探索，针对晚唐、五代文风进行革新的思潮逐渐形成。朝廷几次下诏，从政治上提出改变文风问题，仁宗天圣年间（1023年—1032年)，诏斥文人"竞为浮夸靡蔓之文"，要求学者"务明先圣之道"，并指令从朝廷文件入手"矫文章之弊"[②]。到仁宗庆历（1041年—1048年）时，与范仲淹、欧阳修等人领导的政治革新运动相适应，文章革新的要求更为自觉。因为表达政见需要儒学理论指导，需要更切于实用的文学体制，一度中断的韩、柳古文传统自然得到继承和发扬。

尹洙（1001年—1047年）比欧阳修较早作古文，辞约而理精，简而有法，启发和影响欧阳修弃骈文而作古文。石介（1005年—1045年）反对"西昆体"，在《怪说》中批评"穷妍极态，缀风月，弄花草，淫巧侈丽，浮华纂组；刓锼圣人之经，破碎圣人之言，离析圣人之意，蠹伤圣人之道"，在《上范思远书》中他希望与"三二同志，极力排斥之，不使害于道"[③]。

欧阳修是北宋诗文革新运动的领袖。嘉祐二年（1057年)，他以翰林学士知贡举（主管考试进士）时，鼓励考生写作质朴晓畅的古文，凡内容空洞、华而不实，或以奇诡取胜之作，概在摒黜之列。他排斥言之无物、

---

①王禹偁：《小畜集》卷十八，《四部丛刊》本。

②李焘：《续资治通鉴长编》卷一〇六、一〇八，上海古籍出版社1986年版，第964、954页。

③石介：《石徂徕集》，中华书局1985年版，第18页。

堆砌词藻的浮艳时文，而提倡古文。《答吴充秀才书》曰："圣人之文虽不可及，然大抵道胜者文不难而自至也。故孟子皇皇不暇著书，荀卿盖亦晚而有作。若子云、仲淹，方勉焉以模言语，此道未足而强言者也。"[①]首肯荀子传续圣道之功，将孟子、荀子并列于孔子之后，认为三者皆达到道胜文至的最高境界。欧阳修重新回归韩愈所拟构的"道统"谱系。《记旧本韩文后》称："韩氏之文没而不见者二百年，而后大施于今，此又非特好恶之所上下，盖其久而愈明，不可磨灭，虽蔽于暂而终耀于无穷者，其道当然也。"[②]欧阳修以韩愈"道统"继承者自居，只是没有明说。在"文"和"道"关系上，他强调"道"对"文"的决定作用，《答祖择之书》说"道纯则充于中者实，中充实则发为文者辉光"[③]。他没有把"道"与"文"绝对等同起来，指出历史上有道德修养的人未必皆能文章，《代人上王枢密求先集序书》明确说："言以载事，而文以饰言，事信言文，乃能表见于后世。"[④]强调文章与现实紧密联系，《与张秀才棐第二书》批评"舍近取远，务高言而鲜事实"[⑤]。他提倡平易畅达文风，反对尚奇趋险；推崇《周易》的"易简"，赞叹尹洙简而有法，得《春秋》之法。

与欧阳修并时为古文者，尚有范仲淹、宋祁、刘敞、司马光诸人。欧阳修不仅以理论指导散文革新，同时创作上也足为楷模，各体文学创作都取得极高成就。他上继韩、柳，并与石介、穆修呼应，许多有力的同道者都支持推动，曾巩、王安石、三苏诸家，风势所趋，彼呼此应，文风发生转变，古文革新取得很大成就，"唐宋八大家"古文系统由此建立，而成为后人模仿学习的典范。

曾巩（1019年—1083年），字子固，南丰（今属江西）人，世称南丰先生，"唐宋八大家"之一。曾巩出身儒学世家，嘉祐二年（1057年）进士及第，历任齐州、襄州、洪州、福州、明州、亳州、沧州等知州。元丰四年（1081年），以史学才能被委任史官修撰，元丰六年（1083年），卒于江宁府（今南京），追谥文定，有《元丰类稿》。曾巩由欧阳修延誉奖引而

---

①欧阳修：《欧阳修全集》，中华书局2001年版，第664页。

②欧阳修：《欧阳修全集》，中华书局2001年版，第1057页。

③欧阳修：《欧阳修全集》，中华书局2001年版，第1010页。

④欧阳修：《欧阳修全集》，中华书局2001年版，第984页。

⑤欧阳修：《欧阳修全集》，中华书局2001年版，第978页。

身登仕籍，理论与实践上都是欧阳修最忠实的追随者。他自称“迂阔”，正统气味较重，主张先道后文、文道合一，其文多“明道”，本于“六经”，重视文章的伦理价值，又集司马迁、韩愈两家之长。长于说理，多议论文，章法谨严，委曲周详；记叙文层次分明，温厚典雅，简练平正，自然淳朴，不甚讲究文采，但使人有规矩可循。代表作《墨池记》借王羲之习书遗迹发议论，舒缓平淡，一唱三叹。《越州赵公救灾记》熔记事、议论、抒情于一炉，通情达理，深刻有力。《〈战国策目录〉序》论辩说理，很有气势。朱熹对曾文推崇备至，《〈曾南丰先生年谱〉序》曰：“予读曾氏书，未尝不掩卷废书而叹，何世之知公浅也！盖公之文高矣，自孟、韩子以来，作者之盛，未有至于斯。”①

王安石（1021年—1086年），字介甫，抚州临川（今江西抚州）人。庆历二年（1042年），进士及第，历任扬州签判、鄞县知县、舒州通判等职。神宗熙宁二年（1069年），任参知政事，次年拜相，主持变法，力图通过新法以富国强兵。因旧党反对，熙宁七年（1074年）罢相。一年后，神宗再次起用，旋又罢相，退居江宁，元祐元年（1086年）病逝，赠太傅。绍圣元年（1094年），获谥“文”，故世称王文公，为“唐宋八大家”之一，有《王临川集》。作为政治家的王安石，《上人书》特别强调文章实用功能：“所谓文者，务为有补于世而已矣；所谓辞者，犹器之有刻镂绘画也。诚使巧且华，不必适用；诚使适用，亦不必巧且华。要之，以适用为本，以刻镂绘画为之容而已。”②重实际社会作用，而不像理学家偏重道德说教。王安石散文以议论文见长，《上仁宗皇帝言事书》，洋洋万言，浑灏流转，沉着顿挫，被梁启超誉为秦、汉以后第一大文。《本朝百年无事札子》对宋王朝的现实形势作了深刻分析，论点鲜明，逻辑严密。《答司马谏议书》反驳司马光对新法的指责，针锋相对，直陈己见，一针见血，说理周密，措辞委婉而犀利，简洁峻切，不枝不蔓，语约意丰，短小精悍，瘦硬通神，极具个性风格。史论《读孟尝君传》驳斥孟尝君善养士的传统观念，不足百字，却翻新出奇，驳俗反常，层次分明，辞气凌厉，笔势峭拔，势如破竹，有尺幅千里之势。游记名篇《游褒禅山记》写景仅寥

①朱熹：《朱子全书》第二十六册，上海古籍出版社、安徽教育出版社2010年版，第727页。

②王安石：《王安石全集》第七册，复旦大学出版社2017年版，第1369页。

寥数笔，议论却透辟精警。王安石早年师法孟子和韩愈，其后兼取荀子的富赡、韩非子的峭厉和扬雄的简古，形成自己峭刻雄健、质直自然的风格。欧阳修发展了韩愈的平易流畅，王安石则取韩愈的奇崛劲峭；欧文婉曲浅近，王文则古奥深邃。

苏洵（1009年—1066年），字明允，自号老泉，眉州眉山（今属四川）人，著有《嘉祐集》二十卷。苏洵与其子苏轼、苏辙以文学著称于世，世称“三苏”，均被列入“唐宋八大家”。苏洵为欧阳修所识拔，他重视“道”的同时，又重视“文”的独立价值。《上欧阳内翰第一书》欣赏“孟子之文，语约而意尽，不为巉刻斩绝之言，而其锋不可犯”，推崇欧阳修之文“纡余委备，往复百折，而条达疏畅，无所间断，气尽语极，急言竭论，而容与闲易，无艰难劳苦之态”[①]。《太玄论上》认为《易·系辞》“思焉而得，故其言深”，《春秋》“感焉而得，故其言切”，《论语》“触焉而得，故其言易”[②]。《仲兄字文甫说》生动描绘了水和风的形态，然后议论道：“故曰：‘风行水上，涣。’此亦天下之至文也。然而此二物者岂有求乎文哉？无意乎相求，不期而相遇，而文生焉。是其为文也，非水之文也，非风之文也。二物者非能为文，而不能不为文也。物之相使而文出于其间也，故曰：此天下之至文也。今夫玉非不温然美矣，而不得以为文；刻镂组绣，非不文矣，而不可以论乎自然。故夫天下之无营而文生之者，唯水与风而已。”[③]借题发挥，以水喻作家平日素养，以风喻外界引起的灵感与兴会，以风水相遭喻自然成文，阐释了文章创作规律。苏洵为文得力于《庄子》《孟子》《荀子》《韩非子》《战国策》《史记》，但体制殊异，擅长论政、论史、论兵，有纵横家气，犀利老辣，深切明快，驰骋自如，气势浩荡，文采飞扬，汪洋恣肆。《六国论》论六国破灭，弊在赂秦，议论精确，深中肯綮。《名二子说》凝练隽永，近于《老子》；《木假山记》随物赋形，有《庄子》意味；《送石昌言使北引》大气磅礴，似《孟子》口吻。《上欧阳内翰第一书》作于嘉祐元年（1056年），清储欣《唐宋八大家类选》誉为“老苏先生第一书”，是书信中杰作。言近旨远，委曲尽意，叙述生动，比喻形象。《上韩丞相书》作于嘉祐六年（1061年），作者文名

①苏洵：《嘉祐集笺注》，上海古籍出版社1993年版，第328—329页。

②苏洵：《嘉祐集笺注》，上海古籍出版社1993年版，第169页。

③苏洵：《嘉祐集笺注》，上海古籍出版社1993年版，第412页。

满天下，却久久不得任用，情急之下，直言心愿："洵年老无聊，家产破坏，欲从相公乞一官职。"且大发牢骚："嗟夫！岂天下之官以洵故冗邪?"颇有韩愈干谒书信"大其声而疾呼"的味道。

苏轼继欧阳修之后成为北宋文坛领袖。他自称为文必与道俱，又融合儒佛和老庄思想，反对浮巧轻媚、丛错采绣之文，也反对怪僻而不可读之文，与欧阳修一致。他把文章当作抒写自由心灵的形式，是自己充沛感情的自然流露。他说："某平生无快意事，惟作文章，意之所到则笔力曲折，无不尽意，自谓世间乐事无逾此者。"[①]《密州通判厅题名记》曰："余性不慎语言，与人无亲疏，辄抒写肺腑。有所不尽，如茹物不下，必吐出乃已。"[②]《录陶渊明诗》说："予尝有云：言发于心而冲于口，吐之则逆人，茹之则逆予，以谓宁逆人也，故卒吐之。"[③]他主张自由抒写，追求自然之美。《〈南行前集〉序》云："夫昔之为文者，非能为之为工，乃不能不为之为工也。山川之有云雾，草木之有华实，充满勃郁，而见于外，夫虽欲无有，其可得耶！自少闻家君之论文，以为古之圣人有所不能自已而作者。故轼与弟辙为文至多，而未尝敢有作文之意。"[④]《答谢民师推官书》称赞谢民师诗文"文理自然，姿态横生"[⑤]。《自评文》云："吾文如万斛泉源，不择地皆可出，在平地滔滔汩汩，虽一日千里无难。及其与山石曲折，随物赋形，而不可知也。所可知者，常行于所当行，常止于不可不止，如是而已矣。其他虽吾亦不能知也。"[⑥]苏轼之论实质上与其父"无意乎相求，不期而相遭""自然而成文"之论通融契合。苏轼反复强调"辞达"，说："辞至于达，止矣，不可以有加矣。"[⑦]又说："求物之妙，如系风捕影，能使是物了然于心者，盖千万人而不一遇也，而况能使了然于口与手者乎？是之谓辞达，辞至于能达，则文不可胜用矣。"[⑧]

---

①何薳：《春渚纪闻》，中华书局1983年版，第84页。

②苏轼：《苏轼文集》，中华书局1986年版，第376页。

③苏轼：《苏轼文集》，中华书局1986年版，第2111页。

④苏轼：《苏轼文集》，中华书局1986年版，第323页。

⑤苏轼：《苏轼文集》，中华书局1986年版，第1418页。

⑥苏轼：《苏轼文集》，中华书局1986年版，第2069页。

⑦苏轼：《苏轼文集》，中华书局1986年版，第1422页。

⑧苏轼：《苏轼文集》，中华书局1986年版，第1418页。

苏轼在主持文坛期间，发现和培养了一批后辈，著名的有黄庭坚、张耒、晁补之、秦观、陈师道、李廌等六人，世称“苏门六君子”，他们在不同程度上继承了苏轼的散文理论和创作特点。苏轼散文对后世影响甚大，更是晚明小品的学习典范。

苏辙（1039年— 1112年），字子由，嘉祐二年（1057年）登进士第，有《栾城集》。苏辙自称其学出于孟子，实则遍观百家，尊奉韩愈、欧阳修，论事详赡，以平稳深秀见长。他擅长政论和史论，《新论》三篇纵谈天下大事，论断确切。《上皇帝书》说“今世之患，莫急于无财”，切中肯綮。史论针对时弊，古为今用，《三国论》评论刘备“智短而勇不足”，又“不知因其所不足以求胜”，有以古鉴今寓意。书札如《答黄庭坚书》等，自由随意，洒脱自然。《东轩记》追求颜子之乐，优游以忘老，宦情淡薄，文章如其为人，亦自淡泊。《庐山栖贤寺新修僧堂记》《武昌九曲亭记》《黄州快哉亭记》等，皆是名作。《上枢密韩太尉书》作于嘉祐二年（1057年），干谒韩琦，却从看似与干谒毫不相关的“为文养气”谈起，尤其强调广阔丰富的生活阅历，如游览高山大川，参观巨丽建筑，与豪杰交游，发展了文学理论史上的“养气说”，显示出非凡识见。以“尽天下之大观”为由，引出欲进见韩太尉之意，可谓水到渠成。最后表明自己待选及“益治其文，且学为政”的志向，十分得体。以“激发志气”四字为主脑，文章错落奔放，雍容大度，字里行间流露出自负之气。时苏辙十九岁，可谓少年得志，雄谈伟论，词沛气充，虽极赞他人，自占地步亦不小。文章波澜横生，不像韩愈《上宰相书》那样直来直往，波动强烈，而是多言大义，少谈干进，纡徐平畅，委婉曲折。苏轼《答张文潜书》称其弟之文“汪洋澹泊，有一唱三叹之声，而其秀杰之气，终不可没”①。“三苏”皆长于议论，诵说古今，考论是非，明理以达用。“三苏”虽为父子，又富有个人风格。

苏洵《上欧阳内翰第一书》将欧阳修与孟子、韩愈并称为“三大家”。他又将孟子、荀子、扬雄、韩愈并称为“四子”，《上欧阳内翰第二书》曰：“自孔子没，百有余年而孟子生；孟子之后，数十年而至荀卿子；荀卿子后乃稍阔远，二百余年而扬雄称于世；扬雄之死，不得其继千有余

①苏轼：《苏轼文集》，中华书局1986年版，第1427页。

年，而后属之韩愈氏；韩愈氏没三百年矣，不知天下之将谁与也……”[①]在《〈六一居士集〉叙》中，苏轼认为欧阳修最有资格承继“道统”，他自己又以承继欧阳修“道统”自居，并将此责任继续托付于自己的弟子。苏辙《欧阳文忠公神道碑》盛赞欧阳修对“文统”的传承之功，他详细描述了古文发展历程，后人的论述多类此，如茅坤的“文统”观即参照其观点进行发挥。“三苏”将欧阳修直接韩愈，成功地拟构了新的“文统”。韩愈、欧阳修、苏轼等人文道并重，重道而不轻文，将“文统”与“道统”统一，是以复古求革新。

北宋中期，理学逐渐兴起，特别重视文、道之辨。周敦颐（1017年—1073年）首先提出“文以载道”，《通书・文辞》说：“文，所以载道也。轮辕饰而人弗庸，徒饰也，况虚车乎？文辞，艺也；道德，实也。笃其实而艺者书之，美则爱，爱则传焉。贤者得以学而致之，是为教。故曰‘言之无文，行之不远’。”[②]重视“文”对“道”的工具性，他反对的是“不知务道德而第以文辞为能者”的“艺”，并不完全否认艺术价值。《爱莲说》寄寓修身而不出世、应俗而心灵高洁的情怀，理脉贯通，简而有法，平淡典雅。程颢、程颐站在纯粹的道学立场，更趋极端，直接提出“作文害道”“玩物丧志”，认为韩愈古文根本不值得仿效。陈善《扪虱新话》卷五云：“唐文章三变，本朝文章亦三变矣；荆公以经术，东坡以议论，程氏以性理，三者要各立门户，不相蹈袭。然其末流，皆不免有弊，虽一时奉行之过，其实亦事势有激而然也。”[③]

北宋“古文运动”，经过“靖康之变”（1127年）后一度低沉，到南宋继续发生广泛影响，欧、曾、王、苏古文逐渐成为文坛无施不可的应用工具。高宗绍兴末年至理宗端平年间（1161年—1235年），是南宋古文创作的繁荣期，出现了事功派、理学派交相辉映的局面。

事功派以陈亮、叶适为代表，纵论恢复，经世济用，才气奔放。陈亮（1143年—1194年）散文论列古今，指陈时弊，言之有物，不尚空谈，激情洋溢，慷慨奋发，辞采焕发，俊丽雄伟，铺张扬厉，颇有战国纵横家之风，既有思想性，又有艺术感染力。代表作《上孝宗皇帝第一书》议论风

①苏洵：《嘉祐集笺注》，上海古籍出版社1993年版，第334页。

②周敦颐：《周子通书》，上海古籍出版社2000年版，第39页。

③陈善：《扪虱新话》卷五，《丛书集成初编》本。

生，雄放恣肆，才辨纵横，不可控勒，“堂堂之阵，正正之旗”，有“开拓万古之心胸，推倒一时之杰豪”的雄姿。《中兴五论》也是名作。叶适（1150年— 1223年）《赠薛子长》强调为文不能关教事，虽工无益。尤擅长碑状、记、序等文体，博古通今，讲究实用，意趣高远，精诣处有韩、柳所不及。四库馆臣称叶适：“文章雄赡，才气奔逸，在南渡卓然为一大宗。”[①]陈亮、叶适政论文，义正词严，气势磅礴，言辞恳切，注重实用，提高了文章的现实意义，在欧、曾、王、苏之外开辟了古文新境界。

北宋理学家大多轻视文学，不善文章，到了南宋，情况有所改变。朱熹（1130年— 1200年）是宋代理学“集大成”者，继承北宋理学家“文以载道”传统，对“文”“道”关系作了深入论述。他说：“道者，文之根本；文者，道之枝叶。惟其根本乎道，所以发之于文，皆道也。三代圣贤文章，皆从此心写出，文便是道。”[②]重道，但不忽视艺术性。朱熹强调作家的人格修养，推崇比兴和温柔敦厚，反对模拟，提倡创新，注重涵泳、风致，以欧、苏之体法发程、张之学问，对当时和后世古文创作都产生了深远影响。清李慈铭曰：“朱子之文明净晓畅，文从字顺，而有从容自适之致，无道学家迂腐拖沓习气。”[③]真德秀《〈日湖文集〉序》推崇文章自然而然：“盖圣人之文，元气也。聚为日月之光辉，发为风尘之奇变，皆自然而然，非用力可至也。”[④]魏了翁推崇“肆笔脱口”的自然文风。朱熹三传弟子王柏《〈发遣三昧〉序》认为：“文章从胸中流出，自然典实光明，是之谓正气，后世专务辞章，雕刻纂组，元气漓矣。”[⑤]南宋中后期，理学家融理学和文章于一体，讲究穷理致用，华实相合。

陆游（1125年— 1210年）在散文上也颇有造诣，有《渭南文集》五十卷。记、铭、序、跋等，内容丰富，或论文说诗，或描述日常生活，或抒发情感。题跋情感真挚，议论深刻，大部分篇幅短小精悍，简洁雅致。有些题跋趣味盎然，韵趣隽永，情韵兼胜，极具诗情画意，如《跋程正伯所藏山谷帖》《跋刘凝之陈令举骑牛图》《跋韩晋公牛》《跋画橙》，可见作

①永瑢等撰：《四库全书总目》卷一六〇，中华书局1965年版，第1382页。

②朱熹：《朱子语类》卷一三九，中华书局1986年版，第3319页。

③李慈铭：《越缦堂读书记》卷八，上海书店出版社2015年版，第914页。

④真德秀：《西山文集》卷二八，《文渊阁四库全书》本。

⑤王柏：《鲁斋王文宪公文集》卷四，《文渊阁四库全书》本。

者闲适意趣，令人神往。[①]辛弃疾（1140年—1207年）《美芹十论》和《九议》全面、精辟地分析了当时形势，提出进取方略，文笔酣畅，虎虎有生气。刘克庄《〈辛稼轩集〉序》评其文“笔势浩荡，智略辐凑，有《权书》《衡论》之风”[②]。

南宋时，古文选集的刊行盛极一时。林之奇编纂《观澜文集》，明显推重唐宋文章，吕祖谦编纂《皇朝文鉴》与《古文关键》承继发扬。《古文关键》是吕祖谦为门人学子学习科考之文而编选并点评的文章选本，选取唐宋古文大家韩愈、柳宗元、欧阳修、曾巩、苏洵、苏轼、苏辙、张耒之文共六十余篇，示人门径，便于科举，在“唐宋八大家”的形成以及唐宋古文经典化进程中产生了深远影响。《古文关键》是现存最早带有评点的文章选本，具有典范意义，其后南宋文章选本，如楼昉《崇古文诀》、谢枋得《文章轨范》、真德秀《文章正宗》等皆受其沾溉。

南宋末期，古文呈现衰落趋势，但在亡国之际，文天祥、谢枋得、刘辰翁、郑思肖、谢翱、邓牧、王炎午等人的古文，抒发爱国情怀，慷慨激昂，悲壮雄劲，是用血泪甚至生命写出的。文天祥《〈指南录〉后序》、谢枋得《却聘书》、刘辰翁《文文山先生像赞》、郑思肖《文丞相序》、谢翱《登西台恸哭记》等，如他们的人格，峭劲高奇，是天地间至文。

王若虚认为“散文至宋人始是真文字，诗则反是矣”[③]。历来对宋文的评价，都重北宋而轻南宋，王若虚批评：“宋自过江后，文弊甚矣。”[④]其实，南宋散文也有前述一批名家名作和延展开拓之功，只因朝廷偏安江左，文坛也难以复现北宋六大家盛况。两宋古文是“一代之文”，是古代散文的全面丰收期。明代唐顺之、归有光等“唐宋派”古文和清代“桐城派”古文皆为唐宋古文的直接继承和发展。这一古文新传统支配了古代文坛千余年，直至“五四”新文学运动，才被现代白话文所取代。

与南宋对峙的北方政权金代的古文也有特色。金初，古文创作体现出宋、辽、金三朝各族文化的熔铸，质朴劲健，富有气势，上承唐宋古文所开创的平易晓畅文风，中和北方雄深浑厚的地域文化和文风，下启元代文

①欧明俊：《陆游研究》，上海三联书店2007年版，第236—237页。

②刘克庄：《后村先生大全集》，四川大学出版社2008年版，第2522页。

③王若虚：《滹南集》卷三十七，《文渊阁四库全书》本。

④王若虚：《滹南集》卷三十七，《文渊阁四库全书》本。

章变革之关捩。韩昉、宇文虚中、蔡松年等人皆是金朝从辽、宋两朝网罗来的文人。宇文虚中是金代文坛第一位盟主，为人慷慨，辞采典赡，有强悍雄豪之气。世宗、章宗时，蔡珪、王寂、党怀英、王庭筠等在金代时成长起来的进士在文坛崭露头角，文风质朴刚健。王若虚（1174年—1243年）《文辨》四卷代表了金代散文批评的最高成就，《文辨》卷一主张辞达理顺，反对文章一味追求古意，认为“古今互有短长”“夫文章唯求真是而已，须存古意何为哉？”[①]真性情才是真散文，求真而不崇古。《文辨》卷三曰：“夫文岂有定法哉？意所至则为之题，意适然殊无害也。”[②]《文辨》又云：“或问：‘文章有体乎？’曰：‘无。’又问：‘无体乎？’曰：‘有。’‘然则果何如？’曰：‘定体则无，大体须有。’”著文“惟史书、实录、制诰王言决不可失体”“其他皆得自由”[③]。不固守“定体”，只求“大体”，这是一种“开放”观念。王若虚古文长于辨惑，刺世文尤为精警。元好问（1190年—1257年）被尊为“北方文雄”“一代文宗”，是金代散文的“集大成”者。《诗文自警》系统表述散文理论主张，重视以意为主、变中有正、熟中生巧、中和之美，吸纳赵秉文、李纯甫两派散文理论之长。元好问古文众体兼擅，尤以碑志文见长，叙事平实，间杂以传奇手法，人物刻画惟妙惟肖。记体文承继赵秉文、王若虚等人宗法欧、苏的倾向，同时借鉴李纯甫等人宗法韩、柳的趣味，还汲取北朝郦道元、杨衒之的实录品格，知性与审美融为一体，质朴而灵动，典雅而明达。元好问继承先秦、汉魏，特别是唐宋古文的优良传统，得文脉之正，在北方拓展了古文的发展道路。

第二节　韩　愈

韩愈（768年—824年），字退之，河南河阳（今河南孟州南）人。自

①王若虚：《滹南集》卷三十四，《文渊阁四库全书》本。

②王若虚：《滹南集》卷三十六，《文渊阁四库全书》本。

③王若虚：《滹南集》卷三十七，《文渊阁四库全书》本。

谓郡望昌黎，世称韩昌黎。幼时孤苦，自知勤学，日诵千言，《新唐书》本传载：“比长，尽能通‘六经’、百家学。”[①]贞元八年（792年）擢进士第。元和十四年（819年），因谏宪宗拜迎佛骨入内，被贬为潮州刺史。晚年任吏部侍郎，故称韩吏部。卒于长安，谥号文，世称韩文公，有《韩昌黎集》传世。

韩愈是唐代“古文运动”的领袖，不仅以理论倡导掀起古文高潮，而且以创作实绩建树不朽丰碑，引领散文复兴主潮。韩愈散文是其古文理论的成功实践和完美体现，各体均有杰作，尤以论说、赠序、碑志、哀祭称雄于唐代，见重于后世。

韩愈论说文多宣扬儒家“道统”。《原道》《原性》《原毁》《原人》《原鬼》等“五原”，推论本原，弘扬儒道，义正词严，条理畅达，是“明道”之文的典范。《原道》阐发道统，攘斥佛、老，成为复兴儒道的纲领性文章。全文扣紧“仁、义、道、德”四字，批评道家“去仁与义”的道德论为“一人之私言”，指斥佛家“清静寂灭”的治心说是“灭其天常”，自称“凡吾所谓道德云者，合仁与义言之也，天下之公言也”，认定“先王之教”为“博爱之谓仁，行而宜之之谓义；由是而之焉之谓道，足乎己，无待于外之谓德”，“斯吾所谓道也，非向所谓老与佛之道也”，“尧以是传之舜，舜以是传之禹，禹以是传之汤，汤以是传之文、武、周公，文、武、周公传之孔子，孔子传之孟轲，轲死，不得其传焉”。作者以传孔孟之道为己任，抱着“不塞不流，不止不行”的斗争精神，对佛、老采取“人其人，火其书，庐其居”的决绝态度，来“明先王之道”，充满卫道者的道义感和自信心。因此，全文征圣立言，居高临下，逐层深入，论辩有力，义正辞达，气盛言宜，充分体现其论道文章的特色。他大力辟佛，甚至冒死进谏，写了《论佛骨表》，批评宪宗佞佛之举，“伤风败俗，传笑四方”；斥佛骨为“朽秽之物”，“乞以此骨付之有司，投诸水火，永绝根本”；并宣称“佛如有灵能作祸祟，凡有殃咎，宜加臣身”。他从古论今，据理力谏，立论大胆，笔力雄健，反流俗，触逆鳞，虽遭被贬潮州的挫折，却见其耿直心性、过人胆识。

韩愈论说文也针对现实，有感而发，作不平之鸣。《原毁》通过列举

①欧阳修、宋祁编：《新唐书》，中华书局1975年版，第5255页。

古今“君子”对待自己和别人的不同态度，揭露“今之君子”“其责人也详，其待己也廉”的原因在于“怠与忌”，“怠者不能修，而忌者畏人修”，因而出现“事修而谤兴，德高而毁来”的反常现象。通篇对比，正反互映，事例典型，辨析透彻，心理透视特别精到，对求全责备、嫉贤妒能的时弊与通病予以深刻批判。《讳辩》为李贺鸣不平，重在讥俗，针对当时社会舆论认为李贺必须避父名之讳、不得参加进士考试一事，韩愈讽刺道：“父名晋肃，子不得举进士；若父名仁，子不得为人乎？”凌厉斩截，笔无藏锋，援引古事，证以今典，追源溯流，横出锐入，步步紧逼，有力抨击了“避讳”的不合情理。韩愈有些议论文针砭时事，近乎寓言，短小精悍，形式活泼，尖刻犀利，一针见血。《杂说一·说龙》《杂说四·说马》《获麟解》等，借龙、马、麟等动物的遭遇来写人，寓有怀才不遇的感慨。《说马》曰：“世有伯乐然后有千里马。千里马常有，而伯乐不常有。”以马喻人，借千里马不遇伯乐指责统治者不能发现人才、重用人才，讽刺世有高才而无伯乐，为人才不得施展本领而鸣不平。构思精巧，简峻明快，而寄慨遥深。

《师说》当作于贞元十八年（802年）韩愈任国子博士时，针对当时举世不相师的风气而发。着重论述了师的作用、从师学习的必要性和重要途径，大胆提出恢复师道的主张，批判了当时社会耻于从师的不良风气。开篇即提出“古之学者必有师”的中心论点，接着层层深入展开论证，古今、幼长、下层匠人与上层官僚等多方位对比，从正反两方面申说“必有师”的道理，提出自己新的师道思想，强调能者为师，既赋予“师”以“传道、授业、解惑”的职责，又打破传统师法森严的壁垒，将师生关系社会化。观点鲜明，层层深入，感情激越，说服力强。文中运用排偶句、对比句，穿插感叹、反问，使文气更为充沛，增强了论辩力度。韩愈“抗颜为师”，在当时引起流俗很大非议，文章体现了他直道而行的勇气。

《进学解》则假设太学生的反问，通过自己的辩解，抒写怀才不遇、仕途蹭蹬的愤懑和牢骚，既自我解嘲又反讽社会。国子先生的形象从多视角、多层面得以立体表现，既有“业精于勤，荒于嬉；行成于思，毁于随”的诲人不倦，又有“口不绝吟于六艺之文，手不停披于百家之编”的博学勤勉，且有“跋前踬后，动辄得咎。暂为御史，遂窜南夷。三年博士，冗不见治。命与仇谋，取败几时。冬暖而儿号寒，年丰而妻啼饥。头童齿豁，竟死何裨”的落魄潦倒，还有“学虽勤，而不繇其统；言虽多，而不要其中；文虽奇，而不济于用；行虽修，而不显于众”的自贬，以及“动而得谤，名亦随之，投闲置散，乃分之宜”的自嘲，绘声绘影，栩栩如生。以问答形式抒发不遇之感，此种写法源于战国诸子的驳论之文，西汉东方朔《答客难》将其发展为一种新的文体，扬雄仿之而作《解嘲》，班固仿之而作《答宾戏》，后世继作者甚多。《进学解》取法古人而自有创新，质问是正话反说，答问则反话正说，正反错综，抑扬有致，变化多姿，奇崛不凡，且又采押韵的辞赋体，大量使用排比句式，声情并茂，庄谐杂出，堪称抒感性与幽默性完美结合的杂文名作。

韩愈书信有答问、上书、与友辈笔谈等体式，多谈文论学，议事说理，写得更为自由随意，灵活多样。《答李翊书》是一篇重要文论，论及作文立言要“养其根而竢其实，加其膏而希其光”“气盛则言之短长与声之高下者皆宜”等理论问题。他结合自己的经验体会而现身说法：“始者非三代两汉之书不敢观，非圣人之志不敢存，处若忘，行若遗，俨乎其若思，茫乎其若迷。当其取于心而注于手也，惟陈言之务去，戛戛乎其难哉……如是者亦有年，犹不改，然后识古书之正伪，与虽正而不至焉者，昭昭然白黑分矣……如是者亦有年，然后浩乎其沛然矣。吾又惧其杂也，迎而拒之，平心而察之，其皆醇也，然后肆焉。虽然，不可以不养也。行之乎仁义之途，游之乎《诗》《书》之源，无迷其途，无绝其源，终吾身而已矣。”这修炼三阶段和“终吾身而已”的说法，不仅表现了韩愈治学为文的精进历程和严肃态度，而且揭示了思想艺术修养的普遍规律，对于人生修养也具有启发意义。其书信又多为自己或朋友鸣不平，《与崔群书》《与李翱书》《与孟东野书》等，交流日常心得，抒写朋友情义，感叹世路艰难、身世坎坷，愤世嫉俗，沉郁低回，颇具感染力。

韩愈有“干谒”书信十余通，大多是中进士之后所写。他无世家凭资，故汲汲于向当局自荐。如贞元十一年（795年）接连有三上宰相书之举。第一通《上宰相书》引经据典，名正言顺：“伏惟览《诗》《书》《孟子》之所指，念育才锡福之所以；考古之君子相其君之道，而忘自进自举之罪；思设官制禄之故，以诱致山林逸遗之士；庶天下之行道者知所归焉。”力图以古圣贤“乐育材”的大道理说动时宰提携自己。上书十九天没接到回音，便又写一封，《后十九日复上书》则直述自己“蹈于穷饿之水火”的窘境，“大其声而疾呼”，希望以悲情打动对方。过了四十八天还不见回音，于是再写一封，《后廿九日复上书》就直言不讳，以周公举贤之热诚来对照时宰待士的冷漠，既道出“愈之待命四十余日矣，书再上而志不得通，足三及门而阍人辞焉”的苦衷和不满，又表现“今天下一君，四海一国”而求仕无路、报国无门的悲切心怀，情词激烈，责望急切，连用一连串反问句，排比而出，错落有致。韩愈的干谒文难免有些媚词套语而招致讥评，但他从自己的坎坷经历中切身体会到人才不被发现和重用的痛苦，既作不平之鸣，又提倡伯乐之道，发展深化了“感士不遇”的传统主题。

韩愈的赠序大都别出心裁，言简意赅，形式多样，亦多不平之鸣，富于诗意和理趣。《送孟东野序》以“大凡物不得其平则鸣”句振起，却不直接引入孟郊事，而是从物声说到人声，进而说到文辞，说文辞，又从上古说到唐代，看似离题，不着边际，但都围绕一“鸣”字做文章。最后仅寥寥数语归结到孟郊，点明正题，抒发作者人生感慨，发泄对社会埋没人才的怨气。虽连用三十八个“鸣”字，但句式变化，并不单调，有种喷涌而出的气势。《送董邵南序》借送行赠言，既感慨“董生举进士，连不得志于有司，怀抱利器，郁郁适兹土”去燕赵藩镇割据之地谋求出路的无奈之举，又寄托劝勉董生和燕赵之士保持“慕义强仁”古风而为朝廷效力的深意。首句“燕赵古称多感慨悲歌之士”，劈空而来，一股郁勃之气溢于毫端，以重笔陡然而起，突兀而现，然后转入本题，情调悲怆。韩愈既不赞成董邵南投靠藩镇，又要为他送行，表面是送别，内心却是劝勉，文情顿挫抑扬，语意委婉含蓄。最后托董生向燕赵之士致意，“明天子在上，可以出而仕矣”，既有婉劝董生之意，又希望朝廷能爱惜人才，凝聚人心，言简意赅，寄意深远。《送李愿归盘谷序》借隐士李愿之口，生动地刻画出官场大小人物的丑态，“坐于庙朝，进退百官，而佐天子出令。其在外，则树旗旄，罗弓矢，武夫前呵，从者塞途”，“伺候于公卿之门，奔走于形势之途，足将进而趑趄，口将言而嗫嚅，处秽污而不羞，触刑辟而诛戮”，穷形尽相，令人啼笑皆非；也尽情抒写隐居山林的适意，“穷居而野处，升高而望远，坐茂树以终日，濯清泉以自洁。采于山，美可茹；钓于水，鲜可食。起居无时，惟适之安”。美丑并举，对照鲜明，寄寓愤世嫉俗之鸣。作者借题发挥，作歌抒怀，“膏吾车兮秣吾马，从子于盘兮，终吾生以徜徉”。赠序双方，灵犀相通，互动共鸣，庄谐杂出，散骈交融，比一般赠序超拔放达。

韩愈记叙抒情类散文有杂记、传状、碑志、哀祭等体式，善于纪事写人，言情述怀。《画记》描述一卷小画中一百二十三人的三十二种姿态，八十三匹马的二十七种姿态，以及其他器物等，以文记画，炼字状物，惟妙惟肖，句式多变，长短错落，读来历历在目，娓娓动听，写法脱化于《尚书·顾命》《周礼·考工记·梓人职》。他从弹棋赌博中赢得此画，爱不释手，把画面影像都品鉴细数过，后巧遇原画临摹者赵君，“余既甚爱之，又感赵君之事，因以赠之，而记其人物之形状与数，而时观之，以自释焉”。加上这段佳话，此文更隽永有趣。《燕喜亭记》写该景点开发、营造过程和命名用意，言之有序，颂之得体。友人王弘中在贬所连州“丘荒之间”发现“异处”，稍加整理，即成美景：“出者突然成丘，陷者呀然成谷，洼者为池而缺者为洞”，“乃立屋以避风雨寒暑”，开头寥寥几笔，就写出景点的来由和奇异。作者受托为之命名写记，因未亲历而避实写意，从“容”与“德”两方面给各景物起了美好的名称，如“俟德之丘”“谦受之谷”“振鹭之瀑”“寒居之洞”“君子之池”“天泽之泉”等，“合而名之以屋，曰‘燕喜之亭’，取《诗》所谓‘鲁侯燕喜’者颂也”，藉此提升景点的价值，颂扬主人的功德。最后追述主人被贬后的经历见识，引“智者乐水，仁者乐山”称颂“弘中之德，与其所好，可谓协矣”。此文即物见人，即事寓理，连类排比，承“比德”传统而赋予新意。《蓝田县丞厅壁记》为贬官崔斯立而写，如实记载县丞有职无权的尴尬处境和官场见风使舵的势利习气，写出友人从“种学绩文”到“噤不得施用”的变化，使“余不负丞，而丞负余”的不平之鸣长留于县衙内，在厅壁记之中实属罕见。

《张中丞传后叙》是传状文名作，补叙李翰《张巡传》阙漏的事迹，记述张巡、许远、南霁云在安史之乱中死守睢阳英勇抗敌的佚事而独立成篇。前半部分夹叙夹议，为许远“城陷而虏，与巡死先后异耳”辩诬，证明许远和张巡一样悲壮，功不可没：“守一城捍天下，以千百就尽之卒，战百万日滋之师，蔽遮江淮，沮遏其势，天下之不亡，其谁之功也!”层层驳诘，笔端饱含激情。后半部分根据自己所得民间传闻，写张巡、南霁云事，绘声绘色，可歌可泣。特写南霁云乞师贺兰情景，以浓墨重彩刻画其“勇且壮”的性格特征。“断指”举动，反映出他愤慨之深和义无反顾的决心；“抽矢射塔”细节，表现出南霁云与贺兰进明不共戴天的刚烈性格和英武气概，寥寥数语，入木三分。文中表现张巡个性、品格，也主要借助细节描写：诵读《汉书》，表现其博闻强记，才华超群；起旋众泣，表现视死如归，从容就义，也反映出张巡深得军心，在部下心目中有崇高威望。不同人物性格相互映衬，相得益彰。承《史记》笔法，熔叙事、议论、抒情于一炉，简练平实，感慨愤激。句子长短伸缩，声调高下抑扬，语言运用极尽曲折变化之能事，奇横杰出，词锋峻利。千百年后读来，仍使人感奋激动。

《圬者王承福传》为泥水匠立传，本身就有创新意义。作者借传主之口，把王承福写成自食其力、安分守己的“贤者”，符合当时人们的身份定位和认识水平，但把他视为“独善其身者”，讥为“学杨朱之道”，则体现了作者自己的立场和寓意。《毛颖传》则以虚构手法为一支毛笔立传，近似于传奇而别具一格。叙述毛颖受启用、升迁、最后老而被弃的过程，暗合毛笔一生，文末“太史公曰……颖与有功，赏不酬劳，以老见疏，秦真少恩哉”，隐喻现实，寓意含蓄。虽是“不可时施，只以自嬉”之作，却讽刺了统治者的“少恩”。以文为戏，诙谐幽默，怪怪奇奇，嬉笑呵怒，表现了韩愈风趣、豁达的另一面。传记形式的庄重性和所传之物的渺小性产生巨大反差，带来强烈的艺术冲击力。另类于其载道文，也另类于一般传记文体。《毛颖传》刚问世即引起“热评”，宰相裴度《寄李翱书》批评它“不以文立制，而以文为戏”①，代表了时人的一般见识。柳宗元《读韩愈所著〈毛颖传〉后题》则肯定“韩子穷古书，好斯文，嘉颖之能尽其意，故奋而为之传，以发其郁积，而学者得以励，其有益于世欤！”②清储欣《唐宋八大家类选》赞为“以史为戏，巧夺天工”③。《毛颖传》影响广泛，后世仿作颇多，如晚唐司空图《容成侯传》、陆龟蒙《管城侯传》，宋代秦观《清和先生传》、张耒《竹夫人传》、李觉《竹颖传》等，皆饶有趣味。

韩愈碑志不简单因袭六朝以来公式化的“铺排郡望，藻饰官阶”之文，而是着重刻画人物形象，并融入作者自己的情感态度和独到见识，把典重的碑志写成精彩的传记。《平淮西碑》高度赞扬宪宗依靠裴度平定淮西叛乱，主张尊王攘夷，维护中央集权，反对割据，立场鲜明。用《尚书》和《雅》《颂》体裁，篇幅宏大，语句奇重，酣畅淋漓。《国子助教河东薛君墓志铭》选取薛公达一生中三件突出事例予以描述，形象描绘出传

①董诰等编：《全唐文》，中华书局1983年版，第5462页。

②柳宗元：《柳宗元集》，中华书局1979年版，第570—571页。

③储欣编：《唐宋八大家类选》卷十三，清刻《古文汇选》本。

主“气高”“务出于奇”和“不同俗”的性格特征。其中写他以竞射而技冠全军一段，类似小说笔法，最为精彩。《试大理评事王君墓志铭》叙述“天下奇男子王适”生平事迹和“奇士”侯高当日嫁女王适的滑稽故事，特别是写骗婚经过，生动活泼，侯翁的迂直，媒妪的狡猾，王适的违俗不羁，都借助灵动的文字跳出纸外，带有传奇性，有别于传统碑志文，是韩愈对墓志的出格创造。

《祭柳子厚文》《柳子厚墓志铭》《柳州罗池庙碑》三篇，从不同角度写亡友柳宗元的身世、功业和人格，充分体现祭文、墓志铭、碑文三体的特色。韩愈与柳宗元政见不同，却交谊深厚，文心相通，在古文运动中相互声援，协力推进。韩愈为柳宗元写了三篇纪念文章，先是祭文，用四言韵语一唱三叹：“子之中弃，天脱馽羁，玉佩琼琚，大放厥词”，“子之自著，表表愈伟”，“子之文章，而不用世”，“子之视人，自以无前”，“临绝之音，一何琅琅”，凝练概括了亡友的不幸遭际和突出成就，又沉痛表示自己对亡友的许诺和哀悼：“非我知子，子实命我。犹有鬼神，宁敢遗堕。念子永归，无复来期。设祭棺前，矢心以辞。”以情挚意切感人。继而写墓志铭，则全面展开记叙，聚焦于其“材不为世用，道不行于时”的贬谪生涯，着重采写他在逆境中“益自刻苦”而做出利民政绩、写出传世文章和为朋友见义勇为的三件典型事例，突出其“士穷乃见节义”的高贵品格和“穷而后工”的创作成就。全文既赞颂柳宗元的才华、功德和人格，又同情他的坎坷遭遇，为他大鸣不平，也不避讳自己对亡友早年急于功名的委婉批评，并在推论中提出仕途与文学得失成败的背反问题，还在对比中揭露和讽刺世俗势利之交的虚伪和丑陋，文情深厚曲折，笔调低回屈抑，挽歌当哭，志铭颂德，堪称其墓志的压卷之作。柳州士民为柳宗元建庙立碑，将他供奉为神，韩愈再撰碑文，从功德影响的角度来写，采民间传说入碑志，并作出合情合理的解释：“余谓柳侯，生能泽其民，死能惊动福祸之以食其土，可谓灵也已。”充分表现了柳宗元在柳州人民心中的崇高地位和教化作用。这三篇文章熔记叙、抒情和议论为一炉，传柳宗元人格于千秋，是名家记名家、写知己的经典名作。

韩愈碑志写法上一人一样，别出手眼，不拘格套，或正写，或反写，或赞美，或讽刺，尤重细节描写，借一二琐事，就将传主性格、心态巧妙展现出来。韩愈继承《史记》《汉书》传统，描绘人物，生动奇特。明吴讷《文章辨体序说》称赏韩愈墓志铭为古今之最。大量墓志中，韩愈也有些“谀墓”之作，当时已受讥评。有些文章过分追求新奇古奥，佶屈聱牙，生涩冷僻，如《曹成王碑》即有刻意“做”的痕迹。

韩愈的哀祭文与碑志异曲同工，而更具抒情性和个人性。如《欧阳生哀辞》《祭河南张员外文》等，写朋友交谊和患难生活，真情实感，感人肺腑。最为感人的《祭十二郎文》，一改字斟句酌的格套，直抒胸臆，哀家族凋零衰落，叹自身未老先衰，悲侄子英年早逝，疑天理，疑神明，极写悼念亡侄的辛酸悲恸，同时倾注了他志士摧抑、世路无常、心境凄凉的悲愤。以向亡灵诉说的口吻叙写，情真意切，无一语不从至性中流出，字字血，声声泪，长歌当哭，动人哀感。中间一段写初闻噩耗时将信将疑、不甘相信又不得不信的心理状态：“孰谓少者殁而长者存，强者夭而病者全乎！呜呼，其信然邪？其梦邪？其传之非其真邪？信也，吾兄之盛德而夭其嗣乎？汝之纯明而不克蒙其泽乎？少者强者而夭殁，长者衰者而存全乎？未可以为信也，梦也，传之非其真也？东野之书，耿兰之报，何为而在吾侧也？呜呼！其信然矣，吾兄之盛德而夭其嗣矣！汝之纯明宜业其家者，不克蒙其泽矣！所谓天者诚难测，而神者诚难明矣！所谓理者不可推，而寿者不可知矣！”似梦非梦，以长悼少，语意反复，感慨万端，而又一气贯注，回旋往复，絮絮叨叨，不知所云之中，更见内心伤痛欲绝。句句用语助词收尾，“也”“乎”“耶”“矣”不同语气错落相杂，或感叹，或疑问，句子忽长忽短，表现出感情的激烈起伏变化，尤为动人。最后一段反躬自责，“汝病吾不知时，汝殁吾不知日；生不能相养以共居，殁不能抚汝以尽哀，敛不凭其棺，窆不临其穴；吾行负神明而使汝夭，不孝不慈，而不得与汝相养以生，相守以死；一在天之涯，一在地之角，生而影不与吾形相依，死而魂不与吾梦相接：吾实为之，其又何尤？彼苍者天，曷其有极！”如怨如悔，如泣如诉，追悔不已，哀怨并作，写尽生离死别的深悲极恸。南宋赵与时《宾退录》卷九引青城山隐士安子顺语：“读诸葛孔明《出师表》而不堕泪者，其人必不忠；读李令伯《陈情表》而不堕泪者，其人必不孝；读韩退之《祭十二郎文》而不堕泪者，其人必不友。”[①]茅坤誉此文是祭文中“千年绝调”[②]。

韩愈兼擅众体，论说、碑志、祭文、赠序、书启、传记等，尤为突

①赵与时：《宾退录》卷九，《文渊阁四库全书》本。

②茅坤：《唐宋八大家文钞·韩文公文钞》卷十六，黄山书社2010年版，第667页。

出，都善于突破成规，独开门户，为各体古文注入新生命，开拓出新境界，形成了雄浑瑰奇的总体风格。韩文的突出成就主要表现在：一是以文明道，文道相生。他宗经明道而又联系现实，对修齐治平、伦理道德、士人进退、世态时弊等内容尤为关注，征圣传道，援古喻今，即事见理，据理立言，为古文贯注儒学思想、现实关怀和不平之鸣，思想情感充实深厚，矫正骈文浮华空疏之弊，强化古文的教化功能和存在价值，表现出革故鼎新、闳中肆外的大家气度。二是道明气昌，气盛言宜。他以传道济世的热诚和正气宣扬儒道，议论时政，评骘人物，发愤抒情，气势雄浑，言之大小与声之高下皆顺势而来，起伏跌宕，变化莫测，人称韩文"如海"，"如长江大河，浑浩流转，鱼鼋蛟龙，万怪惶惑，而抑遏掩蔽，不使自露"①，正道出其文风的突出特点。三是含英咀华，变"笔"为"文"。韩文通各体之变，博采众家之长，师古圣人之意而不师其辞，务去陈言而坚持"词必己出"，"能自树立"，力求"文从字顺各识职"，吸取古人精华，在继承基础上创立自己的文体风格。他主要学到孟子的雄辩、庄子的恣肆、司马迁的雄奇、扬雄的闳深、司马相如的奇丽，还化骈入散，把排偶辞藻的声韵气格融入散体古文之中，增强古文的节奏感和抒情性，把应用性之"笔"转化为文学性之"文"。不仅碑志、哀祭、传状、杂记等记叙抒情类散文如此，论说、赠序、奏表等议论说理类文章也富于情采和气韵，极具感染力。

时人和后人对韩愈古文评价极高，杜牧将韩愈古文与杜甫诗相提并论，称为"杜诗韩笔"。苏轼《潮州韩文公庙碑》盛赞韩愈"文起八代之衰，而道济天下之溺"②。刘熙载《艺概》补充说："韩文起八代之衰，实集八代之成。"③韩愈在批判骈风的同时，又十分重视散文规范的重建，在无法与有法之间，创立了一种与上古文判然有别的新的散文规范。韩愈被后人尊为"唐宋八大家"之首，他倡导的"古文运动"，改变了唐代散文的发展方向，革新了一代文体、文风，成为时人和后世师承的典范，影响广泛深远，在散文史上享有崇高地位。

①苏洵：《嘉祐集笺注》，上海古籍出版社1993年版，第328页。

②苏轼：《苏轼文集》，中华书局1986年版，第509页。

③刘熙载：《艺概》，上海古籍出版社1978年版，第20页。

第三节 柳宗元

柳宗元（773年—819年），字子厚，祖籍河东郡（今山西运城），世称柳河东，因官终柳州刺史，故又称柳柳州。贞元九年（793年）举进士，五年后登博学鸿词科，授集贤殿正字。永贞元年（805年），同刘禹锡等参与王叔文集团的政治革新，升任礼部员外郎，九月因革新失败而被贬为永州（今属湖南）司马。十年后又被贬至更偏远的柳州任刺史，兴利除弊，政绩卓著，历四年而卒于贬所，当地士民建祠庙供奉和纪念。其诗文由好友刘禹锡汇编为《柳河东集》。

柳宗元一生以三十三岁被贬为界，明显分为前后期。前期在京城仕途顺畅，热心用世，所作多为骈体的表、状、奏、启、碑志、书序等，酬赠之作多，传世名篇少。被贬后罪谤交积，备受磨难，对人生社会和山水自然深有体验，发愤创作，佳作连篇，是其创作的辉煌时代。他在《答吴武陵论〈非国语〉书》中自述："仆之为文久矣，然心少之，不务也。以为是特博弈之雄耳。故在长安时，不以是取名誉，意欲施之事实，以辅时及物为道。自为罪人，舍恐惧则闲无事，故聊复为之。然而辅时及物之道，不可陈于今，则宜垂于后。言而不文则泥，然则文者固不可少耶！"[①]《答韦中立论师道书》说："始吾幼且少，为文章以辞为工。及长，乃知文者以明道，是固不苟为炳炳烺烺，务采色、夸声音而以为能也。凡吾所陈，皆自谓近道，而不知道之果近乎远乎？"[②]他声援韩愈"文以明道"的主张，但始终坚持"辅时及物之道"，思想比韩愈更为开明，切合时用，贬谪时期更专注于古文道艺，抵达人格卓立与艺术独创高度统一的境界。其散文创作内容丰富，体式多样，论说、寓言、传记、游记、书信、祭文等，均有极高成就，尤以"永州八记"独步文坛，千古传诵。

柳宗元论说文有论、说、议、辩、对、答诸体，以政论、史论称胜。《封建论》熔政论、史论于一炉，集立论、驳论为一体，对分封制和郡县

---

①柳宗元：《柳宗元集》，中华书局1979年版，第824页。

②柳宗元：《柳宗元集》，中华书局1979年版，第873页。

制两种制度之争作出了超越前人的论断。全文围绕一个“势”字，即从社会历史发展的必然趋势和客观规律着眼，纵论社会制度的兴废是由其历史发展的客观趋势决定的，而不以“圣人之意”为转移。据此立论的制高点，前半部分论析“封国土、建诸侯”的分封制的起源、变迁和弊端，论证郡县制取代分封制的必然性和合理性。后半部分辩驳分封制优于郡县制的三种代表性观点，比较分析分封制“失在于制，不在于政”，郡县制“失在于政，不在于制”，揭示二者的本质区别：殷、周的分封制“非公之大者也，私其力于己也，私其卫于子孙也。秦之所以革之者，其为制，公之大者也，其情，私也，私其一己之威也，私其尽臣畜于我也。然而公天下之端自秦始。”先立后破，破中有立，最后合立破两面而论，“夫天下之道，理安，斯得人者也。使贤者居上，不肖者居下，而后可以理安。今夫封建者，继世而理。继世而理者，上果贤乎？下果不肖乎？则生人之理乱未可知也。将欲利其社稷，以一其人之视听，则又有士大夫世食禄邑，以尽其封略。圣贤生于其时，亦无以立于天下，封建者为之也。岂圣人之制使至于是乎？吾固曰：‘非圣人之意也，势也。’”进一步揭露封建世袭制的危害，提出治世之道应得人心、举贤任能、不能重蹈分封制覆辙的主张，阐明了郡县制取代分封制的历史必然性和合理性。全文引古证今，论从史出，立论高超，辩驳有力，思辨深刻，逻辑严密，纵横开阖，议论风发，堪称柳文长篇大论之典范。苏轼《东坡志林·秦废封建》从同题文比较的角度评价说：“昔之论封建者，曹元首、陆机、刘颂及唐太宗时魏征、李百药、颜师古，其后则刘秩、杜佑、柳宗元。宗元之论出，而诸子之论废矣，虽圣人复起，不能易也。”[①]柳宗元还有《四维论》《守道论》《时令论》《断刑论》《辩侵伐论》《六逆论》《晋文公问守原议》《驳复仇议》《桐叶封弟辩》《天对》《天说》《贞符》《晋问》和《非〈国语〉》等各式论说文，韩愈《柳子厚墓志铭》赞曰：“隽杰廉悍，议论证据今古，出入经史百子，踔厉风发。”[②]

柳宗元的寓言多以动物故事见人情世态。“三戒”作于贬至永州以后。《黔之驴》写老虎对驴始而试探，终则完全看破的过程，惟妙惟肖。以“黔驴技穷”来讽刺外强中干者，嘲讽他们“形之庞也类有德，声之宏也

①苏轼：《东坡志林》，中华书局1981年版，第104页。

②韩愈：《韩昌黎文集校注》，上海古籍出版社2014年版，第570页。

类有能”，而其实是无德无能。“黔驴之技”“庞然大物”也作为形象生动的成语流传下来。《永某氏之鼠》写因纵容而横行无忌、胡作非为的群鼠终遭灭顶之灾，讽喻那些自以为“饱食无祸”的人，如“为态如故”，一定会遭到惨祸。《临江之麋》写一只惯受主人宠爱的小鹿常与家犬嬉戏，以犬为同类，后一出家门，立即被外面的狗吃掉，讽刺依仗权贵而得意忘形的小人物。“三戒”中驴、鼠、鹿的故事，意在讽刺那些“不推己之本，而乘物以逞，或依势以干非其类，出技以怒强，窃时以肆暴，然卒迨于祸”的人，嬉笑怒骂，写尽人生百态。《罴说》写一猎人“能吹竹为百兽之音”，吹出的罴、虎之音吓退了虎和貙，但当真正的罴来到时，他已无兽音可吹，被罴吃掉，猎人施小技而屡得逞，最终反被聪明误，讽刺了“不善内而恃外”之辈的小黠大痴。《蝜蝂传》描写蝜蝂贪得无厌，至死不悟之状：“行遇物，辄持取，卬其首负之，背愈重，虽困剧不止也。其背甚涩，物积因不散，卒踬仆不能起。人或怜之，为去其负，苟能行，又持取如故。又好上高，极其力不已，至坠地死。”以简洁文字勾勒出蝜蝂形象，讽刺“日思高其位，大其禄”而智若小虫的贪得无厌者，立意深刻，语言精警，十分生动。柳宗元的寓言短小警策，结构精巧，取例典型，刻画细致，洞事犀利，一针见血，亦庄亦谐，寓意深远。寓言在战国时已经形成，但往往只是文章的一部分，而不是以一种独立的文学形式出现的。柳宗元创造性地继承和发展了《庄子》《韩非子》《战国策》等寓言成就，使其完全成为一种独立、完整的文学体式，表现了高度的讽刺艺术，影响广泛深远。

柳宗元的传记文与一般史传文不同，往往借题发挥，现实针对性强。《种树郭橐驼传》是早年在长安任职时所作，借郭橐驼养树“能顺木之天，以致其性”说到为官治民的道理，说明统治阶级有时打着爱民、忧民或恤民的幌子，却收到适得其反的效果，仍旧民不聊生，讽刺统治者政令繁苛对百姓所造成的无穷干扰和奴役，强调无论种树或治民，都要“顺天致性”。本文形式上是一篇人物传，但带有寓言和传奇特色，讽喻性强。郭橐驼形象的刻画，受到《庄子》畸人形象的影响。柳宗元被贬后所作更具有批判性，如《捕蛇者说》通过对蒋氏三代经历的描写，深刻揭示了蒋氏宁可死于毒蛇也不愿承担赋税的内心痛苦，表现了“孰知赋敛之毒，有甚是蛇者乎”的主题，反映了中唐时下层百姓的悲惨生活，揭露了尖锐的阶级矛盾，意义深刻。《童区寄传》写十一岁牧童杀死两个抢劫人口的“豪贼”，塑造了勇敢机智的少年形象，揭露当时社会人口买卖的罪恶。叙事生动，人物形象传神，真实基础上加入想象，带有小说色彩。《段太尉逸事状》如实记述段秀实严惩骄兵、卖马救人和拒收贿礼三件逸事，凸现其智勇、仁爱和清廉的优秀品质。人物刻画栩栩如生，如斩杀不法兵士之后单骑赴军营之举：“解佩刀，选老躄者一人持马，至晞门下。甲者出，太尉笑且入曰：‘杀一老卒，何甲也？吾戴吾头来矣！’甲者愕。”以义勇慑服骄兵悍将，又以“奈何欲以乱败郭氏”的责问和道理说服郭子仪之子、主将郭晞，足见其智勇双全。插叙段太尉卖马救人，体恤灾民困苦而又不动声色，有使肇事悍将愧服的道德感化力量。段太尉反对朱泚反叛而被害的大事，史书当有记载，此传状仅补叙他在事前就拒绝朱泚赠绫之事，益见其一贯廉洁奉公。选记这三件逸事，直叙事实，不涉抒情、议论，就把段太尉智勇仁义的形象写照出来。写法近似韩愈《张中丞传后叙》，个性刻画细致生动，形象逼真传神。作者《与史官韩愈致段秀实太尉逸事书》自许此作“比画工传容貌尚差胜”。柳宗元传记文继承《史记》《汉书》传统，又有创新，手法更为灵活。

柳宗元“记”体散文的代表作是写于永州的山水游记“永州八记”。他在永州度过十年漫长的贬谪生活，沉重的政治打击使他陷入孤苦无援的境地，心情凄苦抑郁。作者不仅体察和表现自然山水之美，更是将生活遭遇和心中愤懑寄托于其间，将山水人格化、情感化、诗意化，所记多深僻幽美且为世人所忽略之景，象征自己被弃置荒僻之地的心境。

《始得西山宴游记》抒写始游西山、四望辽阔的感怀。“始得西山”带有首次发现的惊喜，发现“是山之特立，不与培塿为类。悠悠乎与颢气俱，而莫得其涯”的奇特美景，体验到“洋洋乎与造物者游，而不知其所穷”“心凝形释，与万化冥合”的超然同化感，含蓄表现自己迥脱流俗的精神人格。《钴鉧潭记》描写潭水来源和流动状态，“其泉于高者而坠之潭，有声潀然”尤其美妙传神，插叙构得这一胜景的由来，间接反映原住民“不胜官租私券之委积”的困苦生活，而以“孰使予乐居夷而忘故土者，非兹潭也欤”的感慨作结，含有以乐写忧、潭比人幸的不尽之意。《钴鉧潭西小丘记》先写小丘平中见奇，“其石之突怒偃蹇，负土而出，争为奇状者，殆不可数。其嵚然相累而下者，若牛马之饮于溪；其冲然角列而上者，若熊罴之登于山”，状石取譬，化静为动，可谓点石成金。继而转写对“唐氏之弃地”的怜惜，买下修整后焕然一新：“嘉木立，美竹露，奇石显。由其中以望，则山之高，云之浮，溪之流，鸟兽之遨游，举熙熙然回巧献技，以效兹丘之下。枕席而卧，则清泠之状与目谋，瀯瀯之声与耳谋，悠然而虚者与神谋，渊然而静者与心谋。”同病相怜，弃地重光，物我相生，意境顿出。最后借“弃地”感慨自己的不幸遭遇，结句“贺兹丘之遭”也带有物我反衬、自怜自解的意味。全文一唱三叹，寄慨遥深。《至小丘西小石潭记》开篇未见小潭，先闻水声，因闻水声，转觅小潭，行文曲折变化。篇中写水之清，于水着墨不多，而是借石之底、鱼之游、日光之影来表现，匠心独具。篇末渲染清冷寂寥之境，表现出凄楚悲苦心态。写潭水和游鱼，虚实相生，体物精妙。表现潭水的清澈，却不直接写水，而是写鱼“皆若空游无所依，日光下澈，影布石上，佁然不动”。实写鱼在澄澈潭水中的形态，虚写水，表现鱼的情状，即表现水的清澈透明，以实写虚，虚实相生。从静态和动态两个方面来写鱼，静止时“佁然不动”，游动时“俶尔远逝，往来翕忽”，且“似与游者相乐”。刻画游鱼悠然自得的情态，绘声绘色，生动传神，是一幅动静相映、兴味盎然的鱼趣图，足见作者观察之细，用笔之妙。刘大櫆赞曰：“摹写鱼之游行澄水中，如化工肖物。”[①]林纾《韩柳文研究法》也称其描写景物“至于穷形尽相，物无遁情，体物直到精微地步矣”[②]。篇末“坐潭上，四面竹树环合，寂寥无人，凄神寒骨，悄怆幽邃。以其境过清，不可久居，乃记之而去。”环境凄清幽寂，客观景物被赋予浓厚的主观感情色彩，作者孤寂凄苦之情与凄清幽寂之景如水乳般交融一起。李刚己评曰：“此数句文境，亦极悄怆幽邃，尘劳中读之，可以涤烦襟而释躁念，此古人所谓一卷冰雪文也。”[③]前四记作于元和四年（809年）秋天，从山丘、潭水乃至奇石、游鱼，都体察入微，触景感怀，物我交融，意境幽邃。

后四记写于元和七年（812年），游历稍广，物象纷然，而仍穷形尽相，寄意咏怀。《袁家渴记》承前启后，在概述永州山水“幽丽奇”的总体特色中，从面到点地突出袁家渴流域的特有景致：“其中重洲小溪，澄潭浅渚，间厕曲折，平者深墨，峻者沸白。舟行若穷，忽又无际”，“每风自四山而下，振动大木，掩苒众草，纷红骇绿，蓊葧香气，冲涛旋濑，退

①高步瀛选注：《唐宋文举要》甲编卷四引，上海古籍出版社1982年版，第504页。

②王水照编：《历代文话》第七册，复旦大学出版社2007年版，第6515页。

③高步瀛选注：《唐宋文举要》甲编卷四引，上海古籍出版社1982年版，第505页。

贮溪谷，摇飏葳蕤，与时推移。”《石渠记》《石涧记》两篇互文映照，或移步换形，摇曳多姿，或定点赏玩，异趣横生。《小石城山记》则继续寻幽探胜，在感叹造化神工之际，与诸记一样，也有造化偏把美景弃掷边地的沉重感慨，为“永州八记”作了压轴收束。“永州八记”围绕西山一带景观，随物赋形，各具风采，而又相互联结，意脉贯通，形成峻、峭、幽、洁的统一风格。此外，柳宗元游记还有写于永州的《游黄溪记》《零陵三亭记》《永州龙兴寺东丘记》《愚溪诗序》和作于柳州的《柳州东亭记》《柳州山水近治可游者记》等。

柳宗元游记对古代游记做出了多方面的重大贡献。一是发现荒野僻地所蕴藏的山水之美。永州山水造就了“永州八记”，“永州八记”也成全了永州美景。柳宗元率先发现永州西山深藏不露的幽美，他不仅披荆斩棘，寻幽探胜，开发景点，美化自然，还妙笔生花，写照传神，漱涤万物，牢笼百态，使默默无闻的永州山水名扬天下，传颂千古。二是深化山水自然的审美意蕴。他笔下的山水景物虽然不如郦道元《水经注》壮观，但更具生机灵性。西山的高下之势，钴鉧潭的水石荡击，小丘奇石的“突怒偃蹇”，小石潭游鱼的自由自在，袁家渴的“冲涛旋濑”，石渠旁的“诡石怪木，奇卉美箭”，石涧的“流若织文，响若操琴”，皆有自然生命的灵动，都是他生命体验与自然生命遇合的结晶。三是开创“有我之境”的纪游新境界。他以我观物，移情入景，将心境与物境融为一体，物境就转化为主体精神的寄托与象征，具有他所默契和向往的高洁、幽静、孤寂、凄清的格调。如西山的特立超拔，小石潭的“凄神寒骨，悄怆幽邃”，小丘的被人遗弃，石渠、石涧的“未始有传”，小石城山的“列是夷狄，更千百年不得一售其伎”，皆是作者心灵的外化，一切都带上自我个性的烙印。四是促成游记散文的艺术独立。他把游记从地理志中独立出来，从辞赋和骈文中解脱出来，强化纪游述感、体物咏怀、随物赋形、化骈为散的艺术功能，创立形神兼备、情景兼到、文中有画、文有诗境的游记范式，开创了游记文体独立发展的新纪元。历代文人几乎异口同声地给予高度评价。张岱《跋〈寓山注〉》赞曰：“古人记山水手，太上郦道元，其次柳子厚，近时则袁中郎。”[①]林纾称：“记山水则子厚为专家，昌黎不能及也。子厚

①张岱：《琅嬛文集》卷五，岳麓书社1985年版，第211页。

之文，古丽奇峭，似六朝而实非六朝；由精于小学，每下一字必有根据，体物既工，造语尤古，读之令人如在郁林、阳朔间；奇情异采，匪特不易学，而亦不能学。”[①]李刚己赞评：“子厚山水诸作，其兴寄之旷远，状物之工妙，直合陶、谢之诗，扬、马之赋，熔为一炉，洵属文家绝境。”[②]

柳宗元书启留存不少，内容丰富，特别是写贬谪的困苦生活和精神煎熬，充溢着椎心泣血之悲，最为凄恻动人。如《寄许京兆孟容书》，对自己“得罪来五年，未尝有故旧大臣肯以书见及者”的原因心知肚明，“罪谤交积，群疑当道，诚可怪而畏也”，因而对京兆尹许孟容肯“赐书诲谕”心怀感激，复信就坦诚诉说自己的事由、困境、忧虑和希望。他敢于为自己参与“永贞革新”辩护，“宗元早岁，与负罪者亲善，始奇其能，谓可以共立仁义，裨教化。过不自料，勤勤勉励，唯以中正信义为志，以兴尧、舜、孔子之道，利安元元为务，不知愚陋，不可力强，其素意如此也。末路孤危，阨塞臲卼，凡事壅隔，很忤贵近，狂疏缪戾，蹈不测之辜，群言沸腾，鬼神交怒。加以素卑贱，暴起领事，人所不信。射利求进者，填门排户，百不一得，一旦快意，更造怨讟。以此大罪之外，诋诃万端，旁午构扇，尽为敌仇，协心同攻，外连强暴失职者以致其事。此皆丈人所闻见，不敢为他人道说。怀不能已，复载简牍。此人虽万被诛戮，不足塞责，而岂有赏哉？今其党与，幸获宽贷，各得善地，无分毫事，坐食俸禄，明德至渥也，尚何敢更俟除弃废痼，以希望外之泽哉？年少气锐，不识几微，不知当否，但欲一心直遂，果陷刑法，皆自所求取得之，又何怪也？”虽有自责之词，却无悔罪之意，申辩明志，含冤讼屈，辨明革新的正义性，揭露联手扼杀革新的守旧势力。愤懑结于其中，文字如急弦繁音，流泻而出，四字短句相接，多处使用反问句，倾吐抑郁不平。诉说被贬后“求食自活”的苦衷，用冷寒字眼，沉痛语调，“茕茕孤立，未有子息。荒隅中少士人女子，无与为婚，世亦不肯与罪大者亲昵，以是嗣续之重，不绝如缕。每当春秋时飨，孑立捧奠，顾眄无后继者，茕茕然欷歔惴惕，恐此事便已，摧心伤骨，若受锋刃”，凄惨悲凉之气遍于字里行间。又援引“自古贤人才士，秉志遵分，被谤议不能自明者，仅以百数”的先例，进一步表现自己含冤莫白的痛苦。最后，申诉请托和期望：“伏惟兴

①林纾：《春觉斋论文》，人民文学出版社1959年版，第70页。

②吴闿生：《桐城吴氏古文法》下编，华正书局1983年版，第119页。

哀于无用之地，垂德于不报之所，但以存通家宗祀为念，有可动心者，操之勿失。虽不敢望归扫茔域，退托先人之庐，以尽馀齿，姑遂少北，益轻瘴疠，就婚娶，求胤嗣，有可付托，即冥然长辞，如得甘寝，无复恨矣。”这点希望尽管卑微，但合乎情理，却得不到朝廷的宽宥恩准，因为当朝皇上反对革新。柳宗元在政治上已被打倒，最终只能客死他乡。贬谪期这类书信，感怀身世，陈述苦衷，情真意切，语多悲凉，浸透着一种排解不去的骚怨精神。

柳宗元哀祭文名篇有《祭吕衡州温文》，以沉痛笔墨抒发对同样遭贬、客死他乡的亡友吕温（字化光）的哀悼之情。“呜呼天乎，君子何厉，天实仇之！生人何罪，天实雠之！”以对天的责问领起全篇，强烈表达满腔悲愤哀怨。文中反复呼天抢地，美刺并发，既赞颂亡友“道大艺备，斯为全德”，又叹惜其“佐王之志，没而不立”，还谴责上天不公，世道反常，“岂非修正直以召灾，好仁义以速咎者耶？”“贪愚皆贵，险很皆老，则化光之夭厄，反不荣欤？所恸者志不得行，功不得施。蚩蚩之民，不被化光之德；庸庸之俗，不知化光之心。斯言一出，内若焚裂。”或骈或散，如泣如诉，文章随着感情的汹涌翻腾而跌宕往复，最后以一连串排比句追问亡灵，倾吐自己与亡灵息息相通的壮志未酬的郁结和念想。与韩愈《祭十二郎文》相比，哀伤之情同样深切沉重，悲愤之意则更为深厚凝重。

柳宗元的性格、遭遇和创作皆与屈原有相似处。他在贬谪途中特意到汨罗江悼念屈原，写下骚体《吊屈原文》。他缅怀和歌颂屈原“穷与达固不渝兮，夫唯服道以守义”的高尚志节，揭露和批判“谓谟言之怪诞兮，反置瑱而远违”的反常社会，援史以刺今，吊屈又自悼，“哀余衷之坎坎兮，独蕴愤而增伤”，“吾哀今之为仕兮，庸有虑时之否臧！食君之禄畏不厚兮，悼得位之不昌。退自服以默默兮，曰吾言之不行。既媮风之不可去兮，怀先生之可忘。”他以屈子为精神榜样，又学楚辞创作“九赋”“十骚”，为唐代辞赋复兴屈赋传统做出重要贡献。他仿《九章》作《惩咎赋》，表示在政治上虽遭失败，但志不可屈，决意学习屈原，准备“蹈前烈而不颇”；《闵生赋》抒发满腔悲愤；《天对》《晋问》仿《天问》《七发》，造语奇特深奥。善于正话反说，借问答体抒发被贬遭弃的满腔幽愤，如《答问》《起废答》《愚溪对》等；或借形似之物批评现实，如《骂尸虫文》《宥蝮蛇文》《憎王孙文》《斩曲几文》等。笔无藏锋，讽刺辛辣，痛快淋漓，嬉笑怒骂，皆成文章。柳宗元辞赋继承和发扬了屈赋传统，借古自伤，幽思苦悟，深得屈骚精髓。严羽《沧浪诗话》认为："唐人惟柳子厚深得骚学，退之、李观皆所不及。"[①]

柳宗元在各体散文创作上取得与韩愈相伯仲的突出成就，尤以论说、寓言、游记和辞赋见长，并以沉郁峻峭的独创风格独树一帜，与韩文的雄浑瑰奇并立为唐代散文的两大范型和高峰。王禹偁《赠朱严》称"韩柳文章李杜诗"[②]，不仅韩、柳齐名，还与李、杜相提并论。历代文论家对韩、柳文风和成就有精彩的比较评论，朱熹《朱子语类》认为"韩退之议论正，规模阔大，然不如柳子厚较精密"[③]；李淦《文章精义》说"韩如海，柳如泉"[④]；魏禧《日录·杂说》认为"退之如崇山大海，孕育灵怪。子厚如幽岩怪壑，鸟叫猿啼"[⑤]；刘熙载《艺概》称"柳文如奇峰异嶂，层见叠出……昌黎之文如水，柳州之文如山，浩乎沛然，旷如奥如，二公殆各有会心"[⑥]。诸家从不同角度立论，概括出二者的特色和异同。大体上可说韩文以雄奇壮美称胜，柳文以幽深精美见长，各具风采，各有千秋，对唐代散文革新具有互补并行的引领意义，对后代散文发展也具有异曲同工的借鉴价值和艺术影响。

第四节　欧阳修

欧阳修（1007年— 1072年），字永叔，号醉翁，晚号六一居士，北宋庐陵（今江西永丰）人。天圣八年（1030年）中进士，历任西京留守推官、馆阁校勘、夷陵令、乾德令、滑州通判、知谏院、知制诰等职，主张政治革新，支持范仲淹"庆历新政"。庆历五年（1045年），被贬为滁州知州，后改知扬州、颍州（治今安徽阜阳）、应天府（治今河南商丘）。至和

---

①严羽：《沧浪诗话校笺》，上海古籍出版社2012年版，第625页。

②王禹偁：《小畜集》卷十，商务印书馆1937年版，第153页。

③朱熹：《朱子语类》卷一三九，中华书局1986年版，第3302页。

④王水照编：《历代文话》第二册，复旦大学出版社2007年版，第1165页。

⑤魏禧：《魏叔子文集》，中华书局2003年版，第1127页。

⑥刘熙载：《艺概》，上海古籍出版社1978年版，第24— 25页。

元年（1054年）后复入朝，官至枢密副使、参知政事，居相位近十年。熙宁四年（1071年），以太子少师致仕，居颍州，一年后卒，赠太子太师，谥文忠。有《欧阳文忠公集》。

作为北宋诗文革新运动的领袖，欧阳修倡导古文，创获丰硕，成就突出，影响巨大，引领北宋古文承接韩愈传统而走上文道合一、平易自然之路。《记旧本韩文后》自述："予之始得于韩也，当其沉没弃废之时，予固知其不足以追时好而取势利，于是就而学之，则予之所为者，岂所以急名誉而干势利之用哉？亦志乎久而已矣。故予之仕，于进不为喜、退不为惧者，盖其志先定而所学者宜然也。"[①]可见他不仅学韩愈古文，而且学到韩愈为政行道、为文传道的人格精神。《与张秀才棐第二书》又说："君子之于学也务为道，为道必求知古，知古明道，而后履之以身，施之于事，而又见于文章而发之，以信后世，其道，周公、孔子、孟轲之徒常履而行之者是也。其文章，则'六经'所载至今而取信者是也……而其事乃世人之甚易知而近者，盖切于事实而已。"[②]他不仅坚持道德文章的统一性，还强调其易知、切实、取信、可行的实践品格，为古文明道开创了新路径、新文风。

欧阳修的政论文多写于步入仕途之初，剖析时弊，奏陈方案，气盛言激，爱憎褒贬，析理透辟，议论剀切，笔锋犀利矫健，气势充沛，是古文的实际功用和艺术价值有机结合的典范。如《本论》《原弊》恪守"明道""致用"主张，指摘时弊，观点尖锐，语言明快，表现出匡时救世的情怀。庆历四年（1044年），杜衍、范仲淹等人着手进行政治改革，遭到吕夷简、夏竦等人强烈反对，以"朋党"之论攻击杜、范等人。针对政敌对"庆历新政"的攻击，欧阳修《朋党论》提出"君子与君子以同道为朋，小人与小人以同利为朋"的观点，劝告皇帝应当用君子之真朋，而黜小人之伪朋，能否任用君子之朋关系到国家的兴亡治乱，论点明确，旁征博引，论证有力，文势起伏跌宕。论者肯定《朋党论》的议论之法，吕祖谦《古文关键》卷上云："议论出人意表，大凡作文妙处，须出意外。"[③]《朋党论》影响很大，苏轼作有《续朋党论》，秦观、胡宗愈、李纲、陈耆卿等人皆

①欧阳修：《欧阳修全集》第三册，中华书局2001年版，第1057页。

②欧阳修：《欧阳修全集》第三册，中华书局2001年版，第978—979页。

③吕祖谦：《古文关键》，中华书局1985年版，第56页。

作《朋党论》。欧阳修早年所作《与高司谏书》，批评高若讷在政治上见风使舵，是非分明，言辞激烈，充满政治激情，议论层层相逼，尖锐果断，深通缓急擒纵之法。吕留良云："凡作攻击文字，须明于缓急擒纵之法，方能曲尽其意。至其刺击处，尤以尖冷为妙。"[①]明道二年（1033年），欧阳修作《上范司谏书》，以贺范仲淹升官起笔，却以责之谏诤不切入题，然后笔锋一转，引唐代谏官阳城"朝拜官而夕奏疏"的故事，催促范仲淹"一陈昌言，以塞重望"。充分体现了临大节不顾己身、不讲情面、不怕取嫉于人的风范。议论激切，锋芒毕露，笔法严谨又富于变化，"往复曲折，步步相生，节节相引"[②]，与自己后来含蓄蕴藉之文大相径庭，可看出受尹洙文风的影响。

《新五代史》虽为史著，却与《史记》一样，是正史中文学价值较高者。《五代史伶官传序》通过后唐庄宗宠幸伶人而招致灭国亡身的事实，总结了"忧劳可以兴国，逸豫可以亡身"以及"祸患常积于忽微，而智勇多困于所溺"的历史经验，并强调盛衰之理主要在于人事，表现出作为史学家兼政治家的卓越识见。议论精辟，结构紧密，转折自然，前后对比，一唱三叹，笔端富有感情，风格平易流畅。沈德潜称赞说："抑扬顿挫，得《史记》精髓，《五代史》中第一篇文字。"[③]欧阳修重视《春秋》"一字褒贬"的笔法和"简而有法"的艺术，措辞谨严深微，要言不烦，而作者态度自现。他写史倾注强烈的感情，《新五代史》发论必以"呜呼"，寓有深沉的感慨，情真意切，而非无病呻吟，慨叹淋漓，得太史公"风神"。其子欧阳发所述《事迹》云："褒贬善恶，为法精密，发论必以'呜呼'，曰'此乱世之书也'。其论曰：'昔孔子作《春秋》，因乱世而立治法；余述《本纪》，以治法而正乱君。'此其志也。"[④]《宦者传论》《唐六臣传论》等，既是史评，也可以说是针对现实而发的政论。《新五代史》立意高远，人物描写形象鲜明，栩栩如生，文情抑扬顿挫，纡徐曲折，跌宕遒逸，化板为活，神似司马迁。

欧阳修晚年更号六一居士，传记体散文《六一居士传》云：

---

①吕留良：《晚村先生八家古文精选·欧阳文精选》，清康熙四十三年吕氏家塾刻本。

②沈德潜：《唐宋八大家文读本》卷十一，清光绪壬寅宁波汲绠斋石印本。

③沈德潜：《唐宋八大家文读本》卷十四，清光绪壬寅宁波汲绠斋石印本。

④欧阳修：《欧阳修全集》第六册附录，中华书局2001年版，第2628页。

> 六一居士初谪滁山，自号醉翁。既老而衰且病，将退休于颍水之上，则又更号六一居士。客有问曰："六一，何谓也？"居士曰："吾家藏书一万卷，集录三代以来金石遗文一千卷，有琴一张，有棋一局，而常置酒一壶。"客曰："是为五一尔，奈何？"居士曰："以吾一翁，老于此五物之间，是岂不为六一乎？"

潇洒平淡，是晚年欧阳修的生命情调。

欧阳修的序体文论人评文，寓托自己的思想感情。《〈苏氏文集〉序》着重称赞苏舜钦特立不移的人格、才华及其金玉之文，在历考唐、五代数百年来古文盛衰变化的基础上，指出苏舜钦于时文流行时独作古文的可贵；同时对他被迫害流落而死的不幸际遇，深表惋惜与悲愤。《〈释秘演诗集〉序》中间"浮屠秘演者"一段，寥寥数笔，释秘演、石曼卿两位奇士豪宕磊落的性情和落拓无偶的遭际已跃然纸上，而作者对两人的敬重、惋惜之情以及对时光流逝、人事变迁的感慨也洋溢于字里行间，感人至深。茅坤评曰："多慷慨呜咽之音，览之如闻击筑者……以此篇命意最旷而逸，得司马子长之神髓矣。"[①]《送徐无党南归序》谆谆教诲，絮絮指拨，爱护、惜别、期冀之情溢于言表。沈德潜激赏曰："文情感喟嘘欷，最足动人。"[②]《〈江邻几文集〉序》谈文语言极少，而大部分篇幅感叹世道多艰，仁人遭难，朋友凋零，又归于江邻几命运多厄，不遇于时，情调凄婉。刘大櫆评曰："情韵之美，欧公独擅千古，而此篇尤胜。"[③]储欣称赞："言有穷而情不可终，此是庐陵独步。"[④]欧阳修善于学习司马迁，茅坤评《新唐书·艺文志》时说："序事中带感慨悲吊以发议论，其机轴本史迁来。"[⑤]欧阳修题跋也涉笔成趣，优美而隽永。

---

①茅坤：《唐宋八大家文钞·欧阳文忠公文钞》卷十七，黄山书社2010年版，第1801页。

②沈德潜：《唐宋八大家文读本》卷十一，清光绪壬寅宁波汲绠斋石印本。

③高步瀛选注：《唐宋文举要》，上海古籍出版社1982年版，第683页。

④储欣：《唐宋八大家类选》卷十一，清光绪壬辰闰六月湖北官书处重刊本。

⑤茅坤：《唐宋八大家文钞·欧阳文忠公文钞》卷十五，黄山书社2010年版，第1713页。

欧阳修因参加范仲淹的“庆历新政”，遭到保守派的忌恨，于庆历五年（1045年）被贬为滁州知州，《醉翁亭记》写于被贬的第二年。抒写贬谪之后娱情山水，仍能悠然自得的心情。表面闲适，却掩饰不住作者寄情山水以排遣愁怀的情绪。谪居中能与民同乐，也委婉暗示自己“宽简吏治”的治滁政绩。文章写滁州山间朝暮变化、四时不同的景色以及滁人和作者游山之乐。结构上层层逼近，写醉翁亭的形势、位置和命名的原因。未写醉翁亭，先写醉翁亭外围景色，从环滁皆山，到西南诸峰，到琅琊山，到酿泉，最后聚焦为醉翁亭的特写镜头。由大及小，由远及近，逐层推进，将人步步引入胜景。每进一层，就以一个最精粹的画面作渲染，借以烘托醉翁亭。因而下面描写虽仅“翼然临于泉上”一句，而位于秀丽山水之间的醉翁亭却显得十分醒豁。接着交代作亭之人，命名之由，解释亭与醉翁的关系，点出题旨：“醉翁之意不在酒，在乎山水之间也。山水之乐，得之心而寓之酒也。”语言平易晓畅，晶莹秀润，既简洁凝练又圆融轻快，毫无滞涩窘迫之感。深沉的感慨和精当的议论都出之以委婉含蓄的语气，纡徐有致，平易近人。骈散相间，散体中运用单句对、双句对、三句对（鼎足对）等多种骈文句式，句法整齐而又富有变化，有散文诗的形式美和音乐美。用二十一个“也”字，回环往复，重复运用，每个“也”字句，即收结一层意思，加强了写景抒情的层次感，且带咏叹韵味，像独脚韵，读之并不觉平板单调，高低抑扬，极富抒情意味。吴楚材、吴调侯《古文观止》卷十云：“通篇共用二十个‘也’字，逐层脱卸，逐步顿跌，句句是记山水，却句句是记亭，句句是记太守。似散非散，似排非排，文家之创调也。”[①]将叙事、写景与抒情完美地融合起来，富有画意诗情，论者赞赏不已。茅坤云：“文中之画。昔人读此文，谓如游幽泉邃石，入一层才见一层路，不穷兴，亦不穷读，已令人神骨翛然长往矣。此是文章中洞天也。”[②]储欣云：“乃遂成一蹊径，然其中有画工所不能到处。”[③]《醉翁亭记》“破体”为记，宋祁指出《醉翁亭记》“以赋为记”的特色，秦观也认为《醉翁亭记》是赋体文。又以论为记，是传统记体文的“变体”。

---

①吴楚材、吴调侯：《古文观止》卷十，中华书局1959年版，第449页。

②茅坤：《唐宋八大家文钞·欧阳文忠公文钞》卷二十一，黄山书社2010年版，第1931页。

③储欣：《唐宋十大家全集录·六一居士全集录》卷五，清光绪壬午江苏书局重刊本。

宋代文人重说理和思辨，形成创作风气。从柳宗元游记到欧阳修的《醉翁亭记》，体现了记体文从抒情到议论的发展。以后，记体文“以论为记”便被文人普遍接受。朱弁《曲洧旧闻》卷三载：“《醉翁亭记》初成，天下莫不传诵，家至户到，当时为之纸贵。”[①]《醉翁亭记》有永久的艺术魅力，影响历代不衰，是历代文人模仿创作的典范，如曾巩《醉心亭记》《拟岘台记》、王十朋《四友堂记》等。

《丰乐亭记》对滁州的历史故事、地理环境乃至风土人情都作了细致描写，紧扣“丰乐”二字，俯仰今昔，慨叹淋漓，风神高迈，跌宕遒逸。主题中正宏大，历代论者多肯定其“歌功颂德”的价值。“颂宋”主题有其客观真实的基础，仁宗朝不仅繁荣太平，且是文章盛世，欧阳修《〈集古录〉跋尾》卷四《范文度模本〈兰亭序〉》云：“自唐末兵戈之乱，儒学文章扫地以尽。圣宋兴，百余年间，雄文硕学之士相继不绝，文章之盛，遂追三代之隆。”[②]如此气象，作者怎能不由衷歌颂呢？《菱溪石记》也是一篇记事感物、议论深刻的优秀散文。

欧阳修书简是个人生活琐事的真实记录，具体记述了交友情况，友朋宴请聚会情形，可见世故人情。给长子欧阳发的家书细说饮食起居，吃穿住行，排祭诸事，叮咛嘱咐，语重心长，可见欧阳修家庭生活状况。书简中多疾病书写，欧阳修关心友人的病情，常致书问候，友朋间还互赠药品。欧阳修向友人诉说子女疾病、丧母之痛，同时哀自己身体之衰。他特别关注自身，关注生命，中晚年书简如同病人日记，许多篇幅记录的是生病情况。与苏轼比较，同样面对衰老疾病，苏轼旷达超脱，很少萦系于怀；欧阳修则过于执着，沉溺于痛苦中，几乎不可自拔。书简多属“私语”，是话家常，自然流露出个人性情。

欧阳修的哀祭文是悲情散文的典范，表、墓志铭、祭文等回忆哀悼亲友，感伤色调浓厚，平实简单叙述中见深情，如话家常，情深意长。神宗熙宁三年（1070年），欧阳修改写墓表旧稿作《泷冈阡表》，寄托了对父母的一片深情。开头“有待”二字，作为全篇“文眼”。前半部分记叙先父的为人行事和遗训，描述母亲对自己的辛勤抚养和谆谆教诲。后半部分叙写自己仕途的迁谪和家世的恩荣。其备载年数，详叙禄位，是紧扣“有

①朱弁：《曲洧旧闻》卷三，清乾隆钱塘汪氏振绮堂刻本。

②欧阳修：《欧阳修全集》第五册，中华书局2001年版，第2164页。

待”之义。末以“其来有自”作结，仍和先人遗训以及“有待”遥相呼应。追思父母的眷眷深情，平常小事，情致绵长，娓娓道来，如泣如诉，不事藻饰，语浅情深，用语恰到好处，细节描写细腻逼真。全文“逐层相生，逐层结应，篇法累累如贯珠”[①]。薛瑄称《泷冈阡表》是欧阳修“出于肺腑者”，故“不求工而自工”[②]。是千古至性文字，堪与《祭十二郎文》并传。归有光《项脊轩志》《寒花葬志》明显受其影响。

欧阳修悼念亡友，追怀往事，情深意挚，情致缠绵凄恻，语言凄清哀婉。他提倡简练，反对冗繁，《尹师鲁墓志铭》提出“简而有法”，《论尹师鲁墓志》主张“文简而意深”，《与杜䜣论祁公墓志书》强调碑志文要“文字简略，止记大节，期于久远”，处处突出一“简”字。《祭尹师鲁文》没有大肆宣扬传主尹洙的高尚人格，也没有痛心疾首的号哭，平实叙述中充溢着哀伤怀念之情。《尹师鲁墓志铭》叙写其事迹，仍坚持“实录”原则，不是面面俱到，而是重点写他的“忠义之节”，“举其要者一两事以取信”，删繁去冗，所用笔墨不多，却收到事半功倍的极佳效果。善于剪裁，主次详略，精于炼字，简洁精严，字斟句酌，要言不烦，追求含蓄蕴藉的言外之意。《徂徕石先生墓志铭》也不作平铺直叙罗列，而是选择其一生的闪光点着墨，叙述他的体貌气质、政治作为、著述成就等，字里行间充溢着对石介及其家人的深切同情。《石曼卿墓表》寥寥数语，突现了石曼卿表面豪放不羁而实际生平趣舍皆当于理的豪杰兼儒者形象，透出作者的礼赞之情。最后一段融议论与感慨于一体，以悲慨带叙事，笔墨淋漓，唱叹有致。《祭石曼卿文》字字泪，随笔堕，悲伤凄凉之感充斥于心。《黄梦升墓志铭》写黄梦升一生行事，追述三次喝酒的平常事，黄梦升或饮酒谈笑，意气自豪；或颜色憔悴，借酒消愁；或起舞歌呼，临觞悲歌，都没有离开酒。其才高命骞的落魄失意形象和悲剧性格在酒的不断出现中得到淋漓尽致的展现。黄梦升怀才不遇，穷愁不遇，郁郁而死，表达出作者无限怀念和惋惜之情。前后三个事例，逐层递进，叙述从容不迫，曲折顿挫，余意不尽，写尽黄梦升“以文章意气自豪”的风神。刘大櫆评曰：“欧公叙事之文，独得史迁风神，此篇遒宕古逸，当为墓志第一。”[③]《资政殿学

①过珙：《古文评注》卷九，清康熙刻本。

②薛瑄：《读书录》卷七，清光绪二十年刻本。

③高步瀛选注：《唐宋文举要》甲编卷六引，上海古籍出版社1982版，第761页。

士户部侍郎文正范公神道碑铭并序》没有任何溢美之词，而范仲淹的磊落之怀，不世之功，宛然可见。叙写周备婉曲，运用典型事例，重点突出，具体可感。范仲淹是一代名臣，欧阳修的前辈，更是志同道合的朋友，《祭资政范公文》以悲愤的心情驳斥政敌对范公的攻击，歌颂他“毁不吾伤，誉不吾喜；进退有仪，夷行险止”的高洁品德和宽广胸怀。四个“呜呼公乎”更强烈地表达出作者的悲痛和悲愤之情。《张子野墓志铭》起首不交代传主张先的名讳家世，而是在叙其家人求铭后，用一大段文字写十年来朋友的离合聚散，已令人伤感不已，一再为其哭而铭之，催人泪下，痛彻肺腑。归有光评：“工于写情，略于序事，极淋漓骚郁之致。”[①]作于庆历八年（1048年）的《祭苏子美文》，祭悼自己诗文革新道路上导夫先路的挚友苏舜钦，为其不幸被贬死冤屈鸣不平，不仅写出自己对挚友的痛切怀念，还高度评价他的才华和人格。仿对方文笔，雄奇奔放，遒劲有力。《故霸州文安县主簿苏君墓志铭并序》写苏洵的才识和人品，用平常语写平常事，不尚铺陈，不事藻饰，纯粹明洁，在平和从容的叙述中，其才高德贤形象毕现。

欧阳修的哀祭文吸收司马迁史传文的长处，事信言文，不虚美，不隐恶，写出人物风神，叙事精切委婉，结构严谨缜密，情韵兼胜，简练平畅，富诗情骚韵。取法《汉书》，凝练整饬，端庄纯雅。又学韩愈，而不似韩，有自己的鲜明特色。

《归田录》是欧阳修晚年写的一部历史琐闻笔记集，内容广泛，述朝廷故事、士大夫轶闻和嘉言懿行，而间杂谐谈戏谑之言，富有情趣。善于撷取生活中闪光的片段、戏剧化的情节，描摹人物行为，表现人物的思想性格。言简意赅，丰约适度，文笔清简，议论精警。

欧阳修还把辞赋散文化，创立“文赋”新体。《秋声赋》作于嘉祐四年（1059年）初秋，时年作者五十三岁，已至生命之秋季。从凄切悲凉的秋声发端，通过多种譬喻，描绘残秋山川寂寥、草木凋零的萧条景象，描摹无形的秋声，再写到人事忧劳而使身心受到伤害，形神日渐衰老的悲感，抒发了作者政治上不能有所作为的苦闷，流露的清心寡欲、知足保和的思想深受老、庄哲学的影响。自然之秋、生理之秋，更是人生之秋、心

---

①归有光：《欧阳文忠公文选》卷九，清刻本。

理之秋，是作者宦海沉浮、饱经忧患的人生感叹，是疲惫心灵的倾诉，是典型的“心境”文学，是悲秋赋，更是伤心赋。《秋声赋》是文学史上的经典，与苏轼《赤壁赋》相媲美，千载传诵。明孙矿论《秋声赋》云：“果是以文为赋，稍嫌近切，然说意透，亦自俊快可喜。”[①]清王之绩说《秋声赋》：“以文为赋，虽非正体，然赋之境界如天海空阔，何所不有？学者论文，当大其眼以对之，勿玉日而毁月可矣。”[②]储欣评《秋声赋》云：“赋之变调，别有文情。赋至宋几亡矣，此文殊有深致。”[③]《秋声赋》成为不断模仿创作的典范，明代桑悦《听秋赋》即明显模仿《秋声赋》，直到当代，峻青《秋色赋》也受其启发。

欧阳修情感极丰富，举凡悲情、哀情、激愤之情、怀古之情、悠闲之情，友情、亲情、人臣之情，皆能娓娓道来，移人性情。其文大都内容充实，情文并茂，深入浅出，从容自然，委婉流畅，简洁平易。欧阳修古文学史迁“风神”，得其情韵之美，形成独特的“六一风神”，茅坤说：“世之文人学士，得太史公之逸者，独欧阳子一人而已。”[④]欧阳修古文受到韩愈古文的直接影响，但抛弃韩愈奇险深奥的倾向，而继承其文从字顺一面。韩愈文如波涛汹涌的长江大河，欧阳修文如澄净潋滟的陂塘；韩文滔滔雄辩，欧文娓娓而谈。欧文声调谐和，简洁流畅，纡徐委婉，平易自然。苏洵《上欧阳内翰第一书》称道欧阳修之文“纡余委备，往复百折，而条达疏畅，无所间断；气尽语极，急言竭论，而容与闲易，无艰难劳苦之态”[⑤]。

欧阳修散文体裁多样，各得其宜，功能更加完备。时人吴充《欧阳公行状》中说他“文备众体，变化开阖，因物命意，各极其工”[⑥]。论说、传、序、记、书简、题跋、哀祭文、笔记、赋等，政论文、史论文、记事文、抒情文、写景文等，涉及社会生活的各个方面，包罗宏富，取得很高

①归有光：《欧阳文忠公文选》卷十引，清刻本。

②王之绩：《评注才子古文》卷十二，民国上海校经书局本。

③储欣：《唐宋十大家全集录·六一居士全集录》卷一，清光绪壬午江苏书局重刊本。

④茅坤：《唐宋八大家文钞·欧阳文忠公文钞》卷首，黄山书社2010年版，第1145页。

⑤苏洵：《嘉祐集笺注》，上海古籍出版社1993年版，第328—329页。

⑥欧阳修：《欧阳修全集》第六册附录，中华书局2001年版，第2693页。

成就。他的散文以散体为主，融合骈体，将骈文的华美与工整糅合在一起，徐缓宛转，语简而意深，言约而意丰，创造了具有时代特点的流丽疏朗、简约平易、婉转流畅的文风。欧阳修继韩、柳之后，以古文变革晚唐、五代以至宋初卑弱靡丽的文风，又纠正柳开、石介重道轻文的偏颇，从理论和实践两方面为宋文树立了典范，引领古文走上平易自然、委婉多姿的发展道路。

欧阳修是当时文坛领袖，他奖掖后进，提拔、培养了王安石、曾巩、苏轼、苏辙等一代士子，在文人群中具有很强的号召力。吴充《欧阳修行状》称欧阳修“居三朝，数十年间，以文章、道德为一世学者宗师”①。曾巩《上欧阳学士第一书》描述当时天下士人以欧阳修为宗师的盛况：“天下学士，有志于圣人者，莫不攘袂引领，愿受指教，听诲谕，宜矣。”②苏轼对欧阳修推崇备至，称赞他“论大道似韩愈，论事似陆贽，记事似司马迁，诗、赋似李白”③，不为过誉。欧阳修在“唐宋八大家”中居宋六家之首，其散文最受后世推崇，成为历代散文家模仿的典范，在散文史上影响巨大。他的散文还“跨国”传播，特别受到日本、韩国文人的推崇。

第五节　苏　轼

苏轼（1037年—1101年），字子瞻，号东坡居士，宋眉州眉山（今四川眉州）人，嘉祐二年（1057年）进士。苏轼一生随政局频变而大起大落，仕途坎坷，先后被贬至黄州、惠州、儋州等地，官至翰林学士、知制诰等，卒于常州，谥号文忠，有《苏东坡集》。苏轼多才多艺，文学成就斐然，散文与欧阳修齐名，并称“欧苏”；并和其父苏洵、弟苏辙同属“唐宋八大家”，史称“三苏”。继欧阳修之后成为北宋文坛盟主，引领了

①欧阳修：《欧阳修全集》第六册附录，中华书局2001年版，第2693页。

②曾巩：《曾巩集》，中华书局1984年版，第232页。

③苏轼：《苏轼文集》，中华书局1986年版，第315页。

一代文学风尚。

苏轼散文多达四千八百多篇，几乎涉及当时社会生活的各个方面，且众体皆备，各具特色。

苏轼擅长议论文，包括奏议、进策、经解、杂说等，其中以史论和政论最为突出。早年所作史论有浓厚的纵横家习气，有时故作惊人之论。《贾谊论》责备贾谊不知结交大臣以图见信于朝廷，先是批评贾谊虽有才能却不懂得表现才能的分寸与时机，让人觉得他的不幸是缘于自身过错，后半部分转入人君应如何对待人才的问题，写得跌宕起伏，反映出苏轼好为新奇的才子性格。《范增论》指出范增应为义帝诛杀项羽，不论范增功过得失，而从他应该在什么时机离开项羽这一角度阐发开去，议论文人谋臣如何“明去就之分”的道理。《刑赏忠厚之至论》是他考中进士的命题作文，扣紧论题申论古圣贤赏善刑恶、宽赏谨刑的用意在于讲仁义，“以君子长者之道待天下，使天下相率而归于君子长者之道，故曰：忠厚之至也”。罗大经称赏道：“横说竖说，惟意所到，俊辨痛快，无复滞碍。”①《留侯论》对于圯上老人赐书张良的故事，一扫其神秘光环，回到人事上找原因，认为“其意不在书”，老人折辱张良是为了培育其坚忍之性，强调一“忍”字，从“忍”与“不忍”两端交错发论，而又想落天外，见解独到，笔力雄赡。杨慎赞赏道：“东坡文如长江大河，一泻千里，至其浑浩流转，曲折变化之妙，则无复可以名状，而尤长于陈述叙事。《留侯》一论，其立论超卓如此。”②《平王论》批评周平王避寇迁都之失策，议论鞭辟入里，发人所未发。立意新颖、论辩明快、气势雄放、笔法多变，是苏轼史论的普遍特点。

苏轼继承苏洵史论和政论文尚体用的特点，多针对现实而发，立论精辟，新见迭出。《上神宗皇帝书》《思治论》《教战守策》等，分析矛盾，针砭时弊，鞭辟入里，笔锋锐利。《策略》《策别》《策断》等篇，广引历史事实加以论证，有的放矢，言词剀切沉着，纵横恣肆，近贾谊、陆贽文风，又见《战国策》的影响。其杂说往往夹叙夹议，兼带抒情，以艺术感染力来加强逻辑说服力。《日喻》针对当时学子在经义取士的政策下片面求“道”的弊病，论证了对事物的认识不能依赖片面的见闻，必须经过实

---

①罗大经：《鹤林玉露》，中华书局1983年版，第167页。

②杨慎辑：《三苏文范》卷七引，扫叶山房民国五年石印本。

践才能掌握事物规律的道理，借助生动的事例说理，十分透辟，“故世之言道者，或即其所见而名之，或莫之见而意之，皆求道之过也”。夹叙夹议，随笔挥洒，意之所到，笔力曲折无不尽意。

苏轼才气横溢，视野宏阔，目光犀利，议论英发。文章随机生发，挥洒自如，广征博引，巧取譬喻，侃侃而谈，言之凿凿，善于腾挪，翻空出奇，往往从别人意想不到的角度切入，得出意料之外的结论。自然流畅中又富于波澜起伏，情理兼备，文气充沛，处处可见睿思妙笔，有力度和深度。苏轼晚年《答李端叔书》中反思早年“妄论利害”，确有自知之明。

苏轼的记叙文包括碑传文、山水记、亭台记等。《喜雨亭记》是他早年在凤翔签判任上写的亭记。雨本无喜恶之分，靠天吃饭的人们把想象、愿望和情绪与自然现象联系起来，甚至赋予自然现象人格化，加以崇拜或赋予情感。“喜雨”作为人的主观感情与客观事物相结合的意象，寄寓着关怀民生、乐民之乐的意旨。“官吏相与庆于庭，商贾相与歌于市，农夫相与忭于野，忧者以喜，病者以愈。”描绘了一幅万民同乐、官民同欢的喜庆图，鲜活如在眼前。他将喜雨之情、生民之意寓于人生之超脱、兴邦之至理中，于精巧构思中显出阔大意境。借助一场雨和一个亭子把百姓、知州、天子、造物、太空联系起来，由小而大，层层推进，又由大及小，将“不可得而名”的太空落于小小亭子的命名上，虚实相合，收放自如。虞集评《喜雨亭记》：“无一点尘俗气，自非具眼者未易知也。”①明林希元云：“文字通澈流动，如珠走盘而不离乎盘，他人虽有此意思，未必有此笔力，真大家也。”②

《放鹤亭记》从云龙山人迁草堂、建亭缘由说到彭城山势、亭的位置、季节变化，再说到主人与鹤及鹤飞姿态，到亭的命名。转而由宾主游览发表议论，从卫懿公好鹤亡国的故事，翻转到羡慕隐士全真远祸生活，以山人高逸旷达歌子收尾，表达对闲云野鹤式自由的渴望。行文摇曳多姿，笔似闲散而意脉连贯完整。

《超然台记》作于苏轼从杭州通判调任密州知州之后，紧扣一“乐”字，先说凡物皆有可观可乐之处；接下来指出“游于物之内，而不游于物之外”，为物欲所左右，就会“可乐者常少，而可悲者常多”。在凌空发挥

①杨慎辑：《三苏文范》卷十四引，扫叶山房民国五年石印本。

②杨慎辑：《三苏文范》卷十四引，扫叶山房民国五年石印本。

之后入题记事，由此使前面抽象的议论成为必不可少的铺垫：从繁华的杭州移守荒凉的密州，在别人看来必然“不乐”，而作者之所以仍有优游之乐，正在于能“游于物之外”。最后以“超然”名台，正是点题之笔。虽为亭台之记，实是作者超然物外、超越得失的言志之文。

《石钟山记》是元丰七年（1084年）苏轼由黄州贬所调往汝州途经江西时所作。先是对郦道元、李渤就石钟山命名缘由所作的解释提出怀疑，接着自然转入游览探察过程，最后发出“事不目见耳闻”则不可“臆断其有无”的议论。全文气脉流贯从容，叙事、写景、议论，衔接十分自然。写月夜泛舟察看山形一段，寥寥数笔，简洁传神，刻画出一个幽美而又阴森的境界，使读者恍若身临其境。但描写山水并非作者的主要目的，由于对石钟山得名的由来心存疑虑，作者进行了实地考察，纠正了前人说法，并引申出反对主观臆断的一番哲理，见解精辟，表现出赏幽探险、求真务实的精神，叙事、抒情、说理融为一体，堪称典范。

《文与可画筼筜谷偃竹记》作于文与可卒后半年（1079年），忆述其画竹的情形，记言写人，以乐写哀，写法新颖，别出心裁。先写文与可“成竹于胸”而“振笔直遂”的创作经验，不仅显示其墨竹和画论的老到高超，还引申出“既心识其所以然而不能然者，内外不一，心手不相应，不学之过也。故凡有见于中而操之不熟者，平居自视了然，而临事忽焉丧之，岂独竹乎”的艺术与人生哲理，表明彼此相知甚深。接着记述日常交往的趣事，着重记载“与可畴昔戏笑之言者，以见与可于予亲厚无间如此也”，也从唱和雅谑中表现二者的率性自然、幽默风趣。最后笔锋一转，由往昔的“失笑喷饭满案”，到如今挚友已逝，作者见画中竹“废卷而哭失声”，往昔之乐与今日之悲形成鲜明对照，更倍增悲慨之情。作者对亡友的描写堪称“胸有全人”，随意点染即跃然纸上，栩栩如生。对亡友的追怀又是一往情深，悲欣交集，含蓄深沉，催人泪下，是融传状、哀祭、题跋为一体的记叙抒情名篇。

《李太白碑阴记》是为毕士安所题李白碑阴作记，只抓住李白是否为毕氏碑文中所称王佐式的济世之才这一点大做文章，拈出“气”与“识”二点，以李白“戏万乘若僚友，视俦列为草芥”之气，证其必不肯“从君于昏”；以其识郭子仪为人杰，证其必知永王之无成，得出李白从璘乃由于“迫胁”的论断。虽为记体文，实是言之凿凿的辩诬之论。

《方山子传》叙写弃荣利功名而自甘淡泊贫贱，安身立命于穷山中的隐者方山子形象，字里行间饱含感情，写出作者想见已久而又不期而遇的喜悦之情，有志于用世，却不得赏识任用，仕进无门，退隐以明志，作者结合自己当时被贬黄州的处境，于文字之外，又寓有怀才不遇的感慨，借他人之酒浇自己胸中之块垒，写方山子实乃自悲不遇，是作者在黄州心态的一种形象折射。

苏轼记体文随物赋形，灵活多变，不为体制成法所拘系，文思活跃，体察入微，记事生动，写照传神，既见识事理，洞明世态，又抒发襟怀，坦露真情，把议论和抒情融入记叙文体，使记体文更具个性化、多样化和艺术化，对后来记体散文影响很大。

苏轼尺牍写得既多且好，特别是贬谪黄州时期所写的尺牍，情真意切，极具个性，富有文学价值。苏轼谨言慎行，“忧谗畏讥”，《与王定国》其一云：“感恩念咎之外，灰心杜口，不曾看谒人。所云出入，盖往村寺沐浴，及寻溪傍谷钓鱼采药，聊以自娱耳。”《黄州与人》其三曰：“困踬之甚，出口落笔，为见憎者所笺注。儿子自京师归，言之详矣，意谓不如牢闭口，莫把笔，庶几免矣。”《与李公择》其十一中还特别交代：“看讫，便火之。”这种“畏祸”心理贯穿苏轼整个贬谪黄州生涯。他并不回避自己的贫困、衰病，但以幽默达观的笔调述之，他人看来苦涩难言之事，他却津津乐道，丝毫不萦于怀。黄州为荒僻之地，但他寄情山水，借以排遣“天涯沦落人”的悲苦寂寞之感，《与范子丰》其八曰：“临皋亭下不数十步，便是大江，其半是峨眉雪水，吾饮食沐浴皆取焉，何必归乡哉！江山风月，本无常主，闲者便是主人。”他一再向友人称道居所风光之美，《与司马温公》其三曰：“寓居去江干无十步，风涛烟雨，晓夕百变，江南诸山，在几席上，此幸未始有也。”绝佳风景大大化解了谪居的苦闷，为此他庆幸不已。面对苦难，苏轼任其自然，乐观旷达，泰然处之，更以主宰者的姿态役使和驱遣生活，从凡俗平庸中发现美，发掘出快乐，坦然直面苦难，蔑视苦难。他保留着文人士大夫特有的闲情逸致，酷嗜读书，尺牍中多次提到自己注《易传》，雪夜读《汉书》等，《与范子丰》其七写游赤壁，娓娓道来，余韵悠长。苏轼还以佛、老思想排遣苦闷，不少尺牍写给方外之人，如参寥子、佛印、圆通、宝月等，与朋友谈论禅理，借佛家“静而达”的方法，以保持达观的处世态度。《与钱穆父》其三曰：“惠茶既丰且精，除寄与子由外，不敢妄以饮客，如来教也。然细思之，子由既作台官，亦不合与吃。薛能所谓‘赖有诗情’尔。呵呵。”在惠州所作的

《答参寥书》，谈生活，谈文艺，谈谪居时的困苦境遇，亲切有味。晚年在儋州时所作的《答参寥》更是如此，随手写来，文情俱胜，毫不装腔作势，摆脱汉、魏以来“以艰深文其浅陋”的文风，同时避免了韩愈以来古文家“力去陈言夸末俗”的矜持习气。苏轼胸中无俗气，尺牍抒情写意，真诚坦率，活现出一个最本真的自我。移情于物，模山范水，其文有意境美，情味隽永。下笔不作寻常语，不步人脚跟，语言简洁生动，比喻贴切，圆美流畅，平淡自然，幽默诙谑。苏轼重视尺牍写作，首次将尺牍编入自己文集中。宋代尺牍，自欧阳修始，通俗明白，苏轼尺牍更多于欧阳修。苏轼与欧阳修、黄庭坚是宋代尺牍的杰出代表。朱弁《曲洧旧闻》卷九云：“旧说欧阳文忠公虽作一二十字小简，亦必属稿，其不轻易如此。然今集中所见，乃明白平易，反若未尝经意者，而自然尔雅，非常所及。东坡大抵相类，初不过为文采也。”[①]晚明尺牍创作受苏轼、黄庭坚尺牍的影响最大，苏、黄尺牍合刊的有张所望编《苏黄尺牍》八卷，钟惺、谭元春编《苏黄尺牍选》八卷，还有《苏黄风流小品》十六卷（其中《东坡尺牍》二卷、《山谷尺牍》二卷）等，苏、黄尺牍受到晚明士人的青睐，当作典范竞相模仿、学习，评价时人作品也以苏、黄尺牍为标准。晚明小品的兴盛，在很大程度上是从学习苏、黄尺牍开启的。

苏轼题跋文谈文章、诗词、书法、绘画、音乐，谈神鬼、交际、游历等，短短篇幅，自然冲淡，高雅简远，不事雕琢。作者旷达超脱，随缘自适，在平凡的世界中感悟美的人生。《跋退之送李愿序》诙谐潇洒，随兴而发，妙趣横生。《书孟德传后》探讨老虎吃人的心理，意在借虎喻人，劝诫人们不要畏惧恶人。《书若逵所书经后》形容若逵所书的经书如海上沙粗细均匀，如空中雨自然消散，赞叹其已经进入忘我境界。《跋草书后》云：“仆醉后，乘兴辄作草书十数行，觉酒气拂拂，从十指间出也。”率真不羁的性格跃然纸上。

《东坡志林》大多是苏轼贬谪黄州、惠州、儋州时所作的笔记杂录。上自元丰，下迄元符，历二十年，题材广泛，无所不谈，写景、抒情、叙事、寓理兼备，颇能见其真实生活、洒然自适的个性，写景状物真实而富有美趣，感事怀友情深意切，叙事抒情深味至理。《记承天寺夜游》描绘

---

①朱弁：《曲洧旧闻》卷九，中华书局2002年版，第215页。

的夜景似弥漫着水气的素描画，具朦胧之美，营造出“清”的意境，寥寥数语，写出一幅鲜明澄澈的月夜图景。月下物影杂沓，作者却独取竹柏等高雅脱俗之物，正是其高洁脱俗品格的外化。作者自适其适，自乐其乐，以“闲人”二字将一切苦难与打击轻轻带过，以闲适的心境和超旷的态度欣赏自然美，风致洒脱，颇有魏晋人风范。叙事、抒情、写景紧密结合，自然而不露痕迹，韵味隽永，对后世小品文有很大影响。作者善于在平常景物中发现美，同样作于黄州的《书临皋亭》，轻松洒脱，以随意自然的笔触，写悠然所见之云水林峦，四字句的排列，有整饬之美，而无雕琢之迹。《游白水书付过》记叙作者与爱子同游白水胜地的有趣经历，具体描绘行程所见、所闻、所感，叙事写景，既有实景，又多想象之虚语，充满情趣。《记游松风亭》作于惠州贬所，借游松风亭一事来说理，寓理于事，“如挂钩之鱼，忽得解脱”，“当甚么时也不妨熟歇”，透出禅机妙悟，人生漫漫，充满艰辛，看开方得解脱，“此心安处是吾乡”。篇幅短小，言简意赅，有韵有趣，体现出作者历经磨难而狂放豁达、自然真率、超迈洒脱的独特风神。

神宗元丰三年（1080年），苏轼因“乌台诗案”被贬为黄州团练副使。元丰五年（1082年）七月十六和十月十五两次泛游赤壁，写下两篇以赤壁为题的赋，后人称为《前赤壁赋》《后赤壁赋》。《前赤壁赋》通过主客问答，水与月的譬喻，探讨宇宙与人生的哲理，表现作者面对人生挫折的旷达乐观的胸襟和安时处顺、随缘自适的洒脱态度。篇中的主客实际代表作者思想的两个方面。写景、抒情、论辩，都紧紧扣住秋天月夜泛舟赤壁时的特定景色：清风、明月和江水，景、情、理浑然融为一体，既有画意，又有诗情，既有史事，又有哲理，可谓“文理自然，妙趣横生”，韵味无穷。情感低昂起伏，转换变化自然，结构跌宕曲折，引人入胜。仍然沿用赋家“抑客伸主”的做法；但更像一首美妙的散文诗，摆脱了汉赋板重的句法和齐梁骈赋的作风。《后赤壁赋》“江流有声，断岸千尺，山高月小，水落石出”，以极精炼的文笔，写出冬日江上枯寒荒疏的景象。前后两赋都以长江夜月为景，以客为陪衬，作者不吝笔墨地写出赤壁夜游的意境，安谧清幽，境界高远，表露了作者出世入世的矛盾思想，孤鹤入梦的幻景寄寓自己超然高蹈之思。两篇珠联璧合，浑然一体，林西仲曰：“若无前篇，不见此篇之妙；若无此篇，不见前篇之佳。”[①]

前后《赤壁赋》是文赋的代表作，既保留传统赋体的特质与情韵，又吸取散文的笔调和手法，打破了赋在对偶、排比等方面的束缚，参差疏落中又有整饬之致。“文赋”是继汉大赋、六朝俳赋、唐律赋之后，在宋代逐渐形成的一种新兴赋体，体物外还抒情、说理，是赋的“变体”。宋代文赋好说理，与宋人好议论有关。赋发展到欧阳修时，把赋体的抒情功能和散文的语体特征完美结合起来，创造出声情并茂、意境深邃的赋作，《秋声赋》是“以文为赋”的范例。苏轼继承发展了欧阳修的文赋，使赋体文更灵动。清姜宸英《〈李苍存诗〉序》曰：“杜牧之《阿房宫》、苏子瞻《前后赤壁》，则赋而文矣。作者心思蹙缩，壅阏于内，挟其才气，忿愤欲出，则飙发泉涌，不可以古法绳尺裁量。”[②]“赋而文”，即以文为赋。浦起龙则谓前后《赤壁赋》“皆志游也。记序之体，出以韵语，故曰‘赋’焉。其托物也不粘，其感兴也不脱，纯乎化机”[③]。李扶九认为“以文体论，似赤壁记也，然记不用韵，而赋方用韵，此盖以记而为赋者也”[④]。皆肯定以“记”体为赋。吴闿生评《前赤壁赋》曰：“即如此篇，初何尝为古今赋家体格所拘，而纵意所如，自抒怀抱，空旷高邈，敻不可攀，岂复敢有学步者哉。”[⑤]称赏不为赋家“体格”所拘，达到艺术高境。

苏轼散文众体兼备，独标高格。他追求思想自由和人格独立，自由抒写，博辩无碍。黄庭坚《东坡先生真赞三首》其一称赞苏轼“嬉笑怒骂，皆成文章”[⑥]。罗大经《鹤林玉露》评苏轼文章：“横说竖说，惟意所到，俊辨痛快，无复滞碍。”[⑦]苏轼散文以雄迈奔放、波澜迭起为基本风格，但并不拘于一格，往往不拘成法，灵活多变，圆熟流美，舒展自如，如行云流水，自然畅达。苏文气势雄放，语言却平易自然，这正是宋文异于唐文的特征之一。句式上丰富多变，骈散结合，联想丰富，善用譬喻，有欧阳

---

①李扶九、黄仁黼：《古文笔法百篇》卷十四引，岳麓书社1984年版，第289页。

②姜宸英：《湛园未定稿》卷五，清康熙二十年刻本。

③浦起龙：《古文眉诠》卷六十九，清静寄东轩刻本。

④李扶九、黄仁黼：《古文笔法百篇》卷十四，岳麓书社1984年版，第289页。

⑤吴闿生：《古文范》下编，文学社1927年重刊本。

⑥黄庭坚：《黄庭坚全集》，四川大学出版社2001年版，第557页。

⑦罗大经：《鹤林玉露》乙编卷三，中华书局1983年版，第167页。

修的平易自然之风，而更灵动活脱。他博采众家之长，最重要的是学《孟子》的雄放气势，《战国策》的纵横捭阖，庄子的自由表达、联想丰富和汪洋恣肆。刘熙载《艺概》云："东坡文亦《孟子》，亦贾长沙、陆敬舆，亦《庄子》，亦秦、仪。心目窒隘者，可资其博达以自广，而不必概以纯诣律之。"①苏轼散文沿着欧阳修、苏洵的道路继续发展，"文理自然，姿态横生"，达于"行云流水"的化境。苏轼对宋文改革有出色的完善、收结之力，古文到苏轼手中，达到自由境界，集文章之大成。欧阳修、苏轼并称"欧苏"，共铸宋文双璧，代表宋文的显著特色和最高成就，对促进宋文平易自然、流畅婉转主体风格的成熟和定型起了相辅相成的"合力"作用。

苏轼在当时文坛上享有巨大声誉。他继承欧阳修的精神，十分重视发现和培养文学人才，吸引许多重要文人在他周围。其中成就较大的有黄庭坚、张耒、晁补之、秦观四人，合称"苏门四学士"，再加上陈师道和李廌，又合称"苏门六君子"。苏轼文集在元祐党禁时被禁毁过，但在南宋初期又流行起来，影响了南宋文坛的后续发展。王十朋《杂说》曰："唐宋之文，可法者四：法古于韩，法奇于柳，法纯粹于欧阳，法汗漫于东坡。余文可以博观，而无事乎取法也。"②不论是事功派的陈亮、辛弃疾，还是"理学派"的朱熹、吕祖谦，或是"永嘉派"的陈傅良、叶适等，无不推重苏轼之文并受其影响。苏轼的策论、史论成为许多科举士子悉心揣摩的范本和敲门砖。陆游《老学庵笔记》卷八说："建炎以来，尚苏氏文章，学者翕然从之，而蜀士尤盛。亦有语曰：'苏文熟，吃羊肉。苏文生，吃菜羹。'"③可见苏轼文章在当时的流行程度。明代拟古派虽提倡"文必秦汉"，但苏文在士人中传习不衰；"唐宋派"则确立了影响深远的"唐宋八大家"，苏轼即为其中重要一家。苏轼畅达率真、平易自然的散文，尤其是肆口而发、涉笔成趣的小品，直接影响了明清两代独抒性灵的小品文。明末"公安派"崇尚性灵，东坡性灵小品成为晚明小品之祖。万历三十九年（1611年），王纳谏（圣俞）编成《苏长公小品》，"小品"作为文体名开始出现。其后，文人的"小品"名集者渐多。袁中道《答蔡观察元

①刘熙载：《艺概》，上海古籍出版社1978年版，第29页。

②王十朋：《王十朋全集》，上海古籍出版社2012年版，第801页。

③陆游：《老学庵笔记》，中华书局1979年版，第100页。

履》云："东坡之可爱者，多其小文小说；其高文大册，人固不深爱也。使尽去之，而独存其高文大册，岂复有坡公哉！"①到清代郑燮、袁枚，其散文时时可见苏文影子。苏轼小品标志着中国散文开始从载道走向言志，从大品走向小品，从古典走向现代。

第六节　骈文与辞赋的衍变

唐宋文坛，始终存在着古文与骈文、辞赋的对峙并立和交叉互动。古文虽最终胜出，却并未一统天下，骈体和赋体之文也在与古文的竞争中变化发展，扩展自己的表现天地。

初、盛唐时期，主流文体仍是骈文，朝廷应用的公文，自制、诰、诏、敕至章、奏、表、启、判辞、书牍等，无不习用骈文。当时人心目中，骈文才是文章"正宗"。诗赋取士制度促进了骈文和辞赋的发展。

初唐骈文代表作家有魏征、温大雅、王勃、杨炯等。魏征（580年—643年）为贞观时名相，为人刚直不阿，敢犯颜进谏。贞观十二年（638年），看到太宗逐渐怠惰，懒于政事，追求奢靡，魏征便奏上《十渐不克终疏》，列举了太宗执政迄今为政态度的十个变化。《谏太宗十思疏》紧扣"思国之安者，必积其德义"的安邦治国主旨作了精辟论述，提醒太宗"居安思危，戒奢以俭"，牢记隋亡的教训，善始克终。排比论述，辞工文畅，音律和谐，铿锵成韵，气势雄健。太宗非常重视这篇奏疏，说它是"言穷切至"，使得自己"披览亡倦，每达宵分"。以后历代一些君主，也经常读这篇奏疏，以规诫自己。孙梅《四六丛话》认为魏征骈文创作，"体格清美，蔚乎徐、庾之上。其不以文上名，为勋业掩也"②。温大雅（572年？— 629年）《大唐创业起居注》记述高祖李渊自太原起兵到正式建唐称帝357日的历史事实。最先用骈体叙述重大事变，属对自然，平允切当，是骈体叙事文之佳作。

①袁中道：《珂雪斋集》下册，上海古籍出版社1989年版，第1045页。

②王水照编：《历代文话》第五册，复旦大学出版社2007年版，第4906页。

高宗、武后时，“初唐四杰”崛起文坛，发展徐、庾之体，运用抑扬调畅之气，不少作品于对偶工整、辞藻华丽之外，展示出“气凌云汉，字挟风霜”的风骨和刚健清新之风，和古文渐相接近。王勃（650年—676年?）骈文将六朝以来绮错婉媚、内容贫乏的骈文改造为抒情言志的工具，别开阳刚壮大之美，感情激越，极富气势。继承屈原的骚怨精神，运用比兴手法，托物言志，显示清高不群。善于运用典故，典雅不俗，表现怀才不遇、报国无门而又积极进取的精神面貌。《秋日登洪府滕王阁饯别序》写仕途失意悲愤，情景交融，意境壮阔，格律严谨，用典贴切，四六句式一以贯之，意脉灵动，如行云流水，意兴遄飞，通透俊逸。句式自成对偶，音调铿锵，一气呵成。王勃记、序、碑、碣之作，英思壮彩，多珍词秀句，受到六朝骈文尤其是徐陵、庾信骈文的影响，是对六朝骈文的继承和超越。杨炯（650年—693年?）骈文以壮伟的气势取胜，《群官寻杨隐居诗序》以开阔雄伟的笔力刻画了隐士隐居之山林的幽深奇崛，格局开阔，富有气势，思如泉涌，属对工整，浮声切响，韵调和谐，是骈文正格。卢照邻（634年?—686年?）有序、书、赞、碑十三篇，《〈乐府杂诗〉序》叙述诗之由来及乐府产生与演变，属对自然精切，挥洒自如，淋漓酣畅。骆宾王（627年?—684年?）《代李敬业传檄天下文》（又名《为徐敬业讨武曌檄》）历叙武则天行为淫乱、秉性残暴、蓄意篡唐之罪不容诛；感情激愤，辞端犀利，再揭其包藏祸心，窥测神器，以见其罪大恶极；号召朝廷内外响应李敬业，起而勤王，极富鼓动性。立论严正，先声夺人，极有气势，风格刚健，辞采绮丽，平仄协调。“四杰”骈文各有擅长，虽带有六朝藻丽之余风，但在精神格局上已呈现出开阔高举的新面貌。“四杰”过于逞才，如王勃《乾元殿颂》四千字，卢照邻《益州至真观主黎君碑》亦近三千字，无复凝练之妙，后世骈文堆垛风气，与此不无关系。

盛唐骈文的代表是张说、苏颋。两人都是台阁重臣，政坛和文坛的双重领袖，当时朝廷文诰多出其手，是典型的“润色王言”“润色鸿业”。张说封燕国公，苏颋封许国公，故时人誉为“燕许大手笔”。

张说（667年—730年）长于碑志文，注重表现人物的性格气质。《齐黄门侍郎卢思道碑》突出卢思道的文学才华，骈散结合，从容典雅，笔力深雄，直追东汉；《广州都督岭南按察五府经略使宋公遗爱碑》写于宋璟健在时，措辞得体，评价得当，真切感人；《故开府仪同三司上柱国赠扬州刺史大都督姚文贞公神道碑》叙名相姚崇功德，于大处着眼，笔墨简括，要言不烦，突破碑志的文体局限，根据碑主身份、性格、事迹不同安排材料，选取最具人物性格特征的事件和细节，刻画出栩栩如生的人物形象，开创了碑志文创作的新局面。张说也擅长序、记，《洛州〈张司马集〉序》叙述张希元家世、才学、政绩和文学成就，格局开阔，辞藻丽密；《〈大唐西域记〉序》叙述玄奘兄弟共同弘扬佛教的功绩，语言精警，辞采纷呈，庄重沉雄，遣词造句融合了散体气息。长篇《开元正历握乾符颂》笔致意随，句法多变，从不同方面表现了大唐帝国上升时期的社会风貌和人们的精神状态。以流畅代艰涩，以典丽革浮靡，清新刚健，格调雄浑，是典型的“盛世气象”。《旧唐书》本传赞张说：“为文俊丽，用思精密，朝廷大手笔皆特承中旨撰述，天下词人咸讽诵之，尤长于碑文、墓志，当代无能及者。”①

苏颋（670年—727年）于武则天时登进士第，文思敏捷，运笔如飞，婉而有章，擅长制、敕、碑、志。《封东岳朝觐颂》简净洗练，雍容宏丽，简洁明快。《禁断锦绣珠玉敕》征引圣人名言，揭示奢侈之风危害，虽仍以骈词俪句居多，但寓骈于散，骈散相间，不刻意求对仗工整，但求词达意明，风格清新流利。《谏銮驾亲征第二表》感情充沛，析理精到，一气贯注，绝少偶对。《授张说中书令制》《赠礼部尚书褚公神道碑》《太清观钟铭》《幸新丰及同州敕》等，不以藻绘雕琢为重，遣词典雅，旨趣深微，跌宕起伏，舒卷自如。高步瀛评曰：“敛典丽为肃括，易铺排为包扫，摆落一切，直趣深微，诚大手笔也。”②

张说、苏颋改革骈体，崇雅黜浮，以矫正陈、隋以来浮丽风气，讲究实用，追求风骨。以散行之气运偶俪之词，师法汉人，骈散结合。气味深厚，雍容雄浑，充满昂扬奋发之气，打破了六朝至初唐骈文重藻饰而乏风骨的浮靡纤弱格局，为文坛吹进一股清新超拔之气，开启一代新风。宋初姚铉《〈唐文粹〉序》说：“有唐三百年用文治天下……洎张燕公以辅相之才，专撰述之任，雄辞逸气，耸动群听；苏许公继以宏丽，丕变习俗。”③《新唐书·文苑传序》继承这一观点。高步瀛说：“及燕、许以气

①刘昫等撰：《旧唐书》，中华书局1975年版，第3057页。

②高步瀛编：《唐宋文举要》，上海古籍出版社1982年版，第1449页。

③姚铉编：《唐文粹》卷首，《四部丛刊》本。

格为主，而风气一变。于是渐厌齐、梁，而崇汉、魏矣。然古文之体格未成，骈俪之宗风亦坠，虽见雅饬，殊乏情采。”[①]

王维（？—761年）骈文亦如诗，以清逸见长。《送秘书晁监还日本国诗序》是为晁衡回日本所写的赠别诗序，盛赞晁衡衣锦还乡，并抒发自己惜别相思之情。用典隶事，连缀成篇，声调抑扬，逸韵无穷。东渡大海一段描写尤为精彩，兴会飙举，藻思如泉涌，情景交融，为中日文化交流史留下珍贵的资料。《送李补阙充河西支度营田判官序》勉励李补阙于边关杀敌立功，报效国家。《送高判官从军赴河西序》《为画人谢赐表》等，皆可读。王维骈文典重高华，仰承张说，影响柳宗元等。李白（701年—762年）将诗的笔法情调注入骈文中，破板滞为流动，变用典为白描。《与韩荆州书》骈散相兼，以情感激越和气势奔放取胜，清雄畅达，以气运词，清丽自然，名言俊语络绎间起。《春夜宴从弟桃花园序》约于开元二十一年（733年）前后作于安陆，诗人与堂弟们在春夜宴饮赋诗，并为之作此序文，表现了天伦之乐。抒情说理，简洁明快，明朗清逸，以诗笔行文，景、情、思融和，富有诗情画意。多用典故，增添了文化内涵。笔势大开大合，如行云流水，流畅自然，潇洒飘逸，把作者的气质、才华展现得淋漓尽致。

自开元至大历间，唐赋与骈文一道兴盛，映现盛唐气象。李白《大猎赋》以诗人纵放之情，阐发大唐“四海为家”、赋家“大道匡君”之意。任华《明堂赋》、李华《含元殿赋》、杜甫“三大礼”赋等，皆越《三都赋》而逼两汉，改变汉、晋小赋“俳优”“雕虫”地位。咏物赋以奇逸纵放为美，以“边塞”为主题的赋自骆宾王《荡子从军赋》肇端，至玄宗开边拓疆、武功强盛之际而蔚然成风，充分显示了盛唐尚武精神。

中唐贞元以降，“古文运动”催变文人抒情言志赋的出现，如梁肃《述初赋》、李翱《幽怀赋》、柳宗元《惩咎赋》、刘禹锡《砥石赋》等，皆自抒情志，阐发义理，成一时风尚。古文家弘扬骚怨精神，韩愈《闵己赋》、李翱《释怀赋》、刘禹锡《伤往赋》等，皆为仿骚赋典型。柳宗元于贬永州时为骚赋十数篇，其中《解祟》《惩咎》《闵生》《梦归》《囚山》五赋，最得骚赋神髓，唐以后文论家言骚赋传统，无不奉柳赋为典型。杨敬

①高步瀛编：《唐宋文举要》，上海古籍出版社1982年版，第1133页。

之《华山赋》描写散文化，刘禹锡《秋声赋》骚散结合，直接影响欧阳修的《秋声赋》。这些赋开启散文化风气，成为北宋新文赋创作的滥觞。元稹、白居易等自觉创作作为唐赋正宗的律赋，元稹的“以题为韵”、白居易的“制义分股”法，成为律赋规则并为后来明清时文所效仿。

杜牧《阿房宫赋》作于敬宗宝历元年（825年），借古讽时，表现忧国忧民、匡时济俗情怀。前半部分以铺陈夸张手法写秦始皇荒淫奢侈，由外到内，由楼阁建筑到人物活动，条理井然。后半部分由描写转为抒情、议论，总结秦亡教训，指出后人如不知引以为戒，必将重蹈历史覆辙。由古及今，层次清楚，结构严谨，声调和谐，以讽喻结尾。全文充满激情，驰骋想象，比喻贴切，生动形象，骈散兼行，整齐中有变化，排比句式，气势充畅，富于文采。

中唐骈文发生新变化，由原来侧重“嘲花草、弄风月”的形式技巧转变为侧重于经世致用、救时拯乱的现实陈述，这一转变主要是由陆贽完成的。陆贽（754年— 805年），字敬舆，吴郡嘉兴（今属浙江）人。大历八年（773年）进士，贞元八年（792年）迁中书侍郎、同平章事，贞元十年（794年）罢相。永贞元年（805年）卒于任所，追赠兵部尚书，谥号宣，有《陆宣公奏议》。陆贽骈文指陈形势，策划大计，正实切事，晓畅灵活，是一创举，使骈文的政治、社会功能得到高度发扬。《奉天改元大赦制》是代避难奉天的德宗拟写的罪己诏，责备自己“长于深宫之中，暗于经国之务”，以痛切之辞，直书君过，文笔犀利，情感激烈，言辞恳切，罪己之意真诚。据记载，此制一出，武人悍卒，无不挥涕，思奋臣节。《论裴延龄奸蠹书》六千余言，言事详备，说理深刻，既纡曲宛转，又晓畅易懂，极少用典，条达明白，很少晦涩之处。《论缘边守备事宜状》《均节赋税恤百姓六条》等，用长联对偶行文，从容不迫，篇幅加长，骈而不滞，多用排比句增强文章气势。这种新型骈体，论说事理，条分缕析；指事如口讲手画，言之有物；言情委婉曲折，揣摩心态细致入微。纡徐婉转，平正温和，文思流畅，意到笔随，开合卷舒，自然浑成。其气浑灏流转，对仗工整，宫商谐协，语句灵活多样，长短兼用，特别善用长对，善于镕铸成语，不为“典”“事”所束缚。《四库全书简明目录 · 翰苑集》称陆贽之文为“经世之文”[①]，《四库全书总目》赞曰：“其文虽多出于一时匡救规切之语，而于古今来政治得失之故，无不深切著明，有足为万世龟鉴者。”[②]孙梅《四六丛话》云：“古以四六入章奏者有矣，贺谢表而外，惟荐举及进奉则或用之，品藻比拟，此其长也。若敷陈论列，无往不可，而又纂组辉华，宫商谐协，则前无古，后无今，宣公一人而已。”[③]

六朝骈文多吟咏哀思，摇荡性灵，浮华绮靡。陆贽对骈文进行很大改革，引入散文句法，使骈文成为一种不用典、不征事而平易自然的实用新文体，既保持骈文的整饬和谐，又加入散体的自由奔放，如行云流水，无堆砌板滞之弊，极大地提升了其表现功能，既可写景抒情，又可说理议论，声情并茂，华实相符。陆贽完成了骈文从形式美文到经世之文的转变，上承“燕许”以散入骈传统，下开欧、苏四六“散文化”先河，在骈文演进史上具有里程碑式的地位。《新唐书》《资治通鉴》破例多录其文。苏轼乞陆文校正进读，所钦慕者独陆贽一人，章奏大都以其作为范式。陆贽骈文还影响南宋汪藻、孙觌以及清代曾国藩、张之洞等人。

柳宗元是古文大家，又是骈文家。早年写骈文，其后始转而写古文，古文受到骈文影响。《乞巧文》称自己所为文“骈四俪六，锦心绣口”，“四六”体之名从他开始。此文借七夕妇女乞巧风俗，以自己之“拙”与世人之“巧”对言，讽刺巧言令色、希颜取荣之辈，淋漓尽致，传统骈文中少有。碑志、记、书、启、表、状等，以散行之气运偶俪之词，显露出骈文的“散文化”。孙梅《四六丛话》曰：“子厚晚而肆力古文，与昌黎角立起衰，垂法万世。推其少时，实以辞章知名，词科起家，其熔铸烹炼，色色当行，盖其笔力已具，非复雕虫篆刻家数。然则有欧、苏之笔者，必无‘四杰’之才，有义山之工者，必无燕公之健。沿及两宋，又于徐、庾风格去之速矣。独子厚以古文之笔，而炉鞲于对仗声偶间。天生斯人，使骈体、古文合为一家，明源流之无二致。呜呼，其可及也哉？”[④]刘禹锡、白居易、元稹等人是古文家，骈文也有一定成就。白居易是骈文的改良者，变靡丽为古雅，奇句较多。元稹《〈白氏长庆集〉序》载，白居易用

①永瑢等著：《四库全书简明目录》卷十五，上海古籍出版社1985年版，第593页。

②永瑢等撰：《四库全书总目》卷一五〇，中华书局1965年版，第1287页。

③王水照编：《历代文话》第五册，复旦大学出版社2007年版，第4928页。

④王水照编：《历代文话》第五册，复旦大学出版社2007年版，第4930页。

骈体写作部分应试赋和一百零一道判文，称名一时，许多士人奉为范本，竞相传写。经过柳宗元等人努力，骈文由原来以辞采、偶俪、用典相尚的华丽浮靡之文，改造为以意、气、情、理相尚的平实有用之文。

晚唐时，国势衰微，社会风气大变，骈文形态、地位也发生很大变化。布道的古文不合时宜，随着“古文运动”的退潮，尚巧丽的骈文再度兴盛起来，代表作家为令狐楚、李商隐、温庭筠。令狐楚（766年—837年）善于骈体笺、奏、制、令，辞情典郁，每一篇成，人皆传诵。《河阳节度使谢上表》情感丰富，行文自然，于工整丽密中传达抑扬婉转之思绪，笔力深厚。《进异马驹表》抒发情感，贯以气骨，挥洒自如，对仗精巧，用典贴切，富于情韵。孙梅《四六丛话》云：“吾于有唐作家集大成者，得三家焉，于燕公极其厚，于柳州致其精，于文公仰其高。”[①]将令狐楚与张说、柳宗元并举。

李商隐、温庭筠、段成式三人在家族兄弟中排行同为第十六，又都善作骈文，风格相近，因而时称“三十六体”，在晚唐文坛风靡一时，并对后世文学产生较大影响。祭文、表、状、书、启等，一改中唐风格，崇尚徐、庾，汲取六朝骈文精粹，精工典丽，偶对切当，用典隶事，繁密深僻，雕镂精工，词采繁缛，风格更为华丽浓艳。

李商隐（813年？—858年?），字义山，号玉谿生，又号樊南生，荥阳（今属河南）人。文宗开成二年（837年）登进士第。因卷入“牛李党争”而备受排挤，一生困顿不得志。他早期致力于古文写作，后因投入骈文名家令狐楚门下，遂通习“四六”，并以此著称。他自名骈文集为《樊南四六》，是为“四六”文名之正式确立。他博学强记，下笔不能自休，文思清丽，宛转流畅，典丽清峻。《为濮阳公檄刘稹文》《为濮阳公陈情表》，属对精工而不害文意，析理精微，婉曲达情。时于骈句中杂以散句，转换自如，声韵铿锵，灿然可诵。《上河东公启》写妻亡子幼，无法平息内心痛苦，措辞恳切，语意委婉。李商隐尤善哀祭文，《祭小侄女寄寄文》哀悼四岁而夭折的侄女，用白描手法，不用一典，缕述寄寄生前幼稚可爱的琐事，如今念往抚存，倾诉内心痛苦，情真意切，凄婉动人。《重祭外舅司徒公文》情动于中而形于言，文情并茂。李商隐骈文承继徐、庾之

---

①王水照编：《历代文话》第五册，复旦大学出版社2007年版，第4936页。

长，熔“四杰”与陆贽骈文于一炉，叙事疏宕有致，说理精辟无累，抒情感人至深，丽辞云簇，藻采纷呈，别具一格，人称骈文史上的“集大成”者。李商隐也有不少骈文用典繁复，文意晦涩，被后世称为“獭祭鱼”，因过于重视词采，缺乏动人的情感力量。这种文风在北宋初风靡一时，形成所谓“西昆体”。

孙梅《四六丛话》比较李商隐和柳宗元说：“柳子厚少习词科，工为笺奏，乃窜永州，肆力古文，为深博无涯矣，一变而成大家。李玉溪少能古文，不喜声偶，及事令狐，授以章奏，一变而为今体，卒以四六名家。”[①]李、柳二人相反，柳先学四六，而后转习古文，因而行文总不免四六文气；李则先学古文，而后转习四六，因而行文仍含有古文气格。二人道路不同，然其所作精美雅丽，异曲而同工。

唐代骈文演变，初唐骈文字句雕琢，纤丽而流利，有六朝文风之余绪，至“燕许大手笔”出来，则博大昌明而趋于典重，意兴飞扬，境界开阔；盛唐文治武功达到极致，逐渐融散入骈，文雅典重，气象雄浑，辞藻典丽；中唐骈文创为新逸，熔铸声偶之间，详密精切，受“古文运动”影响而趋于“散文化”，去除六朝绮艳、繁缛、典丽之风。随着“古文运动”影响的减弱，骈文在晚唐复归六朝风调，华丽繁缛，“三十六体”是其典型代表。

宋初作家多追踪六朝，从晚唐李商隐以“四六”称其骈文之后，宋人相沿不改，“四六”成为骈体文的通称。宋人在六朝和唐人基础上，对骈体文又进行深入改造，不仅两制词臣熟习此类文体，而且一般文臣及士人之官私文书往来，亦习用四六体，“上自朝廷命令、诏册，下而缙绅之间笺书、祝疏，无所不用”[②]。骈、散两体在宋人观念中偶有对立，如石介，但总体上并不互相排斥。宋四六的发展演变，大体可分四个阶段：宋初前八十年，北宋“古文运动”时期，南宋前期，以及南宋后期。

从宋太祖开国到庆历初年，将近百年，盛行骈文。作者如林，承晚唐、五代余习，当时骈文名家有徐铉、杨亿、刘筠等，都遵守唐人规矩，奉李商隐为圭臬，“西昆”诸子更是严格遵守李商隐等人“三十六体”，以声色相夸，以隶事相尚，密丽华赡，浮华柔弱，荡而不返，致有“优人挦

①王水照编：《历代文话》第五册，复旦大学出版社2007年版，第4941页。

②洪迈：《容斋随笔》,上海古籍出版社2015年版，第283页。

扯"之讥。陈师道《后山诗话》说："国初士大夫例能四六，然用散语与故事尔。杨文公刀笔豪赡，体亦多变，而不脱唐末与五代之气，又喜用古语，以切对为工，乃进士赋体尔。"[①]西昆体四六极力模仿，使事用典，刻意雕琢，在宋初盛行三四十余年，耸动天下，从而合之者众。西昆体四六文实为宋代骈文雅格体制之雏形，对四六文由唐体转向宋体有奠基之功，其后骈散之争导源于此。

欧阳修也写骈文，成就及影响皆很大。他提倡诗文革新，但批评骈文不像韩愈那样激烈，实际上是吸收骈文的优点，对文章进行改革，以骈散结合取代一骈到底。《论尹师鲁墓志》说："偶俪之文苟合于理，未必为非，故不是此而非彼也。"[②]他将四六文与古文相提并论，说明它们存在的合理性，对之采取宽容态度。他认同的四六文主要是叙事畅达的"变体"四六文。欧阳修有《表奏书启四六集》七卷，大量的诏、制、敕、批答、祝文、斋文等，皆是骈文。欧阳发《先公事迹》说欧阳修"既典制诰，尤务敦大体。初作《劝农敕》，既出，天下翕然，人人传诵，王言之体，远复前古"[③]。《再辞侍读学士状》叙事言情，淡化文体规则，随心顺性，自由表达。《亳州谢上表》成为后人模仿的范文。《颍州谢上表》委曲纡徐，不尚辞藻，不用典故，浅易明白，自然质朴，绝不造作雕饰。《上随州钱相公启》《蔡州乞致仕第二表》等，句型多样，语言通俗，长句增加。欧阳修以古文笔法作骈文，去华从实，自然朴素，屏除晦涩肤泛的辞藻，用议论以使气，用虚字以行气，平顺畅达，如同画家从金碧山水解放到水墨山水。欧阳修"以文体为四六"，是白描骈文，上承陆贽，下启曾巩、王安石、苏轼等，开启了新体骈文———宋代四六，骈散再度融合，成为新的文章典范。陈善说："以文体为诗，自退之始；以文体为四六，自欧公始。"[④]吴子良《荆溪林下偶谈》卷二云："本朝四六以欧公为第一，苏、王次之，然欧公本工时文，早年所为四六，见《别集》，皆排比而绮靡……盖四六与古文同一关键也。然二苏四六尚议论，有气焰，而荆公则

①何文焕辑：《历代诗话》，中华书局1981年版，第310页。
②欧阳修：《欧阳修全集》，中华书局2001年版，第1046页。
③欧阳修：《欧阳修全集》，中华书局2001年版，第2632页。
④陈善：《扪虱新语》卷一，《丛书集成初编》本。

以辞趣典雅为主，能兼之者，欧公耳。”[①]认定欧阳修是宋四六的开创者。

王安石主张骈文体制为先，同时又受到散体影响，简化诏、诰文字，表、启严谨，用典、对仗、炼字等自出机杼，自成一派，但词气迫切，缺乏娴雅从容之态。《周礼义序》跌宕变化，雄迈英爽，无不如意；笔势峭拔，辞气横厉，有尺幅千里之风概。方苞评曰：“辞气芳洁，风味邈然，于欧、曾、苏氏诸家外，别开户牖。”[②]

苏轼任中书舍人、翰林学士时所作内外制四六虽为官样文章，但因他性格豪放，拘忌较少，才华横溢，下笔有力，因此颇有佳构。最能表现苏轼个性和文采的是他所上朝廷表、状和给朝官、师友的启文。《谢秋赋试官启》论士子治学与从政关系，评论时政，识见深刻，对偶中句法灵活；《答乔舍人启》表达恰然高远之趣，不同凡响。他迁谪时诸表启，几乎和泪代书，凄恻感人。王志坚《四六法海》说：“苏公诸表，言迁谪处，泪与声下，然到底忠鲠，无一乞怜语，可谓百折不回矣。”[③]以散文的气势和笔法作骈文，务去华辞，提炼雅语，以疏通畅达、流转自如见长，不以文采密丽取胜。性情之作，如《谢量移汝州表》不事藻饰，也不限于四字六字句，舒卷自然，如行云流水，洗尽晚唐、五代和北宋初期的藻丽堆砌。奏启一类自觉师法陆贽和欧阳修之文，见出个性、襟怀和学识，不拘泥于前人，更趋散化，更为流畅，笔力雄伟，警策精切，极富感染力。王若虚《文辨》称道苏轼“为四六而无俳谐偶丽之弊”[④]。孙梅高度称赞：“东坡四六，工丽绝伦中笔力矫变，有意摆落隋唐至五代蹊径。以四六观之，则独辟异境；以古文观之，则故是本色，所以奇也。”[⑤]

欧、苏以古文气格行之于四六，骈散融合，使骈文散文化。陈振孙《直斋书录解题》曰：“本朝杨、刘诸名公，犹未变唐体。至欧、苏始以博学富文为大篇长句，叙事达意，无艰难牵强之态。”[⑥]孙梅《四六丛话》卷三十三曰：“自有四六以来，辞致纵横，风调高骞，至徐、庾极矣；笔力

---

①王水照编：《历代文话》第一册，复旦大学出版社2007年版，第554页。

②高步瀛编：《唐宋文举要》，上海古籍出版社1982年版，第856页。

③王志坚：《四六法海》卷四，《文渊阁四库全书》本。

④王若虚：《滹南集》卷三十六，《文渊阁四库全书》本。

⑤王水照编：《历代文话》第五册，复旦大学出版社2007年版，第4966页。

⑥陈振孙：《直斋书录解题》，上海古籍出版社1987年版，第526页。

古劲，气韵沉雄，至燕公极矣；驱使卷轴，词华绚烂，至‘四杰’极矣；意思精密，情文婉转，至义山极矣；及宋欧、苏诸公，笔势一变，创为新逸，又或一道也。”[①]经欧、苏等人的努力，宋四六特色确立，形成两个风格不同的流派，分别以王安石和苏轼为代表。杨囦道《云庄四六余话》说：“皇朝四六，荆公谨守法度，东坡雄深浩博，出于准绳之外，由是分为两派。”[②]王、苏两派同出于欧阳修。

欧阳修也以文为赋，对前代骈赋、律赋进行了改造，变骈偶对仗为奇偶相间，以单笔散体作赋，保留了传统赋的铺陈排比、骈词俪句、音韵铿锵以及主客问答的形式，但摒弃了汉大赋式的铺张夸饰，洗尽了六朝骈赋的铅华，加上说理、议论成分，是赋的“变体”。《秋声赋》以散文为主，对偶用韵都不严格，行文流畅自如，将无形的秋声描写得形色宛然、变幻百端。它变唐代以来“律体”赋为“散体”赋，成功确立了“文赋”新体，是宋代文赋的先导，具有里程碑的意义。苏轼《前赤壁赋》以散文为赋，押韵转韵从心所欲，长句短句随需而用，叙事、写景、抒情、议论熔为一炉，行文如行云流水，音韵和美，朗朗上口。苏轼文赋追求平淡自然，赋体中融入散句，赋散文化，淡化赋体功利性，增强抒情性，开创赋体文学新局面。宋代文赋导源于汉赋，杜牧《阿房宫赋》开新文赋先河，欧阳修《秋声赋》、苏轼前后《赤壁赋》等杰作的出现，标志着宋代新体“文赋”的成熟。

赋最主要的特征是“体物”，注重描写刻画。“文赋”是继汉大赋、六朝俳赋、唐律赋之后兴起的新兴赋体，是北宋诗文革新运动的产物。宋人以散文入赋，兼容骈体，赋与散文合为一流。“体物”外，文赋还抒情、说理，是赋的“变体”。文赋说理，以才学、议论为赋，追求理趣，与宋人好议论有关，宋代文人是官员、学者、作家三位一体，才和学很大程度上推动了文赋的发展。文赋融入古文的疏宕萧散之气，还吸收了诗歌的抒情意味。文赋多用散文句法，句式参差不齐，押韵更趋自由，甚至可以不押韵，既突破了旧模式，又保持了对传统创作技法的继承，呈现出前所未有的生动流畅。文赋最能体现宋人赋体新变之艺术成就，由艰深华丽而变为平易流畅。

---

①王水照编：《历代文话》第五册，复旦大学出版社2007年版，第4929—4930页。

②王水照编：《历代文话》第一册，复旦大学出版社2007年版，第119页。

公元1127年，北宋王朝灭亡。国破家亡之痛，山河易色之悲，形之于文章。南宋初期的骈文大都直抒胸臆，慷慨悲壮，虽然形式上不出北宋范围，但思想内容更丰富、深刻。岳飞《广德军金沙寺题壁记》充满英豪之气，读之令人振奋。其《奏乞终制札子》字字真挚，语语赤诚，忠肝义胆，卓著千秋。南渡后，绍圣时由于词科的设置，四六应用广，兴盛一时，名家辈出，呈现出和北宋不同的特征，词科促使骈文朝着格律更严密、更注重形式技巧的方向发展。强调“识体”“有体”“得体”，法度规范，用事精当，下字工巧，句式、用事、音律更加讲究，回归传统骈文体制。

南宋前期四六名家有汪藻、孙觌、綦崇礼、洪适、洪迈、周必大、叶适、吕祖谦等人，格律精严，对仗工整，语言明畅，成为后世四六文的典型。汪藻（1079年— 1154年）最为突出，他南渡后任中书舍人，拜翰林学士，当时朝廷诏令多出其手，典雅、凝重、谨严，铺叙而不烦冗，工丽且切当。当天下危难之时，汪藻受命拟诏，其处境与唐代陆贽相似，他远师陆贽之风，增强应用公文的经世功能。所拟诏令也与陆贽一样明畅洞达，曲尽情事。《隆祐太后布告天下诏》委曲周详，措辞得体，用典恰切，真切动人，文告公布之后，天下传诵，人心感奋。《建炎三年十一月三日德音》是高宗逃避金兵入海归来的“罪己”诏书，论者把它比为陆贽替唐德宗避寇奉天所作《兴元元年奉天改元大赦制》，明白洞达，曲当情事。汪藻表启，谢恩、谢罪、庆贺、求情，富有情感，动人心旌。《徽州到任谢丞相启》多有名句，语言流畅，笔致轻松，将自己回归故里的欢快心情写得真切动人。谢罪表《谢罢镇江府除宫观表》《谢谪永州居住表》《解镇江任谢执政启》，非常委婉。庆贺表启如《贺李纲右丞启》《贺何栗中书启》《贺吴敏枢密启》等，饱含激情叙述这些人物的功绩，气势飞扬。求情表启《永州上宰相陈情启》情意哀婉。汪藻取法欧阳修、王安石、苏轼，融汇两派之优长，典雅工致，明白畅达，使欧阳修等人变唐体为宋体的骈文革新最终完成。南宋的骈文创作或多或少都受他的影响。

杨万里（1127年—1206年）也善于四六，批评当时骈文淫靡恶劣。其四六用力于对偶，华丽而重大，气能排宕，巧而不弱。如《除吏部郎官宰相启》虽多用成语典故，但语气流畅，有诗歌情韵。孙梅《四六丛话》赞曰："往往属对出自意外，妙若天成，南宋诸公皆不及。"[1]如《贺周子充参政启》极尽盘旋恢展之致；《除吏部侍郎谢宰相启》不用僻典，感慨中风神摇曳。

从汪藻到杨万里，南宋四六已高度发展，形成高峰，此后渐衰。南宋后期，偏安之局形成，君臣耽于逸乐。南渡初骈文慷慨悲壮之气便为采丽竞繁的颓靡之风所代替，追求对偶和用典造句技巧，组织繁碎，细密工巧，文格日卑，以李刘、李廷忠、方岳等为代表。李刘（1175年—1245年）专作四六，作品多达一千一百多篇，在当时享有盛名。流丽稳帖，典重得体，巧于融化古语，但过分追求工巧，纤弱靡丽，堆砌辞藻，气格卑弱，华而不实，产生新的弊病，自北宋至南宋初期四六的浑厚之气、奔放之风渐趋消散。《四库全书总目》评李刘《四六标准》说："南渡之始，古法犹存。孙觌、汪藻诸人，名篇不乏。迨刘晚出，惟以流丽稳帖为宗，无复前人之典重。沿波不返，遂变为类书之外编、公牍之副本，而冗滥极矣。然刘之所作，颇为隶事精切，措辞明畅，在彼法之中，犹为寸有所长。"[2]孙梅《四六丛话》评李文："雕琢过甚，近于纤冗；排偶虽工，神味全失。骈体至此，发泄太尽，难以复古矣。"[3]一种文体的发展有其限度，"发泄太尽"，病态便显现。李廷忠、方岳等人四六也有类似缺点，这种情形一直持续到宋亡。

也有人不为流俗左右，自具面目，真德秀、刘克庄等皆与李刘等人异趣。真德秀四六遣词造句虽显拘谨，但未染当时浮靡之风，高华典重，自成名家。刘克庄早年四六颇好雕琢，后期则变为雅淡清新、通达流畅。宋末，文天祥、陆秀夫等人于国家倾危之际以身许国，忘死报君，用心血写出一些四六佳作。文天祥骈文充满正气，《贺赵侍郎月山启》借他人而自陈志意，气势磅礴，格调激昂，遣词命意，皆自胸中流出，极尽跌宕起伏之态。高步瀛评价此文说："气象峥嵘，字句新颖，沿用俗式，自铸雅词。南宋四六得此，可为后劲。"[4]陆秀夫《景炎皇帝遗诏》词伟气壮，慷慨激越。他们的作品是宋末骈文的别调，一扫衰敝之气。

---

①王水照编：《历代文话》第五册，复旦大学出版社2007年版，第4990页。

②永瑢等撰：《四库全书总目》，中华书局1965年版，第1396页。

③王水照编：《历代文话》第五册，复旦大学出版社2007年版，第4991页。

④高步瀛选注：《唐宋文举要》，上海古籍出版社1982年版，第1713页。

洪迈《容斋四六丛谈》说："四六骈俪，于文章家为至浅，然上至朝廷命令、诏册，下至缙绅之间笺书、祝疏，无所不用。"[①]在古文盛行于文坛时，骈文却高居庙堂，成为制诰文字的专擅文体。阮元《〈四六丛话〉序》指出："赵宋初造，鼎臣（徐铉）、大年（杨亿）犹沿唐旧，欧、苏、王、宋（祁）始脱恒蹊。以气行则机杼大变，驱成语则光景一新……南渡以还，浮溪（汪藻）首倡，野处（洪迈）、西山（真德秀）亦称名集；渭南（陆游）、北海（綦崇礼）并号高文。虽新格别成，而古意寖失。"[②]程杲《〈四六丛话〉序》说："宋自庐陵、眉山以散行之气，运对偶之文，在骈体另出机杼，而组织经传，陶冶成句，实足跨越前人。要之，两端不容偏废也：由唐以前，可以征学殖；由宋以后，可以见才思。"[③]王志坚《〈四六法海〉自序》也说："宋之四六，各有源流谱派……大要藏曲折于排荡之中者，眉山也；标精理于简严之内者，金陵（王安石）也。是皆唐人所未有，其他不出两公范围……大抵四六与诗相似，唐以前作者，韵动声中，神流象外。宋而后必求议论之工，证据之确，所以去古渐远，然矩镬森然，差可诵习。"[④]宋四六有新的时代特色和成就，在骈文演进史上占有承前启后的地位。

第七节　随笔的兴起

古代"随笔"，是一种随手杂录见闻感想的文体的统称，相近的名称还有笔记、笔谈、闲话、闲谈、杂俎、杂记、漫记、散记、偶记、日记等，其中最通行的概念是"笔记"，随笔与笔记概念并无本质区别。随笔内容博杂，无所不包，多写业余闲暇的妙然偶得、日用家常的琐碎小事，或表现个人闲情逸致，不同于庄重矜持的长篇大论，也有部分作品属于笔

①王水照编：《历代文话》第一册，复旦大学出版社2007年版，第49页。

②王水照编：《历代文话》第五册，复旦大学出版社2007年版，第4224页。

③王水照编：《历代文话》第五册，复旦大学出版社2007年版，第4227页。

④王志坚：《四六法海》卷首，《文渊阁四库全书》本。

记小说。随笔散、漫、琐、杂，虽闲谈小语、漫笔偶记，却往往小中见大、微中见著，轻描淡写中见出深意。随笔有日记与非日记之分，排日记事，称作日记、日录、日札等。古代随笔是散体古文的进一步解放，具有随意性、日常性、漫谈性和杂多性等文体特点，在唐宋时代兴盛起来，成为唐宋古文的一大支流和明清小品的主要渊源。

随笔渊源可以远溯至魏晋时代。南朝宋刘义庆《世说新语》是记叙轶闻隽语的随笔先驱，对后世随笔有深远影响，产生一系列“世说体”随笔。唐代模仿《世说新语》的历史琐闻类随笔盛于开元、天宝以后，袭其书名者如刘肃的《大唐新语》，又名《唐新语》《大唐世说新语》《大唐新话》等。唐代随笔有不少佳作，不过多为片段，整部佳作极少。宪宗元和四年（809年），李翱作《来南录》，排日记载来岭南的行役，为日记提供了一定的模式，为宋代以后日记作者所沿袭。李肇所作《唐国史补》记开元到长庆间的轶事、琐闻，卷中记文士唐衢有才学而不得志，特别善哭，每一发声，音调哀切，使闻者泣下；长沙僧怀素好草书，把弃笔埋于山下，称为“笔冢”。“唐衢痛哭”与“怀素笔冢”被后人引为故实。欧阳修《归田录》自称系仿《唐国史补》。段成式（803年—863年）《酉阳杂俎》汇辑琐闻、杂事，如写骆宾王《为徐敬业讨武曌檄》传到武则天手中：“则天览及‘蛾眉不肯让人，狐媚偏能惑主’，微笑而已。至‘一抔之土未干，六尺之孤安在’，惊呼曰：‘宰相何得失如此人？’”堪称神来之笔。又如王勃写文章蒙在被里打腹稿，李白让高力士脱靴等，皆脍炙人口。《酉阳杂俎》给宋、元以来随笔开了先例，宋沈括《梦溪笔谈》、元陶宗仪《辍耕录》、清王士禛《池北偶谈》等，即是《酉阳杂俎》流派。晚明朱国祯《〈涌幢小品〉自叙》云：“其曰‘小品’，犹然杂俎遗意。”[①]

五代人所撰笔记，如王仁裕《开元天宝遗事》、孙光宪《北梦琐言》、何光远《鉴戒录》等，多述唐代旧闻，兼记近事，杂采琐语，间及谐谑。郑文宝为南唐世宦，所撰《南唐近事》一卷、《江南余载》二卷，专记南唐轶事。《江南余载》卷上记伶人嘲徐知训一条云：

徐知训在宣州，聚敛苛暴，百姓苦之。入觐侍宴，伶人戏作绿衣

①朱国祯：《涌幢小品》，上海古籍出版社2012年版，第1页。

大面，若鬼神者；傍一人问谁何？对曰：“我宣州土地神也，吾主入觐，和地皮掘来，故得至此。”

尖锐讽刺南唐官吏的贪污，后人谈“刮地皮”多引此故事。

随笔至宋代大兴，不论数量、内容，还是篇幅、形式，都有很大进步，许多文人留下了优秀作品。正式用“笔记”作书名的始于宋初宋祁（998年—1061年）的《笔记》三卷。宋代随笔众体皆备，后代随笔的形式都可以从中找到原形。语录体随笔的出现是宋代随笔的新形式。“日记”名称起于宋代，文人写日记兴趣浓厚，自觉冠以“日记”“日录”等字眼，元祐诸公皆有日记。

林逋（967年—1028年）性孤高自傲，恬淡好古，不趋荣利，漫游江淮间，后隐居杭州西湖，结庐孤山，梅妻鹤子。《省心录》是一部关于修身养性、为人处事的格言集，如：“必出世者，方能入世，不则世缘易堕；必入世者，方能出世，不则空趣难持。”“情尘既尽，心镜遂明，外影何如内照；幻泡一消，性珠自朗，世瑶原是家珍。”作者饱经世事沧桑，所论皆金玉良言，好比陈年佳酿，历久弥新。

欧阳修《归田录》、苏轼《东坡志林》是宋代笔记体散文的杰出代表作。王安石日记，今存《鄞县经游记》，仿《来南录》，是庆历七年（1047年）十一月赴鄞县安排东西十有四乡开渠浚川，谋作斗门于海滨等事，途历七山、八寺、一村、三江堰，于寥寥篇幅中，将此一月间生活起居、游览踪迹、工作进程，按日依次简单勾勒，堪与欧阳修《于役志》相媲美。

司马光（1019年—1086年）《涑水记闻》详尽记载北宋六朝的国故时政，写内忧外患，揭示矛盾，反映许多社会问题，卷一曰：

太祖尝弹雀于后园，有群臣称有急事请见，太祖亟见之，其所奏乃常事耳。上怒，诘其故，对曰：“臣以为尚急于弹雀。”上愈怒，举柱斧柄撞其口，堕两齿，其人徐俯拾齿置怀中。上骂曰：“汝怀齿欲讼我邪？”对曰：“臣不能讼陛下，自当有史官书之。”上悦，赐金帛慰劳之。

专制霸道的宋太祖让忠心耿耿的谏官付出了两颗牙齿的惨痛代价，然他能分辨忠奸而及时止怒。

画家郭熙（1023年？—1085年？）《林泉高致·山水训》曰：

> 山以水为血脉，以草木为毛发，以烟云为神彩，故山得水而活，得草木而华，得烟云而秀媚。水以山为面，以亭榭为眉目，以渔钓为精神，故水得山而媚，得亭榭而明快，得渔钓而旷落，此山水之布置也。

语言简洁清雅而有情韵，有哲思，有诗情画意，耐人咀嚼回味，影响明清清言小品。

魏泰《东轩笔录》、钱易《南部新书》、王得臣《麈史》，记时事、掌故而间杂谐谈、琐语。孔平仲作《续世说》，仿《世说新语》体例，分门别类采录故事。王谠《唐语林》、南宋李垕《南北史续世说》，皆为“世说”体随笔。

黄庭坚（1045年—1105年）六十岁时，因与执政赵挺之有隙，被蔡京排挤，贬往宜州（今广西宜山），撰《宜州乙酉家乘》，取《孟子·离娄》“晋之乘”之义，乃名“家乘”。《宜州乙酉家乘》是作者晚年日常生活琐事的记录，凡风雨晦明、友朋访谈、出入起居、饮食嗜好等，皆按日记载，真实、平易、亲切。如记蜀郡范寥来访，共移居南楼，联榻夜话，跬步不离，称莫逆之交。《题自书卷后》说：“崇宁二年十一月，余谪处宜州半岁矣。官司谓余不当居关城中，乃以是月甲戌，抱被入宿子城南予所僦舍喧寂斋。虽上雨傍风，无有盖障，市声喧愦，人以为不堪其忧，余以为家本农耕，使不从进士，则田中庐舍如是，又可不堪其忧耶？既设卧榻，焚香而坐，与西邻屠牛之机相直。为资深书此卷，实用三钱买鸡毛笔书。”寥寥数语，即足以窥见作者真性情，是典型的“言志”文学。又如：“三月初二日，己亥。丁酉、戊戌中夜皆澍雨。德谨寨寄大篁一床，又寄大苦笋数十头，甚珍，与蜀中苦笋相似，江南所无也。”苦笋多吃而不得病，记生活琐细，读来亲切。陆游《老学庵笔记》卷三记载，宋高宗喜爱《宜州乙酉家乘》，日置御案，爱其书法之美和文情之美。

赵令畤（1064年—1134年）《侯鲭录》博采“诸儒先佳诗绪论逸事”，精彩纷呈，以书之味比作“侯鲭”。书中所录苏轼轶事最多，如录苏轼与侄子信中谈作文之秘：“凡文字，少时须令气象峥嵘，采色绚烂，渐老渐熟，乃造平淡，其实不是平淡，绚烂之极也。汝只见爷伯而今平淡，一向只学此样，何不取旧日应举时文字看，高下抑扬，如龙蛇捉不住，当且学此。”文章不染尘，那是似锦繁华过后的境界。

叶梦得（1077年—1148年）《避暑录话》载：

> 子瞻在黄州及领表，每旦起，不招客相与语，则必出而访客。所与游者，亦不尽择，各随其人高下，谈谐放荡，不复为畛畦。有不能谈者，则强之说鬼。或辞无有，则曰姑妄言之。于是闻者无不绝倒，皆尽欢而后去。设一日无客，则歉然若有疾。

面对人生磨难，苏轼懂得心理调节，表现出一种别人所少有的旷达。叶梦得《石林燕语》载：

> 王荆公性不修饰，经岁不洗沐，衣服虽敝，亦不浣濯。与吴仲卿同为群牧判官，时韩持国在馆，三数人尤厚善，因相约每一两月即相率洗沐定力院，家各出新衣为荆公番，号拆洗王介甫。公出浴，见新衣，辄服之，亦不问所从来也。

活画出不拘小节、不修边幅的王安石形象。

徐兢（1091年—1153年）于徽宗宣和五年（1123年）任国信史提辖官，随正使路允迪、副使傅墨卿出使高丽（朝鲜）。撰《使高丽录》，是《宣和奉使高丽图经》中一部分，自记从明州（今宁波）出发，到朝鲜一路上的经历以及和朝鲜使节酬酢情况。描述旅途颠簸艰辛，一经点染，跃然于楮墨间。经定海县（记作昌国），越弱水，舟行海洋中，记云：“惟见连波起伏，喷豗汹涌，舟楫振撼，舟中之人吐眩颠仆，不能自持十八九矣。”及过北海洋，更是艰难万状。记云：“方其舟之升在波上也，不觉有海，惟见天日明快。及降在洼中，仰望前后水势，其高蔽空，肠胃腾倒，喘息仅存，颠仆吐呕，粒食不下咽。其困卧于茵褥上者，必使四维隆起，当中如槽。”写景新奇。

孟元老（生卒年不详）自幼随父宦游南北，崇宁二年（1103年）来到京师，逐渐长大成人。靖康二年（1127年），徽宗、钦宗被金军掳去北方，史称“靖康之难”。第二年，孟元老离开东京开封，避地江南，寂寞失落，故国之思时萦心头，时常回忆起当年东京繁华，心中无限惆怅，故而于绍兴十七年（1147年）撰成《东京梦华录》，序曰：

靖康丙午之明年，出京南来，避地江左，情绪牢落，渐入桑榆。暗想当年，节物风流，人情和美，但成怅恨。近与亲戚会面，谈及曩昔，后生往往妄生不然。仆恐浸久，论其风俗者，失于事实，诚为可惜，谨省记编次成集，庶几开卷得睹当时之盛。古人有梦游华胥之国，其乐无涯者，仆今追念，回首怅然，岂非华胥之梦觉哉？目之曰“梦华录”。然以京师之浩穰，及有未尝经从处，得之于人，不无遗阙。倘遇乡党宿德，补缀周备，不胜幸甚。此录语言鄙俚，不以文饰者，盖欲上下通晓尔，观者幸详焉。

表达故国“黍离”之思，感叹往日生活如“华胥之梦”，悲怆感人。叙事有序，结构独特，语浅而意深。

洪迈（1123年—1202年），字景卢，别号容斋，饶州鄱阳（今属江西）人。历任赣州、婺州知州、翰林学士等，广交朝野，博闻强记，学识渊博，每有心得，便随手记下，积大半生精力成《容斋随笔》五集，即《容斋随笔》《容斋续笔》《容斋三笔》《容斋四笔》《容斋五笔》。《〈容斋随笔〉自序》曰：“予老去习懒，读书不多，意之所之，随即纪录，因其后先，无复诠次，故目之曰《随笔》。”①最早正式使用“随笔”概念。《〈容斋三笔〉自序》云：“于宽闲寂寞之滨，穷胜乐时之暇，时时捉笔据几，随所趣而志之。虽无甚奇论，然意到即就，亦殊自喜。”②随笔内容涉及多方面，如《容斋三笔》中《北狄俘虏之苦》一文：

元魏破江陵，尽以所俘士民为奴，无问贵贱，盖北方夷俗皆然也。自靖康之后，陷于金虏者，帝子王孙，宦门仕族之家，尽没为奴婢，使供作务。每人一月支稗子五斗，令自舂为米，得一斗八升，用为糇粮。岁支麻五把，令缉为裘，此外更无一钱一帛之入。男子不能

①洪迈：《容斋随笔》，上海古籍出版社2015年版，第1页。

②洪迈：《容斋随笔》，上海古籍出版社2015年版，第233页。

缉者，则终岁裸体。虏或哀之，则使执爨。虽时负火得暖气，然才出外取柴归，再坐火边，皮肉即脱落，不日辄死。惟喜有手艺，如医人、绣工之类，寻常只团坐地上，以败席或芦藉衬之。遇客至开筵，引能乐者使奏技，酒阑客散，各复其初，依旧环坐刺绣，任其生死，视如草芥……

鲁迅《病后杂谈之余》摘引此段文字，证明历代统治者的凶残。洪迈《秦用他国人》《温公客位榜》《汉唐八相》《曹操用人》《世事不可料》《狐假虎威》《乐天侍儿》等，意随笔至，叙事、写人，细致、生动，塑造了一系列多姿多彩的人物形象，议论说理，精辟深刻，语言简洁精炼，格调高雅，耐人玩味。洪迈是随笔高手，《容斋随笔》是宋代随笔中的杰作，卓然超群，被《四库全书总目》推为南宋笔记之冠，对后世影响广泛深远。

陆游《入蜀记》为日记体游记，凡沿途山川风景、名胜古迹、风土人情，无不排日记录。如“八月一日，过烽火矶”一节：

八月一日，过烽火矶。南朝自武昌至京口，列置烽燧，此山当是其一也。自舟中望山，突兀而已。及抛江过其下，嵌岩窦穴，怪奇万状，色泽莹润，亦与它石迥异。又有一石，不附山，杰然特起，高百余尺，丹藤翠蔓，罗络其上，如宝装屏风。是日风静，舟行颇迟，又秋深潦缩，故得尽见杜老所谓“幸有舟楫迟，得尽所历妙”也。过澎浪矶、小孤山，二山东西相望。小孤属舒州宿松县，有戍兵。凡江中独山，如金山、焦山、落星之类，皆名天下，然峭拔秀丽，皆不可与小孤比。自数十里外望之，碧峰巉然孤起，上干云霄，已非他山可拟。愈近愈秀，冬夏晴雨，姿态万变，信造化之尤物也。

勾画小孤山秀丽景色，层次分明，动静结合，笔墨流畅，生动活泼，将郦道元《水经注》有关三峡描写推前一步。描绘山川风光的同时，作者还对各地名胜古迹加以考订，言之凿凿，娓娓道来，还以诗人灵动的笔触，记述沿途祭祀情况，再现百姓生活习俗，颇具特色的民居、物产及服饰，淋漓尽致地刻画出一幅幅美丽、奇特的风俗画。有客观描述，也有情感融入；有简练描绘，也有细腻刻画；有平实再现，也有诗意渲染。将历史文化与自然风光有机融合，具有浓厚文化意味，表现出深厚学养。随笔所至，轻松自然，叙述有致，语言简洁，文字优美，奇趣盎然，绘景如画，令人耳目一新。《四库全书总目》评价《入蜀记》云："游本工文，故于山川风土叙述颇为雅洁。而于考订古迹，尤所留意……非他家行记徒流连风景、记载琐屑者比也。"[①]《入蜀记》为南宋随笔的典范之作，对明清随笔影响甚大。

陆游《老学庵笔记》花费大量笔墨写人，刻画了一系列鲜明生动的人物形象。爱国志士如宁断右手拇指不为贼人作画的赵广，面对威逼利诱坚决保护藏书的王仲信，不以个人荣辱为怀而以国家安危为忧的李光；颇具神化色彩的奇人异士，如年已九十以养生之道谈论国事的上官道人，能预知寿命的老道人，现于海上的僧人；某些个性突出的人，如省亲如期归来的小道人，心地善良、正直诚实的胡子远之父，自高自大、目中无人的僧人可遵。陆游多未做评论，只是在描述中让人物自然地展露个性。陆游还揭露了秦桧不少恶行，如假充爱国志士自金逃归之事，以"叵测"两字概括秦桧的阴险性格，又写秦桧儿孙仗势欺人，企图霸占他人藏书，兴师动众寻狮猫。亦揭露蔡京及其家人的荒唐恶行，还客观记述蔡京的才能，如写蔡京书法自成一体，被奉为"蔡家敕"。陆游笔下，无论是正面人物，还是反面人物，都体现出其创作的现实感，充溢正气和强烈的爱国之情。陆游多从外貌、语言、行动、心理入手刻画人物，人物情态传神摹出。如卷一写毛德昭素号敢言，听人议起秦桧，却"大骇，亟起掩耳，曰：'放气！放气！'遂疾走而去，追之不及"。简短数语即活现出毛德昭当时惧怕的情态，犹如人物素描，极具画面感。还有不少说理议论的片段，识见深刻，语简意丰，常用简短的一句话，甚至简洁的一个词，来表明自己观点，如以"奸人之雄"对蔡京的恶行作出"定评"。这种写法和《春秋》的"一字寓褒贬"具有同样效果。

范成大（1126年—1193年）《骖鸾录》为自吴郡赴广西静江府任经略安抚使时纪行之作，曰"骖鸾"者，取韩愈诗"远胜登仙去，飞鸾不暇骖"语意。轻描淡写，清新雅洁，事核词雅，实具史法。淳熙四年（1177

①永瑢等撰：《四库全书总目》卷五十八，中华书局1965年版，第530页。

年）正月，范成大知成都府，以病乞归。是夏，由成都沿长江水路返吴时作《吴船录》。如“余来以季夏”一段，着墨不多，却将八十四盘气候之冷、草木之异，作了生动描绘，随意挥洒，即入画境。游峨眉山一段写寒冷之景，比喻生动，笔调空灵，活现出佛光神话般的境界。书前陈宏绪《题词》云：“其纪大峨八十四盘之奇，与银色世界兜罗锦云，摄身清光，现诸异幻，笔端雷轰电掣，如观战于昆阳，呼声动地，屋瓦振飞也。蜀中名胜不遇石湖，鬼斧神工，亦虚施其伎巧耳。岂徒石湖之缘，抑亦山水之遭逢焉。”[①]《吴船录》堪称记行随笔的杰出代表作，影响明清随笔至深，明李日华仿《吴船》体，撰《玺召录》，清初王士祯仿《吴船录》作《南来志》。

周必大（1126年—1204年），字子充，庐陵（今江西吉安）人。他率先提出“散文”概念，认为“四六特拘对耳，其立意措辞，贵于浑融有味，与散文同。”[②]他坚持写日记近五十年，著有《亲征录》《龙飞录》《归庐陵日记》《闲居录》《泛舟游山录》《奏事录》《南归录》（《乾道壬辰南归录》）和《思陵录》八种十一卷，是宋代日记文作品最多的文人。周必大仕途受挫，被贬南归奉祠或归家期间，描绘沿途自然景观，考察名胜古迹，记录交游探亲行程，或居家时所见所闻，以江西庐陵一带为主，反映南宋社会风俗，逐日记事，真实可信，富于文学色彩。《归庐陵日记》始于隆兴元年（1163年）三月，止于同年六月，以行程为经，以途中山、观、宫、泉、寺等名胜古迹为纬，经纬交错，写景多注重空间转换，如途经余杭时，描摹洞霄宫周围壮丽景象：“青山九锁，溪流不断。道傍有仙人迹，相传秦始皇移山，仙人拒之，其说荒唐难据。众山之中一峰稍高者，天柱也。”接着便是入宫的景象，先四周之景，再转到眼前之景，最后转到内里，空间转换，有层次感，没有流露被贬归乡的苦闷情绪。《闲居录》起隆兴元年（1163年）七月，止于乾道二年（1166年）九月，周必大主管台州崇道观，清职无事，悠闲自在，故曰“闲居”。其间曾赴上饶，奉母柩归庐陵，外此所叙，则多闲游。只选取其中几天闲暇时与友人一起游山赏景，如与黄庭坚侄子相遇，偕诸兄游青原山、朱陵观、神冈、龙须山、龙王祠等处，娴雅有趣，对当地淳朴民风的记载，为文章增色不少。

---

①范成大：《范成大笔记六种》，中华书局2002年版，第244页。

②罗大经：《鹤林玉露》甲编卷二引，中华书局1983年版，第27页。

《泛舟游山录》成就最高，共三卷，起乾道三年（1167年）三月，至当年十二月，记游踪和人事往来。周必大为省外舅疾，携家泛舟入浙，往宜兴，遍游山水，顺抵苏州横塘，便游金陵、芜湖。他与亲友们登山观水，饮酒赋诗，青山绿水中，诗情借酒性恣意发抒，叙述详尽，描景如画，行文自如，简约、平实，生动传神。《南归录》起乾道壬辰二月，止于同年六月，记出国门之后至六月庚申“挈家入望云门新居”的游踪，一路行来，与友人交游赏景，景色描写富有诗意。周必大温厚尔雅，淡泊自适，不露锋芒，心随意动，率意为文，注重景物及建筑的“白描”，不重渲染，语言简洁而凝练，不拖沓，平淡自然，不加雕琢。

周去非（1134年？—1189年?），字直夫，温州永嘉（今属浙江）人，隆兴元年（1163年）中进士。曾在静江府（治今广西桂林）任县尉和钦州教授，于淳熙五年（1178年）十月撰成《岭外代答》，以笔记形式记录所见所闻。自序说，所记皆为“疆场之事、经国之具、荒忽诞漫之俗、瑰诡谲怪之产，耳目所治，与得诸学士大夫之绪谈者”①，并表明自己是看到范成大《桂海虞衡志》之后才萌生写《代答》之意。全书分十卷二十门，存目二百九十四条，其中“风土门”“服用门”“食用门”“乐器门”“蛮俗门”“志异门”等门目，涉及服饰、饮食、居住、婚恋、传说、民间艺术等，全书眉目清晰，分卷、门、条，条分缕析，是宋代笔记体成熟的标志。所写奇丽景色、奇风异俗、珍奇物产，新鲜生动，有味有趣，带有传奇色彩，引人入胜。

吕祖谦（1137年—1181年）祖述家学，博采众长，擅古文创作，议论精辟，闳肆博辨。《入越录》是作者记录越中行程见闻的日记，写于淳熙元年（1174年）服父丧方满之后。所记会稽之游约十七天，内容广泛，凡行程见闻、山川风物，皆一一记录，缕述细腻，描摹不多，简洁有序，娓娓道来，令读者颇感亲切。作者如丹青妙手，刻画了许多风景名胜，如写二日游兰亭文字，笔追景转，极其凝练，文约事丰。又如九日步游西园，描绘曲水美景，不异丹青图画。作者还将待人接物、出入起居、天气状况、外出访友等逐日记载，写来自然妥帖，平易亲切。记游写景，如写鸡冠花，写五指山与枫江，随意点缀，涉笔成趣，雅俗共赏，繁简有序，

①周去非：《岭外代答》，中华书局1985年版，第1页。

略写能尽致，景色有伸缩，意境优美。语言平实质朴，又不乏文采，妙笔生花，如以藻丽之笔记九月一日观日出，又记九月十四日观鉴湖落日，同样绝妙。《入越录》写景、状物、叙事、抒情，情深味永，真切晓畅，清新俊逸，趣味盎然，摆脱了理学家散文议论说教的习气，堪称美文精品。

倪思（1147年—1220年），字正甫，号介斋老人，湖州人。其学杂出于释、老，务为恬退高旷之说。《经钼堂杂志》八卷乃其晚年随笔札记，文类杂纂，阐述为官、理政、治学、修身养性等各方面的道理，思考社会、自然和人生，论山川有遗世独立之志，论世味有藻鉴人伦之明，繁而不乱，约而有规。如：

心地之乐，一也；诗书之乐，二也；师友之乐，三也；闺门和睦之乐，四也；风月山川园圃之乐，五也；子弟修学之乐，六也；而声色之乐不与焉。声色之乐，自惑者观之则为乐，不知其乃苦根耳，得之既未易，就使得之，反有悔焉。人方沉迷其中以为乐，识者观之，真可怜悯，何足羡也。

倪思于世态人生颇多警语，语言爽而劲，文气简而舒，精炼玲珑，朗朗上口，如饮醇醪。《经钼堂杂志》为明清文人“清言体”之滥觞。

张镃（1153年—1221年）《梅品》作于绍熙五年（1194年），收于周密笔记《齐东野语》中，与范成大《梅谱》、宋伯仁《梅花喜神谱》齐名。如：

花宜称，凡二十六条：

为淡阴，为晓日，为薄寒，为细雨，为轻烟，为佳月，为夕阳，为微雪，为晚霞，为珍禽，为孤鹤，为清溪，为小桥，为竹边，为松下，为明窗，为疏篱，为苍崖，为绿苔，为铜瓶，为纸帐，为林间吹笛，为膝上横琴，为石枰下棋，为扫雪煎茶，为美人淡妆簪戴。

以梅花为审美对象，专论赏花的标准和趣味，品玩梅花色香韵姿，高洁淡雅，脱俗神韵，花品即人品，文笔清雅，韵味无穷。

张端义（1179年？—1248年？）《〈贵耳集〉自序》自述创作意图：

“大抵人生天地间，惟闲中岁月最难得，使余块然一物，与世相忘。视笔砚简编为土苴，固亦可乐，而精力气血未衰，岂忍自叛于笔砚简编之旧，对越天地，报答日月，舍是而何为耶？因追忆旧录，记一事，必一书，积至百，则名之《贵耳录》耳，为人至贵，言由音入，事由言听，古人有入耳着心之训，又有贵耳贱目之说。怅前录之已灰，喜斯集之脱稿，得妇在千里外，虽闻有此录，束缊之怒不及矣。录尾述其大略，窃比《太史公自序》云。”[①]自叙生平，亦以此书为平生志，可见张端义对文字的深情。作者游历江湖，世事洞明，随笔融知识、趣味、哲理于一体，笔简语淡，情韵盎然。体制短小，不求完整，“小”中见真趣。如记司马光家奴：“性愚而鲠，公以直名之，夏月游人入园，微有所得，持十千白公，公麾之使去，后几日，自建一井亭，公问之，直以十千为对，复曰：端明要作好人，在直如何不作好人。”较之袁宏道《拙效传》，只是片段，笔墨俭省，而曲尽情态。

罗大经（1196年— 1252年）《〈鹤林玉露〉自序》称自己因闲居无事，日与客清谈于鹤林之下，记录所谈成书。而杜甫诗有“清谈玉露繁”之句，故以“鹤林玉露”为书名，书兼载琐闻、杂事、诗话、文评，议论颇多，记叙较少，常借事端以抒发己见，且喜采录当代理学家语。如叙金主完颜亮读柳永《望海潮》词“有三秋桂子，十里荷花”之句，遂起南侵渡江之意。“能言鹦鹉”“无官御史”等，也为世人称道。“山静日长”一段最负盛名：

> 唐子西诗云：“山静似太古，日长如小年。”余家深山之中，每春夏之交，苍藓盈阶，落花满径，门无剥啄，松影参差，禽声上下。午睡初足，旋汲山泉，拾松枝，煮苦茗啜之。随意读《周易》《国风》《左氏传》《离骚》《太史公书》及陶杜诗、韩苏文数篇。从容步山径，抚松竹，与麛犊共偃息于长林丰草间。坐弄流泉，漱齿濯足。既归竹窗下，则山妻稚子，作笋蕨，供麦饭，欣然一饱。弄笔窗前，随大小作数十字，展所藏法帖、墨迹、画卷纵观之。兴到则吟小诗，或草《玉露》一两段，再烹苦茗一杯。出步溪边，邂逅园翁溪友，问桑麻，

①张端义：《贵耳集》，中华书局1985年版，第1页。

说粳稻，量晴校雨，探节数时，相与剧谈一晌。归而倚杖柴门之下，则夕阳在山，紫绿万状，变幻顷刻，恍可入目。牛背笛声，两两来归，而月印前溪矣。

味子西此句，可谓妙绝。然此句妙矣，识其妙者盖少。彼牵黄臂苍，驰猎于声利之场者，但见衮衮马头尘，匆匆驹隙影耳，乌知此句之妙哉！人能真如此妙，则东坡所谓“无事此静坐，一日是两日。若活七十年，便是百四十”，所得不已多乎！

郁达夫对此文推崇备至，《清新的小品文字》一文引录此段并评曰：“看了这一段小品，觉得气味也同袁中郎、张陶庵等的东西差不多。大约描写田园野景和闲适的自然生活以及纯粹的情感之类，当以这一种文体最美而最合。”①

周密（1232年—1298年）《齐东野语》因《孟子》有“此非君子之言，齐东野人之语也”一语而取名。周密祖居济南，后移吴兴，其书曰《齐东野语》，不仅谦称所记不足为凭，亦示不忘本之意。谈书画，叙琐闻。《澄怀录》《澄怀续录》采唐、宋诸人所记登涉之胜与旷达之语，汇为一编，皆节录原文，而注书名其下，似《世说新语》，而稍变其体例。多写自然风光或田园生活，表达对林泉高致的向往。晚明人随笔喜摘录清谈，目为小品，明显受此书影响。《武林旧事》卷三“西湖游幸　都人游赏”条，写西湖天下景：

西湖天下景，朝昏晴雨，四序总宜。杭人亦无时而不游，而春游特盛焉。承平时，头船如大绿、间绿、十样锦、百花、宝胜、明玉之类，何啻百余。其次则不计其数，皆华丽雅靓，夸奇竞好。而都人凡缔姻、赛社、会亲、送葬、经会、献神、仕宦、恩赏之经营、禁省台府之嘱托，贵珰要地，大贾豪民，买笑千金，呼卢百万，以至痴儿呆子，密约幽期，无不在焉。日縻金钱，靡有纪极。故杭谚有“销金锅儿”之号，此语不为过也。都城自过收灯，贵游巨室，皆争先出郊，谓之“探春”，至禁烟为最盛。龙舟十余，彩旗叠鼓，交舞曼衍，粲

①郁达夫：《郁达夫散文》，中国广播电视出版社1995年版，第449页。

> 如织锦。内有曾经宣唤者，则锦衣花帽，以自别于众。京尹为立赏格，竞渡争标。内珰贵客，赏犒无算。都人士女，两堤骈集，几于无置足地。水面画楫，栉比如鱼鳞，亦无行舟之路，歌欢箫鼓之声，振动远近，其盛可以想见。若游之次第，则先南而后北，至午则尽入西泠桥里湖，其外几无一舸矣。

详略得当，都市生活万象如绘描出，风格典雅。周密晚年作《癸辛杂识》，序云："余卧病荒间，来者率野人畸士，放言善谑，醉谈笑语，靡所不有。"[①]

宋代随笔竞相涌现，多篇幅短小，随事记录，信口闲谈，自由挥洒，不拘一格，异彩纷呈。描摹人物，善于撷取片段，寥寥数笔，形象传神。叙事明快，手法多样，夹叙夹议，事理畅达。绘景生动，娴雅清逸，隽永有致，趣味横生。长短不拘，形式灵活，平易简约，自然流畅。虽有散漫芜杂之流弊，却有随意自然、多姿多趣之风采，于庄重典雅的正宗古文之外开拓出自由写作的广阔空间，激活了散文的创造活力，进一步促进了散文的文体解放和多样发展。这对明清随笔小品的影响最为直接，也最大。欧阳修《于役志》《归田录》、苏轼《东坡志林》、黄庭坚《宜州乙酉家乘》、洪迈《容斋随笔》、陆游《入蜀记》、范成大《吴船录》《骖鸾录》、周去非《岭外代答》、张镃《梅品》、罗大经《鹤林玉露》、周密《澄怀录》《武林旧事》等，成为明清人津津乐道、师法传承的随笔典范。他们有意识地模仿创作，如袁宏道《瓶史》仿《梅品》，张大复《闻雁斋笔谈》仿《东坡志林》，朱国祯《涌幢小品》仿《容斋随笔》，岳和声仿《骖鸾录》作《后骖鸾录》等，在宋人随笔基础上创作出更为自由活泼的小品文。

---

①周密：《癸辛杂识》，中华书局1988年版，第1页。

第四章 // 元明清：散文的流变

第一节　古文与时文的交错

唐宋古文在韩、柳、欧、苏诸大家手上达到巅峰，成为后代散文的正宗文体和经典范本。元明清三代散文基本上沿着唐宋古文之路发展，虽代有变迁，时有创新，但在总体上并没有超越唐宋古文的规模和标高，而出现流派蜂起、文家辈出的景象，形成众多连绵起伏的层峦叠嶂，在延续衍生着古文的气脉和风采。

元代（1271年—1368年）古文与前代相比，处于低谷时期。以仁宗延祐年间（1314年—1320年）为界分为前后两期。元初文士多由宋、金入元，南北作风有别。北方散文的代表为王恽、姚燧。王恽（1227年—1304年）文章学韩愈、欧阳修，尤受元好问影响，主张自得有用，去除浮艳陈烂，造乎中和醇正之域。姚燧（1238年—1313年）是“盛世之音”的代表，多为碑、铭、诏、诰等，很少抒情、写景，文风质朴平实，叙事简要，层次分明，气势流畅，格调高古。南方散文的代表作家是戴表元和赵孟頫。戴表元（1244年—1310年）以振起宋末萎靡文风为己任，《送张叔夏西游序》写世态炎凉，感慨易代之际士人的流离失所，声情并茂，行文流转自如。《寒光亭记》《清峙轩记》《秋山记》等，皆清新可读。赵孟頫（1254年—1322年）的散文兼重文道，碑、铭辞严义密，记、序流畅清新。元代前期散文大抵延续金、宋习气，少有创新，欧阳玄《〈雍虞公文〉序》说：“皇元混一之初，金、宋旧儒，布列馆阁。然其文气，高者倔强，下者委靡，时见旧习。”[①]古文家或宗唐，或宗宋，理学和古文合一。

元代后期文坛，古文渐趋兴盛，南北文风逐渐融汇，宗唐与宗宋倾向也逐渐合流。虞集（1272年—1348年）倡导理学，以古文雄于时，一时宗庙朝廷典册、公卿大夫碑板咸出其手，自成一家之言。如《尚志斋说》以孟子“尚志”为旨，遣词造句雍容典雅，中正和平，纯然“治世之音”。欧阳玄（1273年—1358年）《刘桂隐先生文集序》主张古文取法欧阳修的“温柔敦厚”和苏轼的“明辩疏隽”，并独师心源。碑铭墓志之类质朴平实，不涉虚夸妄诞之言。《逊斋记》《奇峰说》《琅溪说》《芳林记》等，富有情趣，清新简练，有典有则，丰蔚而不繁，精密而不晦。此外，还有揭傒斯、马祖常、杨维桢等人的古文为当世称道。

明代（1368年—1644年）小说、戏曲兴盛，诗文相对衰微。散文领域贯穿着复古和新变两股思潮的矛盾和竞争，还交织着古文与时文的复杂关系。“时文”与“古文”相对而言，明清时，特指科举应试文体，又称八股文、时艺、制义、制艺、经义等。它起源于宋代，题目出自“四书”“五经”中一句话或几句话，内容以阐释儒家经典为宗旨，性质属于议论文，但不得发表与正统注解不同的个人观点，文体属于骈化散文。八股文与古文相互渗透，形成一种八股化古文，对明清文学及思想文化都产生了重大影响。

明初古文继承元末文，《明史·文苑传序》说：“明初文学之士，承元季虞、柳、黄、吴之后，师友讲贯，学有本原。宋濂、王祎、方孝孺以文雄。”[②]文坛多由馆阁重臣把持，先后有所谓“开国派”和“台阁体”。他们适应朝廷的统治需要，崇儒尚实，重质轻文，强调文学的教化作用，开启有明一代复古风气。“开国派”以宋濂、刘基、方孝孺为代表。

宋濂（1310年—1381年），由元入明，前后之文有“山林”“馆阁”之分，上承元季道统和文统，继承韩愈、欧阳修等“文以明道”观点，主张文道统一，力主宗经，以道为文。《文原》认为，“所谓文者，乃尧、舜、文王、孔子之文，非流俗之文也……非专指乎辞翰之文也”[③]，力主义理、事功、文辞三者统一，对有明一代文坛上不断出现的复古主张有很深影

①虞集：《道园学古录》卷首，《四部丛刊》本。

②张廷玉等编：《明史》，中华书局1997年版，第7307页。

③宋濂：《宋濂全集·芝园后集》，浙江古籍出版社1999年版，第1403页。

响。记叙文简朴清雅，往往不落俗套。写景文如《环翠亭记》清新秀丽，简洁明畅。传记文得司马迁《史记》笔法，人物性格刻画得栩栩如生。《杜环小传》《李凝传》《记李歌》等，皆善于抓住人物性格特征，写意传神。寓言写得寓意深刻，耐人回味。宋濂入明后的“馆阁”之文严正典雅，但有粉饰之弊，后来“台阁体”的出现与其不无联系。

刘基（1311年—1375年），元至正二十年（1360年）与宋濂同受朱元璋征召，成为明朝开国元勋之一，与宋濂并列为一代之宗。有《诚意伯文集》。散文体裁多样，风格古朴，尤善于讽刺。刘基崇尚儒家思想，主张师古，以汉唐文学为楷模，纠正元明的纤丽文风，成为后来“前后七子”复古文学主张的先声。元末隐居时所作《郁离子》是一部寓言集，以讽谏为宗旨，假托郁离子之口，针砭时政，文笔犀利，富于情趣，发人深省。《卖柑者言》为世人盗名者发，借卖柑隐喻，讥讽元末社会中那些“金玉其外，败絮其中”的达官贵人。《楚人养狙》讽刺统治者治民无道，生动深刻。《晋灵公好狗》《灵丘之丈人善养蜂》《济阴之贾人渡河》等篇，寓理于事。他吸取先秦历史与诸子散文中寓言的艺术传统，夹叙夹议，形象生动，深入浅出，短小活泼，简洁质朴，文笔犀利。

方孝孺（1357年—1402年），从宋濂学习，轻文艺，重教化，以明王道、致太平为己任，主张文以载道、文道合一、道明气昌，提倡师古而不泥于古，尚朴去奇，反对过分尊唐抑宋风气。文贵乎自然，推崇“气”，强调“神会于心”，反对模拟剽窃。常以物喻理，直抒胸臆，文笔畅达，言简意明。风格醇深雄迈，纵横豪放，出入于东坡、龙川之间。有《逊志斋集》，名篇有《深虑论》《严光》《蚊对》《越巫》《读陈同甫上宋孝宗四书》等。

永乐至成化年间（1403年—1487年）形成的“台阁体”，代表人物是“三杨”（杨士奇、杨荣、杨溥）和李东阳。他们先后都官至大学士，以宰相身份领袖文坛，自觉推行统治阶级的意识形态，推崇程朱理学，强化文章“施政教，适性情”的功用，多写歌功颂德、应制唱和、阐道翼教、裨政益化的高文典册，平正典丽，雍容典雅，而缺乏新意和情采。这些台阁文人在当时被视为古文和八股正宗，主导了成化以至正德、嘉靖年间古文和八股的发展。

弘治、正德年间（1488年—1521年），以李梦阳、何景明为首，包括康海、王九思、边贡、王廷相、徐祯卿的“前七子”崛起于文坛，倡言复古，以“文必秦汉，诗必盛唐”相标榜，痛诋宋儒道统文章观，批评永乐以来以“三杨”为代表的雍容典丽的“台阁体”，纠正庸弱流弊，而追求雄浑质朴风格，格调拟古，句拟字摹。嘉靖、隆庆时期（1522年—1572年），以李攀龙、王世贞、谢榛、宗臣、梁有誉、徐中行、吴国伦并称的“后七子”继起，继承“前七子”主张，继续推进文章复古，拟古倾向较重。李攀龙（1514年—1570年）认为文自西京而下无足观，认为先秦古文已有成法，创作以求当于古之作者而已。李攀龙之后，王世贞（1526年—1590年）独主文坛二十年，影响极大。晚年观点有所转变，写古文也包含唐宋家法，史传文师法《左传》《史记》，园林游记尤雅洁有情致。“前后七子”复古而少出新，缺乏自家面目和时代气息。

在明代中期“前后七子”独尊秦汉古文之际，传承唐宋古文的思潮也开始形成。朱右在明初选编《唐宋六家文衡》，所称“六家”，并“三苏”为一家，实为后来茅坤确立“唐宋八大家”的先导。嘉靖、隆庆年间，唐顺之辑《文编》六十四卷，提出“师法唐宋”口号，直接影响茅坤。茅坤汇编《唐宋八大家文钞》，总序梳理从“六艺”到秦汉文再到唐宋文的文章统系，六朝文被排除在外。他以经学为根本宗旨，文道并重，意图是使唐宋古文承接“六经”、秦汉文之“统”，为“唐宋八大家”确立正统地位。这类主张和选本引导和影响明代中后期“唐宋派”和清代“桐城派”古文的形成和发展。以归有光等为代表的“唐宋派”反对复古，沿着宋文平易畅达之路推进古文的发展和普及，同时也以古文为时文，推动时文与古文合流。

明代八股时文有“八大家”之称，指王鏊、唐顺之、瞿景淳、薛应旂、归有光、胡友信、杨起元、汤显祖。其中，王鏊（1450年—1524年），号守溪，苏州人，为成、弘之际时文大家。早学苏轼，晚学韩愈，折中程朱理学。名篇《百姓足君孰与不足》《邦有道危言危行》等，破题简洁明了，议论平缓从容，层层展开，结构紧凑，裁对整齐，基调圆熟，但有体格卑弱之弊。茅坤认为王鏊时文与古文已融而为一，《复王进士书》曰：“妄谓举子业，今文也；然苟得其至，即谓之古文，亦可也。”[①]清俞长城《百二十名家稿》赞曰：“制义之有王守溪，犹史之有龙门、诗之有少陵、

①茅坤：《茅坤集》，浙江古籍出版社2012年版，第318页。

书法之有右军，更百世而莫并者也。”[①]王鏊时文影响很大，明清士人多奉为圭臬。唐顺之、归有光等“唐宋派”文人以古文为时文，以古文救时文之弊，给八股写作带来新特点。唐顺之善抉古人之奥，以司马迁为师，以韩、柳、欧、苏为友，传王鏊之法，而运以唐宋古文雄肆之气，浑灏流转，醇厚中正，时文与古文交融，纵放近苏轼，拗峭似王安石，放而能收，散而能敛，如《答茅鹿门书》即有明显八股格式。归有光为有明一代古文和时文大家，古文出于欧阳修，时文则取径于苏氏父子，以韩、欧之气达程、朱之理，融裁经史，浑如己出，实大声闳，绝去束缚，纵横闳肆，任其自然。如《有安社稷臣者》古朴简练，畅达有致，而不拘泥刻板。茅坤编《唐宋八大家文钞》，与科举应试有关，谈写作技法规范，是改造后的“八大家”。他认为遣词、谋篇要有法度，通过学习古文写作技巧，才能全面提高时文写作水平，使时文面貌焕然一新。

明代后期，随着反对程朱理学社会思潮的逐渐高涨，以袁宗道、袁宏道、袁中道三兄弟为代表的“公安派”进一步反对贵古贱今，反对模拟古人，提倡独抒性灵，不拘格套，为晚明文坛开拓出小品的新天地，吹进一股清新空气。以钟惺、谭元春为代表的“竟陵派”扬弃公安派反复古、主创新的文学主张，以苦心孤诣的独创力矫公安末流浮浅俗滥之弊，而走向奇僻晦涩之路。明末，艾南英与同郡章世纯、罗万藻、陈际泰并称“江豫章四家”，复以时文为古文，融古文和八股文笔法于一体，结明代三百年八股时文之局。

明末，张溥（1602年—1641年）是“复社”领袖，他以复兴古学、务为有用相号召，要使古学为现实服务，与“前后七子”的拟古主义在精神上有所不同。陈子龙（1608年—1647年）与夏允彝、徐孚远等结“幾社”，与徐孚远、宋徵璧选辑《皇明经世文编》五百余卷，可见其用世之志。他赞同“七子”，反对公安派和竟陵派。但与“七子”一味尊古不同，是站在现实政治的立场来尊古。夏完淳（1631年—1647年）参加了抗清斗争，事败被执，英勇就义，年仅十七。所作散文抒写国破家亡的悲痛，一洗模拟习气，饱含血泪，悲壮淋漓，风格独特。《狱中上母书》是其被捕后在南京狱中写给母亲的绝笔信，悲怀壮烈，真切动人。

---

①梁章钜：《制义丛话》卷四引，上海书店出版社2001年版，第56页。

钱谦益（1582年—1664年）是明末文坛领袖，最初走的是秦汉派路子，后来在归有光、汤显祖、程嘉燧等人的启发下，转而学习唐宋诸家古文，进而批判“七子”拟古之病、公安派的肤浅和竟陵派的狭窄，并超越唐宋派而为明代古文作殿。《〈周孝逸文稿〉序》说：“文章者，天地英淑之气，与人之灵心结习而成者也。”又说：“根于志，溢于言，经之以经史，纬之以规矩，而文章之能事备矣。”[①]他把铺陈学问与抒发心志糅合起来，合“学人之文”与“文人之文”为一体，规模宏大，雄健恣肆，词采富赡，比喻新奇，将奇与偶、骈与散融合一起，骈散兼擅，纵横曲折，振作了明末清初文风。

黄宗羲《〈明文案〉序上》总结明代散文的总体成就和不足，颇为贴切：

> 有明之文，莫盛于国初，再盛于嘉靖，三盛于崇祯……然较之唐之韩、杜，宋之欧、苏，金之遗山，元之牧庵、道园，尚有所未逮。盖以一章一体论之，则有明未尝无韩、杜、欧、苏、遗山、牧庵、道园之文；若成就以名一家，则如韩、杜、欧、苏、遗山、牧庵、道园之家，有明固未尝有其一人也。[②]

1644年，明朝灭亡，清朝迁都北京，入主中原，至1911年被辛亥革命所推翻。明清易代之际，许多学者和古文家既不满“前后七子”的拟古，也看不起公安、竟陵的纤佻，倡导经世致用，回归古文正统。

清初有古文“三大家”——侯方域、魏禧、汪琬。侯方域（1618年—1655年），字朝宗，归德府（今河南商丘）人。明亡后，侯方域流落江南，入清后参加科举，为时人所讥。他与冒襄、陈贞慧、方以智合称明末“四公子”，是复社领袖。有《壮悔堂文集》。侯方域肆力古文，人推为当时第一。他针对天启、崇祯时极弊文风提出自己主张，开清初古文新风气。他批评明代文坛“文必秦汉”的拟古，反对“三袁”的空疏，钟、谭的狭窄，主张师法自然，“才与法合”。学韩愈、欧阳修，惨淡经营，尤以人物传记见长，形象生动，情节曲折，将司马迁、班固传记，韩、欧古文和唐

①钱谦益：《钱牧斋全集》，上海古籍出版社2003版，第826页。

②黄宗羲：《黄梨洲文集》，中华书局1959版，第387页。

传奇手法熔为一炉。《李姬传》歌颂明末秦淮名妓李香君明大义、辨是非，不阿附权贵，品行高洁，侠义美慧，有声有色，栩栩如生，简洁明畅，淋漓恣肆，才气奔放，想象丰富，是“才人之文”。他讲究唐宋以来古文矩镬，接迹唐顺之、归有光，与魏禧、汪琬、戴名世等一起，为“唐宋派”的有力继承者，也为后来“桐城派”古文的发展开辟了道路。

魏禧（1624年—1680年），字叔子，号裕斋，江西宁都人。明亡后隐居宁都翠微峰，后出游江南，入浙中，以文会友，主张明道理、识时务、重廉耻、畏名义，结纳贤豪，以图恢复。康熙间，举博学鸿词，不应，逝于扬州。有《魏叔子文集》二十二卷。他论文强调“积理”和“练识”，《〈宗子发文集〉序》曰：“吾则以为养气之功在集义，文章之能用在于积理。”[①]《答施愚山侍读书》说：“为文之道，欲卓然自立于天下，在于积理而练识。积理之说，见禧《叙〈宗子发文〉》。所谓练识者，博学于文，则知理之要；练于物务，识时之所宜。理得其要，则言不烦，而躬行可践；识时宜则不为高论，见诸行事而有功。是故好奇异以为文，非真奇也。至平至实之中，狂生小儒皆有所不能道，是则天下之至奇已。故练识如练金，金百练则杂气尽而精光发。”[②]他批评为文不顾法度，师心自用，如野战无纪之师。主张师承古人而不依傍古人，反对株守古人之法而“中无所有”，要合古人之法而不效优孟衣冠。知文章之法有常有变，为文者“中有所得”，兴会所至，得意疾书，不汲汲于常法而能自合于法度，是以善变为法，追求理、识、法三者相结合。魏禧《与诸子世杰论文书》自言少好《左传》、苏洵，中年稍涉他氏，然文无专嗜，唯择所雅爱赏者。他擅长议论，有意用世，以策论取代制义，自信自己所作策论，苏氏父子之后无有企及者，如《田制》《封建》《奄宦》等。史论如《隽不疑论》《蔡京论》《续续朋党论》等，善评古人是非得失成败。传记如《江天一传》《刘文炳传》《朱参军家传》《邱维屏传》《卖酒者传》《瓶庵小传》等，多表彰民族志节之士，写山林隐逸或侠客壮士、市井奇人的异事，寓意深刻，显示出强烈的民族意识。叙事简洁精练，指事恰切，踔厉森峭，绘声绘色，饶有情趣，有凌厉雄放、刚劲慷慨之气。如《大铁椎传》塑造一大侠客、大力士英雄形象，慷慨激昂，描摹淋漓尽致，顿宕纡徐，兼有欧、

①魏禧：《魏叔子文集》，中华书局2003年版，第412页。

②魏禧：《魏叔子文集》，中华书局2003年版，第288页。

苏之长。魏禧合经世与文学为一，道学与文学合一，义理与经济合一，其文是儒者之文，又是才士之文、志士之文。他也有些轻率速成之作，流于庸滥，受到钱澄之等人规劝和批评。

汪琬（1624年—1691年），字苕文，号钝庵，晚号尧峰，长洲（今江苏苏州）人。顺治十二年（1655年）进士，康熙十八年（1679年）举鸿博，历官户部主事、刑部郎中、编修，有《尧峰诗文钞》《钝翁前后类稿续稿》。汪琬以归有光嫡派自视，提倡文法，重新认识古文正统，主张文章法、文、经、道合一，黜“七子”“公安”“竟陵”于正宗之外，革新明中叶以来古文传统，奠立了清文尚经重学的基调，后来吴派、皖派经学家以及阳湖派古文家多承续之。《跋〈王于一遗集〉》不满侯方域《马伶传》、王猷定《汤琵琶传》“以小说为古文辞”，认为不合雅驯，流于俗学。其文溯宋而唐，明理卓绝似李翱，简洁有气似柳宗元，又受欧阳修影响，而近于南宋诸家。所作大多为经、史之文，根柢“六经”，浸淫《史记》《汉书》，出入韩愈、欧阳修、朱熹、归有光之间，力求纯正，体现其创作旨趣，风格质实。汪琬性狷介，好臧否人物，议论史事，汪洋恣肆。《史评十四则》近于王安石《读孟尝君传》，短小精悍。《诸侯名士》指斥诸侯名士欺名盗世，于事无补，无足轻重，意在批判明末名士风气。《何晏》批判士大夫崇尚清谈，笔锋犀利。《汉高祖一》对比刘邦兴于汉中，刘备连汉中也守不住，强调“兴废之所系”不在于血统和种族，而在于谋国善否，具有强烈的现实针对性。汪琬擅长碑传、志铭，认为诗言情志，文以存史，《乙邦才传》《陈处士墓表》《侯记原墓志铭》《金孝章墓志铭》《华凤超先生传》《周忠介公遗事》等，叙事婉曲，议论精当，识见卓特，开阖有致。《江天一传》写抗清义士江天一舍生取义事迹，可歌可泣，形象逼真感人。《陈处士墓表》描叙复社名士陈贞慧对抗阉党余孽阮大铖，入狱濒死，鼎革后，郁郁而终。颂赞陈氏气节，痛恶党争门户之见，言语犀利，字里行间流露出郁勃之气。记体文自然、疏畅，善于描写刻画，寄托性情，摒除怪奇纤佻、粗豪叫嚣之习，质朴简约，《容安轩记》《读书斋记》《计氏思子亭记》《尧峰山庄记》等皆传诵一时。《姜氏艺圃记》描写艺圃景物，尤为传神，赋予艺圃脱尘不俗的品格，文笔清俊灵动。汪琬之文也有不足，矜持古人法度，拾前人余唾，有八股习气，殊乏新意。

清初古文“三大家”，侯文最具才情，魏文境界最大，汪文文法最精。他们努力扭转、改造文风，文道合一，促成了清初经世文风的形成，直接影响文坛格局变化和清代古文走向，为后来“桐城派”古文开辟了道路。

邵长蘅（1637年—1704年），字子湘，号青门山人，武进（今江苏常州）人。文宗唐宋，继承唐顺之、归有光为文传统，与侯方域、魏禧齐名。著有《青门全集》。《与魏叔子论文书》云：“夫文者，非仅辞章之谓也，圣贤之文以载道，学者之文蕲弗叛道，故学文者必先浚文之源而后究文之法。”[①]“圣贤之文”和“学者之文”皆重“道”，皆是“文”，而“词章”只是“文”的一种或一面。邵氏强调文不仅是辞章本身，还有更重要的“道”，文是为“载道”而存在，强调文章的依附性。彭士望、姜宸英、周亮工、郑珍等人，大都反对明末浮靡文风，推崇唐宋古文，推动了“桐城派”古文的产生。

清代不少学者也擅长古文。史学家全祖望（1705年—1755年）古文情感强烈，爱憎分明，笔调夸张，有一种雄壮之美。戴震（1724年—1777年）主张“义理、考核、文章”统一，道本艺末。其文具有强烈的论辩色彩和批判精神，善用譬喻，技巧纯熟。经学家钱大昕（1728年—1804年）主张“六经，皆文”，《〈味经窝类稿〉序》云：“夫道之显者谓之文，‘六经’、子、史皆至文也。后世传文苑，徒取工于词翰者列之。”[②]章学诚（1738年—1801年）强调独创，反对机械摹拟古人，不满禁锢思想和因循模拟的传记。《文史通义·诗教上》痛惜“子、史衰而文集之体盛，著作衰而辞章之学兴”[③]。其文朴实无华，条理明晰，才、学、识兼备，逻辑说服力强。

清代中叶，“桐城派”崛起，多重古文而轻时文。方苞致慨于时文是章句无补之学，而力劝他的友朋后进与时文决绝，《与章泰占书》云：“使能绝意于时文以从所当务（按：指用力于古文），虽古人不难至。”[④]吕璜整理吴德旋所撰《初月楼古文绪论》更明确说：“古文之体，忌小说，忌语录，忌诗话，忌时文，忌尺牍。此五者不去，非古文也。”[⑤]时文与古文，界线分明。

---

①邵长蘅：《青门集·青门簏稿》卷十一，光绪丁酉《常州先哲遗书》本。

②钱大昕：《潜研堂文集》，浙江古籍出版社2006年版，第414页。

③章学诚：《文史通义校注》，中华书局1985年版，第61页。

④方苞：《方苞集》，上海古籍出版社1983年版，第678页。

⑤王水照编：《历代文话》第五册，复旦大学出版社2007年版，第5037页。

另一方面，“桐城派”也不废时文，他们尊奉的归有光即是时文大家。“桐城派”先驱戴名世精于时文，他的文集多半是为某些时文集所作序，是关于八股文的理论，提倡“以古文为时文”。戴名世《〈己卯行书小题〉序》主张“道”“法”“辞”三者缺一不可，从时文角度立说，但对古文大体适用，并影响到方苞的“义法”说。方苞是时文名家，所编订《古文约选》是乾隆皇帝钦定的八股文参考书，其《序例》主张学者切究于唐宋八家，“而以求《左》《史》《公》《谷》《语》《策》之义法，则触类而通，用为制举之文，敷陈论策，绰有余裕矣”。[①]刘大櫆写有专文《时文论》论时文作法。姚鼐认为古文、时文可以相通，《〈惜抱轩稿〉序》谓读正德、嘉靖间人时文以后，“乃见初立经义（时文）本体与荆川、震川所以为文章之旨，恍然曰：是亦古文耳，岂二道哉！”[②]“桐城派”中人在成名之前，一般都要经过科举考试，经过严格的八股时文训练，不能简单地说“桐城派”就是反对八股时文。时文与古文，二者循环互动影响，主要是古文影响时文，即以上化下，以高化低，以尊化卑，以古化今，以雅化俗。古文影响时文，提高时文的水准；而时文影响古文，则是降低古文的品格。

“桐城派”以古文为时文，对时文进行改造，在保留时文“代圣贤立言”、宣扬程朱理学的传统和遵循时文程式的同时，融进古文的气格神调，以平实语言改变时文古板的腔调，使文章在固定的格式中显出生气，也使文人才情得以释放。时文最讲究“法”，不仅讲究章法、股法、句法、字法，还注意虚实、开阖、衬贴、反正等技巧，把文章作法讲究到细致入微的地步。“桐城派”也重视“法”，其古文与八股时文相通，追求“文统”与“道统”合一。从“唐宋派”到“桐城派”，都自觉“以古文为时文”，又不自觉“以时文为古文”，古文“时文”化，时文“古文”化，相互融合，成为明清通行的文体和文风。

陈柱《中国散文史》第五编评述明清散文，特地题为《以八股为文化时代之散文》，概括说：“明之文学，诗与文多不外因袭前人，不特不能过之，且远不相及。惟传奇、八股，为其所创造。而八股尤为普遍。降至清代，取士仍用八股。故明清两代，实可谓为以八股为文化之时代焉。此时

①方苞：《方望溪全集》，中国书店1991年影印本，第303页。

②姚鼐：《惜抱轩文集》卷首，清光绪九年桐城徐氏刻本。

代之古文，实受八股之影响不少，盖无人不浸淫渐渍于八股之中，自不能不深受其陶化也。”又解释说：“章炳麟云：‘注疏者八股之先河；明清之奏议，八股之支派也。’盖注疏释经，八股文为衍释‘四子’书及‘五经’之义理。故注疏外式异八股，而内涵为八股之所自出；明清奏议，为八股之余事，故明清奏议，形体异八股，而精神实为八股之支流。”[①]这一论断，切合史实，不仅揭示明清古文与八股时文的内在联系，也说明科举考试、八股取士制度对士人思想和文风的深刻影响。八股文体固然有条理明晰、结构严密等特长，但受到程式格套和经义藩篱双重桎梏，很难师心使气、驰思遣论而写出好文章。明清古文总体成就不如唐宋，自然有多方面原因，但与八股时文的制约分不开。光绪三十一年（1905年）废科举，八股文成为历史陈迹，但八股文影响深远，至今仍能时常看见八股文的影子。

第二节　唐宋派与桐城派古文

明清两代，文派竞出，一脉相承而又成就可观的主要是明代“唐宋派”和清代“桐城派”。所谓“唐宋派”，是指明代中叶以王慎中、唐顺之、归有光、茅坤为代表的古文流派，他们反对“前后七子”“文必秦汉”的复古流弊，继承南宋以来宗法唐宋古文的传统，自觉写作唐宋式古文，故称“唐宋派”。

王慎中（1509年—1559年），字思道，福建晋江人，唐宋派的开创者。他早年受“前七子”的影响，标榜秦汉，二十八岁以后，始悟高谈秦汉、鄙薄唐宋之非，《明史》本传载：“慎中为文，初主秦汉，谓东京以下无可取。已悟欧、曾作文之法，乃尽焚旧作，一意师仿，尤得力于曾巩。”[②]《与汪直斋书》认为“学问、文章如宋诸名公，皆已原本‘六经’，轶绝两

---

①陈柱：《中国散文史》，上海书店1984年版，第266—267页。

②张廷玉：《明史》，中华书局1974年版，第7368页。

汉”[①]。《寄道原弟书九》曰：“学‘六经’、《史》《汉》最得旨趣根源者，莫如韩、欧、曾、苏诸名家。”[②]推重唐宋诸名家古文，反对“前后七子”的拟古，扭转明初以来文坛模拟蹈袭之风。散文多能体现其“文以明道”思想，善于发议论，又不乏真情实感。重谋篇布局，结构严整简明，又富于变化。描摹人物，点睛传神。语浅情深，平淡自然，平和雅正。《海上平寇记》《送程龙峰郡博致仕记》《〈朱碧潭诗〉序》等，最为人称道。《刻招魂章碑石》是为抗击倭寇入侵而死的人招魂，苍劲悲凉。《游清源山记》《金溪游记》等，为游记佳作。王慎中的理论及创作对桐城派产生一定影响。

唐顺之（1507年—1560年），号荆川，学者称荆川先生，武进（今江苏常州）人。他受王慎中影响，《答蔡可泉》批评“前后七子”复古派作品“本无精光，遂尔销歇”[③]。他讲究文法，《〈文编〉序》说：“然则不能无文，而文不能无法。是编者，文之工匠，而法之至也……所谓法者，神明之变化也。《易》曰：‘刚柔交错，天文也；文明以止，人文也。’学者观之，可以知所谓法矣。”[④]强调“法”对文章创作的重要性。《〈董中峰侍郎文集〉序》说：“汉以前之文，未尝无法而未尝有法，法寓于无法之中，故其为法也密而不可窥。唐与近代之文，不能无法，而能毫厘不失乎法，以有法为法，故其为法也严而不可犯。密则疑于无所谓法，严则疑于有法而可窥。然而文之必有法，出乎自然而不可易者，则不容异也……中峰先生之文，未尝言秦与汉，而能尽其才之所近。其守绳墨谨而不肆，时出新意于绳墨之余，盖其所自得而未尝离乎法。”[⑤]认为汉以前文章看似无法，其实只是由于其法密而不可窥知，赞赏董中峰之文虽有自得却“未尝离乎法”。倡言“直写胸臆”，《答茅鹿门知县》曰：“学为文章，但直据胸臆，信手写出，如写家书，虽或疏卤，然绝无烟火酸馅习气，便是宇宙

---

①王慎中：《遵岩先生文集》卷三十七，载《北京图书馆古籍珍本丛刊》第105册，书目文献出版社1998年版，第1048页。

②王慎中：《遵岩先生文集》卷四十一，载《北京图书馆古籍珍本丛刊》第105册，书目文献出版社1998年版，第1103页。

③唐顺之：《荆川先生文集》卷七，《四部丛刊初编》本。

④唐顺之：《荆川先生文集》卷十，《四部丛刊初编》本。

⑤唐顺之：《荆川先生文集》卷十，《四部丛刊初编》本。

间一样绝好文字。”[①]追求天机自然之妙。《与洪方洲书》自述：“近来觉得诗文一事，只是直写胸臆，如谚语所谓开口见喉咙者，使后人读之如真见其面目，瑜瑕俱不容掩，所谓本色，此为上乘文字。”[②]“本色”论有明显颠覆法度倾向，是晚明“性灵”派文的先声。他称赞欧阳修“小文字”之妙，评《与郭秀才书》：“通篇情叙，此小文字之极工者也。”[③]评《菱溪石记》：“行文委曲幽妙，零零碎碎作文，欧阳公独长。”[④]零零碎碎作文，“小文字”是以前散文批评中没有的。

唐顺之散文本色自然，委曲详备。《任光禄竹溪记》并不记竹溪之风光景物，而记叙其舅父任氏植竹治园一事，引发出培养不逐世俗所好而“保持偃蹇孤独之气”的议论。夹叙夹议，层次分明，布局精巧，既点化题意，又不刻意造作。笔法独特，尽显抑扬顿挫之妙。《叙广右战功》塑造出武将沈希仪勇猛威武的形象，战争场景的刻画生动细腻，凸现主人公过人胆略和精湛武艺。《与安子介书》情真意实，平易自然。《跋异僧书心经碑后》着重写碑文鉴评，结构波澜起伏，首尾呼应，运笔亦如所评书法一样飞动流走，变化多端，形神毕现。唐顺之散文直抒胸臆，本色天然，已开公安派风气之先。

归有光（1506年—1571年），字熙甫，江苏昆山人，自号震川，学者称震川先生，是唐宋派成就最高的古文家。他在文坛的活动比王、唐稍迟，其文以欧阳修、曾巩为依归。他讽刺拟古主义者“颇好剪纸染彩之花，遂不知复有树上天生花也”[⑤]。《〈项思尧文集〉序》反对“后七子”徒有其形式而不得其神的类比风气，《与沈敬甫十八首》说：“今世相尚以琢句为工，自谓欲追秦、汉，然不过剽窃齐、梁之余，而海内宗之，翕然成风，可谓悼叹耳！”[⑥]《庄氏二子字说》认为文学作品的艺术之美在于质

---

①唐顺之：《荆川先生文集》卷十，《四部丛刊初编》本。

②唐顺之：《荆川先生文集》卷七，《四部丛刊初编》本。

③茅坤：《唐宋八大家文钞·欧阳文忠公文钞》卷十，黄山书社2010年版，第1578页。

④茅坤：《唐宋八大家文钞·欧阳文忠公文钞》卷二十，黄山书社2010年版，第1912页。

⑤归有光：《震川先生集》，上海古籍出版社1981年版，第865页。

⑥归有光：《震川先生集》，上海古籍出版社1981年版，第869页。

美，“欲文之美，莫若德之实；欲文之华，莫若德之诚；以文为文，莫若以质为文，质之所为生文者无尽也”[①]。强调为文必在养气，文章不关世教，虽工无益，反对言辞上的摹仿，讲究文行出处，文有“生气”，“文与事称”，重“气骨”，文品、人品统一。他酷好司马迁，爱讲“龙门家法”，学习司马迁见微知著、秉笔直书的文风以及生动传神的描绘等，得其神理。他将秦、汉、唐、宋古文兼收并蓄，对元文也不排斥。

归有光关切时世，《备倭事略》《书张贞女死事》《壬戌纪行》等，写社会现实；《送县大夫杨侯序》反映民间疾苦，谴责朝廷靡费，谠言正论，义正词严。归有光将“道”的范畴拓展到万事万物、人情之常，将伦理道德由外在的教条转化为内在的情感需求。他将生活琐事引入“载道”的古文中，植根于经史，化为自然之文，使古文与生活联系更加密切。他生活遭遇颇不幸，早年丧母，又两次丧妻，痛失子女。一系列记叙往事，回忆、追悼亲人、婢仆之文，情感真挚，发掘人性之美，于平淡琐细中寄寓沧桑之感，状情摹态，神似欧阳修《泷冈阡表》。深得司马迁笔法，用朴实的笔调将不幸的人生变故叙述出来，记叙中插入不经意的回忆细节，随拈随放，行散而神不散，悲伤哀戚之情表露无遗。《项脊轩志》记叙日常生活琐事，抓住典型细节，刻画人物，绘声绘影，真切传神。采用睹物怀人的写法，借“百年老屋”的几经兴废，回忆亲切的家庭琐事，表达了人亡物在、三世变迁的感慨，以及怀念祖母、母亲和妻子的深厚感情，随事曲折，自然动人。末句“庭有枇杷树，吾妻死之年所手植也，今已亭亭如盖矣”。昨日种种，今日已物是人非，让人不胜唏嘘慨叹。悲痛地追忆祖母、母亲与妻子，或听了老妪聊及母亲的家常闲语，伤心而泣；或想起祖母关切的絮絮叨语，不禁长号；或看着妻子手植的枇杷树，回忆她归宁回来的话语，黯然神伤，字字含泪，句句言悲，一唱三叹，情韵绵长。林纾论《项脊轩志》：“文语家常琐事，最不能工。唯读《史记》《汉书》，用其缠绵精切语，行之以己意，则神味始见。欧公之《泷冈阡表》即学班、马而能化者也。震川此文亦得《汉书》之力，改其面目，不期而类欧。欧之长，在感叹往事，能写其真。”[②]《先妣事略》以朴实平易的笔调记叙作者先母勤劳持家、慈爱育子的细事，流露出作者对亡逝的母亲所寄予的深切

---

①归有光：《震川先生集》，上海古籍出版社1981年版，第84页。

②林纾：《林纾选评古文辞类纂》，浙江古籍出版社1986年版，第440—441页。

怀念，极具人情味。《女二二圹志》为悼念幼女而作，乐景写哀情，使哀情更为沉痛，语极平淡，情极丰厚，文浅情深。《祭外姑文》写夫人提携二孤事，真切哀婉，出语自然，平淡朴素，不假雕饰，哀婉动人。《寒花葬志》回忆十年前逝去的婢女，是极平常的人物和极细小的家事，生动细致，惟妙惟肖，以简练笔调，抓住几个富有特征的细节，寥寥数语，便勾勒出一个天真稚气、淳朴可爱的婢女形象。不仅仅是对寒花的怀念，还流露了对亡妻的思念之情。《王氏画赞序》以惨淡笔调记录为亡妻作画的前后经过，寄寓了怀念亡妻的无限深情。寥寥数语，情致深婉，情之深，思之切，令人叹惋。《野鹤轩壁记》通过对景物的渲染描绘，抒写他内心挥之不去的孤寂之感，营构一种清空峭拔、物我两忘的意境，具有诗意美。

归有光散文纡徐平淡，如叙家常，娓娓动听，真切自然，历历如在目前。轻重得宜，顿挫有致，收放自如，无绳削斧斫之痕，言简意长，风神摇曳，神、理、情、韵兼具。有些文章过于拘谨，枯槁乏味。王世贞《吴中往哲像赞》论归有光："先生于古文词，虽出之自《史》《汉》，而大较折衷于昌黎、庐陵。"[①]王锡爵《明太仆寺寺丞归公墓志铭》说："所为抒写怀抱之文，温润典丽，如清庙之瑟，一唱三叹，无意于感人，而欢愉惨恻之思溢于言语之外。"[②]《四库全书总目·震川文集提要》称："自明季以来，学者知由韩、柳、欧、苏沿洄以溯秦、汉者，有光实有力焉。"[③]归有光古文成为后世学习古文的门径。

归有光肩随欧、曾，重道又不轻文，文道合一，情志醇正，文辞雅洁，上承唐宋，下启清代，对科举时文及桐城派古文理论和创作影响很大。他对"道"的独特理解，启迪了桐城派将伦理道德进一步情感化，注重描写真情，而被桐城派推崇为远祖。归有光喜作"小文章"，写生活琐事，体制日趋短小灵活，突出情、真、趣，文辞雅洁流畅，笔法委婉曲折，直接影响晚明主情思潮及小品文创作，被晚明文人承继并发扬光大，从归有光散文到晚明小品，可见传统散文的转向与自我突破。

茅坤（1512年—1601年），别号鹿门，归安（今浙江湖州）人。他心

①王世贞：《弇州山人续稿》卷一百五十，《文渊阁四库全书》本。

②杨讷、李晓明：《文渊阁四库全书补遗》，北京图书馆出版社1997年版，第422页。

③永瑢等撰：《四库全书总目》卷一七二，中华书局1965年版，第1511页。

折唐顺之，反对“前后七子”的“文必秦汉”主张，力主学习效法“正统”唐宋古文，以为“八大家”文所以动人，在于各得其物之情而肆于心。强调文章家要体察物理人情，莫逆于心，而不只是简单地求之于“心源”。他论文每用“风神”，特别推崇《史记》和《汉书》，认为《史记》“以风神胜”，而《汉书》则“以矩矱胜”，又推崇欧阳修散文，不满缺乏才情的曾巩：“巩尤为折衷于大道而不失其正，然其才或疲薾，而不能副焉。”[①]而标举艺术性更强的“史迁风神”“六一风神”。他与胡宗宪是莫逆之交，嘉靖三十六年（1557年）十月，胡宗宪遣谍者诱缚海寇王直，茅坤写有贺序《贺宫保胡公序》和赠序《再赠宫保胡公序》，赞颂胡宗宪不顾个人安危，心系抗倭报效国家的崇高精神。茅坤为文追求一种风姿、风韵、韵味之美，深得古文疏逸处，涉笔洒然。

唐宋派革新散文，是“秦汉派”的“反动”，是对唐宋古文运动的承继，强调由平易的唐宋古文入手来学习古文，重视“文以载道”和“法度”，多文从字顺，明白晓畅。重要作家还有明末艾南英、钱谦益、黄宗羲等。唐宋派对清代古文产生深远影响，盛极一时的桐城派就承其文脉而发扬光大。

“桐城派”是有清一代势力最大、影响最广、延续时间最长的散文流派，也是古代最大的散文流派。康熙、乾隆年间，在政权日益巩固的形势下，复古、载道观念复炽，文风由激切转为雅驯。方苞、姚鼐等应运而生，提倡程朱理学，推崇归有光为代表的唐宋派，取法唐宋八大家。桐城派的内质就是用严肃规范的古文宣扬并践行程朱理学，“清真古雅”，代表散文的正宗、典范。乾隆四十二年（1777年），姚鼐《刘海峰先生八十寿序》引用吏部主事程晋芳、编修周永年话说：“昔有方侍郎，今有刘先生，天下文章其出于桐城乎?”[②]揭示出桐城文章形成派系的端绪，正式亮出“桐城派”旗号，此后“桐城派”之名遂显于世。

方苞（1668年—1749年），字灵皋，晚年号望溪，桐城（今属安徽）人，桐城派创始人，著有《方望溪先生全集》。他提出“义法”说，“义法”一词最早见于司马迁《史记·十二诸侯年表第二表序》，方苞《又书〈货殖列传〉后》取之以论文，作为文章纲领。曰：“《春秋》之制义法，

①茅坤：《唐宋八大家文钞·论例》，黄山书社2010年版，第5页。

②姚鼐：《惜抱轩诗文集》，上海古籍出版社1992年版，第114页。

自太史公发之，而后之深于文者亦具焉。义即《易》之所谓‘言有物’也，法即《易》之所谓‘言有序’也。义以为经而法纬之，然后为成体之文。”[①]可见，义是“言有物”，是文章的思想内容；法是“言有序”，指文章的艺术技巧。内容与形式统一。有时候，“义法”只是指技巧，但方苞认为义是本，法是末。他认为《左传》深于义法，因其能识“详略之义”，《书〈五代史安重诲传〉后》认为“法之变，盖其义有不得不然者”[②]，又认为形式决定于内容。“义法”是理与辞合一，内容醇正与语言雅洁合一，反对俚俗和繁芜。“义法”说是桐城派古文理论最基本的范畴，是论文纲领。王兆符《〈望溪文集〉序》引方苞自言：“学行继程、朱之后，文章介韩、欧之间。”[③]

方苞继承唐宋派古文传统，作文以《左传》《史记》为准则，以归有光为阶梯，上探韩、欧。多为经说及书、序、碑传之类，雅洁简古，但乏灵动之气。其文选材精当，凝练雅正，注重转折波澜。《汉文帝论》《辕马说》等，条理清晰，简洁严整。游记如《游雁荡记》《游丰台记》，赠序如《送刘函三序》《送冯文子序》，碑铭如《兄百川墓志铭》《田间先生墓表》等，详略有致，法随义变。《先母行略》《婢音哀辞》《亡妻蔡氏哀辞》等，为学习欧阳修《泷冈阡表》的佳作，以二三事表现人物性格，情辞哀婉，催人泪下。《狱中杂记》揭露狱中种种奸弊、秽污、酷虐，事繁而细，层次分明，用词准确精当。《左忠毅公逸事》刻画左光斗形象，笔简语洁，史可法入狱相会一段，表现其凛然正气，尤感人至深。

方苞还是八股名家，钱大昕《与友人书》引王若霖语批评方苞，说他是“以古文为时文，却以时文为古文”。方氏弟子有雷鋐、沈彤、王又朴、沈庭芳、王兆符、陈大受、李学裕等。

刘大櫆（1698年—1780年），号海峰，桐城人。早年抱“明经致用”之志，但屡试不中。他以才气著称，是继方苞之后桐城派的中坚人物。著有《海峰先生文集》《论文偶记》。他重视文法、修辞，《论文偶记》认为，“义理、书卷、经济”乃“行文之实”，“匠人之材料”，而“神、气、音节

---

①方苞：《方苞集》，上海古籍出版社1983年版，第58页。

②方苞：《方苞集》，上海古籍出版社1983年版，第64页。

③方苞：《方苞集》，上海古籍出版社1983年版，第906—907页。

者”乃“匠人之能事”[1]。主张“因声求气”，《论文偶记》曰：“行文之道，神为主，气辅之。”“神气者，文之最精处也；音节者，文之稍粗处也；字句者，文之最粗处也。然论文而至于字句，则文之能事尽矣。盖音节者，神气之迹也；字句者，音节之矩也。神气不可见，于音节见之；音节无可准，以字句准之。”“积字成句，积句成章，积章成篇，合而读之，音节见矣；歌而咏之，神气出矣。”[2]由字句到音节到神气，是由表及里的过程，实现此过程的有效方法是诵读，通过诵读，领悟文章的高妙和神气。从刘大櫆到姚鼐，到方东树、曾国藩，再到吴汝纶、张裕钊等，“因声求气”法世代承袭，奉为法宝。刘大櫆重文章之“简”，《论文偶记》说：“文贵简。凡文笔老则简，意真则简，辞切则简，理当则简，味淡则简，气蕴则简，品贵则简，神远而含藏不尽则简，故简为文章尽境。”[3]他的文章多抒发怀才不遇，指摘时弊，雄奇恣睢，铿锵绚烂。游记如《游晋祠记》《游大慧寺记》《游万柳堂记》等，借景抒情，讽世刺时，雄肆奇诡，似韩愈。《书荆轲传后》《送姚姬传南归序》《息争》等，音节谐美。刘大櫆的弟子，除姚鼐外，有钱伯坰、王灼、吴定、程晋芳等。姚范（1702年—1771年）与刘大櫆交往密切，论文重声响音节，风格主古雅，承方苞古文理论，直接影响其侄姚鼐。

姚鼐（1732年—1815年），字姬传，室名惜抱轩，世称惜抱先生，桐城人。乾隆进士，由翰林授兵部主事，累官刑部郎中。入四库全书馆为纂修官，书成南归，绝意仕进，历主梅花、钟山、紫阳、敬敷诸书院讲席，凡四十年。博通经史，尤工古文，汇合方苞、刘大櫆之长，真正把桐城派的古文理论构成体系，是桐城派的集大成者，与方苞、刘大櫆并称为“桐城三祖”，著有《惜抱轩诗文集》。

姚鼐主张为学要兼“义理、考证、文章”三者之长，将宋儒之性道与汉儒之经义相结合、考证与文章相统一。其现实针对性十分明显，是为了纠正“汉学”轻视“义理”和“文章”之偏。[4]姚鼐《〈述庵文钞〉序》说：“余尝论学问之事，有三端焉：曰义理也，考证也，文章也。是三者，

①刘大櫆：《论文偶记》，人民文学出版社1959年版，第3页。

②刘大櫆：《论文偶记》，人民文学出版社1959年版，第6页。

③王水照编：《历代文话》第四册，复旦大学出版社2007年版，第4112页。

④王达敏：《姚鼐与乾嘉学派》，学苑出版社2007年版，第163—182页。

苟善用之，则皆足以相济；苟不善用之，则或至于相害。今夫博学强识而善言德行者，固文之贵也；寡闻而浅识者，固文之陋也。然而世有言义理之过者，其辞芜杂俚近，如语录而不文；为考证之过者，至繁碎缴绕，而语不可了当，以为文之至美，而反以为病者，何哉？其故由于自喜之太过，而智昧于所当择也。夫天之生才，虽美不能无偏，故以能兼长者为贵。而兼之中，又有害焉。岂非能尽其天之所与之量，而不以才自蔽者之难得欤？"[①]姚鼐强调义理、考证、文章三者不可偏废，然必以义理为质，而后文有所附，考据有所归。姚鼐《〈谢蕴山诗集〉序》指斥："矜考据者，每窒于文词；美才藻者，或疏于稽古，士之病是久矣。"[②]意在纠偏救弊。《复秦小岘书》强调指出："鼐尝谓天下学问之事，有义理、文章、考证三者之分，异趋而同为不可废。一途之中，歧分而为众家，遂至于百十家。同一家矣，而人之才性偏胜，所取之径域，又有能有不能焉。凡执其所能为，而訾其所不为者，皆陋也，必兼收之乃足为善。若如鼐之才，虽一家之长，犹未有足称，亦何以言其兼者？天下之大，要必有豪杰兴焉，尽收具美，能祛末士一偏之蔽，为群材大成之宗者。鼐夙以是望世之君子，今亦以是上陈之于阁下而已。"[③]《〈敦拙堂诗集〉序》云："夫文者，艺也，道与艺合，天与人一，则为文之至。"[④]强调道与艺结合，天赋与学力相济。如此各方面兼长统一，达到既调和汉学、宋学之争，又写出至善至美文章的目的。姚鼐所谓"义理"，主要是儒家经义，特别是程朱理学。义理是思想内容，是道的层面；考证是基本功，属于文献功底；文章是文辞，属于学术思想的表达艺术。三者是学术的三个层面，文章只是学术的一面，不是现代意义上独立的"散文"或"文章"。一般认为姚鼐是站在"古文"立场来阐述其理论的，这是将其狭隘化理解。其实，姚鼐是站在"学术"立场创立桐城派，开辟一条学术新路子。他认为，作为一个学者，要追求思想，义理属于道，最重要，所以放在第一位，"道"通过文章来传播，文章也要美，不能像汉学家那样只知考据，文章写得支离破碎。桐城派的内在特质是：文章是用来阐发宣扬程朱理学的，是为义理服务的，

①姚鼐：《惜抱轩诗文集》，上海古籍出版社1992年版，第61页。
②姚鼐：《惜抱轩诗文集》，上海古籍出版社1992年版，第54页。
③姚鼐：《惜抱轩诗文集》，上海古籍出版社1992年版，第104页。
④姚鼐：《惜抱轩诗文集》，上海古籍出版社1992年版，第49页。

是末而非本，是手段而不是目的。义理、考证、古文一体，古文是为了有效地显现和宣传义理，姚鼐认为三者统一才是最高最美境界，从而提高桐城派古文的价值，是对方苞“义法”说的补充和发展。

姚鼐《〈古文辞类纂〉序目》主张：“所以为文者八：曰神、理、气、味，格、律、声、色。”认为“神、理、气、味者，文之精也；格、律、声、色者，文之粗也。然苟舍其粗，则精者亦胡以寓焉？学者之于古人，必始而遇其粗，中而遇其精，终则御其精者而遗其粗者。”[①]神、理、气、味，指的是文章内容和精神，是文之精；格、律、声、色属于文章的形式，是文之粗。他认识到文章内容和形式的相互关系，学习古人，初步是掌握形式，进而是重视精神，才能达到高的境界。

姚鼐将“阳刚”与“阴柔”作为一对审美范畴而详加阐发，《复鲁絜非书》曰：“鼐闻天地之道，阴阳刚柔而已。文者，天地之精英，而阴阳刚柔之发也。”[②]在《〈海愚诗钞〉序》中也有论及。他认为文章阴阳刚柔的变化，乃是作者性格、气质、品德的表现。他将“阳刚”“阴柔”两种审美风格和人结合起来，强调风格即人，又强调两种风格兼容互补，不可偏废，两种风格和天地之道结合，天人一体。后来，姚鼐弟子管同对阳刚、阴柔理论有所继承，曾国藩也有所阐发。

姚鼐散文是其理论的体现，代表了桐城派古文的最高成就。《登泰山记》从泰山南北的汶水、济水写起，开头先宕开一笔，以简洁笔致勾勒出泰山轮廓，接着写登泰山经过。泰山诸景中以日出为最佳，作者有幸目睹此世间奇观，用如椽巨笔，浓墨重彩渲染泼写。继写泰山风物，写沿途所见之名胜古迹。最后综述泰山总貌全景，结束全文，并与开篇遥相呼应。文章脉络贯通，结构完整谨严，仅数百字，内容十分丰富，是融义理、考证与辞章于一体的典范。《游媚笔泉记》记游山水，以游程为线索，步移景换，以溪水声反衬山之深幽恬静，营造出诗的意境。写潭及潭中巨石，笔墨传神，生动有趣。用动态之马喻静态之石，将石写活。登上巨石，又是一幅生动的画面。作为游记主体的媚笔泉，作者却惜墨如金。侧面取景，渲染环境，有此处无声胜有声的效果。文字雅洁，笔致深曲，摇曳多姿。《游灵岩记》描绘灵岩山峻峭的岩壁，移步换景，依次写来，舒缓有

---

①姚鼐：《古文辞类纂》，中国书店1986年版，第26页。

②姚鼐：《惜抱轩诗文集》，上海古籍出版社1992年版，第93页。

节，似老翁话家常。叙事描景，简明扼要，言之有物，层次井然，从容纡缓，风格高深简古。《袁香亭画册记》为题画记，以人观画，先勾勒画者性格，而后论其画册。文笔朴实自然，结构严密完整，而袁香亭兄弟二人雅好山水之性格及其诗画之文采风流，悉呈于读者面前。《清史稿·文苑传》评价姚鼐："为文高简深古，尤近欧阳修、曾巩。其论文根极于道德，而探源于经训。至其浅深之际，有古人所未尝言，鼐独抉其微，发其蕴，论者以为辞近于方，理深于刘。"[①]其文纡徐深婉，言简意丰，富有韵味。

姚鼐创立桐城派是有意的，在受到汉学家排挤之后，要自己独创一条学术道路，他针对当时汉学流弊，创立"桐城学派"。当时宋学凋敝，汉学讥评宋学以程朱理学作为科举的"敲门砖"，称其文章为沽名钓誉的"功令文"，姚鼐就以宋学来抗之，所以才有了所谓"桐城派"。[②]姚鼐创立桐城派时，向前"追认"了方苞、刘大櫆。桐城派"文统"与"道统""学统"统一，方苞自称"学行继程、朱之后，文章介韩、欧之间"，以程朱上接孔孟之"道统"，以韩愈上接《左传》《史记》以达于"六经"，以秦、汉文及"八大家"古文为正宗，并以自己直接"八大家"，以"文统"承继者自命。姚鼐刻意"拟构"的桐城派，实质上是"文统"的拟构，同时也是"道统"和"学统"的拟构。姚鼐将程朱"道统"与韩欧"文统"合而为一。桐城派上溯归有光、唐宋八大家、先秦两汉古文，下有"桐城后学"曾国藩、吴汝纶、林纾、姚永朴等，完成了古代"文统"的最后拟构，也是最完整的拟构。桐城派为代表的"文统"，与代表程朱理学的"道统"合一，成为传统主流文化的代表。

姚鼐纂辑《古文辞类纂》，选辑七百余篇古文，不选骈文，确立正宗"文统"，体例清楚，选择精当，并附以评论，为世人读文、作文规范，便于学习，流布天下，也极大地助长了桐城派声势。《古文辞类纂》是桐城派的"圣经"，古文家奉为圭臬。姚鼐晚年在钟山书院等讲学四十年，门生弟子遍东南，他们互相标榜，桐城派几乎发展到全国范围。姚门中管同、梅曾亮、方东树、刘开号称"四大弟子"，后曾国藩易刘开为姚莹，称姚门"四大弟子"。新城陈用光、娄县姚椿、宝山毛岳生等，也在高足之列，他们又转相传授，徒友日众，许多文宗桐城者并非都是桐城人，其

①赵尔巽等撰：《清史稿》第四十四册，中华书局1976年版，第13396页。

②王达敏：《姚鼐与乾嘉学派》，学苑出版社2007年版，第103—107页。

规模之大，时间之久，为文学史所少见。姚鼐卒于嘉庆二十年（1815年），其弟子后学继续扩展桐城派势力和影响。此时，桐城派面临汉学家提倡考据文、阮元等宣扬骈体文、经世派鼓吹经世文的多方面挑战。姚门弟子与私淑弟子大体恪守“桐城家法”，接续“文统”，不过受艰危时局影响，也与时俱进，强调文学与现实联系。如梅曾亮提出“因时”，姚莹于姚鼐“学问之事有三端”之外加上“经济”，强调文章社会功用。

管同（1780年—1831年），字异之，江宁上元（今江苏南京）人。道光五年（1825年）中举，入安徽巡抚邓廷桢幕。有《因寄轩文集》。他论学为文一遵姚鼐轨辙，推崇阳刚之美，说“诗、文之道，气以主之，学以辅之”，“养气”即孟子所云“浩然之气”，实质是加强作者的道德修养。他把诗歌创作技法引入散文，简洁凝练，充满诗情画意。史论、政论析理透彻，语言犀利，《拟言风俗书》《韩信论》《范增论》《蒯通论》等，似苏洵峻厉严切，雄深宏达，理精词洁。《记蝎》《记鸽》《灵芝记》《饿乡记》等，皆是名篇。管同散文有雄直之气，丰富了桐城派的创作技法，矫正了枯弱文风。

梅曾亮（1786年—1856年），字柏言，一字柏枧，江宁上元（今江苏南京）人。道光进士，官户部郎中二十余年。晚归，主讲扬州梅花书院。著有《柏枧山房文集》。他少喜骈文，与同邑管同交好，转攻古文。姚鼐主讲钟山书院，二人俱出其门。桐城派古文，在乾嘉时代，由于考据家的排斥和骈文家的对抗，只是师弟相传，影响并不很大。道光中后期，梅曾亮在京师中俨然成为古文宗师，是桐城派古文“中兴”的重要人物。《答朱丹木书》《〈太乙舟山房文集〉叙》主张“文章之事莫大乎因时”，随时而变，因时立言，要反映“一时朝野之风俗好尚”。《答吴子叙书》云：“昔孔氏之门有善言德行、有善为说词者，此自古大贤不能兼矣。谓言语之无事乎德行，不可也；然必以善言德行者乃得为言语，亦未可也。庄周、列御寇及战国策士于德行何如？然岂可谓文词之不工哉！若宋、明人所著语录，固非可以文词论，于德行亦未为善言者也。”[①]认为作文可与宣德分开，不再将文作为德行附庸。提倡质朴畅达文风，反对华词浮饰以丧真、奇博新异而无真，追求自然而然、不求工而自工、有“自得之趣”的

①梅曾亮：《柏枧山房文集》卷二，载《续修四库全书》第一五一三册，上海古籍出版社1995年版，第620页。

艺术境界。他恪守“桐城家法”，学秦汉文，特别是《史记》，复取柳宗元、归有光古文长处。胸襟高，识见深，观理微，论事核，笔力高简醇古，选声炼色，姿韵安雅，寄意深长。《观渔》由“观渔”而观人事，借网中之鱼，来比喻现实人生。《士说》直申己见，短小精悍。《惜字纸说》通过“惜字纸”的习俗，引出人不如虫的感慨，为学者的遭遇而鸣不平，皆有感而发，简洁蕴藉，气体清明。《游小盘谷记》写盘谷形态，身处其中的感受，真切、洗练、传神，富有文采。

梅曾亮深得姚鼐真传，姚鼐卒后，声誉最高，居京师二十余年，治古文者多从之问义法。晚年又主讲扬州梅花书院，所以时号大师，慕其文名而归其门下者甚众。其门下朱琦、龙启瑞、彭昱尧、王锡振等是广西人；陈用光同乡新城（今江西黎川）陈学受、陈溥及南丰吴嘉宾受陈用光、梅曾亮的影响；梅曾亮的朋友与弟子中，邓显鹤、杨彝珍、郭嵩焘、孙鼎臣、曾国藩、欧阳勋等为湖南人；张岳骏、秦湘业、鲁一同等为江苏人；邵懿辰、孙衣言、余坤等为浙江人；冯志沂、张穆等为山西人。南北诸省皆有桐城派传人。故王先谦选乾隆至咸丰年间三十九人之文为《续古文辞类纂》，欲以此承桐城之文，故选录上述作者的作品。梅曾亮在桐城派发展演变过程中起到承上启下的重要作用。

方东树（1772年—1851年），字植之，桐城人，自号仪卫老人，故后世学者称仪卫先生。著有《仪卫轩文集》十二卷。他随侍姚鼐十年之久，为文治学颇得姚鼐神髓，注重考据、辞章，推衍“义法”，为文“有物”“有序”，讲究经世致用，《〈姚石甫文集〉序》强调“本之以经济以求其大”，师古而不袭古，议论词达意尽，酣畅淋漓。方东树弟子有桐城戴钧衡、苏敦元、方宗诚、陈澹然等。

刘开（1784年—1824年），号孟涂，桐城人，著有《刘孟涂诗文集》十四卷、《骈文》二卷。他十四岁以文章拜会姚鼐，姚鼐遂收为弟子，授以古文之法。刘开尽得师传，融会贯通，不拘于绳尺。其文本以“六经”，参诸周末诸子，以汉人为气体，运“八大家”之成法，变而出之，析理明畅透辟，气势纵横跌宕，有韩愈古文遗风。

嘉庆年间，桐城学风开始转型，以姚莹（1785年—1853年）为代表，尊奉程朱理学，调和汉宋，崇尚“经济”之学，承袭家学，得亲聆姚鼐教诲，继承桐城派“义法”。《复陆次山论文书》强调才、学、识三者，先立其本，然后讲求于格、律、声、色、神、理、气、味八者以为其用，使文章关乎世道而不害人心。其文长于议论，感慨切愤，刚劲雄直，激昂豪宕。《捕鼠说》寓意深刻，耐人寻味。《粤东学使后园记》借景抒怀，不落窠臼，饶有新意。《再与方植之书》表爱国之情，真切感人。有些文章缺乏剪裁锤炼，流于琐碎。

当姚鼐提倡桐城文之时，刘大櫆有弟子桐城王灼、阳湖钱伯坰，两人时时诵师说于阳湖恽敬（1757年—1817年）、张惠言（1761年—1802年），恽、张二人始尽弃骈俪之学，专治桐城古文，文名大著，传人日众，后人称“阳湖派”，是为桐城派一分支。恽敬和张惠言都是桐城派嫡传弟子，古文理论与桐城派基本相同，但作一些修正，有意突破骈散界限，恢复骈散不分的魏晋古文，纠姚鼐之偏。他们取法于“六经”《论语》《孟子》《史记》《汉书》，旁及诸子百家、六朝辞赋、唐宋八大家，并不完全遵循桐城派的“道统”和“文统”，不满方苞才力弱、眼界窄。他们写作古文，兼写骈体，散行中时间以骈语，富有词采。恽敬古文根柢儒术，好先秦法家和苏洵文章，近于韩非、李斯，峻大、简隽，较有气势，纵恣洒落，不似桐城派拘谨枯淡。“阳湖派”中坚成员还有张琦、陆继辂等。

姚门诸弟子之后，道光、咸丰年间，曾国藩开创“湘乡派”，复兴桐城派古文。曾国藩（1811年—1872年），号涤生，湘乡（今属湖南）人，湘军创立者和统帅，与李鸿章、左宗棠、张之洞并称“晚清四大名臣”。著有《求阙斋文集》，选编《经史百家杂钞》。他论文推崇方苞、姚鼐，并攀附梅曾亮。《圣哲画像记》说方苞“古文为一代正宗，国藩少年好之”，称“国藩之粗解文章，由姚先生启之也”[①]。姚鼐主张义理、考证、辞章三者兼长相济，曾国藩在此三者之外再加上“经济”，重视文章的实用性，以适应时势需要。《劝学篇示直隶弟子》说：“苟通义理之学，而经济该乎其中矣……然后求先儒所谓考证者，使吾之所见证诸古制而不谬；然后求所谓词章者，使吾之所获达诸笔札而不差。”[②]他将义理、考据、辞章、经济四者比之孔门的德行、文学、言语、政事四科，谓此四者缺一不可。强调“文章与世变相因”，经国济民，发挥社会功能，纠正桐城古文空疏迂阔之弊。他扩大古文传统，由“八大家”上推至先秦、两汉，以汉赋改造古文。吴汝纶《与姚仲实》说曾国藩以为“桐城诸老，气清体洁”，“雄奇

①曾国藩：《诗文》，《曾国藩全集》，岳麓书社1986年版，第250页。

②曾国藩：《诗文》，《曾国藩全集》，岳麓书社1986年版，第443页。

瑰玮之境尚少”，曾氏欲兼以“汉赋之气运之”[①]。曾国藩主张“古文之道与骈体相通”[②]，骈散兼容。强调“行气为文章第一义”，以“气”为先，认为文章“有气则有势，有识则有度，有情则有韵，有趣则有味，古人绝好文字，大约于此四者之中必有一长”[③]，“气盛”之文可矫正桐城派柔弱之弊。他把姚鼐提出的阳刚、阴柔再分为八类，“阳刚之美曰雄、直、怪、丽，阴柔之美曰茹、远、洁、适”[④]。认为“文章之道，以气象光明俊伟为最难而可贵。如久雨初晴，登高山而望旷野；如楼俯大江，独坐明窗净几之下，而可以远眺；如英雄侠士，裼裘而来，绝无龌龊猥鄙之态。此三者，皆光明俊伟之象。”[⑤]追求文章的理想境界，追求“澄清无滓”的雅洁文风。曾国藩编选《经史百家杂钞》，作为文典范，着重选录经世致用之文，弥补了姚鼐《古文辞类纂》摒弃经史的缺陷，扩大了桐城派古文学习的源流。

曾国藩《原才》强调领导人才的作用和取才用才应持的态度，行文离合擒纵，深得文章之妙。开篇运用“提叙”法，各段灵活使用层递、映衬之修辞技巧，论事说理，有详有略，有主有宾，故能雅洁不芜。有铺叙，有转折，长短相间，句法变化，对比映衬，轻重有序，条理井然，劲直中寓婉曲，顿挫有致。《书〈归震川文集〉后》《〈欧阳生文集〉序》等，皆为名篇。曾文力矫空疏，崇尚阳刚，纵横恣肆，刚劲宏阔，博大雄奇，恢宏跌宕，奇偶错综，舒展有度，音调铿锵，包蕴不尽，声采炳焕。

曾国藩取法桐城，又不拘泥于桐城，有所变革改造，超乎桐城，创立“湘乡派”。他重振桐城文雄风，人称桐城派“中兴主”，他使桐城派进入一个新的“中兴”阶段。钱基博《近百年湖南学风》说：“湘乡曾国藩以雄直之气、宏通之识发为文章……厚集其气，使声采炳焕而戛然有声。”[⑥]说：“桐城方、姚之文者，多失缓懦，而国藩矫之以神奇……异军突起以

①吴汝纶：《吴汝纶全集》，黄山书社2002年版，第52页。

②曾国藩：《家训》，《曾国藩全集》，岳麓书社1986年版，第1156页。

③曾国藩：《家书》，《曾国藩全集》，岳麓书社1986年版，第1332页。

④吴汝纶：《吴汝纶全集》，黄山书社2002年版，第53页。

⑤曾国藩：《家训》，《曾国藩全集》，岳麓书社1986年版，第1156页。

⑥钱基博、李育珊：《近百年湖南学风·湘学略》，岳麓书社1985年版，第34页。

适风土者，一言以蔽之曰强有力而已。”[1]曾国藩政治地位显赫，以桐城派相号召，笼络人才，一时张裕钊、吴汝纶、黎庶昌、薛福成等文人学者都投其门下，称“四大弟子”。他们已处于所谓“同治中兴”的“洋务运动”时期，思想与实践都与洋务密切关系。具有“外交家”身份的桐城派文人，文章各有成就，特别是张裕钊、吴汝纶得桐城“雅洁”之传，最为桐城派人推崇，给桐城古文带来新气象。一些反映新思想的议论文和域外游记，尤其是后者，以新奇的事物与略带变化的文风，形成“湘乡派”散文的一大特色。如黎庶昌《西洋杂志》、薛福成《出使英法义比四国日记》等，新异奇丽，引人入胜。桐城文章输入新知，倡扬新学，桐城古文自身也在发生新变。

吴汝纶（1840年—1903年）因科举而得曾国藩赏识，留在曾府起草奏疏，被视为桐城派最后一位宗师。吴汝纶具有开放意识，学贯中西，提倡接纳西学，抨击科举取士制度，接纳骈文，骈散融合。主张“有所变而后大”，文章意厚气雄，整饬雅洁，矜炼典雅，得于《史记》者尤深。他在河北保定莲池书院讲学最久，最大的贡献在于他所培养的后进人才。

林纾（1852年—1924年）、严复（1854年—1921年）也向吴汝纶学古文。林纾论文宗桐城派“义法”，《春觉斋论文》对桐城派古文理论进行了系统总结。《文微·造作第四》强调：“作文之道不过四字：‘实迹真情’而已。无实迹而有真情，真情涉空，氤氲之气，如香烟缭绕，则亦足以动人。”[2]林纾重视真情实感，其文多含“血性”，是由内心而出。《文微》主张：“论文时，口有古人；为文时，心不必有古人：如此始不为依傍。”[3]学习古人，又超越古人，继承与创新并重，反对依傍古人。《文微》十分强调个人创新，其古文并非单纯模仿，他认为：“作文时不可专摹古人，须使有个我在。”[4]对传统古文有新的超越。林纾凸显“人”作为情感个体在散文创作中的重要作用，在散文中表现自己。林纾是言情高手，《先妣事略》等悲情散文感情真挚，声情并茂，催人泪下。《送大学文科毕业诸

①钱基博、李育聃：《近百年湖南学风·湘学略》，岳麓书社1985年版，第35页。
②王水照编：《历代文话》第七册，复旦大学出版社2007年版，第6537页。
③王水照编：《历代文话》第七册，复旦大学出版社2007年版，第6532页。
④王水照编：《历代文话》第七册，复旦大学出版社2007年版，第6537页。

学士序》“力延古文之一线，使不至于颠坠”[1]。钱基博论曰：“纾之文，工为叙事抒情，杂以诙诡，婉媚动人，实千古所未有，故不仅以译述为能事也。”又云：“纾读书能识古人用心，抉发阃奥。及其老也，虽散文亦以拗笔、蹇笔、涩笔出之，固非其伦，而名亦渐衰。”[2]吴汝纶为严复译《天演论》写序，传诵尤广，在清末思想界产生很大影响。严复翻译的《天演论》等著作，文笔渊雅流畅，振聋发聩，他将桐城派古文与西方新学结合起来，对渴求西学而又多读古书的传统知识分子产生很大影响。严复的“信、达、雅”与桐城派主张的“雅洁”一致。林纾、严复“扩容”和“更新”桐城古文，以古文译西书，传播西方思想文化，引进西方文学观念和技法，客观上促进了新文学的发生，成为文言合一的阶梯。

方宗诚（1818年—1888年）为桐城派嫡传，为文重“雅驯”，有承续，有创新。他晚年提携了马其昶、姚永朴、姚永概。继曾国藩“四大弟子”之后，马其昶声誉最高，为桐城派“殿军”，主张经学是为文之本，传记文要成为一家之言，必取司马迁、班固之遗法，本末翔实，而一归诸雅驯。姚永朴《文学研究法》总结文章有六大“功效”，即论学、匡时、纪事、达情、观人、博物，其中“纪事”与“达情”继承了方宗诚观点。

桐城派上承唐宋古文，接续明代“唐宋派”，主宰清代文坛二百年，是古代正宗的“文统”，是近代中国“旧文学”的代表。从晚清起，桐城派文人也顺应时代变化而有所转变。在西学东渐、新学纷出的文化震荡中，“桐城后学”吴汝纶、马其昶、姚永朴、姚永概、严复、林纾等人，并不完全固守家法，在理论批评和写作实践中表现出一定的包容性和开放性。但是，近代中国沦为半殖民地半封建社会后，民族矛盾、阶级矛盾尖锐复杂，新旧思想斗争激烈，坚持程朱道统和古文正统的桐城派已远远落后于时代潮流，难以从古典走向现代，不得不从中心退向边缘，逐步走向没落。桐城派古文不仅在传统文学内部受到阮元等骈文派、龚自珍等今文学派和章太炎等魏晋文派的不断挑战，也被新兴的“报章文学”和梁启超等人的“新文体”所超越，乃至在1917年新文化运动和白话文运动中被当作文学革命的主要对象，其末流被斥为“桐城谬种”，最终被新兴的白话散文所取代。

①林纾：《畏庐文集》，商务印书馆1934年版，第514页。

②钱基博：《现代中国文学史》，上海书店出版社2007年版，第130页。

第三节　晚明小品的兴盛

晚明小品兴盛，是明代文学革新思潮的产物和创获，也是中国散文从古典向现代转型的尝试和先导。它既反拨“前后七子”“文必秦汉”的复古思潮，又突破“唐宋派”“文以明道”的正统观念，而上承六朝小品和唐宋随笔的遗风，近乘王阳明心学盛行的东风，开拓独抒性灵、自由创作的新路，为中国散文变革揭示了新的文脉和流向，以致后来被现代“言志派”文人推崇为现代散文的源头之一。

“小品”一词早在晋代即有了，本属佛教用语，“小品”与“大品”相对，指佛经的节本。因其篇幅短小，言简意丰，便于吟诵和传播，故备受人们青睐。晚明文人为逃避政治祸患，嗜佛成风，但只是逃于禅、隐于禅，大多数人并未真的遁入空门。所以他们根本没有耐性钻研深奥玄秘、卷帙浩繁的佛典，却对“小品”情有独钟。随着“禅悦”之风的兴盛，文士们将“小品”概念移植到文学中，便成为很自然的事。万历三十九年(1611年)，王纳谏（字圣俞）编选苏轼短文为《苏长公小品》，最早将“小品”视作文学概念。陈继儒《〈苏长公小品〉叙》提出“短而隽异”作为小品的特征，并比之为《阿含小品》，这是晚明人最初的“小品”观，大体上指散体文，篇幅短小，隽永新异。陈继儒是晚明文坛“山人”一族的领袖人物，经他一号召，“小品”一词不胫而走，一时人人竞相写小品、选小品、论小品，蔚然成为风气。

“尚小”是晚明文坛的一种风气。各体文喜带“小”字，序称“小序”，引称“小引”，启称“小启”，传称“小传”，记称“小记”，札称“小札”等。晚明小品最重“识小”，有别于“朝家典重之言，巨公宏大之作”[①]，不是载道文学、事功文学、谀颂文学、庙堂文学，而是正统以外的个人文学、性情文学、闲适文学、趣味文学。小品首先是思想上、格调上的“小”，不只是篇幅“小”。凌启康《刻〈苏长公小品〉序》将小品比

①李鼎：《〈明文致〉序》，蒋如奇、李鼎辑：《明文致》卷首，明崇祯刻本。

喻为“盆山蕴秀，寸草函奇”[①]，陆云龙则比喻为“小玑寸珀”[②]。仅仅篇幅短小是不够的，同时必须隽、异、秀、奇，有神韵，有趣味。唐显悦《〈文娱〉序》说小品“幅短而神遥，墨希而旨永”[③]。小品短小精悍，言简意丰，言约旨远，小中见大，微中见著。陆云龙编选汤显祖之文，“独取其小”，但他马上强调说：“芥子须弥，予正欲小中见大。”[④]何伟然《〈明人小品十六家〉序》说小品是“藏大于小”，提醒读者不要“因其小而小之”[⑤]。

晚明小品的体裁多集中于序跋、尺牍（书信）、游记、传记（指史传以外的文学传记）、笔记（包括随笔、日记和清言）等，笔记体小品是正宗文体以外的一种独特文体，其他如论、说、赠序、启、疏等体裁中，也有不少小品佳作。

晚明小品从隆庆元年（1567年）到明朝灭亡，历经隆庆、万历、天启、崇祯四朝，计七十余年，但只“热”在万历末到明亡，前后不过三十余年。明代中叶以后，王阳明心学兴起，不满程朱理学话语霸权、独尊地位而向其发起挑战，使传统主流意识形态出现了裂缝。王阳明（1472年—1529年），原名守仁，字伯安，浙江余姚人，自号阳明子，学者称为阳明先生，承南宋陆九渊学派而成为心学集大成者。他主张散文写自得之见，实见实说，有感而发，不为虚语，打破迷古魔障。形式应淳朴，不雕琢。其前期散文古奥，后期平率自然。识见超卓，语词浅近，辞气平和，脱落雕绘，与当时复古派的拟古文风大相径庭，对明代中后期文风转变产生重大影响。嘉靖至万历时期，阳明心学的影响进一步扩大，以泰州学派及其后学为主的王学左派风行天下，晚明小品因此兴盛起来。

李贽（1527年—1602年），字宏甫，号卓吾，别号温陵居士，福建泉州人，是王学左派的重要传人，晚明小品的思想先驱。他自标“异端”，公开宣称“不以孔子之是非为是非”，强烈反对道学及名教的束缚，追求自由和个性，极具叛逆色彩与反抗精神。李贽反复古，与现实紧密联系，

---

①王纳谏辑评：《苏长公小品》卷首，明万历刻本。

②陆云龙等选评：《明人小品十六家》，浙江古籍出版社1996年版，第53页。

③郑元勋选：《媚幽阁文娱》卷首，明崇祯刻本。

④陆云龙等选评：《明人小品十六家》，浙江古籍出版社1996年版，第157页。

⑤陆云龙等选评：《明人小品十六家》，浙江古籍出版社1996年版，第5页。

主张独立思考，反对盲从，提倡绝假存真，反对虚伪矫饰，主张言私言利，肯定人欲，提出“穿衣吃饭即是人伦物理”，正面肯定人的生活欲望的合理性。他以“童心”作为文艺思想的核心，初步具有类似于西方浪漫主义美学精神的性质。《童心说》云：“夫童心者，真心也。若以童心为不可，是以真心为不可也。夫童心者，绝假存真，最初一念之本心也。若失却童心，便失却真心，失却真心，便失却人。”[1]又云：“天下之至文，未有不出于童心焉者也。苟童心常存，则道理不行，闻见不立，无时不文，无人不文，无一样创制体格文字而非文者。诗何必古选，文何必先秦。降而为六朝，变而为近体；又变而为传奇，变而为院本，为杂剧，为《西厢曲》，为《水浒传》，为今之举子业……皆古今至文，不可得而时势先后论也。故吾因是而有感于童心者之自文也，更说甚么‘六经’，更说甚么《语》《孟》乎？”[2]有童心才有真心，有真心才有真文、至文。《读律肤说》云：“盖声色之来，发于情性，由乎自然，是可以牵合矫强而致乎？故自然发于情性，则自然止乎礼义，非情性之外复有礼义可止也。唯矫强乃失之，故以自然之为美耳，又非于情性之外复有所谓自然而然也。故性格清彻者音调自然宣畅，性格舒徐者音调自然舒缓，旷达者自然浩荡，雄迈者自然壮烈，沉郁者自然悲酸，古怪者自然奇绝。有是格便有是调，皆情性自然之谓也。莫不有情，莫不有性，而可以一律求之哉！然则所谓自然者，非有意为自然而遂以谓自然也。若有意为自然，则与矫强何异。”[3]强调真情自然流露，不矫饰造作。李贽的“童心说”和“情性说”，成为晚明小品创作的理论基础和有力武器。

李贽小品摆脱传统古文的格局，摅胸中独见，或长或短，脱口而出。《答耿司寇》揭穿耿定向的伪道学面目，针针见血，淋漓痛快，也是对一切庸俗的官僚士大夫的无情揭露和批判，实际是向伪道学宣战的檄文。《赞刘谐》借刘谐之口，嬉笑怒骂，讽刺嘲弄了披着“纲常”“人伦”外衣的道学之徒，并将蔑视的目光对准传统的偶像孔子，口气大胆泼辣。《自赞》以夸张手法和简练笔触，勾勒出一幅形神毕备的自画像。从容貌到性情，从言行到本质，活脱脱一个“离经叛道”的异端形象。以漫画方式、

①李贽：《焚书》，中华书局2011年版，第146—147页。

②李贽：《焚书》，中华书局2011年版，第149—150页。

③李贽：《焚书》，中华书局2011年版，第165页。

自嘲态度，把自己贬到无以复加、难以见容的地步，是为了反衬出高标特立的气节，表现出对个性解放的热烈追求，显示出绝不与世俗同流合污的坚定态度。喜正话反说，《与杨定见》提出独特看法，不要去争辩是非，运用反语，冷言冷语，字里行间充溢着愤世嫉俗之情。李贽小品多短小精悍，立意奇特，独抒己见，锋芒毕露，言辞激烈，横放恣肆，气势逼人，犀利泼辣，简洁明快，尖刻冷峻，诚有“古怪者自然奇绝”的个性风采。

徐渭（1521年—1593年），字文长，是晚明小品的先驱。他吸取阳明心学和禅宗思想而不为之束缚，把情感和个性放在首要地位，强调“真”，《赠成翁序》云：“夫真者，伪之反也。故五味必淡，食斯真矣；五声必希，听斯真矣；五色不华，视斯真矣，凡人能真此三者，推而至于他，将未有不真者。”[①]《与马策之》是晚年在宣府做幕僚时寄给门人的一封短札，文字随意而精警，极生动传神地写出落魄生涯中的悲苦心境，也显示出不甘寄人篱下的个性。《书〈草玄堂稿〉后》飘逸洒脱，从容不迫，用笔擒纵收放自如。比喻形象而绝妙，以女子一生的变化，来说明自己学诗经历，揭示为诗之道应由矜入放，摒弃“装缀取怜、矫真饰伪”的无病呻吟，抒写真性情，最终达到自由老到之境界。

屠隆（1544年—1605年）活动于嘉靖、隆庆、万历三朝，在复古之风仍盛时，独抗流俗，开晚明小品的风气。《销夏言》自述：“余五十年来，裁翰札，撰文字，无论长篇短章，多即至累百千万言者，率信笔一挥，未尝思索属草。所著《鸿苞》，将藏之名山，传之不朽，亦大都信笔而成者。自知才性疏率，名心颇轻矣。”[②]文章不论长短，不受“名心”约束，皆为自己性灵的抒发。《〈行成集〉序》也说：“夫时写性灵，寄之笔墨，即文字可灭，性灵不可灭也。”[③]他才思敏捷，纵情诗酒，风雅自命，小品随意而发，信手而写，将日常生活诗意化、艺术化，情趣盎然。《与元美先生》微言醒世，《与梅君》诙谐成趣。《博蒐》描写草木虫鱼鸟兽之状，细致入微，情态宛然，时露幽默风趣。风格奇崛俊逸，简劲有韵致。《遵生八笺》将清赏与养生相联系，《四时调摄笺》以四时幽赏作为养生之道，《燕闲清赏笺》专论鉴赏清玩之事。笔记以记事为主，“清言”则是记言，是格言

①徐渭：《徐渭集》，中华书局1983年版，第908页。

②屠隆：《鸿苞集》卷四十五，明万历三十八年刻本。

③屠隆：《白榆集》卷三，明万历龚荛惠刻本。

式、语录式的笔记，以简洁、精炼、平淡的语言表现深刻哲理的箴言或警句，是随时的片段的心灵感悟和人生省察的记录。屠隆最早写作清言，《婆罗馆清言》《续婆罗馆清言》谈禅论道、评诗品艺，在花草泉石、琴棋书画及儒释道经典中寻求心灵慰藉和生活乐趣，设计出超尘脱俗的清雅、闲逸、幽静的生活境界，语言简约洁净，平淡文雅，句式整饬而又灵动，有理趣，有画境，有神韵。清言可清心悦志，去除俗气，警醒世人，是世风日下、欲海横流时的一剂剂“清凉散”。明清清言，自屠隆开一代风气，创作十分活跃，相继出现不少名家名作。

汤显祖（1550年—1616年），字义仍，号若士，江西临川人。为戏曲大家，亦工诗文，有《玉茗堂全集》。他以情反理，富有叛逆精神，《张元长〈嘘云轩文字〉序》曰：“嗟！谁谓文无体耶？观物之动者，自龙至极微，莫不有体。文之大小类是，独有灵性者自为龙耳。”[①]认为有“灵性”者才是“大”文，小品只要有“灵气”，自然能成为文中之“龙”。《答张梦泽》一文自述“时为小文，用以自嬉”，将“小文”与“长行文字”“馆阁典制著记”对举[②]，“小文”实即“小品”。其小品尚“至情”，尺牍数量最多，成就也最高，多表现压抑情怀和愤世嫉俗之情，流露出牢骚不平和“真气”，表现了对功名利禄的鄙视和对个性自由的追求，篇幅短小，但以小胜多，意蕴丰厚。《答王宇泰》肝膈之言，一字一痛；《答陆学博》仅短短十五字，似银钩铁画；《答马心异》慨叹世态人情；《与丁长孺》激愤之情，溢于言表。汤显祖尺牍写得潇洒活泼，如行云舒卷自如，又诙谐幽然，生动有趣，清雅流利，文采飞扬，浓淡皆宜，意趣神气俱备，骈散兼备，既有六朝小品之隽冷，又有宋人小品之意趣。

李贽把个性解放的精神带进文学创作领域，他的“童心说”和“情性说”直接影响了“公安派”以“性灵说”为内核的文学思想。“公安派”由湖北公安人袁宗道、袁宏道、袁中道三兄弟创立，袁宏道《叙〈小修诗〉》倡导“独抒性灵，不拘格套”[③]，《〈雪涛阁集〉序》主张“信腕信口，皆成律度”[④]，引领散文从复古风气和载道规范中解放出来，走向直

①汤显祖：《汤显祖全集》，北京古籍出版社1999年版，第1139页。

②汤显祖：《汤显祖全集》，北京古籍出版社1999年版，第1451—1452页。

③袁宏道：《袁宏道集笺校》，上海古籍出版社1981年版，第187页。

④袁宏道：《袁宏道集笺校》，上海古籍出版社1981年版，第710页。

抒胸臆、自由创造的新路。钱谦益《列朝诗集小传·袁稽勋宏道》说："万历中年，王、李之学盛行，黄茅白苇，弥望皆是……中郎之论出，王、李之云雾为之一扫，天下文人才士始知疏瀹心灵，搜剔慧性，以荡涤摹拟涂泽之病，其功伟矣。"[①]袁宏道为公安派领袖，待后专节评述。

袁宗道（1560年—1600年），字伯修，号石浦，万历十四年（1586年）进士，翰林院编修，是公安派的创始者。他推崇白居易、苏轼，名其斋为白苏斋，有《白苏斋类集》。他不仅带领两弟走上文坛，还以理论和创作发公安派之先声。《论文上》说："口舌代心者也，文章又代口舌者也……夫时有古今，语言亦有古今。今人所诧谓奇字奥句，安知非古之街谈巷语耶……古文贵达，学达即所谓学古也。学其意不必泥其字句也。"《论文下》又说："有一派学问则酿出一种意见，有一种意见，则创出一般言语，无意见则虚浮，虚浮则雷同矣。故大喜者必绝倒，大哀者必号痛，大怒者必叫吼动地，发上指冠……若使胸中的有所见，苞塞于中，将墨不暇研，笔不暇挥，兔起鹘落，犹恐或逸，况有闲力暇晷引用古人词句耶？故学者诚能从学生理，从理生文，虽驱之使模不可得矣。"[②]这就从语言文学的本体上反对贵古贱今、模拟古人，提倡文学的独创性和创新性。袁宗道散文成就不及乃弟，但在杂说、尺牍和游记中也有温雅可读的作品。《上方山四记》探幽搜奇，以"奇"字作骨，撷取沿途奇观，一一细摹，上方山之胜景历历如画，细腻逼真，清新自然，涉笔风趣，引人入胜，正体现其为文重趣的主张。《极乐寺纪游》以高梁桥为起点，一路写来，堤上绿杨繁茂幽深，极乐寺掩映在浓密古松中，长桥、流水、堤坝、绿树、寺院，优美的景色令作者神清气爽，如同回到人间仙境的西湖。写景如画，简洁清新，诗趣盎然。

袁中道（1570年—1626年），字小修，文学主张与二兄相近，反对摹拟，崇尚自然。《〈淡成集〉序》强调"以真人而为真文"[③]。《答蔡观察元履》说："不知率尔无意之作，更是神情所寄，往往可传者。托不必传者以传，以不必传者易于取姿，炙人口而快人目。"[④]其文具新颖之思、飘

①钱谦益：《列朝诗集小传》，上海古籍出版社1983年版，第567页。

②袁宗道：《白苏斋类集》，上海古籍出版社1989年版，第283—286页。

③袁中道：《珂雪斋集》，上海古籍出版社1989年版，第486页。

④袁中道：《珂雪斋集》，上海古籍出版社1989年版，第1045页。

逸之韵，有《珂雪斋集》。《寄苏云浦》叙骨肉手足之情，伤悼其兄袁宏道早逝，字字血，声声泪，信笔直写，毫无半点藻饰。《游居柿录》随笔札记日常见闻，多记品鉴书画，评论精妙，散淡洒脱，或尖新，或简洁，或闲淡，大抵性情流露，全无“文章”格式腔调。《游居柿录》游览山水部分，写游赏之乐，奇景如画，善于营造清幽淡远的意境，有性灵，有趣味，真切自然。如：

> （戊申冬）夜，雪大作，时欲登舟至沙市，竟为雨雪阻。然万竹中雪子敲忧，铮铮有声。暗窗红火，任意看数卷书，亦复有少趣。自叹每有欲往，辄复不遂，然流行坎止，任之而已。鲁直所谓无处不可寄一梦也。

风雪敲竹，反衬出冬夜静谧；暗窗红火，更显得雪夜严寒。寥寥数语，刻画出一幅美妙的烟雨江景。《西山十记》之一主要描写从西直门至功德寺沿途风光，以游踪为线索，随着景致不断变换，作者的视角也随之变换。以白描、速写手法，景之妙处，以一二语点出，不铺张渲染。众多景物，写得有条不紊，形象逼真。文笔洗练生动，精妙传神。陆云龙《明人小品十六家》评曰：“绝是一幅江南好画图，恐所见未必如所记也。”[①]《西山十记》之五首提香山以山胜，再提碧云以泉胜，是衬托写法，尔后写卧佛，文章蓄势，设一悬念，引读者往下看。笔法奇特，连用九个四字排比句，写得铿锵有力，将老树的老、大、坚、奇写透、写活，语言骈雅有气势。《西山十记》之八记游万安山，写登山沿途所见，描摹细致，写景境界雄浑博大，有“一览众山小”的气势。

公安派的追随者中，较著名的有陶望龄、雷思霈、江盈科、潘之恒等，而受其影响者，则数不胜数。江盈科（1555年—1605年）与“三袁”友善，情谊深厚，为公安派中坚人物之一。多寓言小品，寓庄于谐，幽默风趣，切中时弊。《催科》描写栩栩如生，议论大胆深刻。《心在那里》巧妙地运用方言差异所引起的一连串误会，活画出拍马屁者可笑又可怜的丑态，惜墨如金，短而有味。《智过君子》以逼真的笔触描画出三个小偷的

---

①陆云龙等选评：《明人小品十六家》，浙江古籍出版社1996年版，第251页。

智慧，告诫人们应随时多思以识破“贼人临时出计”，构思巧妙，小故事说出大道理，言切而旨远。袁宏道对江盈科小品甚为欣赏，《〈雪涛阁集〉序》曰：“进之才高识远，信腕信口，皆成律度，其言今人所不能言与其所不敢言者。”①

公安派末流，矫枉过正，近平近俗，率易鄙俚。继之而以奇僻矫之者，便是天启间崛起的“竟陵派”。代表作家是钟惺和谭元春，皆为竟陵（今湖北天门）人，都是公安派名家雷思霈的门生，又为袁中道引为诗文知己，反对泥古不化，主张独抒性灵。钟、谭与公安派立场一致，但以“幽深孤峭”为宗，以“孤怀”“孤诣”对“性灵”作出了新的理解和阐释，在晚明小品中独树一帜。

钟惺（1574年—1624年）为人严冷，不喜接俗客。《谭友夏》书信中说：“奇俊辨博，自是文之一体。以施之书牍、题跋、语林说部，当是本色。至于鸿裁大篇，深重典雅，又当别论。”②认为“本色”的尺牍“奇俊辨博”，别是一体，与“鸿裁大篇”即正宗“载道”古文有显著区别。尺牍多写日常生活，多属私事、小事、琐事，是话家常，如面谈，他所编尺牍集即名曰《如面谈》。善于抒发“幽情单绪”，追求“幽深孤峭”风格，讲究构思立意，谋篇布局，斟酌字句。《与陈眉公》不仅表达了与陈继儒知己相遇的喜悦，同时暗蕴机锋，贬斥了那种为无益应酬的俗友。短至七十余字，而备极辗转腾挪，翻奇出新，尽扫陈言。《与郭笃卿》措辞含蓄委婉，曲尽人情，文情曲折起伏，层层转折，极具艺术性。《秦淮灯船序》文字简净，意趣盎然，古朴自然。《自题诗后》借友人李长叔之语，揭穿了假名士沽名钓誉的真面目，可谓入木三分。又以不能断欲长生，比喻“我辈非诗文不能度日”，寓激愤于调侃，妙趣横生，纵意而谈，无所顾忌，寓意深刻。《秋日舟中题胡彭举秋江卷》简淡清远，是又一种风格。《白云先生传》写一位潦倒沦落而不坠其志的诗人，没有详细描写其经历，也没有称引其诗句或描绘其人外貌，寥寥数笔，白云先生悲惨的一生完全展现于读者面前。《浣花溪记》《梅花墅记》《断香铭》等，俱精工隽永。

谭元春（1586年—1637年）《与钟居易》伤悼知己钟惺亡逝，情真、语真，催人泪下。《〈胡彭举诗画卷〉跋》肯定胡彭举的诗画和为人，为

①袁宏道：《袁宏道集笺校》，上海古籍出版社1981年版，第710页。

②钟惺：《隐秀轩集》，上海古籍出版社1992年版，第461页。

他的人格被埋没而惋惜。立论精警，识见非凡，层次清晰，环环紧扣，步步深入，布局精妙。《题〈秋寻草〉》对比四季景色，突显秋景独具的魅力，首尾照应，文辞简练，曲尽情理。《题〈秋冬之际草〉》描摹萧寒景象，欣赏独游带来的清幽之趣，“幽独”亦是其一贯的文学主张。其游记也多寻幽探奇之作。《游玄岳记》描绘武当山景物，先简写系马峰一岩之奇特，继以细写奇岩尽处的妙景，详略得当，疏密有致。然后写经过神威观之后所见奇景，写静景，又写猿猱挂树动景，动静结合，有声有色，展示了武当山绝少人迹的幽幻奇异特色。《游南岳记》按时间先后顺序，描绘游南岳祝融峰所见景物，从近看、远眺、仰望、俯视四个角度来写，移步换景，穷极其态。摄取空中飞云这一特写镜头，加以详细描绘，文笔飞动。不唯写景，又写景中之人，短短对话，人物形象呼之欲活。景中人，人中景，融为一体。作者在初秋时节三次游览乌龙潭，写了三篇游记，形成一有机整体。《初游乌龙潭记》写初游所见景物，因只是登阁眺望，所以写得比较简括，但从多种角度说明乌龙潭之适宜游赏，在这组游记中起到导引作用。《再游乌龙潭记》从视觉、听觉角度极力描绘乌龙潭风、雨、雷、电迅速变化的种种奇幻景象，是全文最精彩的片段。《三游乌龙潭记》以移步换形与时间顺序相结合的方法组织材料，“无论明宵，诸君试思前番风雨乎？”之句，与前文中的描写相呼应，也与前述宜澄、宜静、宜稳、宜朗的游览观点相联系。作者观察细致，善于捕捉形象，写夜景，幽幻神秘。

钟惺、谭元春多个人的幽情单绪，追求幽深孤峭，从外在解放转向内在自由，避世的静观默照，转向庄、禅净化后的文人品味。语言凝练、简洁、俏丽、精致、灵巧、含蓄，意境清幽，具有独创幽深、朦胧的美学境界。讲求法度，克服了公安派末流草率散漫之弊，提高了小品艺术性，与公安派一起，将小品文推向高峰。缺点是晦涩，促窘扞格，支离破碎，因过于幽独，不合一般人的欣赏口味，故影响不及公安派。

受竟陵派影响最深的是刘侗（1593年？—1636年?），他的《帝京景物略》善于写景，被视为“竟陵体”语言风格的典范作品。词性、句式富于变化，句子长短参差，多短句，富有跌宕起伏的节奏。摆脱甜熟、流利文风，生涩中求别趣，工苦之后，返归自然，尖新生涩，冷峻峭拔。《白石庄》写柳一段，短短几行，一年柳韵尽在目前。善用虚字，抑扬起伏，顿挫有致，简洁、形象、生动、自然。《雀儿庵》不足二百字，内容却极尽变化，有叙事，有描写，有议论讥讽，有考证辩驳，巧于安排，克服虚浮之病。《满井》《极乐寺》《洪光寺》《香山寺》等，文辞尖新，虽嫌生僻、滞涩，但瑕不掩瑜。《帝京景物略》代表了竟陵派在小品创作上的最高成就，成为经典，屡被翻刻，广为流传。

不在"公安""竟陵"两派范围的，还有许多小品名家，就是晚明著名的山人、名士，如王稚登、陈继儒、程嘉燧、李流芳等。他们终生未仕，隐居乡里、山林，喜论诗谈禅，游山水园林，赏书画古玩，过着风雅闲适的生活。张大复（1554年？—1630年？）晚年自号"病居士"，《梅花草堂笔谈》写日常见闻与生活琐事，记逸事隽言及随兴杂感，善于捕捉稍纵即逝的景色或感触，涉笔成趣。文笔清雅简洁，灵动有韵致。人情物理与甘言冷语相错而出，虽逸笔草草、琐语小言，却尔雅闲淡、情真隽永，兴味悠长，令人解颐，从中可见《世说新语》和《东坡志林》的影响。《月能移世界》写中秋赏月印象，意在颂月，又给人以启示：重视装点以产生美感，视觉效果应借助各种艺术手段，有些表象能掩盖真相等。《蔷薇》以生花妙笔，将花人格化，赋予蔷薇花娇痴婉娈的情感，作者的情感即借此抒发出来。通过花的寂寞所透射出来的人的情感则更为伤感。题旨浅显，而情思无限，笔调轻灵秀婉，耐人遐思。宋懋澄（1570年—1622年）尺牍篇幅短小，多三言两语，写对人生、历史、社会、宇宙的体察和感悟，哲理意味强。又善写景，清丽如画，创造出清幽的意境。《简周先生》曰："深院凉月，偏亭微波，茶烟小结，墨花粉吐，梧桐萧萧，与千秋俱下。"颇似宋、元画家笔下的折枝小幅，小巧精致，玲珑可爱。语言精警凝练，简洁文雅，多对句、偶句、短句，似语录、格言，可称"清言"小品，在尺牍中独具特色。他视尺牍为"纯文学"创作，基本上去除了应酬客套语，晚明这类尺牍很多，宋懋澄的尺牍堪称典范。

陈继儒（1558年—1639年）隐居松江故里，草堂数椽，焚香晏坐，足迹罕入城市。或与黄冠老衲游附近山水，吟啸忘返，是晚明"山人"名士的领袖人物。他的小品风行一时，备受推崇，序跋、传记、尺牍、杂记等各体皆精，消散脱俗，朴淡清逸。尺牍清雅闲逸，机趣幽默，隽永有味，集中表现了"山人"们的生活、心态和情趣。《柬米子华》《与王闲仲》《答张上马毅仲》等，皆属名篇。《〈花史〉题词》写自己独负花癖，爱花成痴，借花"避世""玩世"。《跋〈姚平仲小传〉》以"西子入五湖，姚平仲入青城山"，不愿让人见到老之丑境，表达作者对生死问题的深刻思考。自由放达，清新通脱，极有风致。清言《岩栖幽事》通过描写十六种事物引起人们心理上的变化，表达遗世独立、逃避红尘、徜徉于林下山间的人生理想，淡泊明志。皆用排比句式，但毫无单调雷同之感。

王思任（1574年—1646年），字季重，号谑庵，山阴（今浙江绍兴）人。顺治三年（1646年），清兵破绍兴，他绝食而死。著有《王季重十种》。他才情烂漫，诙谐放达，愤世嫉邪，矢口放言，肆无忌惮。笔悍而胆怒，尖新拗峭，与"竟陵派"有相似处。《〈屠田叔笑词〉序》以"笑"着眼，从屠氏《笑词》中细细体味出作者"胸中五岳坟起"的真正创作心态，道尽所谓"笑""苦于老"的涵义，意味深长。抒写真情实感，不论描写个人日常生活，表达审美感受，还是议论时政，批评秽俗，皆直抒胸臆。马士英奔逃至浙，他写《让马瑶草》称"越乃报仇雪耻之国，非藏污纳垢之地也"，痛斥马士英专权祸政，南明政权覆灭之际，竟然奔逃自脱。慷慨淋漓，笔锋犀利，胸中所积激愤昂直之气跃然纸上，是千古传诵的佳作。

王思任还善写游记，《游唤》《历游记》成就较高。《游唤》分总记《纪游》和《东山》《剡溪》《南明》《天姥》等十二个分记，各分记相对独立。《剡溪》记由曹娥江入剡溪一路的水上行程，用移步换景法，勾勒几个景色各异的景点，夹叙夹议，亦景亦情，将行程中感受与心境细致地传达给读者。《天姥》写天台山，着力描写其佳，为下文写登天姥山大失所望作铺垫。对名声显赫的天姥山，着重描写其劣处，天姥山只不过是天台山子孙中的一个"魁父"而已，盛名之下，其实难副，让人感到失望沮丧。比较两山后，作者引发感慨：之所以会造成这种不正常的现象，是因为天姥山凭借、攀附李白而成其大名，山可以高攀名人声势，从小山摇身变为巍峨高峰；而人自然就不言而喻。文末发出的感叹"嗟呼，山哉！天哉！"是本文中心所在。"老山""嫩妇"之喻，表现出作者诙谐性格。《孤屿》行文由江心寺自然过渡到对孤屿人文景观的描绘，对文天祥忠心报国的爱国精神与卓侍郎的高风亮节进行热情歌颂，对高宗赵构进行了鞭挞，爱憎鲜明。《小洋》以船在小洋中行进为线索，描写小洋一带水光山色。先写落日残阳，继写不同山色，再写天上变幻莫测的云彩。按视线移动，由上到下，从落日、山色、倒影写到沙色；由下而上，从山色写到云霞。使用大量生动、新奇的比喻，勾勒出画面。"始知颜色不在人间"一句点出题旨，统领下文各段。《游满井记》只用简单笔墨介绍满井的位置和形状，连用三个比喻，“如珠贯贯然，如蟹眼睁睁然，又如渔沫吐吐然”，形象贴切，幽默亲切。大部分篇幅写满井游人，“士女云集”的满井成了京师芸芸众生的表演舞台。对这“一国狂惑”的热闹场面，作者却冷眼视之，表现出远离尘嚣、超凡脱俗的高雅情趣。《游慧锡两山记》只用一句“飞青天半”写锡山苍翠高峻，大量笔墨描写慧山泉、酒与卖酒妇，表达作者喜乐之情。由渴而引起泉，由泉而引出慧山，过渡简洁、利落，风趣放达，是一幅意趣横生的生活小景。《钓台》记叙游钓鱼台时所见景观，是为了刻画严子陵的冷峻清苍、清风高洁的精神风貌，明写景，实写人。“空钩意钓”是本文“文眼”，由所见祠中官宦们题赠之匾，所思严子陵的“清”与“高”，自然过渡到对那些曲解严子陵的假清高之流的讽刺。随景写情，缘情而生议论，描写与议论、写景与写人、赞叹与谴责有机结合在一起。王思任写山水，善于捕捉小景，极为灵动，新鲜活泼，笔力峭拔，着墨不多，意在言外，造句遣辞，法度风格，俱与传统不同。

李流芳（1575年—1629年）《江南卧游册题词·虎丘》写山水之景，又恶游人之俗，透露出作者追求幽清孤静的审美情趣和寂寥落寞的心境。《题画册》记述了对故乡山水的回忆和作画经过，表现北试不第的隐痛和归隐山水、绝意仕进的意愿，信笔随意，飘逸洒脱。《跋盆兰卷》连用二十六个“或”字，描其葩，状其态，无不淋漓尽致，将盆兰之美写得活灵活现，充满诗情画意。《题画》讲述赠画友人的故事，一波三折，富有情趣，描写心理变化，具有戏剧性与幽默感。《题画册》潇洒数言，使读之者如身处其间，堪称“文中有画”。张岱《石匮书后集》赞曰：“题跋数语，淡远灵隽，字字皆香。凡看其画，一种学问、文章之气，在东坡当求之笔墨之间，在长蘅当求之笔墨之外。至其学步云林，更妙在郊寒岛瘦。”①

叶绍袁（1589年—1648年），字仲韶，号天寥，明吴江（今属江苏）人。1645年清军攻占苏州，他遂携子弃家为僧，后辗转流亡苏南、浙西山中，于空山荒刹中贫病而死。《甲行日注》是明亡后所写日记，记述流离隐居生活，字里行间充满国破家亡的哀痛，情调凄婉，感人泣下。以简约清丽笔墨出之，颇有六朝小品文风致，文采斐然，隽永多姿。周作人《甲

①张岱：《石匮书·石匮书后集》第三册，上海古籍出版社2008年版，第750页。

行日注》曰："我觉得黄山谷的《宜州家乘》在这里似乎可以相比。""文词华丽，意思亦不外流连景光，但出在遗民口中，我们也就觉得他别有一种感慨，不与寻常等视。""清言俪语，陆续而出，良由文人积习，无可如何，正如张宗子所说，虽劫火猛烈犹烧之不失也。"[①]

张岱于明亡后避迹山林，谈禅著文，《陶庵梦忆》《西湖梦寻》在晚明小品中独树一帜（待下节评介）。此外，还有李日华《味水轩日记》、朱国祯《涌幢小品》、高濂《四时幽赏录》、吕坤《呻吟语》、洪应明《菜根谭》、李鼎《偶谈》、徐学谟《归有园麈谈》、郑仲夔《兰畹居清言》、赵世显《一得斋琐言》、彭汝让《木几冗谈》、何伟然《呕丝》、王纳谏《会心言》等小品名作。

晚明小品盛行于明王朝风雨飘摇之际。当时，政治腐败，党争激烈，内忧外患，国事日非。理学正统思想受到冲击，王学左派思想盛行，佛、道思想乘虚而入，非主流文化突围而出，种种"异端"思想成为晚明小品创作的精神武器。文士们面对衰世、乱世而无能为力，对功名事业感到绝望，为保全性命，于是疏离政治，退居闲处，文酒自娱，释放自我。他们革新文学观念，不再把散文作为载道教化工具，而以小品文独抒性灵，各表真趣，不拘格套，自由创作，在正统古文之外发掘日常题材，驰骋个人才情，开拓出一片新天地，为明代文坛注入了一股清新气息，增添了一道绚烂的晚霞。不过，晚明小品纵情声色，放言清谈，带有末世颓废情调，也有率易俗滥等流弊，因而被正统古文家视为旁门左道，在明清易代之际甚至被贬为"亡国之音"，在康乾盛世被压抑下去。其中，仍有金圣叹"六才子书"、李渔《闲情偶寄》、冒襄《影梅庵忆语》、廖燕《二十七松堂集》、张潮《幽梦影》、郑燮《郑板桥集》、袁枚《小仓山房文集》《小仓山房尺牍》、沈复《浮生六记》等作品传世。

晚明小品受正统文人打压后，处于"潜隐"状态发展，但不会完全消逝，一旦遇到合适的气候和土壤，在外力推动下，又会"复活"，现代小品主要是晚明小品的"复活"。背离古文统系的晚明小品，体现着古代散文向现代散文方向的转变。"五四"退潮后，文人转而重视中国传统文学，长期以来遭受批判打压的晚明小品重新被重视。周作人《〈燕知草〉跋》

①周作人：《夜读抄》，河北教育出版社2002年版，第113、116、117页。

云："中国新散文的源流我看是公安派与英国的小品文两者所合成。"[1]周作人、林语堂等反对"载道"，是指"正统"的"道"，而肯定"旁门左道"的"道"，即"异端"思想。他们重新拟构了小品文谱系，往上追溯至六朝小品，到苏轼、黄庭坚小品，再到晚明李贽、屠隆、袁宗道、袁宏道、袁中道、钟惺、谭元春、陈继儒、王思任、祁彪佳、刘侗、张岱，直至清代的金圣叹、李渔、冒襄、廖燕、郑燮、袁枚等人，这是现代作家在"纯文学"观念下拟构出来的"纯文学"小品新谱系，即性灵、自我、闲适、趣味、随意、轻松、灵动的"言志"美文便是真正的散文。晚明小品的影响还远及东瀛，如洪应明《菜根谭》、谢肇淛《文海披沙》、董其昌《画禅室随笔》、陈继儒《太平清话》《狂夫之言》、吴从先《小窗别纪》等，很早即传入日本，被广泛接受。

第四节　袁宏道与张岱

袁宏道（1568年—1610年），字中郎，号石公，明公安（今属湖北）人。万历二十年（1592年）进士及第，曾任吴县知县、国子监助教、礼部仪制清吏司主事、吏部验封司郎中等职。性慕自由，鄙弃官场，多次辞官退隐乡居，漫游南北。与兄宗道、弟中道并称"三袁"，为公安派代表作家。《明史·文苑传》云："先是，王、李之学盛行，袁氏兄弟独心非之。宗道在馆中，与同馆黄辉力排其说，于唐好白乐天，于宋好苏轼，名其斋曰白苏。至宏道，益矫以清新轻俊，学者多舍王、李而从之，目为公安体。"[2]其诗文集有《锦帆集》《解脱集》《瓶花斋集》《潇碧堂集》《瓶史》《觞政》《华嵩游草》等，汇编为《袁中郎全集》。

袁宏道师事李贽，推崇徐渭，思想上很受他们影响。正如乃弟袁中道《吏部验封司郎中中郎先生行状》所说："先生既见龙湖，始知一向掇拾陈言，株守俗见，死于古人语下，一段精光，不得披露。至是浩浩焉如鸿毛

---

①周作人：《苦雨斋序跋文》，河北教育出版社2002年版，第124页。

②张廷玉撰：《明史》，岳麓书社1996年版，第4198页。

之遇顺风，巨鱼之纵大壑。能为心师，不师于心；能转古人，不为古转。发为语言，一一从胸襟流出，盖天盖地，如象截急流，雷开蛰户，浸浸乎其未有涯也。”[①]其“性灵说”以李贽“童心说”为基础，强调一“真”字，《识〈张幼于箴铭〉后》云：“性之所安，殆不可强，率性而行，是谓真人。”[②]《丘长孺》云：“大抵物真则贵，真则我面不能同君面，而况古人之面貌乎。”[③]《叙〈小修诗〉》鲜明地提出文章要“独抒性灵，不拘格套，非从自己胸臆流出，不肯下笔”[④]，强调个性表现和自然流露，主张表现人的“喜怒哀乐嗜好情欲”的“自然之性”。他不重“学问”“意见”或“理”，而特别强调自然、天真、趣味，《叙陈正甫〈会心集〉》云：“世人所难得者唯趣。趣如山上之色，水中之味，花中之光，女中之态，虽善说者不能下一语，唯会心者知之……夫趣得之自然者深，得之学问者浅。当其为童子也，不知有趣，然无往而非趣也。面无端容，目无定睛，口喃喃而欲语，足跳跃而不定，人生之至乐，真无逾于此时者。孟子所谓‘不失赤子’，老子所谓‘能婴儿’，盖指此也。趣之正等正觉最上乘也……迨夫年渐长，官渐高，品渐大，有身如梏，有心如棘，毛孔骨节俱为闻见知识所缚，入理愈深，然其去趣愈远矣。”[⑤]这是对李贽“童心说”的精彩阐述，对纯真趣味的审美自觉，对庸俗恶趣的批评否定。他反对“前后七子”的复古思潮，又摆脱“唐宋派”古文的载道成规，力主文学随时代发展而变新，独抒性灵而自然流露，认为“代有升降，而法不相沿，各极其变，各穷其趣”[⑥]，“文章新奇，无定格式，只要发人所不能发，句法、字法、调法，一一从自己胸中流出，此真新奇也”[⑦]，强调“信心而出，信口而谈”[⑧]，不求工而自工，无意为文，却成妙文。

万历二十三年（1595年），袁宏道刚出任吴县令，给同年徐汉明复信

①袁中道：《珂雪斋集》，上海古籍出版社1989年版，第756页。

②袁宏道：《袁宏道集笺校》，上海古籍出版社1981年版，第193页。

③袁宏道：《袁宏道集笺校》，上海古籍出版社1981年版，第284页。

④袁宏道：《袁宏道集笺校》，上海古籍出版社1981年版，第187页。

⑤袁宏道：《袁宏道集笺校》，上海古籍出版社1981年版，第463—464页。

⑥袁宏道：《袁宏道集笺校》，上海古籍出版社1981年版，第188页。

⑦袁宏道：《袁宏道集笺校》，上海古籍出版社1981年版，第786页。

⑧袁宏道：《袁宏道集笺校》，上海古籍出版社1981年版，第501页。

《徐汉明》中就表明自己的志趣爱好：

> 弟观世间学道有四种人：有玩世，有出世，有谐世，有适世。玩世者，子桑、伯子、原壤、庄周、列御寇、阮籍之徒是也。上下几千载，数人而已，已矣，不可复得矣。出世者，达磨、马祖、临济、德山之属皆是。其人一瞻一视，皆具锋刃，以狠毒之心，而行慈悲之事，行虽孤寂，志亦可取。谐世者，司寇以后一派措大，立定脚跟，讲道德仁义者是也。学问亦切近人情，但粘滞处多，不能迥脱蹊径之外，所以用世有余，超乘不足。独有适世一种其人，其人甚奇，然亦甚可恨。以为禅也，戒行不足；以为儒也，口不道尧、舜、周、孔之学，身不行羞恶辞让之事，于业不擅一能，于世不堪一务，最天下不紧要人。虽于世无所忤违，而贤人君子则斥之惟恐不远矣。弟最喜此一种人，以为自适之极，心窃慕之。除此之外，有种浮泛不切，依凭古人之式样，取润贤圣之余沫，妄自尊大，欺己欺人，弟以为此乃孔门之优孟、衣冠之盗贼，后世有述焉，吾弗为之矣。

他不学玩世的道家，出世的释家，谐世的儒家，鄙视拟古的文士，而赞赏“适世”“自适”的人生态度，即介于儒、道、释之间，顺应时势而优游自得，追寻个人自由闲适的理想生活。他并未忘怀世事，仍关注现实，关怀民生疾苦，写过一些涉及时政的文章，如《摘发巨奸疏》《〈监司周公实政录〉序》《送京兆诸君升刑部员外郎序》等。但大部分作品如游记、传记、尺牍、题跋、随笔等，随意书写，独抒性灵，清新自然，闲逸自娱，充分体现公安派的文学主张和创作个性。

袁宏道追寻游乐生活，亲近山光水色，游踪遍及吴越、京郊、湘楚、庐山、华山、嵩山等地，随笔写下七十余篇游记，继柳宗元之后开拓了游记文学的新局面。《满井游记》描写初春景色，清丽秀美，游人心境，情与景会。字里行间洋溢着欢快心情，将山川鲜妍明丽与心灵愉悦融成一片，作者怡情山水，故有如此陶然境界。《游盘山记》大笔勾勒盘山高峻、朴野、清幽、奇特的总貌，用浓墨重彩将盘山主要胜景一一绘出。记盘泉，细腻生动，不仅描山摹水，也融入作者审美情趣。记悬空石，寥寥数语，将无生命之石写活。文笔清新，生动传神。《虎丘》是做吴县令时所撰《吴游记》十八篇之一，描写苏州虎丘中秋月夜游人如织、宴集虎丘、欢聚斗歌的热闹场景。语言清秀脱俗，隽美精妙，自然洒脱，无刻意雕凿痕迹。《天池》描绘苏州山郊春景，对比梅、竹、柏的色彩，渲染自然景致所散发的春天气息。《晚游六桥待月记》赏玩杭州西湖六桥一带春景，描绘山水花草美景、游春仕女艳态，点出“花态柳情，山容水意”怡人心目的乐趣，情调清雅闲适。《西湖》其二渲染西湖自断桥至苏堤一带桃花盛开的美丽景观，以及歌女游客纵情湖光山色的情景，描摹朝烟暮色及月景下西湖的花态柳姿，优美流畅，清丽自然，兼具诗情画意。《天目》不在记游，而以评赞为主，评赞天目山的独绝之处，是游记别体。一口气列举天目“七绝”，而不呆板乏味，语言简洁流丽，新鲜活泼，三言两语即勾勒出独绝处，不铺叙，不渲染，更无空洞议论，比喻巧妙，翻新出奇，如连用四个比喻，寥寥数语，将奔腾变幻的云海写得栩栩如生。《观第五泄记》写瀑布景观，从远近高低种种不同视角，描写景致的奇异，且融入主观感受，因而有强烈的视觉冲击力和感染力。运用各种艺术手法，多侧面、多视角表现五泄山水相得益彰的奇妙景观。写瀑布，先声夺人，着力渲染气氛，造成一种气势，行文有飞动之美。运用移步换景法，从远看、近观写到归来的感受，把石壁、瀑布雄伟壮观的气势生动、形象地描绘出来，使人如置身其境。个性舒张的要求在现实中得不到满足，袁宏道把精神转托于山水，自我赏适，流连光景，笔下的山水获得一种飞动的生命力。作者才气超卓，描绘山水必至穷形尽态，感情直露，主观色彩强。寓情于景，情景交融，庄谐并出，清新自然。天地间妙境，自具形态美、色彩美、情韵美和意境美，可怡情悦性，令人陶醉。《与吴敦之书》云：“东南山水，秀媚不可言，如少女时花，婉弱可爱。楚中非无名山大川，然终是大汉、将军、盐商妇耳。”《禹穴》云：“余尝评西湖如宋人画，山阴山水如元人画。花鸟人物，细入毫发，浓淡远近，色色臻妙，此西湖之山水也。人或无目，树或无枝，山或无毛，水或无波，隐隐约约，远意若生，此山阴之山水也。”他依据审美文化积淀和自己的审美趣味，将自然“人格化”，在自然中寻觅知己。其游记“文如其景”，风格与景致谐调统一。陆云龙评曰：“《华山》之记奇险，《灵岩》之记幽丽，文各如其景。”[1]江盈科评曰：“中郎所叙佳山水，并其喜怒动静之性，无不描画如生。譬之写照，

①陆云龙等选评：《明人小品十六家》，浙江古籍出版社1996年版，第138页。

他人貌皮肤，君貌神情。”[1]所论极是。张岱《〈寓山注〉跋》其二称赞：“古人记山水手，太上郦道元，其次柳子厚，近时则袁中郎。”[2]

袁宏道传记文的代表作《徐文长传》是一篇奇文，作于万历二十七年（1599年），记叙徐渭一生坎坷而痛苦的遭遇，同时写出自家胸臆。徐渭与世异调，屡遭不幸，却永不肯俯首向人，而宁愿承担悲剧的命运，这种兀傲的个性，也是作者的精神向往。作者一改传记常规，先不写传主姓名籍贯，而设一悬念，先声夺人，极力渲染徐渭诗文超凡绝俗、不同凡响。“读复叫，叫复读”，寥寥数语，生动传神，钦佩、欣赏、喜悦之情溢于言表。精选徐渭一生中可歌可泣、可惊可骇的奇事，夹叙夹议，写出一代奇人横溢的才华、坎坷蹇乖的身世以及狂放傲岸的性格特征。末段用“石公曰”三字领起，俨然史笔，一语中的。刻画人物生动鲜明，语言奇峭。《拙效传》是一篇痴愚的赞歌，旨在阐明拙者之效。老子说大巧若拙、大智若愚，家四钝仆虽非“大智”之愚者，而作者由衷赞赏这类痴愚之徒，如绘传神，意趣横生。

袁宏道是尺牍大家。《致聂化南》中“败却铁网”一节，写得活脱随意，字字皆从胸臆流出。《龚惟长先生》抨击封建伦理纲常、仁义道德，树起反圣人圣尊、反假道学的旗帜，追求平等、自由及个性解放。“五乐”说鲜明地体现自己主张，公然与名教礼法对抗。“大抵世间只有两种人”，至文章结束举古圣贤为例，又更直接有力地托出他的主张——自由地生活，愉快地享受人生之乐。如此标新立异，令人心情爽快。《丘长孺》《兰泽云泽叔》《与沈广乘》皆作于作者任吴县令时。长孺是作者挚友，志同道合，《丘长孺》开头即问病，下语随便，尔后转入诉苦和自我解嘲。用语刻薄，诙谐幽默，自述为县令之苦，连用四个比喻，以“奴”“妓”“仓老人”“保山婆”比拟县令，新颖别致，写尽苦况丑态、苦楚痛切，刻画入木三分，力透纸背，言简意丰。写官场烦恼，大胆、坦率，信笔直书而又颇堪寻味。《兰泽云泽叔》道出自己做县令的苦恼，而向往一樽一杓、自由自在的村居生活，最后表明自己决心逃脱这种“折腰俯首，去所好而从所恶”的官场生涯。信笔直言，纯是至情至性语，无一饰笔。《沈博士》对官场深恶痛绝，极尽比喻夸张之能事，似若不吐之唾之，不能解心头之

①江盈科：《江盈科集》，岳麓书社2008年版，第279页。

②张岱：《琅嬛文集》卷五，岳麓书社1985年版，第211页。

恨。作者性格脱俗放任，行文不拘一格，尽情挥洒，直抒胸臆，又制造曲折回旋，高低强弱，情感跌宕起伏。《与沈广乘》自述为官苦状，以“苦”“难”二字为眼，以“苦”衬“难”，苦、难映衬，而难益显。连用四个排比比喻句，详析苦中缘由，痛快淋漓，自我解嘲，嬉笑怒骂，皆成文章。《答梅客生》以冷笔写冷景、抒苦情。放眼看去，皆是一段段寒气逼人的剪影，浸透着肃杀的冬意，笼罩着冷寂、落寞、虚无的惆怅。《与何湘潭》《答李子髯书》，实话实说，真情流泻，表现出作者清高脱俗、放旷不羁的个性。袁宏道尺牍深受苏轼、黄庭坚尺牍影响，富有才情，篇幅简练短小，倾吐出个人衷情。喜谈佛论禅，以消解世俗的烦扰，追求精神上的解脱；或谈艺论文；或表现鄙视礼法、纵情享乐世俗生活的心态。独抒性灵，不拘格套，流畅自然，潇洒飘逸，趣味横生，雅俗兼济。当时即受到极高评价，江盈科《〈解脱集〉序》称赞道：“若夫尺牍，一言一字，皆以所欲言，信笔直尽，种种入妙。”[①]其尺牍影响深远，一直受到读者青睐。周劭《读中郎偶识》赞曰：“中郎尺牍，以语录体为之，有一句说一句，既无赘累，又无遗义，所以独传千古也。”[②]

袁宏道擅长题跋。《识〈伯修遗墨〉后》作于万历三十二年（1604年），时作者归隐公安。前半叙事，记兄弟对话，风趣幽默，自性灵中流出。用“白头老寡妇以贞骄人”作比喻，讥嘲白居易七十致仕，新鲜活泼，趣味盎然。后半抒情兴叹，表达寄情山水、淡泊功名的清高脱俗胸怀。标举“闲适”为“世间第一等便宜事”，“白、苏言之，兄嗜之，弟行之，皆奇人也”，此类句法，后世小品家竞相仿效。《识〈张幼于箴铭〉后》“知人论世”，先揭出两种性格截然相反的人：放达人和缜密人。认为这两种人不应互相模仿，也不应互相嘲笑，而应各任其性，“性之所安，殆不可强。率性而行，是谓真人”是本文主旨。行文绵密，文字工丽。

《瓶史》论插花艺术，表现“幽人韵士”的生活情趣。《宜称》表现出作者对自然美有独特的感受力。作者能在俗套的束缚中发现美的特质，以比喻、对照手法表现插花“意态天然”的朴素美，鲜明地表达作者的审美情趣，忌太过，忌一律，忌束缚，尚天然，尚随意，尚独创。写得清新活泼，自然成趣，读来轻松愉快。《鉴戒》谈如何爱护花木，写作者对文人

①江盈科：《江盈科集》，岳麓书社2008年版，第279页。
②周劭：《清明集》，辽宁教育出版社1996年版，第56页。

雅士所特有的清高风雅情怀的赞赏，字里行间不难看出对上层社会附庸风雅但又愚昧无知之辈的厌恶之情。写辱花二十三条，似群像展览，“花快意”与“花折辱”两相对照，以美衬丑，作者爱憎分明。《清赏》《鉴戒》两节亦清雅可诵。《觞政》将酒令游戏艺术化，幽默风趣。《瓶花斋杂录》所记见闻杂事，也生动有趣。

袁宏道散文突破拟古格套和古文陈规，率真表现个人的生活经验、思想见识和闲情逸致，把古文小品化、自由化和性灵化，形成率真自然、清新俊逸的新文风，引领晚明散文革新的新潮流。袁中道《〈袁中郎先生全集〉序》云：“自宋、元以来，诗文芜烂，鄙俚杂沓。本朝诸君子出而矫之，文准秦汉，诗则盛唐，人始知有古法。及其后也，剽窃雷同，如赝鼎伪觚，徒取形似，无关神骨。先生出而振之，甫乃以意役法，不以法役意，一洗应酬格套之习，而诗文之精光始出。如名卉为寒氛所勒，索然枯槁，而杲日一照，竞皆鲜敷。如流泉壅闭，日归腐败，而一加疏瀹，波澜掀舞，淋漓秀润。至于今天下之慧人才士，始知心灵无涯，搜之愈出，相与各呈其奇，而互穷其变，然后人人有一段真面目溢露于楮墨之间。即方圆黑白相反，纯疵错出，而皆各有所长，以垂之不朽，则先生之功于斯为大矣。”①评价较为准确公正。《四库全书总目》集部《袁中郎集》提要云：“其诗文变板重为轻巧，变粉饰为本色，致天下耳目于一新，又复靡然而从之。然七子犹根于学问，三袁则唯恃聪明。学七子者，不过赝古。学三袁者，乃至矜其小慧，破律而坏度。名为救七子之弊，而弊又甚焉。”②四库馆臣对其功绩轻描淡写，一笔带过，却夸大其创作流弊，否定其人品和文品，有失客观公允。袁宏道小品在晚明文坛独树一帜，给散文创作带来勃勃生机，影响甚大，许多小品家如陈继儒、王思任、张岱等，皆从中汲取营养，清代李渔、郑板桥、袁枚等作品中也能看到袁宏道的影子，现代周作人、林语堂等小品也受其影响。

张岱（1597年—1679年?），字宗子，号陶庵，又号蝶庵，山阴（今浙江绍兴）人。出身于仕宦之家，五十岁以前生活优裕，过着精舍骏马、鲜衣美食的贵公子生活，一生未曾仕宦，喜游山水。明亡后，张岱沦为社会下层，避居浙江剡溪山中，陷入“布衣蔬食，常至断炊”的困境，但以著

①袁中道：《珂雪斋集》，上海古籍出版社1989年版，第522页。

②永瑢等撰：《四库全书总目》，中华书局1965年版，第1618页。

述为乐。《自为墓志铭》曰：

> 少为纨绔子弟，极爱繁华，好精舍，好美婢，好娈童，好鲜衣，好美食，好骏马，好华灯，好烟火，好梨园，好鼓吹，好古董，好花鸟，兼以茶淫橘虐、书蠹诗魔，劳碌半生，皆成梦幻。年至五十，国破家亡，避迹山居，所存者破床碎几、折鼎病琴，与残书数帙、缺砚一方而已。布衣蔬食，常至断炊。回首二十年前，真如隔世。

追忆往事，津津乐道，自嘲自夸，自我暴露，不讳己短，尽露真我。《琅嬛文集》卷五《自题小像》云："功名耶落空，富贵耶如梦，忠臣耶怕痛，锄头耶怕重，著书二十年耶而仅堪覆瓮，之人耶有用没用？"眷怀旧朝，却不愿为殉难烈士，态度坦诚。明清易代，山河破碎，张岱身世浮沉，仍保持气节，深深的家国之痛，使他的小品创作摆脱浮丽浅薄习气，表现了典型的遗民心态，突破狭隘趣味，展现了丰富的社会生活内容。

《陶庵梦忆》《西湖梦寻》追忆早年优裕安逸的享乐生活，是繁华生活的片段记录，寄寓故国之思，流露出浓重的感伤情绪，但仍着眼人世的美好、故国乡土的可爱，笔致凄清雅丽。《〈陶庵梦忆〉自序》曰：

> 鸡鸣枕上，夜气方回，因想余生平：繁华靡丽，过眼皆空。五十年来，总成一梦。今当黍熟黄粱、车旋蚁穴，当作如何消受？遥思往事，忆即书之，持向佛前，一一忏悔。不次岁月，异年谱也；不分门类，别志林也。偶拈一则，如游旧径，如见故人，城郭人民，翻用自喜，真所谓痴人前不得说梦矣。

作者回味昔年观雪、赏月、看戏、品茗等种种风雅享受，车水马龙的热闹场面，感叹这些美好生活已成过眼烟云，因而名其集曰"梦忆"，"梦"字为全篇主旨。作者生于钟鸣鼎食的官宦之家，世事巨变将他推入困苦境地，他发出"一梦耳"的感慨。他对过去繁华的追忆文字，何尝见到"一一忏悔"？有的只是留恋以及对往事不可留的伤痛。"颓伤"是本文感人至深之所在，语浅情深，小中见大，有尺幅千里之妙。

《金山夜戏》评论戏曲，毫无遮掩宣泄感情。作者善于从寻常小事中挖掘题材，加以渲染。全文有一种诗意美，体物精微，从诗法中吸取养料，音律和谐，清真隽永。《不二斋》怀念故国，思恋逝去的生活，却隐而不表，只以重彩浓墨细致叙写书斋内外之景及四时佳趣，字里行间，情绪隐隐流露。结尾一句“思之如在隔世”，淡淡一笔，实如重锤一击，感伤情绪全于此喷发而出。过去如梦、如画，飘然而逝，现在又隐居，作者只有靠“梦忆”来寻求心灵的慰藉，其情其景，令人感叹不已。《姚简叔画》写与姚简叔的交往，笔触细腻，不厌其烦，反复强调二人友情，并以姚简叔平时“为人落落难合”，而与自己却一见如故相对比，显出其至情至性，以及同作者的深厚友谊。一大段文字似不关文章主题，其实不然，详细的叙述旨在蓄积文势，为下文渲染姚简叔精湛画艺作铺垫，以其“千古”之人，其画自然亦“千古”。一旦交代清楚过后，便直截了当导入主题。小品张弛有序，言浅情深，意蕴丰厚。《柳敬亭说书》写柳敬亭的超群技艺，巧妙运用说书技法刻画人物，一下笔即抓住读者的心：柳敬亭原来是麻子，他相貌丑陋不堪；而身价特高，读者的兴趣被挑起来。接下来便有板有眼地细细道来，以巨钟形容其声，以崩屋形容其势，特别是武松沽酒的一吼，丙夜说书的情景，拭、剪、递的动作，款款言之的神态，令人神往。作者以亲身经历、细心体验传达出柳敬亭的声、情、行、态，闲中著色，刻画入微，创设氛围，入情入理。最后总结出柳敬亭的貌丑而艺美，呼应前文，同时强化了柳敬亭在读者心目中的形象。小品结构巧妙，刻画细腻传神，人物形象毕肖，若闻其声，若见其形，呼之欲活。

张岱多表现生活化、个人化情调的游赏之作。《炉峰月》先极力渲染炉峰绝顶的险峻，又通过描写王守仁等人的痴行，从侧面烘托。尔后笔锋一转，心平气和地叙述同友人登绝顶观落日的经历。因为友人提议，决定留在峰顶观月，由此进入文章高潮，不动声色，将紧张、恐怖的气氛最大限度地表现出来。结语笑谑，极具风趣。虎丘中秋，是在苏州虎丘举行的一年一度的昆曲大会，以演剧和唱曲竞赛为娱乐的民间节日。《虎丘中秋夜》叙写如此盛大的娱乐场面，博观约取，层次井然，绘声绘色，如一轴绚丽多彩的社会风情画卷，汰尽浮词赘语。《西湖七月半》属追忆之作，西湖七月半，游人如潮，真正想赏月、懂得赏月的人却屈指可数。因此，作者以为西湖七月半“止可看七月半之人”。行文中，对各类人的描写虽没有明确的褒贬语句，作者的爱憎态度却一目了然。他说“一无可看”，指的即是在这群俗人吵嚷下的西湖，根本无法真正赏月，直到附庸风雅的人兴致过去，“西湖七月半”的美景才能无遗地馈赠给懂得赏月的人。至此，西湖七月半的正剧才刚拉开帷幕，真正想赏月的人方始陆续登场。湖、山、月似乎也有爱憎好恶，此刻“月如镜新磨，山复整妆，湖复靧面”，月下西湖才显出“庐山真面目”。月下在西湖泛舟，吟诗奏乐，飘飘扬扬，令人有羽化而登仙之想。作者在别人散去之后，“纵舟酣睡于十里荷花之中，香气怡人，清梦甚惬”，潇洒、超脱之极。小品构思精巧，前呼后应，曲折有致，详略得宜，语浅意深。作者感情寓于叙述描写中，含蓄蕴藉。烘托繁丽热闹的生活气氛，是一幅世俗风情画，生动传神，细致入微，寄寓作者醉恋于昔日“繁华靡丽”生活的怀旧情绪。他用活泼新鲜的文字，真实生动地描写社会生活和美丽的湖光月色，有公安派的清新，竟陵派的冷峭，又有王思任的诙谐。

《湖心亭看雪》写道：

> 崇祯五年十二月，余住西湖。大雪三日，湖中人鸟声俱绝。是日更定矣，余拏一小舟，拥毳衣炉火，独往湖心亭看雪。雾凇沆砀，天与云、与山、与水，上下一白。湖上影子，惟长堤一痕、湖心亭一点、与余舟一芥、舟中人两三粒而已。到亭上，有两人铺毡对坐，一童子烧酒炉正沸。见余大喜曰：“湖中焉得更有此人！”拉余同饮。余强饮三大白而别。问其姓氏，是金陵人，客此。及下船，舟子喃喃曰：“莫说相公痴，更有痴似相公者。”

以时间为线索，写乘小舟前往西湖看雪一直到下船的整个过程。“看”字领起，下即围绕此字刻画。黑夜中赏雪，愈见雪白，是侧面衬托。痕、点、芥、粒刻画堤、亭、舟、人，细致入微，生动传神。不独写雪，还写雪中之人，饮酒赏雪，风雅之极。宾主并不相识，却相对共饮，兴之所至，潇洒脱俗，赏雪的意义似乎尽在此中，自然流露出作者孤高寂寞的心情。虽未明说，却从字面背后看出，可谓“不著一字，尽得风流”，其中也寄寓了故国之思。赏雪人“痴”，以更痴的人来作陪衬，显得“吾道不孤”，从舟子口中说出，既真实又有韵致。简短的对话，着墨不多，人物之神态宛然纸上，呼之欲出。文章描写湖山雪景，清丽如画，景中人，人看景，互为点缀，移步换景，虚实相间，淡墨疏笔，境界全出。

张岱写景，首先关注的还是景中的“人情”，那些破碎的故园山河，梦中的繁华胜景，无不蕴涵着一种深深的家国之痛，催人泪下。伍崇曜

《〈陶庵梦忆〉跋》称张岱文“奇情壮采，议论风生，笔墨横恣，几令读者心目俱眩”[①]。《〈陶庵梦忆〉序》说：“兹编载方言巷咏，嬉笑琐屑之事，然略经点染便成至文。”[②]周作人《〈陶庵梦忆〉序》认为：“张宗子是个都会诗人，他所注意的是人事而非天然，山水不过是他所写的生活的背景。”[③]所言甚是。

《西湖梦寻》主要写西湖山水园林掌故。《〈西湖梦寻〉序》中，张岱追忆往事，饱含身世飘零之感，浸染着刻骨铭心的家国之痛。西湖不仅代表他华彩乐章般的早年享乐生活，更是故国家园的象征，让他魂牵梦萦，未尝一日忘怀。顺治十一年（1654年）和十四年（1657年），作者两至西湖，本为圆故国之梦，看到的却是一派萧索景象。世事沧桑，回天无力，哀痛之余，只有在追忆旧梦中度过余生。浮生若梦，梦里寻梦，更如水中捞月，镜里摘花，徒费心力，但总有一丝慰藉。梦总有醒时，作者有意将自己心中的西湖梦影付诸笔墨，以传诸后世，这就是《梦寻》之作寓意所在。小品一任意绪自然流淌，行止自如，不事雕琢，朴实中见深情，情透纸背，笔力沉郁，读来令人感怀不已。

林逋植梅养鹤、隐迹西湖的雅事，历来被骚人墨客咏赞、仿效。《补孤山种梅序》作文以纪其事，欲重现古人盛事，借古人酒杯浇自己心中块垒。辞藻华赡而不奥诘，流丽典雅又灵动有致。作者善于融诗入文，“疏影横斜，远映西湖清浅；暗香浮动，长陪夜月黄昏”，便是从林逋《山园小梅》诗句“疏影横斜水清浅，暗香浮动月黄昏”化出，不仅没有破坏原诗意境，反添了几分疏宕风致。全文浑然天成，不见斧凿之痕，言与情合。描写细腻生动，风格流丽清新，极富诗情画意。祁豸佳《〈西湖梦寻〉序》赞曰：“余友张陶庵，笔具化工。其所记游，有郦道元之博奥，有刘同人之生辣，有袁中郎之倩丽，有王季重之诙谐，无所不有；其一种空灵晶映之气，寻其笔墨，又一无所有。为西湖传神写照，政在阿堵矣。”[④]

张岱《琅嬛文集》收入书牍十四篇，量少而质高。作者喜与友人讨论

①张岱：《西湖梦寻　陶庵梦忆》，上海古籍出版社1982年版，第80页。

②张岱：《西湖梦寻　陶庵梦忆》，上海古籍出版社1982年版，第1页。

③周作人：《苦雨斋序跋文》，河北教育出版社2002年版，第114页。

④张岱：《张岱诗文集》（增订本），上海古籍出版社2014年版，第505页。

诗文书画、园林戏曲、佛老哲理、弹琴技艺或品评茶艺，有些则叙写凄凉的晚境。雅趣谐趣兼备，语言简约明净，朴素文雅，亲切感人。《与何紫翔》提出学琴的最高境界在于“生”，“熟练还生”，慧眼独具，进而推广为“自弹琴拨阮，蹴鞠吹箫，唱曲演戏，描画写字，作文做诗，凡百诸项，皆藉此一口生气”。禅家论禅，有一段著名公案：参禅者观山观水，初则见山是山，见水是水；再则见山非山，见水非水；最终则返璞归真，见山还是山，见水还是水。张岱生于乱世，受过晚明个性解放思潮的洗礼，喜欢谈禅说佛，本文即有受禅观影响的痕迹。《与包严介》评论诗文，认为画即便再精妙，也仅仅是一个形，而诗中内蕴却往往无法画出来。若《香积寺》诗中，“咽”字、“冷”字即无从画起，而若无此两字，那画些泉水、危石、日色、青松即无多大意趣，即不成其为“画中有诗”。反之，说“诗中有画”，也是同样道理。发论高妙，见识超凡，语言平易晓畅，论证清晰有力。煮茶品茗向来是文人雅事，张岱深谙此道，《与胡季望》谈论茶艺，笔到意随，似行云流水，无半点滞碍，文笔清雅脱俗，空明轻灵，尘滓尽除，可见作者胸襟旷逸，丰神潇洒。

张岱精于题跋，《跋〈寓山注〉》称赏祁彪佳《寓山注》“如数家物，如写家书”。《跋〈徐青藤小品画〉》援古论今，巧加引称，借唐太宗评魏征语来论徐渭画风之“离奇超脱，苍劲中姿媚跃出”，以画意证史语。又引苏轼关于王维“诗中有画”“画中有诗”的论述，来评论徐渭书中有画、画中有书。《跋〈梅花道人画竹卷〉》《题〈葆生叔画〉》《跋〈蓝田叔米家山〉》《题〈仲叔画〉》《再跋〈蓝田叔米山〉》《跋〈可一云林笔意〉》《跋〈可上人大米画〉》《跋〈谑庵五帖〉》等，皆清雅可诵。《王谑庵先生传》状王思任言语神情，极“酷肖其人”。《丝社小启》文字简洁，诗意盎然，表现了作者悠闲淡泊的情怀和放情自适的情趣。《讨蠹鱼檄》《癸丑兰亭修禊檄》《为赵我法铭杖》《书本草》等，皆有趣味。《祁止祥癖》说祁止祥“有书画癖，有蹴鞠癖，有鼓钹癖，有鬼戏癖，有梨园癖”。还总结出理论：“人无癖不可与交，以其无深情也；人无疵不可与交，以其无真气也。”只求真，不求尽善尽美，这是前所未有的“高论”。小品中多表现率、放、狂、懒、痴等，皆是“真”的极端表现。

张岱小品众体兼备，他熟悉生活，风景名胜、世情风习、戏曲技艺、古董玩具等，无所不写。他多回忆个人经历的生活琐事，同时也有对晚明社会文化习俗细致深入的描述。张岱状物写景，自然真切，以白描见长，往往稍加议论。他关注的是景中的“人情”。他善于细节刻画，抓住生活中的一事一时，展示出人物的性情神采，不作蹈空之论，令人如亲睹其面。语言清新自然，活泼生动，简洁清雅，韵味隽永，情趣盎然。结构严整而富于变化，看似随意，实则匠心独运。

晚明文学革新运动给文坛带来新的风尚。公安派追求性灵、趣味，往往流于轻佻；竟陵派救以“幽深孤峭”，则又走向僻涩。张岱不为两派所囿，既有公安派的洒脱，又有竟陵派的蕴藉，还借鉴了通俗文的技法，博采众长，独树一帜，堪称晚明小品之集大成者，把小品创作推向新的高度。现代周作人、林语堂、俞平伯等小品皆受其影响。

第五节　游记的繁衍

元明清三代游记承传唐宋游记的深厚基础，也吸收六朝山水文学的艺术滋养，在寻幽探胜、采风访俗、模山范水、写景抒情等方面持续发展，既涌现以公安派为代表的游记小品化热潮，又出现《徐霞客游记》的集大成巨著，还在晚清兴起域外游记的新潮流，根深叶茂，繁衍不息。

元代游记较少。郭畀《云山日记》记述日常起居生活，与文人僧侣的交往，创作书画与鉴赏品评书画的乐趣，欣赏山水名胜等。其中有关杭州的部分，后由厉鹗辑为《客杭日记》，描写杭州湖光山色，笔致清隽，如游凤凰山故宫、吴山玄妙观、南山诸洞等，从所见宫殿园林的变迁上，暗寓时代兴废之感慨。

明代中叶以后，游记趋于繁荣，除前述公安派、竟陵派、桐城派诸家游记外，还有史鉴、王士性、曹学佺、余怀、袁枚、舒梦兰等善写游记，尤以徐弘祖为杰出代表。

史鉴（1434年—1496年）《西村十记》文笔简练畅达，风格素朴雅洁。写韬光风景之幽静深秀，由景幽、境幽，进而写人静、心静，乃至无静无不静的化境。层层递进，秩序井然，似平淡而实富变化。描写西湖在晴、雨、雾三种天气状况下的不同景致，三次游览虽因天气的关系，景象迥然相异，却各擅其妙。简洁晓畅，风雅多姿，写景状物，传神入妙。不独写出西湖的佳胜，亦表现出作者的潇洒风神。都穆（1458年—1525年）游历日记对山水的描摹也生动传神，简洁朴雅，意味隽永。如记宝石山之游，行文从容不迫，轻倩流丽，有虚有实，虚实相生。

王士性（1547年—1598年）《赋得大江行》自述一生“青山绿水恣行游”，当时全国十三省，他到过除福建外的两京十二省，只有稍后的徐霞客可与之比肩。王士性访奇览胜，山情水系了然于胸，静心观察、思考，然后走笔为记，有《五岳游草》《广志绎》《广游志》等。描绘名山大川，记叙自然风物，坦言山水萦怀与人生感悟，不以古人格套为自我束缚，显示出随意自然的风采。采用时间回溯法，超越历史与现实间的距离，如《游峨眉山记》表面上松散随意，实际上通过对久远历史的追寻，让人走进历史情景中去感受作者的“福”与“缘”。写景时，往往以放眼远望的众山河川为扩大描写的对象，如《岱游记》《华游记》《再出清波门至六和塔望潮记》《台中山水可游者记》等。善于比较，《白岳游记》在与武当、雁荡等名山比较中，突出白岳奇异之处，称赏“白岳尤胜”。《入天台山志》时空综合，结构全文，其中一段运用移步换形之法，笔致深幽，酿出一种诗的意境。《衡游记》中间一段准确叙写南岳诸峰的地理方位及相隔距离，给人以远近不同的层次感。《游武林湖山六记序》景摹四时，追求在有限的篇幅中廓张艺术容量，层次清晰，富于变化。

徐弘祖（1586年—1641年），亦作宏祖，号霞客，江阴（今属江苏）人，是杰出的旅行家和地理学家。他从万历三十五年（1607年）起，至崇祯十二年（1639年）到云南鸡足山因脚病而止，游遍大半个中国，写下令人叹为观止的《徐霞客游记》。

《徐霞客游记》现存作品六十多万字，可分为两大部分：一是名山游记，有天台山、雁荡山、白岳山、黄山、武夷山、庐山、九鲤湖、浮盖山、嵩山、太华山、太和山、五台山、恒山等游览日记十七篇，都作于崇祯六年（1633年）以前。二是崇祯九年至十二年（1636年—1639年）的西游日记，有浙江、江西、湖南、广西、贵州、云南等地旅行日记二十二种，数量最多，内容也最为丰富，举凡地形地貌、山水风景、名胜古迹、穷乡僻壤、气候物产、民俗风情，都囊括在内。其游历壮阔，探险奇绝，考察精详，记述真切，具有地理学、旅游学、民俗学和文学的多重价值。

《游黄山日记》前后两篇，初游于万历四十四年（1616年）二月初二至十一日，再游于万历四十六年（1618年）九月初三至初六日。前者写积雪成冰之际，攀登黄山的艰险及所见奇观："石峰环夹，其中石级为积雪所平，一望如玉。疏木茸茸中，仰见群峰盘结，天都独巍然上挺。数里，级愈峻，雪愈深，其阴处冻雪成冰，坚滑不容着趾。余独前，持杖凿冰，得一孔，置前趾，再凿一孔，以移后趾；从行者俱循此法得度。上至平冈，则莲花、云门诸峰，争奇竞秀，若为天都拥卫者。由此而入，绝巘危崖，尽皆怪松悬结，高者不盈丈，低仅数寸，平顶短鬣，盘根虬干，愈短愈老，愈小愈奇，不意奇山中又有此奇品也！"后者写秋日登上天都峰的情景："至天都侧，从流石蛇行而上。攀草牵棘，石块丛起则历块，石崖侧削则援崖。每至手足无可着处，澄源必先登垂接。每念上既如此，下何以堪？终亦不顾。历险数次，遂达峰顶。惟一石顶壁起犹数十丈，澄源寻视其侧，得级，挟予以登。万峰无不下伏，独莲花与抗耳。时浓雾半作半止，每一阵至，则对面不见。眺莲花诸峰，多在雾中。独上天都，予至其前，则雾徙于后；予越其右，则雾出于左。其松犹有曲挺纵横者，柏虽大干如臂，无不平贴石上，如苔藓然。山高风巨，雾气去来无定，下盼诸峰，时出为碧峤，时没为银海。再眺山下，则日光晶晶，别一区宇也。日渐暮，遂前其足，手向后据地，坐而下脱。至险绝处，澄源并肩手相接。"前后两篇都突出"险"与"奇"二字，有"险"必"奇"，只有不畏艰险、勇于攀登者，才能领略到险峰的无限风光。其中，写黄山老松的奇崛、天都峰所见奇景，最为精彩奇妙。如松柏"愈短愈老，愈小愈奇"，"无不平贴石上，如苔藓然"，形神兼得，奇趣横生；"万峰无不下伏，独莲花与抗耳"，"伏"字"抗"字，用拟人手法，传神写出天都峰的高峻；"半作半止"，状云雾之飘忽不定，悠荡于人的前后左右，似具人之灵性，作者难掩欣喜之情。记游、写景、抒情、寓理融为一体，语言准确简洁，生动形象。

《游庐山日记》《游武彝山日记》《游雁荡山日记》《游恒山日记》《游太华山日记》等，访胜探幽，写照传神。《楚游日记》写于崇祯十年(1637年)，其中正月十七日写在湖南茶陵深入麻叶洞的探险情景，别有风趣：

……循小溪至崖之西胁乱石间，水穷于下，窍启于上，即麻叶洞也。洞口南向，大仅如斗，在石隙中转折数级而下。初觅炬倩导，亦俱以炬应，而无敢导者。曰："此中有神龙。"或曰："此中有精怪。

非有法术者，不能摄服。”最后以重资觅一人，将脱衣入。问余乃儒者，非羽士，复惊而出曰：“予以为大师，故欲随入；若读书人，余岂能以身殉耶？”余乃过前村，寄行李于其家，与顾仆各持束炬入。时村民之随至洞口数十人，樵者腰镰，耕者荷锄，妇之炊者停爨，织者投杼，童子之牧者，行人之负载者，接踵而至，皆莫能从。余两人乃以足先入，历级转窦，递炬而下，数转至洞底。洞稍宽，可以侧身矫首，乃始以炬前向，其东西裂隙，俱无入处，直北有穴，低仅一尺，阔亦如之，然其下甚燥而平。乃先以炬入，后蛇伏以进，背磨腰贴，以身后耸，乃度此内洞之一关。其内裂隙既高，东西亦横亘，然亦无入处。又度第二关，其隘与低与前一辙，进法亦如之。既入，内层亦横裂，其西南裂者不甚深；其东北裂者上一石坳，忽又纵裂而起，上穹下狭，高不见顶，至此石幻异形，肤理顿换，片窍俱灵……其上石窦一缕，直透洞顶，光由隙中下射，若明星钩月，可望而不可摘也。层石之下，洞底南通，覆石低压，高仅尺许。此必前通洞外，涧所从入者。第不知昔何以涌流，今何以枯洞也，不可解矣。由层石下，北循洞底入，其隘甚低，与外二关相似。稍从其西，攀上一石隙，北转而东，若度鞍历峤，两壁石质石色，光莹欲滴，垂柱倒莲，纹若镂雕，形欲飞舞。东下一级，复值洞底，已转入隘关之内矣。于是辟成一衖，阔有二丈，高有丈五，覆石平如布幄，洞底坦若周行。北驰半里，下有一石，庋出如榻，楞边匀整。其上则莲花下垂，连络成帏，结成宝盖，四围垂幔，大与榻并。中圆透盘空，上穹为顶，其后西壁，玉柱圆竖，或大或小，不一其形，而色皆莹白，纹皆刻镂，此衖中第一奇也……穿窍而出，恍若脱胎易世。洞外守视者，又增数十人，见余辈皆顶额称异，以为大法术人。且云：“前久候以为必堕异吻，故余辈欲入不敢，欲去不能，兹安然无恙，非神灵摄服，安能得此！”余各谢之，曰：“吾守吾常，吾探吾胜耳，烦诸君久伫，何以致之！”然其洞但入处多隘，其中洁净干燥，余所见洞，俱莫能及，不知土人何以畏入乃尔！

这则历险纪实，故事生动，层次明晰，前有渲染，后有照应，不只见人所未见的溶洞奇景，还见识当地人迷信而憨厚的神情面目，更显示探险家“吾守吾常，吾探吾胜”的大无畏精神，宛如一篇幽默小说。徐霞客探访过两百多个岩洞，对金华三洞、桂林七星岩、福建将乐玉华洞、云南建水诸多溶洞都有出色的考察和描写，成为洞穴学和旅游学的珍贵文献。

《溯江纪源》（一作《江源考》）写于云南，是独立成篇的科学考察文章。徐霞客早就对《禹贡》中的“岷山导江”，即长江发源于岷江的经典之说持有怀疑，晚年西行云贵也带有“溯流穷源”的用意。他“北历三秦，南极五岭，西出石门、金沙”，“按其发源，河自昆仑之北，江亦自昆仑之南，其远亦同也”，“南流经石门关，始东折而入丽江，为金沙江；又北曲为叙州大江，与岷山之江合”，“其实岷之入江，与渭之入河，皆中国之支流，而岷江为舟楫所通，金沙江盘折蛮僚溪峒间，水陆俱莫能溯”，“既不悉其孰远孰近，第见《禹贡》‘岷山导江’之文，遂以江源归之，而不知禹之导，乃其为害于中国之始，非其滥觞发脉之始也。导河自积石，而河源不始于积石；导江自岷山，而江源亦不出于岷山。岷流入江，而未始为江源，正如渭流入河，而未始为河源也。不第此也，岷流之南，又有大渡河，西自吐蕃，经黎、雅，与岷江合，在金沙江西北，其源亦长于岷而不及金沙，故推江源者，必当以金沙为首”。这一论断不仅匡正《禹贡》之误，且与现代科学考察结论基本一致，足见作者实事求是的科学态度。

徐霞客游记代表了古代游记的最高成就，明末清初学者就给予高度肯定。钱谦益作《徐霞客传》，称道“古今游记之最”[①]，并《嘱徐仲昭刻游记书》曰：“霞客先生游览诸记，此世间真文字、大文字、奇文字，不当令泯灭不传，仁兄当急为编次，谋得好事者授梓。不惟霞客精神不磨，天壤间亦不可无此书也。”[②]奚又溥《〈徐霞客游记〉序》赞曰：“古今一大奇著作也。其笔意似子厚，其叙事类龙门。故其状山也，峰峦起伏，隐跃毫端；其状水也，源流曲折，轩腾纸上；其记遐陬僻壤，则计里分疆，了如指掌；其记空谷穷岩，则奇踪胜迹，灿若列星。凡在编者，无不搜奇抉怪，吐韵标新，自成一家言。”[③]概括别具只眼。潘耒序评价更为精到：“余览往昔诸名人游记，验诸目睹身经，知其皆尝一脔，披一节，略涉门庭，鲜窥阃奥……霞客之游，在中州者，无大过人；其奇绝者，闽、粤、楚、蜀、滇、黔，百蛮荒徼之区，皆往返再四。其行不从官道，但有名

①徐弘祖：《徐霞客游记》，上海古籍出版社1987年版，第1202页。

②徐弘祖：《徐霞客游记》，上海古籍出版社1987年版，第1186页。

③徐弘祖：《徐霞客游记》，上海古籍出版社1987年版，第1269—1270页。

胜，辄迂回屈曲以寻之；先审视山脉如何去来，水脉如何分合，既得大势，然后一丘一壑，支搜节讨。登不必有径，荒榛密箐，无不穿也；涉不必有津，冲湍恶泷，无不绝也。峰极危者，必跃而踞其巅；洞极邃者，必猿挂蛇行，穷其旁出之窦。途穷不忧，行误不悔。瞑则寝树石之间，饥则啖草木之实。不避风雨，不惮虎狼，不计程期，不求伴侣。以性灵游，以躯命游。亘古以来，一人而已……记文排日编次，直叙情景，未尝刻画为文，而天趣旁流，自然奇警；山川条理，胪列目前；土俗人情，关梁厄塞，时时著见。向来山经地志之误，厘正无遗；奇踪异闻，应接不暇。然未尝有怪迂侈大之语，欺人以所不知。故吾于霞客之游，不服其阔远，而服其精详；于霞客之书，不多其博辨，而多其真实。牧斋称为古今纪游第一，诚然哉……要之，宇宙间不可无此畸人，竹素中不可无此异书。”①

曹学佺（1574年—1647年）游记有理论，有实践。《洪汝含〈鼓山游记〉序》曰：“作文，游山记最难。未落笔时，搜索传志，铺叙程期，洋洋洒洒，堆故实于满纸，但数别人财宝而已，于一种游情了不相关。即移之他处游亦可，移之他人游亦可。拘而寡韵，与泛而不切，病则均焉。”“记游如作画，画家必须摹古，间复出己意，着色生采，自然飞动。及乎对境盘礴，往往难之。乃以为画不必似，盖远近位置木石向背，逼真则碍理，两不入耳。法既不伤，于境复肖，又何以似为病也。”批评古今游记通病，强调游记创作必须要融进作家个性情感，有景有情，有血有肉，要吸收前人优秀创作方法与技巧。他赞扬洪汝含鼓山游记“随其兴之所适”，“神情满足，气色生动，嬉笑戏谑，皆成文章”，而不是堆砌典故史实，铺陈年月里数，达到了情感与山水融合交汇，情景合一，既合乎法度，又充分体现出作家的个性情感，移至他山游不可，移之他人游则更不可。曹学佺的《游武夷记》如同一幅武夷山水长卷，将武夷山秀美风光展现在人们面前；又似一位高明的导游，引导人们领略山光水色，介绍许多有关历史传说。描绘众多景致，并没有平均用力，而是有选择，有重点，详略得当，主次分明，多而不乱，繁而有序。最后一段嘲讽求仙的虚妄，委婉、巧妙。作者发出“遗荣可以修真”的感慨，点明人可以由思想的清高而获得神仙般乐趣。《阳朔山水记》先用考据方式证明湘水与漓水同源分流，

①徐弘祖：《徐霞客游记》，上海古籍出版社1987年版，第1268—1269页。

后以游踪为顺序，描绘了阳朔优美风景。作者的游踪是串联各处风景点的一条红线，描写简而不漏，不枝不蔓，布局精巧，井然有致，用大量比喻，形象生动。引用前人与同时代人众多诗文，交代景点处人文景观，使得文情摇曳，趣味盎然。

明末清初，余怀（1616年—1696年）《三吴游览志》为游览苏南一带所作，逐日记载沿途探胜访幽、晤朋会友的见闻感受，随见辄记，感触兴怀。“初四微雨”一段，描绘暮春时节惠山的山水秀色，抒发惬意之感。写山，是远望之景，重在表现其意境，采用虚笔；写水，则是近观，是实写。山与水，一远一近，一虚一实，相映成趣，构成了一幅清丽优美的画卷，亦时露沧桑之感。烟雨空蒙，山色有无，以米芾山水画比之，生动形象，一语胜千言。《游五亩园记》以游览景点顺序为线索，记述游览弇山园所见景物风光，重在描写园林建筑景观。寥寥数笔，勾画出该园开阔宏大的不凡气势。以建筑物为中心，将四周风物结合起来，一步一景，步移景换，各具风采，犹如展示一幅长画卷，美不胜收。不独写景，同时写各个景点与四季相宜，表现其“近人而可乐”之处，把自然景物与居处其间的人联系起来，使园林充满人情味。结尾感触兴怀，寄寓作者对弇山园独特景观的赞赏和对造园者情趣上的认同，同时也流露出历史沧桑感。语言清丽自然，不过分夸饰，用“输”“峙”“瞰”“奔会”“吐”等动词刻画景物形态，将景物写活，生动传神。多用四字句，句式整齐，富有节奏感。

袁枚（1716年—1798年），字子才，号简斋，浙江杭州人。四十岁辞官告归，卜筑南京小仓山，称随园，自号随园老人，人称随园先生。他在此吟咏著述，广延宾客，悠闲自适，以文自娱，负盛名数十年。著有《小仓山房文集》《小仓山房尺牍》等。袁枚游记成就突出，《游黄山记》以时间为线索，记录游黄山全过程，描写黄山特色的古松和云海，精描细摹，综合运用夸张、比喻等手法，佐以简洁流畅的白描，寥寥几笔，宛然如画。写云，从前面的弥漫之奇，写到清凉山云海的“熔银散锦”，浑如凝脂，视觉、听觉、感觉充分调动，反复渲染，穷形极态，主次分明，浓淡相宜。作风趣戏谑语，出语天真，直如清泉，字字句句均从丹田流出，情趣盎然，透露出旷达飘逸的风神气度。《峡江寺飞泉亭记》以议论开端，以议论结尾，构思新颖独特，语言简洁凝练，通俗自然。《游桂林诸山记》写桂林独秀峰、栖霞寺、南薰亭、木龙洞、斗鸡山等处名胜景物，以白描手法勾勒它们的特征和姿态。栖霞寺洞中奇特景象，怪异的崖石，写得有声有色，具体生动。又从洞中的反光，联系面墙而立的不学无术之人，予以讥讽，辛辣深刻。写桂林山“四多”及其来去无踪、起止无迹，运用各种不同事物来形容阳朔山峰“多而且怪”，语言形象生动，流畅自然。《游武夷山记》先总写游览武夷的感受，然后以游踪为序，依次写出所见山水名胜。篇末“以文论山”，盛赞武夷山在山河中“别竖一帜”的“超隽之概”，构思别具一格。融情入景，处处流露真情实感，语言简练，文笔流畅自然。《游庐山黄崖遇雨记》写作者游庐山时，在往五老峰途中遇暴雨的情形及其思想活动；《浙西三瀑布记》描述浙西地区天台石梁、雁宕大龙湫、青田石门洞三地瀑布的不同特点以及由此引起的感受；《游仙都峰记》写错过游览仙岩的机会，而于意外得游仙都的过程，并由此生发出一番感慨。这些游记，灵动活脱，信笔写来，直抒性灵，天趣盎然，与其“性灵”诗文相通。

袁枚主张抒写性灵，“余尝谓诗人者，不失其赤子之心也”[①]。其文出语新巧，简约而有韵致，不拘义法，不落俗套。《随园记》记述随园的由来，对随园的修葺用六个“随”字，表明采取顺应自然景物特征、即景成趣的修葺方法和态度，写随园，又兼抒怀，明其心志，反映出他对随园的一往情深，对官场网罗的不满、失望及绝意仕宦的清高绝俗情怀。

舒梦兰（1759年—1835年），字白香，有《游山日记》十二卷，系嘉庆九年（1804年）在庐山避暑所作。周作人《游山日记》说：“白香文章清丽，思想通达，在文人中不可多得，乐莲裳跋语称其汇儒释于寸心，穷天人于尺素，虽稍有藻饰，却亦可谓知言。”又说：“《游山日记》里所载的重要的是私生活，以及私人的思想性情，这的确是一部‘日记’，只以一座庐山当作背景耳。所以从这书中看得出来的是舒白香一个人，也有一个云烟缥渺的匡庐在，却是白香心眼中的山，有如画师写在卷子上似的，当不得照片或地图看也。”[②]他赞赏舒梦兰《游山日记》思想通达、议论平正、文章清丽、叙事奇妙、亲切有味、诙诡有趣、化臭腐为神奇。林语堂《〈游山日记〉读法》说：“我读舒白香日记，喜其文笔闲散，甚得日记体裁”，欣赏“白香之幽默，来得自然轻松，以幽默化其讽刺，斯不流于

①袁枚：《随园诗话》卷三，清光绪十八年本。

②周作人：《游山日记》，《宇宙风》1936年第8期。

尖酸……白香高雅，自然觉得俗人可笑，但亦平平温温，不涉酸刻。”[①]

各地山水千姿百态，地域风格特征十分突出，王思任《淇园序》说：“天下山水有如人相：眉巉目凹，蜀得其险；骨大肉张，秦得其壮；首昂须戟，楚得其雄；意清态远，吴得其媚；貌古格幻，闽得其奇；骨采衣妍，滇粤得其丽。然而韵秀冲停，和静娟好，则越得其佳。”山水游记因其描写对象不同，相应地有险、壮、雄、媚、奇、丽以及韵秀娟静的风格特色。明清游记作者大多工山水画，以画入记，游记更传神，更具意趣韵味。一篇篇山水游记，就是一幅幅美丽活泼的画卷，绘声绘色，形神俱到，似绘画又胜过绘画。作者观照景物，又移情于景，将主观性灵情趣与客观山水物境融为一体，意与境合，如袁宏道、李流芳、袁枚等抒写江南山水的灵秀娟媚，清幽、恬静、淡远、空灵，大多是一种“小桥流水”“杏花春雨”式的优美、柔美之境。清幽闲逸的意境多带有庄、禅意趣，是一种精神世界的理想之境，是污浊世俗的对立面，表达出作者潇洒出尘的胸襟，折射出文人清雅脱俗的心态。明清游记别具风格美，或清幽，或灵秀，或淡雅，或俊秀，或奇丽，或雄壮；有静态美，又有动态美；有阴柔美，又有阳刚美，众美集于一体。大多将游记小品化、性灵化、柔美化，唯有徐霞客游记独标壮游之高格，独得雄奇壮美之境界。

道光二十年（1840年）以后，晚清国门被西方坚船利炮轰开，“洋务运动”兴起，对外交往渐多，域外游记随之兴起，睁眼看世界，忧心救中国，不仅新人耳目，而且振聋发聩。总体上属旅行记，又多为日记体，内容新颖，记述真实，往往叙议结合，集游历、考察、探究于一体，尤重西学新潮的介绍和中外文化的比较，有别于传统游记而成为初步具有世界性、新闻性和社会性的新型游记。作者大多是洋务派使臣和维新派人士，前者有郭嵩焘《使西纪程》、薛福成《出使英法义比日记》、黎庶昌《西洋杂志》、张德彝《航海述奇》、张荫桓《三洲日记》等，后者有王韬《漫游随录》《扶桑游记》、康有为《欧洲十一国游记》、梁启超《汗漫录》《新大陆游记》、单士厘《癸卯旅行记》等。

晚清域外游记所写内容非常丰富和新奇，以欧美和日本为主的世界各国名区胜景、风土人情、气候物产、政制时事、宗教信仰、工商百业、文

①林语堂《〈游山日记〉读法》，《宇宙风》1936年第15期。

教科技和人生日常等，可谓无所不包，无所不记，展现了一幅幅充满异国风情的山水画卷、风俗画卷和现代文明画卷。除了写传统文人钟爱的自然风景外，更聚焦于新奇多样的人文景观和社会生活，既描绘各国宫殿、教堂、博物馆、广场、公园、画院、戏院、马戏馆、斗兽场、舞厅等场景风物，也描述圣诞节、复活节、宴会、茶会、舞会、斗牛、赛马、放烟火等风俗民情，还着重考察国体政制、时事政治、物质文明和精神文化生活等。五光十色、异彩纷呈的海外文明使作者应接不暇，心醉神迷，与中国传统游记"山阴道上行，令人目不暇接"之意趣大不相同。

这类游记开始具有世界眼光、开放意识和改良思想。无论是洋务派使臣，还是维新派志士，大都放眼世界，心系祖国，聚焦于洋务新知、时事政治，意在师夷制夷、变法图强。如薛福成《出使英法义比日记》"凡例"云："日记为出使而作，揆之体例，似当但就四国所见闻，随事详书。然中国所以遣使之故，在默察西国之情势，亦期裨益中国之要务也。若未能开拓心胸，总揽全局，既乏审机观变之识，更蹈舍己芸人之讥，殊失出使本旨。是以此书于四国之外，所闻关系中国之事，必详记之；即所闻关系各国之事，亦详记之。以示使职所当留心者，实非一隅一事可尽。""述事之外，务恢新义，兼网旧闻。凡瀛环之形势，西学之源流，洋情之变幻，军械之更新，思议所及，往往稍述一二。"[①]又如梁启超《新大陆游记》"凡例"所说："中国前此游记，多纪风景之佳奇，或陈宫室之华丽，无关宏旨，徒灾枣梨，本编原稿中亦所不免。今悉删去，无取耗人目力，惟历史上有关系之地特详焉。""兹编所记美国政治上、历史上、社会上种种事实，时或加以论断。但观察文明复杂之社会，最难得其要领；况谫陋如余，又以此短日月，历彼广幅员耶？其不足当通人之一噱明矣。但以其所知者贡于祖国，亦国民义务之一端也。于吾幼稚之社会，或亦不无小补。"[②]二者立场不同，或奉"使职"之责，或尽"国民"义务，却殊途同归，都是为了保国图强而来了解和取法西方先进文明，也都略于写景言情而详于经世济用。

洋务派使臣之文多出自桐城派、湘乡派，因旅外履新，眼界顿开，必然在保持古雅笔调基础上带有新时代的新意识、新气息和新境界。

①薛福成：《出使四国日记》，湖南人民出版社1981年版，第1—2页。

②梁启超：《新大陆游记》，湖南人民出版社1981年版，第1页。

郭嵩焘（1818年—1891年），字筠仙，湖南湘阴人。他是近代中国出使外国第一人，于光绪二年（1876年）出任驻英国公使，光绪四年兼任驻法国公使，次年因受朝廷非议而被迫辞职回原籍。著有《使西纪程》《郭嵩焘日记》等。《使西纪程》从光绪二年十月十七日启程，至十二月初八日抵伦敦止，共记五十一天海程见闻感想。当年十一月十八日记提出“洋情、国势、事理三者均有关系”的外交思想，他通晓时变，察知“西洋立国二千年，政教修明，具有本末，与辽、金崛起一时，倏盛倏衰，情形绝异”，认为“以夷狄为大忌，以和为大辱，实自南宋始。然而宋、明两朝之季，其效亦可睹矣”，反驳国内守旧派的指责，“无故悬一‘和’字以为劫持朝廷之资，侈口张目以自快其议论，至有谓宁可覆国亡家，不可言和者，京师已屡闻此言”，“诚不意宋、明诸儒议论流传，为害之烈，一至斯也”。进而讲明当下外交应对之道：“所谓道理无他，以之处己，以之处人，行焉而宜，施焉而当，推而放之而心理得，举而措之而天下安。得位者效其职，身任焉而不疑；不得位者明其理，心知焉而亦不敢恃。尊主庇民，大臣之责，胥天下而务气矜何为者?”他对列强侵吞中国的野心还看不透彻，但从理性上认知西洋政教修明，智力兼胜，不可轻视，更不可轻率对之，而应讲求“应对处理之方”。十二月初六日记又云：“西洋以智力相胜，垂二千年。麦西、罗马、麦加迭为盛衰，而建国如故。近年英、法、俄、美、德诸大国角立称雄，创为万国公法，以信义相先，尤重邦交之谊，致情尽礼，质有其文，视春秋列国殆远胜之”，“而环中国逼处以相窥伺，高掌远蹠，鹰扬虎视，以日廓其富强之基，而绝不一逞兵纵暴，以掠夺为心。其构兵中国，犹展转据理争辨，持重而后发。此岂中国高谈阔论，虚骄以自张大时哉?”“而西洋立国自有本末，诚得其道，则相辅以致富强，由此而保国千年可也。不得其道，其祸亦反是”，“处今日之势，惟有倾诚以与各国相接，舍是无能自立者”。郭嵩焘自知这类见识“为时诟病多矣”，仍“不惜大声争之，苦口言之，以求其一悟”，其“区区愚忱”实在令人感慨不已。

《郭嵩焘日记》于洋务、时事的叙议之外，还有公余活动的片段记述，如光绪三年（1877年）四月十二日观焰火一段描写：

坐定，月出，极望数十里不见星火。俄而爆声发，直上如箭，约及数十百丈，散为五色繁点，而其下万火俱发，爆声四起，或散为五色繁点，而色相杂，又各不同……忽又爆声连发，直上丈许，横出又丈许，成白色一道，忽奔腾而下，如瀑布之坠于崖端，火光四扬，远望之疑为水气之喷薄也。忽又爆声连发如转珠，少顷，现出五色花亭一座。忽又爆声连发，亦如转珠，现出五色大球一颗，腾空圆转不息，尤为奇绝。忽又爆声自地直冲而上，散为千万爆声，其光如金蛇万道腾跃。忽又爆声直冲而上，散为万点明星，方惊顾间，又冲而上，再散为万点明星。亦有冲上丈许，忽东出数尺，爆声随发，其光如月；又转而西出，爆声复发，其光亦同。往复六七次，如火龙之旋转，左右两座相为冲击，真奇观也。最后数十道齐冲而上，或如月，或如星点，或散为五色繁点；而五池周围巨火齐发，红绿相间，其光屡变。池中水一线上冲，激高逾丈许，或四五道并激，心目交眩。已而巨火中各冲出五色圆颗，其大如月，高不过丈许，腾跃而出，络绎相间，五池相环，约千百圆颗，互相击并，亦逾刻许始息，仍上冲散为五色繁点。此间奇景绝多，尤无若此次烟火之诡变者。

以古文写焰火，状难写之动景、洋景，又写得如此有声有色，多姿多彩，意象迭出，变幻万千，气盛言宜，兴会淋漓，堪称妙笔生花，穷形尽态！

薛福成（1838年—1894年），字叔耘，号庸庵，江苏无锡人。他是湘乡派“曾门四大弟子”之一，于光绪十六年（1890年）出任驻英国、法国、意大利、比利时四国公使，著有《出使英法义比日记》（后人改题为《出使四国日记》）。自跋云：“凡舟车之程途，中外之交涉，大而富强立国之要，细而器械利用之原，莫不笔之于书，以为日记。”他远承李翱《来南录》、欧阳修《于役志》的体制而驰观于域外，近传郭嵩焘日记的开放精神而发扬光大。他到欧洲不久就为郭嵩焘辩诬：“昔郭筠仙侍郎每叹羡西洋国政民风之美，至为清议之士所抵排。余亦稍讶其言之过当，以询之陈荔秋中丞、黎莼斋观察，皆谓其说不诬。此次来游欧洲，由巴黎至伦敦，始信侍郎之说，当于议院、学堂、监狱、医院、街道征之。”当年闰二月十六日、七月二十二日、十二月二十九日三则日记，就具体介绍全球三种政体，倾心推崇君民共主体制：“地球万国内治之法，不外三端：有君主之国，有民主之国，有君民共主之国”，“西洋各邦立国规模，以议院为最良。然如美国则民权过重，法国则叫嚣之气过重；其斟酌适中者，惟英、德两国之制颇称尽善”。在跋语中又说：“至于君主、民主、官绅共治之主，爵员、武员、上下议院之员，尊卑泯其等差，选举凭以声望。其分曹治事，任久而责专，其出政施刑，令严而法简。公会所以成务，学堂所以储材。他若种树专司，周衢设表，礼志宿息井树，传称治道成梁。以古方今，殆不之过。总而论之，其道如墨子，故必尚同；其政如商君，故必变法。虽兴废固非一致，而缔造各逾千年。”这开清末君主立宪、变法维新之先声。

他在行程中“睹大海之汪洋，念坤舆之广远”，写下“禹迹之九州，实不过得大地八十一分之一”，对世界之广大和中国之处境有切实的认识。又在正月二十六日记中写道：

> 余观火轮舟车之迅捷，因念人心由拙而巧，风气由朴而华，固系宇宙间自然之理。自开辟以后不知几何年，古圣人始创为舟车，为弧矢；乃阅四千数百年以迄于今，弓矢变而为枪炮，舟车改驶以火轮。从前中国小说家言，有所谓腾云者，有所谓千里眼、顺风耳者，谓不过荒唐悠谬之言，断难征之实事。今则乘气球者，非所谓腾云乎？电线、德律风，传数万里之报于顷刻，不更捷于千里眼、顺风耳乎？即轮船日行千余里，轮车日行二千余里，虽腾云之速，当亦不过如是。盖世事递变而益奇，昔之幻者今皆实矣。夫古圣人制作以来，不过四千数百年，而世变已若是；若再设想四五千年或万年以后，吾不知战具之用枪炮，变而益猛者为何物？行具之用火轮舟车，变而益速者为何物？

从器械技艺的变化揭示世界的进化，鉴往知来，见微知著，真实而富于想象，与历史进化论和科技进步论息息相通。他盛赞“西人之商政、兵法、造船、制器及农、渔、牧、矿诸务，实无不精，而皆导其源于汽学、光学、电学、化学，以得御水御火御电之法”，反省“中国缀学之士，聪明才力岂逊西人？特无如少年精力，多縻于时文试帖小楷之中，非若西洋亿兆人之奋其智慧，各以攻其专家之学，遂能直造精微”，批评对西学的两种错误态度：“若怵他人我先，而不欲自形其短，是讳疾忌医也；若谓学步不易，而虑终不能胜人，是因噎废食也。”而认为：“青出于蓝而胜于蓝，冰凝于水而寒于水，巫臣教吴而弱楚，武灵变服以灭胡，盖相师者未必无相胜之机也。吾又安知数千年后，华人不因西人之学，再辟造化之灵机，俾西人色然以惊、睾然而企也？”对中国科技进步充满希望和自信。这类新见识、新思想、新思维和新笔墨，在薛福成旅外日记之中比比皆是，随处可见。连观赏油画也在传神写照之中寄寓哲理感叹：

> 又赴油画院观普法交战画图。其法为一大圜室，以巨幅悬之四壁，由屋顶放进光明。人入其中，极目四望，则见城堡、冈峦、溪涧、树林，森然布列。两军人马杂沓，放枪者、点炮者、搴大旗者、挽炮车者，络绎相属。各处有巨弹坠地，则火光迸裂，烟焰迷漫。其被轰击者，则断壁危楼，或黔其庐，或赭其垣。而军士之折臂断足、血流殷地、偃仰僵仆者，令人目不忍睹。仰视天，则明月斜挂，云霞掩映；俯视地，则绿草如茵，川原无际。情景靡不逼真，几自疑身外即战场，而忘其在一室中者。迨以手扪之，始知其为壁也，画也，皆幻也。夫以西洋油画之奇妙，则幻者可视为真，然普法之战逾二十年，已为陈迹，则真者亦无殊于幻矣！

以古文传油画之境，不仅取景再造，形神俱似，而且置身画境，如在战场，似真似幻。

此外，黎庶昌《西洋杂志》采写广泛，内容平实；张德彝《航海述奇》篇幅众多，猎奇追新，似都不如郭、薛精警耐读。王韬、梁启超的旅外游记与报章文体接近。晚清域外游记是近代先进人士开眼看世界的创获，本质上是西方文明考察与中国出路探索和个人思想变迁相结合的著述，具有开放性、新闻性、知识性、启蒙性与审美性交叉综合的时代特点和文体特征，在散文史上具有开拓新题材、新境界和新风气的文学意义，对国人开阔眼界、增长见识、更新观念、救亡图强产生过深远影响，也直接影响近现代文学观念的转型和游记文学、翻译文学、比较文学的后续发展。

第六节　骈文的兴衰

元明两代，古文兴盛，骈文处于中衰阶段，但创作一线未断，政府公文仍用骈体。清孙梅《四六丛话·凡例》说："四六至南宋之末，菁华已竭。元朝作者寥寥，仅沿余波。至明代，经义兴而声偶不讲，其时所用书启表联，多门面习套，无复作家风韵。"①不过，明代后期，四六文在官场交际和日常应酬中得到广泛应用，四六选本的刊刻发行也随之兴起，王志坚《四六法海》就是晚明四六选本的代表作。天启、崇祯以后，江南文社兴起，骈文复苏。陈子龙、张溥、夏允彝父子等人组织云间幾社，提倡复兴古学，仿《昭明文选》所作《壬申文选》，运用骈体鼓舞人心，呼唤民族精神，以图救亡，由此开启清代骈文"中兴"。有清一代，大量骈文作家相继涌现，创作各具特色，铸就了古代骈文史上的最后一次辉煌。

清代前期，承接晚明骈俪之风，出现吴绮、毛先舒、毛奇龄、陈维崧、胡天游等骈文家，为骈文复兴奠定了基础。这一过程，大体上如《清史稿·胡天游传》所说："俪体文自三唐而下，日趋颓靡。清初陈维崧、毛奇龄稍振起之，至天游奥衍入古，遂臻极盛。"②毛奇龄（1623年—1716年）骈文颇合六朝矩矱，整散兼行，雄浑遒炼，是师法六朝的典范，以《平滇颂》《沈云英墓志铭》盛传于世。陈维崧（1625年—1682年）是"博丽派"骈文的代表。《陈迦陵俪体文集》共十卷，收录赋、颂、书、启、序、碑、记、疏、墓志铭、跋、题后、祭文、诔、哀辞、像赞等十五类，总一百六十八篇。他推尊骈体，取法徐、庾，强调"博"和"真"，追求"自标兴会"。《与芝麓先生书》《〈苍梧诗〉序》等，才力富健，气势宏伟，渊博雄肆，辞藻丰赡而不伤于滞，骈散交融，相辅相成。胡天游（1696年—1758年）骈文以才气辞藻取胜，沉博瑰丽，雄健宏肆，矫挺纵横，气象雍容。代表作有《大夫文种庙铭》《禹陵铭》《灵济庙碑》《安颐先生碑》《柯西石宕记》《逊国名臣赞序》等，多铭、碑、序、记、墓志等体，爱用怪字僻字，走韩愈怪奇艰涩一路。胡天游踵继毛奇龄、陈维崧之

①王水照编：《历代文话》第五册，复旦大学出版社2007年版，第4232页。

②赵尔巽等编：《清史稿·文苑传》，中华书局1977年版，第13382页。

后，于雍正、乾隆之际，承上启下，促进骈文兴盛。

清代中叶是骈文“中兴”期，也是骈文与桐城古文竞争的共荣期。当时，骈文“中兴”与“汉学”复兴关系密切。汉学重训诂、音韵之学，既对“桐城派”尊奉以程朱理学为代表的宋学造成一定冲击，又给骈文家征实用典、沉思翰藻提供理据。汉学家中，孙星衍、汪中、洪亮吉、孔广森等，都有意创作重典实、讲音律的骈体文。他们学有本原，精通经史，诂经考古，用典使事，皆有依据，这些都有利于讲究骈偶、用事、辞藻的骈文发展。骈文批评理论也在发展，重视“正名”，阐发艺术特点，与古文家争“正统”地位。

汪中（1744年—1794年），字容甫，江都（今江苏扬州）人，是清代骈文复兴的代表。汪中天才卓越，文思清丽，所作吐自肺腑，情感肆意，悲愤抑郁，情真意切，风格遒丽富艳，渊雅醇茂，用典属对，精当妥帖，然有时过于晦涩。汪中骈文有反映现实之杰作，如《哀盐船文》。乾隆三十五年（1770年）十二月，扬州仪征江面上盐船失火，毁船百余艘，死伤上千人。时作者正在扬州探亲，亲见亲闻这幕人间惨剧，以极其沉痛的心情写下此文。真实再现悲惨情状，对无辜罹难者深表悲悯，感叹命运莫测。以时间先后为主轴，统率整个事件描写次序，又从失火时环境、氛围、船民垂死挣扎及死后形骸枯焦各种凄惨景象展开，多角度描绘惨况，既有全景鸟瞰，又有局部刻画，生动逼真，令人有身临其境之感。设喻贴切，用典适当，语言典雅、精炼而不失自然，句式整齐，音律和谐，骈散兼行，挥洒自如。叙事之末归于议论，笔法灵活，气脉贯通，克服传统骈文板重、黏滞之弊。

《经旧苑吊马守真文》同情、悼念明末名妓马湘兰，以自己困顿随人之痛与马湘兰沦落风尘之悲相共鸣，流露出同病相怜、人生实难的感慨。骈散兼行，安雅而委曲。《吊黄祖文》借祢衡“虽枉天年，竟获知己”遭遇，发抒自己“飞辨骋辞，未闻心赏”的不平之叹，发出“苟吾生得一遇兮，虽报以死而何辞”的心灵呼号。《狐父之盗颂并序》愤世嫉俗，歌颂大盗之仁，赞扬其救人美德，感情充沛，语言明快锋利。《黄鹤楼铭》《汉上琴台之铭》《先母邹孺人灵表》《广陵对》《自叙》等篇，叙事抒情都能吸收六朝骈文之长，状难写之情，含不尽之意，情致高远，意度雍容，流丽生动，真切感人，用典属对，精当贴切。

汪中与洪亮吉并称“汪洪”。洪亮吉（1746年—1809年）与孙星衍是

"常州派"骈文的代表，为文清丽。洪亮吉注重骈散合一，主性情，不囿于宗派，不袭前人牙慧。哀悼至亲，追思师友，凄婉沉郁，伤己不遇，悲凉怨愤，情感真挚、细腻。笔致轻峭，求新爱奇，句雕字琢，工于属对，典故运用浑融无迹，曲尽抑扬。风格清新，渊博雅致，雄浑放达，兼擅其他多种风格。代表作有《出关与毕侍郎笺》《游天台山记》《戒子书》等。孙星衍（1753年—1818年）于嘉庆十二年（1807年）编纂的骈文选本《续古文苑》是《文选》和《古文苑》的补遗之作。以选本形式，倡导骈文尊体，骈散合一，与桐城派古文相抗衡。孙星衍骈文古奥渊雅，轻倩清新，用典灵活，造句简洁，骈散并用，但才力苦弱。方履篯（1790年—1831年）是接续洪亮吉、孙星衍骈文的高手。因事、因物生情，缘情而赋辞，情深意挚，《祭周箌云文》为友人永隔而抒发，其中写周箌云坎坷落拓、遽然早逝，深情贯注，既哀且愤，凄凉悲恸，有动天感地之气。他众体兼工，情深气壮，汇汉、魏、晋、宋作者之风骨神韵，华而不靡，绮丽中有股清隽之气，华丽而刚健雄肆，以散行之气运骈俪之文，辞气俱盛。

清代中后期，骈文、古文孰为"正宗"，仍争论不断，是古代骈散之争的自然延续。桐城派古文理论作为正统散文观念一直影响不衰，正统文人以"古文"为文章正宗，排斥骈文。作为桐城派古文的反拨，骈文理论亦盛。"扬州学派"主张为文根柢经、史，反对摹拟，推崇《文选》，注重经世致用，骈文理论独具特色。

阮元（1764年—1849年），字伯元，号云台，扬州人，历官乾隆、嘉庆、道光三朝，职高位重，为经学大家和扬州学派的主要代表。他承继汪中，提倡骈文，《文言说》云：

> 孔子于《乾》《坤》之言，自名曰"文"。此千古文章之祖也。为文章者，不务协音以成韵，修辞以达远，使人易诵易记，而唯以单行之语，纵横恣肆，动辄千言万字，不知此乃古人所谓直言之言，论难之语，非言之有文者也，非孔子之所谓文也。[①]

他承继六朝"有韵为文，无韵为笔"观念，主张"文"须排偶对仗，有声

①阮元：《揅经室集》三集卷二，中华书局1993年版，第605页。

韵，否则就是“直言之言，论难之语”。他认为，与散文相对，骈文才是真正的“文”，而无韵散行者只是“笔”，将散文排除于“文”外，不满桐城派的古文。阮元标举骈文为文学“正宗”，提出“孔子《文言》，实为万世文章之祖”，意在借圣人之旗号建立新“文统”，争文章正统，与桐城古文家由韩、欧上溯《左传》《史记》的古文文统相抗衡。借《文选》以张其帜，针对古文平直疏浅、音韵失和流弊而发，纠正桐城派雅洁有余、文采不足的创作倾向，欲以俪体续斯文之统。他强调用韵对偶才是“文”，大力提倡“文言”“文韵”，尊对偶、音韵、辞藻之文为文章正统，强调骈散之分。主张文、笔分立，只有骈文才是美文，重骈而轻散。他说：“韵者即声音也，声音即文也。然则今人所便单行之文，极其奥折奔放者，乃古之笔，非古之文也。”[①]阮元《书〈梁昭明太子文选序〉后》据六朝“文笔说”立论，赞同萧统以“沉思翰藻”之作为文，而经、史、子著作均非“文”的观点，视骈文为文章“正统”，从源头上理清“文”概念的含义，厘定为“不但多用韵，抑且多用偶”。阮元创立的诂经精舍与学海堂最重骈文，书院延请的讲席王昶、孙星衍、陈寿祺等人不仅精于朴学，而且擅长骈文。

李兆洛（1769年—1841年），阳湖（今属江苏常州）人，与恽敬、张惠言合称“阳湖三家”。他的骈文理论承阮元之说而有所变化，认为文之起源不分骈散，主张骈散合一。嘉庆二十五年（1820年），他编选《骈体文钞》，选录战国至隋代骈体文七百七十四篇。李兆洛所谓“骈体”，并非通常意义上的“骈四俪六”，而是泛指采用偶句的一切文体，包括诸子散文，目的是想跨越古文和骈文鸿沟，合骈散为一，扬骈抑散，与姚鼐所编《古文辞类纂》争短长。对打破桐城派一统天下，推动清代骈文发展，起到一定推动作用。针对当时古文和骈文之弊，在骈散同源基础上，他提倡宗两汉、相杂而迭用、骈散兼作，调和骈散对立，旗帜鲜明反对古文独尊，追求古朴淳雅的审美理想。对后来曾国藩、谭献、朱一新、孙德谦等人骈文理论有很大影响。所作大体上能贯彻自己主张，对齐梁骈文尤其欣赏并吸收其营养。他因台阁多用骈体，便潜心于学习汉魏六朝文。《〈骈体文钞〉序》提出：“文之体，至六代而其变尽矣。”[②]认为六朝骈文是秦

①阮元：《揅经室续集》，中华书局1985年版，第128页。

②李兆洛选辑：《骈体文钞》，中州古籍出版社1990年版，第20页。

汉文章的直承衣钵者，欲学两汉文必须先习骈文。这有助于为清代“常州派”骈文兴盛提供理论基础。刘星炜、张惠言、董基诚、董祐诚等，皆是“常州派”骈文名家，屠寄是“常州派”骈体殿军。效汪中骈文风格而自成一派的“常州体”，一脉绵延直至清末。

骈文“中兴”，选本盛行，既是理论倡导，又是创作集结。除了李兆洛《骈体文钞》，吴鼒（1755年—1821年）选辑袁枚、邵齐焘、刘星炜、孙星衍、吴锡麒、洪亮吉、曾燠、孔广森“八家”骈文为《国朝八家四六文钞》。清代“骈文八大家”当时影响甚大，不足是多歌功颂德、应答酬谢之作。曾燠（1759年—1831年）《国朝骈体正宗》弘扬骈文正脉，骈文势力逐步强大。彭兆荪（1768年—1821年）编选骈文选本《南北朝文钞》，阐扬其以“归诸渊雅”为核心的骈文理论。清后期，张惠言、乐钧、王昙、王衍梅、刘开、董祐诚、李兆洛、金应麟为一时之杰，被称为“骈文后八家”。

桐城派主将姚鼐重视古文，而排斥骈文。他纂辑《古文辞类纂》，选辑七百余篇古文，不选骈文，确立正宗“文统”，被桐城派古文家奉为圭臬。不过，姚鼐弟子管同、梅曾亮、方东树、姚莹等人皆主张不废骈文。刘开主张骈散融合，不能偏废，《与王子卿太守论骈体书》说：“夫文辞一术，体虽百变，道本同源……故骈之与散，并派而争流，殊途而合辙……故骈中无散，则气壅而难疏；散中无骈，则辞孤而易瘠。两者但可相成，不能偏废。”[①]也就是说，“桐城派”内部，有人排斥骈文，有人不排斥骈文。梅曾亮创作过骈体文，但古文创作遮蔽了骈体文创作成就。曾国藩也主张骈散结合，《〈湖南文征〉序》说：“自东汉至隋，文人秀士大抵义不孤行，辞多俪语。即议大政，考大礼，亦每缀以排比之句，间以婀娜之声，历唐代而不改。虽韩、李锐志复古，而不能革举世骈体之风。此皆习于情韵者类也。”[②]他梳理古文与骈文各自特点，强调应沟通骈散，使作品能反映人心之本然，以主“情”与主“理”来概括骈文和古文。

近代社会剧变，新旧交替，多元文化相互激荡，骈文创作呈现出多方面特征。王闿运、李慈铭、刘开、梅曾亮、方履篯、周寿昌、董基诚、董

---

①严云绶等主编：《桐城派名家文集·刘开集》，安徽教育出版社2014年版，第462页。

②曾国藩：《曾国藩全集》上卷，河北人民出版社2016年版，第74页。

祐诚、赵铭、傅桐等，被称为晚清骈文“十大家”，其中王闿运、李慈铭成就较高。李慈铭（1830年—1894年）秉承凌廷堪、阮元等人观点，视骈文为文章正统。但他对散体文的态度较为宽容，有骈散合流倾向，其文学六朝和初唐，华美浏亮，婉转而流畅，多描写江南地区的旖旎风景，叙写日常生活的喜忧悲欢。《梦故庐记》以梦为依托，以感情变化为线索，将对故园的款款情思细细叙出，于状物之际寄托身世情怀，看似寻常家话，简淡无华，实则哀痛悲切，催人泪下。《六十一岁小像自赞》述怀言志，表现出逆境中不失真我的品格。《息荼庵记》描写艰难处境，借物抒发怀才不遇之感，激愤之情溢于言表。《答仆诮文》作于咸丰九年（1859年）除夕，从仆人口中写出先生行为性情，述说志向。四字一顿，音调铿锵，似抑实扬，一位胸怀坦荡、清高耿介、学识渊博，不以钻营为业，但以寄情山水、陶冶性情为乐的自我形象便跃然纸上。

王闿运（1833年—1916年），字壬秋，号湘绮，世称湘绮先生，湖南湘潭人，有《湘绮楼诗文集》，被视为清代骈文复兴的殿军。他自称“余少学为文，思兼单复”[①]，又《论文体单复》曰：“古今文体分单、复二派”，“复者文之正宗，单者文之别调”[②]。其古文、骈文兼行，骈体名篇有《哀江南赋》《〈秋醒词〉序》等。《哀江南赋》仿庾信原赋，并用其原韵，以官方立场和大量典故铺叙太平军发难后他随湘军征讨所见战乱情形，“大都沦覆，妖气横扇。百里金墉，千秋旧甸。荡横流于沧海，怆陆沉于中县。”“郡少坚城，官希全节。鲸鲵奔涌，烽烟冥灭。南昌胜区，崇墉势壮。险失江防，谋资楚将。楼上琴弹，沙边筹唱。焚郭相惊，全师不丧。列县沦亡，高秋恨怆。九江浪急，汉水波长。濡须不守，夏口空防。桑落有败军之地，西陵无太守之墙。两军再北，半壁云亡。”“叹英雄于广武，策天人于广川。壮风云而方起，与日月而代迁。耿弁小儿之意，张缵早达之年。悲歌当泣，《离骚》问天。况以友朋离别，前游渺然。盛固难纪，忧殷方始。不望貂蝉，惟增马齿。或杖策而从军，及携琴而归里。昔之长啸苏门，时复饮酣都市。文无渊明之赏，门绝儒冠之士。王敦如意之诗，孙盛《阳秋》之史。若使小年词赋，犹有好事扬雄；江表文章，岂直穷愁庾子。”悲歌感慨，用典隶事，酷似庾赋，而气格不及。《〈秋醒词〉

①王闿运：《湘绮楼诗文集》，岳麓书社1996年版，第550页。

②王闿运：《湘绮楼诗文集》，岳麓书社1996年版，第544页。

序》亦用骈体，抒写秋夜感怀遐思。情景真切，如“揽衣出房，星汉照我，北斗摇摇，庭院垂光。芳桂一株，自然胜露；秋竹数茎，依其向月。青扉半开，知薄寒之已入；蜃墙如练，映苔地以逾阴”；情理相生，如“从静得感，从感生空，意御列风之是非，乘轩云而升降，接卢敖之汗漫，入李叟之有无，犹陈思之登鱼山，茂陵之叹敝屣也”；又如“居尘途而谈元寞，在金门而希隐遁，悬车之愿徒设，拂衣之效无闻。与夫北山轩眉，终南捷仕；牛巢论禅代之事，武陵知汉、晋之迁，亦有欣哀，未容相笑也。若出而思隐，将隐而思出乎？子思所以有素行之箴，许由所以有悬一瓢之累也”。讽喻世风，典多意隐，骈散兼行，典雅流丽，比其《哀江南赋》清新灵动。

刘师培（1884年—1919年）《广阮氏〈文言说〉》承阮元观点，力倡韵偶之文，主张以“藻饰”“对偶”“声律”为“文”之标准，强调“‘文’以‘藻缋成章’为本训”，“就应对言，则直言为言，论难为语，修词者始为文。文也者，别乎鄙词俚语者也”[①]。刘师培系统论证“骈文正宗”观，意在恢复六朝骈文的正宗地位。他早年即写一手好骈文，后来在北京大学执教，撰有《中古文学史讲义》，讲授《汉魏六朝专家文》。孙德谦（1869年—1935年）骈文创作有六朝之风，著有《四益宧骈文稿》。其《六朝丽指》一书是骈文理论的“集大成”者，承继前人“骈散合一”思想，强调骈散兼行，即骈句与散句并用，融合骈散各自优势，又保持各自特色，解决了骈散分疆的矛盾。

清代骈文，理论自觉而系统，对传统骈文做了全面而细致的总结，名家云起，创作兴盛，堪与六朝骈文前后辉映。刘麟生《中国骈文史》称其为骈文“复兴”时代，但不少作品辞藻胜于气势，守成多于创新，诸多“大家”实难与六朝、唐宋相匹敌，虽可与桐城派古文相颉颃，却和桐城派一样，也难以挽救其日益衰退、终被新文学取代的历史命运。

①刘师培：《刘师培中古文学论集》，中国社会科学出版社1997年版，第183页。

第七节　从报章体到新文体

中文报刊最初是来华传教士和洋商创办，用来宣传宗教教义、传播西方文化、了解当地风俗和刊登时事及商业信息。教会创办的中文报刊，先后有马礼逊在马六甲刊行《察世俗每月统纪传》（1815年—1821年），郭士立在广州创刊《东西洋考每月统纪传》（1833年—1838年），马礼逊教育会在香港主办《遐迩贯珍》（1853年—1856年），伍德、傅兰雅在上海主编《上海新报》（1861年—1872年），林乐知在上海主编《万国公报》（1868年—1907年）等。洋商创办的主要有上海《申报》（1872年）、《字林沪报》（1882）、《新闻报》（1893年），天津《时报》（1886年），北京《顺天时报》（1901年）等。

中国人办报的历史，可溯源于唐宋时“邸报”，那是官方内部传递信息的公文，与近代报刊截然不同。近代报刊随着西方文明传入中国后，第一代开眼看世界的士人，既从报刊上了解世界，又从译介西刊开始学习办刊。道光十九年（1839年），林则徐奉旨在广州禁烟之际，就聘专人创办《澳门新闻纸》，编译“夷情”，后又委托魏源采译西书洋报而编写《海国图志》（1848年）。从译报开始，国人还陆续参与洋人所办西文或中文报刊的编辑、撰稿事务，并兴起自办报刊的活动。上海《申报》原由英商创办于同治十一年三月二十三日（1872年4月30日），宣统元年（1909年）后由中国人接办，至1949年5月27日停刊，是近现代史上持续最长、影响最大的一份报纸。该报一开始就由中国人主持笔政，可说是国人办报的滥觞。其创刊号“本馆告白”首次提出“新闻之作”概念，批评过去文章艰涩难懂，不能雅俗共赏，主张学习西方新闻文体，“求其记述当今时事，文则质而不俚，事则简而能详，上而学士大夫，下及农工商贾，皆能通晓”，“务求其真实无妄，使观者明白易晓，不为浮夸之辞，不述荒唐之语”[①]。戈公振说：“我国人自办之日报，开其先路者，实为《昭文新报》，《循环日报》次之。”[②]汉口《昭文新报》创办于同治十二年（1873年）闰

①《申报》创刊号，1872年4月30日。

② 戈公振：《中国报学史》，生活·读书·新知三联书店1955年版，第119页。

六月，不到一年即停刊，没产生什么影响。香港《循环日报》由王韬创办于同治十二年十二月十八日（1874年2月4日），直至1947年停刊，堪称中国人创办成功的第一份报纸。王韬主持该报笔政多年，并创立了报刊政论文体。后来，康有为、梁启超等维新派创办《中外纪闻》《强学报》《时务报》《湘报》《国闻报》《清议报》《新民丛报》等，孙中山、章太炎等革命派创办《中国日报》《苏报》《民报》等，在19世纪末兴起办报热潮。近代报刊的出现，改变了帝制时代以“邸报”形式传播信息的机制，也改变了“天下有道，庶人不议”的古训，报章逐渐走向社会公众，形成公共舆论空间。

为报章撰稿的改良派作家有冯桂芬、王韬、郑观应、康有为、梁启超等，他们通过报章刊发政论、时论和报道文章，传播“变法”思想，发挥“开民智”的作用，同时也适应公众读者的需求而改良文体，推进文言散文的通俗化。正如梁启超《中国各报存佚表》所云：“自报章兴，吾国之文体为之一变。”[①]

冯桂芬（1809年—1874年），江苏吴县人，是早期改良派代表人物。继承林则徐、魏源的改良思想而有所发展，运用通俗古文写作政论文，著有《校邠庐抗议》四十二篇，每篇以“议”命题，所议事关大局，经世济用，如《公黜陟议》《均赋税议》《变科举议》《制洋器议》《采西学议》等。《自序》云：“桂芬读书十年，在外涉猎于艰难情伪者三十年，间有私议，不能无参以杂家，佐以私臆，甚且羼以夷说。而要以不畔于三代圣人之法为宗旨……用《后汉书·赵壹传》语名之曰‘抗议’，即位卑言高之意。”[②]《制洋器议》开篇就说：“有天地开辟以来未有之奇愤，凡有心知血气莫不冲冠发上指者，则今日之以广运万里、地球中第一大国而受制于小夷也。”他抱愤反思：“彼何以小而强，我何以大而弱？必求所以如之，仍亦存乎人而已矣。以今论之，约有数端：人无弃材不如夷，地无遗利不如夷，君民不隔不如夷，名实必符不如夷。四者道在反求，惟皇上振刷纪纲，一转移间耳，此无待于夷者也。”所见高远，超越时人。至于“船坚炮利不如夷”，可用魏源“师夷长技以制夷”之方，“道在重其事，尊其选，特设一科以待能者……中华之聪明智巧必在诸夷之上，往时特不之用耳。

① 《清议报》第一百册，清光绪二十七年（1901）十一月。

② 冯桂芬：《校邠庐抗议》，上海书店出版社2002年版，第2页。

上好下甚，风行响应，当有殊尤异敏，出新意于西法之外者，始则师而法之，继则比而齐之，终则驾而上之。自强之道，实在乎是。”《采西学议》进一步提出：“太史公论治曰：‘法后王（本《荀子》），以其近己而俗变相类，议卑而易行也。’愚以为在今日又宜曰：‘鉴诸国。’诸国同时并域，独能自致富强，岂非相类而易行之尤大彰明较著者？如以中国之伦常名教为原本，辅以诸国富强之术，不更善之善者哉？”此论成为“中体西用”之先声。他有“位卑言高”之自信，也确有通晓时变的才智，写起议论文章，称心而言，独抒己见，条分缕析，平易畅达，是报章政论的先导。

王韬（1828年—1897年），长洲（今属江苏苏州）人，是变法维新的思想先驱和中国近代报刊的开创者。道光二十九年（1849年），他应传教士麦都思之聘到上海墨海书馆协助翻译《圣经》，不久受洗成为基督教徒；同治元年（1862年）避居香港，协助汉学家理雅各翻译“十三经”；同治六年（1867年）随理雅各游历欧洲两年多，光绪五年（1879年）应邀游历日本，分别写下《漫游随录》和《扶桑游记》。

王韬比官派使团早几年旅居域外，“眼界顿开，几若别一世宙”，最早以亲历目见的实录来介绍近代欧洲社会和资本主义文明，侧重于日常游观和中外比较，与洋务大臣的游记有所不同。如写爱丁堡之游：“每莅访友人之舍，悉皆倒屐相迓，逢迎恐后。名媛幼妇，即于初见之顷，亦不相避。食则并席，出则同车，觥筹相酬，履舄交错，不以为嫌也。然皆花妍其貌而玉洁其心，秉德怀贞，知书守礼，其谨严自好，固又毫不可以犯干也。盖其国以礼义为教，而不专恃甲兵；以仁信为基，而不先尚诈力；以教化德泽为本，而不徒讲富强。欧洲诸邦皆能如是，固足以持久而不敝也。”从英国人情世相中看出其礼义教化之美善，别有见地。又如写《舞蹈盛集》：“西国男女有相聚舞蹈者，西语名曰‘单纯’（dance）”，“诸女子无不盛妆炫服而至，诸男子亦无不饰貌修容，衣冠楚楚，彼此争妍竞媚，斗胜夸奇。其始也，乍合乍离，忽前忽却，将近旋退，欲即复止，若近若远，时散时整。或男招女，或女招男。或男就女，而女若避之；或女近男，而男若离之。其合也，抱纤腰、扶香肩，成对分行，布列四方，盘旋宛转，行止疾徐，无不各奏其能。诸女子手中皆携一花球，红白相间，芬芳远闻。其衣亦尽以香纱华绢，悉袒上肩，舞时霓裳羽衣，飘飘欲仙，几疑散花妙女自天上而来人间也。其舞法变幻不测，恍惚莫定，或如鱼贯，或如蝉联，或参差如雁行，或分歧如燕翦，或错落如行星之经天，或疏密如围棋之布局。或倏分为三行则成‘川’字，或骤合为联贯则成‘曰’字，或进如排墙则成‘一’字，或为圆围则成‘○’字，或为方阵则成‘□’字……又有时纯用女子作胡旋舞，左右袖各系白绡一幅，其长丈余，恍若白蝙蝠张翅，翩翩然有凌霄之意。诸女子皆蹑素革履，舞蹈之时，离地轻举，浑如千瓣白莲花涌现地上。此外更佐以琴瑟诸乐，音韵悠扬。观者目眩神摇，恍不觉置身何所。”笔调轻灵生动，语言平易浅显，写尽舞蹈之美。《扶桑游记》则记东洋胜景，友朋交谊，也清丽明畅，日人重野安绎《〈扶桑游记〉序》称赞“纪其风土人情、山川景物之状，意到笔随，读之者如身涉其境”[①]。

王韬从欧游回香港后，于同治十三年（1874年）创办和主笔《循环日报》，开始以新的思想眼光考察中国问题，倡言变法，鼓吹洋务，所写时论于光绪九年（1883年）辑为《弢园文录外编》，这是中国有史以来第一部报刊文集。《自序》说：“自中外通商以来，天下之事繁变极矣……其间斗智斗力，情伪相感而利害生，交际相乘而得失生，强弱相形而凌侮生，诚诈相接而悔吝生。四十余年中所以驾驭之者，窃谓未得其道也，草野小民独居深念，惄然忧之。时以所见达之于日报，事后每自幸其所言之辄验，未尝不咨嗟太息而重为反复以言之，无奈言之者谆谆而听之者藐藐也。”“自愧言之无文，行而不远，必为有识之士所齿冷，惟念宣尼有云‘辞达而已’，知文章所贵在乎纪事述情，自抒胸臆，俾人人知其命意之所在而，一如我怀之所欲吐，斯即佳文。至其工拙，抑末也。鄙人作文窃秉斯旨，往往下笔不能自休，若于古文辞之门径则茫然未有所知，敢谢不敏。曰‘外编’者，因其中多言洋务，不欲入于集中也。”[②]内有《变法》上中下三篇、《变法自强》上中下三篇、《重民》上中下三篇、《洋务》上下两篇等，畅论变法自强之道，最具启蒙觉世的思想价值。如：

世人皆明于既往而昧于将来，惟深思远虑之士乃能默揣而得之。天心变于上，则人事变于下。天开泰西诸国之人心，而畀之以聪明智慧，器艺技巧，百出不穷，航海东来，聚之于一中国之中，此固古今之创事，天地之变局。诸国既恃其长，自远而至，挟其所有以傲我之

---

①王韬：《漫游随录·扶桑游记》，湖南人民出版社1982年版，第173页。

②王韬：《弢园文录外编》，上海书店2002年版，第1页。

所无，日从而张其炫耀，肆其欺凌，相轧以相倾，则我又乌能不思变计哉？是则导我以不容不变者，天心也；迫我以不得不变者，人事也。（《变法》上）

尽其在我，则莫先乎变法自强。今日之当变者有四：一曰取士，二曰练兵，三曰学校，四曰律例。（《变法自强》上）

泰西之立国有三：一曰君主之国，一曰民主之国，一曰君民共主之国……一人主治于上而百执事万姓奔走于下，令出而必行，言出而莫违，此君主也。国家有事，下之议院，众以为可行则行，不可则止，统领但总其大成而已，此民主也。朝廷有兵刑礼乐赏罚诸大政，必集众于上下议院，君可而民否，不能行，民可而君否，亦不能行也，必君民意见相同，而后可颁之于远近，此君民共主也……《书》有之曰："民惟邦本，本固邦宁。"苟得君主于上，而民主于下，则上下之交固，君民之分亲矣。内可以无乱，外可以无侮，而国本有若苞桑磐石焉。由此而扩充之，富强之效亦无不基于此矣。（《重民》下）

他系统地阐述了早期维新思想和政治主张，贯穿着鲜明的"变法"思想，为戊戌时期的维新派开启道路。王韬的报章政论针砭时弊，议论大胆、泼辣。批判专制统治，"惟知耗民财，殚民力，敲骨吸髓"，显示出胆量与见识。他直抒胸臆，议论风发，笔调清新明快，不追求华丽辞藻，不事雕琢，极少引经据典，平易浅显，据实直书，以理服人，富于逻辑力量。

王韬散文已疏离古文，显现出一种新面目。他在冯桂芬等前辈作家散文改革的基础上开拓出别具一格的新体散文"报章体"。所谓"报章体"，是指近代出现在报刊上，不同于"桐城派"古文而较为通俗浅白、平易畅达的文体。旨在"救一时，明一义"，不炫学问，不图久远，只求发胸中所欲言，去除清规戒律，实行文体上的"解放"。半文半白，条理清晰，有时还夹杂口语和外来语，只求文章能够"达"，明白清楚，不刻意求工，使古文通俗化。它适应了当时呼吁变法救亡、进行思想启蒙、介绍新学知识的大趋势，代表了近代散文发展的新方向，对以后的报章政论家郑观应、康有为、梁启超、谭嗣同等人都产生了直接影响。胡适《五十年来中国之文学》一文充分肯定了王韬的"报馆文章"。

郑观应（1842年—1922年），广东香山人。咸丰八年（1858年）到上海学商，曾任洋行买办和洋务官员，经营实业，并作诗文，为工商界洋务派代表人物和思想启蒙家。于同治元年（1862年）刊行《救时揭要》，同治十年（1871年）又出续集《易言》，至光绪十九年（1893年）汇编前作和续集，改名《盛世危言》出五卷本，计有《道器》《学校》《西学》《议院》《吏治》《教养》《廉俸》《训俗》《公法》《商战》《技艺》《海防》《边防》等五十篇；光绪二十六年（1900年）增订出版八卷本，分通论、礼政、吏政、刑政、户政、兵政、工政等七类，增收《原君》《自强》《公举》《商务》《卫屯》《律法》《革弊》《限仕》《汰冗》《度支》《户口》等五十篇，共计百篇。仅从分类和篇目来看，内容远比冯桂芬《校邠庐抗议》、王韬《弢园文录外编》广泛、丰富，为近代时论名著。

《盛世危言》初刊自序云："应虽不敏，幼猎书史，长业贸迁，愤彼族之要求，惜中朝之失策。于是学西文，涉重洋，日与彼都人士交涉，察其习尚，访其政教，考其风俗利病、得失盛衰之由，乃知其治乱之源，富强之本，不尽在船坚炮利，而在议院上下一心，教养有法。兴学校，广书院，重技艺，别考课，使人尽其才；讲农学，利水道，化瘠土为良田，使地尽其利；造铁路，设电线，薄税敛，保商务，使物畅其流。"[①]《盛世危言》增订新编凡例之一曰："书中专言时务，凡中西利病情形，或得自阅历，或闻自友朋，或辑自近人论说。随手笔录，不暇修琢词句，或文气未能一律。惟求有益于国计民生，无论士、农、工、商之言，悉为胪取编入，以备当道采择施行……当此危疑震撼之时，杞忧、忠愤两不能禁，是以卅余年来，不惮心力交瘁，不顾忌讳，知无不言，言无不尽，欲使天下人于中外情形了如指掌，勿为外人所侮耳。"[②]《盛世危言》增订新编后序又云："余读各国史论，究心世事三十年于兹矣，深察古今盛衰之故，粗知宇宙利病之情……一腔热血，罔识忌讳，用成《危言》一书，藉作旌木之献……以期天下共知病源所在，毋讳疾而忌医，毋畏难而惮改，则大局庶有豸乎！"[③]诚如作者所言，他以"杞忧、忠愤"之心，体察"中西利病情形"，不顾忌讳地发抒"警世危言"，据事胪陈，直言不讳，条分缕析，论述透辟，通俗流畅，浅显易懂，而振聋发聩，在甲午战败后尤其震撼人心。

---

①郑观应：《盛世危言》，华夏出版社2002年版，第10页。

②郑观应：《盛世危言》，华夏出版社2002年版，第13页。

③郑观应：《盛世危言》，华夏出版社2002年版，第592—593页。

康有为（1858年—1927年），原名祖诒，字广厦，号长素，广东南海人，是“变法维新”改良运动的领袖。所著汇编为《康有为全集》十二集，其中有《康子内外篇》《新学伪经考》《孔子改制考》《日本变政考》《大同书》等名著，也有单篇政论、书序和游记等散文作品，后人辑为《康有为政论集》《康有为散文》等。

康有为《论文》说：“文有三体：曰义理，曰记事，曰议论。”[①]其政论名作可举《上清帝第二书》为代表。光绪二十一年四月初八（1895年5月2日），为抗议朝廷与日本签订“马关条约”，他与梁启超等联合在京应试的各省举人上书请愿，史称“公车上书”。他“主其事，草疏万八千余字，集众千三百余人，力言目前战守之方，他日自强之道”。全文起首语概述上书主旨：“具呈举人康祖诒等，为安危大计，乞下明诏，行大赏罚，迁都练兵，变通新法，以塞和款而拒外夷，保疆土而延国命，呈请代奏事。”作者抱着“社稷安危，在此一举。举人等栋折榱坏，同受倾压，故不避斧钺之诛，犯冒越之罪，统筹大局，为我皇上陈之”的忧患意识和强国热忱，纵论拒和、备战、迁都、变法、富国、养民、除弊、自强的方略和道理，“伏乞皇上下诏鼓天下之气，迁都定天下之本，练兵强天下之势，变法成天下之治”。他痛陈利害得失：“不变法而割祖宗之疆土，驯至于亡，与变法而光宗庙之威灵，可以大强，孰轻孰重，孰得孰失，必能辨之者。不揣狂愚，窃为皇上筹自强之策，计万世之安，非变通旧法，无以为治。”也切中现实问题：“变之之法，富国为先。户部岁入银七千万，常岁亦已患贫……闻日本索偿二万万，是使我臣民上下三岁不食乃能给之；若借洋债，合以利息扣折，百年亦无偿理，是自毙之道也。与其以二万万偿日本，何如以二万万外修战备、内变法度哉？”还提出具体主张：“富国之法有六：曰钞法，曰铁路，曰机器轮舟，曰开矿，曰铸银，曰邮政。”“养民之法：一曰务农，二曰劝工，三曰惠商，四曰恤穷。”并进一步揭示积弊：“夫中国大病，首在壅塞。气郁生疾，咽塞致死。欲进补剂，宜除噎疾，使血通脉畅，体气自强。今天下事皆文具而无实，吏皆奸诈而营私。上有德意而不宣，下有呼号而莫达……君与臣隔绝，官与民隔绝，大臣小臣又相隔绝，如浮屠百级，级级难通；广厦千间，重重并隔……天下人民

①康有为：《康有为全集》第二集，上海古籍出版社1990年版，第409页。

四万万，庶士亿万，情伪百端，才智甚广。皇上仅寄耳目于数人，而数人者又畏懦保禄，不敢竭尽，甚且炀灶蔽贤，壅塞圣聪，皇上虽欲通中外之故，达小民之阨，其道无由。名虽尊矣，实则独立于上，遂致有割地弃民之举。皇上亦何乐此独尊为哉？”恳切希望效法“与民共之”的“先王之治”，“集思广益，通达民情”，“通忧共患，结合民志”，“上广皇上之圣聪，可坐一室而知四海；下合天下之心志，可同忧乐而忘公私。皇上举此经义，行此旷典，天下奔走鼓舞，能者竭力，富者纾财，共赞富强，君民同体，情谊交孚，中国一家，休戚与共。以之筹饷，何饷不筹？以之练兵，何兵不练？合四万万人之心以为心，天下莫强焉！”全文针对时局，慷慨陈词，义理严正，论辩周密，条分缕析，理至情生，危言急切而措辞得体，堪称上书体政论的典范。此上书虽未如愿上达，但在朝野和士人之中广为传诵，其思想成为当时变法维新运动的纲领，在稍后“百日维新”中大多得到采纳和施行。

康有为书序和游记也写得有见识、有激情、有气魄。如1912年为创办《不忍》杂志所写序文：“吾不能禁绝吾乐忧，而躬际中国之危难，于是不忍之心旁薄而相袭，触处而怒发，不能自恝焉”，“于是吾遂靡靡喋喋，不能已于言：睹民生之多艰，吾不能忍也；哀国土之沦丧，吾不能忍也；痛人心之堕落，吾不能忍也；嗟纪纲之亡绝，吾不能忍也；视政治之窳败，吾不能忍也；伤教化之陵夷，吾不能忍也；见法律之蹂躏，吾不能忍也；睹政党之争乱，吾不能忍也；慨国粹之丧失，吾不能忍也；惧国命之分亡，吾不能忍也。怵焉心厉也，愁焉陨涕也，凄凄焉悲掩袂也。逝将去之，莫能忘斯世也；愿言拯之，恻恻沉详予意也。此所以为《不忍》杂志耶。”接连十个“不忍”排比道来，忧国忧民本心袒露无遗。即便是流亡海外，游历四方，写《欧洲十一国游记》，也抱着“天纵之远游者，乃天责之大任”的使命感，“揽万同之华实，考其性质色味，别其良楛，察其宜否，制以为方，采以为药，使中国服食之而不误于医”。因而，他在游历中时有比较鉴别、洋为我用之见识：“未游欧洲者，想其地若皆琼楼玉宇，视其人若皆神仙才贤；岂知其垢秽不治，诈盗遍野若此哉！故谓百闻不如一见也。吾昔尝游欧美至英伦，已觉所见远不若平日读书时之梦想神游，为之失望。”“今欧人之文明皆本于罗马，大学皆学罗马之语言文字，不忘其祖，宜盛称之。若以我之文明较之，则渺乎在下矣。而我国人耳食而未尝亲游者，徒惊今日欧美之盛美，而误信其所出之罗马，乃亦同而尊仰之，则大谬矣。甚矣！吾国人今日之不自立，乃忘己而媚外也。故吾国人不可不读中国书，不可不游外国地。以互证而两较之，当不至为人所恐吓，而自退于野蛮也。”显然比洋务派的域外考察看得深远。

康有为散文思想解放，激情充沛，富于想象，直抒己见，不拘一格，散中带骈，语言瑰丽，气势奔放，打破了传统古文的程式格局，为新文体的诞生起到先导作用。钱基博评价康有为政论文：“发为文章，则糅经语、子史语，旁及外国佛语、耶教语，以至声光化电诸科学语，而冶以一炉，利以排偶，桐城义法，至有为乃残坏无余，恣纵不傥，厥为后来梁启超新民体之所由昉。”①

梁启超（1873年—1929年），字卓如，号任公，广东新会人，是近现代过渡期思想文化界的领袖，与乃师康有为齐名，世称“康梁”。一生著作等身，有《饮冰室文集》《饮冰室合集》传世。光绪二十二年（1896年），梁启超与黄遵宪、汪康年在上海创办《时务报》，这是当时维新派影响最大的机关报。光绪二十二年至二十四年（1896年—1898年），他在《时务报》发表《变法通议》等文章五十多篇，注重吸收传统古文优点，将“报章体”语言雅化，被称为“时务文体”。光绪二十四年（1898年），他入京参与“百日维新”活动，失败后逃亡日本，创办《清议报》。光绪二十八年（1902年），又创办《新民丛报》，进行改良主义的思想启蒙宣传，“新民体”应运而出。

光绪二十五年（1899年），他在《汗漫录》中提出“文界革命”口号，主张学习日本作家德富苏峰“善以欧西文思入日本文”的作法来改造文体。他认为写作是为了传播文明思想，开通民智，培育新民，唤醒民众，改良社会，为此主张散文变革要破除传统束缚，输入新思想新知识，解放文体，畅所欲言，追求平易畅达。他的新体散文有长篇大论，也有短评杂感，还有传记、游记等，内容广博，思想新颖，除旧布新，振聋发聩，在批判旧思想、解剖国民性、传播新学说等方面影响深广，启发和熏染了新一代文化人。他在《清代学术概论》中自述：“启超夙不喜桐城派古文，幼年为文，学晚汉魏晋，颇尚矜炼。至是自解放，务为平易畅达，时杂以俚语、韵语及外国语法，纵笔所至不检束，学者竞效之，号‘新文体’。

①钱基博：《现代中国文学史》，上海书店出版社2007年版，第239页。

老辈则痛恨，诋为‘野狐’。然其文条理明晰，笔锋常带感情，对于读者别有一种魔力焉。”[①]他评论自己的新文体，既超越当时流行的桐城派古文，又脱离早年所学的汉魏矜炼文风，形成新的文体特色：一是自由解放，不拘一格，纵笔所至不检束；二是语言更新，杂糅调和，力求平易畅达；三是条理明晰，思维逻辑性强，具有说服力；四是激情充沛，笔锋常带感情，具有感染力。这样的新文体，虽被正统古文家所排斥，却受到新一代读者的欢迎和效仿而风靡文坛，促进了文言散文的改良创新，朝着平易畅达、自由解放的方向发展。

《少年中国说》写于光绪二十六年（1900年），针对日本和西方列强讥称我中国为“老大帝国”而发。全文近四千字，从反驳“老大帝国”入手，以“少年中国”为中心观念，在“老少”的形象比喻和鲜明对照中，凸显老朽势力的祸国殃民，预示少年中国的兴盛发达，立意重大而高远。他把“国之老少”与“人之老少”联系起来思考，在逻辑思维上运用“老少”两分法和对比法，在形象思维上运用比喻、拟人、联想和想象，使论说形象化、条理化。他讲老少之分，不仅指年龄体征，更是指心理性格；不仅指国家历史，更是指国家心态。正是从精神实质上区分老少，人群与国家就有相似相通之处，成为本文立论的根据和取喻的来源，“老大帝国”与“少年中国”的意象对比就显得特别刺目，令人惊觉。他辨析国家与王朝的不同，批判家天下的封建政体，在破除王朝就是国家的旧观念的同时，引进和建立新的国家观念：“夫国也者，何物也？有土地，有人民，以居于其土地之人民，而治其所居之土地之事，自制法律而自守之；有主权，有服从，人人皆主权者，人人皆服从者。夫如是，斯谓之完全成立之国。”“未能完全成立而渐进于完全成立者”，像少年那样处于成长期，就叫“少年国”。他认定“我中国在今日为少年国”，“唐虞以前为胚胎时代，殷周之际为乳哺时代，由孔子而来至于今为童子时代。逐渐发达，而今乃始将入成童以上少年之界焉”。他的历史考察有宏观视野和现代眼光，用新的国家观念来审视中国历史，发现其长成特别迟缓，犹如童年多病，转类老态，这是历代民贼窒息其生机的结果。但也因为并未完全长成，还处于少年时代，也就拥有了未来的多种可能性。他以历史进化论眼光展望中

---

①梁启超：《清代学术概论》，上海古籍出版社2011年版，第86页。

国未来，寄希望于少年新一代："制出将来之少年中国者，则中国少年之责任也"，"少年智则国智，少年富则国富，少年强则国强，少年独立则国独立，少年自由则国自由，少年进步则国进步，少年胜于欧洲，则国胜于欧洲，少年雄于地球，则国雄于地球。红日初升，其道大光。河出伏流，一泻汪洋。潜龙腾渊，鳞爪飞扬。乳虎啸谷，百兽震惶。鹰隼试翼，风尘吸张。奇花初胎，矞矞皇皇。干将发硎，有作其芒。天戴其苍，地履其黄。纵有千古，横有八荒。前途似海，来日方长。美哉我少年中国，与天不老！壮哉我中国少年，与国无疆！"文末这段慷慨激昂的话语，有对中国少年的激励和召唤，也有对少年中国的想象和憧憬，充满理想激情和浪漫幻想。想象富丽，妙语连珠，排比而出，铿锵有力，有激动人心、引人神往的魔力。全文具有思想新颖、条理明晰、激情充沛、说理形象、比喻繁富、行文畅达的鲜明特色，也带有文言通俗化的文体改良特点，体现了新旧过渡期散文的风格特征。《变法通议》《新民说》《自由书》《过渡时代论》等名作，都具有"新文体"议论风发、平易畅达的鲜明特色。

梁启超的域外游记有《汗漫录》《新大陆游记》。他于光绪二十五年（1899年）底从日本赴美国联络华侨组织维新会，航行太平洋，至夏威夷被清廷领事阻止而滞留数月，写了日记体游记《汗漫录》，率先采用西历记录日程，《小序》云："余生九年乃始游他县，生十七年乃始游他省，犹了了然无大志，梦梦然不知有天下事。余盖完全无缺不带杂质之乡人也。曾几何时，为十九世纪世界大风潮之势力所簸荡、所冲激、所驱遣，乃使我不得不为国人焉，浸假将使我不得不为世界人焉"，"去年九月以国事东渡，居于亚洲创行立宪政体之第一先进国，是为生平游他国之始。今年十一月乃航太平洋，将适全地球创行共和政体之第一先进国，是为生平游他洲之始。于是生二十七年矣，乃于今始学为国人，学为世界人。"[①]其游历不仅增广见闻，还扩大胸襟，更新思想，从乡人一变为国人，再变为世界人。自述："自居东以来，广搜日本书而读之。若行山阴道上，应接不暇。脑质为之改易，思想言论与前者若出两人。"[②]又记："读德富苏峰所著《将来之日本》及《国民丛谈》数种。德富氏为日本三大新闻主笔之一，其文雄放隽快，善以欧西文思入日本文，实为文界别开一生面者，余甚爱

①梁启超：《新大陆游记及其他》，岳麓书社1985年版，第587—588页。

②梁启超：《新大陆游记及其他》，岳麓书社1985年版，第589页。

之。中国若有文界革命，当亦不可不起点于是也。苏峰在日本鼓吹平民主义甚有功，又不仅以文豪者。”[①]提倡“诗界革命”的同时也提出“文界革命”的思路。

光绪二十九年（1903年），梁启超从日本经加拿大到达美国大陆，以随笔形式写了《新大陆游记》。他着重考察美国的联邦政体和政党政治，《美国之两大政党》对民主与共和两党之争有深刻的认识：“质而论之，则遮党者自由之木铎也，而哈党者秩序之保障也。此两义之在政治界，如车之两轮、鸟之双翼，缺一不可。而美国卒以此两者之相竞争、相节制、相调和，遂以成今日之治。而国民对于此两党之感情，亦随时为转移。”《繁盛之纽约》《黑暗之纽约》两篇，代表了他对美国社会两面性的洞察：“天下最繁盛者宜莫如纽约，天下最黑暗者殆亦莫如纽约”。他在纽约亲见杜诗“朱门酒肉臭，路有冻死骨”的情形，“据社会主义家所统计，美国全国之总财产，其十分之七属于彼二十万之富人所有；其十分之三属于此七千九百八十万之贫民所有。故美国之富人则诚富矣，而所谓富族阶级，不过居总人口四百分之一”，“财产分配之不均，至于此极。吾观于纽约之贫民窟，而深叹社会主义之万不可以已也！”“观于此，而知社会之一大革命，其终不免矣。”他还看出工业文明使人异化的一面：

> 观各公司之制造工场，更令人生无穷之感。近世之文明国皆以人为机器，且以人为机器之奴隶者也。以分业之至精至纤，凡工人之在工场者，可以数十年立定于尺许之地而寸步不移。其所执之业，或寸许之金，或寸许之木，磨砻焉控送焉；此寸金寸木以外，他非所知、非所闻也。如制针工磨尖者不知穿鼻之事，穿鼻者不知磨尖之事，而针以外之他工无论矣，而工以外之他事业、他理想更无论矣。以是之故，非徒富者愈富，贫者愈贫而已，抑且智者愈智，愚者愈愚……呜呼！何其与平等之理想太相远耶！此固由天才之使然，然亦人事有以制之。准是以谈，则教育普及之一语，犹空言耳。呜呼！天下之大势，竟滔滔日返于专制。吾观纽约诸工场，而感慨不能自禁也。

---

①梁启超：《新大陆游记及其他》，岳麓书社1985年版，第604页。

如此见识远超洋务派诸家，具有超前性和批判性。他说："从内地来者，至香港、上海，眼界辄一变，内地陋矣，不足道矣。至日本，眼界又一变，香港、上海陋矣，不足道矣。渡海至太平洋沿岸，眼界又一变，日本陋矣，不足道矣。更横大陆至美国东方，眼界又一变，太平洋沿岸诸都会陋矣，不足道矣。此殆凡游历者所同知也。"不仅道出旅行考察、眼界渐开的普遍情形，也体现了他从乡人到国人再到世界人的心路变迁。梁启超游记，既有观察，又有论断，夹叙夹议，独抒己见，文体也日趋平实畅达。

梁启超等人的"新文体"是一种论说体散文，担当思想启蒙使命。梁启超《湖南时务学堂学约》说："学者以觉天下为任，则文未能舍弃也。传世之文，或务渊懿古茂，或务沉博绝丽，或务瑰奇奥诡，无之不可；觉世之文，则辞达而已矣，当以条理细备，词笔锐达为上，不必求工也。"[①]黄遵宪将文章分为"文集之文"和"报馆之文"，《致汪康年书》表示："章君学会论甚雄丽，然稍嫌古雅。此文集之文，非报馆文。"[②]"新文体"不属"传世之文"，而是一种"辞达"的"觉世之文"和"报馆之文"，往往注重"宣传"功能而轻视"艺术"，却是"文界革命"的最重要成果，是晚清最典型的新兴文体，对思想解放和文体解放起到极大促进作用。梁启超的"新文体"受到康有为影响，不同于严复的渊雅文笔，使用浅近文言，把新体散文创作从书斋扩展到整个社会，大大改变了散文的功能，扩大了社会影响，呈现出鲜明的"近代性"特征。梁启超提倡"文界革命"，开创"新文体"，集中代表了晚清散文的革新成就，体现了新旧过渡期的历史特点，为散文变革架设了一座通向现代的桥梁。

梁启超《小说丛话》认为："文学之进化，有一大关键，即由古语之文学变为俗语之文学是也。各国文学史之展开，靡不循此轨道。"[③]"新文体"实质上是以文言为基础，结合俚语、韵语及外国语法，输入欧洲精神思想，内容和形式上都发生重大变化。文体上打破"义法""家法"，突破"古文""时文""散文""骈文"的界线，条理分明，辞句浅显，"笔锋常带情感"，富有自由创造活力。1922年，胡适《五十年来中国之文学》指

①梁启超：《梁启超全集》第一册，北京出版社1999年版，第109页。

②汪康年：《汪康年师友书札》，上海古籍出版社1986年版，第2351页。

③《新小说》第七号，清光绪二十九年（1903）七月十五日。

出："梁启超最能运用各种字句语调来做应用的文章。他不避排偶，不避长比，不避佛书的名词，不避诗词的典故，不避日本输入的新名词。因此，他的文章最不合'古文义法'，但他的应用的魔力也最大。"[①]1930年，陈子展在《最近三十年中国文学史》中肯定梁启超"新文体""使古文白话化，使文言白话的距离比较接近"，"这正是白话文学运动的第一步，也即是文学革命的第一步"[②]。

报章兴起以来，为了更好地传播新学，开通民智，文体语言的改革也逐渐提上议事日程，不仅白话小说兴盛，古文也日渐通俗化。先驱者提倡白话文，早在光绪十三年（1887年），黄遵宪《日本国志·学术志二》"文学"条即说：

> 文字者，语言之所从出也。虽然，语言有随地而异者焉，有随时而异者焉；而文字不能因时而增益，画地而施行。言有万变而文止一种，则语言与文字离矣……语言与文字离，则通文者少；语言与文字合，则通文者多，其势然也……泰西论者，谓五部洲中，以中国文字为最古，学中国文字为最难，亦谓语言文字之不相合也……周秦以下，文体屡变，逮夫近世，章疏移檄，告谕批判，明白晓畅，务期达意，其文体绝为古人所无。若小说家言，更有直用方言以笔之于书者，则语言文字几乎复合矣。余又乌知夫他日者不更变一文体为适用于今、通行于俗者乎？嗟乎！欲令天下之农工商贾妇女幼稚皆能通文字之用，其不得不于此求一简易之法哉！[③]

他基于"言文合一"思想，希望文体语言口语化，适用于今而通行于俗，使百姓能读会用，开启提倡白话文的先声。

梁启超承黄遵宪之说而申述道："今之文字，沿自数千年以前，未尝一变；而今之语言，则自数千年以来，不啻万百千变，而不可以数计。以

---

①胡适：《胡适文集》第三卷，北京大学出版社1998年版，第220页。

②陈子展：《中国近代文学之变迁——最近三十年中国文学史》，上海古籍出版社2000年版，第207页。

③黄遵宪：《日本国志》卷三十三《学术志二·文学》，上海古籍出版社2001年版，第346—347页。

多变者与不变者相遇，此文、言相离之所由起也。古者妇女谣咏，编为诗章；士夫问答，著为辞令，后人皆以为极文字之美，而不知皆当时之语言也，乌在其相离也……盖文、言相离之为害，起于秦汉以后，去古愈久，相离愈远，学文愈难，非自古而即然也。”他从开民智的角度提倡“文与言合”，借此希望“读书识字之智民可以日多矣”[①]。裘廷梁《论白话为维新之本》则进一步倡导“崇白话而废文言”。他指出：“有文字为智国，无文字为愚国；识字为智民，不识字为愚民：地球万国之所同也。独吾中国有文字而不得为智国，民识字而不得为智民，何哉？裘廷梁曰：此文言之为害矣。”他感叹道：“呜呼！使古之君天下者，崇白话而废文言，则吾黄人聪明才力无他途以夺之，必且务为有用之学，何至暗没如斯矣？”他发现白话比文言有以下“八益”：省日力，除骄气，免枉读，保圣教，便幼学，炼心力，少弃才，便贫民。还发现白话文的审美价值，认为“文言之美，非真美也。汉以前书曰群经，曰诸子，曰传记，其为言也，必先有所以为言者存。今虽以白话代之，质干具存，不损其美”。[②]他为白话文争取文学地位，为后来“五四”白话文运动开启先路。

适应开通民智的需要，白话报刊也随之兴起，《演义白话报》（1897年）、《无锡白话报》（1898年）、《杭州白话报》（1901年）、《苏州白话报》（1901年）、《启蒙通俗报》（1902年）、《宁波白话报》（1903年）、《中国白话报》（1903年）、《绍兴白话报》（1903年）、《安徽俗话报》（1904年）、《扬子江白话报》（1904年）、《直隶白话报》（1905年）等陆续涌现，既为报章新文体增添了白话体文章，也为“五四”白话文学培育了媒介、作者、读者的基础。

清末报章文体的平易化、通俗化以至白话化，是散文语言由古代汉语演进为现代汉语的过渡时期，也是文章体制从整饬雅洁走向自由解放的初步阶段。报章“新文体”适合新民、启蒙和报刊传播之需，不仅改良了文言文的词汇、句法、章法和语调，还引进了新名词、外国语法和“欧西文思”，带来了文体的松动、活络和新变，同时也促成了内容的拓展、思维

①梁启超：《〈沈氏音书〉序》，《梁启超全集》第一册，北京出版社1999年版，第90页。

②裘廷梁：《论白话为维新之本》，原载无锡《中国官音白话报》1898年8月第19—20期，收入《近代文论选》上册，人民文学出版社1959年版，第176—180页。

的解放和风格的多样化，给古老的文言散文注入了新鲜血液，为新兴的白话散文开辟了古今转化的先路和通道。胡适《五十年来中国之文学》认为，现代白话散文的渊源大致有五步：即严复、林纾的翻译文章—谭嗣同、梁启超的政论文章—章炳麟的述学文章—章士钊一派的逻辑文章—现代白话散文。"五四"白话文学运动与近代白话文和报章文体是自然衔接，前后接力行进。从黄遵宪提出"言文合一"主张，到裘廷梁倡导"崇白话而废文言"，再到胡适、陈独秀倡导"文学革命"，短短三十年间，白话文实现了从理论提倡到白话报刊和白话创作实践的飞跃。从此以后，文言文逐渐由中心走向边缘，白话文逐渐发展成为文学正宗和主流，中国散文开始进入一个新的发展阶段。

中国散文史

下册

汪文顶
郭　丹
欧明俊
吕若涵
——著

山西出版传媒集团　山西教育出版社

图书在版编目（CIP）数据

中国散文史 / 汪文顶等著 . -- 太原：山西教育出版社，2023.9

（中国分类文学史 / 张炯，郎樱，仲呈祥主编）

ISBN 978-7-5703-2815-4

Ⅰ . ①中… Ⅱ . ①汪… Ⅲ . ①散文 - 文学史 - 中国
Ⅳ . ① I207.6

中国版本图书馆 CIP 数据核字 (2022) 第 170618 号

中国散文史

ZHONGGUO SANWEN SHI

责任编辑 孙 宇
特约编辑 连 军
复　　审 彭琼梅
终　　审 康 健
装帧设计 王春声 薛 菲
印装监制 蔡 洁
出版发行 山西出版传媒集团・山西教育出版社
（地址：太原市水西门街馒头巷7号 电话：0351-4729801 邮编：030002）
印　　装 山西人民印刷有限责任公司
开　　本 720 × 1020 1/16
印　　张 42.75
字　　数 706千字
版　　次 2023年9月第1版 2023年9月山西第1次印刷
书　　号 ISBN 978-7-5703-2815-4
定　　价 170.00元（上、下册）

目　录

（下册）

第五章 // 民国时期：现代散文的创建

第一节　现代散文的创立

中国散文在与世推移的历史变迁中，总是存在着因袭与变革、守成与创新的交错和竞争，既形成古文正宗的传统观念和复古守旧的强大惯性，又发生文随世变的进化观念和革故鼎新的创新行动。两种势力的较量，到了封建社会末期，随着王纲解纽、旧学式微、西学东渐和新潮涌动，开始出现革新思潮高涨的发展势头。

梁启超在清末发起“文界革命”，以“平易畅达，时杂以俚语、韵语及外国语法，纵笔所至不检束……条理明晰，笔锋常带情感”[①]的新文体，突破桐城派的古文义法，改革文言散文的思想内容和表达方式，引领报章散文走向平易畅达、自由解放之路。但在当时还难以撼动根深蒂固的古文根基，扭转桐城古文主宰文坛的局面，只是给古文松了绑，吹进一股清新气息，起到文体改良、新旧过渡的渐变作用。只有到了1917年新文化运动兴起之后，乘着思想解放和文学革命的东风，中国散文从内容到形式才发生空前未有、焕然一新的质变，确立现代散文的新观念、新体制和新格局，开始走上文学现代化的发展道路。

中国现代散文创立于五四时期，是由一系列主客观因素和内外部条件合力促成的，根本上说是时代发展的必然结果。辛亥革命推翻了清朝，建

①梁启超：《清代学术概论》，上海古籍出版社2011年版，第86页。

立了“中华民国”，开辟了中国历史的新纪元。但毕竟没有摧毁封建统治的社会基础，未能完成民族解放和民主革命的历史任务。民国政府被北洋军阀把持多年，封建思想阴魂不散，内忧外患加剧，更激起许多爱国志士进一步寻求救国救民道路的热情。他们反思辛亥革命的经验教训，发现在封建主义统治根深蒂固的中国进行政治革命，没有深刻广泛的思想革命的有力配合，没有唤醒广大民众的自觉参与，是不可能取得根本胜利的。“立国”先要“立人”，“立人”就要进行思想启蒙运动，促使国人觉醒，这成为当时先觉者的一种普遍认识和自觉行动。他们自觉把历史的必然要求付诸实践，高举民主与科学的思想旗帜，向封建主义发起猛烈进攻，掀起了一场空前未有的思想启蒙运动。这场史称“五四新文化运动”，由“伦理革命”打先锋，很快扩展到“文学革命”和“思想革命”的各个方面。他们充分认识到文学是思想启蒙的一种最有效、最能深入人心的特殊形式，坚信“今欲革新政治，势不得不革新盘踞于运用此政治者精神界之文学”[①]，从而发起反对文言文、提倡白话文，反对旧文学、提倡新文学的“文学革命”。文学革命首先从语言更新、文体解放入手，进而深入到艺术内容和审美意识的全面革新，创立了以现代汉语表达现代人思想感情的各种新型文学形式，白话散文便是其中最为成功的一种文类。

“五四”散文革新同其他文学形式的变革一样，都是相当自觉、相当彻底的。散文革新的先行者是新文化运动的闯将，以《新青年》杂志社同人为主要代表。胡适、陈独秀在首倡文学改革的论文中，批判古文家所坚守的“文以载道”的正统观念和近世文坛所流行的拟古主义文风，钱玄同把当时那些死抱古文和骈文不放的旧文人斥为“桐城谬种”“选学妖孽”[②]。他们延续晚清发轫的“言文合一”运动，率先破除“美文不能用白话”的旧观念，不仅从历史进化论和语言功用论角度坚信白话文必然取代文言文，还从文学本体论和价值论层面认定白话是文学的正宗和利器。胡适强调“是什么时代的人，说什么时代的话”，是“文学的性质”决定了现代文学必须采用现代人的“活言语”，才能真切表达现代人的思想感情。[③]五四散文家实践白话文运动的理论主张，不仅用白话进行启蒙宣传，

①陈独秀：《文学革命论》，《新青年》1917年2月第2卷第6号。

②见《新青年》1917年2月第2卷第6号《通信》中钱玄同致陈独秀之信。

③胡适：《建设的文学革命论》，《新青年》1918年4月第4卷第4号。

还用白话从事文学创作，先用白话写杂感评论，继而创作叙事抒情散文，显示出白话散文平易通俗、流利畅达、逼真传神、亲切自然的美质和特长，也有人把白话散文写得漂亮、缜密、简洁、隽永，不让于古典美文。这就“彻底打破那‘美文不能用白话’的迷信”[①]，“表示旧文学之自以为特长者，白话文学也并非做不到”[②]，完成晚清白话文运动未竟的历史使命，实现以白话取代文言的语体变革和艺术转型，确立白话美文的正宗地位和发展方向。

散文语言的成功变革，促进了散文艺术的全面革新。散文开始从庙堂走向民间，从士大夫的专利品变为广大读者的精神食粮，真正贴近了当代现实生活，沟通了作者和读者的心灵。絮语、闲话、独白、漫谈等话语方式因言文合一、心口呼应而生成风行，清新、自然、亲切、流丽之文体风格，也因语言表达的得心应手而流行起来。如此等等，都说明散文语言的更新不只是一个形式问题，还引发了包括艺术思维、表现内容、言说方式、美学追求在内的一系列深刻的艺术变革，给中国散文开创了一种新作风，一条新生路。

刘半农在《我之文学改良观》[③]中具体论述散文变革的有关问题。他“取法于西文”来界定文学的范围，认为“凡可视为文学上有永久存在之资格与价值者，只诗歌戏曲、小说杂文二种”。这里所说的“杂文”，是该文征引的英文“Essay”（通译为随笔或小品文）的译名。他将西方文学分类中Fiction（小说）和Essay归并为一类，统称“文学的散文”，采用的是现代广义的文学散文概念，虽说过于宽泛，但已经不同于古人所说的散文，因为他是在现代意义的文学范围内来确定散文的内涵和外延，把散文视为与诗歌戏曲并列的一种文学形式，并将一切应用文章、专科著述明确排除在文学散文之外，划清文学散文与非文学散文的界线，将文学散文从一般的散体文章中独立出来了。他提出“散文之当改良”的第一项就是“破除迷信”，首先要“打破此崇拜旧时文体之迷信”，“将古人作文之死格式推翻”，“吾辈做事”和“作文”“当处处不忘有一个我”，“吾辈心灵所至，尽可随意发挥。万不宜以至灵活之一物，受此至无谓之死格式之束

---

①胡适：《五十年来中国之文学》，上海申报馆1924年版，第94页。

②鲁迅：《小品文的危机》，《现代》1933年第3卷第6期。

③刘半农：《我之文学改良观》，《新青年》1917年5月第3卷第3号。

缚”，将文体解放和个性解放联系起来立论，触及散文革新的核心问题。周作人在《人的文学》《思想革命》《平民文学》和《个性的文学》一系列文章中，发展深化了文学革命首倡者的基本观点，特别是在《美文》[①]这篇短论中，把文学散文称作“艺术性的”“美文”，进一步在散文和小说之间划出界线，并在提倡借鉴外国近现代散文的同时，强调作者“须用自己的文句与思想，不可去模仿他们”。此后，王统照提倡“纯散文”[②]，胡梦华推介西洋的絮语散文（Familiar essay）[③]，鲁迅译介日本厨川白村关于Essay的名论：“在Essay，比什么都紧要的要件，就是作者将自己的个人底人格的色采，浓厚地表现出来。从那本质上说，是既非论述，也非说明，又不是议论……乃是将作者的自我极端地扩大了夸张了而写出的东西，其兴味全在于人格底调子（Personal Note）。……作为自己告白的文学，用这种体裁是最为便当的。”[④]这些理论主张有破有立，确立现代散文是文学散文、白话美文、自由文体和个性艺术的新观念，在散文的语言形式、文体格式、思想内容和艺术表现诸方面提出革故鼎新的任务和要求，对现代散文的创建和发展具有指导意义。

“五四”时期创立的新型散文有多种多样的体裁样式，以性质和功用区分，主要包括议论性散文、叙事性散文和抒情性散文三大类型。它们传承古代散文论辩说理、纪事状物、言志抒情的各种体式和艺术积累，适应时代需要而解放文体，转换文心，创造新的形式和内容，开拓出崭新的发展空间和艺术天地。诚如朱自清所言：“小品散文的体制，旧来的散文学里也尽有；只精神面目，颇不相同罢了。”[⑤]

适应除旧布新、思想启蒙的时代需要，议论性散文率先兴起。《新青年》创办初期，陈独秀、胡适、李大钊等人的论说文，开思想启蒙、散文变革之先河。该刊从1918年4月起开辟“随感录”专栏，专登随感而发、短小泼辣的议论文字，创立杂感短评新体式。随后，《每周评论》《民国日

---

①周作人：《美文》，《晨报》1921年6月8日第7版。

②王统照：《纯散文》，《晨报副刊》1923年6月21日。

③胡梦华：《絮语散文》，《小说月报》1926年第17卷第3号。

④［日］厨川白村，鲁迅译：《出了象牙之塔·Essay》，北京未名社1925年版，第7—8页。

⑤朱自清：《论现代中国的小品散文》，《文学周报》1928年第345期。

报·觉悟》《时事新报·学灯》《晨报副刊》《京报副刊》以及《语丝》《莽原》《现代评论》诸报刊，也竞相开设“随感录”“短评”“杂感”“漫谈”“闲话”等栏目，促进杂感短评的蓬勃发展。这类杂感短评不同于一般论说文而被统称为“杂文”，不仅以议论、说理、批评为主，还倾注生活实感和思想激情，讲究言说方式和论辩艺术，追求说理形象化、抒情化和个性化，发展成为一种特殊的文学形式和议论性散文的代表文体。杂文也因思想自由、文体灵活而成为许多知识分子从事思想文化工作的锐利武器。鲁迅是现代杂文的开山大师，引领现代杂文的主要潮流和发展方向。“五四”时期还有陈独秀、李大钊、胡适、周作人、钱玄同、刘半农、林语堂、陈西滢等致力撰写杂感短评，对现代杂文的创建作出过各自的贡献。

叙事性和抒情性散文几乎与杂感短评同时发轫于“五四”文学革命初期。早在1918年《新青年》开始出现白话作品时，就有胡适《归国杂感》《旅京杂记》等记叙散文和刘半农《窗纸》《晓》之类散文诗作陆续发表。到了新文学运动由“破旧”向“立新”深入发展的阶段，记叙抒情散文的各种样式快步赶上杂文的发展势头。

在记叙散文领域，游记、通讯一类文体适应社会开放、中外沟通的时代需要而迅速兴起。各报刊陆续增设相应栏目，大量发表旅外通讯和国内游记，出现了一批游记名家和游记专集，如瞿秋白的《饿乡纪程》《赤都心史》、孙福熙的《山野掇拾》《归航》、冰心的《寄小读者》、朱自清的《踪迹》、徐志摩的《巴黎的鳞爪》、徐蔚南和王世颖的《龙山梦痕》等。这些作品或介绍域外社会风貌，充满异国情调；或采写国内风土人情，各具地方色彩；都以新的眼光领略山水名胜，尽情讴歌自然美，开拓了游记、通讯的新题材新境界，能够满足广大读者放眼世界、扩大见闻、增进新知、陶冶性情的精神需要。各位作家都努力在游记中鲜明表现自己的思想艺术个性。瞿秋白主张“文学的作品至少也要略见作者的个性”①，他把旅程观感和心路历程结合起来的写法，就随时随处显示其不懈探求真理、严于解剖自己、勇于献身革命的崇高人格。孙福熙将工笔画法引入游记创作，赢得“细磨细琢”“文中有画”②的好评；作者“本想尽量掇拾山

---

①瞿秋白：《赤都心史》，上海商务印书馆1924年版，卷首页。

②朱自清：《你我·“山野掇拾”》，上海商务印书馆1936年版，第137、139页。

野风味的，不知不觉地掇拾了许多掇拾者自己”[1]，在游记中打上个人的鲜明印记。冰心、朱自清、俞平伯、徐志摩等人把写景、记游、抒情和说理融为一体，将游记写成“美文”。早期游记中还出现一些可称为“漂泊记”的作品，如郁达夫《还乡记》、成仿吾《太湖游记》、倪贻德《东海之滨》、陈学昭《倦旅》等，侧重抒写作者的漂泊生涯、不幸遭遇及其不满现实、崇拜自然的浪漫感伤情绪，带有浓厚的自传色彩和释愤抒情气息，洋溢着时代苦闷氛围。

抒情性散文小品的勃兴发生在“五四运动”爆发之后。这时，思想解放运动波及全国，各种新思潮广泛传播，新与旧、情与理、个人与社会、理想与现实等矛盾冲突相当尖锐，中国社会处于从传统向现代变革的转型过渡期；觉醒的知识分子挣脱封建主义束缚，思想感情获得大解放，他们热烈追求新的人生理想，积极探索个人和社会的出路，但同时也“更分明的看见了周围的无涯际的黑暗”[2]，更真切地感到觉醒的痛苦和前途的渺茫，更敏锐地发觉理想追求与现实社会的尖锐对立，大多处于梦醒之后而无路可走的苦闷彷徨状态。这种社会心态促成了抒情散文的蓬勃发展。冰心的《笑》和《往事》，许地山的《空山灵雨》，是白话散文中最早出现的抒情美文。随后，周作人陆续发表一批影响很大的平和冲淡之作，朱自清写出脍炙人口的《背影》和《荷塘月色》，王统照推出别具一格的冥想小品，徐志摩在抒情散文中“自剖”心态，鲁迅在《朝花夕拾》中忆旧述感，郭沫若在《小品六章》中捕捉“牧歌的情绪”，俞平伯、叶圣陶、丰子恺、梁遇春等人在随笔散文中夹叙夹议。散文诗中也产生鲁迅《野草》，以及焦菊隐《夜哭》、高长虹《心的探险》、于赓虞《魔鬼的舞蹈》等专集。在短短的五六年间，抒情性散文小品领域出现了名家辈出、佳作连篇、形式多样、风格各异的盛况。他们从各自的生活感受出发，率真表达自己的喜怒哀乐，深入剖析内心的感情纠葛，大胆坦露个人的志趣意向，大多带有自叙自剖、率性抒怀的特色。他们在抒情创作中留下各人的自我形象，展现自己的心路历程，综合起来可以看到新一代知识分子在时代大

---

①孙福熙：《山野掇拾·我为什么有这个记述》，上海北新书局1925年版，第261页。

②鲁迅：《〈中国新文学大系〉小说二集序》，《鲁迅全集》第六卷，人民文学出版社1981年版，第243页。

变革中艰难探索、迂回前进的精神风貌。随着大革命高潮的到来，他们的生活视野日益开阔，革命热情空前高昂，写出新的抒情篇章，如鲁迅《淡淡的血痕中》、王统照《烈风雷雨》、叶圣陶《五月卅一日急雨中》、郑振铎《向光明走去》等，开拓了抒情散文抒写重大社会题材、感应时代战斗精神的发展道路。

记叙抒情散文在艺术上也卓有建树。如果说，杂感短评在当时尚未被普遍承认是一种独特的文艺形式，只有鲁迅等少数人致力于杂文的艺术创造，那么，记叙抒情散文一开始就是一种自觉的文学创作，许多作家都努力把记叙抒情散文写成“美文”，评论界和读者也普遍认同它是一种文学形式。瞿秋白强调《饿乡纪程》和《赤都心史》是“文学试作品”[①]，鲁迅将《野草》和《朝花夕拾》列入自己的“可以勉强称为创作的”五种著作中[②]。朱自清虽然说过散文“不能算作纯艺术品”，但他只是就散文比其他文学形式“自由些”，“选材与表现，比较可随便些”这一角度而言的，还是把散文当作一种“文学的体制”，他的散文创作就自觉发挥散文艺术的特长，“我意在表现自己”，“自然而然采用了这种体制”[③]。周作人认为“记述”类散文“是艺术性的，又称作美文，这里边又可以分出叙事与抒情，但也很多两者夹杂的”[④]，这个观点代表了新文学家的普遍认识，体现了记叙抒情散文创作自觉追求艺术美的发展趋势。总体上说，自“五四”开始，记叙抒情散文率先发展成为一种自觉的艺术创作和独立的文学形式，形成了以记叙抒情散文为文学散文之主体的新的发展格局。

“五四”时期是中国现代散文的开创期。先行者乘思想解放、个性解放的东风，以语体更新、文体解放、思想自由和艺术创新全面突破古文规范，弘扬言为心声、师心使气的精神传统，激活文无定法、随物赋形的散文特性，使散文这一古老文体起死回生，蜕旧更新，与时俱进，繁荣复兴，重现先秦散文百家争鸣、异彩纷呈的盛况，也续写汉魏文章、唐宋古文和晚明小品名家辈出、文采斐然的景观。朱自清认为，“五四”新文学

①瞿秋白：《赤都心史·引言》，上海商务印书馆1924年版，第1页。

②鲁迅：《〈自选集〉自序》，《鲁迅全集》第四卷，人民文学出版社1981年版，第456页。

③朱自清：《论现代中国的小品散文》，《文学周报》1928年第345期。

④周作人：《美文》，《晨报》1921年6月8日第7版。

中“最发达的，要算是小品散文”，“就散文论散文，这三四年的发展确是绚烂极了：有种种的形式，种种的流派，表现着、批评着、解释着人生的各面，迁流曼延，日新月异：有中国名士风，有外国绅士风，有隐士，有叛徒，在思想上是如此。或描写，或讽刺，或委曲，或缜密，或劲健，或绮丽，或洗练，或流动，或含蓄，在表现上是如此”。[①] 鲁迅也肯定“五四”时期“散文小品的成功，几乎在小说戏曲和诗歌之上”[②]。郁达夫还概括出现代散文的四个特征：“现代的散文之最大特征，是每一个作家的每一篇散文里所表现的个性，比从前的任何散文都来得强”；其二“是在它的范围的扩大”；其三“是人性，社会性，与大自然的调和”；其四是“近来才浓厚起来的那种散文上的幽默味了”。[③]时贤不约而同的论述，都说明“五四”散文成功实现了革故鼎新的现代转型，形成了不同于古文的新特质和新风采。如果说，唐宋古文运动以复古开新的方式，把散文从骈文格套中解脱出来，恢复散体文章自由写作的弹性活力，使古文绵延千年而终至老化；那么，“五四”散文革新则以蜕旧变新的方式，从古文陈规中再次解放了散文的创造活力，完成了晚明小品和晚清新文体尚未完成的创新使命，创建了各式各样有效表达现代人思想感情、适合现代读者审美需要的新体散文，开辟了中国散文发展的新纪元、新道路和新世界。从此以后，古文退出历史舞台而成为古典遗产，新兴的白话美文引领和主导着散文艺术的传承创新和发展繁荣。

第二节　鲁迅的杂文与散文

鲁迅（1881年—1936年），原名周树人，浙江绍兴人。鲁迅是中国文学的伟大作家，是现代小说和散文的开山大师，既以《呐喊》《彷徨》创

---

①朱自清：《论现代中国的小品散文》，《文学周报》1928年第345期。

②鲁迅：《小品文的危机》，《现代》1933年第3卷第6期。

③郁达夫：《中国新文学大系·散文二集导言》，上海良友图书印刷公司1935年版，卷首第5—10页。

立现代小说的典范，又以《坟》《热风》开创现代杂文的长河，还以《野草》《朝花夕拾》创获散文小品的奇葩异卉，一直以思想深刻、艺术独创、风骨雄健、精神崇高引领新文学尤其是杂文的大潮和发展方向。

鲁迅1922年为小说集《呐喊》而写的自序，梳理了自己的心路历程。其中的家庭变故、南京求学、留学日本、弃医从文等经历，在《朝花夕拾》中有着生动活泼的具体描写，序文只着重叙述这些生活经验对于自己的深刻影响。作为家里的长子长孙，他从小尝到“从小康人家而坠入困顿”的艰辛生活，看见“世人的真面目”，从而开始“走异路，逃异地，去寻求别样的人们”的新探索。他赴日留学，最初志向是学西医，怀抱救人又救国的理想。但是，这个美梦被课外幻灯片所显示的一群中国人体格强壮而精神麻木的画面打破了：“我便觉得医学并非一件紧要事，凡是愚弱的国民，即使体格如何健全，如何茁壮，也只能做毫无意义的示众的材料和看客，病死多少是不必以为不幸的。所以我们的第一要著，是在改变他们的精神，而善于改变精神的是，我那时以为当然要推文艺，于是想提倡文艺运动了。”这个事件加深了他对国民性的体察，促进了他的思想觉醒和弃医从文的自觉行为。他做着文艺改造国民灵魂的好梦，却因“背时”而沉没于“生人中”，使他“反省，看见自己了：就是我绝不是一个振臂一呼应者云集的英雄”。历经挫伤，看透世相，鲁迅以文立人的热心，在“五四”前夜里犹如其散文诗《火的冰》和《死火》所创造的意象那样，被冰冻了多年，但又被《新青年》发起的新文化运动催热而燃烧起来，义无反顾地投入了攻打“铁屋子”、改造国民性的新文化运动。全文坦露心怀，深入剖析人生的三次关键性选择，深刻表现医学梦、文学梦、启蒙梦三者的递变，不仅说明《呐喊》创作的缘由和用意，而且展现了自己执著探寻救人救国道路的艰难历程，成为人们学习、理解和研究鲁迅的一篇重要文献。

鲁迅毕生以杂文创作为主。他从1918年开始为《新青年》写稿，在创作小说的同时写了一批短小精悍的随感录和《我之节烈观》等长文，参与现代杂文草创期短评和随笔两类文体的创制。到了《语丝》时期，他自觉转向杂文写作，自称“要做这样的东西的时候，恐怕也还要做这样的东西，我以为如果艺术之宫里有这么麻烦的禁令，倒不如不进去；还是站在沙漠上，看看飞沙走石，乐则大笑，悲则大叫，愤则大骂，即使被沙砾打得遍身粗糙，头破血流，而时时抚摩自己的凝血，觉得若有花纹，也未必不及跟着中国的文士们去陪莎士比亚吃黄油面包之有趣”[①]，“就如悲喜时节的歌哭一般，那时无非借此来释愤抒情”[②]。这种文体选择，既适应时代需要，又出自内心需求，具有率性而作、自创新体的自觉性和使命感，传承为文立言的诸子遗风和师心遣论的魏晋风度，而开创现代杂文除旧布新、警世觉民的启蒙战斗传统。1927年以后，他更专注于运用杂文“为现在抗争”，既把杂文锻造成为“感应的神经”，“攻守的手足”[③]，又造就“论时事不留面子，砭痼弊常取类型”[④]的论战艺术，“而且也能移人情”，从而引领杂文“侵入高尚的文学楼台”[⑤]，跃居散文史以至文学史的主流。

鲁迅杂文是现代中国的思想高峰和文学宝藏。《鲁迅全集》所收的杂文集有《坟》《热风》《华盖集》《三闲集》《二心集》《伪自由书》《准风月谈》《花边文学》《且介亭杂文》《两地书》等二十部，约有近千篇。鲁迅博大精深的思想智慧在杂文中表现得最为自由充分和灵活多样，杂文也就成为鲁迅思想最为得心应手、契合无间的表达形式，鲁迅杂文因而成为思想与文体互动相生、完美结合的典范，以至成为现代杂文的一种代称。

“鲁迅的文体简练得像一把匕首，能以寸铁杀人，一刀见血”[⑥]，郁达夫的论断代表了世人的定评。这一特长主要见之于鲁迅的杂感短评。鲁迅第一本杂文集《热风》专收1918年至1924年所作随感录，以民主、科学、人道、进化的新思想针砭时弊痼疾，抨击封建专制、保守、迷信和愚昧思想，充满破旧立新、启蒙觉世的“五四”精神。“所评论的多是小问题”，

①鲁迅：《华盖集·题记》，《鲁迅全集》第三卷，人民文学出版社1981年版，第4页。

②鲁迅：《华盖集续编·小引》，《鲁迅全集》第三卷，人民文学出版社1981年版，第183页。

③鲁迅：《且介亭杂文·序言》，《鲁迅全集》第六卷，人民文学出版社1981年版，第3页。

④鲁迅：《伪自由书·前记》，《鲁迅全集》第五卷，人民文学出版社1981年版，第4页。

⑤鲁迅：《徐懋庸作〈打杂集〉序》，《鲁迅全集》第六卷，人民文学出版社1981年版，第291—292页。

⑥郁达夫：《中国新文学大系·散文二集导言》，上海良友图书印刷公司1935年版，卷首第14页。

但所见者大且深，初显简练警策、犀利辛辣的个人特色。例如开篇的《随感录二十五》，针对国人对于孩子“只要生，不管他好不好”的问题，以历史透视的眼光，“看十来岁的孩子，便可以逆料二十年后中国的情形”，从而看出“小的时候，不把他当人，大了以后，也做不了人”的严重危机，并揭露“只会生，不会教”的“父男”带有“嫖男的气息”，希望开办“父范学堂”，让“孩子之父”变成“‘人’之父”，“生了孩子，还要想怎样教育，才能使这生下来的孩子，将来成一个完全的人”。这篇随感录只有上千字，即小见大，由表及里，炼意遣词，切中要害，既有“父男”加“嫖男”的尖锐讽刺，又有“父范学堂”的善意幽默，还有“‘人’之父”和“‘人’的萌芽”的热切期望，一开始就确立其杂文是“有情的讽刺”而非“无情的冷嘲”，以“热风”抗击“寒气”的战斗立场和热讽基调。[①]

在《语丝》和《申报·自由谈》时期，鲁迅的杂感短评更为丰富多彩、精悍老辣。《华盖集》正续编中的《忽然想到》《无花的蔷薇》等系列小品，整部《伪自由书》《准风月谈》和《花边文学》，以及其他的千字文，大多是匕首式的短评，具有尖锐犀利的穿透力和简隽辛辣的杂文味。其中，有格言警句，如《无花的蔷薇之二》中的“墨写的谎说，决掩不住血写的事实”，“血债必须用同物偿还。拖欠得愈久，就要付更大的利息！”这是对“三一八惨案”的愤怒声讨，更是对历史哲理的独到提炼。有漫画造象，如《夏三虫》中的蚊子和苍蝇，《一点比喻》中的山羊，《小杂感》中的叭儿狗，《二丑艺术》中的二花脸，简直是勾魂摄魄的讽刺漫画。也有归谬反讽，如《文章与题目》，针对“攘外必先安内”的反动政策及其各种辩护文章，进而提出还有三种“新花样的文章”“不但做得出，而且也行得通”，即“安内而不必攘外”、“不如迎外以安内”和“外就是内，本无可攘”，这三个题目反话正说，归谬审丑，把反动当局的卖国嘴脸揭露无遗。还有辩证思辨，如《战士和苍蝇》在形象比照中揭示：“有缺点的战士终竟是战士，完美的苍蝇也终究不过是苍蝇”，言近旨远，一语破的。又如《中国人失掉自信力了吗》，不到八百字，却辨析入微，辨清“他信力”“自欺力”和“自信力”的本质区别，在去伪存真中有破有立，

①鲁迅：《热风·题记》，《鲁迅全集》第一卷，人民文学出版社1981年版，第292页。

发现“我们有并不失掉自信力的中国人在”，不仅揭穿“失掉”论的片面性和欺骗性，张扬中国脊梁的自信力，也启示人们看待问题要辩证，看人要看他有无“筋骨和脊梁”。真是言简意赅，意味深长！

鲁迅文体的简练是他思想敏锐的表征和结晶。他曾在《两地书》中与许广平探讨过文体问题。他批评有些“辩论之文”“历举对手之语，从头至尾，逐一驳去，虽然犀利，而不沉重，且罕有正对‘论敌’之要害，仅以一击给予致命的重伤者”。[①]自称“好作短文，好用反语，每遇辩论，辄不管三七二十一，就迎头一击”[②]，还说“猛烈的攻击，只宜用散文，如‘杂感’之类，而造语还须曲折，否，即容易引起反感”。[③]他所作短文，总是凝思炼意，揭开表象透视内里，撇开枝蔓切中肯綮，而又意到笔随，删繁就简，巧用反语，曲尽其妙，造就犀利辛辣、简练隽永的效果，极大提升了杂感短评的论辩艺术。

鲁迅杂文还有从容舒卷、议论风生的随笔体长文，加强了杂文的思辨性和扩张力。他的第二本杂文集《坟》与《热风》有所不同，专收较长的文章，大多以随笔漫谈、游刃有余见长，又有妙语连珠、警策精悍之风。其中，写于1919年的《我们现在怎样做父亲》承《随感录二十五》立意而畅论父子问题。它比随感录更深入系统地剖析“父为子纲”旧伦理旧孝道的反动性和荒谬性，提倡“幼者本位”“解放子女”的新思想新道德，呼唤“觉醒的父母，完全应该是义务的，利他的，牺牲的”，“对于子女，应该健全的产生，尽力的教育，完全的解放”，“自己背着因袭的重担，肩扛了黑暗的闸门，放他们到宽阔光明的地方去；此后幸福的度日，合理的做人”。全文洋洋洒洒近万言，“一面清结旧账，一面开辟新路”，大破大立，大爱大憎，立论高远，辩驳有力，引证周密，说理深透，议论风发，文气充沛，显示了鲁迅杂文特有的历史广度、思想深度和艺术高度。《我之节烈观》《娜拉走后怎样》《再论雷峰塔的倒掉》《论“费厄泼赖”应该缓行》

---

①鲁迅：《两地书·一〇》，《鲁迅全集》第十一卷，人民文学出版社1981年版，第40页。

②鲁迅：《两地书·一二》，《鲁迅全集》第十一卷，人民文学出版社1981年版，第47页。

③鲁迅：《两地书·三二》，《鲁迅全集》第十一卷，人民文学出版社1981年版，第97页。

等，也都具有如此深广透彻、汪洋恣肆的论辩风采。

《春末闲谈》和《灯下漫笔》写于1925年，进一步提高了随笔体杂文的艺术品位。《春末闲谈》从细腰蜂的麻醉术谈到统治者的愚民统治术，由此及彼，视角独到，思索深广，鞭辟入里。开头谈起细腰蜂捕捉小青虫的情景，特别生动风趣。“瞥见二虫一拉一拒的时候，便如睹慈母教女，满怀好意，而青虫的婉转抗拒，则活像一个不识好歹的毛鸦头”，这拟人的妙喻真让人忍俊不禁，更让人想探个究竟。于是科学来“搅坏了我们许多好梦”，揭穿了细腰蜂的鬼把戏：用神奇的毒针螫向青虫的运动神经球，使它麻痹为不死不活状态，成为孵化小蜂的新鲜食料。如此精明可怕的麻痹术引发了作者的深广联想。人们所忧虑的人间“毒针”，早有“我国的圣君，贤臣，圣贤，圣贤之徒”在炮制和施行了。然而，“治人者虽然尽力施行过各种麻痹术，也还不能十分奏效，与果羸并驱争先”。这笔锋一转，承前启后，剥笋见心，看穿了统治者狡诈而又无能的底细，提升了立论审丑的制高点。于是，他以反讽的笔调、归谬的手法，戏拟统治者的心思和口吻，设想他们的“棘手”之处，只能采用“禁止集合”“防说话”等专制手段，还是“无法禁止人们的思想”，从而对造物主怀有三恨：“一恨其没有永远分清‘治者’与‘被治者’；二恨其不给治者生一枝细腰蜂那样的毒针；三恨其不将被治者造成即使砍去了藏着的思想中枢的脑袋而还能动作——服役”，以致为了维护暂时的统治，“也还得日施手段，夜费心机，实在不胜其委屈劳神之至……”这类戏拟体察入微，逼真传神，庄谐杂出，妙语诛心，深化了麻醉统治术险恶、荒谬而终将失败的主旨，强化了全文的讽刺效果，突显了鲁迅杂文的犀利锋芒。

《灯下漫笔》有两则，之一论治乱循环。从时局变动中钞票兑换银圆的一件小事下笔，引发感想，转入正题：“我们极容易变成奴隶，而且变了之后，还万分喜欢。”这看似小题大做，实为借题发挥，别有见地，由感性体验升华为理性透视，透过现象看到问题的实质，洞见国人的奴性心理和奴隶处境。他引经据典，历数改朝换代的治乱更替，体察百姓的苟安心理，从而直截了当地把一部中国史概括为两个时代的循环：“一、想做奴隶而不得的时代；二、暂时做稳了奴隶的时代。”这论断一针见血，振聋发聩！他联系现实，暗讽又处在“想做奴隶而不得”的乱世，热切希望人们特别是新一代青年“不满于现在”而“创造这中国历史上未曾有过的第三样时代”。《灯下漫笔》之二，紧接上文反封建精神奴役的主题而另辟蹊径，转入对“中国固有文明”的深刻批判。他透视以等级制为基础的封建礼教，“其实不过是安排给阔人享用的人肉的筵宴”，“不但使外国人陶醉，也早使中国一切人们无不陶醉而且至于含笑。因为古代传来而至今还在的许多差别，使人们个个分离，遂不能再感到别人的痛苦；并且因为自己各有奴使别人，吃掉别人的希望，便也就忘却自己同有被奴使被吃掉的将来”。对此，他早在七年前的小说《狂人日记》中批判过，因为“这人肉的筵宴现在还排着，有许多人还想一直排下去”，促使他在杂文中一再加以抨击，大声疾呼“扫荡这些食人者，掀掉这筵席，毁坏这厨房，则是现在的青年的使命！”

《春末闲谈》和《灯下漫笔》是鲁迅杂文中谈史论今、嬉笑怒骂的名篇，也是鲁迅杂文艺术成熟的显著标志。闲谈漫笔的随笔体裁，给予作者自由广阔的思辨空间和随意挥洒的创作自由。他把历史与现实、微观与宏观、行为与心理、具象与抽象有机结合起来，从渊博学识中提取典型材料，从生活现象中发掘普遍问题，透过现象抓住要害，深入剖析，触类旁通，见常人所未见，言前人所未言，直捣“铁屋子”的思想根基。他以理性照妖镜洞彻一切鬼把戏，以漫画似的形象勾勒和戏拟的心理刻画揭穿丑类的真面目，在夹叙夹议、舒卷自如中饱含着愤怒与鄙夷的战斗激情，充满着嬉笑怒骂、所向披靡的讽刺锋芒，透露出真理在握、沉着应战的哲人风度。这类文史随笔名篇，还有《坟》中的《说胡须》《看镜有感》，《而已集》中的《魏晋风度及文章与药及酒的关系》，《南腔北调集》中的《由中国女人的脚，推定中国人之非中庸，又由此推定孔夫子有胃病》，《且介亭杂文》中的《关于中国的两三件事》《病后杂谈》，《且介亭杂文二集》中的《在现代中国的孔夫子》《“题未定”草》等。

《记念刘和珍君》和《为了忘却的记念》则是抒情性杂文的代表作。前者写于1926年4月1日，距“三一八惨案”刚两周。北洋军阀政府镇压学生爱国运动，制造了震惊中外的“三一八惨案”。鲁迅在当日写了《无花的蔷薇之二》予以抨击，随后还写了《“死地”》《可惨与可笑》《淡淡的血痕中》等。在极度哀痛愤怒之中，他写下《记念刘和珍君》。这不是一般的悼念文章，而是一篇战斗檄文，也是一篇哲理诗篇。开头交代写作缘由，充满着大爱大憎、悲愤交加的激情，并将思想激情升华为哲理警句：“真的猛士，敢于直面惨淡的人生，敢于正视淋漓的鲜血。”这给全篇的立意确定了诗化哲理的制高点。随即进入第二部分的纪念内容，回忆与刘和珍交往的往事及细节，描述刘和珍遇难的经过和场景，突出她“始终微笑着”的温和性情与“临难竟能如是之从容”的勇毅品格，“当三个女子从容地转辗于文明人所发明的枪弹的攒射中的时候，这是怎样的一个惊心动魄的伟大呵！中国军人的屠戮妇婴的伟绩，八国联军的惩创学生的武功，不幸全被这几缕血痕抹杀了”，以强烈的对比和愤激的反语抨击军阀政府屠杀爱国青年的暴行，进而迸发出悲愤激昂的哲理警句：“惨象，已使我目不忍视了；流言，尤使我耳不忍闻。我还有什么话可说呢？我懂得衰亡民族之所以默无声息的缘由了。沉默呵，沉默呵！不在沉默中爆发，就在沉默中灭亡。”这是激愤的控诉和战斗的呐喊，也是血写的格言和革命的真理，情理交融，力透纸背。最后还进一步开掘惨案的教训和意义，即事究理，逐层深入，具象寓意，情理兼到。一是徒手请愿无济于事；二是“血痕”必将扩大，将使“苟活者在淡红的血色中，会依稀看见微茫的希望；真的猛士，将更奋然而前行”；三是“这一回在弹雨中互相救助，虽殒身不恤的事实，则更足为中国女子的勇毅，虽遭阴谋诡计，压抑至数千年，而终于没有消亡的明证了。倘要寻求这一次死伤者对于将来的意义，意义就在此罢”。鲁迅的独到见识远超当时的纪念文章，他的沉痛悲愤和血性骨气也是无人可以匹敌的。

《为了忘却的记念》着重记述与自己交往较深的殷夫、柔石两烈士的文艺活动和遇难经过。选写与殷夫三次相见的情形，显示殷夫的诗人性格，并非“高慢”，而是敏感、热情，既是诗人又是革命者，多次被捕而不屈不挠。写到柔石，因接触更多，了解颇深，就从日常交往的记述中写出他的迂执、敬业、善良和硬气。他借钱出书刊，亏本后就拼命译书还款，表明他对事业的迂执和负责精神。他相信人们是好的，在现实中碰了钉子也只是叹息“真会这样的么”，说明他本性天真。他和女性一同走路总要相距三四尺，跟我同行“可就走得近了，简直是扶住我，因为怕我被汽车或电车撞死”，这有趣对照，显示了他的传统德性。他对双目失明的母亲的“拳拳的心”，他被捕还记挂着我，明知“周先生地址”而决不出卖给敌人，在狱中还想跟殷夫学德文，还误以为以前政治犯不上镣铐，更在关节口上见出他品性的善良、迂气和硬气。作者在追忆时又重提殷夫留下的裴多菲诗集，引述其中的译文“生命诚宝贵，爱情价更高；若为自由故，二者皆可抛！”含蓄暗示“左联五烈士”都是为自由而英勇献身的。鲁迅从自己的视角来叙事写人，纪念烈士，充满着“忍看朋辈成新鬼，怒向刀丛觅小诗”的悲愤感情，从开头流贯到结尾，激荡出悲愤交加、沉郁顿挫的绝唱：“夜正长，路也正长，我不如忘却，不说的好罢。但我知道，即使不是我，将来总会有记起他们，再说他们的时候的。”这样的长夜，不是文字纪念所能打破的；与其沉湎于纪念，不如忘却，摆脱悲哀，前仆后继地走着长路，坚信总会有纪念他们的时候，那才是对他们的最好纪念！这或许是“为了忘却的记念”的题名和全文，在“哀悼和铭记”的同时寄寓的战斗感召和哲理启示吧。

这两篇血写的纪念文章，既有对先烈品行的赞颂，又有对凶手暴行的控诉，还有对惨案意义的思索和发掘，比一般纪念文写得沉痛悲愤，蕴涵深广，把哀悼文升华为战斗檄文，也把杂文写成抒情论文，抵达诗性杂文的极致。比较而言，《记念刘和珍君》更像释愤抒情的杂文，以立意高远、情理激越而令人奋然前行。《为了忘却的记念》则像带有杂文味的记叙抒情散文，以情深意切、含蓄蕴藉而耐人咀嚼。鲁迅杂文集之中的纪念文章，还有《忆韦素园君》《忆刘半农君》《关于太炎先生二三事》《我的第一个师父》等，都富有诗意理趣。

从上述三类作品，可见鲁迅杂文的风骨，鲁迅文体的独创。他是思想文化界“真的猛士”，敢于直面惨淡人生，勇于搏击飞沙走石，全力攻打“铁屋子”，深入解剖国民性，针砭时弊痼疾，始终战斗在思想文化斗争的最前沿，以强悍的思想激情警醒读者奋起抗争，从而形成现代杂文的思想启蒙与现实战斗相结合的精神传统。他铁肩担道义，辣手著文章，论时事不留面子，砭痼弊常取类型，以雄辩的事实、传神的漫画、警策的议论和尖锐的讽刺来破旧立新，释愤抒情，使杂文的论辩说理和揭露批判抵达形象化、情意化、理趣化以至诗性化的艺术高度，创造了杂文讽刺艺术、论辩艺术、抒情艺术和语言艺术的雄奇峰巅。其中，有仗义执言的冷嘲热讽，也有释愤抒情的歌哭笑骂；有直击要害的短兵相接，也有闲谈漫笔的从容论战；有针针见血的锐利锋芒，也有谈言微中的含蓄笔调；有精警奇特的格言警句，也有言近旨远的日常话语，如此等等，世事洞明有血性，嬉笑怒骂皆文章，抵达极高的自由创造境地，造就了鲁迅杂文多样统一的阳刚壮美，充分体现了鲁迅文体的独创性和创造性，鲁迅思维的敏锐性和深刻性，鲁迅精神的丰富性和崇高性。

鲁迅不仅以论辩性杂文确立了他在中国散文史上的大师地位，还在抒情性散文领域树立《野草》和《朝花夕拾》两座艺术丰碑。

《野草》写于1924年至1926年间。鲁迅当时处于“荷戟独彷徨”的境地，在写作《彷徨》集内小说、《坟》后半部和《华盖集》正续编杂文的同时，“有了小感触，就写些短文，夸大点说，就是散文诗”[①]，在《语丝》连续发表了《野草》系列性作品二十三篇。它是鲁迅心血的结晶，感触之敏锐，思索之深广，郁结之纷繁，意蕴之深厚，在现代散文诗中无可匹敌。鲁迅倾注他的艺术创造力，发展和突破了早先《自言自语》的格局，着重发掘自我内心积蓄的复杂而深邃的思想情感，更贴近心灵深处的隐秘和郁结，更大胆展开奇诡的想象，将现实、历史和幻想，将外界变动和内心起伏，将细微感触和大千世界凝聚笔端，把直觉、错觉、梦幻、象征等外国现代诗的常用手法和比兴、白描、寓意、用典等传统艺术手段融会贯通，自由运用独语、对话、戏拟、画梦、造境、象征诸形式，融诗情、理致和散文美为一体，创造了幽深瑰奇的艺术世界，卓立于现代散文诗的巅峰，也成为最难解读的一部鲁迅经典。

《秋夜》是《野草》的第一篇，不是悲秋的应景之作，而是秋夜沉思的心血结晶。鲁迅当时充满着独战黑暗的孤苦、迷惘、愤激和悲壮的复杂感受，沉入秋夜境地而吟诵出别开生面的诗篇。全文从枣树下笔，转向夜空，又俯瞰地面，进而仰视枣树向夜空的抗争，然后过渡到室内，领略小飞虫的扑灯图景，又浮现室外的景象，紧接着收回思绪，以敬奠小青虫而告终。这样的诗思文脉，全凭自我的视线和思绪对纷繁物象加以整合重构，具有跳跃交叉、意脉贯通的结构特点，吸引我们追随作者的眼光，进入特定而特别的“秋夜”境地，和他一样观察、体验、沉思和移情。所见虽是秋夜常见的景物，如夜空、星星、月亮、野花草、粉红花、落叶的枣树、夜游的恶鸟、追光的小飞虫，但这些寻常的物象在作者的眼中已显得不同寻常，饱含着作者的主观感受和审美态度，都被写意化、人格化了，并形成一系列对比和映衬关系。不能简单孤立地看待这些意象，把它们比这比那，而应从作品的有机整体着眼，体会各个意象在作品中的含意和作用，把握意象之间的区别和联系。总体上看，夜空与地面是鲜明对立的，奇怪而高的夜空对地面的生物很冷漠和残酷。地面上的生物又有不同的生存姿态：有的无可奈何，只好“瑟缩地做梦”；有的执著抗争，用“一无

---

①鲁迅：《〈自选集〉自序》，《鲁迅全集》第四卷，人民文学出版社1981年版，第456页。

所有的干子”直刺夜空，“一意要制他的死命”；有的以哇叫声打破秋夜的沉寂；有的飞身追求光明，碰壁扑火也在所不惜。尤其是枣树刺天的意象，不仅赋予枣树独战夜空、不屈不挠的雄奇人格，还刺破夜空外强中干、诡谲无行的丑陋面目，把枣树与夜空的对立斗争推向高潮，突出了枣树抗天的坚韧性、永恒性和崇高性。这样的“秋夜”，在整体上就不是自然景象的写照，而是自然、人生、社会某种状态的浓缩和象征，是作者心态的投射和表现。作者正视秋夜的肃杀冷酷，而又蔑视夜空的外强中干，赞赏枣树的韧性抗争，理解和同情小粉红花的柔弱天真，怜惜和敬奠小飞虫的执著追求，甚至对夜游恶鸟的哇叫声也感到窃喜。这些情感思绪，不就是鲁迅那直面惨淡人生、在困境中顽强抗战而又宁愿牺牲自己、成全新人的精神写照吗？这样的“秋夜”境界，就不仅是当时后园所见所思的表现，也不仅是当时社会现实的影射，还可以引申到人生自然的类似境遇，提升到人生哲学的高度来看待，来思索人生该如何应对“秋夜”般境地。如此说来，《秋夜》是借秋景写心境，抒写着正视逆境、独战黑暗的悲壮心怀，寄寓着鲁迅的人格精神和人生哲学，象征着人生存在的普遍状态和应有态度。同时也奠定了整部《野草》抒写心境的沉郁顿挫、幽深瑰奇的精神基调。从《影的告别》《复仇》《希望》《雪》《过客》《死火》《这样的战士》《淡淡的血痕中》等篇，是可以多少领略到《秋夜》般的情调意蕴的。

《风筝》则触及兄弟亲情中的伤疤，写出沉重的心怀。早在1919年，鲁迅就写过一组散文诗《自言自语》，其中《我的兄弟》就是《风筝》的雏形，理应联系起来比较分析，用来探讨作者是如何深化同一题材创作的。《我的兄弟》只有九段三百多字，分三层抒写幼时兄弟间关于风筝的一次冲突及其前因后果。原本是日常生活的一件小事，但一句“我后来悟到我的错处”，使小事变得不小了，顿时有了内省、自责、抱歉和救赎无望的情感波动，也有了刻骨铭心的悔恨记忆，不仅在三十八岁时写下这篇小品，还在六年后再度创作了《风筝》。《风筝》扩充为十二段一千三百多字，除了增加头两段和末一段的时令境况外，主体仍是《我的兄弟》句段的充实，却大大深化了风筝事件的追悔内涵。开头添加的北京冬天和故乡春日放风筝的情景，既是对照，又是触媒，犹如诗的起兴。转入正文，先是抒写我与小弟对风筝的不同态度，小弟喜欢风筝的憨态可掬，这“在我看来都是笑柄，可鄙的”，“因为我以为这是没出息孩子所做的玩意”，弟兄间因兴趣和观念的不同而埋下冲突的种子。于是产生了惊怖的一幕：发现小弟躲在杂物间偷扎风筝之际，“我在破获秘密的满足中，又很愤怒他的瞒了我的眼睛，这样苦心孤诣地来偷做没出息孩子的玩意。我即刻伸手折断了蝴蝶的一支翅骨，又将风轮掷在地下，踏扁了。论长幼，论力气，他是都敌不过我的，我当然得到完全的胜利，于是傲然走出，留他绝望地站在小屋里”。这是《我的兄弟》三至五段百来字的扩写，主要增加了过程性的细节描写和心理透视，既强化了小弟偷做风筝被毁坏时的专注、惊惶、绝望的心理起伏，又突出了兄长破获秘密破坏风筝的快意和优胜感，以及对小弟痛苦心理的漠视，把这场冲突内在化、心灵化了。“然而我的惩罚终于轮到了”一段百来字，比原先那句“我后来悟到我的错处”的简单提示具体而深入。这转折性的自我发觉，拓展和深化了诗境，把“错处”提升到“精神虐杀”的高度，转化为内心的铅块重负和自我惩罚。从而有了补过、求恕、救赎的种种想法和行为，却都无济于事。这种无法补救的“精神虐杀”可见是最深重最残酷的，于是在文末呼应开头，强化“无可把握的悲哀”。全篇笼罩着精神虐杀而救赎无望的沉重感，显然比《我的兄弟》深切蕴藉，深入发掘出内心深处对儿童实施过精神虐杀的负罪感和以长欺幼的原罪感，突出体现了作者严于自剖、勇于担当的人格精神。这种深揭伤疤的痛楚，在《野草》中比比皆是，让我们真切感受到鲁迅的真实、丰富、深刻和伟大。

《过客》以老翁、女孩、过客三个角色的对话上演一出人生的象征剧，既独创了散文诗剧的新颖文体，又创造出独特的探寻去路的过客典型。老翁走过许多“来路”，看到前面是一片坟地而裹足不前，盖间小土屋安顿下来，含饴弄孙，不再理会“前面的声音”的叫唤了。女孩伴随老翁生长在土屋，只是“天天看见天，看见土，看见风”，看见坟地“那里有许多许多野百合，野蔷薇”，不失童真、好奇、善良和梦想的天性。过客不知道“我本来叫什么”，从哪里来，到哪里去，只是“从我还能记得的时候起，我就只一个人”，“我就在这么走”，“要走到一个地方去，这地方就在前面”。这些话语代表着三种不同的人生状态和生命形式，老翁萎顿于中途，女孩沉湎于幻美，过客执著于前行。于是产生了内在的戏剧冲突。三者对前方坟地有不同的看法。过客在感情上也认可女孩的感觉，感谢她布施的好意，但在理性上否定蔷薇似的美梦，对真情美意的拖累保持高度的警觉，甚至“祝愿她的灭亡，给我亲自看见；或者诅咒她以外的一切全都灭亡，连我自己，因为我就应该得到诅咒”。过客在理智上认同老翁的看法，“前面，是坟”，“前去也料不定可能走完”，但毅然拒绝“回转去”“休息一会”的劝告，深知“回到那里去，就没一处没有名目，没一处没有地主，没一处没有驱逐和牢笼，没一处没有皮面的笑容，没一处没有眶外的眼泪。我憎恶他们，我不回转去！”对于老翁传授的对付前面叫唤声的秘方，过客也沉思默想过，但“忽然吃惊”，“惊醒”，还是“倾听着”前面的叫声，尽管“我的脚早已经走破了，有许多伤，流了许多血”，“我的血不够了”，“我的力气太稀薄了”，又明知前面是坟，是死，还是要追问“走完了那坟地之后呢？”还是“息不下”，“我只得走”，“即刻昂了头，奋然向西走去”。这样，过客不仅超越了女孩和老翁，也超越了自我的情感和理智、困顿和徘徊，听从前面的呼唤，全凭内在的精神意志继续走在前行路上，走向坟地……这三人既是人生三种面相的戏剧化演示，也可说是过客自身情感、理智和意志三种生命力内在冲突的诗化象征，寄寓着鲁迅甘当过客、执著探索的人生观、生命观和精神人格，也浓缩着人生普遍存在的生存方式和精神现象。

鲁迅于1927年4月26日为《野草》结集出版而写的《题辞》，一唱三叹地吟咏着生命的悲壮之歌。他把生命、野草、地面和地火的关系整合为一组意象群，以生命的野草为核心意象，寄寓自我的生命意识和人生态度。生命与野草一样，有荣有枯，有生有死。生存时尽管“根本不深，花叶不美”，也是一样地“吸取露，吸取水，吸取陈死人的血和肉”而滋长繁荣；又难免屡遭践踏、删刈，直至于死亡而朽腐，也证实自己曾经存活过，并非空虚无物。这样的生命观，坚执而坦然，自信而悲壮，从而高唱着“我坦然，欣然。我将大笑，我将歌唱”的野草之歌，吟味着野草似的生存方式、死亡意义和生命哲学，憎恶着“这以野草作装饰的地面”，渴望着“地火”喷出来“烧尽一切”，以独到的内心体验和极度的爱恨情仇来谱写生命的慷慨悲歌。从这个意义上说，整部《野草》是鲁迅精神生命最深切最奇特的吟唱。其深切，深至心灵最柔韧最痛楚最幽微之处，发出的绝叫声最为沉郁惨烈，震撼人心！其奇特，发常人所未发之声，见常人所未见之境，炼常人所未炼的诗心，富有独特的感觉和想象，奇诡的意象和象征，独创的文体和意境，在散文诗史上独一无二而又无与伦比。《野草》不仅开辟了中国散文诗的崭新天地和发展道路，对当时和后来的散文诗创作产生了重大而深远的影响，而且走向世界，可以和波德莱尔、屠格涅夫、泰戈尔、纪伯伦等散文诗大家的杰作相匹敌，为我国散文诗赢得了世界声誉。

《朝花夕拾》是一部回忆自己青少年时代生活经历的散文集，是鲁迅作品中最为亲切有趣的散文名著。原作写于1926年，在《莽原》杂志陆续发表十篇，总题为《旧事重提》，1927年结集时改题为《朝花夕拾》，补写了《小引》和《后记》两篇，于1928年出版。鲁迅是在四十五岁之际追忆二十一岁以前的生活经历的，前七篇写儿时生活，后三篇分别写南京求学、留学日本和回乡从教经历。他在《小引》中说："这十篇就是从记忆中抄出来的，与实际容或有些不同，然而现在只记得是这样"，"带露折花，色香自然要好得多，但是我不能够"。这说明这部作品的回忆性质，题名《朝花夕拾》比《旧事重提》更形象更有诗意，同时也含有事后追忆、无法完全保留原有花露色香的感慨。回忆性写作总是选写记忆深刻的往事，重提的旧事正像夕拾的朝花一样，难免有些褪色，让自己倍感珍惜。却也因为经过时间和记忆的过滤，加上写作时融入现实人生体验的咀嚼和反思，写下的往事就有新的理解和阐发，比幼时的懵懂感觉更真切深刻了。所以，品读《朝花夕拾》，既要回归童真状态，跟鲁迅一起体验早年的生活经历和心理感受，又要回到年长境地，像作者那样体味往事的含义和价值。

《从百草园到三味书屋》写幼时的玩乐和学习生活，依据场景变化分为前后两部分。百草园虽然"只有一些野草；但那时却是我的乐园"，开头的回忆就直奔主题，进入"乐园"的境地：先把百草园里动植物的盎然生趣写得活灵活现，同时也把自己沉湎其中的嬉游乐趣写得津津有味，真像回到了四十年前的童真时代。接着转述长妈妈讲述的美女蛇故事，渲染神秘离奇的场景氛围和惊惧好奇的儿童心理，使百草园含有惊险神奇的另一层趣味。再写冬天的百草园，还有与闰土一起在雪地捕鸟的乐趣。他从这三方面抒写"我的乐园"，完全沉浸在这方小天地中，感觉特别敏锐鲜活，连斑蝥"拍的一声，从后窍喷出一阵烟雾"的细节也记忆犹新，覆盆子"又酸又甜，色味都比桑葚要好得远"的滋味也新鲜如初，写起来自然是笔底生花，文采飞扬，童趣盎然，余味无穷。难怪写到离别时他还追述儿时的疑问和责难，表达出特别的依恋和不满的混杂情绪。由此过渡到三味书屋，情随境迁，对着"扁和鹿"行礼拜师，当然呆板无趣，每天的功课也了无生趣，请教"怪虫"的问题又受到冷遇，作者回忆时味同嚼蜡，匆匆带过，而重点叙写逃课偷玩、念书取乐、私下描画三个片段，既表现儿童天性的不可压抑和随机流露，又暗讽私塾教育的陈腐枯燥和背离童心。对照百草园的无限趣味，三味书屋愈显索然寡味，只有偷玩时才能自得其乐。“读的书多起来，画的画也多起来；书没有读成，画的成绩却不少了”，这是对旧式教育的一个调侃。寿镜吾先生是本城中极方正、质朴、博学的人，读起古书很入神，“总是微笑起来，而且将头仰起，摇着，向后面拗过去，拗过去”，活像一幅活脱的漫画，更富有幽默味。从百草园到三味书屋，不仅是时空场景的变动，而且是成长经历和人生教育的变化，是从乐园到失乐园、从自然生长到人工培育的变迁。作者有意把二者联系起来回味，本身就具有前后关联和对照的关系。关联之处是葆有童心天趣，在百草园自然流露，在三味书屋也随机生发。对比之中，前后反差很大，儿童天性在自然天地中自由生长，在书塾教育中受到压抑修改，这不仅含有批判旧教育的思想意义，也带有教育该如何促进少年儿童健康成长的启发意义。

《藤野先生》写青年时代的留学生活。就写人来说，写医学老师藤野先生也像写保姆长妈妈那样，由表入里，欲扬先抑，真中见美，于细微处发掘出感人至深的美质。先写他上第一堂课的模样，引出留级生取笑他的掌故。但很快进入正面的描写，他上课一周后就约我面谈，每周为我改正讲义笔记，细心订正一条血管的位置并给予和蔼而严谨的科学教育，还担心我不肯解剖尸体，向我了解中国女人裹脚损害足骨的情形。这些课外的身教言传，显示他对异国学子的特别关心，对教学工作的高度负责精神，对医学科学的诚敬严谨态度。接着写到讲义风波和幻灯片事件，既显示藤野先生的正义感，还陈述自己弃医从文的缘由，反映了日本歧视中国的时代背景，对表现主人公藤野先生的人格精神也起到凸显作用。紧接着写惜别的情景，进一步显示他内心对“我”的超越一切的深情厚谊。最后，作者直抒自己对藤野先生的怀念和理解：“在我所认为我师的之中，他是最使我感激，给我鼓励的一个。有时我常常想：他的对于我的热心的希望，不倦的教诲，小而言之，是为中国，就是希望中国有新的医学；大而言之，是为学术，就是希望新的医学传到中国去。他的性格，在我的眼里和心里是伟大的，虽然他的姓名并不为许多人所知道。”这是点睛之笔，不仅揭示了藤野先生对医学事业的执著精神，还显示了他在民族歧视严重的岛国中毫无民族偏见的可贵品格。作者也不仅称颂老师的伟大人格，还在结尾把藤野先生给予自己的影响升华到精神境界的传承光大上，转化为以笔医治国民灵魂的精神动力和自觉行动。如果联系前文写到的私塾先生，藤野先生的精神人格和教育风格更显得光彩夺目，既令人崇敬又引人亲近。

从这两篇散文约略可见《朝花夕拾》的文体特色。鲁迅的回忆，视野开阔，思维活跃，感觉灵敏，体察入微，在真切抒写中不仅表现了自己的成长经验，还折射着当时当地的世态人情，可谓自叙传、人物画、风俗画、世态画融化无间。他在过去与当今的时空范围中自由出入，对人生记忆进行取舍、品味、还原和复活，既回归童真心灵，直觉过往经历的甜酸苦辣、喜怒哀乐，又回到写作时态，把鲜活的往事与现实的感怀联系起来细加咀嚼，品出新的味道，发挥了旧事重提、回忆再生的审美意义。他抒写自己难以忘怀的经历感受，无论是人生历程中的重大遭遇，还是日常生活中的琐碎片段，都是深有体会、饱含感情的，也都是烂熟于心、出口成章的，行文就特别亲切活泼、从容流畅，堪称絮语散文任心闲话、文情并茂的文体典范。叙事写人有机结合，叙述生动，细节传神，又夹叙夹议，情理交融，深化和升华了人事场景的情趣意蕴。这部散文像鲁迅小说《故乡》《社戏》那样活泼有趣，而更加真切自然，更能见到鲁迅的真性情。他后来还写了《夜记》《我的种痘》《“这也是生活”……》《死》《女吊》等感性散文，但不再单独结集出版，都辑入编年的杂文集。

鲁迅的各体散文，都是他得心应手、随物赋形的思想浮雕和心血结晶，都具有师心使气、释愤抒情的诗性文心和血性气骨，都打上鲁迅人格精神、思维艺术和审美意识的深刻印记，都凝聚为博大精深、雄桀伟美的“鲁迅风”。鲁迅的散文创作，立足现代，直面现实，在搏击时代风沙中获取思想资源和审美快感，焕发思想艺术的创造活力，还取精用宏，融旧铸新，既汲取外国文学包括散文随笔发挥个性、自由创新的现代精神，又弘扬中国古代诗文师心使气、随物赋形的优秀传统，博采众长而自铸伟辞，富于独创性、现代性和先锋性，一改以前文章“多拘于无形之囹圄，不能舒两间之真美”的旧观，而开创中国散文史“争天拒俗”“雄桀伟美”的新气象新境界[①]。可以说，从鲁迅开始，中国散文史才复兴诸子散文、《史

①借用鲁迅《摩罗诗力说》之语，《鲁迅全集》第一卷，人民文学出版社1981年版，第66页。

记》和魏晋文章的创造活力，突破唐宋以后古文正统的清规戒律，实现从古典向现代的文体解放、思想创新和艺术转型，进入一个崭新的发展时代。

第三节 周作人的随笔小品

周作人（1885年—1967年），浙江绍兴人，常用笔名启明、岂明、知堂等。他是鲁迅二弟，曾留学日本五年。1917年应聘北京大学文科教授后，投入新文化运动，参与发起文学研究会和创办《语丝》周刊，以创作、评论和翻译活跃于新文坛，与鲁迅齐名，被誉为“周氏兄弟”“文坛双星”。他俩于1923年因家庭矛盾而分立门户，1927年大革命失败以后因思想分歧而分道扬镳，各自发展成为现代散文中“鲁迅风”和“知堂风”两大思潮流派的主帅。鲁迅引领着散文尤其是杂文思想启蒙与现实战斗交融的发展方向，周作人则拓展着随笔小品的个人自由主义园地，在20世纪30年代文坛形成对立竞争而又互补共荣的局面。抗日战争全面爆发后，周作人滞留北平，沦为汉奸，出任伪华北教育总署督办等伪职。抗战胜利后被国民政府判刑入狱，1949年出狱，1967年去世。著有散文集《自己的园地》等二十多部。

周作人对散文有自己的一套理论和独到见解。他率先提出散文是美文的观念。早在1908年发表的《论文章之意义暨其使命因及中国近时论文之失》，他就提及英国作家赫胥黎“文章一语合于美文”的看法，将培根的*Essays*译为《论文小集》，即把“Essay”译为“论文”[①]。他在1921年发表短论《美文》[②]，率先提倡“美文”，解释说：“外国文学里有一种所谓论文，其中大约可以分作两类。一批评的，是学术性的。二记述的，是艺术

①周作人：《论文章之意义暨其使命因及中国近时论文之失》，原载《河南》1908年第4、5期；此前一年，王国维在《培根小传》（《教育世界》1907年10月第18期）里，把培根的Essay译为“论文”，释义为“随笔”。

②周作人：《美文》，《晨报》1921年6月8日第7版，署名子严。

性的，又称作美文，这里边又可以分出叙事与抒情，但也很多两者夹杂的”，“中国古文里的序、记与说等，也可以说是美文的一类”，既界定美文的艺术特质和多种体式，又点明美文的外来与本土渊源。他还把文艺批评和杂感短文称为“抒情的论文”，视为“美文”和“创作之一种”[①]。他后来把美文改称为“随笔”“小品文”等，进而界定说：“论文——不，或者不如说小品文，不专说理叙事而以抒情分子为主的，有人称他为‘絮语’过的那种散文”[②]，“它集合叙事说理抒情的分子，都浸在自己的性情里，用了适宜的手法调理起来”[③]。他的“美文”观念，作为文体名称，逐步被后来通行的“小品文”概念所取代。他赋予“美文”“小品文”的内涵，比常人的理解更为丰富和复杂，不仅包含叙事抒情小品，还包含以议论批评为主的杂文随笔，以及各类夹杂交融的杂体文章，实质上是指称一种综合性、多样化的文学性散文。

周作人一贯注重散文自我表现的特性和功能。他倡导“个性的文学”，对此有四点看法：“（1）创作不宜完全抹煞自己去模仿别人，（2）个性的表现是自然的，（3）个性是个人唯一的所有，而又与人类有根本上的共通点，（4）个性就是在可以保存范围内的国粹，有个性的新文学便是这国民所有的真的国粹的文学。”[④]由此推及散文：“他的条件，同一切文学作品一样，只是真实简明便好。我们可以看了外国的模范做去，但是须用自己的文句与思想，不可去模仿他们。”[⑤]他强调“小品文则又在个人的文学之尖端，是言志的文学”[⑥]，认为“中国新散文的源流我看是公安派与英国的小品文两者所合成”[⑦]，吸取和会通晚明小品“独抒性灵”和英国随笔

①周作人：《文艺批评杂话》，《自己的园地》，北京晨报社出版部1923年版，第185—186页。

②周作人：《燕知草跋》，《苦雨斋序跋文》，上海天马书店1934年版，第159页。

③周作人：《近代散文钞序》，载沈启无编《近代散文钞》，北平人文书店1932年版，卷首第6页。

④周作人：《个性的文学》，《新青年》1921年第8卷第5号，署名仲密。

⑤周作人：《美文》，《晨报》1921年6月8日第7版。

⑥周作人：《近代散文钞序》，载沈启无编《近代散文钞》，北平人文书店1932年版，卷首第6页。

⑦周作人：《燕知草跋》，《苦雨斋序跋文》，上海天马书店1934年版，第160页。

“自我表现”的共同精神，来张扬散文的“言志”说，反对“文以载道”。他把言志与载道对立起来，认为“言志派的文学，可以换一名称，叫做‘即兴的文学’，载道派的文学，也可以换一名称叫做‘赋得的文学’，古今来有名的文学作品，通是即兴文学”。[①]后来修正说：“言他人之志即是载道，载自己的道亦是言志。”[②]他的言志说尽管有以偏概全、自我标榜的缺陷，还有抵制左翼文艺思潮、争夺文坛话语权的用意，却也抓住散文个性化的命脉，引领言志派散文专注于个人的自我表现和自由言说，成为个人自由主义思潮在文坛的一面旗帜。

周作人的散文理念还追求知识、趣味、文辞诸要素的调和。他在一些序跋和评论文章中，经常使用知识、常识、见识、智慧、情思与趣味、情趣、风趣、风致、气味等一系列相近的关联词，再三探讨各要素的关系。或说：“所谓言与物者何耶，也只是文辞与思想罢了，此外似乎还该添上一种气味。”有些抒情说理的文章“兼有思想之美”，“这是以科学常识为本，加上明净的感情与清澈的理智，调合成功的一种人生观，以此为志，言志固佳，以此为道，载道亦复何碍”。[③]或说“要在文辞可观之外再加思想宽大，见识明达，趣味渊雅，懂得人情物理，对于人生与自然能巨细都谈，虫鱼之微小，谣俗之琐屑，与生死大事同样的看待，却又当作家常话的说给大家听”。[④]或说“文章的标准本来也颇简单，只是要其一有风趣，其二有常识，常识分开来说，不外人情与物理，前者可以说是健全的道德，后者是正确的智识，合起来就可称之曰智慧，比常识似稍适切亦未可知”。[⑤]“我很看重趣味，以为这是美也是善，而没趣味乃是一件大坏事。这所谓趣味里包含着好些东西，如雅，拙，朴，涩，重厚，清朗，通达，

①周作人：《中国新文学的源流》，北平人文书店1932年版，第70页。

②周作人：《中国新文学大系·散文一集》，上海良友图书印刷公司1935年版，卷首第11页。

③周作人：《杂拌儿之二序》，《苦雨斋序跋文》，上海天马书店1934年版，第154—156页。

④周作人：《谈笔记》，《秉烛谈》，上海北新书局1940年版，第183页。

⑤周作人：《〈一蒉轩笔记〉序》，载陈子善、张铁荣编《周作人集外文》（下集1926—1948），海南国际新闻出版中心1995年版，第575页。

中庸，有别择等，反是者都是没趣味。”[①]他对现代散文中“细腻流丽”的“纯粹口语体”并不看重，反而推崇语体的杂糅调和，“我想必须有涩味与简单味，这才耐读，所以他的文辞还得变化一点。以口语为基本，再加上欧化语，古文，方言等分子，杂糅调和，适宜地或吝啬地安排起来，有知识与趣味的两重的统制，才可以造出雅致的俗语文来”。[②]综上可见，周作人所说的“知识”，显然包含经验知识、科学常识、人生见识、思想智慧等丰富内容，以“人情物理”为指归，贵在“思想宽大，见识明达”。这样的“知识”，经过作者的提炼和融会，转化为自己爱好的一系列“趣味”，带上个人特有的“气味”，并以“涩味与简单味”为上品。周作人推崇的这类散文风格，带有传统名士风，他一再申说：“现在的小文与宋明诸人之作在文字上固然有点不同，但风致实是一致，或者又加上了一点西洋影响，使他有一种新气息而已”[③]；“这风致是属于中国文学的，是那样地旧又这样地新”[④]，都表明其散文理念传承发展了言志派、名士派一路散文的精神传统。

对于自己的散文写作，周作人在践行其散文理念的同时，还意识到理论与创作、理想与实际的差异和矛盾。他在自编文集序跋和《自己的文章》《两个鬼的文章》诸文中，一再声明：“我很反对为道德的文学，但自己总做不出一篇为文章的文章，结果只编集了几卷说教集，这是何等滑稽的矛盾”，“我近来作文极慕平淡自然的景地。但是看古代或外国文学才有此种作品，自己还梦想不到有能做的一天，因为这有气质境地与年龄的关系，不可勉强，像我这样褊急的脾气的人，生在中国这个时代，实在难望能够从容镇静地做出平和冲淡的文章来”[⑤]。“有人好意地说我的文章写得平淡，我听了很觉得喜欢但也很惶恐。平淡，这是我所最缺少的，虽然也原是我的理想，而事实上绝没有能够做到一分毫，盖凡理想本来即其所最

①周作人：《笠翁与随园》，《苦竹杂记》，上海良友图书印刷公司1936年版，第84页。

②周作人：《燕知草跋》，《苦雨斋序跋文》，上海天马书店1934年版，第159页。

③周作人：《致俞平伯信》（1926年5月），载《中国新文学大系·散文一集》，上海良友图书印刷公司1935年版，卷首第7页。

④周作人：《杂拌儿跋》，《苦雨斋序跋文》，上海天马书店1934年版，第150页。

⑤周作人：《雨天的书》，北京新潮社1925年版，卷首第4—6页。

缺少而不能做到者也”；“又或有人改换名目称之曰闲适，意思是表示不赞成，其实在这里也是说得不对的”；“看自己的文章，假如这里边有一点好处，我想只可以说在于未能平淡闲适处，即其文字多是道德的”[①]。“闲适可以分作两种，一是安乐时的闲适……一是忧患时的闲适”[②]。他自剖“叛徒与隐士”“流氓鬼与绅士鬼”的内心矛盾和复杂统一，追慕“平和冲淡”的文境而又自认“未能平淡闲适”，辨析两种“闲适”的差别而自许“忧患时的闲适”，终于在《两个鬼的文章》中总结道：“我的确写了些闲适文章，但同时也写正经文章，而这正经文章里面更多的含有我的思想和意见，在自己更觉得有意义”；“我写闲适文章，确是吃茶喝酒似的，正经文章则仿佛是馒头或大米饭”；“以店而论，我这店是两个鬼品开的，而其股份与生意的分配究竟绅士鬼还只居其小部分”；“我自己相信，我的反礼教思想是集合中外新旧思想而成的东西，是自己诚实的表现，也是对于本国真心的报谢，有如道士或狐所修炼得来的内丹，心想献出来，人家收受与否那是另一问题，总之在我是最贵重的贡献了。至于闲适的小品我未尝不写，却不是我主要的工作，如上文说过，只是为消遣或调剂之用，偶尔涉笔而已”。[③]这些自白基本符合他一生的写作实际，但与读者的喜好和史家的评价有很大差别，可借此分期分类考察周作人随笔小品发展变化、杂多调和的风貌。

综观周作人的散文创作，所谓“正经文章”大多是带有思想文化评论性质的“文体思想很夹杂”[④]的杂文，这类作品确实写得最多，同时交叉写些闲适小品，交错展现其思想艺术探索的多样统一。根据其文风的发展变化，如果借用其代表性名号来说，大抵可分为“启明”“知堂”“药堂”三个时期。

“启明”期指他从《新青年》到《语丝》（1918—1928）的前期创作。他从1918年9月在《新青年》发表《随感录二十四》开始，为《新青年》《每周评论》《晨报副刊》和《语丝》等报刊写了两百来篇杂文和数十篇小

①周作人：《自己的文章》，《瓜豆集》，上海宇宙风社1937年版，第245—249页。

②周作人：《文载道文抄序》，《立春以前》，上海太平书局1945年版，第182页。

③周作人：《两个鬼的文章》，写于1945年11月16日，收入《过去的工作》，河北教育出版社2002年版，第87—90页。

④周作人：《杂文的路》，《立春以前》，上海太平书局1945年版，第111页。

品，收入《自己的园地》《雨天的书》《谈龙集》《谈虎集》《泽泻集》和《艺术与生活》等集子中。他与鲁迅并肩作战于《新青年》，联手开辟《语丝》新战线，积极开展思想启蒙、文明批评和社会批评，造就了他作为新文化大师的盛誉，也开始形成其“满口柴胡”[①]的杂文风格和追求“平和冲淡”的小品文风。

他在新文化运动初期的成名作有《人的文学》《思想革命》《祖先崇拜》等篇。继胡适提倡白话文之后，他进而提倡“思想革命”和“人的文学”，为新文学建立“一种个人主义的人间本位主义”的人道主义文学观。《祖先崇拜》写于陈独秀的《偶像破坏论》之后，批判封建人伦关系上的“精灵信仰”和“报本返始”的旧习俗，提出改“祖先崇拜”为“自己崇拜——子孙崇拜”的新观念。这类早期杂文，破旧立新，见识超前，但“只是顽强地主张自己的意见，至多能说得理圆，却没有什么余情”[②]。他提倡“美文”后，执着开垦“自己的园地”，开始交叉写作杂感短评和叙事抒情小品。

到了《语丝》时期，他的杂文随笔趋于成熟，独具明智通达、婉讽多趣的鲜明特点。《我们的敌人》与《祖先崇拜》一脉相承，亦是抨击“野兽与死鬼”“附在许多活人身上”的封建遗风，不仅议论精到，还谈言微中，说理风趣：“诸位远亲如要讲亲谊，只应在山林中相遇的时节，拉拉胡须，或摇摇尾巴，对我们打个招呼，不必戴了骷髅来夹在我们中间厮混”，“我们去拿许多桃枝柳枝，荆鞭蒲鞭，尽力地抽打面有妖气的人的身体，务期野兽幻化的现出原形，死鬼依托的离去患者，留下借用的躯壳，以便招寻失主领回”。如此道来，亦庄亦谐，异趣横生。《奴才礼赞》则反语连篇，幽默而带讽刺，对奴性的嘲讽相当辛辣。开头勾画的奴才相传神肖貌，让人忍俊不禁。接着反讽说：“中国似乎当得起说是最富于奴才的国”，“倘若奴才少几个，中国怎么会精神文明得像现在这个样子，怎么会这样的幸福安吉？”反话正说，寓庄于谐，意在言外，引人深思。最后引述祖父说的笑话，为奴才相加画了婢妾相的传神一笔。在千把字的短文中，闲话奴才，游刃有余，“礼赞”有加，妙语解颐，令人含笑咀嚼。周

---

①周作人：《雨天的书》，北京新潮社1925年版，卷首第5页。

②周作人：《中国新文学大系·散文一集》，上海良友图书印刷公司1935年版，卷首第5页。

作人对于封建思想意识和国民劣根性的揭露和批判，尽管不像鲁迅那样深广精辟、犀利泼辣，但自有博识机智、幽默婉讽的个人特色。这在《狗抓地毯》《上下身》《风纪之柔脆》《萨满教的礼教思想》诸篇中也有出色的表现。

对于时事政治，周作人前期杂文也是放言无忌而又庄谐杂出的。在“五卅惨案”“三一八惨案”“女师大风潮”和“四一二政变”等重大事件中，他写了《吃烈士》《新中国的女子》《死法》《偶感》等战斗性杂文。其中，《关于三月十八日的死者》像鲁迅《记念刘和珍君》那样广为传诵。文中着重诉说对于死者的哀悼和惋惜，突出强调“这回的数十青年以有用可贵的生命不自主地被毁于无聊的请愿里，这是我所觉得太可惜的事”。既抨击人为惨案，又反思请愿行为，这与鲁迅的认识同中有异，都认为请愿无用，要珍惜青年生命；但鲁迅是从“人类的血战前行的历史”高度来否定“徒手请愿”的，要激发的是“真的猛士，将更奋然而前行”；周作人则只从生命价值的角度加以反思而已。最后以两副挽联来总结全文：“死了倒也罢了，若不想到二位有老母倚闾，亲朋盼信。活着又怎么着，无非多经几番的枪声惊耳，弹雨淋头。”“赤化赤化，有些学界名流和新闻记者还在那里诬陷。白死白死，所谓革命政府与帝国主义原是一样东西。”这是杂文化的挽联，爱憎分明，悲愤交加，歌哭怒骂，情深意切，成为全文最为人传诵的名句。从这类杂文可见，周作人当时的政治立场、思想见识和情感态度与鲁迅和《语丝》社同人并无二致，他以自己的理智看透世态，以克制的笔墨仗义执言，在共同对敌的口诛笔伐中显示出自己的风格特色，以隐忍悲愤、绵里藏针见长。

周作人的闲适小品开始创作于20世纪20年代，代表作有《寻路的人》《北京的茶食》《故乡的野菜》《苍蝇》《苦雨》《喝茶》《谈酒》《乌篷船》等，大多收入《泽泻集》。这类作品取材于日常生活，着眼于人生情趣的玩味，表现的是作者自身更为内在的性情气质和更为偏爱的艺术趣味，有别于杂文的辛辣犀利而追求更契合个性的平和冲淡的风格。

他在《寻路的人》中虽说也在“寻路”，但已觉悟到人生只是在悲哀中挣扎着走向“路的终点是死”的宿命，并不苟同“有的以为是往天国去，正在歌笑；有的以为是下地狱去，正在悲哭；有的醉了，睡”这三种人生态度，而自称“只想缓缓的走着，看沿路景色，听人家谈论，尽量地享受这些应得的苦和乐；至于路线如何，或是由西四牌楼往南，或是由东单牌楼往北，那有什么关系？”随后的一系列小品就表现着这种流连于人生各种况味的达士风度。《乌篷船》以书简小品的形式引导读者从容领略沿途的风景情趣：“你坐在船上，应该是游山的态度，看看四周物色，随处可见的山，岸旁的乌桕，河边的红蓼和白苹，渔舍，各式各样的桥，困倦的时候睡在舱中拿出随笔来看，或者冲一碗清茶喝喝。”这里用游玩观赏的态度来看，沿途平常的景象就转化成审美玩味的对象，心灵也超越功利打算而变得自由自在，感觉什么都有滋有味。这是生活的艺术化，也是艺术的生活化，用审美的眼光看待生活，就能平中见奇，化俗为雅，领略到日常片刻优游的闲情逸趣。有如他在《喝茶》中阐发的日本茶道，“用平凡的话来说，可以称作‘忙里偷闲，苦中作乐’，在不完全的现世享乐一点美与和谐，在刹那间体会永久”。又如他在《北京的茶食》中表白的那样：“我们于日用必需的东西以外，必须还有一点无用的游戏与享乐，生活才觉得有意思。我们看夕阳，看秋河，看花，听雨，闻香，喝不求解渴的酒，吃不求饱的点心，都是生活上必要的——虽然是无用的装点，而且是愈精炼愈好。”他玩味的人生情趣的确雅致，在当时又有怡情适性的意义，并不与战斗文章相对立，因而也和其他品类的散文一样并行于世，获得广泛好评。

周作人这时期一方面写着抨击时弊痼疾的杂文随笔，一方面写着优游自得的闲适小品，看似判若两人，有双重性格。他在《两个鬼》的自剖中，生动风趣地诉说心头住着“绅士鬼”和“流氓鬼”，“在那里指挥我的一切的言行”，“这是一种双头政治，而两个执政还是意见不甚协和的，我却像一个钟摆在这中间摇着”；“我爱绅士的态度与流氓的精神”，“我希望这两个鬼能够立宪，不，希望他们能够结婚，倘若一个是女流氓，那么中间可以生下理想的王子来，给我们作任何种的元首”。绅士鬼代表理性节制和外在风度，流氓鬼代表感性冲动和内心追求，他力求加以折中调和。杂文和小品恰好切合他这双重性格的表现，两者既有矛盾冲突，又有互助调和，因而在闲适小品里也有叛逆意味，在杂文随笔里也有绅士风度。

从1928年宣称“闭户读书”到1938年“落水投敌”这十年，周作人退隐书斋，固守自我，步入明哲保身、自树一帜的“知堂”时期。在《闭户读书论》中，他对于大革命失败后轮回重来的白色恐怖和专制统治，虽有“不满和不平”，但清醒意识到“此刻现在”是“一个危险时期”，“苟全性命于乱世第一要紧”，想来想去只有“一个办法，这就是‘闭户读书’”，“宜趁现在不甚适宜于说话做事的时候，关起门来努力读书，翻开故纸，与活人对照，死书就变成活书，可以得道，可以养生，岂不懿欤?”这在反讽现实、自我解嘲之中透露的明哲保身和读史鉴今相辅相成的心曲，成为他中年处世作文的指针。其《中年》自称“年纪一年年的增多，有如走路一站站的过去，所见既多，对于从前的意见自然多少要加以修改”，“我想最好还是顺其自然”，“以后便可应用经验与理性去观察人情与物理”。又在《知堂说》称引：“孔子曰，知之为知之，不知为不知，是知也。荀子曰，言而当，知也；默而当，亦知也。其言甚妙，以名吾堂。”这些自述表明他在乱世重压中退守个人自由园地，转变启蒙思路和写作策略，以旁观玩味、优游自得、自知分寸、言默得当的“知堂风”取代早年的“启明风”，从《语丝》社主将演变为《论语》派的精神领袖。

周作人这时期著有《永日集》《看云集》《夜读抄》《苦茶随笔》《苦竹杂记》《风雨谈》《瓜豆集》《秉烛谈》等。他自称此前文章“所谈的总还是不出文学和时事这两个题目”，“时事到现在决不谈了”[①]。“我在此刻还觉得有许多事不想说，或是不好说，只可挑选一下再说，现在便姑且择定了草木虫鱼”[②]。他开始讳言时事政治，漫谈生物和杂学，收敛笔锋，另辟蹊径，多写咏物小品和读书随笔，“大致由草木虫鱼，窥知人类之事，未敢云嘉孺子而哀妇人，亦尝用心于此，结果但有畏天悯人，虑非世俗之所乐闻，故披中庸之衣，着平淡之裳，时作游行，此亦鄙人之消遣法也”[③]。他把博识与别择、讽世与玩世、忧患与闲适、平淡与苦涩诸因素杂糅调和，成就其特有的“枯涩苍老，炉火纯青”[④]的“知堂风”。

周作人的咏物小品以科学疾虚妄，于物理见人情，带有格物致知、辨微见著的理趣。《看云集》中“草木虫鱼”之一《金鱼》写道，“我每看见金鱼，一团肥红的身体，突出两只眼睛，转动不灵地在水中游泳，总会联想到中国的新嫁娘，身穿红布袄裤，扎着裤腿，拐着一对小脚伶俜地走路”，“照中国人喜欢小脚的常例推去，金鱼之爱可以说宜乎众矣，但在不

①周作人：《永日集》，上海北新书局1929年版，卷首第3页。

②周作人：《草木虫鱼小引》，《看云集》，上海开明书店1932年版，第27页。

③周作人：《秉烛后谈序》，《立春以前》，上海太平书局1945年版，第180页。

④郁达夫：《中国新文学大系·散文二集》，上海良友图书印刷公司1935年版，卷首第14页。

佞实在是两者都不敢爱，我所爱的还只是平常的鱼而已”。这在咏物言志中的联想和发挥，嘲讽异化畸形的俗恶趣味，寄寓民胞物与的人道情怀。之五《水里的东西》谈起“河水鬼”的有趣传说，对“讨替代”的无稽之谈予以婉讽，并特意申明：“河水鬼的信仰以及有这信仰的人确是值得注意的。我们平常只会梦想，所见的或是天堂，或是地狱，但总不大愿意来望一望这凡俗的人世，看这上边有些什么人，是怎么想。”稍后又写了《鬼的生长》《说鬼》《谈鬼论》等，说得更明白：“我不信人死为鬼，却相信鬼后有人，我不懂什么是二气之良能，但鬼为生人喜惧愿望之投影则当不谬也”，“我们喜欢知道鬼的情状与生活，从文献从风俗上各方面去搜求，为的可以了解一点平常不易知道的人情，换句话说就是为了鬼里边的人。反过来说，则人间的鬼怪伎俩也值得注意，为的可以认识人里边的鬼吧”。其咏物说鬼之类小品，虽已渐失早年《乌篷船》《苍蝇》的清新气息，却增添了博识明辨的知性风趣。

周作人博学多识，写起读书随笔，堪称会通中外古今，自成大家风度。他早年着重评介外国文艺，这时则拓展至文史杂著，注重思想文化批评，独创“文抄”体的书话杂文。《夜读抄》《苦竹杂记》诸集所抄之书，自有“宽而且窄”的选择标准，“不问古今中外，我只喜欢兼具健全的物理与深厚的人情之思想，混合散文的朴实与骈文的华美之文章”[①]，“文抄”本身就体现他的别择和见识。他排斥道学说教，发掘异端新见，阐扬人情物理，重估传统价值，仍具有反封建反专制反愚昧的思想启蒙意义。他潜心从故纸堆中披沙拣金，与古人对话，与今人对照，借抄书知人论世，将死书变成活书，就把书话写成融旧铸新、各抒己见的一种特别形式。例如，《论语小记》摘引《论语》中自己所欣赏的十一节，玩味孔门师徒的言谈举止，颇有自得之见：“我觉得在《论语》里孔子压根儿只是个哲人，不是全知全能的教主，虽然后世的儒教徒要奉他做祖师，我总以为他不是耶稣而是梭格拉底之流亚。《论语》二十篇所说多是做人处世的道理，不谈鬼神，不谈灵魂，不言性与天道，所以是切实，但是这里有好思想也是属于持身接物的，可以供后人的取法，却不能定作天经地义的教条，更没有什么政治哲学的精义，可以治国平天下，假如从这边去看，那

①周作人：《苦竹杂记》，上海良友图书印刷公司1936年版，第312页。

么正是空虚了。”《谈文字狱》则列举孔子杀少正卯、李卓吾被治罪的典型案例及其相关文书，揭露“以思想杀人的文字狱”比“以文字杀人的文字狱”更为深重的罪恶和影响，对封建思想专制的批判别具只眼，带有辨微知几、借古讽今的杂文味。这类书话既有书卷味，又有透视感，古今映照，文白相间，相辅相成而融为一体，可说是杂文随笔的一种变体和创格。

抗战时期北平沦陷后，周作人经不起敌伪的威逼利诱，从新文化先驱沦落为汉奸文人的代表，令人叹惜和不齿。他以伪官身份写过一些宣扬“东亚共荣”的所谓“应酬文章”[①]，他自己也羞于收集。而结集出版的《药堂语录》《药味集》《药堂杂文》《书房一角》《苦口甘口》《立春以前》等，在延续“知堂风”的基础上，增添了一些“正经文章”，加重了几分“苦药”味，表明他的散文创作转入“药堂”时期。

周作人这时的“正经文章”，主要有《药堂杂文》中的《汉文学的传统》《中国的思想问题》《汉文学上的两种思想》和《汉文学的前途》，以及《苦口甘口》第一辑收录的《梦想之一》《文艺复兴之梦》《我的杂学》等篇章。这些文章梳理自己对中外文化思想的贯通和见识，诚有经世致用的“资治”目的。代表作《中国的思想问题》，着重阐发“以孔孟为代表，禹稷为模范”的原始儒家思想，认为“儒家的根本思想是仁，分别之为忠恕”，其“根本”不仅源于生物本能的“求生意志”，还出自“人所独有的生存道德”。他认为这是中国人固有的“健全的思想”，“在现今百事不容乐观的时代，只这一点我觉得可以乐观”。然而，让他“忧虑”的是，“中国人民生活的要求是很简单的，但也就很切迫，他希求生存，他的生存的道德不愿损人以利己，却也不能如圣人的损己以利人。别的宗教的国民会得梦想天国近了，为求永生而蹈汤火，中国人没有这样的信心，他不肯为了神或为了道而牺牲，但是他有时也会蹈汤火而不辞，假如他感觉生存无望的时候，所谓铤而走险，急将安择也”，“俗语云，相骂无好言，相打无好拳。以不仁召不仁，不亦宜乎。现在我们重复说，中国思想别无问题，重要的只是在防乱，而防乱则首在防造乱，此其责盖在政治而不在教化”。文中既有回归儒家仁学根底的见识，又有生物学、人类学、民俗学诸类理

---

①黄裳：《老虎桥边看“知堂”》，《锦帆集外》，上海文化生活出版社1948年版，第239页。

据，还有对统治者“防乱”的献策和“防造乱”的讽喻，引经据典，忧生悯乱，可谓苦口婆心而又难免对牛弹琴之讥。

周作人这时写了更多的读书笔记，也着眼于摘抄和点评明清笔记中顺应物理人情、有益经世致用的片言只语。在1943年所作《〈一蒉轩笔记〉序》中，他说1937年秋冬间翻阅古人笔记六十二部六百六十二卷，随手“记录看过中意的篇名，计六百五十八则，分配起来一卷不及一条”，可见其文抄取精用宏，仍有别择和寄托，不只是消闲自娱而已。他此时再三引录《孟子·离娄下》关于“禹稷颜回同道”一则材料，并征引清人焦循、刘献廷、俞正燮诸家笔记的相关片段，寻思儒家仁学本色，既有正本清源的用意，又有体恤民瘼的修辞，还有为己辩解的苦心，含蕴曲折丰富。他在读书笔记中一再称道汉代王充、明代李贽、清代俞正燮三人的“疾虚妄”精神，认为“疾虚妄的对面是爱真实，鄙人窃愿致力于此，凡有所记述，必须为自己所深知确信者，才敢着笔，此立言诚慎的态度，自信亦为儒家所必有者也”[1]。并在《我的杂学》中总结说：“中国现今紧要的事有两件，一是伦理之自然化，二是道义之事功化。前者是根据现代人类的知识调整中国固有的思想，后者是实践自己所有的理想适应中国现在的需要，都是必要的事。此即是我杂学之归结点。”其中，固然有发掘传统、返本归真的窃愿，却也潜藏着改造传统、曲为自辩的苦衷。

周作人还写了一批忆旧感怀的随笔。《炒栗子》一文，以几则书摘转述北宋炒栗名手李和在汴京被金兵攻破后流落燕山、向南宋使者进献炒栗的故事，并引录“落水”前夕自作的两首七绝，含蓄抒发乱世遗民的黍离忧思。《雨的感想》则真切回味故乡雨天的情趣，因有河流、小船、石板路等缘故，“下雨无论久暂，道路不会泥泞，院落不会积水，用不着什么忧虑”，而有书室听雨、急雨打篷、雨中步行、钉鞋嘎哴诸种乡土风情，使苦雨斋主人倍感有趣和慰藉。《无生老母的消息》写于抗战胜利前夕，在沦陷区人民急盼抗战胜利之际，他借民间信仰的解读而传唱的《盼望歌》，却是“无生母，在家乡，想起婴儿泪汪汪。传书寄信还家罢，休在苦海只顾贪。归净土，赴灵山，母子相逢坐金莲”之类传教歌诀；借此动情地抒写道：“经里说无生老母是人类的始祖，东土人民都是她的儿女，

①周作人：《药味集序》，《古今》月刊1942年第5期。

只因失乡迷路，流落在外，现在如能接收她的书信或答应她的呼唤，便可回转家乡，到老母身边去，绅士淑女们听了当然只觉得好笑，可是在一般劳苦的男妇，眼看着挣扎到头没有出路……忽然听见这么一种福音，这是多么大的一个安慰。不但他们自己是皇胎儿女，而且老母还那么泪汪汪的想念，一声儿一声女的叫唤着，怎不令人感到兴奋感激，仿佛得到安心立命的地方。”这里有感同身受的理解和同情，也有己在其中的感慨和祈求，还有集游子逆子于一身、借他人酒杯浇胸中块垒的苦楚和排遣，很能表现其沉沦没顶之际惶惑悲哀的心曲。

在《立春以前》的跋文中，周作人自称：“我对于中国民族前途向来感觉一种忧惧，近年自然更甚，不但因为己亦在人中，有沦胥及溺之感，也觉得个人捐弃其心力以至身命，为众生谋利益至少也为之有所计议，乃是中国传统的道德，凡智识阶级均应以此为准则，如经传所广说。我的力量极是薄弱，所能做的也只是稍有议论而已。”剔除其中的自诩成分，倒是符合他沦落时期的思想心理和写作实际，也代表了一批“落水”文人的普遍心态。他们与汉奸政客有点区别，背负的思想负担较重，内心顾忌较多，以文附逆之际，还有白纸黑字的忌惮，既不得不多加修饰和掩藏自己的心思，又不能不显示一点自己的见识和专长，从而形成亦真亦假、似藏似露的群体作风。周作人沦陷期的坐而论道，起而事伪，显然是丧失气节、有辱斯文的行为，文中却有苦口药味，沦胥哀音，加上文体老到，含蕴曲折，最为充分地体现了附逆文人特别复杂纠结的心态。

从“启明”到“知堂”再到“药堂”时期，周作人散文一如其名号寓意那样转换思想文体，在保持博识、明智、风趣、冲淡的本色上，随着人生阅历和处世态度的变化而逐渐加深知性化、苦涩味和古朴风。他始终坚持个人自由主义的写作立场，执著开垦“自己的园地”，在自我表现、个人言说中，不仅展示“叛徒与隐士”错综起伏的心路历程，折射“传统与现代”交错过渡的光影色彩，也传承革新散文随笔的思维方式和文体形式，独树熔博识、智慧、趣味、文辞于一炉的“知堂风”，引领现代散文言志派的发展路向。

第四节　杂文随笔的兴盛

现代杂文发轫于《新青年》“随感录”专栏，适应除旧布新、启蒙救亡的时代需要和思想解放、文体自由的写作需求而兴盛发达，借助日报副刊和文学期刊等现代媒介而广泛传播，迅速发展成为现代散文的一大文类。其中的衍化变迁错综复杂，却隐然有三大流脉贯穿始终，理应着重梳理：一是以周作人、林语堂为代表的从《语丝》到《论语》的自由批评派，二是以胡适为代表的从《现代评论》到《独立评论》的学者评论派，三是以鲁迅为代表的从《语丝》到《太白》《鲁迅风》《野草》的“鲁迅风”战斗性杂文主流派。

一、从《语丝》到《论语》

《语丝》周刊于1924年11月17日在北京创刊，1927年10月22日被奉系军阀查封，同年12月17日由鲁迅在上海接编，1930年3月10日自动停刊，共出五卷二百六十期。鲁迅、周作人、钱玄同、刘半农、林语堂等为《语丝》的长期撰稿人。周作人撰写的《发刊词》声明：“我们所想做的只是想冲破一点中国的生活和思想界的昏浊停滞的空气。我们个人的思想尽自不同，但对于一切专断与卑劣之反抗则没有差异。我们这个周刊的主张是提倡自由思想，独立判断，和美的生活”，“周刊上的文字大抵以简短的感想和批评为主。”《语丝》继承《新青年》的启蒙精神，主要以杂文随笔从事“文明批评”和“社会批评”，参与现实的思想文化斗争，履行思想启蒙、改造国民性的文化使命。鲁迅曾说《语丝》“在不意中显了一种特色，是：任意而谈，无所顾忌，要催促新的产生，对于有害于新的旧物，则竭力加以排击，——但应该产生怎样的‘新’，却并无明白的表示，而一到觉得有些危急之际，也还是故意隐约其词”。[①]这种共同特色是语丝派

①鲁迅：《我和〈语丝〉的始终》，《鲁迅全集》第四卷，人民文学出版社1981年版，第167页。

形成的显著标志，表明它是一个具有批判现实主义精神的散文流派。这个流派不仅为现代散文尤其是杂文随笔开创了文化批判的战斗传统，而且形成了一种嬉笑怒骂、冷嘲热讽、亦庄亦谐、风趣而辛辣的文风，即所谓“语丝文体”，对当时和后来的杂文随笔影响极大。王哲甫在《中国新文学运动史》中说：“语丝这一派的嬉笑怒骂，冷嘲热讽的文字，在当时最为风行，且开了这一派作家的风气，影响到许多青年作家的文笔”。①

鲁迅、周作人是语丝派的主将，齐名并称为“周氏兄弟”。他俩这时虽因家庭矛盾而失和分手，但在《语丝》办刊宗旨和写作倾向上却是协同作战而又各擅胜场的，都开始形成自己的艺术个性和成熟风格，为杂文随笔树立了思想艺术的典范和标高，也预示了后来的分途发展。此外，语丝派杂文随笔的代表作家还有钱玄同、刘半农、林语堂、梁遇春等。

钱玄同（1887年—1939年），浙江吴兴人。他积极参加《新青年》编辑部活动，热心动员“周氏兄弟”加入新文化运动，以声韵训诂学家身份提倡白话文学和文字改革，以激进态度抨击“桐城谬种”“选学妖孽”，与刘半农合演“双簧”揭批“王敬轩”之流的守旧复古谬论，还率先试写白话论文、通信和随感录，成为新文化运动的一员骁将。他在《语丝》上发表的《恭贺爱新觉罗·溥仪君迁升之喜并祝进步》《关于反对帝国主义》等名篇，拓展时事政治论域而保持《新青年》时代其恣肆泼辣的杂文风格。他“恭喜”溥仪被国民军赶出皇宫，“超出帝籍”而“迁升”“国民之列”，并“祝望”他好好补习，不断进步！出语诙谐而含意深刻，从现代人学的制高点居高临下，看出“沦为强盗，瘪三，青皮，痞棍，土豪，地主，王爷，皇帝等等”都有“丧却人底地位”、损害人而被人敌视的“不幸”，因而含笑玩味“迁升之喜”，或许当事人直至晚年脱胎换骨后才体会到作者这番人道苦心。他在“五卅惨案”后发表的关于反对帝国主义的名论，把反帝与反封建、启蒙与救亡的时代主题有机结合起来，落实到“唤醒国人”“内除国贼”的根本上。“这被唤醒者应该是国人全体，并非限于一般所谓民众。唤醒者自己亦当在被唤醒者之列”。所谓“内除国贼”是要铲除“奴才教育”，“将《奴仆须知》撕破，践踏，焚毁”。“今后唯一的救亡之道，觉醒者唯一的工作，便是唤醒国人。唤醒的教育，消极方面是

①王哲甫：《中国新文学运动史》，北平杰成印书局1933年版，第73页。

‘除国贼’，积极方面是请德先生（Democracy）、赛先生（Science）、穆姑娘（Moral）来给咱们建国。大多数的国人受过这个教育，奴性逐渐消灭，人性逐渐发展，久而久之，人人都能明了自己有处理政治之天职和抵御外侮之义务，则国才有保得住的希望，帝国主义才有反抗得成功的希望”。这样的议论，诚如鲁迅所言：“玄同之文，即颇汪洋，而少含蓄，使读者览之了然，无所疑惑，故于表白意见，反为相宜，效力亦复很大。”[①]

刘半农（1891年—1934年），江苏江阴人，“五四”新文化运动的一员骁将。著有《半农杂文》（两集），名篇有《奉答王敬轩》《作揖主义》《悼“快绝一世の徐树铮将军”》《骂瞎了眼的文学史家》等。他对钱玄同戏拟的王敬轩来信，写了《奉答王敬轩》的复信，分八点逐条批驳王敬轩的谬论，富于雄辩性，很有说服力。在议论展开过程中，作者着意绘声绘影描摹“王敬轩”的声口和灵魂，使这个既是虚拟又有典型概括意义的人物，丑态可掬，跃然纸上，成为当时反对新文化运动中“不学无术，顽固取闹”的封建顽固派的代名词。文章庄谐杂出，文白并用，富于谐谑幽默的喜剧色彩。《作揖主义》则用“游戏笔墨”写成，融议论于记叙和描写之中，对于前清遗老、孔教会会长、京官老爷、评剧家、鬼学家和王敬轩等论客的来访和谬论，都予以“作揖”，不予辩驳。他让这些反动派自我暴露，不着一字而丑态百出，在貌似恭敬之中，对他们表示了高度的轻蔑，显示了高超的反讽艺术。这种冷嘲热讽的笔法还嘲弄过北洋军阀徐树铮和《现代评论》文人陈西滢等，体现了作者善于捕捉批判对象身上的喜剧性矛盾而加以漫画化夸张的特长。刘半农杂文在思想上不如钱玄同深刻，但善于在夹叙夹议中巧妙融进描写、对话和心理分析，还带着他特有的活泼、诙谐的幽默反讽笔调，语言明白晓畅，婉转自如，因而杂文味更浓。

梁遇春（1906年—1932年），福建福州人。1928年毕业于北京大学英文系，是《语丝》后期崭露头角的新秀，又是英年早逝、赍志以殁的一颗流星。在短暂的六年文学生涯中，他在《语丝》《骆驼草》等期刊发表了六十余篇随笔，留下《英国小品文选》等译作和随笔集《春醪集》《泪与

---

①鲁迅：《两地书·一二》，《鲁迅全集》第十一卷，人民文学出版社1981年版，第47页。

笑》，以译介和师法英国随笔出名，被誉为“中国的爱利亚”[1]。

梁遇春随笔以谈论人生为主，带有独抒胸臆、议论风生的个人特色。《“还我头来”及其他》批评盲从者丢失了自己的头脑，自白“‘还我头来’是我的口号，我以后也只愿说几句自己确实明白了解的话，不去高攀，谈什么问题主义，免得跌重。说的话自然平淡凡庸或者反因为它的平淡凡庸而深深地表现出我的性格”，把独立思考、个性表现提升到保有个人头颅的思想高度。他的脑海既充满着《人死观》《滑稽和愁闷》《泪与笑》《“失掉了悲哀”的“悲哀”》《无情的多情和多情的无情》之类奇思异想和矛盾冲突，又翻腾着《谈“流浪汉”》《天真与经验》《途中》《观火》和《救火夫》[2]那样的情感波澜和理想愿望，在思如泉涌、纵笔漫谈中充分表现出自己的博识、巧思、敏感和才情。

《谈“流浪汉”》与“正人君子”唱反调，从“流浪汉”和“君子”相比较的新“观察点”来谈论两者的不同性格，比他在文中所译述的英美随笔家斯密士、杰克逊的同题作品更鲜明地表现了自己的褒贬爱憎。他纵笔挥洒，洋洋万言，把中外古今带有流浪汉精神的人物和作品熔于一炉，赞颂他们豪爽英迈，任性顺情，自由不羁，生气蓬勃，强调“在这麻木不仁的中国，流浪汉精神是一副极好的兴奋剂，最需要的强心针”。《观火》直抒生命的体验和欲求，“我们的生活也该像火焰这样无拘无束，顺着自己的意志狂奔，才会有生气，有趣味。我们的精神真该如火焰一般地飘忽莫定，只受里面的热力的指挥，冲倒习俗，成见，道德种种的藩篱，一直恣意干去，任情飞舞，才会迸出火花，幻出五色的美焰”。他在书斋中神往于流浪汉和火焰的生命情调，也在现实中发掘救火夫的崇高精神。《救火夫》从亲眼看见故乡救火队的一次救火情景生发开来，既抒写他们不顾死生、争为先登的英雄群像，赞美他们舍己为人、一心救火的高尚品格，又进而联想到人生社会无处不在的“火灾”，抨击趁火打劫的罪恶和袖手旁观的卑污，自省“我们都是上帝所派定的救火夫，因为凡是生到人世来都具有救人的责任”，拓展和升华了救火夫精神。

①郁达夫：《中国新文学大系·散文二集导言》，上海良友图书印刷公司1935年版，卷首第11页。爱利亚，通译伊里亚，是英国随笔名家兰姆的笔名。

②原题《救火队》，载于《现代文学》1930年第1卷第2期，收入《泪与笑》时改题《救火夫》，略有删节。

梁遇春随笔既带有“语丝文体”任意而谈、庄谐杂出的特色，又融会他所爱好的英国随笔名家的影响。其中有兰姆的率真和谐趣，但不像他那样醇厚和洒脱；有赫士列特的思如泉涌、议论风生，但比不上他的渊深似海；有切斯特顿的奇思异想，但不像他那样刁钻古怪，只是爱作标新立异的文章。他以自己的才思学识和年轻人的激情生气，率性行文，纵笔放谈，叙议交织，情理相生，有时缺乏节制，难免泥沙俱下，“玲珑多态，繁华足媚，其芜杂亦相当”[①]，显示了“中国的爱利亚”的独特性。诚如他在译著《小品文选》自序中所说的：“小品文是用轻松的文笔，随随便便地来谈人生，并没有俨然地排出冠冕堂皇的神气，所以这些漫话絮语很够分明地将作者的性格烘托出来。小品文的妙处也全在于我们能够从一个具有美好的性格的作者眼睛里去看一看人生。”

“语丝”社同人在大革命失败后因各自思想倾向和人生态度的差异而分化重组，在20世纪30年代形成以鲁迅为代表的左翼作家群和以周作人、林语堂为代表的“论语派”作家群。

林语堂（1895年—1976年），福建平和人。他从《语丝》的一员骁将，转变为《论语》的主将，在现代散文史上的影响仅次于“周氏兄弟”。他在《语丝》时期的杂文，于1928年结集为《翦拂集》。这是他的成名作，留下他初上新文化战场血气方刚、锋芒毕露的身姿。在开篇《祝土匪》中，他以“揭竿作乱”的“土匪傻子”自居，宣称“我们生于草莽，死于草莽，遥遥在野外莽原，为真理喝彩，祝真理万岁”。并以漫画笔调揭露绅士派学者文人宁要脸面不要骨气的丑态：“现在的学者最要紧的就是他们的脸孔，倘是他们自三层楼滚到楼底下，翻起来时，头一样想到是拿起手镜照一照看他的假胡须还在乎？金牙齿没掉么？雪花膏未涂污乎？至于骨头折断与否，似在其次。”这时，他站在民主、自由的立场上，本着一股“草莽”闯将的勇气，直言不讳地议论时政，抨击军阀，讨伐文妖，批判国粹，提倡欧化和改造国民性，与《语丝》主将鲁迅、周作人同一步调，而显现憨直勇猛、悍泼放恣的个性文风，如《丁在君的高调》《读书救国谬论一束》《文妓说》《闲话与谣言》《讨狗檄文》《泛论赤化与丧家之狗》《“发微”与“告密”》等名文。

---

①废名：《〈泪与笑〉序一》，载梁遇春：《泪与笑》，上海开明书店1934年版，卷首第3页。

大革命失败后，林语堂抱着“翦纸招魂”的心态追怀和告别过去的战绩，开始走上“由草泽而逃入大荒中”“孤游”之路[①]，逐渐从“土匪傻子”变成“绅士名流”，由讽刺走向幽默。从1932年9月创办《论语》半月刊到1936年8月出国旅美，这是林语堂文学生涯的黄金时代和散文创作的成熟期。在短短的四年中，他主编《论语》《人间世》和《宇宙风》三个小品文刊物，发表近三百篇作品，结集出版《我的话》上编《行素集》和下编《披荆集》等，以提倡和创作幽默闲适小品而著称于世。他与周作人、俞平伯、陶亢德、章克标、老向、何容、简又文等人一道，秉承自由主义精神，提倡“以自我为中心，以闲适为格调”[②]，形成了风行一时的“论语派”。

林语堂在主编《论语》时期形成了自己的散文观，大力提倡“性灵”“幽默”和“闲适”。他呼应周作人的“言志”说，把明末公安派的“性灵文学”和西方表现主义的美学观融合起来，认为：“性灵就是自我”，“文章者，个人之性灵之表现。性灵之为物，惟我知之，生我之父母不知，同床之吾妻亦不知。然文学之生命实寄托于此。”[③]“性灵二字，不仅为近代散文之命脉，抑且足矫目前文人空疏浮泛雷同木陋之弊。吾知此二字将启现代散文之绪，得之则生，不得则死。盖现代散文之技巧，专在冶议论情感于一炉，而成个人的笔调。”[④]因此，他强调散文的自我表现和独抒性灵，但把自我性灵视为天马行空、神秘莫测的唯心之物。他最早把英文Humour译为“幽默”，在20世纪30年代又再提倡“幽默”，进一步认定幽默不仅是一种语言格调和喜剧形态，更是一种人生态度和创作心态。他在《论幽默》中再三申述：“幽默本是人生之一部分”，“幽默到底是一种人生观，一种对人生的批评”，“幽默是温厚的，超脱而同时加入悲天悯人之念”，“幽默只是一位冷静超远的旁观者，常于笑中带泪，泪中带笑”，“幽默与讽刺极近，却不定以讽刺为目的。讽刺每趋于酸腐，去其酸辣，而达到冲淡心境，便成幽默”，“愈是空泛的、笼统的社会讽刺及人生讽刺，其情调自然愈深远，而愈近于幽默本色”。可见，他的幽默观，是以超然旁

①林语堂：《大荒集·序》，《大荒臬》，上海生活书店1934年版，卷首第1—2页。

②林语堂：《〈人间世〉发刊词》，《人间世》1934年第1期。

③林语堂：《论文（上）》，《大荒集》，上海生活书店1934年版，第395—396页。

④林语堂：《论文（下）》，《大荒集》，上海生活书店1934年版，第403页。

观的态度、温厚宽容的心怀和会心的微笑来把玩人生社会的种种笑料，带有含笑玩味、谑而不虐的特征。他在《〈人间世〉发刊词》《论小品文笔调》诸文中所说的“闲适”，也不仅是指一种闲谈式娓语式的个人笔调，还作为一种写作立场和文体追求，强调其超然自在、随意自由、独抒性灵、幽默自适的本体意义，从而与他的性灵观、幽默观融为一体，成为20世纪30年代自由主义文学的一面旗帜。

《我的话》两集是林语堂杂文小品的代表作。他在序文中自称：“信手拈来，政治病亦谈，西装亦谈，再启亦谈，甚至牙刷亦谈，颇有走入牛角尖之势，真是微乎其微，去经世文章远矣。所自奇者，心头因此轻松许多，想至少这牛角尖是我自己的世界，未必有人要来统制，遂亦安之。孔子曰：汝安则为之。我既安矣，故欲据牛角尖负隅以终身。”他以个人自由主义立场，既无所不谈又吾行吾素，赏玩世俗，婉讽时政，品评人生，表现自我，都自抒胸臆，庄谑并出，娓娓道来，异趣横生。

其中，仍有讥评时政、吐露愤懑的讽世文章。写于1933年的《谈言论自由》，抨击“守口如瓶莫谈国事的宝训”，突出“民的自由与官的自由成正面的冲突”，揭示“国民漠视国事，如一盘散沙”的国民性“并非国民的天性，乃因不得人权保障，法律不能卫人，所以人人不得不守口如瓶以自卫”，对言论不自由的历史与现实、原因与后果有着清醒的认识和带刺的讥讽。同年的《论政治病》写得更为尖刻泼辣。他把官场装病现象称为“政治病”，一口气列举“要人下野电文中比较常见的”二三十种病例，惊叹“人间世上可有之病，五官脏肺可反之常，应有尽有了”，“总而言之，我们政府中比世界任何政府中较多团结，脚气，肺痨，痔漏，神经衰弱，肚肠传染，膀胱发炎，肾部过劳，脾胃亏损，肝部生癌，血管硬化，脑汁糊涂的人物，人人在鞠躬尽瘁为国捐躯带病办公，人人皮包里公文中夹杂一张医生验症书，等待相当时机，人人将此病症书招示记者赶夜来沪，进沪西上海疗养院‘养疴’去。疗养院的外国医生那里知道那早经传染的脏肺及富于微菌的尿道，是他们政治上斗争的武器及失败后撒娇的仙方”。这在笑骂中揭穿政治病的实质，既是政争武器又是撒娇手段，虽说并不深刻，但点到为止，挠到痒处，令人会心一笑。《让娘儿们干一下吧》《论踢屁股》《脸与法治》《梳、篦、剃、剥及其他》等文，也有针砭现实的反讽意味。

此外，《我的话》大多是宽泛的人生批评和个人的自我表现。《有不为斋解》列举了有不为不屑为的众多事项。《言志篇》抒写了自己有志去求的几种愿望，归根到底还是一句话：“我要有能做我自己的自由，和敢做我自己的胆量。”他固守个人自由、人格独立的立场是矢志不移的，但已带有名人雅士讲究闲情逸趣的作派，与《语丝》时代的以“土匪傻子”自居的自我个性不可同日而语了。《我怎样买牙刷》《论西装》《论躺在床上》所谈的难免有些小题大做，却能从刷牙、穿衣、卧床之类琐屑平凡的日常生活中，体察世人盲从时俗、爱慕虚荣的可笑心理，寻味丰富多彩、优游自得的生活艺术，通过借题发挥、以小见大来嘲讽世俗、调适人生，可说是宽泛的人生评论，富有平中见奇、寓庄于谐的幽默味。他自诩“道理参透是幽默，性灵解脱有文章”[①]，他是看透世事而超然应对，旁观玩味，自然别有会心，涉笔成趣，另辟幽默闲适小品之路而乐此不疲。正如郁达夫所评说的，其“近来的耽溺风雅，提倡性灵，亦是时势使然，或可视为消极的反抗，有意的孤行”；从消极反抗、有意孤行的视角看待林语堂的幽默闲适小品，也是郁达夫说得较为公允和中肯：“在现代的中国散文里，加上一点幽默味，使散文可以免去板滞的毛病，使读者可以得一个发泄的机会，原是很可欣喜的事情。不过这幽默要使它同时含有破坏而兼建设的意味，要使它有左右社会的力量，才有将来的希望；否则空空洞洞，毫无目的，同小丑的登台，结果使观众于一笑之后，难免得不到一种无聊的回味，那才是绝路。”[②]

林语堂的幽默闲适小品还在文体建设上作出新的贡献。他认为小品文取材自由，本无范围，“特以自我为中心，以闲适为格调”[③]。他所界定的自我中心和闲适格调，在文体层面指的是“个人笔调”与“闲适笔调”（或称“闲谈体”“娓语体”）的统一，即“个人娓语笔调”，可说是以个人话语来谈天说地，“认读者为‘亲熟的’（familiar）的故交，作文时略如良朋话旧，私房娓语”[④]。这种小品文体远承明末性灵小品和西方絮语散文（familiar essay）的作风，近传“语丝文体”的笔调，而突显个人化的

---

①林语堂：《杂说》，《我的话·行素集》，上海时代图书公司1934年版，第42页。

②郁达夫：《中国新文学大系·散文二集》，上海良友图书印刷公司1935年版，卷首第16、12页。

③林语堂：《〈人间世〉发刊词》，《人间世》1934年第1期。

④林语堂：《论小品文笔调》，《人间世》1934年第6期。

娓语闲谈，打上了林语堂个人爱好和风格追求的印记。他标举的理想散文，“乃得语言自然节奏之散文，如在风雨之夕围炉谈天，善拉扯，带情感，亦庄亦谐，深入浅出，如与高僧谈禅，如与名士谈心，似连贯而未尝有痕迹，似散漫而未尝无伏线，欲罢不能，欲删不得，读其文如闻其声，听其语如见其人”[①]。在文体创造上，林语堂尚未达到“欲删不得”的境地，却有率性漫谈、亲切风趣、亦庄亦谐、似俗似雅的特长，为小品文的个人笔调增添了一种闲逸风趣的娓语体。

例如《秋天的况味》，全文不分段，只是潜心与自然对话，随着心绪的流转娓娓道来，从抽烟的感觉想到秋天的意味，谈起自己对秋意的偏爱和理解：“秋是代表成熟，对于春天之明媚娇艳，夏日之茂密浓深，都是过来人，不足为奇了，所以其色淡，叶多黄，有古色苍茏之慨，不单以葱翠争荣了”，“大概我所爱的不是晚秋，是初秋，那时暄气初消，月正圆，蟹正肥，桂花皎洁，也未陷入凛冽萧瑟气态，这是最值得赏乐的”。又从初秋的况味扯到相似趣味的事物，推及人生之秋的乐趣，“大概凡是古老，纯熟，熏黄，熟练的事物，都使我得到同样的愉快”，“人生世上如岁月之有四时，必须要经过这纯熟时期，如女人发育健全遭遇安顺的，亦必有一时徐娘半老的风韵，为二八佳人所绝不可及者”。他营造的“秋天的况味”，正是他中年心境的艺术写照，沉潜内敛，散淡闲适，犹如文中所说的，“已排脱下笔惊人的格调，而渐趋纯熟练达”。这篇“练达”之作，却也“善拉扯，带情感，亦庄亦谐，深入浅出”，富于闲情逸趣，犹如私房娓语，堪称幽默闲适小品的范例。林语堂在《论小品文笔调》中申明：“理想中之《人间世》，似乎是一种刊物，专提倡此种娓语笔调，听人使用此种笔调，去论人世间之一切，或抒发见解，切磋学问，或记述思感，描绘人情，无所不可，且必能解放小品笔调之范围，使谈情说理，皆足当之，方有意义”，“其与非小品文刊物，所不同者，在取较闲适之笔调语出性灵，无拘无碍而已”，“至于笔调，或平淡，或奇峭，或清新，或放傲，各依性灵天赋，不必勉强”。这比“以闲适为格调”的口号通达些，对文体解放和多样化确有促进作用。

林语堂于1936年举家旅居美国后，主要以英文写作小说和文化随笔，

---

①林语堂：《小品文之遗绪》，《人间世》1935年第22期。

著有《生活的艺术》《苏东坡传》等，在英语写作上为华人赢得了世界性声誉。他于1966年到台北定居，晚年回归小品文写作，著有《无所不谈合集》和自传《八十自叙》。他的无所不谈，仍有《论语》时期的余风，平易亲切，闲散风趣，而趋于娴熟老到。他的自传，回顾生平心迹，自剖“一捆矛盾”，既给后人留下可资研讨的文献资料，也为散文传记的写作留下了“个人娓语笔调”。他在《八十自叙》文末吟诵道：“我最爱秋天，因为秋叶泛黄，气度醇美，色彩富丽，还带着一点悲哀的色调，以及死亡的预感。它金黄的艳色不道出春天的无邪，不道出夏日的权威，却道出了晚年的成熟和温蔼智慧。它知道生命的期限，心满意足。由人生苦短的认识和丰足的经验中产生一支色彩的交响乐，比一切乐曲更充实……”这与《秋天的况味》前后呼应，不愧为“语堂风”的绝响。

以林语堂为代表的“论语派”，引周作人为精神领袖，深受“知堂风”杂文随笔的影响，承传“语丝派”自由写作精神而收敛批评锋芒，对人间世态大多采取旁观玩味、幽默婉讽的态度，在泛论人生、独抒性灵中自有启蒙益智、移风易俗的讽喻意味，却少见批判现实、改造社会的警世之言，流于清谈和闲逸而缺乏血性和风骨，代表着自由派文人在严峻时代中逃避现实斗争、退守个人园地的一种典型趋向，被左翼作家目为“小摆设”和“小品文的危机”而加以批判和矫正[①]。

二、从《现代评论》到《独立评论》

自由主义思潮在现代中国传播广泛，衍化杂多，其中以胡适为代表的英美派学人在思想文化界很有影响，对新文学创建也颇有贡献。他们参与发起新文化运动，又从《新青年》团体分化出来，先后创办《努力周报》《现代评论》《新月》《独立评论》等刊物，坚持英美式的自由民主理念，探寻渐进式的改良主义路径，既反对独裁专制，又反对革命斗争，宣扬“好政府主义”，对所谓“好人政府”抱有希望、诤谏、补救与合作的意愿和态度，可说是与语丝派、论语派形同实异的自由主义的建制派和淑世派。这一支脉还流贯于抗战和战后国统区，延续于重庆《星期评论》、昆明《今日评论》《生活导报》《自由论坛》、上海《观察》、南京《世纪评

---

①参见鲁迅《南腔北调集·小品文的危机》《且介亭杂文二集·杂谈小品文》和陈望道主编《小品文和漫画》一书。

论》、北平《独立时论》等报刊。他们大多是大学教授和著名学者，写起杂文随笔，不仅有各自的才学见识，还有相通的自由精神和学者风度，形成了自由派杂文的另一道风景线。其中的代表作家有胡适、陈西滢、梁实秋、钱锺书、王了一等。

胡适（1891年—1962年），字适之，安徽绩溪人。1910年赴美留学，1917年通过哲学博士学位考试后，回国任北京大学教授，参与《新青年》编辑部，以《文学改良刍议》首倡文学革新，成为与陈独秀齐名的新文化运动领袖。他提倡白话文，尝试白话诗，为创建新文学立下首功。他宣扬个性主义、自由主义、实验主义和改良主义，逐渐与《新青年》同人分道扬镳，引领新文化一翼走向温和的改良之路，成为自由派学者文人的精神领袖。著有《胡适文存》《四十自述》等。安徽教育出版社2003年出版了《胡适全集》四十四卷。

胡适的论说文章，发表在《新青年》《每周评论》《晨报副刊》《努力周报》《现代评论》《新月》《独立评论》等报刊上，辑录于《胡适文存》《胡适文选》等。他思想活跃，论述广泛，从文学改革、文化批评到时政评论和学术考辨，都坚持独立思考、自由思想的精神立场，贯穿着自由、民主、科学、改良的思想意识。他在《新青年》时期有《文学改良刍议》《建设的文学革命论》《易卜生主义》等名文，为新文学、新思潮鸣锣开道。从1919年发表《多研究些问题，少谈些“主义”》以后，尤其在主办《努力周报》《独立评论》时期，他形成以自由主义为核心、以改良主义为路径的意识形态，成为英美派自由主义的旗手和代言人，代表作有《好政府主义》（1921年）、《我们的政治主张》（1922年）、《爱国运动与求学》（1925年）、《我们对于政治的主张》（1929年）、《人权与约法》（1929年）、《我们走那条路》（1930年）、《我们能行的宪政与宪法》（1937年）、《自由主义》（1948年）等。他在《自由主义》中说：“自由主义的第一个意义是自由，第二个意义是民主，第三个意义是容忍——容忍反对党，第四个意义是和平的渐进的改革。”简明扼要地概括了改良派自由主义的政见和论旨。这类论说文以立论达意、明白晓畅见长，充分体现了白话文倡导者的思想和文风。

胡适认为：“一切语言文字的作用在于达意表情；达意达得妙，表情表得好，便是文学。”[①]又说：“文学有三个要件：第一要明白清楚，第二要有力能动人，第三要美”，“美就是‘懂得性’（明白）与‘逼人性’（有力）二者加起来自然发生的结果”。[②]前述论说文主要具有“懂得性”，兼有说理的“逼人性”，但缺乏美文的风采，可视为广义的杂文。其中还有“三要件”俱备的一些杂文名篇，如《新生活》《差不多先生传》等。

《新生活》写于1919年，是初期白话杂文的代表作，具有大题小做、小中见大、具象说理、明白晓畅的特点。“新生活”是五四时期流行的一个重大的人生问题。胡适开门见山地说：“新生活就是有意思的生活。”接着讲述平时常见的事例，如酗酒吵架、打牌赌博之类，具体说明连自己都不清楚“为什么这样做”的“糊涂生活便是没有意思的生活”，“反过来说，凡是自己说得出‘为什么这样做’的事，都可以说是有意思的生活”。这里用普通的事例来说明朴素的道理，说得既浅显又中肯。据此又进一步把问题提升到“生活的‘为什么’，就是生活的意思”的哲理高度来认识。不仅“人同畜生的分别，就在这个‘为什么’上”，新旧生活的区别也体现在这三个字上，“我们希望中国人都能做这种有意思的新生活”。说白了就是凡事都问个为什么，都要有自觉意识和价值观念，都要做有意识有意义的事情。他把“新生活”是什么、怎样做的大题目和大道理，写成千把字的小品文，写得贴近日常人生，贴近读者心理，既深入浅出又由浅入深，既通俗易懂又引人思索，确有“懂得性”加“逼人性”而生成的朴素美。

《差不多先生传》剖析国民性，更具有“逼人”反省的杂文味。该文写于1924年，故作庄重地为虚拟的“差不多先生”作传，称他“姓差，名不多，是各省各县各村人氏”，“是中国全国人的代表”，一语点破“传主”的代表性。接着以事例坐实这位国人的代表性，他常常说：“凡事只要差不多，就好了。何必太精明呢？”从小时买错糖到做伙计记错账都不较真，连急病时请来牛医也觉得“差不多”，临死前还一口气断断续续地说道：“活人同死人也差……差……差不多，……凡事只要……差……差……不多……就……好了，……何……何……必……太……太认真呢？”这是

①胡适：《建设的文学革命论》，《新青年》1918年第4卷第4号。

②胡适：《什么是文学》，《胡适文存》卷一，上海亚东图书馆1921年版，第297—301页。

讽刺家的戏拟笔法，把差不多先生的声貌灵魂勾勒得像动漫那样传神。更绝的是，“他死后，大家都很称赞差不多先生样样事情看得破，想得通；大家都说他一生不肯认真，不肯算账，不肯计较，真是一位有德行的人。于是大家给他取个死后的法号，叫他做圆通大师。”如果就此收尾，这篇杂文就有点吴敬梓、鲁迅的隽永笔调，可是作者却要再写一段，把话说明白：“他的名誉越传越远，越久越大。无数无数的人都学他的榜样。于是人人都成了一个差不多先生——然而中国从此就成为一个懒人国了。”《名教》《归国杂感》《贞操问题》《麻将》等名文，都具有剖析明晰、庄谐交融的个人特点。

胡适散文与他的白话诗《尝试集》一样，开白话写诗作文的一代新风气，但艺术创造不足，主要以思想自由、文笔畅达影响当世和后人。

陈西滢（1896年—1970年），原名陈源，江苏无锡人。曾留学英国十年，获博士学位，1922年回国后任北大英文教授。参与创办《现代评论》周刊，负责文艺编务。该刊从1924年12月13日创刊，至1928年12月29日终刊，共出九卷二百零九期和增刊三期。创刊号上的《本刊启事》宣称：“本刊的精神是独立的，不主附和；本刊的态度是研究的，不尚攻讦；本刊的言论趋重实际问题，不尚空谈。”该刊辟有“时事短评”“闲话”“书评”等专栏发表同人的杂文短评，主要作者有胡适、吴稚晖、陶孟和、张奚若、唐有壬、陈西滢等人，以陈西滢的《西滢闲话》为代表，被目为与当时语丝派相抗衡的现代评论派。

《西滢闲话》收录1925年至1927年间的杂文七十八篇，论题广泛，内容驳杂，主要以自由思想、绅士风度和闲话笔调进行文化批评。在北京女师大事件上，陈西滢站在北洋政府教育当局章士钊、杨荫榆等“整顿学风”者一边，率先以“流言”攻击鲁迅、钱玄同、周作人等“某籍某系的人”在“暗中挑剔风潮”，甚至蔑称女师大“好像一个臭毛厕，人人都有扫除的义务”（《粉刷毛厕》）[①]，暗讽鲁迅做“‘土匪’不妨同时做官僚，官僚也同时可以做‘青年叛徒的领袖’”（《吴稚晖先生》）。由此引发《语丝》社鲁迅、周作人等著文予以猛烈反击，揭露其所谓“公允”的真面目：“自在黑暗中，偏说不知道；替暴君奔走，却以局外人自居；满肚

①原题《闲话》（四则之一），原载1925年5月30日《现代评论》第1卷第25期，收入《西滢闲话》时改为此题。

子怀着鬼胎，而装出公允的笑脸；有谁明说出自己所观察的是非来的，他便用了‘流言’来作不负责任的武器。”[①]在《五卅惨案》《多数与少数》《参战》《民气》《中国的精神文明》《文化的交流》等时评中，陈西滢一方面“希望大家竭力的抵抗外人”，主张“我们虽然打不过人家，我们不妨据理力争，不妨用他种方法与他们奋斗”，另一方面也剖析国民性，认为“我们的物质文明固然不如人，我们的精神文明也同样不如人”，“中国人实在没有什么够得上叫民气，现在有的不过是些学生气……外国的民气好像是雨后山涧，愈流愈激，愈流愈宽，因为它的来源多。中国的民气好像在山顶上泼了一盆水，起初倒也‘像煞有介事’，流不到几尺，便离了目标四散的分驰，一会儿都枯涸在荆棘乱石中间了”，因而对空喊“打！打！宣战！宣战！”者给予极端的蔑视：“这样的中国人，呸！”在《线装书与白话文》《新文学运动以来的十部著作》等文中，他支持新文化运动，反对复古排外主张，但在说鲁迅《阿Q正传》写得好的同时，也不忘加上一句：“我不能因为我不尊敬鲁迅先生的人格，就不说他的小说好，我也不能因为佩服他的小说，就称赞他其余的文章。我觉得他的杂感，除了《热风》中二三篇外，实在没有一读的价值。”貌似公允，实有成见，闲话不闲，绵里藏针，表现出英式绅士的作风。陈西滢在《西滢闲话》之后就几乎不写杂文了，赓续其英国式“闲话”随笔而后来居上的，是梁实秋的《雅舍小品》。

梁实秋（1903年—1987年），北京人。1915年考入清华学校学习八年，1923年赴美留学，在哈佛大学研究院受到新人文主义批评家白璧德教授的深刻影响。1926年回国后，历任东南大学、北京大学教授，参与《新月》社活动，卷入文坛论争，强调文学的理性精神、高雅标准、内在纪律和普遍人性论，成为新月派著名理论批评家。抗战期间寓居重庆，出任国民参政会参政员等职。1949年赴台后任台湾师范大学教授。他早年写过新诗，致力于文学评论。1927年出版《骂人的艺术》，初露小品锋芒，随即辍笔。直至1940年应邀为重庆《星期评论》周刊撰写专栏“雅舍小品”，才一发而不可收，成为独树一帜的散文名家。赴台后结集出版过《雅舍小品》

①鲁迅：《并非闲话》，原载1925年6月1日《京报副刊》，《鲁迅全集》第三卷，人民文学出版社1981年版，第78页。鲁迅与陈西滢的论争文字，可参阅陈漱渝主编的《鲁迅论争集》上卷第三部分，中国社会科学出版社1998年版。

（四集）、《秋室杂文》《实秋杂文》《雅舍杂文》等二十余种。

《雅舍小品》初集三十四篇，写于1940年至1947年间。在国难当头之时，梁实秋虽然也关注时局，忧患深重，甚至还参与政事，为国效力，但毕竟是个自由主义者，力图超然独立，安时处顺，自谋心境的平和豁达，不再介入现实纷争。在散文创作中，他回避抗战题材而我行我素，专注于日常人生的体察和玩味，着眼于普遍人性的透视和品评，节制情感，发掘理趣，删芟枝蔓，追求雅洁，形成了独特的闲适幽默风。

此集开篇之作《雅舍》就显示个人风格，奠定了“雅舍”系列小品的基调。作者在文中虽然涉及国难时期的住房问题，如实描述雅舍的简陋与困扰，却不怨不怒，心平气和，随遇而安地玩味起个中情趣。在他的笔下，不仅雅舍的月夜清幽、细雨迷蒙、远离尘嚣、陈设不俗令人心旷神怡，就是鼠子瞰灯、聚蚊成雷、风来则洞若凉亭、雨来则渗如滴漏之类景观也别有风味，甚至连暴风雨中“屋顶灰泥突然崩裂”的情景也如“奇葩初绽”一样可观可叹。这里，困苦的境遇转化为观赏的对象，生活的体验升华为审美的玩味，从中表现出来的是审美体味对实用功利的克服和超越，是一种随缘赏玩、优游自得的审美心态，是一种安时处顺、知足自娱的人生境界，颇有刘禹锡《陋室铭》、苏东坡《超然台记》之风韵。这种人生艺术，是中年梁实秋修炼出来的一种处世妙方，是“雅舍”精神的内核。

在《中年》里，他既体察人到中年种种可哂可叹的身心变异，又体味“中年的妙趣，在于相当的认识人生，认识自己，从而做自己所能做的事，享受自己所能享受的生活”。这种中年心态，既不奢求也不自弃，可说是达观乐生、安分执中。他见多识广，深知人心不同各如其面，天下之大无奇不有，总是尽可能真切地加以体察和理解，并不过分非难他所看不惯的一切，只是给予善意的调侃，委婉的讽喻，有时还反躬自嘲，发人深省。例如《男人》一文，挖苦同性的脏、懒、馋、自私和无聊等弱点，既针针见血，令人难堪，又止于笑骂，引人自省，可谓善戏谑而不为虐。与姊妹篇《女人》相比，更多地融入了自己对同性劣根性的自嘲自讼意味。他针砭的大多是普遍存在的人生笑料和常人难免的缺点失误，诸如溺爱孩子、追赶时髦、虚荣好胜、偏执狭隘之类通病，又大多是采取谑而不虐、亦庄亦谐的笔调加以漫画化、喜剧化，谈笑风生，妙语连篇，像猫爪戏人而不伤人，使人在笑声中接受作者的善意指摘，努力改善自身的尊容作派。这是一种高超的幽默艺术，既不愤世嫉俗，亦非玩世不恭，而是含笑玩味，寓庄于谐，调侃世俗，善解人意，深得幽默三昧。

梁实秋小品把生活艺术化，也把艺术生活化，以陶冶性情、弘扬人性为指归。除了有意回避时代主题之外，日常所见所闻，无论大小雅俗，他都顺手拈来，静观自得，潜心营造适意自足的艺术世界，有别于战斗性杂文，而被目为闲适小品。他抒写闲情逸趣，赏玩尘世况味，调侃人生陋习，机智闪烁，谐趣迭出，却谑而不虐，富有淑世之心。他谈古道今，旁征博引，却不卖弄学问，炫耀自己，而是融会贯通，娓娓道来，不失学者本色。他的散文以理节情，化俗为雅，熔性情、经验、学识于一炉，情理中和，文体雅洁，自能卓然独立，成为继周作人、林语堂之后的闲适幽默小品大家。这种格调的散文小品，在当时是一种特殊的存在，固然缺乏时代气息，不能激动人心，却富有艺术情趣和名士风雅，温柔敦厚，慰情益智，也是一种不可或缺的艺术品。

钱锺书（1910年—1998年），字默存，江苏无锡人。从小深受家学熏陶，毕业于清华大学外文系，1935年赴牛津大学留学，1938年回国后历任西南联大、蓝田国立师范学院、清华大学等校教授。1930年开始在《清华周刊》《新月》《大公报》《人间世》《文学杂志》等报刊发表书评和随笔，1941年出版随笔集《写在人生边上》，后来著有长篇小说《围城》、学术著作《谈艺录》和《管锥编》等。

《写在人生边上》写于抗战时期的昆明和蓝田，仅有十篇。作者在序文中自称这是“写在人生边上的”“零星随感”，像人生这部“大书”里的“眉批”和“Marginalia”（旁注）。这种从人生边缘观察人生的视角，既可以放眼人生的形形色色而“视通万里”，又可以超越人生的熙熙攘攘而“神驰八极”，把博学多识与哲理思辨交织写来，使人生的“眉批”“旁注”富有奇思妙想和格言警句。

开卷首篇《魔鬼夜访钱锺书先生》，虚拟魔鬼来访夜谈的情景，让他说出一些歪打正着、反话正说的“可怕的真理”。例如：“财主有布袋似的大肚子，表示囊中充实；思想家垂头弯背，形状像标点里的问号，表示对一切发生疑问；……我的腿是不大方便的，这象征着我的谦虚，表示我‘蹩脚’。我于是发明了缠小脚和高跟鞋，因为我的残疾有时也需要掩饰，尤其碰到我变为女人的时候。”这里的自嘲和反讽是针对虚伪世风的。而讽刺人类堕落的，则如：“你知道，我是做灵魂生意的。人类的灵魂一部分由上帝挑去，此外全归我。谁料这几十年来，生意清淡得只好喝阴风。一向人类灵魂有好坏之分。好的归上帝收存，坏的由我买卖。……到了现在，即使有一两个给上帝挑剩的灵魂，往往又臭又脏……我也是近代物质和机械文明的牺牲品，一个失业者。”这感慨带着讥讽，愤世嫉俗而剔骨入髓。这样的“魔鬼”既可怕又可敬，确是“热中冷血的角色”，看透一切而讽喻警策。其他各篇，几乎都有如此冷峻睿智的反讽和妙语。例如，《说笑》中的笑语：“真有幽默的人能笑，我们跟着他笑；假充幽默的小花脸可笑，我们对着他笑。”《吃饭》的思辨更为幽默风趣：“吃饭有时很像结婚，名义上最主要的东西，其实往往是附属品。吃讲究的饭事实上只是吃菜，正如讨阔佬的小姐，宗旨倒并不在女人。这种主权旁移，包含着一个转了弯的、不甚素朴的人生观。”同时也更为深刻辛辣：“一方面是有了肠胃而要饭去充实的人，另一方面是有饭而要胃口来吃的人。第一种人生观可以说是吃饭的；第二种不妨唤作吃菜的”；“把饭给自己有饭吃的人吃，那是请饭；自己有饭可吃而去吃人家的饭，那是赏面子。交际的微妙不外乎此。反过来说，把饭给予没饭吃的人吃，那是施食；自己无饭可吃而去吃人家的饭，赏面子就一变而为丢脸。这便是慈善救济，算不上交际了”。如此等等，思如泉涌，妙语连珠，机智闪烁，庄谐并出，在此可见钱锺书在青年时代就很突出的博学风度、思辨色彩和讽刺才能。

王了一（1900年—1986年），原名王力，广西博白人。1927年清华研究院毕业后赴法留学，1931年获巴黎大学文学博士学位，回国后历任清华大学、西南联大、北大教授，是著名语言学家和法国文学翻译家。1942年至1946年在西南联大期间所写的杂文小品，发表于《星期评论》《中央周刊》《生活导报》《自由论坛》等，1949年结集为《龙虫并雕斋琐语》，由上海观察社出版，连“代序”共六十四篇。其增订本1993年由中国社会科学出版社出版，增补集外文章《论读别字》《津门小厄》等十五篇。

他在1943年为《生活导报周年纪念文集》写的《〈生活导报〉和我》一文，后作为《龙虫并雕斋琐语》的代序。其中写道：“世间尽有描红式的标语和双簧式的口号，也尽有血泪写成的软性文章。潇湘馆的鹦鹉虽会唱两句葬花诗，毕竟它的伤心是假的；倒反是‘满纸荒唐言’的文章，如果遇着了明眼人，还可以看出‘一把辛酸泪’来！”“直言和隐讽，往往是殊途而同归。有时候，甚至于隐讽比直言更有效力。”既自述当时写“隐讽”文章的原委和苦衷，又辨析“满纸荒唐言”中有着“一把辛酸泪”，同时也显示其文博学洽闻、用典繁复、隐喻联翩、庄谐杂出的学者风格。

"琐语"的"隐讽"，大体可分为三类：一是针砭时弊，如《战时的物价》戏解"米珠薪桂"和"水涨船高"的成语，反讽发国难财者财大气粗、贪婪无耻的罪孽，揭示物价飞涨、民不聊生的根源在"人祸"。《食》进一步揭露官商勾结哄抬粮价的"三部曲"："第一步是米面失踪；第二步是黑市猖獗；第三部是政府承认既成事实，根据黑市酌减，然而比原来的官价却又涨了一倍。"《路有冻死骨》则痛斥"朱门的酒肉越臭，路上的冻死骨越多"，"这不合理的社会在这年头儿要比平时更不合理十倍"。这类小品数量不多，笔底藏锋，触及战时物价飞涨、发国难财、贫富不均、政治腐败等社会问题。

二是隐讽世情，如《迷信》《诅咒》《劝菜》《请客》《穷》《富》《结婚》《看戏》《开会》等篇章，对常见的旧风陋习和人性弱点予以讽喻。《请客》可作范例。他洞察主客双方的心机，"中国人向来主张'受人钱财，与人消灾'的，不花钱而可以白坐车，白吃饭，白看戏，也就等于受人钱财，若不与人消灾，就该为人造福。由此看来，请客乃是一种'小往大来'的政策，请客的钱不是白花的"。又发掘其中的可笑可悲因素："可见中国既有了抢付钱的习俗，不抢付钱竟像是私德有亏，友谊有损；又有了滥请客的风尚，不请客的固然被认为不善交际，请客如果请得不痛快，那钱也只等于白花。勿谓郇厨既扰，即尽衔恩；须防金碗虽倾，终难饱德。老饕未餍，微禄半销！'小往大来'的请客哲学真是害人不浅！"最后提出"归真返朴"的纠治之道。全文对"小往大来的请客哲学"的透视和批判，深入到钩心斗角的心理隐秘，寓庄于谐，讽喻巧妙。

三是体贴时艰，如《清苦》《领薪水》《卖文章》《灯》《虱》《衣》《食》《住》《行》等，集中表现了知识分子在抗战时期与全民共克时艰的实情和气节。《领薪水》写道："我们每月拿到那不够买薪买水的薪水之后，是怎样过日子的呢？家无升斗，欲吃卯而未能；邻亦箪瓢，叹呼庚之何益！典尽春衣，非关独酌；瘦松腰带，不是相思！食肉敢云可鄙，其如尘甑愁人；乞播岂曰堪羞，争奈儒冠误我！"其中，文白交织，骈散相间，典故连篇，窘况毕现。《清苦》则辨析大学教授的生活由"清高"变为"清苦"的不同含意："从前所谓'清高'，虽不见得是由衷的恭维，至少不令人觉得十分刺耳，因为那时的'清'字表示物质的享受虽然不够豪华，而所用的钱没有一文是肮脏的，所以就显得是'高'。现在'清苦'

二字却实在太令人难堪了。在说话的人的心目中，‘清’者乃是‘无用’之别名，‘苦’者乃是‘可怜’之谓也”，“然而在清苦的人自己却不这样想。因为要清，所以愿苦！因为求清而吃苦，就不愿因苦而受人怜悯，受人帮助，以损及他们的清……‘贫士无财有傲骨，愈穷傲骨愈突兀’；他们在平时并不自命清高，在困时也不自怜清苦。不自怜的人自然也不受人怜；‘清’字拜嘉，‘苦’字敬请移赠沿门托钵的叫化子”。这里的词语辨析，不仅辨出毫厘之别，体现语言学家的独到见识，还辨出不同格调，突出学人风骨，诚为“时穷节乃见”的又一范例。

王了一在抗战时期以“血泪写成的软性文章”，针砭时弊，婉讽世情，关心民生，共体时艰，既体现杂文小品的幽默感和讽喻性，又带有语言学家的书卷气和简练美，虽有用典过多之嫌，却为“隐讽”小品开拓了融旧铸新的成功之路。

在西南联大学者作家中，还有闻一多、朱自清、吴晗等人写杂文随笔，他们在战乱流离中逐步改变了生活方式和思想观念，走出书斋投入民主运动，与胡适派自由主义倾向分道扬镳，以学识为武器参与民主斗争，走向“鲁迅风”杂文之路。

三、“鲁迅风”杂文的发展壮大

在鲁迅引领和影响下，“鲁迅风”杂文兴起于《语丝》《莽原》，盛行于20世纪30年代的《申报·自由谈》《太白》等报刊，抗战以后延展于上海“孤岛”的《鲁迅风》、桂林的《野草》和重庆的《新华日报·副刊》等，陆续涌现出瞿秋白、徐懋庸、唐弢、王任叔、聂绀弩、冯雪峰等一批杂文名家，形成了弘扬鲁迅杂文精神、主导杂文发展方向的主潮流派。

瞿秋白（1899年—1935年），江苏常州人。他是中共早期领导人，1931年后被王明路线排斥，在上海治病期间，从事左翼文艺活动，与鲁迅结下深厚情谊，编辑《鲁迅杂感选集》并撰写长篇序言，率先对鲁迅杂文作出充分而深刻的阐述。著有杂文集《乱弹及其他》。他在《乱弹》代序中把自己的杂文称为与“绅商阶级”相对立的“不肖的下等人”的“乱弹”，“虽然不是机关枪的乱弹，却至少是反抗束缚的乱谈”。如《世纪末的悲哀》对“武痴和文痴”“悲哀得发狂了”的诊断，《流氓尼德》对经济上、政治上各种“流氓把戏”的揭露，《一种云》和《暴风雨之前》对雷电、暴风雨的期待和呼唤，都是抗击反动统治而鼓动革命风潮的战斗檄文。他执笔的《王道诗话》《曲的解放》《大观园的人才》《真假堂·吉诃德》等名作，经鲁迅之手并用鲁迅的笔名发表于《申报·自由谈》，是活用鲁迅笔法而又有自己独立创造的典型的“鲁迅风”杂文。《王道诗话》是对一年前所写《鹦哥儿》的改写和提炼，二文都是揭露胡适的“人权”说教的虚伪性和危害性的。《鹦哥儿》两千余字，写得痛快淋漓，但只揭穿胡适“人权”论鹦鹉般花言巧语的欺骗性。《王道诗话》则压缩成七八百字，却写尽了“文化班头博士衔，人权抛却说王权”，“人权王道两翻新，为感君恩奏圣明”的丑态，并深挖出“千古同心有孟子，也叫肉食远庖厨”的“祖传秘诀”，在胡适与孟轲、现实与历史的相映照中有着鞭辟入里的穿透力。瞿秋白这时的杂文，立足现实，援古刺今，创造了漫画化形象和杂文新形式。如《曲的解放》，巧用杂剧散曲式的生、旦、丑角色，把“后台戏搬到前台”，让反动当局卖国逃跑丑态暴露于光天化日之下。《人才难得》则借用《红楼梦》里大观园的压轴戏老旦刘姥姥骂山门和“玩笑旦”老鸨婆的假意诉苦，刻画反动政客吴稚晖和汪精卫的不同嘴脸，寥寥几笔而又形神毕肖，构思奇崛而又切中要害。这类杂文思辨深刻，漫画传神，文笔老辣，深得“鲁迅风”杂文的真髓。

徐懋庸、唐弢并称为“左联”时期师承鲁迅的杂文新秀中的“双璧”[①]。

徐懋庸（1911年—1977年），浙江上虞人。1933年至1937年，他著有杂文集《不惊人集》《打杂集》和《街头文谈》。鲁迅为《打杂集》作序，肯定这些杂文“和现在切贴，而且生动，泼剌，有益，而且也能移人情”，进而论断杂文“要侵入高尚的文学楼台”。徐懋庸反对“论语派”的小品文主张，在《大处入手》中指出：“小品文学虽写苍蝇之微，但那不是孤立的苍蝇，那是存在于宇宙的体系中而和整个体系相联系的苍蝇。所以，小品文虽从小处落笔，却是着眼在大处的。”他的杂文写作，确能大处着眼，小处落笔，小中见大，即事见理。例如，《苍蝇之灭亡》“从苍蝇之小”“谈到大问题”，分析苍蝇繁多的原因，不只是卫生问题，还牵涉社会问题，“据我看来，苍蝇的生命是要和现代文明的历史一样长久的，因为它根本是古代乃至现代的文明的产物。古来的文明产生了一种过着腐臭龌

①巴人（王任叔）：《杂家，打杂，无事忙，文坛上的“华威先生”》，《鲁迅风》1939年2月第6期。

龊的生活的人类，因而又产生了苍蝇。这种人类的生活一日不改善，则苍蝇一日不会灭亡”。这与“论语派”好谈“苍蝇之微”的琐屑倾向唱反调，他的引申和探究也是见微知著、思辨透彻的。徐懋庸的杂文内容广泛，以针砭时弊为主，善于论辩和讽刺，大多质朴晓畅、尖锐泼辣，时有婉而多讽、短小隽永的篇什，如《神奇的四川》《收复失地的措辞》《苟全性命法》《观绍兴戏有感》等篇章。他在《打杂集》自序中说：“这集子里的杂文……所谈的问题真可以算杂，就是文体，也因刊物性质各异，为了适应起见而常常变异。”《不惊人集》和《打杂集》确是“杂”体文，其中有短评、杂感、随笔、通信、札记，也有渗透着议论色彩的抒情文和记叙文。《草巷随笔》《我心境上的秋天》就有浓郁的抒情气氛；《故乡一人》是记叙文；《一个“知识界乞丐”的自白》是回忆录；《街头文谈》的绝大多数篇章，则是通俗性的文艺短文。他为人坦荡，生性好辩，但在与人论战中难免有些偏激，乃至引发与鲁迅关于“两个口号”问题的论战，导致他和鲁迅关系的破裂。他在抗战全面爆发后中断杂文写作，直至1956年才重操旧业，写起《打杂新集》的新篇章。

唐弢（1913年—1992年），浙江镇海人。1933年开始写杂文，1937年前出版《推背集》和《海天集》，此后著有《投影集》《短长书》《劳薪辑》《识小录》和散文诗集《落帆集》等，一直坚持杂文写作，成为“鲁迅风”杂文的重要传人。他的杂文，出手不凡，起点较高，笔调酷肖鲁迅，在《申报·自由谈》上发表的《新脸谱》等作品，竟被人疑为鲁迅所作。他的杂文大多是针砭时弊的杂感短评，也有借古讽今的文史随笔和谈书衡文的书话，大都融议论、批评、描述和抒情于一体，被称为“感抒性的杂文”[①]。其千字短文，涉笔广泛，有的放矢，精悍犀利，简练隽永。例如，《新脸谱》借戏台揭示“角色依旧，脸谱翻新”的世相；《两种脸谱》则戳穿沦陷区所谓“纯文艺”和“官话”文学各有骗术而又同流合污的面具；《从江湖到洋场》写出隐士豪客“从前是走江湖，现在是坐洋场”的虚伪嘴脸；《从擂台到戏台》进而揭示这类“演戏者”再演下去将遭“拆台”的必然命运；《杂谈礼教》大题小做，揭穿礼教“只替为帝为王者设想”而“让大众戴上镣铐”的真面目；《略论吃饭打屁股之类》寓庄于谑，从

①唐弢：《唐弢杂文集》，生活·读书·新知三联书店1984年版，第16页。

“一张给塞米饭的嘴，一个挨打板子的屁股”看出了“一切历史的经纬”和“人间世的真谛”。这类简练犀利的杂文，颇有鲁迅《伪自由谈》《花边文学》之风。他纵谈历史文化掌故的随笔体杂文，则深得鲁迅《灯下漫笔》诸文的真传。例如《雨夜杂写》，发掘清代文网的故实，揭露帝王与帮闲的伎俩和心机，不仅“禁毁书籍”，造出“没字碑”，“那碑上染满着新旧的血渍”，更阴险恶毒的“伟业”是“改窜旧作”，“要借作者的名声，替改者说好话，使读者暗受其影响，看不出底细来。所以这不但是毁尸灭迹，而且还借刀杀人，要古人也和自己一样，让他们进反省院，写悔过书，从此变成正统”。行文旁征博引，旁敲侧击，从容舒卷，借古讽今，对文化专制和愚民政策进行诛心的揭露和批判。《东南琐谈》《马士英和阮大铖》《渍羽杂记》《谈张苍水》等杂文，则借明季稗史影射现实，鞭挞奸佞，赞颂义士，爱憎分明，寓意深长，具有史论杂文的厚重感和穿透力。他从1945年开始以笔名晦庵写起书话，继承传统题跋一类文体而另辟蹊径，专谈新文学著译的版本、特色和价值，并“希望将每一段书话写成一篇独立的散文”，被叶圣陶称为“开拓了版本学的天地”[①]。唐弢杂文在短评、随笔和书话等文体上传承鲁迅杂文的战斗精神，又有自己的感抒性的艺术风格。他的《落帆集》也师承鲁迅的《野草》，探索内心隐秘和人生哲理，显示了他还有抒情究理、象征寓意的另一副笔墨。

全面抗战爆发后，在上海“孤岛”出现了以《鲁迅风》同人为代表的杂文作家群。他们以《文汇报》《译报》《申报》《导报》等日报副刊和《鲁迅风》为阵地，认为“生在斗争的时代，是无法逃避斗争的。探取鲁迅先生使用武器的秘奥，使用我们可能使用的武器，袭击当前的大敌”[②]，自觉继承鲁迅杂文的战斗传统，以杂文抗击敌伪势力，激发抗战斗志，出版《边鼓集》《横眉集》等合集和一批个人专集，形成了典型的“鲁迅风”杂文流派。其中有唐弢、柯灵、周木斋、文载道、周黎庵等，而数王任叔最有代表性和影响力。

王任叔（1901年—1972年），浙江奉化人，常用笔名巴人。他在上海坚守抗战文化岗位，主编《译报·大家谈》《申报·自由谈》，发起创办《鲁迅风》，既写了《〈鲁迅风〉发刊词》《超越鲁迅》和《论鲁迅的杂

①唐弢：《晦庵书话·序》，生活·读书·新知三联书店1980年版，第4—5页。

②巴人：《〈鲁迅风〉发刊词》，《鲁迅风》1939年1月11日创刊号。

文》，自觉提倡和坚决捍卫鲁迅杂文的战斗传统，又写了大量杂文，结集出版的有《边鼓集》（卷四）、《横眉集》（第二辑）、《扪虱谈》《边风录》《学习与战斗》等，以理论和创作的双丰收成为抗战时期“鲁迅风”杂文的主将。

王任叔杂文紧扣抗日救亡的时代主题，视野开阔，直面现实，揭奸发隐，去毒疗伤，思想敏锐，议论风发，充满着理性思辨与爱国激情交融的战斗活力。他研习鲁迅杂文而深得其真髓：“有感必有情，有情则有艺术的凝结力。此鲁迅的杂感之所以为艺术品也”，“有感必有识，有识则深入而有创见。此鲁迅的杂感几乎每篇等于创作也”。[①]他在自己的杂文中也力求有感有情，有识有见，熔感情识见于一炉，集多种笔法为一体，创造出酷似鲁迅而又有自己风格的杂文艺术品。《曲的效颦》模拟鲁迅与瞿秋白合作的《曲的解放》，让汉奸自拉自唱而出乖露丑，戏拟仿效，形神俱似。《说笋之类》引用鲁迅批日本学者侮蔑中国人嗜笋谬论的名言，联类生发，体物见性，既见“笋有成竹而为箭的使命，所以特别顽强，不论土地如何结实，甚至有巨石高压，它必欲‘挺身而出’，故初则裂地为缝，终则夺缝怒长”的笋性，又见乡人们那“如竹如笋，挺然翘然”的“脚踏实地”的“艰苦奋斗精神”，从而引申出战斗哲理：“能斗争，才能存在；能奋发，才能进步。旧的让它死去，新的还须创造。失了乡土的同胞，我亦正与之同运命，而挺拔自雄却寒御暑的笋竹的英姿，该是我们所应学取的吧！”这就把竹性、民族性、时代性会通起来，丰富了鲁迅的“竹箭”思想，也具有随笔絮谈的风采。《略论叫化之类》则联类递进，层层深入，最后以“太史公曰”作结：“我绝未闻见任人作践以外又来自己作践以求其所谓‘荣誉的和平’如汪精卫无耻之尤者。则我于割肉作香，祈求多福的愚妇，以蜡涂腿，欺诈求怜，磕头如捣蒜，自毁形容的叫化，铁索啷咚扯断鼻梁，似无所求而有所求的行脚僧，又复何怪！又复何怪！头顶碰在墙上，犹自以为是‘老子’，阿Q的精神，我不知其将在何日消灭！呜呼，噫嘻，悲哉！”这是“论时事不留面子，砭痼弊常取类型”的活用和创新，也是杂文形象化、抒情化、理趣化有机结合的艺术范例。他这时的杂文名篇还有《杂家，打杂，无事忙，文坛上的“华威先生”》《论“没有法

①王任叔：《抽思》（二），《横眉集》第二辑，上海世界书局1939年版，第61页。

子”》《脸谱主义者》《站在壁角里的人》《无法无天的论调》等，大多收入《边风录》。1949年后还有《况钟的笔》等名文。

上海“孤岛”沦陷后，“鲁迅风”杂文被压制、禁止，“知堂风”随笔受敌伪政府扶植而流行一时，连周黎庵、文载道也转向追随周作人了。而在国统区则有桂林《野草》社同人和重庆、昆明等地的一批作家坚持“鲁迅风”杂文的战斗传统。《野草》于1940年8月在桂林创刊，后来转至香港，坚持到解放战争胜利，是这时期持续最久、影响最大的杂文社团。《野草》作家群中，夏衍有《此时此地集》，宋云彬有《破戒草》《骨鲠集》，孟超有《长夜集》《未偃草》，秦似有《感觉的音响》等，而公认的成就最突出、最具“鲁迅风”的是聂绀弩。夏衍曾赞誉“绀弩的‘鲁迅笔法’几乎可以乱真”[①]。

聂绀弩（1903年—1986年），湖北京山人。他在左联时期开始写杂文，1940年到桂林参与《野草》编务，著有杂文集《历史的奥秘》《蛇与塔》《婵娟》《早醒记》《血书》《二鸦杂文》等，后辑为《聂绀弩杂文集》。他晚年自白：“虽然曾经爱好、学习、甚至模仿鲁迅的杂文，但无论内容和形式，其不会相像，毫无是处，相隔十万八千里，那是十分自然的。……所以我的杂文，只是我的杂文，与鲁迅的杂文扳附不上，也确是十分明白的。”[②]他自觉传承鲁迅战斗精神，以师心遣论、释愤抒情的杂文艺术卓立于战时文坛。

绀弩杂文深受鲁迅的思想影响和艺术启迪，持续攻打封建痼疾、奴性病根、反动势力和社会弊端，热情歌颂民族民主革命和人民解放斗争，在抗日战争和解放战争时代负起启蒙与救亡、批判与建设的双重使命，造就其恣肆奇诡而又潇洒从容、犀利泼辣而又机智幽默的论战风格。《读鲁迅先生的〈二十四孝图〉》，接续鲁迅话题而别开生面，以庄谐杂出的笔调，旁征博引，议论风生，把封建孝道的虚伪性、荒谬性和反动性揭批得淋漓尽致，可以和鲁迅的原作相媲美。《怎样做母亲》与鲁迅的《我们现在怎样做父亲》相辉映，从自己幼时常遭母亲毒打的痛彻经验中生发开来，既揭开深受封建伦理观念支配的母子关系的可怕真相，又挖出“以打为教”“老例”的根由：“中国受专制思想的影响太久，中国的人性往往对强暴者

---

①夏衍：《杂文复兴首先要学鲁迅》，《观察》1982年第24期。

②聂绀弩：《聂绀弩杂文集》，生活·读书·新知三联书店1981年版，卷首第3页。

是驯羊，对柔弱者却是暴君……中国的妇女受的压迫太厉害，生活太枯燥，活动范围太狭窄，知识水准太低。这都会使人变成度量窄小，急于找寻发泄郁闷的对象的。而这对象，在家庭里，除了锅盘碗盏，鸡犬牛羊之外，也实在只有孩子们了。”全文夹叙夹议，即事见理，忧愍交织，酸辣杂出，拓展了鲁迅的文意而富有形象化、抒情化说理的风采。这类杂文神似鲁迅而有自己的实感识见和文体特色。

绀弩杂文思维活跃，想象丰富，自由创造，笔法多样。《论申公豹》短小精悍，寥寥几笔就勾勒出申公豹之类倒行逆施者的“尊范”，犹如一幅讽刺漫画。《论怕老婆》小题大做，辨微见著，驳斥“怕老婆的故事多，则容易民主”的谬论，辨伪去妄，富有理趣和幽默感。《我若为王》的设想奇特，从假定为王的得意畅想，到奴才首领的失意警觉，再到同归于尽的绝望战叫，层层深入，字字诛心，恣意笑骂，生动泼辣，颇有鲁迅深挖主奴病根、狠刨封建遗毒之风。《韩康的药店》新编历史故事，嘲讽西门庆之流欺世盗名、巧取豪夺的卑劣勾当，具有借古讽今的意味。《天亮了》创设讽刺喜剧，上演黑暗王国颠倒是非、外强中干的闹剧，展示人民战取光明的斗争，演绎了新旧时代交替的历史进程。他的杂文紧跟时代进程，披荆斩棘，激浊扬清，论辩透彻，画像传神，机智闪烁，激情充沛，理趣盎然，诗意洋溢，把杂文散文化乃至诗意化，堪称“鲁迅风”杂文的新创造、新发展。

冯雪峰（1903年—1976年），浙江义乌人。他早年是湖畔诗社诗人，20世纪30年代曾任左联党团书记。他是鲁迅的亲密战友和忠实学生，曾为病中的鲁迅笔录或草拟《答托洛斯基派的信》《论现在我们的文学运动》《答徐懋庸并关于抗日统一战线问题》等文稿，对鲁迅精神及其杂文深有研究和效法。他在1941年被国民党当局关入上饶集中营，1943年经中共党组织营救出狱后赴重庆从事革命文艺活动。著有杂文集《乡风与市风》《有进无退》《跨的日子》《今寓言》等，以思辨性杂文和寓言体杂文丰富和发展了“鲁迅风”杂文。

冯雪峰杂文继承鲁迅解剖国民性、坚持思想文化斗争的传统，从“乡风与市风”入手，运用“科学的历史方法”，阐明“历史的真理”[①]，以思

---

①冯雪峰：《历史的分析和批判》，《乡风与市风》，重庆作家书屋1944年版，第172—173页。

辨深刻、议论严密著称。他在《同化力》《他化力》《创造力》《谈“根底”》《民族文化》一组短论中，对民族文化根底、同化力、他化力、创造力、民族性、现代性和世界性的深入思考，显示着唯物辩证法的穿透力和创新力。《还好主义》《牺牲》《战斗的自觉》等短文对“乡风”的夹叙夹议，即事论理，辨析深透，既透过现象深挖民族文化心理，又辩证分析国民习性的矛盾和变化，激发全民抗战的战斗自觉和革新诉求，理性思辨中带有释愤抒情，增强了论辩的感染力。《简论市侩主义》则是剖析“市风”的力作。他把市侩主义比作“人类社会的‘阿米巴’”，“是软体的，会变形的，善于营钻，无处不适合于他的生存。他有一个核心，包在软体里面，这就是利己主义，也就是无处不于他有利”。抓住这一软体核心，他用格言警句刻画市侩主义的圆滑欺诈、投机取巧、唯利是图、毫无操守的精神特征，遗貌取神，鞭辟入里，深得“砭痼弊常取类型”的真髓。朱自清评论说：“杂文从尖锐地讽刺个别的事件起手，逐渐放开尺度，严肃地讨论到人生的种种相，笔锋所及越见深广，影响也越见久远了。《乡风与市风》可以说正是这种新作风的代表”；“这种新作风不像小品文的轻松，幽默，可是保持着亲切；没有讽刺文的尖锐，可是保持着深刻，而加上温暖；不像长篇议论文的明快，可是不让它的广大和精确”。[①]这个评价很精到，准确评估了冯雪峰思辨性杂文在现代杂文史上开拓新作风、新机能及其抵达新高度的历史贡献。

冯雪峰在战后还创作了大量寓言。他的寓言，内容丰富，形式多样，既有抨击时弊暴政、揭露丑恶现象的讽刺小品，如《鼓手的蛤蟆》《狐狸和兔园》《蛇的绞杀战》等；又有寄寓人生经验教训的哲理小品，如《井水与河水》《朝霞》《狮子和落日》等；还有讴歌真善美品性和人民革命斗争的抒情小品，如《海和云》《大山的笑》《雕和沙漠》等。大多把动物世界与现实社会有机联系起来，运用比拟和联想手法，编造故事，勾画形象，寄寓道理，讽喻现实，寓体鲜活，寓意新颖，比思辨性杂文活泼有趣而较为浅显易懂，具有诗化杂文的风味。

鲁迅逝世之后，“鲁迅风”杂文传统在民族民主革命新阶段中仍得以传承发展。适应全民抗战的时代需要，许多杂文家自觉学习和发扬鲁迅杂

①朱自清：《历史在战斗中——评冯雪峰〈乡风与市风〉》，《朱自清全集》第三卷，江苏教育出版社1988年版，第35—42页。

文的战斗精神，坚持反帝反封建的思想立场，既负起抗日救亡的民族使命，又承续破旧立新的启蒙使命，把启蒙与救亡有机结合起来，落实在打击敌伪、反对专制、动员民众、鼓舞斗志、争取民族独立和民主建国的时代主题之中，推进了中国社会现代化、革命化的历史进程，为民族民主革命作出了独特而突出的历史贡献。同时，也在战斗实践中进一步锻造杂文的论战艺术，或锐化讽刺锋芒，针针见血，所向披靡；或强化思辨色彩，辨析入微，理趣盎然；或擅长形象化说理，夹叙夹议，情理相生；或善于借古讽今，谈天说地，绵里藏针，谈言微中；如此等等，都拓展了杂文的发展天地，丰富了杂文的文体艺术，凸显了“鲁迅风”杂文多样统一的流派风格和引领杂文发展方向的主流地位。

第五节　抒情散文的繁荣

中国文学一向是“诗文”并称，并立为文学正宗。然而，诗歌早就形成“言志”“缘情”的主情观念和主导倾向，散文则长期深受“原道”“宗经”理念的引导与规约，二者分道扬镳，各擅胜场，从而导致诗歌独步于抒情艺坛、散文称雄于叙事说理领域的偏胜景观和互补态势，同时也造成了散文抒情艺术不够发达、滞后于抒情诗的历史事实。中国古代散文以自身高度发达的叙事说理艺术及其突出的实用艺术特性为诗歌所不可替代，其主潮地位长期由说理散文和叙事散文所占据，抒情性散文一直处于伏流状态和附庸地位。这种格局从先秦直至晚清持续不变，只有到了“五四”时期才大为改观，抒情散文由附庸而蔚为大观，发展成为文坛一个举足轻重的独立品种。

中国古代抒情性散文的萌生不算太晚，一般认为在汉魏时代就出现了单篇的抒情文章，如司马迁《报任安书》、曹植《求通亲亲表》、陶渊明《归去来兮辞》等。不过，它显然是在史传散文和诸子散文业已发达成熟之后才开始起步的，这些最初作品也带有从叙事、说理散文和抒情辞赋中脱化而来的痕迹，以及出自实用需要而写的特点。唐宋以降，抒情文章日渐增多，乃至出现“独抒性灵”的晚明小品，但受到“文以明道”观念的制约而被古文正统派压制下去，直至晚清仍然未能独立发展、自成一体。它还是混杂于叙事说理散文和一般应用文章之间，主要见之于书信、赠序、哀祭、辞赋、颂赞、序跋、箴铭、奏表、碑志、杂记、传状诸文体之中，基本上处于不自觉不独立的自发自在状态。“五四”时期确立了现代意义的文学散文观念，散文专指“文学的散文”[①]，“美文”[②]，“那是与诗、小说、戏剧并举，而为新文学的一个独立部门的东西，或称白话散文，或称抒情文，或称小品文”[③]。散文作为一种独立的文学形式，成为一种自觉的艺术创作之后，抒情散文就因为充分具备文学的情感性特征而率先被承认是一种典型的文学散文形式，也因其比诗歌更便于自由灵活地表达交流情感而受到普遍重视。至此，抒情散文才卓然独立，进入自觉自为的发展阶段，不仅可以在散文领域开始与其他文体鼎足而立，也可以在抒情艺坛上开始和抒情诗争奇斗艳了。

“五四”时期崛起的抒情散文不仅是一种独立、自觉的纯文学形式，而且是一种以现代意识武装起来的现代艺术形式。它以现代汉语表达现代人的思想感情，从形式到内容都在革故鼎新，追求现代化和独创性。从根本上说，现代抒情散文是“五四”思想革命和文学革命的一种产物。五四新文化运动所带来的思想观念、价值观念、文学观念、审美观念的现代化变革，所唤醒的思想解放、个性解放、情感解放、社会解放的自觉要求，所焕发的反帝反封建的革命激情和破旧立新的时代精神，以及所促成的文体解放、语言更新、艺术创新和审美变革的崭新局面，合力造就了抒情散文兴盛发达的繁荣景象。其中，鲁迅创获的“奇花异卉”《朝花夕拾》和《野草》，周作人笔耕的《自己的园地》和《雨天的书》，成为现代抒情美文的典范和丰碑。此外，谢冰心、朱自清、俞平伯、许地山、王统照、郁达夫、徐志摩、丰子恺、何其芳、李广田、缪崇群、丽尼、陆蠡、巴金、靳以诸家脱颖而出，自抒胸臆，才情焕发，异彩纷呈，创造了中国散文发展史上罕见的一个抒情时代。

---

①刘半农：《我之文学改良观》，《新青年》1917年5月第3卷第3号。

②周作人：《美文》，《晨报》1921年6月8日第7版。

③朱自清：《什么是散文》，载《文学百题》，上海生活书店1935年版，第238页。

一、“五四”散文的抒情风采

“五四”新文化运动唤醒和催生了新一代作家，他们冲决封建旧思想的罗网，自我觉醒，个性解放，满怀新的思想愿望，探求新的人生道路，同时也切身体验着新与旧、灵与肉、情与理、内心与外物、个人与社会、理想与现实等等矛盾冲突，情感纷繁，思绪万千，率性抒怀，各具风采。

冰心（1900年—1999年），女，原名谢婉莹，福建福州人。1923年从燕京大学毕业后赴美留学三年，回国后任燕京大学国文教师。冰心在大学时代接受新文化运动的洗礼，参加文学研究会，最早以“问题小说”《超人》和小诗《繁星》《春水》成名，随即以小品文《往事》《寄小读者》赢得盛誉。在“五四”新思想尤其是人道主义的影响下，她以纯真的心和“爱的哲学”领悟人生，讴歌母爱、童真和自然美，营造了一方充满爱意温情的精神乐园。她一生所著文章汇编为《冰心全集》九卷，由海峡文艺出版社1999年出版。

冰心散文以爱心为文心，以博爱为天职，对爱之母题一往情深，吟诵不已。这在她早期创作中表现得最为突出。1921年1月《小说月报》革新号发表的《笑》，是冰心散文的成名作，也是白话美文初期的代表作。它在雨后月明之际拉开爱的心幕，凸显安琪儿、小孩子、老妇人的三个笑容，都是“抱着花儿，向着我微微的笑”，凭借想象把“这同样微妙的神情”“绾在一起”，“融化在爱的调和里”，使心灵“光明澄静，如登仙界，如归故乡”。以“笑”的意象造境抒情，又以“爱”的意念移情入景，把爱的微笑写得活灵活现，美妙迷人。爱的心幕开启之后，在《往事》《寄小读者》《山中杂记》系列作品里，竞相涌出的有她从小沐浴的家人亲朋的至爱，远游领会的异邦姐妹的温情，与少年儿童息息相通的童真，跟自然万物亲近同化的心怀。这些美妙温柔的情思，经过她“爱的哲学”的点化，升华为人生的真谛：“爱在右，同情在左，走在生命路的两旁，随时撒种，随时开花，将这一径长途，点缀得香花弥漫，使穿枝拂叶的行人，踏着荆棘，不觉得痛苦，有泪可落，也不是悲凉。”（《寄小读者・通讯十九》）特别是“‘母亲的爱’打千百转身，在世上幻出人和人，人和万物种种一切的互助和同情。这如火如荼的爱力，使这疲缓的人世，一步一步地移向光明！”（《寄小读者・通讯十二》）这种“爱的哲学”，以母爱为核心，以博爱为旨趣，固然带有宗教化的色彩，却充满人性化的感悟和渴求，少女式的纯情和天真，是冰心以切身的经验体会反复印证而形成的人生信仰和理想追求。冰心立足于人生对爱的渴求，随时随地在发掘、寻味、扩张和升华爱的精神意蕴，在人际、天人之间洞察万有的关联和沟通，在人性、人情层面体认相爱的和谐与庄严，把世界万物视为有生命可协同的有机整体，把人间现世既有而又应有的温情爱意升华为富有诗意的人生境界和合目的性的理想追求，深入触及人生的精神需求和终极目标，从而具有历久不衰的亲和力、感召力。

如果说，“爱”是冰心散文的聚焦点，那么，往事、儿童、山水、人物则是它的四方敏感区。冰心散文一贯关注这些题材领域，环绕爱心构筑了四条光彩耀眼的风景线，既辐射爱的光辉，又散发着各自的魅力。

人们的往事回忆，大体上有三种价值取向，或因流逝而倍觉珍惜，或凭借阅历而反思历史，或发掘人格印痕而领悟人生。冰心散文更注重后者，着眼于寻味生命历程，尤其是童年生活的丰富蕴涵。她不仅在早年“凭着深刻的印象”追述《往事》，让童稚之梦、家人之爱、大海之恋、童真之趣不绝如缕地流向笔端；直到晚年对于故乡和童年的甜蜜回忆，仍像“初融的春水，涌溢奔流”，写下大量文章，汇编为《记事珠》《我的故乡》等专集。她说回忆中留下的痕迹，“最深刻而清晰的就是童年时代的往事。我觉得我的童年生活是快乐的，开朗的，首先是健康的。该得的爱，我都得到了，该爱的人，我也都爱了。我的母亲，父亲，祖父，舅舅，老师以及我周围的人都帮助我的思想、感情往正常、健康里成长。二十岁以后的我，不能说是没有经过风吹雨打，但是我比较是没有受过感情上摧残的人，我就能够经受身外的一切”。（《童年杂记》）这里的深情回味，表明冰心散文的往事追忆，主要不是恋旧心理的驱动，而是审美心理的一种定向，她已把童年的美满生活视为爱的结晶，美的范本，生命的摇篮，幸福的源头，再三加以追寻、体认和阐发。因此，她追怀往事，较少染上失乐园般的伤逝气息或针砭现实的反讽意味，主要是体味和升华童年时代的纯真与活趣，感念和弘扬父母师长的至爱与美德，领悟生命哺育的真谛和价值，探索人格塑造的途径和成效，这是冰心区别于其他作家同类作品的一个显著特征。

冰心一贯热心为少年儿童写作，从早年为《晨报·儿童世界》写《寄小读者》开始，先后写了“三寄”等儿童通讯。“三寄”既跳跃着一颗纯真的童心，又怀有一副慈母心肠。她在《寄小读者》开篇里表白：“我若不是在童心来复的一刹那间拿起笔来，我绝不敢以成人烦杂之心，来写这通讯。”当时，她虽已大学毕业，出洋留学，但仍像刚离开母亲怀抱的姑娘那样，童心未泯，儿女情长。诸多感怀，如母爱的回味，游子的乡思，病友的爱怜，山中的嬉游和异域的观感，充满着纯真的童趣，温存的爱心，美妙的直觉和鲜活的诗意，大抵是赤子之心与大姐情怀交融的产物。这一切又出之于姐弟谈心般的亲昵口吻，表里都儿童化了，很能拨动小读者的心弦，成为新文学史上最受小读者喜爱的审美教育书简。中老年续写的儿童通讯，主要以慈母爱心关怀儿童的身心成长，内容比以前阔大，文体也亲切活泼，切合小读者的精神需要，但毕竟淡化了童真稚气，影响就不如“初寄”强烈而持久。从冰心一直关爱儿童身心健康的创作倾向来看，显然带有其童年体验和母性心怀的深刻印记。她推己及人而又反求自身，以启迪童真爱心、陶冶美好情操为己任，致力营造有益于儿童身心成长的精神天地，这跟她一再追怀童年家园的旨趣是殊途同归的。

冰心从小生活在山陬海隅，跟大自然朝夕相处，后来又通过旅行开阔了视野，因而对于各地自然美景都有独到的体察和出色的写照。她既喜爱秀丽瑰奇、生意盎然的南国风物，也爱好雄伟坦荡、庄严苍凉的北方景观；既热爱祖国的锦绣河山，也眷恋异域的每处游踪。她总是以博爱的心怀亲近自然万物。这与她童年易地生长所培育起来的朴素健全的自然美感有着天然联系，跟她信服“宇宙和个人的灵中间有一大调和”①的泰戈尔思想也有密切关系。她觉得“我们都是自然的婴儿，卧在宇宙的摇篮里”②，深感人类深受自然母亲的爱化哺育，应与自然生命取得调和同一，从中吸取精神滋养和生命活力。因此，她总是虚怀甚至带着虔敬心情静对山水自然，不仅敏锐捕捉各种景观的风姿神韵，还留心体察万物之间的关联谐调，深入领悟自然生命与自我性灵的默契和交融，潜心营造神与物游、物我同化的境界。例如，她笔下的大海，就一直与自己的生命体验和人格追求融为一体，具有“温柔而沉静”“超绝而威严”“神秘而有容，也是虚怀，也是广博”的精神品格。冰心在感悟大海的同时也被大海同化

①冰心：《遥寄印度哲人泰戈尔》(1920)，《冰心全集》第一卷，海峡文艺出版社1994年版，第115页。

②冰心：《繁星·一四》(1921)，《冰心全集》第一卷，海峡文艺出版社1994年版，第238页。

了，她赋予大海的灵性又无疑融入了自身的襟怀和抱负。她以“海化”青年与读者共勉，借自然以淑性励志，充分发挥了大自然化育生命、滋润心灵、升华人格的审美意义。

冰心先后写过百来篇人物素描和忆悼文章，汇编为《关于女人和男人》。从家庭到校园，从国内到异邦，从奇女子到好男儿，从普通人到大人物，她所结识所敬重所眷恋的人物奔赴笔下的，不仅日渐丰富多样，还越发闪现出各自的人格光彩。冰心品藻人物，一贯看重品行操守、情义气度。她认为“女人的美可分为三种：第一种是乍看是美，越看越不美；第二种是乍看不美，越看越觉出美来；第三种是一看就美，越看越美！”[①]徒有美貌的，她从不欣赏；表里完美的又相当罕见；倒是具有内涵美的，成为她发掘和赞赏的主要对象。她既善于从凡人琐事中发现高尚优美的心灵，如《张嫂》《记富奶奶》；又能够在杰出人物身上感知可敬可亲的品德和人格魅力，如《悼念林巧稚大夫》《记萨镇冰先生》《永远活在我们心中的周总理》等。她把朋友分为“有趣”“有才”“有情”三种，并以“有情”为至交密友的先决条件[②]，视友情为“大海中的灯塔，沙漠里的绿洲”，人生路上“并肩携手，载欣载奔”的精神动力[③]。因此，她写了各式各样的人物和交谊，仍有一贯的审美取向，在写实求真的基础上凸现的是各人的美德人品，渲染的是浓郁的友爱人情，展示的是社会生活中一个个大写的人，可敬可佩而又可爱可亲的人，从而构成人格美人情美同在的人物长廊。这与她的童真家园和山水画卷的精神意蕴息息相通，而更为壮阔、丰美，更具有人格的感召力，更能引人向上思齐。

冰心独创的文体风格早被定名为“冰心体”。所谓“冰心体”，是以典雅清丽的语言，委婉亲昵的笔调，抒写纯真温柔的情思，具有优雅婉约、清隽柔美的风致。阿英在《现代十六家小品》中的《谢冰心小品序》指出：“冰心的文字，是语体的，但她的语体文，是建筑在旧文字的础石上，

---

①冰心：《我的同学》(1943)，《冰心全集》第三卷，海峡文艺出版社1994年版，第256页。

②冰心：《我的良友》(1945)，《冰心全集》第三卷，海峡文艺出版社1994年版，第355页。

③冰心：《再寄小读者·通讯二》(1942)，《冰心全集》第三卷，海峡文艺出版社1994年版，第248页。

不在口语上。对于旧文学没有素养的人，写不出‘冰心体’的文章。具体点讲，就是到了‘冰心体’的文学产生，是表示了中国新文学的一种新倾向的存在——以旧文字作为根基的语体文派。”冰心的文学素养主要得力于古典文学，她在白话散文开创期探求“白话文言化”，更多地化用古典诗文的词汇和笔法，形成文白融化、散中带骈、雅洁简练、声情并茂的语体特色。这是冰心文体的第一层含义。她的散文往往采用书信体、回忆体、速写体和随想录，不以意匠经营取胜，而以自然流布见长。但她的率真自然，源于“不绝如缕，乙乙欲抽”的柔婉情思和温文尔雅、端庄含蓄的才女性情，带有含情脉脉、细腻婉约的抒情特点。这是冰心文体的第二层含义。正如郁达夫在《中国新文学大系·散文二集》导言中所说的：“冰心女士散文的清丽，文字的典雅，思想的纯洁，在中国好算是独一无二的作家了”，“意在言外，文必己出，哀而不伤，动中法度，是女士的生平，亦即是女士的文章之极致”。冰心体的第三层含义是营造了真善美协调统一、充满温情爱意的一方精神家园，这是冰心体的精神内核。《寄小读者》确如她在《通讯二十五》所述，“行云流水似的，不造作，不矜持，说我心中所要说的话”。她与小读者娓娓诉说着息息相通的感怀，把童趣化的真情实感与书信体的亲切谈心和个人化的温文细语融为一体，流丽畅达而又委婉多姿，率真自然而又含蓄蕴藉。《寄小读者》从而成为冰心文体成熟的标志和范例，对现代散文的文体创造具有广泛而深远的影响。冰心散文抒发的是健康、纯正、高尚、圣洁的情思，创造的是引人向上、洗涤心怀的真善美同一的境界，从不夹杂什么灰色、病态、乖戾、偏激的情绪。即使“微带着忧愁”，也“满蕴着温柔”（《寄小读者·通讯二十七》）。她坚信“只要人心中有了春气，秋风是不会引人愁思的”（《寄小读者·通讯八》）。她的散文就致力营造“春气”般温润清新的精神世界，让爱的心泉、生命的活水、童真的气息、山水的灵性和人格的光彩去激发读者心中的审美体验和美好向往，陶养和沟通人们心中的“春气”以抵御“秋风”的侵袭。这样的审美取向，造就了其散文单纯柔和的品格，也相应制约着她感应人生世态的深广度。

朱自清（1898年—1948年），字佩弦，祖籍浙江绍兴，生于江苏东海，长于扬州，所以自称扬州人。1920年毕业于北京大学哲学系，在江浙一带当过中学教师，1925年后一直担任清华大学中文系教授。他在北大就学时参加过“五四”运动，加入新潮社和文学研究会，开始写新诗，1924年后转向散文创作，陆续出版了诗文合集《踪迹》、散文集《背影》《你我》《欧游杂记》《伦敦杂记》《标准与尺度》《论雅俗共赏》等，起始以写景美文成名，继而以亲情小品称胜，最后以知性杂文见长。江苏教育出版社1996年汇编出版了《朱自清全集》十二卷，其中一至四卷为散文作品。

朱自清的写景抒情散文善于写景状物，缘情造境。写于1923年的《桨声灯影里的秦淮河》是他的第一篇纪游散文，却出手不凡，一举成名。他与好友俞平伯同游秦淮河，暂时舒放心怀，尽情领略刹那间的游乐雅兴。既开放五官感觉，接纳纷繁意象而浮想联翩，又凝目细辨，体察入微，聚焦于桨声灯影、水光月色而移步换形，顾盼生姿，把秦淮河灯月交辉、桨声悠扬、画舫凌波、歌笑盈耳的情景氛围，描绘得如油画一般细腻精美，逼真尽态；同时也把自我流连光景、率性游乐而又坐怀不乱、怅然若失的内心波动，抒写得起伏跌宕，神情毕现。他精心结撰，刻意求工，以精细缜密、文情并茂著称，与俞平伯的同题游记各具其妙，并列为早期白话游记的双璧。

稍后写于1927年的《荷塘月色》在缘情造境上更胜一筹，抵达物我同化、心与境谐的境地。作者为排解内心的“不宁静”而探访月光下僻静的荷塘，“像超出了平常的自己，到了另一世界里”，“便觉是个自由的人”。自己本有“爱热闹，也爱冷静；爱群居，也爱独处”的两重性，在平常受到种种牵扯而并不自由，现在暂时摆脱一切，来到不同于平常的境地，找回了个人自由，就自由自在地享有“独处的妙处”，“受用这无边的荷香月色”了。这是情随境迁，也是境由心造，寻找清静之心与荷塘清幽之境相遇合而使自我与自然融为一体。为此，原先在清华园内“日日走过”而并不在意的一方荷塘有了另一番样子，那淡淡月光，薄薄云雾，丝丝微风，田田绿叶，朵朵荷花，缕缕清香，交融构成清幽美妙之境，与心中的沉思默想相谐调，同化为安宁自在、恬静平和的理想境界。写起这类惬意的风景，他总是全神贯注，感觉灵敏，融情入景，逼真传神。“微风过处，送来缕缕清香，仿佛远处高楼上渺茫的歌声似的。这时候叶子与花也有一丝的颤动，像闪电般，霎时传过荷塘的那边去了。叶子本是肩并肩密密地挨着，这便宛然有了一道凝碧的波痕。”以精细的体察和描绘，新奇的联想和比喻，把刹那间的动态、微妙的感觉，写得活灵活现，有声有色！荷香似有声音节奏，荷叶似有波痕起伏，嗅觉与听觉感通，形状与动态交织，细化和美化了荷花的描写。“塘中的月色并不均匀，但光与影有着和谐的旋律，如梵婀玲上奏着的名曲”，光影的参差斑驳也变成动听的小提琴鸣奏！这样的荷香月色，不仅有画意诗情，而且有音乐旋律，应和着内心潜移默化的玩味吟咏，营造出心与境谐调统一的超常脱俗的清幽自在境界。连树上蝉声与水里蛙声的“热闹”也是“它们的，我什么也没有”，但他有的是刹那间的沉醉与宁静，自由自在的感觉和联想。于是“忽然想起采莲的事情”，这与开头的“忽然想起”荷塘月景相照应，而在情景上却迥然相异。所想到的江南采莲旧俗，六朝风流盛事，所引述的《采莲赋》和《西洲曲》，一是充满世俗人情的诗意生活，与清幽脱俗的荷塘月景相反相成，或许暗示着人生热闹风流与冷静独善的多面相，自由嬉游和真切思恋的情景也令人神往；二是流露出时地殊异、物事皆非、无福消受、怀想而已的叹惜。“这令我到底惦着江南了”，到底惦念江南什么呢？这只能从文本中探寻，似乎是江南的变迁已无过往的光景，人们将如何生活，怎样“群居”和“独处”呢？如此说来，江南采莲的历史想象与清华荷塘的当下体验就有内在的关联性与统一性，都与人生的诗意栖息、自由追求密切相关。“这样想着”，作者竟不知不觉地从荷塘回到家中，从梦游般美好境界又回到日常生活境地。至于心头的“不宁静”是否排解，作者没说，也不必明说，作品的诗意流淌已说得再形象不过了。如果刻意发掘其中的微言大义或潜在欲望，那就不免有过度阐释或误读曲解之嫌。

除了上述这类写景美文，朱自清游记还有旅行记、风土记之类作品，如《背影》乙辑的《旅行杂记》《海行杂记》，20世纪30年代的《说扬州》《南京》以及游历欧洲六国的《欧游杂记》《伦敦杂记》等。这类游记不单写风景名胜，还兼记风土人情，发挥精细切实的特长而淡化抒情色调，影响似不如写景小品。

最能体现朱自清散文风格特色的是以《背影》为代表的一批抒写亲情友情的小品文。他深受传统文化影响，重人伦，讲情义，为人温厚，待人诚恳，所熟悉的主要是家庭、学校、文化界的生活经验和知识分子的思想情调，写起日常人生的真情实感，就特别亲切自然，真挚动人。他曾在《冬天》一文里追怀与父亲、朋友、妻儿过冬的情景，结语写道：“无论怎么冷，大风大雪，想到这些，我心上总是温暖的。”这种温暖人心的人情之美，在朱自清散文中表现得相当真切、醇厚，富有创意和余味。

代表作《背影》写于1925年，这时他北上清华大学任教不久，接读父亲来信所诉说的颓唐老境和殷切惦念，不禁泪如泉涌，感念万千，化解心结，执笔写下这篇至诚的父爱颂。这只是一篇朴实无华的千字文，只是如实写照父亲普通平凡的“背影”，却从细微处见精神，从平实中见深情，从常人熟视无睹的“背影”透视父爱的无微不至，从家常絮语般的字里行间流露出人之子的感念之情，以父子间的真情交流引发人们的感情共鸣。他从父子交往的无数场景中选取“最不能忘记”的八年前的一件往事和一个背影，凸显了父爱的淳朴真挚：“我看见他戴着黑色小帽，穿着黑布大马褂，深青布棉袍，蹒跚地走到铁道边，慢慢探身下去，尚不大难。可是他穿过铁道，要爬上那边月台，就不容易了。他用两手攀着上面，两脚再向上缩；他肥胖的身子向左微倾，显出努力的样子。这时我看见他的背影，我的泪很快地流下来了。我赶紧拭干了泪，怕他看见，也怕别人看见。”年迈父亲手脚并用费力爬上月台这一特写镜头，既显示了父亲为儿子尽心尽力的爱心，也表现了儿子对父亲感激涕零的情状。这样的“背影”凝聚了他对父爱的独特发现和深刻体认，高度概括了普天下深厚纯朴的父子亲情，具有以小见大、以形传神的艺术表现力，确是“最不能忘记的”。《背影》又不纯是亲情的慰藉，还有世味的咀嚼。围绕“背影”，他历数祖母去世、父亲失业、借钱治丧、赴宁谋事、过江送行、挑选座位、去买橘子、告别辞行的一系列事情，还原“祸不单行”“东奔西走”、悲戚惨淡、每况愈下的家境，在如此境地中父亲依然爱子心切，关怀备至，这就既增添了“背影”形象的厚重分量，又渲染了世道艰辛的人生况味，使“背影”的特写含有人生行旅多辛酸的意味，儿子的再三落泪也就十分自然。再者，作者回想起当年少不更事，自作聪明，并不理解父亲的所作所为，甚至因家庭琐屑而闹矛盾，从而带上后悔自责的心意来重温和感念父亲对儿孙的关爱，又使《背影》的情意更为恳切厚实，感人至深。朱自清抒写的亲情友情，如《儿女》《给亡妇》《白采》《怀魏握青君》诸篇，与《背影》一脉相通，咀嚼着人生日常的甜酸苦辣，流淌着悲欣交集的真情实感，都富于现实感和人生味。

从《背影》开始，朱自清散文注重从日常人生取材，抒写身边琐事，体味人情世态，并自觉克服初期写景文过于雕琢的习气，脱落铅华，返璞归真，追求口语化和谈话风，在现代散文开创期树立了平易自然、朴实清新的美文风范。正如李广田后来在《谈散文》中所说的：“朱自清先生的《背影》，虽然只是薄薄的一本小书，而且出版已经那么多年了，但它一直也还是一个最好的散文范本。它叫我们感到写散文并不困难，并觉得无论什么事物都可以写成很好的文章。它那么自然，那么醇厚，既没有那些过分的伤感，又没有那些飞扬跋扈的气息。假如说散文之中也有所谓正宗的话，我以为这样的就是。”①

朱自清在20世纪40年代中后期走出书斋，参与民主斗争，转向杂文写作。他早年散文《生命的价格——七毛钱》《白种人——上帝的骄子》《执政府大屠杀记》等篇，就关切社会现实和国家命运，充满现实批判精神；晚年《标准与尺度》《论雅俗共赏》二集，发挥他积学丰厚、阅世深广的专长而着力于历史与现实的沟通和剖析，以博识练达的知性杂文显示了学者斗士的特色。例如，《论气节》对“气节”意念的剖析入微，《论书生的酸气》对“寒酸”意味的追根究底，《论吃饭》对吃饭问题的谈古论今，《论雅俗共赏》对雅俗观念的溯源辨流，都能贯通古今，熔铸史论，写得深入浅出，谈言微中，温文细语而又笔底藏锋，已把学识转化为理趣，把议论转化为谈话，在现代杂文中别具一格。

朱自清散文在描写、抒情和说理方面都有突出的成就，对文体精益求精，从早期以文作画、刻意求工的精美起步，进而创造了文如其人、用笔如舌的谈话风散文，以朴素自然的语言表现本真的思想感情，在现代散文史上开创了本色散文的发展道路。

俞平伯（1900年—1990年），浙江德清人，晚清著名学者俞樾（曲园）之孙。1919年北京大学毕业后，长期在高等学校执教。他参加新潮社和文学研究会，以新诗和散文成名，后成为《红楼梦》研究专家。他的散文结集有《燕知草》《杂拌儿》《杂拌儿之二》《古槐梦遇》《燕郊集》等，在“五四”文坛与朱自清齐名，并称“俞朱”。

俞平伯在北大就学时师从周作人，在散文写作上也深得乃师真传，玩味生活情趣，絮语杂学博识，追求隐逸风致和涩味文体，因而被目为周作人一派散文的骨干。周作人为俞平伯的多本文集写过序跋，称许他像明代公安派那样，“以抒情的态度作一切的文章”，“是真实的个性的表现”②；又称他“为近来的一派新散文的代表，是最有文学意味的一种”，“有涩味与简单味”，“有知识与趣味的两重的统制”，有“自然，大方的风度”，是

①李广田：《谈散文》，《文艺书简》，上海开明书店1949年版，第41—42页。

②周作人：《杂拌儿跋》，《苦雨斋序跋文》，河北教育出版社2002年版，第117页。

"雅致的俗语文"[①]；还说他抒情说理"兼有思想之美"[②]。周作人借评介俞平伯散文之机阐发自己的散文观念，也为本派散文风格做了简明的概括。

俞平伯散文诚如"杂拌儿"那样，形态多样，趣味丰富，而以玩物言志、妙悟谈玄称胜。他早年流连光景，玩味人生，"追挽已逝的流光，珍重当前之欢乐"。《桨声灯影里的秦淮河》是俞平伯与朱自清的同题齐名之作。这次他俩同舟夜泛，在桨声灯影里陶醉于秦淮夜的风华之中，都感受到诱惑又摆脱了诱惑，表现出流连光景、率性行乐而又超越俗念、自持适度的心态。不过，俞平伯不像朱自清那样投入，而以随缘自适的心态赏玩秦淮风情的"浓姿""秀骨""盛年"和"迟暮"，连歌妓的意外打扰也无损于内心的自足，显得超然飘逸。因而，他虽然也舒放身心应接光影声色，却总觉得有如雾里看花，观察难以真切细致，感觉却格外活跃、玄妙，从而略于写景状物，详于述感说理，夹叙夹议，以虚带实，凭直觉和玄想捕捉那"朦胧里似乎胎孕着一个如花的笑"。当然，俞作写景不如朱自清细腻，没有新颖繁复的比喻，桨声灯影也不及朱作的摇曳多姿。俞氏在文后题跋中就称朱作"比较的精细切实"[③]。但他善于捕捉与整合总体印象，偏爱即兴说理，以传神写意、造境空灵见长。《湖楼小撷》《西湖的六月十八夜》《眠月》《雪晚归船》等回味闲居西湖的赏心乐事和闲情逸致。那身眠月下的诗境，已叫人神往；他又即兴生发，夹叙夹议："大凡美景良辰与赏心乐事的交并（玩月便是一例），粗粗分别不外两层：起初陌生，陌生则惊喜颠倒；继而熟脱，熟脱则从容自然。"这就升华为知性的感悟，深得生活艺术的三昧。在《重刊〈浮生六记〉序》中，他认为："我们与一切外物相遇，不可着意，着意则滞；不可绝缘，绝缘则离。"他就在"不滞不离"之间营造自己幽渺的艺术世界。

刚过三十岁，俞平伯就吟出《中年》的淡味。他自白："我也是关怀生死颇切的人，直到近年才渐渐淡漠起来，看看以前的文章，有些觉得已颇渺茫，有隔世之感。"随着时代的推移，青春朝气减少了，好奇心淡薄

①周作人：《燕知草跋》，《苦雨斋序跋文》，河北教育出版社2002年版，第123页。

②周作人：《杂拌儿之二序》，《苦雨斋序跋文》，河北教育出版社2002年版，第120页。

③见《东方杂志》1924年第21卷第2期。

了，人生也参透了，“渐渐觉得人生也不过如此。这‘不过如此’四个字，我觉得醰醰有余味。变来变去，看来看去，总不出这几个花头。男的爱女的，女的爱小的，小的爱糖，这是一种了。吃窝窝头的直想吃大米饭洋白面，而吃大米饭洋白面的人偏有时非吃窝窝头不行，这又是一种了。冬天生炉子，夏天扇扇子，春天困斯梦东，秋天惨惨戚戚，这又是一种了。你用机关枪打过来，我便用机关枪还敬，没有，只该先你而乌乎。……这也尽够了。总而言之，统而言之，不新鲜”。所以，“生于自然里，死于自然里，咱们的生活，咱们的心情，永远是平静的”，“我的中年之感，是不值一笑的平淡呢。——有得活不妨多活几天，还愿意好好的活着，不幸活不下去，算了”。这样的中年心态，顺应自然，优游自得，在他30年代散文中随处可见，文风也由前期的细腻、绵密、委婉、浓郁而变为洒脱、幽默、朴拙和苦涩。

徐志摩（1897年—1931年），浙江海宁人。曾留学美国和英国，1922年回国后在北京大学等校执教，参加文学研究会，组织新月社。他是新月派代表诗人，也有人以为他的散文写得比诗还好①。其散文在生前结集的有《落叶》《巴黎的鳞爪》《自剖》和《轮盘》（小说散文合集），逝后由友人编印了《秋》《爱眉小札》和《志摩日记》。徐志摩散文以讴歌自然和自剖内心的浪漫抒情著称，与其诗风同调。

《巴黎的鳞爪》中的《我所知道的康桥》是他讴歌自然的抒情名作。他曾在《鬼话》中宣称：“我只是个自然崇拜者。我以为自然界种种事物，不论其细如涧石，暂如花，黑如炭，明如秋月，皆孕有甚深之意义，皆含有不可理解之神秘，皆为至美之象征。”在《翡冷翠山居闲话》中盛赞“自然是最伟大的一部书，葛德（歌德）说，在他每一页的字句里我们读得最深奥的消息”，“只要你认识了这一部书，你在这世界上寂寞时便不寂寞，穷困时不穷困，苦恼时有安慰，挫折时有鼓励，软弱时有督责，迷失时有指南针”。《我所知道的康桥》则以五千言长文来讴歌他最崇拜的康桥圣地，似比《康桥再会罢》《再别康桥》等诗作更充分更传神地表现了他的康桥情结和浪漫激情。他围绕康河纵笔抒写两岸的秀丽风光，真是移步换景，摇曳多彩，如诗如画，引人入胜。在他的笔下，一切景观都心灵化

①参见《新月》1932年第4卷第1期《志摩纪念号》梁实秋、杨振声、储安平等人的文章。

了，一切景语都是情语和心语。例如，他纵情直抒康桥春景的沁人心腑：

> 我这一辈子就只那一春，说也可怜，算是不曾虚度，就只那一春，我的生活是自然的，是真愉快的！（虽则碰巧那也是我最感受人生痛苦的时期）我那时有的是闲暇，有的是自由，有的是绝对单独的机会。说也奇怪，竟像是第一次，我辨认了星月的光明，草的青，花的香，流水的殷勤。我能忘记那初春的睥睨吗？曾经有多少个清晨，我独自冒着冷去薄霜铺地的林子里闲步——为听鸟语，为盼朝阳，为寻泥土里渐次苏醒的花草，为体会最微细最神妙的春信。啊，那是新来的画眉在那边凋不尽的青枝上试它的新声！啊，这是第一朵小雪球花挣出了半冻的地面！啊，这不是新来的潮润沾上了寂寞的柳条？

这里，惊喜的情感笼罩着初春的景物，敏感的心灵感应着初春的气息，那么敏锐，那么细腻，那么微妙和惊奇，堪称以心触物、缘情写景、景语与心语浑然一体的范例。正如沈从文所说："在写作上想到下笔的便利，是以'我'为主，就官能感觉和印象温习来写随笔，或向内写心，或向外写物，或内外兼写，由心及物由物及心混成一片。方法上富于变化，包含多，体裁上更不拘文格文式，可以取例作参考的，现代作家中，徐志摩作品似乎最相宜。"[①]他从大自然中不仅获得美感愉悦和心灵感应，还更深切地体悟到一种生命哲理："人是自然的产儿，就比枝头的花与鸟是自然的产儿；但我们不幸是文明人，入世深似一天，离自然远似一天。离开了泥土的花草，离开了水的鱼，能快活吗？能生存吗？从大自然，我们取得我们的生命；从大自然，我们应分取得我们继续的资养。哪一株婆娑的大木没有盘错的根柢深入在无尽藏的地里？我们是永远不能独立的。有幸福是永远不离母亲抚育的孩子，有健康是永远接近自然的人们。不必一定与鹿豕游，不必一定回'洞府'去；为医治我们当前生活的枯窘，只要'不完全遗忘自然'一张轻淡的药方，我们的病象就有缓和的希望。在青草里打几个滚，到海水里洗几次浴，到高处去看几次朝霞与晚照——你肩背上的负担就会轻松了去的。"他把自然视为人生的母体，作为医治精神创伤的

---

①沈从文：《从徐志摩作品学抒情》，《国文月刊》1940年6月创刊号。

药方，恢复健全人性的途径，最突出地体现了现代人崇拜自然、向往自然的思想感情和精神需求。

《自剖》文集中的《自剖》《再剖》《求医》《想飞》《“迎上前去”》《北戴河海滨的幻想》一组散文，“操刀自剖”，“第一要考查明白的是‘我’究竟是怎么一回事；然后再决定掉落在这生活道上的‘我’的赶路方法”（《再剖》），“我的自剖文不是解嘲体的闲文，那是我个人真的感到绝望的呼声”（《求医》）。其《自剖》首先打破对自我的虚幻认识，发现自己“并没有三头六臂”，“只配安分做一个平常人”；《再剖》进而追问自己“从哪里来，向哪里去，现在在哪里，该怎么走”，又发现自己对此十分惘然。他的自剖反映了他认清自己的真相而认不清自己的出路的思想实际，这在当时觉醒青年之中是很有代表性的。他追问：“人生到底是什么?”尽管仍无答案，但他决意改变自己的人生态度，“我再不想成仙，蓬莱不是我的分；我只要这地面，情愿安分地做人”，“我再不能张着眼睛做梦，从今起得把现实当现实看：我要来察看，我要来检查，我要来清除，我要来颠扑，我要来挑战，我要来破坏”，“我从今起要迎上前去！”（《“迎上前去”》）他以抒情美文来剖白内心，谈论人生，直抒胸臆而又议论风生。大多率性道来，肆意铺张，浮想联翩，博喻迭出，有时不免过于夸饰、堆砌。沈从文认为：“徐志摩的作品给我们的感觉是‘动’，文字的动，情感的动，活泼而轻盈，如一盘圆台珠子，在阳光下转个不停，色采交错，变幻眩目。”[①]卞之琳以为：“他的杂样散文，可以归之文学创作类的，一般都与众不同，别具一格：生动、活泼、干脆、利落，多彩多姿，有气有势。”[②]周作人在《志摩纪念》中评说：“中国散文中现有几派……志摩可以与冰心女士归在一派，仿佛是鸭儿梨的样子，流丽轻脆，在白话的基本上加入古文方言欧化种种成分，使引车卖浆之徒的话进而为一种富有表现力的文章，这就是单从文体变迁上讲也是很大的一个贡献了。”[③]就文体而言，徐志摩开了散文抒情的华丽文风，对后来何其芳等作家有一定的影响。

丰子恺（1898年—1975年），浙江崇德（今桐乡）人。1919年毕业于

①沈从文：《从徐志摩作品学抒情》，《国文月刊》1940年6月创刊号。

②卞之琳：《〈徐志摩选集〉序》，《新文学史料》1982年第4期。

③周作人：《志摩纪念》，《新月》1932年第4卷第1期。

浙江省立第一师范学校，1921年自费赴日本留学一年，回国后从事艺术教育工作。他以漫画知名于世，又以随笔享誉文坛。从1925年开始发表散文，结集出版过《缘缘堂随笔》《随笔二十篇》《车厢社会》《缘缘堂再笔》《子恺近作散文集》《教师日记》《率真集》等。

丰子恺的散文随笔大体可分为四类：一是探究人生和自然的底蕴，且受佛教思想影响，带有玄思禅味，主要作品有《剪网》《渐》《秋》《两个“?”》诸篇。二是抒写童真情趣，突出地表现了他的儿童本位思想和一颗赤子之心。这是丰子恺散文最擅长的题材，脍炙人口的名篇有《华瞻的日记》《给我的孩子们》《儿女》《忆儿时》《作父亲》《送阿宝出黄金时代》等。三是记述自己的生活和创作经历，如《甘美的回忆》和抗战时期《辞缘缘堂》等“避难五记”。四是发掘日常生活，玩味世态人情，如《车厢社会》《缘缘堂再笔》中的许多作品，很能代表他散文平中见奇、洒脱风趣的基本特色。

佛理玄思和儿童崇拜是丰子恺早期散文交错展开的两个主题，是他不满现实而超越现实的两种表现。一方面，他深受老师李叔同（弘一法师）的影响，以佛教居士的心怀，静观人生，探究佛理，超越世俗的悲欢得失而沉湎于自己的精神追求。写于1925年的《渐》，用常见事例来揭示渐变的奥秘，“就是用每步相差极微极缓的方法来隐蔽时间的过去与事物的变迁的痕迹，使人误认其为恒久不变”，希望人们“不为‘渐’所迷，不为造物所欺，而收缩无限的时间与空间于方寸的心中”，从世俗名利纷争中超脱出来，把握住渐变无常的人生法则而抵达“大人格”“大人生”超凡脱俗、明智通达的精神境界。另一方面，他以一颗未泯的童心，神往于儿童世界的纯真美好，针砭世俗社会的虚妄污浊。在《我的漫画》中，他解释道：“我向来憧憬于儿童生活，尤其是那时，我初尝世味，看见了当时社会里的虚伪骄矜之状，觉得成人大都已失去本性，只有儿童天真烂漫，人格完整，这才是真正的‘人’。于是变成了儿童崇拜者，在随笔中、漫画中，处处赞扬儿童。现在回忆当时的意识，这正是从反面诅咒成人社会的恶劣。”他不仅在《忆儿时》《梦痕》诸文中追怀自己的黄金时代，还写了《给我的孩子们》《儿女》等名篇，细心体味眼前一群儿女天真活泼的童趣，甚至把自己化身为儿童，用儿童的心眼和口吻写下稚气可掬、童趣盎然的《华瞻的日记》，为儿童代笔几达乱真的地步。他讴歌儿童的天真、诚实、纯洁、健全、活泼、热情、自然、生命力旺盛、创造欲强烈、心胸宽广、人格完整，几乎把一切美好的词句都加在儿童身上，用来反衬成人社会的异化，寄寓返璞归真、怡性矫世的良苦用心。

《给我的孩子们》是1926年为《子恺画集》而写的一篇序文。《子恺画集》是他的儿童漫画集，里封有一幅“蜘蛛网落花”的漫画，但坐在蛛网正中的不是蜘蛛，而是一个男子，形象地表现自己像“‘蜘蛛网落花’略微保留一点春的痕迹”那样力图挽留孩子们的黄金时代的一片痴心。这篇序文也像儿童漫画那样痴情于儿童乐园，但用语言文字来跟孩子们谈心，就比漫画谈得更恳切率真，更直白诉说自己对儿童乐园的憧憬之情和伤逝之忧。开头把憧憬和担忧的矛盾心理敞开之后，先是娓娓叙说孩子们的有趣生活，充分抒发自己的憧憬之情。他摒除大人的成见，以审美的眼光体察孩子们的日常生活，透过幼稚的言谈举动，窥测儿童天真活泼的美好心灵，认定他们是“身心全部公开的真人”。接着将孩子的身心健全与大人的病态生活进行对照，在反省自己难为孩子们的过失的同时，既反衬儿童天性的美好可爱，强化了自己的憧憬之情，又渲染了失去童真的可悲可叹情绪，为自己替孩子们担忧儿童乐园即将丧失的悲哀心理作了铺垫。于是，他笔锋一转，直抒伤逝之忧，感叹孩子们的“黄金时代有限”，担心他们的美好天性会被现实社会所同化，走上成人的老路。最后，他将笔一收，抒写自己明知留不住孩子们的黄金时代却依然挽留的一片痴情，从而照应开头，强化自己珍惜童真的深情厚谊。他把儿童时代当作人生的黄金时代，把童真当作人性最完美的表现形态，希望孩子们永葆童真，不被污浊现实同化。他对孩子们的热爱和崇拜已远远超出亲子之情的范畴，变成他的一种精神寄托和理想追求。全文缘情生发，娓娓道来，明白如话，平易近人，确如面对爱子、倾诉衷情一样诚恳率真，亲切自然，是一篇至情流露、童趣盎然的妙文。

丰子恺散文从儿童世界转向成人社会，看到的是与儿童天国和宗教境界截然不同的现实世界。他既深入其中又超然物外，对现实人生有独到的体察。在《车厢社会》一文中，他敏锐地发现车厢社会是人类社会的缩影，旁观玩味其中可惊可笑可悲的众生相：“可惊者，大家出同样的钱，购同样的票，明明是一律平等的乘客，为什么会演出这般不平等的状态？可笑者，那些强占座位的人，不惜装腔，撒谎，以图一己的苟安，而后来终得舍去他的好位置。可悲者，在这乘火车的期间中，苦了那些和平谦虚的乘客，他们始终只得坐在门口的行李上，或者抱了小孩，扶了老人站在

W. C. 的门口，还要被查票者骂脱几声。”对车厢社会演绎着人间社会种种不合理现象予以谴责，最后觉得“人生好比乘车，有的早上早下，有的迟上迟下，有的早上迟下，有的迟上早下，上车纷争座位，下了车各自回家。在车厢中留心保管你的车票，下车时把车票原物还他”，嘲笑了人事的纷纭和世态的滑稽。而在《山中避雨》中，他置身于荒村野店，凭借一把普通胡琴，拉唱一首流行歌曲，引来村里青年的齐声合唱和感情共鸣，从中亲身领略到乐以教和、人心相通的奇妙境界，与《车厢社会》形成鲜明的对照。他是日常生活的有心人，随时随处都在观察体味人生，都能小中见大，平中见奇，发现和表现耐人寻味的人生情趣。

促使丰子恺思想和创作发生转变的是抗战烽火。战火烧毁了他苦心营造的家园“缘缘堂”，迫使他投入流亡队伍，走向更为广阔的现实世界。他一反过去的超然态度，立意“凭五寸不烂之笔来对抗暴敌”（《还我缘缘堂》），着重描写战时生活实感，大多是揭露批判、忧国感时之作。战时他尝过流离失所、到处为家的滋味，据此写作的一系列避难记，在内容的深切和技巧的娴熟方面都不亚于其描写儿童相和社会相的优秀作品。《辞缘缘堂》是“避难五记”之一，题材来自亲身经历，下笔前已向旧友新知叙述过多遍，早就烂熟于心，一旦执笔为文，过往的流亡经验就活灵活现地涌到笔下，使这篇洋洋洒洒一万五千言的长文具有一种自然天成、浑然一体的魅力。他通过举家逃难的历程反映出战时人民的共同遭遇，坦诚表示：“环境虽变，我的赤子之心并不失却；炮火虽烈，我的匹夫之志决不被夺，它们因了环境的压迫，受了炮火的洗礼，反而更加坚强了。杜蘅芳芷所生，无非吾土；青天白日之下，到处为乡。”集中代表了离乱时期人民临危不乱、坚贞不屈的生活态度和“宁做流浪者，不当亡国奴”的民族气节。

丰子恺散文在动态发展中形成了自己相对稳定的艺术个性。出自艺术家的赤子之心和敏锐感受，他总是超越实利或成见的束缚，以浓厚兴趣体察一切，善于从琐屑平凡的日常人生中发掘艺术题材，把日常生活艺术化。日常生活在他的慧眼观照下，呈现出五光十色、千形万状的本相，蕴含着丰富深切、耐人寻味的人生情趣，确是“泥龙竹马眼前情，琐屑平凡总不论。最喜小中能见大，还求弦外有余音”[①]。日本作家谷崎润一郎赞叹说：“他所取的题材，原并不是什么有实用或深奥的东西，任何琐屑轻微的事物，一到他的笔端，就有一种风韵，殊不可思议。”[②]他发挥随笔随意挥洒、闲谈絮语的特长，无论是写实还是写意，总是从容下笔，以笔代口，吞吐自如，得心应手，如行云流水，似家常闲话，独具一种亲切感和自然美。“他只是平易地写去，自然就有一种美，文字的干净流利和漂亮，怕只有朱自清可以和他媲美。”[③]他吸取中国画的笔情墨趣，也吸收欧美和日本随笔的笔调，行文洒脱风趣，富有幽默感和谈话风。在开掘日常人生题材、表现自我率真人格和创建个人化随笔文体等层面，丰子恺对现代散文发展的贡献是独到而突出的。

二、抒情散文的诗化走向

20世纪30年代文坛新人辈出，何其芳、李广田、缪崇群、丽尼、陆蠡等不约而同地致力于散文的抒情艺术和文体创新，开拓出抒情散文的一片新天地。

何其芳（1912年—1977年），重庆万县人。他在北京大学哲学系就学期间创作的散文处女作《画梦录》，以艺术上的独创性获得《大公报》1936年度文艺奖中唯一的散文奖，为抒情散文的诗化和唯美化作出了突出贡献，对当时和后来的散文创作产生了重大影响，被视为京派散文的代表作家。

何其芳从事散文创作，最初主要出自两方面的内在要求。一方面，他抱着“文艺什么也不为，只为了抒写自己，抒写自己的幻想、感觉、情感”[④]的态度，先从写诗开始，接着发现散文这种“不分行的抒写更适宜

①丰子恺：《丰子恺画集·代自序》，上海人民美术出版社1963年版，卷首页。

②［日］谷崎润一郎著，夏丏尊译：《读〈缘缘堂随笔〉》，《中学生》1943年9月号。

③赵景深：《丰子恺和他的小品文》，《人间世》1935年第30期。

④何其芳：《〈夜歌和白天的歌〉初版后记》，《何其芳文集》第二卷，人民文学出版社1982年版，第253页。

于表达”自己的“郁结与颓丧”[①]，因而写起散文来。另一方面，他不满意当时抒情散文“多半流入身边杂事的叙述和感伤的个人遭遇的告白”的写作风气，立意“为抒情的散文找出一个新的方向”，“愿意以微薄的努力来证明每篇散文应该是一种纯粹的独立的创作，不是一段未完篇的小说，也不是一首短诗的放大”。[②]他有意革新散文艺术，自觉追求散文艺术的独立和完美。

何其芳以写诗的态度来写散文，创作态度相当严谨认真。在长达三年的苦心雕琢中，终于成就了一部连同“代序”只有十七篇作品的《画梦录》。他曾多次追述当时的写作心境：“它包含着我的生活和思想上的一个时期的末尾，一个时期的开头。《黄昏》那篇小文章就是一个界石。在那以前，我是一个充满了幼稚的伤感，寂寞的欢欣和辽远的幻想的人。在那以后，我却更感到了一种深沉的寂寞，一种大的苦闷，更感到了现实与幻想的矛盾，人的生活的可怜，然而找不到一个肯定的结论。”他把这两个时期分别称为“幻想时期”和“苦闷时期”。[③]《黄昏》写于1933年初夏。在此之前，他主要受浪漫主义和唯美主义的影响，喜爱安徒生、泰戈尔、但尼生、罗塞谛、王尔德和冰心、废名、徐志摩等人的诗文童话，沉迷于意象世界和美丽幻想的五光十色。在此之后，他体验到童年幻想的破灭和青春追求的失败，无心再玩味那些美丽的辽远的幻想和温柔的浪漫感伤情绪，他的艺术爱好转向艾略特、陀思妥耶夫斯基、梅特林克、霍普特曼、巴罗哈、阿左林以及高尔基的早期作品，主要和他们作品中那种深重的孤寂、绝望、郁闷情绪发生共鸣。《画梦录》除了头四篇写于幻想期之外，其余十三篇都写于苦闷期。前者诉说的是“温柔的独语”，后者倾吐的是“悲哀的独语”“狂暴的独语”，情调色彩略有差别，但本质上都是一位孤独者的自我表现。他当时的生活体验属于“狭而深”一类，多愁善感，直觉敏锐，因而他抒写自己的幻想、感觉和情绪相当细腻精致，富有诗情

①何其芳：《梦中道路》，《何其芳文集》第二卷，人民文学出版社1982年版，第65页。

②何其芳：《我和散文——〈还乡杂记〉代序》，《还乡杂记》，上海文化生活出版社1949年版，第Ⅲ—Ⅵ页。

③何其芳：《给艾青先生的一封信——谈〈画梦录〉和我的道路》，《文艺阵地》1940年第4卷第7期。

画意。

《黄昏》的情境是内心探寻的诗化独语。他独自漫步于黄昏街头，自远而近的马蹄声洒落在沉默的街上，“如白色的小花朵”，纡徐而过的黑色马车“疑惑是载着黄昏，沿途散下它阴暗的影子”，“暮色下垂而合闭，柔和地，如从银灰的归翅间坠落一些慵倦于我心上”。这场景不是写实而是写意，出自心灵的独特感觉，而把听觉变为视觉，物象变为意象，渲染其“孤独又忧郁”的情调。在此境地中，内心的独语在自问自答：“黄昏的猎人，你寻找着什么？”三个“寻找”排比下来，突出了“青春不羁之心寻找着毒色的眼睛”一句，似把爱情追求的伤痛写得深不可测。紧接的追问和回味，把自己的哀乐得失写得楚楚动人：“我曾有一些带伤感之黄色的快乐，如同三月的夜晚的微风飘进我梦里，又飘去了。我醒来，看见第一颗亮着纯洁的爱情的朝露无声地坠地。我又曾有一些寂寞的光阴，在幽暗的窗子下，在长夜的炉火边，我紧闭着门而它们仍然遁逸了。我能忘掉忧郁如忘掉欢乐一样容易吗？”快乐带着伤感，梦醒倍感寂寞和忧郁，心曲的微妙波动在此变得有形有色，回旋往复，把欢乐与忧郁的刻骨铭心娓娓道来。昔日与同伴的约言也竟然废弃了，“这沉默的街，自从再没有那温柔的脚步，遂日更荒凉，而我，竟惆怅又怨抑地，让那亭子永远秘藏着未曾发掘的快乐，不敢独自去攀登我甜蜜的想象所萦系的道路了”，留下美梦成幻的惆怅。通过心灵感应，缘情写景，孤独者的孤寂忧郁感与黄昏街景的荒凉落寞水乳交融，营造出漫步独语、迷惘惆怅的黄昏境界。

《梦后》则显示幻想期与苦闷期两种不同的梦境：从前是一片焕发着柔和的光辉的白花，一道在青草间流淌的溪水，一个穿燕羽色衣衫的少女，一尊象征美、爱与纯洁的圣女像，那是温柔迷人的；如今变为一片荒林，一城暮色，一条暗淡的不知往何处去的旅途，一方四壁徒立如墓圹的斗室，这是荒凉阴暗的；他把青春期的美梦和梦醒后的苦恼对照写来，把厌倦人生而又执着人生、对人生抱着不可为而为的矛盾暴露出来。他的《独语》把孤独感拿来细细玩味：“设想独步在荒凉的夜街上，一种枯寂的声响固执地追随着你，如昏黄的灯光下的黑色影子，你不知该对它珍爱抑是不能忍耐了：那是你脚步的独语”；“黑色的门紧闭着：一个永远期待的灵魂死在门内，一个永远找寻的灵魂死在门外。每一个灵魂是一个世界，没有窗户。而可爱的灵魂都是倔强的独语者”，写出自己忘记人而又被人忘记了、安于孤独而又有所期待的复杂情绪。在《画梦录》代序《扇上的烟云》中，他内心的对话充满着矛盾，既宣称“对于人生我动心的不过是它的表现”，“不知何时起世上的事都使我厌倦”，又说“那些刻满了厌倦与不幸的皱纹的脸，谁要静静地多望一会儿都将哭了起来或者发狂的”。他“感觉到人在天地之间孤独得很，目睹同类匍匐将入于井而无从救援，正如对一个书中人物之爱莫能助”（《岩》）。可见，作者是真切地感受着社会的阴暗和人间的寒冷，他的苦闷和颓丧是源于对人生不幸的爱莫能助和对出路的独自探求而不可得，他对于人生实在是充满了热情和渴望，只是被压抑得无处发泄而变态了。他这些温柔的、悲哀的、狂暴的独语，构成这样一个抒情自我形象：不满黑暗现实而又找不到出路，只好沉入内心探索，借艺术世界隔绝和抵抗现实世界的孤独者，这是当时一部分知识分子的典型写照。他把自己的苦恼和矛盾、不满和渴求、所得和所失，把个人和社会、幻想和现实的冲突，把现代人的郁闷和痛苦，深入细致地表现出来，自然容易引起同样迷失道路的一批知识分子的感情共鸣。他并不是无病呻吟、精神自渎，而是有痛呻吟、自我排遣；他抒写的情思当然不能说是健康、壮阔和积极的，只能说是病态的、纤弱的、挣扎的、被黑暗现实扭曲的，其实也是时代苦闷和社会黑暗的一种投影和变异。

何其芳这类抒情小品，并不直抒胸臆，也不客观摹写，而是精心营造意象、情境和氛围，巧妙运用自由联想、梦幻冥思、直觉交错、意象连缀、象征暗示的表现手法，致力于创造扑朔迷离、柔和美丽、新奇别致的艺术境界，带有浓厚的现代艺术气息和唯美主义色彩。每篇作品都在精心构图，精心抹彩，精心调节音律，让语言文字的音形色发挥出美妙的艺术表现力，去完成一个个精致绮丽的文字建筑。正如他所说的：“我不是从一个概念的闪动去寻找它的形体，浮现在我心灵里的原来就是一些颜色，一些图案。”[①]由这些颜色、图案构成的意象和意境，富于象征暗示意味，耐人咀嚼。他的精雕细琢，刻意求工，开创了追求散文形式美的新风气。它的文体创造证明了“每篇散文应该是一种纯粹的独立的创作”，提高了散文艺术的地位，促进了散文作为美文的自觉追求。他后来著有《还乡杂记》《星火集》等，在拓展思想艺术视野的同时，也改变了自己的艺术风格，但在艺术创造方面并未达到新的高度。他承认这个事实：“当我的生

①何其芳：《梦中道路》，《何其芳文集》第二卷，人民文学出版社1982年版，第66页。

活或我的思想发生了大的变化，而且是一种向前迈进的变化的时候，我写的所谓散文或杂文却好像在艺术上并没有什么进步，而且有时甚至还有些退步的样子。”[①]这种思想和艺术发展不平衡的矛盾现象，在现代文学史上具有普遍性，在何其芳的诗文创作中表现得相当突出，被称为“何其芳现象”而引起学术界的讨论和反思。

李广田（1906年—1968年），山东邹平人，20世纪30年代初就读于北大外文系，与同学何其芳、卞之琳合出过诗集《汉园集》，三人并称为“汉园三诗人”。他在写诗的同时也写散文，并以散文见长，著有散文集《画廊集》《银狐集》《雀蓑记》《日边随笔》等。他来自齐鲁农家，在诗作《地之子》中自白道：“我在地上，／昂了首，望着天上。／望着白的云，／彩色的虹，／也望着碧蓝的晴空。／但我的脚却永踏着土地，／我永嗅着人间的土的气息。”他脚踏实地，带着质朴本色和乡土气息步入文坛，展示了乡野风土人情的特有风味。

《野店》是《画廊集》里的名篇，是一幅风俗画，一支小夜曲。荒村野店，总让人觉得简朴荒凉、平淡无奇吧，但在李广田笔下，却是旅人的憩园，人生的驿站，充满着“一种特别的人间味”。他抒写的平凡小店，既常见店主夫妇的殷勤好客，“会使你发生回到了老家的感觉”，又充满旅客交情的亲热温暖，各色人等萍水相逢，“都会偶然地成为一家了。他们总能说慷慨义气话，总是那样亲切而温厚地相照应”。特别是他们的闲聊，不仅话家常，讲故事，交流见闻，传播信息，而且谈得投缘，就互通款曲，把私密都倾吐出来，“竟订下了很好的交情”，到清晨各奔东西之际，还依依难舍，叹息不已。这就把荒野旅店的情调氛围渲染得有声有色，犹如悠扬的夜曲那样引人寻味：“这些陌路人在一个偶然的机遇里，陌路的相遇又相知，他们一时高兴了，忘情一切了，或是想起一切了，便会毫不计较地把真情流露了出来，于是你就会感到一种特别的人间味。”这种人间味洋溢着民间朴素的人情美，积淀着深厚的民族文化心理，颇有“君乘车，我戴笠，他日相逢下车揖；君担簦，我跨马，他日相逢为君下”的古风。李广田如此吟咏乡野人间味，确如他评述英国散文家玛尔廷所说的：“在他的书里，没有什么戏剧的气氛，却只使人意味到淳朴的人生，他的

①何其芳：《〈何其芳散文选集〉序》，《何其芳文集》第三卷，人民文学出版社1983年版，第37页。

文章也没有什么雕琢的辞藻，却有着素朴的诗的静美。”[①]他的乡野长廊还有《画廊》《桃园杂记》《山水》《花鸟舅爷》《老渡船》《柳叶桃》《成年》《山之子》等名作，对乡土人生的写照日渐丰富，而都体察入微，感怀真切，娓娓道来，朴素自然，饱含着深厚的人间味和同情心，在20世纪30年代乡土散文中独树一格。

李广田也有吟咏内心探求的一类诗化小品，例如散文诗《马蹄》，与何其芳的《黄昏》有异曲同工之妙。黑夜策马登山的梦境，当然不同于何其芳的黄昏漫步，但也有不知何求的迷惘，还有执著探求的相通之处。他意外发现的奇迹，并非山头上的星光耀眼，而是马蹄下的金星飞迸：“我的马飞快地在山上升腾，马蹄铁霍霍地击着黑色岩石。随着霍霍的蹄声，乃有无数的金星飞迸。”于是，“我知道我这次夜骑的目的了，我是为了发现这奇迹而来的，我看见马蹄的火花，我有无上的快乐。我的眼睛里也迸出火花，我的心血急剧地沸腾”，“我别无所求，我只是在黑暗中策骑登山，而我的快乐，就只在看马蹄下的金火”。这是地之子的心灵探索，也是画廊派的苦行哲理，在探求行动中就有“奇迹”，就有“金星”，就有“快乐”，越是艰险就越有乐趣！他先前在《秋天》中吟哦过：“我愿走在道上，不愿停在途中”，“人生就是走在道上啊，真正尝味着人生苦难的人，他才真正能知道人生的快乐，深切地感到了这样苦难与快乐者，是真的意味到了‘实在的生存’者”。这时又用诗的想象和意象，更凝练含蓄地表现脚踏实地、执著探求的精神意志。《马蹄》的言志咏怀，与《野店》《山水》的乡土抒情相映成趣，都体现了这位地之子的个性本色。

李广田一贯推崇散文艺术。早年写过研究英国散文名家兰姆和赫士列特的论文[②]，评介玛尔廷、怀特和何德森一派描写乡土自然的散文作品，欣赏他们“在平庸的事物里，找出美与真实”的艺术眼光和家常絮语风格。当时他和何其芳、卞之琳、朱企霞等一道致力于散文艺术的创新和独立，后来他从理论上加以总结。他认为“散文的特点就是‘散’”，“散文的语言，以清楚、明畅、自然有致为其本来面目。散文的结构，也以平铺直叙、自然发展为主。其所以如此者，正因为散文以处理主观的事物为较

①李广田：《道旁的智慧》，《画廊集》，商务印书馆1936年版，第150页。

②方敬：《〈李广田文学评论选〉序》，载《李广田文学评论选》，云南人民出版社1983年版，第1页。

适宜，或对于客观事物亦往往以主观态度处理之的缘故。写散文，实在很近于自己在心里说自家事，或对着自己人说人家的事情一样，常是随随便便，并不怎么装模作样”。[①]他把这类散文称为“本位的散文”，另有“非本位的散文，其中有近于小说的，有近于诗的，也有近于说理的”[②]。不同形式的散文有不同的特点和功能，但也有共同的特性。“好的散文，它的本质是散的，但也须具有诗的圆满，完整如珍珠，也具有小说的严密，紧凑如建筑”[③]，都讲究艺术的完整严密。他的散文以本位类本色散文为主和见长，如《野店》《画廊》《桃园杂记》《山水》等，像絮语家常的朴素亲切，行云流水般的自然有致，与何其芳迥异其趣，被时人誉为“创造了真正的散文美”[④]。同时在抒情散文诗化、写人散文小说化、杂感短评理趣化等方面也有成就，如散文诗《马蹄篇》（五则）、写人散文《老渡船》《山之子》和杂感《日边随笔》等，笔路开阔，摇曳多姿，丰富和推进了散文艺术的发展。

缪崇群（1907年—1945年），江苏六合人。1925年赴日本留学，1928年归国后，开始在《北新》《语丝》等刊物发表散文、小说和译作，曾在南京编过《文艺月刊》和《文学周刊》。著有散文集《晞露集》《寄健康人》《废墟集》《夏虫集》《石屏随笔》《眷眷草》《碑下随笔》等，译作有《日本小品文》。

缪崇群早期散文常以“畸零人”“旅人”自况，带着结核病患者多愁善感、忧郁感伤的情调。处女作《晞露集》在伤逝怀旧的情感波动中感叹人生的不幸和青春幻想的破灭，贯穿着“人间的一切的过往，都如朝露已经晞了”的怅惘情思。他步入“人生的中途”，一种“不知往何处去”的迷茫感压在心头。《寄健康人》各篇和《废墟集》中的作品充分表现了这种心态。他感叹“从这个驿站到那个驿站，本来是短短的，在这样短短的行程中，竟有这样长长诉说不尽的苦衷啊”（《从这个驿站到那个驿站》）。《寄健康人》两篇，用书信体，以病人面对亲友般低诉谈心的口

①李广田：《谈散文》，《文学枝叶》，上海益智书店1948年版，第45—48页。

②李广田：《鲁迅的杂文》，《文学枝叶》，上海益智书店1948年版，第52页。

③李广田：《谈散文》，《文艺书简》，上海开明书店1949年版，第43—44页。

④桑子：《论散文》，载许杰编《蚁垤集》，上饶战地图书出版社1945年版，第57页。

吻，喃喃自语，凄婉动人。他自叹："在这个世界上，没有家，没有业，没有亲伦的爱的人便是我啊?! 只有我，只是一个人，一个永远找不到归宿的畸零的人!"从他这有病呻吟、内省独白中，可以触摸到他那生之执着、负重前行的心迹。他对喜鹊、燕子、鸽子、山羊、狗的细腻感触，就寄托着对自由、爱、健康、单纯的美的生活的追求。在稍后的《从旅到旅》中，仍有生命中途的艰辛之叹，但已表示"将如瓦尔加河上的船夫们，以那种沉着有力的唷喝的声调，来谱唱我从旅到旅的曲子"。他从个人的不幸遭遇和人生体验出发，为人生中途无路可走的迷惘情绪所困扰，以贫病交困、忧患深重、孤苦寂寞、独自摸索的抒情个性体现了同类青年的精神共性。

抗日战争全面爆发后，缪崇群转赴到西南，感觉自己"也是在'大时代'的摇篮里生长着，在渐渐地接近新生"[①]。他从感伤悲观的精神危机中自拔出来，从而唱出了"希望者"之歌，写了《废墟集》之后的四部散文集。《废墟上》发掘瓦砾堆中那股不可征服的气息，抨击敌寇"播下了万万个仇恨的种子"，到头来还报的必是仇恨的苦果。"生命并不是一个可以赶尽杀绝的东西"，"真正的生命，是天长地久般不会消灭；真正的生命永远在沉默里滋长着"（《夏虫集·一瞥》）。这类从战争生活中提炼出来的哲理警句，高扬了民族意志和生命意识，加深了作品的内涵。他歌唱"人间还有薰风，还有灵雨，还有同情，还有自然的流露，还有爱——不，还有太阳"（《太阳》），充分肯定了人生的意义。他的现实生活是贫病交困，孤苦寂寞，他的精神生活却是丰饶强健，充满爱情和希望；尽管结核病菌吞噬他的肉体，后方灰暗生活压抑他的心灵，但他已有强大的精神力量超越它们，充满着顽强的求生意志，表示"我还打算活，努力活下去，为着我想探求一些道理"（《死》）。这说明他跨过了自伤自怜的人生初阶，进入了自我砥砺、自我完善的精神境界。

从"畸零人"的自伤自怜到"希望者"的苦行砥砺，缪崇群散文写出了自己的"心史"。诚如其好友巴金所说："那些洋溢着生命的呼声，充满着求生的意志，直接诉于人类善良的心灵的文字，那些有血有泪有骨有肉，亲切而朴实的文章"，都是他"心血的结晶"，"它们会随着明星长存，

---

①缪崇群：《短简（二）》，《碑下随笔》，上海文化生活出版社1948年版，第66页。

会伴着人类永生”。[①]

缪崇群自称所写的“不是匕首，也不配摆设的散漫的短文”，像“根短叶薄的草样的东西，也只合在这个广大世界上的某一个最小最窄的角落里蔓生着”，“即使这么一个最窄小的角落里，也还不是没有风露，没有灵性，没有光芒的——它们在这里毕竟是生，又生了；而不是不萌、不毛的绝境”。[②]他的抒情个性可说是窄中求深、婉约精细。他在孤独寂寞中养成沉思默察的习惯，总是沉静地吟味沉思，委婉地抒情究理，精心地谋篇布局，细致地遣词造句，追求散文艺术的清丽柔美。他一般不采用直抒方式，往往以景述情、托物言志。其咏物小品往往把外物与自我融为一体，明显带有自况意味，如《寄健康人》之《秋树》、《夏虫集》之《苔》、《石屏随笔》之《小花》、《眷眷草》之《拾叶》等篇章，借一些普通细小的花草鸟兽寄托自己喜爱宁静、纯真、美丽、自由和企求温情的心境。他爱用“畸零人”“旅人”“苦行者”之类传统意象抒写人生哲理，以自己的切身经验和现代意识丰富人生行旅的内涵。他的散文追求情境韵味，恬静深沉，常用情景交融、情理结合的表现方式和冥思妙悟的思维方式，与我国古代诗文注重意境创造的艺术传统有着血缘关系，也受到日本写景咏怀小品的深刻影响，带有浓厚的东方情调。他选译《日本小品文》一书，收入德富芦花、铃木三重吉、高滨虚子、吉田弦二郎的散文小品二十一篇。他那些写景咏物、即兴抒怀的作品，情调柔和清幽，体式小巧精致，文笔细腻婉约，可以和他的译作相媲美。由于自身遭际的坎坷，他的文风更接近于吉田氏。他的个人抒怀弥漫着忧国感时气息，在战时更是充满了民族激情。他着重吸取日本小品文的抒情艺术，熔铸精细婉约的个人风格，为我国现代散文的发展拓展了新路。

丽尼（1909年—1968年），原名郭安仁，湖北孝感人。1921年入汉口博学书院就学，后到上海劳动大学学习一年，历任泉州黎明高中、武昌艺术专科学校英文教师，1934年到上海从事戏剧、电影和著译活动，参加左联，并与巴金等人创办文化生活出版社。1928年开始创作散文和散文诗，陆续出版了三部散文集《黄昏之献》《鹰之歌》和《白夜》。

《黄昏之献》收入1928年至1932年的作品五十六篇。“因为那五个年

---

①巴金：《纪念一个善良的友人》，《怀念》，上海开明书店1947年版，第66页。

②缪崇群：《眷眷草·序》，重庆文化生活出版社1942年版，卷首第1页。

头实际上好像作为一个日子过去的”，所以他不按写作日期的先后，而以情绪的发展变化分为四辑：第一辑“黄昏之献”是唱给恋人的伤逝曲，第二辑“傍晚”和第三辑“深更”是一颗“漂流的心”露出的疲惫曲和绝望曲，第四辑“红夜”则是不满黑暗不愿沉沦的抗争曲。作者的感怀从“黄昏”“傍晚”至“深更”“红夜”，迫近“黎明”而暂告一段落，贯穿始终的是作者“个人底的眼泪，与向着虚空的愤恨”（《黄昏之献·后记》）。大革命突遭失败，个人又遭遇爱情的不幸与事业的挫折，丽尼的热情和理想受到极大的打击，看不见“目的”和“希望”，失去了“力”和伙伴，陷于荒原独彷徨的境地，不由自主地流下“一个时代的泪”（《困》）。在苦难深重的黑暗年代，“我们被压抑着，感觉了难耐的沉重，因之而发生绝叫”，“我们底心如同迷途于黑暗，虽然奋力摸索，但是永远也不能从我们底苦难之中逃脱”（《失去》）。苦闷，压抑，哀怨，失望，构成他早期抒情的浪漫感伤基调。

丽尼“忘却忧愁而感觉奋兴”的歌唱始于1934年的《鹰之歌》。这篇散文诗一唱三叹，先咏叹南方之鹰的飞翔和歌唱，接着感叹自己“有过一个忧愁的故事”，感慨那“热情的年头”“热情的如同火焰一般的生活”已经失去，最后又回复盘旋到鹰之飞歌上，赞叹女伴像鹰那样为高远理想而奋斗和献身的壮烈情怀。她不仅深知“鹰有两个强健的翅膀，会飞，飞得高，飞得远，能在黎明里飞，也能在黑夜里飞。你知道鹰是怎样在黑夜里飞的么？是像这样飞的，你瞧！”“说着，她展开了两只修长的手臂，旋舞一般地飞着了，是飞得那么天真，飞得那么热情，使她底脸面也现出了夕阳一般的霞彩。”而且以身殉志，“有一次夜晚，这年轻的鹰飞了出去，就没有再看见她飞了回来”，“她底被六个枪弹贯穿了的身体，如同一只被猎人从赤红的天空击落了下来的鹰雏，披散了毛发在那里躺着了。那正是她为我展开了手臂而热情地飞过的一块地方”。这就把鹰与革命者融为一体，同时也把自己深受激荡的内心波涛涌溢而出，“南方是有着鹰歌唱的地方，那嘹唳而清脆的歌声是会使我忘却忧愁而感觉奋兴的”。这首鹰之歌，从咏物变成咏人咏志，成为革命者“能在黎明里飞，也能在黑夜里飞”的战歌和颂歌。他克服早期散文的感伤气息，开始歌唱希望和斗争，抒写工农群众的苦难和不满，让革命者来谴责“我”的怯弱，呼唤“我”投入到“有风暴的地方去”（《急风》）。他重上革命征程，被“渍满着油污的”手挽着一起前进（《行列》）。丽尼从个人遭遇的不幸开始感受旧社会黑暗的深重，探索出路而陷于绝望，到进一步发现人民大众的苦难和抗争，从而看见了希望和出路，这在同时代青年中是有代表性的。从《黄昏之献》到《鹰之歌》，留下了他探索道路、曲折前进的足迹。

继《鹰之歌》之后的《白夜》，侧重于抒情与写人叙事的结合，题材有所扩充，社会性增强，抒情性减弱，艺术上反而有些逊色。但他在《鹰之歌》"原野""闹市"二辑中，在《白夜》"野草"一辑中，尝试性地以散文诗形式概括反映农村破产、都市萧条的社会面貌和农民从原野流入闹市的挣扎之路。这些新作突破《黄昏之献》时期个人抒怀的格局，抒写流浪农民、失业工人的苦难和不满，反映现实的生活斗争，标志着他思想视野和艺术视野的新拓展。把动荡、剧变的城乡社会生活加以浓缩、提炼，纳入散文诗的短小形式内，这是丽尼的一个创新。即便是个别篇章不够精练、成熟，也不能否认其尝试在散文发展史上的意义。散文诗从抒发个人感想转向概括现实斗争，把握时代风貌，这在20世纪30年代作家中，只有茅盾、瞿秋白和丽尼少数人尝试做到了。抗日战争全面爆发后，他携家逃难到重庆，只写下《江南的记忆》，坚信"江南，美丽的土地，我们的！"就过早地结束散文创作，而以译笔服务于抗战所需的外国军事著作翻译工作，并继续精心译介世界文学名著。

丽尼散文以抒发内心感受见长，善于结撰散文诗章，讲究感觉、意象、情调和节奏的协调，营造诗意的情境，来倾吐内心的忧愁、愤恨、呼号和企盼，情真意切而扣人心弦。恰如刘西渭所言："丽尼的散文多是个人的哀怨，流畅，如十九世纪初叶，我不敢就说他可以征服我的顽强的心灵。那是一阵大风，我们则是贴地而生的野草。"[①]这在当时较适合热血青年的欣赏口味。丽尼翻译过屠格涅夫的《前夜》和《贵族之家》，高尔基的《天蓝的生活》，深受这两位文学大师的影响。他的抒情风格得此助力不少，但经过个人气质的熔铸，带有敏感、热烈、率真的个性特征。他的散文诗在当时就被人评价为"比较有成就"[②]。

陆蠡（1908年—1942年），名圣泉，浙江天台人。上海劳动大学毕业后，到泉州平民中学任理化教员，开始散文创作。1935年回上海任文化生

---

①刘西渭：《陆蠡的散文》，《咀华二集》，上海文化生活出版社1947年版，第153页。

②蒲风记录：《郭沫若诗作谈》，《现世界》，1936年8月创刊号。

活出版社编辑，抗战时期留守社务，于1942年4月被日本宪兵队逮捕，遭秘密杀害。著有散文集《海星》《竹刀》和《囚绿记》。

《海星》内收1933年至1936年间陆蠡在上海所写的散文二十五篇，除第五辑“故乡杂记”外，大多是个人抒怀之作。他对“黑夜”十分敏感，咏唱“黑夜，是自然的大帷幕，笼罩了过去，笼罩了未来，只教我们怀着无限的希望从心灵一点的光辉中开始进取”。《松明》则抒写自我探索出路的心路旅程：“我”不知不觉地迷失在漆黑的深山中，“山中精灵”调侃地揶揄“我”，“萤火”闪烁着引诱“我”，没有流水可识别高低，也无法分辨树木的向阳与否，“我真也迷惑了”。一时的迷惑难不倒“我”，“我”终于用铁杖敲打坚石迸出火花，点燃从松枝上折得的松明，“于是便有照着整个森林的红光”，“我凯旋似地执着松明大踏步归来。我自己取得了引路的灯火。这光照着山谷，照着森林，照着自己”，“脑后，我隐隐听见山中精灵的低低的啜泣声”。这一连串象征性的意象有机组合为一幅含蕴丰富的寻路图，创造了独自探索、积极进取的抒情自我形象。这篇散文使人们联想到茅盾的《沙滩上的足迹》、李广田的《马蹄》等，它们都是寻路者勇于探索的代表作。

《海星》集内的《故乡杂记》和《竹刀》上集的作品，偏重于叙说浙东山乡的人物和故事，反映世间的不公平、不人道。《庙宿》和《嫁衣》叙写旧家庭女子的不幸遭遇，文中两位女主人公都是作者亲近的堂姐妹，她们聪明、善良、勤劳而能干，带着少女的美梦出嫁后，却遭受被遗弃的不幸，一个孤苦无告，一个悲惨死去，犹如何其芳《哀歌》那样凄婉。《竹刀》一文则不止于揭露人剥削人、人压迫人的社会现象，还进一步歌颂劳动人民自发的反抗斗争：一位青年山民敢于用一把原始而又锋利的竹刀刺死“霸住板炭的行市”的“大腹便便的木行老板”，并在法庭上泰然自若地刺伤自己以显示“竹刀”的威力，终于慑服了老板们和官厅。这位青年山民的举动，谱写了一曲悲壮动人的原始、自发的抗争曲。

《囚绿记》既是一篇散文的篇名，又是他战时散文结集的书名，说明作者很看重这篇文章。这篇咏物散文写于1938年，回味七七事变爆发前旅居北平一家公寓，因喜爱窗前的绿影而囚禁一枝常春藤的情形。全文沿着爱绿、囚绿、释绿的线索展开。先抒写爱绿之心，把绿色视为生命、希望、慰安和快乐，因而在旅居的两个月中，一直留恋于这片绿色，天天望着窗口的常春藤，细心观察它的生长。“忽然有一种自私的念头触动了我”，这个转折句引出因爱绿而囚绿的举动，“教它伸长到我的书案上，让绿色和我更接近，更亲密”。起初，“它依旧伸长，依旧攀缘，依旧舒放，并且比在外边长得更快。我好像发现了一种‘生的欢喜’，超过了任何种的喜悦”。接着却发现这被幽囚的“绿友”的“固执”天性，“它的尖端总朝着窗外的方向”，“永远向着阳光生长”。进而又看到“它渐渐失去了青苍的颜色，变成柔绿，变成嫩黄，枝条变成细瘦，变成娇弱，好像病了的孩子”。他发觉自己的过失，“把天空底下的植物移锁到暗黑的室内”，并可怜这病损的枝叶，但自私的“魔念”仍在心头，就仍旧不放走它。这既表明他对绿色生命本性的认知深化了，又表明他爱绿之心还很固执，有些走火入魔了。直至七七事变爆发，他离开北平南归，“临行前我珍重地开释了这永不屈服于黑暗的囚人”。他为植物追求自由和阳光的本性所感动，对绿色生命的认识升华了，誉之为“永不屈服于黑暗的囚人”，借此表现一种不屈服于黑暗和暴力、执著追求自由和光明的精神品性。在抗战全面爆发、国土沦陷的非常时期，陆蠡歌咏“永不屈服于黑暗”“永远向着阳光生长”的物性民心，这对广大读者的启示和感召是重大而深远的。四年后，陆蠡舍生取义，以鲜血谱写了新的“正气歌”。

陆蠡散文以蕴藉见长，时而透露出哲理和智慧的光芒。其《海星》和《竹刀》就体现了婉转含蕴的个人风格。《囚绿记》一书在保持已有风格的基础上，进一步发展了内心剖析、哲理沉思的创作倾向。他善于从生活实感中提取人生经验，对日常现象体味甚深，把自己的人格表现出来，这就形成了“感情厚实，蕴藉有力，文字格外凝重不浮”[①]的独特风格。他的行文，节奏舒缓，回旋往复，犹如小夜曲，与丽尼散文的热烈节奏正好相反。在艺术上，他和何其芳、李广田、缪崇群、丽尼等新进作家一样，讲究形式的完美和谐，技巧的新奇娴熟，文字的凝练优美，共同为散文抒情艺术的发展做出了不懈的努力。

此外，20世纪30年代有影响的散文作品，还有吴伯箫《羽书》、朱企霞《秋心集》、方敬《风尘集》《雨景》等作品，这些散文家与何其芳、李广田等人的创作倾向一致。抗战全面爆发以后，国统区有陈敬容《星雨集》、严杰人《南方》、田一文《跫音》、刘北汜《曙前》、莫洛《生命树》、

①刘西渭：《陆蠡的散文》，《咀华二集》，上海文化生活出版社1947年版，第148页。

单复《金色的翅膀》等，沦陷区有南星《松堂集》、林榕《远人集》等，延续了这一文脉。严杰人重申和认同何其芳的“每篇散文应该是一种纯粹的独立的创作”的散文观。[①]丁谛认为何其芳、李广田等“落笔不苟且”，“技巧的洗练远胜过前一代的散文作家”，“是一种目下比较时行的散文形式”。[②]李广田后来把这类创作称为“诗人的散文”，说“有一个时期，这一类的散文产量甚丰，简直是造成了一时的风气”。[③]这表明当时形成过以何其芳、李广田等人为代表的抒情散文创新派。他们自觉坚持散文艺术的独立性，以严肃认真的创作态度，更多地吸取现代派诗文的表现手法，来革新发展散文的抒情艺术，提高散文艺术的审美价值，并影响了后来不少文学青年的散文创作。从渊源和影响来说，这是“五四”时期“美文”传统的一种延续和拓展，对于现代散文抒情艺术的发展和完善作出了新的贡献。

第六节　游记与传记的创新

一、现代游记的创获

游记是古老的记述文体，中国古代散文史上有郦道元《水经注》、柳宗元《永州八记》、陆游《入蜀记》、袁宏道《袁中郎游记》、徐弘祖《徐霞客游记》等名著，形成考察地理、吟咏自然、记游写景、采风访胜的深厚传统。五四新文化运动兴起之后，游记因社会开放、旅行便利而兴盛发达，因思想解放、个性高扬而异彩纷呈。现代游记不仅扩大了游历天地，广泛涉猎海内外的自然山水和风土人情，而且更新了思想眼光，对自然与人生和社会的关系具有作者各自的体察和感悟，在纪游述感、写景抒情、物我交融、形神兼备等方面都有创新性和个性化的艺术表现和审美追求，

---

①严杰人：《南方·后记》，桂林远东书局1942年版，第120页。

②丁谛：《重振散文》，《新文艺》，1940年10月创刊号。

③李广田：《谈散文》，《文艺书简》，上海开明书店1949年版，第42页。

呈现出气象万千、美不胜收的繁复景观。

现代游记有山水游记、旅行记和风土记等品种。山水游记注重自然风景，以写景抒情为主，除了前述朱自清、俞平伯、冰心、徐志摩诸家之作外，还有孙福熙《山野掇拾》、钟敬文《西湖漫拾》、郁达夫《屐痕处处》、冯至《山水》等名著。旅行记则兼记社会见闻和旅途生活，如瞿秋白《饿乡纪程》、巴金《旅途随笔》等。风土记着重描述特定地域的风俗人情，如孙福熙《北京乎》、沈从文《湘行散记》等。各类游记各有侧重，又有交叉，或遨游神州大地，或领略异域风情，或流连山水名胜，或采写行旅见闻，都自由挥洒，各具特色。

瞿秋白于1917年到北京入俄文专修馆学习，参加“五四运动”，开始研究马克思主义。1920年10月以北京《晨报》记者身份赴苏联采访，在莫斯科两年，为《晨报》写了二十多万字的通讯报道，同时还写了两部文学性游记《饿乡纪程》和《赤都心史》。《饿乡纪程》1922年由商务印书馆出版时改名为《新俄国游记》，作者在题跋之后附言：“这篇中所写，原为著者思想之经过；具体而论，是记‘自中国至俄国’之路程，抽象而论，是记著者‘自非饿乡至饿乡’之心程。”又在《赤都心史》引言中说：“《饿乡纪程》叙至到莫斯科日为止，此书叙莫斯科生活中之见闻轶事。两书均是著者幼稚的文学试作品，而绝不是枯燥的游记，绝不是旅行指南！——欲了解一国的社会生活，决不能单凭几条法律几部法令，而要看得见那一社会的心灵。况且文学的作品至少也要略见作者的个性。”这说明两书紧密相连，各有侧重，既写旅程的艰辛经历，又写赤都的新鲜见闻，都把路程心史交织写来，在真实反映新的世界新的社会心灵的同时，也真切展现作者执著探寻革命真理和救国道路的心史，开辟了现代游记的新境界和新作风。

瞿秋白抱着“总想为大家辟一条光明的路”的理想信念，“舍弃了黑甜乡里的美食甘寝”，奔赴既是“红艳艳光明鲜丽的所在”又是“冰天雪窖饥寒交迫的去处”的“饿乡”（《饿乡纪程·绪言》）。沿途经东北、赤塔、西伯利亚、伊尔库茨克而至莫斯科，历时百日，所见所闻所感所思，都遣诸笔端。例如其中的第十二则，记述西伯利亚行程的切身体验和深沉思索：既描写“几万里西伯利亚的广原，蒙着沉寂冷酷的雪影，寒意浸浸，天柱地轴都将冻绝”的严寒气象，又体察“‘冷酷’‘严肃’的天然隐隐限制生活之迫促，虽令人失冥幻想象的乌托邦乐及优游余暇的清福，却能消灭‘抽象名词爱’的妄想的所谓智识劳动的奢侈毒”；进而抒怀言志：“我的责任是在于：研究共产主义——此社会组织在人类文化上的价值，研究俄罗斯文化——人类文化之一部分，自旧文化进于新文化的出发点。寒风猎猎，万里积雪，臭肉干粿，猪狗饲料，饥寒苦痛是我努力的代价。现在已到门庭，请举步入室登堂罢。”他以充沛的激情，坚定的理想，饱满的乐观精神和科学的分析态度，奔向他“心海中的灯塔”。

《赤都心史》记述瞿秋白在莫斯科的见闻感受，举凡社会现实、参观游谈、读书心得、冥想感会，都有感而作，如实道来，旨在既反映苏俄的社会心灵，又表现自己的心路历程。当时，新生的苏维埃俄国刚结束内外战乱和战时管制，实施新经济政策，百废待兴，创业艰辛，如《兵燹与弦歌》中卢那察尔斯基所述：“革命后我们即日促学校教育上的革新，扶植无产阶级文化的基础。然而初行非常困难……实在战争与革命的破坏力非常之大，创造新文化也不是轻易的事，还得努力做去。”瞿秋白采写的现实生活相当广泛和真实，涉及新旧矛盾、阶级斗争、经济问题和社会重建等方方面面，而着重展示苏俄的新政策、新设施、新气象和新风气。作者也在“赤潮”洗礼下脱胎换骨，克服“心与智不调”“现实与浪漫相敌”的矛盾（《赤都心史·三五〈中国之“多余的人”〉》），宣称“‘我’不是旧时代之孝子顺孙，而是‘新时代’的活泼稚儿”，“我自是小卒，我却编入世界的文化运动先锋队里。他将开全人类文化的新道路，亦即此足以光复四千余年的文物灿烂的中国文化”（《赤都心史·三三〈“我”〉》）。作者所展示的新路、心史，对当时中国青年具有振聋发聩、引人神往的感召力。

《饿乡纪程》和《赤都心史》是现代游记的开山之作。从题材上看，这是现代散文史上最早反映域外新生社会、展示作者心路历程的优秀作品，比近代域外游记更具有世界眼光和现代意识。在创作方法上，作者以写实主义笔法描写新俄国的现实生活和社会心灵，而又闪耀着作者的“理想之光”，充满着革命浪漫主义激情。在文体创新上，作者着眼于旅程和心程的结合，社会心灵与作者个性的结合，以连续性的篇章纪行述感，叙事抒怀，路程心史，相得益彰，比一般游记更凸显自己的思想个性和人格精神。作者回国后一度主持中共中央工作，后为王明“左”倾路线所排挤，于1935年被国民党军队俘获而英勇就义。狱中遗作《多余的话》，坦陈一生的路程心史和内在矛盾，尤以严峻深刻的自剖精神留下“最后的最坦白的老实话”，感人肺腑，引人深思。

孙福熙（1898年—1962年），字春苔，亦作春台，浙江绍兴人。1919年到北京大学图书馆任管理员，1920年底赴法国勤工俭学，主修绘画，写有《赴法途中漫画》《山野掇拾》《大西洋之滨》《归航》等域外游记。1925年回国后历任北新书局编辑、杭州艺术专科学校教授等职，著有《北京乎》《庐山避暑》等。他是画家和散文家，在游记中充分体现了以画为文、文画交融的艺术特长。

《山野掇拾》是孙福熙游记的成名作和代表作。作者记述1922年暑假从里昂下乡旅居Loisieux山村写生的见闻观感，既“尽量掇拾山野风味”，“理会他人的苦乐”，也“不知不觉地掇拾了许多掇拾者自己”。[①]朱自清为之写了长篇书评，认为这本游记写Loisieux乡村“并非特著的胜地，脍炙人口的名所；所以一空依傍，所有的好处都只是作者自己的发见”，善于将该地风物之美、文化即人情之美和自己的人生哲学交融为一体，具有“细磨细琢的功夫”和“文中有画，画中还有诗，诗中还有哲学”的妙处。[②]这本游记共八十三篇，有些篇章描写自然风光之美，如《扣动心弦深处》《野花香醉后》等，带有“万物静观皆自得，四时佳兴与人同”的情味；注重抒写村人纯朴、温厚、乐天、勤劳的性情，如《找寻画景》里的小姑娘，交往较多的P君夫妇、房东R夫妇等，于日常细微处写出各自的美点和人际的协调，表达了作者对民间生活的发现和深爱。对山野的自然美，村民的人情美，作者抱有“人吾同胞，物吾同与”的博爱心肠，着力挖掘其中纯朴的丰富的美感，写出了他到自然去、到民间去的乐趣，也让读者感受到法兰西美丽的风土人情。无论是景色或人情的描述，都显示其“细磨细琢”的个性特色和“文中有画”的艺术本色。

例如《野花香醉后》一文：“这时云雾捣成碎片，如流水上的落花与浮萍，落花被流水所爱，牵了手去了，浮萍打着回旋等候流水们送来的知己；山峰最喜欢儿嬉，忽高忽低，忽左忽右，与白云追赶或者逃避，有时躲在很远的地方，然而不久又回到我的眼前了”；“飞也似的到了数十丈路

---

①孙福熙：《我为什么有这个记述》，《山野掇拾》，上海北新书局1925年版，第261—265页。

②朱自清：《“山野掇拾”》，《你我》，上海商务印书馆1936年版，第133—144页。

远之处，蹲在大路旁的沟中，画那隔了白杨的村舍，参差的红的屋顶，在果树丛中，因雾的流动而出没，如月下看红花，风吹花动，如池中看金鱼，水波成纹。最醉人的是眼前的黄白野花，他们不示人以瓣萼的形状，只是忽聚忽散的无数细点，他们不如香水的揭开瓶盖必发香气，只是若有若无的略可捉摸，我总怀疑，这或者是在梦中，否则何以让我独醉在这样的连幻想中都未曾有过的香甜乡中呢?”这两段描写，取景构图，独具画眼，不仅体察入微，写景如画，而且化静为动，绘影传神，把雾中影像写活了，写得摇曳多姿，生气蓬勃，诗意盎然，意趣横生！此外，《赴法途中漫画》和《归航》则捕捉海上胜景，如《地中海上的日出》写日出海面的色彩变幻和跃升动态，《红海上的一幕》写日落月升的交相辉映和自然交接，庄严壮丽，令人神往。

《北京乎》是他归国后重返北京的旅居记录，承明末刘侗《帝京景物略》之遗风而开辟北京书写的新路。他投怀于所爱的北京，已带上新的眼光，既吟咏北海赏月、白塔看日落日出、清华园画菊、中央公园游春等胜景乐趣，又歌咏故宫博物院开放、中央观象台复兴、孔德学校美展、林风眠兴办艺术教育等新人新事，还从各种年画中体察“画饼充饥”的年景民俗，透过日常习俗解剖国民性，比《山野掇拾》扩大了视野，也增多了阅历。如开篇《北京乎》就在比较中抒写自己对北京的感怀和偏爱：“我曾屡登阿尔卑斯高山，我曾荡漾在浩瀚的印度洋中，固然，我不能懂得他们的好处，但阿尔卑斯山的崇高与印度洋之广大远过于北京城，这是无疑的。然而我不因他们而减少对于北京城的崇高与广大的爱慕”，“在北京大学中我望见学问的门墙，而扩大我的道德者是这庄严宽大的北京城”。然而，他在北京八个月，也体验到时局混乱、旧梦破灭等实感印象，写下《别爱的北京》而“逃出北京的浊乱”，回杭州开垦他的艺术乐土、实施艺术教育的救世药方了。他的路程心史与瞿秋白有别，纪游述感具有艺术家直觉敏感、精细唯美的个人特色。

钟敬文（1903年—2002年），广东海丰人，笔名静闻。1922年毕业于陆安师范学校，开始写新诗和散文，从事民间文学的采集工作。1926年到岭南大学半工半读，翌年到中山大学任助教，参与民俗学会，编辑《民俗》周刊，著有散文集《荔枝小品》，吟咏岭南风物人情，追求冲淡静默的文风。1928年到杭州执教于高级商科中学和浙江大学，写了一批山水游记，结集为《西湖漫拾》和《湖上散记》。

他寓居杭州，随兴闲游，寻幽探胜，漫拾湖光山色，独得自然真趣。如《西湖的雪景》，专写深冬赏雪的幽情别趣：雨雪清冷，游客寥落，远山迷蒙，曲径通幽，在观海亭旁领略到“几株山茶花，正在艳开着粉红色的花朵。那花朵有些堕下来的，半掩在雪花里，红白相映，色彩灿然，使我们感到华而不俗，清而不寒”；徒步观赏“觉得更有情味”，“我们的革履，踏着一两寸厚的雪泥前进，频频地发出一种清脆的声音。有时路旁树枝上的雪块，忽然丢了下来，着在我们的外套上，正前人所谓‘玉堕冰柯，沾衣生湿’的情景”；泛舟西湖中，“平湖漠漠，一切都沉默无哗”，“湖面连水鸟都没有踪迹，只有乱飘的雪花堕下时，微起些涟漪而已”，真有“千山鸟飞绝，万径人踪灭，孤舟蓑笠翁，独钓寒江雪”的意境；这一切“使我感到宇宙的清寒、壮旷与纯洁”，“油然有一脉浓重而灵秘的诗情，浮上我的心头来，使我幽然意远，漠然神凝”。这是独辟蹊径、别有会心的幽赏，不仅赏到常人难以赏识的西湖雪景，而且赏到物我交融的“灵秘的诗情”，还与古诗文吟咏的情境会通，写照传神，意境幽远，堪称“清朗绝俗”[①]的范例，很能体现作者当时的审美情趣和艺术追求。

钟敬文早年就喜爱北宋隐逸诗人林和靖的作品与人格，到杭州后三次去孤山参谒其墓，写了《怀林和靖》，文中自白：“我几年来虽然在复杂的时代的环境与学说之下，经历了多方面的刺激感染，不能再像那时的简单——只作山林隐逸之思——然一部分消极的独善的野居的梦想，总不时在我脑海中浮闪着。尤其是在现实上遇到不如意，或面对着伟大的自然时，便要激动得更其厉害。”又在《西湖漫拾·自叙》里说：“我自己三数年来写的一些文字，也正如我所癖好的一样，在情思和风格上，大抵多是比较冲淡静默的。”他追求冲淡静默的风格和他思想上“独善的野居的梦想”是有联系的；但内心也充满着矛盾冲突，有如《从西湖谈到珠江南岸》所剖示的：“我何曾真的能过着波澜不起的隐者生涯呢？我怒吼，我低泣，我想杀人，我要自灭……啊，我的心境和行为，简直诡幻得像海上不定的晴雨风浪！”所以，他在西湖的漫拾散记，“有的是对于故人的牵怀，有的是对于山水的品赏，有的是爱的哀诉，有的是梦的追寻。总之，

①郁达夫在《中国新文学大系·散文二集导言》之中评钟敬文散文“清朗绝俗，可以继周作人冰心的后武”。

那里有幽情也有热泪。它实在是那时候的我心绪上一种真实的反映”[①]。到了1930年《湖上散记》结集时，他在后记里“自诅”道：“以艺术为一己的哀乐得失作吹号，而酣醉地满足于这吹号中，良心它不能教我这样愚笨的人安然！”此后，钟敬文的散文创作走上新路，在抗战时期写了《银盏坳》《牛背脊》《坪石随笔》等报告文学和随笔作品。

郁达夫（1896年—1945年），浙江富阳人。1913年赴日本留学九年，1921年与郭沫若等发起成立创造社，创作出版了新文学第一部短篇小说集《沉沦》，轰动文坛。1922年郁达夫回国后，奔波于安庆、北京、武汉、广州、上海等地高校执教，致力于文学创作和翻译，以浪漫抒情小说著称，在散文尤其是游记创作上取得很高成就。

郁达夫早期散文率性直抒，哀怨并发，与他早期小说同调。名篇如《还乡记》《零余者》《给一位文学青年的公开状》《一个人在途上》《感伤的行旅》，以及整部《日记九种》等，大多是羁旅感伤、自叙自剖的漂泊记，以率真坦诚、自然畅达见长。如长达一万五千字的《还乡记》，自叙落魄还乡的不幸遭遇，自剖悲愤交加的繁复心理，自叹“我是一个有妻不能爱、有子不能抚的无能力者，在人生战斗场上的惨败者，现在是在逃亡的途中的行路病者”。他在纪行中触景伤怀，诉苦泄愤，笔锋挟带激情，行文酣畅淋漓，并将自己擅长的自叙传抒情小说的一些手法，诸如场景描写、内心独白、人物对话和故事穿插等，引入纪行文体，扩大了散文的艺术容量和叙事抒情的张力。他还用书信、日记这类更为自由、坦诚的体式来记事抒怀，暴露自我。在郁达夫手上，完全打破了古文义法之类清规戒律，散文成了最自由不拘、最见个人才情的一种文体。

1933年，郁达夫举家从上海移居杭州后，有意避祸消忧，舒散郁闷，曾多次出游，写了三十多篇山水游记。他的游踪遍及浙东、浙西、皖东、扬州、青岛、福州等处，以描写这一带地理形势、自然风光、名胜古迹、风土人情为主要内容，形成系列性纪游长卷。先后结集出版了《屐痕处处》和《达夫游记》，还在《宇宙风》上连载《闽游滴沥》等作品。他从小深受家乡富春江灵山秀水的陶冶，后来又旅居各地，访读志书，见多识广，受到古代山水文学和西洋浪漫派回归自然思潮的深刻影响，养成爱好

---

①钟敬文：《写作小品文的经历》（1936），《钟敬文文集·杂文随笔卷》，安徽教育出版社2002年版，第758页。

自然、精于赏玩的灵性才情。他在小说和散文中早就善于描写风景，营造情境，写起山水游记就更为娴熟老到，传神尽相，抵达现代游记创作的高峰。

《达夫游记》汇编了他1936年之前包括《屐痕处处》在内的游记作品，其中的《钓台的春昼》《浙东景物纪略》最为出色。《钓台的春昼》是单篇游记，记述他1931年春避祸回乡探访富春江上游钓台的游程，随着游踪展开桐庐夜景和钓台胜景。夜游桐君山，一览市井灯火和星云月影，既写出令人流连忘返的夜景，又泄露他向往逸士、超脱世俗的心怀，为下文抒写钓台情景也作了铺垫和烘托。次日乘小船溯江而上，为沿途美景所迷醉，似醉似梦地回想起两三年前赋诗抒愤的情形。这个穿插有些煞风景，却别有深意，联系全文来看，开头有避祸出行的交代，夜游桐庐有遗世独立的幻梦，结尾还有鄙斥奸佞、破壁题诗的言行，都表明此行不全是游山玩水、寻幽访胜，还含有愤世嫉俗、洁身自好的深意，所引旧诗就表现出他不满“鸡鸣风雨”的黑暗现实、“悲歌痛哭终无补”的悲愤心态。这成为全文的内在线索，与游踪的显在线索相辅相成，深化了独自探访钓台严陵、追慕先贤的精神意义。当行船到了钓台脚下，他被船家叫醒过来，对眼前的景色作了传神写照：

> 清清的一条浅水，比前又窄了几分，四围的山包得格外的紧了，仿佛是前无去路的样子。并且山容峻削，看去觉得格外的瘦格外的高。向天上地下四围看看，只寂寂的看不见一个人类。双桨的摇响，到此似乎也不敢放肆了，钩的一声过后，要好半天才来一个幽幽的回响，静，静，静，身边水上，山下岩头，只沉浸着太古的静，死灭的静，山峡里连飞鸟的影子也看不见半只。

他的感觉特别灵敏精微，捕捉住这方静景的形神，把山势包得格外紧、桨声也不敢放肆的场景写活了，以“钩的一声过后，要好半天才来一个幽幽的回响”这句神来之笔，写出此时无声胜有声的幽静之境，也表现出他被自然同化的幽然心境。爬上钓台，“立在东台，可以看得出罗芷的人家，回头展望来路，风景似乎散漫一点，而一上谢氏的西台，向西望去，则幽谷里的清景，却绝对的不像是在人间了”。他观赏钓台风景之后，回到严子陵祠堂，看到过路高官和乡贤的不同题诗，也乘机题写原先吟咏过的那首旧作，再次表达愤世慕贤的心怀。全文记游踪，赏清景，凭吊古人，谴责世道，把探访钓台的游程写得摇曳多姿，别开生面，不亚于南朝吴均的“从流飘荡”，而富有情景兼到、独抒怀抱的个人特色。

《浙东景物纪略》是系列游记，有《方岩纪静》《烂柯纪梦》《仙霞纪险》《冰川纪秀》四篇，都着重描写各处风景的显著特色，以点带面连缀而成浙东景物的一幅长卷。仅以《方岩纪静》为例，可见其写照传神的大手笔。他开头交代方岩香火旺盛、盛名远播的民俗缘由后，特意说明“我们的不远千里，必欲至方岩一看的原因，却在它的山水的幽静灵秀，完全与别种山峰不同的地方”。为此，他着力凸显方岩之静，先总写群峰的奇伟壮观：

> 方岩附近的山，都是绝壁陡起，高二三百丈，面积周围三五里至六七里不等。而峰顶与峰脚，面积无大差异，形状或方或圆，绝似硕大的撑天圆柱。峰岩顶上，又都是平地，林木丛丛，簇生如发。峰的腰际，只是一层一层的沙石岩壁，可望而不可登。间有瀑布奔流，奇树突现，自朝至暮，因日光风雨之移易，形状景象，也千变万化，捉摸不定。山之伟观到此大约是可以说得已臻极顶了罢？

这种岩峰比中国画里的奇岩绝壁和外国小说中的大石面还要雄伟神奇，“尤其是天造地设，清幽岑寂到令人毛发悚然的”五峰书院所在的一区境界：

> 北面数峰，远近环拱，至西面而南偏，绝壁千丈，成了一条上突下缩的倒覆危墙。危墙腰下，离地约二三丈的地方，墙脚忽而不见，形成大洞，似巨怪之张口，口腔上下，都是石壁，五峰书院，丽泽祠，学易斋，就建筑在这巨口的上下腭之间，不施椽瓦，而风雨莫及，冬暖夏凉，而红尘不到。更奇峭者，就是这绝壁的忽而向东南的一折，递进而突起了固厚、瀑布、桃花、覆釜、鸡鸣的五个奇峰，峰峰都高大似方岩，而形状颜色，各不相同。立在五峰书院的楼上，只听得见四围飞瀑的清音，仰视天小，鸟飞不渡，对视五峰，青紫无言，向东展望，略见白云远树，浮漾在楔形阔处的空中。一种幽静，清新，伟大的感觉，自然而然地袭向人来；朱晦翁，吕东莱，陈龙川

诸道学先生的必择此地来讲学，以及一般宋儒的每喜利用山洞或风景幽丽的地方作讲堂，推其本意，大约总也在想借了自然的威力来压制人欲的缘故；不看金华的山水，这种宋儒的苦心是猜不出来的。

这犹如一组电影镜头，由远及近，又由近推远，将全景和局部一一展现在人们眼前；又比电影画面进一步渗透作家的深切感受，捕捉到袭人而来的一种幽静、清新、伟大的感觉，体会到宋儒借自然抑人欲的一番良苦用心。身处这样的造化奇境油然而生的敬畏心和崇高感，真能“使人性发现，使名利心减淡，使人格净化”。[①]他抓住各地风景的特别之处，把审美焦点移向自然美本身，潜心于自我与自然的交流和对话，将自己的主观感受融入其中，随物赋形，触景生情，行文流丽，妙笔生花，创造出穷形传神、物我交融的艺术胜境。

郁达夫还有《故都的秋》《北平的四季》《江南的冬景》《饮食男女在福州》一类未收入《达夫游记》的另类游记，不记游踪而综合描写某地景观，属于风土记，实际上也是他旅居游历的一种经验结晶。他对北京的风物人情有自己深切的体验和感悟，写来就得心应手，别有风味。如《故都的秋》吟咏秋味，在广泛比较中首推北国秋意最浓，“特别来得清，来得静，来得悲凉”。他捕捉这总体感觉而展开具体描写，先一笔带过“陶然亭的芦花，钓鱼台的柳影，西山的虫唱，玉泉的夜月，潭柘寺的钟声”等令人想念、众所周知的名胜秋景，而着墨于日常随处可见可感的风物，如牵牛花、槐树落蕊、秋蝉、红枣、柿子等，都自然而然地使人“感觉到十分的秋意”。尤其是凉风秋雨，使人微叹道：“唉，天可真凉了——”“可不是么？一层秋雨一层凉啦！”北京人念起来特别有味道，真是天凉好个秋！他进而从中外诗文中体会秋味爱好的普遍性，“足见有感觉的动物，有情趣的人类，对于秋，总是一样地能特别引起深沉，幽远，严厉，萧索的感触来的”，“可是这秋的深味，尤其是中国的秋的深味，非要在北方，才感受得到底”。南国之秋虽有“特异的地方”，但比起北国的秋来，“正像是黄酒之与白干，稀饭之与馍馍，鲈鱼之与大蟹，黄犬之与骆驼”。这些妙喻和博喻，非深有体味、精于鉴赏的游历老手是悬想不出的。

---

①郁达夫：《山水及自然景物的欣赏》，《郁达夫文集》第四卷，花城出版社1982年版，第86页。

郁达夫的山水游记和风土记，都以自己的游历观感为主体，融会古代游记、方志和诗词的相关资料，汲取浪漫主义诗化自然的精神滋养，善于捕捉各处风物景观的特点和神韵，体察自然与人生的关联与谐合，融入自我的主观感觉和独到感悟，创造了形神兼到、情景交融、各具神采风韵的有我之境。他这时的山水游记与早年的漂泊记大异其趣，感伤化为旷达，咒骂化为揶揄，不平的呼告化为自得的欣赏，已把审美焦点移向自然美本身，陶醉于大好河山之绚丽多姿，神往于自然造化之鬼斧神工，使人读后如临其境，身心也为之解放，不仅获得精神娱乐和精神滋养，还能提升欣赏自然的审美能力。他称“旅行的快乐，第一当然是在精神的解放”，第二“大约是在好奇心的满足”，自己还有“一点去散散郁闷的下意识”。[①] 又说：“自然景物以及山水，对于人生，对于艺术，都有绝大的影响，绝大的威力”，“所以欣赏山水以及自然景物的心情，就是欣赏艺术与人生的心情”，“欣赏自然，欣赏山水，就是人与万物调和，人与宇宙合一的一种谐合作用”。[②]他的游记纵情山水，释放自我，挥洒自如，曲尽其妙，充分发掘和发挥自然山水滋润人生、陶冶人性的审美作用。就总体成就而言，郁达夫游记在现代游记史上堪称超越群伦，独领风骚，可与柳宗元、袁中郎、徐霞客游记相媲美。

巴金（1904年—2005年），原名李尧棠，字芾甘，四川成都人。他自1927年赴法留学写《海行杂记》开始，一直在创作小说的同时坚持散文写作。他的散文可分为两大类，一是旅行记，有《海行杂记》《旅途随笔》《旅途通讯》《旅途杂记》等专集；二是抒情文，有《生之忏悔》《梦与醉》《龙·虎·狗》《怀念》等集子。他在小说《电椅集》代序《灵魂的呼号》中自称是“在暗夜里呼号的人”，他的散文诅咒黑暗，关爱人生，探索出路，追求光明，比小说更直接更真切地倾吐自己的思想感情，具有率真畅达的一贯风格。

巴金的旅行记是生活的实录，“我只是像平日和朋友们谈闲话似的写

①郁达夫：《二十二年的旅行》，《郁达夫文集》第三卷，花城出版社1982年版，第259—260页。

②郁达夫：《山水及自然景物的欣赏》，《郁达夫文集》第四卷，花城出版社1982年，第83页。

下我所想说的真实的话”[1]。他纪行叙事，总是如实道来，有感而发，夹叙夹议，意到笔随，不加修饰而自然成文，以真切的体验、热情的倾诉而具有感性魅力。《旅途随笔》写于1933年，他在序文中解释自己的旅行动机，并不是因为喜欢名山大川，而是出于友情的牵挂，“要到各地方去看那些朋友们的温和的面孔”，还想“知道一点各地方人民的生活状况”。他着重记述沿途所见的城乡生活片段，虽有《鸟的天堂》等风景画，但以世态画为主，既揭露社会阴暗面，又歌颂城乡新生面，对进步知识分子参与农村群众斗争和实践乡村教育理想的行为与精神尤为赞叹，如《庶务室的生活》《谈心会》《农民的集会》《机械的诗》《海珠桥》等篇章，令人耳目一新。他从旅行访友中更深切地体会到友情和生命的意义，在《朋友》中称颂友情是“一盏明灯，照彻了我的灵魂的黑暗，使我的生存有一点光彩”，并表示：“我不配做一盏明灯。那么就让我做一块木柴罢。我愿意把我从太阳那里受到的热放散出来，我愿意把自己烧得粉身碎骨来给这人间添一点温暖。”还在《谈心会》上表白：“我们的生活信条应该是：忠实地行为，热烈地爱人；帮助那需要爱的，反对那摧残爱的；在众人的幸福里谋个人的欢乐，在大众的解放中求个人的自由。”都直抒胸臆，坦诚相见。

抗战期间，巴金流徙于华南、西南地区，写了《旅途通讯》和《旅途杂记》，染上战时的烽火烟尘。《广州在轰炸中》写自己和广州人民一道经历死的威胁和生的抗争，他是在广州沦陷前夕才告别这个英雄城市的。他从《桂林的受难》联想祖国各地城市，“他们全在受难。不过他们咬紧牙关在受难，他们是不会屈服的。在那些城市的面貌上我看不见一点阴影。在那些地方我过的并不是悲观绝望的日子。甚至在他们的受难中我还看见中国城市的欢笑”。敌人投下的是炸弹，我们还报的是坚贞的意志和必胜的信念。作者的笔尖也揭开后方社会的黑暗面，但他更多地把愤怒对准民族敌人，把祝福献给朋友和人民，一如既往地歌颂友情，爱憎分明，立意高远。

他对人生旅途中结交的挚友，在《怀念》集诸篇中有更动人的写照。如《纪念一个善良的友人》，写长期受贫病折磨的缪崇群，心地善良，待人真诚，甘于沉默，热爱生命，倾尽心血给世人留下许多“洋溢着生命的

---

①巴金：《旅途通讯》，上海文化生活出版社1939年版，第 i 页。

呼声，充满着求生的意志，直接诉于人类善良的心灵的文字”。《怀陆圣泉》写陆蠡“貌不轩昂，语不惊人，服装简朴，不善交际，喜欢埋头做事，不求人知”，却在危难关头挺身而出，视死如归，表现出中国优秀知识分子的崇高气节。巴金热烈歌颂他们的人格美，愤怒谴责吞噬他们的恶势力，深刻地反省自己，鞭策自己，给人一种崇高感、悲壮感。篇篇都至情流露，感人肺腑，是现代悼念文的杰作。

巴金的抒情散文抒写日常感兴和内心探索，可说是心灵旅行记。他从《生之忏悔》开始自叙自剖，以《我的心》《我的自剖》《我的呼号》《我的梦》《灵魂的呼号》系列篇章，倾诉内心的郁结、痛苦、矛盾、搏斗、呼号和追求，形成坦诚率真的自白基调。到了《梦与醉》，则以《死》《梦》《醉》《路》《生》的思索感悟，希望“在重重的矛盾中苦斗”“而达到生之完成”的新境界。他沉醉的世界是“将个人的感情消融在大众的感情里，将个人的苦乐联系在群体的苦乐上”；坚守的生的法则“是‘互助’，是‘团结’”，呼吁“每个人应该遵守生的法则，把个人的命运联系在民族的命运上，将个人的生存放在群体的生存里。群体绵延不绝，能够继续到永久，则个人亦何尝不可以说是永生”。这组哲理小品写于抗战全面爆发前后，对读者具有启示和激励意义。

写于抗战时期的《龙·虎·狗》，咏物抒怀，寓意含蓄，由直抒胸臆变为间接抒情，将情感哲思凝练为散文诗作品，与鲁迅《野草》、屠格涅夫《散文诗》一脉相通。《日》歌颂飞蛾扑火、夸父逐日的生命壮举，体悟“生命是可爱的。但寒冷的、寂寞的生，却不如轰轰烈烈的死”的生命哲理，表达“甘愿做人间的飞蛾”“飞向火热的日球”的生命追求，即使“化做一阵烟，一撮灰”也在所不惜。在《龙》的梦境中，“我”与“龙”的对话，像鲁迅笔下的“过客”与“老翁”那样具有戏剧性冲突，但“我”比“过客”更勇往直前，不怕火山、大海、猛兽的阻止，宁死也不放弃自己的追求。“龙”也比“老翁”积极，虽身陷污泥不能自拔，却还想“继续追寻丰富的、充实的生命”，终于又“乘雷飞上天空”。“我”与“龙”互动互衬，都象征着不懈追求的精神。巴金对光明和生命的追求，虽难免抽象和朦胧，却总有九死不悔的忠贞和坚韧，以执著探索精神感召读者。

巴金曾说：“我的任何一篇散文里面都有我自己。”[①]这不仅表明他写的都是自己的真情实感和思想追求，充分表现自己的个性人格，也表明他有自己的表达方式和话语风格。他在各体散文中总是采用第一人称自述方式，叙述者与作者高度一致，纪行、叙事、写景、写人、议论都出自切身感受，打上个人抒情印记。他并不刻意讲究技巧，而是顺应讲真话、抒真情的内在要求而运笔行文，自然流淌，以率真畅达扣动读者心弦。他晚年名著《随想录》延续这种风格而趋于简练老辣。

沈从文（1902年—1988年），湖南凤凰人。1918年随土著部队在湘西各县历练多年，这段独特经历成为他后来创作的宝贵素材，并在《从文自传》展开具体描写。1922年受五四新文化思潮的吸引来到北京，自学写作，经过艰苦努力，终成小说名家。

沈从文于1934年回乡探亲，写下《湘行散记》；抗战全面爆发后逃难回到沅陵，又写了《湘西》。这两部游记都描绘乡土风貌，写法略有不同：前者侧重于湘西沿河的见闻、回忆和感想，由一个个特写镜头连缀而成湘西长卷；后者偏重于风土民俗的考察和概述，是由一幅幅鸟瞰图组成的湘西全景。他尝试运用“屠格涅夫写《猎人日记》的方法，揉游记散文和小说故事而为一，使人事凸浮于西南特有明朗天时地理背景中”[②]，即以游记为基础，融入考察记、风俗志和民间故事等文体的一些特点，形成一种具有民俗学意义的新型游记。

沈从文描绘的湘西天地带有纯朴天然、古风犹存的原始情调，还染上社会动荡、新旧交替的现代气息。他久别归来，发现“十六年来竹林里的鸟雀，那份从容处，犹如往日一个样子，水面划船人愚蠢朴质勇敢耐劳处，也还相去不远。但这个民族，在这一堆长长的日子里，为内战、毒物、饥馑、水灾，如何向堕落与灭亡大路走去，一切人生活习惯，又如何在巨大压力下失去了它原来纯朴的型范，形成一种难于设想的模式！”他理解和体味乡民生活的严肃性和原始性，“他们那么忠实庄严的生活，担负了自己那份命运，为自己、为儿女，继续在这世界上活下去。不问所过的是如何贫贱艰难的日子，却从不逃避为了求生而应有的一切努力，在他

①巴金：《谈我的散文》，《萌芽》1958年第9期。

②沈从文：《新废邮存底·二十三》，《沈从文文集》第十二卷，花城出版社1984年版，第67页。

们生活爱憎得失里，也依然摊派了哭、笑、吃、喝。对于寒暑的来临，他们便更比其它世界上人感到四时交替的严肃”（《湘行散记·一九三四年一月十八日》）。作者真实地描绘湘西内地生活，反映这群“老中国儿女”的生死哀乐，肯定其人性的单纯、顽强、自然、笨拙诸多可爱之点，又不能不忧虑其生活习惯落后于时代而面临衰败老死的可怕命运。他怀抱开发、改造和建设湘西的热忱，寄希望于：“民性既刚直，团结性又强，领导者如能将这种优点成为一个教育原则，使湘西群众普遍化，人人各有一种自尊和自信心，认为湘西人可以把湘西弄好，这工作人人有份，是每人责任也是每人权利，能够这样，湘西之明日，就大不相同了。”（《凤凰》）他想重新唤起乡民对于生活的热情、主动性和进取心，却又找不出切实可行的办法。他的忧患和悲悯油然而生，似比《边城》表露得更为直接和沉重。

沈从文散文描绘多姿多彩的山光水色，叙述曲折动人的乡野故事，勾勒神形生动的山乡水手，显示出他作为小说家的艺术才华。他着重渲染湘西独特的自然环境、风俗习惯，突出湘西山水的清新秀丽，民风的纯朴，生活的静谧庄严。在这种情调、气氛、形色组成的特殊背景中，他娓娓叙说人事变动、生死别离、爱憎得失，写出了几种性格鲜明、富于情趣的人物：一个戴水獭皮帽子的朋友，一个多情水手与一个多情妇人，五个军官与一个煤矿工人，等等，其个性单纯真实，不加雕琢，浑然天成。写景、叙事、写人、抒怀诸种笔调融为一体，运用自如。这种文体确实与《猎人日记》十分相似。他的描绘富有生活气息和地方色彩，使人产生如临其境的感觉，如《鸭窠围的夜》：

> 我到船头上去眺望了一阵。河面静静的，木筏上火光小了，船上的灯光已很少了，远近一切只能借着水面微光看出个大略情形。另外一处的吊脚楼上，又有了妇人唱小曲的声音，灯光摇摇不定，且有猜拳的声音。我估计那些灯光同声音所在处，不是木筏上的簰头在取乐，就是水手们小商人在喝酒。妇人手指上说不定还戴了水手特别为她从常德府捎来的镀金戒指，一面唱曲一面把那只手理着鬓角，多动人的一幅图画！我认识他们的哀乐，这一切我也有份。看他们在那里把每个日子打发下去，也是眼泪也是笑，离我虽那么远，同时又与我那么相近。这正同读一篇描写西伯利亚的农人生活动人作品一样，使

人掩卷引起无言的哀戚。我如今只用想象去领味这些人生活的表面姿态，却用过去的一分经验，接触着了这种人的灵魂。

这种情调，这种氛围，这种语气，源于感同身受，出自同胞心怀，浑然天成，和谐动人，没有半点勉强、做作、夸张的意味，完全是以真实、自然、亲切，直接感染读者。

1938年，他到西南联大中文系执教，在昆明八年所写的散文辑为《昆明冬景》《烛虚》《云南看云集》等。其中部分作品带有从风景人事探求生命意义的沉思倾向。《昆明冬景》《云南看云》二文，引人警觉的是自然美景与世俗人生的鲜明对比和强烈反差。他并不单纯地欣赏自然美，而致力于静观默会自然生命的存在价值和启迪意义。从单纯、健美、飘逸、崇高的云影中"取得一种诗的感兴和热情"，希望这种尊贵的感情能"陶冶我们，启发我们，改造我们，使我们习惯于向远景凝眸，不敢堕落，不甘心堕落"。《绿魇》《黑魇》《白魇》是乡居独处时冥想内省的产物。他称"普通人用脚走路，我用的是脑子"。他思想上的"旅行"，出入于自然与人生之间，把感官印象、自由联想和抽象思索糅合起来，在纷然沓至的意象、遐想和意念中还是有迹可循的："先从天光云影草木荣枯中有所会心。随即由大好河山的丰腴与美好，和人事上的无章次处两相对照，慢慢地从这个不剪裁的人生中，发现了'堕落'二字真正的意义。又慢慢地从一切书本上，看出那个堕落因子。又慢慢地从各阶层间，看出那个堕落因子传染浸润现象。……我于是逐渐失去了原来与自然对面时应得的谧静。我想呼喊，可不知向谁呼喊。"现实社会种种污浊现象像梦魇压在心头，与他追求的理想信仰尖锐对立，他指摘人性的失落，思索救治的途径，以"抽象的庄严"否定"具体的猥琐"，希望"重建民族的自尊心和自信心"。伴随着形而上的思想旅行，其文风也从湘西系列的绚烂流丽趋于幽玄精警，以知性感悟取代了感性抒发。

冯至（1905年—1993年），河北涿县人。1921至1927年在北京大学读书，参加过浅草社、沉钟社，被鲁迅称为"中国最为杰出的抒情诗人"[①]。1930年去德国留学五年，专攻文学与哲学。赴德期间写了《赤塔以西》

①鲁迅：《〈中国新文学大系〉小说二集序》，《鲁迅全集》第六卷，人民文学出版社1981年版，第243页。

《赛因河畔的无名少女》《两句诗》等充满异国情调的游记，回国后以欧行乡居题材写成《怀爱西卡卜》和《罗迦诺的乡村》，这些作品连同战时在昆明写作的散文七篇一并结集为《山水》（1943年初版，1947年增订再版）。

冯至对于山水自然抱有独特的见解，在《山水》后记中表示："真实的造化之工却在平凡的原野上，一棵树的姿态，一株草的生长，一只鸟的飞翔，这里面含有无限的永恒的美。""我是怎样爱慕那些还没有被人类的历史所点染过的自然：带有原始气息的树林，只有樵夫和猎人所攀登的山坡，船渐渐远了剩下的一片湖水，这里，自然才在我们面前矗立起来，我们同时也会感到我们应该怎样成长。山水越是无名，给我们的影响也越大。"他还说这种自然观得益于昆明七年的寄居生活：

> 昆明附近的山水是那样朴素，坦白，少有历史的负担和人工的点缀，它们没有修饰，无处不呈露着它们本来的面目：这时我认识了自然，自然也教育了我。我在抗战期中最苦闷的岁月里，多赖那朴质的原野供给我无限的精神食粮，当社会里一般的现象一天一天地趋向腐烂时，任何一棵田埂上的小草，任何一棵山坡上的树木，都曾经给予我许多启示，在寂寞中，在无人可与告语的境况里，它们始终维系住了我向上的心情，它们在我的生命里发生了比任何人类的名言懿行都重大的作用。我在它们那里领悟了什么是生长，明白了什么是忍耐。

他潜心于从平凡、真实、天然的山水自然中发掘诗意美，直接从大自然中领悟人生哲理，获得陶冶性情的精神养分。他既不像访奇探胜的雅士，也不像浪迹于山水之间的骚人，更像是树下水滨明心见性的智者，表现出独特的品格。

《忆平乐》一文可说是上述自然观的代表作。这篇回忆桂林、漓江、平乐一带山水人事的作品，不像一般游记那样渲染当地的奇山奇水，而是着重叙写漓江上的寂静和平乐县一位裁缝认真而守时的事迹，觉得这样的山水人物"永久不失去自己的生的形式"，含有"无限的永恒的美"，在战时动乱岁月里，"前者使人深思，后者使人警省"。言外之意似乎是启发人们深思山水自然的存在形式，从普通人身上反省自己的生活态度。作品立意不俗，写法也新颖，不去大段地描写山水风光，也不是简单地即景抒情，主要采用抒情和议论结合的手法，充分表达了自己的感情态度和哲理思考，思想内涵也比一般游记丰富。《一个消失了的山村》《一棵老树》《山村的墓碣》等作品也具有这样的哲理意味。

《人的高歌》是一曲人力征服自然力的颂歌。一位普通石匠左手持凿，右手持锤，十多年如一日，全凭个人的意志和力量，在巉岩峭壁上一点一点地凿成一条龙门石路。一个航海者落水遇救后，忍辱负重，募钱建塔，给来往船只指引航路。不管是与岩石搏斗的石匠，还是与海神斗争的建塔者，都体现了人的力量。“人间实在有些无名的人，躲开一切的热闹，独自作出来一些足以与自然抗衡的事业。”这使人不仅感到惊叹，而且感到振奋，因为他表现出人的意志、人的力量和人的情操，显示出一种崇高的人格美。

冯至留德期间，迷上德国现代诗人里尔克的作品，此后的创作告别早期诗作中的浪漫感伤情调，写出了被李广田称为“沉思的诗”[①]的《十四行集》等名作。《山水》也带有“沉思”的个性特色。他像里尔克那样，善于观察领悟，喜爱沉思默想，从平凡的山水人物中发现诗意，体会哲理，表现自己。在山水游记作者中，他的态度不是摹写自然，也不是领略自然，而是领悟自然，他的作品是诗人和哲人结合的产物。

现代游记除了前述各有代表性的名家名著外，还有徐蔚南、王世颖《龙山梦痕》、徐祖正《山中杂记》、袁昌英《山居散墨》、黄裳《锦帆集》等山水游记，孙伏园《伏园游记》、郑振铎《西行书简》、王统照《北国之春》、李健吾《意大利游简》、艾芜《漂泊杂记》、茅盾《见闻杂记》等旅行记，舒新城《故乡》、味橄《北平夜话》、李辉英《再生集》、芦焚《黄花苔》、罗常培《苍洱之间》等风土记。品读各类游记，是一种美妙的精神游历，不仅有如临其境、神游世界之感，可以开阔眼界，增长见识，还可以像作者那样观赏和领悟自然与人生，体察作者的心灵感应和精神诉求，寻味自然与文化的底蕴，从中吸取精神滋养，陶冶思想性情，增强感受自然的审美能力和关爱自然的自觉意识。

---

①李广田：《沉思的诗——论冯至的〈十四行集〉》，《诗的艺术》，开明书店1946年版，第75页。

二、传记文学的革新

传记是史学与文学交叉的一种古老文体，在中国古代有史传和杂传两大类作品，大多以史学为重，也有部分优秀作品如司马迁的史传、韩愈等古文家的杂传具有文学价值。自觉把传记从史学移入文学范畴而提倡传记文学创作的，始于“五四”时期。

胡适是新文学家中最早提倡传记的先行者。他在留美期间所写《藏晖室札记》记载：“昨与人谈东西文体之异。至传记一门，而其差异益不可掩。余以为吾国之传记，惟以传其人之人格。而西方之传记，则不独传此人格已也，又传此人格进化之历史。”他在《新青年》1918年4月号发表的《建设的文学革命论》中，从新文学建设需求的角度，明确提出应译介和借鉴外国散文中“包士威尔（Boswell）和莫烈（Morley）等的长篇传记，弥儿（Mill）、弗林克令（Franklin）、吉朋（Gibbon）等的‘自传’，太恩（Taine）和白克儿（Buckle）等的史论”。刘半农在1917年5月发表于《新青年》的《我之文学改良观》也明确提出：“必须列入文学范围者，惟诗歌戏曲、小说杂文、历史传记三种而已。（以历史传记列入文学，仅就吾国及各国之惯例而言。其实此二种均为具体的科学，仍以列入文字为是。）”刘半农对传记归属文学范畴有所保留，这与传记兼有文史的双重属性有关。胡适1929年为张孝若《南通张季直先生传记》作序，1933年为《四十自述》所写自序，一再说“中国最缺乏传记的文学”，所以他要提倡传记文学，“给史家做材料，给文学开生路”，并注重传记“纪实传真”“传神写生”的特性。他还带头写传记，在1919年就发表《许怡荪传》《李超传》等，开了现代传记的先河。1933年出版的自传《四十自述》，诚如《自序》所云：“我本想从这四十年中挑出十来个比较有趣味的题目，用每个题目来写一篇小说式的文字，略如第一篇写我的父母的结婚。……但我究竟是一个受史学训练深于文学训练的人，写完了第一篇，写到了自己的幼年生活，就不知不觉地抛弃了小说的体裁，回到了谨严的历史叙述的老路上去了。”他是现代传记的开创者，主要在理论倡导和以史为文方面做出历史贡献。

郁达夫更自觉地提倡传记文学。1933年和1935年，他写了《传记文学》和《什么是传记文学》二文，提倡借鉴西方传记文学手法，变革我国史传文学传统，创造“一种新的解放的传记文学”。他认为：“新的传记，是在记述一个活泼泼的人的一生，记述他的思想与言行，记述他与时代的关系。他的美点，自然应当写出，但他的缺点与特点，因为要传述一个活泼泼的而且整个的人，尤其不可不书。所以，若要写出新的有文学价值的传记，我们应当将他外面的起伏、事实与内心的变革过程同时抒写出来，长处短处，公生活与私生活，一颦一笑，一死一生，择其要者，尽量来写，才可以见得真，说得像。”还介绍说：“统观西洋的传记文学，约有他人所作之传记，和自己所作的自传，以及关于自己和他人的回忆记之类的三种。传记是一人的一生大事记，自传是己身的经验尤其是本人内心的起伏变革的记录，回忆记却只是一时一事或一特殊方面的片段回忆而已。”他比胡适更强调传记写真传神的文学性和独创性。郁达夫也实践自己的理论主张，不仅写了许多自叙传小说和散文，还在1935年前后写了自传九章。他回忆孤儿寡母生活的艰辛，回味幼时生活的寂寞，自省柔弱个性的成因，叙写出外求学的离愁和憧憬，反映辛亥革命前后家乡城镇的动荡和自己的矛盾，写到日本留学所受的民族歧视和性的苦闷及沉沦。郁达夫的自传并未写完，但从中可以看到他青少年时期的心路历程，他将自己的生活经历和心理体验娓娓道来，在重温过往生活中重新认识自我，以率真坦诚感人至深。

郭沫若（1892年—1978年），四川乐山人。他在自传写作上创获丰饶，成就很大。他从1928年开始写自传，陆续推出《我的幼年》《反正前后》《黑猫》《创造十年》《创造十年续编》《北伐》《洪波曲》等单行本；1958年修订汇编为《沫若自传》四卷，分别改题为《少年时代》《学生时代》《革命春秋》和《洪波曲》。他从童年生活写到抗战时期，通过自己的生活经历和思想变迁反映近现代的历史变革，具有心史和史诗的双重品格。

通过自传表现时代，是郭沫若写作的自觉要求。1928年，他因被蒋介石通缉而流亡日本，开始写《我的幼年》（后改名《我的童年》，收入《少年时代》），在《前言》写道：

> 我的童年是封建社会向资本制度转换的时代，
> 我现在把它从黑暗的石炭的坑底挖出土来。
> 我不是想学Augustine和Rousseau要表述甚么忏悔，
> 我也不是想学Goethe和Tolstoi要描写甚么天才。
> 我写的只是这样的社会生出了这样的一个人，

或者也可以说有过这样的人生在这样的时代。[1]

1947年为《少年时代》写的《序》里也说："写作的动机也依然一贯，便是通过自己看出一个时代。"可见，他的自传以唯物史观看待个人与时代的关系，通过个人经历，既反映近现代中国的社会变迁，又建构自我在时代环境影响中的成长历程。他少年时代在四川见过宗法社会瓦解、保路运动兴起、辛亥革命风暴和各派军阀混战的大变动，经历社会变乱、新旧教育过渡、参与学潮、不满包办婚姻等事件，产生反叛意识而走出夔门，追求新的人生道路。他留学日本十年，接受科学、民主、自由新思潮的影响，发起创造社，投身新文学运动，开创一代新诗风。国民革命时期，他投笔从戎，参加北伐战争和南昌起义，经历了大革命从高潮到失败的全过程。他公开声讨蒋介石背叛革命的罪行，被迫流亡日本。抗日战争全面爆发后，他抛妇别雏，毅然回国参加国共合作的全民抗战，出任国民政府军事委员会政治部第三厅厅长，领导开展抗战文化宣传工作，历经武汉会战、长沙大火等重大事件。他站在时代潮头，亲历暴风雨，从乡下少年成长为时代弄潮儿、新诗人和革命家，所记个人经历就比同代人更丰富多彩，更具有个人心史与时代史诗相结合的显著特色和典型意义。

郭沫若的自传还具有史笔与诗情交融的鲜明特色。他的史笔忠实于历史真实和个人经验，又带有是非分明、爱憎分明的革命激情。例如，编入《革命春秋》的《请看今日之蒋介石》《脱离蒋介石之后》《在轰炸中去来》三篇文章是如实记载、爱憎分明的。对自己曾充当蒋介石的传声筒也坦诚自责："他说一句，我传达一句，传到后来他的演说才完全是反革命的论调。……这些话当着二十万的群众面前，也不能不给传达，我真想把传话筒来打得他一个半死了，但为情势所迫，只得忍耐着又出卖了一次的人格，昧了一次良心。我在江西半年，可以说完全做的是这样昧良心、卖人格的工作，我现在回想起来，不觉犹有余痛。"对于这类屈辱怨恨、私衷隐曲，他胸怀坦荡，裸露自讼，愈见信实真挚。他的自传大多是长篇叙

---

①Augustine，奥古斯丁，古罗马宗教学家，著有《忏悔录》；Rousseau，卢梭，法国思想家，著有《忏悔录》；Goethe，歌德，德国作家，著有《少年维特之烦恼》《浮士德》等；Tolstoi，托尔斯泰，俄国作家，著有《战争与和平》《安娜·卡列尼娜》《复活》等。

事，以个人经历为线索，展现社会巨大变革的历史图景，尽管风云变幻、人事纷繁，写来却裁剪得当，条理明晰，气势连贯，波澜壮阔，为传记文学开了宏大叙事的先河，树立了大家风范。

盛成（1899年—1996年），江苏仪征人。1920年到法国工读，1928年用法文写作出版传记《我的母亲》，轰动法国文坛，影响遍及世界。中文版于1935年由中华书局出版，不是法文版的翻译，而是重新改写，并补充辛亥革命以后至1931年其母逝世这段时间的经历。他说："西文版本与中文版本，详略不同，次序也不同。西文版本，偏于介绍；因为外人不明了中国的真相，太详了反而不觉得有味……中文版本，专在自述。以家庭的系统与组织，习惯与道德，穷苦与灾祸，平日的力行及生存的哲理，来证明中国人在人类历史上的地位。"[①]法国作家瓦乃理为法文版《我的母亲》写了一篇长序，称颂作者的成功："他并不自夸，教我们由外面一直看到中国的内部；但是他的意思，是在中国的深处，放下一线极温柔的光明，叫我们看了想看，看了生趣，使我们一直看得清清楚楚，中国的家庭：组织、习惯、德行、优点，以及其穷苦与灾祸，深密的构造，以及平日生存底实力"；"他的写法极其新奇，极其细致，又极其伶俐。他选了生他的慈母来做通篇的主人。这位极仁极慈的盛夫人，是一位最和蔼可亲的女英雄。或是她叙述孩提之年缠足底惨状，或是她解释身世不幸的经过，以及家庭间的痛史；或是她对子女们讲故事，这些故事，清楚而神秘，与古代寓言相似；或是她泄漏政变底感想，听她说话，真是一件快事"；"拿一位最可爱与最柔和的母亲，来在全人类底面前，做全民族的代表，可算极奇特且极有正谊的理想。既奇特而极有正谊，如何使人不神魂颠倒心摇情动若山崩呢？"[②]正如瓦乃理所评介的，盛成以母亲为传主，具有普遍的代表性，体现了中国传统慈母、贤妻和孝妇三位一体的典型意义。她深受从小缠足、礼教约束的身心痛苦，历经幼时丧母、中年守寡、晚年失子的人生不幸，却独力支撑大家庭的生存，事亲至孝，教子有方，思想开通，处事干练，吃苦耐劳，无怨无悔，确实是儿子心目中的"盛氏母范"！这部传

---

①盛成：《我的母亲》，上海中华书局1935年版，卷首第3页。

②［法］瓦乃理著，盛成译：《〈我的母亲〉引言》，上海中华书局1935年中文版，卷首第14—15页。瓦乃理，或译瓦雷里、梵乐希，法兰西学院院士，象征诗派大师，代表作有《年轻的命运女神》《海滨墓园》等。

记在反映中国传统大家庭的真相实情和刻画中国传统的良母形象两方面，为我国传记文学赢得了国际声誉。盛成还有《海外工读十年纪实》《意国留踪记》等自述性作品，安徽文艺出版社于1998年至1999年汇编出版了《盛成文集》四卷。

朱东润（1896年—1988年），江苏泰兴人。他在抗战期间执教于乐山武汉大学和重庆中央大学，对传记文学作过切实的研讨，写过《中国传叙文学之进展》《传叙文学之前途》《传叙文学与人格》《八代传叙文学述论》等学术性论著，并于1943年写成《张居正大传》。他认为："现代中国所需要的传叙文学，也许只是一种有来历，有证据，不忌烦琐，不事颂扬的作品。"[①]是历史和文学结合的产物，既要注意历史真实，又要讲究人物形象的塑造，还要体现作者对传主的认识和态度。他以学者治史的严谨态度写作传记文学，从搜集、整理、核实史料起手，研究历史背景，分析传主性格，在研究的基础上选择史实，刻画人物，探究心理，推论得失，开创了传记写作中谨严坚实、完整独立的新风气。他写明代政治家张居正，根据自己的细心推考，深入研讨，发现这位毁誉对立的历史人物"固然不是禽兽，但是他也并不志在圣人。他只是张居正，一个受时代陶熔而同时又想陶熔时代的人物"。作者从明代大局看张居正的出现，又从张居正的政绩事功反映明代社会的发展变化；既显现他的一代功业，又不掩饰他的内心隐衷，还根据可靠史实阐发他的心理动机，真实而全面地再现这位历史人物的本来面目。朱东润创作的"大传"，以气魄恢宏、持论中肯、作风严谨开拓了传记文学的新格局，为传记文学从散文中独立出来、走西方现代传记文学的发展路线作出了自己的贡献。他在序文自述试写传记的希望："本来只是供给一般人一个参考，知道西方的传叙文学是怎样写法，怎样可以介绍到中国。我只打开园门，使大众认识里面是怎样的园地，以后游览的人多了，栽培花木的也有，修拾园亭的也有，只要园地逐日繁荣，即使打开园门的人被忘去了，他也应当庆幸这一番工作不是没有意义。"他打开现代传记文学新园门的功绩是不会被忘记的。

除了上述五家外，现代传记中还有《从文自传》《巴金自传》《庐隐自传》《资平自传》、谢冰莹《女兵自传》、白薇《悲剧生涯》等自传，张孝

---

①朱东润：《张居正大传》，上海开明书店1945年版，卷首第4页。当时他称为"传叙文学"，后改订为"传记文学"。

若《南通张季直先生传记》、沈从文《记胡也频》《记丁玲》、顾一樵《我的父亲》、王士菁《鲁迅传》、骆宾基《萧红小传》等传记，还有鲁迅《朝花夕拾》、萧红《回忆鲁迅先生》、许广平《欣慰的纪念》、许寿裳《亡友鲁迅印象记》、巴金《怀念》等大量回忆性、悼念性散文。

我国现代传记文学在继承古代史传文学传统之外，还借鉴西方近代传记文学的精神和写法，以真实细致的人物描写、坦诚的自我暴露和着力刻画个性心理为主要特色，以写出活人全人为指归，确是“一种新的解放的传记文学”。朱自清早就肯定传记是散文的一个发展趋向，“比只写身边琐事的时期”进步了[①]。传记为读者提供了各种人生经验、人格范型和历史画卷，在现代还增添了人性透视、心理分析和自我认识等现代意识，具有多层面、多样化的拓展创新和功能意义。传记的写法也自由发展，日益丰富，尤其是长篇传记的陆续出现，预示了传记文学独立发展的趋势。

第七节　报告文学的兴起

报告文学是叙事散文的新品种，是新闻报道与文学叙事结合的产物，以纪实性、新闻性、文学性的有机统一为基本特征。它适应时代急剧变化的需要，伴随报纸杂志的兴盛而迅速兴起。“五四”时期的通讯、旅行记和叙事散文中就有报告文学的雏形，如瞿秋白的《赤都心史》、朱自清的《执政府大屠杀记》等。20世纪30年代“左联”开始正式倡导和创立报告文学（Reportage），出现一批理论倡导文章和报告文学作品，包括通讯、特写、速写等体裁，汇编出版过《上海事变与报告文学》《活的记录》《中国的一日》等专集。抗战全面爆发后，报告文学在战火纷飞中茁壮成长，发展成为战时散文的主要品种和代表文体。

新兴的报告文学大体有三种类型，一是群众性的文艺通讯，富有生活气息，通俗易懂而难免幼稚粗糙，如茅盾主编的《中国的一日》之中的众

---

①朱自清：《什么是散文》，载傅东华主编《文学百题》，上海生活书店1935年版，第238页。

多作品。二是新闻记者的旅行通讯，以实地考察和新闻采访的形式报道国内外社会动态和重大事件，纪实性强于文学性，如邹韬奋的《萍踪寄语》、范长江的《中国的西北角》等。三是作家的报告文学，自觉追求新闻性与文学性的有机结合，推进了通讯报告的文学化进程。

夏衍（1900年—1995年），浙江杭州人，现代剧作家和杂文家。他的《包身工》是早期报告文学名篇。他曾深入调查上海东洋纱厂的“包身工”生活，写出《包身工》发表在《光明》1936年6月创刊号上。该刊编者在当期《社语》中推介说：“《包身工》一篇可算在中国的报告文学上开创了新的记录。”《包身工》将调查所得的翔实材料加以提炼，浓缩在一天内加以精心组织和巧妙穿插，结构相当缜密。开头描写清晨工房内包身工猪猡般的生活场景，交代包身工的来由和特点；中间描写做工场景，展示包身工备受压榨凌辱的惨状；最后抒写作者对包身工制度的悲愤控诉。包身工一旦被带工老板从乡下骗到工厂，就立下“赚钱归带工者收用，生死疾病，一听天命”的卖身契，失去了人身自由和做人资格，每天都得像奴隶像机器一样，在噪音、尘埃和湿气中做十二小时高强度的劳动，在拳头、棍棒和冷水的强制下替厂家和带工头卖命。全文以活生生的事实揭开人间地狱的一角，集中描写包身工群体的非人生活，突出刻画“芦柴棒”的女工形象，以点带面地反映出包身工整体的悲惨命运。她“手脚像芦柴棒一般的瘦，身体像弓一般的弯，面色像死人一般的惨，咳着，喘着，淌着冷汗，还是被逼着在做工作”，连“抄身婆”都怕接触她“骷髅一样”的骨头，打手踢她腿骨时也碰痛了自己的足趾，带工老板还恶狠狠地叫嚣“宁愿赔棺材，要她做到死”。这种奴隶不如的包身工制度是半殖民地半封建社会的怪胎，也是对20世纪文明的亵渎！作者在结尾悲愤地写道：“在这千万的被饲养的中间，没有光，没有热，没有温情，没有希望……没有法律，没有人道”，“不过，黎明的到来还是没法推拒的；索洛警告美国人当心枕木下的尸骸，我也想警告某一些人，当心呻吟着的那些锭子上的冤鬼”。这篇名作开创了报告文学暴露黑暗、批判现实、反映重大社会问题的精神传统，同时在结构布局、场景描写、细节刻画、形象描绘和夹叙夹议上强化文学性，是真实性、新闻性、政治性和文学性结合的成功范例。

萧乾（1910年—1999年），北京人。1935年毕业于燕京大学新闻系，即到《大公报》任新闻记者和副刊编辑，随后赴鲁西灾区采访，写下《鲁西流民图》。这组通讯特写，以实地考察的真实记录、逼真的场景描写、细节刻画和人物剪影展现灾情的严重，难民的惨状，关注在水灾中漂流的难民。他在抗战时期的通讯报告收入《见闻》和《灰烬》，其中的《刘粹刚之死》歌颂空军少尉刘粹刚击落十多架敌机、为支援八路军抗战而途中遇难的英雄事迹。1939年春，他采访滇缅公路的建设工程，写作《血肉筑成的滇缅路》，亲眼见证这人间奇迹："九百七十三公里的汽车路，三百七十座桥梁，一百四十万立方尺的石砌工程，近两千万立方尺的土方，不曾沾过一架机器的光，不曾动用国库的巨款，只凭二千五百万民工的抢筑：铺土，铺石，也铺血肉，下畹段（下关至畹町）一九三七年一月动手，三月分段试车，五月便全路通车。"着重歌颂普通民工用血肉修筑抗战大动脉的爱国壮举和奉献精神，写得气壮山河，动人心魄。第二次世界大战时期，他在英国伦敦工读，报道大轰炸下伦敦市民临危不乱的生活场景和精神状态；后随英美联军挺进莱茵，又采访旧金山联合国成立大会和波茨坦会议等重大事件，著有《南德的暮秋》《美国印象》等，及时反映欧洲战场反攻纳粹老巢的胜利进程和战后景况。他善于驾驭场面广阔、头绪纷繁的采访对象，剪裁得当，结构缜密，描写逼真，细节生动。如《矛盾交响曲》摄取伦敦战时生活的一组特写镜头，组接成"如走马灯般晃着"的"一个民族的灵魂各面"，构思新颖，画面迭出而又融为一体。他的海内外通讯特写于1947年汇编为《人生采访》，以采写面广阔多样、时代感和正义感浓厚、新闻性与文学性交融见长，实现了"褒善贬恶，为受蹂躏者呼喊，向黑暗进攻"并"把新闻文章写得稍有点永久性"的双重"企图"。①

丘东平（1910年—1941年），广东海丰人。他参加上海"八一三"抗战和新四军战地服务团，以战斗员和通讯员的身份写了一批战地报告，有《第七连》《我们在那里打了败仗》《叶挺印象记》《向敌人的腹背进军》《截击》《王凌岗的小战斗》等作品，主要发表在胡风主编的《七月》杂志上，收入《第七连》《茅山下》等集子。他的战地报告既反映上海"八一三"抗战的悲壮，又反映新四军挺进江南敌后的抗日斗争，为报告文学增添了战斗生活实感和爱国军人形象。《第七连》以记录胞弟丘俊连长自叙一场战斗经历的方式，既如实报道战场的惨烈和溃败，又坦诚自述从恐怖到勇敢的心理变化，展示出一个在战火中锻炼成长的爱国军人形象。《截

①萧乾：《人生采访》，上海文化生活出版社1947年版，第V页。

击》记述新四军先遣支队挺进敌后的“第一战”，粟裕司令员亲自带领四个班战士截击日军一支军需队的战斗情景，勾画出粟裕将军骁勇善战而又和蔼可亲的鲜明形象，以及侦察参谋与敌寇搏斗的英勇形象。胡风说，展开东平的作品，“我们就像面对着一座晶钢的作者底雕像，在他底灿烂的反射里面，我们底面前出现了在这个伟大的时代受难的以及神似地跃进的一群生灵”。[①]他的作品注重真实的战斗场景和英雄人物的描写，充满抗战时期激昂壮烈、粗犷刚健的战斗激情。丘东平于1941年战死沙场，以身殉国，成就了战士作家的崇高人格。

曹白（1914年—2007年），江苏常州人。上海抗战爆发后，他参加上海难民营的救济工作，开始写报告文学，后来结集出版了《呼吸》。内分两集，上集“呼吸之什”，着重描写上海难民营的难民生活和救济工作，写了难民的困苦和抗争。如《这里，生命也在呼吸……》，反映难民青年不愿意“在这里光是吃吃睡睡”，强烈要求“上火线”，体现了全民抗战的时代呼声。下集“转战之什”，则是“游击生活报告”，反映中国人民在苦难之中的觉醒和抗争。曹白的报告不仅写了生活中的场景、事件，还着意刻画人物，《杨可中》就写出主人公的悲愤和挣扎，人物的内心世界得到较深入的揭示。胡风在《〈呼吸〉小引》中说：“在他笔下出现的那些人物，是受难的人物，战斗的人物，或者在受难里战斗，在战斗里受难的人物，却都那么生动，那么亲切，一一被作者的情绪活了起来，如像在我们的眼前出现。”这是曹白报告文学的显著特点。曹白虽然没有像丘东平那样壮烈的战斗经历，但是，前方与后方，拿枪不拿枪，对他来说都是一样的。他操劳于难民之间，奔波于前线与后方，亲眼看到民众的苦难与斗争，感受到民族生命的呼吸和时代脉搏的跳动，因而记录下的见闻感受，都“与战斗的全体”息息相关。正如作者所说的：“真正的战士，我想，他不但自己在战斗中呼吸，而且使人们都来呼吸战斗。”他善于捕捉日常生活细节，于细微处传达时代气息，在纪实中抒写真情实感，可说是以散文笔法来写报告文学，这在当时是别具一格的，文学性较强。李广田在《谈散文》中称道《呼吸》具有“真实与新鲜的作风”[②]；聂绀弩把《呼吸》与鲁迅的《野草》和何其芳的《画梦录》并称为现代散文的

①胡风：《第七连》，希望社1947年版，卷首第2—3页。

②李广田：《谈散文》，《文艺书简》，上海开明书店1949年版，第43页。

“珠玉”[①]。

沈起予（1903年—1970年），重庆巴县人，曾留学日本，参加创造社和左联。1939年到1940年夏，他在重庆日本战俘收容所从事战俘改造工作，以此为题材写了长篇报告文学《人性的恢复》，连载于《文艺阵地》，1943年出版单行本。《人性的恢复》以当时重庆郊区的两个日本战俘收容所“博爱村”与“和平村”为背景，展示战俘改造的艰难过程。这种改造不是强迫的“监狱式”管理，而是采取“学校式”的训导，以人道的关怀和正义的引导来感化战俘，恢复他们被日本军国主义毒害而泯灭的人性，把他们改造成为积极参加反对侵略战争的和平战士，充分体现出中国人民善待战俘、化敌为友的人道主义精神。作品着重描写植木、三船复杂曲折的转变过程，他俩从争强好胜的内斗转化为反战同盟的同志，从丧失人性的好战分子转变为自觉反对侵略战争的进步人士，突出体现了感化教育和自我改造的艰难与成效。作者是收容所负责人之一，他亲历其境，亲做其事，又精通日语和日人心理，深知战俘改造的艰巨性和重要性，“我决要以牧师般的毅力来恢复他们的‘人性’，使其明了日本军阀的罪过而自动地走上反战之路”，因而写得真实可信，细致深切，寓意高远，入情入理，成为当时战俘题材报告文学的代表作。

周立波（1908年—1979年），湖南益阳人。1934年参加左联，1936年译出捷克报告文学家基希的《秘密的中国》，为我国新兴的报告文学创作提供了范例。抗战全面爆发后，他到晋察冀边区参加抗日工作，著有《晋察冀边区印象记》《战地日记》《南下记》，后来汇编为《战场三记》。《晋察冀边区印象记》和《战地日记》不仅描写华北人民庄严威武的战斗“姿影”，还留下八路军将领的英姿。如窑工出身的徐海东将军，全家罹难，他自己八次身受重伤，仍然与战友们一道，不知疲倦地领导八路军进行战斗；精明干练的聂荣臻将军，在日寇进占华北的时候，与徐海东将军等八路军指战员联合华北的民众武装，支撑了整个华北艰危的局面。《南下记》写随同王震部队南下湖广作战的经历见闻，也留下王震、李先念等战将的鲜明形象。历史造就了许多这样奇异的英雄，他们各有自己的光荣历史与显赫战功，却都那么朴素大度，平易近人。对此，作者在日记中赞叹道：

①聂绀弩：《绀弩散文》，人民文学出版社1981年版，卷首第1—2页。

“除了辉煌的真理和同志爱以外，还有辉煌的领导者的天才，这就是那力量。”这三部作品虽然是随军途中匆促的记录，但文笔简洁流畅，记事朴实真切，写人生动传神，时常穿插一些小故事，即兴抒发战斗激情，交叉使用多种表现手法，使作品显得朴素而不单调，平实而有蕴涵。

沙汀（1904年—1992年），四川安县人。20世纪30年代在上海从事左翼文学活动，以小说创作成名。1938年，他到延安鲁艺任教，年底随贺龙将军奔赴华北前线五个多月，著有长篇报告文学《随军散记》和一部当时未出版的报告文学集《敌后琐记》。《随军散记》初版书名后有一题解：“我所见之一个民族战士的素描——他在前线的生活，他的经历和他的故事。”[①]表明作者所描写的贺龙将军，主要是通过自己亲眼所见他在前线的生活片段来显示他的精神风采和人格魅力。全篇三十八节，广泛采写贺龙率八路军一二〇师转战晋西北和冀中地区的军旅生活，也插叙他的一些革命经历和传奇故事，虽然涉及他运筹帷幄、驰骋沙场的卓越战功和猛将风度，但着重描写的却是他的日常行为，善于从言谈举止、待人处事的细节写出人物的个性丰采。他从不谈自己的功劳，谈起领袖和战友的功绩却一往情深，一语中的。他爱护部属和士兵，对伤兵的伤痛感同身受，体恤入微。他与老百姓打成一片，随便搭上就能掏心说话，亲如一家。他对待青年有时像慈父，有时像“和善的宣教者”，有时也像孩童一样天真。长期的革命斗争锻炼了他的刚强性格，使他身上具有一种不可摧毁的自信力量。但作为其个性的独特表现，是他的豪爽风趣，阔大不羁。他经历丰富，知识广博，在任何场合都能用生动活泼、幽默风趣的语言，表达自己对事物的新鲜独到的见解。他的兴趣和爱好非常广泛，爱马，好动，在战斗紧张的时候还想到篮球比赛。整部作品没有连贯的事件或情节，纯由一些片断、细节构成，但每个片断、细节，以至于每一句话，都闪烁着贺龙的个性色彩和人格魅力。文中记述贺龙的日常谈话甚多，对谈话的口吻、言辞、丰采等无不写得惟妙惟肖。通过大量的细节和人物语言的生动描写，于细微处见精神，从多侧面见全人，因而尽管取材较为零碎，缺乏连贯性，但是，枝繁叶茂，散中见整，贺龙的性格和形象却是完整的、高大的，富有人格魅力和感召力。诚如作者在结尾情不自禁地歌咏：“仿佛我

---

①《随军散记》，重庆知识出版社1940年11月初版；1958年中国青年出版社出版修订本，改书名为《记贺龙》。

们民族渴望神圣的自由一样，对于他那种阔大不羁的精神，他那种不可摧毁的自信的力量，他那种浓郁芬芳的人间的温暖和喜悦，我是太需要太需要了。”当时有许多写领袖、将军的访问记，大多只是印象式的素描。沙汀虽也自题为“素描”，实际上却是刻画了一个浮雕式的、血肉丰满的真实典型。这是抗日战争以来写高级将领的报告文学中最出色的一部。

黄钢（1917年—1993年），湖北武汉人。1938年到延安鲁艺学习一年，随后到晋东南敌后根据地从事战地工作，写了《开麦拉前的汪精卫》《我看见了八路军》等报告文学名篇。全面抗战初期，他在重庆以新闻电影记者的身份，曾在公开场合经常看到汪精卫来渝后的种种表演。写作《开麦拉前的汪精卫》之际，其人已离渝投敌。作者提炼素材，精心构思，采用镜头剪接的方式，巧妙地将汪精卫在渝的表演重现出来，入木三分地揭露了他那矫揉造作、欺世盗名的虚伪嘴脸和不可告人的肮脏灵魂。每个镜头都能揭示人物表里不一的“演员”特征，各个镜头之间的组接对比更加强了对人物的表现力，产生了强烈的讽刺效果，加上精到的画外音似的点评，整个作品活脱脱地勾画出一个反动政客的典型形象，为报告文学的人物画廊贡献了第一个成功的丑角，增添了深刻而绝妙的暴露和讽刺艺术。黄钢学过美术，搞过电影，他的报告文学就综合运用美术、电影和文学的诸种表现手法，善于捕捉生动的细节，渲染艺术的画面，融入抒情和议论，通过电影剪接的方法，贯串构成艺术的有机整体。《我看见了八路军》的“序节”，仅摄取朱德在球场上静待上场的画面，就勾画出朱总司令那朴素而高尚的人格风貌，表现了八路军官兵平等的动人情景。黄钢当时的作品并不多，也未结集出版，却大都是精心之作，在人物描写、结构艺术和表现手法多样化方面都有新的探索和创造，成为报告文学界引人瞩目的一位后起之秀。

刘白羽（1916年—2005年），北京人。抗战时期著有《游击中间》《八路军七将领》《延安生活》等通讯报告集。抗战胜利后，他以新华社记者的身份，随同“军调处东北执行小组”到东北近百日，写下《环行东北》。解放战争爆发后，他又以随军记者的身份再到东北，经历了从松花江到长江的战争历程，陆续出版《英雄的记录》《时代的印象》《光明照耀着沈阳》《历史的暴风雨》等通讯报告集，迅速反映了波澜壮阔的时代大变局。在《光明照耀着沈阳》开头一节中，通过两次到沈阳的对比，作者充满豪情地写道：“四六年四月春冻时期，我在执行部邀请下与其他中外记者来访沈阳，那时气候是雨雪低垂，政治空气更加恶劣，黑夜鸣响着暗枪，美国人带着降落伞部队赶来，国民党新一军、新六军也从海上航路蜂拥而至……那时他们反人民的内战气焰真是高达万丈。今天，我又到了沈阳，我看到一度被外国记者描写‘在摇曳烛光下举行军事会议’的‘剿总’大厦里，连墙上的机密作战地图也来不及动，特别引我注意的是图上还标志着全军覆没的廖耀湘兵团西进辽西的最后部署，据说这是蒋介石于十月十五日亲自布置的。历史真会嘲弄人，在伪政委会里还留下他们给魏德迈的卖国报告。我希望把这些东西送进胜利纪念馆，让人们知道这些罪犯是怎样来不及擦掉罪迹就倒在人民脚下的。”驰名中外的辽沈战役，留给蒋介石“三种记录”：锦州一战三十一小时，廖耀湘十二个美械师覆灭也不过两天一夜，沈阳解放就成为东北战争的“煞尾”。刘白羽的通讯报告，就这样反映了落花流水的反动派是如何被人民扫进历史垃圾堆的。他在《人民历史新的一页》掀开了北京古都的历史新篇章，《我们欢呼新中国——记中华人民共和国的诞生》响彻着“我们已经站起来了”的时代最强音。如果说，他在抗日战争和解放战争前期的通讯报告比较注重纪实，是用“史笔”来反映战争的进程，揭示历史的动向；那么到了解放战争后期，他是用诗人的豪情和画家的彩笔追踪历史大进军的胜利历程，信息快，场面大，激情洋溢，气盛言宜，构成了他报告文学的气势磅礴的艺术风格。在现代散文史上，像刘白羽这样用通讯报告来反映中国抗日战争和解放战争全过程的作家，屈指可数。

通讯报告在抗日战争和解放战争中因最适应战时动态报道的需要而特别兴盛，名家名著还有：亦门（阿垅）《第一击》、骆宾基《大上海的一日》、谢冰莹《新从军日记》、曹聚仁《大江南北》、碧野《北方的原野》、司马文森《粤北散记》、丁玲《陕北风光》、吴伯箫《潞安风物》、华山《踏破辽河千里雪》、曾克《千里跃进》等。这类作品及时而广泛地反映战争时代的风云变幻，留下中国人民争自由求解放而血战前行的悲壮史诗，强化了报告文学的现实性、时代性和战斗性，同时也增强和丰富了报告文学的艺术表现力，从整体上提高了报告文学的创作水平和艺术地位。以群在《抗战以来的报告文学》一文中，概括出报告艺术的明显进展：由平铺直叙到提要钩玄，由记录直接的经验到表现综合的素材，由热情的歌颂到冷静的叙写，由战斗的叙述到生活的描写，由以事件为中心到以人物为主体。[①]这表明在烽火连天的岁月，许多作家与民族和人民共患难，同战斗，不仅改变了自己的生活方式、思想感情和文艺观念，而且改造了自己的文艺武器，充分发挥通讯报告的文体特长和战斗功能，不断深化对战争生活和历史进程的艺术表现，逐步强化和提升报告文学反映时代动态的敏锐性、多样性和艺术性，合力促进了报告文学走向繁荣和成熟。

①以群：《抗战以来的报告文学》，《战斗的素绘》，重庆作家书屋1943年版，第22—25页。

第六章 // 共和国前期：现代散文的衍变

第一节 “十七年”散文的变迁

1949年10月1日，中华人民共和国在北京宣告成立，中国进入建设新国家、新制度和新社会的新时代。历经社会主义革命与建设十七年、“文化大革命”十年和改革开放新时期，中国社会发生了翻天覆地的巨变，中国文学也在适时变迁中形成新的时代风貌。从1949年至今的中国文学，史称“当代文学”，其散文也相应称为“当代散文”。而从长时段的历史观念来看，当代共和国文学与“五四”新文学、20世纪30年代左翼文学和40年代延安文学具有革命性和人民性的血脉联系，是中国文学现代化进程的一个曲折发展阶段，与古典文学相对而言，可视为现代文学的当代发展阶段。

1949年7月，中华全国文学艺术工作者第一次代表大会在北平召开，郭沫若作题为《为建设新中国的人民文艺而奋斗》的总报告，周扬、茅盾分别作关于解放区的《新的人民的文艺》和关于国统区的《在反动派压迫下斗争和发展的革命文艺》的工作报告。这次文代会成立了中华全国文学艺术界联合会和中华全国文学工作者协会（1953年9月改为中国作家协会），新的文艺组织、文学制度与文学生活确立起来了。

新中国初期形成的政治文化体制改变了现代文学的生态环境，深刻影响着20世纪后半叶中国文学继往开来的历史进程。

从1949年共和国成立到1966年“文化大革命”爆发前的十七年间，是新中国文学生成发展的成型期，史称“十七年文学”。文学为政治服务观念的确立，是十七年文学最重要的思想规约。毛泽东1942年《在延安文艺座谈会上的讲话》（以下简称《讲话》）所提出的文艺为政治、为工农兵服务的文学纲领作为一种全新的整体性论述，成为新中国文艺的指导思想。在第一次全国文代会上，周扬以《新的人民的文艺》总结《讲话》以后延安文学的新变，从“新的主题，新的人物，新的语言、形式”等方面肯定“解放区的文艺是真正新的人民的文艺”，确认《讲话》“规定了新中国的文艺的方向，解放区文艺工作者自觉地坚决地实践了这个方向，并以自己的全部经验证明了这个方向完全正确，深信除此之外再没有第二个方向了”；在全国革命已取得基本胜利的新历史时期里，文艺工作者“必须继续深入群众、深入实际，积极参加人民解放斗争和新民主主义各方面的建设，并通过各种艺术形式更多地更好地来反映这个斗争和建设”，“重点必须放在工农兵身上”，“必须学习政治，学习马列主义毛泽东思想与当前的各种基本政策”，“只有站在正确的政策观点上，才能使自己避免单从偶然的感想、印象或者个人的趣味来摄取生活中的某些片段，自觉或不自觉地对生活作歪曲的描写”。①

这时期的文学队伍发生了很大变化。20世纪30年代的左翼作家、40年代的延安作家成为新中国作家队伍的主体，新生代作家也陆续走上文坛。在散文创作队伍中，有巴金、冰心、老舍、叶圣陶、丰子恺、胡风、冯雪峰、丁玲、李广田、杨刚、萧乾、吴伯箫、师陀、李健吾、夏衍、巴人、徐懋庸、唐弢、柯灵、黄裳等一批跨时代的作家，也有一批在抗日战争和解放战争中走入革命队伍和文学道路的新进作家，如孙犁、杨朔、刘白羽、秦牧、碧野、黄钢、华山、魏巍、菡子、峻青、方纪、魏钢焰、李若冰、何为、袁鹰、郭风、柯蓝、邓拓、黄秋耘、马铁丁、邵燕祥等，他们是“十七年文学”的主力。作家们大都面临着如何适应新形势、不断改造思想和文风的共同问题，他们力图跟上时代发展步伐，以新的笔墨反映新的现实生活，开拓新的散文天地；他们也都经历了思想改造、反右派、“大跃进”、反右倾、反修防修等政治运动与文艺斗争的规训和甄别，在“文化大革命”中遭受被迫害、被封笔的磨难，直至1976年10月粉碎“四人帮”之后才获得“第二次解放”，在改革开放的新时期重新爆发出被抑

①周扬：《新的人民的文艺》，新华书店1949年版，第2、25、28、29页。

制的创作活力。

这时期的散文顺应时代变革而更新自己的文体观念、描写内容、表现方式和艺术功能。各体散文被普遍认同为“文学的轻骑队”，具有快速反应能力，应当“迅速和生动地反映”“新的生活，新的风习，新的思想感情，新的矛盾冲突”。[①]有人认为散文领域“是海阔天空的，不属于其他文学体裁，而又具有文学味道的一切篇幅较短小的文章都属于散文的范围”“一切的散文形式都应该提倡，各种形式都应该尽量具有丰富多彩的内容”。[②]有人提倡“创作我们时代的新散文”，“我们有理由期望，我们的散文，应当充分地反映我们英雄时代的风貌与光辉。它是壮丽生活的赞歌，它是战斗生活的号角。当然，这一点也不影响散文的多种风格、多种样式”。[③]许多散文家和评论家一再呼吁散文的敏锐性、时代性和多样性，但在创作自由不落实的年代是难以全面实现的，散文创作实践中一直存在着思想约束较多、内容不够丰富、个性风格弱化、各体式发展不平衡等问题。秦牧曾感叹道：“我们的散文作品内容很不够广泛，在一些文艺刊物上登的散文，题材范围尤其狭窄。经常是：只有国际小品、社会生活的评论、文艺随笔、读书笔记之类。谈天说地谈得远一点的，像知识小品、旅行记，三言两语的随感录，私人的日记书简之类，就几乎没有”，能“给人愉快和休息”的文字，“在报纸上还可以看到一点，在文艺刊物里，却真是少得可怜了”。[④]这种状况主要是由当时的政治环境、思想规约和写作限制造成的，也与作家们普遍放弃独立思考和个性追求而趋利避害、明哲保身的写作策略直接相关。

这时期散文延续现代散文“三分法”，分为报告文学、杂文随笔和叙事抒情散文三大文类，各类散文发展并不平衡。报告文学以通讯、特写为主，在迅速反映现实变动、热情歌颂新人新事新风尚方面走在各类散文的前头，但采写内容不够深广，文体样式较为单调，新闻性和政论性强于文学性，总体质量并未超越抗战时期。杂文随笔延续延安“新杂文”主调，

①柯灵：《散文——文学的轻骑队》，《人民日报》1961年2月28日。

②秦牧：《散文领域——海阔天空》，《文艺报》1959年第14期。

③刘白羽：《创作我们时代的新散文——在上海一次创作座谈会上的讲话》，《上海文学》1963年第7期。

④秦牧：《散文领域——海阔天空》，《文艺报》1959年第14期。

以一般的批评和建议为主，缺少广泛的社会批评与文明批评，虽然在1956—1957年间一度释放压抑已久的能量，但随即遭受“反右”运动的重创而收敛锋芒，转向温和的、正面说理的知识小品、历史小品。叙事抒情散文空间同样狭小，盖因日常生活、往事回忆、个人情趣的内容不合时宜而有意回避，叙事写人描景大多强化诗意，服务于政治抒情。杨朔、刘白羽、秦牧、吴伯箫、碧野、菡子、柯蓝、郭风、袁鹰等诗化散文作家群体的出现，突出体现了“十七年”散文的时代特色和文学成就。

报告文学在新中国成立初期形成以报道国内社会主义建设成就、国外抗美援朝战况的通讯特写为主的发展格局，而在“双百”方针带来短暂的民主气氛里，也一度出现干预生活的写作倾向。

1952年《文艺报》开展了如何“创造新英雄人物”的讨论，要求文艺工作者深入到农民、工人和城镇劳动人民中去，深入到战斗在朝鲜的志愿军中去，采写新时代的工农兵形象。魏巍的《谁是最可爱的人》、巴金的《生活在英雄们中间》、老舍的《无名高地有了名》、菡子的《前线的颂歌》以及集体写作《志愿军一日》等通讯特写，是20世纪50年代初期报告文学作为时代文体和时代话语的主要收获。魏巍1951年4月所作的名篇《谁是最可爱的人》，从朝鲜战地采访材料中精选松骨峰战斗、马玉祥从烈火中抢救朝鲜小孩、与普通战士对话这三个典型事例，凸显志愿军战士集革命英雄主义、国际主义、爱国主义于一身的高尚品质和英雄群像，率先赋予志愿军战士是“最可爱的人”的最高赞誉。这种以典型事迹塑造典型形象、以政治抒情提升典型意义的写法，引领了报告文学通讯化、颂歌化、政论化的写作潮流，影响极其广泛和深远。1956年，中国作家协会编选出版1953—1955年的《散文特写选》，收文五十九篇。魏巍在序言中将散文与特写看作两种文体：“这是一本最近两年间的散文和特写（通讯、报告）的选集”，“这里的文章，虽然还不敢说有着怎样高的艺术水平，但整个看来，它却具有两个鲜明的特点：一个是反映现实的及时，一个是题材的广阔”，强调“散文和特写是一种有最大灵活性的战斗体裁”。[①]此后各种冠以“散文特写”之名的集子越来越多，题材与内容从朝鲜战场转向国内建设，文体大多在新闻通讯的基础上，着力于用特写手法刻画英雄人物形象。

---

①魏巍：《散文特写选（1953. 9—1955. 12）·序言》，《散文特写选（1953. 9—1955. 12）》，人民文学出版社1956年版，第1页。

《人民日报》与中国作家协会合作，特邀华山、方纪、谷峪、李准、杨朔、闻捷、韩北屏、韶华等二十多个作家担任特约记者，去各地旅行采访，专门创作特写。这种在限定范围与规定主题下组织的采风，成为文学组织与文学生产的一种典型模式。作家们身负组织之托，积极参与到“表现新的时代和新的人物”的写作热潮中，将通讯特写写成了一首首“英雄赞歌”。这些在文体上应当称作“通讯化报告文学”，大多篇幅不长，注意舆论导向，塑造先进形象，艺术上综合场景再现、气氛烘托、人物描写以及作者评述等手法，充溢着赞颂的、抒情的、政论性的文风。

1956年毛泽东提出“百花齐放，百家争鸣”的方针，引发了知识分子的“鸣放”热情。报告文学中也相应开拓了一条与颂歌化不同的“干预生活”的写作路径。可是，这种新探索在1957年“反右”运动中遭到清算而中断了，但在1976年以后的新时期报告文学中得以复兴与发展，成为当代报告文学的显性传统。

正如通讯特写陷入歌颂生活与干预生活的矛盾，杂文也面临“歌颂”还是“暴露”这一难解之结。早在延安解放区和抗战时期的国统区，人们对这一问题就有过不少争论。如何继承鲁迅杂文传统，怎样写杂文，写什么样的杂文，成为1949年以后散文界最先讨论的问题。1950年4月4日，黄裳在《文汇报》上发表《杂文复兴》一文，认为“杂文是和时代结合的最密切的武器，那么，跟着时代的发展，它的形式自然得变。过去的说话绕弯子，是不得已的事。不过杂文的最重要成功，还不是隐晦曲折，而是在它的锋锐，能一笔下去可以刺着时弊的要点”。[①]他维护杂文的“讽刺”特质，但已经兼容延安杂文所强调的要区别对待不同对象的观点，提倡用“含着浓烈的热情的讥讽”的新杂文来区别于那种对敌人无情打击式杂文。可是，即便收敛了杂文的锋芒，也未能获得支持。冯雪峰在《谈谈杂文》中，对“杂文”性质进行新的划定：我们今天还是需要杂文的，问题是需要什么样的杂文？他认为，那些“弯弯曲曲、隐隐晦晦的杂文，是的确应该过去了，因为那样的时代是已经过去了”，“我们今天仍旧需要杂文，就是必须适合于今天人民所需要的那种形式、内容和精神的杂文”，而“新的杂文，在人民民主专政的时代，却完全不需要隐晦曲折了。也不许讽刺

①黄裳：《杂文复兴》，《文汇报》1950年4月4日。

的乱用，自然并非一般地废除讽刺”。[①]这与周扬在《新的人民的文艺》中所说“新的国民性正在形成”，因而要抱着“保护人民，教育人民”的热情态度去批评，是同样的意思。

黄裳提倡鲁迅式杂文而受阻。取而代之的是国内报刊推广起苏联《真理报》上的“小品文”经验，译介了萨斯拉夫斯基的《论小品文》，将小品文定义为“进行思想斗争最灵活的武器”[②]。“苏式小品文”实际上是狭义的杂文，主要特征是讽刺、揭露与事实批评。给予小品文生机的是1956年毛泽东提出的“双百”方针，诸多报刊纷纷开辟“小品文”栏目，使批评性杂文跃出谷底，挟雷带电，颇见尖锐与激情。徐懋庸、巴人、唐弢、黄秋耘、吴祖光、马铁丁、邓拓、邵燕祥等作家，有的是20世纪三四十年代杂文高手，有的一向带着率直的自由主义思想气息，在一度宽松的政治气氛和相对自由的思想空气里重新活动筋骨，伸展手脚。徐懋庸以《小品文的新危机》《不要怕民主》等文章，肯定小品文在今天的社会里还有存在的理由，为杂文辩护。在黄秋耘看来，批评、指责和限制、束缚作家创作的情况固然普遍存在，但更可怕的是作家们的精神状态出现了危机，他一连发表了《锈损了灵魂的悲剧》《不要在人民的疾苦面前闭上眼睛》《犬儒的刺》《刺在哪里》等堪称1956—1957年间最有思想锋芒的杂文，批评那些“仅仅满足于表面的歌颂和空虚的赞美”的艺术品、犬儒式随波逐流而“锈损了灵魂”的文艺家。在那个短暂的“春天”里，黄秋耘不写无关痛痒的文字，不发不咸不淡的牢骚，不为浅薄的乐观主义所迷惑，下笔就奔涌出鲁迅风杂文的现实战斗精神，但其底色透露出人道主义情怀：作为一个有着正直良心和清醒理智的艺术家，是不应该在现实生活面前，在人民的疾苦面前心安理得地闭上眼睛、保持缄默的。[③]这些杂文家稍后被整肃的命运，证明了杂文既是“百花齐放，百家争鸣”的急先锋，也是“双百”方针的晴雨表。1958年1月26日，《文艺报》将丁玲、王实味等在延安时期的杂文重新发表，并配发“编者按”组织批判，当代杂文的第一次

①冯雪峰：《谈谈杂文》，《文艺报》（半月刊）1950年第9期。

②陈绪宗：《小品文——进行思想斗争最灵活的武器》，《人民日报》1954年4月18日。

③黄秋耘：《不要在人民的疾苦面前闭上眼睛》，《锈损了灵魂的悲剧》，人民文学出版社1980年版，第6—10页。

小阳春就此结束。

1961年至1962年，在国家经济政治文化等进行政策调整的时期，文学与政治的关系有所松动。一直倡导在困难时期“奋发图强，发愤读书”的邓拓，在《北京晚报》“五色土”副刊开设《燕山夜话》专栏，以“马南邨”为笔名，在1961年3月19日至1962年9月2日一年半的时间，发表杂文153篇，大获好评。1961年10月至1964年7月，吴晗与马南邨、繁星（廖沫沙）合作，以“吴南星”为共用笔名，在《前线》杂志开设以“提倡读书，丰富知识，开阔眼界，振奋精神”为宗旨的“三家村札记”。“三家村”杂文的作者，主要身份是中共高级官员，其次才是学者型杂文作家，这决定了他们的杂文笔调偏向温和、理性与质朴。他们的文章多能言之有物，不出虚言，体现出具有知识力与思想力的体制内知识分子风范。但这株带着历史学家的明智、学者官员的博雅、文笔清新朴素的知识性杂文之树，在多变的政治气候里很难正常生长，即使是博学多才的邓拓，在杂文的思想深度、情感的沉郁孤愤、艺术的腾挪跌宕等各个方面，与当年的鲁迅也不可同日而语。

邓拓的“夜话”与“札记”更注意将自己长期的马克思主义理论修养与深厚的文史积淀结合，将历史典故、寓言故事、民间传说、农务民俗等信手拈来，熔为一炉，以普及知识、切近民生为目的，旁征博引，谈天说地，文笔老熟又富于书卷气。“夜话”取一种工作之余闲谈的氛围，“札记”暗示学问与思想的草稿，这是对20世纪40年代延安新杂文传统的继承。邓拓杂文采取了善意的批评和热情的帮助态度，追求明白晓畅、亲切委婉的文风，明显区别于各大报刊的政论和批判文章。邓拓杂文春风化雨，笔走龙蛇，既隐含学者温文尔雅的一面，也在古今贯通中时露隐忧，每每流露出以史为镜的劝诫和忠诚等传统书生的本色。《养猫捕鼠》里写猫驱走老鼠后，养猫人“抹杀猫儿的功绩，而嫌它‘尸位素餐’了”，不可谓不尖锐。《八股余孽》里论“八股的余孽却阴魂不散，还到处兴妖作怪，借尸还魂”，仿佛应验了周作人20世纪30年代文章里的隐忧。《一个鸡蛋的家当》听起来荒唐，“他的计划简直没有任何可靠的根据，而完全是出于一种假设，每一个步骤都以前一个假设的结果为前提，对于十年以后的事情，他统统用空想代替了现实”，批评的却是眼前现实。至于《郑板桥和“板桥体”》所云“什么是‘板桥体’的灵魂呢？我以为它就是在一切方面都要自作主人，不当奴才！”简直是脱口而出、掷地有声。这些借历史批评现实的杂文，犀利而有风骨，深刻而有价值。

吴晗早在西南联大时期就擅长写作慷慨激烈的杂文，新中国成立后所写杂文多收入《灯下集》《春天集》《学习集》中。他在个人历史观的“与时俱进”中，改影射史学为命题史学，既保持着丰富的历史知识与有意义的细节，如《海瑞骂皇帝》《论骨气》等文，又明显消减了其前期杂文的“辣”味与浓烈的个人感情。吴晗因“海瑞罢官”而被扣上“影射”的帽子。廖沫沙也因文获咎，为他引来无端灾祸的是杂文《有鬼无害论》。廖沫沙借评孟超改编的昆剧《李慧娘》中李慧娘形象所引发的热议，讨论如何正确理解旧戏中的人物形象塑造。他认为戏曲舞台上女鬼形象并非都是“封建迷信”，而要看到形象蕴含的“反抗性”，“戏台上的鬼魂，不过是一种反抗思想的形象。我们要查问的，不是李慧娘是人是鬼，而是她代表谁和反抗谁。用一句孩子们看戏通常所要问的话：‘她是个好鬼，还是个坏鬼？’”[①]杂文对李慧娘形象反抗性的肯定与鲁迅《女吊》的主旨也颇为相近。当然，鲁迅《女吊》调动多种艺术手法塑造了“比别的一切鬼魂更美，更强的鬼魂”的复仇者形象，向“赠人以‘犯而勿校’或‘勿念旧恶’的格言”的正人君子和帮闲者掷出一剑封喉的自由和快意，具有极高超的艺术性和深刻的思想性。相比之下，廖沫沙说“女鬼”，落笔于普及艺术欣赏的常识，就形象论形象，平实说理而已，谈不上影射或暗藏机锋。

好的杂文随笔，其议论与说理，有赖于充分调动讽刺、漫画、反讽、悖论、幽默、机智、诙谐等各种元素，形成“理趣”。高超的杂文家或随笔家，多凭其学识与思想，展现风姿各异“纸上的散步”“含笑谈真理”的智慧、气度与人格。也有少数杂文家如鲁迅那样“不平则鸣”，具有直面惨淡人生、深刻解剖国民性的勇气。杂文的功用既可以是斗士的匕首与投枪，也可以成为地摊上有用的钉帽螺丝，自然也可以提供劳作或战斗前的准备与休息。这是极具思想魅力和艺术张力的杂文传统。而十七年间的全国各地报刊，发表杂文的园地虽然不少，杂文数量也极庞大，但杂文艺术上的开拓并不多，即使是上述那批博学且富有杂文写作经验的中年学者，不少文章追求说个“理圆”而已，较少兼及“理趣”与杂文之美。更

①廖沫沙：《有鬼无害论》，《北京晚报》1961年8月31日。

多的杂文注重于引用经典语录，以“一分为二”“辩证地看问题”来说理，杂文内容、形式从多样化变得较为呆板。

叙事抒情类散文在20世纪50年代初期并不发达，被通讯化和边缘化了。1959年《文艺报》刊登人民文学出版社“建国十年来优秀创作”目录，散文类仅有五部上榜，其中报告文学两部，文艺论谈一部，叙事抒情散文集只入选靳以《幸福的日子》和巴金《新声集》两种。即使20世纪50年代中期倡导过“复兴散文”，叙事抒情的天地也颇为局促。五六十年代之交，一些老作家在相对宽松的文艺环境中创作出一批散文名篇，抒情叙事写景多能保持他们原有的写作水准，如冰心的《小橘灯》《樱花赞》《海恋》、老舍的《养花》《北京的春天》、丰子恺的《庐山面目》《上天都》《敬礼》、叶圣陶的《游了三个湖》、李健吾的《雨中登泰山》、姚雪垠的《惠泉吃茶记》、菡子的《黄山小记》等，抒写生活趣味与美物风景，展现了那个时代难得的文人性情与文采，虽然大体不外乎山水游历、乡土感怀、新生活赞歌之类，但在政治多变的气候里还是给人春风拂面的久违之感。至于杨朔的《香山红叶》、秦牧的《社稷坛抒情》、刘白羽的《樱花漫记》等，则成为“诗化散文”三大家的精美之作；由此引发的“诗化散文”创作热潮，为“十七年”散文留下了一批代表性的散文作品。

第二节　诗化散文的新变

“诗化散文”是20世纪五六十年代之交兴盛的一种特殊文体和创作现象。这类散文酝酿于新中国万象更新的时代氛围中，盛行于“大跃进”年代和60年代初期，是理想激情遮蔽现实矛盾、以“诗意”美化生活的产物，在当时被视为“革命现实主义与革命浪漫主义相结合”的成功实践。这类散文在艺术上远承古典诗文交融的传统，近传现代散文诗化的流脉，像现代何其芳们那样以诗的感觉和笔调创作富有诗意的散文，但这时的作家们不可能像何其芳那样表达个人特有的诗情幽思，而是遵奉个人为时代为人民代言抒情的规训和理念，从新时代新生活中寻觅诗意，营造意境，合奏时代颂歌，形成以诗为文、炼意造境、雕章琢句、形散神聚等共性特点，成就了此期影响最大的散文模式。

这类诗化散文的代表性作家有杨朔、刘白羽、秦牧、吴伯箫、碧野、柯蓝、郭风等。他们对散文的诗意和诗化问题有类似的看法和自觉的追求。杨朔认为“好的散文就是一首诗”[①]，自称“我在写每篇文章时，总是拿着当诗一样写”，“常常在寻求诗的意境”，并说“不要从狭义方面来理解诗意两个字。杏花春雨，固然有诗，铁马金戈的英雄气概，更富有鼓舞人心的诗力。你在斗争中，劳动中，生活中，时常会有些东西触动你的心，使你激昂，使你欢乐，使你忧愁，使你深思，这不是诗又是什么？凡是遇到这样的事情，我就要反复思索，到后来往往形成我文章里的思想意境”。[②]刘白羽提倡“创作我们时代的新散文”，认为“一篇好的散文，尽管它是散文，却可以诗意盎然”，“一个人真正投入生活洪流的尖端，生活矿藏的深处，你的思想、感情、心灵，都和那时代的主流一道汹涌澎湃，你自己就是这时代的血肉的一部分，你的眼睛会明亮，你的感觉会敏锐，你的文章便会鲜明、灿烂，有芬芳，有音韵；它是雄健的，——谁能否认我们所生活的是最雄健的生活；它是优美的，——谁能否认我们所生活的是最优美的生活。抒人民之情、抒革命之情、抒时代之情，这种感情便是最美的”。[③]秦牧在呼吁散文多样化的同时，也认可散文中有“个人抒情气氛很强烈的东西，和‘诗歌’隔壁居住”，强调“思想是一切的灵魂”，“思想像一根线串起了生活的珍珠。没有这根线，珍珠只能够弃散在地”，“在先进、成熟的思想的指导下，丰富的生活知识、大量的词汇就能够活跃起来了”。[④]当年有论者概括说：“散文中的诗意，我以为最主要的是：深刻新颖的思想和优美充沛的感情；丰富美丽的想象和耐人寻味的意境；精炼鲜明的富于美感的语言。”[⑤]这些观点都强调散文要发现新生活中的诗意，要抒写新时代的思想激情，要吸收诗的感觉、想象和表达方式来创造诗的意境，使散文充满诗情画意，把生活诗意化，也把散文诗化了。这种散文思潮因适应当时政治文化歌颂光明面、弘扬主旋律的要求，符合“革

①杨朔：《海市·小序》，《海市》，作家出版社1960年版，第1页。

②杨朔：《东风第一枝·小跋》，《东风第一枝》，作家出版社1961年版，第152页。

③刘白羽：《创作我们时代的新散文》，《上海文学》1963年第7期。

④秦牧：《散文领域——海阔天空》，《文艺报》1959年第14期。

⑤李元洛：《散文的诗意》，载《笔谈散文》，百花文艺出版社1962年版，第66页。

命现实主义与革命浪漫主义相结合"的创作原则而风行一时，涌现出诗化散文的创作热潮。

杨朔（1913年—1968年），原名杨毓瑨，山东蓬莱人。抗战全面爆发后奔赴延安，转战华北各地，写了一批小说和战地通讯。1950年后历任中华铁路总工会文艺部长、中国作协外国文学委员会主任、中国保卫世界和平委员会副秘书长、亚非作家常设局秘书长等职，主要从事文化外交工作，著有长篇小说《三千里江山》、朝鲜通讯《鸭绿江南北》、散文集《亚洲日出》《海市》《东风第一枝》《生命泉》等，后有《杨朔散文选》行世。他在青少年时代学过英文，研习传统诗文，颇有诗人气质，中外文学修养较为深厚，又经受革命战争的洗礼和小说创作的锤炼，因而能较快适应新时代新生活的要求，写出《香山红叶》《海市》《泰山极顶》《荔枝蜜》《茶花赋》《秋风萧瑟》《雪浪花》《画山绣水》《金字塔夜月》《樱花雨》等名篇，成为诗化散文的杰出代表。

杨朔在创作实践中体会到散文的特长："散文常常能从生活的激流里抓取一个人物一种思想，一个有意义的生活断片，迅速反映出这个时代的侧影。所以一篇出色的散文，常常会涂着时代的色彩，富有战斗性。"[①]他善于选取闪光的生活片段来营造诗的意境，映现时代光彩。他写《香山红叶》，不重风景而重人物，着重显示老向导久经风霜、"越到老秋，越红得可爱"的精神风貌。《雪浪花》更着重写照渔民老泰山老当益壮、勤劳奉献的思想境界。《茶花赋》不仅沉醉于"春深似海"的花丛中，还盛赞花匠普之仁这类普通劳动者，"整月整年，劳心劳力，拿出全部精力培植着花木，美化我们的生活"。《荔枝蜜》则歌咏"蜜蜂是在酿蜜，又是在酿造生活；不是为自己，而是在为人类酿造最甜的生活"，凸显蜜蜂虽"渺小"却很"高尚"的灵魂，也借此歌颂劳动人民的"酿蜜"精神。《海市》"记的并不是那渺渺茫茫的海市，而是一种真实的海市"，把长山列岛的新生活写得比海市蜃楼"还要新奇，还要有意思得多"。这类新人新事新景象，经过作者的精心挑选和深入发掘，都有平中见奇、引人寻味的诗意，当然也不免留有那时代普遍存在的美化现实、专事颂扬的局限。

杨朔以诗为文，不仅在生活素材中执着"寻求诗的意境"，执笔写作

---

①杨朔：《〈海市〉小序》，《海市》，作家出版社1960年版，第1页。

时“也不以为自己是写散文，就可以放肆笔墨，总要像写诗那样，再三剪裁材料，安排布局，推敲字句，然后写成文章”。[①]他把诗的构思、炼意、造境、熔裁和修辞艺术引入散文，又吸收小说叙事写人的某些手法，精心锤炼每一篇散文作品，在强化艺术精美的同时，也留有刻意求工的斧凿痕迹。例如，《雪浪花》构思精巧，寓意新奇，精雕细刻，字斟句酌。开头从礁石被海浪冲激成奇形怪状而令人好奇的景象起兴，运用“是叫浪花咬的”这一拟人手法，引出了说这话的老渔民“老泰山”，他深知浪花的品性与合力：“别看浪花小，无数浪花集到一起，心齐，又有耐性，就是这样咬啊咬的，咬上几百年，几千年，几万年，哪怕是铁打的江山，也能叫它变个样儿。”这样的对话有些咬文嚼字，不尽切合人物的口吻，却先声夺人，一语破题，富于诗意哲理，让人对老泰山刮目相看。由此展开对老泰山的描写，通过“磨剪刀”和“赶过脚”的今昔对比，显示他人老心红、爱憎分明、乐观风趣、勤劳尽力地为集体生产添砖加瓦的精神面貌，进而深挖其典型意义：“老泰山恰似一点浪花，跟无数浪花集到一起，形成这个时代的大浪潮，激扬飞溅，早已把旧日的江山变了个样儿，正在勤勤恳恳塑造着人民的江山。”全文借景写人，托物寓理，在雪浪花与老泰山之间找到对应的隐喻关系，抓住二者共有的“咬劲”作为“文眼”来炼意造境，把物性、民性、时代性巧妙联结，把画意、诗情、哲理熔于一炉，把普通劳动者平凡而伟大的“雪浪花”品性升华为时代精神和理想品德的典型代表，以此突出与主流意识形态相吻合的思想主题，同时也强化了诗意哲理对全文的凝聚融合、点化升华的统帅作用，形成了“物→人→理”的构思和结构模式。

杨朔散文的特色与成就备受当时评论界的推崇。《海市》《东风第一枝》出版后，洁泯就写了长篇评论《谈杨朔的几篇散文》[②]，率先肯定杨朔散文“自有一番说不尽的诗的意境”，“这诗的意境，恐怕不是别的，是生活与想象的结合，也是生活与诗的结合”，“作者的情怀，并不只止于生活的平面，所感触和想象的，常常比之现实要更高而更远；它告诉读者的，常不在记叙着的某一件事情，仿佛‘意在言外’，用诗意的形象，道出生活中更生动而美丽的景象”。他的散文“是淡墨中藏着深意，是幽远

①杨朔：《东风第一枝》，作家出版社1961年版，第152页。

②洁泯：《谈杨朔的几篇散文》，《文学评论》，1962年第2期。

中蕴蓄着遒劲，是纤波而浓点，在艺术上具有独有的表现方法和风格”。此外，冰心《〈海市〉打动了我的心》、林志浩《赞〈东风第一枝〉》《当做诗来写——读杨朔的散文》、高歌今《诗写的散文——读杨朔的〈东风第一枝〉》、黄政枢《杨朔的散文艺术》等评论，都盛赞杨朔散文的诗意创造和诗化成就。周立波在选编1959年至1961年《散文特写选》时选入了杨朔的《海市》《茶花赋》二文，并在《序言》中写道：“近年以来，在散文这个行当里，努力独树一帜的作家，首先使人想到了杨朔同志”，“笔墨简洁，叙述明白，是作者的特长；然而也许因为过于矜持吧，文字上微露人工斧凿的痕迹”。杨朔散文的诗化艺术把散文从通讯化潮流中超拔出来，提升了散文的文学品位和艺术价值，成为“十七年”散文艺术创新的一种示范和标高，同时也成为人们争相模仿的对象，造成风行一时的“杨朔模式”，在新时期也变成人们争议和力求突破的问题。

刘白羽（1916年—2005年）在新中国历任中国作协副主席、文化部副部长、解放军原总政治部文化部部长等职，写过不少通讯报告，从1959年写《日出》开始转入抒情散文创作，以《长江三日》《平明小札》等名篇和《红玛瑙集》引人瞩目，成为当时与杨朔齐名的诗化散文的又一位代表作家。他和杨朔都寻求新时代新生活的诗意和诗化表达，但二者的诗化方式并不一样。如果说杨朔主要从普通劳动者身上和日常事物中找到诗意的闪光，像婉约派诗词那样清丽隽永，刘白羽则从火热现实与革命往事中发掘诗意的光彩，以宏大叙事和政治抒情高奏“激流勇进”的时代进行曲，像汉赋那样铺张扬厉，又像豪放诗人那样慷慨高歌。

刘白羽在《红玛瑙集》新版序中说：“在和平建设时期，虽然我又拾起笔写散文，但经历革命与战争的锤炼，我的散文终究失去了旧世界打上的某些烙印；我从《从黄昏到夜晚》《绿》《关于长城的回忆》那种缠绵悱恻中挣脱出来，就像抖落了昨天的一身灰尘，走上今天新的路程，我有了我的散文的新的格调。这是我个人心灵、感情、情操、美感的变化的必然而然的结果……《日出》《长江三日》《平明小札》是我对新的美的探索的结果。”[①]他经历过抗日战争、解放战争和朝鲜战争，冲过硝烟战火，闯过

①刘白羽：《新版〈红玛瑙集〉序》，《红玛瑙集》，文化艺术出版社1983年版，第2页；该版比作家出版社1962年初版增收《平明小札》《雪》《绿夜》《冰凌花》《海的幻想》《月》等十七篇作品。

暴雨狂风，带着理想信念和战斗激情拥抱新时代的火热生活，提倡并实践着自己的散文理念："创作我们时代的新散文"，"它是壮丽生活的赞歌，它是战斗生活的号角"，"我们是这个伟大时代的人，唱歌要唱我们人民的歌，要唱我们时代的歌，要唱我们人民与时代革命前进的歌"。[①]个人为时代歌唱，不仅成为他散文创作的指南针，也成为十七年散文的最强音。

《长江三日》最能代表刘白羽散文的创作风格。它写于1960年初冬，以日记体纪游述感，将写景、抒情和说理有机结合，抒写激流勇进的战斗豪情和革命哲理。作者用彩笔写出长江三峡的不同风采：瞿塘峡像一道闸门，两面悬崖绝壁，江随壁转，激流澎湃，涛如雷鸣，令人惊心动魄；巫峡像江上一条迂回曲折的画廊，每一曲，每一折，都向你展开一幅绝好的风景画，引人流连忘返；西陵峡比较宽阔，却处处是急流险滩，让人惊讶不已。他笔下的长江，不仅壮丽多姿，美不胜收，而且充满激流险滩，穿越深谷迷雾，既是长江三峡千姿百态、险峻壮美的生动写照，又是革命征程峰回路转、勇往直前的鲜明象征。他在三日行程中赞赏江山美景，阅读先烈遗书，心潮激荡，浮想联翩，觉得自己和大自然很贴近，"正在和江流搏斗而前"，"我所经历的大时代突然一下集中地体现在这奔腾的长江之上"，"我们的全部生活不就是这样战斗、航进、穿过黑夜走向黎明的吗？""我不能不意识到，今天我们整个大地，所吐露出来的那一种芬芳、宁馨的呼吸，这社会主义生活的呼吸，正是全世界上……一切先驱者的血液，凝聚起来，而发射出来的最自由最强大的光辉。"这样的政治联想和哲理感悟，固然在联想与转折时，显得突兀和牵强，却是他触景感怀、托物言志的常用写法，是他对大江精神的一种独特体会和理性升华，也是这篇日记体游记借题发挥、别具一格之所在。他总是把革命经验融入现场体验，把个人激情扩张为时代和大我的政治抒情，以激昂笔调高唱革命战歌，大抒豪情壮志，形成其粗犷豪放、雄浑壮美的文风。

《平明小札》一组十二篇写于1962年他因病住院期间，是由日记改写而成的抒情小品。当时他经受神经瘫痪和爱子病危的双重折磨，在与病魔搏斗中依然保持战士诗人的顽强斗志和豪迈本色，如《急流》再次表现激流勇进的情理。但从宏大叙事转入日常思索，思绪由近及远，即小见大，

①刘白羽：《创作我们时代的新散文》，《上海文学》1963年第7期。

变得更为灵活和明净。如开篇之《晨》，抒写病中“愈觉得清晨之可贵”的感想，由早晨的清新体会“朝气”的含意，想到早晨是人生每天“一个新的起点”，“很像早霞中升起来的一片白帆，也就是每一个早晨都在我们生活的航道上升起的白帆”，比喻贴切，言近旨远。又如《早晨的花》，想起童年喜爱的带露的牵牛花，战地所见的嫩红色牵牛花，自家栽种的牵牛花，以及清晨在医院一个僻静角落发现的一架茂盛的牵牛花，即兴咏叹道：“牵牛花是早晨的花，这紫的、蓝的、白的、红的花，是专门开给那些和黎明、和早霞、和朝阳一起开始生活与工作的人看的，是为早起的人祝福的。”这类抒写更带有自己的爱好、感觉、情趣和话语，可见豪放诗人也有清秀之作。

刘白羽散文以阳刚壮美著称，体现出时代风格与个人风格的一致性，成为一个时代的流行文风。他后来在新时期还著有《芳草集》《海天集》《秋阳集》和长篇回忆录《心灵的历程》等，虽有较大进展，影响却已没有《长江三日》那样强烈和深广。

秦牧（1919年—1992年），原名林觉夫，祖籍广东澄海，出生于香港，从小随父亲侨居新加坡，1932年回广东就学。抗战全面爆发后流离于华南、西南地区。从写杂文走上文学道路，1947年结集出版《秦牧杂文》，受到鲁迅风杂文的影响。1949年后从香港回到广州定居，历任中华书局广州编辑室主任、《羊城晚报》副总编辑、中国作协广东分会副主席、《作品》主编等职。著有散文集《贝壳集》《花城》《潮汐和船》《长街灯语》《花蜜和蜂刺》《晴窗晨笔》《秋林红果》《哲人的爱》、文艺随笔《艺海拾贝》《语林采英》等。

相比其他当代作家，秦牧在岭南开拓的散文园地更多地保留了自己原有的杂文随笔个性，尤其是在知识性、趣味性、思想性与政治性之间保持着某种微妙的平衡。他一直呼吁散文领域的“海阔天空”，主张“一切的散文形式都应该提倡，各种形式都应该尽量具有丰富多彩的内容”，“我们应该有知识小品、谈天说地、个人抒情一类的文章”。[①]1961年出版的《花城》一书，以叙事抒情散文为主，也兼收杂感漫谈之类作品，很能体现他博识多趣、絮语漫谈的创作特色。他在《土地》一文中说：“望着莽莽苍

---

①秦牧：《散文领域——海阔天空》，《文艺报》1959年第14期。

苍的大地，我骑着思想的野马奔驰到很远很远的地方，然后，才又收住缰绳，缓步回到眼前灿烂的现实中来。”他总是抓住思想主题的缰绳，在古今中外的知识与生活旷野中纵横驰骋，收放自如。他想起春秋时代晋国公子重耳在亡命途中膜拜土地的故事，近代殖民主义强盗在太平洋岛屿掠夺原住民部落土地的惨象，海外华侨离乡背井所珍藏的一撮“乡井土”，湛江“寸金桥”所凝结的劳动人民誓死保卫每一寸土地的抗敌爱国精神，又反顾土地回归人民后变成“息壤”似的“正在不断变化，不断成长”的现实场景，在辽阔时空的浮想联翩中贯穿着对土地的阶级分析的眼光和爱国主义的思想红线，在谈古道今、夹叙夹议的自由抒写中结撰出这篇深沉的土地畅想曲。其《社稷坛抒情》《古战场春晓》《天坛幻想录》诸篇都有这样的构思和写法。

广州被誉为“花城”，来自秦牧1961年春节写的《花城》一文。他每年都到年宵花市去挤一挤，已写过《南国花市》《花市徜徉录》，这回徜徉在特别巨大的花海中，又有了强烈的创作欲望，“心里面就像被一根鹅羽撩拨着似的，有一种痒痒麻麻的感觉。总想把自己所看到和感受的一切形容出来”。他从年节风习中领略“我们民族文化的源远流长，和千百年来人们热烈向往美好未来的心境”，为赏花爱美的生活情趣正名。他观赏“十里花街”千姿百态、姹紫嫣红的繁盛美景，感觉“亿万人的欢乐才是大地上真正的欢乐”，想到人类改造自然、人民创造文明、群众具有审美眼力的许多道理，不仅触景生情，富于诗情画意，还即事见理，引人思索美好生活的来由和涵义。周立波点评道：“在《花城》里，他把‘灯色花光，一片锦绣’的场景写得那样的引人，读它的人也想跟他一起流连花市了”，“他流利地倾吐自己的思虑和感触，一些寻常惯见的事物常常赋予它某种奇妙的想象和怀感。他写哪个主题，就拥有哪一范围里的人生、社会和历史的知识”，“作者依仗的主要是理性的诉说，描绘似乎少一些，藻饰也应添加一点点”。[①]秦牧散文虽然知性胜于感性，行文略输文采，却在谈天说地之中拓展散文的发展空间，传承现代散文的“谈话风”传统，在诗化散文流行之际多少保留了絮语散文自由亲切的精神气息和个人话语风格，这是他对当代散文的一个独特贡献。

---

①周立波：《散文特写选（1959—1961）·序言》，《散文特写选（1959—1961）》，人民文学出版社1963年版，第5页。

吴伯箫（1906年—1982年），山东莱芜人。他早期创作散文，曾结集为《羽书》出版。抗战全面爆发后奔赴延安，受过革命熔炉的冶炼，著有《潞安风物》《黑红点》《出发集》等。在20世纪60年代初期，他自觉把延安精神作为现实需求而加以发掘和弘扬，写下了《延安》《记一辆纺车》《菜园小记》《歌声》《窑洞风景》一组作品，收入1963年出版的散文集《北极星》。这组回忆性散文能在红色题材里巧妙避开说教口吻，将战争时代乐观主义精神以借物抒情、托物言志的方式传达出来。文中过滤了战时生活的艰辛，让每一种与战时相关的生活细节传达出内在的、单纯的美丽，在回忆中构建“诗意”与“理想”，突出“跟困难作斗争，其乐无穷”的思想主题。无论是挖窑洞还是种菜，无论是一声“同志”还是“一辆纺车”，都可触发他的创作灵感和诗意感怀。如《窑洞风景》所写“一层窑洞一层田”的塞北风光：“若是种瓜，上层的瓜蔓能够挂到下层的檐头，天然的垂珠联珑，那才真叫难得哩。景致更好，是夜里看，一排一排的灯火，好像在海岸上看航船，渔火千点；也好像在航船上望海岸，灯火万家。”又如《菜园小记》：“暮春，中午，踩着畦垅间苗或者锄草中耕，煦暖的阳光照得人浑身舒畅。新鲜的泥土气息，素淡的蔬菜清香，一阵阵沁人心脾。一会儿站起来，伸伸腰，用手背擦擦额头的汗，看看苗间得稀稠，中耕得深浅，草锄得是不是干净，那时候人是会感到劳动的愉快的。夏天，晚上，菜地浇完了，三五个同志趁着皎洁的月光，坐在畦头泉边，吸吸烟；或者不吸烟，谈谈话；谈生活，谈社会和自然的改造，一边人声咯咯罗罗，一边在谈话间歇的时候听菜畦里昆虫的鸣声；蒜在抽苔，白菜在卷心，芫荽在散发脉脉的香气：一切都使人感到一种真正的田园乐趣。”这类田园诗趣得自乡村的切身经验和革命场景，富有真实感和朴素美。吴伯箫散文凝练朗润、朴实自然，为文讲究章法结构，精心锤炼词句。

碧野（1916年—2008年），原名黄潮洋，广东大埔人。早年写过小说和通讯报告，后来致力于散文创作，是十七年散文中出色的风景画家。他两度到新疆深入生活，后又参与湖北丹江口水利建设工程，著有《在哈萨克牧场》《遥远的问候》《天山南北好地方》《边疆风貌》《情满青山》《月亮湖》等散文集，以善于描写边疆奇丽风景取胜。代表作《天山景物记》《南疆景物记》姊妹篇，堪称新疆山水风物画的长卷。前者上天山领略雪峰、溪流、森林、牧场、野马、蘑菇圈、旱獭、雪莲、天然湖、果子沟等丰美景物。后者下南疆欣赏“塞外江南”的富丽丰饶，移步换景，美不胜收："处处都是绿洲，处处都是水波荡漾，处处都盛产瓜、果、棉、粮。"作者在边疆生活多年，游历甚广，体验较深，对当地自然风景与人文风情的书写就远比一般游记真切、充实、深广和丰满，写景状物细腻，色彩丰富，画面立体，兼以结构讲究，辞采斐然。他自称："我写的散文，介于小说与诗歌之间。一方面，我在自己的散文上注意像写小说那般地进行剪裁；另一方面，我又在自己的散文中追求诗的意境。"①他既把小说家注重场景描写、人物刻画和结构布局的特长带入散文，这在《情满青山》《月亮湖》等叙事写人之作中表现得最为明显；又把诗的意境作为散文的艺术追求，这在写景抒情散文中更是如此。他的诗化散文，是叙述性与抒情性的交融，登山则情满于山，临水则意溢于水，又在行文中加强了音乐性，即讲求语句节奏的匀称、段落排列的有序，对偶句、排比句往往成堆成群出现，从形式上扩张诗意。《天山景物记》这样描写天山的美丽与温柔："它有丰饶的水草，有绿发似的森林。当它披着薄薄云纱的时候，它像少女似的含羞；当它被阳光照耀得非常明朗的时候，又像年轻母亲饱满的胸膛。"排比句、连缀体、一个接一个的明喻，使诗化散文读起来韵律十足。

比诗化散文更强调诗的炼意与歌咏方式的是散文诗。当代专注于散文诗创作的代表作家是郭风和柯蓝。

郭风（1918年—2010年），福建莆田人。1949年前出版过童话诗集《木偶戏》，所写散文诗收入1984年出版的"曙前散文诗丛书"之一的《笙歌》。"十七年"时期出版了《蒲公英和虹》《叶笛集》《山溪和海岛》《英雄与花朵》等散文和散文诗集。郭风这时期的散文诗延续他早期创作中的乡土抒情诗风而更新歌调，对于乡土风物和新生事物具有敏锐的直觉和美丽的想象，充满热爱和赞颂的纯真感情，不以理致而以情韵见长，有别于柯蓝散文诗而更具抒情诗的风采。《叶笛》《麦笛》《榕树》《木棉树》《木兰溪畔一村庄》等散文诗，歌咏家乡常见的自然风物，不仅充满乡土气息，而且富有诗情画意和音乐感。如"叶笛""麦笛"，"那只是两片绿叶"，"把它放在嘴唇上"，就能"从肺腑里，从心的深处"，"吹出自由的歌，劳动的歌，火焰似的燃烧着的青春的歌……""吹出花一般的音乐，吹出南方的阳光一般明媚的音乐"，"那笛声里，有故乡绿色平原上青草的

①碧野：《碧野散文选》，人民文学出版社1982年版，第3页。

香味，有四月的龙眼花的香味，有太阳的光明”。这里，家乡的寻常物象转换成诗的意象，吹唱着劳动人民的心声，歌吟着单纯而悠扬的曲调，饱含着花草的芳香和阳光的亮丽，连行文也应和着笛声回旋往复，感官直觉变得有声有色有香味，诗、画、乐三者完美融合，巧思妙构，诗味隽永。郭风晚年的散文诗和散文随笔拓展深化了对乡土风景、自然山水和人生现实的审美把握和艺术表达，使画意、诗情和哲理融为一体，风格趋于深沉练达，如《给爱花的人》《晴窗小札》等集子。

柯蓝（1920年—2006年），原名唐一正，为纪念牺牲的女友而取其姓名作笔名，湖南长沙人。抗战时期参加八路军，做过记者，写过《洋铁桶的故事》《红旗呼啦啦飘》等小说。1958年出版第一本散文诗集《早霞短笛》，此外有散文集《上海散记》《新的生活在等着》《起飞的孔雀》等。柯蓝散文带有小说叙事和诗化抒情糅合的特点，而在散文诗创作上获得更大的成就和声誉。他认为散文诗“是用散文写成的诗”，“是自由体诗的一种变体”，“反映、表现诗的意境、诗的情趣、诗的和谐、诗的美”，特别强调其“短小”“凝聚”“浓缩”的特点，甚至限定在“一百字到三百字左右为最好”。[①]又界定散文诗是“带抒情诗式的散文”，“我认为如果散文重在抒情，而抒情又如果要有深度，那把它凝集成哲理性的警句，确是一种好的写作方法，读者也是比较喜欢的”。[②]《早霞短笛》就以哲理警句和短小凝练受到欢迎。该集初版本内分“我的赞美”“一束短信”“旅途散歌”“我们的队伍”“少年旅行队”“早霞短笛”六辑，共收二百零二篇；1981年再版时增收1970年代末新写的“迟到的玫瑰”一辑二十七篇。篇数众多，内容广泛，几乎都是两三百字以内的短章，也大多是对日常见闻感想片段的诗意提炼和哲理升华。他致力于炼意炼句，或寓意于象，如《喷泉》借自然的喷泉寄寓生命的喷泉；或即事见理，如《检验工》在检验产品的同时也在检验自己的思想和忠诚；或取譬喻理，如《船在水上》借风浪比喻困难，以老舵公比喻战士；或直白说理，如“一束短信”中的多数篇章。如此等等，不乏哲理性的格言警句和政论性的豪言壮语，而少见情理交融、诗意盎然之作，不及鲁迅《野草》的深邃和王统照《繁辞集》的

①柯蓝：《散文诗杂感》，《文艺报》1981年2月21日。

②柯蓝：《我对散文的探索和尝试》，《柯蓝散文选》，花山文艺出版社1983年版，第8页。

幽玄，但在当代复兴哲理散文诗之功是不可湮没的。

此外，这时期诗化散文的作家作品还有菡子《初晴集》、陈残云《珠江岸边》、何为《织锦集》、魏钢焰《船夫曲》、袁鹰《风帆》、峻青《秋色赋》、艾煊《碧螺春汛》、林遐《山水阳光》、杨石《岭南春》、李若冰《山·湖·草原》等。

十七年时期诗化散文的得失和影响，应从文学史的角度加以总结和探讨。从诗意发掘来看，这类散文敏锐捕捉新社会、新生活中的新景象、新精神和新气息，给人万象更新、生气蓬勃的感觉、想象和希望，在当时汇入颂歌文学和政治抒情的大合唱，起到振奋斗志的社会作用，因而能风靡文坛，并为散文史开拓和增添了新的意境。不过，这类诗意感兴不如五四时期先驱者们的丰富多彩，也不及20世纪30年代何其芳们的幽微精致，大多既过滤或遮蔽现实生活的复杂性，又掩藏或失却创作主体的个人性，普遍存在理想化、单纯化、“大我”化以至虚假化的历史局限，被后来散文家和评论家所非议和跨越。从诗化艺术上说，这类散文适应美化生活的需要，引进诗歌和小说的艺术手法，强化场景描写、形象刻画、情节设计、结构布局、语言锤炼和意境营造等文艺要素，在当时显然增强了散文的抒情性和艺术性，进一步把散文引向诗化、文艺化之路。与此同时也出现构思工巧、雕章琢句、铺张夸饰以至矫揉造作的作风，留下匠气过重而大气不足、独创欠缺而模拟成风的遗憾，限制了散文自由发挥、自主创造的发展空间。

第三节　新时期散文的潮涌

1976年10月粉碎“四人帮”以后，尤其是1978年12月中共十一届三中全会召开以来，中国社会步入拨乱反正、改革开放的新时代，共和国文学也从思想束缚走向思想解放。20世纪最后二十多年的文化与文学从极“左”思潮的禁锢中挣脱出来，乘改革开放的东风，开始重建文化多样性与文学发展的多元空间，被称为“新时期文学”。对“新时期”“新时期意识”等概念，按洪子诚的界定，“从70年代末开始，政治等领域，把‘文革'结束后的历史时期称为'新时期',文学界也便将'文革'后的文学,称为'新时期文学'。这一概念的运用,在时间的起讫上,基本与'80年代文学'重合,因此也可以看做是可以互相替代的称谓"。[1]而"70年代末到80年代初广泛存在于社会各阶层的'新时期'意识,其核心是以'科学、民主'为内容的对于'现代化'的热切渴望。这种意识表现为两个主要层面,一是在与过去年代('文化大革命')的决裂和对比中,来确立未来道路,另一则主要是反观'历史'作出的发问和思考"。[2]在思想解放、拨乱反正过程中,文学界从一开始否定"文化大革命"而回归"十七年",随后一方面往历史深处的"五四"去寻找新启蒙的思想支撑,另一方面大量译介国外近现代思想文化学术著作,很快推动人文学科和思想文化界的新潮涌动。有研究者将20世纪八九十年代出现的散文盛景,想象成"五四散文的回归",实际上,"回归"说不可能覆盖或解释20世纪最后二十年散文的全部现象。从文学思潮上看,八九十年代的散文,参与了此时期所有文学与思想的潮起潮落,未必站在潮头,但从未失去它的存在感。从伤痕文学到反思文学、寻根文学、现代派文学,以及人文精神大讨论、新左派与自由主义的论争,散文充分发挥了自己的文类特性。散文作为自由书写的重要文体,一旦思想桎梏被打破,作家便恢复独立思考、自由创作的自主意识,坚持"说自己的话"的基本权利,于是散文在题材内容、思维方式、创作手法、艺术风格、文体样式、理论批评等方面,发生全方位的变革与突破。

散文的繁荣与报刊的发展有着天然的紧密关系。20世纪80年代以后,报刊的开放与兴盛、西学的翻译与出版,直接推动了散文参与到思想文化的潮流中,并直接促使散文文类向更多元、更开放发展。商务印书馆"汉译世界学术名著丛书"重新出版,域外文学、伦理、哲学、心理学等名著倍受学界欢迎;1979年4月,三联书店《读书》创刊,创刊号上李洪林的《读书无禁区》刊于卷首,在知识界产生了巨大影响。由思想活跃的学者、老报人、翻译家、作家开辟各色读书随笔专栏,参与到八九十年代文化与文学思潮中。花城出版社1979年初夏创办《随笔》,这份以文史和思想随笔为主的刊物,深受思想文化界的好评,与《读书》比肩而立,享有"南

①洪子诚:《中国当代文学概说》,北京大学出版社2010年版,第81页。

②洪子诚:《中国当代文学史》,北京大学出版社1999年版,第225页。

有随笔，北有读书”的美誉。1980年1月，《散文》创刊，此后又有《散文天地》《美文》《万象》等专门刊登散文随笔的刊物出现。百花文艺出版社恢复之初便重新确定了它出版当代优秀散文随笔作品的传统，到80年代中期，就已经出版了包括冰心、孙犁、袁鹰、叶君健、季羡林、冯牧、黄秋耘、吴伯箫、宗璞、贾平凹等著名散文家在内的数十种“百花小开本”散文集，影响甚大。[①]20世纪90年代以后，全国众多日报、晚报、读书报纷纷为散文随笔开辟专栏，栏目五花八门，专栏作家也大量出现。要列出此间在报刊上发表散文的作者名单几乎不可能，但“四代同堂”的写作景观、每一代都有数量不菲的代表作家与上乘之作，却为散文这一文类所独有。20世纪末的中国，电脑与互联网尚未强势介入人们日常生活，城市消费文化、市民文化、休闲文化则在迅速兴起，散文与报刊以及图书出版业共谋互利，散文类书籍的出版量急剧扩大，民国时期的散文名家作品重印再版，一并推动了坊间“文化散文热”“闲适散文热”“女性散文热”。

新时期伊始，散文创作面对的是如何“说真话”这一核心问题。忆旧反思、史笔实录促使散文的“真实性”讨论比任何时候都引人注目，这是老作家群体在散文随笔中最为突出的特点，也由此引领散文写作走向全面更新，跃上自由思想、历史意识、文化气息融合的高台，呈现出一种非纯文学文类所能抵达的深度。求“真”，意味着真理、真情、真话。巴金《随想录》《再思录》、孙犁《耕堂劫后十种》、杨绛《干校六记》《将饮茶》《杂忆与杂写》、陈白尘《云断梦忆》等，重拾中国文章的史笔特性，捡拾散文长久失落的自由思想与个人经验，保证了新时期开始后“思想”与“自我”之于散文的意义，并成为后来优秀的杂文随笔必备的条件。“说真话”的散文精神传承至20世纪末，出现了韦君宜《思痛录》这一巴金《随想录》之后的又一“真话集”，其意义就在于以历史叙述的真实，写出了一个忠诚的共产党员历史选择的不悔、付出的沉重代价以及痛入骨髓的反省；其他如李慎之《风雨苍黄五十年》、李南央《我有这样一个母亲》等展示了半个世纪的心路历程，令人感受到20世纪散文在历史反思、精神探索、思想批判方面可能达到的深广度。正如此，以真实性为核心的创伤体验，才不止于老生代作家，而是数代人对清明的理性与人文传统的呼唤；

①刘运峰编著：《那时书妆：“百花小开本”散文书衣》，百花文艺出版社2016年版。

数代人的个人记忆收拢、归并为20世纪中国的集体记忆，在刺破哀祭、怨怒、遗忘、媚俗的表层后，探向历史与文化的幽暗深处。

散文以其题材的包容性展示了知识分子参与改革开放时代中国社会飞速“现代化”的身心体验。参与的话题各有不同，这里有历史与现实、物质与精神、都市与乡村、商业与文化、性别与政治、激进与保守、学术与思想、中国与世界等各种开放又复杂的政治、文化、经济、社会命题，它们又与知识分子对内在人格、精神、心理的探索密切相关。学界与出版界将散文作品贴上文化散文的标签，或以学者随笔、智性散文、女性散文、小说家散文、诗人散文、乡土散文、都市散文等概念进行题材的分类界定，一些新锐作家则以“后”“主义”“新”等传达某种叛逆之意。这些以性别、年龄、文体、风格、地域、身份等划分出来又相互重叠交叉的散文，有着不同的特点，但实际同属一个文类的大家族。界定总有漏洞，概念总难周全，类别不免交叉，但名目繁多也从一个侧面说明当代散文进入繁盛期后，名家众多，名作如云，风格各异，题材缤纷，思想多元。散文作为知识分子的文体，在20世纪八九十年代，承载了知识分子对既往历史与教训的反思，对政治与知识分子关系的思考，对中国文化传统的“现代性转变”的分析与判断，对世界文学潮流的开放接纳与自主选择，对中国社会与中国文学现代化的承担意识，对精神重建、道德重建的呼唤，抒写出散文中的“自我”在时代转型中的各种情绪感觉与理性思辨。

从文体来看，一直被不断强化、固化、狭隘化的散文之“纯文学”属性被打开，文体跨界、文类边界模糊成为普遍的创作情形，散文作为“杂文学”的文类属性得以重新确认和发扬光大。在走出“十七年”诗化散文的狭隘小径后，散文文类大家庭的各种体式，得以快速复苏与生长。有些散文找到了它的前辈，如“五四”以后以周作人、林语堂为代表的絮语或幽默散文，要的是一份随意、平和、风趣而非教训、刻板、无趣的谈话空气；有些文体从辉煌的顶峰和文类中心迅速向边缘滑落，如报告文学的潮起潮落，盛于真实性的坚守，病在“想象与虚构”[①]；有的文体则走向式微，如在20世纪80年代表现出众的散文诗写作到了90年代却难以为继，而“十七年”盛行的“诗化散文”诸种模式更是受到理论界的批评、摒

①黄裳：《故人书简——怀念叶圣陶》，《故人书简》，海豚出版社2012年版，第87页。

弃。有的随笔是“失踪的思想者”浮出地面，如张中晓的《无梦楼随笔》、顾准日记；自传、传记、回忆录、“口述史”等在20世纪90年代中后期开始兴盛，直至21世纪依靠“非虚构写作”理论以及新媒介平台的兴起而显得尤其生气淋漓；学者最为擅长的历史随笔、学术随笔、思想随笔、哲学随笔等，游弋于文史哲的交叉地带，参与了公共知识分子建构身份的过程。原有狭隘的艺术散文框架被打破，暧昧的体裁与成分复杂的散文收获了大批阅读经验丰富、有着敏感味蕾、胃口挑剔的读者。散文文体的实验性和些许裂变，也在相对保守的常态中发生着，如诗人的散文往往以对散文体式的“叛逆”或“挑战”姿态出现；都会漫游者的散文，开始游荡于城市的各个角落，探索某种后现代的时空感觉；而同时期张承志、史铁生、苇岸、刘亮程等的散文，实际上并不容易归类，也很难再以传统的抒情叙事散文去定义他们笔下灵动的触角和游离的灵魂；以性别区分的、中青年一代女性散文，不仅仅是对缺失已久的女性日常话题的回归，为了探讨与女性相关的伦理政治，她们将原先由革命与性别统合成的单面生活打碎，以碎片折射出两性世界的明暗暧昧的光影，其形式上的片段、荒诞、梦幻书写的意义，或许大过她们在女权主义或女性主义理论上的迷失。

世纪之交的散文理论建设，既是对散文创作的跟踪、批评与指导，也试图从理论上发展“五四”以来的散文传统，总结当代散文理论的教训，以及汲取中外古今散文理论的精华。20世纪80年代以后，杂文、特写、诗化散文三足鼎立、三位一体的状况被打破，各式各样的散文作品纷至沓来，必然引发散文理论的探讨和更新。出于对“十七年文学”中散文文体和审美个性的狭窄格局的不满，研究者与批评家重新讨论散文的概念与范畴、散文的虚构与真实、散文的文质关系、散文文类与其他文类的关系、散文的民族化与现代化等各种理论问题。而散文文类的理论资源也相当多元，既融合西方20世纪哲学与文学理论以及台港散文理论资源，也充分吸收中国现代散文传统与中国文章学传统；散文以“拿来主义”胸襟拥抱西方各种哲学、文化、历史与文学观念，作家自觉地从西方的思想随笔、现代杂志文、非虚构写作、文学批评乃至现代主义、后现代主义等种种文学样式中借来“他山之石”。

散文批评与散文理论建设方面，通过对散文范畴、散文本体、散文创作以及散文批评等探讨而多向展开。某些理论设想与体系建构，有着20世纪八九十年代西方文学理论热的背景，也是对文坛散文热的即时反应。林非的研究建立在对散文作为文学创作之一种的理念上，认为只有“宽阔地开拓广义散文的土壤和努力地攀登狭义散文的顶峰，两者相得益彰，可以互为促进。而如果只抓住其中的任何一个侧面，加以片面地夸大，就都不利于散文的发展”。他认为，这是新中国成立后几次散文讨论后形成的共识。[①]学界理论热升温，推动着散文讨论继续展开，围绕“散文如何界定”“散文有无边界”等问题，影响较大的为贾平凹的“大散文”概念和刘锡庆的“净化文体说”。贾平凹以“美文”和“大散文”引发关注，并由大散文概念引导至对“文化散文”展开讨论。这些探讨，主要从散文的范畴与散文的特质出发，面对20世纪90年代后散文热的各种现象，兼及“五四”以后散文的理论建设问题，并不限于文类或文体讨论。贾平凹在1992年《美文·发刊词》中提出的“大散文”，倡导“散文是大而化之的，散文是大可随便的！散文就是一切的文章”。[②]后来又兼及自己阅读《古文观止》的经验：“结果我发现那些作者一生并没有写过多少抒情散文……他几十万字的文集中大量的诗词、论文、序跋，或者关于天文地理方面的文章，我才明白，他们并不是纯写抒情散文的，也不是纯写我们现在认为的那种散文的，他们在做别的学问的过程中偶尔为之，倒写成了传世的散文之作。”[③]应该说，贾平凹并未涉及文类理论，但从阅读与写作的经验来看，散文文类的混杂性是不可避免的，而中国散文的杂文学传统对于既写小说又写各式散文的作家而言，意味着更自由的文体的互相渗透，因此，散文边界当然宽泛而富有弹性。

许多作家从自己的创作经验出发，对散文创作的方方面面展开讨论，老作家中如冰心、孙犁、黄裳等，尤其对曾经相当流行的“诗化散文”以及散文偏多“抒情”多有反思。孙犁说：“本来中国的散文，是多种多样的。历代大作家的文集，除去韵文，就都是散文。现在只承认一种所谓抒情散文，其余都被看作杂文，不被重视。哪里有那么多情抒呢？于是无情而强抒，散文又一变为长篇抒情诗。”[④]汪曾祺说：“二三十年来的散文的

---

①林非：《关于当前散文研究的理论建设问题》，《河北学刊》1990年第4期。

②贾平凹：《美文》，1992年9月创刊1号。

③贾平凹：《对当今散文的一些看法——在北京大学的演讲》，《倾听笔墨》，时代文艺出版社2015年版，第174页。

④孙犁：《读一篇散文》，《澹定集》，人民文学出版社2012年版，第40页。

一个特点，是过分重视抒情。似乎散文可以分为两大类：抒情散文和非抒情散文……散文的天地本来很广阔，因为强调抒情，反而把散文的范围弄得狭窄了。过度抒情，不知节制，容易流于伤感主义。我觉得伤感主义是散文（也是一切文学）的大敌。”[①]孙犁、汪曾祺以及众多阅读广泛、对散文持通脱宽泛理解的作家，所反感的是数十年来狭隘、肤浅、泛滥的“抒情”，是把抒情视为散文核心、把“艺术散文”当成散文正宗、过犹不及的“抒情”。

刘锡庆对“大散文”提法持反对意见，在《当代散文：更新观念，净化文体》《世纪之交：对“散文”发展的回顾》《当代散文创作发展的几个问题》[②]等文章中反复强调“文体净化说”。刘锡庆显然注意到了散文文类的发展过程，但将文类简单地等同于包含着诸多文体的类型，在数篇文章中的论述逻辑是：中国散文文类由诸种文体混成，包含诸多“异质”文体，散文发展迟缓的症结是“因为散文的过‘宽’过‘大’”，也因为“未能弃‘类’成‘体’”。既然文体混杂，只有清理门户，将异质性的文体清除出散文，才有“艺术散文”的出现。这些论述被学界视作“狭义的散文观”。

如果将20世纪后半段的散文与“五四”以后三十年散文创作作一大致比较，那么，散文概念与散文理论、文体创新、作家风格、文学传统等诸多方面，既有回归与新创，也有变异与断裂，不乏平庸与无趣。说到底，还是世情、时序使然也。1949年开始的共和国散文曾经形成一套与20世纪上半叶散文相异的语言、思想、概念，想象并配合着共和国的政治、制度、社会与日常生活，这里面既有受到层层规约的“被动”的一面，也有来自作家、知识分子写作群体主动、自觉和努力适应的一面。政治权力之于文学的规训是强大的，而知识分子与作家自由思想和独立思考的内在要求也是强烈的。因此，新时期的散文写作，实际上是一个不断拆解各种规训（包括既有的文类限定与文学陈规）、挣脱各种有形无形束缚的艰难过程，同时也是中国散文史上又一个勇于探索、多样发展、名家辈出、百花齐放的黄金时代。

---

①汪曾祺：《蒲桥集》，作家出版社1994年版，第2页。

②分别刊载《散文百家》1993年第11期、《文学评论》1997年第2期、《北京师范大学学报》2001年第1期。

第四节　本色散文的回归

随着1976年“四人帮”垮台、1978年开启改革开放时代的历史巨变，散文劫后重生，大体分成两步走：首先是情绪的纾解与带着人性修复的情感的抒发，正常的人情之于散文的意义得以渐渐苏醒。伤悼怀人散文大量出现，长歌当哭，心香一瓣，哀挽如潮。但情感决堤时，宣泄往往不加控制。待巴金、孙犁、杨绛等作家在20世纪80年代初挟其或批判或反思的锋芒而来，散文才迈开第二步，真正以批判、理性与审思，参与到整个社会的历史反思与思想解放运动中。巴金的《随想录》《再思录》、孙犁的《晚华集》《秀露集》《无为集》、杨绛的《干校六记》《将饮茶》、陈白尘的《云梦断忆》、丁玲的《“牛棚”小品》、梅志的《往事如烟》以及萧乾、柯灵、季羡林等的散文，有的苍凉悲郁，有的冷峻忧伤，有的沉思警醒，有的内敛节制，有的温柔敦厚，有的仍然不得不深曲隐僻、隐藏锋芒或运用春秋笔法。进入20世纪90年代以后，自传、回忆、日记等“记忆文学”大为盛兴，成为共和国集体记忆与个人经验的重要载体。这类本色散文以讲真话、不雕饰、尚朴素、显个性而回归、发展了中国散文史笔直叙的传统。

“本色散文”的特色，首先体现在理性探索的话语方式。知识分子在历经沧桑后，产生了自觉的反思意识和强烈的写作欲望，他们有无数经历可写，更要将这些经历诉诸理性的探索，以防悲剧重演。在“实事求是”的社会思潮下，散文传真不传伪的观念深入人心，本色散文拒绝文学性虚构，并将个人化的叙事历史化。因此，我们看到的巴金、杨绛、陈白尘、韦君宜，其个人悲剧都不是偶然性悲剧，再多的“传奇”都并不令人感到“惊奇”。作家们以对荒诞年代的透彻反思来清除头脑中的种种禁忌，首先就要去除“瞒与骗”对历史真实的遮蔽。其次，以个体创伤与民族创伤的双重契合重塑知识分子人格精神。知识分子中最具有个体经验的叙述，往往有最大的共同性，作家无论是自我反省，还是对先人的重新解读与认识，都挟带启蒙力量与人格特点。第三，本色散文胜在洗净铅华、朴实真诚、炉火纯青、融民族性与现代性于一体的语言个性。本色散文作家在语言上力矫几十年诗化散文之偏至，淘洗被假话空话大话污染了的汉语宝库，恢复言为心声、修辞立诚的优秀传统而焕发语言艺术的活力。杨绛的平和中有冷峻，巴金的热情中有沉痛，冰心的清丽里含有辣味，孙犁的简练里容纳了枯与淡，汪曾祺的《蒲桥集》、贾平凹的《商州笔记》等融合雅俗、自然天成的语言风格，实际上都是对“十七年”散文豪言壮语的警觉与拒绝。在文体风格上，“本色”并非余光中曾批评过的那种有洁癖的“浣衣妇”文章，它是以“五四”散文那种纸上的思想与絮语的文风为标杆，并向上探寻传统文化或文学的资源，从而更深度地介入伤痕文学、反思文学、寻根文学等文学思潮和文化思潮的文章格调。最后，本色散文的思想和艺术，深深影响了20世纪八九十年代的散文文体构建。它的一端发展出文化散文一脉，铺展知识、历史与文化的博大与精深；另一端延伸到世纪之交的更为多样的思想随笔，展示更宽广的思想视域与更为尖锐的思想锋芒。

巴金（1904年—2005年）晚年散文主要收入《随想录》与《再思录》。1978年12月，巴金开始在香港《大公报》“大公园”副刊上发表“随想录”，至1986年8月，八年间凡一百五十篇，分“随想录”“探索集”“真话集”“病中集”“无题集”五个部分，先由人民文学出版社分集出版，1987年由三联书店出版合订本《随想录》，巴金作《合订本新记》。此后创作的散文随笔则收入《再思录》及其增补本，以友朋怀念、序跋书信为主，包括《怀念从文》《没有神》等，1995年由上海远东出版社出版。

巴金的写作目的，既是“为了认识自己才不得不解剖自己”、重新“铸造自己”，也是“要人们牢牢记住”历史惨痛。[①]其“随想”与“再思”在思想与语言的意义上，引领了新时期散文“说真话”的潮流。在思想的层面上，巴金将悲悼怀人与历史反思、个人忏悔融合为一，在世纪末交上了一份极有思想分量的知识分子反思录。在语言的层面上，无论病痛、焦灼、失眠、死亡还是黑夜的恐惧，或忆友人“黄金般的心”，都以最质朴直白的“真话”贯穿始终。其晚年写作的意义，在于“终于找到箭垛有的放矢了”，就是“在荆棘丛中开出了一条小路”[②]。为此“我一篇一篇地

①巴金：《随想录·合订本新记》，《随想录》，三联书店1987年版，第Ⅶ页。

②巴金：《随想录·合订本新记》，《随想录》，三联书店1987年版，第Ⅵ页。

写，一篇一篇地发表。这只是记录我随时随地的感想，既无系统，又不高明。但它们却不是四平八稳，无病呻吟，不痛不痒，人云亦云，说了等于不说的话，写了等于不写的文章”[①]，作家的“无力的叫喊”同样有着警示后世的价值。

《随想录》《再思录》里融回忆、叙事、议论、抒情于一体的散文，依然以情深动人。那些冠以“怀念”之题的文字，所怀之人包括已逝的亲人、文艺界的朋友，作家直抒胸臆，真诚坦率，无论伤悼还是回忆，有着强烈的艺术感染力。《怀念萧珊》堪称当代散文中的《伤逝》，那是巴金写给亡妻的“手记”。《伤逝》中涓生说：“如果我能够，我要写下我的悔恨和悲哀，为子君，为自己。”这种沉郁顿挫的歌哭与忏悔，同样出现在巴金散文里。在萧珊去世的六年间，“我每天坐三四个小时望着面前摊开的稿纸，却写不出一句话”。无字的沉默，更为沉郁悲苦。六年后，巴金用稍显平静的笔墨，记下二人“日子难过”“叹气”“无助”“担心”和“张皇失措”的片段。子君捱着每日精神与爱情的虚空，萧珊日夜忍受肉体的病痛与对亲人的牵挂。巴金反复描写萧珊的叹息和愁容，难得的欢颜与孤单踽踽的脚步，生命中最后一程的无助、不舍与难以放手，最后定格到病危时萧珊那双很大很亮很美的眼睛。能够以最无修饰的笔墨写出内心的绝望、悲愤、自责与悔恨，正是真情真话的力量。

巴金有大量散文回忆一生中所交往的文艺界朋友，叙写他们的性情言行风范，既留下珍贵的文坛史料，也见出巴金待友的宽厚与温暖：沈从文“不仅有很高的才华，他还有一颗金子般的心”（《怀念从文》）；清清白白、寻寻常常的丽尼“讲话很少，只是默默地微笑着”，“但是他的默默的死亡对我们的文学事业也是一个损失”（《关于丽尼同志》）；雪峰“太书生气，鲠直而易动感情”，“可是我注意到他十分珍惜‘共产党员’这个称号”，“这二十年来我每想起雪峰的事，就想到自己的话，它好像针一样常常刺痛我的心”（《纪念雪峰》）。巴金忆悼散文的特点是以友为镜，推己及人，不断反思。正如在《小狗包弟》中所写的：“为了想保全自己，我把包弟送到解剖桌上，我瞧不起自己，我不能原谅自己！”（《小狗包弟》）

①巴金：《随想录·总序》，《随想录》，三联书店1987年版，卷首第1页。

《随想录》中更多的是反思与批判性的杂文随笔。巴金晚年重读并翻译赫尔岑的《往事与随想》(第一卷)。赫尔岑一生坚持个性自由与人的权利的思想核心，政治著作中浪漫主义激情与雄辩、智慧的广度、智性的深度以及历史直觉的精深，曾给予年轻的巴金以深刻影响。巴金晚年又在这部作品的主旨和文体上找到了自己的写作榜样。《往事与随想》淡化了赫尔岑一贯的雄辩色彩，更像与读者和朋友的交谈；对读者来说，最具有吸引力的地方是赫尔岑思想的自由与真诚。在俄国文学史家眼中，《往事与随想》这部皇皇巨著“是对19世纪上半期俄国社会史和文化史最广阔、最真实、最具洞察力的概括。它们构成一部伟大的历史经典”。[①]巴金从中汲取了思想与文体的灵感，也可以说，“自由思想”与“真诚”是《随想录》《再思录》等散文随笔的价值核心，是巴金对社会史、文化史与心灵史的最广阔、最真实、最具洞察力的概括。

巴金晚年散文不复前期散文那般激情奔放，我们或许很难用一般通行的“老年文体”“老人话语”来概括他的杂文随笔，因为他依然如年轻时峻急、焦灼，没有走向淡泊平和，反而陷入更为深切宽广的忧虑。他写《随想录》是作为“一生的总结，一生的收支总账”，既是算账，就难能心平气和。因此，人们评价《随想录》作为“一部‘力透纸背、情透纸背、热透纸背’的‘讲实话的大书’，是一部代表当代文学最高成就的散文作品，它的价值和影响远远超出了作品本身和文学范畴”。[②]如何理解“代表当代文学最高成就的散文作品”这样的评价？有研究者认为，巴金晚年散文所达到的“震撼力、穿透力和启发力”，与他晚年散文的言说风格和艺术高度有直接关系，即发扬了中国特色的“春秋笔法”，具体特点是：“史家大胆无畏地秉笔直书的‘实录’原则”；“一字褒贬、劝善惩恶的‘诛心之论’”；“隐微曲折语言中所包含的意义深远的‘微言大义’”。[③]只有将巴金散文与同时代散文比较才能看出其中蕴含的尖锐的批判性与自省性精神力量。

---

①〔俄〕德·斯·米尔斯基著，刘文飞译：《俄国文学史》(上卷)，人民出版社2013年版，第293页。

②参见巴金：《随想录》封底文字，人民文学出版社1980年版。

③姚春树、江震龙：《世纪之交的“精神界之战士”的言说——论巴金晚年散文创作》，《中国现代杂文散文杂论》，人民出版社2014年版。

孙犁（1913年—2002年），原名孙树勋，河北安平人。前期代表作有《荷花淀》《风云初记》《铁木前传》《白洋淀纪事》等，以清新优美、富于抒情性的小说名世。后期主要从事散文写作。从1979年至1995年，先后出版了《晚华集》《秀露集》《澹定集》《尺泽集》《远道集》《老荒集》《曲终集》等散文集。2016年，《孙犁全集》（修订本）由人民文学出版社出版。

孙犁度过“十年荒于疾病，十年废于遭逢”[①]的二十年后，晚年进入散文创作的活跃期。他在《无为集》“后记”中，有一大致分类：“这些，都是小书，每本十万字以上。其内容，包括几个大题目：耕堂散文，芸斋小说，芸斋琐谈，乡里旧闻，耕堂读书记，芸斋短简。也都是单薄小文，零碎文章。”“从文风和内容上看，与我过去写的东西，都有所区别。”写这些文章的目的，“既不坐在家里骂人，也不跑到街上捧人。取眼之所见、身之所经为题材；以类型或典型之法去编写；以助人反思，教育后代为目的；以反映真象，汰除恩怨为箴铭”。[②]

在中国古籍中浸染多年后的孙犁，形成了自己的文章标准与文章趣味。他提出散文的美感要求：“我以为中国散文之规律有二：一曰感发。所谓感发，即作者心中有所郁积，无可告语，遇有景物，触而发之，形成文字。韩柳欧苏之散文名作，无不如此。然人之遭遇不同，性格各异，对事物的看法不同，因之虽都是感发，其方面，其深浅，其情调，自不能相同，因之才有各式各样的风格。”“二曰含蓄。人有所欲言，然碍于环境，多不能畅所欲言；或能畅所欲言，作者愿所读有哲理，能启发。故历来散文，多尚含蓄，不能一语道破，一揭到底。”[③]感发与含蓄的散文美学，一方面来自中国散文的启示，一方面来自他对当代散文的反思。他批评一位朋友写人记事时滥用“彩笔”，以为这种虚饰矫情的写法，总归难以描出“真象”。因此，倘若有人要记他写他，那么“我想得到的，只是一幅朴素

①孙犁：《信稿（二）》，《晚华集》，人民文学出版社2012年版，第134页。

②孙犁：《无为集·后记》，《无为集》，人民文学出版社2012年版，第211—212页。

③孙犁：《散文的感发与含蓄》，《陋巷集》，人民文学出版社2012年版，第134—135页。

的、真实的、恰如其分的炭笔素描”。[①]叙事体散文《亡人逸事》，是孙犁为亡妻画的“炭笔素描”，他们的夫妻情分，只是偶然的“天作之合”，聚少离多，患难无数，情意是在漫长的艰辛岁月里不知不觉地生长。“我”为家付出甚少，妻子却“对我们之间的恩爱，记忆很深”。文章回忆岁月中最平常的往事，重细节少夸饰，极质朴又极深情。《母亲的回忆》《父亲的回忆》均为此类散文的上乘之作。作家厌倦那种“重复那些表面光彩的词句或形象”[②]的散文，认为“人越到晚年，他的文字越趋简朴，这不只与文字修养有关，也与把握现实、洞察世情有关”。[③]《乡里旧闻》系列，孙犁回忆家乡年节风俗、吃野菜、嚼菜根、看大戏小戏，感叹“中国的风俗，最通人情，达世故，有辩证法”（《小戏》）；《鞋子的故事》《服装的故事》《木匠的女儿》，都是小文章，却能把几代人、几类人、几个时代包含在内，寥寥数笔，乡间人生的挣扎与悲欢即现纸上。孙犁的“感发”与“含蓄”，就是在一篇散文里，将真实的历史叙述、史笔式议论和含蓄深隐的情感抒发三者融合在一起，这种错综本身并非刻意于形式，反而体现出文章的本色。

孙犁的往事回忆少有欢言而多人生无奈，一个重要的原因在于他晚年萌生的人生残破感：“我的一生，残破印象太多了，残破意识太浓了。大的如“九一八”以后的国土山河的残破，战争年代的城市村庄的残破。‘文化大革命’的文化残破，道德残破。个人的故园残破，亲情残破，爱情残破”；因此，“司马迁引老子之言：美好者不祥之器。我曾以为是哲学之至道，美学的大纲”。[④]原本是精美的古董却变成“残瓷”，令他由“物哀”到哀人生：“瓦全玉碎，天道难凭。未委泥沙，已成古董。茫茫一生，与磁器同。”[⑤]但孙犁向来“不语怪力乱神”，这保证了他在残破人生中，正视历史本身的荒谬，对一切浮夸虚妄话语保持警觉与排拒。孙犁的《芸斋小说》以及相当数量的怀念故人与回忆往事的散文，迥异于他人的地

---

①孙犁：《朋友的彩笔》，《如云集》，人民文学出版社2012年版，第149页。

②孙犁对诗人田间晚年诗歌的批评，见《陋巷集》，人民文学出版社2012年版，第51页。

③孙犁：《芸斋琐谈·谈简要》，《老荒集》，人民文学出版社2012年版，第60页。

④孙犁：《残瓷人》，《曲终集》，人民文学出版社2012年版，第28—29页。

⑤孙犁：《芸斋小说·鸡缸》，《尺泽集》，人民文学出版社2012年版，第4页。

方，就是极其真切的人生之感。他坦承："我的文章，不是追悼会上的悼词，也不是组织部给他们做的结论，甚至也不是一时舆论的归结或摘要。"[①]在为逝者"饱含泪水""以寄哀思"的同时，传达出人生苍凉的况味，虽然所写"只是大天地里的一处小天地，却反映着大天地脉搏的一些波动"。[②]《悼曼晴》《记邹明》等散文，"与其说是记朋友，不如说是记我本人"。同事邹明，为人处世并不聪明圆滑，与作者关系不算亲近，一辈子官运不亨，但"文化大革命"中"也没有发现他在别的地方，用别的方式对我进行侮辱攻击。这就很不容易，值得纪念的了"。结尾，他为包括自己在内的邹明式软弱、不传奇、不容易的人生做了这样的总结："我们的一生，这样短暂，却充满了风雨、冰雹、雷电，经历了哀伤、凄楚、挣扎，看到了那么多的卑鄙、无耻和丑恶，这是一场无可奈何的人生大梦，它的觉醒，常常在瞑目临终之时。"[③]孙犁与笔下友人或亲人互为镜像，志隐味深，自然真诚。

孙犁的《芸斋琐谈》《风烛庵文学杂记》，包含杂论杂议、历史批评与现实观察的因子，晚年的杂文随笔，多向一生所经历的各种政治运动里去反思乖戾的政治对人性、对生命的无情。即使是读书随笔，也多借历史来烛照现实。孙犁杂文的狷介与孤傲日益显露，对社会或文艺界不良风气的针砭，犀利而富有思想，以至于"友朋常有以多过激、失平和相责者"。[④]比如，阅读政治家文集，看历代朋党之争，他感慨"岂人之一生，穷极潦倒之时，则与道近；而气势焰盛之时，则与道远乎"；[⑤]《读〈棠阴比事〉》一文结尾的"耕堂曰"，他引司马迁言、引鲁迅言，再引"乡谚"，秉笔直书："此为过去人民对政法之印象。法本为民而立，而民与之隔阂，畏而远之。疑狱多而难明，由来久矣！"[⑥]在《芸斋小说》中，他思考能葆有革命"初志"者寥寥无几，背离革命初衷者是多数，葛覃那样的人"他

①孙犁：《近作散文的后记》，《晚华集》，人民文学出版社2012年版，第153页。

②孙犁：《病期经历・青岛》，《陋巷集》，人民文学出版社2012年版，第24页。

③孙犁：《记邹明》，《如云集》，人民文学出版社2012年版，第41—42页。

④孙犁：《旧抄新识小引》，《远道集》，人民文学出版社2012年版，第148页。

⑤孙犁：《读〈李卫公会昌一品集〉》，《无为集》，人民文学出版社2012年版，第148页。

⑥孙犁：《读〈棠阴比事〉》，《无为集》，人民文学出版社2012年版，第144页。

不是我们这个时代的隐士，他是一名名副其实的战士。他的行为，是符合他参加革命时的初志的。白洋淀的那个小村庄，不会忘记他，即使他日后长眠在那里，白洋淀的烟水，也会永远笼罩他的坟墓。人之一生，能够被一个村庄，哪怕是异乡的水土所记忆、所怀念，也就算不错了”。[①]反之，如老赵的“沉沦枯萎”、小D的小人得志，王婉的“一步登天”，统统都是“失去的灵魂”。

孙犁晚年有着同时期散文家并不多见的语言与文体的高度自觉，主要取鉴于中国传统文章。孙犁的古籍阅读深受鲁迅的影响。鲁迅日记中搜集古书的各种记录，都成了他购书的目录。孙犁自有属于自己的收获和体会。他多处谈及散文的各种文体，比如，他认为杂文是一种包容极广的文体：“杂文是一种比较灵活的文体，它的动向，不只有纵的开发，还有横的渗透。把一些原有自己疆土的文体，变化归纳在自己的版图之内。”[②]实际上认可的是中国传统的“杂文学”。因此，他认为现代杂文的写法，“绝非鲁迅一家”，如果以为杂文只有一种鲁迅式笔法，既是对鲁迅杂文的误解，也是对中国源远流长的文章传统和“包罗万象，运用自如”杂文文体的无知。这与他个人在中国杂文学传统中酝酿蓄积，沉浸而不轻发的漫长积累过程有关。他认为散文随笔应不拘一格：“其实随笔最不易写好，它需要经验、见解、文字，都要达到高水平，而且极需严肃。流俗之辈，以为下笔即可换钱，只是对随笔的亵渎。”[③]

在《耕堂劫后十种》中，他按照芸斋小说、书衣文录、乡里旧闻、怀人忆旧、文学杂记、文林谈屑、读书随笔、购书记、日记、书简、自传、文学批评等体式来创作或编辑文章，形式多样、丰富却又条目清晰，无须深究，就能看出他的散文随笔均非“随意”而作，每一文集中由此形成相对固定的“有意味的形式”。以甫一发表就引人注目的《芸斋小说》来说，因冠以小说之名曾引发争议，按孙犁说法，题为“小说”但实为小品：“我晚年所作小说，多用真人真事，真见闻，真感情，平铺直叙，从无意编故事，造情节。但我这种小说，却是纪事，不是小说。强加小说之名，

①孙犁：《葛覃》，《老荒集》，人民文学出版社2012年版，第7页。

②孙犁：《谈杂文》，《无为集》，人民文学出版社2012年版，第78页。

③孙犁：《理书续记·两般秋雨庵随笔》，《曲终集》，人民文学出版社2012年版，第191页。

为的是避免无谓纠纷。”[①]《芸斋小说》中“纪事”“实录”不虚构，写人，记其品行、言谈、性格、命运；写事，依照个人生活经历去观照时代的某些面相。这里有刘义庆《世说新语》和中国传统笔记小说的影子，也有笔记与小说界限不甚分明的文体传统。孙犁曾称道《世说新语》的文体，认为它“虽是小品，有时像诗句，有时像小说梗概，有时像戏剧情节。三言两语，意味无尽。这是中国一种特殊的文体，一种文史结合，互相生发的艺术表现形式”。[②]于是他在《芸斋小说》中仿之用之，此其一。其二，《芸斋小说》每篇末尾，附有“芸斋主人曰”，或褒贬或嗟叹，前叙后议，这来自传统的“史赞”体式。孙犁在《与友人论传记》中，大加赞赏司马迁“寓褒贬于行文用字之中”的“春秋笔法”，尤其推崇史家在正文之后的“太史公曰”：“有‘太史公曰’一小段文字，谈他对这一人物的印象和评价，也是在若即若离之间，游刃于褒贬爱憎之外。又有时谈一些与评价无关的逸闻琐事，给文字增加无穷余韵，真是高妙极了。”[③]孙犁“芸斋曰”或“耕堂曰”，往往在正文以史笔叙忆人事，在文末采用古文常见的篇末点题、议论的形式，月中人物，褒贬世情，品评诗文，抒情感发，别具一格。不少议论深刻透辟、简洁遒劲，可谓文质俱佳。把这些文章誉为“耕堂体”未尝不可。

“书衣文话”是耕堂文体中的别裁，数量很多。传统藏书家、治学者得到珍籍后常在书衣上写下各种关于书的识见，正是书话的一种形式。孙犁爱书成癖，常为辛苦搜集购买来的书细心包上“书衣”，那些写在“书衣”上的文字，就是孙犁的书话小品。“书衣文录”记下日常心情、读书偶得、得书经历、版本装帧、书文评点、批评议论等，“其间片言只语固多，皆系当时当地文字。情景毕在，非回忆文章，所能追觅”。[④]这种或文或白的残简短章，形式长短不拘，用热奈特的理论来看，也可视作书的“副文本”。孙犁从20世纪70年代开始累月经年写在“书衣”上的文字，内容各异，但多半记载难以排解的孤寂、人际关系的摩擦以及不可名状的抑郁，与世纪末文坛的喧哗与热闹形成鲜明的对照。这与他其他的杂文随

①孙犁：《读小说札记》，载《老荒集》，人民文学出版社2012年版，第76页。

②孙犁：《买〈世说新语〉记》，载《无为集》，人民文学出版社2012年版，第127页。

③孙犁：《与友人论传记》，载《澹定集》，人民文学出版社2012年版，第52页。

④孙犁：《〈书衣文录〉拾补》，载《陋巷集》，人民文学出版社2012年版，第230页。

笔、乡间植物笔记、往事与故人回忆等，大体同调，是一个不断回望的老作家与现实无法和解的心灵表征。

20世纪80年代老生代散文成为令人瞩目的创作现象，学界称之为“衰年变法”，或有这样一些原因：第一，经由个人史的回忆和记录，作家们对20世纪波谲云诡的政治与文化变革开始进行深刻的思考。巴金、孙犁、杨绛、丁玲、金克木、张中行等大批老作家的回忆性散文，以历史、文化、思想的厚重、沉淀、驳杂、沧桑，奠定了世纪末文艺“复兴”的基石。第二，老生代散文家文字“老熟”，令读者领略到久违的汉语书写的内在力量，相较于中青年作家的语言，更具丰富多样的美感特征。笼统地将老生代散文文体语言归结为绚烂之极后的“平淡”，并不符合实际情况，老生代散文的风格因人而异，有的苍郁深邃，有的朴素天然，有的节制，有的率性：巴金由情热到肃然，孙犁由清新走向萧索，杨绛由活泼机敏到节制内敛，而汪曾祺则在日常的布帛麦菽里显其性情的天真自然和潇洒情趣，调制出属于他自己的温润灵动的文学本味。

汪曾祺（1920年—1997年），江苏高邮人，1939年报考昆明西南联合大学中文系，随后成为沈从文的及门弟子。“1949年以后十年我没有写什么东西，是一段空白。1962年写了三篇小说。‘文化大革命’期间搞了十多年样板戏，没有写散文、小说，又是一段空白。”[①]不过，参与京剧《沙家浜》改编时，还是露出了自家功夫。20世纪80年代，《受戒》《大淖记事》《异秉》等一系列小说声名远播，而散文则是小说之“余”，是副产品，主要收入《蒲桥集》《塔上随笔》《晚翠文谈》等集子中。

汪曾祺散文偏多叙事而很少直白抒情，如他所说：“我的散文大都是记叙文。间发议论，也是夹叙夹议。我写不了像伏尔泰、叔本华那样闪烁着智慧的论著，也写不了蒙田那样渊博而优美的谈论人生哲理的长篇散文。我也很少写纯粹的抒情散文。我觉得散文的感情要适当克制。”[②]他写作的出发点“是希望把散文写得平淡一点，自然一点，‘家常’一点的”。[③]他重拾现代闲适小品的雅致与和谐的“小传统”，题材上偏向当代

①汪曾祺：《小传》，《塔上随笔》，群众出版社1993年版。

②汪曾祺：《汪曾祺自选集·自序》，《汪曾祺散文全编》第三卷，人民文学出版社2019年版，第745页。

③汪曾祺：《蒲桥集》，《蒲桥集》作家出版社1994年版，第2页。

市井生活、民俗趣味与日常情味。如果把这一特点向更远处张望，当会发现他传承了历代江南文人才性的流风余脉，还有与生俱来的温和性情与南方才子灵性。因此，汪曾祺散文与颂歌体和夸饰风散文的趋舍不同、躁静异趣，在文坛上有其美学的“稀缺性”。

汪曾祺盘点过自己的文学偏好与文学继承，古今中外作家都有，但散文中坦露的人生态度与审美品格，明显来自本土文化：包括孔子近人情的“很美的生活态度”，孟子的“赤子之心”，陶潜充满人生气息的“人境”，以及宋儒“万物静观皆自得，四时佳兴与人同”的蔼然仁者之言。汪曾祺这样总结自家的阅读体会：“《世说新语》记人事，《水经注》写风景，精彩生动，世无其匹……唐宋八家，结构上，语言上，试验了各种可能性。宋人笔记，简洁潇洒，读起来比典册高文更为亲切，《容斋随笔》可为代表。明清考八股，但要传世，还得靠古文。归有光、张岱，各有特点。‘桐城派’并非都是谬种，他们总结了写散文的一些经验，不可忽视。龚定庵造语奇崛，影响颇大。”[①]不喜欢阔大的盛唐诗而偏爱“小桥流水”，有道家的放逸与幽默、儒家的蔼然与人情味，恬淡平和却并不出世隐逸，是性情与气质使然，也是风云变幻的大时代下作家圆融处世、与外部世界和解的体现。无论是革命时代还是后革命时代，用中国“最后一位士大夫”来定义汪曾祺未必合适，还是他自己说得中肯，“一个中国式的抒情的人道主义者”。

《蒲桥集》书名得自作者“住处在东蒲桥边”，封面上的“广告”乃是作者对“自己的文章”的趣评，本身就是一篇漂亮的文评：“齐白石自称诗第一，字第二，画第三。有人说汪曾祺的散文比小说好，虽非定论，却有道理。”齐白石的“自称”，模仿的是明代画家徐文长，他自号“吾书第一，诗二，文三，画四”，这类与世所公认唱反调的“反语”，多半是多才多艺的作者为强调自己的兴趣及艺术成就而有意幽默。汪曾祺借此轻松地总结了自己的散文风格：“此集诸篇，记人事、写风景、谈文化、述掌故，兼及草木虫鱼、瓜果食物，皆有情致。间作小考证，亦可喜。娓娓而谈，态度亲切，不矜持作态。文求雅洁，少雕饰，如行云流水。春初新韭，秋末晚菘，滋味近似。”[②]风物小品便是汪曾祺笔下最有特色的一类，这类散

①汪曾祺：《蒲桥集》，《蒲桥集》，作家出版社 1994 年版，第 1 页。

②参见汪曾祺《蒲桥集》封面上的简介，作家出版社 1994 年版。

文的写法并不追求精致，而是自然得体，别致清新，内容有意味，文字有情味，掩卷有回味。抒情性来源于回首与怀旧，是骨子里的文化乡愁；地方风物多取材于作者生于斯长于斯的乡邦故里，散发着水乡风情，文字便温润可喜。从这些散文中可以触摸到汪曾祺对生活细节的观察与体验，他写各地习俗节令、饮食风物与传奇人物，多半兴之所至，着笔随意，有书卷气而无学究气，罕有掉书袋之沉闷而令读者趣味盎然。

汪曾祺自称“抒情的人道主义者”，作为面向民间的“风俗画家”，他在对民间日常生活打量与写真时在平淡中蕴含了丰沛的情感。他视风俗为民族感情的重要成分，偏好的是风俗画风格的那种朴素与温暖：“记风俗多少有点怀旧，但那是故国神游，带抒情性，但并不流于伤感。风俗画给予人的是慰藉，不是悲苦。”[①]虽然谈的是小说创作，移论散文也是一样。他读节令、风物、民俗的书籍，读方志、游记与野史杂记，也读“讲正经学问的书”，认为“只要写得通达而不迂腐的也很好看”。[②]他喜爱阅读的杂书包括《荆楚岁时记》《一岁货声》《东京梦华录》《都城纪胜》《西湖老人繁胜录》《梦粱录》《武林旧事》等地志人文笔记，有些是改朝换代后的遗民借以传达对前朝的追忆，所谓“一时风物堪断魂”，如《陶庵梦忆》；更多的是稗乘野记，记录遗事琐闻、民间疾苦，正所谓正史不录者往往由士人之野史出，这一传统使汪曾祺散文或考证名物出处，或留心乡邦文献，或记述风俗、节庆、礼仪等，且多掺杂个人经历，一事一物欲考源溯流，民俗土谚也欲知其究竟，这里多半含着写作者的乡愁。

汪曾祺的风物小品，以人事、风景、风俗、掌故或草木虫鱼为题材，其散漫体现在“想到就写，意尽就收”，以趣味性、知识性、地方性取胜。散漫中有迹可循，有明显的传统文人的雅致趣味。汪氏是美食家，风物小品多谈食物。以张宗子为代表的明清文人擅写日常食物，周作人、文载道以及赴港的叶灵凤、赴台的梁实秋，笔下也常出现对故乡日常食物的回忆。汪曾祺承载江南文人“食不厌精”的生活趣味，在《故乡的食物》中津津有味地说炒米、高邮咸蛋、咸菜、茨菇汤、蘑菇和蚬子，做法吃法藏

①汪曾祺：《谈谈风俗画》，《汪曾祺散文全编》第二卷，人民文学出版社2019年版，第528页。

②汪曾祺：《谈读杂书》，《汪曾祺散文全编》第三卷，人民文学出版社2019年版，第692页。

法味道，“这样的感情，是外地人们不易领会的”。[①]大凡饮食、住居、衣服、艺植、物产、乡风、礼俗等物质生活与琐屑细节，毫不起眼，经文人有“情”的眼光抚摸，文学笔法的倾注，日常生活中便充盈着文人的审美趣味，这是汪曾祺风物小品韵味十足的原因。汪曾祺的风物小品，多怀有“草木虫鱼，多是与人的生活密切相关”之意旨。类似的创作思想，常见于周作人的文章。周作人读《一岁货声》时发过感慨：“著者自序称可以辨乡味，知勤苦，纪风土，存节令，此言真实不虚，若更为补充一句，则当云可以察知民间生活之一斑……因为这是平民生活所以当然没有什么富丽，但是却也不寒碜，自有其一种丰厚温润的空气。”[②]汪曾祺写“野菜”，列举王磐的《野菜谱》一书所记录的高邮五十二种野菜，称赞书中有文有图有诗，“多是以菜名起兴，抒发感慨，嗟叹民生的疾苦”，表达出“穷人吃野菜是为了度荒，没有为了尝新而挑菜的”的思想。[③]有这样的立场，他才高度评价这位明代画家、散曲家在画中诚笃的“人民性”，作者风物小品中蕴含着民胞物与的思想。《葡萄月令》的情致来自对植物生长的天然状态的“模仿”。“月令”本是上古文体，《礼记·月令》以一年十二个月的时令记述为政者的祭祀礼仪、职务、法令、禁令等。汪曾祺借用其中记述农事的月令，按月记录着葡萄种植的全过程，以拟人手法，给予植物乖巧顽皮可喜的性格。这篇散文语言上夹杂着北京日常口语，句式短，节奏明快，读起来与老舍《济南的秋天》中的清新明丽颇为相似。

汪曾祺天资聪颖，文学上也有“异秉”，他少年生活富裕，青年辗转无定，这使他敏感于沈从文对乡土之“美”的哀矜，为沈从文那种一往情深的“抒情气质”所吸引，如他曾叙述自己童年、少年时的乡土经验，称家乡的“这些店铺、这些手艺人使我深受感动，使我闻嗅到一种辛劳、笃实、轻甜、微苦的生活气息”，并“深深注入我的记忆”。[④]或因此，汪曾

①汪曾祺：《故乡的食物》，《汪曾祺散文全编》第三卷，人民文学出版社2019年版，第679页。

②周作人：《一岁货声》，《周作人散文全集》第六卷，广西师范大学出版社2009年版，第223—224页。

③汪曾祺：《王磐的〈野菜谱〉》，《汪曾祺散文全编》第四卷，人民文学出版社2019年版，第1087页。

④汪曾祺：《自报家门》，《蒲桥集》，作家出版社1994年版，第320页。

祺的风物小品不走知堂涩味与简单味那一路，也没有张中行善言语、喜饶舌的特点；文章中时常引用笔记杂记或古诗词，却不古奥，又与黄裳擅长征引、繁复考证的学者习气迥异。汪曾祺偶有“抄书”，多半是为了增加文章的生气与趣味，如《葵·薤》一文，从引汉乐府“十五从军征”开始，到对葵、冬苋菜、薤等菜蔬进行名物考证，从古人诗文中寻觅葵与薤的踪迹，再到前人笔记里访幽探查相关记载，闲逸有趣，清新盎然。

汪曾祺的记人散文则看重人物内在的精气神，在善于体察、长于白描、以细节点染人物，以及行文中清雅含蓄的幽默诙谐等方面，很像他的小说笔墨。不过，他仍然提出自己所师法的对象，如他声称喜爱归有光散文，认为归有光“以清淡的文笔写平常的人物，亲切而凄婉”[①]，富于余韵与诗意。由是，汪曾祺写沈从文、金岳霖、祖父祖母父亲，也不刻意于人物的“怪”“痴”“癖”等独异之处，而多半去发现他们身上那种“顺乎自然，超功利的潇洒的人生态度”，以日常生活细节来展示他们的真性情：沈从文对写作的态度与对文物的“痴迷”、“为人天真到像一个孩子”等细节，令人莞尔（《沈从文先生在西南联大》）；金岳霖“无机心，少熟虑”，即使做出雇三轮车每日往王府井去“接触社会”的趣事，也不过是俗人眼中越轨于常理与俗情，更显其真淳品性（《金岳霖先生》）；而《跑警报》，几乎是新时期最早引导人们认识西南联大学者群体的名文。他以亲历者身份回忆西南联大师生“跑警报”过程中的种种不同姿势，涉笔成趣。师生们种种有悖情理的语言行为，反过来彰显了对战争的一股“不在乎”的战争年代的精神气。至于《一辈古人》，描写传奇性的中国市井与乡绅形象的作品，寥寥数笔，形态各异，与现代乡土散文诸多写人名篇一脉相承。

汪曾祺的散文观是他阅读与创作的结晶。他既不在意小说与散文的界限，也不在意散文这个大家族的各种文体分界：“我实在分不清散文、随笔、小品的区别”，“散文是一大类，凡是非小说的，用散文形式写的文章，都可说是‘散文’。什么是‘随笔’？我隐隐约约地觉得游记、带点学术性的论文，像我写过的《天山行色》《花儿的格律》，不能说是随笔。”“随笔大都有点感触，有点议论，‘夹叙夹议’。但是有些事是不好议论的，

①汪曾祺：《谈风格》，《汪曾祺散文全编》第二卷，人民文学出版社2019年版，第543页。

有的议论也只能用曲笔。‘随笔’的特点恐怕还在一个‘随’字，随意、随便。想到就写，意尽就收，轻轻松松，坦坦荡荡。至于‘随笔’‘小品’，就更难区别了。”[①]这个“随”字，带着水乡作家文字中的水的形态与意趣，文章如水一样，平淡一些、家常一些、自然一些；但他又说若一味平淡则不免流于枯瘦，因此，用博识与趣味来增加文章的鲜活之气。这气，当然不是“剑拔弩张，盛气凌人”或“过度抒情，顾影自怜”的教训气或感伤气；这气，应是他称赞过的韩愈古文的“气盛言宜”，是“作者的思想充实，情绪饱满”[②]的体现。对于“五四”新文化运动后声名狼藉的桐城派，汪曾祺从文章作法上，肯定桐城派古文有着很强的内在节奏，文气一贯，文章各部分形成了内在的有机联系。表面上看，汪曾祺文章似乎随意散漫，其实与沈从文一样，文章的结构、语言、声色气韵，如曲水流觞，自有一套“无法之法”，自有一条内在的路径与讲究。至于文学继承传统还是西方，汪曾祺则倡导本土传统，谨慎食洋不化，对20世纪80年代以后受西方现代主义思潮影响而出现的种种“新潮散文”，多持保留意见；在文学的审美形态上，追求和谐与安静：“喧嚣扰攘的生活使大家的心情变得很浮躁、很疲劳，活得很累，他们需要休息，‘民亦劳止，汔可小休’，需要安慰，需要一点清凉，一点宁静，或者像我以前说过的那样，需要‘滋润’。”[③]这不仅是个人性格与气质使然，说到底，还是对20世纪狂热、躁进与虚妄文风的反省。

贾平凹，原名贾平娃，1952年出生于陕西丹凤县，当代小说家、散文家。在乡间生活十九年后，贾平凹于1972年进入西北大学求学，1975年毕业。20世纪八九十年代，以《商州》《浮躁》《废都》《白夜》《土门》《高老庄》《怀念狼》等小说享誉文坛。已出版散文集《月迹》《爱的踪迹》《商州三录》《贾平凹散文自选集》《贾平凹散文全编》等。[④]

---

①汪曾祺：《塔上随笔》，群众出版社1993年版，第1—2页。

②汪曾祺：《关于小说语言（札记）》，《汪曾祺散文全编》第三卷，人民文学出版社2019年版，第674页。

③汪曾祺：《〈蒲桥集〉再版后记》，《汪曾祺散文全编》第四卷，人民文学出版社2019年版，第1247页。

④《贾平凹散文全编》收入贾平凹1978年至2012年的散文，但未收入《商州初录》《商州又录》《商州再录》，时代文艺出版社2015年版。

贾平凹早期散文写于伤悼文学风行的初期，但《月迹》《爱的踪迹》等散文集却写意抒情，颇具“五四”散文清新优美的神韵，很受孙犁以及评论家们的称道。这些散文契合了20世纪80年代的美学与社会思潮，通过“寻根”“反思”返归被遗忘的自然美与人生哲理。他笔下的月光、山林、修竹、溪水，或只是一棵小桃树，一株文竹，一片落叶，都寄寓情思，纯美阴柔，明显见出冰心、朱自清、废名、沈从文、孙犁等作家的影响，如他所说：“在当代的作家里，对我产生过极大影响的，起码其中有两个人，一个是沈从文，一个就是孙犁。”①“商州三录”的乡土题材和小说家笔法，受到沈从文《湘行散记》的启发；另一方面，早期散文善于沉思和提炼，作家从“丑”中寻“美”，发掘人生哲理：粗糙笨重的碌碡，弯弯扭扭的弯榆，不能成长的杂木荆棘，尤其是那块不讨人喜欢的“丑石”，都有其内在的美和价值。《丑石》由“儿时老家门前一块丑石的记忆”而感叹人才“不被人们发觉和理解，反而遭到热讽冷刺”。“丑石”本质为陨石，由天而降，貌丑无用，因而等待一双发现其内在价值的眼睛，石头有“道”含焉而深藏不露的品质，从被无视、嫌弃到被发现的曲折过程，吻合一般人的成才欲望与心理，映射出当时“不拘一格降人才”的社会风气。谈到这篇散文的创作过程，他说：“因为篇幅很小，写起来又必须要纵贯二三百年，必须要记十多件事，构思时就尽量限制自己：要写得紧凑；又要写得放松。就是说结构上要严谨，但空间要留得一定多，而将一种诗的东西隐藏于文字的后面……我抓住丑石的特点，竭力铺开，写细，写活，而当写到后边，突然归结到丑与美的辩证法，埋没与擢用的规律上，这是我构思时未完全想到的，当时十分惊喜。”②

贾平凹的《商州初录》《商州再录》《商州又录》，也被称作“商州三录”，最早由百花文艺出版社作为散文出版，后又被别的出版社归入小说类别。作家采用地方志和笔记形式，描述秦川文化、古都风物、乡村人情，皆以乡土的审美情调为旨趣。全景式的地志书写与穿插各篇的人物素描，构成新时期较早的“文化地理学笔记”，但作家在乡村到底应该与时俱进还是保留其素朴之常态的选择中陷入两难。散文《秦腔》则显示作家

---

①贾平凹：《孙犁的意义》，《倾听笔墨》，时代文艺出版社2015年版，第103页。

②贾平凹：《关于〈丑石〉的通信》，《旷世秦腔》，时代文艺出版社2015年版，第226页。

对乡土精神的发现、开掘与留恋，将自己对古今文化、历史与风土生命力的感受抒发得酣畅淋漓。这篇散文落笔八百里秦川，以“山川不同，便风俗区别；风俗区别，便戏剧存异”开头，从剧种不同貌、不同腔，去寻找秦腔与西部空旷而实在的土地的关系，在天地人共生同构的世界里，秦腔的旋律“互相交织，冲撞”，“这秦腔原来是秦川的天籁，地籁，人籁的共鸣啊！”当一个剧种与一方百姓的生老病死、日常劳作、农闲时节、情爱婚姻、戏里戏外、春秋寒暑达成“惟妙惟肖的一统”时，“秦腔”成为一方民众的精神象征，成为贾平凹文化地理题材中的审美符号：“只有这秦腔，也只能有这秦腔。八百里秦川的劳作农民，只有也只能有这秦腔使他们喜怒哀乐。秦人自古是大苦大乐之民众，他们的家乡交响乐除了大喊大叫的秦腔还能有别的吗？”[①]贾平凹散文大气放纵的一面，正与西北地域风情十分吻合。

贾平凹这一代作家与共和国几乎同时成长，经历过物质生活与精神生活同样贫瘠的年代，在中西方文化、文学方面的积累较之前两代作家薄弱，因此，他自觉地向中国文学传统寻找资源，在不断模仿中探索个人风格。长篇小说《带灯》的“后记”中，贾平凹坦承：“几十年以来，我喜欢着明清以至三十年代的文学语言，它清新、灵动、疏淡、幽默、有韵致。我模仿着，借鉴着，后来似乎也有些像模像样了。而到了这般年纪，心性变了，却兴趣了中国两汉时期那种史的文章的风格，它没有那么多的灵动和蕴藉、委婉和华丽，但它沉而不糜，厚而简约，用意直白，下笔肯定，以真准震撼，以尖锐敲击。何况我是陕西南部人，生我养我的地方居秦头楚尾，我的品种里有暴力成分，有秀的基因，而我长期以来爱好着明清的文字，不免有些轻轻佻佻油油滑滑的一种玩的迹象出来，这令我真的警觉，我得有意地学学两汉品格了，使自己向海风山骨靠近。”[②]他从小生长的商州，位于雄秦秀楚交界之间，是名士与土匪共生之地；他后来长居的西安，是长安文明为燕京文明所取代后衰弱颓废的“废都”。乡土文明与古都文明、山地与街市，儒与道，正统与民间，都在这块土地上杂糅生长。他在写作中追求巫楚文化、中原文化、秦汉气象的融合：“我叹服过先秦的放开与深邃、博广，沉溺过魏晋的随心而述、神采飞扬，对汉唐的

①贾平凹：《秦腔》，《旷世秦腔》，时代文艺出版社2015年版，第32页。

②贾平凹：《〈带灯〉后记》，《陕西日报》，2012年12月10日。

雍容与饱满，在一个时期里又充满了敬意。另外，我喜欢过‘性灵派’文人，读过笔记小说，感慨并忘情过元的戏曲及明清的叙事小说。我写作从开始到现在，吃的百家饭，重要的是，我是吃了饭才长大的。”[①]这些自述很清晰地概括了他在散文创作中由今而古向上溯流的文化脉络与文学路径。

浓厚的颓废气由此而生，以“静虚村系列”为代表。他将所租住的城中村命名为“静虚村”，实景却做虚写，用民歌、枯井、文物的“质朴、浑拙、典雅”喻村，并借此抒写个人怀抱。在他笔下，屋舍“仄仄斜斜”，树“像一层浓重的绿云”，“村人十分厚诚，几乎近于傻昧”，槐树“皮已发皱，有的如绳索匝缠，有的如渠沟排列，有的扭了几扭，根却委屈得隆出地面，槐花开时，一片嫩白，家家都做槐花蒸饭”。“最妙的是巷中一眼井，水是甜的，生喝比熟喝味长。水抽上来，聚成一个池，一抖一抖地，随巷流向村外，凉气就沁了全村。”[②]虚实相济、运笔空灵，以古典式的精简和“炼字”来营造虚境之虚静，以反衬现代城市的突兀、分割、冷漠、嘈杂。看来，贾平凹接受传统文学的影响，并不只体现在形式与修辞上，同时深刻影响到文章的内容与主旨。从静虚村系列的写作时间来看，他可以算是当代文学中最早预感到乡村在现代化进程中行将走向衰亡的作家，因此，散文中的“静虚”多半缘于作家在城乡现代化进程中的种种心理不适；选择栖身的“静虚村”在地理空间上处于都市与乡村之间，隐含作家主体在乡土文明与城市文化间的摇摆与矛盾。

贾平凹的众多游记或散记将老庄哲学、佛道禅宗、士大夫文化血统、神秘驳杂的巫楚民间文化、淳朴落后的商州地域文化等，一股脑地并置着，刻意营造浓厚又独特的世纪末颓废气息。他的散文讲究构思与精细，于是乡野生态在他的苦心雕镂下，无论山林水月还是丑石河滩，都有晚明小品状物细致、繁复多姿的神韵，继而追求道家的虚静、汉唐的拙朴，也可谓遗形得神。描写人物，尤其突出汉之“朴”“拙”笔意。《画家逸事》就是这样的记人散文，全篇结构严谨，惜墨如金。四位艺术家，在荒谬至极的时代里，言语行动间有王安石笔下那种“士固有离世异俗，独行其意，骂讥、笑侮、困辱而不悔”的异才品性。“文化大革命”期间，画家

---

①贾平凹：《与穆涛七日谈》，《远山静水》，时代文艺出版社2015年版，第68页。

②贾平凹：《静虚村记》，《商州寻根》，时代文艺出版社2015年版，第31页。

石鲁被打为“黑帮”，工人李世南独自前往探视，“见其小院墙头残照如血，阶下荒草埋径，独独一树碧桐，石鲁倚树而坐。长发长须，有如卧狮”。起笔奇崛而峥嵘。石鲁书一“困”字后“掷笔大笑”，转而想起生死不知的友人又不禁“老泪纵横”；得友人印，再次“捧石印大哭”；知友人逝，取古琴而“歌《黄水谣》以代哭”——数番歌哭笑之间，人物的矫世抗俗之态跃然纸上。友人钱瘦石临终前委托熟人转交石印，“说罢便哭”，而“熟人亦哭”；李世南为画家千里寻人，知钱瘦铁被批斗而亡，在钱家贴了封条的门前“捶地而哭”。通篇以“哭”为线索，串连起几位有情有义有风骨的艺术家悲剧，实是一曲命运的悲怆之歌。而那只历经坎坷、辗转而来的石印，“笔拙硬，如铁条然”，恰如其分地象征了艺术家“困辱而不悔”的意志。全篇结构严谨，惜墨如金。这说明贾平凹不仅是明清山林隐逸小品的拥趸，也吸收了正统古文讲究构思与章法的艺术经验，文辞间有汉魏石刻的简劲拙朴。

20世纪90年代以后，贾平凹多创作世态小品和语带针砭的杂文。《看人》《闲人》《笑口常开》《弈人》等，如作者所说：“我想在散文中写社会，写时代，拓宽一下题材范围，用笔硬一些，也幽默一些。”[①]在他笔下，西安市井“闲人”气度，与老舍笔下的老北京市民有如孪生兄弟，大概中国传统的市民文化与中国的古都都盛产此类“忙碌”的闲人吧。《弈人》先写无时无地都能摆棋论战的棋迷，次写观弈者之痴情投入到大打出手：“弈者每走一步妙着，锐声叫好，若一步走坏，懊丧连天，都企图垂帘听政。”无论城乡，下棋与观棋，男人与女人，构成生动的市井画面。最后文章出人意表地议论说，实际上人们不过是“在棋盘上变相过政治之瘾”，又借棋子讽刺世相：“棋子就是棋子，一子就是一人，人可左右占位，围住就行，象棋有帅有车，有相有卒，等级分明，各有限制。”爱下棋的中国人其实是“喜欢自己做将做帅，调车调马，贵人者，以再一次施展自己治国治天下的策略，平民者则作一种精神上的享受，以致词典上有了‘眼观全局，胸有韬略’之句”。[②]

1990年代创刊《美文》时，贾平凹倡导“大散文”观，为散文的多

---

①贾平凹：《瞎摸索与新局面——关于散文创作的通信》，《太白山魂》，时代文艺出版社2015年版，第197页。

②贾平凹：《弈人》，《太白山魂》，时代文艺出版社2015年版，第71页。

样、多体、多元发展推波助澜。发刊词上说明了“大散文”观的提出主要针对散文创作的“靡弱之风”、作家与批评家“基本思维还是旧式的”、散文“流于随意和轻率”等问题，从三个方面倡导和探索：“‘大散文’的提出并不想建立什么主义，只是凭一种感觉”，“张扬散文的清正之气，写大的境界”；“拓宽写作范围……继承古典散文大而化之的传统，吸收域外散文的哲理和思辨”；“发动和扩大写作队伍，视散文是一切文章，以不专写散文的人和不专从事写作的人来写”等等①。贾平凹的“美文”与当年周作人的“美文”同是范围宽泛的概念；他号召“以野莽生动力，来冲击散文的篱笆”，反对把散文拘禁于“艺术散文”“抒情散文”的狭隘之地。大散文概念继承了中国的文章学传统，也对“五四”新文化运动后散文所取得的成就表示了应有的敬意。

第五节　女性散文的崛起

新时期伊始，女性散文从未有过的多元格局和兴盛景观开始形成，并持续发展至世纪末。特征之一是出现庞大的女性散文家群体和四代同堂的创作局面。冰心、陈学昭、丁玲、杨绛、赵清阁、风子等老作家的创作生命获得“第二次解放”，她们将丰富深邃的人生阅历和炉火纯青的写作技艺熔为一炉，写出醇厚老到的散文新作。中年作家如宗璞、菡子、新凤霞、韦君宜、丁宁、张洁、李天芳、叶文玲等，成为女性文坛的中坚力量。知青一代女作家成批崛起，她们带来女性书写的新经验、新气息。其次，女性散文成为20世纪90年代文化界的热点，创作热、出版热和批评热，构成20世纪女性散文史上从未有过的历史气象和崭新的人文景观。女性散文丛书多达数十种，各类报纸副刊为女性写作者提供了散文发表的空间，读者的阅读期待更为创作推波助澜。其三，西方现代主义思潮与女性主义思潮对不少女性散文的影响很明显，女性散文的面目为之一变。

①参见贾平凹《走向大散文》《〈美文〉三年》等文章，收入《时光长安》一书，时代文艺出版社2015年版。

杨绛（1911年—2016年），原名杨季康，江苏无锡人。毕业于东吴大学，清华大学研究生肄业。1935年与钱锺书结婚后赴英国、法国留学，1938年回国。上海沦陷时期，她创作了《称心如意》《弄假成真》《游戏人间》等喜剧作品。1950年以后在北京从事外国文学翻译与研究工作。新时期以来陆续出版散文集《干校六记》《将饮茶》《杂忆与杂写》《我们仨》《走到人生边上——自问自答》等。2014年人民文学出版社出版了9卷本《杨绛全集》。

杨绛是文学创作的多面手，又素有翻译家锤字炼句的习性，文体意识很强。《干校六记》一问世，即以举重若轻、文笔练达称胜。《干校六记》令人联想到清代沈复的《浮生六记》，但貌似神异，虽有记述夫妇间生活情趣的相似之处，但背景和遭遇不同，情调趣味迥然相异。《干校六记》与其姐妹篇《丙午丁未年纪事》有着真切的历史情境中的细节描写和对人性隐微的深入发抉，正可以当作"史笔"来看。

《干校六记》包括"下放记别""凿井记劳""学圃记闲""'小趋'记情""冒险记幸""误传记妄"六则，集中体现了杨绛晚年散文创作的节制之美学。"记别"中，钱锺书被派"先遣队"，马上要走，杨绛听了"却好像头顶上着了一个焦雷"，"我舀些清汤泡了半碗饭，饭还是咽不下"；"我补了一条裤子，坐处像个布满经线纬线的地球仪，而且厚如龟壳。默存倒很欣赏，说好极了，穿上好比随身带着个座儿，随处都可以坐下"。夫妻俩用幽默化解内心沉重，意在减轻对方的精神压力。在两次送行期间，乐于助人的女婿自杀了，家像那些托运的行李一样，先拆掉再打包，打包了再失散；"我"在开往干校的火车上，看阿圆"踽踽独归的背影，心上凄楚，忙闭上眼睛；闭上了眼睛，越发能看到她在我们那破残凌乱的家里，独自收拾整理，忙又睁开眼"。来到干校，不料"默存又黑又瘦，简直换了个样儿，奇怪的是我还一见就认识"。在这样的离合悲愁中，杨绛两次发出相同的感叹："最经磨的还是人的血肉之躯。"可见怨怒悲哀的力量未必要恸哭呼号。她用细致的观察、入微的感受，写出了大时代可见的荒诞，力道尤深。文学所下放了，"学部敲锣打鼓，我们都放了学去欢送。下放人员整队而出；红旗开处，俞平老和俞师母领队当先。年逾七旬的老人了，还像学龄儿童那样排着队，远赴干校上学，我看着心中不忍，抽身先退；一路回去，发现许多人缺乏欢送的热情，也纷纷回去上班。大家脸上都漠无表情”。[①]杨绛甚至不由得联想起当年出洋送行的“彩色的纸带”“拍手欢呼”“落泪”，这种如电影里常用的将记忆与现实，采用彩色与黑白进行对比的方法，以不相容的、反差极大的真实与情感的元素包容起来的张力，在文章中便形成强烈反讽。

“六记”中的“别”“劳”“闲”“情”“幸”“妄”，无不在琐碎细节里蕴含作家的社会剖析与人性悲悯。“学圃记闲”中，种萝卜“培养尖子”，与钱锺书“经常可在菜园相会”，乡下妇女偷菜、捡菜帮等，都算闲碎杂事，但接着作家转笔写到三四个农村小伙子到菜地“粗声訇喝着围猎野兔”时，文章寒意初生：藏身菜叶下的兔子“几回转折，给三四条狗团团围住。只见它纵身一跃有六七尺高，掉下地就给狗咬住。在它纵身一跃的时候，我代它心胆俱碎。从此我听到‘哈！哈！哈！’粗哑的訇喝声，再也没有好奇心去观看”。围猎兔子当然不是随意之笔。紧接着杨绛以一个记忆中的具体时间，回忆了“遥看他们把那死人埋了”的那个黄昏。她放笔描述荒凉的黄昏与孤寂的生死感受：“晚霞渐渐暗淡，暮霭沉沉，野旷天低，菜地一片昏暗，远近不见一人，也不见一点灯光。”“我顺着荒墩乱石间一条蜿蜒小径，独自回村；近村能看到树丛里闪出灯光。但有灯光处，只有我一个床位，只有帐子里狭小的一席地——一个孤寂的归宿，不是我的家。因此我常记起曾见一幅画里，一个老者背负行囊，拄着拐杖，由山坡下一条小路一步步走入自己的坟墓；自己仿佛也是如此。”[②]题目为“闲”，叙述语调却是先舒缓后急促，前散漫后集中，后半部分发挥小说家擅长的细节、动作和画面刻写，将作者在特定时代某一时刻的孤寂与怆痛推向极致。

杨绛善于观察与打量世态人情，但幽默或讽刺的喜剧个性并不直露，往往收敛。这与她的“隐身衣”哲学有关。《隐身衣》中写道：“我们都要隐身衣；各披一件，同出遨游。我们只求摆脱羁束，到处阅历，并不想为非作歹。”这是穿“隐身衣”的自由：宁愿“万人如海一身藏”，“可以保其天真，成其自然，潜心一志完成自己能做的事”。但是，穿“隐身衣”

①杨绛：《干校六记·下放记别》，《杨绛全集》（第二卷散文卷），人民文学出版社2014年版，第5—12页。

②杨绛：《干校六记·学圃记闲》，《杨绛全集》（第二卷散文卷），人民文学出版社2014年版，第5—12页。

也要条件，“世人非但不以为宝，还惟恐穿在身上，像湿布衫一样脱不下。因为这种隐身衣的料子是卑微，身处卑微，人家就视而不见，见而无睹”。即便作家明明知道在世态人情中，“肉体包裹的心灵，也是经不起炎凉，受不得磕碰的。要炼成刀枪不入、水火不伤的功夫，谈何容易！”但隐身衣的诱惑，仍为她所向往，因为身在“软红尘里”，那“世态人情，比明月清风更饶有滋味；可作书读，可当戏看。书上的描摹，戏里的扮演，即使栩栩如生，究竟只是文艺作品；人情世态，都是天真自然的流露，往往超出情理之外，新奇得令人震惊，令人骇怪，给人以更深刻的效益，更奇妙的娱乐。唯有身处卑微的人，最有机缘看到世态人情的真相，而不是面对观众的艺术表演。”①因此，散文中的杨绛，总像身披隐身衣的智者，用理性之眼观察人性，打量可嗟可叹的世界。《丙午丁未年纪事》中描写自己与先后被揪出来的知识分子之间的微妙关系，整人的人跟被整的人一起做了牛鬼蛇神，还成了“难友”。可是“风雨同舟”并不是患难之交，而是各怀心思，人性的复杂在这里展露无遗。看似轻松，实有凛凛不可冒犯的一面。

穿“隐身衣”的旁观者，往往能够直达人世的真相、发现“颠倒”与悖谬，喜剧性因此生成。杨绛曾在四篇文论中论及喜剧，在《菲尔丁关于小说的理论》里，讲喜剧悲剧，引用亚里士多德《诗学》中关于喜剧与悲剧的分别：作者性格不同，他们的作品就分为两个方向，一种人严肃，他们写高尚的人、伟大的事；一种人不如他们正经，他们写卑微的人物和事情。前者歌颂，后者讽刺。前者成为悲剧作家，后者成为喜剧作家。另一篇文论是《论萨克雷〈名利场〉》，这篇小说由钱锺书推荐让杨必翻译，《名利场》是钱锺书拟的书名，萨克雷自认自己是个“幽默作家”，杨绛爱屋及乌，便特地作文解释为什么这部小说是一部“没有英雄的小说”，她认为，因为“角色都是受环境和时代宰制的普通人”。②从这个意义上理解杨绛的“非政治”态度，以及她落笔的人物，包括她自己，无论是“乌云”还是“乌云的金边”，确实都以受环境和时代制约的普通人为对象，

①杨绛：《将饮茶·隐身衣》，《杨绛全集》（第二卷散文卷），人民文学出版社2014年版，第197—201页。

②杨绛：《论萨克雷〈名利场〉》，《杨绛全集》（第五卷戏剧文论卷），人民文学出版社2014年版，第310页。

以世情与人性作为观察的立足点。

1987年《将饮茶》出版，收入《回忆我的父亲》《回忆我的姑母》《记钱锺书与〈围城〉》等长篇回忆，既为学界提供父亲、姑母、钱锺书的传记资料，又镌入自己的追忆思索和人生感悟。1983年写《回忆我的父亲》时，杨绛曾羡慕地说，父母一生中有长河一般的对话，听来好像阅读拉布吕耶尔《人性与世态》。她写自己的日常生活时也一样，和钱锺书两个人经常“说闲话儿”，一起“做福尔摩斯”，一起“格物致知”；以“人性与世态”为主旨，追求笔墨简洁、笔意深长，情致很深。时有议论，更多的是从故事与往事中，附上作家对历史烟云和人物命运所做的“点评”“注解”。不管“怀念的人，从极亲到极疏；追忆的事，从感我至深到漠不关心”[①]，她都擅长组织千头万绪的材料，将记忆中的人物事件娓娓道来，严谨沉重与别致幽默整合为一，极传神地复活和还原历史人物的生动面目，与此同时兼顾当时的历史氛围、生活情境和世情民俗，文笔更具风俗史的神韵。作家以保存史料的目的来回忆父亲，因此力求如传记一般材料翔实、评价公允；以妻子的身份写丈夫，抓住钱锺书为人、为文“痴气旺盛”的特点，令人莞尔，自有一份柔情；写妹妹杨必，怜其才情，哀其早逝，又为她一生潇洒、不曾历经生命的磨难而庆幸（《记杨必》）；至于《回忆我的姑母》却“也许正因为我和她感情冷漠，我对她的了解倒比较客观”。这位杨绛“不大愿意回忆”的三姑母杨荫榆，过去人们一般只知道她在现代文学史上因女师大事件而臭名昭著，不知当日军占领苏州后，她曾“不止一次跑去见日本军官，责备他纵容部下奸淫掳掠”以致被日本人杀害的“晚节彪炳”。[②]杨绛对这样一位自己多有隔膜的姑姑，却有女性学者的同情立场和知人论世的历史眼光，她的回忆实际上总结了造成这位旧时代知识女性一生“坎坷别扭”的悲剧背后深刻的个人原因和社会原因。

杨绛的回忆性散文以丰富生动的细节还原了历史和人物，而且以隽永活泼的人生意蕴和探赜索隐的史料价值提供了自己的认知与智慧。不论怀

①杨绛：《杂忆与杂写·自序》，《杨绛全集》（第三卷散文卷），人民文学出版社2014年版，第3页。

②杨绛：《回忆我的姑母》，《杨绛全集》（第二卷散文卷），人民文学出版社2014年版，第150、166页。

念叙写的是父亲、丈夫、姑母、翻译家傅雷这样一些文化历史名人，还是像老王、顺姐、林奶奶这样的普通百姓，她都能以一份更“乐观”心态，看到人性向善的一面。在那篇“应是有情无着处，春风蛱蝶忆儿猫”的《花花儿》中，她也从猫的善解人意领悟到：“猫的‘人气’，当然微弱得似有若无，好比‘人为万物之灵’，人的那点灵光，也微弱得只够我们惶惑地照见自己多么愚昧。人的智慧自有打不破的局限，好比猫儿的聪明有它打不破的局限。”①百岁高龄前后的杨绛仍然保持对人性、人生本质、生命意义的不断叩问与探索，《走到人生边上》《坐在人生边上》中的哲思，是她在“人生的边缘之边缘”认识自己、洗练自己、修炼自己的智慧之果。

宗璞、菡子、新凤霞、韦君宜、张洁、丁宁、叶文玲等女作家，经历、职业、教育背景各有不同，20世纪80年代是她们创作的丰产期。丁宁的《心中的画》《冰花集》，菡子的《记忆之珠》，宗璞的《丁香结》，张洁早期的“大雁系列”，新凤霞的《以苦为乐》等，多记录个人肉体与精神创伤，以诗意的、丰富的情感和眼光去发现生活的美、人性的美、自然的美。和老一辈作家相比，她们的作品少了些历史的回忆，多了些对现实生活的体味，比起年轻一代，缺乏新锐之气，多走传统抒情一路。

新凤霞（1927年—1998年），当代评剧演员，从旧社会一个穷孩子成长为新社会人民的表演艺术家，从文盲成为新时期一位有影响的散文家。新凤霞的回忆性散文，收入《新凤霞回忆录》《以苦为乐》等集子中，是20世纪80年代初期的“伶人往事”，文风朴实天然。新凤霞回顾了她在旧社会的学艺生涯和几十年的生活遭际，吴祖光评价说：“她的写作范围极其广泛。写她的家庭，她的童年，她的学艺和卖艺生涯、演戏经验，她的同台演戏的伙伴，一些渺小的小人物和当代的著名艺人，贪婪的戏园老板、财主、恶霸，写旧社会，也写新社会，写地狱的黑暗，写友谊、良心和反抗，有血和泪，也有衷心的欢笑。”②她的回忆，处处蕴含普通百姓的生活哲理和道德理想；她笔下的天津底层社会，三教九流无所不包，既有一定民俗价值，又有很高的教育意义；她更擅写人，爱美、简朴、重情又

---

①杨绛：《花花儿》，《杨绛全集》（第三卷散文卷），人民文学出版社2014年版，第138—139页。

②吴祖光：《新凤霞回忆录·后记》，百花文艺出版社1980年版，第334页。

颇孩子气的齐白石老人，木讷不通世故的末代皇帝溥仪，洒脱不拘的画家黄永玉及其善良的妻子张梅溪，都在她不加虚饰、不落俗套的白描中呼之欲出、栩栩如生。新凤霞的异军突起，在神不在貌，美在质朴天然，为这代女性散文增添了几分俏丽、活泼和清新。

丁宁（1924年—2015年），著有《冰花集》《心中的画》《半岛集》《银河集》等散文集。丁宁早年参加革命，散文以清丽之笔回忆战争岁月，如写她心中有一幅朴素而光艳如初的“画”。在她走向抗日军政大学的艰苦路途中，那不知名村庄里的大娘和“妞儿”精心看护好她的病，妞儿还献上了她唯一的红嫁裳。女作家的笔轻轻点染，突出“我”在眩晕中对微甘清芳的小泥屋的温暖感受和几次将大娘认作母亲的幻觉，描绘出心中的鱼水深情图。丁宁长期在中国作协工作，亲历一系列重大的文艺事件，她以散文的形式深情地回忆了一批离世的文艺工作者的音容笑貌和坎坷命运，如“衣着整洁，文质彬彬，但给人的感觉，似乎形单影孤，内心深处，好像埋藏着神秘的东西”的杨朔，在生活中是个热爱东坡诗、长于自省、信仰坚定，有着“诗一般的灵魂”的诗人（《幽燕诗魂》）。21世纪后她又写下长达五万字的散文《忠诚与屈辱——感于丁玲诞辰一百周年》，回顾丁玲“忠诚与屈辱”的一生，笔墨端肃冷峻。

张洁《拣麦穗》《盯梢》《哪里去了，放风筝的姑娘》等“大雁系列”作品，以小姑娘的视角，将遍地青草、秋千上的欢笑和淳朴的民风糅合在一起，童年的农村是饥饿困顿的，张洁却在这样的背景下记录那些美好纯真的人情人性，农家少女们未来的生活情景是黯淡的，张洁却更愿凸显她们一代代粉红色的梦想，由此构成张洁早期散文含泪的笑的美学情境。散文中的乌托邦意味，是作家对现实生活中人性缺失、真情难觅的心理补偿。但虚幻空濛的梦往往不长久，张洁“最想留住的，还是那永远没有长大，永远没有变老的心”。[①]张洁的女儿情结集中体现在她十七万字的长篇散文《世界上最疼我的那个人去了》，这部作品与其他讴歌母爱的作品的最大不同，“在于张洁对母爱的刻骨铭心的再领悟、再体验、再认识，以及由此而产生的深入骨髓的忏悔意识”。[②]

---

①张洁：《梦》，《无字我心》，陕西人民出版社1995年版，第15页。

②韩小蕙：《给张洁作序》，载张洁《无字我心》，陕西人民出版社1995年版，第3页。

女性散文深度参与了20世纪80年代的思想解放运动。不论是女儿情还是夫妻情，不论是面对生离还是死别，她们那种以诗情守望人生的姿态平添了几分沉郁和坚韧。她们在散文的一端建构起一份理想和诗意时，又在另一端通过浓浓的追思和感叹，重新发现和肯定人的生命价值，对长期以来被扭曲、践踏、毁灭的一切美好事物心怀痛惜，这是女性散文沉甸甸的收获。不论是茹志鹃的《惜花人已去》，还是丁宁笔下对郭小川、柳青、李季等一批优秀作家的哀思，或如黄宗英笔下的赵丹，梅志笔下的胡风，新凤霞笔下的老舍先生和名艺人小白玉霜，所怀之人特有的性格魅力、人格精神、品德风范以及时代遭际，都使悲剧感更加浓厚，反思意味更加强烈。而1998年出版的韦君宜的《思痛录》，对亲历的特殊历史时期做了见证式书写，凝聚了作家晚年的沉痛之思，其反思力度和思想深度令人震撼。

宗璞，原名冯钟璞，原籍河南省唐河县，1928年生于北京，1951年毕业于清华大学外文系。1948年起开始发表作品，著有《红豆》《鲁鲁》《三生石》《四季流光》等中短篇小说，晚年倾力创作《南渡记》《东藏记》《西征记》(《野葫芦引》第一卷、第二卷、第三卷)等以抗战时期明仑大学学者教授和青年学生的思想、生活为题材的长篇小说。20世纪八九十年代是宗璞散文创作的高产期，《宗璞散文选集》《铁箫人语》中的散文，情味深沉，语言含蓄，尤以忆人、咏物、写景最具艺术匠心，体现出作家深厚的古典文学修养。

古典式抒情，是宗璞散文的标志。中国诗学中兴发感动的写作结构不断在她散文中复现，说她继承了《毛诗大序》中的“情动于中而形于言”，或钟嵘《诗品序》中所说“气之动物，物之感人，故摇荡性情，形诸舞咏”的感发生命的诗歌传统，也不为过。她最好的散文是“写得最平易又最蕴有深情”[①]的怀念父亲冯友兰、母亲、弟弟及挚友的文字，以《心的嘱托》《三松堂断忆》《三松堂岁暮二三事》等文为代表。这些记人散文，很少写具体的生平或逸事，而是以自己的情感为线索，将记忆中的数个画面或片段连缀起来，作家寄托对亲人的思念，并将这种情感化而开去，抒写自己对燕园内一大批和她父亲一样的科学家、文学家、哲学家、教育家

①陈素琰：《宗璞散文选集·序言》，《宗璞散文选集》，百花文艺出版社1993年版，第16页。

高山仰止的敬意与深情。写法上，多取譬外物，形成意象，使情感有依附，形象鲜明而诗意饱满。《霞落燕园》是纪念燕园内十几位先后逝去的大学者、大知识分子的文章，“霞彩”为譬喻——“霞彩天天消去，但是次日还会生出。在东方，也在西方，还在青年学子的双颊上”，赞美一代大师余泽被世，桃李芬芳。《哭小弟》，为小弟壮志未酬、英年早逝而痛哭，同时以花作比，“哭我们这迟开而早谢的一代人”；《水仙辞》以“水仙”的风姿与个性怀念一位含冤死去的朋友；《柳信》从“路边的杨柳”“窗前的一株垂柳”写起，转向对逝去的母亲的片段回忆，柳树以年年嫩绿报告春天的到来，“它只是努力尽自己的本分，尽量绿得长一些，就像一个普通正常的母亲，平凡清白的人一样”。晚近散文仍然取这一抒情方式，《怎得长相依聚》忆夫君蔡仲德博识严谨、理想高远，则取譬三松堂“三松”的生命轮回：“三棵松中有两棵高大，一棵枝条平展，宛如舞者伸出的手臂”，它枯萎后，“又栽上一棵油松，树顶圆圆的，宛如垂髫少女”。后来，又“补上一棵油松，姿态和垂髫少女完全不同，像是个小娃娃，人们说它是仙童”。旧松的枯萎与新松的勃发，寓有“万物变迁，一代又一代，仲德留下了他的著作和理想，留下了他的爱心”之含意。这些“物”之意象的习性与品格经作家的诗心点染，烘托出人物的精神、气质和品格，是作者对有价值的生命的挽歌，对生命的领悟、体验和升华，这一抒情模式，是对中国抒情诗文传统的借鉴与继承。

除了人事回忆中取譬外物、寓情于物外，托物言志也是宗璞记人或咏物散文中突出的构思特点。咏物抒情往往和托物言志为一体，表达作家对世间美好的人格、风范、精神的钦羡、歌咏与自我升华。如“我爱燕园”系列中的咏物言志篇什，《燕园石寻》《燕园碑寻》《燕园树寻》《燕园墓寻》《燕园桥寻》等，以及“花事系列”中的《紫藤萝瀑布》《丁香结》《好一朵木槿花》《二十四番花信》《松侣》《报秋》《送春》等，无不如此。燕园的“树”“桥”“碑”“墓”，既承载历史真实，也在岁月流逝后成为某种象征。而自然界“春”“秋”“晚霞”等季候，或者各种花花草草作为兴发感动的物象风物，或显豁或含蓄的借物感发生命的散文结构和形式，则遵循中国传统抒情诗最基本的运思路线，作家首先由自然界的景物或节气之变化而引出个人感慨，继而联系到人世间的悲欢顺逆之遭际，心与物的交感和结合，使得个人的抒情言志显得自然从容而又蕴藉绵长。

无论写域外“奔落的雪原”，还是北京香山红叶，无论记后园中的野花小草，还是燕园寂寞的断石残碑，宗璞散文既善于领略自然界的美，又善于从中发掘人生的哲理，是能使读者开阔心胸、荡涤杂念，获得情感的升华和美感的认知的。这种文章韵味，很容易让人联想起新月派作家的新古典主义诗文，合乎法度，节奏纡徐，语言典雅，苦心孤诣地追求散文内涵与表现形式上的和谐。宗璞晚近多写作学者随笔与文化散文，也发表杂文小品，议论老道，增强了历史意识与学术思辨力，代表性作品如《他的“迹”和“所以迹”》《痛读〈思痛录〉》《耳读〈朱自清日记〉》《耳读〈苏东坡传〉》等。

20世纪90年代女性散文的独特性，在于一批20世纪五六十年代出生、有知青经历的女作家成为主要创作力量，她们的文学成长历程伴随着改革开放、思想解放的步步深入以及文学、哲学思潮的风起云涌而蜕变成熟，在散文创作观念、思维方式和散文审美艺术上形成了有别于前辈作家和同期男性作家的个性和特征。

审思品格，几乎是知青一代女性散文的总体运思方式，也可视为当代女性的精神气质在散文中的集中体现。这一代人独特的生活经历，所走过的从迷惘、怀疑到思考的一系列艰难的蜕变，所经历的重塑人生观和精神信念的心路历程，便是审思品格形成的基础；文化大环境中风起云涌的文学、哲学思潮，又不可避免地对中青年女性的知识结构、审美意识和思维方式产生重大影响，她们的文学创作是在一波波求新、求异的浪潮中成长、成熟的，在吸收、辨别、去芜存精、“放出眼光，自己来拿”的过程中，其主体意识和理性思考力得到了增强。

女性散文的审思品格在转型期社会所带来的巨大的社会变动和对人们的心灵的强烈撞击中凸显出来。早在20世纪80年代中期，王英琦就曾发出散文创作何以如此寂寞的叹息，她的寂寞感，主要不在作品数量和创作者的多寡，而在于她／她们苦于无力打破原有的思维定式，无力冲破旧的散文创作模式，获得新的散文创作灵感。进入90年代，社会转型、商品经济的发展，以巨大的冲击力打破了作家个体与社会、精神与物质、感性与理性的表面和谐，这代人的困惑和矛盾愈加强烈。她们既欣喜于“太阳向着散文微笑”，也开始发现商业性的“一次性消费”进入了文学领域，散文的快餐出现。韩小蕙提出，“散文要高耸于思想的峰巅”，“应当真正地跟上并勇敢地反映社会生活和人民的情绪，而不能只虚浮地点缀和矫饰生活”；[①]王英琦强调“真”：“要有真感悟真思想真冲动——即艺术本质的真实和内在感情的真实”；[②]王小妮则把散文的精神归结为背离、顶逆着一切规则的精神，认为好的散文家应当对最常见的事物，发出他独一无二的思考、疑问和假想。[③]虽表述各异，但散文应当体现当代人的思想情绪、呈现独立思考的品格、表达真实的情感需求、追求厚重的质感，却是这代人相当一致的认识。

最为突出的是，她们的审思目光牢牢扣紧社会和人心的变化，更执着于对商品经济社会发展中出现的浮躁、功利、物欲膨胀等现象，投入密切观照和批判的热情。无论苏叶的《去老舍茶馆》、韩小蕙的《体验自卑》《不忍》、王英琦的《反俗感悟》、斯妤的“荒诞系列”“心灵速写”，还是张抗抗、铁凝等的散文，或是直接对现实生活中将金钱和商业价值作为评判一切的标准的极端利己主义表示无可容忍的厌恶；或以独特的艺术表现形式展现当代社会平庸琐碎的日常人生、乖谬错位的人性丑陋、冷漠苍白的城市图景。即使徜徉于历史文化遗迹或大自然中时，也不能放松身心陶醉其中，每每以当代人的视界反省现代文明和人类生存的困境。彼时出现马丽华的大型散文游记《走遍西藏》也就不足为奇。她宣称自己走过了“由己及人——人，人群，人类，人文”[④]的认知过程，从一个诗人气质的作者转变为“人类学散文作家”。马丽华固然是一极端的例子，但1990年代的女性主义、生态主义、后现代主义等理论思潮，对女性散文的影响不可谓不深刻。

如果说老一代女作家是在历尽沧桑、尘埃落定之后拥有了穿透人生和历史的深邃目光和人生智慧的话，知青一代女作家却仍在探索，充满怀疑和苦闷。她们对社会、历史及妇女命运的审思，从来不是站在旁观者的位置上冷静甚至冷漠地指手画脚，她们对人性和生命存在价值的思考也不是抽象的、玄妙的高谈阔论，而是来自她们个体的生活经验和深刻的人生体验。当她们真实地袒露女性生活的种种情状甚至隐秘的内心世界时，突出了主体欲求真美、勇于审视自我的精神。女性散文从不缺乏对日常生活感

①韩小蕙：《散文要高耸于思想的峰巅》，《散文》1991年第10期。
②王英琦：《王英琦散文自选集》，百花文艺出版社1995年版，第2页。
③王小妮：《我看散文》，《我们是害虫》，湖南文艺出版社1998年版，第156页。
④马丽华：《走过西藏》，作家出版社1994年版。

兴的抒写，但也从不曾像这些女性这样，不惮于写出今天的妇女在传统伦理、现代生活和自我发展的重围中深刻的性别意义危机。苏叶、王英琦、韩小蕙、斯妤等作家，九曲回肠地写尽希望与现实背离的苦痛、无奈和困惑，道出职业女性担当家庭和事业双重角色的疲惫，甚至是对爱情的幻灭，对婚姻生活的失望，以及在平庸琐碎的日常人生中的灰色情绪："生存是无尽期的整理，无尽期的凌乱，无尽期的期待和厌倦"（斯妤《心灵速写》）。散文写作就是"以稿纸为纱布，以笔为刀，在书桌这张手术台上检视自己内心的过程"。[①]她们剥去外在的一层女性生存谎言和自我实现的假象，自我诘问，追究答案，处处有着作家主体的怀疑和理性目光。

女性主义意识的萌生，如潮水般拍打着20世纪90年代女性散文的堤岸。总体上说有这样两种趋向：一种趋向是广泛开掘女性日常人生经验，从婚姻、病痛、生育等等所带来的体验和感受中，寻找女性人生的丰富内涵。这是对中国现代女性散文传统的继承，她们可能将儿女情、家务事作为展示女人世俗的一面，在平淡无奇的生活琐事中品味人伦亲情的温馨，咏唱婚恋之曲，或从时装、烹饪、花草虫鱼里领略日常人生的种种闲情逸致；或在琐碎的家居情境中欣赏两性间的和谐，或从新生命的诞生和哺育中体会生命的丰满、生命的美；更有许多书写婚姻破裂、爱情无存的篇章，或以女性独特的心力去体味生命和死亡的文字，诉说苦痛和寂寞的体验，展示着当代女性柔中有刚的情思和对情感的更深层的理解。当女作家将个体的生命体验扩展到对人生、宇宙万物的认识时，她们听到了来自女性内心深处的声音，铁凝的《你在大雾里得意忘形》一文，恰切地写出了这样一种女性所向往的人生和艺术境界，脱掉各种面具，挣脱世俗的枷锁，赢来自由自在、"得意忘形"的天空。

另一种趋向显然更具有新意。当女性视角向女性的生命本体和潜意识做深层的透视，将女性日常生活经验作形而上的提升，将女性的幻想、感情和知性朝着女性历史和文化方向集成时，便意味着这代女作家开垦出了一片很有价值的领地。这是一股女性主义的散文潮流，深受风起云涌的西方女性主义思潮的滋润和影响，却具有与20世纪90年代的女性主义小说不同的审美意蕴和境界，在葆有批判的勇气和激情的同时，又分明以"随

---

①苏叶：《苏叶散文自选集·自序》，百花文艺出版社1995年版，第1页。

风潜入夜，润物细无声”的含蓄隽永令人耳目一新。

女性主义散文所构建的第一层意蕴，是将女性作为与大自然一样神秘、富有灵性、令人崇拜的力量，蕴含对女性文明与女性神话的向往与追索。唐敏最早将女性的灵慧之气与大自然的灵性相通，《女孩子的花》借水仙的柔美姿态、清冽的香气和易受伤害的命运，隐含了对女性生命的美丽、超绝凡俗却在现实困境中易毁难存的深深怜惜；《月之冕》中，月亮将她的桂冠赐予成年的女子，以永存女性那份与生俱来的清纯和圣洁。唐敏把她对自然灵性的独特的感受力与对女性的关爱之情融合在一起，纯化生活细节，淡化世俗的纷攘，使其文本统一在一个相对纯净和空灵的境界中。铁凝的《草戒指》《河之女》等则明显有着作家对现代文明的某种价值判断，她突出女性原始的、朴素的生命力之美，借男子的眼睛去打量那一河的石头，已有特定的意味，“它不似滩，不似岸，不似原，是一河的女人，千姿百态，裸着自己”，“一切都是因了女人的丰腴，女人的浑圆，女人的力”，令人肃然起敬，顶礼膜拜。①

第二层意蕴是对女性苦难、女性命运的探究、质问和反省。现实中的女性困境是女性主义者们反思的出发点，林丹娅《女人的星》反思女性的依赖性：跪下的女人才把男人当作天上的星，女人只有站起来才能掌握自己的命运。从事女性主义文学批评的林丹娅坦言，她的创作是以鲜明的女性主义理论为基础的。唐敏的《霜降柿子红》同样可以抽绎出女性主义者的普遍思路，坚硬、苦涩的柿子是这样被种种工序催熟的：铁钉敲，灌上醋或石灰水，插进竹签，闷在罐里……最终，“它们都变软了，甜了，红了，成了人人喜爱的甜水果”，这隐喻着“女人不是天生的，而是被造成的”的残酷过程。

第三层意蕴是对女性身体经验和欲望的诗性言说。最先触及这一长期隐秘不宣的角落的是叶梦。她将女性的发育、初潮、怀孕、生育等带来的身体和心理上的震荡，以诗一般的语言道出。叶梦将潜在的意识流脉，以“月亮”的意象来展开。在人类的神话原型中，月亮代表阴性，历来的女作家也大多偏爱月亮。叶梦将古老的月亮引入梦中，月神掌管着女性生命的潮汐，女性的欲望、生殖力、创造力甚至死亡情结，月神与女神之间有

①铁凝：《河之女》，《青年文学》1990年第8期。

一份“不能破译的密码”，神秘而又宿命般地相连着。叶梦用富于暗示性和象征色彩的语言，揭开了女性潜意识的深海中长期沉默如孤岛的欲望的一角，虚实的掩映中透出纯净的美感。但这类文本显然必须面对两种约束，一是长期以来，散文的发展一直强调记实事，写真情，记叙抒情散文常常是作家的自我亮相。二是女性创作中写身体本来就是一种相当前卫的写作姿态。这两种约束，使得那些在小说中俯拾皆是的女性梦魇、非理性的疯狂和禁忌，在女性散文中就难觅其踪。女散文家们显然更愿意在传统伦理规范的安全区内联想、阐发，寻找女性生命圆满的本质。不少散文中的月亮、水、镜子、水果、井等意象，或可称为隐喻符号，触摸到了女性主义人类学的某些意蕴。

西方女性主义本不是完整严密的思想体系，而是“庞大松散”“歧义百出”的。[①]而在1995年前后，中国女性散文作家所能倚靠的西方理论资源其实非常有限，主要有波伏娃《第二性》、吴尔芙《一间自己的屋》、肖沃特《她们自己的文学》、吉尔伯特《阁楼上的疯女人》等。但这批与共和国大致同龄的女作家们却已有足够丰富的生活历练，对这些异域言说心领神会，并有目的地寻找、遴选、阐扬各类文化史风俗史文学史材料。一方面是有意识地要挣脱传统的定论，或阐扬某些为人们所忽视的女性的精神、本质甚至是心理特征，这正是女性主义文学批评所强调的“作为女人去阅读”的努力；另一方面又是当代女性在其中注入对情感和生命的理解，寄托自己的理想。这两方面往往密不可分。筱敏笔下有精卫、山鬼、小人鱼等对神话、童话中女子的想象，有对南丁格尔（《在暗夜》）、居里夫人（《伟大是忧郁的》）等伟大女性的各种读解，而素素的《消失的女人》、张爱华的《孤独女子》、黄晓萍的《梧桐雨》则是对古往今来一些悲剧女性性格进行挖掘和剖解，看起来远离了身边的琐事，但仍是当下心境的某种投射，或是借他人酒杯浇自己的块垒，在历史女性的身上寻找到情感的支撑点。

20世纪90年代的批评家将这些具有女性主义意味的写作，称作女性新锐散文，“新锐”也暗示其实验性或不成熟，但正处在创作盛期的女作家们却几乎集体维护“自己的文章”，铁凝坦率地说：“在这里重要的不是辩

①柏棣：《平等与差异：西方后现代主义女性主义理论》，载《西方女性主义研究评介》，三联书店1995年版，第1页。

论作品的产地是头脑还是子宫，重要的是我们不必否认自己是女人。只有正视自己才能开拓自己，每一次的开拓自己即是对世界的又一次发现。”[①]女性的自信中隐含着对男性中心的文学标准的叛逆。

第六节　文化散文的拓展

20世纪80年代中后期，文化散文中兴。此时的创作主体主要是一批中国学界、出版界的老一代文化人，如唐弢、张中行、黄裳、启功、金克木、季羡林等，他们以各自的专业学养撰写读书、忆旧随笔，散发出浓郁的书卷气，文体和语言以知性、智性、幽默的“书话风”“闲话风”为特征，一经报刊或杂志推出，备受士林喜爱。这些学术大家的随笔，追怀民国一代学者作家，观兴亡得失，怀悲悯之心，是这类文化散文的精华所在。张中行、黄裳等作家对现代文化名人的回忆，采用正史之外的历史，来表现曾经存在的真实生命与独特人格。这正如周汝昌评《负暄琐话》所说：“我喜欢读的则是官书以外的‘野史’。为什么？自然又是不必自己说清理由，但至少有一点是清楚的，即野史亲切得多，有味得多。野史所记的，又大抵是史官翰林们所不屑、不肯、不敢记的，所以爱读。”[②]

20世纪90年代以后，文化散文名家蜂拥而出，身份各异，代际生成，话语形态多样，文化散文的写作运思、格调气度、语言文体尤为多样。大致分述，一是中青年学者的文化散文。20世纪90年代以后人文精神的大讨论、人文学科的快速发展、学术规范与学术体系的建设中，一批当时在学术界崭露头角的中青年学者在学问之余写作随笔散文，如王充闾、周国平、陈平原、赵园、林贤治等，他们的散文具有一定的知识品位、文化含量、历史维度和理性思考，学界多命名为学者散文，其中包括不少的文化散文。二是一批作家致力于大文化散文创作。余秋雨、张承志、周涛、韩

①铁凝：《女人的白夜·后记》，上海文艺出版社1992年版，第268页。

②周汝昌：《〈负暄琐话〉骥尾篇》，载张中行《负暄琐话》，黑龙江人民出版社1986年版，第216页。

少功、马丽华等的文化散文，隐含对眼前的文化衰颓与文化乱象的担忧，致力于从历史文化视角去寻找知识者精神的家园与灵魂的归依，文化批判、文化人格反思的意味浓厚。这其中，从学者成功转型作家的余秋雨最具代表性，从《文化苦旅》到《山居笔记》，无不追求大历史、大文化、大叙事的融合，作家远眺历史长河中的中国文化以及文化发展中的中国历史，追求思想的深度与视野的广度，所搜集的史料、所探讨的问题、所展示的文化景观，不限于个人学术领域，而是着意打捞在历史文献中沉没已久的各种“文明碎片”，从中发现民族文化的基因和密码，探讨华夏民族的文化史与精神史。余秋雨文化散文与张中行、黄裳等文人书话、读书随笔在表现方式与话语方式上迥然不同。另一方面，作为学者的余秋雨有着爬梳钩稽历史文献、发现问题的学术素养，又使他区别于由诗歌创作转入散文创作的周涛（如《游牧长城》）、由小说创作转散文创作的张承志（如《绿风土》《荒芜英雄路》）以及专注于藏民族文化探秘的马丽华（如《走过西藏》）等重抒情感悟、地域风情突出、含有宗教文化因素、偏爱长卷式写作的作家。余秋雨文化散文的特殊性正在这里。

黄裳（1919年—2012年），原名容鼎昌，山东益都人，满族。曾任编辑、编剧、记者等职。是著名藏书家，精于版本目录学，书斋名为“来燕榭”。早在抗战时期就开始写散文随笔，出版过《锦帆集》《锦帆集外》《关于美国兵》《旧戏新谈》等散文集，含杂文、文史随笔、通讯报道、剧评、游记等多种体式。1950年4月在《文汇报》当编辑的黄裳，撰文提出“杂文复兴”问题，继而引发新中国成立初期关于杂文的第一次讨论，显示了黄裳的思想锋芒。

1978年冬黄裳重新发表散文作品，陆续出版了《花步集》《晚春的行旅》《榆下说书》《过去的足迹》《银鱼集》《翠墨集》《珠还记幸》《负暄录》《榆下杂说》《清代版刻一隅》等十几种散文集，又出版《黄裳文集》六卷。黄裳涉笔几乎都以“书”为中心，所写“不出以下三类：读书笔记、记游文和随感。要简便，是通通可以归入杂文一类的”。[①]文体形式上，黄裳晚年确实不复有当年“旧戏新谈”那种才气横溢、惊艳四座的写作快感，但同样是忆旧怀人，照旧别出心裁。以《珠还记幸》这部散文集

①黄裳：《珠还记幸》，三联书店1985年初版，2006年三联书店以图文书形式出版增订本，第407页。

为例，自1947年开始，黄裳有意识地收集现代作家学人的手书墨迹，所藏甚丰，这些珍贵的手书，涉及的作家学人有郭沫若、朱自清、茅盾、许寿裳、乔大壮、冰心、王统照、冯至、废名、周建人、曹禺、李广田、浦江清、俞平伯、郭绍虞、张元济、柳翼谋、周叔弢、沈尹默、马叔平、邓之诚、李一氓、马一浮、沈从文等，记墨宝手迹之得失，传师友性情风神，角度十分新颖。《张奚若与邓叔存》一文，黄裳以友人、《文汇报》记者静远的天才和勤奋为中心，串联起20世纪三四十年代胡适性格的爽快大度与从容，张奚若剧评的“风趣”与“惊世骇俗”，邓叔存美学鉴赏能力的极高境界。沈尹默随手写下的小札，用的笺样是由《金瓶梅》插图翻刻的“不登大雅堂制笺”，其为人的洒脱之状呼之欲出，黄裳说：“敢用这种笺样来印造自用信笺，当然需要一定的胆气；能随手取来写信，也不是容易的事。在这里，我觉得颇能看出‘五四’时代知识分子精神面貌的某一侧影。”（《秋明室》）写柳诒徵书法腴美而人清瘦，与人谈天口语中“却夹杂着许多典雅的词句”，“在他身上，得以多少领略到旧时代学人的流风余韵，是使我感到异常珍贵的经验”（《钵山一老》）。写郭绍虞诗笺字美，“但别有一种刚健之意，不是那种俗媚的‘奴书’。八股已经废止了一百年了，但在今天的社会上，‘馆阁体’的书法是否就绝迹了呢？好像并不”（《老树》）。围绕一书一札，记人写事，品评含蓄，辞章典雅，过化传神，与黄裳其他如《庚子消夏记》《江村消夏录》等专门谈书画艺术品鉴的文章风格很不同。

黄裳尚有大量散文随笔以“书简”为话题，因为“在散文中间，日记、书信是最能表现作者真实性情面貌的东西”[①]。《忆俞平伯》借十数封书信回忆两人半个世纪的交往，俞平伯晚年思想的零星痕迹，他的奇思妙想，他的“惮”与“怕”，都在这些“美丽的篇什”里保留下来，成为文化思想史中的史料。作者慨叹：“从苏、黄以来，尺牍在中国文苑中开辟了一个新天地，历代都有作者，但写得好的实在没有几人，在简洁的笔墨中传达情愫，‘惮烦言，只是简’，在这‘简’中却包含着丰富的内容。他的这些短笺实在和他的‘梦遇’、‘梦寻’是一路的，丝毫没有做作、装

①黄裳：《故人书简——怀念叶圣陶》，《故人书简》，海豚出版社2012年版，第75页。

点，正像陈年老酒，醇厚而有余甘。”[1]其他如“默存谈笑间咳唾珠玉，即长笺短札亦复风趣可观”，“正像他平时谈话一样，是庄谐杂出，极得手挥目送之致的”；[2]汪曾祺书简“五十年后重读，就和促膝谈笑一样。他总是对那些生活琐事有浓厚兴趣，吃的、看的、玩的，巨细靡遗，都不放过。他的小说为什么总使人想起《清明上河图》来，道理就在此”。[3]黄裳此类文字，与张中行“负暄三话”颇为类似，以丰富的史料和阅历见识，为现代的文化史、风俗史乃至政治史留下生动、有价值的资料，展示了现代学术的气象万千。

文化散文中，游记是一大类别，特别受到文人青睐。这与中国发达的山水审美传统有关，古人在游历中描摹山水，借山水展示学识个性，或体悟物我合一的境界。黄裳的游记，以《花步集》最有代表性，其特色主要在两个方面：一是寻访古迹、考辨文史。二是擅长议论，笔意辛辣。他的游记很少模山范水或即景抒情，而是借山水陈迹中的历史、人物和文化考证，进行“文明批评与社会批评”，前者见其兴趣，后者见其思想。他说：“我好像从来就不曾读到过纯粹的写景文，用照相机拍下的风景画片那样的东西，在文字中是并不存在的。也许这是我的一种可笑的偏见。看画时爱读题跋，游园时留心匾对。面对湖山，也总是时时记起一些赶也赶不开的历史人物与故事。”[4]黄裳用“山川、历史、人物”来命名晚年为数不少的山水游记，与山水有关的历史、人物、诗文，信手拈来，旁征博引，史地互证，有着纵谈古今的逸兴与雅趣。《采石·当涂·青山》《重过鸡鸣寺》《杭州杂记》《钓台》《香市》《琉璃厂》《〈西湖梦寻〉及其他》等散文，既有故地重游之慨叹，也有直面现实的忧虑。钓台、西湖、富春江、金陵等名胜古迹与文化名城，一直是历代文人尤其是明清之际名士才子抒怀感兴的对象，现代散文中也不乏此类题材。黄裳的记游文字，较之张岱、俞平伯、郁达夫这些明清至现代的南方文人，少了婉曲低回、清幽细腻和故国之思，多了勾描历史、纵横议论的简劲之笔，因为“时时不能忘记过去”而背负沉沉的“历史的重载”，面对让人无奈而感慨的人文废墟

①黄裳：《忆俞平伯》，《故人书简》，海豚出版社2012年版，第110页。

②黄裳：《钱锺书十五通》，《故人书简》，海豚出版社2012年版，第158页。

③黄裳：《忆汪曾祺》，《故人书简》，海豚出版社2012年版，第189页。

④黄裳：《花步集·后记》，《花步集》，花城出版社1982年版，第264页。

与文化垃圾，便不免以古喻今、语含针砭、议论风生。

《榆下说书》《来燕榭读书记》等，收入了黄裳晚年最有特色的读书随笔，包括传统的题跋与现代的书话。广义的题跋或书话，或继承传统的“杂文学”写法，或效法西方读书随笔，留存或转化中能见出深厚的文化积淀。就继承传统而言，中国藏书人往往遵从藏读写这“三事”，藏书阅书校勘整理点校题跋等，成为传统文人赏玩清娱、消磨时光之雅道。黄裳收得版本佳椠，必为文张之，题跋多记得书始末，偶小作考订，此承古风而来。他多次谈及藏书题跋的写作传统及其现代发展过程：“书跋曾经有过种种样式：经生的考订，史家的辨证，目录家罗列版本源流，收藏家赏析纸墨优劣，古董家历数流传端绪，掠贩家夸说宝货难求……花样多得很。但由于篇幅大抵短小，即有考证发明也往往不过是零零碎碎，做不成大文章，一向只被视为小品。此外还有一种，或记卷册遇合因缘，或说身边种种琐屑，偶发感慨，却往往文情俱胜，于书籍本身倒并无多大关联，但当做文章看却每每令人难忘。这一类题跋，过去尤其不为人重，但要写得好却极难。”“至于偶尔翻书，偶生感触，写成文字，这一类就更多了，但一向归入笔记或杂文，无人视为书跋。”[①]黄裳认为，宋代以降，书跋开始向“一种很有文学性、很有情趣的文字”的方向展开。发展到现代，书话则不仅是藏书家的随笔，更要面对一般读者说话，“新文学中开创书话文体的当然是知堂，他用散文的形式谈老书，常能谈得十分精辟而又举重若轻”。[②]黄裳对知堂、阿英、唐弢和孙犁的书话褒扬有加。而他自己的题跋文字，则不仅有“辨章学术，考镜源流”的书志与版本目录，也考察古籍文献的收藏与流转，既记录个人搜书藏书经历，也涉及相关的历史人物与故事，更寄寓个人“藏书之欢欣辛苦”。如《来燕榭读书记》中，黄裳叙述自己收藏徐大临《畏壘山人诗》及笔记的过程，仅四百余字，却道尽得书之曲折心理，可谓文情俱佳：

快慰之至。然索直百金，无力收之，然不忍弃也。先携之归，半月后始斥去明刻三种以易之。人或笑我以舍熊掌而取鱼。噫，此意其谁能知之。近理藏书，所收清人集之康熙刻本已二百余种，其得也，

①黄裳：《翠墨集》，三联书店1985年版，第345—346页。

②黄裳：《黄裳文集·春夜卷》，上海书店出版社1998年版，第84页。

皆节衣缩食以致之，如猩猩血，缕缕而出。每一展卷，似皆能自叙其入藏之种种，如对故友，如逢旧欢。此藏书之欢喜辛苦，非片言可尽也。寒夜灯前，辄为记此，以识一时心情。[①]

黄裳的读书笔记向上继承明清文人一脉，与其早年散文相比，他“爱好古史、癖于掌故”的特点不仅更加突出，在版本目录的校勘考订，尤其明清易代之际的文史考证方面精深专业，此类散文数量最丰，影响最大，才学兼治，有厚重之感。

黄裳书话不仅保留了传统序跋文的古雅，同时也为满足普通读者的阅读需求而强调书话的知识、思想。《榆下说书》等集子的书话随笔，毫不掩饰作者唯书是癖的雅趣，爱书者回顾自己倾尽心力访书读书失书得书之悲欢，以及几十年间因人祸而造成的书之大殇，对书的失而复得、对书的深情与眼泪，统统付之文章。作者因书之零落而联想到民族文化之凋零，借用李义山“蓬山此去无多路”的诗句来抒发悲怀，尤为辛酸沉重。此外，黄裳关于禁书、集部、祭书、书痴、伪书等的书话，讲的是“书的故事”，实是民族文化的痛史，借古论今，也彰显了作者对当代文化重建的焦灼。《书的故事》回忆当年“身边的书突然一下子失了踪，终于弄到荡然无存的地步了。当时的心情今天回想起来也是很有趣的。好像一个极大极沉重的包袱，突然从身上卸了下来。空虚是感到有些空虚的，不过像从前某藏书家卖掉宋版书后那种有如李后主‘挥泪对宫娥’似的感情倒也并未发生过”。[②]这里暗藏典故，“某藏书家”指钱谦益，他曾在书跋中把失书之痛比之李后主“挥泪对宫娥”的感情；黄裳对于那些无法归还的书，即使情不能已，“我也只是‘一笑置之’。并不是真的看破了‘红尘’，只是觉得愁眉苦脸或痛哭流涕都并不雅观也于事无补，还不如淡然处之的好”。[③]淡笔写哀情，反而突出了当代文人在长期政治重压下的茫然、麻木、听天由命的心态，蕴含着当代知识分子的精神创伤。

与书前书后的题跋小品有所不同，黄裳的文史随笔篇幅较长，包括作

①黄裳：《畏壘山人诗》，《来燕榭读书记》（下），辽宁教育出版社2001年版，第17页。

②黄裳：《书的故事》，《榆下说书》，安徽教育出版社2006年版，第1页。

③黄裳：《祭书》，《榆下说书》，安徽教育出版社2006年版，第59页。

者对诗文版本的细密考证，对既往历史研究的“辩诬”，由此对历史人物作出自己的评判。文史互证，也是他最擅长的体式。20世纪40年代发表于《古今》上的《龙堆杂拾》《关于珍妃》《谈李慈铭》《谈明代的妓女》等文史随笔，已显示出作者对明清文史的关注与兴趣，笔法文风则受鲁迅杂文、周作人“抄书体”随笔的潜在影响。此后他与现代藏书家、文史家、杂文家郑振铎、吴晗、唐弢等人交往密切，开始在写作文史随笔时，将历史学家重史实与史见、杂文家重思想与理趣、文学家重才情与诗心的特点糅合起来。《榆下说书》中的《陈圆圆》《关于柳如是》《谈禁书》等文，历历如绘，寓丰富的明清史学养与目光如炬的批判于其中。他写陈圆圆、柳如是、张岱、钱牧斋、吴梅村等明清易代之际文人与女性，通考文献，品评诗文，分析性格与命运，辩驳各种不实之诬，笔含诗意与感情。黄裳关注的是“他们不仅人是‘畸人’，又处身于大动荡的时代，生平经历变化极大，写成文章自然带有浓郁的情感分子”（《春夜随笔·书林漫话》）。《关于柳如是》是黄裳文史随笔的代表作。他在20世纪60年代所写《再记南田少年时事——读〈赖古斋文集〉》一文，即涉及此话题，对历代文人多是“泥于道学家偏见，视妇人如玩物，而未能真知河东君心事者”表达了自己的不满。晚年再谈柳如是，更有感于在史学家手下，柳氏三百年来一直“声势最煊赫”，开篇即仿鲁迅的杂文口气讽刺说：“一切大小文士只要碰到与她有些牵连的事物，无不赋诗撰文，感慨一番。一张小像，一颗印章，一面镜子，一只笔筒，都是发泄幽情的好题目。这些雅人的动机说穿了无非是想吊死去了若干年的这个小女人的膀子。”[①]接着以柳如是诗词尺牍及其他人的笔记、诗文为依据，讨论柳如是“选婿”的标准、对政治的执着胜于爱情的态度、“毫不气馁地与士大夫平起平坐，蔑视一切”的叛逆性格以及几百年来被“正人君子攒眉怒目”的原因。文章以各种旁征博引的小故事烘托着明清之际的历史氛围，在复杂的人际关系中讨论着各种苛责的士大夫言论，以史家之文心与诗人之史笔，排比史迹，抉发史心，不愧为衡文论史的思想结晶。舒芜盛称黄裳“榆下说书”类随笔善写世道人心，且善写己心：“不仅一篇《关于柳如是》，整个《榆下说书》，好也好在它善谈‘世道人心’，都是好杂文。这里面关于书籍的

①黄裳：《关于柳如是》，《榆下说书》，安徽教育出版社2006年版，第149页。

学问，关于历史的学问，关于版画美术的学问……尽管都以漫谈的形式出之，尽管作者一再谦称自己不是藏书家或别的什么家，但从我看来，实在都是厚积薄发，深入浅出，非同小可的。”[①]

张中行（1909年—2006年），河北香河人。1935年毕业于北京大学国文系，历任南开中学、北京大学等校教师。1949年后在人民教育出版社任编辑，兴趣广泛，博学通才，人称“杂家”。早年著有《文言津逮》《文言和白话》《作文杂谈》等；20世纪80年代以后出版《佛教与中国文学》《禅外说禅》《诗词读写丛话》以及谈论人生哲学的《顺生论》等著作，曾与启功、金克木合著《说八股》一书，足见其才学之广博以及探究中西哲学名理的浓厚兴趣。“负暄三话”，即《负暄琐话》（1986年）、《负暄续话》（1990年）、《负暄三话》（1994年），很受读者喜爱；后又出版《流年碎影》等个人回忆，在当代文化散文中自成一家。

“负暄”出自古语，张中行对书名的解释暗示了全书闲话风的语体及书卷气格调：“原意是嘲笑宋国的乡下佬，没有供暖的房子和羽绒衣服，只能靠晒太阳取暖。后来断章取义，成为寒士的一种享受。”[②]张中行的文章，多是对民国时期北京大学旧人旧事的回忆，自称“是当作诗和史写的”[③]。这说法和周作人《知堂回想录》“后序”所说“关于自叙传里的所谓诗与真实的问题”意思相近。周作人说：“这‘真实与诗’乃是歌德所作自叙传的名称，我觉得这名称很好，正足以代表自叙传里所有的两种成分，所以拿来借用了。真实当然就是事实，诗则是虚构部分或是修饰描写的地方。”[④]周作人强调自传“完全只凭真实所写的”，“也都是平凡的事情和道理”，并无华实并茂的文人天性与诗才。张中行则说“琐话”不仅有“史”，而且还有“诗”，这里的诗，也非文人天性或诗才，而是指因“可传之人，可感之事，可念之情”一去不复返，而引发“逝者如斯”的怅惘和伤逝的悲悯。

《负暄琐话》等“三话”系列散文，以“红楼点滴”最为有名，其中

①舒芜：《谈〈榆下说书〉》，《读书》1982年第12期。

②张中行：《负暄续话》，黑龙江人民出版社1990年版，第310页。

③张中行：《负暄续话》，黑龙江人民出版社1986年版，第3页。

④周作人：《知堂回想录（下）》，北京十月文艺出版社2013年版，第881—882页。

有北大“前辈掠影”“同学点滴”等师生的散漫、严正、容忍、才情等等“逸史”，也有“学术空气”“图书馆”“日常生活”及入学考试的报名、命题、判分、录取等具有文献意义的资料；有民国一代学者的内在品性、风神、言词、气度所构成的诗性人格，也有对老北京风物、旧时故乡生活的“梦忆”，即作家晚境常有的物是人非的感慨与叹喟。所谓“史”，即“事实”，那些具有史料性质的回忆，“总起来成为曾见于昔日的‘境’”，既侧面烘托大历史风云，也补正史之阙。周汝昌评价说：“书内记下了北京的点点滴滴，充满其间的是文化内涵，而不是什么‘闲情逸致’‘思古幽情’。这种文化之至美，由于时代的变迁，人为的缘故，已然和还在一步步地消失。”①

《负暄琐话》被坊间誉为“新《世说新语》”。《世说新语》是一部深受中国历代文人喜爱的“名士的教科书”，是人生哲学与文艺美学的结合体，有很高的文学价值。《世说新语》对后世文体的影响，既在文化意义上有综合的普遍的一面，又在文学与文体方面具有个体与特殊的一面。前一点，是说它参与塑造了中国世代文人士子的人格心理结构；后一点，则如清人刘熙载《艺概》所言：“《世说》成书，又一变。”它承史传而来又加以变化，开启了“世说体”这一文言小说的范型。“负暄”系列虽是寒士之琐话，却得益于魏晋“名流之燕谈”传统。《琐话》《续话》以回忆旧人旧事为多，20世纪上半叶活跃于北京大学的知名学者、文人名士尽揽于笔底，包括章太炎、辜鸿铭、胡适、周作人、熊十力、刘半农、废名、温源宁、朱自清、俞平伯、张伯驹等，达数十位之多，他们的言谈举止、逸闻轶事、怪与癖、艺文成就，汇成民国时期的名士风采和士人奇观，而他们后来的命运与结局，也不免令人慨叹：章太炎学问上的深与奇、脾气上的强与迂；胡适的“聪明过人，所以精力过人”；叶圣陶是躬行君子、多礼待人的“单一的讲修齐治平的儒”；“治学之外一切都不顾的”熊十力，受弟子景仰首先不在于他的严，也不在于他的学问，而在于“信与行完全一致，没有一点曲折，没有一点修饰；以诚待人，爱人以德；这些都做得突出，甚至过分，所以确是有点‘怪’”。张中行“三话”系列以人物的“奇”“痴”“癖”以及真性情，唤醒人们对“五四”思想解放与个性张扬

①周汝昌：《〈负暄琐话〉骥尾篇》，载《负暄琐话》，黑龙江人民出版社1986年版，第218页。

思潮中一代知识精英的文化记忆。《苦雨斋一二》和《再谈苦雨斋并序》，是《负暄续话》中少见的长文，张中行以道德和文章的分裂这一视角，探讨周作人“大事糊涂，小事不糊涂”的人格特征、文学贡献以及未来可能的历史评价，褒贬之间，寓有矛盾心理。

现代以来涉及民国高等学府各种旧事旧人的散文很不少，较为出名的不仅有周氏兄弟回忆章太炎、陈独秀、胡适、刘半农、废名等的散文，还有20世纪30年代温源宁发表于《中国评论周报》的英文小品文“人物志”，当时即受林语堂、钱锺书等的赞誉，并结集为《一知半解》出版；20世纪40年代上海的柳雨生发表《汉园梦》系列，回忆作为学生的北大往事；20世纪60年代周作人《知堂回想录》里所记写的人物更多更丰富。20世纪80年代黄裳的《珠还记幸》等也当归属此类师友回忆。张中行以亲历亲闻，开启了一扇窗户，使晚近读者得以窥得民国一代学者的“诗性气质”或大家风范，追怀难以复现的民国文化景观；尤其特别的是，张中行将笔墨延至当代，或写交往或描印象，以1949年以后知识分子命运的多蹇难料，折射出历史风云对人生的拨弄，作者“每一念及，不禁为之慨然的心情”，与《世说新语》中常常流露出的“使人情何能已”的痛惜与哀伤很是同调。

《世说新语》中的人物品藻，最能体现魏晋人物俊逸风神，也为后人留下了写人小品的传统模式。张中行受过“洋学堂”的现代教育，对近现代的西方哲学也有所涉猎。他笔下的知识分子，无不是流年碎影里的普通人，并非“神话”或“传奇”。可见，他的“新世说”在文体中属于现代随笔中的人物志。按启功说法，张中行《负暄琐话》写人物时那种“敏锐的观察，轻松的刻画，冷隽的措辞，都和张老的散文有针芥之契”[①]，他的观察、记忆，或记录相关的“传说”，得益于他所受西方“今人志”（即人物小传）随笔的影响，也与他是“五四”后西式学堂培养出来的新型学人这一身份有关，因此，这类散文于日常琐事与细节中透骨见髓，议论多半平实：写辜鸿铭的怪论与怪才，“纵使怪有可笑的一面，我们总当承认，它还有可爱的一面”，这可爱就是“鲜明的个性或真挚的性情的显现。而这鲜明，这真挚，世间的任何时代，总嫌太少；有时少而至于无，那就真

---

①启功：《读〈负暄续话〉》，载《负暄琐话》，黑龙江人民出版社1990年版，第3页。

成为广陵散了”（《辜鸿铭》）。他珍惜记忆中的师友影像与情谊，即使有锐锋，最终还是含蓄隐曲，这种“达于性情之理，通于物类之变”，因而“哲理诗情，水乳交融”，[①]当然也属广义的“世说体”，只是与鲁迅所说“记言则玄远冷峻，记行则高简瑰奇”[②]之魏晋文章相比，显得自然平凡；与温源宁“人物志”中英国贵族气的俏皮利落相比，则多了几分温雅的本土气息。这也是他安于“小民”和“寒士”的体现吧。

张中行的“负暄三书”继承了中国笔记文学与掌故之纪实特色，尤其带有近现代以来京派“掌故学”的文史痕迹。掌故作为旧史学一种，文体归于传统的笔记范畴，写掌故者多为杂学大家，而北京自晚清以来一直是掌故学的旺盛发展之地，名家辈出。20世纪40年代的北平，掌故学曾一度勃兴，张中行当时在北京求学、教学、编辑刊物，受此风气影响，“喜欢杂览讲北京掌故的书”[③]。掌故在强调史实的同时强调史“趣”，张中行絮絮说着皇城根下众多知名或不知名的市井奇人怪人、书画铺主人、寺庙僧人、书法刻印家的“闲话”“趣话”“掌故”，吻合掌故学“探讨人物事迹之坠逸，溯风俗制度之变迁”的基本宗旨，兼有精细、生动的文学笔墨。至于其他关于老北京府院、药王庙、老字号、隆福寺、琉璃厂、寺庙（如《崇效寺》《广化寺》《香冢》《鬼市》《宫闱手迹》《名迹捉影》）等地志文史小品，多有沧海桑田之感，无非要“为已经成为模胡的影子留个亲历的影”。[④]这与《西京杂记》《岁时燕京录》《旧都文物略》等传统都市笔记一脉相承。

“负暄式”语体风格，受周作人为代表的现代闲话风散文影响最大。张中行早年景仰周作人的学识与文章，1950年后与周作人时有来往，即使在“文化大革命”自行毁书最急迫之时，对收藏的周作人著作也“认为还应该留”，因为“读文谈文，虽然总是取兼容并包的态度，对于周的主张却特别重视。原因有三：一是认为，用平实自然的语言写自己想到的意思，是学文和行文的正路；二，这境界很高，达到不是容易，而是很难；

---

①谷林：《负暄三话·序》，黑龙江人民出版社1994年版。

②鲁迅：《〈世说新语〉与其前后》，《鲁迅全集》第九卷，人民文学出版社1981年版，第61页。

③张中行：《庆珍》，《负暄琐话》，黑龙江人民出版社1986年版，第119页。

④张中行：《名迹捉影》，《负暄琐话》，黑龙江人民出版社1986年版，第169页。

三是可以利用它救粉饰造作、以无明文浅陋的时弊”。[①]“负暄三书”，就是以周作人文章自然平淡的谈话风与朴拙萧散的闲适风为师法对象，同时又因作者痴迷于老庄学说、禅理佛法而在文章中时有清谈玄思。不过，张中行散文语言，明显有别于周作人。作为长居京华的学人，善言谈、好用口语、文多短句、节奏明朗等，是突出的北方特色，和周作人那种委婉曲折、纡徐荡漾的长句很是不同；词旨显豁，旁征博引虽多，却并不效法周作人的“抄书体”，漫笔多枝丫，只为增加文章风趣；周作人极少直接抒情，情感隐于平淡文句中，张中行以怀旧为主调，意绪绵长，回环反复，丰腴而不枯瘦。当然，张中行说掌故常旁逸斜出，发议论则离题而去，一副不衫不履之状，在同时代的散文中有很高的辨识度。

余秋雨，出生于1946年，浙江余姚人。1968年毕业于上海戏剧学院戏剧文学系，留校任教。1976年至1987年，出版《戏剧理论史稿》《戏剧审美心理学》《中国戏剧文化史述》《艺术创造工程》等学术著作，是当代著名戏剧理论家。1988年余秋雨开始在《收获》杂志上以专栏形式连载散文，1992年辑为《文化苦旅》，由知识出版社出版，同年在台湾尔雅出版社出版繁体字版，获上海文学艺术优秀成果奖、1992年台湾《联合报》“读书人”最佳书奖等。《文化苦旅》之后，陆续出版《文明的碎片》（选本，1994年）、《山居笔记》（1995年）、《霜冷长河》（1999年）、《掩卷沉思》（1999年）、《千年一叹》（2000年）、《行者无疆》（2001年）、《笛声何处》（2004年）、《借我一生》（2004年）等散文集。余秋雨散文自20世纪90年代以来，以大文化散文闻名海内外，在世界华文读者中产生了相当大的影响。

20世纪90年代文学的商业化表现之一，是出版业以“文化”招牌吸引普通读者，写作者也力求接近大众读者的审美心理与审美趣味。张中行散文里有越来越热的民国文化烟云；黄裳笔下的故纸堆与旧版书中传达出传统文化趣味；而余秋雨在一系列充满“历史”“文化”“地域”元素的散文中，反思中国历史文化与中国知识分子人格，不期然地卷入持续数年的知识界人文精神大讨论中。对余秋雨《文化苦旅》的评价也出现分化，褒贬不一。

---

①张中行：《再谈苦雨斋并序》，《负暄续话》，黑龙江人民出版社1990年版，第71页。

在1985年出版的《戏剧审美心理学》一书中，余秋雨对戏剧审美心理有一番探讨与认识。关于如何处理题材才能有生命力这一问题，他认为耸人听闻的故事不足为取，而要在“更广阔的社会历史视野中考察一下这类事件的典型意义”，“在同一题材中重新寻找美学生命的亮点，发掘剧中人在事件中的各种有社会典型意义的人生态度和追求，凭借着事件去表现其它场合、其它时间也会遇到的正邪善恶之争，戏的生命力就会加强”。[①]这一点不久便落实到他的文化散文中，无论是《文化苦旅》以行旅为线索，还是《山居笔记》里披经阅典、沉思默想，或是《千年一叹》中过于沉闷的思辨，余秋雨为自己的题材制定整体规划，即置于“更广阔的社会历史视野中”，对中国文化传统、中国知识分子的人格进行总体的观照与反思。即使后来他的行旅延伸至世界各地，也未改变对题材的这一要求。

在《文化苦旅》及其后的系列作品中，作者从西北敦煌出发，经柳侯祠、都江堰，再折返东南吴越，然后穿越海峡、直下南洋，21世纪前后走向了中东、欧洲、南极。其散文显然不是那类“走马观花”和“旅途风景”的旅行记，而是每到一站，作者即撷取一枚值得拣拾、端详、掂量的“文明的碎片”，即上文所说的“亮点”，围绕“一个最原始的主题，什么是蒙昧和野蛮，什么是它们的对手——文明？”来做文章。这些文明史或文化史碎片，最终构成了“极复杂的中国文化人格的集合体”[②]：如给人留下深刻印象的天一阁主人范钦，有着“基于文化良知的健全人格”；如传统文人“过于迷恋承袭，过于消磨时间，过于注重形式，过于讲究细节”的文化人格；如流放地文士间最珍贵最感人的友谊以及他们“内心的高贵”；还有围攻苏东坡的一众文化小人的嫉恨构陷等等。作家把种种文化人格的形成及各种表现，置于大历史与大文化的时空中，其气魄与自信确实如批评家所说：“他的心灵不屑于概括一种有限的场景，而常常是一个时代的文化性格（魏晋），乃至一个王朝（清王朝），一个地区（海南），几个朝代的文化遗址（敦煌）”，“因此他的散文不是传统的性灵小品，更不是‘匕首和投枪’所暗示的轻型艺术话语，他的散文是货真价实的大散

①余秋雨：《戏剧审美心理学》，四川人民出版社1985年版，第26页。

②余秋雨：《西湖梦》，《文化苦旅》，知识出版社1992年版，第127页。

文话语。”[①]

余秋雨笔下的许多题材，都是很好的学术研究的课题，但他放弃了学术型随笔的写法，放弃了过于专业和深奥，或过多的引经据典，其散文在切入角度、材料的取舍驾驭以及结构的布局安排等方面，都自觉拆除与读者间的审美障碍。他精心选取一些对于普通读者来说具有陌生化和新鲜感的“知识点”，植入人们所熟悉又陌生的文化历史中，让它们成为重要的关节：如从“十万进士”这个令人惊异的大数据，重新思考与探索一千多年的科举制度；从“一张银票”发现“晋商”与现代商业文明的关系；从“道士王圆箓”之“传奇”入手，揭开历史偶然性中的必然性，且因为小人物与大历史构成了巨大反差，敦煌文物的失落才令读者嗟叹、痛惜。至于写到中国读者最熟悉的作家苏东坡，余秋雨也避免重复苏东坡旷达、幽默与才气的各种逸事趣事，而集中笔力去写他遭嫉恨而流放黄州那段人生的狼狈、不堪与孤苦心态，在余秋雨看来，正是这种人生的低谷，预示着苏东坡终将以自己的千古绝唱而登临人生的艺术高峰。在他所致力展开的中国文化史这出“长剧”中，余秋雨抓住的这些陌生而新鲜的知识点，让它们推动“陡转”或引起“高潮”，牵一发而动全身。余秋雨为化解审美障碍而对文本所做的精心构思，“使生活中冷僻的一角具备了普遍的审美感应力”。[②]

作为才子型作家，余秋雨极擅长把读者暌违多年的富于感性与激情的演说元素、戏剧形式、修辞学三者融合为一，植入散文中，恰恰是这三个方面，形成余秋雨散文的语言文体风格。

戏剧体散文，一般以对话为主要特征，世所公认的经典作品如被称作“哲学戏剧”的《柏拉图对话录》，柏拉图以对话的戏剧和诗的成分，实现了“诗和散文的糅合”，获得“戏剧诗人”的称号。[③]中国现代作家也有少

①孙绍振：《余秋雨：从审美到审智的“断桥”——论余秋雨在中国当代散文史上的地位》，《当代作家评论》2000年第6期。

②余秋雨：《戏剧审美心理学》，四川人民出版社1985年版，第27页。

③参见戈登等著：《戏剧诗人柏拉图》。“柏拉图的写作从其汲取养分的文学类型，至少有六种：史诗、抒情诗、悲剧、喜剧、演说术和历史散文。”“要关注行动，就必须也只有从对话外在的文学形式入手，将对话作为一幕幕戏剧来解读。”华东师范大学出版社2011年版，第5页、第13页。

量对话体散文，如鲁迅《野草》中的《过客》、林语堂的《谈劳伦斯》《谈中西文化》《谈螺丝钉》《广田示儿记》等。不过，熟谙戏剧理论的余秋雨，很少采用对话体散文形式，他的散文自觉或不自觉地掺入了多种戏剧性元素，呈现出鲜明的戏剧性。这种戏剧性体现在：

第一，在散文中营造悲剧性氛围。余秋雨的散文以“反思文化人格”为主旨，他的笔下，有难以承受的文化沉疴和传统辎重，有历史进程中的幽暗景观，有文化的崩颓之殇，有美的被撕破、被毁灭……在纵横开阖的时空里，他所选取的片段和安排的场景多半带有悲剧意味：《道士塔》由一个偶然探得莫高窟珍宝的王道士，引出了“一个巨大的民族悲剧”；《风雨天一阁》从天一阁藏书楼的历史，发现中国传统文化在民间的独特承传，探究中国人的文化良知与文化人格以及家族藏书制度为家庭带来的悲剧；《夜航船》探索中国文化里有趣的“夜航船文化”：“在缓慢的航行进程中，细细品尝着已逝的陈迹，哪怕是一些琐碎的知识。不惜为千百年前的细枝末节争得脸红耳赤，反正有的是时间。中国文化的进程，正像这艘夜航船。”《柳侯祠》与《苏东坡突围》，揭开传统文化暗黑的层面与内耗的真相；那个能为普天皇土留下一脉异音的民族精灵，却几乎毁于一班小人的无端嫉恨：“苏东坡在示众，整个民族在丢人。”《酒公墓》的“张先生”是余秋雨散文中少有的籍籍无名者，这位留学归来的逻辑学博士终其一生都无从施展其才，英雄无用武之地，蹇足难行，命运多舛，“终以浊酒、败墨、残肢、墓碑，编织老境”，这样的一生，几乎是鲁迅笔下身着长衫的孔乙己的“后传”或当代传人，人生的反讽意味与余秋雨文末的慨叹相得益彰：“呜呼！故国神州，莘莘学子，愿如此潦倒颓败者，唯张先生一人。”从古到今，文化悲剧此起彼伏，作家从历史、政治、经济、时代、人文环境等各种层面观察、探索传统文化人格的丰富表现及复杂内涵，显出悲剧的沉重与严肃，建构文化史诗之抱负与驾驭历史时空之才情得以充分展示。

第二，余秋雨常通过戏剧性场景的设置，使人物形象更为鲜明。一般读者多注意到余秋雨在散文中运用了小说的想象与虚构、诗歌的抒情与意象以及其他文学性表现手法，实际上，把人物置于戏剧舞台中心也是一种处理。散文是“自我”表现的艺术，余秋雨对“自我形象”的塑造相当重视，其中便运用了戏剧手法。余秋雨散文中的“自画像”，迥异于传统的“寒士”“名士”，也不同于当代的“战士”“书生”或“边缘人”，而是一个“边想边走，走得又黑又瘦，让唐朝的烟尘宋朝的风洗去了最后一点少年英气，疲惫地伏在边地旅舍的小桌子上涂涂抹抹”[①]的旅行者形象，带着些许苦吟诗人的气质或精英学者的风度。这个“自我”，因为背负着千年文化而步履沉重：“我心底的山水并不完全是自然山水而是一种‘人文山水’。这是中国历史文化的悠久魅力和它对我的长期熏染造成的，要摆脱也摆脱不了。每到一个地方，总有一种沉重的历史气压罩住我的全身，使我无端地感动，无端地喟叹。”[②]为了传达出“自我”的“在场感”，他在散文中将本应是学理性的文化命题的论说过程，变成舞台上的戏剧场景：如《道士塔》，文中史料多采自斯坦因的《西域考古记》，此书向为文人学者所熟知，孙犁曾在读书札记中谈道：“这本书里，有斯坦因窃取敦煌石窟宝物的详细记述。第十章，有关于这些木简出土的情况。在这本书里，还可以看到，当这个外国人在我国西北行窃时，当地的官员、首领以及无业游民，吸鸦片者，贪图小利，为洋大人所收买驱使，甚至主动帮忙的情景，贪婪、愚昧、无知的心态。抚今而思昔，温故而知新。这当然是文字以外的书，题目以外的话了。”[③]看过相关史料的孙犁仅仅留下这么一段议论文字。余秋雨则展开想象，设计情节，借助心理分析，将王道士的卑微、短视还不自知以及其他“行窃者”的“贪婪、愚昧、无知”行径，化作生动的戏剧场景与可感的舞台形象：“我几乎不会言动，眼前直晃动着那些刷把和铁锤。‘住手！’我在心底痛苦地呼喊，只见王道士转过脸来，满眼困惑不解。”[④]这些片段运用了戏剧中真实的客观时空与主观的虚拟时空交织展开的表现方式。《风雨天一阁》中，一直沉浸于天一阁故事情境中的“我”，登临天一阁前突遭风雨大作，作者将天地间的“狞厉”，变成一场戏剧中最常见的“仪式”，目的是渲染气氛、强化天一阁矗立于天地间的那种庄严。余秋雨散文暗合戏剧艺术的“集中性”“紧张性”与“曲折性”的构思和设计，激起读者类似观剧时的临场感受和兴奋情绪。应该说，散文写作并无“定法”，散文向来处于各种文类或体式的交叉边缘处，当然可以将其他文类的手法引为己用，《史记》中便兼有纪实与虚

①余秋雨：《文化苦旅·自序》，《文化苦旅》，知识出版社1992年版，第4页。

②余秋雨：《文化苦旅·自序》，《文化苦旅》，知识出版社1992年版，第3页。

③孙犁：《买〈流沙坠简记〉》，《无为集》，人民文学出版社2012年版，第131页。

④余秋雨：《道士塔》，《文化苦旅》，知识出版社1992年版，第3页。

构，《西门豹治邺》等为人所熟悉的历史散文，不是也糅入了小说的构思巧妙、戏剧的激烈冲突吗？

余秋雨散文有着难以抑制的抒情冲动与语言习性，《文化苦旅》《山居笔记》等散文集，较之后来创作的《千年一叹》，确实在文思上苦心经营，字句上精雕细琢，辞章上具有高度修辞性，用种种艺术手法推进、强化、激活、生成个人的感悟。余秋雨并不擅长哲学的理性思辨，也少有幽默或反讽的思维个性，他更愿意文与诗并驾齐驱。当他运用诗歌的节奏、韵律与形式，包括热烈的抒情议论，暗示性的语言与象征性的意象，以及各种常见的修辞手法时，建构起的就是余秋雨式充满激情的散文文风。《莫高窟》中连用三个并列段落强调情感运用的“韵律”：“它是一种聚会，一种感召。”“它是一种狂欢，一种释放。”“它是一种仪式，一种超越宗教的宗教。”《西湖梦》中，作者对历代文人的西湖梦发出感叹：“社会理性使命已悄悄抽绎，秀丽山水间散落着才子、隐士，埋藏着身前的孤傲和身后的空名。天大的才华和郁愤，最后都化作供后人游玩的景点。景点，景点，总是景点。”紧接着是分行、照应与重复：

> 再也读不到传世的檄文，只剩下廊柱上龙飞凤舞的楹联。
> 再也找不到慷慨的遗恨，只剩下几座既可凭吊也可休息的亭台。
> 再也不去期待历史的震颤，只有凛然安坐着的万古湖山。
> 修缮，修缮，再修缮。群塔入云，藤葛如髯，湖水上漂浮着千年藻苔。

这类诗化片段，在其散文中比比皆是。弗莱说：“当我们强烈地意识到一种明确的‘风格’，或文学结构的修辞特征时，我们就十分可能接触到‘韵律’或‘场景’了。”①“这种节奏如果使用得好，就能够使我们更完好地理解作品本文；它有强调作用；它使文章紧凑；它建立不同层次的变化，提示了平行对比的关系；它把白话组织起来；而组织就是艺术。”②作为才子型的散文家，余秋雨确实惯用“韵律”或“节奏”感很强的句子来强化感情，并在文章中将对比、夸张、比喻、排比、拟人等各种修辞手法

① ［加］诺斯罗普·弗莱：《批评的解剖》，百花文艺出版社2006年版，第395页。
② ［美］雷·韦勒克、奥·沃伦：《文学理论》，三联书店1984年版，第175页。

交汇运用，增强艺术效果。

西塞罗在《演说家》中提出，演说者有三种演说风格，有的使用“夸张”风格，有着迸发的激情；有的使用平凡简洁风格，富于知识的魅力；有的是中庸的，即是说温和的风格，用朴实的措辞和思想装点一下整个演说。[①]中国文学传统中“才高词赡，举体华美”的才子型文章一脉也源远流长。余秋雨在散文中擅长戏剧性情境的营造，时有舞台腔或演说腔，辅以文采点缀的诗情，形成了富有想象力的画面、栩栩如生的人物素描、灵感纷飞的佳语妙词的散文风格，而“理侈而辞溢”，确也是一个作家文学敏感力、想象力和笔墨挥洒能力的体现。这一美学追求或与20世纪八九十年代学者散文推崇平实、淡泊、节制、深沉的美学路径不同，但是，对散文的感性、知性、智性、理性各种因素的轻重关系的处理，对散文文体和语体风格的追求，作家们原本可以各擅胜场。

第七节　杂文随笔的复兴

新时期的杂文随笔在拨乱反正、改革开放的时代大潮中恢复现代杂文的文明批评和社会批评传统，开拓思想启蒙、理性批判的广阔天地，出现了百家争鸣、异彩纷呈的复兴景象。巴金、秦牧、柯灵、林放、严秀、陶白、黄秋耘、何满子、冯英子等老作家宝刀未老，邵燕祥、牧惠、舒展、刘征、蓝翎、章明、陈四益、王向东、朱铁志等中青年作家健笔纵横，大都继承和发扬鲁迅风杂文针砭时弊痼疾、改造国民灵魂的精神传统，重举民主与科学的思想旗帜，广泛开展反对封建主义和极“左”思潮，提倡民主、自由、科学、法治和改革开放等方面的现实批判、历史反思和思想启蒙工作，重新焕发出杂文的思想锋芒和艺术风采。

在新时期师承鲁迅杂文而各有建树的一批杂文家中，邵燕祥的成就尤为突出。邵燕祥（1933年—2020年），原籍浙江萧山，出生于北京。20世

① ［古罗马］西塞罗：《演说家》，载王焕生译《论演说家》，中国政法大学出版社2003年版。

纪50年代以诗成名。1979年后，在写诗的同时大量创作杂文随笔，陆续出版《蜜和刺》《忧乐百篇》《绿灯小集》《小蜂房随笔》《无聊才写书》《捕捉那蝴蝶》《改写圣经》《自己的酒杯》《大题小做集》《热话冷说集》《杂文作坊》《真假荒诞》《超越痛苦》《红尘小品》《你笑的是你自己》《酸辣文章》《检阅天安门》《非神化》等杂文集二十余种，出版《当代杂文选萃·邵燕祥之卷》《邵燕祥随笔》《邵燕祥杂文自选集》《邵燕祥文抄》等选集。邵燕祥把匡正时弊、改良社会作为当代知识分子的责任担当。其杂文"就品类说，相当于鲁迅的《伪自由书》和'且介亭系列'，一重现实生活，是社会批评；一为文史随笔，是文明批评"。[①]作者自编《邵燕祥文抄》时按主题分为《史外说史》《人间说人》《梦边说梦》三卷，贯穿始终的题旨，一是对当代政治运动、"左"倾思潮和历史教训的批判性反思；二是对现实社会问题的敏锐感应和深刻剖析；三是致力于科学、民主、自由、法治、文明、人道等"思想现代化"的启蒙理性。

自觉坚持和师承鲁迅的理性批判精神，是邵燕祥杂文的显著特色。他深入钻研鲁迅杂文和现当代杂文史，认为"鲁迅精神的核心就是批判精神"，"鲁迅的批判精神，基于他推动社会进步和改革的热忱，也基于他独到的、切实的洞察，独立的、深刻的思考"；肯定新时期杂文"最可贵的是批判精神的复活和高扬"，坚决反对"新基调杂文"论者所谓"警惕和克服鲁迅式杂文基调的'积习'，要'清洗''鲁迅式杂文基调的残痕'"之论。[②]他强调"学习鲁迅，不限于鲁迅的杂文；学习鲁迅的杂文，不限于杂文的笔法。鲁迅上承历史上我们民族的脊梁，树立了韧的战斗的风范，这不仅影响于我们的杂文作者，我们的文学界，而且将影响于我们的全民族"。[③]他学习鲁迅的独立思考、批判精神和杂文笔法，以鲁迅杂文作为思想武器与精神动力，切入当代社会弊端与文化痼疾，写出《论不宜巴望"好皇帝"》《人是有尾巴的吗?》《"整人"诗话》《"娘打儿子"论》《觉慧会不会变成高老太爷》《评"民主到头"论》《避席畏闻篇》《梦醒后的启蒙》《为新权威主义补充几条论据》《假如阿Q还活着》等名篇，对封

---

①林贤治：《中国散文五十年》，漓江出版社2011年版，第50页。

②邵燕祥：《批判精神与杂文的命运——关于杂文史和当代杂文研究的一些思考》，载《散文与人》第五集，花城出版社1995年版，第188—194页。

③邵燕祥：《序〈陈小川杂文选〉》，《梦边说梦》，作家出版社1997年版，第231页。

建遗毒、皇权阴魂、文化专制、整人歪理、奴性劣根、愚昧迷信等痼弊顽疾，都有感而发，痛下针砭，切中要害，颇见胆识，闪耀着鲁迅风杂文的批判精神和论辩锋芒。

邵燕祥杂文在针砭时弊的同时，也像鲁迅那样严于解剖自己，接着鲁迅留下的话题继续讲下去，提出新的启蒙课题。1989年所作《呜呼！冷漠、苟安与自欺》一文，借评周作人的“苟全性命于乱世”，批评知识分子对世情的冷漠、苟安与自欺的病态心理，反省自己“面对着各种‘浑浊’的世相而又深受无力感的压迫时，常常冒出掉头不顾的念头”“这种知识分子的心理病”。[①]邵燕祥在杂文中不断反思自己的“人生败笔”，不断地“找灵魂”，具有与鲁迅、巴金相似的自剖勇气。1988年的《梦醒后的启蒙》，针对新时期启蒙话语而作，在噩梦醒后，他认为要进行“自我启蒙”：“谁启蒙？启谁的蒙？所有意识到启蒙的意义的人，都既是启蒙者，又是被启蒙者。不是少数自称‘精英’的人充当启蒙说教者，连这些自称‘精英’其实也同整个知识界一样身上带着老传统和新传统深深浅浅的戳记的人们，也要跟‘非精英’们一起接受时代的启蒙。”[②]因为有着痛彻的个人经验，才不断强调启蒙的意义。

邵燕祥的杂文，善于在直接论理中显示理趣。他认为：“杂文的灵魂是真理的力量，逻辑的力量，所谓‘持之有故，言之成理’。有理不在声高，甚至出之以幽默诙谐，这是杂文的理趣。”[③]在杂文的思维逻辑上，他走“直”路，抓住曾经流行的政治语汇或某种现象，直奔主旨，无情解剖，锐利率直，少有鲁迅式铺垫、转折、迂回深入的智性与反讽，也没有周作人杂文绵里藏针的婉讽与幽默。《人是有尾巴的吗？》从1950年代以后人们最熟悉的“翘尾巴”“夹尾巴”以及“脱了裤子割尾巴”等粗暴语汇，揭示几十年来知识分子人格尊严消失殆尽的本质原因：“那动辄指责别人‘翘尾巴’者，正是自认为我翘则可，你翘则不可；动辄训斥别人‘夹尾巴’者，正是自命有常‘翘’不‘夹’的特权”；“动辄勒令别人‘割尾

---

①邵燕祥：《呜呼！冷漠、苟安与自欺》，《忧郁的力量》，作家出版社1998年版，第225页。

②邵燕祥：《梦醒后的启蒙》，《切不可巴望“好皇帝”》，金城出版社2015年版，第276页。

③邵燕祥：《序〈陈小川杂文选〉》，《梦边说梦》，作家出版社1997年版，第230页。

巴’，其实可能恰恰忽视了自己拖着一条长长的封建主义的、官僚主义的尾巴”。[1]在对比中揭穿悖谬，反其道而治其身，是他典型的议论方式。1980年《切不可巴望“好皇帝”》是杂文界开启“新启蒙”的重要文章：人们寄希望于“好皇帝”，那么“随之而来的就是百分之百的封建主义”；人们以为好专制胜过坏专制，恰恰表明专制与奴性的根深蒂固，民主意识与公民意识的缺失。结论是，不要在“好皇帝”和“坏皇帝”之间进行选择，应该在民主与专制、法治与人治之间做选择。《臣性》进一步深入剖析：盼望好皇帝的，自然带上了“臣性”：“臣性悠悠，不绝如缕”，“有愚昧的地方，就有臣性，就有人要过皇帝瘾，也还真有‘臣民’匍匐捧场呢。呜呼！”[2]与那些历经政治风浪而圆滑处世、明哲保身的作家们不同，与那些动辄要抛开鲁迅的一些文学青年不同，邵燕祥杂文几乎随时借鉴鲁迅，将鲁迅的杂文形象、思辨方法以至格言警句有机融入自己的文章中，从而增强自身杂文的论辩力和穿透力。

邵燕祥杂文在追求论辩理趣化的同时也融入诗人的抒情笔调。他在新时期的诗文创作，力图“把杂文引入诗，把诗引入杂文”，自述“杂感既称杂感，直觉的、顿悟的成分常常超过了思辨的、逻辑的成分，立论或嫌模胡，不够缜密严谨；但正是在这里，注入了为学术论文所排除而为诗所不可或缺的情感；我的喜怒哀乐——也是人之常情，使它拌合着我所感知和感悟的常识和常理，端到读者面前”。[3]他像鲁迅那样怀抱推动社会进步和改革的热忱来批判现实，匡正时弊，明辨是非与美丑，疾呼民主与科学，充满启蒙家与诗人合一的思想激情和赤胆真诚，使他的杂文具有诗化批评的独特风格。正如他阐发法国思想家帕斯卡尔“会思想的芦苇”这一名言时的诗化表达：“人之贵有思想，乃因思想是独立的、自由的；独立思想来自独立的而不是依附的扭曲的人格，自由思想来自自由的而不是禁锢的奴役的精神。为了能够思想，哪怕会像脆弱的芦苇一样折断，也应是在所不惜。思想会使人的如芦苇一样脆弱的生命变得有力，面对‘凶手’

①邵燕祥：《人是有尾巴的吗?》，《切不可巴望“好皇帝”》，金城出版社2015年版，第20页。

②邵燕祥：《臣性》，《切不可巴望“好皇帝”》，金城出版社2015年版，第172页。

③邵燕祥：《大题小做集·自序》，《大题小做集》，上海文艺出版社1994年版，第2页。

而高于‘凶手’，面对死亡而超越死亡。”[①]这在“思想”与“自由”间反复回旋着诗的韵律，不仅强化了思想自由、人格独立的思想力度，也强化了这一哲理的诗意浓度和艺术感染力。该文篇末自抒其志：“我想，即使不能成为帕斯卡尔所指意义上的‘会思想的芦苇’，至少我也该做一根会唱歌的芦苇，在晚秋时节唱出心底的悲欢和身历的沧桑，做一根发议论的芦苇，在阵阵疾风中倾吐出肺腑之言的真话吧。”这正可以移作其杂文创作的形象写照。

邵燕祥杂文以“崇理性、重真诚、有胆识”的“文格和人格”而“被人称道”[②]，成为新时期鲁迅风杂文的重要传人和突出代表。他的杂文具有社会批评的敏锐性、深广度和当代感，而在博识、理趣和杂味等方面则留有一些缺憾，与鲁迅和鲁迅风杂文的前辈作家聂绀弩、巴人等不可同日而语。当代作家，杂文学鲁迅者多，而成大家者少，由此可见杂文写作思维、素养和造诣的代际差异，以及杂文生态环境和发展空间的某些局限。尽管如此，新时期杂坛还是涌现出一大批名家名作，严秀、牧惠主编的《当代杂文选粹》丛书已由湖南文艺出版社陆续出版四辑四十卷：巴金、刘征、老烈、邵燕祥、陶白、章明、舒展、曾敏之、于浩成、谢云、邓拓、冯英子、严秀、吴有恒、岑桑、陈泽群、牧惠、秦似、黄秋耘、蓝翎、胡靖、司马玉常、陈小川、秦牧、吕剑、黄裳、东耳（陈四益）、谢逸、惜醇、吴祖光、孙犁、公刘、虞丹、余心言、司徒伟智、李汝伦、李庚辰、蒋子龙、邹人煜、穆夫等四十家各一卷。由朱铁志主编、上海文艺出版社出版的《中国新文学大系（1976—2000）·杂文卷》选录了一百二十五家三百四十一篇作品，由此足见新时期杂文的复兴和繁荣。

新生代杂文家也在改革开放大潮中崭露头角，其中勇于探索杂文写作新路的代表作家是王小波。

王小波（1952年—1997年），出生于北京。1968年去云南农村插队，1978年考入中国人民大学，1984年随夫人李银河赴美留学，1988年回国后任教于北京大学、中国人民大学，1992年辞职做自由撰稿人，著有小说《黄金时代》《白银时代》《青铜时代》和杂文集《思维的乐趣》《我的精神

①邵燕祥：《大题小做集·自序》，《大题小做集》，上海文艺出版社1994年版，第2页。

②何西来：《文格和人格——邵燕祥杂文论片》，《文学评论》1989年第4期。

家园》等。[①]王小波的杂文思维有着突出的独异性。许纪霖认为："在中国文化的精神谱系上，王小波似乎是某种异数；不仅其文学风格无法归类，而且这个人也难以理喻。从年龄来说，王小波属于红卫兵一代人，但偏偏缺乏红卫兵的狂热激情，反过来倒多了一份英国式的清明理性；从思想脉络来说，他似乎是半个世纪以前中国自由主义的精神传人，但又不似胡适、陈源那样带着自命清高的绅士气。我们很难想象在中国文化的内部，会有王小波这样的人出现，但其人其书又分明不是西方文化的产物。"[②]

王小波的杂文数量并不多，几乎全部来自对20世纪末出现的各种文化思潮的思考与回应。从思想渊源来看，英美尤其是罗素的"经验理性主义"为他在论理时最常引用，这是20世纪中国曾经中断的科学与理性的自由主义。因此，他的思考与论述，几乎都是从自己的经验出发，从常识出发，在展开对既往历史的嘲讽与对现实问题的回应时，他所传布的就是西方的科学、理性与自由。他最重要的论题有三个，一是当代知识分子的精神痼疾问题。在《理想国与哲人王》中，他认为"哲人王"的最大问题，便是"想要设计一整套制度、价值观、生活方式，让大家在其中幸福地生活；其中最有名的设计，大概要算摩尔爵士的《乌托邦》"。[③]用"哲人王"这一西方人所最熟悉的形象，来反思中国知识分子"对权势的爱好"以及中国民众"顺从权势的欲望"。他提出，人生活中除了要有一定的物质保障外，最重要的是享有自由、快乐与尊严，为此"人该是自己生活的主宰，不是别人手里的行货"，《一只特立独行的猪》那只"敢于如此无视对生活的设置"[④]、不服从他人设置的"猪"，便有不甘心当"行货"之心。二是反思"文化大革命"的荒诞与反智主义倾向。《积极的结论》里征引了姥姥的生活经验，以及军代表"声色俱厉"的斥责，说明"健全的

①王小波：《思维的乐趣》，北岳文艺出版社1996年版；《我的精神家园》，文化艺术出版社1997年版；1997年，中国青年出版社以《沉默的大多数》为书名，将上述两书的杂文全部收入。

②许纪霖：《他思故他在——王小波的思想世界》，《上海文学》1997年第12期。

③王小波：《理想国与哲人王》，《我的精神家园》，文化艺术出版社1997年版，第83页。

④王小波：《一只特立独行的猪》，《我的精神家园》，文化艺术出版社1997年版，第108页。

理性实在是必不可少”；《论战与道德》反思国人的论战几乎是道德的论战，“仅用言辞来证明自己比对方道德优越”。因此，王小波将鲁迅对国民性批判时使用的“沉默的大多数”反转过来，表明自己愿意做一个“沉默的大多数”，而不是热衷于各种道德的论战。三是对当下文化思潮中出现的种种现象做出及时反应。如以《智慧与国学》《文化之争》《警惕狭隘民族主义的蛊惑宣传》等杂文为代表，参与正在兴起的民族主义思潮、文化相对主义态度、国学热等问题的讨论。面对国学家们蛊惑人心的“国学论”，他的见解是常识和清明的理性，“四书五经再好，也不能几千年地念；正如口香糖再好吃，也不能换着人地嚼”。他善于用平实的话，表达锐利的思想，敞亮明晰。与鲁迅善于在杂文中“画”出各色有典型意义的形象一样，王小波杂文也塑造了一批可供阐发其思想理念的文学形象：“哲人王”“一只特立独行的猪”“花剌子模君王”“古怪的驴”等，这些形象是王小波谈“智慧”、论“有趣”、表明“对世事的态度”而创造出的独特的杂文形象。

王小波撰文谈过“思维的乐趣”，他写杂文也体现出“思维的乐趣”。他的杂文很少建构一个复杂的逻辑结构，更不采用围绕一个论点，设论、提供论据、得出结论这样的议论文作法。杂文开头，并不预告读者他的立论，大多讲个故事，借个寓言，或以最普通的闲话开始：《沉默的大多数》从小说《铁皮鼓》里“一个不肯长大的人”说起；《关于格调》从“孟子说，礼比色重，正如金比草重”的换算关系说起，看文章的人往往不知道他要议论些什么，只有跟着他反反正正，层层推进，而这一路，正是王小波施展其思维乐趣的过程。《一只特立独行的猪》，先说当年插队经历，再细说村里那只猪独特的地方，甚至扯上它的“生活作风”。最后这只特立独行的猪在人们对它的围歼中英勇突围，大获全胜。讲故事的人绘声绘影，杂文像小说一样引人入胜。文章最后写道：“以后我在甘蔗地里还见过它一次，它长出了獠牙，还认识我，但已不容我走近了。这种冷淡使我痛心，但我也赞成它对心怀叵测的人保持距离。”[①]动物的人格化特征令人莞尔，其中寓意昭然若揭。王小波擅长以幽默语言进行正经的“布道”，将嘲谑、反讽、幽默等讽刺家族中常用的手法调动起来，用悖论、归谬、

①王小波：《一只特立独行的猪》，《我的精神家园》，文化艺术出版社1997年版，第108页。

推断等逻辑推断法，将荒唐的本质揭示出来，且趣味横生；而这种温和说理、善用寓言、爱讲故事的话语方式，也使逻辑层次清晰、平实、鲜明。这两方面共同形成王小波杂文独特的思维路径与肌理弹性，人称“小波体”。

王小波的杂文有着类似说书人的说话方式，语言随意、自由、幽默、俏皮，与他所秉承的古典自由主义气息相匹配，呈现自然舒展、不故作姿态的文风。这区别于人们所熟悉的鲁迅杂文的犀利峭拔。王小波在《关于文体》中推崇优秀翻译家的文体：“把时尚排除在外，在文学以内讨论问题，我认为最好的文体都是翻译家创造出来的。傅雷先生的文体很好，汝龙先生的文体更好。查良铮先生的译诗，王道乾先生翻译的小说——这两种文体是我终身学习的榜样。”[①]高明的翻译家的文体，不仅有个人所师承的传统与自家气质，同时有译著的文体特点以及语言的表达方式，这是中西方两个优秀作者的结合，在20世纪五六十年代特有的文学话语与文体里成长起来的王小波，着重从优秀的翻译文学中借道而行。

思想文化随笔在20世纪90年代盛行起来。不少出版社以“书趣文丛”“读书文丛”“今人书话”“当代著名批评家随笔”“告别二十世纪哲学随笔”“思想文库”等名目推出众多学人随笔。学人随笔中的主力，主要是一批20世纪50年代出生，经过“文化大革命”、知识青年上山下乡运动，20世纪70年代后期通过高考进入大学、进入文史哲研究领域，或有海外留学经验的中青年学人，他们在人生阅历、知识结构、问题意识、思维方式与写作话语等方面较为相似，以风格显豁的学术随笔、历史随笔、哲学随笔参与世纪末的政治、文化、文学思潮。尼采、柏格森、萨特、卢卡奇、阿多诺、博尔赫斯、罗兰·巴特、米歇尔·福柯、克尔凯郭尔等现代西方重要的思想家、哲学家、文学家及其文学与哲学形式，对这批中青年学者文人在融汇思与诗、打通文史哲等方面有较大影响。

周国平，1945年出生于上海，1962年考入北京大学，1968年先到湖南洞庭湖部队农场劳动，后分配到广西资源县工作。1978年考入中国社会科学院研究生院哲学所。周国平较早开始尼采著作的翻译与研究，著有《尼采：在世纪的转折点上》《尼采与形而上学》等论著，译有《悲剧的诞

---

①王小波：《关于文体》，《我的精神家园》，文化艺术出版社1997年版，第152页。

生——尼采美学文选》《尼采诗集》《偶像的黄昏》等尼采作品，有的成为20世纪80年代西学热、尼采热衷的热门书籍。散文集主要有《人与永恒》《守望的距离》《妞妞：一个父亲的札记》《各自的朝圣路》《安静》《南极无新闻——乔治王岛手记》等。2015年二十六卷《周国平集》由青岛出版社出版。

在《岁月与性情——我的心灵自传》中，周国平说："我永远感谢郭世英，在我求知欲最旺盛的时候，他做了我的引路人，把我带到了世界文学宝库的大门前。""我从这些伟大作品中感受到了人性的深度和广度，仿佛在我的心中建立了一个秘密家园。"无论是"文化大革命"时期，还是后来的十年乡村生活，"为了自救"，"为了安顿自己"，他坚持写诗歌、日记和随感，奠定了后来散文写作的坚实基础。

《人与永恒》一版再版[①]。这是周国平最喜爱也最擅长的随感录式短章，作者称为"思想日记"，多为作者受到生与死、爱与孤独、哲学与宗教、美与恶、天才与笨拙、困惑与觉悟等悖论的诱惑、困惑与思考而写下的体悟和冥想，如他所说，"我是我的感觉的守财奴"，"我将永远困惑，也永远寻找。困惑是我的诚实，寻找是我的勇敢"。周国平记录白日与长夜间的深思，将关乎"人""自然和生命""爱""孤独""哲学""人生""超脱""写作""女人和男人""思想""精神现象""世态人情""死""时间与永恒"等数十个主题的短章连缀起来。其中，既有对人性的哲理思索，也有对日常的质疑与确认，还有自剖与自省。这些有的是"绝对""永恒"等"大而无当"的终极、抽象、形而上之题，有的是"我"的瞬间体悟、一己感念，更贴近平日的庸常，但"哲学不是公共事业，而是属于私人灵魂的事情"，所思所感所悟无不是关乎个体存在的要事。这些剥去叙述的外衣，剪去抒情的花边，直抵核心的格言、警句、箴言，仍然有思辨与理性，轻嘲与幽默，以及诗性的凝练、形式的复沓与思维的跳跃等特点。周国平长于哲思、率真诚挚、文笔优美的特点，在《各自的朝圣路》《风中的纸屑》等散文集中也有集中体现。

融合"诗与哲学"的散文文体，从《新青年》的随感录、鲁迅的《野草》及杂感，许地山、王统照等的哲理小品一路发展下来，有着中国文学

① 《人与永恒》有多个版本。本节以《周国平集》第六卷为引文依据，青岛出版社2015年版。

中语录体的痕迹，但更多的还是受西方哲学随笔的影响与启示，鲁迅便深受叔本华与尼采哲学散文的影响。勃兰克斯曾在《尼采》一书中，评价尼采是“德国散文中最伟大的文体学家”[①]。尼采的格言体哲学散文，“不仅书与书之间缺乏总体的构想，而且段与段之间也常常十分松散，带有明显的随意性。这些内容，有的是深思熟虑的结果，有的则不过是当下的感受和情绪的记录”。[②]周国平在《尼采：在世纪的转折点上》一书中坦言受尼采思想与文笔的感染，翻译文字流畅而富于激情：“事实上，当我写作时，我始终浸润在尼采本人文字风格的氛围之中，不由自主地受到了影响。”[③]尼采的哲思片段、随感录、格言或箴言体，契合周国平敏感善思、冥想顿悟的写作气质，但他认为哲学随笔是承载人类思考的最庄严神圣的文体，因此，“我无意做一个被人广泛引用的格言家。依我之见，世上根本就没有所谓格言家。格言乃神的语言，偶尔遗落在世间荒僻的小路上，凡人只能侥幸拾取，岂能刻意为之”。[④]至于培根，周国平说：“我无意像培根那样，一生中时时把自己的格言集带在身边，不断精雕细刻。原因很简单：我不是一个格言家，这本书也不是一部格言集。它不过是我平时随手记下的小感想的一个汇编罢了。”[⑤]周国平固然不同于尼采式的“超人”，但在日常生活的凡庸里尚能葆有难得的超越，那些用文字浓缩凝聚思想的句子和段落，偏于温和，但仍给予读者不小的影响和启迪。

长于哲学随笔的还有刘小枫、萌萌、张志扬、陈家琪等学人，他们以“告别二十世纪哲学随笔”丛书作为集结，尝试用新的思维方式与语言体系，展现随笔游走于文学与哲学、文学与学术的交叉地带的自由与优越。丛书主编萌萌在“总序”中强调：“近来，随笔在全国方兴未艾，这或许是因为人们发现，这种贴己的、自由的文体，在写作和阅读中建立起了一种较之其他文体更方便沟通和理解的纽带。”“我们持有一种试探的入思态

①〔丹麦〕乔治·勃兰克斯：《尼采与勃兰克斯·译序》，载安延明译《尼采》，中国社会科学出版社1992年版，第159页。

②〔丹麦〕乔治·勃兰克斯：《尼采与勃兰克斯·译序》，载安延明译《尼采》，中国社会科学出版社1992年版，第9页。

③周国平：《岁月与性情——我的心灵自传》，青岛出版社2015年版，第278页。

④周国平：《人与永恒　风中的纸屑》，青岛出版社2015年版，第3—4页。

⑤周国平：《人与永恒　风中的纸屑》，青岛出版社2015年版，第7页。

度和与此同步的写作态度，即既与诗化、浪漫化保持距离，也不在一般意义的人生沉思或玄想里狭义抒情，不在大而无当的问题中徜徉，逃避尖锐的提问和自我审视。”[①]在另一篇《我们想这样告别二十世纪》的文章中，萌萌进一步解释哲学随笔的意义：“之所以觉得‘随想录’还可以拉长——带入事件、氛围和语境——变成‘随笔’，只是从文体上考虑到后者比前者更切近‘随感录’视为生命的题旨——坚持个体性的表达。”[②]这些认知，受到西方现代哲学随笔的或深或浅的影响。这个用文学随笔传达哲学思考的写作群体，赋予了20世纪90年代文学随笔突出的将智性与诗性糅合的特征，他们以哲学眼光阅读文学艺术，解读小说或电影，在思想的表达与表达的思想的独异性方面，与一般中国传统的读书随笔面目迥异，也不同于其他中青年学人的随笔写作。

与周国平、刘小枫等学院派哲学随笔不同，能够将生存的诗思与哲思用个性鲜明的文学笔法加以调和的，是史铁生的《我与地坛》《随笔十三》、苇岸的《大地上的事情》和刘亮程的《一个人的村庄》。他们对生命的季候、轮回与生存意义的问询，几乎不是来自书斋阅读与学院派的理论接受，长久的身体病痛、严格的生态主义生活方式、漫长的乡村岁月与劳作，才是托起他们人生哲思、生命感悟与自我拷问的那块飞毯，他们的散文构成20世纪最后十年令人惊奇的阅读体验。

此外，丁帆、南帆、朱学勤、徐友渔、许纪霖、林贤治等学者型杂文随笔作家，将学术、思想、文学融合一气，洞察历史与现实，富于人文关怀，且有独立的个人立场、价值判断和写作风格。这说明随笔写作是当代知识分子展开的思想之旅，不妨看成思想解构与思想建构同时进行的一种文学生活方式。

---

①萌萌：《断裂的声音·总序》，《断裂的声音》，上海人民出版社1996年版，第1页。

②萌萌：《我们想这样告别二十世纪》，《断裂的声音》，上海人民出版社1996年版，第210页。

第八节　报告文学的进展

从20世纪文学发展史看，报告文学的兴盛总是出现在重大历史变动和转折时期，如抗战时期、抗美援朝和社会主义建设时期。尤其是从20世纪70年代末开始的拨乱反正、改革开放的新时期，报告文学跃上文坛前沿，不仅持续涌现创作热潮，不断产生名家名作和轰动效应，直至20世纪末仍长盛不衰；而且以题材与主题的前沿性、重大性，创作手法的纪实性、文学性，写作主体的思辨性、介入性，迅速而广泛地报告社会现实的发展变化，呼应改革开放的时代精神和丰富多样的审美吁求，汇聚为中国社会变革的绚烂画卷和宏伟史诗。1977年至1999年间的报告文学，无论在数量和质量上，在思想与文体的探索和建树上，在读者接受和社会影响上，都超过以往的通讯报告，也比同时期的散文小品、杂文随笔、传记文学和诗歌、剧本更兴盛发达，与小说一道成为众所瞩目的时代文体和热门文学。

新时期以来的报告文学创作，陆续出现“人物报告文学”“问题报告文学”“全景式报告文学”“史志性报告文学”等类型，展现报告文学顺应时代主潮而开拓创新的发展动向。

人物报告文学承传当代“十七年”时期人物特写注重报道先进人物、塑造时代英雄的传统，在思想解放、改革开放大潮中不断地更新观念，发掘新人物，树立新典型，尤其是突破极“左”思想樊篱，率先为知识分子和改革先锋树碑立传，使报告文学的人物画廊异彩纷呈，美不胜收。1977年以来，《人民文学》《人民日报》《光明日报》等报刊陆续发表一批引人瞩目的人物报告，如徐迟《地质之光》《哥德巴赫猜想》《生命之树常绿——徐迟报告文学选》，穆青等《为了周总理的嘱托》，理由《扬眉剑出鞘》《她有多少孩子》《中年颂》，黄宗英《大雁情》《橘》《小木屋》，柯岩《船长》《特邀代表》《美的追求者》，张书绅《正气歌》，雷铎《从悬崖到坦途》，陈祖芬《祖国高于一切》，程树榛《励精图治》，李玲修《笼鹰志》，祖慰《审丑者》《晶核》，鲁光《中国姑娘》，孟晓云《胡杨泪》等，相应推出一批各有代表性的典型人物，如前述各篇主角分别是：地质学家李四光，数学家陈景润，植物学家蔡希陶，农民植棉模范吴吉昌，击剑明星栾菊杰，妇产科名医林巧稚，普通女工标兵索桂清，下乡科技人员秦官属，柑橘专家曾勉，援藏生态学教师徐凤翔，远洋货轮船长贝汉廷，工读学校校长王胜川，画家韩美林，烈士张志新，战斗英雄刘勇，内燃机专家王运丰，国企改革家宫本言，鼻烟壶内画专家王习三，漫画家周中华，武汉大学校长刘道玉，女排英雄群体，自学成才者钱宗仁，等等。这类人物报告文学，聚焦于体现时代精神的各行业先进人物，顺应改革开放的时代需求和主流意识，也切合读者崇敬名人以励志的阅读心理，因而持续发展，影响深广。其中，成就突出、影响最大的是徐迟的名篇《哥德巴赫猜想》。

徐迟（1914年—1996年），浙江吴兴人，诗人、散文家、报告文学作家，著有报告文学集《我们这时代的人》《庆功宴》《哥德巴赫猜想》《结晶》《来自高能粒子的信息》《生命之树常绿——徐迟报告文学选》等。1962年即以《祁连山下》报告敦煌艺术史家常书鸿的感人事迹和奉献精神，开了歌颂知识分子的先声。1977年9月，年逾花甲的徐迟应《人民文学》邀约，采访当时还有争议的“数学怪人”陈景润，写出《哥德巴赫猜想》，发表于《人民文学》1978年第1期，随即被2月16日《光明日报》加“编者按”全文转载，2月17日《人民日报》又加“编者按”转载经作者略加删节的文本，4月收入同名报告文学集出版时又有所修订。该篇发表后，立即引起巨大的社会轰动，在改革开放前夕预报了拨乱反正、思想解放、科学振兴、文学解冻的春雷，引领了歌颂科学和知识分子的创作潮流，在20世纪报告文学史上具有新里程碑的重大意义。

徐迟以传记笔法叙述陈景润成长成才的艰辛历程，在简要追溯其早年困苦生涯中显示他敏感、自卑、内向、孤僻而又痴迷数学的性格特点，而后聚焦于他潜心钻研数论、勇攀“哥德巴赫猜想”高峰的坎坷遭遇和传奇事迹，凸显其不畏艰险、顽强拼搏、献身科学、超脱世俗的科学家人格，把一个“书呆子”塑造为敬业奉献、勇攀高峰、为国争光的时代楷模。这对人物报告文学是一大突破，为报告文学开拓出歌颂科学和知识分子的新道路。在人物形象塑造上，作者将报告的纪实写真与文学创作的合理想象相结合，采用典型化手法，将陈景润科研攻坚的极端追求与日常生活的极端低能构成强烈反差，使陈景润性格和境遇更加鲜明可感：一端是“特殊敏感、过于早熟、极为神经质、思想高度集中”的内向性格，一端是“废寝忘食，昼夜不舍，潜心思考，探测精蕴”的顽强毅力；一端是被误解排斥甚至恶意诽谤的逆境，一端是幸遇睿目的伯乐和给予温暖的组织；一端是生活条件的简陋无比，一端是科学高峰的风光无限。尤其是把他攻坚克难、勇攀顶峰的悲壮情景写得活灵活现、诗意盎然：

> 他跋涉在数学的崎岖山路，吃力地迈动步伐。在抽象思维的高原，他向陡峭的巉岩升登，降下又升登！……他无法统计他失败了多少次。他毫不气馁。他总结失败的教训，把失败接起来，焊上去，作登山用的尼龙绳子和金属梯子。吃一堑，长一智。失败一次，前进一步。失败是成功之母；成功由失败堆垒而成。他越过了雪线，到达雪峰和现代冰川，更感缺氧的严重了。多少次坚冰封山，多少次雪崩掩埋！他就像那些征服珠穆朗玛峰的英雄登山运动员，爬呵，爬呵，爬呵！而恶毒的诽谤，恶意的污蔑像变天的乌云和九级狂风。然而热情的支持为他拨开云雾；爱护的阳光又温暖了他。他向着目标，不屈不挠；继续前进，继续攀登。战胜了第一台阶的难以登上的峻峭；出现在难上加难的第二台阶绝壁之前。他只知攀登，在千仞深渊之上；他只管攀登，在无限风光之间。一张又一张的运算稿纸，像漫天大雪似的飞舞，铺满了大地。数字、符号、引理、公式、逻辑、推理，积在楼板上，有三尺深。忽然化为膝下群山，雪莲万千。他终于登上了攀登顶峰的必由之路，登上了（1+2）的台阶。

这段描写把陈景润的数论研究巧妙地比作攀登珠穆朗玛峰，想象活跃，意象相契，造境壮丽，寓意深刻，化抽象为具象，化艰深为通俗，生动表现了科学攀登的崇高壮美，可歌可泣！这类描写逼真如画，声情并茂，虚实相生，形神俱到，融诗意、理趣、文采为一体，富于诗化特征和文学色彩，成为徐迟报告文学风格的一个显著特色，也成为报告文学刻画人物形象、提升艺术价值的一种经典范式。

人物报告文学在歌颂先进人物的同时，也带有揭露问题和矛盾的一面，并出现解剖反面典型的名作。随着改革开放的全面开展和社会转型期各种问题的蜂拥而出，一大批经过思想解放洗礼的记者和作家，以揭露问题、针砭弊端为责任担当，选取人们普遍关注的社会问题进行采访调查、深入挖掘与综合考察，从而兴起问题报告文学的创作热潮。由于所采写的某一社会问题大多涉及面广，信息量大，且又错综复杂，往往采用广角的、宏观的、全方位的叙述方式，因而有“全景”“综合”等不同前缀语的报告文学名称。这是不同分类方法导致的不同命名，“问题”所指为题材主旨，“全景式”则指称叙述方式，二者互有交叉、互动兼容而并不等同。

问题报告文学盛行于20世纪80年代中后期，开拓广阔的题材空间和思维视野，尤其是直面社会转型变革中出现的各方面问题，既揭开沉疴又聚焦新症，既大声疾呼又冷静思索，强化了现实批判精神和理性思辨色彩。麦天枢的《土地与土皇帝》（与张瑜合作）揭露乡村“土皇帝”产生的社会土壤及其严重危害，《爱河横流》《白夜》对当代私奔和性爱问题做出深度报道，尤其是《西部在移民》的全景扫描和独立思考，切入西部贫困地区的民生疾苦和精神痼疾，提出物质与精神的双重贫困问题和国民性改造问题，引人深思反省。霍达的《万家忧乐》涉及伪劣商品和消费者权益保护问题，《国殇》由知识分子的英年早逝提出爱惜人才的问题，《民以食为天》发出粮食危机的警报，忧患深广，切中症结。胡平与张胜友的《世界大串连》探讨改革开放后的留学大潮以及人才流失问题，《东方大爆炸》观察中国人口暴涨和计划生育问题，视域宏阔，思虑周详。涵逸的《中国的“小皇帝”》、孟晓云的《多思的年华》、罗达成的《少男少女的隐秘世界》、陈冠柏的《黑色的七月》等，直面青少年教育和高考改革存在的问题，引起普遍关注和强烈反响。理由的《倾斜的足球场》、尹卫星的《中国体育界》、赵瑜的《强国梦》《兵败汉城》等，开拓体育报告文学的新景观，反思竞技体育的异化问题。沙青的《北京失去平衡》、徐刚的《伐木者，醒来!》《沉沦的国土》、岳非丘的《只有一条长江》等，开创生态报告文学的新领域，发出生态危机的警世危言。刘汉太的《中国的乞丐群落》、贾鲁生的《丐帮漂流记》等考察特殊群体的生存状况，马役军的《痛苦的年代》、柳明的《凤栖何方》等关切都市外来民工的民生问题，开启底层写作的新路径。凡此种种，涉及众多社会变革与国计民生的重大问题、前沿问题、热点问题和敏感问题，大都聚焦问题，开放视野，广采博取，深思远虑，使问题报告文学的纪实性、批判性和思辨性具有全景性、厚重性和深广性的特征。

直到20世纪90年代，虽然报告文学的批判力度和轰动效应有所减弱，但全景式的问题报告文学，仍然有黄传会《“希望工程”纪实》《中国山村教师》《忧患八千万》《中国贫困警示录》、何建明《共和国告急》《落泪是金》《中国高考报告》、卢跃刚《以人民的名义》《大国寡民》、马役军

《黄土地，黑土地》、赵瑜《马家军调查》、徐刚《守望家园》、哲夫《黄河苦旅》、陈桂棣《淮河的警告》、杜卫东《世纪之泣》、杨黎光《没有家园的灵魂》等优秀篇什，直面新老问题而探索前行。如赵瑜以“中国体育三部曲”《强国梦》《兵败汉城》《马家军调查》而不断深化他对体育问题的追问与反思。

早在1988年，就有一批作家针对问题报告文学的创作现象进行对话研讨，他们认定问题报告文学是指那些不再囿于对某一具体人、事或单位的是非评判，而是把眼光撒布开去，审视整个社会和人生，揭示中国当代重大问题，生活涵盖面广，信息量大，思想冲击力强的报告文学。有研究者对此做过分析和概括，认为问题报告文学“在思想内容上的特点是：鲜明的主体性与忧患意识，强烈的现实批判精神、文化启蒙精神与历史反思精神”；“在艺术形式上的特点是：哲理思辨、宏观综合、全景式、学术性、知识性与资料性；总的风格特色是慷慨悲凉、沉郁凝重和理性的高扬与‘人学’的弱化”。[①]这样的问题报告文学，介入现实，匡正时弊，激浊扬清，启蒙警世，为改革开放承担了除旧布新、推波助澜的时代使命，也增强了报告文学的思想分量和文体张力。

全景式报告文学突破单一视角、人物、事件和场景的局限，开创全方位、多角度、多层面地观照社会生活的新格局。它更适用于重大题材，在新时期伊始就有杨匡满、郭宝臣展示1976年“四五运动”全景的《命运》，张锲采写河南改革初期热气沸腾的《热流》，接着陆续出现李延国《在这片国土上》《中国农民大趋势》、陈祖芬《挑战与机会》、钱钢《唐山大地震》、袁厚春《百万大裁军》等反映大工程、大事件、大场面的作品，逐步发展成为重大题材创作的常态模式。随着问题报告文学的兴起，广角观照、多维思维、全景描述与问题考察相生相成，相得益彰，促成了全景式报告与问题报告的合流，前述问题报告文学名篇几乎都是全景式报告文学的力作。如徐刚的《沉沦的国土》（《人民文学》1989年第6期），以国土生态问题为主题，全文近四万言，除“引子”“尾声”外，分述下列五章：“流失的土地”“西部风沙线”“南方占地猛似虎”“开放的古墓与黄金浩劫”“从此山河贫到骨”。视域上，勘察神州东西南北、山川大地的生态环

①章罗生：《中国报告文学流派刍议》，《河南大学学报》（哲学社会科学版）2003年第4期。

境，并有中外比较的全球视野，堪称宏阔大气。取材上，林草被毁，江河污染，水土流失，沙漠扩张，旱涝频发，耕地减少，盗墓成风，淘金发狂，文盲剧增，文教沦落……既有采访调查的实证，又有统计资料的印证，重点和面上的典型材料应有尽有，无不触目惊心。思辨上，从生态学入手，结合地理学、资源学、人口学、社会学、文化学、心理学等学科知识，综合考察和深入透视耕地减少与人心沦丧交织叠加的多重危机，可谓振聋发聩。叙述上，以全知视角为主，聚焦问题，广角巡视，散点透视，集纳片段，有机合成全景架构和宏观整体，在夹叙夹议中展示可惊可怖的危境险象，发出刺耳痛心的警世危言："我们自己砍倒森林，我们自己污染河流。""中国西部天天都在演出的是沙进人退离乡背井的人间悲剧！""我们确确实实已经到了山穷、水尽、地竭的边缘！""最可怕的是人心也似沙漠！""不是土地使我们变得愚昧，而是愚昧使我们的土地疮痍满目！"这类警句都带感叹号，饱含作者沉郁凝重的激情和理念，关乎国家、民族和每个国人的命运，乃至人类与自然共同体的永续问题，怎能不引发人们的强烈共鸣和深刻反省？这样的全景式问题报告，问题严重，忧思深重，格调沉重，意蕴厚重，充分体现了同类创作的类型特征和生态作家的个性风格。

全景观照也扩展到历史纪实和反思领域，出现史志性报告文学（亦称历史或史传报告文学）的创作潮流。报告文学介入历史题材，突破"新闻性"成规，引起过质疑和争论。傅溪鹏觉得"到历史堆里去'觅食'，可能会伤害报告文学的'真谛'"[①]，坚持报告文学不应包括"历史体裁的作品"[②]。周政保"也不主张当今报告文学与'历史题材'的直接联姻"，认为"'历史题材'的报告文学创作极难或几乎不可能实现'非虚构'的叙述要求"。[③]李炳银则以"现实性"阐释报告文学的"新闻性"，认为"新闻性也不一定就是指刚刚发生的事件，只要是新发现的，和现实社会生活有一定关系的一切事件人物和故事，都是具有新闻性的。在历史生活事件中有了一种新的见解和思想收获，而且这种见解和思想对于人们认识和理解现实生活很有帮助，这种见解和思想就具备重要的新闻性"，从而

①傅溪鹏：《报告文学是"文学轻骑兵"》，《中国艺术报》1998年4月17日。

②傅溪鹏：《报告文学创作现状的透视与思考》，《报告文学》1988年第12期。

③周政保：《报告文学创作的若干理论问题》，《文艺评论》1998年第5期。

界定“‘史志性报告文学’是一种富有个性化的，有特殊表现和丰富内容，可以为人们认识和理解现实社会生活提供许多思考和参照的，又在某些领域或行业建立一种文学式的历史景观的报告文学”。[①]丁晓原也认为，将被“冷冻”的历史材料重新发掘出来，为新时期的思想解放提供与现实相关联的材料，让人们从中获得历史的反思与现实的启示，也是一种“新闻性”的体现。[②]事实上，史志性报告文学可溯源于20世纪50年代以《红旗飘飘》为代表的革命回忆录和家史、村史、厂史等历史书写活动，肇始于新时期初期反思“文化大革命”的报告文学作品，如杨匡满、郭宝臣的《命运》对1976年“四五运动”的追踪报道和翻案昭雪，胡平、张胜友的《历史沉思录》对红卫兵运动的真切追述和理性反思等；随后扩展到现当代的重要历史事件，一直追溯至晚清鸦片战争，如麦天枢、王先明的《昨天——中英鸦片战争纪实》等。此类报告文学主要通过采访调查、挖掘史料、解冻秘闻等方式，以当代意识、个人见解和文学笔法来重写历史事件和历史人物，旨在还原历史，探求真相，以史为鉴，温故知新，形成今昔互动、文史交融的创作特色，对报告文学的纪实性、现实性和思辨性亦是一大扩展、更新和丰富。

在20世纪八九十年代执着开垦历史题材的报告文学作家，有黄济人、靳大鹰、董汉河、钱钢、徐志耕、邓贤、张建伟、叶永烈、李鸣生、徐剑等。黄济人的长篇报告文学《将军决战岂止在战场》揭开新中国初期国民党战犯改造的隐秘内幕，着重描写邱行湘、杜聿明、黄维等被俘将领心灵深处的“决战”和转变历程，彰显他们悔过自新的不同情形和个性风采，在故事叙述与人物描写尤其是细节描写和心理刻画上带有小说笔法，使人物性格和群体形象更为鲜明活泼，开了历史揭秘和长篇报告的先河。钱钢为1976年唐山大地震十周年祭而作的《唐山大地震》和为清末北洋海军成军一百周年祭而作的《海葬》，多层次、多视角、全方位地重写这两大历史事件，发掘“旧闻”而观照全景，探求真相，关怀国运民瘼，赋予灾难史、国难史的纵深感和沉重感，与问题报告文学的“忧思”相近而开拓“哀祭”体全景式报告文学之路。徐志耕的《南京大屠杀》为祭奠三十万冤魂和英魂而作，以翔实记载、悲愤控诉和沉痛悼念留下国难史最沉重的

①李炳银：《史志性报告文学》，北京师范大学出版社1999年版，第1—8页。

②丁晓原：《文化生态与报告文学》，上海三联书店2001年版，第133页。

篇章，充实了国人的历史记忆和忧患意识。邓贤的《大国之魂》追述中国远征军赴缅抗战、兵败野人山、血战松山的悲壮历史；《中国知青梦》回顾和审视包括自己在内的一代知青返城的艰难历程和心灵之路。张建伟著有《大清王朝的最后变革》《温故戊戌年》《最后的神话》等晚清历史报告，发掘和反思晚清社会变革的复杂情形和失败原因。叶永烈的“红色三部曲”《红色的起点》《历史选择了毛泽东》《毛泽东与蒋介石》等纪实作品，不仅披露了许多鲜为人知的史实和细节，而且刻画了领袖人物各自的鲜明性格和生动形象，把历史报告与人物报告融为一体，从高层视角揭示现代历史的发展逻辑和经验教训。李鸣生的《走出地球村》《远征三万六》讴歌航天事业的创业史诗。徐剑的《大国长剑》《鸟瞰地球》披露导弹部队的建设内幕，为国防科技重大工程著史留志，开了行业史志写作新风。此外，解放军出版社出版的“中国革命斗争报告文学丛书”和解放军文艺出版社策划推出的“中国抗日战争纪实丛书”，以系列性长篇报告反映现代革命史、战争史的悲壮历程和宏大叙事，颇具史诗性规模和品格。

史志性报告文学取材于历史事件，除了仍有采访对象之外，大多只能借助文献史料的发掘考辨和改写重述，来还原和体察历史情景，又带有“以史鉴今”“以今释古”的创作意图，因而难免存在着周政保所指出的问题“极难或几乎不可能实现‘非虚构’的叙述要求”，往往以揣测、推理、想象乃至虚构的方式来描写历史细节、人物对话和心理活动，在加强历史纪事的文学性、思辨性的同时也带来了历史认知的个体性和纪实文体的混合性，或被目为历史故事、历史小说，或被称为纪实文学、历史随笔。如张建伟写《温故戊戌年》①，认同“一切历史都是思想史”“一切历史都是当代史”的理念②，对有关戊戌变法的新旧史料做出自己的剪裁和解读，用纪实与想象、分析与推测交织的方式重述戊戌变法的始末与内幕，着重揭示康有为等改革派有学无术、急于求成、激进变法、举措不当的失误和

①《温故戊戌年》原载《青年文学》1995年第10期，获第一届（1995—1996）鲁迅文学奖·全国优秀报告文学奖；收入《世纪晚钟——紫禁城里的最后改革》上卷，国际文化出版公司1995年10月第1版；修订本《温故戊戌年》，作家出版社1999年12月出版。

②张建伟：《世纪晚钟——紫禁城里的最后改革》，国际文化出版公司1995年版，第3页。

教训，既有鲜为人知的秘闻轶事令人耳目一新，也有温故知新的历史启示值得借鉴和反思。但在重构戊戌变法图景中，却把这场历史悲剧写得有些像闹剧那样，不仅将变法斗争写成争权游戏，而且着意揭发康有为的品性弱点和阴暗心理，把他写得比慈禧太后、袁世凯还卑鄙丑陋，消解了百日维新的悲剧意义和康有为的圣人光环，与人们原有的历史认知和审美评价大相径庭，被史学家批为“歪曲历史”①。用报告文学形式来重写和反思历史事件，固然与史学研究有所不同，但也要遵循历史唯物主义原则，全面把握史实，辨析真伪主次，分清是非曲直，体察人心事理，显示历史本质和历史正义，才有可能抵达历史真实与艺术真实相统一的境界。

新时期报告文学的发展繁荣，是由多种因缘合力促成的。

一是改革开放的时代潮流，推动着中国社会的深刻变革和发展进步，不仅为报告文学提供了取之不尽的源头活水和极其广阔的发展天地，也推进了报告文学与时代精神的紧密结合和协调发展。新时期报告文学从思想解放、社会变革的时代主潮中不断获取真实的生活素材、丰富的思想资源和强劲的精神动力，顺应改革发展潮流而拓展深化报道内容，无论是各行业先进人物和新人新事的表彰与歌颂，还是各方面社会问题和丑陋现象的揭露与批判，以及历史题材与现实关系的开掘、改写和反思，都来自变革转型期社会复杂多变的存在和意识，都深受时代精神的感召和影响，具有鲜明浓厚的时代性和现实性，汇总成为改革开放时代的宏大史诗，同时也为改革开放大潮发挥了推波助澜的积极作用。

二是创作主体的自觉自为，激发了作家们的思想激情和创作活力，造就了新时期报告文学蓬勃发展、成就斐然的空前盛况。报告文学作者来源广泛，名家名作大抵出自记者、作家队伍。他们在改革开放大潮中解放思想，开阔视野，更新文学观念，增强主体意识，不仅深入现实生活，采写真人真事真问题，恪守如实报告的职责和文德，而且坚持独立观察、独立思考和独立写作，在参与和介入社会变革中强化仗义执言、除旧布新的责任心和使命感，追求报告文学的真实性、思辨性、批判性、艺术性和创新性，在报告对象主体的同时也报告了创作主体的个性人格。徐迟、黄宗英、陈祖芬、徐刚、胡平、钱钢、赵瑜、麦天枢、何建明、李鸣生等老中

---

①旁德邻：《是学术创新，还是歪曲历史？——评历史报告〈温故戊戌年〉》，《近代史研究》2000年第5期。

青代表性作家，各有自己的擅长题材和创作追求，风格特色相当鲜明。创作主体意识的自觉和高扬，与较为自由的社会语境和创作心态相配合，促成了新时期报告文学百花盛开、绚烂多彩的繁荣景观。

三是报告文学的观念更新和文体解放，促进了新时期报告文学的多样性发展。新时期报告文学作家和评论家联手探索和更新报告文学的理论批评话语，对报告文学的特性、功能、价值、体式、技法等理论与实践问题有新的阐述，尤其在真实性、新闻性、文学性三个基本问题上守正开新，引导报告文学与时俱进地创新发展。人们都认同真实性是报告文学的特质，大多以“非虚构性”界定报告文学的真实性，认为它是生活真实的真切显示和可靠叙述，是生活真实与艺术真实的同质性统一，肯定真实生活本身和非虚构叙事的审美认识价值，引导报告文学向纪实文学位移和发展，而对纪实写真中的合理想象则有争议，持宽容论者居多。对新闻性的理解有所突破，不仅在创作上拓展到历史纪实的宽广领域，还在理论上阐释旧闻往事对现实人生的启示意义，或以“现实性”涵盖“新闻性”，开放了报告文学的视野和边界。在文学性的探讨上，大多从“杂文学”角度看待报告文学的文学属性和艺术要求，不仅一直注重形象性、情感性、结构性、修辞性、审美性等文学要素的探究和强化，还将思辨性、批判性、学理性、文献性等因素纳入思想美、理性美、综合美等审美范畴加以认证和弘扬，维护和促进了人物报告、问题报告、历史报告和全景式、集纳式报告等体式的创新发展。新时期报告文学的理论批评与创作实践互动发展，引导和推进报告文学充分发挥自身的优势特长，不断丰富和改善自己的体性功能，逐渐从新闻文学走向纪实文学，从单一视角转向全景观照，从短篇营构趋于长篇大作，堪称从“轻骑兵”变为“重武器”了。

四是文学生产与传播方式的发展变化，也支持和促进了新时期报告文学的发展繁荣。新时期的宣传、文艺和新闻出版等领域也在改革开放，不断改革和完善管理体制机制和文学生产与传播方式，尤其是言论空间的扩大、创作自由的倡导和传播渠道的畅通，有力促进了报告文学的蓬勃发展。报告文学对现实重大问题、前沿问题、热点问题乃至敏感问题的采访和发掘，显然得益于改革开放时代相关方面和社会公众的重视和支持，否则连采访和发表的机会也微乎其微。报纸杂志和出版机构对报告文学的青睐，全国性报告文学征文竞赛活动的开展，各行业各地区对宣传报道的重视，官方和民间报告文学奖项的奖掖，评论家对创作的推介和引导，读者大众对名家名作的关注和反响，共同营造出前所未有的报告文学热潮，从各方面促进了报告文学的发展繁荣和广泛传播。

报告文学在中国散文史上是最年轻的一种纪实文体，截至20世纪末只有七十年生长史，却迅速发展成为真实反映社会生活动态的首选文体和独立文体，可与散文小品、杂文随笔、传记文学等姐妹文体并驾齐驱了。它从散文母体中分化独立出来，必然还带着散文纪实写真、自由书写的基因和特性，因而在文学“四分法”格局中仍然归属于散文门类。中国散文具有悠久深厚的纪实写真传统，当代报告文学理应与姐妹文体携手并行，共同承传发展、弘扬光大中国散文的优秀传统，适应时代发展需要而不断开创更辉煌灿烂的发展前景！

附录 // 中国散文大事记

一、先秦两汉时期①

（一）殷商时期

殷商时期出现的甲骨文，又称“契文”“卜辞”“殷墟文字”，是中国的一种古代文字，汉字的早期形式。甲骨文出土于河南安阳小屯村（殷墟），1899年被发现。甲骨卜辞记录了殷商人祭祀、征伐、田猎、出入、年成、风雨、疾病等事情和占卜结果，是中国散文的源头。

（二）殷商与西周时期

殷商、周代至汉代，刻在青铜器上的铭文，称为“金文”或“钟鼎文”，多为有关祀典、锡命、征伐契约等内容。金文篇幅长者近五百字，亦为早期的散文。

《周易》是周代的筮书，旧传伏羲作八卦，周文王演六十四卦，司马迁说文王“益《易》之八卦为六十四卦”，“文王拘而演周易”，都证据不足。《周易》的卦爻辞是占卜的“筮辞”，是系于六十四卦符号下的文辞，

①先秦至魏晋南北朝散文大事记，参考著作：1. 邵炳军著《春秋文学系年辑证》，高等教育出版社2013年版；2. 刘跃进著《秦汉文学编年史》，商务印书馆2006年版；3. 陆侃如著《中古文学系年》，人民文学出版社1985年版。4. 曹道衡、刘跃进著《南北朝文学编年史》，人民文学出版社2000年版。5. 曹道衡、沈玉成编著《中国文学家大辞典：先秦汉魏晋南北朝卷》，中华书局1996年版。

分别表明各卦各爻的寓意，都是简短的散体文字。《周易》中的《易传》十篇，是对《易经》的解说和论述，文字较长，亦为散体文。

《尚书》是夏、商、周三代历史档案文献的汇编。其中《虞书》和《夏书》是商、周时的人根据远古传说和部分从夏代传下来的资料追记的；《商书》一部分是商代流传下来的文献，一部分经过后人的加工；《周书》全部是周代文献。因为遭受秦火以及流传的原因，真伪掺杂，有今文、古文和伪古文之别。《尚书》可谓中国记言散文之祖。

（三）西周穆王时期

《国语》记事从周穆王始。《国语》是一部分国记事的历史散文著作，记载西周至战国初年周王朝及鲁、齐、晋、郑、楚、吴、越等国的历史事件，以记言为主。《穆天子传》亦记载周穆王西游之事。《穆天子传》是西晋太康二年（公元281年）汲县民盗发魏墓发现的古书，主要记载西周穆王西行之事，作者不详，有学者推测此书为春秋末战国初期的著述。

（四）春秋时期（前770年—前476年）

▶ 前770年

周平王东迁雒邑（今河南洛阳王城公园一带），是为春秋时期（东周）开始。

▶ 前722年

《春秋》记事从本年开始。《春秋》，相传为孔子据鲁史记所修订。这是中国第一部编年简史，也是最早的私家所著的历史著作。《春秋》的记事，从鲁隐公元年（前722年）开始，经隐、桓、庄、闵、僖、文、宣、成、襄、昭、定、哀十二公，到鲁哀公十四年（前481年），共二百四十二年的历史事件。《春秋》的内容以鲁国为主，兼及周王室和其他诸侯国。

《左传》记事亦从本年开始，依照《春秋》的编年体例，讫于鲁哀公二十七年（前464年）。《左传》多用史实解释《春秋》，保存了大量古代史料，记事详明，文字优美，堪称史学的权威和文学的权威。

▶ 前551年

孔子（前551年—前479年）诞生。

稍早于孔子的思想家有老子，相传即老聃，其姓李名耳，字伯阳，楚国苦县（今河南鹿邑县东）厉乡曲仁里人，道家的创始人。做过周朝守藏室之史，孔子曾向他问礼。所著《老子》（《道德经》），集中阐述其以“道”为核心的哲学思想。其文简洁，许多章节有押韵，有许多诗性化的格言体的句子。

孔子，名丘，字仲尼。春秋末年伟大的思想家、教育家、儒家学派的创始人，提出了一套以“仁”为核心，以“礼”为手段，“祖述尧舜，宪章文武”的政治主张。其弟子三千，贤人七十二。《论语》一书汇辑了孔子的言论和行事，是研究孔子和儒家思想本源的重要资料，也是诸子散文著作的重要代表。其文为语录体，三言两语为章，言简意赅，用意深远，发人深省。

（五）战国时期（前475年—前221年）

▶ 前475年

是年，史称战国时期开始。

中国历史上的“春秋”之称，是从当时鲁国编年史《春秋》一书而得名的。“战国”一词，虽然在战国时代已有，但只是用来指称当时的七大强国。《战国策》经过西汉刘向的整理命名之后，“战国”作为继春秋之后一个时代的名称，遂为后代学者所共认。

《战国策》，又称《国策》，战国时代国别史料汇编，也是一部历史散文总集。原有《国策》《国事》《短长》《事语》《长书》《修书》等名称，后经刘向整理，定名为《战国策》。全书汇集了战国时期纵横策士的游说之辞，反映了战国的时代风貌。

▶ 前468年

墨子（约前468年—前376年），名翟，相传原为宋国人，后长期住在鲁国，墨家的创始人。《墨子》思想主张兼爱、非攻、尚同、节用等，其文章质朴，最重逻辑，推理严密，不求华美，不事雕琢，已有专事论说的倾向。

▶ 前372年

孟子（约前372年—前289年），名轲，字子舆，邹国（今山东邹县）人，曾受业于孔子之孙孔伋（子思）的弟子，是儒家学派仅次于孔子的又一重要代表。《孟子》一书以记录孟子言论为主要内容，大约是孟子与其弟子共同编定而成，其“仁政说”和“性善论”是对孔子仁学的继承和发展。《孟子》虽还是语录体的体式，但其中的论辩，已基本形成论辩体的形式。

▶ 前369年

庄子（约前369年—前286年），名周，宋国蒙（今河南商丘）人，道家学派的主要代表人物，他在老子“无为”学说的基础上论齐万物，追求精神上的恬淡逍遥，避世自得，形成了与儒家不同却可互补的学派。《庄子》的文章汪洋恣肆，仪态万方，变化无穷。文中充满着奇特的想象，有大量的寓言故事，富于情趣。在先秦诸子中别具一格，最富文学性。

▶ 前313年

荀子（约前313年—前238年），名况，字卿，战国后期赵人。曾在齐讲学，后任楚国兰陵县令，老死于楚。荀子是先秦儒家最后一位代表人物。《荀子》一书内容非常广博，从讨论自然观、认识论，论述政治经济、军事、人性、道德修养、学习、音乐艺术，以至学术史，真可谓熔铸百科，博大精深。其文浑厚朴实，说理细密，篇幅加大，显示了说理散文在战国后期的发展。

▶ 前280年

韩非（约前280年—前233年）。韩非是战国末年韩国公子，与李斯同师事荀子，后入秦，在秦遭受忌害而死。《韩非子》是一部以反映韩非思想为主要内容的诸子散文著作，提出了一整套完整的法治理论，成为法家思想的集大成。韩非散文长于说理论事，严谨细密，大量运用寓言故事。

战国末期，由吕不韦召集门客集体撰写的《吕氏春秋》，又称《吕览》。吕不韦（？—前235年），阳翟（今河南禹县）人，曾为秦王政相国，门下食客三千。《吕氏春秋》内容博杂，结构规整，曾号称“一字千金”。

战国时期，“五经”已基本形成，成为儒家最重要的经典，对后世产生巨大影响。

战国时期，《礼记》文章形成。《礼记》是孔门“七十子后学”有关礼制文章的选编，多为战国时人所作，少数成于秦汉之际，编者为汉人戴圣。该书内容较博杂，体例亦不一致，但有的内容颇有文学价值。

《晏子春秋》大约成书于战国末期，全书二百一十五章，分内外篇。晏子，名婴，字平仲，春秋时期政治家，是与管仲齐名的贤相。此书以晏子作为中心人物，是我国第一部个人历史传记。

（六）秦代（前221年—前206年）

▶ 前221年

是年，六国亡，秦统一中国，用李斯议，分天下为三十六郡，车同轨，书同文。李斯（？—前208年），战国楚上蔡（今河南上蔡县）人，入秦为客卿，前237年作《谏逐客书》，后为廷尉，秦统一六国后为丞相，秦二世时被杀。

▶ 前213年

是年，李斯作《议烧诗书百家语》，秦用丞相李斯议，禁私学，烧《诗》《书》。第二年，坑杀方士儒生四百六十余人于咸阳。此即历史上有名的“焚书坑儒”。

（七）西汉（前206年—公元25年）

▶ 前206年

是年十月，刘邦至霸上，西入咸阳。西汉纪年自此始。

▶ 前202年

项羽至垓下，自杀身亡。二月，汉王刘邦即皇帝位，是为高祖。

▶ 前200年

贾谊（前200年—前168年），汉初洛阳人，为汉初重要政论文作家和辞赋家。散文作品有《陈政事疏》《论积贮疏》《过秦论》等，文集《新书》十卷为后人所辑。

▶ 前196年

陆贾上《新语》。陆贾（约前240年—前170年），汉初楚国人，西汉思想家、政治家。陆贾著书论述秦亡汉兴、天下得失的道理，以资借鉴，遂著文十二篇，每奏一篇，刘邦都极力称赞，称其书为“新语”。

▶ 前191年

汉惠帝废除“挟书律”，于是壁藏之书纷纷问世。

▶ 前179年

董仲舒（前179年？—前104年），广川（今河北枣强县）人，西汉哲学家，今文经学大师，专治《春秋公羊传》。

刘安（前179年—前122年），汉高祖之孙，袭封淮南王，西汉思想家、文学家。曾奉汉武帝之命作《离骚传》，又“招致宾客方术之士数千人”编写《鸿烈》(后称《淮南鸿烈》，即《淮南子》)。

▶ 前170年

晁错（？—前154年）从伏生研习《尚书》，诏为太子舍人，迁博士。汉景帝三年（前154）被杀。晁错散文作品有《论贵粟疏》《贤良文学对策》等。

▶ 前154年

汉景帝之子刘馀封为鲁恭王，破孔府壁，得《古文尚书》《礼记》《论语》《孝经》凡数十篇。

东方朔（前154年—前93年），字曼倩，平原厌次（今山东陵县）人，为人好诙谐，善调笑，作有《答客难》《非有先生论》，抒发怀才不遇之情。

▶ 前150年

司马相如大约此时从梁孝王游，作《子虚赋》(初稿)。

▶ 前144年

梁孝王卒。枚乘在梁孝王死后归淮阴老家，大约此后一段时间内作《七发》。

▶ 前140年

董仲舒上《天人三策》，谓“春秋大一统”，请“诸不在六艺之科、孔子之术者，皆绝其道”。亦即“废黜百家，独尊儒术”。董仲舒著作有《春秋繁露》。

▶ 前138年

因杨得意的举荐，司马相如再度入京，作成《子虚赋》。

▶ 前136年

春，汉武帝置五经博士。后增至十四人。

▶ 前135年

司马迁约生于本年。

▶ 前134年

司马相如作《上林赋》。

▶ 前117年

司马相如卒。曾著《封禅书》。

▶ 前111年

司马迁奉使西南，回来后，接受父亲临终托命，撰著史书。

▶ 前108年

司马迁继父职，为太史令。

▶ 前104年

司马迁订太初历，开始著《史记》。《史记》开创了纪传体的史学体例。

▶ 前99年

李陵投降匈奴。司马迁因为李陵辩护，受腐刑，作《报任安书》。

▶ 前95年

司马迁《史记》绝笔于本年前后。

▶ 前90年

司马迁《史记》已完成。司马迁或卒于汉武帝末、汉昭帝初。

▶ 前87年

二月，汉武帝卒，子弗陵立，年八岁，是为昭帝。

▶ 前79年

刘向（前79年—前8年）出生，字子政，本名更生。曾校书中秘二十余年，整理《楚辞》《战国策》，编著《别录》《列女传》《说苑》《新序》等。

▶ 前53年

扬雄（前53年—18年）字子云，蜀郡成都（今四川成都）人。少好学博览，以文见召，侍从汉成帝游猎祭祀，上《甘泉赋》《河东赋》《羽猎赋》《长杨赋》，被任为郎官，给事黄门。王莽篡汉后，被封为大夫，作《剧秦美新》赞美新朝。

▶ 前51年

汉宣帝令诸儒于石渠阁讲论《五经》异同，乃立梁丘《易》、大小夏侯《尚书》《穀梁春秋》博士。

▶ 前33年

刘歆时为中垒校尉，作《孝武庙不毁议》等。刘歆（前53年？—23年），刘向子，字子骏，后改名秀，字颖叔，西汉末古文经学的开创者。刘歆继承父业，校览群书，撰成《七略》。王莽执政，立古文经博士，刘歆任“国师”。明人辑有《刘子骏集》。

▶ 前6年

刘歆请立《左氏春秋》《毛诗》《逸礼》《古文尚书》等古文经于学官，

被今文学派诸儒拒绝。刘歆作《移书让太常博士书》。经学今古文之争自此始。

▶ 前3年

扬雄著《太玄经》，又作《解嘲》《解难》《太玄赋》，时年五十一岁。

▶ 公元3年

班彪（3年—54年），史学家，字叔皮，扶风安陵（今陕西咸阳东）人。以《史记》所记史实，止于汉武帝太初年间，乃收集史料，作《后传》六十余篇。

扬雄作《法言》。

（八）东汉（25年—220年）

▶ 25年

刘秀称帝，十月，定都于洛阳。

▶ 27年

王充（27年—107年），字仲任，会稽上虞（今浙江上虞）人，出身“细族孤门”，二十岁左右受业太学，师事班彪。仅做过几任小官。东汉朴素唯物主义思想家、批评家。

▶ 32年

班固（32年—92年），东汉著名学者，史学家、辞赋家，父班彪，扶风安陵（今陕西咸阳）人。继其父《史记后传》作史书，被告发私改国史，下狱。弟班超上书力辩，获释。后召为兰台令史，历二十年，修成《汉书》。

▶ 69年

班固《两都赋》大约作于本年前后。

▶ 78年

张衡（79年—139年），字平子，南阳西鄂（今南阳石桥镇）人，做过太史令、河间相等官，东汉科学家、辞赋家，有《二京赋》《思玄赋》《归田赋》等。

▶ 79年

汉章帝效西汉宣帝时石渠故事，召集儒者在白虎观议《五经》异同，章帝亲称制临决。班固将讨论结果编成《白虎通义》。

▶ 82年

班固《汉书》已完成。《汉书》开创了断代史的体例。

▶ 88年

王充罢官还家，《论衡》当成于此时。《论衡》全书八十五篇，缺《招致》篇，实八十四篇。全书以“疾虚妄、求实诚”为目标，批判两汉经学的“天人感应”和“谶纬”之学，其中还有许多文学批评理论。

▶ 92年

班固被杀，年六十一。班昭受诏续作《汉书》八表。

▶ 116年

王逸在汉安帝元初中举上计吏，为校书郎。王逸，字叔师，南郡宜城（今属湖北）人，东汉文学家，所作《楚辞章句》，是《楚辞》最早的完整注本，也是全面研究楚辞的第一人。

▶ 127年

郑玄（127年—200年），字康成，北海高密（今属山东）人，东汉经学家。注经以古文经学为主，兼采今文经说，遍注群经，成为汉代经学的集大成者，被称为“郑学”。

▶ 133年

蔡邕（133年—192年），字伯喈，陈留圉（今河南杞县）人，东汉文学家、书法家，董卓专权，官左中郎将，董卓被诛后，蔡下狱，后死于狱中。精通经史、音律、天文，散文长于碑记，亦善辞赋，有《蔡中郎集》。

▶ 143年

王逸在东汉顺帝时著《楚辞章句》。

▶ 153年

孔融（153年—208年），字文举，鲁国（今山东曲阜）人，曾任北海相，人称孔北海。东汉末文学家，“建安七子”之一，恃才负气，终为曹操所杀。

▶ 155年

曹操（155年—220年），字孟德，小名阿瞒，沛国谯（今安徽亳县）人，政治家、文学家，有《曹操集》。

▶ 157年

陈琳（？—217年）广陵（今江苏扬州）人，初从袁绍，后归曹操，为司空军谋祭酒，管记室，善作书檄。“建安七子”之一。曹丕《典论·

论文》中曾将孔融、陈琳、王粲、徐幹、阮瑀、应瑒和刘祯并举，故称为“建安七子”。

▶ 165年

阮瑀（约165年—212年）大约生于是年，字元瑜，陈留尉氏（今属河南）人，为曹操司空祭酒，管记室，善作书檄，能诗。

赵壹，生卒年不详，字元叔，汉阳西县（今甘肃天水南）人，东汉灵帝时为上计吏入京。东汉辞赋家，曾作《刺世疾邪赋》抨击豪强垄断政权。

▶ 171年

徐幹（171年—218年），字伟长，北海剧县（今山东昌乐县）人，官五官中郎将文学，著有《中论》。

应瑒（？—217年），生年不详，字德琏，汝南（今河南汝南东南）人，以文章见称，后为五官中郎将文学。

刘祯（？—217年），生年不详，字公幹，东平（今属山东）人，为曹操丞相掾属。

▶ 173年

祢衡（173年—198年），字正平，平原般（今山东临邑县）人，少有才辩，长于笔札，性刚傲物，后为江夏太守黄祖所杀，作有《鹦鹉赋》。孔融与祢衡友善，有《荐祢衡表》。

▶ 177年

蔡琰大约生于是年，卒年亦不详。本名琰，字文姬，陈留圉（今河南杞县）人，蔡邕之女，汉末女诗人，流落南匈奴十二年，曹操以金璧赎归，再嫁董祀，有诗作《悲愤诗》等。

王粲（177年—217年），字仲宣，山阳高平（今山东邹县）人，“建安七子”之一。先依刘表，后归曹操，官侍中，其诗刚健慷慨，赋作《登楼赋》颇为有名。

▶ 181年

诸葛亮（181年—234年），字孔明，汉末琅琊阳都（今山东沂南县）人。幼年避乱荆州，建安十二年，刘备三顾茅庐，请出诸葛亮。刘备称帝，以诸葛亮为丞相。《出师表》为其名篇。有《诸葛亮集》。

▶ 187年

曹丕（187年—226年），字子桓，曹操次子，建安二十二年立为魏太子，二十五年代汉称帝，是为魏文帝。有《魏文帝集》。其《典论·论文》是现存第一篇文论。

▶ 192年

曹植（192年—232年），字子建，曹操子，曹丕弟。建安十六年封平原侯，十九年徙封临淄侯。死后谥“思”，因终封陈地，世称“陈思王”。其赋和散文佳作甚多。

▶ 196年

应劭《风俗通义》定稿。应劭（约153年—196年），字仲远，汝南南顿（今河南项城）人，东汉末史学家。

▶ 207年

八月，曹操破乌桓于柳城，孔融作书嘲讽曹操北征乌桓。又讥曹操禁酒令，作《难曹公禁酒书》。

▶ 210年

阮籍（210年—263年），字嗣宗，陈留（今河南尉氏县）人。“竹林七贤”之一，曾任步兵校尉，故又称阮步兵。纵酒尚玄，以狂放的方式对抗虚伪的名教。有《咏怀诗八十二首》，散文有《大人先生传》等。

▶ 217年

是年中原瘟疫，“建安七子”中的王粲、应瑒、陈琳、刘祯、徐幹皆死于此疾疫。

▶ 220年

二月，曹操死，时年六十六岁，遗令薄葬。

十月，曹丕称天子，代汉建立曹魏政权，改元黄初。十一月，追尊曹操为魏武帝；十二月，定都洛阳。东汉亡，共十二帝、一百九十六年。两汉共二十四帝、四百零六年。

二、魏晋南北朝时期（221年—618年）

▶ 221年

四月，刘备即帝位，建立蜀汉政权，以诸葛亮为丞相。

▶ 222年

十月，吴国建元黄武。

▶ 223年

曹植徙封雍丘王，朝京师，上表献《责躬》《应诏》诗，作《洛神赋》《任城王诔》等。

嵇康（223年—262年），字叔夜，谯郡铚（今安徽宿县）人，“竹林七贤”之一。曾做过中散大夫，世称“嵇中散”。与阮籍齐名。崇尚老庄，越名教而任自然，最终因触犯司马氏而被杀。有《嵇中散集》。

四月，刘备死，太子刘禅即位。

▶ 227年

诸葛亮进驻汉中，上表请伐中原，作《出师表》。

向秀大约于本年生。向秀（约227年—272年），字子期，河内怀县（今河南武陟县）人，“竹林七贤”之一。其哀悼嵇康、吕安的《思旧赋》，情辞沉痛，颇有名。

▶ 229年

四月，吴王孙权即皇帝位，改元黄龙，是为吴大帝。

▶ 232年

魏陈思王曹植死。

▶ 233年

陈寿（233年—297年），字承祚，安汉（今四川南充北）人，史学家，少好学，师事谯周；入晋后，历任著作郎等官。晋灭吴后，集合三国时官私著作，著成《三国志》。

▶ 234年

诸葛亮军于渭南，病卒。

▶ 245年

嵇康迁中散大夫，居山阳，为竹林之游。魏晋间，阮籍、嵇康、山涛、向秀、阮咸、王戎、刘伶七人，“相与友善，游于竹林，号为七贤”。

▶ 247年

潘岳（247年—300年），字安仁，荥阳中牟（今属河南）人。曾任河阳令、著作郎等官。谄事贾谧，后为孙秀所杀。作《马汧督诔》《秋兴赋》等。

▶ 249年

魏司马懿趁齐王芳与曹爽祭扫高平陵之机，发动政变，即高平陵事变，杀曹爽、何晏等。司马懿遂专魏政。曹魏正始时期，何晏、王弼开清谈之风。时清谈名士还有荀粲、夏侯玄等，世称“正始之音”。此年王弼卒。王弼（226年—249年），字辅嗣，山阳（今河南焦作）人，曾注《周易》《老子》。

▶ 253年

向秀佐嵇康锻铁，与吕安灌园。嵇康喜欢锻铁，拒绝与钟会为友。

▶ 255年

阮籍为东平相，作《大人先生传》及《大人先生歌》。

▶ 261年

嵇康作《与山巨源绝交书》。

陆机（261年—303年），字士衡，吴郡（今上海松江）人。其祖陆逊、其父陆抗皆为东吴名将。吴亡后陆机家居十年，西晋太康末携弟陆云到洛阳，任平原内史等职，被称为“太康之英”。有《陆士衡集》。

▶ 262年

司马昭以“言论放荡，害时乱教”为借口，杀嵇康。

▶ 263年

蜀汉亡。蜀汉共两帝、四十三年。

▶ 264年

魏进司马昭为晋王，封刘禅为安乐公。

向秀入洛，作《思旧赋》，表达对嵇康之死的惋惜和悲愤。鲁迅谓《思旧赋》“刚开头却又煞了尾”。

刘伶，生卒年不详，魏晋间名士，“竹林七贤”之一，今存《酒德颂》一篇。

▶ 265年

八月，司马昭死。子司马炎嗣为相国、晋王。十二月，司马炎逼魏主禅位，废为陈留王。魏亡，凡五帝、四十六年。司马炎即位，是为晋武帝，西晋泰始元年。

▶ 268年

李密作《陈情表》。李密（224年—282年），字令伯，三国时犍为武阳（今四川彭山县东）人。少年孤苦，由祖母刘氏抚养成人，晋武帝召他为太子洗马，以行孝道而拒绝。

▶ 270年

左思作《齐都赋》。左思（约250年—约305年），字太冲，临淄（今山东临淄市）人，出身寒微，因其妹左棻入宫为妃，移家京师。以十年时间作成《三都赋》。其诗多抨击门阀之作，代表作有《咏史》八首。

▶ 271年

刘琨（271年—318年），字越石，中山魏昌（今河北无极）人。曾任并州刺史，后为段匹磾所杀。有《刘越石集》。

▶ 276年

郭璞（276年—324年），字景纯，河东闻喜（今属山西）人，博学，好古文奇字，所作《游仙诗》，亦为咏怀之作。辞赋以《江赋》为有名。

木华（生卒年不详），字玄虚，广川（今河北景县西南）人，擅长辞赋，今仅存《海赋》。

▶ 280年

三月，吴国亡，凡四帝五十九年。是年为西晋太康元年。

杜预平吴后进爵当阳县侯，返镇撰《春秋左氏经传集解》《春秋释例》《春秋左氏传音》《春秋左氏传评》等。

▶ 281年

左思访皇甫谧。《晋书》称皇甫谧曾为左思《三都赋》作序。皇甫谧翌年死。据陆侃如考，《三都赋》成在谧死后，谧序是假托的。

▶ 289年

西晋太康十年。陆机陆云兄弟入洛。

钟嵘《诗品》称太康诗人有“三张（张载、张协、张亢）二陆（陆机、陆云）两潘（潘岳、潘尼）一左（左思）”。

▶ 291年

晋惠帝妻贾后与辅政的外戚杨骏争权，贾后杀骏，以汝南王亮辅政，复使楚王玮杀亮，旋又杀玮。此即开始了延续十六年之久的“八王之乱”。

▶ 296年

潘岳作《悼亡赋》《悼亡诗》等，哀悼亡妻。又作《闲居赋》。

▶ 297年

潘岳为著作郎，作《马汧督诔》。

▶ 298年

陆机补著作郎，作《吊魏武帝文》等。

▶ 300年

潘岳因旧怨为赵王司马伦和孙秀所杀。

陆机为相国参军，赐爵关内侯，作《叹逝赋》《述思赋》《文赋》等。

▶ 303年

左思《三都赋》成，避难冀州，不久去世。

▶ 311年

西晋永嘉五年，匈奴贵族刘渊之子刘聪遣石勒、王弥、刘曜等率军攻晋，在平城（今河南鹿邑西南）歼灭十万晋军，又杀太尉王衍及诸王公。旋攻入京师洛阳，俘获晋怀帝，杀王公士民三万余人。史称“永嘉之乱”。

▶ 314年

孙绰（314年—371年），字兴公，太原中都（今山西平遥西北）人，东晋文学家，玄言诗代表作家，赋作有《遂初赋》《游天台山赋》等。

▶ 317年

上一年十一月，西晋愍帝出降，被送至平阳。西晋止此共四帝、五十二年。

三月，琅琊王睿在建康（今南京）即晋王位，改元建武，自此史称东晋。

▶ 318年

刘琨为段匹磾所拘，作《重赠卢谌》诗，被害。

▶ 321年

王羲之（321年—379年），字逸少，琅琊临沂（今属山东）人，后定居会稽山阴（今浙江绍兴），东晋书法家，工诗善文。有《王右军集》。

▶ 353年

此年（东晋穆帝永和九年）农历三月三日，王羲之与谢安、孙绰等四十一人在兰亭聚会，赋诗抒怀，事后将这些诗汇编成集，王羲之作序，即著名的《兰亭集序》。

▶ 365年

陶渊明（365年—427年），字元亮，一说名潜，字渊明，世号靖节先生，浔阳柴桑（今江西九江）人。曾祖为晋大司马陶侃，祖父和父亲皆做过太守一类的官，但到陶渊明时，已家道中落。有《靖节先生集》。

▶ 383年

前秦苻坚大举侵晋，八月，以苻融率慕容垂等为前锋，晋相谢安命谢玄、谢石等拒之。十月，战于淝水，前秦大败。此即淝水之战。

▶ 384年

慧远（334年—416年）入庐山宣讲佛学，居东林寺三十余年，净土宗推尊为初祖。

颜延之（384年—456年），字延年，琅琊临沂（今属山东）人，官至金紫光禄大夫。南朝宋诗人，与陶渊明友善，与谢灵运齐名，时称“颜谢”。

▶ 385年

谢灵运（385年—433年），陈郡阳夏（今河南太康）人，移籍会稽，小名客儿，世称谢客。谢玄之孙，晋时袭封康乐公，故称谢康乐。入宋，曾任永嘉太守、临川内史等职，后被杀。有《谢康乐集》。

▶ 391年

依据萧统《陶渊明传》，陶渊明《五柳先生传》当作于此时或更早的青年时代。

▶ 393年

陶渊明开始出仕，任江州（今江西九江）祭酒。不久，即辞归。州召主簿，不就。

▶ 394年

大约此年，陶渊明作《闲情赋》。此赋当作于前妻死后、继娶之前。

▶ 398年

范晔（398年—445年），字蔚宗，顺阳（今河南淅川）人，曾任尚书吏部郎等职，著《后汉书》。

▶ 403年

刘义庆（403年—444年），彭城（今江苏徐州）人，刘宋宗室，袭封临川王。撰有《世说新语》。

▶ 405年

八月，陶渊明出为彭泽令，在官八十余日，十一月即解印辞官，从此终身不再出仕，作《归去来兮辞》。十一月，程氏妹逝于武昌。

▶ 407年

五月，陶渊明作《祭程氏妹文》。

▶ 414年

鲍照（约414年—466年），字明远，东海（今江苏连云港市）人，出身寒微，曾为秣陵令、中书舍人等职，后为临海王刘子顼前军参军，故称鲍参军。《芜城赋》《登大雷岸与妹书》等皆有名。有《鲍参军集》。

▶ 420年

六月，刘裕称皇帝，改元永初，东晋亡，刘宋朝建立。

▶ 421年

《桃花源诗并记》开头说："晋太元中"，则本篇应作于晋亡之后，可能作于本年。

▶ 423年

谢灵运移籍会稽，作《山居赋》。

▶ 427年

九月，陶渊明作《挽歌诗》和《自祭文》。十一月，陶渊明去世，墓在柴桑旧居不远处，庐山西南麓。

颜延之作《陶征士诔》。

▶ 432年

范晔始撰《后汉书》。

▶ 433年

谢灵运在广州被杀，时年四十九岁，作《临刑诗》。

▶ 434年

颜延之作《应诏宴曲水诗序》《三月三日曲水诗序》。

▶ 439年

鲍照始出仕，作《登大雷岸与妹书》《游思赋》等。

▶ 441年

沈约（441年—513年），字休文，吴兴武康（今浙江德清）人，历仕宋齐二代，后助梁武帝登位，官至尚书令。与谢朓、王融诸人作诗注重声律，时号永明体。撰《宋书》一百卷。有《沈隐侯集》。

▶ 444年

江淹（444年—505年），字文通，济阳考城（今河南兰考）人，历仕宋、齐、梁三代。《恨赋》《别赋》颇有名。有《江文通集》。

▶ 445年

范晔被杀，时年四十八岁。作《狱中与诸甥侄书》。

▶ 447年

孔稚圭（447年—501年），字德璋，会稽山阴（今浙江绍兴）人，官至太子詹事。有骈文《北山移文》。

▶ 456年

陶弘景（456年—536年），字通明，自号“华阳隐居”，丹阳秣陵（今江苏南京）人。齐时，官至奉朝请。后隐居修道。入梁，国家每有大事，无不咨询，时人称为“山中宰相”。骈文《答谢中书书》为名篇。

▶ 459年

鲍照客居江北，作《芜城赋》（或认为《芜城赋》作于元嘉末年）。

▶ 464年

谢朓（464年—499年），字玄晖，陈郡阳夏（今河南太康）人，曾任宣城太守，永明体诗人。有《谢宣城集》。

丘迟（464年—508年），字希范，吴兴乌程（今浙江吴兴）人，入梁，官司空从事中郎，所作《与陈伯之书》乃骈文中的佳作。

▶ 465年

刘勰（约465年—约532年），字彦和，东莞莒（今属山东日照市）人，世居京口（今江苏镇江），曾依沙门僧佑，梁武帝时，历任奉朝请、东宫通事舍人等职，南齐末年，撰成《文心雕龙》五十篇。

▶ 466年

郦道元（？—527年）（或认为生于469），字善长，范阳涿郡（今河北涿州）人，北魏地理学家、散文家。撰《水经注》一书，文笔生动优美，有极高的文学价值。

▶ 467年

王融（467年—493年），字元长，祖籍琅琊临沂（今属山东），祖父王僧达，南朝齐诗人、骈文家，与沈约、谢朓并为“永明体”创始者。

▶ 469年

吴均（469年—520年），字叔庠，吴兴故鄣（今浙江安吉）人。梁代文学家，文辞清拔，时人效之，号“吴均体”。有小说《续齐谐记》。

▶ 471年

徐摛（472年—549年），字秀士，东海郯（今山东郯城）人，徐陵父亲，其与庾肩吾、庾信父子皆为宫体诗代表诗人。

钟嵘（？—约518年）大约生于本年前后（或认为约生于468年），字仲伟，颍川长社（今河南长葛）人，入梁，历任衡阳王、晋安王记室，文学批评家，所撰《诗品》，品评自汉至梁一百多位诗人。

▶ 476年

江淹仍为建安吴兴令，作《恨赋》《别赋》。

▶ 487年

庾肩吾（487年—551年），庾信之父，南阳新野（今属河南）人，与徐摛皆为宫体诗代表作家。

▶ 491年

王融作《三月三日曲水诗序》。

▶ 494年

陆厥为王晏少傅主簿，作《与沈约书》商讨声律问题。

▶ 501年

萧统（501年—531年），即昭明太子，梁代文学家，字德施，南兰陵（今江苏常州）人，梁武帝长子，立为皇太子后，当时著名文士刘孝绰、王筠、刘勰等皆为东宫僚属。萧统主持编定《文选》三十卷，收录作家一百三十人，作品五百一十三篇，包括诗、赋、文等多种文体。其《文选序》是重要的文学批评文章。

▶ 502年

本年为梁武帝萧衍天监元年，梁初文学颇为盛行。

刘勰撰成《文心雕龙》，或认为成书于梁代。

十一月，萧统被立为皇太子。

▶ 503年

萧纲（503年—551年），即梁简文帝，能诗文。

▶ 507年

徐陵（507年—583年），字孝穆，父徐摛，南朝陈诗人、骈文家，诗体新变，对“宫体诗”形成起很大作用。编《玉台新咏》一书，选录自汉至梁诗歌，自称“撰录艳歌，凡为十卷”。长诗《孔雀东南飞》即赖以保存。

本年前后，刘孝标（刘峻）注《世说新语》，引书多至四百余种。

▶ 508年

刘孝标作《广绝交论》。

▶ 513年

庾信（513年—581年），字子山，辞赋家、骈文家，为南北朝大家之一，父庾肩吾。庾信初仕梁，后出使西魏，值西魏灭梁，被留。历仕西魏、北周，官至骠骑大将军、开府仪同三司，世称庾开府。暮年风格大变，乡关之思愈浓。《哀江南赋》《枯树赋》等很有名。有《庾子山集》。

▶ 522年

萧统二十二岁，作《答湘东王求文集及〈诗苑英华〉书》。

▶ 528年

本年杨衒之被魏孝庄帝任为奉朝请。杨衒之，生卒年不详，北平（今天津蓟州一带）人，北朝魏散文家，作《洛阳伽蓝记》记述佛寺园林的盛衰兴废，文笔秀逸，骈中有散，颇具特色。

▶ 528年

萧统《文选》约编成于本年前后。

▶ 531年

本年萧统卒，萧纲继立为太子。萧纲倡轻艳诗风，东宫文士竞相仿效，时号“宫体”。

颜之推（531年—约590年以后），字介，祖籍琅琊临沂（今属山东）人，初仕梁为散骑侍郎，后投奔北齐，官至黄门侍郎、平原太守。齐亡入周。有《颜氏家训》传世。

▶ 547年

侯景以河南叛，降西魏。二月，遣使降梁，梁封侯景为河南王。

▶ 554年

庾信四十二岁，聘于西魏。西魏攻陷江陵，俘梁元帝，十二月，杀梁元帝。庾信从此居留北方。

▶ 572年

庾信六十岁，《哀江南赋》至迟当作于本年。此赋为侯景之乱与江陵之陷落而作。

三、唐宋时期（618年—1278年）

（一）唐代（618年—907年）

▶ 618年

唐高祖武德元年，李渊称帝，建立唐朝。

▶ 637年

太宗贞观十一年，魏征上《谏太宗十思疏》。

▶ 639年

贞观十三年，魏征上《十渐不克终疏》。他看到太宗逐渐怠惰，懒于政事，追求奢靡，便奏上列举出太宗执政初到当前为政态度十个变化，其奏疏中已开始表现出由骈入散倾向。

▶ 644年

贞观十八年，王绩卒（生于585年），代表作有《醉乡记》《五斗先生传》。

▶ 669年

高宗总章二年，王勃因戏为《檄英王鸡文》，被高宗斥逐出沛王李贤府，往游蜀中。

▶ 675年

高宗上元二年，王勃约于本年途经南昌，作《滕王阁序》。

▶ 684年

武则天光宅元年九月，骆宾王作《代李敬业传檄天下文》，又名《为徐敬业讨武曌檄》《讨武曌檄》。

▶ 700年

武周圣历三年，陈子昂卒（生于659年?），陈子昂有《与东方左史虬修竹篇序》，明确标举“风骨”“兴寄”，反对六朝以来绮靡诗风，为唐代诗文革新发展奠定理论基础。

▶ 713年

玄宗开元年间（713年—741年），前期，朝廷制诰多出燕国公张说、许国公苏颋之手，时号“燕许大手笔”，骈散兼擅。

▶ 733年

开元二十一年，李白约此年于安陆作《春夜宴从弟桃李园序》。

▶ 734年

开元二十二年，李白约于此年作《上韩荆州书》。

▶ 742年

天宝（742年—756年）至大历（766年—779年）年间，萧颖士、李华、元结、独孤及、梁肃、柳冕等相继提倡古文，反对骈文，为后来“古文运动”先驱。

▶ 755年

天宝十四年，“安史之乱”爆发。

▶ 760年

肃宗上元元年八月，陆羽作《陆文学自传》。

▶ 761年

上元二年八月，元结作《大唐中兴颂》。

▶ 766年

代宗大历元年至三年（768年），元结此期间作《右溪记》。

▶ 783年

德宗建中四年，陆贽作《奉天改元大赦制》。

▶ 792年

德宗贞元八年，韩愈作《争臣论》。

▶ 795年

贞元十一年，韩愈作《杂说》《画记》，九月，作《祭田横墓文》。

▶ 799年

贞元十五年，韩愈作《与李翱书》。

▶ 800年

贞元十六年，韩愈作《与孟东野书》。

▶ 801年

贞元十七年，韩愈作《送李愿归盘谷序》《答李翊书》。

▶ 802年

贞元十八年，韩愈任国子四门博士时，作《师说》，批判当时社会耻于从师不良风气；此年或之前，韩愈作《获麟解》。

▶ 803年

贞元十九年，韩愈作《祭十二郎文》《送董邵南序》，本年或稍前，作《送孟东野序》；白居易作《养竹记》。

▶ 804年

贞元二十年，韩愈作《燕喜亭记》。

▶ 805年

顺宗永贞元年，韩愈作“五原”，即《原性》《原道》《原毁》《原人》《原鬼》；九月，“永贞革新”失败，柳宗元贬永州（今属湖南）司马，后于永州九年作《三戒》《捕蛇者说》等。

▶ 807年

宪宗元和二年，韩愈为避谗至东都分司，作《张中丞传后叙》《毛颖传》等。

▶ 809年

元和四年，李翱作《来南录》，排日记载来岭南行役，为今存最早日记；柳宗元作“永州八记”前四记，即《始得西山宴游记》《钴鉧潭记》《钴鉧潭西小丘记》《至小丘西小石潭记》。

▶ 811年

元和六年，韩愈作《送穷文》；此年或以后，又作《讳辩》。

▶ 812年

元和七年秋，柳宗元作“永州八记”后四记，即《袁家渴记》《石渠记》《石涧记》《小石城山记》。

▶ 813年

元和八年，韩愈作《进学解》；柳宗元作《游黄溪记》。

▶ 814年

元和九年，柳宗元作《段太尉逸事状》。

▶ 815年

元和十年，韩愈作《蓝田县丞厅壁记》；白居易贬江州司马，冬，作《与元九书》。

▶ 816年

元和十一年，韩愈作《曹成王碑》。

▶ 817年

元和十二年四月，白居易作《庐山草堂记》；十二月（818年元月），韩愈作《平淮西碑》。

▶ 818年

元和十三年春，韩愈作《平淮西碑》。

▶ 819年

元和十四年，韩愈上《论佛骨表》，贬潮州刺史，作《潮州刺史谢上表》，又作《祭鳄鱼文》；柳宗元作《封建论》；十一月，柳宗元卒于柳州贬所，刘禹锡为之料理后事，归洛后作《祭柳员外文》《重祭柳员外文》；白居易作《三游洞序》。

▶ 820年

元和十五年，韩愈作《南海神庙碑》《祭柳子厚文》《柳子厚墓志铭》等；白居易作《荔枝图序》。

▶ 821年

穆宗长庆元年，韩愈作《黄陵庙碑》。

▶ 823年

长庆三年，白居易作《冷泉亭记》；樊宗师作《绛守居园池记》。

▶ 824年

长庆四年，韩愈卒（生于768年），弟子李汉编辑《昌黎先生集》。韩愈与柳宗元齐名，并称“韩柳”，同为中唐时“古文运动”倡导者。出自韩门古文家代表有皇甫湜、李翱、李汉等。

▶ 825年

敬宗宝历元年，杜牧作《阿房宫赋》，为唐代文赋代表作。

▶ 835年

文宗大和九年，杜牧作《罪言》。

▶ 838年

文宗开成三年，白居易作《醉吟先生传》。

▶ 841年

武宗会昌元年，刘禹锡作《秋声赋》。

▶ 866年

懿宗咸通七年，皮日休进士不第，居里，自编《皮子文薮》。

▶ 867年

咸通八年正月，罗隐编成讽刺散文集《谗书》。

（二）北宋（960年—1126年）

▶ 960年

宋太祖建隆元年，宋王朝建立，初数十年间，文承晚唐五代余风。

▶ 982年

太宗太平兴国七年，李昉、徐铉等奉敕编纂《文苑英华》，雍熙四年（987年）完成，共一千卷，为继《文选》后又一部大型诗文总集。

▶ 995年

太宗至道元年，柳开作《游天平山记》。

▶ 999年

真宗咸平二年八月十五日，王禹偁作《黄冈新建小竹楼记》。

▶ 1000年

咸平三年，柳开卒（生于947年），柳开、王禹偁等提倡韩、柳古文，反对浮靡文风，开北宋诗文革新运动先声。

▶ 1001年

咸平四年，王禹偁卒（生于954年）。代表作有《待漏院记》《唐河店妪传》等。

▶ 1025年

仁宗天圣三年，范仲淹作《奏上时务书》，提出改革文风主张。

▶ 1029年

天圣七年、明道二年（1033年），朝廷两次下诏申戒浮华，提倡古文。继柳开、王禹偁之后，穆修、石介、尹洙、李觏、石延年、宋祁等继续推进诗文革新运动。

▶ 1033年

仁宗明道二年，范仲淹作《严先生祠堂记》；欧阳修作《上范司谏书》。

▶ 1034年

仁宗景祐元年，欧阳修作《洛阳牡丹记》。

▶ 1036年

景祐三年，欧阳修作《与高司谏书》，直斥谏官高若讷趋炎附势，不敢主持正义，又作《与尹师鲁书》《读李翱文》。

▶ 1040年

仁宗康定元年，欧阳修作《答吴充秀才书》《答祖择之书》《纵囚论》。

▶ 1042年

仁宗庆历二年，欧阳修作《画舫斋记》。

▶ 1043年

庆历三年，欧阳修作《王彦章画像记》；王安石作《伤仲永》。

▶ 1044年

庆历四年，欧阳修作《朋党论》，反击保守派对范仲淹等革新派人物的攻击，又作《吉州学记》；曾巩作《上欧阳舍人书》；苏舜钦罢官为民，此后隐居苏州沧浪亭。

▶ 1045年

庆历五年，苏舜钦作《沧浪亭记》。

▶ 1046年

庆历六年九月十五日，范仲淹作《岳阳楼记》；欧阳修被贬为滁州知州次年，作《丰乐亭记》《醉翁亭记》《菱溪石记》。

▶ 1047年

庆历七年，曾巩作《醒心亭记》；王安石作《鄞县经游记》。

▶ 1048年

庆历八年，欧阳修作《祭苏子美文》，祭悼自己诗文革新道路上导夫先路之挚友苏舜钦，为其不幸被贬死冤屈鸣不平，又作《尹师鲁墓志铭》；九月十二日，曾巩作《墨池记》。

▶ 1050年

仁宗皇祐二年，欧阳修作《桑怿传》。

▶ 1051年

皇祐三年，欧阳修作《真州东园记》。

▶ 1054年

仁宗至和元年，欧阳修作《送徐无党南归序》；曾巩作《南轩记》；七月，王安石任舒州通判时，作《游褒禅山记》。

▶ 1055年

至和二年前，苏洵作《史论》。

▶ 1056年

仁宗嘉祐元年，苏洵作《上欧阳内翰第一书》，又上《几策》《权书》《衡论》共二十二篇，《六国论》系《权书》十篇之一。

▶ 1057年

嘉祐二年，欧阳修以翰林学士知贡举时，鼓励考生写作平易质朴晓畅古文，凡内容空洞，华而不实，或以奇诡险怪取胜之“太学体”概在排抑摒黜之列，曾巩、苏轼、苏辙等人及第，开启北宋诗文革新运动，散文创作出现繁荣局面。苏轼作《刑赏忠厚之至论》《上梅直讲书》；九月，曾巩作《拟岘台记》；苏辙作《上枢密韩太尉书》。

▶ 1058年

嘉祐三年，欧阳修作《浮槎山水记》；王安石作《上仁宗皇帝言事书》，长达万言，为政论散文中巨制。

▶ 1059年

嘉祐四年，欧阳修作《峡州至喜亭记》《有美堂记》，初秋，作《秋声赋》。

▶ 1061年

嘉祐六年，苏轼作《进策》二十五篇，其中《教战守策》《留侯论》等为其政论文代表作。

▶ 1062年

嘉祐七年冬，曾巩作《清心亭记》。

▶ 1063年

嘉祐八年，周敦颐作《爱莲说》；苏洵作《辨奸论》；司马光作《谏院题名记》；苏轼作《凌虚台记》。

▶ 1064年

英宗治平元年，王安石作《虔州学记》。

▶ 1065年

治平二年，欧阳修作《相州昼锦堂记》；曾巩作《〈战国策目录〉序》。

▶ 1066年

治平三年，曾巩作《筠州学记》；蔡襄作《杭州清暑堂记》。

▶ 1067年

治平四年，欧阳修作《祭石曼卿文》。

▶ 1068年

神宗熙宁元年四月，王安石应诏入对，作《本朝百年无事札子》，次年，任参知政事，开始变法。

▶ 1070年

熙宁三年，欧阳修改写墓表旧稿，作《泷冈阡表》，寄托对父母的深情，是千古至性文字，与韩愈《祭十二郎文》并传，九月七日，作《六一居士传》，又作《岘山亭记》。司马光作《与王介甫书》，批评王安石新法；王安石作《答司马谏议书》。

▶ 1072年

熙宁五年，王安石作《祭欧阳文忠公文》；苏轼作《墨妙亭记》。

▶ 1073年

熙宁六年，司马光作《独乐园记》。

▶ 1075 年

熙宁八年，苏轼作《超然台记》。

▶ 1077 年

熙宁十年，苏轼作《宝绘堂记》。

▶ 1078 年

神宗元丰元年，苏轼作《日喻》《放鹤亭记》《眉州远景楼记》《庄子祠堂记》。

▶ 1079 年

元丰二年三月，苏轼作《灵璧张氏园亭记》；秋，秦观作《龙井题名记》。

▶ 1081 年

元丰四年，苏轼作《方山子传》。

▶ 1082 年

元丰五年三月，苏轼作《游兰溪》（又名《游沙湖》）；七月十六日、十月十五日，于黄州两次泛游赤壁，作《前赤壁赋》《后赤壁赋》。苏辙作《武昌九曲亭记》。

▶ 1083 年

元丰六年十月十二日，苏轼作《记承天寺夜游》；苏辙作《黄州快哉亭记》。

▶ 1084 年

元丰七年，苏轼作《记游定惠院》，由黄州贬所调往汝州，途经江西时，作《石钟山记》。

▶ 1087 年

哲宗元祐二年，秦观作《书〈辋川图〉后》。

▶ 1092 年

元祐七年，苏轼作《潮州韩文公庙碑》。

▶ 1100 年

哲宗元符三年，苏轼作《答谢民师书》。

▶ 1104 年

徽宗崇宁三年，黄庭坚因与执政赵挺之有隙，被蔡京排挤，贬往宜州（今广西宜山），作《宜州乙酉家乘》，通行作《宜州家乘》。

▶ 1120年

徽宗宣和二年，李纲作《拙轩记》。

▶ 1122年

宣和四年，王铚撰成《四六话》。

（三）南宋（1126年—1279年）

▶ 1127年

高宗建炎元年，康王赵构于商丘应天府即帝位，南宋建立，南宋与金对峙局面开始。

▶ 1132年

高宗绍兴元年，李清照作《〈金石录〉后序》。

▶ 1138年

绍兴八年，胡铨作《戊午上高宗封事》。

▶ 1139年

绍兴九年六月，汪藻作《范文正公祠堂记》。

▶ 1140年

绍兴十年，谢伋撰成《四六谈麈》。

▶ 1147年

绍兴十七年，孟元老撰成《东京梦华录》。

▶ 1167年

孝宗乾道三年六月，范成大作《三高祠记》。

▶ 1169年

乾道五年，陈亮作《中兴五论》。

▶ 1170年

乾道六年，陆游作《入蜀记》；陈骙《文则》成书，为最早研究文章学专著。

▶ 1173年

孝宗乾道、淳熙年间（1173年—1174年），吕祖谦为门人学习科考而编选并点评文章选本《古文关键》，示人门径。

▶ 1178年

淳熙五年，陈亮作《上孝宗皇帝书》。

▶ 1180年

淳熙七年，吕祖谦作《重修钓台记》。

▶ 1181年

淳熙八年，洪迈作《稼轩记》。

▶ 1194年

光宗绍熙五年，叶适作《醉乐亭记》。

▶ 1200年

宁宗庆元六年，朱熹卒（生于1130年），后人所编朱熹言论集《朱子语类》，开创新语录体。

▶ 1202年

宁宗嘉泰二年，洪迈卒（生于1123年），著有《容斋随笔》五集等，《容斋随笔》最早正式使用"随笔"概念。

▶ 1206年

宁宗开禧二年（1206年），杨万里卒（生于1127年），工于古文。

▶ 1232年

理宗绍定五年，真德秀作《文章正宗纲目》。

▶ 1243年

理宗淳祐三年，王若虚卒（生于1174年），著有《文辨》。

▶ 1271年

度宗咸淳七年，蒙古改国号为"大元"，元王朝建立。宋末爱国散文成为创作主流，代表作家有文天祥、汪元量、谢枋得、谢翱、刘辰翁等。

▶ 1276年

端宗景炎元年，文天祥作《〈指南录〉后序》。

四、元明清时期（1279年—1911年）

（一）元代（1279年—1368年）

▶ 1279年

元世祖至元十六年，宋亡，元统一中国，北方文人刘因、王恽等继承金元好问传统，南方文人方回、戴表元、赵孟頫等稍变宋末文风，各自维持原有统绪。

▶ 1290年

至元二十七年，谢翱作《登西台恸哭记》。

▶ 1355年

顺帝至正十五年，刘基作《活水源记》《松风阁记》。

▶ 1356年

至正十五年，刘基作《桃花涧修禊诗序》。

▶ 1362年

至正二十二年九月，高启作《游天平山记》。

（二）明代（1368年—1644年）

▶ 1368年

明太祖洪武元年，明王朝建立。

▶ 1370年

洪武三年，定科举制度，仿宋代经义，规定“制义”（八股）格式。

▶ 1375年

洪武八年，刘基卒（生于1311年），作有《卖柑者言》、寓言集《郁离子》等。

▶ 1378年

洪武十一年，宋濂作《送东阳马生序》。

▶ 1381年

洪武十四年，宋濂卒（生于1310年），作有《王冕传》、寓言《燕书》等。

▶ 1395年

洪武二十八年，杨士奇作《游东山记》。

▶ 1402年

惠帝建文四年，方孝孺卒（生于1357年），作有《蚊对》《指喻》等。

▶ 1403年

成祖永乐年间（1403年—1424年），以台阁重臣杨士奇、杨荣、杨溥为代表之“台阁体”诗文盛行。

▶ 1426年

宣宗宣德元年（1426年），薛瑄作《游龙门记》。

▶ 1478年

宪宗成化十四年（1478年），程敏政作《夜渡两关记》。

▶ 1488年

孝宗弘治（1488年—1505年）中期至武宗正德年间（1506年—1521年），李梦阳、何景明、徐祯卿、康海、王九思、边贡、王廷相倡导诗文复古运动，强调“文必秦汉，诗必盛唐”，被后人称为“前七子”，此后复古、拟古之风盛行。

▶ 1509年

正德四年，王守仁作《瘗旅文》。

▶ 1513年

正德八年六月，李梦阳作《游庐山记》。

▶ 1515年

正德十年，此年或稍后，李梦阳作《驳何氏论文书》《再与何氏书》；何景明作《与李空同论诗书》，相互论辩。

▶ 1520年

正德十五年十月，王九思作《游山记》。

▶ 1524年

世宗嘉靖三年九月，康海为王九思作《春雨亭记》。

▶ 1539年

嘉靖十八年，归有光作《项脊轩志》。

▶ 1557年

嘉靖三十六年十月，胡宗宪遣谍者诱缚海寇王直，茅坤写有贺序《贺宫保胡公序》和赠序《再赠宫保胡公序》，赞颂胡宗宪不顾个人安危，抗倭报国崇高精神。

▶ 1570年

穆宗隆庆四年，李攀龙卒（生于1514年），李攀龙与王世贞、谢榛、宗臣、梁有誉、吴国伦、徐中行继承“前七子”主张，再次形成复古、拟古潮流，被称为“后七子”。

▶ 1571年

隆庆五年，归有光卒（生于1507年），归有光为“唐宋派”散文代表作家，作有《项脊轩志》《先妣事略》《寒花葬志》等。自嘉靖初期以来，王慎中、唐顺之等提倡唐宋散文，其后茅坤、归有光等继起，被称为“唐宋派”。

▶ 1579年

神宗万历七年仲春，茅坤选定《唐宋八大家文钞》，为学子习古文门径，正式确立“唐宋八大家”在散文史上正统地位。

▶ 1583年

万历十一年，王稚登往游宜兴荆溪时作日记《荆溪疏》。

▶ 1599年

万历二十七年，袁宏道作《满井游记》，又作《徐文长传》，记叙徐渭一生坎坷而痛苦遭遇，同时抒写自家胸臆。

▶ 1600年

万历二十八年，屠隆作《婆罗馆清言》，开启清言创作风气。

▶ 1602年

万历三十年，李贽卒（生于1527年），著有《焚书》等，抨击礼教，反对复古、拟古，提倡“童心说”。

▶ 1604年

万历三十二年，袁宏道作《游桃源记》《识〈修遗墨〉后》。

▶ 1610年

万历三十八年，袁宏道卒（生于1568年），袁宏道与兄袁宗道、弟袁中道并称“三袁”，继李贽之后反对“后七子”复古潮流，提倡“性灵说”，被称为“公安派”；王思任作游记《游唤》。

▶ 1611年

万历三十九年，王纳谏（圣俞）编成《苏长公小品》，是为“小品”作为文体名之始；钟惺作《浣花溪记》。

▶ 1613年

万历四十一年四月，徐弘祖作《游雁宕山日记》。

▶ 1616年

万历四十四年二月，徐弘祖作《游黄山记》；汤显祖卒（生于1550年），其散文以尺牍名于世。

▶ 1618年

万历四十六年八月，徐弘祖作《游庐山日记》。

袁中道完成《游居柿录》，随笔札记十一年间日常起居、游览、嗜好、交游及见闻感想等，起万历三十六年（1608年）。

▶ 1624年

熹宗天启四年，钟惺卒（生于1574年），钟惺与谭元春并称“钟谭”，提倡“幽深孤峭”风格，被称为“竟陵派”。

▶ 1625年

天启五年秋至次年冬，王志坚撰成《四六法海》。

▶ 1629年

思宗崇祯二年，张溥等在吴江成立“复社”，以东林党后继者自任，张溥作《五人墓碑记》等。

▶ 1632年

崇祯五年十二月，张岱作《湖心亭看雪》；本年前后，陈子龙等在松江成立“幾社”，与“复社”相呼应，明亡后，陈子龙与夏完淳共谋抗清，被捕遇害。

▶ 1633年

崇祯六年八月，徐弘祖作《游恒山日记》。

▶ 1635年

崇祯八年，“竟陵派”散文家刘侗与于奕正合作《帝京景物略》刊行。

▶ 1639年

崇祯十二年，徐弘祖《徐霞客游记》成书，起万历三十五年（1607年）。

（三）清代（1644年—1911年）

▶ 1644年

清世祖顺治元年，清王朝迁都北京，开始统治全国；明遗民散文创作始大量涌现。

▶ 1647年

顺治四年，夏完淳作《狱中上母书》。

▶ 1654年

顺治十一年，侯方域卒（生于1618年），侯方域与魏禧、汪琬并称“清初三大家”，侯方域作有《癸未去金陵日与阮光禄书》《李姬传》《马伶传》等。

▶ 1661年

顺治十八年，清灭南明政权。清初，钱谦益与吴伟业、龚鼎孳并称

“江左三大家”，钱谦益散文标志着明末清初文风转变。

▶ 1671年

圣祖康熙十年，张岱《西湖梦寻》成书。

▶ 1679年

康熙十八年，李渔卒（生于1611年），作有《闲情偶寄》等。

▶ 1682年

康熙二十一年，陈维崧卒（生于1625年），陈维崧与毛奇龄同为骈文名家，骈文自唐以后趋于衰落，至此复振。

▶ 1711年

康熙五十年，兴戴名世《南山集》文字狱，方苞被株连入狱，后作有《狱中杂记》。

▶ 1743年

高宗乾隆八年八月，方苞作《游雁荡山记》。

▶ 1749年

乾隆十四年，方苞卒（生于1668年），提倡“义法”，开创“桐城派”古文。

▶ 1763年

乾隆二十八年，姚鼐成进士，返里后作《游媚笔泉记》。

▶ 1770年

乾隆三十五年十二月，汪中作《哀盐船文》。

▶ 1775年

乾隆三十九年十二月（1775年元月），姚鼐作《登泰山记》。

乾隆四十年（1775年）正月四日，姚鼐游览泰山西北麓灵岩，作《游灵岩记》；七月，又作《游双溪记》。

▶ 1777年

乾隆四十二年，刘大櫆八十大寿，姚鼐《刘海峰先生八十寿序》引用吏部主事程晋芳、编修周永年语：“昔有方侍郎，今有刘先生，天下文章其出于桐城乎？”揭示桐城文章形成谱系端绪，正式打出“桐城派”旗号，“桐城派”之名遂显于世。

▶ 1779年

乾隆四十四年，刘大櫆卒（生于1698年），继方苞后发展“桐城派”理论；秋，姚鼐编纂《古文辞类纂》成书。

▶ 1782年

乾隆四十七年四月，袁枚作《游黄龙山记》。

▶ 1783年

乾隆四十八年四月，袁枚作《游黄山记》。

▶ 1788年

乾隆五十三年，阮元作《〈四六丛〉话序》。

▶ 1790年

乾隆五十五年前后，姚鼐作《复鲁絜非书》。

▶ 1794年

乾隆五十九年，姚鼐作《〈海愚诗钞〉序》。

▶ 1796年

仁宗嘉庆元年，刘大櫆《论文偶记》刊行。

▶ 1806年

嘉庆十一年，曾燠刻所辑《国朝骈体正宗》十二卷。

▶ 1807年

嘉庆十二年，孙星衍编成《续古文苑》。

▶ 1813年

嘉庆十八年，恽敬作《游庐山记》《游庐山后记》；龚自珍于此年前后作《明良论》。

▶ 1814年

嘉庆十九年，董诰、阮元、徐松等奉诏编纂《钦定全唐文》一千卷；管同作《余霞阁记》。

▶ 1815年

嘉庆二十年，姚鼐卒（生于1732年），继方苞、刘大櫆后成为“桐城派”古文集大成者，弟子继续扩展“桐城派”势力和影响。

▶ 1818年

嘉庆二十三年，扬州诗局刻《钦定全唐文》。

▶ 1820年

嘉庆二十五年，李兆洛编选《骈体文钞》，主张骈散并行，“相杂而迭用”，选录战国至隋代骈体文七百七十四篇，打破“桐城派”一统天下局面，推动清代骈文发展。乾隆（1736年—1795年）至嘉庆年间（1796年—1820年），骈文创作继续发展，逐渐形成与“桐城派”古文对立之骈文流派，代表作家有胡天游、袁枚、洪亮吉等。

▶ 1821年

宣宗道光元年，姚莹作《葛玛兰台异记》。

道光年间（1821年—1850年），“桐城派”古文出现“中兴”局面，代表作家为姚鼐门下四弟子梅曾亮、管同、方东树、姚莹及曾国藩等。

▶ 1825年

道光五年，阮元作《文韵说》。

▶ 1826年

道光六年，魏源编成《皇朝经世文编》，次年刊行，魏源与包世臣、龚自珍均提倡经世致用之文，开启近代经世思潮，同为近代改良主义启蒙思想先驱者。

▶ 1839年

道光十九年，龚自珍作《病梅馆记》，又作《己亥六月重过扬州记》。

▶ 1840年

道光二十年，鸦片战争爆发，散文中反侵略爱国主题兴起。

▶ 1841年

道光二十一年，龚自珍卒（生于1792年），代表作有《明良论》《送钦差大臣侯官林公序》等。

▶ 1848年

道光二十八年，魏源编就《海国图志》。

▶ 1858年

文宗咸丰八年，曾国藩作《〈欧阳生文集〉序》。

▶ 1859年

咸丰九年，曾国藩作《圣哲画像记》。

▶ 1860年

咸丰十年，曾国藩编成《经史百家杂钞》。

▶ 1861年

咸丰十一年，冯桂芬作《校邠庐抗议》。

咸丰（1851年—1861年）、同治年间（1861年—1875年），曾国藩继续提倡“桐城派”古文，形成“湘乡派”，“曾门四弟子”张裕钊、吴汝纶、黎庶昌、薛福成为此派代表作家。

▶ 1867年

穆宗同治六年，吴敏树作《君山月夜泛舟记》。

▶ 1872年

同治十一年，《申报》创刊于上海。

▶ 1873年

同治十二年，刘熙载撰成《艺概》。

▶ 1874年

2月4日，同治十二年十二月十八日，王韬于香港创办并主编《循环日报》，用浅近文言写作。

▶ 1876年

德宗光绪二年，郭嵩焘出任驻英国公使，著有《使西纪程》。

▶ 1879年

光绪五年，薛福成作《筹洋刍议》。

▶ 1880年

光绪六年，王韬日记体散文集《扶桑游记》刊行。

▶ 1882年

光绪八年，林纾中举，专心学习“桐城派”古文。

▶ 1883年

光绪九年，王韬《弢园文录外编》成书，为中国有史以来第一部报刊文集，王韬反对“桐城派”古文，主张打破陈法，为近代文体解放先声。

▶ 1887年

光绪十三年，康有为作《上清帝第一书》；王韬编印《漫游随录》，并作《自序》。

▶ 1889年

光绪十五年，黎庶昌编成《续古文辞类纂》。

▶ 1893年

光绪十九年，郑观应《盛世危言》刊行五卷本，后于光绪二十六年（1900年）增订出版八卷本。

▶ 1895年

光绪二十一年，康有为与梁启超等联合在京应试各省举人上书请愿，史称“公车上书”；严复于天津《直报》发表《救亡决论》《原强》《辟韩》《论世变之亟》，呼吁变革自强。

▶ 1896年

光绪二十二年，梁启超创办《时务报》，此年至光绪二十四年（1898年），他于《时务报》发表五十多篇文章，注重吸收传统古文优点，“报章体”语言进一步雅化，被称为“时务文体”。

▶ 1897年

光绪二十三年，谭嗣同于《时务报》发表《论报章文体》一文，认为“报章文体”在内容上无所不包，形式上打破传统文章观念束缚，便于发表言论和宣传。

▶ 1898年

光绪二十四年，“戊戌变法”失败，梁启超逃亡日本，创办《清议报》旬刊，继续宣传变法维新；严复译《天演论》刊行，吴汝纶作《〈天演论〉序》；裘廷梁《论白话为维新之本》提倡“崇白话而废文言”。

▶ 1899年

光绪二十五年（1899年），梁启超《汗漫录》（亦名《夏威夷游记》）提出“文界革命”口号，主张改造文体；三月，林纾作《记九溪十八涧》，四月，又作《游栖霞紫云洞记》。

▶ 1900年

光绪二十六年，梁启超作《少年中国说》。

▶ 1902年

光绪二十八年，梁启超于日本横滨创办《新民丛报》（半月刊），所作新体散文时号“新民体”。

▶ 1903年

光绪二十九年，梁启超作《新大陆游记》；陈天华作《〈猛回头〉序》；上海《苏报》发表邹容《革命军》、章炳麟《〈革命军〉序》，并摘登章炳麟《驳康有为论革命书》。

▶ 1905年

光绪三十一年，科举废除，结束八股文体。刘师培于《国粹学报》发表《论文杂记》。

▶ 1908年

光绪三十四年，林纾作《〈不如归〉序》；周作人作《论文章之意义暨其使命因及中国近时论文之失》，强调“文章者必非学术者也。盖文章非为专业而设，其所言在表扬真美，以普及凡众之心，而非权为一方之说法”。

▶ 1910年

宣统二年，章太炎《文学总略》说：“文学者，以有文字著于竹帛，故谓之文，论其法式，谓之文学。”

▶ 1911年

宣统三年三月二十六日，广州起义前夕，林觉民作《与妻书》。

八月十九日（10月10日），革命党人于武昌发动武装起义，各省纷起响应，迫使清王朝于1912年2月12日宣布退位，帝制宣告终结，时值辛亥年，史称“辛亥革命”。

五、民国时期（1912年—1949年）

▶ 1912年

1月1日，“中华民国”在南京宣告成立，孙中山宣誓就职临时大总统，以公元1912年为民国元年。

1月3日，“中华民国联合会”成立于上海，章太炎任会长；次日，创办机关报《大共和日报》，章太炎任社长，写了不少政论时评。

2月，周树人（鲁迅）辞去山会师范学堂校长，应民国首任教育总长蔡元培之邀，赴南京就任教育部部员；5月随部迁至北京，寓居绍兴会馆；8月被任命为教育部佥事，兼社会教育司第一科科长，主管“博物馆、图书馆”“美术馆及美术展览会”“文艺、音乐、演剧”“调查及搜集古物”“动植物园”等五项工作。

5月4日，创办于1898年7月3日的京师大学堂更名为国立北京大学校，严复由总监督改任校长，至10月辞职。

8月，同盟会、统一共和党、国民共进会、共和实进会、国民公党等联合组成国民党，推举孙中山为理事长。次年11月被袁世凯下令解散；1914年7月，孙中山在日本东京改组国民党为中华革命党，被推举为总裁。1919年10月10日，孙中山在上海将中华革命党改组为中国国民党，发布《中国国民党规约》，“以巩固共和，实行三民主义为宗旨”。

10月，梁启超结束流亡生涯从日本回国，与章太炎等联合统一党、共和党、民主党组建进步党，成为立宪派思想领袖。12月在天津创办《庸言报》半月刊，主要发表政论时评。

▶ 1913年

6月，林纾《春觉生论文》开始连载于《平报》；1916年改题《春觉斋论文》由北京都门印书局出版；1921年易名《畏庐论文》由上海商务印书馆再版。

▶ 1914年

5月，《甲寅》月刊创刊于日本东京，章士钊主编；次年5月改在上海出版，出至第10期被禁；1917年1月在北京改出日刊，6月停刊，共出五十号。该刊设时评、论评、通信等栏目，“以条陈时弊、朴实说理为宗旨”，主要撰稿人有章士钊、陈独秀、李大钊、高一涵、邵飘萍等，以政论文和讲究逻辑见称于世。

8月，第一次世界大战爆发。北洋政府起初宣布中立，1917年8月宣布参战，以工代兵，先后有十四万劳工赴法国参与战勤工作，牺牲约两万人。

▶ 1915年

9月15日，《青年杂志》月刊在上海创刊，陈独秀主编。翌年9月，从第2卷第1号开始，改名《新青年》；1922年7月出至第9卷第6期停刊。陈独秀在创刊号发表《敬告青年》，向青年陈述“六义”，发起民主、自由、科学的思想启蒙运动。

12月12日，袁世凯称帝，遭受国人反对和各地讨伐，至次年3月22日被迫撤销帝制，6月6日病逝。此后，北洋政府陷于直系、皖系、奉系军阀纷争混战、轮换执政状态。

▶ 1916年

8月15日，《晨钟报》在北京创刊，李大钊负责筹办并任总编辑，至9月9日声明离开。他在创刊号发表《〈晨钟〉之使命》，次月又在《新青年》第2卷第1号发表《青春》，参与发起新文化运动。该报于1918年12月改为《晨报》。

12月，蔡元培任北京大学校长，聘请陈独秀、李大钊、胡适、钱玄同、刘半农、周作人等新文化人士到北大文科任教。《新青年》随陈独秀迁至北京出版。

▶ 1917年

1月，胡适《文学改良刍议》发表于《新青年》第2卷第5号，提出文学改良“八事”。2月，陈独秀在《新青年》第2卷第6号发表《文学革命论》，提倡文学革命的“三大主义”。文学革命由此发端。

5月，胡适《历史的文学观念论》和刘半农《我之文学改良观》发表于《新青年》第3卷第3号，前者以历史进化论论述文学革命的必然性和合理性，后者率先提出“文学的散文”概念，并提出散文应改良的三项主张。

7月，钱玄同在《新青年》第3卷第5号“通信”栏《致陈独秀》中批判当时守旧派文人为“选学妖孽、桐城谬种”。

8月，钱玄同为《新青年》向周树人、周作人约稿，动员周氏兄弟参与新文化运动。

11月7日，俄历10月25日，俄国爆发“十月革命”，创立人类历史上第一个社会主义国家，对中国革命产生重大而深远的影响。

▶ 1918年

1月，从第4卷第1号起，《新青年》实行编辑部集议制，陈独秀、胡适、钱玄同、李大钊、鲁迅、周作人等参与编辑会议，并开始改用白话和新式标点符号。

3月4日，上海《时事新报》创办《学灯》副刊，开新文化副刊之先河。它与后来的《晨报》副刊、《民国日报》副刊（《觉悟》）和《京报》副刊，并称为“新文化运动的四大副刊”。本月，《新青年》第4卷第3号以“文学革命之反响”为题，发表钱玄同与刘半农的“双簧”信：钱玄同托名王敬轩写的《王敬轩君来信》汇集守旧派的各种反对意见，刘半农复信批驳（后题为《奉答王敬轩》，收入《半农杂文》），集中反映当时新旧论争的主要问题，扩大了新文化运动的影响。

4月15日，《新青年》第4卷第4号开辟“随感录”栏目，首次发表陈独秀、陶履恭、刘半农的随感录七篇，随后在此经常发表随感录的还有鲁迅、周作人、钱玄同等，成为现代杂文的摇篮。同期发表胡适的《建设的文学革命论》，提倡“国语的文学，文学的国语”，并提及中国散文可取例效仿的外国散文体裁和名家名作十余种。

5月，鲁迅小说《狂人日记》发表于《新青年》第4卷第5号，首次使用笔名鲁迅。

8月，鲁迅杂文《我之节烈观》发表于《新青年》第5卷第2号。

11月，第一次世界大战结束。《新青年》第5卷第5号发表李大钊《庶民的胜利》《布尔什维主义的胜利》、蔡元培《劳工神圣》、陈独秀《克林德碑》等名文。

12月22日，《每周评论》周刊在北京创刊，陈独秀、胡适先后主编，以发表政论和随感录为主，1919年8月31日出至第36期被北洋政府查禁。本月，周作人《人的文学》发表在《新青年》第5卷第6号。

▶ 1919年

1月，《新潮》月刊创刊，由北京大学新潮社创办，傅斯年、罗家伦等主编。陈独秀在《新青年》第6卷第1号发表《本志罪案之答辩书》，重申拥护“德先生”（民主）和“赛先生”（科学）的思想立场。

2月17日，北京《晨报》将第7版改革为新文化副刊，至1921年10月12日改版为《晨报副镌》（后定名为《晨报副刊》）单独印行，先后由孙伏园、徐志摩主编，辟有“杂感”“杂谈”“浪漫谈”“开心话”“文艺谈”等栏目。同月，傅斯年在《新潮》第1卷第2号发表《怎样做白话文》，将散文与诗歌、小说、戏剧并列，认为散文包括“解论”“辩议”“记叙”“形状”四种，把其中“运用匠心做成，善于入人情感的白话文”称为“美术的白话文”。

3月2日，周作人《思想革命》在《每周评论》第11期发表，又载《新青年》第6卷第4号。18日，林纾《致蔡鹤卿太史书》在《公言报》发表，攻击新文化运动“覆孔孟、铲伦常”；蔡元培于4月1日发表《致〈公言报〉函并附答林琴南君函》，予以辩驳，申明其主政北大“循‘思想自由’原则，取兼容并包主义”，对新文化运动给予极大支持。

5月4日，“五四运动”爆发。北京大学等高校爱国学生数千人在天安门前集会游行，强烈反对帝国主义列强侵犯中国主权和北洋政府卖国行径，引起全国各界的热烈响应和积极支持，促进了反帝反封建的民族民主革命的深入发展和新文化运动的广泛传播。

6月16日，上海《民国日报》开辟《觉悟》副刊，邵力子主编，大量发表“随感录”和散文小品。

7月1日，少年中国学会在北京成立，发起人为李大钊、王光祈，并创办机关刊物《少年中国》月刊。20日，胡适在《每周评论》第31号发表《多研究些问题，少谈些“主义”》，引发“问题与主义”的论争。

8月，鲁迅散文诗《自言自语》一组七篇，连载于《国民公报》8月19、20、21日，9月7、9日“新文艺”栏，署名神飞。

11月，吴虞在《新青年》第6卷第6号发表《吃人与礼教》。

12月，胡适《李超传》发表于《新潮》第2卷第2号。

本年，白话文运动扩展至全国，计有四百余种报刊改用白话文。

▶ 1920年

1月，北洋政府教育部通令全国国民学校国文课改用语体文，白话文开始进入国民基础教育，标志着白话文运动获得成功。

3月，梁启超《欧游心影录》连载于3月6日至6月6日《晨报》。

5月，田汉、宗白华、郭沫若通信《三叶集》出版，成为第一部白话书信散文集。洪北平选编第一部《白话文苑》出版。

11月，梁启超《清代学术概论》连载于《改造》月刊第3卷第3、4、5号，后收入《饮冰室合集》。第25节自述所创“新文体”的特点：“启超夙不喜桐城派古文，幼年为文，学晚汉魏晋，颇尚矜炼。至是自解放，务为平易畅达，时杂以俚语韵语及外国语法，纵笔所至不检束，学者竞效之，号‘新文体’。老辈则痛恨，诋为‘野狐’。然其文条理明晰，笔锋常带情感，对于读者别有一种魔力焉。”

▶ 1921年

1月4日，文学研究会在北京中央公园召开成立会，发起人有周作人、郑振铎、王统照、沈雁冰（茅盾）、叶绍钧、许地山等十二人，由周作人执笔的《文学研究会宣言》，先后发表于1920年12月13日《晨报》、1920年12月19日《民国日报·觉悟》、1921年1月《新青年》第8卷第5号和《小说月报》第12卷第1号。本月10日，沈雁冰主编并革新的《小说月报》第12卷第1号出版，创作栏第一篇发表的是冰心的散文《笑》。

5月1日，文学研究会主办的《文学旬刊》在上海创刊，自1923年7月30日出第81期起改为《文学》周刊，从1925年5月11日第172期起定名为《文学周报》，至1929年12月22日终刊，共出三百八十期。在此发表散文杂感较多的有郑振铎、叶绍钧、朱自清、俞平伯、沈雁冰等。该刊7月10日出版的第7期和9月10日出版的《小说月报》第12卷第9号开展“语体文欧化讨论”，发表沈雁冰、郑振铎、王统照、周作人等的讨论文章。

6月8日，周作人以笔名子严在《晨报》第7版发表短论《美文》，率先把艺术性散文称为“美文”加以提倡。

6月下旬，创造社在日本东京成立，主要成员有郭沫若、郁达夫、张资平、成仿吾、田汉、郑伯奇等，随后陆续回国开展文艺活动。

10月27日，严复在福州逝世，终年六十九岁，传世译著有《天演论》

《原富》《群学肄言》《群己权界论》《穆勒名学》《社会通诠》《法意》《名学浅说》以及《严几道诗文钞》。本月，《吴虞文录》出版。

12月，《胡适文存》出版。

▶ 1922年

1月，《学衡》月刊在南京创刊，吴宓主编，陆续发表梅光迪《评提倡新文化者》、胡先骕《评〈尝试集〉》、吴宓《论新文化运动》等论文，反对新文化运动和白话文，引起新文化人士的反击和批判。

3月，胡适作《五十年来中国之文学》，载于《申报》五十周年纪念刊《最近之五十年》。其中最早肯定白话散文的成绩："白话散文很进步了。长篇议论文的进步，那是显而易见的，可以不论。这几年来，散文方面最可注意的发展，乃是周作人等提倡的'小品散文'。这一类的作品，用平淡的谈话，包藏着深刻的意味；有时很像笨拙，其实却是滑稽。这一类作品的成功，就可彻底打破那'美文不能用白话'的迷信了。"

4月，许地山以笔名落华生开始发表《空山灵雨》系列散文，连载于《小说月报》第13卷第4—8号，于1925年6月结集出版。

5月，创造社在上海创办《创造》季刊；胡适主编的《努力周报》在北京创刊。

9月，瞿秋白《饿乡纪程》改名《新俄国游记》由商务印书馆出版。

10月，冰心《往事》发表于《小说月报》第13卷第10号。郑振铎翻译的泰戈尔《飞鸟集》出版，后又译出《新月集》《园丁集》等。

本年，《独秀文存》出版，内分论文、随感录、通信三部分，《自序》写于8月。

▶ 1923年

1月，胡适创办《国学杂志》，提倡"整理国故"。

3月，新月社在北京成立，主要成员有徐志摩、胡适、丁文江、丁西林、陈西滢、闻一多、梁实秋、林徽因等英美派留学回国人士，逐步形成"新月派"。

5月13日，《创造周报》创刊于上海，1924年5月19日出至第52号终刊。

6月，王统照以笔名剑三在《晨报副镌·文学旬刊》21日第3号发表短论《纯散文》。徐蔚南、王维克合译《屠格涅夫散文诗集》出版。

7月18日，鲁迅、周作人兄弟因家事失和，从此分立门户，不相往来。

7月29日至11月28日，冰心《寄小读者》陆续连载于《晨报副镌》“儿童世界”专栏；1926年5月结集出版，1927年8月第四版增补《四版自序》《通讯二十八》《通讯二十九》。

9月，周作人第一部散文集《自己的园地》出版。

10月，郭沫若诗文集《星空》、郁达夫小说散文集《茑萝集》出版。

▶ 1924年

1月20日至30日，孙中山在广州主持召开国民党第一次全国代表大会，通过《中国国民党章程》和“一大”宣言，确立联俄、联共、扶助农工的三大政策，把旧三民主义发展为新三民主义，促成第一次国共合作，掀起国民革命高潮。本月，朱自清和俞平伯的同题散文《桨声灯影里的秦淮河》，发表于《东方杂志》第21卷第2号。

2月，王统照《散文的分类》连载于《晨报副镌·文学旬刊》21日第26号和3月1日第27号，将散文分为五类：历史类的散文或称叙述的散文，描写的散文，演说类的散文，教训的散文或称说明散文、哲学的散文，时代的散文或称杂散文，主要有*Essay*、评论、书札、旅行记等形式。

6月，瞿秋白《赤都心史》出版。

10月8日，林纾逝世，终年七十三岁，留下“林译小说”近二百种和《畏庐文集》《畏庐诗存》《畏庐笔记》《春觉斋论文》等著述。清末民初的古文名家相继离世，标志着古文时代的终结。

11月17日，《语丝》周刊创刊于北京，由语丝社主办，孙伏园主编，1927年10月22日出至第154期，被奉系军阀查禁；11月迁至上海，鲁迅、柔石、李小峰相继接编，至1930年3月10日终刊，共出二百六十期。周作人执笔的《发刊辞》表明：“这个周刊的主张是提倡自由思想，独立判断，和美的生活”，“周刊上的文字大抵以简短的感想和批评为主”。主要撰稿人有鲁迅、周作人、林语堂、钱玄同、刘半农、川岛、废名、江绍原、章衣萍等，被称为“语丝派”。

12月1日，鲁迅《秋夜》（《野草》之一）在《语丝》第3期发表，至1926年4月19日连载《野草》二十三篇。1927年4月，鲁迅编定《野草》并作《题辞》，当年7月出版。

12月5日，《京报副刊》创办，孙伏园编辑，至1926年4月24日被奉系军阀封闭，共出四百七十七号。13日，《现代评论》周刊在北京创刊，至1928年12月29日终刊，共出二百零九期和增刊三期；该刊辟有“时事短评”“闲话”“书评”等专栏发表同人的杂文短评，主要作者有胡适、陈西滢、吴稚晖、陶孟和、张奚若、唐有壬等人，被称为与“语丝派”相抗衡的“现代评论”派。本月，朱自清诗文合集《踪迹》出版。

▶ 1925年

2月，孙福熙《山野掇拾》出版。鲁迅翻译日本厨川白村的文艺论集《出了象牙之塔》，连载于《京报副刊》2月14日至3月11日，12月由北京未名社出版；其中《*Essay*》《*Essay*与新闻杂志》两文，常为中国现代散文理论批评所引述。

3月9日，周作人《日记与尺牍》发表于《语丝》第17期，提倡日记与尺牍，认为它们“比别的文章更鲜明的表出作者的个性”，“是文学中特别有趣味的东西”。

4月24日，鲁迅主编的《莽原》创刊于北京，前三十二期为周刊，后两卷四十八期为半月刊，1927年12月25日终刊。鲁迅在该刊提倡杂文的“文明批评”和“社会批评”，提携了一批青年作者，并发表《春末闲谈》《灯下漫笔》《论“费厄泼赖”应该缓行》等名文。

5月，由1924年11月北京女师大校长杨荫榆因“整顿学风”而引发的女师大风潮进入高潮。9日，校方开除学生自治会领导成员刘和珍、许广平等六人；11日学生自治会决议驱逐杨荫榆出校；27日，鲁迅与马裕藻、沈尹默、钱玄同、周作人等共同签署的《对于北京女子师范大学风潮的宣言》在《京报》发表；30日，陈西滢在《现代评论》发表“闲话”攻击鲁迅等“暗中挑剔风潮”，引发“语丝派”与“现代评论派”的公开论战。

5月30日，“五卅惨案”在上海租界发生。沈雁冰《五月三十日下午》、郑振铎《街血洗去后》、叶圣陶《五月卅一日急雨中》、王统照《烈风雷雨》、俞平伯《雪耻与御侮》等文及时予以反映。

7月18日，章士钊在北京复办《甲寅》周刊，至1927年3月终刊，这时期共出45期，变成反对新文化运动的复古派刊物。

9月6日，周作人《理想的国语——致玄同》发表于《京报副刊·国语周刊》第13期，认为理想的国语，应“以白话（即口语）为基本，加入古文、方言及外来语，组织适宜，具有论理之精密与艺术之美”。

10月1日，《晨报副刊》改由徐志摩主编，成为新月派的主要园地。

11月，鲁迅第一部杂文集《热风》出版。《语丝》第52、54、57期发表孙伏园、周作人、林语堂关于“《语丝》文体”的讨论文章。

12月，周作人《雨天的书》出版。

▶ 1926年

3月，胡梦华《絮语散文》发表于《小说月报》第17卷第3号，将外国Familiar essay一类文体译为絮语散文，加以介绍和提倡。

3月18日，北洋政府制造了“三一八惨案”。朱自清《执政府大屠杀记》、鲁迅《记念刘和珍君》、周作人《关于三月十八日的死者》、林语堂《悼刘和珍杨德群女士》等文发表于《语丝》等报刊上。

3月至12月，鲁迅《旧事重提》系列散文十篇连载于《莽原》第5、6、10、11、13、19、21、22、23、24期，后改题为《朝花夕拾》，补写《小引》和《后记》，于1928年9月出版。

6月，鲁迅《华盖集》、高长虹《心的探险》、徐志摩《落叶》出版。

7月，北伐开始。郭沫若、谢冰莹、金声、叶永蓁等从军参加北伐并留下作品。本月，焦菊隐散文诗集《夜哭》出版。

9月，《一般》月刊创刊于上海，由立达学会主办，夏丏尊主编，至1929年12月终刊，共出三十六期，散文方面有夏丏尊、叶绍钧、丰子恺、朱自清、朱光潜、钟敬文等作者。

11月，王世颖、徐蔚南合著的《龙山梦痕》出版。27日，周作人散文名篇《乌篷船》发表于《语丝》第107期。

▶ 1927年

3月，鲁迅杂文集《坟》出版。

3月31日，时任国民革命军总政治部中将副主任兼总司令行营政治部主任的郭沫若，写下讨蒋檄文《请看今日之蒋介石》，5月又作《脱离蒋介石以后》，在武汉《中央日报》副刊发表，揭露蒋介石叛变革命的内幕。即被蒋介石通缉而流亡日本。

4月12日，蒋介石军队在上海镇压共产党人和革命群众，18日在南京另立国民政府，与武汉国民政府对立，史称“四一二政变”；7月，宁汉合流反共，标志着第一次国共合作彻底破裂，引发各派军阀的多年混战和国共两党的十年内战。这对现代中国社会影响巨大，也促使新文学队伍进一步分化与重组。

4月28日，李大钊被奉系军阀绞杀于北京，年仅三十九岁，传世著作有《守常文集》和新编《李大钊文集》。本月，张岱《陶庵梦忆》，由俞平伯标点出版。

8月，徐志摩《巴黎的鳞爪》出版。

9月，郁达夫《日记九种》、钟敬文《荔枝小品》、周作人散文自选集《泽泻集》出版。

10月3日，鲁迅与许广平从广州抵上海，从此定居上海。

10月24日，《语丝》在北京被奉系军阀查封；12月17日，鲁迅在上海接编《语丝》，从第4卷第1期开始至第52期止，随后推荐柔石接编。

► 1928年

1月，太阳社在上海成立，创办《太阳月刊》，主要成员有蒋光慈、钱杏邨、孟超、夏衍等。创造社创办《文化批判》月刊。周作人《谈虎集》、徐志摩《自剖》出版。鲁迅的《卢梭和胃口》《文学和出汗》发表于《语丝》，开始用阶级分析方法批评梁实秋的人性论。

2月，成仿吾《从文学革命到革命文学》发表于《创造月刊》，蒋光慈《关于革命文学》发表于《太阳月刊》，李初黎《怎样地建设革命文学》发表于《文化批判》，以及次月钱杏村在《太阳月刊》发表《死去了的阿Q时代》等，开始提倡"革命文学"，并批判五四文学和鲁迅、茅盾等前辈作家，引发论争持续一年多。

3月，新月社在上海创办《新月》月刊，1933年6月出至第4卷第7期终刊；徐志摩在创刊号上发表《〈新月〉的态度》。绿漪（苏雪林）《绿天》、于赓虞散文诗集《魔鬼的舞蹈》和冯至翻译的德国海涅《哈尔次山旅行记》出版。鲁迅《"醉眼"中的朦胧》发表于《语丝》，开始反击创造社与太阳社的轮番攻击。

5月，鲁迅翻译日本鹤见祐辅杂文集《思想·山水·人物》出版。

6月，北伐军攻进北京赶走奉系军阀，南京国民政府将北京改称北平，宣告北洋政府终结，国民党从此执掌中国政权，直至1949年4月23日南京被人民解放军攻克而败退台湾。

本月，鲁迅与郁达夫合编的《奔流》月刊在上海创刊；陈西滢《西滢闲话》出版；盛成《我的母亲》法文版传记由法国亚丁阶印书局出版，法国著名作家瓦乃里为之作长序，轰动欧洲文坛，被译成英、德、荷兰、西班牙、希伯来等多种文字出版，中文版根据法文本改写而成，1935年6月由中华书局出版。

9月30日，石评梅在北平病逝，年仅二十七岁，遗著散文集《涛语》和小说散文集《偶然草》于次年出版。

10月，鲁迅《而已集》、朱自清《背影》出版。梁实秋《论散文》发表于《新月》第1卷第8号，认为“文调的美纯粹是作者的性格的流露”，“散文的艺术便是作者的自觉的选择”，“散文的美妙多端，然而最高的理想也不过是‘简单’二字而已。简单就是经过选择删芟以后的完美的状态”，并推崇“高超的文调”。

11月25日，朱自清《论现代中国的小品散文》发表于《文学周报》第345期，又作为《背影》之《序》收录；该文肯定小品散文“最发达”，界定散文比其他文类“自由”，“选材与表现，比较可随便些”，并说自己的散文创作“意在表现自己”。

12月，林语堂《翦拂集》出版。钟敬文《试谈小品文》发表于《文学周报》第349期，提出小品文“有两个主要的元素，便是情绪与智慧”，“因为各个作者的性格殊异，而文章的姿态，也要跟着参差不同”，“无论怎样各人姿态不同，但须符合于一个共同之点，就是精悍、隽永”。

► 1929年

1月10日，《小说月报》第20卷第1号开设“随笔”专栏，连续编发了8期50多篇随笔，主要有孙福熙、丰子恺、茅盾、郑振铎、章克标等人的作品。

1月19日，梁启超在北京逝世，终年五十七岁，所著汇编为《饮冰室合集》传世。

3月，谢冰莹《从军日记》出版。

4月，郭沫若自传《我的幼年》出版，其自传系列陆续出版《反正前后》《黑猫与羔羊》《创造十年》《创造十年续编》《北伐途次》《洪波曲》等。

5月，周作人《永日集》出版。谢六逸翻译《近代日本小品文选》出版，内收佐藤春夫、夏目漱石、芥川龙之介等人的散文小品十五篇。

6月，章衣萍、朱溪翻译《契诃夫随笔》出版。

8月，钟敬文《西湖漫拾》出版。

► 1930年

1月，鲁迅与冯雪峰编辑的《萌芽月刊》在上海创刊，出至第5期被查禁。鲁迅在该刊发表《新月社批评家的任务》《我和〈语丝〉的始终》《“硬译”与“文学阶级性”》《“丧家的”“资本家的乏走狗”》等名文。

3月2日，中国左翼作家联盟（简称“左联”）成立于上海。鲁迅在会上讲演，题为《对于左翼作家联盟的意见》，发表于《萌芽月刊》第1卷第4期。本月，梁遇春第一本散文集《春醪集》出版。

4月，梁遇春译著《小品文选》出版，选译英国斯梯尔、艾迪生、哥尔德斯密斯、兰姆、哈兹里特、切斯特顿等二十家二十篇小品文。邢鹏举翻译《波多莱尔散文诗》出版。

5月12日，《骆驼草》周刊创刊于北平，11月3日出至第26期终刊。周作人主编，主要作者有俞平伯、梁遇春、废名、冯至、徐祖正、徐玉诺等。

6月，前锋社在上海成立，发起民族主义文学运动，创办《前锋周报》《前锋月刊》等，主干为国民党人潘公展、范争波、朱应鹏、王平陵、黄震遐等。鲁迅在次年《文学导报》第1卷第6、7期合刊发表《“民族主义文学”的任务和运命》，予以揭露和批判。

8月4日，左联执委会通过的《无产阶级文学运动新的情势及我们的任务》，首次提出要开展“工农兵通信运动”，“创造我们的报告文学”。

12月15日，国民政府颁布《出版法》，对图书报刊的出版发行加强管制。

▶ 1931年

1月，丰子恺第一部散文集《缘缘堂随笔》出版。

2月7日，左翼作家柔石、殷夫、胡也频、冯铿、李伟森被秘密杀害，史称“左联五烈士”。鲁迅主编《前哨》“纪念战死者专号”，并作《中国无产阶级革命文学和前驱的血》等，后有名文《为了忘却的记念》在1934年《现代》第2卷第6期发表。

3月16日，《文艺新闻》在上海创刊，袁殊主编，1932年6月20日被查禁。袁殊《报告文学论》发表在7月13日出版的第18号上，次年又发表《关于工厂通讯的任务与内容》《怎样写报告文学》等文章，指导和推动通讯写作活动。

4月，梁实秋翻译《西塞罗文录》出版。

8月15日，《涛声》周刊创刊于上海，曹聚仁主编，至1933年11月25日被迫停刊，共出2卷82期，主要发表杂文小品。同日，《文艺月刊》创刊于南京，由“中国文艺社”主办，接受国民党中宣部津贴，前期由王平陵负责，抗战后改出“战时特刊”，直至1941年11月终刊。该刊设有散文栏目，主要作者有缪崇群、王平陵、华林、沙雁等，并译介兰姆、卢卡斯、阿索林等欧美散文，发表毛如升《英国小品文的发展》等。

9月18日，日本关东军侵占东北，开始发动侵华战争，史称“九一八事变”。本月，《北斗》月刊创刊于上海，丁玲主编，出至次年7月被查封，曾发表沈端先（夏衍）翻译的日本川口浩《报告文学论》。冰心翻译叙利亚纪伯伦散文诗《先知》出版。

11月19日，徐志摩因飞机失事罹难，年仅三十五岁，著有诗集《翡冷翠的一夜》《志摩的诗》和散文集《落叶》《巴黎的鳞爪》《自剖》等。《新月》第4卷第1期出《志摩纪念号》，发表胡适、周作人、郁达夫、梁实秋、杨振声等人的悼念和评论文章。

12月，鲁迅主编的《十字街头》创刊于上海，以杂文小品为主，仅出三期就被查禁。

▶ 1932年

1月28日，日本侵略军进攻上海，驻守上海的十九路军奋起抗战，史称“一·二八事变”或“淞沪抗战”。对此，《文艺新闻》出过十三期《战时特刊·烽火》，及时反映战况。本月，李素伯《小品文研究》出版，较为系统地论述散文小品的艺术特性和写作要求，并评介周作人、鲁迅、朱自清、冰心等十八位散文家的创作特色。

2月25日至4月28日，周作人在辅仁大学讲演《中国新文学的源流》八次，记录稿经作者修订后于本年9月出版。他所提出的“言志”与“载道”两大源流对立斗争的文学史观，引起文坛和学界的关注与争议。

4月，报告文学集《上海事变与报告文学》出版，署名南强编辑部编，实为阿英选编，并作代序《从上海事变说到报告文学》。此为第一部以报告文学名义结集出版的集子，收入反映“一·二八事变”的通讯报告二十六篇。

5月22日，胡适主编的《独立评论》周刊在北平创刊，1937年7月18日终刊，共出二百四十四期，以发表时评政论为主，是胡适派的舆论阵地。

6月，梁遇春病逝，年仅二十七岁，著有散文集《春醪集》《泪与笑》，译有《英国小品文选》《小品文选》《小品文续选》等。

8月，《文艺茶话》月刊在上海创刊；《周作人散文钞》出版。

9月16日，《论语》半月刊创刊于上海，林语堂主编前二十六期，接任主编有陶亢德、邵洵美等，出至第117期因抗战爆发停刊，1946年12月复刊，1949年5月终刊，共出一百七十七期。该刊提倡幽默闲适小品，与后出《人间世》《宇宙风》等散文刊物一脉相传，形成“论语派”。

同月，鲁迅《三闲集》、冰心《冰心散文集》出版。沈启无选编《近代散文钞》上卷出版，下卷于12月出版，内选袁伯修、袁中郎、袁小修、钟伯敬、谭友夏、刘同人、王季重、陈眉公、李长蘅、张京元、倪元璐、张宗子、沈君烈、祁世培、金圣叹、李笠翁、廖柴舟等十七家小品文一百七十二篇，周作人作序两篇，俞平伯题跋一篇，编者写了后记两篇，首开发掘和鼓吹明清小品的风气。后有施蛰存选编《晚明二十家小品》（1935年4月）、阿英选编《晚明小品文库》（1936年7月）等选本和一批专集校点本。

10月，鲁迅《二心集》、周作人《看云集》出版。

12月1日，《申报·自由谈》由黎烈文接任主编，改变过去周瘦鹃编辑时期的作风，邀请鲁迅、茅盾、郁达夫等撰稿，办成新文艺尤其是杂文小品的重要阵地，鲁迅在此发表了一百三十多篇杂文，集为《伪自由书》《准风月谈》《花边文学》等；1934年5月9日后由张梓生接编，至1935年10月31日停刊。

▶ 1933年

2月，《大晚报》在上海创办，其副刊《辣椒与橄榄》由张若谷编辑，《火炬》由崔万秋编辑。缪崇群第一本散文集《晞露集》出版。

3月，《鲁迅自选集》、周作人《知堂文集》、王统照《北国之春》出版。

4月，鲁迅与许广平的通信集《两地书》出版。

7月，《文学》大型月刊在上海创刊，郑振铎、傅东华等主编。《茅盾散文集》出版。瞿秋白化名何凝编选《鲁迅杂感选集》出版，并作长篇《序言》阐述鲁迅杂文的思想价值和战斗艺术。

9月23日，天津《大公报》开办《文艺》副刊，杨振声、沈从文、萧乾等相继主编，至1938年8月共出五百三十八期。在此发表散文较多的有周作人、沈从文、萧乾、李广田、何其芳、芦焚、李健吾、吴伯箫等，成为京派的主要园地。本月，胡适《四十自述》出版。

10月，鲁迅《伪自由书》出版，《前记》自述杂文写作经验和特点是“论时事不留面子，砭痼弊常取类型”。鲁迅《小品文的危机》发表于《现代》第3卷第6期，批评“论语派”小品文写作倾向，主张“生存的小品文，必须是匕首，是投枪，能和读者一同杀出一条生存的血路的东西；但自然，它也能给人愉快和休息，然而这并不是‘小摆设’，更不是抚慰和麻痹，它给人的愉快和休息是休养，是劳作和战斗之前的准备”。

▶ 1934年

1月，《文学季刊》在北平创刊，郑振铎、靳以主编，共出二卷八期，设有“散文随笔”专栏，较多发表丽尼、李广田、何其芳、方敬、南星等新人的散文。

3月，鲁迅《南腔北调集》出版，5月即遭查禁；周作人《苦雨斋序跋文》、舒新城《故乡》出版。

4月5日，《人间世》半月刊创刊于上海，林语堂主编，至1935年12月20日终刊，共出四十二期。11日，上海《中华日报》副刊《动向》创刊，由聂绀弩主编，以杂文小品为主，本年12月28日出至第215期停刊。

5月，国民党政府在上海设立图书杂志审查委员会，并公布《图书杂志审查办法》。林语堂编《论语文选》（第一集）出版。

5月13日，庐隐因难产在上海去世，年仅三十七岁，著有《海滨故人》《灵海潮汐》《象牙戒指》《火焰》《东京小品》《庐隐自传》等。

6月，施蛰存主编《文艺风景》月刊在上海创刊。郁达夫游记集《屐痕处处》出版。

7月5日，《新语林》半月刊创刊于上海，徐懋庸主编，仅出六期即停刊。

7月14日，刘半农在北平病逝，年仅四十四岁，著有《半农杂文》《半农杂文二集》和诗集《瓦釜集》《扬鞭集》等。

8月，林语堂《我的话》分为《行素集》和《披荆集》两册出版；丰子恺《随笔二十篇》、巴金《旅途随笔》出版。

9月20日，《太白》半月刊在上海创刊，至1935年9月5日终刊，共出二卷二十四期；陈望道主编，设有短论、速写、漫谈、科学小品、读书记、风俗志、杂考、漫画等栏目，提倡杂文、速写和科学小品，主要作者有鲁迅、茅盾、巴金、曹聚仁、徐懋庸、唐弢、周木斋、柳湜、周建人、顾均正、贾祖璋等，与《论语》系列小品文刊物对立竞争。

同月，上海大夏大学学生林希隽在《现代》第5卷第5期发表《杂文和杂文家》，攻击杂文“非特丝毫无需要之处，反且是一种恶劣的倾向”。

鲁迅、聂绀弩、唐弢、周木斋等著文反驳。朱自清《欧游杂记》出版，相关作品《伦敦杂记》1943年4月出版。

10月10日，《水星》月刊创刊于北平，共出九期，卞之琳等编辑，较多发表何其芳、李广田、丽尼、陆蠡、芦焚、沈从文、李健吾、南星、方敬等人散文。本月，周作人《夜读抄》、王统照《片云集》、施蛰存编译《域外文人日记抄》出版。刘大杰校编、林语堂审阅的《袁中郎全集》六卷出版，林语堂、周作人、郁达夫、阿英、刘大杰均作序文评介推广，引发翻印明清文集的热潮，鲁迅则作《骂杀与捧杀》《杂谈小品文》予以批评。

12月，鲁迅《准风月谈》、茅盾《话匣子》、鲁彦《驴子和骡子》、叶永蓁《浮生集》出版；译著《现代随笔集》出版，英国赫克胥黎等著，张伯符等译。

本年，因小品文杂志增多而又风行一时，被称为"小品文年"和"杂志年"。

▶ 1935年

2月，《文饭小品》月刊创刊于上海，施蛰存主办，康嗣群编辑。

3月5日，《芒种》半月刊在上海创刊，至10月5日终刊，共出十一期，徐懋庸、曹聚仁主编。

3月，陈望道编辑《小品文和漫画》出版，作为《太白》一卷纪念特辑，征集到58篇关于小品文和漫画的讨论文章，集中代表了"太白"社与"论语"派不同的理论主张和文体观念。阿英选编《现代十六家小品》出版，内选周作人、俞平伯、朱自清、钟敬文、谢冰心、苏雪林、叶绍钧、茅盾、许地山、王统照、郭沫若、郁达夫、徐志摩、鲁迅、陈西滢、林语堂等十六家小品一百零四篇，并作"总序"和十六篇"小序"评述现代散文的发展动态和各家小品的风格特色。阿英《夜航集》、味橄（钱歌川）《北平夜话》、石民翻译波德莱尔《巴黎之烦恼》出版。

4月，艾芜《漂泊杂记》、刘思默《欧游漫忆》、徐梵澄翻译《尼采自传》出版。

5月，《杂文》月刊在东京创刊，"左联"东京分盟主办，第4期起改名《质文》，次年11月出至第2卷第2期停刊。

6月，徐懋庸《打杂集》出版，鲁迅作序，称道杂文"言之有物"，"和现在切贴，而且生动，泼刺，有益，而且也能移人情。能移人情，对不起得很，就不免要搅乱你们的文苑”，“恐怕要侵入高尚的文学楼台去的”。

6月18日，瞿秋白在福建长汀被蒋介石下令杀害，年仅三十七岁；遗作《多余的话》连载于上海《逸经》半月刊1937年3月5日至4月5日第25—27期，《乱弹及其他》1938年5月出版，《街头集》1940年1月出版，译著《海上述林》上下卷由鲁迅编校、作序并以“诸夏怀霜”名义于1936年5月和10月印行。

7月，丰子恺《车厢社会》、郁达夫《达夫日记集》、茅盾翻译德国海涅《英吉利断片》出版。傅东华主编的《文学百题》出版，其中，朱自清的《什么是散文》界定散文“是与诗、小说、戏剧并举，而为新文学的一个独立部门的东西，或称白话散文，或称抒情文，或称小品文”；郁达夫的《什么是传记文学》提倡“新的解放的传记文学”。

8月，周作人、郁达夫分别选编《中国新文学大系》散文一集和散文二集，由上海良友图书印刷公司初版。周作人的《散文一集导言》综述自己的散文主张，界定小品文“是言志的散文”，“在个人的文学之尖端”，“不专说理叙事而以抒情分子为主”。郁达夫《散文二集导言》认为现代的散文概念“是Prose的译名，和Essays有些相像，系除小说、戏剧之外的一种文体”，创作上已形成四大特征：一是“每一个作家的每一篇散文里所表现的个性，比从前的任何散文都来得强”；二是“散文内容范围的扩大”；三是“人性，社会性，与大自然的调和”；四是“幽默味”的“浓厚起来”。这两部散文选本及其导论，成为现代散文的经典文本和研究者必读的重要文献。

同月，施蛰存、阿英主编的“中国文学珍本丛书”第一辑五十种，由上海杂志公司陆续出版，其中整理重刊的明清散文名著有：阿英校点的李卓吾《李氏焚书》、袁宗道《白苏斋类集》、袁中道《袁小修日记》《珂雪斋集》、谭元夏《谭友夏合集》、钟伯敬《钟伯敬合集》、陈继儒《白石樵真稿》、张大复《梅花草堂笔谈》、郑元勋选辑《媚幽阁文娱》、张岱《西湖梦寻》、王思任《王季重十种》，张静庐校点的史震林《西青散记》《华阳散稿》、周亮工编纂《尺牍新钞》、李渔《闲情偶寄》，施蛰存校点的陈继儒《晚香堂小品》、徐文长《徐文长逸稿》，刘大杰校点的张岱《琅嬛文集》等。

同月，《太白》科学小品选集《越想越糊涂》出版，收顾均正、周建人（克士）、贾祖璋、艾思奇等人科学小品四十三篇。

9月，《宇宙风》半月刊创刊于上海。20日，上海《立报》副刊《言林》创刊，谢六逸主编，1937年11月24日停刊。

10月，上海生活书店选编出版《太白》上刊登的“漫谈”和“速写”，分别题为《三种船》和《幽默的叫卖声》。

11月，梁宗岱翻译《蒙田散文选》、任白涛翻译《有岛武郎散文集》出版。

12月9日，北平各大学中学学生万余人示威游行，呼吁“停止内战，一致抗日”，迅速影响全国，掀起抗日救亡新高潮，史称“一二·九运动”。本月，茅盾《速写与随笔》、叶绍钧《未厌居习作》、夏丏尊《平屋杂文》出版。巴金主编的“文学丛刊”开始由上海文化生活出版社出版，至1949年6月共出十辑一百六十余种，本月出版吴组缃小说散文集《饭余集》和丽尼散文诗集《黄昏之献》。

本年，人间世社选编该刊作品为《人间小品》《人间随笔》《人间特写》《二十今人志》等，列为人间世丛书出版。孙席珍编《现代中国散文选》出版，选录周作人、鲁迅等十八家六十八篇，附录编者《论现代中国散文》。

▶ 1936年

1月，俞平伯《古槐梦遇》、顾均正《科学趣味》出版。

2月，周作人《苦竹杂记》出版。

3月，“左联”自行解散。本月出版郁达夫《达夫游记》《达夫散文集》、朱自清《你我》、沈从文《湘行散记》、李广田《画廊集》、唐弢《推背集》等。卞之琳译著《西窗集》出版，内收阿左林、玛拉美、吴尔芙夫人、纪德等人的散文小品。

5月，郁达夫《闲书》、唐弢《海天集》、李辉英《再生集》出版。

6月，《文季月刊》创刊于上海，靳以、巴金合编，至12月停刊，共出7期；设有散文随笔专栏，较多发表何其芳、李广田、丽尼、陆蠡、萧红、方敬等人作品。《光明》半月刊在上海创刊，洪深、沈起予主编，1937年8月出至第3卷第5期后，因抗战爆发而改出《光明·战时号外》周刊，10月19日出版第6期后终刊；该刊创刊号发表了夏衍的报告文学名篇《包身工》。鲁迅《花边文学》、味橄《流外集》、老向《黄土泥》出版。

6月14日，章太炎在苏州逝世，终年六十九岁，著有《訄书》《国故论衡》等，汇编有《章氏丛书》和《章太炎全集》传世。

7月，何其芳《画梦录》出版，于1937年5月获《大公报》文艺奖。

8月，俞平伯《燕郊集》、丽尼《鹰之歌》、陆蠡《海星》、巴金《忆》、悄吟（萧红）《商市街》、曹聚仁《文笔散策》出版。

9月，《中流》半月刊在上海创刊，次年8月停刊，共出二十二期，黎烈文主编；设有杂文、短论、漫谈、散文、随笔、报告文学、速写、作家自白、读书杂记、翻译批评等栏目。梁瑞瑜选编通讯报告集《活的记录》出版。《中国的一日》由生活书店初版，该书是茅盾等人发起的群众性征文活动的结集，以本年5月21日为取材内容，征集到三千多篇来稿，从中选编四百九十篇约八十万字，反映了全国各地各方面的情形和广大群众的呼声，开创了群众性写作的成功先例。

10月19日，鲁迅逝世。《中流》于11月5日出版《哀悼鲁迅先生专号》，汇集许广平、茅盾、郑伯奇、巴金、萧军、萧红、陈毅、胡风、黎烈文等悼念诗文三十八篇。《文学》《译文》《文季月刊》《作家》《小说家》等杂志都出版悼念特辑。

同月，茅盾《印象·感想·回忆》、王统照《青纱帐》出版。

11月，《胡适论说文选》、李广田《银狐集》、萧红《桥》出版。

▶ 1937年

1月，施蛰存《灯下集》、靳以《猫与短简》、任天马通讯报告集《活跃的肤施》出版。

3月，袁昌英《山居散墨》、芦焚《黄花苔》、高士其科学小品集《抗战与防疫》出版。

4月，鲁迅《夜记》、鲁彦《旅人的心》、方敬《风尘集》、泳吉通讯报告集《义勇军》、刘思慕翻译《哥德自传》等出版。

6月，萧乾《落日》《小树叶》、严文井《山寺暮》、靳以《渡家》出版。

7月，鲁迅《且介亭杂文》及其二集、末编出版；缪崇群译著《日本小品文》出版，内收德富芦花、铃木三重吉、高滨虚子、吉田纮二郎的小品文21篇。

7月7日，侵华日军向北平西南郊卢沟桥发动进攻，中国守军奋起抗击，史称“七七事变”“卢沟桥事变”。7月29、7月30日，北平、天津相继沦陷。8月13日，日寇又进攻上海，上海军民奋起抗战，史称“八一三事变”“淞沪会战”。

7月27日，郭沫若从日本秘密回到上海参加抗战；8月24日创办《救亡日报》，任社长。1938年4月出任国民政府军事委员会政治部第三厅厅长，主管抗战宣传工作。

8月，战地报告迅速兴起，从8月至12月出版的通讯报告集有：《卢沟桥之战》《华北——魔手下的地狱》《西线的血战》《在轰炸中来去》《抗战文编》《平汉前线》《抗日的第八路军》《从陕北到晋北》《前线归来》《西北线》《闸北的血史》《上海抗战记》等十余种。

8月22日，《文学》《文季》《中流》《译文》四个杂志社联合创办《呐喊》周刊，第3期起改为《烽火》，至1938年11月停刊，共出二十二期；并以烽火社名义陆续出版以时论、报告为主的“烽火小丛书”：巴金《控诉》《感想》、靳以《我们的血》《火花》、茅盾《炮火的洗礼》、朱雯《不愿做奴隶的人们》、罗洪《苦难的开始》、黄源《在东战场》、萧乾《见闻》、黎烈文《胜利的曙光》、舒群《海的彼岸》等。

9月11日，胡风主编的《七月》周刊在上海创刊，10月16日迁至汉口改出半月刊，陆续发表曹白、丘东平、陈亦门（笔名阿垅、S. M.）、刘白羽等新人的通讯报告，并汇编出版“七月文丛”，主要有丘东平《第七连》、亦门《闸北七十三天》（后增订改题为《第一击》）、曹白《呼吸》、萧军《侧面》等。

9月18日，《大公报》汉口版创办并开辟《战线》副刊，陈纪滢主编，次年12月1日移至重庆出版，至1943年10月31日停刊，共出九百九十六期。大量发表评论、散文和报告文学，据谢龙仙《抗战时期大公报副刊“文艺”与“战线”初探》统计，分别为三百二十六篇、二百一十七篇、二百九十八篇。

11月12日，淞沪会战结束，上海周围沦陷，唯有市区租界由英美法势力控制，直至1941年12月7日太平洋战争爆发，日军进占租界，这四年被称为上海“孤岛”时期。许多作家和文教机构撤往大后方，寓居“孤岛”的爱国作家仍坚持抗战文学活动。

12月13日，南京沦陷，日军残杀三十多万战俘和平民，制造了惨绝人寰的南京大屠杀。汝尚《当南京被虐杀的时候》、倪受乾《我怎样退出南京的》、老兵《南京惨案目击记》等纪实报告，就是血写的铁证。

▶ 1938年

1月11日，《新华日报》在武汉创刊，10月25日迁至重庆，在第四版先后创办《团结》《文艺之页》《新华副刊》等，1947年2月28日被封闭。

1月，从范长江《西线风云》开始，本年出版通讯报告集上百种，主要有《沦亡的平津》《淞沪火线上》《西北战云》《从卢沟桥到漳河》《战地随笔》《今日之上海》《八路军七将领》《血战台儿庄》《抗日英雄特写》《徐州突围》《第一年》《全线血战记》《全线游击战》《北线血战记》《东线血战记》《西线血战记》《抗敌将领印象记》《抗战人物志》《飞将军抗战记》《敌军暴行记》《战地一年》等选集，个人专辑有范长江《长江战地通讯集》、谢冰莹《军中随笔》《重上征途》《新从军日记》、陆诒《前线巡礼》《津浦线荡寇记》、徐盈《抗战中的陕北》、张天虚《行进在西线——从太原到临汾》《征途上》、夏衍《血写的故事》、黄源《随军生活》、刘白羽《游击中间》、骆宾基《大上海的一日》、碧野《北方的原野》《太行山边》、田汉《战地巡历》、田涛《黄河北岸》《战地剪集》、周立波《战地日记》《晋察冀边区印象记》、舒群《西线随军记》、姚雪垠《战地书简》、曾克《在汤阴火线》、李辉英《军民之间》、丁玲《一颗未出膛的枪弹》、朱民威《江南前线》等。

2月11日，上海《文汇报》副刊《世纪风》创刊，6月1日停刊，柯灵主编，主要发表杂文小品和通讯报告。

3月27日，中华全国文艺界抗敌协会（简称“文协”）在汉口成立，结成全国性的抗战文艺统一战线，老舍为总务部主任，主持日常工作。会刊《抗战文艺》于5月4日创刊，直至1946年5月4日停刊，共出七十八期。本月，《工作》半月刊在成都创刊，卞之琳、何其芳等编辑，出至第8期停刊。《战地》半月刊在汉口创刊，丁玲、舒群编辑，侧重通讯报告，出了六期停刊。

4月10日，延安举办鲁迅艺术学院（简称“鲁艺”）成立大会，毛泽东为该院题词：“抗日的现实主义，革命的浪漫主义。”鲁艺吸引了众多文艺青年，为陕甘宁边区和敌后抗日根据地培养了大批文艺骨干。16日，茅盾主编的《文艺阵地》在广州创刊，1942年11月出至第7卷第4期停刊，该刊注重发表和评介报告文学作品。

6月，第一部《鲁迅全集》由鲁迅先生纪念委员会编辑，上海复社初版，共二十卷，著译各十卷。本月28日，上海《每日译报》副刊《大家谈》创刊，历任主编为王任叔、钱杏邨、于伶等，次年5月18日停刊。

10月，广州、武汉相继失陷，抗日战争进入相持阶段。至此，因战局变化而形成国统区、陕甘宁边区与敌后抗日根据地、沦陷区等不同的政治区域，相应形成不同的文学生态和散文景观。广大作家撤往后方内地，或奔赴延安，部分作家留在沦陷区苦熬，也有周作人、柳雨生等少数文人投靠敌伪，充当文化汉奸。

10月19日，鲁迅逝世二周年纪念日，王任叔在《申报·自由谈》发表《超越鲁迅》，阿英在《每日译报·大家谈》发表《守成与发展》，引发一场关于“鲁迅风”杂文的论争。争论的是在抗日统一战线时代还要不要继承和发展鲁迅杂文战斗传统的问题。后由应服群（林淡秋）、王任叔、阿英等三十七人联名发表了《我们对于鲁迅风杂文的意见》，认为“应该学习鲁迅，但主要的是，应该学习他那种战斗的不屈不挠的精神”，从而终止了这场论争。

11月，《边鼓集》出版，内收文载道、周木斋、周黎庵、屈轶（王任叔）、柯灵、风子（唐弢）六家在《文汇报》副刊《世纪风》上发表的杂文一百八十篇，成为“鲁迅风”杂文的重要结集。

12月1日，梁实秋在重庆接编《中央日报》副刊《平明》，发表《编者的话》，声称：“现在抗战高于一切，所以有人一下笔就忘不了抗战。我的意见稍为不同。与抗战有关的材料，我们最为欢迎，但是与抗战无关的材料，只要真实流畅，也是好的，不必勉强把抗战截搭上去。至于空洞的‘抗战八股’，那是对谁都没有益处的。”引发“与抗战无关”的论争。次年4月1日，梁实秋辞去主编职务。《平明》创刊于本年6月20日，原由该报社长程沧波兼任主编，梁实秋之后由端木露西接编，至1940年9月29日停刊；1943年4月1日复刊，至10月23日终刊。

► 1939年

1月，《鲁迅风》杂文周刊在上海创刊，从第14期起改为半月刊，9月出至第19期停刊，实际编辑是文载道，主要作者有《边鼓集》六位杂文家和王统照、郑振铎、许广平、石灵等，以学习和发扬鲁迅杂文战斗精神为主旨，形成“鲁迅风”杂文流派。《今日评论》在昆明创刊，至1941年4月停刊。

1月17日，钱玄同在北平病逝，终年五十二岁，后有《钱玄同文集》六卷行世。重庆《国民公报》副刊《文群》创刊，每周二、四、六出刊，靳以主编，至1943年5月24日共出五百一十六期，主要发表诗文作品。

3月，《宇宙风乙刊》在上海创刊，由林憾庐、林语堂、陶亢德编辑，仍维持战前《宇宙风》小品文风，至1941年12月停刊，共出五十六期。朱作同、梅益组编的群众性写作的通讯报告集《上海一日》出版。

5月，在延安组织发动的群众性写作的通讯报告集《五月的延安》，由陕甘宁边区文化界救亡协会“抗战文艺”工作团印行。

6月，“文协”组织“作家战地访问团”，由重庆出发到华北战地访问抗敌将士，王礼锡任团长，宋之的任副团长，成员有李辉英、白朗、罗烽、以群、杨朔等，历时六个月，著有《笔游击》《我们十四个》等报告文学。

7月，《横眉集》出版，收录孔另境、王任叔、文载道、周木斋、周黎庵、柯灵、唐弢等七人杂文一百二十篇，是继《边鼓集》之后“鲁迅风”杂文的又一部重要成果；白曙、石灵、宗珏、武桂芳、唐弢、柯灵、关露、戴平万等八人诗文合集《松涛集》，王任叔《扪虱谈》、王统照《繁辞集》、柯灵《望春草》出版。

8月，何其芳《还乡杂记》，由上海良友复兴图书印刷公司初版，书名误为《还乡日记》，只收六篇；桂林工作社1943年2月版误为《还乡记》；直至上海文化生活出版社1949年1月版才订正书名，并补足缺漏篇章，成为定本。

12月1日，上海《大美晚报》副刊《浅草》创刊，至1940年7月19日停刊，柯灵编辑，主要撰稿人有《鲁迅风》社同人和其他留沪作家。

本年，通讯报告集减至三十余种，主要有丁玲《一年》、舒湮《战斗中的陕北》、杨朔《潼关之夜》、萧乾《灰烬》、张天虚《运河的血流》、江上青《万里风云》、臧克家《随枣行》、姚雪垠《四月交响曲》、钱君匋《战地行脚》、田一文《金底故事》等。

▶ 1940年

1月1日，重庆《新蜀报》副刊《蜀道》创刊，至1945年4月24日停刊，历任主编有姚蓬子、梅林、王亚平。本月出版王统照《去来今》、周立波翻译德国基希的报告文学《秘密的中国》等。

3月，靳以《雾及其它》、庄瑞源《贝壳》、林英强散文诗集《麦地谣》出版。

4月，《战国策》半月刊在昆明创刊，连同次年12月在《大公报》刊行

《战国》副刊，被称为“战国策”派，主干有陈铨、林同济、雷海宗等。《现代文艺》月刊在福建永安创刊，黎烈文为社长，王西彦任主编，至1942年12月停刊，共出六卷三十三期，开拓了东南抗战文艺的新局面。

5月，刘思慕《樱花和梅雨》、司马文森《粤北散记》《天才的悲剧》出版。

6月，《萧红散文》、罗洪《流浪的一年》出版。

7月，萧红《回忆鲁迅先生》、缪崇群《夏虫集》、朱雯《百花洲畔》、何为《青弋江》、孙陵《从东北来》等出版。

8月20日，《野草》月刊在桂林创刊，由夏衍、孟超、秦似、聂绀弩、宋云彬编辑，前后持续九年，共出四十二期，主要发表杂文，并由桂林文献出版社陆续出版“野草丛书”：夏衍《此时此地集》、聂绀弩《历史的奥秘》《蛇与塔》、秦似《感觉的音响》、林林《崇高的忧郁》、何家槐《冒烟集》、孟超《长夜集》、宋云彬《骨鲠集》等，形成“野草”杂文流派。本月，陆蠡《囚绿记》出版。

9月20日，上海《正言报》副刊《草原》创刊，出至1941年12月5日，因太平洋战争爆发而停刊，柯灵主编。本月，柯灵还出版散文集《晦明》。

10月，王任叔《论鲁迅的杂文》、周木斋《消长集》出版。

11月，沙汀《随军散记》、柯灵《市楼独唱》、苏雪林《屠龙集》出版。

12月，唐弢《短长书》由上海北社初版，仅收十七篇，上海南国出版社1947年4月增订再版，增至三十五篇。

▶ 1941年

3月15日，桂林《大公报》副刊《文艺》创刊，由杨刚主编，至1943年1月6日共出二百二十三期。

5月2日，延安文艺座谈会召开，毛泽东出席并讲话。本月，吴伯箫《羽书》、芦焚《上海手札》出版。

5月16日，《解放日报》在延安创刊，至1947年3月27日停刊。

7月，《万象》月刊在上海创刊，前两年为趣味性文化期刊，由陈蝶衣主编；从1943年7月第三年第1期起由柯灵接编，至1945年6月停刊，改以新文艺为主，散文作者有唐弢、芦焚、黄裳、范泉、林莽、徐开垒等。田一文《向天野》、庄瑞源《乡岛祭》出版。

7月23日，周木斋在上海病逝，年仅三十二岁，所作杂文编入《边鼓集》《横眉集》合集和个人专集《消长集》《消长新集》。

7月28日，丘东平在江苏盐城新四军驻地遭日军袭击而牺牲，年仅三十二岁，著有报告文学集《第七连》和《东平短篇小说集》等。

8月4日，许地山在香港病逝，终年四十九岁，著有散文集《空山灵雨》《杂感集》和小说集《缀网劳蛛》《春桃》等。

9月15日，《文艺生活》月刊创刊于桂林，司马文森主编，1949年12月停刊，共出五十六期。16日，延安《解放日报》副刊《文艺》创刊，丁玲主编，至1942年3月30日共出一百一十一期。

12月，巴金《龙·虎·狗》、钱锺书《写在人生边上》出版。

▶ 1942年

1月22日，萧红在香港病逝，年仅三十一岁，著有散文集《商市街》《桥》《萧红散文》《回忆鲁迅先生》和小说《生死场》《呼兰河传》等。

3月，《古今》月刊创刊于上海，周黎庵、陶亢德主编，1944年10月停刊。周作人《药味集》、李广田《圈外》、华嘉《香港之战》、唐海《香港沦陷记》出版。

5月27日，陈独秀在四川江津病逝，终年六十四岁，有《独秀文存》《陈独秀著作选编》等传世。

7月，陆蠡在上海被日本宪兵队秘密杀害，年仅三十五岁，著有散文集《海星》《竹刀》《囚绿记》，译有俄国屠格涅夫《罗亭》《烟》等名著。

8月，缪崇群《眷眷草》、靳以《红烛》出版。

9月18日，重庆《新华日报》创办《新华副刊》，至1947年2月28日终刊。

10月，《人世间》月刊在桂林创刊，封凤子主编，偏重散文、杂文，至1948年8月终刊，共出二十期。《文艺先锋》在重庆创刊，第一卷六期为半月刊，第二卷起改为月刊，至1948年10月停刊，共出七十六期；该刊为国民党官办文艺期刊，设有论著、杂文、散文随笔、书评等栏目，作者有王平陵、王进珊、苏雪林、端木露西、陈纪滢、尹雪曼、程铮等。

11月16日，《生活导报》周刊在昆明创刊，作者有沈从文、王了一、冯至等。

▶ 1943年

1月，聂绀弩《婵娟》、杨刚《东南行》出版。

2月，王任叔《边风录》、孟超《未偃草》、田仲济《情虚集》出版。

4月，茅盾《见闻杂记》出版。《风雨谈》月刊在上海创刊，1945年8月停刊，共出二十一期，柳雨生主编，主要撰稿者有周作人、周黎庵、文载道、纪果庵、柳雨生、陶亢德等。

6月，沈起予《人性的恢复》、沈从文《云南看云集》、秦似《时恋集》出版。

7月，《艺文杂志》月刊在北平创刊，周作人任社长，1945年5月停刊，共出三卷二十三期。

8月，味橄《偷闲絮语》、田仲济《杂文的艺术与修养》出版。

9月，冯至《山水》由重庆国民图书出版社初版，仅收九篇，上海文化生活出版社1947年5月再版时增至十四篇；男士（冰心）《关于女人》由重庆天地出版社初版，上海开明书店1945年11月增订再版。

10月，苏青主编的《天地》月刊在上海创刊，至1945年6月停刊，她在《发刊词》“只求大家以常人地位说常人的话”，并提倡“女子写作”，该刊设有随感录、人物志、风俗志、书评、掌故等栏目。郭沫若《今昔集》、彭燕郊《浪子》、靳以《鸟树小集》出版。

11月7日，重庆《大公报》副刊《文艺》创刊，至1945年12月23日共出九十期。本月，靳以署名苏麟《人世百图》由福建南平国民出版社初版，内收三十三篇，上海文化生活出版社1948年2月版增至五十篇；以群选编《战斗的素绘》由重庆作家书屋初版，1946年2月改题《南京的虐杀》再版，选录曹白《杨可中》、东平《第七连》、S. M.《斜交遭遇战》、汝尚《当南京被虐杀的时候》、黄钢《开麦拉之前的汪精卫》等报告文学名作十二篇，并作代序《抗战以来的报告文学》。

▶ 1944年

1月，周作人《药堂杂文》、味橄《巴山随笔》、华嘉《海的遥望》、陈占元翻译法国罗曼·罗兰《悲多汶传》等出版。

2月，李广田散文选集《灌木集》、司马讦《重庆客》出版。

4月，苏青《浣锦集》、纪果庵《两都集》、张恨水《水浒人物论赞》出版；迅风编《现代散文笔记选》收录沦陷区二十一家散文四十五篇。

5月，周作人《书房一角》、柳雨生《怀乡记》、陶晶荪《牛骨集》出版。

6月，文载道《风土小记》、谭正璧《夜珠集》出版。

7月，徐迟译《托尔斯泰散文集》（第一册）出版。

8月20日，鲁彦在桂林病逝，年仅四十四岁，著有散文集《驴子和骡子》《旅人的心》《鲁彦散文集》和《鲁彦短篇小说集》等。

10月，《文艺春秋》创刊于上海，前五期为不定期丛刊，次年12月从第2卷起改为月刊，1949年4月出至第8卷第3期停刊，范泉主编，发表过芦焚《夏侯杞》、靳以《人世百图》、王统照《散文诗十章》、唐弢《书话》等系列散文和丰子恺、施蛰存、钟敬文、范泉、莫洛、刘北汜、郭风等新老作家的散文小品。

11月，周作人《苦口甘口》、文载道《文抄》、冯雪峰《乡风与市风》、胡风《棘源草》、赵超构《延安一月》、徐迟《美文集》出版。

12月，张爱玲散文集《流言》出版。

▶ 1945年

1月，《希望》月刊在重庆创刊，胡风主编，至1946年10月停刊，共出八期，发表过胡风《置身在为民主的斗争里面》、舒芜《论主观》、阿垅的诗论等。

1月15日，缪崇群在重庆病逝，年仅三十八岁，著有散文集《晞露集》《寄健康人》《废墟集》《夏虫集》《石屏随笔》《眷眷草》《晞露新收》《碑下随笔》和译著《日本小品文》。

4月，《文帖》散文月刊在上海创刊，8月停刊。袁昌英《行年四十》、南星《松堂集》出版。

5月，巴金译屠格涅夫《散文诗》出版。

6月，李岳南译《屠格涅夫散文诗集》出版。

8月15日，日本裕仁天皇宣布无条件投降，第二次世界大战结束，中国抗日战争取得彻底胜利。9月2日，在日本东京湾美国战舰上，日本政府向美、中、英、苏等同盟国正式签订投降书；9月3日，中国政府决定当日为抗日战争胜利庆祝日。9月9日，中国战区受降仪式在南京举行；10月25日，中国政府在台北举行受降仪式，宣告台湾光复，回归中国。抗战胜利后，经过四十三天的重庆谈判，国共两党于10月10日签署“双十协定”，确立和平建国方略，却未真正实施，内战烽火四起。次年6月26日，国民党军队向中共中原野战军大举进攻，全面内战爆发。

9月8日，《周报》在上海创刊，唐弢、柯灵合编，次年8月被查封，共出五十期。

9月，郁达夫在印尼苏门答腊被日军秘密杀害，终年五十岁，所著汇编为《郁达夫文集》十二卷。

11月1日，沪版《大公报》副刊《文艺》创刊，至1948年7月23日共出二百零五期。

12月，冯雪峰《有进无退》、方令孺《信》、靳以《沉默的果实》、王平陵《祖国的黎明》、张恨水《山窗小品》出版。

▶ 1946年

1月，《文艺复兴》大型文艺月刊在上海创刊，至次年11月停刊，共出二十期，由郑振铎、李健吾编辑，组编了“抗战八年死难作家纪念”和鲁迅、闻一多、耿济之等纪念特辑，散文方面有莫洛、靳以、方敬、叶金、唐弢、唐湜等人的作品。

3月，萧乾《南德的暮秋》、黄裳《关于美国兵》、叶灵凤《读书随笔》出版。

4月，巴金《旅途杂记》、王任叔《学习与战斗》、周而复《晋察冀行》、谢冰莹《女兵十年》出版。

4月23日，夏丏尊在上海病逝，终年六十一岁，著有《平屋杂文》《文章作法》《夏丏尊文集》和译作《爱的教育》《近代日本小说集》等。

6月，许寿裳应行政公署长官陈仪之邀赴台北筹办台湾省编译馆，应邀入台的还有台静农、黎烈文、何欣等，为台湾光复文教事业作出重要贡献。

7月1日，上海《文汇报》副刊《笔会》创刊，唐弢主编，至1947年5月24日共出二百四十六期。

7月15日，闻一多在李公朴追悼会上作了《最后一次的讲演》，随后即被昆明警备司令部特务暗杀，举世震惊。年仅四十八岁。所著由朱自清等汇编为《闻一多全集》四卷，1948年8月由上海开明书店初版。

9月，《观察》周刊在上海创刊，储安平主编，1948年12月被查封，共出五卷一百一十三期。冯雪峰《跨的日子》、刘白羽《环行东北》出版。

11月，郭沫若《南京印象》、黄裳《锦帆集》、陈敬容《星雨集》、华嘉《复员图》出版。

▶ 1947年

1月，李霁野翻译英国吉辛《四季随笔》，由台湾省编译馆出版。

3月，郭沫若《羽书集》、胡风《逆流的日子》、周而复《松花江上的风云》出版。

4月，萧乾《人生采访》、吴伯箫《黑红点》、孙犁小说散文集《荷花淀》出版。

5月，施蛰存《待旦录》、王平陵《湖滨秋色》出版。

6月，《鲁彦散文集》《秦牧杂文》出版。

11月，白朗《一面光荣的旗帜》、华山《光荣属于勇士》、老向《巴山夜话》出版。

12月，郭沫若杂文集《沸羹集》《天地玄黄》出版。

▶ 1948年

2月18日，许寿裳在台北被暗杀，终年六十六岁，著有《章炳麟传》《亡友鲁迅印象记》《我所认识的鲁迅》《中国文字学》《传记研究》等。本月，周立波《南下记》、黄药眠《抒情小品》出版。

3月，夏衍《劫余随笔》出版。

4月，黄裳《锦帆集外》、刘北汜《曙前》出版。

5月，李广田《日边随笔》出版。

6月，味橄《游丝集》、谢冰莹《在日本狱中》出版。

7月，萧乾《珍珠米》、黄秋耘《浮沉》、无名氏《沉思试验》出版。

8月，白朗《伊凡鲁河畔》、塔塔木林（萧乾）《红毛长谈》、黄裳《旧戏新谈》出版。

8月12日，朱自清在北平病逝，终年五十一岁，著有散文集《背影》《你我》《欧游杂记》《伦敦杂记》《标准与尺度》《论雅俗共赏》等，浦江清等汇编《朱自清文集》四册由北京开明书店1953年3月初版，朱乔森新编《朱自清全集》十二卷由江苏教育出版社于1998年2月出齐。《文讯》第九卷第三期出了“朱自清先生追念特辑”。

9月，巴金《静夜的悲剧》、杨绛翻译英国约翰黑瓦德《一九三九年以来英国散文作品》出版。

10月，唐弢散文诗《落帆集》、聂绀弩《沈吟》、刘白羽《时代的印象》出版。

11月，丁玲《陕北风光》、李健吾《切梦刀》、方敬《生之胜利》、田一文《跫音》、莫洛《生命树》等出版。

▶ 1949年

1月，王了一《龙虫并雕斋琐语》由上海观察社出版。

3月22日，中华全国文学艺术工作者代表大会筹委会在北平召开第一次会议，推选郭沫若、茅盾、周扬等四十二人为筹委会委员。郭沫若任主任，茅盾、周扬为副主任，沙可夫为秘书长。本月，徐迟翻译美国梭罗《华尔腾》出版。

4月，巴金《短简》、海岑《秋叶集》、单复《金色的翅膀》出版。

5月4日，《文艺报》周刊在北平创刊，9月25日改出半月刊。本月，华山《英雄的十月》《踏破辽河千里雪》、刘白羽《光明照耀着沈阳》出版。

7月2日至19日，中华全国文学艺术工作者第一次代表大会在北平召开，郭沫若作题为《为建设新中国的人民文艺而奋斗》的总报告，周扬、茅盾分别作关于解放区《新的人民的文艺》和关于国统区《在反动派压迫下斗争和发展的革命文艺》的工作报告。第一次文代会产生了中华全国文学艺术界联合会，郭沫若任主席，茅盾和周扬任副主席，并成立了中国文学工作者协会（后改称中国作家协会），茅盾任主席。

8月，聂绀弩《二鸦杂文》《巨像》《血书》、方敬《记忆与忘却》、刘白羽《历史的暴风雨》、周而复等的《诺尔曼·白求恩》、韩希梁、洪林《飞兵在沂蒙山上》等出版。

六、共和国前期（1949年—1999年）

▶ 1949年

10月1日，中华人民共和国宣告成立，定都北京，中国进入中国共产党执政、开展社会主义革命和建设的崭新时代。中国散文也步入新的发展阶段，通常把共和国成立以来的散文称为当代散文。

10月15日，刘白羽散文《我们欢呼新中国——记中华人民共和国的诞生》发表于《中国青年》第22期。

10月25日，中华全国文学工作者协会的机关刊物《人民文学》（月刊）创刊于北京，由文协主席茅盾担任首任主编，主要发表各类文学作品。

▶ 1950年

4月4日，黄裳《杂文复兴》发表于上海《文汇报》，呼吁作家继承鲁迅杂文传统，由此引起一场关于杂文的讨论。冯雪峰在6月30日《文汇报》发表《谈谈杂文》，主张用“新的革命的杂文”代替鲁迅式杂文。

6月25日，朝鲜战争爆发。

8月30日，《长江日报》开辟“思想杂谈”专栏，开始发表陈笑雨（司马龙）、张铁夫和郭小川（丁云）以“马铁丁”为共同笔名轮流撰写的杂文，直至1952年12月31日该报终刊。陆续结集为《思想杂谈》十辑出版。

10月，唐弢开始为《文汇报》“上海新语”栏目撰写短评，后结集为《上海新语》。

12月，由文化部、全国文联主办的培养文学创作、评论人员的中央文学研究所成立，丁玲任所长，1953年11月，改称中国作家协会文学讲习所，1957年10月停办，1980年复办，1984年改名鲁迅文学院。

▶ 1951年

4月11日，魏巍散文《谁是最可爱的人》发表于《人民日报》。

7月，杨朔《鸭绿江南北》出版。

10月，魏巍散文集《谁是最可爱的人》出版。

11月24日，北京文艺界召开整风学习运动动员大会，胡乔木、周扬分别作了题为《文艺工作者为什么要改造思想》《整顿文艺思想，改进领导工作》的讲话。

▶ 1952年

3月，巴金作为全国文联“朝鲜战地访问团”团长，和十七位文艺工作者赴朝鲜战场采访。巴金创作了报告文学《我们会见了彭德怀司令员》。

6月，《新观察》第12期发表编者文章《大家写小品》，呼吁“把小品文作为批评和自我批评的有力武器”。

7月，黄裳《谈水浒戏及其他》出版。

▶ 1953年

1月，上海《文艺月报》创刊。

2月，巴金《生活在英雄们的中间》出版。

2月22日，北京大学文学研究所成立，郑振铎任所长，何其芳任副所长。1956年改为中国科学院哲学社会科学学部文学研究所，1977年改为中国社会科学院文学研究所。

5月、6月，秦兆阳《农村散记》发表于《人民文学》第5、6期。

8月，苏联作家波列伏依《论特写》刊于《译文》第8期，将特写定义为报纸上一种“独立的文艺体裁”。

9月23日至10月6日，中国文学艺术工作者第二次代表大会召开。将中华全国文学艺术界联合会更名为中国文学艺术界联合会（简称“文联”），郭沫若任主席，茅盾、周扬任副主席；将中华全国文学工作者协会更名为中国作家协会（简称“作协”），茅盾任主席，周扬、丁玲、巴金、柯仲平、老舍、冯雪峰、邵荃麟任副主席。郭沫若致开幕词，周扬作了题为《为创造更多的优秀的文学艺术作品而奋斗》的报告。

10月，《人民日报》第10期刊登《我们欢迎特写》。

▶ 1954年

4月18日，《人民日报》发表陈绪宗《小品文——进行思想斗争最灵活的武器》，介绍并推动“苏式小品文”在全国的发展。

5月，《新观察》第10期开始连载冰心散文《印度纪行》，至第12期连载完。

5月16日，夏衍《谈小品文》发表于《人民日报》，提出小品文作家应具备的四个条件。

5月22日，《文艺月报》举行“杂感随笔”作者座谈会，讨论小品文创作。

9月，胡风向中共中央递交有关文艺问题的三十万字“意见书”：《关于解放以来的文艺实践情况的报告》。

▶ 1955年

1月，《人民日报》《光明日报》等报刊开始刊登批判胡风的文章。

5月3日，《人民日报》发表何浩如《注意小品文的特点》，呼吁写出“有耀眼的讽刺锋芒的小品文”。

5月13日，《人民日报》发表舒芜《关于胡风反党集团的一些材料》和胡风《我的自我批判》。5月24日、6月10日，公布第二、三批“材料”，后汇编为《关于胡风反革命集团的材料》由人民出版社出版。

7月，吴伯箫《烟尘集》、谢觉哉等《小品文选集》出版。

12月，《北京文艺》第1期发表马铁丁《关于小品文的两个问题——答读者问》，认为“杂文就是小品文，小品文就是杂文，其中没有什么原则性的区别和不同。”

12月29日，《中国青年报》创设“辣椒”副刊，刊登杂感、小品文、打油诗、讽刺歌等；持续至1957年6月18日第51期停刊。

本年，全国出现小品文出版热，有朱靖华、沙鸥、扬凡等的《周末》，《新观察》编辑部编辑出版的“新观察丛书”《小品文选集》，各省纷纷编辑出版小品文集。

▶ 1956年

2月，唐挚《必须干预生活》发表于《人民文学》第2期。

2月4日，柯蓝总题为《早霞短笛》的散文诗七首发表于《人民日报》。

2月7日，马寒冰《谈小品文》发表于《文汇报》。

同月，中国作家协会编选《散文特写选1953. 9—1955. 12》出版，魏巍作序。

4月，《新华日报》创办“刺猬”副刊，设有“杂谈”“小品文”“讽刺诗”等栏目。

5月2日，毛泽东在最高国务会议第七次会议上作总结讲话，提出“在艺术方面的百花齐放的方针，学术方面的百家争鸣的方针，是有必要的”。26日，陆定一受中共中央委托，在中南海怀仁堂作《百花齐放，百家争鸣》的报告。

5月，《文艺报》第9号发表洛人《重要的是必须干预生活》，批评报告文学回避社会生活矛盾的现象，提出“我们不应该反对对于真人真事作适当的有益于真实性的加工”，“要抱着干预生活的态度”。

6月，何直（秦兆阳）《从特写的真实性谈起》发表于《人民文学》第6期。

7月1日，《人民日报》由四版改八版，第8版为文艺副刊。

同月，《新港》（天津）创刊号上开辟“自由谈”“无花的蔷薇”两个专栏，前者侧重评论探讨的文章，后者侧重讽刺性文章。秋耘杂文《锈损了灵魂的悲剧》发表于《文艺报》第13期。

8月，《人民文学》8月号设立“短论”专栏，并于1957年7月改“短论”为“杂文”。《延河》设置杂文和讽刺诗专栏。

9月20日，《解放日报》创设《朝花》副刊，集中发表杂文作品。

同月，秋耘杂文《不要在人民的疾苦面前闭上眼睛》发表于《人民文学》9月号。周瘦鹃《花花草草》出版。

10月1日，《文汇报》复刊，开设《笔会》副刊，发表散文、杂文、小品等。

本年，唐弢应《读书月报》之邀，以“晦庵”笔名发表书话。

▶ 1957年

1月，《雨花》创刊，设“杂感·随笔”专栏；《星火》创刊，设“啄木鸟”专栏；《东海》创刊，设“杂文·寓言”专栏；《奔流》创刊，设“杂感·随笔”专栏；《山花》创刊，设“短论·杂文”专栏。

4月9日，《文汇报》发表《就“百花齐放、百家争鸣”问题周扬同志答〈文汇报〉记者问》，4月11日《人民日报》转载。

4月10日，《人民日报》发表社论《继续放手，贯彻“百花齐放、百家争鸣”的方针》。

4月11日，徐懋庸《小品文的新危机》发表于《人民日报》，署名回春。文章认为小品文“正面临着一个新的危机”，并列举了无法解决的七大矛盾。《人民日报》加了“编者按”。由此引发了一场杂文与现实、杂文与讽刺、杂文与作者等问题的讨论。胡祖宇、马前卒、焦勇夫、高植、侯命、严秀等撰文参与讨论。

4月15日，《文艺报》召开杂文问题座谈会。参加者有张光年、林淡秋、袁水拍、高植、叶秀夫、陈笑雨、徐懋庸、舒芜、王景山、杨凡等。座谈会记录《我们需要杂文，应当发展杂文》刊于《文艺报》第4期。

同月，《文艺报》改为周刊，出版1957年第1号。黄秋耘《苔花集》由新文艺出版社出版。

6月8日，《人民日报》发表社论《这是为什么?》。

同月，人民文学出版社出版了《散文小品选（1956）》（林淡秋序）和《特写选（1956）》（徐迟序）。

7月1日，《人民日报》发表毛泽东撰写的社论《文汇报的资产阶级方向应该批判》。

7月8日，《人民文学》第7期“革新特大号”，刊登老舍《新疆半月记》、启明（周作人）《梅兰竹菊》、沈从文《跑龙套》、汪曾祺《星期天》、回春（徐懋庸）《“蝉噪居”漫笔》等散文随笔；徐懋庸《关于杂文的通信》发表于《长江文艺》7月号。

同月，巴金和靳以创办《收获》。这是1949年后中国第一本大型的文学双月刊。

9月，碧野《在哈萨克牧场》出版。

11月，关锋、姚文元等在《人民日报》《文汇报》发文展开对徐懋庸文章的政治批判。

本年，中国青年出版社开始出版大型丛刊《红旗飘飘》，至1961年共出十六集；1979年至1993年续出第17—32集。以“纪实体”为主的革命回忆录是共和国散文中的特殊品种。

▶ 1958年

1月，《文艺报》第2期刊登“再批判”专栏按语，对王实味、丁玲等人在延安时期的《野百合花》《三八节有感》等杂文进行再批判；刊出林默涵《王实味的〈野百合花〉》、王子野《种瓜得瓜种豆得豆——重读〈三八节有感〉》等批判文章。

2月28日，《人民日报》发表周扬《文艺战线上的一场大辩论》。

3月，刘白羽《万炮震金门》出版。

5月，在中共八大二次会议上，毛泽东提出：“无产阶级文学艺术应采用革命现实主义与革命浪漫主义相结合的创作方法。”

8月1日，百花文艺出版社在天津成立。

10月17日，郑振铎因飞机失事逝世，终年六十一岁，著有《郑振铎文集》。

同月，《文艺报》第20期开辟“大家都来写报告文学”专栏，并发表华夫《大搞报告文学》的专论。

▶ 1959年

2月28日，陶铸《松树的风格》发表于《人民日报》，原刊《新观察》第5期。

3月，郭风散文诗《叶笛集》出版。

4月，秦牧《散文、小品、杂文的写作问题》发表于《作品》4月号。

5月，井岩盾《真实和虚构》发表在《文学评论》第5期，针对报告文学的真实性问题提出“特写、传记、回忆录等这一类文学作品，必须严格地遵循真人真事这条原则，绝不能够容许虚构”。

7月，《文汇报》第14期以《让散文这枝花开得更绚丽》为题，刊登关于散文的系列文章，包括冰心《关于散文》、菡子《赞一两千字的散文》、秦牧《散文领域——海阔天空》、柯蓝《我谈〈早霞短笛〉》等。

9月，吴晗《投枪集》、刘白羽《早晨的太阳》出版。

10月，人民文学出版社出版《建国十年来优秀创作》，其中“散文”类5种：《夜读偶记及其他》（茅盾）、《新声集》（巴金）、《幸福的日子》（靳以）、《谁是最可爱的人》（魏巍）、《前线的颂歌》（菡子）。苏联作家巴乌斯托夫斯基散文集《金蔷薇》由上海文艺出版社出版，李时翻译。

11月，《散文特写选（1958）》（马铁丁序）、《建国十年文学创作选·

散文特写》（严文井序）出版。林淡秋《百花齐放中的散文小品》出版，书中讨论了杂文没有能够在新中国成立初期得到复兴的原因。

12月，柯蓝散文诗《早霞短笛》出版。

本年，《人民日报》《新观察》《文汇报》《人民文学》等报刊发表了一批散文名作：夏衍《花木瓜果之类》、菡子《黄山小记》、丰子恺《杭州写生》、刘白羽《日出》、冰心《忆意娜》、杨朔《泰山极顶》《海市》、老舍《猫》、周瘦鹃《苏州的园林和盆景》等。

► 1960年

1月，杨朔《海市》、冰心《我们把春天吵醒了》出版。

2月28日，《中国青年报》发表王石、房树民的报告文学《为了六十一个阶级弟兄》，《人民日报》29日、《人民文学》4月号转载。

4月，巴金《赞歌集》出版。

6月，袁鹰《第十个春天》出版。

7月22日至8月13日，中国文学艺术工作者第三次代表大会召开，改选领导机构。周扬作题为《我国社会主义文学艺术的道路》的报告。

► 1961年

1月28日，《人民日报》开辟“笔谈散文”讨论专栏，至5月底陆续发表了老舍《散文重要》、李健吾《竹简精神》、柯灵《散文——文学的轻骑队》、师陀《散文忌散》、秦牧《园林·扇画·散文》、菡子《诗意和风格》以及萧云儒、风子、马铁丁、佘南飞等人的文章；后汇编为《笔谈散文》，由百花文艺出版社1962年出版。

3月19日，马南邨（邓拓）开始在《北京晚报》上开设“燕山夜话”专栏，8月起由北京出版社分册出版。同月，刘白羽《长江三日》、杨朔《茶花赋》、魏钢焰《船夫曲》发表于《人民文学》第3期。

4月，秦牧《艺海拾贝》系列散文开始在《上海文学》上发表；吴伯箫《记一辆纺车》、秦牧《年宵花市》发表于《人民文学》第4期。

5月12日，肖云儒《形散神不散》发表于《人民日报》，提出散文“形散神不散”的观念：“神不‘散’，中心明确，紧凑集中，不赘述”；“形散”“是指散文的运笔如风、不拘成法，尤贵清淡自然、平易近人而言”；“‘散’与‘不散’相互统一、相映成趣的散文，方是形神兼备的佳作”。22日，菡子《诗意和风格》发表于《人民日报》。

6月，秦牧《花城》出版。冰心《樱花赞》、吴伯箫《菜园小记》、丰子恺《上天都》发表于《人民文学》第6期。

7月23日，杨朔《荔枝蜜》发表于《人民日报》；同月，杨朔《雪浪花》发表于《红旗》第20期。

8月17日，吴晗的《〈海瑞罢官〉序》发表于《光明日报》。31日，繁星（廖沫沙）的《有鬼无害论》发表于《北京晚报》。

10月，吴南星（吴晗、邓拓、廖沫沙）在《前线》开设“三家村札记”专栏，陆续刊登一百五十余篇杂文随笔。

12月，杨朔《东风第一枝》出版。

▶ 1962年

2月，徐迟特写《祁连山下》发表于《人民文学》第2期。

4月，陈残云《珠江岸边》出版。

5月4日，《人民日报》开辟“长短录”杂文专栏，由夏衍（黄似）、吴晗（章白）、廖沫沙（文益谦）、孟超（陈波）和唐弢（万一羽）等五位杂文作家执笔，到12月8日停止，共发表杂文三十七篇。同月，刘白羽《红玛瑙集》出版。

8月，曹靖华《花》出版。

11月，冰心《樱花赞》出版。

12月，秦牧《艺海拾贝》出版。

本年，冯南江、秦顺新首译爱伦堡回忆录《人、岁月、生活》，作为“内部发行”的黄皮书，由作家出版社出版，至1964年出齐四卷本。

▶ 1963年

3月，《人民日报》编辑部和中国作家协会邀请三十多位作家、记者，围绕报告文学进行座谈。3月31日新华社发布消息，称“这是我国举行的第一次专门讨论报告文学的创作会议”。

4月，吴伯箫《北极星》出版。

7月，《人民日报》报告文学选集《春天的报告》出版。柯蓝《起飞的孔雀》、袁鹰《风帆》出版。刘白羽《创作我们时代的新散文》发表于《上海文学》第7期。

10月，《散文特写选1959—1961》（周立波序）由人民文学出版社出版。

▶ 1964年

3月，冰心《拾穗小札》出版。

4月，秦牧《潮汐和船》出版。《人民日报》报告文学选集《赤道雪》出版。白岚、孙辑天、廖永铭、王伟、陈培斜、段雨生合作的长篇报告文学《欧阳海》发表于《解放军文艺》第4期。

6月，杨朔《生命泉》、刘白羽《晨光集》出版。

▶ 1965年

8月，唐弢在香港《大公报》发表书话，题为《书城八记》，署名晦庵。

11月，姚文元《评新编历史剧〈海瑞罢官〉》发表于11月10日《文汇报》上，《北京日报》11月29日转载。

▶ 1966年

2月2日至20日，由江青主持的部队文艺工作问题座谈会在上海召开。

2月7日，穆青、冯健、周原三人合作的长篇通讯《县委书记的好榜样——焦裕禄》发表于《人民日报》。

4月16日，《北京日报》发表《关于〈三家村〉和〈燕山夜话〉的批判材料》。

5月8日，《解放军报》发表高炬《向反党反社会主义的黑线开火》，点了《人民日报》杂文栏目“长短录”的名。

5月10日，姚文元署名的文章《评“三家村”——〈燕山夜话〉〈三家村札记〉的反动本质》在《解放日报》《文汇报》发表。邓拓、吴晗、廖沫沙三人被错定为“三家村反党集团”，遭到残酷迫害。5月18日，邓拓自杀。

7月，除《解放军文艺》外，全国的文艺刊物陆续停刊，文联、作协等机构瘫痪，大批作品、作家受到批判。

▶ 1968年

8月3日，作家杨朔逝世，终年五十六岁，著有长篇小说《三千里江山》、散文集《海市》《东风第一枝》《生命泉》《亚洲日出》《杨朔散文选》等。

9月1日，《人民日报》《红旗》《解放军报》发表《把新闻战线的大革命进行到底》，把《三家村札记》与《长短录》并列为“反党反社会主义”的“标本”。

11月2日，李广田逝世，终年六十三岁，著有《画廊集》《银狐集》《雀蓑记》《圈外》《回声》《日边随笔》《散文三十篇》等散文集。

▶ 1969年

10月11日，吴晗逝世，终年六十一岁，著有《投枪集》《灯下集》《春天集》《学习集》等杂文集。

▶ 1970年

6月，报告文学集《南京长江大桥》出版。

▶ 1972年

7月25日，王任叔（巴人）病逝，终年七十二岁，著有杂文集《扪虱谈》《边风录》《遵命集》、专著《论鲁迅的杂文》《文学论稿》等。

▶ 1973年

5月，谢璞《珍珠赋》出版。

9月，刘亚舟《完达山之歌》、易云《人民的好医生李月华》出版。

同月，《学习与批判》在上海创刊，至1976年10月停刊，共出版三十八期；由上海市委写作组以复旦大学名义主办。刊登用罗思鼎、丁学雷、石一歌等数十种笔名写的文章千余篇。与之齐名的有清华北大以“梁效”为笔名的写作组，还有以“初澜”为笔名的文化部写作组，以“唐晓文”为笔名的中央党校写作组，以“洪广思”为笔名的北京市委写作组等。

▶ 1974年

1月，上海市委主办的文艺月刊《朝霞》第1期出版。

5月，《五七干校散文集》由上海人民出版社编辑出版。

7月，报告文学集《红旗渠》由人民出版社出版。

▶ 1975年

5月，天津人民出版社出版《春满青藏线》《驼铃千里》《深山明珠》三本小开本散文集。

9月15日，丰子恺在上海逝世，终年七十八岁，著有《缘缘堂随笔》《车厢社会》《缘缘堂再笔》《率真集》等散文集。

本年末到次年初，《文汇报》《解放日报》《安徽日报》等报刊相继组织讨论并发表了一批“散文漫谈”文章。

▶ 1976年

1月，《人民文学》《诗刊》复刊。

1月31日，冯雪峰在北京病逝，终年七十四岁，著有杂文集《乡风与市风》《有进无退》《跨的日子》和诗集《真实之歌》《雪峰的诗》等。

3月，刘亚舟《山霞集》出版。

▶ 1977年

2月7日，杂文家徐懋庸在北京逝世，终年六十七岁，著有《打杂集》《徐懋庸杂文集》《徐懋庸回忆录》等。

6月11日，巴金《第二次的解放》发表于《文汇报》。

7月24日，何其芳在北京逝世，终年六十六岁，著有《预言》《夜歌》等诗集，《画梦录》《还乡杂记》《星火集》等散文集。

▶ 1978年

1月，徐迟的报告文学作品《哥德巴赫猜想》发表于《人民文学》第1期。《刘白羽散文选》出版。

2月，中国社会科学院文学研究所主办的《文学评论》复刊。

3月，大型文学刊物《钟山》在南京创刊。

4月，徐迟报告文学集《哥德巴赫猜想》出版。

5月11日，《光明日报》头版刊登评论员文章《实践是检验真理的唯一标准》。

5月27日至6月5日，中国文联第三届全国委员会扩大会议在京举行，大会宣布文联和作协等五个协会正式恢复工作。

6月12日，郭沫若在北京逝世，终年八十七岁，著有《郭沫若全集》三十八卷。

7月15日，《文艺报》复刊。同月，秦牧的评论文章《我们需要传记文学》发表于《上海文艺》第7期，《长河浪花集》由人民文学出版社出版。

8月，大型文学刊物《十月》在北京创刊。

11月，刘白羽《红色的十月》出版。张洁散文《哪里去了，放风筝的姑娘》发表于《北京文艺》第11期。

12月，巴金开始在香港《大公报》上开设“随想录”专栏，到1986年8月20日，共一百五十篇，计四十二万字，陆续以《随想录》《探索集》《真话集》《病中集》《无题集》为题在人民文学出版社出版。

▶ 1979年

1月，《收获》复刊。

4月，《花城》在广州创刊。《读书》在北京创刊，由三联书店主办。

4月2日至9日，中国社会科学院召开纪念五四运动六十周年学术讨论会，周扬作《三次伟大的思想解放运动》的报告。

6月，《随笔》创刊，由花城出版社主办。

同月，李剑《“歌德”与“缺德”》发表于《河北文艺》第6期，引起文坛争论。

7月，《当代》在北京创刊，与《收获》《十月》《花城》并称为四大文学期刊。

8月9日，浦知秋《论“伤痕文学”》发表于《文汇报》，集中讨论“伤痕文学”问题。

9月，孙犁《晚华集》出版。秦牧《长街灯语》出版。丁玲《“牛棚”小品》发表于《十月》第3期。

10月30日至11月16日，第四次中国文学艺术工作者全国代表大会在北京召开，选举周扬为全国文联主席，茅盾为中国作协主席。

12月，巴金《爝火集》出版。

▶ 1980年

1月，《散文》在天津创刊，由百花文艺出版社创办，这是共和国成立以来第一家散文刊物。

同月，《文艺报》第1期开辟“杂感”专栏。第3期“如何繁荣杂文创作”专栏中，刊登廖沫沙等人在《文艺报》召开的杂文创作座谈会上的发言，杂文家们提出“给杂文恢复荣誉”，创造并形成“讲真话”的新的杂文文风。

5月，“国际报告文学研究会”在北京成立，黄钢任会长，《时代的报告》为会刊。

9月，冰心《晚晴集》、季羡林《天竺心影》、袁鹰《悲欢》、唐弢《晦庵书话》出版。遇罗锦报告文学《一个冬天的童话》发表于《当代》第3期。

11月，秦牧《花蜜和蜂刺》出版。

▶ 1981年

3月，茅盾逝世，终年八十六岁，著有《茅盾全集》四十三卷。孙犁《秀露集》、季羡林《朗润集》出版。

4月22日，秦牧《探索和发展杂文艺术》发表于《南方日报》“文艺评论”。同期的讨论文章还有岑桑《杂文杂议》、柳嘉《杂文的杂与不杂》、杨群《杂文与时代》等。

7月，杨绛《干校六记》、冰心《三寄小读者》出版。

8月，黄秋耘《丁香花下》出版。

8月17日，报告文学创作研究会在武汉成立。

10月，孙犁《澹定集》、刘白羽《芳草集》出版。

11月13日，《文艺报》编辑部在北京召开散文创作研讨会，对散文创作的成就和不足以及散文的艺术特点等问题进行探讨。

12月，《全国优秀报告文学评选获奖作品集》（共二卷）由人民文学出版社编辑出版。

▶ 1982年

1月7日，《文艺报》第1、2期开辟“繁荣和发展散文创作”专栏。刊登了冯牧、叶圣陶、冰心、夏衍、臧克家、李健吾、季羡林、吴伯箫、叶至诚、吴组缃、萧乾、韩静霆等相关文章。同月，冰心《记事珠》、巴金《创作回忆录》出版。

1月18日，《新观察》杂志召开杂文创作座谈会。刘甲在《我们时代杂文的特征》的发言中提出“新基调杂文”，认为鲁迅式的杂文已经完成其历史使命，“杂文的基调、特征”不应该与鲁迅式杂文相同。由此引发新中国成立以后时间最长、规模最大、矛盾最尖锐的一场关于杂文理论的论争。此后，刘甲又以《新时代杂文漫谈》（1984）、《新基调杂文创作谈》（1985）、《新基调杂文浅探》（1987）等，系统阐释“新基调杂文”理论。

2月，黄裳《榆下说书》出版。

3月，《人物》第2期开辟专栏，讨论“关于传记作品的写作问题”。

7月，袁鹰《天涯》出版。

8月10日，吴伯箫在北京去世，终年七十七岁，著有《羽书》《出发集》《烟尘集》《北极星》《吴伯箫散文选》等散文集。

10月，徐迟《法国，一个春天的旅行》出版。

11月22日，《新观察》杂志第二次召开年度座谈会。会议发言刊登在《新观察》本年第24期及次年第1期，含夏衍《杂文复兴首先要学鲁迅》、唐弢《对杂文的几点意见》、廖沫沙《要培养新的杂文作家》、袁鹰《杂文也难也不难》等文章。

11月24日，李健吾（刘西渭）在北京逝世，终年七十七岁，著有文学批评集《咀华集》、散文集《希伯先生》《切梦刀》以及话剧《草莽》《这不过是春天》等。

11月，贾平凹《月迹》出版。

12月，《陈祖芬报告文学选》、孙犁《尺泽集》出版。

▶ 1983年

4月，秦牧《秋林红果》出版。

5月，袁鹰《京华小品》、张抗抗《橄榄》出版。

9月，贾平凹《商州初录》发表于《钟山》杂志第5期，由此开启“商州系列”的创作。

10月，黄秋耘《风雨年华》出版。

11月，河北率先成立杂文学会。

12月，理由报告文学集《纯情》出版。

▶ 1984年

1月，郭风《笙歌》出版。

3月，孙犁《远道集》、黄永玉《太阳下的风景》出版。

7月，秦牧《翡翠路》、柯蓝《迟开的玫瑰》出版。

8月，黄裳《过去的足迹》、袁鹰《寸心草》出版。

10月，中国散文诗学会在北京成立。艾青为名誉会长，王首道、冰心为顾问，柯蓝、郭风为会长。同月，《散文选刊》创刊，由河南省文联主办。《杂文报》在石家庄创办，这是第一家专门刊登杂文的报纸；至2014年12月5日，《杂文报》宣布停刊。

12月，袁鹰《秋水》、宗璞《熊掌》、赵丽宏《诗魂》等散文集出版。

▶ 1985年

2月，贾平凹《爱的踪迹》、黄裳《银鱼集》出版。

5月，黄裳《珠还记幸》出版。

7月，《黄宗英报告文学选》出版。

8月，秦牧《访龙的家乡》、韦君宜《故国情》、贾平凹《心迹》出版。

12月，黄裳《翠墨集》、刘湛秋《遥远的吉它》出版。

▶ 1986年

2月，孙犁《老荒集》出版。

3月4日，丁玲在北京逝世，终年八十三岁，著有《莎菲女士的日记》《韦护》《我在霞村的时候》《在医院中》《太阳照在桑干河上》等小说，《三八节有感》《“牛棚”小品》等散文，汇编为《丁玲全集》十册。

7月，金克木《天竺旧事》出版。佘树森编著《现代作家谈散文》出版。

9月，张中行《负暄琐话》、郭风《给爱花的人》、赵丽宏《爱在人间》、陈学昭回忆录《如水年华》出版。

12月，徐迟《愉快的和不愉快的散文集》、黄苗子《敬惜字纸》出版。

▶ 1987年

4月，孙犁《陋巷集》、宗璞《丁香结》出版。

5月，杨绛《将饮茶》、黄秋耘《往事并不如烟》、邵燕祥《绿灯小集》、王英琦《漫漫旅途上的独行客》出版。

9月8日，曹靖华在北京逝世，终年九十一岁，著有《花》《春城飞花》《飞花集》《望断南来雁》等散文集，以及《三姐妹》《白茶》《烟袋》等翻译作品。

▶ 1988年

2月16日，叶圣陶在北京逝世，终年九十五岁，著有《叶圣陶集》二十六卷。

3月，汪曾祺《晚翠文谈》出版。

4月，牧惠《杂文杂谈》出版。

5月10日，沈从文在北京逝世，终年八十三岁，著有《边城》《八骏图》《长河》等小说，《记丁玲》《从文自传》等传记，《湘行散记》《湘西》《烛虚》《废邮存底》《昆明冬景》《云南看云集》等散文集，后汇编为《沈从文全集》三十二卷。

7月11日，《人民日报》举办“风华杂文征文”，至9月30日，收到七千多件稿件。秦牧认为这是“五四运动以来最大规模的一次”，黄裳称为“一次新时期杂文成功的大检阅”。

8月，《杂文选刊》创刊，最初名为《杂文家》，1993年更名为《杂文选刊》。王安忆《蒲公英》出版。

11月8日至12日，中国文学艺术界联合会第五次代表大会召开，改选领导机构，执行主席为曹禺。

12月，贾平凹《商州三录》出版。

本年，中国作协举办全国首届优秀散文（集）杂文（集）评奖。

▶ 1989年

6月，孙犁《耕堂读书记》、黄裳《前尘梦影新录》出版。

7月31日，周扬在北京逝世，终年八十二岁，著有《表现新的群众的时代》《新的人民的文艺》等，后汇编为《周扬文集》五卷。

9月，孙犁《无为集》出版。

▶ 1990年

1月9日，李炳银《报告文学的选题——兼谈〈昆仑〉近年来的报告文学》发表于《人民日报》。在称赞《昆仑》军队题材报告文学创作的同时，指出报告文学“产生了小小的题材危机，题材保密的怪现象。”

6月，柯灵《文心雕虫》、周涛《稀世之鸟》、张抗抗《与地球人对话》出版。

7月，张中行《负暄续话》、马丽华《藏北游历》出版；张振金编《秦牧论散文创作》由暨南大学出版社出版。

10月15日，俞平伯逝世，终年九十一岁，著有诗集《冬夜》《忆》、散文集《燕知草》《杂拌儿》《杂拌儿之二》《古槐梦忆》等，以及《读词偶得》《红楼梦研究》《论诗词曲杂著》等论著，汇编为《俞平伯全集》十卷。

12月，袁鹰《冬眠后的复苏：散文求索录》由花城出版社出版。

12月27日，廖沫沙在北京逝世，终年八十四岁，著有《鹿马传》《分阴集》《三家村札记》《廖沫沙杂文集》等。

▶ 1991年

1月，史铁生《我与地坛》发表于《上海文学》第1期。

3月，《袁鹰散文六十篇》出版。

4月，贾平凹《抱散集》出版。杨沫随笔《往事悠悠》发表于《北京文学》第4期。

5月，萧乾《八十自省》、汪曾祺《蒲桥集》出版。

7月，铁凝《草戒指》出版。权延赤纪实文学《走下神坛的毛泽东》获天津《小说月报》第四届（1989—1990）“百花奖”之“特别奖”。

8月，季羡林《万泉集》、赵鑫珊《没有鸟巢的树》出版。

10月，《此情此心：女性散文六家》由北方文艺出版社出版。包括王英琦、程黛眉、卢肖慧、李佩芝、陈慧瑛、胡鸿六位女性作家的散文。

12月，宗璞《三松堂断忆》发表于《读书》第12期。

▶ 1992年

1月4日，唐弢在北京逝世，著有《推背集》《海天集》《晦庵书话》等杂文集，《鲁迅的美学思想》《中国现代文学史》等著述，汇编为《唐弢文集》十卷。

3月，余秋雨《文化苦旅》出版，除“自序”“后记”外，收三十七篇系列性文化散文。孙犁《如云集》、张抗抗《野味集》、素素《生命是一种缘》出版。

4月，张承志《绿风土》、史铁生《自言自语》、周国平《人与永恒》等散文集出版。

5月，马丽华《西行阿里》出版。

6月，周涛长篇散文《游牧长城》发表于《人民文学》第6期。

8月，黄裳《榆下杂说》出版。《中国散文诗大系》由广西人民出版社出版。丛书以各省、市、自治区分别立卷的方式出版。

9月，贾平凹主编的散文月刊《美文》在西安创刊。贾平凹在《发刊词》中提出“大散文”观念：“散文是大而化之的，散文是大可随便的，散文就是一切的文章”。

10月14日，秦牧在广州逝世，终年七十四岁，著有《秦牧杂文》《花城》《长河浪花集》《长街灯语》《花蜜和蜂刺》《晴窗晨笔》等散文集，以及《艺海拾贝》等文艺论著；1994年9月汇编为《秦牧全集》十卷，由人民文学出版社出版。

12月5日，福建作家协会主办《散文天地》创刊。

► 1993年

1月16日，宗璞《三松堂岁暮二三事》发表于台湾《联合报》。本月，《散文海外版》创刊，由百花文艺出版社创办。

3月，《斯妤散文精选》出版。

5月，张承志散文《以笔为旗》发表于《十月》第3期。

6月，《贾平凹散文大系》三卷由漓江出版社出版。

8月，叶梦《月亮·生命·创造》出版。

11月，汪曾祺《塔上随笔》、张洁《阑珊集》、刘心武《沉默交流》出版。

12月，《柯灵六十年文选》出版。

本年度中国作家协会主办《中国报告文学》首届“505杯”奖评出获奖长篇报告文学五部，获奖中短篇报告文学十部。

► 1994年

1月，刘锡庆《当代散文：更新观念，净化文体》发表于《散文百家》第1期，提出“文体净化说”。后又以《世纪之交：对“散文”发展的回顾》（《文学评论》1997年第2期）等文章继续阐述“艺术散文”观。他认为当代散文发展迟缓，是“因为散文的过‘宽’过‘大’”，也因为“未能弃‘类’成‘体’”。对此只有清理散文门户，将异质性的文体清除出散文，才有“艺术散文”的出现。

2月，杨绛《杂忆与杂写——杨绛散文》出版。

3月，《中国杂文大观》四卷由百花文艺出版社出版，收录1918年至1989年四个发展阶段的杂文，包括思想随笔、哲理寓言等。各集分别由张华、姚春树、蓝翎、牧惠编选。

同月，“当代青年女作家散文精粹丛书”由群众出版社出版，收唐敏《青春缘》、铁凝《共享好时光》、筱敏《悠闲的意义》、韩小蕙《有话对你说》等散文集。

4月，张洁《世界上最疼我的那个人去了》出版。

5月，刘白羽《心灵的历程》、铁凝《河之女》出版。

6月，邵燕祥《大题小做集》、张中行《负暄三话》出版。

7月，宗璞《铁箫人语》出版。

8月，马丽华《灵魂像风》出版。其《藏北游历》《西行阿里》《灵魂像风》等长篇纪实散文合集为《走过西藏》，本年由作家出版社出版。

本年，知识出版社出版作家随笔集，包括张抗抗《你对命运说：不——张抗抗随笔》、张承志《荒芜英雄路：张承志随笔》、韩少功《夜行者梦语：韩少功随笔》、刘心武《仰望苍天：刘心武随笔》、蒋子龙《净火：蒋子龙随笔》《中年苦短：谌容随笔》《花开花落的季节：范小青随笔》等。

► 1995年

2月6日，夏衍逝世，终年九十六岁，著有话剧《上海屋檐下》《法西斯细菌》《芳草天涯》等，报告文学《包身工》，以及《夏衍杂文随笔集》《懒寻旧梦录》《夏衍论创作》等。同月，张洁《无字我心》出版。

3月，张抗抗《牡丹的拒绝》、史铁生《好运设计》、陆文夫《壶中日月》出版。巴金《再思录》、贾植芳《狱里狱外》、沈从文与张兆和《从文家书》等收入陈思和、李辉主持的“火凤凰文库”，由上海远东出版社出版。本月，陕西人民出版社出版一套作家随笔集，包括张贤亮《边缘小品》、贾平凹《说话》、李国文《苦瓜苦瓜》、萧乾《关于死的反思》、周国平《迷者的悟》等。《当代作家评论》发表“余秋雨散文评论小辑”。

5月，陈白尘《牛棚日记》出版。

8月，云南人民出版社出版“她们文学丛书”，收斯妤《我因为什么而孤独》、陈染《断片残简》、林白《德尔沃的月光》、迟子建《伤怀之美》、海男《空中花园》等女性散文集。

10月，《刘白羽文集》十卷由北京华艺出版社出版，第五至第十卷收文论、散文和回忆录。

11月，孙犁第十本散文集《老荒集》由百花文艺出版社出版。从1979年的《晚华集》至此，孙犁完成了《耕堂劫后十种》。同月，《邵燕祥杂文自选集》由百花文艺出版社出版。

本年，鲁迅文学奖创立。这是中国当代最高荣誉的文学奖之一，旨在奖励优秀中篇小说、短篇小说、报告文学、诗歌、散文杂文、文学评论的创作，奖励中外文学作品的翻译，推动中国文学事业的繁荣发展。

▶ 1996年

1月，张中行《桑榆自语》、王蒙《随感与遐想》、贾平凹《如语堂》、周涛《红嘴鸦》、铁凝《温暖孤独旅程》、毕淑敏《提醒幸福》等出版。

1月15日，现代散文史家俞元桂在福州逝世，终年七十六岁，主编《中国现代散文史》《中国现代散文十六家综论》《中国现代散文理论》《中国现代文学总书目·散文卷》《中国新文学大系（1937—1949）·散文卷》等系列著述，著有《桂堂述学》和散文集《晚晴漫步》《晓月摇情》等。

2月，王安忆《漂泊的语言》、邵燕祥自传《沉船》、张中晓遗稿《无梦楼随笔》等出版。

3月，毕淑敏《性别按钮》、蒋子丹《回忆冬天》、王小妮《放逐深圳》、徐小斌《世纪末风景》、赵玫《从这里到永恒》等散文集收入云南人民出版社“她们文学丛书”出版。唐达成《世象杂拾》、韩少功《完美的假定》由作家出版社出版。

4月，张炜《精神的丝缕：张炜的倾诉与欣悦》出版。

10月，《海派女作家文丛》由上海文汇出版社出版，收有周佩红《你的名字是什么》、秦文君《老祖母的小房子》、殷慧芬《纪念》、王周生《笑过的印记》、王小鹰《前巷深后巷深》、黄宗英《我公然老了》、陈丹燕《遥远地方的音乐声》等散文集。

11月，汪曾祺《独坐小品》、韩少功《海念》、苏童《捕捉阳光》出版。

12月13日，徐迟在武汉逝世，终年八十三岁，著有报告文学名作《哥德巴赫猜想》《地质之光》等。

▶ 1997年

1月，黄裳《妆台杂记》、唐达成《书林拾页》、韩小蕙《体验自卑》出版。

5月16日，汪曾祺在北京逝世，终年七十八岁，著有《汪曾祺短篇小说选》、散文集《蒲桥集》《塔上随笔》、文学评论集《晚翠文谈》以及《汪曾祺自选集》等。《汪曾祺全集》（8卷）由北京师范大学出版社1998年8月出版。

7月，周涛《感谢生命》出版。

9月，王安忆《重建象牙塔》出版。

▶ 1998年

3月，唐敏《屋檐水滴》、丹娅《生命的流象》、方方《听取自然》、林白《死亡的遐想》、蒋子丹《岁月之约》、艾晓明《天空之城》等女性散文集由上海书店出版社出版。

4月，季羡林《牛棚杂忆》出版。袁鹰、吴泰昌等编选《鲁迅文学奖获奖作品丛书——散文》上下册，由华文出版社出版，选收何为《何为散文选集》、王充闾《春宽梦窄》、周涛《中华散文珍藏本·周涛卷》、铁凝《女人的白夜》、李辉《秋白茫茫》、周同宾《皇天后土》、赵玫《从这里到永恒》、刘成章《羊想云彩》、夏坚勇《湮没的辉煌》、斯妤《两种生活》等作品。

5月，韦君宜《思痛录》、宗璞《我爱燕园》出版。

6月，《周涛散文》（3卷）出版。

9月，余秋雨《山居笔记》出版。

12月19日，钱锺书在北京逝世，终年八十九岁，著有《谈艺录》《管锥编》《宋诗选注》《七缀集》等著述，以及长篇小说《围城》、短篇小说集《人·兽·鬼》、散文集《写在人生边上》《人生边上的边上》《石语》、旧体诗集《槐聚诗存》等，后汇编为《钱锺书集》。

▶ 1999年

1月，何满子《跋涉者——何满子口述自传》、刘小枫《沉重的肉身》出版。

2月11日，萧乾在北京逝世，终年九十岁，著有散文集《落日》《南德的暮秋》《人生采访》《未带地图的旅人——萧乾回忆录》《感觉的记录》等，小说集《篱下集》《梦之谷》《创作四试》等，汇编为《萧乾文集》

十卷。

2月28日，冰心在北京逝世，终年一百岁，著有散文集《往事》《寄小读者》《闲情》《关于女人》《归来以后》《小桔灯》《樱花赞》《晚晴集》，小说集《超人》《去国》，诗集《繁星》《春水》等，汇编为《冰心全集》九卷。

3月，余秋雨《霜冷长河》出版。

5月，黄裳《来燕榭书跋》、南帆《叩访感觉》、肖复兴《绝唱：老三届》出版。

5月19日，苇岸在北京病逝，年仅四十岁，著有散文集《大地上的事情》和《太阳升起以后》。

10月5日，唐达成在北京逝世，终年七十二岁，著有杂文和评论集《淡痕集》《世象杂拾》《书林拾叶》《南窗乱弹》等。

12月，季羡林《论世文聚》、赵丽宏《乌痴》等散文集出版。

主要参考书目

《中国散文史》，陈柱著，上海：商务印书馆1937年版；北京：东方出版社1996年版。

《中国散文史》（3卷），郭预衡著，上海：上海古籍出版社2000年版。

《中国散文小说史》，陈平原著，上海：上海人民出版社2004年版。

《中国古代散文史稿》，谭家健著，重庆：重庆出版社2006年版。

《中国散文通史》（10卷），郭预衡、郭英德总主编，合肥：安徽教育出版社2013年版。

《中国散文通史》（增订本，3卷），漆绪邦主编，北京：首都师范大学出版社2014年版。

《中国散文学通论》，朱世英、方遒、刘国华著，合肥：安徽教育出版社1995年版。

《历代文话》（10卷），王水照编，上海：复旦大学出版社2007年版。

《中国古典散文理论史》，陈晓芬著，上海：华东师范大学出版社2011年版。

《中国古代散文史撰述研究》，阮忠著，北京：中国社会科学出版社2012年版。

《中国古代文体概论》，褚斌杰著，北京：北京大学出版社1984年版。

《古代散文文体概论》，姜涛著，太原：山西人民出版社1990年版。

《中国古代文体学论稿》，郭英德著，北京：北京大学出版社2005年版。

《中国古代文体学研究》，吴承学著，北京：人民出版社2011年版。

《古代文体学思辨录》，欧明俊著，北京：人民出版社2015年版。

《中国骈文史》，刘麟生著，上海：商务印书馆1937年版；北京：东方出版社1996年版。

《骈文史论》，姜书阁著，北京：人民文学出版社1986年版。

《赋史》，马积高著，上海：上海古籍出版社1987年版。

《中国辞赋研究》，龚克昌著，济南：山东大学出版社2003年版。

《中国传记文学史》，韩兆琦主编，石家庄：河北教育出版社1993年版。

《中国游记文学史》，梅新林、俞樟华著，上海：学林出版社2004年版。

《中国古代散文艺术史论》，熊礼汇著，武汉：湖北人民出版社2005年版。

《古代散文史论》，欧明俊著，上海：上海三联书店2013年版。

《春秋左传学史稿》，沈玉成、刘宁著，南京：江苏古籍出版社1992年版。

《先秦散文艺术新探》，谭家健著，北京：首都师范大学出版社1995年版。

《史记通论》，韩兆琦著，桂林：广西师范大学出版社1996年版。

《先秦叙事研究》，傅修延著，北京：东方出版社1999年版。

《先秦两汉史传文学史论》，郭丹著，上海：上海古籍出版社2014年版。

《六朝文章新论》，谭家健著，北京：北京燕山出版社2002年版。

《唐宋古文八家概述》，吴孟复著，合肥：安徽教育出版社1985年版。

《唐宋古文新探》，何寄澎著，台北：大安出版社1990年版。

《唐宋八大家文说》，陈祥耀著，福州：福建教育出版社1994年版。

《唐宋散文要义》，洪本健著，北京：光明日报出版社1996年版。

《唐宋古文论集》，王基伦著，台北：里仁书局2001年版。

《北宋古文运动发展史》，祝尚书著，成都：巴蜀书社1995年版。

《宋代散文研究》，杨庆存著，北京：人民文学出版社2002年版。

《宋文通论》，曾枣庄著，上海：上海人民出版社2008年版。

《北宋的古文运动》，何寄澎著，上海：上海古籍出版社2011年版。

《晚明小品研究》，吴承学著，南京：江苏古籍出版社1999年版。

《明清散文流派论》，熊礼汇著，武汉：武汉大学出版社2004年版。

《从文人之文到学者之文——明清散文研究》，陈平原著，北京：三联书店2004年版。

《姚鼐与乾嘉学派》，王达敏著，北京：学苑出版社2007年版。

《中国现代散文史稿》，林非著，北京：中国社会科学出版社1981年版。

《中国现代散文理论》，俞元桂主编，南宁：广西人民出版社1984年版。

《中国现代散文史（修订本）》，俞元桂主编，济南：山东文艺出版社1997年版。

《20世纪中国杂文史》（2卷），姚春树、袁勇麟著，福州：福建教育出版社1997年版。

《现代散文学初探》，汪文顶著，北京：人民出版社2014年版。

《中国当代散文报告文学发展史》，佘树森、陈旭光著，北京：北京大学出版社1996年版。

《中国当代散文史》，张振金著，北京：人民文学出版社2003年版。

《中国散文五十年》，林贤治著，桂林：漓江出版社2011年版。

《当代报告文学流变论》，李炳银著，北京：人民文学出版社1997年版。

《中国现当代散文的诗学建构》，陈剑晖著，南昌：江西高校出版社2004年版。

《女性生命潮汐——20世纪90年代女性散文研究》，刘思谦、郭力、杨珺著，开封：河南大学出版社2005年版。

《文海晚晴——20世纪末老生代散文研究》，陈亚丽著，北京：首都师范大学出版社2008年版。

《新时期散文的发展向度》，王兆胜著，广州：广东人民出版社2014年版。

《散文批评三十年》，张志忠主编，武汉：武汉出版社2015年版。

后 记

我们于2013年接受总主编张炯先生的盛情邀约，为《中国分类文学史》丛书撰写《中国散文史》。历经五年的共同努力和谨慎劳作，我们才完成这部书稿，在此谨向张炯先生与山西教育出版社的约稿、督勉和责任编辑的精心编校表示衷心的感谢！

要在七十万字的篇幅内评述中国散文三千年繁富庞杂、绚烂多姿的发展历史，实在令人犯难。依照总主编对整套书系的总体设计和编写要求，本书只能芟繁就简，突出重点，以古今贯通为目标，以文质关系为主线，以梳理各体散文为主体，兼及辞赋和骈文对散文的影响，并着重评述主要文体的生成演变、文体艺术的传承创新、主要流派和重要作家的艺术贡献，注重名篇佳构的艺术分析，力求写成中国散文艺术发展的简明通史。

本书为国家社会科学重大项目“两岸现代中国散文学史料整理研究暨数据库建设（18ZDA264）”前期成果，由福建师范大学文学院四位同事合著，编写分工：郭丹教授执笔第一、二章，欧明俊教授撰写第三、四章，吕若涵教授编写第六章，本人负责绪言、第五章和全书主编、统稿修订工作，附录大事记由各章作者编写相关部分。虽然经过多次修改和校订，仍存在不少疏漏和不妥之处，恳请方家和读者批评指正。编写过程中参考了相关论著，征引均予标注，并附主要参考书目，在此一并致以衷心感谢！

汪文顶
二〇一八年于福建师范大学